U0126323

紅樓夢人物之性格情感與醫病關係

—跨中西醫學（精神醫學、內科、婦產科、皮膚科）之研究

許玫芳　著

臺灣學生書局印行

張健教授　序(Preface)

（前國立台灣大學中文研究所專任教授；現任中國文化大學
中文研究所專任教授，國立台灣大學中文系兼任教授）

　　回憶四年以前，那時我還在台大任教，一個風清日麗的上午，電話鈴
響起，然後一個陌生的女中音傳入我耳鼓。她自我介紹：「我是許玫
芳。」原來之前我曾對文史哲出版社的彭正雄先生，就許玫芳小姐在該出
版社的著作表示了一些意見，她聽了彭先生的轉告之後，不但不介意，反
而很高興的來向我請教，從此，我倆便結了學術切磋之緣。

　　三年半以前，她所任教的龍華科技大學主辦一場中文領域的學術研討
會，她又特地邀我參加，擔任主持人，並講評她的論文，更可看出她的謙
和及虛心就教的誠意，因為在學術界大家都知道我的講評是很「酷」的。

　　最近她更來電請求我為她的新著寫一篇序文。我原不習慣為學生(高
足)之外的人士寫序，但有感於她的謙誠和用功，就一口答應下來。

　　焉知三天之後就收到她寄來的一個大包裹，其中包括此次出版的文
本，都十九篇，大約五十萬字，這才驚訝於她在《紅樓夢》這一熱門而
「老舊」的議題下了那麼多功夫。

　　綜觀許玫芳的紅學研究，最主要的有兩方面：

一、對於《紅樓夢》一書中人物的剖析。譬如可視作代表作的〈《紅樓
　　夢》中襲人轉蓬般的性命〉(發表於《師大學報》第五十卷第一期)
　　中，她揭櫫襲人個性的特質云：「柔中帶剛與穩重不煩」，「柔中帶
　　剛之性格與迂徐不煩之風著實成就其輔助寶玉貫徹到底之主體精
　　神」，在襲人性格中幾乎看不到其與威權者或其他奴僕間之對立態

　　勢，只有「調和鼎鼐以展現其識體知禮與賢善之性格」。面面俱到的
勾勒出這位寶玉跟前首席丫環的性情，而排斥了某些評論者的「陰險
論」。另外，她對王熙鳳的評語：「雖有溫柔美意，卻又剛悍奸
宄」，亦堪稱允當。因爲一般人對鳳姐的「溫柔美意」（也就是她的世
故練達）往往有意無意的加以忽略。對於寶玉，他說他性格行爲乖僻，
但亦體貼多情、既具處女情結與及潔癖，同時又有同性戀期之同性戀
行爲」、「…其憂鬱症亦在了悟了人生大義後悄然而癒。」亦頗中
肯。當然，寶玉也有他懂事和善解人意的一面。

二、用現代醫學來探究《紅樓夢》中各人物的生理疾病，其中雖不無推測
　　想像的成分，但因爲許君曾因母親療病而結識些熱心而學識豐富的醫
　　師，得到他們的指點和顧問，乃能整理出一些特殊的成績來：如襲人
　　的前後兩次吐血，她認定前一次可能是食道或鼻咽出血之吐血症，後
　　者看似肺癆。王熙鳳最終極可能因「腸胃潰瘍或疑似肝硬化合併食道
　　靜脈瘤」產生大量出血後，在譫妄現象中身亡。還有妙玉的「走火入
　　魔」，作者也從精神醫學立場分析。凡此種種，均可看出作者在紅學
　　研究上的突破。

　　此外，還有兩點值得提出來加以表揚的：

一、2002 年當年她對協助研究的醫師充滿敬意，論文發表時用共同署名的
　　方式爲之，這種感恩不居功的態度令人敬佩。

二、她的文字已比我初識她時進步，比較流利些。

　　　　　　　張健於文化大學中文研究所　　九五年八月

許玫芳　代序

——恩憶今昔與跨醫學領域研究之艱辛——

　　為了回饋臺大醫院曾有救母之恩(母親因敗血症休克後，導致心臟停止跳動。我從簾縫中窺見醫師、護士之緊張救護過程，終生難忘)，於是立誓在台大醫院當了六年義工(1994-2000)，當下上蒼導引我進入了跨醫學領域之艱辛研究---一個天賜之機緣，同時亦深覺文人應永保一顆真誠及感恩不盡的心。

　　1992 年考完師大國文博士班回家後，卻發現父母親比我還緊張，生平第一次感受到全世界最愛我的人，是我的父母親。祖母、母親往生後，我整整傷心痛哭了好幾年。前者與我共床而眠約十年，後者在我就讀大義國中、高雄女中時，總於清晨四點鐘起床為我煮早餐、裝便當，讓我得以提早到校，或順利搭上五點半的左營免費軍車到高雄女中上學；此種恩情至今憶及，仍讓我淚流滿面，在此亦特向左營軍中所有載過我的長輩致謝。從小未見母親生過病，1979 年，母親一病倒，是個中風病人，1993 年再次臥倒，卻是個因敗血症引發肺炎及腦部缺氧的類似植物人。近五年的照護期間，感謝臺大醫院劉益宏醫師、洪柏廷醫師、蔡偉醫師、袁昂醫師及石富元醫師協助或提供家屬應注意事項，尤其劉益宏醫師更允許我可打電話詢問母親生病時之緊急處理方法；他義務幫忙多年。一次晚上十一點，劉醫師已睡了，我告訴他太太說不用叫他了，他太太卻說是急事，沒關係可叫他起來。為了我親愛的母親，卻叨擾到須常值班且睡眠極少的劉醫師，讓我深覺愧疚，但也見識到一位善解人意的賢內助，我對劉醫師及其夫人充滿敬意。又劉醫師曾告訴我，若有一天母親過世，要發訃聞給

他，因此，他是台大醫師中唯一前來公祭母親的人，而後劉益宏醫師成了我《紅樓夢》論文中的醫學顧問。

　　研究《紅樓夢》至今已 23 年。1984 年我初次跨入以中國古代夢學與佛洛伊德之夢學理論分析《紅樓夢》，此書並於 1992 年獲國科會代表作乙種獎。1994 年除了跨入主題學外，並正式接觸內科學與精神醫學入門。1998 年我在台大急診室當義工時，因一次自認是好心幫忙的手環事件產生誤會，受當時急診部主任林芳郁教授(現任臺大醫院院長)之邀會談，並受邀聆聽台大醫學晨會。我告訴自己：給他一個面子去聽一次就好，因隔行如隔山，聽完就告訴他：我聽不懂，以後我就可以不必來聽了。當天他告訴我以後早餐可來台大會議室吃，會議室均有準備，態度很親切。聽完台大醫學晨會後，我果真聽不懂，但他卻說以後有空就來聽，於是我只好天天來聽。又因手環事件的誤會，他當天早晨需開刀，但卻答應幫我向社工室主任解釋。之後正當我親自去說明時，碰巧看見他為我的事也進來找社工室主任，此後，我極度深信他的忠厚與誠信。在聽晨會時，因實在聽不懂，我特請剛從美國雷根醫院進修回來的石富元醫師幫我講解晨會之醫學個案，接著我便正式進入跨醫學領域之研究。前二年最辛苦，我幾乎是每事問，石醫師不厭其煩地在他的研究室或急診的研究室幫我解說，對於科學實證之理念及邏輯思考，他給予我的幫助最大。2000 年我第一次給付醫學顧問費給石醫師，但 2001 年當我給付第二次的醫學顧問費時，我裝在寫有父母親之名的福袋中給他，他竟說去年的醫學顧問費還放在書桌裏，打算以我父母親的名義將這二年來的醫學顧問費全數捐出，當場讓我很感動。我告訴他，每年我都有為父母親作功德，若要捐，請以他自己的名義捐贈。

　　博士班畢業(1997 年)至今滿十年，我系統地規劃跨醫學領域之研究，虛心地向我的醫學顧問再三請教，並在台大醫學系及長庚大學旁聽了二年醫學概論、臨床醫學(每週十小時的各科介紹)及精神醫學之課程，期間我更

熟讀整部精神醫學及與論文相關的內科學、婦科學與皮膚科之資料。因緣際會，又上了三年佛學廣論的課程，閱讀了幾部佛書、道教及心理學書籍。回溯過往，我曾選修過英詩、莎士比亞。讀碩博士班後，我極重視研究方法，曾在母校師大研習治學方法、在英語系及英語研究所選修西洋文學、英詩、主題學、現象學等課程，又在台大外文系旁聽英詩、英國文學史、美國文學史、歐洲文學史、治學方法及西洋文學理論等。期間我特別結合母校師大、政大、高師大研究所及西方之研究方法，苦心精研，故能勝任此研究。

　　因論文方向及機緣，我須請教不同專業的醫學顧問，又在這段時間內曾協助過我的醫師及為我寫序的教授，在此我將依請教時間之先後一併致謝之：

1.感謝石富元醫師——他是母親在台大急診室的內科醫師，曾給予有關母親病況的建言，一位曾閱讀過《紅樓夢》且絕頂聰明的人。石醫師曾順利通過推甄台大預防醫學研究所碩士班，又因成績優異，一年後便直升台大預醫所博士班。從其幫我於台大圖書館借出第一本醫學書籍供我做研究起，草創惟艱，但石醫師曾說只要有問題都可隨時問他，只要我能升等成功就好，至今我猶感其願助我之熱腸。

2.感謝文榮光醫師——一位學問淵博者，與其討論論文是一種享受。猶記我自費地寄一整年的醫學顧問費給他時，先後兩次他堅持不收，又寄還給我，於是我將此筆醫學顧問費以文教授及我父母親的名義，轉贈給一位從電視新聞中隨選出企待救援的苦難者(我曾打電話向當地的社會局查證屬實，之後再寄匯款單給文教授)。又其曾云會幫助我升等教授成功，並建議我去旁聽精神醫學的課程，後又因我的學校排課衝堂，於是他調動他在長庚大學上精神醫學課程的時間，以利我去旁聽。由於這門課是一群高雄長庚醫院精神科醫師上的課，因為我而更動許多醫師的門診時間，這令我很過意不去，在此特向文教授及所有的高雄長庚醫院精神科醫師致謝。

3.感謝林彥翰醫師──台大醫學系新生代的優秀醫師。2002-2003 年我在台大醫學系旁聽臨床醫學課程時，他每天幫我代拿老師事先發的講義及同學作的「共筆」，以便我上課時不致疏漏，時間長達一年，並提供有關婦產科之意見供我研究。當我於新學期開學的第一天請他吃飯以答謝他時，他見到我的第一句話便是 ：「我覺得你是我的貴人」，因我替他批解命盤時告訴他：「他適合走外科、牙科」、「具大學教授之格局」及「他此生最大的貴人是他父親，要他好好孝順父母親」，因此令他更加努力。當時他希望自己能得好名次而獲選「國外交換學生」；2005 年年初，他果真獲選至美國俄亥俄州見習，且獲高評價與高分回國而一償宿願。由於他的幫忙，讓我旁聽順利，故林醫師何嘗不是我的貴人？

4.感謝劉益宏醫師──他是母親在台大 13B 病房的醫師，一位我已認識十四年的醫師，雖很忙碌，卻仍熱心地與我討論論文。一次晚上六點多，我打手機給他時，他人已在停車場；我正想告訴他另約時間，但他卻說要我等十五分鐘，等他拿出電腦後，他便立即幫我解答了問題，我真的很感謝他。

5.感謝連義隆醫師──感謝其於台大醫院門診後，當場慷慨應允為我解答問題，閱讀我的論文時，速度快且精準，反應敏捷。與他素昧平生，這真是善緣啊！

6.感謝鄭泰安醫師──鄭醫師提供了三篇他已發表的英文論文供我做現代文學中三毛的自殺問題研究，之後並幫我解答了《紅樓夢》中尤二姐、鴛鴦及趙姨娘等三篇論文的精神醫學的問題。當我欲付國科會贊助的醫學顧問費給他時，他堅持不收，於是我將此款項多延請了一位醫師以便多角度地深入商討《紅樓夢》中的醫病問題，故我在此特向他致謝。

7.感謝魏福全醫師──認識他於一場學校邀請的演講中，因其態度和氣親切而受聘為敝校諮商輔導組之兼任醫師，感謝其多半於午休或方便時間提供我立即且極為頻繁的討論時段。其曾主動 e-mail 醫學新知予我；一位因

認識我而開始閱讀《紅樓夢》，並整本書閱讀完者，是個用心且有心之人，尤其在林黛玉的自戀性格部分，他提供了部分他個人所勾勒的資料給我，予我的幫助最大，深覺認識他，是我此生最大的福份之一。

8.感謝李光倫醫師---他是父親的醫師，一位和藹可親且認眞執事者。對病人很體貼細心，對老年人謙虛禮敬，或許是巧合，每次我都能與他約到自己很想討論論文的時間，且他都能撥出好幾個小時與我商談，我眞是幸運。與他討論論文時，他平易近人，父親與我都認爲他是個好醫師。尤其因我新找到一篇日文的參考論文，李醫師於 2007 年農曆除夕前一天及大年初一在台大醫院值班過後，還特別撥空與我討論論文，眞是難爲他了。

9.感謝林昭庚醫師———一位熱衷學術研究且榮獲國內外多次中醫學術傑出貢獻獎章者；其捐出自教書以來的全數薪資幫助後學，是個令人敬佩的學者。初次認識他，是在台大醫學系旁聽「醫學概論」的課；初次討論論文則是在他家廳堂，感受其對中醫之熟稔、思路敏捷。他首先教我如何從中醫醫典中找尋資料，是一位特優的指導教授。當天與他討論幾篇論文後，他說我的論文寫得不錯，聘請的醫師都很優秀，並說他指導的學生很多都已是教授，學生看多了，當場鐵口直斷說我升等教授會成功，有能力當上教授。他又說，他從不收學生的指導費，但因是國科會贊助我的醫學顧問費，我必須報帳，他才接受，之後他卻反而送我一套(五本)其所編的更昂貴的醫典及一本專書。之後再去他家討論論文，他依然送書給我，我眞是三生有幸。

10.感謝黃禎憲醫師———2003 年林彥翰醫師推薦他建中時期同班同學之父，北市皮膚科名醫黃禎憲醫師給我。由於 2005 年 6 月底，我的論文即將完稿，才撥空開始治療臉上嚴重的醫藥傷害。黃醫師爲人正直爽俠、心思靈動、經驗豐富、用藥謹愼，會站在病人立場提供最佳療策，且收費低廉。肝斑作雷射後易有色素沉澱，故一般醫師均不建議做雷射，只能擦三合一之藥，但並無法清除深斑。當我擦了半年藥後，黃醫師終於答應爲我做雷

射，之後他便引進最新的機器，2006 年 1 月開始爲我做爲期一年的柔膚雷射，搭配營養美白導入、保濕針劑、敷面及淺層磨皮去斑雷射的療程，效果不錯，又可縮小毛細孔與緊膚。黃醫師每天看診人數平均超過 600 人次以上，我的鄰居說她以前在板橋給黃醫師看病時，都等到半夜兩三點，一天超過 1000 多人次更是常有的事。因黃醫師堅持把病人看完而犧牲自己的睡眠，已於 1999 年接受台視訪問錄影，並被納入「國家圖書館文化資料庫」永久保存；同時其以一位民間私人診所的醫師，能結合醫療集團，並自創化妝品牌，實已創寫台灣皮膚界，甚至應是全球皮膚界的新歷史，因此，我很敬重他。我與曾讓他看過濕疹的同事研究發現：黃醫師個人的特殊氣質(指絕佳的病人緣)、醫術精湛、正派憨厚、慈悲與堅持，或許此正是他之所以能擁有全台灣最廣大病患群之魅力所在。2007 年 1 月發現《紅樓夢》書中有皮膚科之問題，於是黃醫師亦成了我的醫學顧問，同時他亦請他的藥師幫我解答了四個問題，在此我特爲致謝之。由於黃醫師堅持不收我費用(指整年的柔膚雷射及醫學顧問費)，目前我正嘗試以他的名義捐款給需要被幫助的人，以報答他的恩情。

11.感謝幫我介紹醫學顧問的前台大醫院精神科主任李明濱教授，並特別致謝台大醫院前婦產科主任黃思誠教授。當我在門診等黃思誠教授時，他主動告訴我願幫我看論文，但絕不收醫學顧問費，我當時感動萬分，但在另一次門診時，他及他的學生告訴我，由於我的三篇論文均關乎停經及內分泌，他的專長是婦科腫瘤，因此看完論文後，覺得幫不上忙。當時深覺不能當他的學生倍感遺憾，不過對他的敬意卻終生留存。又感謝本校學習中醫多年的陳宗論老師，提供一個有關賈瑞論文之中醫觀念給我。

12.感謝前台大中文研究所張健教授幫我寫序(現任文化大學中文研究所教授，台大兼任教授) ——其曾獲得台灣及大陸之優良著作獎、詩教獎及國科會研究成果獎勵 33 次，是目前台灣中國文學、西洋文學、中國思想之權威，也曾深入研究《紅樓夢》，與金志淵合作編撰了《紅樓夢之情節》一

書。張健教授曾閱讀過我的《紅樓夢中夢的解析》後，於電話中提供不少意見給我。2002 年他接受我的邀請，當敝校學術研討會的主持人，並兼當我發表薛蟠論文的講評者。今年通識中心主任何台華教授建議我升等論文請人寫序，於是我請求張健教授幫我寫《紅樓夢》的書序及擔任本校通識中心舉辦的「2006 年台灣紅樓夢論壇」的演講者，他依然是一口豪爽答應。2006 年 8 月 13 日，我去他家拿序時，他不但提供我論文中有關襲人的意見給我、幫我此書的「代序」校錯、贈送我四本書，之後又告訴我，他幫我寫序，希望我的書能賣得好一些，令我好感動，故張教授對我而言，是恩師，亦是益友。

此外，本書中有二篇論文〈妙玉〉及〈薛蟠〉，乃我與醫學顧問討論完後，由我個人整理撰寫，由醫學顧問再確認一次，經期刊雜誌審查通過，或邀請講評人論評後刊登。當時我將醫學顧問掛名於我的名字之後，共列為作者，經里仁書局徐秀榮老闆告知：單篇論文中，醫學顧問不能列為共同作者，僅能掛名文末致謝，出書時亦僅能致謝於「序」中。故今已獲得我的醫學顧問石富元醫師及文榮光教授同意，於此次論文出書時，特別聲明二人確實是我的醫學顧問，但為區別不同文章有不同醫學顧問，故我將於每一篇論文之題目下，註記之。

我歷經艱苦，克服了閱讀精神醫學、內科、婦產科及皮膚科等外文書籍之困難，及尋找醫學顧問碰壁的難堪。從每事問至逐漸能獨立研究後，再與醫學顧問討論，我看著自己進步。為了對自己及歷史負責，不讓我的論文在跨醫學部分出差錯，因此，多數論文我幾乎均請了二~三位以上的西醫醫師與我交叉討論或閱讀，最後再由中醫醫師林昭庚教授與我一篇篇討論完成。過去，我對自己深自期許，我僅投稿著名期刊及國立大學學報，至於我校《龍華科大學報》，我定全力支持，為的是提高敝校學報的學術水平，我責無旁貸。2004 年年初，我深感多年來許多評審委員極鼓勵我從事跨醫學領域之研究，提供我許多寶貴意見，我在此致謝之：(1)一位國科

會評審委員對我先後二年提出申請補助費 6 萬 8 千元及 4 萬元，均建議補助我 10 萬元者；(2)有多位審過我晴雯、賈母、王熙鳳論文的學者給予我許多寶貴的建議者；(3)一位敝校學報外聘的評審委員，曾為我的惜春及張金哥二篇論文一字一句親自示範優良的斷逗與替我論文校錯者。以上所有的教授之敬業與提攜，均令我印象深刻與感激萬分。我雖不知你們是誰？但我不會讓你們失望，因時間與世代將證明本書之價值。至於有關國科會特聘的核心小組、部分期刊及國立大學學報的編審會，對我的專題或論文的申訴案不能主持公道、少數評審委員的評語，及我深悟人性難敵魔考以相生共榮之實，曾讓我多次難過得傷心流淚，不過我卻執堅理想與永不退縮。侯文詠醫師曾告訴我，他非常厭惡台灣學術界的升等文化，我更深刻地體會到：有些已升上教授者對提出升等教授的副教授趕盡殺絕，為的是維護他們在學術界的優勢。之前我曾告訴魏院長：「我對人性很失望，對中文學界很失望，若有來生，能不落宿命，我將不再讀中文系。」他卻安慰我：「醫學界也一樣，把它當作是一種磨練！」在孤寂的學術路途上，我雖不入宗教，但卻希望自己能慈智雙運，誠懇踏實的作研究與反省思考。

愈挫愈勇是我的人生宿命。當師大劉渼教授《台灣近五十年來文心雕龍學研究》一書第 6 章，評論我於 2000 年出版的《文心雕龍文體論中自然崇拜與祖先崇拜之理路成變——從人類學及宗教社會學抉微》一書時，云：「可透析古代先民的生活型態、風俗習慣與政治狀況，貢獻厥偉。」我看到自己為了應徵台大中文系教師那年的寒暑假，每天清晨六點起床、晚上十二點入睡，先後四個月將研究七年多(1993-2000 年)之《文心雕龍》論文集結出書，雖未能如願成為台大中文系教師，但今日能受到肯定，深覺苦盡甘來。在台灣以《紅樓夢》作為「論文升等」，而非「學位升等」者，在我的資料庫中，至目前為止，多數的學者專家均慘遭過敗績，我亦不例外。碩士畢業後，1990 年我以《紅樓夢裏的夢探研》一書提出升等副教授，但卻升等失敗，然教育部沒寄評

審委員的意見給我，我也不知可以索取，也不知可以提申訴案，因此，努力了七年辛苦撰寫的論文與希望，就在一紙僅說明未通過升等的簡略公文中，全成泡影，不過仍感謝當時母校師大的王師關仕曾免費幫我看過此部論文，提供了不少寶貴意見給我，並贈送了一本他的著作《紅樓夢研究》給我，我感念至今。之後我決定報考中文博士班，而後也順利上榜。1992 年我補充了此書作者的部分，更名為《從夢學與心理學角度探析紅樓夢裏的夢》申請國科會獎勵案，果真獲國科會代表作乙種獎，這是《紅樓夢》專書最早獲國科會獎勵案者。對於自己具荊山璞玉之質，及「一朝石匠分明剖，始知其中碧玉奇」之命中定數，我冷靜看待上蒼的安排。當佛洛伊德《夢的解析》出版後，他的理論不被世人接受，八年內只賣了六百本書，之後卻因其堅持而留名百世，而凡人如我者，更需較佛洛伊德更加倍的堅毅與耐心。相信皇天不負苦心人，我在什麼地方跌倒，就應該在什麼地方站起來，我豈能有藉口？從 1998 年我正式跨入精神醫學、內科學、皮膚科及婦科學領域的新作中，我受過無數苦楚，堅信上蒼定然會還給我一個公道。

　　感謝 1997 年我的指導教授台大吳宏一老師，雖眼睛開刀，卻仍幫我看論文，從香港電告我論文應注意事項。感謝我另一位指導教授師大英語研究所滕以魯所長——助教事後告知我，在我博士論文口試後評分時，滕老師護衛我不遺餘力；她說她很羨慕我很有福氣，有一位很好的指導教授。再感謝前台大中文研究所李偉泰所長，在我應徵台大中文系教師時之賞識、鼓勵我從事學術研究。他們都是我的恩師、貴人。

　　又 2004 年，感謝 82 歲高齡的父親在我沒空時，幫我繳新屋房貸，但當從銀行員口中得知父親當天摔了一跤時，讓我心疼不已。1991 年父親曾為我考博士班之事，私自在泰國四面佛像下許願；1996 年父親曾陪我踏上零下 10 度冰天雪地的哈爾濱發表論文；2007 年 6 月父親又陪我參加中大的「紅樓夢學術研討會」，在滂沱大雨中舉步維艱。我告訴父親，他就是我此生最大的福星。2004 年暑假，一群已畢業十年的導生，帶著妻小、一

顆大西瓜、生日蛋糕及其他食物來家中為我慶生。我竟收到此生第一條超迷你的鑽石珍珠項練，當天感動得幾乎想流淚。由於此部論文體制龐大，近六年來我幾乎是以校為家，故家中僅稍飾之，菜色不周，等論文完稿後，我將再次補償這批可愛的學生及其家族。

2005 年 7 月，站在南京──國父中山陵之下，望著牌坊上的「博愛」字樣，我不禁思考：「讀書人的重責大任該是什麼？」不是就應該堅持道德良知與公平正義，及將自己豐富的學識與寶貴的經驗提攜後學──不應是獨善其身，而是兼善天下。

2006 年年初，感謝父兄姊弟在我貸款極為沉重時，協助我快速償清及多年來對我的百照有至，上蒼恩賜我的親情，竟是如此超乎想像的豐厚！感謝本校高層長官的提攜，同事李瑞貞、張沼、黃靜蓮及前電機系主任謝飛虎(老師)等的愛護情誼，另有關於我的國科會申訴案中幫助我最多的前通識中心主任方仁駿副教授及提供一些意見給我的前文學院院長蔡行濤教授，尤其是方仁駿主任幫我擬議題與我多次逐字討論，耽擱他許多寶貴時間。感謝國科會及本校的專題補助，及工讀生張偉群、李俊慶同學、葉永盟同學等協助我完成此部高達 54 萬字的十年之作。2006 年 7 月 21-25 日，通識教育中心因教育部評鑑甲等，除了主任外，有三位老師被推薦參與董事會出資的免費旅遊，因此，江南我是重遊了。行程中終於參觀到去年自費江南遊未安排的──傳言中是《紅樓夢》之所本的江南四大名園之一的「拙政園」。此園果真巧裁出新，乍看確實有不少《紅樓夢》的影子。當天我站在園中自思：我在學術上所受到的某些不公平待遇，或許正是：「天欲降大任於我也，必先勞我筋骨，苦我心志，增益我所不能吧！」人是否應像樹一般趨光向陽，凡事往好處想？有逆境菩薩，才有進步！2006 年 10 月感謝康來新教授贈送我《飲食文化》之書及對我此部論文之關切，更感謝台大歐麗娟副教授提供我準備升等教授的建議。又此次我於 2006 年 12 月中旬後投稿學生書局之論文，經陳仕華主編送審後，2007 年 3 月底回

電通過審查，決定幫我的《紅樓夢》論文出版，當時陳主編提及評審委員的「善意建議」，讓我覺得好溫馨。

我是個剛正不阿且心地善良之人，自許應永保公正廉明之心、勗勉自己多行善、種福田、提攜後學，並爲我父母親立下此世之好名聲。生命無常，慧命永在，我將以有限之生命，創作出無限之學術貢獻及終生投入志工行列──我的向善與向上，就算是一種感恩與報恩吧！

中文摘要

　　《紅樓夢》一書，乃從石頭神話進入太虛幻境中---天神降神而生的綺幻故事。有關寶玉與金陵十二釵，歷來研究者多，而本書除了演繹文學之美外，亦將嘗試跨醫學領域 (跨精神醫學、內科學、婦科學) ，選取適合的人物作性格、情感與醫病問題之研究。

　　凡人皆具有性氣。在本書之研究中，筆者發現具特殊性格或行為不符社會規範者，往往命運坎坷、難符長輩所望，或有違法犯忌之行，如妙玉具孤僻與強迫型性格，故不善人際。晴雯具被動攻擊性格，故被妒害後，可能因得女兒癆及又感風寒而亡，或得女兒癆及又併發肺炎而亡。賈瑞具反社會型性格，戀母情結，故當其因追求王熙鳳後，可能因得了肺結核又併發腦膜炎而亡，或因得了肺結核又藥物中毒而亡。薛蟠具反社會型性格障礙，又是個雙性戀者，故有違法犯忌，亦有虐妻行為；惜春具孤廉型性格，喜佛悅道，終臥青燈古佛旁。林黛玉具孤潔自戀型性格，卻自幼體弱多病，最終可能因重度憂鬱症而使其肺結核之病情加重而亡。賈寶玉性格行為乖僻，卻又體貼多情，既具處女情結與潔癖，同時又有同性戀期之同性戀行為，但此癖好及喜吃胭脂之僻性，卻在時光飛馳中逐漸消逝，其憂鬱症亦在了悟人生大義後悄然而癒。此雖符合佛洛伊德對人類「性心理」之研究，不過有可能亦是小說創作之巧合。

　　另具一般性格者，雖生命型態較平穩，卻也各有命，而志節過人者，則又有悲壯之舉。前者，如襲人，雖有一些內科疾病，但其柔中帶剛之性格，卻令其避過起念自殺之難關。王熙鳳，雖有溫柔美意，卻又剛悍奸宄，最終極可能因「腸胃潰瘍或疑似肝硬化合併食道靜脈瘤」產生大量出血後，舊傷未癒而造成腦部功能喪失，在昏迷狀況下產生譫妄現象而歷幻返金陵。尤二姐之水性楊花，造成了婚姻的不幸及吞生金自逝之悲劇。秦可卿性格之高強

過慮，造成其可能因婦科疾病「下丘腦閉經症」而亡。賈母既有通泰之性氣，亦有膽小性格，不過卻因風寒併發感染性腸胃炎而卒。秦鐘雖具左強性格，但卻因風寒、受鞭笞及父亡之身心煎迫，最終可能因感染症而亡；趙姨娘既有貪妒，又有毫無算計之性格，從暴病時之解離狀態，至可能是因某種重大內科疾病之出血，且產生急性精神症狀而暴斃，其中刻劃了妾命悲微之典型。迎春雖性怯，卻仍是個有性氣之人，元春則儉樸與多情，但二人則有近似之病徵，前者可能是---因急性肺炎而卒，後者則最終可能因中醫之「肺癰」，即西醫所謂之「支氣管擴張」合併其他併發症，造成呼吸困難、衰竭而卒。後者，如張金哥、司棋、金釧兒、鮑二家的及鴛鴦等，其實均具衝動型行為，而守備之子及潘又安之「仿同自殺」，則又是一種感染情緒的表現。尤三姐之餳淫浪色，最終或各種因素及貞潔而自刎，以上均屬悲壯而悽涼。

　　有關紅樓這些人物之性格、情感及醫病問題之關係，究竟為何？。筆者發現，性格確實主導命運，或有影響及於婚姻生活者，或有影響及於醫病者，但卻因人而異。

關鍵詞(Keywords)：紅樓夢(*The Dreams of the Red Chamber*)、精神醫學
　　　　　　　　(Psychiatry)、內科學(Internal medicine)、婦科學(Gynecology)

紅樓夢人物之性格情感與醫病關係

—跨中西醫學（精神醫學、內科、婦產科、皮膚科）之研究

目　錄

　　*醫學顧問：林昭庚教授、黃禎憲醫師、李光倫醫師及魏福全醫師

　　*醫學顧問：石富元醫師及魏福全醫師
　　*1999年〈隱匿在強迫型性格異常下之妙玉〉通過審查/刊登於
　　《國家圖書館館刊》/第2期/頁205-222，之後筆者又增益之

　　*2003年龍華科技大學贊助計劃
　　*醫學顧問：石富元醫師、文榮光教授、李光倫醫師、
　　林昭庚教授
　　*2004年此文通過審查/刊登於《中國文化月刊》/第280期
　　/頁1-60，之後筆者又增益之

伍　傳情大使——晴雯之被動攻擊性格與醫病情緣　142
(Flirts ambassador ——Qing-wen's passive-aggressive personality, emotional world and diseases)

陸　尤三姐之靈肉擺盪　169
(San-Jie You's behavior: the conflict between spirituality and physical love)

(Bao-yu Jia's personality, complex sentiments and diseases)

*2004 年國科會贊助計劃之二

*醫學顧問：魏福全醫師、李光倫醫師、林昭庚教授

　及劉益宏醫師

*2005 年〈賈寶玉之醫病悖動〉通過審查/刊登於《古今藝文》

　/第 31/第 3 期/頁 54-64

*2004 年國科會贊助計劃之三

*醫學顧問：鄭泰安醫師、魏福全醫師、李光倫醫師

　及林昭庚教授

壹·緒　論

Introduction

*醫學顧問：林昭庚教授、黃禎憲醫師、
李光倫醫師及魏福全醫師

　　《紅樓夢》一書，從石頭神話披露賈寶玉歷經頑石點化、淬煉，至回歸原型止，期間延展出貴族豪宅繁華錦簇、奢華過費之描述；作者更引領讀者進入金陵十二釵核心英雄之事，並穿梭於約九百多個樣態人物之鋪陳與表演時區[1]。自《紅樓夢》成書以來，閱者或有同歌同泣者，可見其浸染人之深。作者對人物至情至性之素描及情節之曲折環扣，雖爲書中之佳筆，然最引人入勝者，莫過於對人物性格、情感與醫病之敘事，因此，本書除了重力探討《紅樓夢》中的文藝之美外，亦將嘗試跨中西醫學領域研究人物之性格、情

---

[1] 最早提出《紅樓夢》人物有 421 人者，為清朝嘉慶年間之諸聯的《紅樓夢評論》；清嘉慶姜棋統計有 448 人，其後陸續又有多人提出統計資料；民初《紅樓夢人譜》統計有 721 人，但若包括述及帝王、仙神及故事人物等，則統計出有 983 人；1982 年上海師範學院徐恭時《紅樓夢日記》，統計有 975 人，其中有姓名者 732 人，無姓氏而有稱謂的 243 人。1990 年文化藝術出版社《紅樓夢大辭典》中之「紅樓夢人物」及「文史人物」，則歸納為 962 條。(案：筆者綜合參考賈穗〈《紅樓夢》中有多少人物？〉，刊於《經典叢話·紅樓夢漫拾》，頁 239 及薛宗明之資料，見〈紅樓知樂人- 妙玉〉網站： http:// www.erdsi.net/hlzlr.html - 33k -2006/3/5)因此，李丹、李兵〈奴才的發家史──試談襲人形象以及賴嬤嬤一家〉一文中，引《現代漢語辭典》中云：「據研究，《紅樓夢》共寫了榮寧二府 300 多個人物」(見《紅樓夢學刊》，2006年，第 1 輯，頁 317)之說法，則與《紅樓夢》之研究專書或辭典之考證間有落差。我們寧可相信紅樓夢專書之研究數據，至少有三部紅學專書所研究之紅樓人物均超過 900 人，因此，筆者採此三書之說法。

感與醫病之關係。第壹章為「緒論」，第貳章～第拾捌章將以情節中人物為編排序列，直接進入跨醫學領域之研究，而第拾玖章則是「結論」，筆者將對所研究撰寫之 17 篇文章進行歸納分析。

　　本章「緒論」中擬分四個單元研究之：一、紅學的發展與醫藥考，二、研究背景與目的，三、「跨領域研究」之定義、方法與步驟，四、研究之期望與貢獻。

一、紅學的發展與醫藥考

(一)紅學的發展

　　《紅樓夢》之研究範疇，廣而深，自有脂評以來至於今，除了研究作者、人物、版本、品名、建築、情色、服飾、考據、文藝、評點、索隱、思想、美學、飲食文化、風俗民情之外，又有從歷史、醫學、醫藥、心理、佛學、文獻學、女性主義、管理學、植物圖鑑…等不同角度之探討，其中多半為文學與哲理之詮釋，跨領域的管理學、民俗學、或心理學，亦能有所發揮，尤其品名[2]、服飾[3]、飲食文化、索隱(有稱之為密碼者)[4]之新著作與彩繪圖片、幾部《紅樓夢辭典》的問世，及由大陸中國人民大學書報資料中心授權台灣

---

[2]「品名」、「器物」，早見於周汝昌《紅樓夢新証》中第 8 章「文物雜考」，頁 785-822；另 2004 年出版的孫軼旻《紅樓收藏》(附有圖片)；又 2005 年有黃麗容〈《紅樓夢》之西方文物文學價值探微〉，刊於〈國際文化研究：真理大學通識教育學報〉…等均可參考。

[3]可參考 2003 年出版的王齊洲、余蘭蘭、李曉暉《絳珠還淚》及 2004 年出版的李軍均《紅樓服飾》(附有圖片)。1994 年輔大織品服裝系蘇惠玲有《紅樓夢中婦女服飾與藉以刻劃腳色的效應——以王熙鳳、薛寶釵、林黛玉為中心的比較研究》；詹雅雯亦有〈《紅樓夢》之服飾書寫〉，發表於《東方人文學誌》2006 年 6 月，頁 157-177。

[4]可參考 2005 年出版的隋邦森、隋海鷹《石頭記密碼　清宮隱史》。

漢珍數位圖書公司所建立的「紅樓夢研究資料庫」[5]等，對研究《紅樓夢》的學者或紅學熱潮而言，助益良多。又「《紅樓夢》漢英習語詞典面世　作者是 87 歲老人」[6]，這更令人矚目，然而更專業之醫學問題，卻一直是文學人所難以理解的，且亦非透過單純地詢問醫師所能解決，必有更縝密的紅學專業研究配合之，方能協功同寅，因此，本書緒論的第一單元，將嘗試研究臺灣近二十年來之重要紅學研究概況，有關期刊部分則擬作斷代式(從1990-2006 年)之回顧或爬梳。另筆者亦將論述海峽兩岸三地紅學之發展、紅學之國際研究動向及醫藥考等。

　　首論臺灣近二十年來之重要紅學研究概況。早期在臺灣文壇上除了胡適、潘師重規、林語堂、趙岡、陳鍾毅、高陽…等是紅學重量級的學者，多以考證為主外，近二十年來比較活躍且同時出版了一本或一本以上之紅學書籍(包括博碩士論文)、期刊(或研討會論文)之台灣紅學研究者不少，筆者將以目前之網路知見及其他資料蒐編，依出書之多寡順序排列如下：如康來新教授之專書有 *Study on Theatrical Elements of Hung──Lou Meng*、《伶人文學

---

[5]1979-1993 年間，從大陸地區所公開出版之數千種報刊、叢書中，搜集到的有關《紅樓夢》創作、評論、版本，與曹雪芹家世、生平、思想、作品等資料，精選其中具有學術研究、參考利用和保存價值之優秀文獻。內容還包含當代學者針對曹雪芹殘稿佚文、家史資料之考證，並比較各種版本之異文，考其出現年代之前後，亦留意《紅樓夢》譯本與流傳海外之情形，及紅學研究之重要學者交流、評析專家論著，紅學研究趨勢、評論方法、發展情況回顧、未來展望等。同時也關心台灣地區《紅樓夢》研究成果與出版動向。另有紅學專題研討會之相關報導及會中新成果發表之述評。見「紅樓夢研究資料庫」

網站：http://.cdnet.lib.ncku.edu.tw/93cdnet/try/hunglou.htm -2007/1/5。

[6]見〈人民網──《紅樓夢》漢英習語詞典面世　作者是 87 歲老人〉：「人民網 10 月27 日電中國第一部《紅樓夢》漢英習語詞典，於 10 月底在杭州的西湖書市面世。《紅樓夢漢英習語詞典》共 80 多萬字，收集了《紅樓夢》中 2270 餘條詞語，以及許多文言、俗語、諺語、歇後語等。網站：

http://*www.people.com.cn/BIG5/wenhua/22219/2154177.html* - 20k。2006/12/2。

析論》、《紅樓夢研究》、《石頭渡海：紅樓夢散論》、《失去的大觀園》
及《紅樓長短夢》等 6 本；發表有關《紅樓夢》的期刊論文 5 篇；研討會論
文 8 篇。筆者之紅學專書有《紅樓夢裏的夢探研》(案：此書曾增加作者部
分更名爲《《從夢學與心理學角度探析紅樓夢裏的夢》)、《紅樓夢中夢、
幻、夢幻情緣之主題學發微──從精神醫學、心理學、超心理學、夢學及美
學面面觀》、《紅樓夢中夢的解析》及《紅樓夢簡本》等 4 本；發表有關《紅
樓夢》的期刊論文有 11 篇；研討會論文有 1 篇。王師關仕之紅學專書有：
《紅樓夢研究》、《紅樓夢指迷》及《微觀紅樓夢》等 3 本；發表有關《紅
樓夢》的期刊論文 30 篇。皮述民教授之紅學專書有《紅樓夢考論集》、《李
鼎與石頭記》及《蘇州李家與紅樓夢》3 本；發表有關《紅樓夢》的期刊論
文有 5 篇。郭玉雯教授之紅學專書有《紅樓夢人物研究》、《紅樓夢學──
從脂硯齋到張愛玲》及《紅樓夢淵源論：從神話到明清思想》等 3 本；發表
有關紅學的期刊論文 10 篇；研討會論文 5 篇(案：若發表於研討會之論文與
發表於期刊同一篇名者，則筆者不列入計算)。朱嘉雯之紅學書籍有《「接
受」觀點下的戰後臺灣作家與紅樓夢》、《紅樓夢導讀：教育部第二梯次「提
昇大學基礎教育計畫」》及《畫說紅樓》(與蔡怡君及吳盈靜合作改寫)等 3
本；期刊論文 3 篇；研討會論文 5 篇。歐麗娟副教授之紅學專書有《詩論紅
樓夢》、《紅樓夢人物立體論》等 2 本；發表有關《紅樓夢》的期刊論文有
12 篇；研討會論文有 1 篇。陳美玲副教授之紅學專書有《紅樓夢中的寧國
府》及《紅樓夢裡的小姐與丫環》2 本，單篇期刊論文有 2 篇。陳瑞秀有關
紅學之書籍有《紅樓夢中神話寓境》及《三國夢會紅樓》等 2 本　施鐵民之
紅學專書有《紅樓夢年月歲時考》及《紅樓夢章法與技巧：以西洋文學批評
與清代紅樓夢批語論證》〉2 本。王佩琴有關紅學之書籍有《說園──從金瓶
梅到紅樓夢》及《紅樓夢夢幻世界解析》2 本。駱水玉有關紅學之書籍有《四
部具有烏托邦視境的清代小說──水滸後傳、希夷夢、紅樓夢、鏡花緣研究》
及《紅樓夢脂硯齋評語研究》2 本。劉廣定教授之紅學專書有《化外談紅》

1 本，發表有關《紅樓夢》的期刊論文有 14 篇。李豔梅副教授有關紅學之書籍有《三國演義與紅樓夢的性別文化初探——以男義女情爲核心的考察》1本；發表的期刊論文有 5 篇(案：若發表於研討會之論文與發表於期刊同一篇名者，則筆者不列入計算)。王三慶教授之紅學專書有《紅樓夢版本研究》1 本；發表有關《紅樓夢》的期刊論文有 3 篇；研討會論文有 2 篇。林碧慧有紅學專書《大觀園隱喻世界——從方所認知角度探索小說的環境映射》1本；期刊論文 2 篇。林均珈有紅學書籍《紅樓夢子弟書研究》1 本；期刊論文 1 篇。彭家正有《莊嚴與詼諧的對話——《紅樓夢》的禮俗與節慶書寫》1本；期刊論文 2 篇。詹雅雯有紅學專書《紅樓夢四需書寫之研究》1 本；期刊論文 1 篇[7]。台灣學者在紅學之研究區塊中，從研究的範疇觀之，表現不凡。

---

[7]康來新教授發表的期刊論文有〈淚眼先知——評《重讀石頭記》第五章「悲劇」〉、〈紅樓夢圖像概說〉、〈評歐麗娟《詩論紅樓夢》〉、〈解情不解 High——試解寶黛的木石結盟〉及〈吃醋，秀出了什麼？談「王熙鳳」的戲弄與假扮〉等 5 篇；研討會論文有〈謎事——清史疑案與高陽紅學小說〉、〈新世界的舊傳統——高陽紅學芻論〉、〈台灣文藝思潮與《紅樓夢》〉、〈世紀末的救贖——在曹雪芹與林奕文之間的《浮生六記》〉、〈中西交通史與台灣史中的《紅樓夢》〉、〈台灣的索隱派紅學〉、〈對照記——張愛玲與《紅樓夢》〉及〈閒情幻—紅樓夢的飲食文學〉等，共 8 篇。筆者發表的期刊論文有：〈隱匿在強迫型性格異常下的妙玉〉、〈紅樓夢中之義學奇情與謠諑效應〉、〈紅樓夢中賈瑞之反社會性格、戀母情結及器質性幻覺症〉、〈紅樓夢中秦可卿之情性及生死之謎〉、〈紅樓夢中襲人轉蓬般之性命〉、〈紅樓夢中賈寶玉之醫病悖動〉、〈紅樓夢中之傳情大使——晴雯之被動攻擊性格與醫病情緣〉、〈紅樓夢中金釧兒、鮑二家的、鴛鴦三個侍女的性格與生命情態〉、〈紅樓夢中惜春、迎春及元春之輝光與褪色〉、〈尤三姐之靈肉擺盪〉及〈張金哥的「繩河之盟」與司棋的「同心如意」〉等 11 篇；研討會論文有〈薛蟠的酷虐性格與雙性戀〉1 篇。王師關仕發表有關《紅樓夢》的期刊論文有〈大觀園的南北是非〉、〈紅樓夢考鏡（1~24）〉、〈紅樓夢紀年研究（1~6）〉等，共 30 篇。皮述民教授發表的期刊論文有〈賈寶玉的形象意義與人物原型〉、〈從李鼎「石頭記」中的「幾個異樣女子」說到曹雪芹「石頭記」中的「金陵十二釵」〉、〈論「石頭記」批書人「梅溪」、「松齋」均當姓李〉、〈「石頭記」詠論賈寶玉詩詞綜探——「李鼎、脂硯、寶玉三位一體說」的解謎實證〉及〈論「石頭記」八十回的形成——

從李鼎的「石頭記」到曹雪芹的「石頭記」〉等5篇。郭玉雯教授發表的期刊論文有〈紅樓夢魘的考證意見與價值——以小處刪改與後四十回問題為主〉、〈《金瓶梅》與《紅樓夢》〉、〈《紅樓夢》與《金瓶梅》的藝術筆法〉、〈紅學索隱派的比附觀念與方法〉、〈王國維《紅樓夢評論》與叔本華哲學〉、〈紅樓夢與女媧神話，婦女與兩性學刊〉、〈紅樓夢與女神神話傳說——林黛玉篇〉、〈紅樓夢與魏晉名士思想〉、〈紅樓夢與女神神話傳說——秦可卿篇〉及〈張愛玲小說與紅樓夢〉等，共10篇；研討會論文有〈紅樓夢魘與紅學〉、〈紅樓夢魘與紅學，閱讀張愛玲〉、〈紅學考證派述評（胡適與俞平伯——紅學考證派述評之一，周汝昌、吳世昌與趙岡——紅學考證派述評之二）〉、〈紅樓夢中的情欲與禮教——紅樓夢與明清思想，情欲明清〉及〈紅學評點派概述，情欲與禮教——紅樓夢與明清思想，情欲明清〉等，共5篇(案：若發表於研討會之論文，與發表於期刊同一篇名者，則筆者不列入計算)。朱嘉雯發表的期刊論文有〈滿天風勢，迎向中國的文藝復興——側寫「五四文藝雅集」〉、〈將傳統融入現代——論白先勇與「紅樓夢」的關係〉及〈從曹雪芹到瓊瑤，愛情本質不變——論現代作家瓊瑤與古典小說「紅樓夢」的關係〉3篇；研討會論文有〈是故鄉？還是他鄉？——台灣日據時代作家與「紅樓夢」〉、〈曹氏祖孫的告別美學〉及〈林黛玉解琴析論〉等3篇。歐麗娟副教授發表的期刊論文有：〈《紅樓夢》中的四時即事詩：樂園的開幕頌歌〉、〈《紅樓夢》中的〈五美吟〉：開顯女性主體意識的詠嘆調〉、〈從《紅樓夢》看曹雪芹的律詩創作／品鑑觀〉、〈《紅樓夢》詩論中的感發說〉、〈《紅樓夢》中的「紅杏」與「紅梅」：李紈論〉、〈林黛玉立體論——「變／正」、「我／群」的性格轉化〉、〈「冷香丸」新解——兼論《紅樓夢》中之女性成長與二元襯補之思考模式〉、〈《紅樓夢》中的「石榴花」——賈元春新論〉、〈文學閱讀中情欲主體的建構——評《重讀石頭記》第四章「文學」〉、〈薛寶釵論——對《紅樓夢》人物論述中幾個核心問題的省思〉、〈《紅樓夢》中的「燈」：襲人「告密說」析論〉及《紅樓夢》中的「狂歡詩學」——劉姥姥論等12篇；研討會論文有〈紅樓夢論析——「寶」與「玉」之重疊與分化〉1篇。陳美玲副教授之單篇期刊論文有〈從繼承到創新——潘金蓮與王熙鳳的比較〉、〈美醜都在情和欲之間——李瓶兒與尤二姐比較〉2篇。陳瑞秀發表的期刊有〈迷情人自說紅樓-〈紅樓夢〉中的弔詭意蘊〉1篇。劉廣定教授發表的期刊論文有：〈從「秦可卿淫喪天香樓」談「紅樓夢」的「脂批」〉、〈紅樓夢版本研究芻談〉、〈春柳堂詩稿的作者問題試探〉、〈紅樓夢各版本間關係之試探〉、〈林語堂的英譯紅樓夢〉、〈陳寅恪與「紅樓夢」(悼念陳寅恪先生(1890-1969)逝世三十年)〉、〈「石頭記」「己卯本」重探〉、〈庚辰本「石頭記」七十一至八十回之版本研究〉、〈「石頭記」詠論賈寶玉詩詞綜探——李鼎、脂硯、寶玉三位一體說」的解謎實證〉、〈紅樓夢抄本抄成年代考〉、〈鄭藏紅樓夢殘本的研究〉、〈臺灣大學所藏活字本《紅樓夢》簡述〉、〈評介[潘富俊著]《紅樓夢植物圖鑑》〉及〈1948年的周汝昌與胡

　　此外，有關《紅樓夢》的博碩士論文著作已有 1 本而尚無相關之紅樓夢的期刊發表者，包括黃慶聲《紅樓夢所反映的閱讀倫理及文藝思想》、蕭鳳嫻《國族、學科、小說——來臺紅學四家論》、崔溶澈《清代紅學研究》、崔炳圭《紅樓夢賈寶玉情案研究》、周黃美惠《大某山民評點《紅樓夢》之研究》、黃玉緞《張愛玲小說受紅樓夢影響之研究》、王錫齡《乾隆抄本百廿回紅樓夢稿研究》、朱鳳玉《紅樓夢脂硯齋評語新探》、吳麗卿《紅樓夢的女性認同》、江佩珍《閱讀賈寶玉——從語言溝通的角度探討小說人物塑造》、汪玉玫有《紅樓夢中賈府女性人物論》、李昭琳有《紅樓戲曲研究》、金泰範《韓文藏書閣本紅樓夢研究》、陳麗如有《紅樓夢的「哭泣」機制研究》、林依璇《無才可補天——清代嘉慶年間紅樓夢續書藝術研究》、吳梅屏《在理想與現實的衝撞中追尋生命之真義——試論《紅樓夢》之"色"、"情"、"空"》、黃本任有《紅樓夢中的詩觀研究》、石梅琳《張愛玲小說與紅樓夢之詞語、詞匯、時空比較研究》、黃懷萱有《紅樓夢佛家思想的運用研究》、張月琪《曹雪芹之石頭記與詹姆士‧喬依斯之一位年輕藝術家的畫像中藝術

適——從「甲戌本石頭記」談起〉及〈讀[劉心武著]《劉心武揭秘紅樓夢》評「虛擬紅學」〉等 14 篇。李艷梅副教授發表的期刊論文有：〈從中國父權制看《紅樓夢》中的大觀園意義〉、〈《三國演義》與《紅樓夢》的性別文化－從行動場域的角度談起〉、〈從《紅樓夢》看女性文化中的「體貼」關係與價值〉、〈審美性與體貼——論《紅樓夢》的女性文化意涵〉、〈從性別視角論《紅樓夢》女性文化的"癡情"生命境界〉及〈《三國演義》與《紅樓夢》男義女情的性別文化解讀〉等，共 5 篇（案：若發表於研討會之論文，與發表於期刊同一篇名者，則筆者不列入計算）。王三慶教授發表的期刊有〈「紅樓夢」中的幾齣戲劇及其代表意義〉、〈蘇雪林教授之「紅樓夢」研究〉、〈也談賈寶玉的"意淫"及《紅樓夢》的情感書寫〉等 3 篇；研討會論文有〈試論《紅樓夢》開卷五回在全書中的寫作職能〉及〈《紅樓夢》中的戲劇世界及其真實意義〉2 篇。林碧慧有期刊論文〈臺灣地區「紅樓夢」關係文獻的輯錄〉及〈紅樓的晒年孤寂——由文學觀點看紅學研究〉2 篇。彭家正有期刊論文〈葬花詞的審美趣味〉及〈劉姥姥遊大觀園——《紅樓夢》中的「狂歡節」之一〉2 篇。林均珈有期刊論文〈清代說唱曲藝——《紅樓夢》子弟書簡介〉1 篇。詹雅雯有期刊論文〈紅樓夢之服飾〉1 篇。

職志之比較》、邱妙娟《紅樓夢的愛情描寫及愛情觀》、王偉志《紅樓夢之
「意義形式」試探》、周忠泉《紅樓夢中家庭形態之研究》、秦英燮《紅樓
夢的主線結構研究》、莊朝鈞《安東·契可夫的《櫻桃園》：舊時代的沒落
——並與曹雪芹之「大觀園」略作比較》、王月華《清代紅樓夢繡像研究》、
李淑伸《紅樓夢與中國傳統審美觀之內在聯繫》、陳克嫻《明清長篇世情小
說中的笑話研究——以金瓶梅、姑妄言、紅樓夢為中心之考察》、王吉松《以
用字分析紅樓夢之作者問題》、李光步《紅樓夢所反應的清代社會與家庭》、
鍾明玉《紅樓夢飲食情境研究》、沈小雲《從古典小說中色彩詞看色彩的時
代性－以清代小說紅樓夢為例》、楊平平《父權社會下的女兒國——紅樓夢
女性研究》、鄭靜芸《紅樓夢人物死亡研究》、劉美蕙《紅樓夢脂硯齊批
語敘事研究》、盧佳培《賴德和：舞劇《紅樓夢》音樂創作探源》、崔溶澈
《紅樓夢的文學背景研究》、顏榮利《紅樓夢中的詩詞題詠》、許惠蓮《紅
樓夢劇曲三種之研究》、林佳幸《改琦《紅樓夢圖詠》之研究》、王盈方《紅
樓夢十二釵命運觀之研究》、曾麗如《紅樓夢賈政之庭誥精神追新——兼述
聖父佳兒與中國父權文化》、莫秀蓮《世情小說中的母親形象研究——以《金
瓶梅》、《醒世姻緣傳》、《林蘭香》、《歧路燈》、《紅樓夢》為考察對
象》、宋孟貞《紅樓夢與鏡花緣的才女意義析論》、楊彩玲《織夢紅樓——
語意法運用於古典文學之首飾創作》、潘玉薇《人物、情、花園：從「才子
佳人」到紅樓夢》、林素梅《紅樓夢宗教人物之研究》、董佩蘭《紅樓夢德
譯本的刪譯現象》、李昭瑢《邊緣與中心——紅樓夢人物互動考察》、黃淑
芬《從”白納德之屋”與”紅樓夢”中比較中西婚姻觀》、賀一平《菲爾汀小說
與紅樓夢神職人員之比較》、張育如《布頓柏魯克世家與紅樓夢中的家族沒
落》、蘇惠玲《紅樓夢中婦女服飾與藉以刻劃角色的效應——以王熙鳳、薛
寶釵、林黛玉為中心的比較研究》、李秋鳳《張愛玲小說中重影人物的研究》、
丁瑞瀅《紅樓夢伊藤漱平日譯本研究》及石美芳《紅樓夢人物意象應用於現
代妝飾設計創作之研究》等。

　　除了上述筆者所論及之學者以外，自 1991 年以來至 2006 年止，其他發表於臺灣期刊的有關《紅樓夢》之單篇論文超過 3 篇以上者，如廖咸浩有 3 篇；李淳玲有 7 篇；應鳳凰有 3 篇；區展才有 5 篇；柳存仁有 4 篇；吳美鳳 4 篇；余國藩、李奭有 4 篇；霍國玲原著有 3 篇等[8]。而發表一、二篇論文者，爲數不少。

　　總之，近二十年在臺灣之紅學研究，有別於過去紅學之研究範疇者，如透過語言對應性及宗教象徵的研究、有透過花草植物、傢俱考證者及筆者一系列的「跨醫學領域－綜合中西醫學」之研究。

　　近幾年來在大陸與之前的研究範疇較有不同者，有潘富俊的《紅樓夢植物圖鑑》、河南中醫學院教授段振離的《醫說紅樓》[9]——從藥理、水果及物品等，論及紅樓人物之疾病等書之出版，...及任明華《紅樓園林》等。而現

---

[8] 自 1990-2006 年，廖咸浩有〈前布爾喬亞的憂鬱——賈寶玉和他的戀情〉、〈說淫——「紅樓夢」「悲劇」的後現代沈思〉及〈「詩樂園」的假與真——「紅樓夢」的後設論述〉等 3 篇；李淳玲有〈史湘雲與「十獨吟」〉、〈試解紅樓夢中史湘雲結局疑案〉、〈再解史湘雲結局疑案(上)〉、〈薛寶釵的生命——她的「美」和「悲劇」〉、〈紅樓繫年——寫在「第六篇　紅樓夢的美感世界」之前〉、〈紅樓夢的美感世界(上)〉及〈紅樓夢的美感世界 (下)〉等 7 篇；應鳳凰有〈紅樓夢英譯趣談(1)：關於「紅樓夢」人名的英譯〉、〈紅樓夢英譯趣談(2)：草成花，紅變綠〉及〈紅樓夢英譯趣談(3)：風月寶鑑及其英譯〉等 3 篇；區展才有〈紅樓夢與無名書-1-5〉共 5 篇；柳存仁有〈王湘綺和「紅樓夢」〉、〈紅樓夢之舊本〉、〈從＜金雲翹傳＞到＜紅樓夢＞——讀陳益源＜王翠翹故事研究＞有感〉及〈寶玉和順治皇帝——清初的政治、宗教和文學〉等 4 篇；吳美鳳有〈繁華縟麗，說不盡的富與貴——從「紅樓夢」看清式家具〉、〈一枕軟輿蝴蝶夢，春魂飛繞綠楊煙——從「紅樓夢」看清代的輿轎〉、〈從「紅樓夢」看清式家具中的架几類小件〉及〈千文萬華·太平盛世——從「紅樓夢」看清式家具的桌案椅凳〉等 4 篇；余國藩著、李奭有〈再談虛構——跋「重讀石頭記」〉、〈紅樓論文學(上)〉、〈虛構的石頭與石頭的虛構——論「紅樓夢」的語言對應性及宗教象徵系統〉及〈情僧浮沉錄－－論「石頭記」的佛教色彩〉等 4 篇；霍國玲原著有〈「紅樓夢」中隱入了何人何事?〉、〈反照風月寶鑑——試論「紅樓夢」的主線〉及〈試論「紅樓夢」一書的寫作目的 -1-〉等 3 篇。

[9] 見〈《紅樓夢》熱〉在《知識通訊評論》半月刊 22，2005/10/16，網站：http://k-review.com.tw/2005/10/16/253/ - 17k。

階段在大陸突起的「紅樓熱」，中國紅學會副會長胡文彬認為：「因為曹雪芹的去世時間目前尚存爭議，有"壬午說"、"癸未說"、"甲申說"三種觀點，不同的學派分別把 2002、2003、2004 年定為曹雪芹"逝世 240 周年"，如此一來，在 2002 年至 2004 年這段時間裏，"紅學"便分外熱鬧，而相關活動也顯得較為頻繁。」[10]其說甚是。另也有人認為，這次《紅樓夢》高潮的掀起，「是由於劉心武在中央電視臺播講了十八集《揭秘〈紅樓夢〉》，大談秦可卿的身世，『考證』出秦可卿是康熙朝兩立兩廢的太子胤礽的女兒，賈家作為一種政治資本，冒險收留了她。這一說法引起了讀者的興趣，從而激起了新的『紅樓』熱。」[11]舊酒瓶中裝舊酒竟然還能略留香淳，類劉心武之索隱派的傳承者又有不同解讀，或許其自有分析之獨特性，但卻未必是事實，以致於在大陸冷熱兩極，而鄭鐵生《劉心武『紅學』之疑》及郭適豫〈從紅學索隱派說到 "秦學"研究其他——《論紅學索隱派的研究方法》後記〉均質疑與批評索隱著作的出現，雖然劉心武堅持認為自己是「探佚學中之考證派」[12]，不過類郭適豫之長期關注索隱派理論之評議者，亦大有人在。

另外，有關建築方面，大觀園仍是熱門的話題，蘇州的拙政園及水西莊，也被部分紅學研究者視為是《紅樓夢》大觀園之所本。尤其拙政園優美的風景，被旅遊業者捧在手心，而中共勤修觀光景點，更加深昔日在人們心中難以抹滅之紅樓魅影，這似乎亦是導因之一。江南第一大名園拙政園，除了地理位置正巧與書中所云大觀園均在蘇州外，「拙政園是明嘉靖年間御史王獻臣仕途失意歸隱蘇州後所建，聘著名畫家文征明參與設計，歷時 16 年而建成。400 多年來，屢換園主，曾一分為三，園名各異，或為私園，或為官府，

---

[10] 見〈圖文剖析"紅樓"熱〉在網站：「華夏文化-圖文剖析 "紅樓"熱」http://chinabroadcast.cn/gate/big5/.../3601/2005/06/22/109@593062_1.htm - 25k - 2006/08/26。

[11] 見〈《紅樓夢》熱〉在《知識通訊評論》半月刊 22，2005/10/16，網站：http://k-review.com.tw/2005/10/16/253/ - 17k。

[12] 見《紅樓夢學刊》，2006 年，第 3 輯，頁 49。

或散爲民居，直到本世紀 50 年代，才完璧合一，恢復初名"拙政園"，現列爲全國重點文物保護單位。」[13]而在王宗拭《拙政園》一書中亦提及「至於紅樓夢裏的稻香村·，拙政園裏的稻香館，亦有淵源關係。」[14]不過眞正將拙政園與曹雪芹勾扣在一起的，卻是在〈江南園林甲天下　蘇州園林甲江南〉一文，作者云：「有學者考證曹雪芹祖父及其姻親李煦任蘇州織造多年，曾購得部分拙政園爲居。曹雪芹幼時常隨家人去蘇州到園中居住，並有足夠時間去遊覽蘇州其他名園，自然會對園林留有深刻印象，在《紅樓夢》裏能夠感覺到蘇州園林留下的痕跡也不足爲奇。」[15]其實早先已「有人認爲《紅樓夢》中的大觀園，就是當年的圓明園，又說是蘇州的拙政園，還有說是，南京的隨園、南京的織造署、北京的什刹海、北京的恭王府…。」[16]並有一說：「相傳康熙末年，園的一部分爲曹寅購得，曹雪芹就誕生在園內，少年時也常在園中遊玩，所以大觀園的許多景致描寫取材於拙政園。」[17]此外，在韓吉辰〈大觀園的原型是查氏水西莊〉及〈大觀園軒館名稱溯源〉中另提及水西莊與大觀園中均有一勝景"藕香榭"。又「大觀園裏出現水西莊中獨有的紅菱，…大觀園軒館的名稱，確有一部分源自水西莊。…水西莊有"秋白齋"，大觀園有"秋爽齋"（白與爽是同義詞）；水西莊有"攬翠軒"，大觀園有"攏翠庵"（攏和攬是同義詞）；水西莊還有一處"農田"景點"一犁春雨"，而元妃省親時給大觀園題匾額，頭一個就是"梨花春雨"，從字面上和含義上也是很相似的。另外，大觀園中有個"逗蜂軒"，而水西莊恰好有一景點"來蝶亭"，"逗

---

[13]見〈拙政園美景〉，在「大紀元 8 月 19 日訊」，

網 站 ： http://www.epochtimes.com/b5/1/8/19/c3480.htm － 2005/08/09 － 23k -2005/07/29。

[14]見頁 31。

[15]見〈夏潮基金會〉網站：http://www.chinatide.org.tw/new/9-1.htm - 48k -2005/07/29。

[16]見盧賢生〈建築與文學〉，在網站「中國教育曙光網-曙光藝苑」：

http://www.chinaschool.org/sgyy/EEEE/EEEE11.htm - 41k -2006/6/15。

[17]〈歷經滄桑——蘇州名園的傳奇故事〉，見網站：

http://www.china.org.cn/chinese/CU-c/604350.htm - 16k－2006/10/04。

蜂"與"來蝶"互相對仗。大觀園軒館的名稱至少有 10 個與水西莊景點名稱相同或相似，這一點在其他私家園林中是沒有的。」[18]以上幾種說法中，又以前二種在大陸目前流傳較廣，或許未來《紅樓夢》學者有更充足之資料，可確切地考證紅樓建築與史跡，而任明華《紅樓園林》一書，從《紅樓夢》大觀園之原型與意義投影的園林搜羅資料[19]，亦可一觀。

　　近年來兩岸三地亦開始特別注重飲食文化之問題。其實早在《紅樓夢研究集刊》1981 年 10 月，第 7 輯中便有郭若愚〈《紅樓夢》飲食譜——兼論《斯園膏脂摘錄》〉一文提及飲食問題。又 1987 年《紅樓夢學刊》，第 4 輯中有吳南濱〈關於"吃茶"、"喜娘"種種——對《〈紅樓夢〉中的婚俗》一文的補充〉。1990 年第 3 輯中有古月《〈紅樓夢〉飲食譜》（秦一民著）。1992 年鍾明玉有《紅樓夢飲食情境研究》。1995 年陳詔曾由台灣商務印書館出版過《紅樓夢的飲食文化》；康來新教授亦於 1995 年之「飲食文學國際學術研討會」發表〈閑情幻——紅樓夢的飲食美學〉一文。1996 年《紅樓夢學刊》第 2 輯「紅學書窗」中有對《紅樓夢的飲食文化》之介紹。2001 年逯耀東《肚大能容——中國飲食文化散記》中亦有〈紅樓飲食不是夢〉一文；2004 年蔡衍麗有《紅樓美食》，同年秦一民之《紅樓夢飲食譜》又再次出版。2006 年 10 月 2 日至 6 日，北京電視臺「今日話題」欄目推出系列特別節目「五品紅樓」，邀請了著名的紅學家、美食家胡文彬先生從飲食文化的角度解讀《紅樓夢》。大陸中央電視臺亦播出了一條消息：「瀋陽一位中國烹飪大師張奔騰通過研究《紅樓夢》，將書中的"紅樓宴"全部挖掘了出來，並編成了我國第一本完整展示中華飲食文化博大精深的精美圖書《遼東紅樓

---

[18]前者於 2003 年 12 月 20 日撰寫，見網站：
http://*www.hforum.pchome.com.tw/viewtopic.php?uid=redstorey&pid=0009754
2005/07/29 - 27k - 。後者見〈今晚報-濱海新聞〉網站：
*http://*www.jwb.com.cn/big5/content/2004/06/25/content_245629.htm - 11k。
[19]可參考 2004 年時報文化出版的書。

宴》」[20]。而今筆者於 2006 年 10 月 27 日舉辦了爲期一天的「2006 台灣紅樓夢論壇」，康來新教授演講了「閑情幻——紅樓夢的飲食美學」，同時相似之主題「從紅樓夢的生活美學談起」，康來新教授亦在嘉南平原演講過。又 2006年桃園蓮花季，桃園縣政府文化局舉辦了「《紅樓夢》與蓮花餐」[21]爲蓮花餐與《紅樓夢》的飲食文化搭起橋樑。另在台灣的網路上更可看到不少關於飲食文化之網站及相關之學術性作品，如「茶之文化」[22]及著名的「紅樓夢23 道經典菜製作方法」[23]。2007 年 2 月周慶華《紅樓搖夢》一書中亦有論及「紅樓夢的景物與服飾」的探討。2007 年 6 月 7、8 二日，中央大學康來新教授舉辦了「第一屆《紅樓夢》與明清文學：研究生論文發表會」中便有一篇〈飲食、男女、文字欲：試論朱天文對《紅樓夢》的接受〉，故《紅樓夢》一書可被挖掘進行研究者，著實很多。

此外，大陸、香港及臺灣也多次拍攝《紅樓夢》的影視作品、漫畫版《紅樓夢》外，又有越劇等舞臺劇表演，如《紅樓夢》、《紅樓二尤》及《新紅樓夢》。大陸於 1985 年由王扶林執導的電視劇《紅樓夢》，成了一個時代的經典劇作[24]，而今「大陸新版《紅樓夢》要讓寶玉穿著新郎服去哭靈」[25]，甚至大陸央視將成立學員班挑選演員，擬於 2007 年重拍《紅樓夢》[26]。又大陸亦有「紅樓夢中人」鄭州選秀活動，年滿 18 歲者皆可報名，「角色只限定《紅樓夢》中的五個角色，分別是林黛玉、賈寶玉、薛寶釵、劉姥姥及大觀

---

[20]見〈中國吃網〉網站：

http://www.6eat.com/temp_easteat/topic_show.aspx?id=15368 - 35k。

[21]見 http://www.tyccc.gov.tw/news/news_content.asp?NKey=1281 - 22k - 2006/10/06。

[22]見網站；http://www.qsgjzx.com.cn/images/jianshe.files/chazhiwenhua.htm2006/11/18。

[23]見網站：http://www. lady.qq.com/a/2006/10/11/000067.htm - 51k。

[24]見〈新版《紅樓夢》要讓寶玉穿著新郎服去哭靈〉，

網站：http://ent.people.com.cn/BIG5/4178823.html - 69k -2006/11/11。

[25]同前註。

[26]見「《紅樓夢》2007 年將成立學員班挑選演員」2005 年 06 月 13 日。網站：http://ent.people.com.cn/Big5/42075/463798.html -2006/11/18。

園眾多女性角色之一」[27]此外，「星島網訊」中指出「四大名著中的《紅樓夢》故事，竟然被改編成色情電影。鄭州市 11 日的 2006 年第一次掃黃…，一天時間內就查處了三萬多冊（盤）非法出版物。這些音像製品相當一部分是根據古典名著改編而來的，不僅擾亂了市場，更害苦了莘莘學子。」[28]其中男女主角賈寶玉與林黛玉卻成了姦夫淫婦。至於電玩方面，在台灣及日本均有出版。在台灣之電玩「紅樓續夢」中，設計四款玩法，其中有蘇玉衡(即賈寶玉)從紹興至上海求學，有惜仁（即襲人）陪侍在身旁[29]，動畫內容、對白與《紅樓夢》原書完全不同，此乃續書型態的另類呈現。至於在日本，則有某著名遊戲公司推出了一款名爲《紅樓館奴隸》的成人情色網路遊戲，該遊戲的女主角之一竟然名叫林黛玉，遊戲中之內容將林黛玉描述爲"娼婦與外國人的私生女"。「這款遊戲推出後即受到中國網民的強烈抗議和抵制，而徐洪火等紅學家也呼籲社會各界正視惡搞名著所帶來的負面影響。」[30]其中林黛玉變成了性奴隸。紅學發展至今，我們可以看到一些奇特的景象，縱有學者撻伐淫穢之作，但同名同姓者在不同領域的表演場域，恐怕也只有因「觸犯著作權法」或「敗壞風俗」才會被禁或被罰，否則就如同明清時之《金瓶梅》與《紅樓夢》被列爲「禁毀的小說」一般，此些電影、電視、舞臺劇與電玩等，依然可以找到空隙而「縫裏求生」。

　　至於紅學的國際研究動向，包括譯本、期刊等之概況，筆者曾於 1991 年出版一本《從夢學與心理學角度探析紅樓夢之夢》(案：2000 年此書增益

---

[27] 見網站：http://www.hnby.com.cn/hnxw/yw/t2006/11/01_713629.htm。

[28] 見〈紅樓夢被改編色情電影 主人公成淫婦淫夫(圖)-國際線上-新聞中心〉網站：http://big5.chinabroadcast.cn/gate/big5/.../8606/2006/04/12/1865@996743.htm - 78k - 2006/10/02 - 。亦見於《星島網訊》。

[29] 2003 年高雄市智冠科技股份有限公司製作。

[30] 見〈紅樓裏養性奴?日本色情遊戲惡搞紅樓夢[圖]〉網站：http://big5.xinhuanet.com/gate/big5/.../2006-09/25/content_5134609.htm - 57k - 2006/09/25。

約 4 萬字，再次出版更名為《紅樓夢中夢的解析》)，書中曾整理過紅學的
國際譯作與期刊之種類：「一粟《紅樓夢書錄》中將譯本分為未見、未刊及
已見之刊本二種。其中日文本三本、英文本五本、德文本二本、法文本二本。
陳鐵凡先生於民國五十四年十月發表於《大陸雜誌》第三十一卷、第七期中
之外文譯本便有日文、英文、法文、德文、意大利文及俄文等七國譯本，其
中又以英文選譯為最早、日文選譯為最多。其所收集譯本之書籍多出意大利
文及俄文兩種。胡文彬之《紅樓夢敘錄》中收集之譯文本，除了本國之蒙文
《新譯紅樓夢》未見及維吾爾文之《紅樓夢》百二十回外，朝鮮文本有四本、
日文本有十一本、越南文本有一本、英文本五本、法文本兩本、義大利文一
本、荷蘭文一本、匈牙利文一本、俄文兩本、羅馬尼亞文一本、德文一本及
希臘文一本。其中之十一本日文譯本，僅松枝茂夫譯本與一粟載入者同；法
文譯本二本，均不相同，德文一本是一粟載入二本中之一本，英文譯本僅與
王際真譯本相同，其他均不同，此外越南文譯本、匈牙利文譯本、荷蘭文譯
本、朝鮮文譯本、俄文譯本、羅馬尼亞文譯本、希臘文譯本、意大利文譯本
均是一粟《紅樓夢書錄》中所無。　而吳世昌之《紅樓夢的西文譯本和論文》
（載於《文學遺產增刊》中）、陳鐵凡《紅樓夢外文選譯述略》（載於一九
六五年十月號《大陸雜誌》）、陳炳良之《近年的紅學述評》（刊於香港一
九七四年一月號之《中華月報》）、米樂山之《紅樓夢的小說面具》及康來
新一九七六年於《大陸雜誌》發表之〈英語世界的紅樓夢〉中，所收集之英
譯就幾近五十本之多。事實上，翁延樞所譯之《紅樓夢的英譯本》，早在民
國四十八年二月已發表於《文學雜誌》第五卷、第六期。陳文華之〈吳世昌
著英文紅樓夢探源介評〉於民國五十四年六月發表在《東海學報》第七卷、
第一期。舒信之〈紅樓夢英譯〉於民國六十三年發表於《中國時報》。宋淇
之〈喜見紅樓夢新英譯〉於民國六十三年七月發表於《幼獅月刊》第四十卷、
第一期、民國六十四年五月──十二月其又於《書評書目》第廿五期至卅二
期發表《試評紅樓夢新英譯》（一）-（八）。邱成章於民國六十四年九月

於《書評書目》發表《試評紅樓夢新英譯》一文。傅述先亦於民國六十六年十月在《中外文學》第六卷、第五期發表英譯《石頭記》。以上這些作品均是對其譯本的簡介或評論。可見《紅樓夢》譯作之豐盛了，同時也因此提高了中國小說在國際文壇的地位。」[31]如今又可見到 2005 年姜美煌《歐美紅學·紅樓夢在歐美百科全書中的反映》一書中說到：「歐美各主要百科全書，在整個十九世紀，幾乎都沒有談及《紅樓夢》，更不用說對它的評價了。其中只有少數例外，如法國 1885 年至 1902 年出版的《大百科全書》曾述及《紅樓夢》(見該百科全書第 11 卷第 115 頁 "中國條")。又如俄國《勃洛克豪》就對中國小說進行了評述，並提到了《紅樓夢》…進入 20 世紀以後，情況起了巨大的變化。…西方漢學研究家對中國的研究工作，就是在這個時期才大量湧現。就在這樣的歷史背景下，歐美百科全書對《紅樓夢》的評價，才有了一點進步。…70 年代以後，歐美各主要百科全書對《紅樓夢》的評價，也有了質量上的飛躍，幾乎都收錄了 "曹雪芹"或 "紅樓夢"的條目，而且有些條目，對《紅樓夢》還有了比較全面的介紹。」[32]又在歐美重要的譯本有：「英譯本七種，法譯本二種，俄、德、匈、義、荷、希、羅譯本各一種。」[33]《紅樓夢》之國際化及風行，由此可知。

又難解的紅樓醫病情節，近二百多年來，大部份均懸而未解，即使有醫師、學者做研究，其中卻仍有錯誤，因此筆者於本書中，除了從文學角度研析紅樓人物之性格與情感外，有關觸及醫病問題者，將嘗試以醫學之專業知識解讀之。誠如王希廉、墨人、宋淇、陳存仁、朱亮采等學者所言，《紅樓夢》作者諳于醫學、藥理，我們或許可以仔細閱讀他們的評論，以便有助於對作者之醫事背景的瞭解：1.王希廉《紅樓夢總評》中提及，《紅樓夢》作者對於醫學方面寫得鉅細靡遺：「一部書中，翰墨則詩歌詞賦…無不精善；

---

[31] 見《紅樓夢中夢的解析》一書，頁 29-30；胡文彬之《紅樓夢敘錄》則見頁 383-406。
[32] 見姜美煌《歐美紅學》，頁 49-58。
[33] 同前註，在「各國對《紅樓夢》歐美譯本的評價」中，頁 131。

技藝則琴棋書畫、醫卜星相，及匠作構造、摘種花果、畜養禽魚、針黹烹調；巨細靡遺…。」[34]2.墨人《紅樓夢的寫作技巧》中「七十八　鴛鴦上吊　妙玉遭劫」提及：「曹雪芹不但對琴、棋、書、畫、醫、卜、星、相樣樣內行，連吊頸怎樣吊法？也知道得一清二楚，…」[35]3.宋淇、陳存仁〈紅樓夢醫事考──紅樓夢的病症與醫理〉[一]中提及：「紅樓夢裏的醫學與治療是個博大精深的題目，非筆者個人所能應付。」[36]，其中宋淇又以為《紅樓夢》中之醫學問題，文學家無能力解決。陳存仁醫師則在研究一連串的紅樓人物之醫理後，亦如此認為：「曹雪芹雖然不是醫生，但在《紅樓夢》書中，寫出了好幾張藥方，配合書中針對各個患病者的病症，頗為適合。所以我說曹雪芹先生精通醫道。」[37]4.朱亮采《二百年來論紅樓夢·貳玖　紅樓夢中醫案》中云：「新華社長春電：曹雪芹的祖父曹寅所藏抄本醫書《集驗良方》已被收入中醫叢書《春湖醫珍》，由中醫古籍出版社出版發行。…《集驗良方》為康熙四十九年(一七一0)竹紙抄本，共六卷。…首卷《養生篇》，後分為急治、中風、傷寒、頭暈、婦人、小兒等四十九門，當時被認為是『奇效異驗之方』。紅樓夢提到的藥方，有八個在本書有記載。…此書的發現和出版，不但對中醫文獻研究有重要價值，而且對紅學研究和文史研究也有意義。」[38]5.鄧正樑醫師〈醫講紅樓夢〉中亦提及：「可見二百多年前的曹雪芹就已反映其對藥物藥理的觀察與研究，也再一次證明他對中醫藥學、養生學的真知卓見。」[39]6.在鍾敬文、許鈺編著《紅樓夢的傳說》一書中有「芹圃先生的醫德」、「看病」及「民間驗方救鄉鄰」等 3 篇文章，均有專人搜集資料撰寫之。筆者以為，雖不知此些資料之真確性？但可供參考。

---

[34]見一粟編《紅樓夢卷》，卷 3，頁 149。

[35]見頁 256。

[36]見《大成》，1981 年 7 月 1 日，第 92 期，頁 4。

[37]同前註，頁 6。

[38]見頁 505。

[39]見《台灣日報》2003 年 3 月 2 日，星期五，「醫療、養生保健」 11 版。

在以上六種說法中，前五種說法，有二位是醫師，四位是學者，第六種說法，則有二位主講人及三位資料搜集者，其中前六人均發表過論文，不是隨便臆測。總歸前五種說法之重點，在於《紅樓夢》作者雖非醫師，但卻諳於醫理，而後六種說法中的 3 篇文章，則明白說出曹雪芹即是醫師。筆者亦曾經仔細核對過《紅樓夢》書中所開出治療小說中幾個角色之藥方，包括賈瑞、晴雯、尤二姐、秦可卿等，發現與今日許鴻源譯《中西藥並用之檢討》；顏焜熒編著《常用中藥之藥理》（VI）；許鴻源《漢方對疑難症之治療》（第1輯）中所載之治病藥方及其他多部中醫藥典中之成分，多為雷同，甚至與今日臺灣中醫師之處方亦大同小異。經詢問我的醫學顧問，方知今日中醫仍多沿用古方，因此，林方宜先生所言：「書中寫過許多病症和藥方，所採用的並不是寫實的手法。」[40]便有爭議。在筆者之研究中發現有虛實，故筆者以為從中西醫作為跨領域之研究，必然有其時代之意義與價值，且正可探個究竟。

(二)醫藥考

過去有關紅樓人物之醫病研究史料，僅就性格部分而言，有 1971 年 7月田毓英《中西小說上的兩個瘋癲人物》以西班牙之唐·吉柯德與賈寶玉比較，並以為賈寶玉之瘋癲分為二種，一為乖僻邪謬不近人情，一為病態；不過其卻非以醫學觀點進行科學求證，而是以文學角度作為界定，如此，便有過多的憑空臆測，畢竟與臨床醫學之研究仍有一段距離。1989 年余昭亦有《紅樓人物的人格解析》，但書中並未真正就醫學角度深入分析，而是將重點置於人格心理學之探討，有關文學部分也極為薄弱。至於真正從醫學角度論證者，從 1942 年至 2006 年，包括筆者所發表、出版之單篇論文或專書有：
1. 李騰嶽　〈紅樓夢醫事：殊に其の諸人物の罹患疾病に就ての察〉(紅樓

---

[40]見林方宜《紅樓夢符號解讀》，頁 234。

夢醫事：特殊人物所罹患疾病之相關考察)，刊於《臺灣醫學會》，昭和
17[1942]。

2. 宋淇、陳存仁〈紅樓夢人物醫事考〉(紅樓夢的病症與醫理)，1981 年 7
月 1 日，發表於《大成》Ta Ch'eng。

3. 陳存仁、宋淇〈紅樓夢人物醫事考〉(紅樓夢的病症與醫理) (二)，1981 年
8 月 1 日，發表於《大成》。

4. 宋淇、陳存仁〈王熙鳳的不治之症〉(紅樓夢的病症與醫理) 1981 年 9 月 1
日，發表於《大成》。

5. 陳存仁、宋淇〈晴雯夭風流〉(紅樓夢的病症與醫理) 1981 年 10 月 1 日，
發表於《大成》。

6. 宋淇、陳存仁〈紅樓二尤〉(紅樓夢的病症與醫理) 1981 年 11 月 1 日，發
表於《大成》。

7. 陳存仁、宋淇〈林黛玉淚盡夭亡〉(紅樓夢的病症與醫理) 1981 年 12 月 1
日，發表於《大成》。

8. 宋淇、陳存仁〈林黛玉淚盡夭亡〉(七) (紅樓夢的病症與醫理) 1982 年 1
月 1 日，發表於《大成》。

9. 陳存仁〈紅樓夢人物醫事考〉 (結束篇) 1982 年 2 月 1 日，發表於《大成》

10. 筠宇以婦科醫學研究〈晴雯並非死於女兒癆〉，刊於《紅樓夢學刊》1981
年，第 1 輯。

11. 君玉〈從妙玉的入魔走火談起〉，刊於《紅樓夢學刊》，1981 年，第 4 輯

12. 張曼誠醫師《《紅樓夢》的醫藥描寫〉中提及「尤二姐之死因」，刊於《紅
樓夢研究集刊》，1982 年，第 8 輯。

13. 汪佩琴醫師《《紅樓夢》中的三件醫學上的疑案〉，包括「一、尤二姐吞
生金焉能亡？」、「二、趙姨娘抱病鬼附身」、「三、賈寶玉夢中盜汗——
《紅樓夢醫案》之三」[41]等，共 3 篇。

---

[41] 見朱亮采《二百年來論紅樓夢·貳玖「紅樓夢中醫案」》，頁 506-512。

14. 劉振聲〈也談賈瑞之死〉，刊於《紅樓夢學刊》，1993 年，第 4 輯。

15. 段振離教授〈妙玉的性心理與性幻覺〉，刊於《健康世界》，1996 年，1
月號。

16. 林健一醫師〈林黛玉也是死於肺結核〉，見網站：
http://www.education.ntu.edu.tw/school/h。[42]

17. 段振離〈從林黛玉的肺癆談起——肺結核今昔〉，刊於《健康世界》，1997
年 2 月號，第 134 期。

18. 段振離〈試析香菱的乾血之症〉，刊於《健康世界》，1997 年 4 月號，第
136 期。

19. 許玫芳《《紅樓夢》夢、幻、情緣之主題學發微——兼從精神醫學、心理
學、超心理學、夢學及美學面面觀》，1997 年 7 月　國立台灣師範大
學國研所博士論文。

20. 段振離〈紅樓夢中的捶打療法〉，刊於《常春月刊》，1999 年 3 月，第
192 期。

21. 許玫芳　石富元〈隱匿在強迫型性格異常下的妙玉〉，刊於《國家圖書
館館刊》1999 年 12 月 31 日，第 2 期。

22. 許玫芳《紅樓夢中夢的解析》2000 年　(臺北市：文史哲出版社)。

23. 許玫芳〈紅樓夢中之義學奇情與謠諑效應〉，刊於《中國文化月刊》，
2002 年 7 月，第 268 期。

24. 許玫芳、石富元、文榮光〈偶動龍陽之興的薛蟠及其反社會人格障礙〉
2002 年 12 月，龍華科技大學第一屆文學與文化學術研討會論文，輯於
已出版之《龍華科技大學第一屆文學與文化學術研討會論文集》中。

25. 鄧正樑醫師〈醫講紅樓夢〉，刊於《台灣日報》，2003 年 3 月 2 日，星期

---

[42]案：台大史學網站轉載自台南市衛生局《台灣醫學雜誌》，1997 年 1 月，但筆者卻
查無此文，亦徵詢過國家圖書館，証實《台灣醫學雜誌》，1997 年 1 月並無此文發
表，由於林醫師早已移民美國，故筆者無法探知此文之出處。

五，「醫療、養生保健」　11 版。

26. 段振離 《醫說紅樓》，2004 年 1 月，新世界出版社，目前台灣並無此書。
　　 此書乃從藥理、水果及物品等，論及紅樓夢人物之疾病，如「林黛玉和
　　 人參養榮丸 」、「薛寶釵的冷香丸」、「賈寶玉康復靠桂圓 」、「薛姨媽脅
　　 痛用鉤藤」、「大補元氣話人參」。

27. 許玫芳〈紅樓夢中賈瑞之反社會性格、戀母情結及器質性幻覺症〉，刊
　　 於《中國文化月刊》，2004 年 1 月，第 277 期。

28. 許玫芳〈紅樓夢中秦可卿之情性及生死之謎〉，刊於《思與言》2005 年
　　 3 月，第 43 卷，第 1 期。

29. 許玫芳〈紅樓夢中襲人轉蓬般之性命〉，刊於《師大學報》，2005 年 4
　　 月，第 50 期。

30. 許玫芳〈紅樓夢中賈寶玉之醫病悸動〉，刊於《古今藝文》，2005 年 5
　　 月，第 31 卷，第 3 期。

31. 許玫芳〈紅樓夢中之傳情大使──晴雯之被動攻擊性格與醫病情緣〉，刊
　　 於《興大中文學報》，2005 年 6 月，第 17 期。

32. 許玫芳〈紅樓夢中金釧兒、鮑二家的、鴛鴦三個侍女的性格與生命情
　　 態〉，刊於《龍華科技大學學報》，2005 年 6 月，第 18 期。

33. 許玫芳〈紅樓夢中惜春、迎春及元春之輝光與褪色〉，刊於《龍華科技
　　 大學學報》，2005 年 9 月，第 19 期。

34.. 許玫芳〈尤三姐之靈肉擺盪〉，刊於《古今藝文》，2005 年 11 月，第
　　 32 卷，第 1 期。

35.. 許玫芳〈張金哥的「繩河之盟」與司棋的「同心如意」〉，刊於《龍華科
　　 技大學學報》，2005 年 12 月，第 20 期。

以上之研究均具參考價值，而本書亦將在跨領域之架構規範下，進行「從文
學通向醫學」及「從醫學又迴向文學」之雙向研究。

二、研究背景與目的

(一)研究背景

　　此書之研究背景，起始於 1984 年，筆者從夢學、精神分析與心理學對《紅樓夢》中之夢境作探究。筆者之論文《從夢學與心理學角度探析紅樓夢之夢》(華正書局)，於 1992 獲國科會乙種獎；2000 年 9 月，更名為《紅樓夢中夢的解析》，其中加入新資料、跨領域的醫學淺論及增修結論，約 4 萬多字，作為筆者上大三紅樓夢選修課之教材，由文史哲出版。內容從傳統中國最早將夢學理論視為國家「禮法」的一部分述起，除了「六淫」理論、歷代重要夢學理論外，並融合西方夢學理論，以探討《紅樓夢》中之夢類型、成因、象徵，並結合文學領域之主題、題材研究之。此種在西方國家原先附屬於精神分析系統下之夢學理論，至晚近時代更透過科學儀器作實證，甚至成立夢學機構，以便作長久之研究。早在二、三十年前，西方國家之夢學研究已成為獨立學門之研究，因此對於文學作品中之「夢」內涵的解讀，必有其重要性。1997 年筆者之博士論文《紅樓夢中夢、幻、夢幻情緣之主題學發微——兼從精神醫學、心理學、超心理學、夢學及美學面面觀》則延伸前作。1997 年博士班畢業後，從 1998 年-2007 年 3 月止，撰寫《紅樓夢人物之性格、情感與醫病研究》一書，參考中西醫學之觀點，做跨領域之研究，共 17 篇：包括妙玉、賈瑞、秦鐘、薛蟠、襲人、王熙鳳、秦可卿、賈母、尤二姐、尤三姐、晴雯、(金釧兒與鮑二家的、鴛鴦)、(張金哥與司棋)、趙姨娘、林黛玉、賈寶玉、賈氏姊妹等人。過去這幾年，筆者除了因跨醫學領域而需聘請醫學顧問進行會談外，更於 1998 年 10 月-1999 年 1 月開始在台大醫院旁聽「醫學晨會」、2001 年-2002 年在台灣大學醫學系及長庚大學旁聽「醫學概論」、「臨床醫學」(包括內科、外科、耳鼻喉科、婦科等，每週十小時以上)及「精神醫學」之課程。另研究《紅樓夢》過程中，除了因緣

於母親過世，特為其一再念誦佛經：《阿彌陀經》、《無量壽經》、《般若波羅蜜多心經》(上中下冊)及《地藏經》等，更為了學術而參加佛學講座「《廣論》研讀班」三年，並自行閱讀道教理論，希望能對詮釋《紅樓夢》有所助益。

(二)研究目的

　　本書之研究目的，則在於接續自 1984 年以來之跨領域研究(精神分析)，及 1993 年進入主題學、精神醫學及內科學之研究，以期增益《紅樓夢》之研究範疇。筆者初步規劃透過精神醫學、內科學、婦科學與皮膚科研討之，更擬於摩寫過程中挖掘作者在文學藝術之創作成果，並融入更多的文藝氛圍，另以性格、情感及醫病間是否有任何關係作為研究的重點之一。筆者將堅持以嚴謹之態度作研究，期盼不但需深具學術價值，亦渴望能解開二百多年來有關《紅樓夢》書中之醫病謎團，同時透過醫學對人類特殊性格與情感問題之分析，反思小說世界中對人類的素描與反影，希望能進一步深入瞭解：(1)性格與命運的關係？(2)究竟性格對情感及醫病問題有多大影響？ (3)情感對性格或醫病問題又有多大影響？(4)醫病對性格或情感間是否亦有影響？因此，本書特根據《紅樓夢》書中對此些問題可透過醫學解說者設題研究，而筆者對於每篇論文中所使用的語言文字，亦將多方琢磨，為輔其效。

三、「跨領域研究」之定義、方法與步驟

(一)「跨領域研究」之定義

　　所謂「跨領域研究」，乃指結合其他學門之專業知識，作研究或分析，因此「文學之跨領域研究」與「一般文學研究」不同之處，應指以該跨領域之專業知識作為主線之研究方法，或藉跨領域之知識，作貫穿首尾，且佔有

一定份量比例之論證，而研究者須具備一定的跨領域專業知識，方能靈活純熟的運用。但若跨領域研究之性質與作者原先所採基礎研究之性質大相逕庭時，則應延聘專家進行會談或諮商，以期能作適切準確之研究。

(二)「跨領域研究」之方法

本書之研究方法除了以文學觀點、文學理論切入外，並融合中西醫之精神醫學、內科學、婦產科及皮膚科等，作為主線之方法詮釋，既有「以古證古」、「以古證今」亦有「以今證古」。研究對象將以抽離《紅樓夢》中具有特殊性格、特殊情感、或醫病問題之一者討論之，且是具立體、成功之人物，又或者書中的詮釋，其他紅學者的研究論文中，仍有疑義而值得探討之人物為主，而不以近二十幾年來在台灣流行的佛斯特(Edward Morgan Forster, 1879-1970)著、李文彬譯之《小說面面觀》*Aspects of the novel* 中提到的「扁平人物」(一說以為應正名為平面人物)，「圓形人物」(一說以為應正名為立體人物)，甚至是北京大學中文系馬振方教授提出的「尖形人物」為主。因此，筆者乃特擬符合從中國文學跨入醫學領域之相關項目做研究[43]。

又此書或以一人單論，或多人合論，而主題與資料之多寡，乃筆者取擇是否能一人獨立成篇之重要因素。以襲人為例，因襲人並無特殊性格及特殊情感問題，故筆者除了選擇襲人角色可供研究之醫病問題外，亦將同時探究襲人的一般性格特質及情感問題。由於作者將《紅樓夢》中有關醫病人物之心性言行之瑣碎詳攤於讀者眼前，故其中或有較一般醫師與病人之會談資料更詳贍者，亦有些人物在中醫師望聞問切之完整療程中，被診視開方，故不論以人物對話、性格表現、情感達變及病徵病程作分析，只要有足夠資料可

---

[43] 見張健教授主編《小說理論與作品評析》中葉有琳〈從佛斯特與馬振方對「人物型態」看法的異同──論「扁平人物」應正名為「平面人物」，「圓形人物」應正名為「立體人物」〉，頁 91-102。

以作對應研究者，均可納入論列。

　　《紅樓夢》作者素描賈寶玉、林黛玉、晴雯、王熙鳳、賈瑞...等人之性格生龍活現。有關性格鑄成之因，由於醫學界以為近半世紀以來影響力最大的科學性理論模式是「生物-心理-社會」之研究，故此模式亦將是本書對《紅樓夢》中有關跨醫學領域部分的重要方法運用之一。雖然小說中之人物具虛構成分，但並非全然是志怪或無稽，從飲食文化、名器、服飾及醫病問題...等，其中仍可見到某些專門行業之基本用詞及時或可見於人類日常生活之樣貌。我們不禁思考：《紅樓夢》既然可以透過歷史考證、飲食文化、名器、服飾及其他名物探討之，甚至於有學者以人類心理學研究之，即使非以正統之心理學派的理論論證，卻仍有相當多的紅學專家是以人類之心靈行為互動的型態推演小說人物之性行者，因此，透過醫學研究書中之醫病內涵，自當亦可列為重要的研究方向之一，尤其書中不少疾病之名稱與古今中醫學典籍一致，已可證明《紅樓夢》之撰寫必是虛實相參(案：除了筆者已於「紅學的發展」中說明外，一旦進入人物研究時，亦將一一舉證)。

　　李騰嶽〈紅樓夢醫事 ： 殊に其の諸人物の罹患疾病に就ての察〉(紅樓夢醫事：特殊人物所罹患疾病之相關考察)是紅學史上第一篇探討紅樓夢人物醫病問題，並聘請了醫學專家進行研究之論文。其文由臺北帝大解剖學教室金關教授命題并指導；文政學部神田教授暨稻田先生校閱及文獻涉獵；藥理學杜教授、皮膚科高橋教授、精神科中教授暨中醫學家李庵等建議或提供參考書；並於此篇論文中提及：「小說《紅樓夢》數百年來已成『紅學』，包括作者、人物等出現各種研究討論。作者方面，有曹雪芹、非曹雪芹之說；人物方面有明珠家事說、順治皇帝與董小宛的愛情故事說、政治小說、和珅家事說、讖緯說、易象說等說法，江順怡在其著作《讀紅樓夢雜記》（同治8年刊載）中提及『蓋《紅樓夢》所紀之事，皆作者自道其生平，非有所指』一語道出這部小說為作者自傳。直到近幾年，胡適在《紅樓夢考證》（民國十六年修訂版）中確定，《紅樓夢》作者為曹雪芹，係隱瞞部分事實的自傳，

賈寶玉即爲曹雪芹的化身。前八十回爲曹雪芹作，後四十回，即第八十一回
到第百二十回爲高鶚補作，姑且視爲一般定論（當然也有蔡元培、壽鵬飛等
人的反對論調）。」[44]雖然筆者較不贊成索隱派之說法，但卻認爲「自傳說」
應有幾分影子，故筆者希望能抉發更多的絃外之音。由於李騰嶽先生文章中
有部分確實有見地，不過深入詳論且多方引證者並不多，因此，筆者此書之
研究內容將較之更爲深廣且詳贍。

(三)「跨領域研究」之步驟

　　至於研究步驟，則分爲三：

1.《紅樓夢》人物之篩選與研究法則

(1)篩選特殊性格、行爲者——擇「衝動型、孤僻型、自虐型、戲劇型(又稱情
　　緒波動型)、歇斯底里型、反社會型、邊緣型、自戀型、依賴型、強迫型、
　　被動攻擊型、畏避型、分裂型、分裂病型、做作型及妄想型等性格」爲主
　　——以賈瑞、薛蟠、妙玉、晴雯、惜春及林黛玉爲對象，論文中將同時論
　　及此些人物的一般情感或醫病問題。

(2)篩選特殊情感者——擇「性別認同、同性戀、家暴婚姻、問題婚姻及自殺
　　事件等」爲主——以尤二姐、尤三姐、張金哥、守備之子、司棋、潘又安、
　　金釧兒、鮑二家的及鴛鴦等，作爲首選，論文中將同時論及此些人物的一
　　般性格或醫病問題。

(3)篩選具醫病問題者——擇作者述及病名，或不知病名，卻有病徵敘述者——
　　以襲人、秦鐘、秦可卿、王熙鳳、賈母、趙姨娘、迎春、元春、林黛玉、
　　賈瑞、尤二姐、妙玉、晴雯及賈寶玉等，爲研究對象，論文中將同時論及
　　此些人物的一般性格或情感問題。

---

[44]刊於《台灣醫學會雜誌》，昭和 17[1942 年]，第 41 卷，第 3 附錄別刷，頁 81。中
文由筆者請日台科技翻譯社翻譯之，而後筆者又做了小修正。

　　此外，筆者於近十年內在全書中仔細閱讀蒐羅而決定不獨立擬出章節討論之人物的條件如下：

(1)書中已有明確病名或病因而無疑義者不論之；或雖有病徵或病況而資料不足者不論之；或已有學者研究過且具有可能性而具參考價值者則不論之；或有學者之論文與《紅樓夢》之文本不符而無須再進一步研究者，筆者均不另外擬篇納入論列──如第 2 回有賈雨村正值偶感風寒，病在旅店，將一個月光景方漸癒。第 11 回，賈敬因年邁多疾，又吞金砂，突然燒脹而歿。第 13-14 回及第 84 回書中均云：尤氏有胃痛之痼疾，至 102 回尤氏又因日間發燒、夜間身熱，譫語綿綿，經大夫診斷，乃因感冒所致。第 21 回巧姐發熱至第 22 回巧姐長出水痘。第 24 回，賈赦的偶感風寒[45]。第 26 回，馮紫英之母偶著了些風寒[46]。第 37 回從翠墨口中知道賈探春涼著一點兒。第 41 回有劉姥姥「通瀉」，即「腹瀉」[47]。第 46 回有「金彩已得了痰迷心竅」[48]。第 50 回寶琴的公公梅翰林之妻得「痰症」。第 53 回，李紈因時氣感冒；同一回中，邢夫人得到火眼[49]。第 59 回史湘雲云：自己恐已得了「杏斑癬」。第 60 回有柳五兒舅父之子得到熱病[50]。第 64 回中有鮑二向來就和廚子多渾蟲的媳婦多姑娘有一手兒，後來多渾蟲酒癆死了。第 72 回云：鴛鴦之姐血山崩。第 80 回英蓮曾得「乾血之症」(即女兒癆)，至第 120 回更以產難完劫。第 84 回有：巧姐兒生病，大夫說是「內熱驚風」，服藥後，便痊癒了。第 102 回，吳貴媳婦因感冒用錯藥而亡。第 107

---

[45]見曹雪芹 高鶚原著　馮其庸等校注《紅樓夢校注》，頁 354。又李騰嶽〈紅樓夢醫事：殊に其の諸人物の罹患疾病に就ての察〉中亦歸納提及此文，刊於《台灣醫學會》，昭和 17[1942 年]，第 41 卷，第 3 附錄別刷，頁 114。中文由筆者請日台科技翻譯社翻譯之。

[46]同前註，頁 414；李騰嶽之文則仍見於頁 114。

[47]同前註，頁 638；但李騰嶽於文中稱為「下痢」，其實「下痢」就是「腹瀉」。

[48]同前註，頁 712；李騰嶽之文見於頁 115。

[49]同前註，頁 820；李騰嶽文中云：結膜炎（火眼），見於頁 114。

[50]同前註，頁 937；李騰嶽之文則仍見於頁 115。

回中，石呆子因被騙古扇而瘋傻自盡。第117回，賈赦因風寒而成癆病，至119回，賈赦雖病重，卻因賈璉趕到配所相見，病情卻漸漸好起來。

　　在此中值得一談者，共有二回。一是第59回，一是第80回。有關第59回，書中云：「一日清曉，寶釵春困已醒，…於是喚起湘雲等人來，一面梳洗，湘雲因說兩腮作癢，恐又犯了杏斑癬」[51]在李騰嶽〈紅樓夢醫事：殊に其の諸人物の罹患疾病に就ての察〉(紅樓夢醫事：特殊人物所罹患疾病之相關考察)中曾針對史湘雲之「杏斑癬」做研究：「杏斑癬（第59回）或春癬（第60回）部分，清《御纂醫宗金鑑》癬瘡部記載，杏斑癬與吹花癬，俗名桃花癬相同，一種絲狀菌性白癬病，類似土肥慶藏所著《皮膚科學》中『青年性顏面皮膚絲狀菌症』（Dermatomycosis faciaei juvenilis），根據當時帝大皮膚科高橋教授所言，『顏面皮膚絲狀菌性白癬』甚少出現在年輕婦女身上，可說極為罕見，大部分都看作因塗抹白粉導致濕疹，並無大礙。特別在這裡，若從寶釵、寶琴、黛玉、蕊官、芳官及彩雲等大多採用薔薇硝作為治療藥或有此需求來看，不難猜出賈府中的年輕婦女大多罹患此病。薔薇硝是林黛玉自行調配（第59回），銀硝買自市場（第60回），這部分中藥房以前叫硝石，意即硝酸鉀，別名牙硝（牙意指白色），俗稱白仔（現已禁止販售），常用來治療婦女顏面痤瘡，銀硝恐怕也是同一類，進而調配成薔薇硝。」[52]在李騰嶽此文中提及「杏斑癬」即是「桃花癬」，然而經筆者仔細查閱台灣世一書局出版的清·吳謙編纂《醫宗金鑑》書中卻云：「癬瘡情形有六般，風熱濕蟲是根原者，乾濕風牛松刀癬，春生桃花面上旋。又有面上風癬，初如痞瘰，或漸成細瘡，時作痛癢，發於春月，又名吹花癬，即俗所謂桃花癬，婦人多有之，此由肺胃風熱，隨陽氣上升而成」[53]，因此，事實上書中僅寫明六種癬之名稱：乾癬、

---

[51] 同前註，頁918。

[52] 見李騰嶽〈紅樓夢醫事：殊に其の諸人物の罹患疾病に就ての察〉，刊於《台灣醫學會》，昭和17[1942年]，第41卷，第3附錄別刷，頁115。

[53] 見清·吳謙編纂《醫宗金鑑》卷下，外科，頁156-157。

濕癬、風癬、牛癬、松皮癬及刀癬，其中並無所謂「杏斑癬即是桃花癬」
之說法，只說「又有一種面上之癬」稱之為「面上風癬」、「吹花癬」及「桃
花癬」，倒是在《天津老年時報》中明言：「春季是皮炎多發時節，春季開
始發病，夏天常可自愈。因其發生在杏花與桃花盛開的季節，其紅斑及丘
疹又狀如杏花或桃花，故名"杏斑癬"或"桃花癬"。其實，把"桃花癬"說成
是"癬"有點名不副實。真正的"癬"是某些真菌引起的淺表皮膚病，而"桃花
癬"與真菌毫無關系。現已明確，春季皮炎主要屬光感性皮炎。一年四季
中，冬季陽光紫外線含量最低。春季，隨著地球與太陽的位置變化，地球
上紫外線的含量也驟然升高。一般來說，室內工作者及青壯年對紫外線更
敏感些，而幼兒及老年人敏感性較低。故春季皮炎多發于青壯年及室內工
作者身上。」[54]因此，筆者仔細研究：《紅樓夢》書中於第 58 回中曾述及
時序為「清明節」，故以陰曆論節氣大約是在仲春或春末時節，同時又述
及大觀園中湘雲曾與香菱、寶琴及丫環都坐在山石上，而沁芳橋一帶至瀟
湘館之間便有一顆大杏樹，花已全部落盡，可見杏花曾盛開過，因此，59
回史湘雲得「杏斑癬」，便有出處。在《天津老年時報》報導中之「真菌」，
即一般人俗稱的黴菌，因為古人多以為是真菌造成桃花癬，在台大皮膚科
編著《實用皮膚醫學》中有真菌致病之說明：「此菌在自然界中存在於土
中或各種植物的表面。患者大多有被刺傷的病史，病原菌由皮膚受傷部位
侵入，大多是四肢，尤其是右上肢。」[55]所以帝大皮膚科高橋教授所言的
「桃花癬」之「青年性顏面皮膚絲狀菌症」——一種「皮下組織真菌感染」
而好發於四肢的「皮膚孢子絲菌症」(Sporotrichosis)之理論，在當時或許
是正確的，不過以今日皮膚科理論言之，則是錯誤的。然而由於在李先生

---

[54]見 2006/3/22 日新聞，網站：〈Sina NEWS〉
http//:news.sina.com/gmw/305-106-106-107/2006-03-29/2001772995.html - 14k 案：報
導中之「愈」字，古文通「癒」字，在《紅樓夢》中對於「病癒」一詞也多書為「病
愈」，又「系」字應為「係」字 。
[55]見頁 343。

的時代，他並不知道目前之醫學已証明「桃花癬」：「…實際上是春季好發的單純性糠疹、脂溢性皮炎及春季皮炎一類皮膚病的總稱。」[56]同時亦是：「一種皮膚過敏反應…這種皮膚病在春季起病，夏秋後消退，主要症狀是臉上有一片片發白或淡紅色的圓形或卵圓形斑片，表面有細小鱗屑..」[57]。所謂「糠疹」即是「癬」；「單純糠疹」即是「單純的癬」。在東漢·許慎著　清·段玉裁《說文解字》中提到：「癬，乾瘍也。」[58]何謂「瘍」？據唐·李冰著　宋·高保衡校《黃帝內經素問·風論》所言：「風氣與太陽俱入，循諸脈俞，散於分肉之間，與衛氣相干，其道不利，故使肌肉憤䐜而有瘍，衛氣有所凝而不行，故其肉有不仁也。」[59]癬是一種乾性的瘍，其病因是因風邪而起，風邪隨太陽經而入，與衛氣相搏致使脈道不通暢，繼而風邪聚集而使肌肉腫脹病變轉為瘡瘍，此病機即是現代醫學所謂「皮膚過敏」的主因之一。此外，《諸病源候論·卷 35》中另有病因病機之說明可參考。段注中又提及《釋名》釋「癬」：「癬，徙也。浸淫移徙處日廣也，故青徐謂癬為徙也。」[60]因此，「癬」的特徵在發作後會隨時間而逐漸擴散，因此臨床表現起初可能僅發作於臉上，但可能逐漸蔓延到四肢和身體。

　　至於「硝」的問題，在《辭彙》中有：「結晶透明的礦物，可製火藥。」[61]，而「硝石」之定義為：「就是硝酸鉀，可供火藥、玻璃、藥品等的製造

---

56 見邱吉芬〈癬不可亂用藥〉，在「人民網—桃花癬不可亂用藥」網站：
http//:www.people.com.cn/BIG5/14739/14742/21483/1719137.html - 21k --2007/6/4
57 見〈台州市五洲生殖醫院〉，網站：http://www.8679999.com/Get/65/154425152.htm -
38k -2007/1/20。
58 見頁 353。
59 見卷 12，風論 42，頁 9。
60 見《影印攝藻堂 四庫全書薈要》，第 79 冊，頁 569；又見東漢·許慎著　清·
段玉裁《說文解字》，頁 353。
61 見頁 597。

用。」62依李騰嶽先生論文之義是：硝是常用來治療婦女顏面痤瘡，而銀硝與薔薇硝之用途應是一樣。筆者查閱硝石正如李騰嶽先生所言，即是「硝酸鉀」，但「硝酸鉀」卻非「硝酸銀」(或稱銀硝)，因為「硝酸銀」在《辭彙》中是：「硝酸和銀的化合物，透明的白色小片，用作照相的感光藥和醫藥，殺菌劑之用。」63故李先生論文中指出包括史湘雲在內，「若從寶釵、寶琴、黛玉、蕊官、芳官及彩雲等大多採用薔薇硝作為治療藥或有此需求來看，不難猜出賈府中的年輕婦女大多罹患此病。」而在許乃仁醫師〈臉上犯「桃花」應避免日曬〉一文中亦論證：「寶釵、湘雲、琴妹妹、黛玉、芳官都曾犯過桃花癬，因發生在春天，又名『春癬』，常發在臉上，『兩腮作癢』。其實這種疾病很可能就是多形性陽光疹。」64另在《福建衛生報》中亦提及：「彩雲打開看，認出不是薔薇硝，而是茉莉粉。從上述描述中可知湘雲、寶釵、寶琴、芳官、彩雲等人都患過桃花癬。 ...硝是某些礦物鹽的總稱，具有消散、拔膿、祛腐的功效，因而製成薔薇硝對單純糠疹是有一定作用的。」65以上三者之論證均符合於《詞彙》之詮釋。此外，我們再仔細探究《紅樓夢》第59回~60回，可能曾得「桃花癬」者有：湘雲、寶釵、寶琴、芳官、彩雲及林黛玉；書中似乎在鋪陳此些人物均以擦薔薇硝止癢66。其中「蕊官」究竟有否得過桃花癬？這應是個謎，因在

62同前註。

63同前註。

64見「健康醫療」網站：http//:www.libertytimes.com.tw/2001/new/may/1/today-m1.htm - 17k

65見福建省衛生廳主辦《福建衛生報》，第796期，在網站
http//:www.netcity.net.cn/medicine/weisheng/796.htm - 59k 2007/3/27。

66可見曹雪芹 高鶚原著 馮其庸等校注《紅樓夢校注》之文，筆者整理之資料—59回~60回：史湘雲「因問寶釵要些薔薇硝來。寶釵道：『前兒剩的都給了妹子。』因說：『顰兒配了許多，我正要和他要些，因今年竟沒發癢，就忘了。』因命鶯兒去取些來。...鶯兒又問侯了薛姨媽，方和黛玉要硝。黛玉忙命紫鵑包了一包，遞與鶯兒。黛玉又道：『我好了，今日要出去逛逛。...』...當下來至蘅蕪苑，...鶯兒自去泡茶...。忽見蕊官趕出叫：『媽媽姐姐，略站一站。』一面走上來，遞了一個紙包

史湘雲向寶釵要薔薇硝時，蕊官只是個陪鶯兒去向黛玉要薔薇硝之人，而後蕊官又被鶯兒命去送薔薇硝給史湘雲，只不過何以 60 回時蕊官竟送了一包薔薇硝給芳官？蕊官此包薔薇硝怎麼來的？書中並未說明，而黛玉也只命紫鵑包了一包給鶯兒而已，故對於蕊官究竟是否亦有得桃花癬？應是闕疑較妥。

　　總之，無論是《紅樓夢》書中的「杏斑癬」，李騰嶽先生所言的「痤瘡」或《福建衛生報》的「單純糠疹」(單純的癬)，若以薔薇硝或銀硝治療之，將具療效，因為均具殺菌效果。所謂「痤瘡」，即是「青春痘」：是一種特殊的毛囊發炎；黃禎憲醫師以為「青春痘」是一種身體的　狀況與環境交錯產生的綜合產物[67]，而此綜合產物在其最新的一篇文章〈壓力過大〉中提及：「以往大家公認荷爾蒙、痤瘡桿菌以及油脂的分泌過多是造成痤瘡的主要元兇，而現在我們可以再加入——到底心情的不好是否也會引起油脂過多，進而產生痤瘡的嚴重性。」[68]又黃禎憲醫師〈抗藥性

與他們，說是薔薇硝，帶與芳官去擦臉。…芳官便忙遞與寶玉瞧，又說是擦春癬的薔薇硝。…賈環聽了，…笑說：『好哥哥，給我一半兒。』寶玉只得要與他。芳官心中因是蕊官之贈，不肯與別人，連忙攔住，笑說道：『別動這個，我另拿些來。』芳官聽了，便將些茉莉粉包了一包拿來。賈環見了就伸手來接。芳官便忙向炕上一擲。賈環只得向炕上拾了，揣在懷內，方作辭而去。原來賈政不在家，且王夫人等又不在家，賈環…如今得了硝，興興頭頭來找彩雲。正值彩雲和趙姨娘閒談，賈環嘻嘻向彩雲道：『我也得了一包好的，送你擦臉。你常說，薔薇硝擦癬，此外頭的銀硝強。你且看看，可是這個？』彩雲打開一看，嗤的一聲笑了，說道：『你是和誰要來的？』賈環便將方才之事說了。…賈環看了一看，果然比先的帶些紅色，聞聞也是噴香，因笑道：『這也是好的，硝粉一樣，留著擦罷，自是比外頭買的高便好。』彩雲只得收了。」(頁 918-929)

[67] 見黃禎憲醫師的〈青春期過後的痘痘〉，發表於 2006-04-14 15:48:59，在網站「黃禎憲醫美容集團」http//:www.netcity.net.cn/medicine/weisheng/796.htm - 59k 2007/3/27。

[68] 在黃禎憲醫師的〈壓力過大〉中又云：「我們針對學生的期中考以及暑假做研究，一般來講，暑假是屬於比較沒有壓力的時間，而期中考因為會影響學生的前途，大部分的人都承認考試是會導致壓力的增加。研究的結果卻發現，壓力的大小對於

的擔心〉一文中更以其臨床經驗指出：「據我的觀察，雖然使用了
一段時間，即使產生了抗藥性，但通常對痤瘡仍然有它的效果。這表示抗
生素的使用不僅在殺死細菌而已，而是在抗發炎，也就是抑制過敏發炎所
引起的青春痘。因此，若有產生疤痕的可能性時，為了病患著想，仍需大
膽使用抗生素以加速痤瘡癒合的時間。」[69]所以或許我們可以下個結
論：古代多以銀硝或薔薇硝擦拭之以治療「杏斑癬」，在《外科
心法》中更有記載以中藥敦煮治療桃花癬，而今日則改以抗生素作為
殺菌之劑。唯獨目前中醫確認的「桃花癬」並不是癬病而是過敏
症，故不可用治癬藥，而是外用類固醇藥膏，或合併以低劑量的光化
治療及藥物如 beta-carotene 等[70]。由於李騰嶽先生所言除了真菌之推論錯
誤外，其餘大抵是正確的，故在筆者此書之規劃中將不再額外擬章討論。

又有關第 80 回，河南中醫學院段振離教授曾對英蓮的「乾血之症」
做研究，其於〈試析香菱的乾血之症〉以為「生活環境的惡劣、受人欺凌
的境遇，特別是在氣怒　交夾、挨打受罵之後，香菱得了『乾血之症』。乾
血之症即現在的閉經。…現代醫學將閉經分為中樞性、垂體性、卵巢性、
子宮性等種類。中樞性由精神因素或丘腦下部病變所致，尤以精神因素為
多見，丘腦下部病變引起的閉經，臨床甚少見。…然而臨床上最多的還是

油脂的增減並沒有很大的影響，但是壓力的大小確實會導致百分之二十三的人使痤
瘡的嚴重度增加。因此，科學家獲得的結論是壓力確實會導致痤瘡的增加，但這個
增加並不是透過油脂的增加所引起的，可能是因為一些壓力直接造成皮脂腺的發炎
或影響中樞神經，進而導致皮脂腺的發炎，可是真正的原因還有待研究。」發表於
2007/03/29 11:41:14，在網站「黃禎憲醫藥美容集團」
http//:www.netcity.net.cn/medicine/weisheng/796.htm - 59k 2007/3/27。
[69]同前註，黃禎憲醫師此文發表於 2006/04/25 14:49:11，在網站「黃禎憲醫藥美容集
團」中。
[70]見永康榮民醫院、高雄榮民總醫院皮膚科醫師許乃仁〈臉上犯「桃花」應避免日
曬〉，在「健康醫療」網站：
http//:www.libertytimes.com.tw/2001/new/may/1/today-m1.htm - 17k

精神因素導致的中樞性閉經。從香菱的病史分析，她的閉經也屬於這一類。」[71]「中樞性」即是指「下視丘」，段教授所說的「中樞性由精神因素或丘腦下部病變所致，尤以精神因素爲多見，丘腦下部病變引起的閉經，臨床甚少見。」應是正確的，因爲在周松男教授主編《婦產科學精要》——(第 3 冊《生殖內分泌學》)*Synopsis of Obstetrics & Gynecology* 一書中便提及：「根據 1986 年 Reindollar 的報告，繼發性無月經有 62%來自下視丘異常，16%來自腦下垂體異常(包含泌乳素腺瘤)，及 7%的子宮異常，12%來自原發性卵巢異常」[72]所謂「繼發性無月經」是指之前有月經，後因某種因素而造成無月經之疾病，而書中又云：「繼發性無月經的原因」有四個因素，此與段教授同，其中第一個因素便是「中樞神經系——下視丘異常」，而造成「中樞神經系——下視丘異常」的因素，也就是「下丘腦閉經症」之因素又可分爲六種；「1.損傷… 2.藥物… 3.緊張壓力與劇烈運動…4.體重過輕…5.多囊卵巢症候群…6.功能性下視丘無月經」[73]。在段教授的研究理論中「生活環境的惡劣、受人欺凌的境遇，特別是在氣怒交夾、挨打受罵之後，香菱得了『乾血之症』。」的說法，即是周松男教授主編《婦產科學精要》中的第 3.「緊張壓力」所造成的，也就是精神因素所造成的無月經症，因此，段教授之理論是正確的，筆者之後將在秦可卿一文中再次詳細論證秦可卿得無月經症的問題，故在筆者此書之規劃中將不額外擬篇對英蓮的「乾血之症」進行論證。

(2)作者虛構之病名，不但在中醫無此病名，西醫亦無此病名者，則不探討——如第 7 回中提及薛寶釵有先天之熱毒症[74]，因筆者與林昭庚教授會談，並

---

[71]刊於《健康世界》1997 年 4 月號，第 136 期，頁 33。

[72]見周松男教授主編《婦產科學精要》——(第 3 冊《生殖內分泌學》)*Synopsis of Obstetrics & Gynecology* 吳孟宗撰 第 11 章 「繼發性無月經」，頁 47。

[73]同前註。

[74]案：雖曾揚華之〈漫步大觀園〉中有 "冷雪"與 "熱毒"一文探究熱毒，但卻無結果，見頁 98-100。

查閱其所主編的《中西醫病名對照大辭典》，確認不但中醫部分僅有「熱病」，無「熱毒之症」，西醫亦然。西醫的部份，筆者則亦曾請教過石富元醫師及查閱過 *Harrison's Principles of Internal Medicine*(《哈里遜的內科學》)一書，確定無誤。

(3)既不知病名，又無足夠資訊可供研究者，則不探討──如第 1 回，甄士隱及其妻因女兒英蓮失蹤而雙雙生病。第 2 回有賈雨村嫡妻忽染疾過世；林如海三歲之子死了，書中未說病名與病況；林黛玉之母賈敏亦因病過世；賈敷八九歲上便死了；又有賈珠不到二十歲一病死了。第 4 回馮淵被毆打致死，但不知真正致死之因。第 12 回林如海得重疾，於 14 回過世，16回葬入祖墳。第 13 回有秦可卿死後，瑞珠觸柱而亡，其時必定大量流血，但不知真正致死之因；書中又云：賈珍此時也有些病症在身。第 14 回云繕國公誥命亡故[75]，但書中未說明原因。第 16 回，秦業因秦鐘與智能兒之事而氣得老病發作而亡，但不知是何病。第 17-18 回，賈環年內染病為痊，自有閑處調養，但不知染何病；同回中又有妙玉師父圓寂之事。第 37 回秋紋云：自己前兒病了幾天[76]，但未說病名。第 39 回二門口班小廝之母生病了[77]，但書中未說病名。第 42 回，鳳姐提及大姐兒常病之事，但卻不知原因，而醫師診斷後亦未說病名。第 50 回襲人之母生病，至 51 回病重，53 回襲人送母殯回賈家，書中均未言襲人之母究竟有何病。第 54 回有鴛鴦之母前兒死了[78]，未說死因。第 55 回，史湘雲「因時氣所感」，臥於蘅蕪苑，至 57 回病漸痊癒；同是 55 回中，又有趙姨娘之兄趙國基不明原因

---

[75]見曹雪芹 高鶚原著　馮其庸等校注《紅樓夢校注》，頁 217。李騰嶽〈紅樓夢醫事：殊に其の諸人物の罹患疾病に就ての察〉(紅樓夢醫事：特殊人物所罹患疾病之相關考察)中提及此文，刊於《台灣醫學會》，昭和 17[1942 年]，第 41 卷，第 3 附錄列刷，頁 115。

[76]同前註，頁 566。李騰嶽之文則仍見於頁 115。

[77]同前註，頁 602；李騰嶽之文則仍見於頁 115。

[78]同前註，頁 840；李騰嶽之文則仍見於頁 115。

病死。第 58 回芬官死了，未書明原因。第 60 回，書中提及柳五兒素有弱疾[79]。第 61 回，有李紈正因蘭哥兒生病，不理事務。第 70 回云：琥珀有病，此次之病不能了；又云：彩雲與環哥分崩，也染上無醫之症。第 72 回云：彩霞多災多病。第 75 回李紈生病，不知病況，寶釵提及家中的奶奶身體不自在，家中兩個女人均得「時症」。所謂「時症」，是指當時的流行病，但不知當時的流行病是什麼病症？第 96 回，王子騰回京途中，生病過世；第 96 回中又有王夫人帶病(心口疼痛)且坐不住，此回中有多處述及，至第 98 回又云：王夫人心痛，但作者卻未多予著墨。第 102 回，賈珍及賈蓉等相繼因見鬼而生病，故請法師捉妖除祟，但書中並未言及二人究得何病。

(4)書中無病名，但已有學者研究過且無誤者，則不探討——如第 63 回，賈敬燒脹而卒。又第 82-83 回薛姨媽因受金桂之氣，肝氣上逆，左肋作痛，當日一覺，次日便已痊癒。此三回均值得一提。首論第 63 回，在李騰嶽〈紅樓夢醫事：殊に其の諸人物の罹患疾病に就ての察〉(紅樓夢醫事：特殊人物所罹患疾病之相關考察)中提及：「金丹或丹砂中毒(63 回)，前者為金加水銀、後者為水銀加硫磺的化金物。賈敬服用而亡。屍體外貌，腹部硬如鐵，顏面皮膚及嘴唇燒焦，又皺又裂，呈現暗紫色。判定為急性水銀中毒。」[80]筆者亦仔細探究金丹或丹砂。在《大辭典》中對「金丹」之解釋為：「道士用金石煉製而成的藥」[81]及在《辭海》中對「丹砂」之解釋：「成分為一琉化汞。屬於六方晶系，有金剛光澤，色及條痕為緋紅色，硬度二至二·五，比重八至八·二。能溶解於硝酸中，與硝酸納共入閉管中熱之，則生水銀之小球。」[82]事實上，在《紅樓夢》書中所謂的「燒脹而

---

[79]同前註，頁 934。李騰嶽李騰嶽之文則仍見於頁 115。
[80]同前註，昭和 17[1942]，頁 116。
[81]見頁 4902。
[82]同前註，頁 2241。

卒」，並無進一步解釋。因此，李騰嶽所云的：「腹部硬如鐵，顏面皮膚
及嘴唇燒焦，又皺又裂，呈現暗紫色。」之說法不知可信否？經筆者查閱
長庚醫院臨床毒物科主任、腎臟科教授林杰樑《生活中的毒》一書中提及
一個因吸硃砂而亡之病例：「病人吸入後不久即發燒、咳嗽、即呼吸困難
的情形，乃於隔天轉送本院治療。經檢查證實發生兩側化學性肺炎，且血
中汞濃度大於 300ppb。…病人仍因肺部纖維化合併嚴重缺氧而死。…即
使是服用，大量也會引起腸胃大量出血及急性腎衰竭；少量長期服用，則
可能引起慢性間質性腎炎，導致尿毒症的發生。」[83]又在宋之岡《有毒、
有害物質明解事典》中之「水銀」部分云：「有中毒危險的，是像甲基汞
之類的有機水銀以及汞鹽。而汞鹽中一般所知具有強烈毒性的，是被稱做
昇汞的氯化汞物質。氯化汞具有強烈腐蝕作用，一旦經口腔攝取，會對口
腔粘膜造成灰白色的腐蝕作用，引起下痢、嘔吐，甚至造成嚴重的腎臟障
礙而導致死亡。」[84]由於《紅樓夢》書中對賈敬死亡時之病徵描述極少，
因此，或許我們可以綜合以上資料觀之，賈敬死亡時，可能產生了經口腔
攝取後造成口腔粘膜被腐蝕為灰白色之病徵，同時又有醫學臨床上的腸胃
大量出血及急性腎衰竭之現象，由於不斷出血造成腹部鼓脹，因而書中言
賈敬燒脹而卒，因此，李騰嶽先生所言確實具有極高之可能性，故本書不
再擬專章探討之。

　　次論 82-83 回，鄧正樑醫師以為「正是肝經氣分不和的症候。中醫認為
『肝』的部位在兩脇，凡是兩脇疼痛或脹滿，都是肝氣鬱結所致。在臨床上，
肝氣鬱結還表現為胸悶、脘脹、噯氣、婦女月經不調等有關。」[85]經筆者研

---

[83] 見頁 115-117。
[84] 見頁 160。
[85] 見振興醫院中醫科鄧正梁醫師〈醫講紅樓夢：薛姨媽嘔氣升肝火　鉤藤來澆熄〉，
發表於《台灣日報》2003 年 3 月 2 日，星期五，「醫療、養生保健」11 版。另見「KingNet
國家網路醫院」網站：
http://www.webhospital.org.tw/essay/essay.html?pid=7118&catego2005/04/07 -

究，在中醫中「肋痛是以一側或兩側脇肋疼痛爲主要表現的病證，也是臨床比較多見的一種自覺症狀。此證早在《內經》有記載，並明確指出脇痛的發生主要是由於肝膽病變」[86]其中有三種原因造成：一是肝氣鬱結，二是淤血停著，三是肝膽濕熱，四是肝陰不足[87]。由於書中未明言薛姨媽之詳細病徵，故筆者亦當闕疑，似乎不宜將其歸納於四者之一的「肝氣鬱結」，不過鄧醫師肝氣理論的說法仍具有可能性，故筆者將不再擬章論證。

2.跨醫學領域之診斷與書寫原則

本文將視所需延聘專科醫師爲醫學顧問，針對有關《紅樓夢》人物之特殊性格、特殊情感及醫病等問題，經過發問──給予答案──診斷等過程，進行「會談」(案：interview or interviewing，此乃目前醫學界診斷病情之基本且必要之步驟)，換言之，筆者的角色，是「代言者」，就像母親代替嬰兒或難以表達自我痛楚的孩子向醫師詢問一般；結論將由筆者與專科醫師討論後，尊重中西專業醫師之診斷，而後由筆者書寫整理之。

(1)跨精神醫學部份

林昭庚教授主編《中西醫病名對照大辭典》爲主，並參照《DSM-Ⅳ精神疾病的診斷手冊與統計》 *Diagnostic and Statistical Manual and Mental Disorders*,(SM-Ⅲ,SM-Ⅳ-R 及 *DSM-Ⅳ-TR*)，或世界衛生組織的《國際疾病之標準分類》 *The ICD-10 Classification of Mental and Behavioral Disorders*: *diagnostic criteria for research*，此爲目前全世界通用之標準書籍。疾病之判定，以近 1/2 或超過 1/2 之病徵爲診斷標準。另有中文翻譯本、其他重

21k－。

[86]見張伯臾主編　董建華、周仲瑛副主編《中醫內科學》，第 29 章 「脇痛」，頁 250。

[87]同前註，頁 251-253。

要《精神醫學》的版本、《自殺病學》及精神醫學之學者的研究專文等，均可參考。然由於中國的精神醫學研究極為欠缺，且疏簡，故若無資料可供研究時，筆者將直接以《DSM-IV精神疾病的診斷手冊與統計》，或世界衛生組織的《國際疾病之標準分類》與專業醫師討論後，推論診斷之。

(2)跨內科學部份：

以田德祿《中國內科學》、謝博生等主編《一般醫學 IV/V 疾病概論》、林昭庚主編《中西醫病名對照大辭典》（1-5 冊）、實用內科學編輯委員會編《實用內科學》、張天均主編《內科學》（上、下）及其他中文的中醫藥理書籍：如楊思澍編《中醫百症用藥配伍指南》、史仲序《中國醫學史》、菊穀豐彥著 許鴻源譯《中西藥併用之檢討》、陳榮福《中藥藥理學》為主，並參照內科權威 *Harrison's Principles of Internal Medicine* 為判準。另有《哈里遜的內科學》翻譯本或其他重要學者之研究書籍。疾病之判定，以近 1/2 或超過 1/2 之病徵作為診斷標準，但內科學部分，因小說人物乃虛擬實體，故若屬於「細菌感染」之問題者，因無法取得血液分析或其他檢體篩檢，故筆者僅能以「疑似病例」論斷，使用的語言為：「或是」、「可能是」，「疑似...病」等，將會與精神醫學中可直接判定人物具有何種性格或疾病者，不同。

(3)跨婦產科部份：

以林昭庚教授《中西醫病名對照大辭典》及其他中文的婦產科書籍為主，並參照 *Novak's Textbook of Gynecology* 做研究。疾病判定標準同於內科學。以上均以小說中人物之對話、性格表現、行為、事件及病徵作分析。雖然蘇姍.桑塔格(Susan Sontag)著，程巍譯《疾病的隱喻》，提供了另一種研究方法：「隱喻研究」(metaphor study)，但在筆者閱讀過此書後發現，除非作者熟識每一種疾病之病史，否則醫學乃是一門重視科學之研究，疾病不像「詩」一般具有多義性，若隨意比附或做隱喻，則反是畫蛇添足，不宜貿然用之，否則將破壞醫學之嚴謹的方法學及失去研究價值。因此，本書

牽涉醫學的部份將堅守原則，不運用此種研究方法。

3.作者、紀年、版本問題與參考資料之輯整

本書對於作者、紀年、版本問題與參考資料輯整，處理原則如下：

(1)作者與詮釋的問題：有關《紅樓夢》之作者問題，筆者曾研究過，見拙著
《紅樓夢中夢的解析》。筆者將引述拙著第1章「二、《紅樓夢》之作者與
續書人之論證與輯整」中提及的幾種說法及筆者近年來最新整理的其他說
法論列如下：

「A.《百廿回紅樓夢》作者為曹雪芹：除了脂硯齋以為是雪芹所撰以外，袁
枚《隨園詩話》卷二、裕瑞《後紅樓夢書後》...」均主此說[88]，而張健教
授亦云：「最基本的證據是：脂硯齋評中已一再提及後四十回的內容。近
年來的鐵証是：至少有兩位以上的紅學研究者，以電腦程式研究紅樓夢的
前八十回和後四十回的字彙，發現二者出現的字詞及其頻率若相符契。這
是任何第二者所不能達成的！哪怕會心會意的模仿，也不可在幾十萬字的
著作中達成此一任務，這就等於毫釐不差的複製人之不可思議。其中一位
學者是陳炳藻。另外如張新之、林語堂、牟宗山、高陽、周紹良、胡文彬、
劉廣定等先生，都主張此說。」[89]另筆者研究發現陳毅平《紅樓夢稱呼語
研究》一書，亦指出前八十回與後四十回之語詞使用具有一致性，換言之，
即是指作者是同一人。

---

[88]見拙著《紅樓夢中夢的解析》，頁16。案：筆者原書中之年代卷期，在此處均改為
阿拉伯數字，以便全書體例之統一。
[89]此為張健教授於「2006年台灣紅樓夢論壇」(2006/10/27)學術研討會中之演講稿，
會議中推論一百二十回之作者均是曹雪芹一人。此理論又見於《2006年台灣紅樓夢
論壇　演講稿合輯》中，頁24。有關高陽之說，見《紅樓一家言·曹雪芹對紅樓夢
的最後構想》，頁1-19。

B.前八十回作者為曹雪芹，後四十回作者為高鶚續書：「…胡適之說法掀起紅學旋風，周汝昌主此說，…又孫宇虹、葛波、安赫《曹雪芹與紅樓夢》亦主此說。[90]」

C.前八十回為曹雪芹撰、後四十回為高鶚補或刪易：「張問陶《船山詩草》中注八十回以後俱為蘭墅所補，俞樾之《小浮梅閒話》亦證同之。…趙苕狂之《紅樓夢考》亦主此說。

D.原作者不知為誰？曹雪芹增刪、高鶚修訂：潘師重規於民國48年在《暢流》，第19卷，第6期發表之〈從脂硯齋評本推測紅樓夢的作者〉，便主此說，…。

E.前八十回作者為曹雪芹，後四十回不知何人續書：
許惠蓮碩士論文《紅樓夢劇曲三種之研究》主此說。

F.原作者不知為誰？高鶚大加刪易：平步青之《石頭記》贊成此說。

G.《紅樓夢》一百回之原作者為曹雪芹，後二十回不知誰續，今百廿回已非原作：主張此種說法者為嚴冬陽及葛建時，…。

H.原作者為曹頫：趙同《紅樓猜夢》於民國69年出版，主張前八十回之作者為曹頫，而續文之腹稿已有之。

I.前八十回作者為曹雪芹、後四十回為程偉元續補：主此說者為張欣伯，見於其《石頭記稿》一書。

J.四人合傳說：主張此說者為趙岡先生《紅樓夢研究新編》…。

K.主張多人合傳說：有李慈銘〈閱小說《紅樓夢》〉主張草創者為寶玉，後來又經多人刪改而完成的。…」[91]又上海復旦大學統計學系李賢平副教授〈統計分析紅樓夢成書探疑另一說〉一文中利用電子計算機和統計學方

---

[90] 見拙著《紅樓夢中夢的解析》，頁 16。又孫宇虹等書對作者之主張在〈坎坷的生平〉中，頁 22-26。

[91] 見筆者拙著《紅樓夢中夢的解析》，頁 16。案：我原論文中「曹俯」之「俯」字是個錯字，今改為「頫」字。

法，以「《紅樓夢》一書中四十七個虛字在各回出現的頻率統計分析出《紅樓夢》是由不同的作者在不同時間裏寫成的。」[92]

L.主張前八十回作者恐非出於一手：

主張此說者爲王師關仕，在其《紅樓夢考鏡》（八）[93]。

M.主張作者是李鼎及曹雪芹，李鼎是賈寶玉之原型：

1996 年皮述民《蘇州李家與紅樓夢》中主張脂硯齋即是李鼎，指出李鼎發起《石頭記》之撰寫，並寫過幾回文字，但因心有餘而力不足，乃請雪芹接手，之後十餘年間，李鼎又協助雪芹撰寫、謄抄和整理原稿、四次評閱加批。皮述民於 2002 年又有《李鼎與石頭記》一書，仍主此說，其〈論《石頭記》八十回的形成——從李鼎的《石頭記》到曹雪芹的《石頭記》〉一文，2002 年亦發表於《中國文化大學中文學報》[94]。

O.原作者不知是誰？後四十回由其請高鶚一起修訂：

程偉元序之說法。

P.「叔傳說」：吳世昌《紅樓夢探源》——指出脂硯齋爲曹雪芹之叔，此書是在寫脂硯齋之家世[95]。

Q.原作者不知是誰？前八十回爲曹雪芹增刪，後四十回爲程、高二人共同修緝續補：

筆者主張此說。筆者乃採程偉元的「不知原作者是誰」之說法，而程偉元序中又提及：「紅樓夢小說本名石頭記，作者相傳不一，究未知出自何人？

---

[92] 見拙著《紅樓夢裏的夢探研》，頁 5。此文原發表於《聯合報》，1987 年 9 月 10 日，星期四，第 3 版。

[93] 見拙著《紅樓夢中夢的解析》，頁 16。

[94] 前者見「三、脂硯齋即是李鼎考」，頁 63-114，另見自序，頁 8，及見「貳、賈寶玉的形像意義與人物原型」，頁 22-23；後者見《李鼎與石頭記》及《中國文化大學中文學報》，2002 年 3 月，頁 201-228。

[95] 可參考吳世昌《紅樓夢探源》及郭玉雯《紅樓夢學——從脂硯齋到張愛玲》，頁 293-340。

惟書內記雪芹刪改數過原目一百廿卷，今所傳僅八十卷，書非全本。…爰
為竭力搜羅，自藏書家甚至故紙堆中，無不留心。數年以來，僅積有二十
餘卷。一日偶於鼓擔上得十餘卷，遂重價購，欣然翻閱，見其前後起伏，
尚屬接筍，然漶漫殆不可收拾，乃同友人細加厘剔，截長補短，抄成全部。」
[96]又程偉元於第二次排
印本上與高鶚聯名致言：「書中後四十回，系就歷年所得，集腋成裘，更
無他本可考。惟按其前後關照者，略為修緝，使其有應接而無矛盾。至其
原文，未敢臆改。俟再得善本，更為厘定。且不欲盡掩其本來面目也。」
[97]由於程偉元明白述及此書乃其「同有人細加厘剔」而成，因此後四十回
為程、高二人共同修緝續補，但因曹雪芹曾批閱十載、增刪 5 次，故一定
是作者之一，而有關後四十回「原作者已有人，而由程、高編輯加工」之
說法，早見於周紹良 1953 年 10 月撰寫〈論紅樓夢後四十回與高鶚續書〉
時已有所主張，另 2006 年其又將此理論輯於《紅樓論集》一書中[98]。

　　在以上各種說法之中，胡適的「曹雪芹的自傳說」更有不少人信以為
真，以致於臺灣多年前的高中升學版國文便以此說作為定本，然而有關百
二十回本之問題，甚至連魯迅、王國維也均將百二十回本《紅樓夢》當作
是一部完整的作品來看，並不疑後四十回本之真偽問題，其實在周紹良書
中已說得很清楚[99]。如不相信程偉元、高鶚修緝續補，也該有最直接的證
據證明他們二人說謊或作偽，但至今為止，卻不見任何鐵證，那麼紅學專
家又能如何推翻當時付諸拓印的程高之言呢？

(2)有關《紅樓夢》之紀年問題：由於前八十回庚辰本即有錯誤，例如 45 回
　　時庚辰本　云：黛玉十五歲，則寶玉應為十七歲，但至 56 回時庚辰本又

---

[96]見《程甲本紅樓夢·序》(第 1 冊)，頁 1-4。
[97]見曹雪芹著　胡適考證《程乙本紅樓夢》(上)〈紅樓夢引言〉，頁 1-2。
[98]見周紹良《紅樓論集》，頁 84。
[99]同前註，頁 79。

云：寶玉 13 歲，可見書中寶玉與黛玉之年齡多有舛誤，故筆者論證時，若有足夠資訊可論述年齡之處，必論之；有疑義處，能論則論，不能論則略之。

(3)有關《紅樓夢》主要版本之選用：A.以里仁書局之《紅樓夢校注》為主，旁及以程高本為底本之《紅樓夢》為論。以八十回本從事紅學研究，是一種切入，以百廿回本從事紅學研究，又是另一種關注，均可抉微闡幽。B.脂評本及輯校本之選用：原則上以陳慶浩《新編紅樓夢脂硯齋評語輯校》為主，其餘將視論文所需而引用脂評本，包括《脂硯齋甲戌抄本石頭記》、《脂硯齋重評石頭記》…等。

(4)有關內科學、婦科學、精神醫學書籍之引用，已書之於前。

(5)網路資料之輯整原則：A.除了書籍外，網路有相同資料可參考者，因是一種方便資源而運用之。B.臺灣沒有進口代理或出版之書，僅網路有，則可運用之；若有需要，我將請教我的醫學顧問，以便確認有關醫學之網路資料的價值。C.電子新聞、記者會資訊或中西醫師所發表之臨床經驗的論文，不論出版或未出版，只要與我的論文有關之網路資料，則擇其重要者運用之。D.網路論文，將視其論述之邏輯與學術價值而選用之。

四、研究之期望與貢獻

今人對《紅樓夢》之研究仍熱情如火，近十五年內，自 1991 年以來，海峽兩岸舉辦的《紅樓夢》學術研討會有。1992 年「92 中國國際《紅樓夢》學術研討會」。1994 年「94 萊陽全國紅樓夢學術研討會」。1996 年「乙亥年海峽兩岸紅學研討會」、「96 遼陽全國紅樓夢學術研討會」及湖北漢川「第七次當代紅學研討會」。1997 年「北京國際紅樓夢學術研討會」[100]及南陽市「首屆紅樓夢研討會」。1998 年康來新教授與沈春池基金會合辦「引君入夢

---

[100]見網站：http://www.*cls*.hs.yzu.edu.tw/present/hlmpj.htm - 19k -2007/6/2。

——1998《紅樓夢》博覽會」。1999 年天津「首屆全國中青年紅樓夢學術研討
會」及北京「雪芹舊居遺址研討會」。2000 年「黑龍江省第八次《紅樓夢》
學術研討會」。2001 年 8 月有天津北戴河「新世紀海峽兩岸中青年學者《紅
樓夢》學術研討會」。 2002 年 4 月有「戀棟台灣——新紅學八十年暨胡適逝
世四十年研討會」及鐵嶺「紅樓夢文化研討會暨紀念端木蕻良誕辰九十周年
座談會」。2004 年 10 月「紀念曹雪芹逝世 240 周年中國揚州國際紅樓夢學
術研討會」。2006 年中國大同國際紅樓夢學術研討會，於 8 月 5 日至 7 日在
山西大同雲岡國際大酒店隆重舉行[101]；而筆者 2006 年 10 月 27 日於敝校龍
華科技大學國際會議廳主辦了一場「2006 年台灣紅樓夢論壇」2006 forum on
The Dreams Of The Red Chamber in Taiwan。2007 年 6 月 7~8 日，中央大學亦
舉辦「第一屆《紅樓夢》與明清文學：研究生論文發表會」。仔細分析其中
仍以大陸舉辦的紅樓夢研討會較多，且紅學不但不曾殞落，紅樓研究會或學
術研討會亦不斷地在大陸其他市鎮成立，紅學在大陸其實仍是欣欣向榮。

　　令人欣喜者，從文學跨入醫學之研究，近年來已逐漸被重視，因2000
年10月7日在台灣高雄輔英技術學院(現已改制爲科技大學)便舉辦了第一場
「醫護文史成果發表會」，其中涉及中國(或台灣)文學與醫護之議題者，有〈日
據時期台灣醫生文學初探 ——以蔣渭水＜臨床講義＞、賴和＜蛇先生＞爲
例〉、〈一部關懷人間世的診斷書——我看《從聽診器的那端》〉…等。輔英技
術學院又於2001年4月21日舉辦了「醫護文學研討會」，其中涉及醫護文學之
議題者，有〈心之逍遙——《莊子》思想在心理醫護的運用〉、〈同理心的二
重奏——江自得《癌症病房》與白葦《癌症病房手記》…等。此外，臺北醫
學大學於2004年亦舉辦了「醫學與文學學術研討會」，其中涉及文學與醫學
之議題者，有〈醫療與救贖－從日治時代井上伊之助的泰雅民族誌談起〉、〈尋

---

[101]劉敏君〈國際紅學研討：學術研究是科學不是娛樂〉——國際紅樓夢學術研討會摘
要，見「國際紅學研討：學術研究是科學 不是娛樂——文化——人民網」網站：
http://www. culture.people.com.cn/BIG5/22219/4746897.html - 25k - 2006/08/28。

找彼岸:《台灣青年》之互助／鬥爭論述及人格主義信念〉...等多篇論文，可說是近年來最極力促成跨領域研究的三次學術研討會了。會中不論是從病人誌著眼，或從醫師與病人角度論述，或透過醫書分析作品中人物之疾病等均有之，然而令人覺得遺憾者，乃大部分從事中英文學之研究者卻因僅從文學角度設想醫病問題，或僅是個人觀點閱讀醫書而未曾請益過醫師，以致於與大會所聘之多位專業醫師論辯過程中，意見時常相左。其中值得深思者，如果原作者不能尊重專業醫師之意見，而自行取證，對於論證結果與醫學臨床實證上的嚴重落差，將會造成學術研究之重大疏誤。因此，所有跨醫學領域之研究者均應精研相關書籍，更需虛心地與專業醫師商討，儘可能從文學探索中提出較符合醫護理論之結論，則對推動醫護文學之研究途徑與研究成果，將會較平坦、信實且具說服力。

「事既定，則無惑。」本文之研究，筆者預期能突破目前紅學研究之藩籬，將「小說與醫學」結合，透析小說虛構世界與現實的距離，以建立小說「跨領域研究」之教學範本，祈能對小說教學及研究之多樣化有所助益；展望未來能為「小說」開啟一扇通往「應用小說」之路(指透過跨醫學領域之研究闡釋小說，令其與日常生活結合，而具應用價值之路)，既能闡發文學之美，亦能回顧作家之時代背景、人物之醫病狀況及當代醫療環境之種種。

筆者自 1984 年以來，便跨入精神分析，之後嘗試跨入精神醫學、內科、婦科及皮膚科之研究，除了瞭解讀小說之文本外，期望亦能從醫學之研究中回顧、觀照小說人物之素描，採用極為科學、嚴格且重視邏輯之思考，以彰顯詮釋學之積極意義與精神，甚或可超越作者原創的某些功能與價值。《紅樓夢》之所以成為紅學，乃因其已成為一門兼容並包之學，因此，筆者之嘗試，希望能提供給文學人另一種思考，另一種觀摩角度。本書之撰寫，渴望「今人不為古人牢籠，古人能為我所用」，讓紅學之文化薪傳能展露新機。

貳、隱匿在孤僻與強迫型性格下
之妙玉及其走火入魔

A lady "Miao- yu" behind the eccentric, unsociable, obsessive-compulsive
personality and possessed by the devil

*醫學顧問：石富元醫師及魏福全醫師

　　小說之所以感人肺腑者，在於至情至性的人物素描及敘事技巧；人物素描之優劣，單憑作者風骨之所樹，肌膚之所立。「妙玉」乃《紅樓夢》中最特殊的人物之一：性格孤僻、愛潔極致的習氣，爲金陵十二釵揮下彩筆，是個發人深省的女子。本文將嘗試從文學跨入精神醫學及內科學，去探究妙玉小時成長過程中，因體弱多病而出家、進大觀園後之性格[102]展現、守著性幻象的變形菩提、至落入悲劇命運之格局。

　　《紅樓夢》作者雕藻一位曾有志於事功的年少女尼，常年羈囹[103]於大觀

---

[102]陳仲庚、張雨新編著《人格心理學》中提及伍德沃士將「人格」(personality)解釋爲：「個體行爲的全部品質」(頁143)。另《韋伯的新世界字典》David B. Guralnik，*Webster's New World Dictionary* 中則將 personality 解釋爲(1)形成一個人或特殊的一個人的品質或事實(2)一個人很突顯的個人品質(3)高貴的人。(頁446，其中中譯文由筆者翻譯之)雖然動力精神醫學將「人格」解釋爲涵蓋「性格」的一種人際關係的表現(見程玉麐《動力精神醫學》，第一章「人格的形成」。文中提及：「人格是一個人運用它先天遺傳所賦予的體質、才智、精力、性格等，應付外在環境所給予的各種刺激，產生某一種特殊的反應、這個反應又起引環境的反應刺激，再影響本人的思想、情感、行爲，這樣循環不息，繼續不斷的相互爲因果，養成人格，所以人格是個很複雜的人與人間的關係結晶產品，包括本人對自己的估計，想像中其他人們對本人的估計，本人對於環境影響的估計，與本人的如何能夠影響環境。」(頁8)

[103]李知其《紅樓猜夢》云：「妙玉自稱畸零，畸零諧音羈囹」(頁204)。此處筆者借

園的華富空間中，且令其以帶髮修行之名磨蹭、俯仰於紅樓之塵事；不難想像作者所鋪設的人物，是人間的「異形」（Alien）[104]之一。若從人類學角度言之，此乃人類生物性差異所造成，又稱「多態現象」(polymorphism)[105]，實不足為奇。而妙玉之所以成為「成功的悲劇異形」，端賴於作者對人物性格的描述及薰染、浸化、刺激、提脫四種力量[106]，營造小說之浪漫與寫實氛圍，並令讀者能入而與之俱化，但見其功力盡出。

本文怕掛一漏萬，故將就妙玉之體質、行為、語言、容儀及生活環境等，探索其性格特質與醫病問題，全文凡分四段論證之：一·孤傲潔癖與強迫型性格(又稱完美型性格)，二、變形菩提之「夢中幻象」，三、走火入魔與精演神數，四、結語。

一、孤傲潔癖與強迫型性格(又稱完美型性格)

為一個帶髮修行的女尼，成功地鑄形塑模，本非易事，但在《紅樓夢》中卻能異軍突起。妙玉原望品修為五蘊皆空，卻被巧雕為「悲劇異形」，作

用其「羈囹」一語以形容妙玉身心之現狀。

[104]「異形」之英文為 Alien，即外星人之義，本指非人類之物種，此處筆者借之引申「異乎常人之思維模式或行為者」為「異形」。

[105]基辛（R. Keesing）著　陳其南校定　張恭啟、于嘉雲合譯《人類學緒論》，第 3 章「人類的生物性差異」，指出同一族群的鳥類常展現二種或更多形狀、羽色、或身體設計，就好像英國人有不同顏色的眼珠、髮型、或血型，這現象叫做多態現象 (polymorphism)。（頁 78）

[106]梁啟超所謂之四種力：一曰薰。薰也者，如入雲煙中而為其所烘，如近墨朱處而為其所染，《楞伽經》所謂迷智為識，轉識成智，皆恃此力；二曰浸。入而與之俱化者也。讀《紅樓》竟者，必有餘戀，有餘悲，《水滸》竟者，必有餘快，有餘怒。何也？浸之力使然也；三曰刺。刺也者，刺激之義也，能使人於一剎那頃忽起異感，而不自制者也；四曰提。前三者之力，自外而灌之使入；提之力，自內而脫之使出，實佛法之最上乘也。(見《論小說與群治之關係》在《古典文學資料彙編　紅樓夢卷》，卷 6，頁 562)另《中國古典小說美學資料匯萃》中第 1 編「總論」，頁 49 亦有摘錄。

者鎔鑄之精華，深值抉發。無論從文學或醫學觀點分析，均有助於對妙玉性格的理解。

　　有關妙玉的背景，依蔡元培《石頭記索隱》之說法，以爲是「姜西溟也(從徐柳泉說)。將爲少女，以妙代之。詩曰：『美如玉，美如英。』玉字所以影英字也。(第一回名石頭爲赤霞宮神瑛侍者。神瑛代爲宸英之借音)」[107]此種詮釋，類於《紅樓夢》作者自云：「將眞事隱去」伏「甄士隱」之名一般。索隱派，對於妙玉之名，乃先從文字聲韻解析，而後再從姜西溟之生平性格行事探討之[108]。究竟眞相如何？既然作者以爲是眞實人物之影射，則需更多眞切之舉證。

　　妙玉於第 5 回賈寶玉「初游太虛幻境之夢中」及第 17 回大觀園落成時，先後虛筆出場。因賈薔的特聘，妙玉在林之孝口中出現時，是個具有特殊背景、文采、形貌及師承者：「本是蘇州人氏，祖上也是讀書仕宦之家。因生了這位姑娘自小多病，買了許多替身兒皆不中用，到底這位姑娘親自入了空門，方才好了，所以帶髮修行，今年才十八歲，法名妙玉。如今父母俱已亡故，身邊只有兩個老嬤嬤，一個小丫頭伏侍。文墨也極通，經文也不用學了，模樣兒又極好。」[109]林之孝之言，內容看似粗略，卻算完整，只是妙玉詳細的臉部素描卻闕如，唯有 112 回中妙玉被劫前夕，留下一夥賊的外視角簡述：「在窗外看見裏面燈光底下兩個美人，一個姑娘，一個姑子。」[110]及一個膽子極大的賊人口中驚嘆的美人外貌：「咱們走是走，我就只捨不得那個姑子，長的實在好看。不知是那個庵裏的雛兒呢？」[111]妙玉的臉部除了美以外，並無其他特徵可供記憶。至於 109 回中則有妙玉更詳細的整體外型述說：「只

---

[107]見頁 92。
[108]此乃筆者之分析，有關「索隱派的比附方法與觀念」，郭玉雯《紅樓夢學——從脂硯齋到張愛玲》一書中有詳細申論，可參考之。
[109]見曹雪芹 高鶚原著 馮其庸等校注《紅樓夢校注》，第 17-18 回，頁 267-268。
[110]同前註，112 回，頁 1686。
[111]同前註，頁 1687。

見妙玉頭帶妙常髻，身上穿一件月白素綢襖兒，外罩一件水田青緞鑲邊長背心，拴著秋香色的絲條，腰下繫一條淡墨畫的白綾裙，手執麈尾念珠，跟著一個侍兒，飄飄拽拽的走來。」[112]在整部《紅樓夢》中，素淨及仙風道骨似乎掩蓋了妙玉的臉龐之美。

　　當 17-18 回妙玉虛筆出場時，其實已是「隱而愈現」。從其背景中，可覷見妙玉在主體與客體背景結合下之高貴氣質。從妙玉自幼多病的體質及因此而須帶髮修行的不得已，又暗藏著被層層包裹、驛動不羈的凡心。文中述及其習業於精演先天神數之師父時，雖三言二語，卻能合理解釋第 76 回中，妙玉僅僅聽到黛玉與湘雲在凹晶館聯詩之聲音，竟能從詩之內容知人氣數，及第 95 回中妙玉具有「扶乩請仙」之功夫。作者又藉由師父口中的遺言交代「不宜回鄉，在此靜候，自有結果」，揭開妙玉新運命之序幕，以與第 5 回之演曲及第 112 回妙玉墮入被輕薄、被擄的悲慘輪迴，作一「宿命難逃」的應和。從作者簡短意賅之敘事中，妙玉的與眾不同，已見端倪。筆者將詳剖其性格特質如下：

(一) 纖瘦型(asthenic)與孤傲特質

　　孤僻、過潔、高傲及不合時宜，乃妙玉突兀性格中最具特色之處。妙玉於第 5 回之預言出現後，如放射線般於 17-18 回、41 回、50 回、63 回、76回、87 回、95 回、109 回、111 回及 112 回等，虛實穿場，應對著情節之延展。除了一個美人的概括形象外，透過精神醫學或可徵驗妙玉之人格特質與體型。德國精神醫學家克來區邁(Kretschmer;1925)將人類之體液分為四類：肥胖型(pyknic)、纖瘦型(asthenic)、健壯型(athletic)及畸異型(dysphastic)。…而纖瘦型的人格特質是較沉默、嚴肅與孤僻。[113]《紅樓夢》文中提及妙玉自

---

[112]同前註，第 109 回，頁 1655。

[113]參考普汶(Lawrence A. Pervin)原著　鄭慧玲編譯《人格心理學》，頁 10-11。其中

幼體弱多病，此類型者，以瘦者居多。較有利之證據則在以下幾回的敘述中：
第 17 回，妙玉虛場出現時，卻說妙玉之模樣極好，可見妙玉非肥胖型或畸
異型之人；109 回，妙玉來探望賈母時，「飄飄拽拽的走來」，可見其體態輕
盈；112 回妙玉被擄時，賊人將妙玉輕輕抱起，背在身上，輕易地給掇弄走
了，以證妙玉體重之輕，纖瘦則是體輕之重要因素之一，雖然作者並未言明
妙玉的身材有多高。又可蠡測者，在第 5 回〈世難容〉中，雖然作者的重點
是形容妙玉「氣質美如蘭」，然而因蘭花纖細秀美，故妙玉纖瘦型體態呼之
欲出。總此以上之研究，應可認定妙玉爲纖瘦體質之人。另在謝爾頓(Sheldon)
以較具科學方法提出三類氣質量表：腦髓氣質型(cerebrotonia)，特色爲壓抑、
約束、好孤獨；內臟氣質型(viscerotonia)，特色是舒暢、閒適、樂群；肌肉
氣質型(somatotonia)，特色是好活動、競爭、果決，[114]亦可供參考。不過從
妙玉、黛玉具有相似之體質，卻有極爲近似的壓抑與孤僻之特質而言[115]，實
仍具有準確度，因此透過體液與氣質之研究，對人類之性格依然可作概括性
之類分。

有關《紅樓夢》作者一再強調妙玉具孤傲性格，實值一探，先以孤僻性
格爲論。第 5 回中警幻仙子讓寶玉聆聽紅樓夢演曲中之〈世難容〉時，一語
道破妙玉之氣質、才華、癖好、習性、宗教信仰及坎坷之命運：「氣質美如

之肥胖型(指身材矮胖、圓肩闊胸)、健壯型(肉骨均勻、體態與身高成比例)及畸異形
(身體各部分成不規則或不協調的組合，包括各種不屬於前二類的體型)。
[114]同前註，頁 13。
[115]可參考曹雪芹 高鶚原著 馮其庸等校注《紅樓夢校注》，第 3 回中敘述黛玉「身體
面龐怯弱不勝」(頁 46)；又云：黛玉「嬌襲一身之病，...行動處似弱柳扶風」(頁 53)。
第 5 回中有關黛玉初入榮府賈家時「孤高自許」之敘述，頁 81。另余青〈讀紅樓夢
女性人物的描寫〉中亦以爲妙玉與黛玉接近孤僻之特質，不過有程度性之差別而
已，其文爲：「妙玉...似顰而比顰更僻，如襲而較襲更怪。」(《藝文誌》，1978 年 3
月號，150 期，頁 58) 曾揚華《漫步大觀園·處在"檻外"與"土饅頭"之間的妙玉》
中提及「林黛玉乃是在家的妙玉，而妙玉則是出家的黛玉。」(頁 162)又有王盈方碩
士論文《紅樓夢十二釵命運觀之研究》(頁 79)中亦引用其言。

蘭，才華阜比仙。天生成孤癖人皆罕。你道是啖肉食腥膻，視綺羅俗厭；卻不知太高人愈妒，過潔世同嫌。可嘆這，青燈古殿人將老；辜負了，紅粉朱樓春色闌。到頭來，依舊是風塵骯髒違心願。好一似，無瑕白玉遭泥陷；又何須，王孫公子嘆無緣。」[116]作者讚美妙玉之氣質才賦，又強調妙玉的孤僻性格是與生俱來，因此，全書中有多處應和者，首見於 41 回中。妙玉以舊年蠲的雨水烹煮，請賈母吃老眉君茶後，便拉著寶釵、黛玉進其耳房內，寶玉亦隨之而來。當妙玉向風爐上扇滾了水，另泡一壺茶請三人喝時，按理說應是極為溫馨的場面，但妙玉與黛玉之對話中，卻顯得隔閡頗深，書中如此描述：「黛玉因問：『這也是舊年的雨水？』妙玉冷笑道：『你這麼個人，竟是大俗人，連水也嘗不出來。這是五年前我在玄墓蟠香寺住著，收的梅花上的雪，共得了那一鬼臉青的花瓮一瓮，總捨不得吃，埋在地下，今年夏天才開了。我只吃過一回，這是第二回了。你怎麼嘗不出來？隔年蠲的雨水那有這樣輕浮，如何吃得。』黛玉知他天性怪僻，不好多話，亦不好多坐，吃完茶，便約著寶釵走了出來。」[117]妙玉諷刺黛玉口感不好，對於泡茶所用之水的清淳與否沒有鑑別力，相形之下便顯出自己品茶的獨到。連喝一杯茶，都得遭到「大俗人」的批評，對孤傲的黛玉而言，更荊刺著自尊，讓黛玉不僅漠然不語，更不得不攜伴逃離現場。此處但見妙玉天性怪僻，且高傲嘴利。另一有關妙玉孤僻性格的描述，仍在第 41 回，出自妙玉的表白。妙玉的「大俗人」風波，當時在場的尚有寶玉，是個最留心觀察妙玉，並體諒妙玉的人了。在黛釵離去後，寶玉卻仍留下來與妙玉短暫閒話家常，深知妙玉怕髒之特質而與之配合得宜。寶玉曾建議妙玉將劉姥姥吃過茶的杯子，送給她賣錢去時，妙玉卻回答：「幸而那杯子是我沒吃過的；若我使過，我就砸碎了也不能給他。」[118]這是妙玉既孤僻，又過潔的一面。此種性格者不願別人碰觸

---

[116]同前註，第 5 回，頁 91-92。

[117]同前註，第 41 回，頁 636-637。

[118]同前註。

其物，故常有不良的人際關係，是「物不能與共」的排斥行為，因此「冷漠與酷」的表情，一直是妙玉孤僻性格中最大的特質。

第 50 回中李紈對妙玉的為人，頗有微詞：「...我才看見櫳翠庵的紅梅有趣，我要折一枝插在瓶裡。可厭妙玉為人，我不理他。如今罰你取一枝來。」[119]李紈對妙玉之厭惡，已到不願理會她的地步，可見妙玉的不得人緣，予人可厭。此種可厭應是指妙玉的「人際關係」，而非指「過潔」，但依作者本義，「過潔」仍是「世人同嫌」；此乃作者成功的寫出了妙玉不容於社會風習之經典描述。或許因為妙玉會奚落人，孤傲且盛氣凌人，因此，李紈不願接近她，亦或是李紈擔心自己去要紅梅時，會被拒絕，因此提議讓寶玉去。不過李紈能識得妙玉所種的紅梅花之趣，及後來引得眾人齊賞紅梅花、賦吟紅梅花，應是作者別有用心的讚美妙玉的異人之處。

此外，妙玉不僅不趨時宜，更是一位「不合時宜」且「傲物」的人。第 63 回中，寶玉和岫煙提到對妙玉的評語：「他為人孤僻，不合時宜，萬人不入他目，原來他推重姊姊，竟知姊姊不是我們一流的俗人！」[120]妙玉的「不合時宜」，是指其與社會扞格不入之意志衝突---無法突破人與人之衝突及人與環境之衝突。在人與人之衝突方面，妙玉是表現在言語上的率直及行為上的固執，而讓人無法接受；至於在人與環境之衝突，妙玉因過於執著而產生個人生態系統調適之不良及其與常人思維模式及行事態度之誤差。妙玉無法適應時代潮流，或說無法與世人周旋俯仰，此乃入世者對出世者之界定；事實上在出家人的哲理中，他們已選擇了自以為是的適應時代潮流的方式及與世人周旋俯仰的價值認定。雖然妙玉步入空門是行非得已，但體弱多病的因緣際會，卻讓其締結了「假作真時，真亦假」的佛緣，至少《紅樓夢》一書行文至第 63 回，妙玉的表裡，依舊是個出家人的模樣。另外寶玉亦道出妙玉傲物的性格，此種性格與其為人孤僻、不合時宜，實相為因果。萬人既不

---

[119]同前註，第 50 回，頁 767-768。
[120]同前註，第 63 回，頁 987。

入她的目，那麼塵世間最理想與完美的人，則僅有她本人，及她所看得起的人：寶玉、惜春與岫煙。當寶玉聽說岫煙與妙玉是鄰居，便也讚美岫煙云：「怪道姐姐舉止言談，超然如野鶴閒雲，原本有本而來。…」[121]寶玉對岫煙的讚美，其實是作者對妙玉人格清高藉此喻彼的手法，似《詩經·邶風·靜女》，假讚彤管之美，間讚靜女極美之巧筆。至於岫煙回答寶玉問話時說道：「他也未必眞心重我，但我和他作過十年的鄰居，只一牆之隔。他在蟠香寺修煉，我家原來寒素，賃的是他廟裡的房子，住了十年，無事到他廟裡去作伴。我所認得的字都是承他所授。我和他又是貧賤之交，又有半師之分。因我們投親去了，聞得他不合時宜，權勢不容，竟投到這裏來。如今又天緣湊合，我們得遇，舊情竟未改易。承他青目，更勝當日。」[122]從二人之舊情未改觀之，妙玉雖是檻外人，卻是個「有選擇性」的重視情誼之人。從妙玉對岫煙更是青目看來，因妙玉是岫煙的半師，也因此在久別重逢後，二人更格外惺惺相惜。而岫煙乃寶玉以外，第二位能眞正理解妙玉「不合時宜」之因者。

妙玉總具傲物氣息，在 111 回賈母一早出殯後，妙玉造訪惜春時，被包勇所擋，氣得不言語；後雖與惜春道了惱，並下棋作伴，但卻因盜賊入侵而受驚，因此，112 回妙玉坐在蒲團上打坐時便唉聲嘆氣道：「我自元墓到京，原想傳個名的，爲這裡請來，不能又棲他處。昨兒好心去瞧四姑娘，反受了這蠢人的氣，夜裡又受了大驚」[123]。妙玉話鋒常不帶感情，甚至是刻薄地將賈府看園的包勇形容成蠢人，可見其性格之高傲。精神醫學中定義了「孤僻型性格」（reclusive personality）：表現出疏離態度，不需要人際關係，喜歡獨自待在房間裡；很敏感、脆弱；他的孤獨疏離常是因爲某些過程、痛苦、經

---

[121] 同前註。
[122] 同前註。
[123] 同前註，第 112 回，頁 1690。

驗所造成的一種保護方式；他在意的是不要受到他人之干擾。[124]此乃屬於人類常見十種特殊性格之一，整部書中妙玉主動處不多，多半表現出疏離態度，除了喜歡獨自待在櫳翠庵裡以外，更不希望受到他人之干擾，從 109 回其對岫煙所說的話：「頭裏你們是熱鬧場中，你們雖在外園裏住，我也不便常來親近。」[125]因此，好不容易有機會拉攏黛釵二人，卻因口角鋒利而得罪人，雖是小事，但見其不擅人際，且其亦不認為人際關係是很重要的。至於妙玉的敏感處，除了去惜春處下棋，偶遇寶玉而與之對話時，見其情竇初開的敏感心思與羞澀面容外，聽聯詩內容而立即可知關人氣數，聽黛玉琴音而可預知未來，均因其有異乎常人之敏感系統與師承知識所致。至於其心性脆弱處，則見於其對男女情色之聯想與夢幻之中，從打坐事件可知。然而妙玉之孤獨疏離，確實與其年幼多病須出家之過程、痛苦與經驗所造成之保護方式有關。而人格心理學另主張：氣質、偏好來自遺傳，而遺傳有可能是一切心理因素之特質[126]。有諸中形之於外，心理現象與行為之孤僻，應有其直接或間接之關係，故在精神醫學亦有更科學的臨床實驗歸因：1.是體質成因論──有其生物學因素，「有一項是染色體異常的問題，不過染色體之異常並不是直接由遺傳而來者。」[127]此說仍值得精神醫學家進一步研究；2.是後天環境影響論──精神分析學派以為是幼兒時期發展過程中產生的。《紅樓夢》作者對妙玉性格孤僻，直指出「渾然天成」之說法，顯然是體質成因論，至於綜合妙玉的其他行為、性格、習氣等現象，則後天環境中發展出來之行為模式，亦不無可能，只是作者所提供之資訊過少，不足以論證。

---

[124]可參考李明濱主編《實用精神醫學》，第 3 章「精神科面談與溝通」中「孤僻型性格」，由筆者整理之，頁 37。

[125]可參考曹雪芹 高鶚原著 馮其庸等校注《紅樓夢校注》，第 109 回，頁 1655。

[126]參考普汶原著 鄭慧玲編譯《人格心理學》，頁 4。

[127]參考林憲《臨床精神醫學》，第 6 章「人格違常性疾患」，頁 226。

(二) 潔癖與強迫型性格

　　此外，《紅樓夢》作者描寫妙玉之潔癖處，最是精細絕妙。妙玉其實就像一本「定型化之契約」，雖然週遭環境均在其過潔的要求下，規律化運作，但作者為何讓其掉落「云空未必空」、「欲潔何曾潔」、「到頭來風塵骯髒違心願」之陷阱中？實值一探究竟。有關「過潔的習性」在精神醫學中有可能產生三種情形：一是強迫症(obsessive and compulsive disorders)，是一種典型無意識的思想或行為的成見，通常均伴隨著強迫型性格障礙，如手髒洗手，會洗上一、二十遍；一是強迫型性格(obsessive and compulsive personality)，是屬於一般的性格型態(a general personality style)；一是強迫型性格障礙(obsessive and compulsive personality disorder)[128]。所謂強迫症者，其中之obsessions (固著)，指一種重複的、固著的思想或意象，非病患的自由意識，不斷出現而無可抑止；compulsions(強迫)，則是指一再反覆去做的行為，是為了減低由固著思想所產生的焦慮。[129]而在《精神疾病統計診斷手冊》（DSM-IV-TR）所謂「強迫型性格」(案：九項中以超過五項為判準，《國際標準疾病分類》ICD-10 中稱之為「完美型性格」)，是指：凡事謹慎、小心、毫不馬虎、責任心甚強、墨守成規、律己甚嚴、愛整潔、缺少隨機應變及輕鬆一下的能力，缺乏幽默感，或過於完美主義者，一般說來用功的學生均有此性格[130]。妙玉雖過潔，但不致於像前者那麼歇斯底里的洗手洗上一、二十

---

[128] 見 Allen J. Waldinger, *Psychiatry for Medical Students,* 1990;7:181.

[129] 見 Merrill T. Eaton, Jr., Margaret H. Peterson, James A. Davis, *Psychiatry*1976; 1060. 及 Michael Gelder, Richard Mayou, Philip Cowen, *Shorter Oxford Textbook of Psychiatry* fourth ed., 2001;9:242. 又有 Allen J. Waldinger, *Psychiatry for Medical Students* 1990;7: 182.筆者綜合以上三書之說整理而出。

[130] 筆者綜合參考 Allen J. Waldinger, *Psychiatry for Medical Students,* 'The obsessive—compulsive" is a character familiar to every hard-working student. We often use this label to lampoon ourselves or others for being careful, too preoccupied with detail, and too diligent or perfectionistic.' 1990;7:181.及 徐靜《精神醫學》，第 24 章「性

遍，故未達強迫症之診斷標準，但妙玉卻有諸多強迫型性格之特質，然而其是否達到強迫型性格障礙症之標準(指：尚須有在職場上人際關係之不睦的條件)，則有待筆者進一步檢視。

在《紅樓夢》第 5 回的演曲中，妙玉具先天的、宿命的缺陷「過潔世同嫌」。而在第 41 回中，寶玉品茶櫳翠庵時，妙玉又將後天的、隨命運擺佈的潔癖表露無疑。作者先是以寶玉的視角首次敘述其看到劉姥姥吃過茶後，妙玉嫌骯髒，忙將那成窯的茶杯別收了，擱在外頭去的鄙夷態度。事實上，伴隨過潔性格的另一心理特質，在臨床實驗上表現的是，擔心被弄髒及被污染，此在強迫型性格中算是最常見的固著想法(obsessional thoughts)[131]。《紅樓夢》第 41 回作者又透過寶玉的外視角，從語言上傳遞妙玉有極深之固著想法的訊息，而其和妙玉陪笑時所說的話，是最能印證精神醫學之理論：「寶玉說：『那茶杯雖然骯髒了，白撩了豈不可惜？依我說，不如就給了那貧婆子罷，他賣了也可以度日。你道可使得。』妙玉聽了，想了一想，點頭說道：『這也罷了。幸而那杯子是我沒吃過的，若我使過，我就砸碎了也不能給他。你要給他，我也不管你，只交給你，快拿了去罷。』寶玉道：『自然如此，

格異常」，頁 228。又可參考曾文星、徐靜《新編精神醫學》，第 23 章 「人格障礙」，頁 378。另在程玉麐《動力精神醫學》中亦提及強迫型人格者會「盡量控制本人與環境，非常謹慎，深思熟慮，甚至於有迂腐、枯燥乏味的感覺。他的處世和解決人生的一切問題完全根據理智和邏輯，不顧感情和直覺。凡事堅持要客觀，以避免受到主觀熱誠的影響。他缺乏適應能力、想像力、創作力；但對於變更具有保守性的謹慎，可用以平衡他人一時性的劇烈熱情。受到他人的詰難或反駁時，他常是意想不到的堅固和頑固。他珍視正義、誠實，注意財產的所有權，非常節儉，有些似乎吝嗇。他處理事物有秩序、整潔、嚴守時刻、感覺任何事件都需要在事先加以判斷。」(第 6 章 「精神官能症」，頁 224) 另可參考何瑞麟，葉翠蘋編譯《精神疾病統計診斷手冊》Diagnostic and Statistical Manual Disorders (*DSM-IV-TR*)
[131]Paul M.及 Emmel Kamp , "Obsessive-Compulsive Disorder in Adulthood" in *Handbook of Child and Adult Psychopathology,* edited by Michael Hersen, Cynthia G. Last. 1990;16:221.

你那裏和他說話授受去？越發連你也骯髒了。只交與我就是了。』」[132]寶玉拿捏仔細的觸角，延伸入妙玉的深層心理：一是為茶杯的實用性著眼，一是勸妙玉行善、施捨，但妙玉的原先反應卻是，只要是她用過的，「寧為玉碎，不為瓦全」，深怕遭他人玷污。此乃《紅樓夢》一書中，有關「妙玉過潔」最深刻的描寫，因妙玉嫌骯髒的不只是週遭的環境事物而已，「品味的高下」，亦是其對骯髒的定義所在。再次，同回中寶玉建議叫幾個小么兒河裏打幾桶水來洗地，妙玉雖覺好，但卻僅讓小么兒抬了水，擱在山門外頭牆根下；她拒小么兒於門外的排斥心理，或許就是因為覺得他們會污染整個環境所致。靖藏本中有一條批語：「妙玉偏辟(僻)處，此所謂過潔世同嫌也。…」[133]其中點出妙玉之性格、癖好與習性；「過潔世同嫌」，正是妙玉命格清高，不同流俗之「隱喻」。因此種習性及過潔性格，造成其對自我要求甚深，而落入「律己甚嚴」之科律中。若仔細分析，在 41 回有關妙玉過潔的三處敘述中，倒可分析出妙玉又是位率性的性情中人，一語以蔽之：「直人直語」。尤其當他回答黛玉問話時的冷諷口吻，更見出一個少不經事的出家人，說話時的不加修飾與思考。然而妙玉之人際關係卻也是不睦的，或與他人關係冷淡，如 41 回中有「賈母已經出來要回去。妙玉亦不甚留，送出山門，回身便將門閉了。」[134]從妙玉的舉動中，雖可見出本真的流露，但卻也表現出與人言談不多費時耗神的習性。76 回中，妙玉聽到在凹晶館的聯詩過於傷感頹敗，而知「關人氣數」，於是勸黛玉與湘雲二人勿再續作，反是回櫳翠庵後，妙玉卻自己親自續聯。妙玉此舉，恐是繼贈梅之後，最主動關懷他人且溫馨的一次。另第 87 回中亦有妙玉願與寶玉坐下來遠聽黛玉絃音的情節，其對黛玉作變徵之音的重視，似乎更大於其對黛玉本人的關心。

109 回賈母生病，妙玉前來探望時與眾人的一段對話，更可見其性格與

---

[132]見曹雪芹 高鶚原著 馮其庸等校注《紅樓夢校注》，第 41 回，頁 637。
[133]見陳慶浩編著《新編石頭記脂硯齋評語輯校》，頁 517。
[134]見曹雪芹 高鶚原著 馮其庸等校注《紅樓夢校注》，第 41 回，頁 637。

人際關係了：「妙玉道：『頭裏你們是熱鬧場中，你們雖在外園裏住，我也不便常來親近。如今知道這裏的事情也不大好，又聽說是老太太病著，又據記你，並要瞧瞧寶姑娘。我那管你們的關不關，我要來就來，我不來你們要我來也不能啊。』岫煙笑道：『你還是那種脾氣。』…賈母…說著，叫鴛鴦吩咐廚房裏辦一桌淨素菜來，請他在這裏便飯。妙玉道：『我已吃過午飯了，我是不吃東西的。』王夫人道：『不吃也罷，咱們多坐一會說些閑話兒罷。』妙玉道：『我久已不見你們，今兒來瞧瞧。』又說了一回話便要走，回頭見惜春站著，便問道：『四姑娘為什麼這樣瘦？不要只管愛畫勞了心。』惜春道：『我久不畫了。如今住的房屋不比園裏的顯亮，所以沒興畫。』妙玉道：『你如今住在那一所了？』惜春道：『就是你才進來的那個門東邊的屋子。你要來很近。』妙玉道：『我高興的時候來瞧你。』」[135]妙玉此次前來，恐怕探望賈母、安慰賈母是主要目的，見邢岫煙與寶釵應是伴隨來的想法，因為當天她並未真正見到寶釵，但卻直接回櫳翠庵，可見寶釵在她心中的地位究竟如何？且更重要的是「盡賓主之誼」，才是妙玉在賈家作客應盡的基本禮儀，故此處並不可以將之視為是妙玉的社會化(social)表現，亦不可將之視為是妙玉具有良好人際關係的表現。在梅新林《紅樓夢哲學精神》，第4章「『游仙模式與道家哲學』中提及，妙玉與黛玉一樣均是「外冷內熱」[136]的人，又念棠《《紅樓夢》人物瑣談〉中亦云：「其實妙玉外面冷若冰霜，內心情如火熱，…」[137]仔細分析，妙玉雖仍是位願意助人者，但多半均來自他人之請託，主動者少，故以「內熱」、「內心情如火熱」作為妙玉性格之特質，此種說法恐與小說之描述不符。

　　另外，作者對妙玉居住環境與人格相應之鋪排，也極為用心。41回中，賈母吃過茶後，又帶劉姥姥至櫳翠庵來時，妙玉出來相迎；眾人至院中，見

---

[135]同前註，第109回，頁1655。

[136]見頁203。

[137]見《反攻》，1962年1月1日，第238期，頁27。

花木繁盛，於是賈母笑說：「到底是他們修行的人，沒事常常修理，比別處越發好看。」[138]賈母眼見處，盡是花草震攝，及修行人的清靜無爲、園趣雅興。妙玉生活週遭之雅靜，令人賞心悅目，是烘托主人「蕙質蘭心」之巧筆。

　　故總此論之，妙玉之性格特質，表現在行爲上則是過潔嚴整、不苟言笑、缺乏幽默感，別人無法任意跨越其生活藩籬，人際關係不佳，就其「心理現象」論之，頗吻合於強迫型性格的氣質及內心需求[139]。然而妙玉何以會產生此種強迫型性格（完美性格）？筆者依精神醫學家之研究論證，造成強迫型性格或性格障礙有二種因素：其一是，受環境因素影響。指在廁所訓練階段中，小孩子希望當他們想上廁所時，能滿足當時最急切的需求，是直接就地解放，但此種急切的需求，卻與父母及社會的期望有衝突。此種緊張感是介乎自治主張與自制發展之間。專家建議在此階段中父母親勿過度訓練，否則將使孩子成爲強迫型性格，或強迫型性格障礙的犧牲品。其二是，近年來的研究更以爲，天生的遺傳基因與環境因素的平衡，必須被列入此期之行爲考量。有些醫學專家更指出，如果父母親本身即有強迫型性格，以高標準來要求小孩時，此種算是遺傳[140]。從 17 回的描述，僅云妙玉年幼時，父母親爲

---

[138] 見曹雪芹 高鶚原著 馮其庸等校注《紅樓夢校注》，第 41 回，頁 637。

[139] 在 Peter Hill , Robin Murray and Anthony Thorley, *Essentials of Postgraduate Psychiatry* 中對強迫型性格者從其所表現於外之氣質(Traits)的描述可理出心理特質，如 excessive cleanliness, orderliness, pedantry, conscientiousness, uncertainty things. 1986;242.。另外其文中有：'In general, obsessional personalities prefer their world to be orderly and to that extant predictable and secure. This order leads to insecurity and anxiety and is usually met by increasing obsessional and ordering activity.' 1986;242.

[140] 參考 Allen J. Waldinger, *Psychiatry for Medical Students*, 'Toilet training is the standard metaphor for this stage：Children want to gratify their urges wherever and whenever they occur, but these urges conflict with the desire of parents and society. The tension, then is between the assertion of autonomy and development of self-control.' 1990 ;7:184. 而提出父母本身爲強迫型性個格而遺傳給小孩之因素的理論見於 Alfred M. Freedman, Harold I, Kaplan, Benjamin J. Sadock, *Modern Synopsis of Comprehensive Textbook of Psychiatry*, " *Since the parents are compulsive, driving,*

其體弱多病而奔波付出，至十八歲時，書中又云其父母俱已亡故，身邊只有兩個老嬤嬤及一個小丫頭服侍。其父母究竟何時亡故？已不可知，但絕非在妙玉的幼年[141]。書中描述妙玉的幼年及父母親的資訊極少，以致於我們並無法與醫學專家之理論作比對分析，但若就妙玉自小體弱多病的生理缺陷觀之，無法像同年兒童一樣無憂無慮的玩耍，較不能做到符合父母期望的健康小孩應學會的作息與行為表現；且出家亦非其所願，環境的無可選擇性，對其幼小的心靈及性格的發展，均有相當大的影響。朱彤《紅樓夢散論·漫談紅樓夢人物性格補充藝術手法》中云妙玉：「被宗教迷信的習俗惡夢般的投入空門」[142]自古至今宗教的魅力或迷信一直流行著，妙玉的病確實也一直醫不好，當人類遇見困境時，宗教信仰畢竟是最終的投靠，妙玉的父母是不是迷信？就不得而知了，但至少妙玉的病是真的好了，很難去斷定是否為巧合？筆者較贊成以「環境影響論」作為因素的探討方向。妙玉被剝奪了正常兒童應有的生態環境，此即是強迫型性格形成的溫床；究其因，妙玉實是天生的遺傳基因與環境因素雙重貧窶下的產物。

　　總之，妙玉之性格特質，既孤傲過潔，又整齊嚴肅、不苟言笑、缺乏幽默感、極具秩序系統性、不可被侵犯，顯見妙玉是個典型的強迫型性格者(完美性格者)，雖然其話鋒不帶情感、甚至是刻薄的，亦常不在乎他人之冷眼，

---

perfectionistic persons with high standards, it has been speculated that this type of personality is hereditary." 1972;635.

[141] 因在《紅樓夢大辭典·紅樓夢人物》中「妙玉」下寫著：「妙玉本蘇州人氏，父母雙亡，自幼多病，帶髮修行，大觀園落成時被賈府接來。」(頁 732)顯然與筆者此處引用之《紅樓夢校注》及影乾隆壬子年木活字本《百廿回紅樓夢》有所出入。又筆者細查《蒙古王府本石頭記》(17 回至 18 回，未著錄頁碼)、戚蓼生序本(第 18 回，頁 4)、庚辰本《石頭記》(17 回至 18 回，頁 242)及列寧格勒藏本《石頭記》(第 18 回，頁 641)之文本，均與筆者所引用之版本近似。再以文本所述：為了妙玉的體弱多病，找了許多替身卻都無效而言，父母應仍健在，且文中是在明言妙玉十八歲後，如今父母俱已雙亡而言，其父母之雙亡亦絕非在幼年期。

[142] 見頁 141。

有被厭被嫌的特質，不過由於人權高張，不但過去精神醫學常使用的「性格異常」之字眼被改爲「性格障礙」以外，連對「性格障礙」之定義亦趨於嚴格。有關「強迫型性格障礙症」須與「強迫型性格」區分，因此「強迫型性格障礙症」之臨床表徵：「必須其強迫性人格已經影響到其社會職業功能才可下此診斷」[143]，故筆者於 1999 年發表於《國家圖書館館刊》之〈隱匿在強迫型性格異常下之妙玉〉一文，於今亦當修正爲「強迫型性格者」而非「強迫型性格異常」者。

二、變形菩提[144]之「夢中幻象」

亙古以來男女的感情問題一直糾纏人類；人類也因對其難捨而代代傳薪。對於已入空門之女子妙玉而言，除了讀佛書，行佛法，揚人間大愛外，豈有個人私情可言；因此作者鋪排妙玉爲一位只能守著「性幻象」告白的變形菩提。清秀佳人不安分的心，因無法跳脫情關糾纏，最終落入情欲旋渦；再被盜賊輕薄、擄走的下場，不禁讓人唏噓，是作者故設「顚撲不破之宿命論」，從結局遠應第 5 回演曲中有關妙玉未來的預言。人間之事與願違及多少遺憾，似乎均在作者「看破紅塵」的概念中敘述著。

有關妙玉之男女情感世界，按理論之，攀談不易，但作者卻設構了相應對象寶玉的出現、走火入魔時虛構之搶婚者，及現境中之劫色強徒等，彰顯出第 5 回賈寶玉初遊太虛幻境之夢中妙玉預言的重要性。爲何妙玉只能是守著「性幻象」的變形菩提？筆者將仔細分析。

---

[143] 見李明濱主編《實用精神醫學》，第 20 章 「人格障礙症」，頁 229。

[144]「變形菩提」一詞由筆者所創，見於筆者之博士論文《紅樓夢中夢、幻、夢幻情緣之主題學發微——兼從精神醫學、心理學、超心理學、夢學及美學面面觀》，第 3 章，頁 152。

(一)寶玉出現的觸動

　　妙玉的「性幻象」，是其情動的證據，然而情動之初，絕非在第 87 回妙玉「坐禪寂走火入邪魔」中，而是在第 41 回寶玉品茶櫳翠庵時。從妙玉獨厚寶玉，而以自己前番常吃的綠玉斗來斟茶與予寶玉，但卻遞給寶釵及黛玉別種杯子，由此可看出妙玉對寶玉之情，非比尋常。妙玉心中寶玉的富豪身分，亦與抬水的么兒有天壤之別。作者伏筆了妙玉心中第一位「異性」的介入；尤其對一位一心向佛的人而言，也是一種不明言的含蓄，何況寶玉是最留心觀察妙玉的人了。

　　又寶玉冒雪訪妙玉乞紅梅，也算是在大觀園中的新鮮事。第 50 回「蘆雪亭爭連即景詩　暖香塢雅製春燈謎」，眾人在蘆雪亭爭聯即景詩時，因寶玉不會聯句，李紈興起欲賞妙玉種的紅梅，因而眾人罰寶玉訪妙玉乞一枝紅梅。寶玉回來後對寶釵、黛玉等人道：「我才又到了櫳翠庵。妙玉每人送你們一支梅花，我已經打發人送去了。」[145]此處妙玉雖是虛筆一晃，但卻是由寶玉代轉其贈花美意。修行人不沾酒、色、財、氣，種梅花比較符合「戒、定、慧」的氣質，亦是高人雅興。而贈花若解釋為是妙玉一時興起，算是與大家聯絡感情，似乎與妙玉之性格不符，或許應該解釋為因為乞梅者是寶玉的關係，因此，妙玉顯得較熱情，而按情理論之，亦無乞一支梅，就單贈一支梅者，乞一支梅贈一瓶梅花，似乎客氣有之，但感情成分居多。妙玉對寶玉算是有求必應了，或者更正確的說，是作者有意為妙玉的情動鋪路。

　　當寶玉第一次冒雪乞梅回來，插入瓶內時，眾人均在賞玩觀看這枝梅花：「原來這枝梅花只有二尺來高，傍有一橫枝縱橫而出，約有五六尺長，期間小枝分歧，或如蟠螭，或如僵蚓，或孤削如筆，或密聚如林，花吐胭脂，香欺蘭蕙，各個稱賞。」[146]而後作者更借寶玉賦詩梅花以喻妙玉：「酒未開

---

[145]同前註，第 50 回，頁 773。
[146]同前註，頁 765。

鏤句未裁,尋春問臘到蓬萊。不求大士瓶中露,爲乞嫦娥檻外梅。」[147]當賈母來至蘆雪亭時,亦稱讚「好俊梅花」。賞梅評梅,猶如賞人評人。梅花種得俊,乃因主人俊,否則寶玉與寶琴就不會有二度造訪妙玉乞紅梅的舉動。作者刻意將妙玉外在環境能種出如此引人入勝的紅梅,營造出勝於 41 回中花木繁簇榮盛的情景,是將妙玉之優點推向極至。妙玉的不吝嗇,送了一瓶紅梅花給眾人,讓剛從暖花塢上轎出夾道東門的賈母,當場見到雪坡上寶琴披著鳧靨裘,及後頭又是一個丫環(賈母誤將寶玉看成丫環)抱著一瓶紅梅的奇景,亦令讀者頓如置身雪地,進入紅白應照的色彩想像中。妙玉的美,不只在心靈,更在其心之清明上,這或許正是妙玉與寶玉彼此心靈尚能相契之因。

第 63 回寶玉生日,妙玉打發幾個嬤嬤送來粉紅箋紙,上面寫著「檻外人妙玉恭肅遙叩芳辰」,而寶玉請教了岫煙之後,也適時寫了回帖「檻內人寶玉薰沐謹拜」親自送至櫳翠庵,隔著門縫兒投進去。妙玉唯獨記得寶玉的生日,且有寫祝賀箋文的動作給寶玉,至於寶玉,則認眞研墨、回信,二人一應一和,也算知己。從以上的敘述,可看出妙玉與寶玉的互動關係一直維持於良好狀況中。

第 95 回中岫煙爲寶玉失玉之事,請妙玉扶乩請仙,妙玉原是冷笑,後又問岫煙「何必爲人作嫁?」,此或許是其爲避免他人糾纏不休而表現出的冷漠。然而心火被降服後的妙玉,雖表面冷酷,但在寶玉失玉後,卻仍接受邢岫煙的請求,爲寶玉扶乩請仙。張錦池《紅樓十二論·妙玉論》中以爲妙玉「不得不勉強把自己的 "五情六欲"捆起。這樣,內心越矛盾即所謂矯情。」[148]或許個人私情的必須放棄及不允許表露,使妙玉運用了自衛機轉中之「轉移作用」[149],而非矯情的解脫情困。因詮釋爲「矯情」,則有太多的故意與

---

[147]同前註,頁 770。

[148]見頁 312。

[149]徐靜《精神醫學》第 9 章中提及「轉移作用」之定義為:「強迫心理症,其定義為

禁止的意義，但詮釋爲「轉移作用」則多了一些自然與調適的內涵，因此乃妙玉對寶玉情動過程中唯一的出路(exit)。不過之後寶玉生病，妙玉與寶玉間是否有任何可能發展之情路，也就隨之被斬斷。

(二)虛構之搶婚者

妙玉的走火入邪魔，是《紅樓夢》一書中算得上刻意雕章琢釆的一回，亦是妙玉情竇初開的表現。

在第 87 回中，述及妙玉因想起日間寶玉的二次問話及惜春之言而心跳耳熱，且連續臉紅三次。作者雖對妙玉臉紅之反應未有進一步之心理描述，不過刻意營塑妙玉對寶玉話語中之敏感度，卻一次次提高。尤其妙玉第一、二次臉紅，均是因寶玉問及自己之事而起。寶玉如此問話：「妙公輕易不出禪關，今日何緣下凡一走？」[150]及「倒是出家人比不得我們在家的俗人，頭一件心是靜的，靜則靈，靈則慧。」[151]寶玉話語中的「下凡因緣」與「超然物外之高人」的隱喻，便是對妙玉的推崇，因此讓妙玉眞心情動溢於頰外。其中妙玉雖僅微微一抬眼，復又低下頭去，不過卻能將一位情竇初開的少女羞澀、婉約的心思表露無遺。第三次臉紅則是妙玉問寶玉從何處來時，寶玉因想到此或是妙玉的機鋒而臉色一紅，答不出來，反倒由惜春代寶玉回答問題後，妙玉才因想起自家，於是又心動臉紅。最終，作者安排寶玉深怕妙玉不識路，又讓寶玉細心的陪妙玉離開惜春處。妙玉三次臉紅代表著人格結構中之「原我」（Id）[152]的情感驛動，是愛慕非敬慕，因此，劉操南〈在石奇

「原來針對甲之衝動、慾望或感覺，因某種理由不能表達時，轉而移向乙而表現出來者，謂之。」（頁 196）

[150]見曹雪芹 高鶚原著 馮其庸等校注《紅樓夢校注》，第 87 回，頁 1375。

[151]同前註，頁 1376。

[152]Sigmund Freud, *Ego and the Id* : "We shall now look upon an individual as a psychical id, unknown and unconscious,…" 1962; 1:14. Joseph Rousner's *All About*

神鬼搏 木怪虎狼蹲〉中雖提及妙玉對寶玉是「敬慕而非愛慕」[153]，其實應是錯誤的論斷，因劉先生文中並未深入分析妙玉三次臉紅之底蘊，而此亦象徵著結束櫳翠庵生涯之轉捩點。

　　妙玉是位嚴以律己之人，於坐禪時走火入魔而誤入情色世界中：「身子已不在庵中，便有許多王孫公子，要來娶她；又有些媒婆扯扯拽拽，扶她上車，自己不肯去。一回兒，又有盜賊劫她，持刀執棍的逼勒，只得哭喊求救。」[154]此應是妙玉人格結構中之「原我」掙脫了「超我」的束縛而產生了「性幻象的變形」。「原我」是欲求的原型，而「超我」則是符合舊傳統的道德規範，當二者有衝突時，妙玉的「超我」與「自我」把持著意識清醒的本體，而「原我」終究是要突破舊傳統的藩籬，從潛意識給予妙玉一個自由想像的空間，以取得精神境界的代償作用，於是就產生自己原先坐禪所在地之幻移及有類於古代《詩經》中所述搶婚記一般，虛構著搶婚者的出現。換言之，此時，並無一個真實情人出現，有的只是與「性」、「婚姻」、「慾望」掛勾的幻象，然而 87 回所產生之性幻象的被劫情景，卻應驗於 112 回中，只是角色有所變改而已，因此實際上更可見作者「敘事微而用筆著」[155]之功夫。

(三)現境中之劫色強徒

　　第 112 回中所出現的「現境中之劫色強徒」，是偶然，不是必然，然而

Psychoanalysis, 鄭泰安譯《精神分析入門》中提及「原我」的定義：「佛洛伊德用它來代表每個人的潛意識裏一股特別強大的力量。」（頁 57）

[153] 見《紅樓夢學刊》，1981 年，第 4 輯，頁 65。

[154] 見曹雪芹 高鶚原著 馮其庸等校注《紅樓夢校注》，第 87 回，頁 1378。

[155] 見於金聖嘆批《水滸傳》，第 60 回回首批語：「敘事微，故其首尾未可得而指也；用筆者，故其好惡早有得而辨也。」而葉朗《中國小說美學》，第 3 章 「金聖嘆的小說美學中詮釋：「敘事微」，就是情節曲折；「用筆著」，就是性格分明。...這是情節與性格一種辯證法。（頁 115)。

此種偶然,卻也決定了妙玉之後的悲慘命運。

　　妙玉打坐,再次發生狀況,從賊人入侵至妙玉被擄,書中刻劃細微:「天已二更。不言這裏賊去關門,眾人更加小心,誰敢睡覺。且說夥賊一心想著妙玉,知是孤庵女眾,不難欺負。到了三更夜靜,便拿了短兵器,帶了些悶香,跳上高牆。遠遠瞧見櫳翠庵內燈光猶亮,便潛身溜下,藏在房頭僻處。等到四更,見裏頭只有一盞海燈,妙玉一人在蒲團上打坐。歇了一會,便噯聲嘆氣的說道:『我自元墓到京,原想傳個名的,為這裏請來,不能又棲他處。昨兒好心去瞧四姑娘,反受了這蠢人的氣,夜裏又受了大驚。今日回來,那蒲團再坐不穩,只覺肉跳心驚。』因素常一個打坐的,今日又不肯叫人相伴。豈知到了五更,寒顫起來。正要叫人,只聽見窗外一響,想起昨晚的事,更加害怕,不免叫人。豈知那些婆子都不答應。自己坐著,覺得一股香氣透入囟門,便手足麻木,不能動彈,口裏也說不出話來,心中更自著急。只見一個人拿著明晃晃的刀進來。此時妙玉心中卻是明白,只不能動,想是要殺自己,索性橫了心,倒也不怕。那知那個人把刀插在背後,騰出手來將妙玉輕輕的抱起,輕薄了一會子,便拖起背在身上。此時妙玉心中只是如醉如痴。可憐一個極潔極淨的女兒,被這強盜的悶香熏住,由著他撥弄了去了。」[156]妙玉的走火入魔與被劫巧成命運鎖鏈。從妙玉 87 回的性幻象與現境被劫之主題中,顯示了與男女情欲有關的婚娶,及達官盜賊的貪淫外,被一群男性拜倒在其石榴裙下的渴望,似乎與不食人間煙火的妙玉性格,大相逕庭。妙玉的「原我」是青睞權貴,卻又渴望低層市井小民也為她而來劫奪、勒逼;其性幻象中之強暴者是兩種迥異且極端的身份與地位之人,由此可見其對異性的幻想已到芳心寂寞之地步及宿命中擺脫不了之男女糾葛,其中並隱透出心中之矛盾與衝突,但並非如墨人《紅樓夢的寫作技巧》中所謂的「這是寫她內心的掙扎,神性與人性的鬥爭。」[157] 因妙玉是人非神,具人格,非神

---

[156]見曹雪芹 高鶚原著 馮其庸等校注《紅樓夢校注》,第 112 回,頁 1689-1690。
[157]可參考六十 「寶玉看棋多嘴　妙玉走火魔」,頁 212。

格，具有人性，但非神性。而 112 回現境中之劫徒正符應著妙玉之前走火入魔時的幻象，只是作者更深入細描此強徒見了妙玉後之心靈激盪，及涉險劫人之過程。近代夢學研究機構發現男女性幻想之內容有別：「性幻想之時，女人可能幻想被粗魯的男人強暴，而且樂在其中。這種性幻想也許能提供刺激，或是緩和她們渴望性活動的罪惡感，以免阻塞性的歡愉。」[158]此種剖析印證了妙玉產生之性幻象與現境中之強奪者，均屬粗暴形象與粗暴人物出現之深層心理。妙玉「原我」的精神活動是依照生物之基本法則，重視享樂主義(principle of pleasure)，以致於能掙脫人格中之監督批判的機構「超我」，揚棄了社會道德觀念，而陷入實踐性慾望的情網中。雖然性幻象的結局，是受到驚嚇的哭喊，不過「原我」終究能一償宿願。只是讀者需留意的是在此性幻象中，其實妙玉已預見了自己未來被盜賊劫走的悲劇，但作者鋪排妙玉在 112 回被盜賊以悶香薰了劫走時，卻仍是渾然無知的。妙玉的被悶香薰住無法動彈，且在被輕薄、被劫時，作者極為諷刺的描述妙玉如醉如癡的神色，也算是對妙玉及世人之棒喝，在靖藏本中雖有缺字：「…它日瓜州渡口勸懲不哀哉屈從紅顏固能不枯骨□□□。」[159]不過卻寫出了妙玉悲慘的下場。妙玉本欲渡化因果，但從之前心神不寧至之後神魂未定，便已伏下「為情所困」之種子，更成了日後「因情被劫」之受難果報。惜春心想妙玉「素來孤潔得很，豈肯惜命？」[160]若惜春所識之妙玉性行果真如此，則被劫之妙玉必然身死無疑，若非如此，則妙玉之人生亦必有重大變革。然而何三在整個榮府盜

---

[158]見《桃色夢境》，第 1 章 「女人的性夢」，頁 15。

[159]案：周汝昌暗語：所缺三字，前二字磨損不清，似各示二字，末一字蛀去。又說：「這一條批語，後半錯亂太甚，校讀已十分困難。」他暫擬如下：「它日瓜州渡口，各示勸懲，紅顏固不能不屈從枯骨，豈不哀哉。」而梁歸智《石頭記探佚》則校改為：「它日瓜州渡口勸懲，不哀哉！紅顏固能不屈從枯骨。」(後三個壞字當是如不哀哉的感嘆詞)，見頁 159。以上此二家之校改各有其理，但因與本論文此處欲探討之主題並無干涉，故筆者僅列之以備考。潘銘燊〈關於妙玉結局的思考〉中引用了靖藏本及梁歸智之說法，見其論文頁 1。

[160]見曹雪芹 高鶚原著 馮其庸等校注《紅樓夢校注》，第 112 回，頁 1692。

劫事件中,佔有重要的洩密與參與地位。先是在賈母喪事中,無法獲利取財,在賭場中,又大肆宣揚榮府賈家之經濟概貌,因而引起其他賭徒之覬覦,而聯手策劃一椿結夥盜劫富貴之家的案件,以內神通外鬼的方式引狼入室。「劫財」是計畫重點,「劫色」則成了附加價值。在劫財過程中,除了內賊何三被趕來的包勇打死,一命嗚呼外,最不幸且無辜的是,妙玉成了賊人性欲發洩的工具,下場不難想像。妙玉雖能從詩中知人氣數,但卻觀不透自己的氣數,而淪為傳統禮教及道德規範下的犧牲品。王昆侖《紅樓夢人物論·大觀園中之遁世者》一文,對妙玉在高鶚的續補中被強盜擄走論評道: 「是不是把妙玉當作一個偽善者而給於惡果的懲罰?」[161]又梅苑〈由妙玉的遁世說起〉以為「如果妙玉是新聞的主角,釋迦的懲罰,實在太苛了。」[162]事實上,表面上讀者看到作者理性的批判一位世俗帶髮修行的偽道者,自食其果的宿命;骨子裡卻是作者借喻妙玉悲慘的結局,喚起人類的悲憫與同情。

一個性格怪僻過潔者,被捕風捉影之傳聞,總是不絕於耳,且有時時傳新之可能,因此對於 112 回妙玉被盜賊所擄後的渲染效果,不可小覷。作者一面敘述不知妙玉是甘受污辱,還是不屈而死,不知下落;一面又透過人們擅於運用想像力及口耳相傳的工具製造新聞,說妙玉引賊來偷賈府,並與賊人去受用了,將妙玉未來的禍福生死醞釀成世代百思不解之謎。

三、走火入魔與精演神數

悲劇性人物的產生,乃源自悲劇性格。希臘悲劇作家從可歌可泣的悲劇情節中,揭示人性的弱點,並啓迪人類愛智開悟的哲思;其塑造了偉大的悲劇人物之典範,留給後代無限的迷思。儘管顛撲不破的宿命論,是揮之不去

---

[161] 見頁 40-41。
[162] 見《現代學苑》,1996 年 2 月,第 3 卷,第 5 期,頁 6。

的夢魘，且人間旅途中的陷阱重重，但可喜的是，人類依舊勇於嘗試與創新，可悲的是，雖然豪氣干雲者多，但因無法擺脫舊傳統而壯志未酬地成為時代犧牲品者，亦不少。一個時代女子的悲劇，何以會降臨在妙玉的身上？從妙玉小時的家庭生活，妙玉的心性及被栓在櫳翠庵的歲月等，或可尋出蛛絲馬跡。

(一)走火入魔

　　有關妙玉之疾病，在《紅樓夢》中所見，除了幼年體弱多病外，便屬「走火入邪魔」一事最具懸疑性。妙玉幼年之家庭生活，因體弱多病必須出家，而失去了一般孩童所應擁有的童玩，此關乎當代之醫療技術，或說是個人體質問題，更與民族風習有關，但並非程鵬〈世難容——妙玉性格散論〉所謂的「妙玉被拋入寺院是封建社會之害」及「封建社會摧殘兒童心靈、毀滅青春生命之結果。」[163]因天下父母心，為了子女病情，此乃妙玉雙親不得不爾之做法，亦或有宿命因緣，但不該摧殘兒童心靈、毀滅青春生命的部分，應是指以錢買替身(少女)入院之事。貧富貴賤之隔，從此事件中可知。

　　至於書中再次提及妙玉生病，是在第 87 回，作者於回目題為「妙玉坐禪寂走火入邪魔」。內容是述說妙玉在櫳翠庵以跏趺姿勢坐禪，目的在于「斷除妄想，趨向真如」[164]，但在坐至三更過後，除了心緒過於警醒不安外，更候忽跌入夢幻情境，以致神思奔馳難收，整個過程書中描述得異彩炳然：「聽得屋上骨碌碌一片瓦響，妙玉恐有賊來，下了禪床，出到前軒，但見雲影橫空，月華如水。那時天氣尚不很涼，獨自一個 憑欄站了一回，忽聽房上兩個貓兒一遞一聲廝叫。那妙玉忽想起日間寶玉之言，不覺一陣心跳耳熱。自己連忙收懾心神，走進禪房，仍到禪床上坐了。怎奈神不守舍，一時如萬馬

---

[163] 見《紅樓夢研究集刊》，1980 年　9 月，第 4 輯，頁 61。
[164] 見曹雪芹、高鶚原著　馮其庸等校注《紅樓夢校注》，第 87 回，頁 1377。

奔馳，覺得禪床便恍蕩起來，身子已不在庵中。便有許多王孫公子要求娶他，又有些媒婆扯扯拽拽扶他上車，自己不肯去。一回兒又有盜賊劫他，持刀執棍的逼勒，只得哭喊求救。早驚醒了庵中女尼道婆等眾，都拿火來照看。只見妙玉兩手撒開，口中流沫。急叫醒時，只見眼睛直豎，兩顴鮮紅，罵道：『我是有菩薩保佑，你們這些強徒敢要怎麼樣！』眾人都唬的沒了主意，都說道：『我們在這裏呢，快醒轉來罷。』妙玉道：『我要回家去，你們有什麼好人送我回去罷。』道婆道：『這裏就是你住的房子。』說著，又叫別的女尼忙向觀音前禱告，求了籤，翻開簽書看時，是觸犯了西南角上的陰人。就有一個說：『是了。大觀園中西南角上本來沒有人住，陰氣是有的。』一面弄湯弄 水的在那裏忙亂。那女尼原是自南邊帶來的，伏侍妙玉自然比別人盡心，圍著妙玉，坐在禪床上。妙玉回頭道：『你是誰？』女尼道：『是我。』妙玉仔細瞧了一瞧，道：『原來是你。』便抱住那女尼嗚嗚咽咽的哭起來，說道：『你是我的媽呀，你不救我，我不得活了。』那女尼一面喚醒他，一面給他揉著。道婆倒上茶來喝了，直到天明才睡了。」[165]古人多將「走火入魔」視爲疾病，即使作者亦然。二知道人〈紅樓夢說夢〉中亦云：「妙玉偶遇寶玉，便有走火入魔之病。」[166]不過卻未進一步說明有關此病之特質或前因後果。然而君玉〈從妙玉的入魔走火談起〉，乃首先以中醫學角度切入探討者，其提出「入魔走火」是一種疾病的說法：「《張氏醫通》說此病的起因，是 "呆修行人，見性不眞，往往入於魔境"，良由役心太甚，神心舍空，痰火乘凌所致"，此皆下根人執迷不省， 隨其所著而流入識神"。張路玉還總結性的說， "致病之由，皆不離色相"。由此可知，此病的起因還是思想意識的問題，是由高級神經活動功能變異而來，是中醫所說的 "七情過用"，引起下意識中出現了幻覺而成的。張氏對此病症狀的記載，說是 "或喪志如木偶"，或啼笑癲妄，若神所憑"，坐功却病之法，不過欲斷除妄想，勘破關

---

165 同前註，頁 1376。
166 見《古典文學研究資料彙編·紅樓夢卷》，頁 96。

頭，昧者不能果決，每至壯火飛騰，頭面赤熱，隔塞心忡，喘逆蒸汗而成上脫之候，亦有陽氣消亡，強陰不制，精髓不固，二便引急而成下脫之候"。以張路玉所說，來對照妙玉的 "兩顴鮮紅"，"口中流沫" 以及糊言亂語等情況，是 "壯火飛騰" 而近 "上脫" 之症，只是症情較輕，尚未達到 "喘逆蒸汗" 的程度罷了。…最終歸結到入魔走火的情節看，《紅樓夢》的作者正是依據中醫學的知識，安排了病因和病情。…從醫學上看，入魔走火並不玄妙，中醫學歷來把致病因素與情緒變動關聯起來，與社會環境關聯起來，並且非常強調 "七情"，在起病或已病過程中的作用。"坐禪打七" 原是用來調攝 "七情" 的，可以說是種治病方法，但如果控制不了 "七情"，也可出現反作用而致病。妙玉的入魔走火就在於此。」[167]另陳心浩、季學原〈妙玉：妙在有玉——紅樓脂粉英雄談之十六〉中提及「那一日妙玉在惜春房中下棋與寶玉邂逅，以機鋒與寶玉傳遞情感後，由寶玉陪著在山石上一同聽了黛玉所彈的操琴，回到櫳翠庵，他試圖通過打坐誦經來平息日間的種種無法平靜的心緒，坐至三更，走至前軒獨自椅欄，忽聽屋上兩只發情的貓兒一遞一聲嘶叫，不覺一陣心跳耳熱，再也無法自控，在種種矛盾心理的撞擊中終於精神崩潰，迷亂中說出了潛藏在心底多年的話："我要回家，我不得活了！"」[168]前者張路玉與君玉視「入魔走火」為一種疾病之說法是正確的，因為不論就中醫或西醫精神醫學之理論均無誤，不過二人之理論僅從打坐者之心理與情緒論起，卻未及於外在環境及其他因素影響作分析；後者雖論及其他因素影響，但對「精神崩潰」之說卻無任何義界，究竟是指「情緒失控」，或指得了「精神病」，則不得而知？河南中醫學院教授段振離〈妙玉的性心理與性幻覺〉則以為「妙玉為了抵制春心萌動，是做了許多努力，然而青春少女所具有的春情是那樣強烈，竟抵禦不住，於是出現了性幻覺。…至於性幻覺

---

[167]見《紅樓夢學刊》，1981年，第4輯，頁327-328。
[168]同前註，見2000年，第4輯，頁127。

導致走火入魔，也是性壓抑後產生的情感釋放，符合醫學規律。」[169]段教授之說法具有合理性，不過筆者略有不同看法，將依次詳細論證。

　　書中論及此時妙玉顯然心神不寧，前後坐禪二次，確實均受干擾，一次來自人際互動與外在環境之聲誘，一次則出自內在潛意識之運作。第一次，寶玉和妙玉之對話，挑起妙玉情動之觸機，而寶玉好心護送妙玉回櫳翠庵，無形中便緣合了二人之獨處，故對於須刻板誦經渡日之年輕女子而言，畢竟是一種潛在的新鮮、誘惑。接著從骨碌瓦聲至兩個貓兒之嘶叫聲止，既預言賈家之不祥，又挑起男女情色之聯想，而不祥預言之有效性，卻靈驗於 112 回賈府遭竊之未來時空中。另春秋交配期之貓兒求偶聲，所挑起的情色聯想早已悄然潛入妙玉當下的第一次坐禪之中，因此極可能是妙玉坐禪後，因內在潛意識之運作而於半昏睡狀態中「作惡夢」之情境。因練功打坐者，本欲透過冥想(meditation)，或說是一種觀想(glimpse)，去體驗日間事物、道品或得失，以達到「戒--定--慧」之修身極境，然由於坐禪時四周寂靜無聲，在缺乏聲光之刺激與知覺被剝奪(sensory deprivation)之狀況下，有些坐禪者可能會聽到自己之心跳或內臟聲音，甚至其他聲音而產生幻覺[170]。又第 87 回之回目「坐禪寂走火入邪魔」中之「寂」字，乃勾引邪魔出沒之淵發點，《紅樓夢》作者之「用字」可謂超絕，從精神醫學之角度研究亦可密合無差。此外，有些宗教強調「閉關」，以乩童之養成為例，除了其本身體質易產生幻覺外，與佛教「閉關」過程一般，亦較能誘引出幻覺，此種將宗教經驗與幻覺結合，而能產生如三太子、濟公活佛或其他神靈附身之現象，則極符合訓

---

[169]見《健康世界》，1996 年，12 月號，新版 132 期，頁 116-117。

[170]我的醫學顧問魏福全院長提供給我一則有關「坐禪」突發成精神疾病之臨床實例，內容如下：「一位男性精神分裂病人，27 歲時信奉某一非正統佛教教派，修練過程中獨處打坐，以棉被蓋頭隔絕週遭的聲光刺激後，逐漸產生以宗教妄想為主的精神症狀，有幻聽現象發生，恍惚聽到師父在耳邊說話，於是自覺是神，之後便 3 天不吃不睡，家人發現不對勁，將其送至精神科醫院治療。」目前此病人仍在醫院治療中。

示者之期望，但又與個人坐禪時所見之幻覺有別。

　　妙玉乃一人進入冥想境界，坐禪前錯雜了日間寶玉之言語所造成之心靈衝擊，坐禪後來自內外之交擾情緒，又入侵半昏睡狀態之妙玉，幻化成許多王孫公子、媒婆及盜賊之影像，更有娶劫、扯拽與持刀執棍逼勒之暴行橫出，因此夢中妙玉本能地採取不配合與哭喊以求解脫，然而被叫醒後之妙玉，一時間神智仍未清澈，且沉迷於神佛菩薩之殊勝威力中，直至仔細瞧了其自南方帶來的女尼後，才清醒過來。妙玉生病之後，雖請了五位大夫來看脈，有從思慮、氣血傷身感冒診斷者，有以邪祟觸犯為論者，其中僅一位大夫以中國民俗盛傳之「走火入魔」診斷之。事實上在精神醫學中並無所謂「走火入魔」之病名，而有「知覺被剝奪」(Sensors Deprivation)之理論——指各種聲光效果被剝奪的環境，若強為之定義，則可指打坐者或被監禁者於過程中所看到的一些幻象，像一場可怕的惡夢，是一種可從精神恍惚至嚴重之精神疾病(包括瘋顛，甚至會有殺人行為)的病症[171]。因此，一個走火入魔者，乃指突然爆發出精神疾病者，不論是輕度之精神恍惚或重度之精神病患，在行為、言語、性格方面均會有所變改，且需持續一段較長時間之意識模糊及胡言亂語之行為，才足以論斷，而妙玉在此次之病程與病況卻不太符合。因被搖醒後之妙玉，從半清醒至能識人後，仍驚魂未定，雖服了降伏心火之藥，亦有幾日終是精神恍惚的狀況，但筆者仔細研究，在第 94 回時，妙玉卻早已悄然痊癒；第 95 回中還為寶玉失玉之事，被邢岫煙推薦為可替寶玉尋玉之扶乩請仙者；109 回中，因賈母生病，於是妙玉來請安，又安慰賈母道：「老太太這樣慈善的人，壽數正有呢。一時感冒，吃幾貼藥想來也就好了。有年紀人只要寬心些。」[172]可見妙玉此時身體是康健的。故作者所謂妙玉「走火入魔」，實肇因於之前的情欲蠢動，加之一場惡夢等所帶來之嚴重驚嚇而造

---

[171]可參考 Harold I. Kaplan, Benjamin J. Sadock's, *Modern Synopsis of Comprehensive Textbook of Psychiatry*/Ⅳ, 1985; 4:59-64.

[172]見曹雪芹、高鶚原著　馮其庸等校注《紅樓夢校注》，第 109 回，頁 1655。

成之情狀,故妙玉口吐白沫並非是因此而釀成精神疾病。在聶鑫森《紅樓夢
性愛揭密》之「性夢種種」中,明瞭「妙玉的走火入魔是得了一夢」,這是
正確的,其文云:「妙玉塵緣未斷, "帶髮修行" 在櫳翠庵,一個年輕的少
女怎麼受得了戒律的禁錮,目睹耳聞賈寶玉的種種行為舉止,又再其有意無
意的挑動下,心旌動搖,無法入定;又聞瓦上貓兒叫春,刺激她得了一夢。」
[173] 然而其卻未能進一步申論之。其實根據佛洛伊德《夢的解析》 The
Interpretation of Dreams 的理論言之,「夢是願望的達成」(The fulfillment of
wishes)[174],因而,「此惡夢」正是妙玉「潛意識中之渴望」,渴望同時被高下
兩種階層之男性追求娶愛,而張錦池《紅樓十二論·妙玉論》中以為是續書
人之扭曲[175],又薛瑞生〈惱人最是戒珠圓——妙玉論〉中則以為作者對妙玉
「走火入魔」的描述,是「對妙玉性格與心理的描寫就是既含蓄而又深刻的。」
[176]事實上,在前者之理論中忽視了論證妙玉內心之原始欲望,其實《紅樓夢》
之作者並未扭曲妙玉之形象,因為此乃妙玉思凡過程之高潮,其情欲已起,
故雖夢醒後,心靈卻仍沉浸於思凡晃盪之情緒中,儼如難解相思者,終日失
魂落魄之神態;至於後者之說法則是正確的,不過人類意識層所無法獲知的
潛意識想望,應更被強調與重視。

　　一般人相思落魄之現象或有可能長達一段時間,從 112 回中打劫賈寶玉
家中之一賊人憶及妙玉「得相思病」之傳言:「不是前年外頭說他和他們家
什麼寶二爺有原故,後來不知怎麼又害起相思病來了,請大夫吃藥的就是
他。」[177]此亦正足以印證外面人之傳言與妙玉經歷一段相思病而失魂落魄之
情境實較相符,故以較科學且合理之解釋應是:在當代人的認知中,或許經

---

[173] 見頁 33。
[174] 可參考佛洛伊德原著,A·A·Brill, J. Strachey 英譯,賴其萬及符傳孝譯的《夢
的解析》,頁 63。
[175] 見頁 33。
[176] 見《紅樓夢學刊》,1997 年,第 1 輯,頁 69。
[177] 見曹雪芹、高鶚原著 馮其庸等校注《紅樓夢校注》,第 112 回,頁 1687。

過坐禪所引起之精神變異，均被稱之為「走火入魔」，但以今日之精神醫學論斷，妙玉則是在坐禪後的半昏睡狀態下，已然做了一場惡夢而已，而非是進入幻覺情境與發瘋。

人類學者以為每一種文化之內或多或少都存有共通的或獨特的傳統性壓力及緊張 (stress and strain)，因此使得其中之個人都得設法克服其心理壓力與緊張。人類學家說出人類淪為傳統禮教及道德規範之犧牲品的成因之一，乃在於文化之普遍特質及社會之共通現象；解決之鑰是個人對環境適應力之克服。雖然精神醫學質疑文化本身是否具備解決個人生活中所受心理壓力之傳統機能，不過即使有，人類卻往往因堅持自我價值判斷而迷失。打坐 (meditation) 之目的原在尋回自我，從而使得實際生活及生命更富饒些，而妙玉為了克服其心理壓力與緊張情緒，卻沉溺在「我執」的夢幻中，陷於邪癡，無法自拔，活現於靈肉交迫[178]中，真是個情事逼真的人。

(二)精演神數

妙玉除了性格特殊之外，作者又賦予其知人氣數及扶乩請仙之異能，增添小說之內容幾許浪漫及想像。妙玉的走火入魔其實與精演神數有某種程度之關係，筆者將一一剖析。

從 17 回中隱筆妙玉因師承而能精演先天神數，能知人未來，因此在 76 回中，妙玉聽到在凹晶館的聯詩過於傷感頹敗，而知「關人氣數」，於是勸黛玉與湘雲二人勿再續作，反是回櫳翠庵後，妙玉卻自己親自續聯。妙玉此舉，恐是繼贈梅之後，最主動關懷他人且溫馨的一次。另第 87 回中亦有妙

---

[178] 亦可參考胡文彬《魂牽夢索紅樓情》10.「過潔世同嫌──妙玉之"潔"」中云：「前者是說她入了空門，但六根未淨，身在佛門，心戀紅塵。這在人物本身就是靈與肉的矛盾和鬥爭，肉欲的衝動無法抗拒，為她的悲劇性的結局，打下了埋伏。」（頁40）

玉願與寶玉坐下來聽黛玉絃音的情節，顯然是在印證自己的異能：因黛玉的琴音忽作變徵之聲，應驗了妙玉告訴寶玉的「金石可裂矣」的預言，果真黛玉之君絃繃的一聲斷裂了，此為《紅樓夢》中妙玉第一次「知人氣數」的神準預言。但妙玉的一句：「不可說，他日自知」，一如其師圓寂前遺言中留下了玄妙的機鋒給妙玉一般，是一種「佛曰不可說」的寫照；不但讓寶玉滿腹疑團，亦留給讀者一腦困惑。「君絃斷裂」一語雙關，也象徵著第 98 回黛玉之主體與現象界短暫的一絲因緣終於被割斷，苦絳株魂歸離恨天已成定局。另從第 95 回中岫煙為寶玉失玉之事，請妙玉扶乩請仙，妙玉從原本的冷笑表情，至岫煙述及與襲人等性命相關，而同意為寶玉扶乩請拐仙問玉的下落，並直指青埂峰下，此乃妙玉第一次演先天神數精準者(通靈寶玉最終落於瘋癲和尚之手，後又被送回給賈寶玉)。後來妙玉雖未幫忙解釋岫煙所錄的乩語，不過從前文與此處所論及有關妙玉言行的部分，只要妙玉願幫忙，妙玉為人所表現出之「本真、可靠、信實」則是無庸置疑的。雖然能接受此種「本真」的人畢竟不多，但可靠、信實卻是他人求助於妙玉所不假思索的，況整個大觀園中也只有妙玉深懂此術。作者塑造了一位非比尋常之女子妙玉，既能知人氣數又能扶乩[179]請仙[180]，且亦均靈驗，但卻諷刺地讓妙玉對自己未來悲慘結局茫然無知。

妙玉何以成為《紅樓夢》悲劇人物的最重要代表之一？若從佛學觀點論之，佛學否定「造化弄人」之「權責推諉說」，而是執持從業果論斷：妙玉今日的果象，並非今日所種之因，而是源於前生。若再從果象內觀，則必推

---

[179] 《辭彙》中有「扶乩」一辭，解釋為：「一種請神的方法，用架懸錐，兩人扶著，錐自動在沙盤上寫字，以卜吉凶。」(頁 304)

[180] 案：由於《紅樓夢》書中不曾說明究竟請何仙？因此極可能與今日台灣之女乩童請仙姑之對象類似，例如「仙姑類：(包括娘娘與夫人)：多為名不見經傳的神靈，其來源可分為三種：(1)女童乩亡故的姐妹，(2) 女童乩亡故的女性親戚，(3)與女童乩非親非故的陌生女子。」(見蔡佩如〈性別、民俗與宗教〉，刊於《兩性平等教育季刊》2002 年 5 月 1 日，第 18 期，頁 40)

論爲因習性之缺陷所導致，出家人皆以此爲戒。《紅樓夢》112 回中雖提及妙玉曾有欲得功成名就的動機與意念，與俗人無異[181]，不過卻一直無實際之行動，且從蘇州元墓至京以來除了在長安·牟尼院以外，便被栓在大觀園的櫳翠庵中，未見其將先前之動機與意念付諸實踐，故不足以證明妙玉有貪念。其次是第 111 回中被包勇的無理所觸怒而不言語的瞋視，全書中僅見妙玉發瞋怒的一次；雖因不能進惜春屋內，等起心(隨境界所起之心)表現於妙玉形貌上的是不悅與邪氣，不過此亦不足謂妙玉著邪氣，倒是陷入情欲的癡想，走火入邪魔時夢中的性幻象，及被賊所擄時，悶香薰得她如醉如癡的狀態之下，妙玉成了情癡。除此之外，妙玉一直生活在自己所建構的象牙塔中，執持在天生的孤僻、過潔之性格下嚴以律己、操持謹慎、墨守成規，並觸犯成佛大忌的「邪癡」，以致墜入悲劇人生之迷霧中。事實上從妙玉第 112 回中慨歎其不能功成名就反遭包勇之氣時，語氣頹喪，可知妙玉此時之氣數，更顯示出其人生已有定數。妙玉原先的預知神能至此處對現狀的不可理解與無法接受的心態，是二種狀況的強烈對比。妙玉預知神能的頓然失去及其無法掌控現狀的情緒，已可看出妙玉原先那顆「澄淨的心」有所轉變，已爲情色所動，而對自己未來悲劇下場的未能事先預警，或說此乃是作者史筆褒貶法之運用？不過就入世觀點言之，那畢竟是人性。若以爲妙玉因被迫出家而造成其「云空未必空」，並促成其終陷泥淖中，這是簡論[182]，實則妙玉乃因環境、醫病因素、孤僻及強迫型性格而成了社會制度壓抑下及自我約束過度的時代犧牲品。對於如此的犧牲品，我們更願以精神醫學之角度探索隱匿於其中的內涵。

　　妙玉的走火入魔不是嚴重之精神疾病，只是因一場夢幻受到驚嚇所引發

---

[181] 亦可參考馮子禮〈妙玉的環境與妙玉的性格〉中提及的「她執著與追求的，乃是寶黛式的處於"蒙沌式"的人的生活」(刊於《紅樓夢學刊》，1983 年，第 4 輯，頁 196)。

[182] 可參考潘忠榮〈云空未必空──妙玉形象意義淺論〉，見《紅樓夢學刊》，1983 年，第 4 輯，頁 180。

之精神恍惚及之後的情感失落，或說是相思病而造成失魂落魄之情狀，而非是進入幻覺情境與發瘋。「帶髮修行」，是作者的盡幻設語之一，一位帶髮在廟中修行的「淨人」，因造化弄人而使她有落拓、事與願違之嘆，不過至少妙玉在《紅樓夢》中仍是一股清流，無論其言行如何的被批評或讚美，結局如何的悽慘，其總是一個「完美主義」且無害於他人的人。

四、結語

　　自明朝李贄、葉晝重視白話文學及配角角色之扮演以來，小說之地位日益提高。妙玉雖僅是個配角，卻是被摩寫得極為出色的角色之一[183]。表面上作者理性地批判一位帶髮修行之偽道者自食其果的宿命，及可預見的厄運，以達到警勸之教化功效[184]；骨子裡卻是借妙玉之悲慘結局以喚起人類之悲憫與同情。《紅樓夢》作者將十二金釵中之妙玉塑造為有聲有氣，如見如聞的一位時代奇女子的悲劇，有目共賭。

　　本文首從「孤傲與強迫型性格(完美型性格)」論證之，以德國精神醫學家克來區邁(Kretschmer,1925)的體液分析、謝爾頓(Sheldon)之氣質量表，及精神醫學中之特殊性格等，印證《紅樓夢》作者將妙玉孤僻的性格歸之於天生的遺傳基因說。妙玉更因孤僻而產生與常人思維模式及行事態度之誤差；

---

[183] 阮沅〈紅樓夢小人物〉(二十二)中「六根未淨悲妙玉」中提及「妙玉在整個故事中所擔任的角色——在表面上看——並不十分重要，即使沒有其人，也無甚關係。因為就某一個情節而言，有一個妙玉並沒有附著某種特定的任務；就氣氛來說，少一個妙玉，也就無所謂減色。不過，紅樓夢嘗試橫看成嶺，側成峰的境界...作者塑造這個如花似玉的妙玉尼姑，其中必有其深意存焉。」(《中華文化復興月刊》，1979年12月，第12卷、第12期，頁80)。阮沅先生雖已能知妙玉此配角之安排必有深意在，不過卻未能說出作者對配角的匠心獨運之處。梅苑《紅樓夢重要女性》便將妙玉列為重要人物探討。
[184] 陳維昭《輪迴與歸真》中提及警勸的文學傳統「警懼勸懲的創作傳統從元代開始便形成一股潮流，其影響深遠，直至清末。」(頁10)

其「物不能與共」之排斥群治關係，常以「冷漠與酷」為之。從「過潔」之研究中，可探索出妙玉符合今日精神醫學《精神疾病統計診斷手冊》（DSM-IV-TR）中所謂的強迫型性格 (完美型性格)之特質。強迫型性格之本質，具有一慣性與確定性；在現象上從精神醫學之角度言之，則具有恆常性而非豐富性、變動性，因此，在小說之鋪演中，可成為絢爛要角。在葉朗《中國小說美學》中亦提及「典型性格不是抽象的、靜止的，而是在特定的社會關係中展開的。因此，典型性格的表現形式不應該是單調的、貧乏的，而應該是多彩的。典型性格在本質上具有一慣性、確定性，而在現象上則具有豐富性、變動性。這是本質和現象的辯證統一。」[185]事實上，若從宏觀角度論之，每一種典型性格在原有軌道中的一切變動，歷時沉積後，必然產生恆常性。作者透過寶玉、寶釵、黛玉、岫煙等人，對妙玉孤僻過潔及不合時宜的了解，而多方的予以委屈求全，同時運用妙玉為主體敘述的內視角，更顯示其與其他人在言行應對中，所表現出之直率與傲物上的扞格不入，成功地寫出妙玉不容於社會禮教，及其與社會風習之衝突的經典描述。妙玉之超凡特出，便因此種性格，而在日常生活中踐履「完美主義」的恆常律動。過潔性格亦正巧可襯映「體液、氣質量表」所透析出的妙玉之孤僻特質，其實二者之間，就妙玉為例，恐是一體兩面的，故妙玉是個典型的強迫型性格者(又稱完美性格者)。

　　在「變形菩提之夢中幻象」的論證中，作者先後串連妙玉打坐時墜入性幻象情惘中的思緒奔放，及 112 回打坐過程中被賊人以迷魂香熏惑被劫之悲劇，將一位情竇初開、卻又一昧自我壓抑的變形菩提，描述得「自苦為極」，形象極為鮮活自然。不過整體言之，作者對妙玉的敘述是採取投入高低起伏的情節及特殊性格為勝戰之筆，以便拉近讀者與人物之間的距離，其效果便呈現出更多的情感互動，而非權威。作者除了採用外視角透過寶玉對妙玉過潔及出禪關後的留心觀察與心領神會外，更赤裸地呈現妙玉情感世界的蠢蠢

---

[185]見頁 19。

欲動。

　　在「走火入魔與精演神數」的論證中，筆者探討妙玉走火入魔之眞實意義及其成爲「悲劇異形」之成因。妙玉的走火入魔不是嚴重的精神疾病，只是因一場夢幻受到驚嚇所引發之精神恍惚，及之後的情感失落，或說是相思病而造成失魂落魄之情狀。妙玉其實是一位「心地善良」的女子，至少在《紅樓夢》一書中其出現或爲助人，或爲營造一位變形菩提之藝術形象，但卻從不曾有任何害人之行。「帶髮修行」，是作者的盡幻設語之一，一位帶髮在廟中修行的「淨人」，因造化弄人而使她有落拓、事與願違之嘆。妙玉具能知人氣數及扶乩請仙之異能，此爲全書中賦予妙玉的神秘性。妙玉究竟具有多少神能？就在作者刻意讓妙玉的預言及所施展之異能一一應驗之同時，妙玉卻參不透自己的命中定數。或許因妙玉僅習得其師之部分本領而已，以致於對自己未來處境之不順及悲慘結局茫然無知，或許作者如此佈局之用心，除了給予讀者峰迴路轉之閱讀快感外，更是抉發外在世界的無可抗拒及無所不在之統馭神力。

　　在筆者此篇論文之研究中，有關妙玉之性格、情感及醫病間之關係，或許可以如此詮釋：妙玉之性格或說身分，表面上符合修行，但因其心不夠澄淨，必然影響到其情感世界需受「戒欲」的箝制，而對寶玉的好感，藉由打坐過程中所產生的夢境──「走火入魔」，正披露出「禁慾的反彈」。妙玉生平之愛潔，與其被劫時沉浸於被輕薄之肉體快感中，形成強烈對比；一個楚楚可憐，被悶香所熏、身不由己的「悲劇異形」隱然形成，雖未必能賺人熱淚，卻令人揣測及想像。《紅樓夢》作者最難能可貴的是，能精準且細膩的描述在一、二百年後，今日精神醫學界於臨床實驗中已獲證實的強迫型性格者之種種特質，且分毫不差；其以敏銳的觀察力成功地塑造了孤僻、過潔性格的寓言式抽象品[186]，一位隱匿在雙重性格下，絕妙且有生氣的悲劇女子。

---

[186] 筆者此處「孤僻性格的寓言式抽象品」一辭，脫胎換骨於黑格爾著　朱光潛譯《美學》，第 1 卷，第 3 章　「藝術美或理想」，c)「人物性格」中提出：「每個人都是一

附記：

*1999 年〈隱匿在強迫型性格異常下之妙玉〉通過審查/刊登於《國家圖書館館刊》/第 2 期/頁 205-222，之後筆者又增益之。

個整體，本身就是一個世界，每個人都是一個完滿的有生氣的人，而不是某種孤立的性格特徵的寓言式的抽想品。」(頁 303)但在筆者此文之詮釋中，卻恰與黑格爾有南轅北轍之說法。另葉朗《中國小說美學》，第 1 章 「導論」中亦引用此詞。(頁 6)

參·賈瑞之反社會性格、戀母情結及器質性幻覺症

Jia, Ruei's antisocial personality, Oedipus Complex, and hallucinosis

*醫學顧問：石富元醫師、文榮光教授、 李光倫醫師、林昭庚教授

　　輕啓榮、寧二府門扉，引人入勝者，非「飛樓插空、雕甍繡檻」及「小橋通若耶之溪，曲徑接天臺之路」的貴族豪宅繁花奢費之素描，而是鮮活之人情事物的多線交織，並現人性之善惡精髓。《紅樓夢》作者別於榮、寧二府中，穿插一位略具「反派性格」之賈瑞，一位甘於爲情受辱之青年，也將其爲偷情而隕命之坎坷遭遇描繪得讓人極爲動容：是「親者痛，仇者快」之兩極化反應。本篇論文將嘗試從文學跨入精神醫學及內科學，探討賈瑞之性格、情感世界及其寶鏡視幻之因緣。

　　人生自是有情癡，矛盾之心理定勢[187]浮動於人類之血脈中。《紅樓夢》中賈瑞對情色之癡貪，呈顯於其對鳳姐之言語勾搭上，亦潛藏於寶鏡視幻之病態性愛中，最終卻離奇死亡，其生命型態值得分理。

　　本文將從賈瑞之出生背景、性格行爲、生活環境及人際互動等方面研究

---

[187] 見於克雷奇著　周先庚等譯《心理學綱要》（下）：「現代心理學把知覺看成一種能動的過程，所謂定勢，就是一種心理的定向反應，就是主體心理因素配置的模式對以後心理活動趨向的制約性，主體由一定的心理活動帶有一定之專注性和某種趨勢。」（頁78）又龍協濤《文學解讀與美的創造》，第6章亦有「文學閱讀的心理定勢」之理論，見頁214。

之，全文凡分四段論證之：一、反社會型性格，二、諦視一段「戀母情結」之違緣[188]，三、從凍腦相思至器質性幻覺症，四、結語。

一·反社會型性格

　　《紅樓夢》作者塑造了一位「永不復返」的悲劇者賈瑞，並展現佛力殊勝的因果報應，此與其性格及生命運程有關。古希臘悲劇家創造了「悲劇性格決定論」，而賈瑞究竟是何種性格之人？值得尋繹。筆者將從其在義學行為，論至榮府偷情止，分為二部份論述：

(一)義學行為的差池

　　《紅樓夢》第9回賈寶玉與秦鐘因故輟學，便相約至賈家義學讀書，然此義學因貧富兼蓄，故龍蛇雜處，更有鬧事之金榮、薛蟠、賈瑞...等下流人物具在。塾師賈代儒[189]當日因有事回家，僅留給學生一句七言對聯為作業，隔日再來上書，並請長孫賈瑞暫為代管，當一日賈家義學的小老師，未料一日內便學堂大亂。期間賈瑞最惹人非議者，乃「以公報私，勒索子弟們請他」

---

[188] 見宗喀巴大師《菩提道次第廣論》中提及「順緣」與「違緣」(卷1，頁29)。所謂之「違緣」即「逆緣」。

[189] 李君俠《紅樓夢人物介紹》中云：「代儒是代善、代化之族弟。」(頁59)阮沅〈紅樓小人物(二十三)色迷心竅狂賈瑞〉中提及：「賈府家學導師賈代儒，為寧榮二公的宗弟，...」(見《中華文化復興月刊》，1980年，第13卷，第1期，頁76)另在李光步《紅樓夢所反映的清代社會家庭》中云：「賈代儒是賈族門中年紀最大的人。」(頁90)案：賈代儒為代字輩，於榮寧二府之賈代善與賈代化為同一輩份，而賈瑞稱王熙鳳為嫂子，且代儒被聘為義學導師，此時賈代善與賈代化已皆亡故，因此，賈代儒為寧榮二公的宗弟之可能性最大。而李光步先生之說法，語義不明，不知其所言是否包含已亡故者？故無法推論。

[190]，同時「又附助著薛蟠圖些銀錢酒肉，一任薛蟠橫行霸道，他不但不去管約，反助紂爲虐討好兒。」[191]因此，學堂內便怨聲載道。在人類的特殊性格中，賈瑞較接近反社會型性格之特質，指對其他兒童做出侵害之舉動而不以爲意，想鑽捷徑來取得快感、享受、金錢或名聲等。[192]賈瑞此時之年齡，根據《紅樓夢校注》及程本《紅樓夢》第 12 回中云爲二十來歲之人[193]，但卻是一個有不少陋習與劣根性的人，同時因行爲之差池，多少會直接影響到其他功能，包括與同儕互動的問題及祖孫關係的不融洽[194]。第 9 回，由於秦鐘與香憐假裝出小恭、說體己話時，未料金榮躲在二人之後散佈謠言：「方纔明明的撞見他兩個在後院裡親嘴摸屁股，兩個商議定了，一對兒論道長短。」[195]因此，秦鐘與香憐向賈瑞告狀，但賈瑞因怨香憐、玉愛二人不在薛蟠跟前提攜他，因此對雙方之事並未能秉公處理。作者以全視角圓述多人，更暴露了賈瑞與金榮醋妒後之報復心態。

---

[190]見曹雪芹、高鶚原著　馮其庸等校注《紅樓夢校注》，頁 157。

[191]同前註，頁 157。可參考黃建宏〈試論賈瑞形象的意義〉中提及：曹雪芹正是以「賈瑞這個至死不悟的色鬼的個性，寫出了這個時代大多數紈袴子弟及破落戶兒崇拜享樂主義的共性」(刊於《紅樓夢學刊》，1983 年，第 4 輯，頁 227)

[192]綜合參考林憲《臨床精神醫學》，第 6 章 「人格違常性疾患」，第 1 節：「人格違常」中提及反社會型性格之特質，比如說可以不動聲色地殺戮小動物，也就是說具有殘酷的本質；又如對其他兒童做出侵害的舉動而不以為意。(頁 225)及 Edited by Kaplan and Sadock's *Synopsis of Psychiatry,* "They are extremely manipulative and can frequently talk others into participating in schemes for easy ways to make money or to achieve fame or notoriety.' 1998; 27:785.

[193]見曹雪芹、高鶚原著　馮其庸等校注《紅樓夢校注》，第 12 回，頁 193。

[194]可參考 Edited by Alfred M. Freedman, M.D. and Harold I. Kaplan, M.D. *Comprehensive Textbook of Psychiatry,* "…antisocial disorder affects many areas of functioning. These patients exhibited disturbances in parental relationships, un relationship with their peers, in their sexual relationships, in their school behavior, in conforming to legal norms, in their sense of subjective discomfort…"（Baltimore: The Williams & Wilkins）1967;26:953.

[195]見曹雪芹、高鶚原著　馮其庸等校注《紅樓夢校注》，頁 158。

當賈薔故意挑撥寶玉第一個最得用且無故就會欺壓人的茗煙，去對付金榮時，學堂頓成戰場：「這裏茗煙先一把揪住金榮，問道：『我們肏屁股不肏屁股，管你鳮𡲢相干，橫豎沒肏你爹去就罷了！你是好小子，出來動一動你茗大爺！』嚇得滿屋中子弟都怔怔的痴望。賈瑞忙吆喝：『茗煙不得撒野！』金榮氣黃了臉…便奪手要去抓打寶玉、秦鐘。尚未去時，從腦後颼的一聲，早見一方硯瓦飛來，…這座上乃是賈蘭賈菌。…將一個磁硯水壺打了個粉碎，濺了一書黑水。…賈菌如何忍得住，便兩手抱起書匣子來，照那邊掄了去。…只聽嘩啷啷一聲，砸在桌上，書本、紙片、筆硯等物撒了一桌，又把寶玉的一碗茶也砸得碗碎茶流。…金榮此時隨手抓了一根毛竹大板在手，…登時間鼎沸起來。」[196]學堂中反應出學子不同的性格與心態，除了實際參戰的茗煙、金榮、秦鐘、寶玉、賈菌外，鋤藥，掃紅，墨雨等，亦蜂擁而上，陷入激戰，另有在旁助興的及不管事而躲起來的學童。賈瑞在全場中不論是嚇阻茗煙的聲勢或認真勸架的舉動，聽來、做來卻都毫無權威及管束力，最終幸賴寶玉的大僕人李貴出面勸架，才得以解決問題。賈瑞面對雙方人馬，一方採取委曲求全之低姿態，一方採取半威半逼的柔性勸說金榮前來與秦鐘磕頭，義學鬥鬧終於和平落幕，然而威嚴不足、怕頂撞貴族、管理方式不當等，均顯示出賈瑞欺善怕惡之軟弱本性及不稱職。

(二)嚴教觀與反社會型性格

其次關於賈瑞親情關係之不融洽及其情感問題，可回溯自賈瑞之家庭背景及被鳳姐拒斥之情愛事件上(此部份將在下一單元論證)。賈瑞父母早亡，與祖父賈代儒及祖母相依為命，雖是唯一長孫，但卻享受不到一般正常家庭的雙親之愛，及與其他同胞兄弟之互動成長環境，同時又因祖父賈代儒過分寄予厚望而苛虐之，故其在行為上顯得差池。雖然祖父之教可代父職，但嚴

---

[196]同前註，第 9 回，頁 159-160。

苛之打罵，對其心理成長其實很不利。作者以第一次賈瑞被鳳姐所騙在西邊穿堂凍了一夜回家後，賈代儒對其懲罰之作法畫龍點睛：「那代儒素日教訓最嚴，不許賈瑞多走一步，生怕他在外吃酒賭錢，有誤學業。今忽見他一夜不歸，只料定他在外非飲即賭，嫖娼宿妓，那裏想到這段公案，因此氣了一夜。賈瑞也捏著一把汗，少不得回來撒謊，只說：『往舅舅家去了，天黑了，留我住了一夜。』代儒道：『自來出門，非稟我不敢擅出，如何昨日私自去了？據此亦該打，何況是撒謊。』因此，發狠到底打了三四十扳，不許吃飯，令他跪在院內讀文章，定要補出十天的工課來方罷。賈瑞直凍了一夜，今又遭了苦打，且餓著肚子，跪著在風地裏讀文章，其苦萬狀。」[197]以今日之教育觀論之，賈代儒近乎虐待之教養方式，讓賈瑞亦步亦趨於其掌控中。《禮記‧學記》中之「玉不琢，不成器」及「榎楚二物---鞭笞哲學」之「嚴教觀」[198]，不僅是中國傳統尊卑觀念、嚴教態度、懲罰取向而已，更有張載〈西銘〉中「玉女於成」之期盼。賈瑞私自出門及說謊之代價，是被痛打與挨餓，《紅樓夢》作者「以少總多」之素描，預示了賈瑞不健全行為之萌發因子。嚴格論之，賈瑞乃賈代儒錯誤管教方式下之犧牲品，但當代人卻習以為常，從賈政為了琪官及金釧兒之事重力鞭打寶玉，亦可徵驗之。精神醫學專家指出，反社會性格者，「在許多例子中，小孩與父母親有痛苦的關係，且無法與父母親塑造出溫暖及健康的認同感。」[199]賈瑞之偏差行為，實際上與家庭背景息息相關，同時亦影響到其在義學中管理方法的不當。

---

[197]同前註，第 12 回，頁 190。7

[198]十三經注疏本《禮記‧學記》中有：「玉不琢，不成器；人不學，不知道。... 夏楚二物，收其威也。」(頁 648-650)又可參考林文瑛、王震武〈中國父母的教養觀：嚴教觀或打罵觀？〉，在楊國樞主編《親子關係與教化》，頁 2-92。另可參考李美枝〈中國人親子關係的內涵與功能：以大學生為例〉，在楊國樞主編《親子關係與孝道》，頁 40。

[199]Edited by A. H. Chapman, *Textbook of Clinical Psychiatry*: " In many instances the child had painful relationships with his parents and did not form a warm healthy identification with other one of them."1976;22: 222.

　　《紅樓夢》第 12 回中，賈瑞對祖父只有畏懼之心，以致於徹夜未歸，並撒謊。賈瑞死亡後，賈代儒夫婦哭得死去活來，可見祖父母仍是極愛他的，然而祖母的母性角色在全書中，卻僅著墨了一句：「哭得死去活來」，因而女性之溫婉與母性的光輝面被模糊略去，以致於當賈瑞被罰跪在風地裏讀文章時，並無人為其說項。賈瑞失落了無上庇護，似乎傳釋出靈肉苦楚之圖像。又第 12 回中，賈瑞曾二次受邀於鳳姐，進行深夜竊香偷情，雖未得逞，但其置當代倫常於不顧之心態，極為明顯。綜觀賈瑞的一切行止，有不少符合美國精神醫學協會《精神疾病統計診斷手冊》（DSM-IV-TR）中所提供的「反社會型性格者」之影子(案：在七項標準中，需具有三項或更多特質為判準)：1.無法適應社會標準，遵守法律之行為；2.欺騙，為了私人利益與喜樂而重複說謊、使用別名或騙取他人之財物；3.衝動或無法事前有所規劃；4.激動與攻擊行為，肉體鬥毆及攻擊之舉動；5.不顧自身或他人的安全；6.不能持續固定工作之行為，表現於一再地無法持續性地工作及履行經濟義務；7.缺乏悔意，表現出冷漠或將傷害合理化、虐待及偷竊他人之物。[200]仔細分析，

---

[200]案：在世界衛生組織（WHO）《國際標準疾病分類》（ICD-10）中則稱之為異規型人格障礙症）。《精神疾患診斷與統計手冊》（DSM-IV-TR）以為自十五歲開始便產生的輕忽或以暴力對待他人之錯誤行為，至少需具以下七項中之三項或更多特質。另見於 Janet B.W. Williams, D.S. M, Text Editor. *Diagnostic and Statistical Manual of Mental Disorders,DSM-IV-TR,* 'Diagnostic for 301.7 Antisocial Personality disorder': "A. There is a pervasive pattern of disregard for and violation of the rights of others occurring since the age of 15, as indicated by three (or more) of the following: (1) failure to conform to social norms with respect to lawful behaviors as indicated by repeatedly performing acts that are grounds for arrest (2) deceitfulness, as indicated by repeated lying, use of aliases, or conning others for personal profit or pleasure (3) impulsivity or failure to plan ahead (4) irritability and aggressiveness, as indicated by repeated physical fights or assaults (5) reckless disregard for safety of self or others (6) consistent irresponsibility, as indicated by repeated failure to sustain consistent work behavior or honor financial obligations (7)lack of remorse, as indicated by being indifferent to or rationalizing having hurt, mistreated, or stolen from another" 2000; 706.另見李明濱主編《實用精神醫學》，第 20 章「人格障礙症」中亦提及「反社會型人格障礙症的核心

賈瑞曾勒索小學生，此與騙取他人之財物無異，事後又毫無悔意、毫無罪惡感、缺乏羞恥心；曾勾搭有夫之婦的王熙鳳，是個無法適應社會標準，遵守法律之行為者；在赴約二次幽會中，性格衝動、無法事前有所規劃，又忘卻了自身安全之虞；未告知祖父賈代儒有關自己深夜未歸之行蹤，反在次日清晨編下謊言，雖然在《紅樓夢》一書中賈瑞說謊僅出現二次，但從其為人行徑觀之，若再繼續發生任何事故，再次說謊，並非不可能。「說謊」二次雖不易被界定為是否是具有反社會型性格，不過由於精神醫學界將此列為反社會型性格的特質之一，因此仍具參考價值。總之，賈瑞已具有「反社會型性格」至少三項以上之特質，不過由於賈瑞處理義學事件，最終圓滿解決，人際關係衝突不大，實際上是差強人意的，且並無臨床醫學上所謂的「對待親屬之關係是冷酷無情的」，故僅可說是個「反社會型性格者」，而非「反社會型性格障礙症者」，但若將賈瑞置諸今日，確實令人擔憂，是個隨時會惹麻煩的人。

　　至於探討反社會型性格之成因，今日之精神醫學以為，除了遺傳因素中家族史所常見的酒癮患者、相關生物因素及精神分析理論外，亦可從氣質、家庭、社會文化及環境等因素見眞章[201]。賈瑞自幼失去雙親，祖父賈代儒求好心切、苛虐及過分的厚望，反使賈瑞在家中得不到溫暖，或許正因此種因素讓賈瑞性格特殊化，而此種反社會行為會一而再地發生，且有時是荒誕無稽的。

　　賈瑞在義學之行儀，以今日之角度觀之，是個典型的學校混混。《紅樓夢》作者將賈瑞塑造為一位假公濟私、勒索學子、缺乏自制力、管理力的「反社會型性格者」，由於賈代儒之苛虐、家境貧寒、社會文化及環境因素，使

特徵為無法建立親密關係、衝動行為、缺乏罪惡感及無法從經驗中學習。」(頁 221)
[201]綜合參考 C. Robert Cloninger, Dragan M. Svrakic, Carmen Bayon, and Thomas R. Rrazybek's 'Genetics and family history' in *Adult Psychiatry.* 1997; 18:311. 另見李明濱主編《實用精神醫學》，頁 215-216。

得其於言行上顯得有點畸零，算得上是個介乎生產與消費二大群體間之寄腐性消費者。人類企盼從「生物之我」提昇至「社會之我」，終極目標是「理想之我」，但賈瑞在「社會之我」已迷失，更遑論是「理想之我」，在實踐上就更困難了。

二·諦視一段「戀母情結」之違緣

　　人間之情緣有順違，《紅樓夢》作者於第 9 回中，刻意描繪略具「反派性格」之賈瑞，接著又於第 11 回「慶壽辰寧府排家宴」中，佈局讓賈瑞趁著席間偷尋清靜，與一步步行來讚賞園中景緻之鳳姐邂逅。或是巧合，賈瑞躲在假山石後，猛然走出，藉請安為由，向鳳姐搭訕，藉故喚醒鳳姐之記憶，並導引出一段話題：「『也是合該我與嫂子有緣。我方才偷出了席，在這個清淨地方略散一散，不想就遇見嫂子也從這裏來。這不是有緣麼？』一面說著，一面拿眼睛不住的覷著鳳姐兒。鳳姐兒是個聰明人，見他這個光景，如何不猜透八九分呢，因向賈瑞假意含笑道：『怨不得你哥哥時常提你，說你很好。今日見了，聽你說這幾句話兒，就知道你是個聰明和氣的人了。這會子我要到太太們那裏去，不得和你說話兒，等閑了咱們再說話兒罷。』賈瑞道：『我要到嫂子家裏去請安，又恐怕嫂子年輕，不肯輕易見人。』鳳姐兒假意笑道：『一家子骨肉，說什麼年輕不年輕的話。』」[202]「心靈相契」、「合該有緣」被誤置於寧府園中賈瑞與鳳姐之奇遇中。《紅樓夢》作者除了鋪述二人早已認識外，同宗之背景更成了賈瑞對鳳姐合理化造次之藉口。作者處理賈瑞對鳳姐一見鍾情時，身子已木了半邊、覷著眼觀看鳳姐、靦腆地渴望再見到鳳姐之心態，及鳳姐慧眼識破賈瑞的居心等，均雕琢細膩。當作者以虛筆介紹賈瑞到榮府幾次，偏鳳姐均往寧府去探視秦氏之病，已可見賈瑞蠢蠢欲動之

---

[202] 見曹雪芹、高鶚原著　馮其庸等校注《紅樓夢校注》，第 11 回，頁 182。

心，然而平兒與鳳姐所詛咒之言：「這畜生合該作死！」[203]與「叫他不得好死。」[204]似乎為賈瑞之悲慘命運預下註腳。筆者將進一步申論之：

(一)假山石之邂逅與二次幽會

　　賈瑞於假山石之邂逅，起造了一段與鳳姐之違緣，刻鏤一位青年一見鍾情的欣喜，和逾越倫德之膽顫偷情，不過，賈瑞不但未能實現心願，反被鳳姐陰狠整肅。在第 12 回中，賈瑞終於見到鳳姐後，越發酥倒；鳳姐笑讚賈瑞是十個裏也挑不出一個來的不濫情者，讓賈瑞喜得失態地觀看鳳姐的荷包及戒指，甚至對鳳姐的話如聽「綸音佛語」，更掏心掘肺地以死賭誓，於是鳳姐安排了第一次「西邊窗堂兒的整人幽會」：「大天白日，人來人往，你就在這裏也不方便。你且去，等著晚上起了更你來，悄悄的在西邊穿堂兒等我。」[205]在鳳姐虛情的邀約中，其實是有破綻的，賈瑞亦能機伶地提出地點的安全問題：「你別哄我。但只那裏人過的多，怎麼好躲的？」[206]但鳳姐卻能輕易緩解，以打發所有僕人及關上門為由，騙得賈瑞信任赴約。於是賈瑞「盼到晚上，果然黑地裏摸入榮府，趁掩門時，鑽入穿堂。果見漆黑無一人，往賈母那邊去的門戶已鎖倒，只有向東的門未關。賈瑞側耳聽著，半日不見人來，忽聽咯蹬一聲，東邊的門也倒關了。賈瑞急的也不敢則聲，只得悄悄的出來，將門撼了撼，關的鐵桶一般。此時要求出去亦不能夠，南北皆是大房牆，要跳亦無攀援。這屋內又是過門風，空落落；現是臘月天氣，夜又長，朔風凜凜，侵肌裂骨，一夜幾乎不曾凍死。好容易盼到早晨，只見一個老婆子先將東門開了，進去叫西門。賈瑞瞅他背著臉，一溜煙抱著肩跑了出來，幸而天

---

[203] 同前註，頁 186。

[204] 同前註。

[205] 同前註，頁 190。

[206] 同前註。

氣尚早，人都未起，從後門一徑跑回家去。」[207]《紅樓夢》作者成功地描摹賈瑞摸黑進出榮府前後的「殷切盼望」：先是真心渴盼速與鳳姐相見，後為侵肌裂骨難耐而渴盼逃離。賈瑞之側耳傾聽及急得不敢發出聲音的舉動，充分顯露出偷情過程中「險絕」之氣氛。由於門關得鐵桶一般，進退維谷，又讓賈瑞跳躍不得、攀援不能地陷入困境。之後賈瑞雖終逃脫，但卻悟性低，於是鳳姐開始點兵派將，設陷「過道兒空屋的幽會」。賈瑞再度於晚上溜進榮府，與賈蓉間有一場性愛遊戲，此乃《紅樓夢》書中一再增刪後，仍保留下的少數淫穢描述：「那賈瑞…直往那夾道中屋子裏來等著，熱鍋上的螞蟻一般，只是乾轉。左等不見人影，右聽也沒聲響，心下自思：『別是又不來了，又凍我一夜 不成？』正自胡猜，只見黑魆魆的來了一個人，賈瑞便意定是鳳姐，不管皂白，餓虎一般，等那人剛至門前，便如貓捕鼠的一般，抱住叫道：『親嫂子，等死我了。』說著，抱到屋裏炕上就親嘴扯褲子滿口裏『親娘』『親爹』的亂叫起來。那人只不作聲。賈瑞拉了自己褲子，硬幫幫的就想頂入。忽見燈光一閃，只見賈薔舉著個捻子照道：『誰在屋裏？』只見炕上那人笑道：『瑞大叔要臊我呢。』賈瑞一見，卻是賈蓉，真臊的無地 可入，不知要怎麼樣才好，回身就要跑，被賈薔一把揪住道：『別走！如今璉二嬸已經告到太太跟前，說你無故調戲他。他暫用了個脫身計，哄你在這邊等著，太太氣死過去，因此叫我來拿你。剛才你又攔住他，沒的說，跟我去見太太！』」[208]在第二次密會中，賈瑞似暴虎馮河的性衝動，毫無倫德可言，最終是磕頭求饒。期間他領教了鳳姐三段式的身心迫害：先是讓其淫念散放、「原慾」（libido）[209]大發，在未分清是否為鳳姐之前，便扯下褲子硬幫

---

[207] 同前註。

[208] 同前註，頁 191-192。案：其中「瑞大叔要臊我呢」的「臊」字，應為「弇」，程本中已作更正。

[209] 見 Sigmund Freud, *Introductory Lectures on Psychoanalysis,* ' The Sexual Life of Human Beings': "On the exact analogy of 'hunger, we use 'libido' as the name of the force in this case that the sexual instinct, as in the case of hunger that of the nutritive

幫地就想頂入；次由賈薔捉拿他的不倫之行，勒索五十兩銀子；再次由賈薔
故意讓他躲在台階下，潑他一身屎尿。鳳姐抓住人性弱點，讓賈瑞在同儕中
暴露個人私處，顏面盡失。此外作者更讓賈瑞成了佛教因果報應中「勒索人
者，恆被被勒索之」的活教材。在此場相思局中，人性的陰暗面、齷齪污穢
一表無遺。作者以鳳姐色誘幽會，描繪出賈瑞藏掩、情急之偷香行徑及受捉
弄後跋前躓後之窘境，不過對一個已陷入情網的人而言，理智總被蒙蔽；賈
瑞之所以甘心一再受騙，其因在此。

(二)潛意識中之「戀母情結」

賈瑞對於二次邀約，均以「死也願意」、「死也要來」信誓旦旦，探其因，
除了印證其已陷入情網外，應還有別的理由。當鳳姐狠毒地罵到：「這畜生
合該作死」時，表現出的是威權氣勢及教訓人之心態，反之，賈瑞卻欣喜地
答應鳳姐之邀約。鳳姐除了貌美外，成熟度、處世周全圓滑、威權性及宰制
性等，均較強，可展現出一位當家者的風範，正巧可以彌補賈瑞心中之空缺，
尤其是與賈瑞說話之口吻，一如母親角色般之篤定與穩重，讓賈瑞如聽「綸
音佛語」般的遵守，此應是賈瑞在母愛極度欠缺下之渴望與幻想，故其潛意
識[210]中的「戀母情結」於焉而生。佛洛伊德以為「戀母情結」（即性蕾性慾

---

instinct by which the instincts manifests itself." （Great Britain: Harmonsworth:
Penguin）1973; 20:355.中譯本見佛洛伊德著、葉頌壽譯《精神分析引論》，第 20 講
「人的性生活」中云：「原慾和飢餓相同，是一種力量、本能——這裏是指性本能，
飢餓時則為營養、維生本能——人即藉這個力量以完成其目的。」(頁 296) 另於 Joseph
Rousner(約瑟夫·洛斯奈) *All About Psychoanalysis,* 鄭泰安譯《精神分析入門》中
云：「依照佛洛伊德的定義，原慾是『那些包含在愛字裏的所有本能力量，它們都
必須獲得施展。』」(頁 61)

[210]有關「潛意識」，佛洛伊德以為有二種，一種是潛伏的，但卻能成為意識的為「前
意識」，一種則是被潛抑的，無法浮出意識表面的為「潛意識」，見於 Sigmund Freud,
Ego and the Id: "…that we have two kinds of unconscious-the one which is latent but

期, phallic period，二歲至六歲半）是：「在潛伏期之前兒童須對外在客觀事務作抉擇的直接觀察，簡單的說是指兒童希望母親完全歸其一人所有。他感到父親的出現是一個討厭鬼，只要父親對母親有任何愛意的表達，他都很敵對，只有父親因去旅行及不在家時他才會感到滿意。」[211]此為幼兒性慾發展之最後階段，也是性心理發展過程中，衝突最多、壓抑最深者；若未能沿循正常之發展且得不到合理之滿足，則在性發展及人格方面會較不健全。所謂「未能沿循正常之發展且得不到合理之滿足」，乃指「兒童遭受心理創傷或外在環境的不利，心理創傷經驗包括過早而過度的性刺激、親人的死亡、目睹成人『碩大』的性器、目睹父母或其他人的性交、父親對他施以過分的懲罰等；不利的環境則包括雙親之一很早就過世、父母本身的戀母情結未解決、父母離異、父母之間關係異常（如父親過分柔弱，母親過分強悍）、本身是獨生子或獨生女，幼時的玩伴是清一色的異性或同性等。」[212]賈瑞早年

---

capable of being conscious，the one which is repressed and which is not, in itself and without more ado, capable of being conscious....，The latent, which is unconscious only descriptively, not in the dynamic sense, we call preconscious; we restrict the term unconscious to the dynamically unconscious represses;..."1962; 1:5.而 Joseph Rousner 約瑟夫·洛斯奈著《精神分析入門》中亦闡釋佛洛伊德之「潛意識」云:「潛意識在每個人的身上構成了最大、最有利的部份。它是個固定而活躍的心理程序的『發電廠』，我們通常不曉得它的存在。這個人類心理的決定性部份沒有時間感、地點感和是非感，它像個不受管教的孩子一樣，只知道要千方百計地滿足自己的需求，而不過問其他。」（頁 54）

[211]Sigmund Freud, *Introductory Lectures on Psychoanalysis,* " What, then, can be gather about the Oedipus complex from the direct observation of children at the time of their making their choice of an object before the latency period? Well, it is easy to see that the little man wants to have his mother all to himself, that he feels the presence of his father as a nuisance, that he is resentful if his father indulges in any signs of affection towards his mother and that he shows satisfaction when his father has gone on a journey or is absent." 1973; 21: 375.中文遊筆者自譯，另可參考葉頌壽中譯本於頁 201，及參考此書之註解，於頁 204。

[212]見王溢嘉《精神分析與文學》，第 2 章 「佛洛伊德的理論與應用」，頁 42。其文

失去雙親之「無上護佑」及祖父之過分嚴格，此乃屬於心理創傷，另因其為獨生子，缺乏良善兄弟之互動的不利環境，故對鳳姐之單戀，仍停留在孩童性蕾期時對母親強烈之佔有慾上，並表現出對一位威權顯赫、八面玲瓏、處事圓滑且輩份較大之女子的欣羨與敬意。從精神分析之角度觀之，佛洛伊德之理論確實有其推理建構，至今其「戀母情結」學說仍屢被後世所用。佛洛伊德強調：「大約在以母親為愛的對象的時候，兒童已開始產生了潛抑作用之心理作用，並在其影響上對某些性目標的知識，加以隱藏。這個以母親為愛的對象之抉擇，與『弒父戀母情結』有密切關係。」[213]及「從青春期開始，一個人須努力設法擺脫父母的束縛；惟有在這種擺脫有了成果之後，他才不再是個孩子，而成為社會的一個成員。」[214]賈瑞所動心之對象，從其潛意識

中之「伊底帕斯情結」筆者改為「戀母情結」，以利行文之統一性。

[213]Sigmund Freud, *Introductory Lectures on Psychoanalysis:* "At the time at which the child's mother becomes his love-object the psychical work of repression has already begun in him, which is withdrawing from his knowledge awareness of a part of his sexual aims. To his choice of his mother as a love-object everything becomes attached which, under the name of the Oedipus complex, has attained so much importance in the psychoanalytic explanation of the neuroses and has played no less a part, perhaps, in the resistance to psychoanalysis." 1973; 21:.372. 葉頌壽中譯文《精神分析引論》，第 21 講，頁 812。

[214]Sigmund Freud, *Introductory Lectures on Psychoanalysis:* " From this time onwards, the human individual has to devote himself from himself from his parents, and not until that task is achieved can cease to be a child and become a member of the social community, For the son this task consists in detaching them for the choice of a real outside love-object, and in reconciling in opposition to him, or in freeing himself from his pressure if, as a reaction to his infantile rebelliousness, he has become subservient to him. These tasks are set to everyone; and it is remarkable how seldom they are dealt with in an ideal manner-that is, in one which is correct both psychologically and socially. By neurotics, however, no solution at all is arrived at: the son remains all his life bowed beneath his father's authority and he is unable to transfer his libido to an outside sexual object with the relationship changed round, the same fact can await the daughter. In this sense the Oedipus complex may justly be regarded as the nucleus of the neurosis." 1973;

中喜歡一個具威權且輩份較他大的鳳姐而言,透露出人類對「母親」角色無法割捨之心靈洞限,然而當他對鳳姐肉體之佔有慾望失敗且遭到重創後之行為,其實與佛洛伊德提出人類性生活有二個高峰有某種程度是吻合的。佛洛伊德以為潛伏期(四、五歲時)為第一個高峰,第二次高峰期在青春期,並以為:「此種早期之性發展在萌芽中就遭到摧殘,原先生氣蓬勃的性衝動被退行作用所制,而進入潛伏期(period of latency),潛伏期一直延續到青春期為止,在這時期中到青春期,嬰兒早年的那些衝動和性慾對象等關係又活躍起來,包括戀母情結者的情感在內。」[215]仔細分析,賈瑞被潛抑(repressed)[216] 之戀母情結,確實是在青春期後,甚至是異性戀期的二十幾歲活躍而起,但由於現實生活中被鳳姐設陷,性慾望被拒斥,於是當他「正是相思,尚且難禁...『不免有些指頭兒告了消乏』」[217]時,也只能藉著手淫之「自體享樂」(auto-eroticism)方式,迂迴曲折地滿足原慾的需求,「補償」(compensation)[218]其心中渴望地性幻想及性發洩,因此「自慰」之「被視為各種性幻想所共有的唯一慣常動作」[219],不是無道理的,至少亦讓賈瑞心靈與肉體得以平衡。

21:380.葉頌壽中譯文《精神分析引論》,第 21 講,頁 820。

[215] Sigmund Freud, *An Autobiographic Study*: But this early growth of sexuality is nipped in the bud; the sexual impulses which have shown such liveliness are overcome by repression, and a period of latency follows, which lasts until puberty and ...At puberty the impulses and object-relations of a child's early years become re-animated, and amongst them the emotional ties of his Oedipus complex."1963.p.68-69.中譯本見於佛洛伊德著、廖運範譯《佛洛伊德傳》,頁 41。

[216]佛洛伊德對「潛抑」之解釋為「潛意識之原型」,見於 Sigmund Freud, *Ego and the Id*: "The repressed is the prototype of the unconscious for us." 1962; 1: 5.

[217]曹雪芹、高鶚原著 馮其庸等校注《紅樓夢校注》,第 12 回,頁 193。

[218]見於曾文星、徐靜《現代精神醫學》(compensation)第 5 章,補償作用:「當一個人在生理上或心理上感到不適時,企圖用種種方法來彌補這些缺陷,以減輕其不適的感覺為補償作用。這種引起心理不適感覺的缺陷,可能是事實,也可能僅僅是想像的。」(頁 82)

[219]Sigmund Freud, *Introductory Lectures on Psychoanalysis:* "An unsuspectedly large proportion of obsessional actions may be traced back to masturbation, of which they are

賈瑞之情感世界在與鳳姐之邂逅後，浮現出「戀母情結」，作者對其從如聽綸音佛語之喜悅、偷情密會間身心之俱疲，以致倫德敗喪之境地，刻劃入微。鳳姐「才術兼備」[220]、「陰狠準辣」地修理了對她癡心妄想的人，而賈瑞之自體享樂與原慾恣肆，何嘗不是人類補償心理之運用？不過「榮辱之來，必象其德」[221]，此乃賈瑞咎由自取。

三、從凍腦相思至器質性幻覺症

賈瑞先後二次翹家赴鳳姐之約，僅為一「情」字而步入生死交關，在一次寶鏡奇緣前，其實已經歷了一番磨難，筆者將分成二階段論述之：

(一)凍腦相思與疑似肺結核症

賈瑞因行為偏差且做出違反當代倫德之事，卻無任何羞悔之心，後又受祖父賈代儒之笞杖，並令其跪在風地裏讀文章，凍腦異常，接著便陷入空前困境：「正是相思，尚且難禁，況又添了債務；日間功課又緊；他二十來歲的人，尚未娶親，想著鳳姐，不得到手，『未免有些指頭兒告了消乏』；更兼兩回凍腦奔波，三五下裏夾攻，不覺就得了一病。」[222]其病徵為：「心內發膨脹，口中無滋味，腳下如綿，眼中似醋，黑夜作燒，白晝常倦，下溺連精，

---

disguises repetitions and modifications; it is a familiar fact that masturbation, though a single and uniform action, accompanies the most various forms of sexual phantasy." 1973; 20:355. 中譯本在佛洛伊德著、葉頌壽譯《精神分析引論》，第 20 講〈人的性生活〉中提及：「毫無疑問的，我們從大多數的強迫動作中，可發現作為自慰行為的化裝反覆行為及變化，而自慰則被視為各種性幻想所共有的唯一慣常動作。」(頁 294)

[220] 馮家昇《紅樓夢小品》中曾云：「王熙鳳，相思一局，其才術可以備見。」輯於《古典文學研究資料彙編·紅樓夢卷》中，1989 年，卷 3，頁 234。

[221] 王先謙《荀子集解·勸學》，頁 112。

[222] 曹雪芹、高鶚原著 馮其庸等校注《紅樓夢校注》，第 12 回，頁 193。

嗽痰帶血。諸如此症,不上一年都添全了。於是不能支持,一頭睡倒,合上眼還只夢魂顛倒,滿口亂說胡話,驚怖異常。」[223]未到一年之間,由於內外挫折兼併,賈瑞之病添全了。賈瑞之病情可能並非單純之風邪症候群,因一般的感冒症狀為:「初期會有流鼻水、打噴嚏、鼻塞等現象,常有咽喉痛之症狀,在某些病例中更是最初之苦楚、徵候,或有身體不舒服和輕微的頭痛,發燒亦非常態。一般病程是四至九天,且同時不再續發。」 [224]由於賈瑞有「持續性的黑夜作燒」,故就當代之醫療環境而言,肺結核是較可能的原因之一,且經過一段時間的潛伏期後會發病[225]。劉振聲〈也談賈瑞之死〉一文,便從中醫方書中印證「肺癆是由於癆蟲為侵入肺葉引起的一種具有傳染性的消耗性疾病。...癆蟲就是現代醫學的結核菌」[226]並以為賈瑞乃「肺結核併發

---

[223] 同前註。

[224] 參考 Raphael Dolin, 'Common Viral Respiratory infections' in Harrison's *Principles of Internal Medicine*: Initially, illness begins with rhinorrhea and sneezing accompanied by nasal congestion. The throat is frequently sore, and in some cases sore throat is the initial complaint, systemic signs and symptoms, such as malaise and headache, are mild or absent, and fever is unusual. Illness is generally lasts for 4 to 9 days and resolves spontaneously without sequelae. 1998; 191:1101-1102,亦可參考 2001 年版本中大同小異之說法,2001;189:1120-1121.另中譯本謝博生等譯《赫里遜內科學》,頁 906-907 亦可參考。菊谷豐彥著 許鴻源譯《中西藥併用之檢討》總論中亦提及上呼吸道感染之症狀:「打噴嚏、流鼻水、鼻塞、咽喉痛、發熱和咳嗽等。」(頁 10)

[225] 有關「結核病」(Tuberculosis),乃 1882 年被西德科學家考科發現,是一種傳染病,大多是由人型結核菌(Mycobacterium tuberculosis)侵入而成病,結核菌的侵入部位,最常見者為肺部,透過咳嗽或打噴嚏時之飛沫傳染,受結核菌感染後,在一段時間的潛伏期後會發病。可參考 Mario C. Ravinglione, Richard J. O'Brien's ' Tuberculosis ': "The infectious etiology of tuberculosis was debated with Robert Koch's discovery of the tubercle bacillus in 1882." In *Harrison's The Principles Of Internal Medicine,* 1998; 171:1004. 另 Michael D. Iseman, "Tuberculosis," in *Cecil Textbook of Medicine*, 1995; ⅩⅩ:1683. 亦有之。另許鴻源《漢方對疑難症之治療》(第 1 輯)(以為「受結核菌感染後,通常一年或一年半會發病。」(頁 257)菊谷豐彥著 許鴻源譯《中西藥併用之檢討》總論中均有關於肺結核病之詳細說明,頁 10。

[226] 見頁 103。

新感染而死亡」[227]。此說雖正確，然其卻未深入賈瑞病因及病徵探究。肺結核之臨床表現常為「咳嗽、咳血、體重減輕、虛弱、倦怠、晚上發燒等」[228]此病早期不易被發現，可能只是出現類似感冒之現象，且過去得此病是絕症，沒有特效藥，直至抗生素之研發後，才成為可治療之疾病[229]。從當代之社會與衛生環境觀之，賈瑞因「家道淡薄」[230]、私生活不檢點、各種壓力之

---

[227] 見頁 103-104。

[228] 參考 Mario C. Ravinglione, Richard J. O'Brien's 'Tuberculosis': "Clinical manifestation are …fever, night sweets, anoxexia, weakness, and weight loss are presenting symptoms in the majority of cases. At times, patients have a cough and other respiratory symptoms due to pulmonary involvement as well as abdominal symptoms." In *Harrison's The Principles Of Internal Medicine,* 1998;173:1008. 另可參考 Mario C. Raviglione, Richard J. O'Brien's 'Tuberculosis' In *Harrison's The Principles Of Internal Medicine,* 2001;169:1026-1027. 筆者亦整理出《實用內科學》中有關肺結核之臨床表現及其病徵，可分為全身症狀及局部症狀；其中全身症狀之出現遠較局部症狀出現得早。全身症狀有：1)全身不適、倦怠、乏力、不能堅持日常工作、容易煩躁、心悸、食慾減退、體重減輕。2)發熱(體溫不穩定、長期微熱[多見於下午和傍晚]、病牡急劇進展或擴散時，發熱更顯著，可出現惡寒，發熱高達 39-40 度。3)重症患者在入睡或睡想醒時全身出汗，重者衣服盡濕，患者並有衰竭感)。局部症狀：1)咳嗽、咳痰，早期咳嗽很輕微，無痰或有少量粘液痰。2)喀血，約有 1/3-1/2，病人有喀血現象。喀血量不等，病灶炎症使主細血管通透性增高，可引起痰中帶血或夾血。小血管損傷時可有中等量喀血。大量喀血後常發熱，幾天的低熱常因小支氣管內血液吸收引起，高熱常提示病牡播散。3)胸痛，胸定部位針刺樣疼痛，隨著呼吸及咳嗽加重，常系炎症壁層胸膜所致。隔胸膜受到刺激，疼痛可放射到肩部和上腹部。《實用內科學》(上冊)，頁 351-352。另有所謂「典型的肺結核」，其徵狀為「咳嗽、咳血、潮熱、盜汗、身體消瘦」(見於田德祿《中國內科學》 第 3 章，各論：肺癆，頁 90) 至於「非典型的肺結核」之病徵為：「初起微有咳嗽、疲乏無力、身體逐漸消瘦，食慾不振，偶或痰中夾有少量血絲」(見於田德祿《中國內科學》 第 3 章，各論：肺癆，頁 90) 另可參考陸坤泰主編《結核病診治指引》中之第 2 章「結核病的分類與定義」及第 3 章「結核病的診斷」，頁 7-19。

[229] 案：1950 年之前全球仍籠罩在結核病之陰影下，即使今日肺結核仍未銷聲斂跡。而 TVBS-N 2003/9/2 亦報導台灣衛生署發佈了肺結核仍可能在台灣捲土重來。

[230] 第 12 回中提及賈瑞死亡後，為料理其喪事而有各方贈銀，「代儒家道雖然淡薄，得此幫助，倒也豐豐富富完了此事。」(見曹雪芹、高鶚原著　馮其庸等校注《紅樓

降臨及病徵，推斷其可能得到肺結核也是合理的推論，因在有關肺結核研究中，昔日因醫療衛生不佳及營養不良確實主宰著肺結核區之高危險群。巧的是在《紅樓夢》一書中史湘雲之夫婿因肺癆而命在旦夕、晴雯得女兒癆、香菱得的是乾血之症、賈赦因風寒致成癆疾及林黛玉則可能是得到肺結核等，提供了一個《紅樓夢》作者所創作的小說世界中有嚴重傳染病之訊息與個案。

　　賈瑞之後又有常態性之病徵：「不能支持，一頭躺倒，合上眼還只夢魂顛倒，滿口胡話，驚怖異常」，顯示已感染其他併發症[231]。在肺結核所有的併發症中，會造成嗜睡、發燒、倦怠、精神轉變或急性迷糊徵狀者，僅有併發腦膜炎時[232]，而病情嚴重時，更會呈現出「意識障礙、嗜睡、昏迷、譫妄等症狀」[233]，因此，對於之後賈瑞陷入一段寶鏡奇緣的視幻覺時，更可以圓釋。除此外，另一可能是賈瑞在得了肺結核併發腦膜炎後，又因亂服中藥產生了中毒現象而有幻覺。我們可從賈瑞因病不癒而百般醫療，為了治病心急，無藥不吃，先後吃了幾十斤之肉桂、附子、鱉甲、麥冬及玉竹等，亦均不見效參證之，因任何一種藥本身均具毒性，使用得當才是良藥，如大量使

夢校注》，第 12 回，頁 195）

[231]案：在肺結核之併發症中，包括有空洞形成、咳血、胸膜炎和積水、結核性肺炎、支氣管胸膜瘻管及膿胸、支氣管、氣管和喉頭之結核病、腦膜炎及胃腸道之結核等。

[232]綜合參考 Mario C. Raviglione, Richard J. O'Brien's 'Tuberculosis': "The disease may present subtly as headache and mental changes or acutely as confusion, lethargy, altered sensorium, and neck rigidly." In *Harrison's The Principles Of Internal Medicine,*1998;171:1008.及 George W. Thorn etc., 'Meninges ': "'Symptoms consist of headache, restlessness, and irritability, usually accompanied by fever, malaise, night sweats, and loss of weight. Nauses and vomiting may be prominent. Stiffness of the neck and Brudzinski's sign are usually present." 1977: p.906.另可參考 Mario C. Raviglione, Richard J. O'Brien's 'Tuberculosis' In *Harrison's The Principles Of Internal Medicine,* 2001;169:1028.亦可參考謝博生、陽泮池、林肇堂、李明濱《一般醫學 IV/V 疾病概論》上冊，第 2 章 「感染症」，頁 59。

[233]見我的醫學顧問林昭庚教授《中西醫病名對照大辭典》，第 6 章「神經系統及感覺器官之疾病」，頁 78。

用或濫用，均具中毒之可能[234]。王夫人雖命鳳姐提供二兩人蔘以療賈瑞之病，但鳳姐只將些渣末湊了幾錢送來，在臘盡春回時，賈瑞這病又更沉重了。

　　有關賈瑞此病，李騰嶽於〈紅樓夢醫事：殊に其の諸人物の罹患疾病に就ての察〉(紅樓夢醫事：特殊人物所罹患疾病之相關考察)中亦提及：「賈瑞的病恐怕是因為感冒及身心俱疲，加上手淫、嚴重神經衰弱導致肺結核，就病情而言，當然需要一段時間。」[235]李騰嶽先生之結論為感冒等因素導致肺結核，便與《紅樓夢》書中之敘述及筆者之論證不同，因感冒與肺結核是不同的二種疾病，又其中之「嚴重神經衰弱說」亦有爭議，因為「神經衰弱」是早期民間的一種說法，在〈現代人的困擾－如何緩解壓力〉一文中指出：「神經衰弱的各種症狀，例如煩躁不安、精神倦怠、失眠多夢等神經症狀，以及心悸、胸悶、筋骨酸痛、四肢乏力、腰酸腿痛和性功能障礙等其他症狀，甚至可能引發高血壓、冠狀心臟疾病、癌症等疾病。」[236]賈瑞有「煩躁不安、精神倦怠、失眠多夢等神經症狀」，從早期中醫角度論之，或許會被稱之為是「嚴重的神經衰弱」，然而西醫卻無此種病名，從邏輯性來看西醫角度之論證：賈瑞因為肺結核的併發症所造成的嗜睡、發燒、倦怠、精神轉變或急性迷糊徵狀者之可能性是較大的，但若說感冒、近似中醫「嚴重的神經衰弱

---

[234]在顏焜熒《常用中藥之藥理》（VI）中說明得陽症者使用附子時，僅能用 0.5 公克左右，否則會引起中毒之危險性，頁 69 。鄧昭芳〈安非他命之濫用與中毒〉中便提及使用安非他命造成精神緊張、幻覺...休克(《內科學誌》，1992 年 6 月，第 3 卷，第 2 期，頁 100)。顏至慶、趙凱聲、徐國雄及連榮達〈嚴重安非他命中毒──橫文肌溶解及休克四病例報告〉(見《內科學誌》，1992 年 6 月，第 3 卷，第 2 期，頁 126)蔡尚穎、陳喬琪及葉英堃〈安非他命濫用與安非他命精神病之心理因素〉(見《中華精神醫學》，1996 年 12 月，第 10 卷，第 2 期，頁 138-145)，均是對西藥濫用而引起中毒的研究。

[235]刊於《台灣醫學會》，昭和 17[1942 年]，第 41 卷，第 3 附錄別刷，頁 93。中文由筆者請日台科技翻譯社翻譯之。

[236]見「現代人的困擾-如何緩解壓力-秀傳醫療體系」Show.org.tw，網站：http://www.show.org.tw/health_detail.asp?x_no=0000002052&page=216 - 23k - 2006/12/31。

症」的此些神經症狀…等導致賈瑞得肺結核，有可能只是李騰嶽先生「倒果為因」的誤認。

(二)器質性幻覺症與類視化技術

　　賈瑞這一病不輕，時間亦持續拖延著。一次，賈瑞偶從來化齋之跛足道人手中得到一只「風月寶鑑」，病情又有了急遽地變化：「賈瑞收了鏡子，想道：『這道士倒有意思，我何不照一照試試。』想畢，拿起『風月寶鑑』來，向反面一照，只見一個骷髏立在裏面，唬得賈瑞連忙掩了，罵：『道士混帳，如何嚇我！－－我倒再照照正面是什麼。』想著，又將正面一照，只見鳳姐站在裏面招手叫他。賈瑞心中一喜，蕩悠悠的覺得進了鏡子，與鳳姐雲雨一番，鳳姐仍送他出來。到了床上，嗳喲了一聲，一睜眼，鏡子從手裏掉過來，仍是反面立著一個骷髏。賈瑞自覺汗津津的，底下已遺了一灘精。心中到底不足，又翻過正面來，只見鳳姐還招手叫他，他又進去。如此三四次。到了這次，剛要出鏡子來，只見兩個人走來，拿鐵鎖把他套住，拉了就走。賈瑞叫道：『讓我拿了鏡子再走。』－－只說了這句，就再不能說話了。旁邊伏侍賈瑞的眾人，只見他先還拿著鏡子照，落下來，仍睜開眼拾在手內，末後鏡子落下來便不動了。眾人上來看看，已沒了氣。身子底下冰涼漬濕一大灘精，這才忙著穿衣抬床。」[237]「風月寶鑑」此時兼具了「魔性」與「索命功能」，依《紅樓夢》作者之本義，賈瑞是得了邪思妄動之症，無藥可醫，因未按跛足道人之囑咐而陷入意識混淆之狀而產生了幻視現象，與鳳姐進行雲雨之事四次後，滑精而亡。雖然在陳存仁、宋淇〈紅樓夢人物醫事考——紅樓夢的病症與醫理〉一文中，從中醫觀點認定賈瑞是因相思、滑精而死於非命[238]，但結合今日之中西醫內科學及精神醫學判斷，賈瑞之視幻及離奇死

---

[237] 曹雪芹、高鶚原著　馮其庸等校注《紅樓夢校注》，第 12 回，頁 195。

[238] 見《大成》，1981 年 8 月 1 日，第 39 期，頁 10。案：陳宗論老師研習中醫多年，

亡，無關乎相思病。古代一般人或將「相思病」稱爲「心病」，且「無藥可醫」，但依今日之醫病經驗，相思病就如感冒一樣，過一段時間自己心理調適好後，便可慢慢恢復，除非當事人因無法承受此種打擊而產生某種精神病變，才有可能造成長期之後遺症，因此就醫學認定，相思病不是一種疾病，而「心病」則專指「精神疾病」[239]。因此，龔保華、陳純忠〈淺談賈瑞之死〉中提及：「賈瑞的病起于心，由於心理因素引起的疾病依賴 "一張方'治療往往不能取效十全。《理瀹駢文》上說: "情欲之感，非藥能癒，七情之藥，當以情治。」[240]然而由於此文之論點僅是延續傳統中國人對「心病」的解釋，並未落實結合賈瑞所得的內科疾病及今日醫學中對「相思病」的詮釋，因此，筆者將詳剖之。

賈瑞在第 12 回中，不照鏡子之反面而照正面所產生之幻視現象，稱之爲「譫妄症」(delirium)：「是一種急性發作，其特徵爲意識清醒程度下降，會產生錯誤的認知、幻想、幻覺、精神運動或增或減、以及睡眠紊亂。」[241]

述說中醫將意識清醒下所產生之遺精情形稱之為「滑精」，而睡眠中之精液流洩而出，即稱之為「遺精」或「脫精」。之後筆者亦查閱了中醫書籍，印證無誤。

[239] 參考胡海國《當代精神醫療‧心病要用心藥醫》，頁 39。

[240] 見《紅樓夢學刊》，1990 年，第 4 輯，頁 85。

[241]《精神疾患診斷與統計手冊》 Diagnostic and Statistical Manual Disorders (DSM-IV-TR)及《國際標準疾病分類》ICD-10 中所分類的四類器質性精神疾病為：譫妄症(delirium)、癡呆症(dementia)、失憶症(amnesic disorder)及其他器質性精神疾病(the other organic mental disorders)。而有關譫妄症之資料綜合參考 Diagnostic and Statistical Manual Disorders (DSM-IV-TR): "A delirium is characterized by a disturbance of consciousness and a change in cognition that develop over a short period of time....The disturbance in consciousness is manifested by a reduced clarity of awareness of the environment.... Perceptual disturbances may include misinterpretation, illusion, or hallucination....Delirium is often associated with a disturbance in a sleep-week cycle....The individual may exhibit emotional disturbances..."2000;135-137。中文資料可參考孔繁鐘編譯《DSM-IV精神疾病的診斷與統計》，第 10 章 「譫妄、痴呆與認知障礙症」中有關譫妄部分之臨床表徵:「意識混亂是最重要的症狀...行為可能過度活躍...睡眠通常紊亂。思考變慢、混亂，通常很複雜。情緒方面，...通常變動性

更確切地說，是一種「器質性幻覺症」（organic hallucinosis）：在意識清醒之下，因器質性腦病變而有呈現持續性或反覆性之幻覺症狀，最普遍的是聽幻覺；此外，也可能會有視、觸或嗅幻覺[242]。賈瑞此時所產生之性高潮幻覺，

高。知覺通常是扭曲的，充滿錯誤解釋的錯覺(misinterpretation)...有時也會有視覺幻覺(hallucination)、觸覺(tactile)與聽覺(auditory)幻覺...。病識感通常受損。」（頁242-243）李明濱主編《實用精神醫學》：「是一種急性發作、呈現瞬間與波動性病程的器質性精神症候群；其特徵為意識清醒程度下降，包括知識異常、思想流程與內容障礙等之全面性認知功能障礙、情緒波動、精神運動活動度或增或減、以及睡眠清醒週期混亂。」（頁 108）

[242]綜合參考 *The ICD-10 Classification of Mental and Behavioral Disorders: diagnostic criteria for research* 'F06.0 organic hallucination': "A. The general criteria for F06 must be met. B. The clinical picture is dominated by persistent or recurrent hallucinations (usually visual or auditory) C. Hallucinations occur in clear consciousness." 1993; 40.中譯文見於胡海國、林信男編譯《ICD-10 精神與行為障礙之分類——臨床描述與診斷指引》：「一持續性或反覆性出現幻覺之疾患，通常為視覺或幻覺，在意識清醒的狀態下發生，個案可能清楚它是幻覺，也可能不清楚。病患可能會進一步對其幻覺作妄想性解釋，但仍常保有病識感。」（頁 111）另李明濱主編《實用精神醫學》中亦有極相似之說法：「在意識清醒之下，因器質性精神病因而呈現幻覺為主之症狀，最普遍的是聽幻覺；此外，也可能會有視、觸或嗅幻覺。」（頁 114）程玉麐《動力精神醫學》，於第 3 章中提及「器質性精神病者」多為視幻覺與觸幻覺，「功能性精神病者」（指精神分裂症患）多為聽幻覺，頁 75。另有關「器質性腦病變」，則可能起因於腦部功能障礙者，如腦腫瘤、中風、腦膜炎、癲癇、內分泌疾病、新陳代謝障礙、藥物中毒、戒斷或頭部外傷等。可綜合參考 M. R. Bond, 'Organic disorders', in *Companion to Psychiatric studies*, 1993; 295.吳佳璇、李信謙、李明濱 第 10 章「器質性精神疾病」中提及：「在傳統精神疾病分類中，器質性精神病(organic mental disorder)通常用來涵蓋一群在病因學上有明顯腦性病變的精神疾病。如腦部腫瘤、癲癇、或某些退化性疾病等，都可能在情緒、思考、知覺等方面產生精神疾病。相對於功能性疾病則強調找出引起精神症狀的背後病因。」（見於李明濱主編《實用精神醫學》，頁 107）葉英堃、文榮光、胡海國著《臨床心身醫學》中提及：「在精神科領域裡，精神症狀就其病因，一直分為功能性與器質性(functional vs. organic)，是否直接或間接找不到腦部病變的證據，即屬功能性或非器質性。...美國精神病學會對器質症候群的定義極為簡單，如下：精神狀況起因於腦部功能障礙者為器質性病變。」，頁 69。徐靜《最新精神醫學》中提及「由器質性因素，如老化、中毒、感染、外傷、新陳代謝障礙等原因而引起之腦機能障礙稱之。」（頁 86）林信男《器

其實類似一些服食迷幻藥物的病人所產生之幻象[243]。今日美國最流行之毒品古柯鹼(Cocaine)，服用後，迷幻中便可能產生性高潮之效用與賈瑞之情形類似；賈瑞此時之表現，充分地顯露出已病入膏肓。

此外，賈瑞對風月寶鑑之好奇，對正反鏡照之真假莫辨，乃《紅樓夢》作者警諭世人之設構，運用了文學技巧中之「魔幻藝術」，透過超時空、超現實之形變，釀造出似 X 光將人體透明化之「視化技術」[244]。當讀者有如置身電視或電影銀幕前欣賞魔鏡表演了一段風月公案後，卻出現索命鬼以鐵索套住賈瑞，拉了賈瑞就走，此時小說又轉入另一高潮，最終賈瑞在桃色陷阱中結束了一生。在賈代儒夫婦想燒化風月寶鑑之同時，寶鑑離奇的魔幻飛失，亦強化了小說之神話性，不過其中形而上之塵世哲學，更具抽絲剝繭之價值。跛足道人來化齋及賈瑞正照風月寶鑑而產生之風月公案，乃在意識清醒之狀態下，從現實生活中前後四次進進出出風月寶鑑之虛幻世界，與假想中之鳳姐進行了四次性交高潮，頗符合精神醫學中，器質性幻覺症者會產生幻視現象之必要條件。《紅樓夢》作者同時巧設風月寶鑑只可反照「骷髏」，

質性精神病》一書中第一章有將造成幻覺之情形分為八大類，即筆者文中所述之前七種，至於其所言之頭部外傷、類固醇精神病、手術後譫妄、鎮靜劑等均已囊括於前七種之中(頁 2-233)。另可參考孔繁鐘編譯《DSM-IV精神疾病的診斷與統計》，第10 章「譫妄、痴呆與認知障礙症」中提及有關造成「譫妄」之因素有：「藥物中毒、酒精戒斷、代謝障礙(心臟性、呼吸性、腎性、肝性、低血糖)、發燒(系統性感染)、神經學病因(如腦炎、空間佔據性疾病、爐內壓增加、癲癇發作)。」(頁 243)

[243] 李明濱主編《實用精神醫學》中亦有：「如幻覺劑容易產生視幻覺，酒精則易產生聽幻覺。」(頁 114)葉英堃、文榮光、胡海國著《臨床心身醫學》提及其他藥物如酒精中毒、服用巴比妥鹽、溴化物、安非他命、大麻（Cannabis）、幻覺誘發劑、嗎啡及海洛英等亦可產生幻視或幻想之現象。(見頁 70)格列高里(G. L. Gregory) 《視覺心理學》，第 9 章「錯覺」中提出服用致幻劑如 L. S. D. (麥角酸二乙醯基胺)能抑制外側膝狀體的自發活動，但致幻劑究竟如何影響視覺，至今仍是一個謎。(見頁 119)

[244]「視化」一詞引用自 *Newton Graphic Science Magazine*〈進入肉眼看不見的世界──可視化技術拓展出新視野〉，其中之「可視化技術」是指如借由紫外線可看到極光。1995.3.15; 12(11): 30.

不可正照「美人」之寓言，奉勸世人「莫以假爲眞」，借之闡述《摩訶般若
波羅蜜經》及《般若波羅蜜多心經》中「色即是空」、「空即是色」[245]之至理，
但賈瑞卻無視於自己已形容憔悴之模樣，而沉浸在眞假莫辨之「視化幻象」
中，作者此處的情節安排，其實是在突顯人類不願面對事實之人性通病。賈
瑞之幻象，是其深層心理之肉慾所幻化。無論鏡裡鏡外，鳳姐對賈瑞均是一
位色誘者；其對賈瑞之勾魂懾魄反覆再三，尤其鏡中之幻象，在中國古代傳
統社會中，可能將之視爲是一種靈異現象，因「心即大腦之整合系統，這個
系統在面臨生命威脅或精神(心理)壓力時，或『心虛』時會產生靈異現象。」
[246]此種無形的防衛機轉(defense mechanism)，仍讓淫心放散之賈瑞，暫時受
益，是賈瑞肉慾需求最眞實之「外射」（projection）[247]現象，以致於鏡中鳳
姐之「招手誘淫」，讓賈瑞難以把持。雖然「外射」作用乃妄想型性格障礙

---

[245]姚秦三藏法師鳩摩羅什共僧叡《摩訶般若波羅蜜經》(上)中有：「舍利佛，非色異
空，非空異色，色即是空，空即是色，色想行識，亦復如是。」(頁 29)另《般若波
羅蜜多心經》同一語詞見於馮炳基譯本，馮炳基釋注　未著錄出版年代，頁 35。大
某山民《紅樓夢》(上) 有關此處問題之研究結論是：「色即是空」、「空即是色」，頁
349。

[246]見文榮光〈論靈異現象〉，刊於《宗教、靈異、科學與社會》學術研討會論文，1997
年，頁 25。

[247]最早提出 projection 的是 Anna Freud：" Unacceptable impulses originally directed
toward someone else(the object) are directed back to the self." 1936.另 Edited by
Benjamin J. Sadock, M.D. and Harold I. Kaplan M.D., Comprehensive Textbook of
Psychiatry: an interpersonal approach : "patients attribute their own unacknowledged
feelings to others. Excessive faulting-finding and sensitivity to criticism may seem to
prejudiced, hyper vigilant injustice collecting, but should not be met by defensiveness
and augument."1989; 27:1361. Glen O. Gabbar,M. D., Psychodynamic Psychiatry in
Clincal Practice Ⅲ, 2000;388. American Psychiatric Press, Inc.亦有關於 projection 之說
法。又曾文星、徐靜《現代精神醫學》，第 5 章〈心理自衛機轉〉有：「有時候我們
會以自己的想法去推測別人的想法，覺得因為我們這樣想，所以認為別人大約也這
樣想。這種…把自己的動機、想法、態度或慾望，『投射』到別人身上或外界的現
實，稱之『外射』。」(頁 70)

者常發生之現象，但賈瑞並不具備妄想型性格障礙者之重要特質，因賈瑞之
情癡與精神醫學中之「多情妄想」(Erotomanic delusion or Erotic delusion)或
有些微相似：「…此種妄想關乎理想化的浪漫愛情與精神結合而非肉體的吸
引，通常妄想著較他地位高的人愛著他(例如一個知名人物或工作上的上級
長官)，但也有可能是陌生人。雖偶爾會密而不宣，但努力與妄想對象接觸
（透過打電話、信件、禮物、拜訪、甚至於監視和偷偷追蹤）卻是常見的。
臨床上此種多情妄想症者，多為女性。在某些個案中是男性之多情妄想症者
其追求的方式易與法令有所衝突或是處於某種想像的危險中在追求對方。」
[248]然賈瑞之前追求鳳姐之癡情為常態，而多情妄想之患者為病態。賈瑞之甘
於被鳳姐一騙再騙，但若從傳統中國之「癡情」角度觀之，此乃從「戀母情
結」發展而出，是正常之癡執。若從精神醫學觀之，則可能是賈瑞誤判較他
權位高之鳳姐有意於己，而自作多情，其不僅落於「癡情」之象限而已，似
乎有某種程度越界於「多情妄想」之特質中，不過因賈瑞並無關係妄想、迫
害妄想、誇大妄想…等病態特質[249]，故非妄想病患(Paranoid disorders)。即使

---

[248]Janet B.W. Williams, D.S. M, Text Editor. Diagnostic and Statistical Manual of Mental Disorders, "The delusion often concerns idealized romantic love and spiritual union rather than sexual attraction. The person about whom this conviction is held is usually of higher states (e.g., a famous person or a superior at work), but can be a complete stranger. Efforts to contact the object of the delusion (through telephone calls, letters, gifts, visits, and even surveillance and stalking) are common, although occasionally the person keep the delusion secret. Most individuals with this subtype in clinical samples are female; most individuals with this subtype in forensic samples are males. Some individuals with this subtype, particular males, come into conflict with the law in their efforts to pursue the object of their delusion or in a misguided effort to 'rescue' him or her from some imagined danger." 1994;297 在曾文星、徐靜《現代精神醫學》，第 22 章中定義「色情妄想」為：「相信異性愛上了他，如果有異性無意中向他笑了一笑，就以為是向他表示要嫁給他等等，自作多情。」(頁 157)此處之「色情妄想」，即筆者所譯的「多情妄想」。
[249]可參考曾文星、徐靜《現代精神醫學》，第 11 章，頁 157。

之後賈瑞產生器質性幻覺症，因幻覺與妄想無法同時並存，賈瑞亦非妄想型性格障礙症者，而是個曾遊走於「多情妄想」邊緣之器質性幻覺症者。

《紅樓夢》作者製造了一場「性愛的歡愉」予賈瑞作為心理補償，且此種透過「幻覺捷徑」以創造單戀對象出現的內在自欺，著實讓賈瑞在「風月寶鑑」中春風四度，不過在風流韻事的背後，卻必須獻上一條年輕的靈魂為祭品，亦對賈瑞嚴執了「春秋大法」[250]，讓賈瑞就在風月寶鑑再次掉落時滑精而亡。賈瑞潛意識中之「原我」在享樂原則（the pleasure principle）的強大支配力之下，為了滿足性本能（libido/instincts）之需求，放肆地走進風月寶鑑中與鳳姐進行男女交媾，「自我」(ego)[251]與「超我」(super-ego)[252]薄弱之現實統制力和道德良知之束縛力，已無法持韁勒住此匹狂馬。賈瑞早已深跌於慾火焚身之中，以致於慘死魔鏡之外，其中作者披顯出賈瑞心靈深處觸犯了佛教「三毒」[253]中「貪與痴」之本質。「情」字本身無辜、無邪，賈

---

[250] 杜世傑《紅樓夢考釋》中曾提及「鑑是史書，考觀古今成敗為法戒者為鑑，史之正面是記事，反面是春秋大義，斧鉞凜然。」（頁51）

[251] 見 Sigmund Freud, *Ego and the Id* 1962; 1:14. Joseph Rousner（約瑟夫·洛斯奈）*All About Psychoanalysis,* 鄭泰安譯《精神分析入門》中提及佛洛伊德「自我」之定義為：「當我們在普通的閒談裏談到某一個人的『自我』時，我們所指的是他的自尊或自尊心而言；而當心理分析家論及『自我』時，他的意思是另一個全然不同的東西。『自我』是部份屬於潛意識而部分是屬於意識的。意識上它盡力讓我們變成一個有道德的人。...在潛意識上，『自我』壓抑了它認為不道德的某些性格。」（頁58-59）

[252] 同前註，Sigmund Freud, *Ego and the Id* 1962; 1:14. Joseph Rousner（約瑟夫·洛斯奈）*All About Psychoanalysis,* 鄭泰安譯《精神分析入門》中提及佛洛伊德「超我」的定義：「大致與所謂的『良心』是相同東西。在心理生活裏，它代表我們一生中所有的『可以』與『不可以』的聯合力量。這些力量使我們透過雙親、教師、宗教影響和其他道德威權形式的接觸而形成我們心理上的一部分。」（頁61）

[253]《摩訶般若波羅蜜》中有「菩薩摩訶薩應如是淨佛國土，亦無邪見三毒。」（頁695）《菩提道次第廣論·下士道》中有：「其中殺生粗語瞋心，由三毒起，由瞋究竟。不與而取邪行貪欲，由三毒起，為貪究竟。妄言離間及諸綺語，發起究竟，俱由三毒。邪見由其三毒發起，為癡究竟。」（頁129）佛教所謂的「三毒」，指的是貪、瞋、痴。

瑞之愚癡是一廂情願之情癡，一個欲追求愛情卻被玩弄且殞命者，其實仍有其可愛、可憐之處。

　　有關賈瑞之死，李君俠《紅樓夢人物介紹》中以爲賈瑞是虛脫而死的[254]。袁維冠《紅樓夢探討》以爲「賈瑞便是在虛實不識之下喪生」[255]。墨人《紅樓夢的寫作技巧》說賈瑞完全是給鳳姐捉弄死的。[256]秦英燮《紅樓夢的主線結構研究》以爲王熙鳳間接的害死賈瑞。[257]就中西醫觀點論之，前二說均不會死人，而後二說是以賈瑞死亡之遠因爲論，但卻均非針對疾病本身做研究；今筆者以內科學及精神醫學作對賈瑞之病情作分析，則是提供另一研究方法的嘗試。有關賈瑞之死，最合理的解釋應是：最終疑似因肺結核併發腦膜炎而產生幻覺而亡，或疑似因肺結核併發腦膜炎，又濫用中藥後產生幻覺而亡。

　　情關難過，或許正是人間情愛陷阱之象徵。《紅樓夢》作者塑造了一位象徵《西遊記》中豬八戒原慾腳色延伸的賈瑞，構設了一場「當局者迷」[258]的「夢幻情緣」，最終仍大義凜然地對其嚴執斧鉞之誅。

四·結語

　　賈瑞膽大勾引鳳姐，乃《紅樓夢》書中一處盈滿衝動色慾與偷情私會失敗後之醜陋敘事。《紅樓夢》作者塑造了一個反社會、倫理的賈瑞，讓其從

---

[254] 見頁 68。

[255] 見頁 86。

[256] 見頁 29。

[257] 見頁 193。

[258] 在《紅樓夢校注》第 12 回中有：「只聽鑑鏡內哭道：『你們自己以假爲真，何苦來燒我？』」（頁 195），此即是「當局者迷」，是作者警示世人之主題。而黃炳寅《紅樓夢創作探秘·紅樓夢母題意識》中亦云：「當局者迷，旁觀者清」，正足以說明《紅樓夢》一書何以被國際學者大膽指陳是一部「寓言小說」，頁 176。

義學之小老師、凍腦相思至遊走於多情妄想邊緣之設構，成功地刻畫了一個病入膏肓之「器質性幻覺症者」的欲求，角色鮮活醒目，敘述慧點，獨到之處，讓人過目不忘。

　　《紅樓夢》作者對賈瑞之敘述，行止生動，以全視角及外視角之敘事為主，內視角之運鏡不多。作者除了採用大量之全視角，將一個從第9回出現時是暫管賈家義學學堂小老師描述起，客觀而寫實。由於勒索小學生、行事前缺乏規劃、嫉妒及不公平之管教方式等，暴露出其性格上之缺陷。人類學家以為「文化經驗可以養成一些特別的技巧叢結—如何尋找方向、死背、解決特別種類的問題、辨認特種圖案等。」[259]文化經驗似乎無法讓賈瑞養成一些處事之技巧叢結，以致在人際關係上顯得有某種程度之不協調，不過，賈瑞內心實無刻意與社會敵對，但卻無意間常有不符合社會禮法之處。又當其步入幽會陷阱中，則又無視於自身安全及毫無悔意之情態，作者清晰地刻劃了一個反社會型性格者之輪廓，對賈瑞作了比《詩經‧相鼠》篇中諷刺人類之無恥、無儀、無止之咒罵更為嚴苛之批判，或為了維持社會風化[260]，而部份小學生對賈瑞處事不公之外視角批評，至少仍可突顯出賈瑞行為之特殊性。一個徜徉在行自自在，未能觀祖父容顏[261]之賈瑞，卻由於反倫理道德及與當代禮法扞格不入而淪為作者儒釋思維運作下之犧牲品。

　　諦視賈瑞「戀母情結」之潛意識心態，從假山石之人工塑景，顯意著「過場悲劇主角」的情感世界。賈瑞心中對鳳姐有虛幻的情愛憧憬，卑躬屈膝之折服，真確地披露出一個「戀母情結者」之心靈轉運。雖然佛洛伊德極為主張人類能擺脫「戀母情結者」寥寥無幾，不過站在研究小說之立場，筆者相信作者透過小說中虛擬人物(如賈瑞)之描述，確實已達到人物塑造之活潑

---

[259] 見基辛（R. Keesing） 陳其南校定 張恭啟、于嘉雲合譯《人類學緒論》，頁92。
[260] 冥飛等《古今小說評林》中指出：「小說之主腦，在啟發智識而維持風化」，輯於《紅樓夢卷》，1989年，卷6，頁648。
[261] 宗喀巴大師《菩提道次第廣論》卷1，有「行自自在，觀父容顏」（頁30），筆者改組文句之靈感，源於此。

性。爲情色殞身、在偷情失敗後之聲名狼藉，及單戀時之慾火焚身等，均讓賈瑞付出了慘痛之代價，而鳳姐卻一旁自鳴得意其技之得逞，此或許是作者刻意呈現人性幸災樂禍之心理。

　　有關賈瑞之病情，依作者之本義，應是得了「邪思妄動之症」，且最終因縱慾過度至滑精而亡，但實際上，從中西醫內科學理論言之，縱慾過度及滑精並不會死人，較合理的說法應是：當賈瑞受鳳姐二次欺騙時，已身心受創，在凍腦奔波下，相思臥病，一年內又添了一些病徵，故疑似因肺結核併發腦膜炎，產生器質性幻覺症而亡，或疑似在得了肺結核併發腦膜炎後，又濫用中藥，引起不明原因之中毒，而產生器質性幻覺症後，滑精而亡。同時在《醫鏡·虛勞》中有：「勞證久泄者死」[262]，此正是賈瑞整個生病過程中重要的病徵，之後賈瑞亦果真死亡，因此賈瑞之病徵不但與古代醫書理論極其吻合貼切，又是現代中西醫學可以解釋的，可見作者對中醫理論有一定程度之了解。此外，作者從風月寶鑑超現實之「幻視隧道」點滴流洩著「色空觀」與「色情幻象」是成功的，著墨了一個罪不致於死之賈瑞的慘死，對世人固有某種程度性之警惕作用，骨子裡卻仍能激起讀者些微同情，並從此苦毒悲劇中，印證亞里士多德心靈淨化作用（Catharsis）之真切性。

　　在筆者此篇論文之研究中，有關賈瑞之性格、情感及醫病間之關係，可分析出賈瑞之反社會性格，與其之後追求謹守婦道之鳳姐的失敗，確實具有某種程度之關聯，因其行爲並不符合社會規範。至於其性格特質與之後致病而亡之間，雖有間接導因，其實並無直接關係，筆者已於文中述及賈瑞的多項致病因素，然而寶鏡視幻部分確實是作者的奇筆。人類長久以來在緩步進程中以倫理道德所形構出的社會價值體系之不易，然其可貴處，卻在於維護社會之「公平正義」，《紅樓夢》作者或因此而對賈瑞的亂倫事件作了極嚴厲

---

[262]可參考我的醫學顧問林昭庚教授《中西醫病名對照大辭典》，第 1 章「傳染病及寄生蟲病」，頁 59。

之批判:「生命是嚴懲之代償」,讓賈瑞在苦難中毀滅[263],以便「維持風化」。賈瑞從出生時父母雙亡,便是位孤哀子,死亡時之慘烈,更印證了人類生命受限於「生理時鐘」之失序。賈瑞之事件,實可被視爲淫亂者[264]之「現代啓示錄」,其中或許更蘊藏著作者對當代穢淫小說禁毀制度之強烈反動——愈封閉,人性愈思掙脫。

附記:

*2003 年龍華科技大學贊助計劃
*2004 年此文通過審查/刊登於《中國文化月刊》/第 280 期/頁 1-60,之後筆者又增益之。

---

[263] 在張家榮碩士論文《「中國古典悲劇」論定與構成之擬議——以十大古典悲劇為例》中以為悲劇人物之特有表現——英雄行徑有:1.強烈自決⋯2.奮力對抗⋯3.衝突吶喊⋯4.受難毀滅⋯。(頁 82-109)案:賈瑞是悲劇性人物,無庸置疑,雖屬受難毀滅類,但非英雄行徑。不過因他確實強烈自決與鳳姐信誓旦旦,且一位強烈自決者,通常會有奮力抵抗之情形發生,但賈瑞卻又無,且無衝突之吶喊,因此種反社會人格者並無自知。

[264] 在黃建宏〈論賈瑞形象的意義〉中亦云:「賈瑞的出場,替這伙紛紛幹著淫亂無恥勾當的大大小小的衣冠禽獸作了靈魂充分亮相,賈瑞的形象就是這夥丑類的縮影。」(見《紅樓夢學刊》,1983 年,第 4 輯,頁 218)

肆・襲人轉蓬般之性命

Xi-Ren's personality and fate : like the flying bitter fleabane

＊醫學顧問：劉益宏醫師、李光倫醫師及林昭庚教授

　　自幼被賣入榮府[265]之襲人，影寫著古代窮人鬻子求生之常例，但因先後服侍榮府之威權者多人，依憑一己之特殊性氣而備受重視；襲人從離鄉背井至職場轉徙，一回三轉，雖是個富屋貧婢，不過卻人微言重。其一生似轉蓬般之性命有著非典型之婢妾生態，本文將嘗試從文學跨入內科學探討襲人之性格、情感與醫病問題。

　　被賈母稱爲「沒嘴的葫蘆」[266]及被寶玉稱之爲「頭一個出了名的至善至賢之人」[267]的珍珠，即是襲人，是從服侍賈母、雲兒又轉侍寶玉及寶釵之人。《紅樓夢》中有二個珍珠，庚辰本在 108 回同時出現珍珠與襲人：一個因鴛兒看見寶玉一人出去後，叫襲人隨後跟去，一個卻是留在賈母身邊傳話之人，故《紅樓夢》中確實如張愛玲《紅樓夢魘》中所說的有「兩個珍珠」[268]。或許此亦是湊巧，是否爲續書人所增添則不得知？至少程偉元云：其於古擔中買找到一、二十回原作者手稿，仍有可能是原作者所作，最後續補人並未

---

[265] 見曹雪芹 高鶚原著　馮其庸等校注《紅樓夢校注》，第 19 回中有襲人對其母兄云：「當日原是你們沒飯吃，就剩了我還值幾兩銀子，若不叫你們賣，沒有個看著老子娘餓死的理。」(頁 304-305)脂評以此言云：「補出襲人幼年艱辛苦狀。」(見陳慶浩編著《新編石頭記脂硯齋評語輯校》，頁 371)
[266] 同前註，第 78 回，頁 1230。
[267] 同前註，第 77 回，頁 1216。
[268] 見張愛玲《紅樓夢魘》，頁 35-36。

增刪。《紅樓夢》中有幾位女僕、妾或戲子被改名：因寶玉喜好經典名句「花氣襲人」[269]，於是花珍珠被更名為襲人，其中微現出被貴族合理化之威權霸德，一如「紅玉」被改為「小紅」，是牽就寶玉及黛玉之名諱所致；「蕙香」之名，乃因與「晦氣」之意有所關聯而被寶玉改為「四兒」；「芳官」則因服飾裝扮，被寶玉改為雄奴、耶律雄奴，後又改為溫都裏納和玻璃；英蓮先後被寶釵及夏金桂改名為香菱、秋菱；金鶯因寶釵嫌拗口，被改名為鶯兒；葵官因喜武扮，被湘雲改為「大英」；豆官則被寶琴以「名字應別緻」為由，改為荳童[270]一般。襲人一生之因緣際會，與榮府中之要角如賈寶玉、林黛玉、薛寶釵等，幾乎同等重要，從第 3 回起始貫穿至 120 回，作者不但賦予她一個穩定的工作環境，一個寶玉貼身大丫頭的頭銜，一個凡事穩重、樸拙口訥、行事牢靠之形象，更編派予她二位性福[271]對象──賈寶玉與蔣玉菡。娑婆眾生，動心動情者多，《紅樓夢》作者于榮府賈家之伊甸園中，鋪陳了一個有情、有愛、有淚之侍女生涯，襲人在淳和之路上潛藏著巨擊與周折，但其氣格並未被摧落而淪於鄙俚，有值得一窺之悲喜人生。

　　本文之研究重點將從襲人之出生背景、職場環境及行事態度論證，全文

---

[269] 見曹雪芹 高鶚原著　馮其庸等校注《紅樓夢校注》，第 3 回，頁 55。

[270] 在苕溪漁隱〈癡人說夢〉中提及 63 回舊抄本云：「芳官之名不好，若改了男名才別緻呢！」(見一粟編《紅樓夢卷》，1989 年，卷 3，頁 110)又王開桃〈論《紅樓夢》中有關女奴被改名的描述〉提及此些女子被改名之因 (見《紅樓夢學刊》，2002 年，第 3 輯，頁 256-259)案：其中英蓮雖被買為妾，但若被視為女奴則易引發爭議，不應貿然指稱。又見王開桃論文中以「金鶯」改名是為了避諱 (頁 257) ，然而由於作者明言是寶釵嫌「拗口」而改之，故不當以避諱為論。

[271] 案：我的醫學顧問高雄長庚醫院精神科主任、長庚大學醫學系文榮光教授是全台第一位於 1994 年 11 月開設「性心理衛生特別門診」(見醫學教育學會發行〈全院學術研討會〉 在《醫教簡訊》 NO.267. 2000 年 4 月 7 日，頁 1-2)此即臺灣性福門診之前身，原以治療包括夫妻性關係不協調等性心理問題之門診，之後臺灣其他醫院陸續跟進，現今更有直稱「性福門診者」。所謂「性福」乃指男女性事幸福而言。另可參考行政院衛生署花蓮醫院「花蓮醫院網路掛號系統」中便有「性福門診」之科別，網站：http://www.hwln.doh.gov.tw/new-web/content.asp?menu1=0302 - 2005/04/03

凡分四段論之：一、柔中帶剛與私心自適，二、周折之幸福歸宿，三、從風寒至自殺，四、結語。

一、柔中帶剛與私心自適

　　被貴族倚重之侍女，雖不必有奇處，卻必有才德風行之優長，襲人「或躍在淵」[272]之性命起伏，從被賣身至起念自殺之後，又峰迴路轉爲人新婦，似轉蓬般之生涯中，從其性格與運命之主掌，可窺其詳。

　　襲人於第 3 回出場時，並無精緻形貌之描述，而第 78 回中，王夫人應答賈母時，提及襲人處，亦僅有模糊輪廓及身材：「就是襲人模樣雖比晴雯略次一等，然放在房裏，也算得一二等的了。」[273]「那賈芸口裏和寶玉說著話，眼睛卻溜瞅那丫鬟：細挑身材，容長臉面，穿著銀紅襖兒，青緞背心，白綾細折裙。——不是別個，卻是襲人。」[274]其餘則是襲人心地純良，克盡職守、癡心侍主等形象，被王夫人、薛姨媽及賈母所欣讚。賈母貼身侍女共二人，一是襲人，一是鴛鴦。送出襲人，獨留鴛鴦貼身，乃著眼於其癡心死忠：「伏侍賈母時，心中眼中只有一個賈母；如今服侍寶玉，心中眼中又只有一個寶玉。」[275]因此，想來襲人必是個眉宇敦樸之人。無論是「沒嘴的葫蘆」或「頭一個出了名的賢人」之讚，襲人均被賈家威權者置諸「貴乎慎德」之高標中。以下筆者將分成二階段論述：

(一)柔中帶剛

---

[272]可參考十三經注疏本《周易》乾卦，九四爻辭，「或躍在淵，無咎。」(頁 9)
[273]見曹雪芹　高鶚原著　馮其庸等校注《紅樓夢校注》，第 78 回，頁 1229。
[274]同前註，第 26 回，頁 409。
[275]同前註，第 3 回，頁 55。

　　襲人與寶釵同年，均大寶玉二歲，因此，賈家對其服侍寶玉之寄望多涉性行之規諫、勤學針頑及貼身照護之上。當襲人初至寶玉處，便「因寶玉性情乖僻，每每規諫寶玉」[276]。襲人一再勸諫或針砭寶玉，包括勤學、淘氣憨頑、放縱弛蕩、任情恣性、不喜正務及勸戒愛吃胭脂[277]等性氣。在秦寶相會於義學讀書時，襲人更將書筆文物包好停妥後，有發悶之態，當時並勸戒寶玉對於讀書之目的及身體健康應有所取捨：「讀書是極好的事，不然就潦倒一輩子，終久怎麼樣呢。」[278]勤學志業及針頑念家是襲人針砭之重點，其所衡斠嘉量者，乃健魄甚於奮志，以攻疾防患為理，不過對於寶玉即將上學之事，卻又有不捨之情。習性變動，乃適應之始，對寶玉而論，讀書乃為積學儲寶，對襲人而言，更多蜜處將被剝奪。不過寶玉卻是個極有靈性之人，一眼窺出襲人心事而建議襲人與林黛玉談心。襲人對寶玉之針砭有方：「你要真肯念書，我們伏侍你也是歡喜的。」[279]其勸學功夫亦有道：「你真愛念書也罷，假愛也罷，只在老爺跟前，或在別人跟前你別只管批駁誚謗，只作出個喜讀書的樣來，也教老爺少生些氣，在人前也好說嘴。」[280]襲人所教導的雖是「違心論」，但卻也具善意。在郭玉雯《紅樓夢人物研究》中以為：「襲人守禮...加上她的心態不夠真摯，所以她的勸諫缺乏說服力，作者甚至帶著反諷的語調來寫；她的要求常與自己的情感糾纏在一起，分不清楚到底是為她自己還是為寶玉，效果自然落空。」[281]此論恐有爭議，因人類共處總不免相互習染，從19回中襲人要寶玉「別只管批駁誚謗，...也教老爺少生些氣」及改過吃胭脂習慣後，金釧兒事件，確實令寶玉隨順之且未再犯，實可印證之。襲人「溫柔和順」、「似桂如蘭」之性氣，已命定於第5回賈寶玉夢遊太

---

[276]同前註。

[277]同前註，第19回及21回。

[278]同前註，第9回，頁153。

[279]同前註，第82回，頁1299。

[280]同前註，第19回，頁306。

[281]頁344。

虛幻境中之金陵十二釵又副冊，及薛姨媽之視角中：襲人是「好一個柔順的孩子。」[282]因此，襲人在眾丫頭中擔負針砭之責，實爲不二人選。襲人之輔助寶玉，乃從思維及語序中指事配位，一個處處雕琢寶玉情性之賢內助，積極正向且優柔適會。在寶玉娶了薛寶釵後，更與寶釵合力勸說寶玉讀聖賢書，留心功名之事，襲人果眞展現了宿昔之規諫恒心：「只有死勸的」[283]，亦都盡在王夫人眼底。至於襲人之貼身照護，則是直導寶玉之身心。作者自云襲人曾激將寶玉，因其不捨晴雯被攆之思，而將反話說狠，以消弭寶玉之憂傷：「晴雯是個什麼東西？就費這樣的心思，比出這些正經人來！還有一說：他縱好，也越不過我的次序去。就是這海棠，也該先比我，也還輪不到他。想是我要死的了。」[284]而襲人在寶玉之病痛期間，甚至黛玉死後，寶玉大病初癒時，對寶玉護理精微，揆度用心：「襲人恐他見了瀟湘館，想起黛玉又要傷心，所以用言混過。豈知寶玉只望裏走，天又晚，恐招了邪氣，故寶玉問他，只說已走過了，欲寶玉不去。不料寶玉的心惟在瀟湘館內。」[285]另寶玉第二次失玉而被和尚送玉救命及寶玉還玉之事，襲人緊急拉住寶玉一面跑一面叫嚷：「上回丟了玉，幾乎沒把我的命要了！剛剛兒的有了，你拿了去，你也活不成，我也活不成了！你要還他，除非是叫我死了！」[286]襲人亦步亦趨、以生死爲任，顯見其清忠鯁亮之氣。如此稱職之執事，其實亦導因於襲人循循善誘之風行及被薛姨媽銳眼識出之「柔中帶剛」[287]的性格，因此，襲人固然事事溫柔和順，但柔中帶剛之性格與穩重不煩之風，著實是成就其輔助寶玉貫徹到底之主體精神所在。

---

[282]見曹雪芹　高鶚原著　馮其庸等校注《紅樓夢校注》，第120回，頁1793。

[283]同前註，第78回中提及王夫人眼中之襲人：「行事大方，心地老實，這幾年來，從未逢迎著寶玉淘氣。凡寶玉十分胡鬧的事，他只有死勸的。」(頁1229)

[284]同前註，第77回，頁1217。

[285]同前註，第108回，頁1640。

[286]同前註，第117回，頁1744。

[287]同前註，第36回，頁548。

　　對立太無情，在襲人性格中幾乎看不到其與威權者或其他奴僕間之對立態勢，除了可典證於寶玉誤踢襲人之事件外，即使在晴雯跌扇之事件中，襲人也只有調和鼎鼐，以展現其識體知禮與賢善之性格。

　　在30回中，端午節前一日，寶玉因看齡官畫薔時，被驟雨淋濕而跑回怡紅院，卻因襲人與文官等十二位女子在遊廊嬉耍，未聽見寶玉叩門聲，在寶玉的盛怒下踢中襲人，並罵道：「『下流東西們！我素日擔待你們得了意，一點兒也不怕，越發拿我取笑兒了。』口裏說著，一低頭見是襲人哭了，方知踢錯了，忙笑道：『噯喲，是你來了！踢在那裏了？』襲人從來不曾受過大話的，今兒忽見寶玉生氣踢他一下，又當著許多人，又是羞，又是氣，又是疼，真一時置身無地。待要怎麼樣，料著寶玉未必是安心踢他，少不得忍著說道：『沒有踢著。還不換衣裳去。』」[288]寶玉禁不起奴僕怠慢受著雨淋而盛怒，因此發洩性氣傷人，不過過程中仍可看出寶玉適時地關懷及襲人之稱職任分。襲人雖「被錯待」，卻隱忍著羞辱、痛楚，為自己與寶玉解圍，又恐寶玉遷怒其他共事之女僕人，於是自己又擔下罪名以息事寧人，展現了護主惜友之情，更印證了王夫人之言：「若說沉重知大禮，莫若襲人。[289]」襲人之識體知禮，在與薛姨媽之互動中有和順的回應：「我是做下人的，姨太太瞧得起我，才和我說這些話，我是從來不敢違拗太太的。」[290]同時襲人並無晴雯之詆遷性格，亦非無知無識之奴性者，而是個懂得針砭與調解之人，因為在石亞明〈傳神寫意，百態千姿——試比較紅樓夢中幾個丫環的形象〉中云：「晴雯，則是不甘於作奴才而力求在等級森嚴的賈府保持自己作人的尊嚴的反抗者。晴雯絕不是那種甘願作奴才的無恥之徒，這一點，襲人和晴雯可真是涇渭分明。」[291]另李慶信〈襲人的雙重人格角色與道德標準〉中亦提

---

[288]同前註，第30回，頁479。

[289]同前註，第78回，頁1229。

[290]同前註，第120回，頁1792-1793。

[291]見貴州省紅樓夢學會編之《紅樓探藝》，頁165。

及襲人之「奴性」:「她 “溫柔和順”而又奴性十足,善解人意而又不無私心,
甚能容人而又頗有心計;她爲人行事,並非毫無操守,不講道德,只是律人
律己的道德準則大不一樣,又都有可議之處。」[292]事實上,襲人並非十足之
奴性者,尤其在針砭寶玉及適時給予威權者建議之事件上論之,仍是個擁有
獨立思考之人。至於「至賢至善」之性格及好心腸,更深鑴於寶玉及薛姨媽
心中[293],以致寶玉甚至相信連襲人所調教之麝月、秋紋等,亦絕無孟浪該罰
之行,薛姨媽亦因此在寶玉走失後不忍心留寡襲人。襲人既不饒舌、不惹是
非、不多言、識體知禮,又具賢善之德,雖在王夫人眼中襲人與麝月均是笨
丫頭[294],但此非貶抑,而是如薛姨媽所言:襲人「本來老實,不是伶牙利齒
的人」[295]。或許白璧微瑕,惟在此耳!

(二)私心自適

全書中襲人之負面形象極少,被罵爲小娼婦、妝狐媚子哄寶玉、狐狸精
者[296],乃因李嬤嬤不知襲人生病,被誤爲怠惰,又因襲人搶足自己奶大寶玉
之恩光而排擠之,更因輸錢而遷怒之。《紅樓夢》之潑醋實例,除了妻妾共

---

[292] 刊於《紅樓夢學刊》,2001年,第2輯,頁171。
[293] 見曹雪芹 高鶚原著　馮其庸等校注《紅樓夢校注》,第120回因賈寶玉走失後薛
姨媽考量襲人之出路時,薛姨媽對王夫人說:「那孩子心腸兒也好,年紀兒又輕,
也不枉跟著姐姐會子,也算姐姐待他不薄了。」(頁1792)
[294] 同前註,第74回,頁1161。
[295] 同前註,第120回,頁1792。
[296] 同前註,第20回中提及李嬤嬤罵襲人的話:「忘了本的小娼婦!我抬舉起你來,
這會子我來了,你大模大樣的躺在炕上,見我來也不理一理。一心只想妝狐媚子哄
寶玉,哄的寶玉不理我,聽你們的話。你不過是幾兩臭銀子買來的毛丫頭,這屋裏
你就作耗,如何使得!好不好拉出去配一個小子,看你還妖精似的哄寶玉不哄!…
你只護著那起狐狸,那裏認得我了,叫我問誰去?誰不幫著你呢,誰不是襲人拿下
馬來的!我都知道那些事。我只和你在老太太、太太跟前去講了。把你奶了這麼大,
到如今吃不著奶了,把我丟在一旁,逞著丫頭們要我的強。」(頁315)

治之王熙鳳、秋桐、夏金桂及寶蟾等四人，妒害尤二姐及秋菱以外，尚有具同性戀傾向之薛蟠，遇見柳湘蓮聽戲時，有潑醋情節，及趙姨娘對鳳姐與賈寶玉之妒心，何嘗不是一種潑醋表現？而存在於奶媽與丫鬟間之潑醋者，李嬤嬤是書中藉事屬情之一例，因此，罵襲人懶惰是藉口，藉以潑醋痛罵素日難忍襲人對寶玉之親密樣態才是事實。

其次，襲人亦有「私心自適」之處，爲避免成爲妻妾共治之犧牲品，擔恐偏房地位殞落後，將成尤二姐、香菱之後身，處境必定凄涼，於是試探黛玉口風：「襲人...因又笑道：『我前兒聽見秋紋說，妹妹背地裏說我們什麼來著。』紫鵑也笑道：『姐姐信他的話！我說寶二爺上了學，寶姑娘又隔斷了，連香菱也不過來，自然是悶的。』襲人道：『你還提香菱呢，這才苦呢，撞著這位太歲奶奶，難爲他怎麼過！』把手伸著兩個指頭道：『說起來，比他還利害，連外頭的臉面都不顧了。』黛玉接著道：『他也夠受了，尤二姑娘怎麼死了!』襲人道：『可不是。想來都是一個人，不過名分裏頭差些，何苦這樣毒？外面名聲也不好聽。』黛玉從不聞襲人背地裏說人，今聽此話有因，便說道：『這也難說。但凡家庭之事，不是東風壓了西風，就是西風壓了東風。』襲人道：『做了旁邊人，心裏先怯了，那裏倒敢去欺負人呢。』」[297]部份研究《紅樓夢》者，有將襲人視爲小人者，如汪劍隱〈紅樓夢之暗示作用〉中云：「花襲人這一典型小人，是作者最深惡痛絕的，她就是當時洪承疇之流的漢奸代表。」[298]；或有以爲襲人是個攻心計害人，如太愚《紅樓夢人物論》中提及：「擁林反薛派的紅學家，便給她註上『掩旗息鼓，攻人於不意者曰襲』。」[299]、邢治平《紅樓夢十講》，第 8 講：「《紅樓夢》創造人物的藝術」中云：「襲人已取得主子們的歡心和信任，對自己未來的地位存有

---

[297] 同前註，第 82 回，頁 1302。
[298] 可參考《反攻》，1987 年 4 月，第 44 期，頁 17。
[299] 見王國維、林語堂等《紅樓夢藝術論》，頁3。案：太愚又稱松菁，即是王昆侖，1994年，地球出版社亦有出版，在頁3。

幻想,所以有時不惜用卑劣手段出賣同伴,甚至直接干涉寶玉的生活理想和愛情自由。」[300]及吳世昌〈紅樓夢原稿後半部若干情節的推測〉中云:「…在寶玉所有的侍女之中,只有襲人和他有男女關係。…所以她以己度人,猜疑別人和她一樣下流,一有機會就作賊喊捉賊,誣害別人。她乘寶玉被賈政毒打受傷,王夫人痛惜兒子的機會,調唆王夫人令寶玉搬出大觀園。」[301];或有認定襲人是偽君子之類,如王昌定《紅樓夢藝術探》(中編):「論襲人、平兒的塑造以及人物的個性與共性」中云:「她平日不言不語,伏侍人盡心盡力,…。但這正是襲人的假像,她是一個最會作偽,最善於冒充正人君子的人。」[302]及梅苑〈紅樓夢的重要女性〉中云:晴雯「捨命酬知己…反觀襲人在寶玉了卻塵緣以後,曾三番兩次要尋死,但仍舊死不去,最後還是嫁了蔣玉函。與晴雯的摯情相較起來,襲人真是形同糞土。」[303]此些說法對襲人而言,其實並不公允,而依梅苑之文意,更以為襲人德性差,或有作偽之嫌。其實人格是一種常態之言行特質,如黛玉之多心、多愁善感;妙玉之過潔為眾所周知,變改不易。賈母為福智雙全之人,對襲人之「心地純良,克盡職守」,更是識深見廣,故放心將之送予寶玉,其他諸如王夫人、薛姨媽亦對襲人有愚笨老實之體認,在寶玉眼中,襲人則是個大善人,寶釵更云:「就是襲姑娘也是心術正道的」[304]。日久見人心,「偽君子」絕不可能隱藏一世,何況「心地純良」、「老實」與「偽君子」是兩種截然不同之性格,豈可隱瞞眾人銳眼?從第3回至襲人出嫁間,事實上襲人不曾賣主求榮,亦不曾存心害人,在寶玉踢門及摺扇等衝突事件中亦多擔負調人角色,即使藉故試探黛

---

[300]按:大陸中州書畫社之版本在頁141,1983臺灣木鐸出版社《紅樓夢十講》則在頁156)

[301]見《紅樓夢研究集刊》,1980年9月,第4輯、頁246。

[302]見頁144。

[303]見《現代學苑》1966年2月,第3卷、第3期,頁27。

[304]見曹雪芹　高鶚原著　馮其庸等校注《紅樓夢校注》,第100回,頁1541。

玉時，曾背地提及鳳姐「何苦這樣毒？外面名聲也不好聽。」[305]但此亦是襲人消極地護衛自己而已。襲人從居家察言觀色確認目標，繼之以背地傳言套話，接著又刻意批評元配夏金桂，以蠡測其心中所設定賈寶玉未來對象黛玉之反應，可見其心思縝密，而至 120 回時，反因薛姨媽及王夫人之慈悲，襲人得以有美滿歸宿。更重要者，作者于 21 回回目題為「『賢襲人』嬌嗔箴寶玉」，因此，不離作者原意之詮釋，才是正解。

　　2006 年李丹、李兵〈奴才的發家史——試談襲人形象以及賴嬤嬤一家〉卻又提出「襲人性格矛盾論、扭曲論」：「曹雪芹著力描述襲人的個性。雖然給她加上了 "枉自"、"空云"，但仍然承認她是 "溫柔和順"、"似桂如蘭"的大丫環。襲人以溫柔賢惠贏得了寶玉的喜歡，以勤勞忍讓贏得了大家的信任，她也以一個巨大的 "忠" 字贏得了王夫人的偏愛。…她從未違背主子的意志，她盡心盡力的侍候著主子，她能忍耐一切的痛苦和不幸。…對上對下，她可以說對得起天地良心了。…襲人第二次探親可謂一派風光，襲人的性格有沒有違反人性之處？…其最初緣由是母親病危，…這是一次奔母喪。…她回家時，不但沒有比平常樸素家常一些，隨便潦草一些，反而按王夫人、鳳姐的意思，穿金戴銀，花紅柳綠，打扮得花團錦簇，珠光寶氣。這哪裡是奔喪，分明是辦喜事，當新娘子！…而在讀者看來，卻恰好是一個不孝之女。這不僅違背了傳統道德，而且扭曲了人性和天倫…她失去了女兒身份！曹雪芹的這一段描寫真乃春秋筆法。褒中有貶，不著一字，盡得風流。」[306]襲人穿戴金釵珠釧是為賈家作華麗體面，並非是自己奢華炫燿，且襲人是探母病，不是奔喪，二者其實仍有差距，雖然之後襲人之母果真過世，因此，嫻熟於人際酬酢之襲人，自是無拒絕之必要，而鳳姐送的大毛衣服是因怕襲人穿了王夫人送的衣服冷了些，更何況鳳姐並非白送給襲人，而是要下次王夫人給襲人做衣裳時，要襲人補做奉還，故襲人探母病前之言行與孝與不孝無

---

[305] 同前註，第 82 回，頁 1302。
[306] 見《紅樓夢學刊》，2006 年，第 1 輯，頁 317-327。

關，且除非襲人不回去探母病，才會有所謂「不孝的問題」。因此李丹、李兵之說，對襲人仍是不公平的。就像歐麗娟〈《紅樓夢》中的「燈」——襲人「告密說」析論〉[307]中，以 34 回中襲人對王夫人之說法：「我也沒什麼別的說。」與 21 回、77 回詳細論證，為襲人辯駁其非告密害人者，此種以較合邏輯的論析，才是重要的，我們實不應隨意曲解別人之言行。其實襲人對自己箴護多方，此與其識體知禮及具賢善懿德之性格並不衝突，卻反顯素日「大智若愚」之象。

　　襲人是作者「貴乎慎德」之角色運用，以致於細緻形貌之素描相形闕漏。其性格中之柔中帶剛、賢善、不多言、優柔適會和被鳳姐視為家生女兒的鴛鴦一般死忠，在榮府均備受肯定；其針砭賈寶玉之行誼、人際關係及留心孔孟之事，經濟之途，則又是重德務功之表現。「人不為己，天誅地滅」，一個富屋貧婢——襲人，並非偽善者，然其私心自適之處，不過是護色有方而已。

二、周折之幸福歸宿

　　因家貧及賈母之賜，襲人成了寶玉未過明路之妾，在其死忠女僕之形象與自許為妾身之情感對待中，「一女侍二夫」之結局似乎因「特殊變故」而主導了「特定歸宿」之動向。從第 3 回至第 120 回中，《紅樓夢》作者鋪設了襲人，從賈寶玉之侍妾成了蔣玉菡[308]之妻，劇情轉折蜿蜒，在此蛇狀地帶之悠悠歲月中，悲喜憂樂參差。筆者將進一步申論之：

(一)與寶玉之夢幻情緣

---

[307] 見歐麗娟《紅樓夢人物立體論》頁 309-374。另可參考〈《紅樓夢》中的「燈」：襲人「告密說」析論〉，發表於《臺大文史哲學報》，2005 年 5 月，頁 229-275；在《紅樓夢人物立體論》中亦有之。
[308] 庚辰本、《紅樓夢校注本》及其他版本中作「蔣玉菡」，而程本中均做「蔣玉函」。

　　沉重知禮與至賢至善之襲人，被賣身而禁錮於榮寧二府間，情節中除了寶玉外，並未安排與其他異性交往。在《紅樓夢》第5回賈寶玉初遊太虛幻境之夢驚醒後，襲人因配合寶玉踐履性愛之試驗，表情尷尬。當襲人「不覺伸手至大腿處，只覺冰涼一片沾濕，唬的忙退出手來，問是怎麼了。寶玉紅漲了臉，把他的手一捻。襲人本是個聰明女子，年紀本又比寶玉大兩歲，近來也漸通人事，今見寶玉如此光景，心中便覺察一半了，不覺也羞的紅漲了臉面，不敢再問。…襲人忙趁眾奶娘丫鬟不在旁時，另取出一件中衣來與寶玉換上。」[309]一場春夢，賈寶玉於夢中接受警幻仙姑之性愛啓蒙，渾然不覺間產生了生理反應，於睡夢中遺精。襲人好奇地詢問，雖靦腆但仍盡職地爲寶玉更換衣物，更因近水樓臺與溫婉順意而被寶玉強邀爲性伴侶。賈寶玉除了因素喜襲人之柔媚嬌俏外，極可能因好奇所使或欲重溫夢中情境，而心靈大動，然一場少年遊戲之興味，取趣遠大於對性愛之享樂追求；在襲人心中，則是心領神會與高度配合，更因是賈母賜給寶玉之妾而膽敢作爲。襲人雖有些許顧忌，不過卻也認眞權衡輕重，在兼顧不違逆賈寶玉之心意及考量賈母之用意，推敲於理於情無害之下而與賈寶玉偷試雲雨情。人類雖有動物之性欲本能[310]，或者說是孔子所謂的「食、色，性也。」不過就一個現實生活中無任何性知識與觀念之寶玉而言，僅憑夢中記憶再踐履性愛過程，究竟是否是因爲寶玉當時性本能之衝動？則不得而知。另有關貼身丫環與貴族名門較親密之性關係，應具象徵性，正如《金瓶梅》中西門慶與潘金蓮之丫環春梅間，亦免不了發生性關係一般。在中國古代傳統社會中，媵爲陪嫁之女人，陪嫁之後，因朝夕相處於三合之優勢下，肥水不落外人田，貴族得以除了元配夫人之外，而有娶媵妾之俗或淫遍女侍者之例，故在《紅樓夢》一書中，迎春之夫孫紹祖幾乎淫遍府中所有女僕，而成了淫蟲之主，此亦不令人意

---

[309] 見曹雪芹　高鶚原著　馮其庸等校注《紅樓夢校注》，第6回，頁109。
[310] 可參考佛洛伊德著　林克明譯《性學三論》。

外。其實《紅樓夢》一書仍殘留諸多古代婚姻制度之傳統風習，以致於賈寶玉與襲人雲雨一番後，襲人便矢志如一地心繫寶玉。賈寶玉之先妾後妻，與薛蟠先娶英蓮爲妾再娶夏金桂爲妻一般，均非正理，但卻是世所恒有。

　　攀附高閥之心，古今時見，晴雯不敢越雷池一步，在於其心比天高之芙蓉花的在世氣質，而襲人貴乎慎德之資，乃其平步青雲之佳運動能，不過《紅樓夢》作者似乎輕描襲人與寶玉間之性福情事與情感生涯。第 6 回當寶玉醒來不久，又與襲人偷試雲雨情後，「賈寶玉視襲人更與別個人不同，襲人待寶玉也越發盡職了。」[311]作者冷處理二人之細膩情事，更多的是生活細節。雖然寶玉之回饋舉動見之 20 回，其曾親自端藥給生病之襲人喝，以示濃好，確實與其曾親自敦促奴僕煎藥給晴雯吃，有程度性之別。不過即使我們細析《紅樓夢》31 回中，晴雯反唇相譏襲人昵稱「我們」(指自己與寶玉)[312]，僅見寶玉正經護花痛斥晴雯，仍不見作者有任何述及賈寶玉與襲人履行夫妻義務之實。另當黛玉看見賈寶玉、襲人及晴雯三人共泣時，曾對襲人戲稱：「好嫂子，你告訴我，必是你們兩口兒拌了嘴，告訴妹妹替你們和息和息！」[313]賈寶玉與襲人的關係，從黛玉之觀測或言語之捉弄互動，儼然一對夫妻，雖然襲人於人前人後謹慎撇清，而「好嫂子」一詞雖啓人疑竇，但亦無可明狀。至於第 77 回中，則有寶玉不與襲人同房而睡之敘述：「原來這一二年間襲人因王夫人看重了他了，越發自要尊重。凡背人之處，或夜晚之間，總不與寶玉狎昵，較先幼時反倒疏遠了。…且有吐血舊症雖愈，然每因勞碌風寒所感，即嗽中帶血，故邇來夜間總不與寶玉同房。[314]」「狎昵」之曖昧語辭似乎可將時距從第 6 回擴延至 77 回前之一、二年間，且不可排除是作者實證二人有親昵接觸或性關係之清風淡筆。但第 82 回麝月、襲人才服侍寶玉睡下，

---

[311]見曹雪芹　高鶚原著　馮其庸等校注《紅樓夢校注》，第 6 回，頁 109。
[312]同前註，可參考第 31 回，頁 483-486。
[313]同前註，頁 486。
[314]同前註，第 77 回，頁 1221。

至睡醒一覺後，「聽得寶玉炕上還是翻來覆去。襲人道：『你還醒著呢麼？你倒別混想了，養養神明兒好念書。』寶玉道：『我也是這樣想，只是睡不著。你來給我揭去一層被。』襲人道：『天氣不熱，別揭罷。』」[315]其實寶玉夜眠時，身邊總有四位貼身丫環服侍，因此，寶玉與襲人同房之事不足為奇，此時襲人可清晰聽到寶玉翻身之聲，顯見又與寶玉同房，且細心照護，當初避嫌之因卻又無疾而終。第 98 回寶玉病得幾乎喪命，襲人曾為其哭得哽嗓氣咽；又寶玉一生中曾說過二次要當和尚之事，其中一次是為黛玉，一次是為襲人，因此在第 120 回中寶玉走失後，襲人也哭得淚人兒一般，並追想著當年寶玉相待之情分：「有時慪他，他便慪了，也有一種令人回心的好處，那溫存體貼，是不用說了，若慪急了，他便賭誓說做和尚，誰知道今日卻應了這句話。」[316]寶玉對襲人或意淺而眞、或僅是玩笑，但見主僕二人互動良善，故薛姨媽與王夫人特為「心腸兒好」之襲人打算，對話中有關於襲人與寶玉關係之進程闡幽：「薛姨媽道：『我見襲人近來瘦的了不得，他是一心想著寶哥兒。但是正配呢理應守的，屋裏人願守也是有的。惟有這襲人，雖說是算個屋裏人，到底他和寶哥兒並沒有過明路兒的。』王夫人道：『我才剛想著，正要等妹妹商量商量。若說放他出去，恐怕他不願意，又要尋死覓活的，若要留著他也罷，又恐老爺不依。所以難處。』薛姨媽道：『我看姨老爺是再不肯叫守著的。再者姨老爺並不知道襲人的事，想來不過是個丫頭，那有留的理呢？』」[317]薛姨媽一眼洞悉襲人心苦及早知寶玉與襲人「沒有過明路兒」之關係，可見襲人與寶玉之關係，因賈母之賜予仍有某種程度之正當性或他人可見之親密處。《紅樓夢》作者于第 6 回敘述賈寶玉與襲人之性事為「浮聲」，而全書末回則透過薛姨媽證實二人夫妻情緣是「切響」。作者未過費口舌，言簡意賅，著筆巧緻，此或乃未過明路者須以低頻率之性活動作掩藏，

---

[315]同前註，第 82 回，頁 1299。

[316]同前註，第 119 回，頁 1779。

[317]同前註，第 120 回，頁 1792。

或作者「以少總多」之手法，或亦爲作者重視精神之戀的表達，故能略則略。
有關襲人對寶玉百照有至，不僅對寶玉防嗜欲、塞邪放之針砭中充分顯露出
似童養媳對小丈夫之呵護，又多次爲寶玉摔玉、失玉之事失魂落魄、傷心落
淚；更有一回因寶玉發燒，襲人便幫寶玉搥了一回脊樑[318]；又當惜春之嫂子
准許其修行，王夫人正在想該由誰去陪惜春，仔細一看「襲人立在寶玉身後，
想來寶玉必要大哭，防著他的舊病。」[319]襲人對寶玉實是瞻前顧後。在金釧
兒事件中，寶玉被鞭笞，病情轉好之後，「寶玉在床上睡著了，襲人坐在身
旁，手裏做針線，旁邊放著一柄白犀麈」[320] 襲人細微備妥對付蒼蠅之拍子，
而與當天寶釵在襲人離座後，因見活計可愛，而坐在寶玉身旁代做針線[321]時
一般溫馨，似守護神。襲人唯一一次被寶玉誤爲「薄情無義」，乃因襲人之
母欲贖回襲人，寶玉情有不忍，而在襲人故意說「去定了」，且以賈家不會
用十倍利益霸道留人之話激刺寶玉時，令寶玉氣感襲人之無情，實則襲人卻
大反其道地與母兄溝通，哭鬧著「至死不去」，但見其對賈寶玉之情切忠耿。
當寶玉娶妻後，襲人與寶釵朱紫共妍、參天合機與賈家形成強力家援系統，
更能做小服侍，對寶玉病情之正效足徵。又當襲人得知寶玉闈場走失後，更
因「模糊聽見說寶玉若不回來，便要打發屋裏的人都出去」[322]而憂慮心急「一
時氣厥」。寶釵爲其延醫治療，但在薛姨媽視角中，襲人卻已是個：「瘦的
了不得」[323]之人，可見此事對其打擊之深。事後襲人又從一個夢境領會寶玉
悟道之機先。以襲人之立場，既是侍僕，又是寶玉之性福關係者，從之前心
痛病倒、昏厥及一再興起之自殺念頭，說明寶玉在其心中之地位，襲人對於

---

[318]同前註，第 82 回，頁 1299。

[319]同前註，第 118 回，頁 1757。

[320]同前註，第 36 回，頁 548。

[321]同前註，第 36 回當時之情境：「寶玉穿著銀紅紗衫子，隨便睡著在床上，寶釵坐
在身旁做針線，旁邊放著蠅帚子。」(頁 550)

[322]同前註，第 120 回，頁 1787。

[323]同前註，頁 1792。

此段情緣之體悟過程，雖參聞寶思，但卻也備極摧折。

(二)與蔣玉菡之緣定今生

　　蔣玉菡所以成為襲人最終仰望之良人，此情緣來自賈家巨變、賈寶玉之悟道出家及薛姨媽與王夫人之人性盱衡。

　　賈寶玉於第 116 回再遊太虛幻境之夢時，看到花席之影而大驚痛哭，面對「堪羨優伶有福，誰知公子無緣」之冊詞，始悟人生之「情緣有定」，不過此種情緣卻遠在第 120 回才符驗於襲人。襲人與蔣玉菡之關係在《紅樓夢》中僅三回有所牽連：一在第 28 回，一在 86 回，一在第 120 回，但第 93 回亦有蔣玉菡之形貌、思想之深刻素描。

　　第 28 回中賈寶玉帶了四個小廝受邀至馮紫英家中飲酒作詩，蔣玉菡拿起一朵木樨，念著「花香襲人知晝暖」時，已註定二人未來姻緣之「伏筆」，雖然當時被薛蟠隱約戲稱「襲人」是寶玉之「寶貝」，然寶貝真正歸屬之主人，卻是吟此詩之蔣玉菡；第 5 回中之預言乍看淡藻平辭，過程卻曲折磨難。襲人與蔣玉菡雖不曾謀面，但卻為了一條大紅汗巾子而不悅，實有吃醋之意。事件起因於賈寶玉又犯了癖性，先後送了個玉玦扇墜及一條襲人送的松花汗巾給琪官蔣玉菡，而琪官亦回贈北靜王所贈的茜香國女國王之貢物給寶玉——一條簇新的大紅汗巾子——作為交好之信物，但卻在寶玉飲酒方散，回至園中睡覺時，被襲人發現而起憤意，並怒罵與寶玉一起飲酒者為「混帳人」[324]，而寶玉顯然亦能深體襲人之意，故於次日將蔣玉菡之大紅汗巾子繫在襲人腰裏。大紅汗巾子與松花汗巾子互贈之信物，雖經由多人之手，不過終究最後擁有者，卻是蔣玉菡與襲人，或許賈寶玉才是作者謀篇命意中之媒妁者。但蔣玉菡再次被襲人斥為「混帳人」，則是在 86 回中，襲人道：「你沒有聽見，薛大爺相與這些混賬人，所以鬧到人命關天。你還提那些作什麼？

---

[324] 同前註，第 28 回，頁 445-446。

有這樣白操心，倒不如靜靜兒的念念書，把這些個沒要緊的事撂開了也好。」[325]寶玉忽然想起蔣玉菡，並問及大紅汗巾子之事，對襲人而言，均具加深印象之用，而蔣玉菡一再被襲人貶低為「混賬人」，乃以其出身與職業之故。站在針砭者的立場，襲人之砥礪方向並無誤，朱墨習染之理，古今通曉，只是襲人預料不到人事變更後，蔣玉菡竟然能力圖上進。當賈寶玉在臨安伯府巧遇「面如傅粉，唇若塗朱，鮮潤如出水芙蓉，飄揚似臨風玉樹」[326]之蔣玉菡時，對多年未見之蔣玉菡讚譽有加：「不知日後誰家的女孩兒嫁他。要嫁著這樣的人材兒，也算是不辜負了。」[327]蔣玉菡之面貌形容，從第 28 回中寶玉之視角是個「嫵媚溫柔」[328]之人，至 93 回歷經歲月風華後，有著肖似秦鐘之朱唇粉面，及特有的芙蓉之姿與玉樹臨風之骨架情韻。另有當時在座者述說蔣玉菡當下心中之匹配依準：「他倒拿定一個主意，說是人生配偶關係一生一世的事，不是混鬧得的，不論尊卑貴賤，總要配的上他的才能，所以到如今還並沒娶親。」[329]蔣玉菡雖重視姻緣，但卻不脫傳統「門當戶對」之金科玉律，而襲人與蔣玉菡真正首次坦誠相見，卻肇因於賈寶玉之悟道出家。

　　第 120 回因賈寶玉走失，放留襲人成了難題，薛姨媽覺得元配寶釵守著即可，但擔心襲人被放出後尋死，又恐留守襲人，老爺賈政恐將不依，故薛姨媽建議分咐由襲人兄嫂花自芳的女人，將親作媒，再多給他一些陪嫁品，許配給年紀略大幾歲，于城南有房有地有鋪面之蔣家，襲人心靈實再遭重擊：「如今太太硬作主張。若說我守著，又叫人說我不害臊；若是去了，實

---

[325]同前註，第 86 回，頁 1362。

[326]同前註，第 93 回，頁 1450。

[327]同前註，頁 1451。

[328]同前註，第 28 回，頁 444。

[329]同前註，第 93 回，頁 1451。案：書中云：「...總要配的上他的才能。所以到如今還並沒娶親。」一句之斷讀，筆者修正為「...總要配的上他的才能，所以到如今還並沒娶親。」

不是我的心願」[330]襲人心想，欲離已安居一、二十年之榮府賈家，畢竟舉步
維艱；薛姨媽與王夫人之決定，對悲傷不已之襲人而言，不但完全無法感受
她們的慈心，反因在毫無預警下被勸嫁，及命運層遞擺佈下有著取捨乖衷之
歎：「襲人…心裏想起寶玉那年到他家去，回來說的死也不回去的話，『如今
太太硬作主張。若說我守著，又叫人說我不害臊；若是去了，實不是我的心
願』便哭得咽哽難鳴，又被薛姨媽寶釵等苦勸，回過念頭想道：『我若是死
在這裏，倒把太太的好心弄壞了。我該死在家裏才是。』於是，襲人含悲叩
辭了眾人，那姊妹分手時自然更有一番不忍說。襲人懷著必死的心腸上車回
去，見了哥哥嫂子，也是哭泣，但只說不出來。那花自芳悉把蔣家的娉禮送
給他看，又把自己所辦妝奩一一指給他瞧，說那是太太賞的，那是置辦的。
襲人此時更難開口，住了兩天，細想起來：『哥哥辦事不錯，若是死在哥哥
家裏，豈不又害了哥哥呢。』千思萬想，左右為難，真是一縷柔腸，幾乎牽
斷，只得忍住。那日已是迎娶吉期，襲人本不是那一種潑辣人，委委屈屈的
上轎而去，心裏另想到那裏再作打算。豈知過了門，見那蔣家辦事極其認真，
全都按著正配的規矩。一進了門，丫頭僕婦都稱奶奶。襲人此時欲要死在這
裏，又恐害了人家，辜負了一番好意。那夜原是哭著不肯俯就的，那姑爺卻
極柔情曲意的承順。到了第二天開箱，這姑爺看見一條猩紅汗巾，方知是寶
玉的丫頭。原來當初隻知是賈母的侍兒，益想不到是襲人。此時蔣玉菡念著
寶玉待他的舊情，倒覺滿心惶愧，更加周旋，又故意將寶玉所換那條松花綠
的汗巾拿出來。襲人看了，方知這姓蔣的原來就是蔣玉菡，始信姻緣前定。
襲人才將心事說出，蔣玉菡也深為歎息敬服，不敢勉強，並越發溫柔體貼，
弄得個襲人真無死所了。」[331]《紅樓夢》作者以示現手法讓襲人憶往悲愴，
抱侘傺之憾，擇死明志，從榮府、自家至夫家三個死所，一再盱衡審度、輾

---

[330]同前註，第 120 回，頁 1794。
[331]同前註，頁 1794-1795。

轉流徙，但「千古艱難惟一死，傷心豈獨息夫人！」[332]襲人雖以必死決心面對人類臨死前可能產生之恐懼、遲疑及其它諸多問題，但對人心識深鑒奧之襲人而言，卻因三個家庭之執事者的善意、認真與誠懇而不願牽連之，甚至最終打消了自殺念頭，因此，「千古艱難惟一死」所繫乎者，豈僅只是必死之決心而已？更可能關乎職場上之恩怨、家族親情等因素，此皆牽動著欲自殺者，對生死存亡瞥然一念之抉擇。但最終讓襲人意隨事轉者，乃其夫君蔣玉菡柔情曲意之承順及反復周旋之誠意所致。蔣玉菡一方因瞥見與寶玉彼此互贈之巾子，而念及寶玉舊情，起了回饋之心，一方則對襲人之遭遇深感敬服而更顯體貼溫柔，或許正是此種惜人惜福之心感動了襲人，讓其歡然內懌地接受了一個儼然寶玉替身之夫婿蔣玉菡，是個較寶玉更歷盡風霜、成熟穩重且更懂得憐香惜玉之人。因此，《紅樓夢》作者美名此對新婚夫婦為「義夫潔婦」[333]，並給予一個比賈家受虐之千金迎春，更具尊嚴與美滿的婚姻生活。蔣玉菡之前是忠順親王府之優伶，如同賈家在姑蘇所採買的十二個唱戲女孩一般，身分卑微，在清朝考試禁例中更規定：娼、優、隸卒及執賤役之家，皆不准投考，違者治罪。[334]因此，襲人與蔣玉菡可稱得上是門當戶對之婚姻，於第 5 回詩詞讖語：「一簇鮮花一床破席」[335]，實屬讖兆相合。至於結婚時間，是否如王師關仕《紅樓夢指迷》中，從蔣玉菡所唱之曲文論斷，當在「八月初某日夜八時」？又以「『木樨』就是桂花」作論為八月[336]，則可作為另一視角參考，但二人所可締造之暇滿婚姻，其實更值彰顯。

　　襲人之情感與姻緣路迍有變異，從職場上之近水樓臺而與賈寶玉懵懂於性愛之初悟。在現實生活中能讓賈寶玉興享性福者，是襲人而非林黛玉，且

---

[332]同前註，頁 1795。

[333]同前註，第 120 回中有：「看官聽說：雖然事有前定，無可奈何。但孽子孤臣，義夫節婦，這「不得已」三字也不是一概推委得的。」（頁 1795）

[334]可參考蕭一山《清代通史》(一)，第 4 篇「清初中國社會之組織」，頁 604。

[335]見曹雪芹 高鶚原著　馮其庸等校注《紅樓夢校注》，第 5 回，頁 86。

[336]見頁 102。

襲人亦是個繼警幻仙姑在夢境受榮寧二公之託叮嚀寶玉之後，於現境中督促寶玉留意于孔孟之間的女性。襲人與蔣玉菡的關係多方轉折而宿命結合，於感激頓挫之間，雖起波濤，但對於男女關係一經穩定後，卻仍顯得沉潛自得。

三、從風寒至自殺

襲人是個在《紅樓夢》書中與賈寶玉、林黛玉、王熙鳳、賈母一般，一再被述及身體時有病狀之女性，然在幾次身體欠安中，均預伏其與寶玉關係之變化，作者從情感、距離與精神境界三方面精雕細琢。書中提及襲人自風寒、吐血、昏暈至動念自殺止，其或來自偶發，或因於寶玉，而敘事過程中卻牽涉著主僕互動之親疏，及異地時空之情緒與思維之影響。筆者將一一論述之。

（一）從風寒至吐血症

在第20回中是襲人第一次生病，雖是「風寒」，但卻無端起風浪，對象竟是個潑醋的奶媽。襲人因病被寶玉之奶媽李嬤嬤誤爲偷懶且指爲狐媚而淚流滿面，清晨醒來，「便覺渾身發重，頭痛目漲，四肢火熱。先時還扎掙的住，次後捱不住，只要睡著，因而和衣躺在炕上。」[337]寶玉即刻回了賈母傳醫診視，太醫說是：「不過偶感風寒」[338]，但至第20回，襲人卻仍燙燒火熱，於是寶玉自己守著襲人，歪在旁邊，勸她養病莫生氣，並在見到襲人出了汗後，「不肯叫他起來，自己便端著就枕與他吃了。」[339]此乃《紅樓夢》書中賈寶玉第一次放低身段服侍襲人，無屈就，有誠懇、體貼，親昵而不曖昧之

---

[337]同前註，第 19 回，頁 307。
[338]同前註。
[339]同前註，第 20 回，頁 317。

情，回應著第6回寶玉更待襲人與別個不同之生活情調。其實《紅樓夢》中論述賈寶玉疾病之多，並不亞於嬌襲一身之病的黛玉，而襲人總是無微不至的照護，因此，當襲人偶感風寒雖是小病，賈寶玉卻願誠摯付出，也算難得。

　　至於襲人第二次生病是被俗諺強化之重病「吐血症」：「少年吐血，年月不保，縱然命長，終是廢人。」[340]先聖睿智或布在方冊，或在口耳言傳，《紅樓夢》中時或可見俗諺俚語、聖言哲語[341]之創作運用，亦藉此以靈證某些主題，甚至是醫病敘述。《紅樓夢》中有關「吐血症」或「嗽中帶血」、「咳血」、「咳嗽不停」之敘述不少，除了襲人外，包括鳳姐、賈寶玉、林黛玉、晴雯、賈瑞等均有之，因此，襲人「吐血症」之鋪陳，仍是《紅樓夢》作者之重點敘述之一，且從俗諺中勾扣著整部書中因此症而死亡者之靈驗預言。

　　有關襲人之吐血事件，在第 30-31 回及第 77 回中有著不同之情節發展。第 30-31 回，襲人第一次吐血，乃因寶玉氣急敗壞地踢在肋上而帶傷：「襲人只覺肋下疼的心裏發鬧，晚飯也不曾好生吃。至晚間洗澡時脫了衣服，只見肋上青了碗大一塊，自己倒唬了一跳，又不好聲張。」[342]襲人半夜睡下後，夢中作痛出聲。寶玉秉燈照之，赫見襲人吐出「一口鮮血在地」[343]。次日賈寶玉趕緊將王濟仁太醫叫來，細問原故，才知「不過是損傷」[344]，便回園依方調治以吃丸藥及敷藥，雙管兼治。

---

[340]同前註，第 31 回，頁 483。

[341]在《紅樓夢》中時或有「聖言哲語」，例如 81 回：「代儒往前揭了一篇，指給寶玉。寶玉看是吾未見好德如好色者也。」(見《紅樓夢校注》，頁 1301)寶玉回答：「是聖人看見人不肯好德，見了色便好的了不得。殊不想德是性中本有的東西，人偏都不肯好他。至於那個色呢，雖也是從先天中帶來，無人不好的。但是德乃天理，色是人欲，人那裏肯把天理好的像人欲似的。孔子雖是歎息的話，又是望人回轉來的意思。」(見《紅樓夢校注》，頁 1301)其後代儒又道：「後生可畏」(見《紅樓夢校注》，頁 1301)可參見之。

[342]同前註，第 30 回，頁 479。

[343]同前註，頁 480。

[344]同前註，第 31 回，頁 483。

　　有關襲人「吐血」之事，李騰嶽〈紅樓夢醫事：殊に其の諸人物の罹患疾病に就ての察〉(紅樓夢醫事：特殊人物所罹患疾病之相關考察)曾研究過，以爲：「失血舊疾等似乎是貧血導致出血不斷的毛病，雖然這部分已經痊癒，但若從咳嗽咳血來看，她的身體仍然十分虛弱，一定是操勞過度感染肺結核。從原本紅樓夢及脂硯齋本中第28回評語『…琪官雖係優人，後回與襲人供奉玉兄寶卿。得同終始…』觀之，或許可以知道，她的病一直存在，並沒有惡化。」[345]李先生之說法是否正確？值得探究。就中醫論之，中國古籍《千金方·吐血》云：「有內傷、有肺疽、有傷胃內疽者。」[346]《中西醫病名大辭典》引《症因脈治·吐血咳血總論》更提出「吐血」與「咳血」應作區分：「咽中胃管嘔出爲吐血，喉中肺管嗽出爲咳血。」[347]此處之「損傷」是指「內傷」，由於襲人僅吐了一口鮮血，故就內科學論之，一般若胃部出血，所吐者大部分皆非鮮血，因「胃酸可以將鮮紅色的血色素，轉成褐色的血酸質(hematin)，因此嘔出物是帶咖啡色的。」[348]除非胃部大量出血時才會吐出接連不斷的一口口鮮血，故較可能是因襲人被踢到肋上，造成從胃部以上延伸至包括食道或鼻咽之黏膜裂傷所致之出血。之後襲人遵行醫囑服藥時，可能已悄然病癒，雖然襲人擔心自己會因吐血而年月不保，或終爲廢人，但從第31回敘述晴雯因摺扇之事與寶玉機鋒相對，襲人卻充當和事佬及第32回襲人再出現接待湘雲時之談笑自若，可印證之。較啓人疑竇者，乃作者在若干年後又突然提及襲人這一、二年來習性變改之因與吐血舊症，因此之前襲人此病究竟痊癒與否，實令人質疑？試看此回之敘述：「原來這一二年間襲人因王夫人看重了他了，越發自要尊重。凡背人之處，或夜晚之間，總不與寶玉狎昵，較先幼時反倒疏遠了。

---

[345]刊於《台灣醫學會》，昭和17[1942年]，第41卷，第3附錄別刷，頁105。
[346]見林昭庚教授主編《中西醫病名對照大辭典》，第9章　消化系統疾病，頁1264。
[347]同前註，頁1265。
[348]見謝博生、陽泮池、林肇堂、李明濱等著《一般醫學　Ⅳ/Ⅴ　疾病概論》上冊　第6篇　「消化系疾病」，第15章　「消化道疾病」，頁650。

雖無大事辦理，然一應針線並寶玉及諸小丫頭出入銀錢衣履什物等事，也甚繁瑣。且有吐血舊症雖愈，然每因勞碌風寒所感，即嗽中帶血，故近來夜間總不與寶玉同房。」[349]其實晴雯於 73 回時，身體已不自在，作者卻未述及襲人有病。77 回晴雯被撐出，78 回王夫人才說出是因得了女兒癆之故，故以時間回溯考論，書中云襲人於第 77 回吐血舊症剛痊癒，之前其因與晴雯朝夕相處，確實具有被傳染或相互傳染之可能性。襲人突然有長達一、二年的吐血之症，且之後吐血症雖好，但卻又因勞碌風寒所感，即嗽中帶血，故襲人之吐血症恐怕是因風寒而再發，且此吐血症可能應是咳血後吐出血來，作者可能混用了此二名詞，因為林師昭庚主編《中西醫病名對照大辭典》中提及「因嘔血(吐血)與咳血二者均是血經口而出，而且在古代與近代的一些書籍中，吐血的項下包括吐血及咳血的內容，...」[350]因此，襲人之吐血舊症，應非李騰嶽〈紅樓夢醫事：殊に其の諸人物の罹患疾病に就ての察〉(紅樓夢醫事：特殊人物所罹患疾病之相關考察)中所謂的：「失血舊疾等似乎是貧血導致出血不斷的毛病」[351]。雖然貧血可因外傷出血，但貧血的主要徵狀：「面色蒼白、心悸亢進、頭痛、暈眩、肢體倦怠。」[352]因為筆者從 30 回-77 回仔細研究分析，書中襲人並無此些徵狀，而之後每遇風寒時，便加重了襲人看似肺癆症之病況，故李騰嶽最後的結論是襲人「一定是操勞過度感染肺結核」之說法，大致上應是正確的，雖然筆者研究的致病因與其有差異。但若襲人所得之病真是「吐血症」，而非「咳血症」，則從內科學理論研究，在林師昭庚主編《中西醫病名對照大辭典》中提及吐血有多種狀況：「吐血主要見於上消化道出血，其中以十二指腸球部潰爛出血及肝硬化所致的食道、胃部靜脈曲張破裂最多見。其次見於食道炎、

[349]見曹雪芹 高鶚原著　馮其庸等校注《紅樓夢校注》，第 77 回，頁 1221。
[350]見林昭庚教授主編《中西醫病名對照大辭典》，第 9 章「消化系統疾病」，頁 1265。
[351]刊於《台灣醫學會》，昭和 17[1942 年]，第 41 卷，第 3 附錄別刷，頁 105。
[352]見三民書局編輯部主編《大辭典》，頁 4560。

急慢性胃炎、胃黏膜脫垂症等以及某些全身性疾病(如血液病、尿毒症、應激性潰瘍)引起的出血。」[353]襲人若因胃部或肺部有挫傷，於第一次吐血後，且當天亦應是一口一口地吐，之後經過調養也應會痊癒而不會一直吐血而拖了一、二年，因為真正之吐血症，不論在古今之中西醫理論均是極為危急的，因此，襲人吐血的可能性極低，且77回後書中又有襲人每遇風寒便嗽中帶血，可見襲人的肺部是比較脆弱的，因此，77回後分析襲人得到「看似肺癆」之病的論點，應是較妥的。又書中有關襲人77回敘述之吐血症與之前31回中僅吐出一口鮮血的疾病顯然不同，而二次敘述吐血症之時間相距遙遠，且期間又無任何有關襲人的其他病徵之敘述，故可說此二次吐血症之病因與病名均異。

此外，作者于此回更深化了襲人之心靈成變，及與寶玉間男女授受之認知分野，而表現出與寶玉漸行漸遠之行為，但此非精神上之疏離而是接觸面之避嫌。此時襲人之吐血舊症雖然剛痊癒，卻又常因風寒而嗽中帶血，之後書中卻又隻字未提，直至120回止，作者亦不曾再提及襲人吐血之事，因此，襲人所擔心的「少年吐血，年月不保」的俗諺並未真實靈驗於襲人之身，反是應驗於其他吐血者包括王熙鳳及黛玉等人[354]。依此論之，襲人的「吐血症」或說「咳血症」，必是當代社會醫療網中之大病，以致於賈瑞、王熙鳳與黛玉均先後死亡，但襲人卻是《紅樓夢》中因吐血或咳血隕身而亡者的例外，此故與襲人堅健之體魄有關，但恐更是作者對不同角色同中求異、異中求同之分殊化筆法。

---

[353]見林昭庚教授主編《中西醫病名對照大辭典》，第9章「消化系統疾病」，頁1265。又見 Loren laine, 'Gastronintestinal Bleeding' : "Table 37-1Sources of bleeding in Patients Hospitalized for acute UGIB Ulcers Varices Mallory-weiss tears Gastroduodenal erosions Erosive esophagitis Maliganancy No sources identified" in *Harrison's Principles of Internal Medicine, 16th edition.* 2005;37:234.

[354]同前註，王熙鳳吐血可參考見第93回，頁1456-1457及第110回，頁1670-1671，而林黛玉之吐血可參考第82回及第97回中。

(二)從昏暈至動念自殺

　　襲人第三次生病卻是在寶玉闈場應考失蹤之後，有多次傷心欲絕之激烈反應：先是哭成淚人兒一般，再想起那日搶玉之事，「柔腸幾斷，珠淚交流，嗚嗚咽咽個不住。」[355]接著，聽到從海疆回來的探春以退爲進、以禍爲福地寬慰王夫人時，提及寶玉之來歷：「大凡一個人不可有奇處。二哥哥生來帶塊玉來，都道是好事，這麼說起來，都是有了這塊玉的不好。若是再有幾天不見，我不是叫太太生氣，就有些原故了。只好譬如沒有這位哥哥罷了。果然有來頭，成了正果，也是太太幾輩子的修積。」[356]襲人「心裏一疼，頭一暈，便栽倒了。」[357]最後，襲人更在聽到自己將被打發回原籍後，更是「心痛難禁，一時氣厥」[358]。寶釵立即傳請大夫醫治，無形中也算善助襲人。在太醫認定是「急怒所致」[359]後，開了方子後便離開，襲人於吃藥後心痛減些，但仍勉強支持著起來服侍寶釵，其稱職有若此，直至離開賈家爲止。襲人因情緒性反應而造成心絞痛，一種類於神經性之反應[360]，故產生暫時性之氣厥現象，即中醫內科學之「厥症」、「厥逆」、「氣逆」、「氣脫」、「氣亂」等疾病。在《靈樞‧五亂》中有「氣亂於頭則爲厥逆。頭重眩仆。」[361]《景嶽全書》亦有：「氣厥之症有二，以氣虛氣實皆能厥也。氣虛逆倒者，必其形氣索然，色清白，身微冷，脈微弱，此氣脫之證也。」[362]及「厥逆之證，

---

[355] 同前註，第 119 回，頁 1779。

[356] 同前註，頁 1781。

[357] 同前註。

[358] 同前註，第 120 回，頁 1787。

[359] 同前註。

[360] 見謝博生等主編《臨床內科學》，第 2 版，第 13 章　「神經系統病徵」，頁 259。

[361] 見我的醫學顧問林昭庚教授主編《中西醫病名對照大辭典》，第 7 章　「循環系統疾病」，頁 911。

[362] 同前註。

危證也，蓋逆者盡也，逆者亂也，即氣血敗亂之謂也」[363]。中醫以氣之逆亂為論，並對此種症狀之患者發病時有形貌素描。西醫學中則透過生理、病理學以為昏厥(fainting)或暈厥(syncope)現象是一種「間歇性之意識障礙」，特點是：「全身無力、不能站立、意識障礙突然發生而能於數分鐘恢復過來，主要的機轉是腦部的血液供給不足，病人平躺後，腦部的血流不再受到重力影響，意識就恢復過來。」[364]因此，對襲人而言，短暫不能視事並無礙于身體健康，然而襲人在寶玉失蹤前後之過激反應，卻較寶釵之「心中悲苦，又不好掉淚」[365]、「不言語」[366]、「暗中垂淚，自歎命苦」[367]、「哭得人事不知」及明瞭「情分有定」後之表現，更情緒化。雖然襲人性格溫和體貼、賢善近人，有「襲為釵副」[368]之譽，然畢竟人各天賦異秉，此時襲人持續性之過激反應，與寶釵從原先之激動至逐漸冷靜之表現較之，二人既有思維與性格之差異，亦有忠慮與慧思之懸別。

在襲人經歷栽倒、氣厥後，可說哀莫大於心死，其悲觀之自殺念頭已然而生，不過作者卻又善用「夢覺」技巧以警悟之，安排了一個恍惚夢境：「他各自一人躺著，神魂未定，好像寶玉在他面前，恍惚又像是個和尚，手裏拿著一本冊子揭著看，還說道：『你別錯了主意，我是不認得你們的了。』襲人似要和他說話，秋紋走來說：『藥好了，姐姐吃罷。』襲人睜眼一瞧，知是個夢。」[369]《紅樓夢》作者所設計的每個夢，均意味深遠，襲人之夢雖短，但夢中四個角色各有所司，「和尚的辯解，言明事不關己的態度，寶玉的默

---

[363]同前註。

[364]可參考 Robert B. Daroff, Mark D. Carlson's, 'Faintness, Syncope, Dizziness, and Vertigo' in Harrison's *15th edition Principles of Internal Medicine,* 2001;21:111.

[365]見曹雪芹 高鶚原著 馮其庸等校注《紅樓夢校注》，第 119 回，頁 1781。

[366]案：有關寶釵聽過探春之言後的反應，見《紅樓夢校注》，第 119 回，頁 1781。

[367]同前註，第 120 回，頁 1788。

[368]可參考甲戌脂評：「襲乃釵副」（見陳慶浩編著 《新編石頭記脂硯齋評語輯校》，頁 198)

[369]見曹雪芹 高鶚原著 馮其庸等校注《紅樓夢校注》，第 120 回，頁 1787。

不作聲及襲人充滿疑問想要追問的神情，三人心事不一，而所涉及的事件卻是一致的，均是有關寶玉的問題。」[370]第四位出現的角色則是從現實生活「以聲入夢」的秋紋，負有入夢及出夢之責，而醒後之襲人卻已有所悟：「寶玉必是跟了和尚去。上回他要拿玉出去，便是要脫身的樣子，被我揪住，看他竟不像往常，把我混推混揉的，一點情意都沒有。後來待二奶奶更生厭煩。在別的姊妹跟前，也是沒有一點情意。這就是悟道的樣子。」[371]在《紅樓夢》中，尤三姐與柳湘蓮是佳偶，亦是怨對，襲人與賈寶玉則為情性與處世之互補貴人，不過二者間之悲劇姻緣，似宅第雖同，卻戶牖各異。當柳湘蓮從扶屍大哭、眼見入殮至憑棺痛泣後，昏默之際，在一座破廟跌入縹緲之夢幻空間，醒後因感夢悟道而隨道人飄然離去，而襲人亦在夢後大覺寶玉言行之所宗，感慨著：「『好像和我無緣』的話，『倒不如死了乾淨。』」[372]於是在命運安排之新姻緣中改嫁他人。

　　襲人面對病痛與夢境，除了仍是一本忠心與意外醒悟外，「夢覺」手法更是《紅樓夢》小說創作之大手筆，處處可見禪機。對曾經歷一番肉體病痛之折磨、一連串自殺之反復抉擇及心靈痛死後之襲人而言，此夢實深具潛移默化之功，更在賈寶玉拋家棄族之重大打擊下，襲人因具賢善性格，不願遷累他人，及受蔣玉菡之感動而得以擺脫自殺念頭，轉而去留隨心，終能絕處逢生。

四、結語

　　任何有形有相之成住壞空，若非瞬息萬變，則亦非絕對真常。襲人似轉蓬般之性命，在《紅樓夢》中也算別有洞天。

---

[370] 見筆者《紅樓夢中夢的解析》，頁 257。
[371] 見曹雪芹　高鶚原著　馮其庸等校注《紅樓夢校注》，第 120 回，頁 1787。
[372] 同前註，頁 1788。

　　襲人辭義溫雅，賢善近人且能變通適會，在榮府賈家吐納間實為《紅樓夢》眾女子「貴德慎行」之典謨，即使仍有私心自適之處，卻溫和而不傷人；其對寶玉之針砭，乃從思維及語序中指事配位，積極而正向，關懷寶玉讀書之體義認知，乃重健體魄甚於奮志要強，並盡職地督促雕琢寶玉情性、箴全禦過，以達功名立萬之跡。襲人乃《紅樓夢》作者所欲表彰之嘉德懿行者，是個「令德」之侍女抽樣，其柔中帶剛之特質才是克服悲劇命運之重要驅力。襲人與寶釵一般，實非浮偽之人[373]，而是圓融於世者，與機譎為尚之王熙鳳較之，更是迥別。

　　襲人之情感世界與時乖違，對於賈寶玉與賈家僅抱一岱一海以自足之願，原亦無望瀟湘鏡湖之妙，但對寶玉卻神專而心苦，只不過襲人與寶玉所維繫者，僅有最初之肉體關係及日常高頻率之相處，故並非寶玉精神境界之

---

[373]案：寶釵之人格並不浮偽(指浮華虛偽)，筆者分析如下：寶釵於第 5 回出現時，黛玉心中便有些悒鬱不忿之意，但寶釵卻渾然不覺。作者自云寶釵品格端方、行為豁達，故比黛玉大得人心，因此寶釵之後被賈母視為溫厚和平及不是多心之人，是可信的(亦見於 84 回)。第 7 回薛姨媽提及寶釵：「寶丫頭古怪著呢，他不愛這些花兒粉兒的。」(頁 125)故寶釵是個不愛裝扮、淡雅清靜之人。第 28 回寶釵曾因林黛玉蹬著門檻子時，有心細及而體貼黛玉之關懷：「你又禁不得風吹，怎麼又站在風口裏」(頁 447)。第 32 回為了湘雲提及經濟學問之事，寶玉不悅，襲人云：「提起這個話來，真真的寶姑娘叫人敬重，自己訕了一會子去了。我倒過不去，只當他惱了。誰知過後還是照舊一樣，真真有涵養，心地寬大。」(頁 500) 第 36 回述及史湘雲「忽然想起寶釵素日待他厚道」之事，頁 550。第 47 回當薛蟠因調情柳湘蓮被打得面目腫破，薛寶釵以「人性酒後反臉無情、哥哥本為無法無天之人及母親溺愛縱容哥哥生事招人」為由，而化解一場尋拿柳湘蓮之爭鬥事件。另在第 76 回中秋夜時，因林黛玉思親傷心，薛寶釵適時地安慰黛玉而緩解黛玉對寶釵某種程度之心結。其他更有若干回中提及薛寶釵對林黛玉的規諫，甚至侍上遵禮、處事則施小惠、全大體等。98 回寶釵「想到黛玉之死，又不免落下淚來」(頁 1524)。第 112 回有寶釵仁厚，背地裏託了周姨娘在寺裏照應病重的趙姨娘。此外，作者更在第 120 回中始終一貫地描述人人誇讚寶釵，可見薛寶釵之圓融性格。因此寶釵與寶玉結婚雖有「李代桃僵」之議，其實是其與襲人有相仿之私心自適，亦是作者揚朱「為我」理論之運用。《紅樓夢》作者時時以因果作論，寶釵此處之私心自用卻折換了「活寡」因果。

心怡者。由於襲人隨緣應物之氣質，故情路雖有秋氣之悲，終歸幻情一場，但卻無途窮之憾，而能死裏逃生。大紅汗巾子與松花汗巾子互贈之信物，終究落手於蔣玉菡與襲人，此正是一種預言之象徵運用，或許賈寶玉才是作者謀篇命意中之媒妁者。襲人在嫁給蔣玉菡時，已對寶玉心性之變異有所初悟，更深感「福善禍淫，古今定理」[374]。蔣玉菡固是優伶，但之後已成地主，擺脫優伶生涯，努力提升自我，對襲人而言，亦算班配。

　　至於有關襲人之醫病問題，從第一次「風寒」的無端惹風波後，又有前後二次吐血之症，前者可能是因胃部以上之食道或鼻咽黏膜出血之吐血症，後者則是長達一、二年的吐血之症(案：可能應是咳血後之吐血)及之後遇風寒後會有嗽中帶血之現象，看來較近似肺癆。襲人幾次生病之康復，固有先天好稟賦，更因刻苦耐勞而能擺脫病魔，是《紅樓夢》中多數因吐血或咳血隕身而亡者之例外。

　　在筆者此篇論文之研究中，有關襲人之性格、情感及醫病間之關係，可分析出襲人的溫厚性格與柔中帶剛之特質，正足以在日常生活中攫獲寶玉的心，故在其情感世界中，雖身為未過明路的妾命，卻備受賈家疼惜。不過書中所述及襲人所得的內科疾病，卻與襲人之性格毫無關係，然而作者卻也能鋪陳出精采有序之文。能勇敢面對橫逆者，在《紅樓夢》中恐仍是少數，但襲人卻是一例。襲人性格柔中帶剛及穩重之風，導引出異於《紅樓夢》中其他所有情感受挫之自殺案例，而能脫穎自出，並逃離尤二姐、尤三姐、張金哥、司棋等所深陷之悲苦胡同，是個少有的「轉念成功」之重要人物代表——一個發慮至情，也是個將「大智若愚」表現得極為得體之人。

附記：

*〈襲人轉蓬般之性命〉一文，2005 年/4 月通過審查/刊登於《師大學報》/第 50 卷/第 1 期/頁 1-16，之後筆者又增益之。

---

[374] 同前註，頁 1797。

伍、傳情大使——晴雯之
被動攻擊性格與醫病情緣

The ambassador of love —— Qing-wen's passive-aggressive personality
and her emotions and diseases

*醫學顧問：石富元醫師、魏福全醫師、連義隆醫師、
李光倫醫師及林昭庚教授

　　小說虛擬世界之炫彩，風動人心者，豈在舒捲風雲之色及吐納珠玉之聲而已，必有奇葩異樹之立，而心性擬寫總其要妙。唐傳奇小說柳埕〈上清傳〉中，上清婢女因主人竇參被名臣陸摯陷害爲其雪恥平冤[375]，而居樞紐之位，故宋元明清之後的小說，亦有承此思路之作，而《紅樓夢》中所欲大展閨閣風光，被側重書寫之奴婢角色者，晴雯被列名於「金陵十二釵又副冊」之首，不僅繪形塑體詳盡，心彩更摹寫煥然。本文將嘗試從文學跨入婦科學與內科學，以研究晴雯之特殊性格、情感及醫病問題。

　　一個無親爹熱娘，僅有一個泥鰍姑舅哥哥的晴雯，性格乍看如雲幻晴峰，有「撕扇作千金一笑」之隨性、撕打小丫頭時之爆氣，但於「勇補孔雀裘」時，卻又情深宛至。被喻爲「晴爲黛影」[376]，或「晴有林風」[377]之晴雯，雖不善言吐冰清，但性格摹寫卻不遜古、不溺今，自樹於千載之外，縱然終

---

[375] 可參考蔣防撰　束忱、張宏生注譯　侯迺慧校閱　《新譯唐傳奇選》，頁 369。
[376] 涂瀛〈紅樓夢問答〉中提及：「晴雯，黛玉之影也。寫晴雯，所以寫黛玉也。」（見一粟編《紅樓夢卷》，第 1、2 冊，頁 143-144)
[377] 在甲戌脂評中，見陳慶浩編著《新編石頭記脂硯齋評語輯校》，頁 198。

至風雨飄搖之境，死後卻又有芙蓉花神及受奠〈芙蓉女兒誄〉之讚譽，亦可印證其要角之地位。《紅樓夢》作者從晴雯為寶玉傳定情物、補孔雀裘、至海棠花枯之象徵等，記述著一個女僕人之特殊情態。

　　本文將從晴雯之背景、行為、生活環境及人際互動等，探究晴雯之情性及死因，全文凡分為四段論之：一、爆炭氣質與被動攻擊性格，二、傳情大使與針線情，三、芙蓉花落之因緣，四、結語。

一、爆炭氣質與被動攻擊性格

　　歷史或小說中之絕色美女常被天賦美貌及道德完型二分，在《金瓶梅》中美貌妖嬈、纏小腳的潘金蓮，自幼因父死賣身，又被轉賣張大戶、轉配武大郎，卻在命運與人性操弄下淫蕩、殺夫與被殺，而《紅樓夢》中之晴雯與林黛玉的角色與潘金蓮一般，何嘗不是就天賦美貌而捨道德完型之建構，且作者臨篇結慮、精雕情性，顯較《金瓶梅》更令人動容。筆者將嘗試論之。

(一)爆炭氣質與被動攻擊性格

　　《紅樓夢》此書較引人注目者，乃為展衍閨閣風光，故主僕同為要角外，更以線性敘述方式，從單元情節配合性格軌跡，托引出一個在「金陵十二釵又副冊」中「風流靈巧、志氣高潔」及「心比天高，身為下賤」之晴雯坎坷的一生。《紅樓夢》中晴雯之心性、外貌實遠較其出身背景動人。在賈母觀感中，晴雯生得伶俐標緻[378]；在王夫人眼中，晴雯最伶俐，但未免輕狂且不安靜[379]；在王善保家的批評中，晴雯打扮得像西施、能說慣道、妖妖趫趫[380]；

---

[378] 見曹雪芹　高鶚原著　馮其庸等校注《紅樓夢校注》，第 77 回，頁 1218。
[379] 同前註，在 74 回中王夫人云：「好個美人！真像個病西施了。你天天作這輕狂樣兒給誰看？」(頁 1157) 又第 77 回中襲人道：「太太只嫌他生的太好了，未免輕佻些。

在賴家的觀察中，晴雯千伶百俐，嘴尖性大[381]；在賈寶玉眼底，晴雯性情爽利、口角鋒芒[382]；在鳳姐視角中，晴雯則生得好，嘴頭子利害、言語輕薄[383]等。眾口形塑出之晴雯，乃矯妝艷飾、語薄言輕，而加諸王夫人第一印象中的水蛇腰，削肩膀兒，眉眼有些像林妹妹之形象，已能粗略繪勒出晴雯之出色外貌、愛美天性及特殊氣質，不過晴雯角色之生動，不僅微顯於林黛玉之重像中，更在其性格軌跡之鋪陳上。

十歲時就被賴大買做丫環的晴雯，身世孤涼，輾轉孝敬給賈母後，又被派侍寶玉，第 8 回中曾因求好心切，親自爬上高梯幫賈寶玉門斗貼上「絳芸軒」三字[384]，其地位僅次於襲人。一個遊走於賈母與寶玉兩處做針線的晴雯；其之所以成為書中之重要經緯人物，不外乎天賦異秉與叛逆形象之炫然。

有關晴雯如何控引個人情思之部分，乃作者研摹精實之處，從職場上之機敏造次與不服輸中展衍出晴雯之善惡面，除了勇補孔雀裘之精神外，更有一種襲人所謂的「爆炭氣質」，即今日精神醫學所謂的「被動攻擊性格」(Passive Aggressive Personality)，指：「陰鬱、易怒、無耐心、好爭辯、憤世嫉俗、多疑、而剛愎的。」[385]人類性格多樣，在精神醫學中，「被動攻擊性

在太太是深知這樣美人似的人必不安靜，所以恨嫌他，像我們這粗粗笨笨的倒好。」（頁 1215）

[380]同前註，第 74 回，王善保家的言論在頁 1156。

[381]同前註，第 77 回，頁 1218。

[382]同前註，寶玉笑道：「只是晴雯也是和你一樣，從小兒在老太太屋裏過來的，雖然他生得比人強，也沒甚妨礙去處。就是他的性情爽利，口角鋒芒些，究竟也不曾得罪你們。」(頁 1216)

[383]同前註，第 77 回，鳳姐云：「若論這些丫頭們，共總比起來，都沒有晴雯生得好。論舉止言語，他原有些輕薄。」(頁 1157)

[384]同前註，第 8 回，頁 147。

[385]*Diagnostic and Statistical Manual and Mental Disorders, DSM-IV-TR,* 'Passsive Aggressive Personality Disorder': "They may be sullen, irritable, impatient, argumentative, cynical, skeptical, and contrary." 2000;790 另見孔繁鐘編譯 《DSM-IV 精神疾病的診斷與統計》，頁 688。

格」被歸類於十幾種特殊性格之一[386]。晴雯易怒與無耐心之形象,從王善保家的觀鑑纖微及王夫人之親眼目睹,可為憑信,如:「...在人跟前能說慣道,掐尖要強。一句話不投機,他就立起兩個騷眼睛來罵人...。」[387]又如:「上次我們跟了老太太進園逛去,有一個水蛇腰、削肩膀、眉眼又有些像你林妹妹的,正在那裏罵小丫頭。」[388]晴雯時或粗暴,其性格背後更微隱著不樂觀、不滿、好爭辯、憤世嫉俗[389]與剛愎自用之特質。根據《DSM-IV精神疾病的

---

[386] 可分類為「衝動型、孤僻型、自虐型、戲劇型(又稱情緒波動型)、歇斯底里型、反社會型、邊緣型、自戀型、依賴型、強迫型及被動攻擊型、畏避型、分裂型、分裂病型、做作型、妄想型等」,可參考李明濱主編《實用精神醫學》,第 3 章 「精神科會談與醫病溝通」,頁 33-39 及第 20 章 「人格障礙症」,頁 213-230。又見王志中〈情緒與疾病〉,在《仁愛醫訊》1999 年 4 月刊,第 15 卷,第 2 期,頁 4-6。另耕莘醫院精神科江漢光主任於〈精神疾病青少年心態之認識〉一文中亦提及:「人格違常症:各類型之人格違常症均在青少年期逐漸顯露出其病態的性格型態和行為特徵,諸如邊緣型、類精神分類型、妄想型、自戀型、趨避型、被動攻擊型、強迫型或反社會型等」,見網址:http://www.mcvs.tp.edu.tw/eu/cod/%B1M%BAt2.htm。在美國精神醫學協會《DSM-IV精神疾病的診斷與統計》DSM-IV-TR 此套系統中將其置於第三類(Cluster C)「其他未註明之人格疾患」(Personality Disorder not otherwise specified)而世界衛生組織(WHO)頒佈的《精神與行為障礙之分類——臨床描述與診斷指引》ICD-10 則稱之為「其他特定人格障礙」,但凡未達對其職場工作造成嚴重影響或有嚴重人際關係不協調者,不能稱為人格障礙,僅能稱之為具有此種人格或行為。

[387] 見曹雪芹 高鶚原著 馮其庸等校注《紅樓夢校注》,74 回,頁 1156。

[388] 同前註,第 74 回,頁 1156-1157。

[389] 案:憤世嫉俗之表現,可能有「嫉惡如仇」、「酸葡萄心理」、「潑他人冷水」及其他挑剔行為等。可參考陳永宏〈晴雯悲劇作為性格悲劇思考時的心理文化機制——晴雯悲劇成因組論之二〉:「正是晴雯這種嫉惡但也嫉妒、直率但也狹隘的性格,導致了她的人生必然上演悲劇,...」(見《紅樓夢學刊》,1997 年,第 2 輯,頁 175)。又張春樹〈由晴雯談到典型的個性描寫〉中云:「作者寫她性格爽利,口角鋒芒,模樣標緻,抓尖要強;寫她光明磊落,嫉惡如仇。」(見《紅樓夢學刊》,1981 年,第 2 輯,頁 173)王昆侖《紅樓夢人物論》中提及「嫉惡如仇的晴雯,絕不能容忍。」(頁 14)另劉大杰〈晴雯的性格〉中亦有:「晴雯性格的特質,是那種獨來獨往、嫉惡如讎、敢愛敢恨、敢笑敢罵的青春活力和那種反抗權威的平等自由精神。」(見《紅

診斷與統計》*Diagnostic and Statistical Manual and Mental Disorders, DSM-IV-TR* 中「被動攻擊性格」之認定標準(至少具有四項或四項以上之特質)：「(1)被動抗拒常規性與職業等任務的實踐。(2)抱怨被他人誤解及不賞識。(3)陰鬱及好爭論。(4)不合理的挑剔及輕蔑威權者。(5)對明顯好運道的人表達羨慕與怨尤。(6)以誇大聲調不停抱怨自己的不幸。(7)不敢正面違抗威權者與無悔罪感。[390]」筆者將一一論證之。

　　仔細審視晴雯的一生，與襲人雖均身與時舛，然 52 回中二人之間卻有著明顯的爆炭氣質與至賢至善性格之強烈對比，同時晴雯於病後服了幾次藥，病情仍未好轉，先是痛罵大夫只會哄人錢，之後又藉故使力，仰仗威權之名，以行撑人之實。事故源於寶玉告訴晴雯有關墜兒偷了蝦鬚鐲[391]之事，

樓夢問題討論集》中，頁 356) 見伊索著、李思譯《伊索寓言》*Aesop's Fables* 中「酸葡萄心理」(Sour grape)：一隻飢餓的狐狸看到可口的葡萄高掛在架子上，牠想躍起抓取葡萄來飽腹，偏偏跳不高，最後失望的放棄了。牠用無所謂的口吻自我安慰說：「我並不會真的很餓，而且我後來發現那些葡萄是酸的，不好吃。」(頁 17)另「寓言裡的心理學」中亦提及「伊索寓言」，可參考網址：http://www.geocities.com/SoHo/Coffeehouse/2686/4149.html 志峰 1999.1.4 智慧提供。
[390] *Diagnostic and Statistical Manual and Mental Disorders, DSM-IV-TR,* 'Passsive Aggressive Personality Disorder': "A pervasive pattern of negativistic attitudes and passive resistance to demands for adequate performance,… as indicated by four (or more) of the following: passively resists fulfilling routine social and occupational tasks complains of being misunderstood and unappreciated by others is sullen and argumentative unreasonably criticizes and scorns authority expresses envy and resentment toward those apparently more fortunate voices exaggerated and persistent complaints of personal misfortune alternates between hostile defiance and contrition."2000;791.另見孔繁鐘編譯 《DSM-IV精神疾病的診斷與統計》，頁 688。案：為使中文翻譯更順暢，筆者修改原書中(7)之中文翻譯。
[391]可參考草木子〈紅注集錦·蝦須帘、蝦須鐲〉中有：「赫懿行《義疏》云：" 《北戶錄》云：「海中有紅蝦，長二三丈，頭可作盃，須可作簪丈。"考之以上材料，曹雪芹以下的"蝦須帘"、"蝦須鐲"…兩物亦可能指海中大紅蝦之長須所作。」(見《紅樓夢學刊》，1992 年，第 3 輯，頁 264)

特交代晴雯等襲人回來後和緩處理，誰知晴雯性氣浮躁[392]，因憤世嫉俗，容不下竊盜穢行，而痛戳墜兒，因剛愎自用，而矯言寶玉之令及假稱墜兒曾惱怒襲人，故意羅致墜兒偷懶、怨悶與不聽使喚等罪名，自作主張地打發了墜兒。晴雯不正面與威權者起衝突，而背地違抗威權者賈寶玉之言，事後亦未有任何悔罪之意，故襲人稱其「太性急了」[393]。其實，此乃晴雯被動抗拒常規與職業等任務的實踐。就此事件而言，「見義勇為」與「仗勢欺人」之間，晴雯並未能拿捏準的。

晴雯之好爭辯、不服輸，在眾丫環中獨一無二，見諸第 20 回及第 31 回摺扇撕扇等。20 回中當晴雯與綺霰、秋紋、碧痕等找鴛鴦戲耍，回來取錢時，聽到寶玉對麝月批評她磨牙，又跑進來爭辯、疑忌：「『我怎麼磨牙了？咱們倒得說說。』...晴雯笑道『你又護著。你們那瞞神弄鬼的，我都知道，等我撈回本兒來再說話。』」[394]第 31 回晴雯於端午節為寶玉換衣裳時不慎折跌扇骨，不但二人機鋒相對，更夾槍帶棒地揶揄襲人：「寶玉因嘆道：『蠢才，蠢才！將來怎麼樣？明日你自己當家立事，難道也是這麼顧前不顧後的？』晴雯冷笑道：『二爺近來氣大的很，行動就給臉子瞧。前兒連襲人都打了，今兒又來尋我們的不是。要踢要打憑爺去。就是跌了扇子，也是平常的事。先時連那麼樣的玻璃缸、瑪瑙碗不知弄壞了多少，也沒見個大氣兒，這會子一把扇子就這麼著了。何苦來！要嫌我們就打發我們，再挑好的使。好離好散的，倒不好？』寶玉聽了這些話，氣的渾身亂戰，因說道：『你不用忙，將來有散的日子！』」[395]之後晴雯又云：「我倒不知道你們是誰？別叫我替你們害臊了！便是你們鬼鬼祟祟幹的那事兒，也瞞不過我去，那裡就稱起『我

---

[392]案：王府本脂評則稱晴雯為「素昔浮躁多氣人。」(見陳慶浩編著《新編石頭記脂硯齋評語輯校》，頁 514)

[393]見曹雪芹 高鶚原著 馮其庸等校注《紅樓夢校注》，第 52 回，頁 820。

[394]同前註，第 20 回，頁 318。

[395]同前註，第 31 回，頁 484。

們』來了？明公正道，連個姑娘還沒掙上去呢，也不過和我似的，那裡就稱起『我們』來了！」[396]寶玉好意諭示晴雯「勿瞻前不顧後」，晴雯卻以「聚散主題」之無情酸語及疑心寶襲間鬼祟幹事「對治」[397]之。因摺扇事件而勾扣出晴雯對他人要求自己合理表現時，卻有負向態度及被動性抗拒之特質，包括難納寶玉雅言、好爭辯、表現出任威權者擺佈之無奈、對寶襲關係親密之憤懣、及抱怨自己因摺扇卻被罵的不受賞識等心態，其中有人哭泣、下跪、心碎，直至寶玉從薛蟠處盡席而回時，因誤認晴雯為襲人而藉撕扇作千金一笑，二人才盡棄前嫌。寶玉的「愛物之理」情有感發，但晴雯驕縱性傲[398]，故其撕扇紓解不悅，亦是被動攻擊性格者無法直接抗拒威權者之平衡作用[399]。寶玉對晴雯之容忍與放任，固然可說是馭下甚寬、不拘小節，不過此時因寶玉已帶幾分酒意且步履踉蹌，故縱容晴雯撕扇便成了另一種鼓勵晴雯性格異化之形式。

至於晴雯不合理之挑剔及輕蔑威權者，則同時見諸第 26 回及 37 回中，且都是背地抱怨：(一)第 26 回晴雯與碧痕拌了嘴，正巧遇寶釵來找寶玉，於是將氣移於寶釵之上，背地抱怨著：「有事沒事跑了來坐著，叫我們三更半夜的不得睡覺！」[400] (二)第 37 回王夫人賞了秋紋二件衣服，晴雯卻背後批評王夫人送的是次等貨：「呸！沒見世面的小蹄子！那是把好的給了人，挑剩下的才給你，你還充有臉呢。」[401]又云：「要是我，我就不要。若是給別人剩下的給我，也罷了。一樣這屋裏的人，難道誰又比誰高貴些？把好的給

---

[396]同前註，頁 485。

[397]佛家語，指人際關係中之對應或處理模式。

[398]王府本脂評稱「...寫晴雯性傲的是傲性。鄙何人斯，而有肖物手段。」（見陳慶浩編著《新編石頭記脂硯齋評語輯校》，頁 644）

[399]可參考許正典醫師〈妙婷個案〉所提及的被動攻擊性格的基本特質之舉例：「例如擺脫不了母親的強權，只好被動的以暴食來平衡；...」（見《張老師月刊》，2002 年，4 月刊，第 292 期，頁 101）

[400]見曹雪芹 高鶚原著 馮其庸等校注《紅樓夢校注》，第 26 回，頁 415。

[401]同前註，第 37 回，頁 566。

他，剩下的才給我，我寧可不要，沖撞了太太，我也不受這口軟氣。」[402]晴雯背地理直氣壯地抱怨，性格倔強，同時間卻又投射著對好運道者之羨慕及怨疑心態，此種性格亦極符合「被動攻擊性格者」之臨床性格表現：「固執，倔強，雖然常背地裡發牢騷，但心理又很仰仗權威。[403]」

又晴雯的倔強性格，除了此處及之前筆者所引王善保家的所見外，第74回搜檢大觀園時，晴雯一反常態地成了被詬誶謠諑之受害者，因不敢頂撞王夫人之盤問，模樣服從、態度緊張地一再澄清自己與寶玉的關係，但在鳳姐所主導之搜檢行動中，面對王善保家的，卻又態度漠然而有些好強莽撞。庚辰本與程本系統不同，庚辰本有王善保家的說：「『是誰的？怎麼不開了讓搜？』襲人等方欲替晴雯開時，只見晴雯挽著頭髮，闖進來，豁一聲將箱子掀開，兩手捉著底子，朝天往地下一倒，將所有之物盡都倒出來。王善保家的也覺沒趣兒，看了一看，也無甚私弊之物。回了鳳姐，要往別處去。」[404]程本中更有發生口角之描述：「『是誰的？怎麼不開了讓搜？』襲人等方欲替晴雯開時，只見晴雯挽著頭髮，闖進來，豁一聲將箱子掀開，兩手捉著底子，朝天往地下一倒，將所有之物盡都倒出來。王善保家的也覺沒趣兒，便紫脹了臉，說道：『姑娘，你別生氣。我們並非私自就來的，原是奉太太的命來搜查。你們叫翻呢，我就翻一翻；不叫翻，我們還許回太太呢。那用急

---

[402] 同前註。

[403] 筆者綜合以下二書之說法：(1)見曾文星、徐靜《現代精神醫學》，第23章「人格障礙」之說法，有關「被動攻擊型性格之特質」：「他們的性格固執，倔強，內心充滿憤怒與不滿，只是不敢直接且主動的把他們的反感表現出來而已。雖然常背地裡發牢騷，但心理又很依賴權威。」(2001年版，頁363)(2)見Michael Gelder, Richard Mayou, Philip Cowen's *Shorter Oxford Textbook of Psychiatry,* 'personality and personality disorder': "This term is applied to a person who, when demands are made upon him for adequate performance, responds with some form of passive resistance, such as procrastination, dawdling, stubbornness, deliberate inefficiency, pretended forgetfulness, and unreasonable criticism of people in authority...."2001;172.

[404] 見曹雪芹 高鶚原著 馮其庸等校注《紅樓夢校注》，第37回，頁1159。

的這個樣子？』晴雯聽了這話，越發火上燒油，便指著他的臉，說道：『你說你是太太打發的，我還是老太太打發來的呢！太太那邊的人，我也都見過，就只沒有看見過你這麼個有頭有臉大管事的奶奶！』鳳姐見晴雯說話鋒利尖酸，心中甚喜，卻礙著邢夫人的臉，忙嚇住晴雯。」[405]晴雯並不善於人事酬酢，因此在《紅樓夢校注》中豁琅地開箱倒物[406]，表面配合抄檢，性格行為上卻顯得倔強，但在程本中透過鳳姐之外視角，晴雯不僅尖酸刻薄，對同儕之年長者亦有不敬與不屑，反擊話鋒更是刺耳異常，最終因鳳姐擅長周旋而得以圓局。

有關晴雯仰仗權威之實，除了之前筆者論及晴雯矯言寶玉之令，攆走墜兒外，亦見於 26 回黛玉至怡紅院叩門時，晴雯並不問誰，卻藉故道：「都睡下了，明兒再來罷！」[407]並假寶玉之名回應：「憑你是誰，二爺吩咐的，一概不許放人進來呢！」[408]晴雯有了靠山，顯然對於觸犯封建制度階級觀念之禁忌並不在意，其逆行僕人之責，在寶玉丫環中確實少見。另又可從丫環佳蕙向小紅抱怨的話語中一窺其兩極化之人際關係：「可氣晴雯、綺霰他們這幾個，都算在上等裏去，仗著老子娘的臉面，眾人倒捧著她去，你說可氣不可氣？」[409]作者透過其他女僕之視角，正可補充晴雯在賈家之地位與角色的份量。從以上筆者針對 DSM 系統研究之論述中，晴雯性格除了並無第(6)點之特質外，另就陰鬱面論之，其雖非悲觀憂鬱者，但想法與性格之負面言行顯然較多，不過卻已符合被動攻擊性格者，須具有四項或四項以上之判準。晴雯雖曾令黛玉及一些丫環與職場上之同儕不悅，對其人際關係多少有所損

[405] 見北京人民文學出版社程甲本《紅樓夢》，頁 870。案：程甲本與程乙本《紅樓夢》、朱咏葵著《脂硯齋傳本紅樓夢》及影乾隆壬子年木活字本《百廿回紅樓夢》等，此處之敘述均同於北京人民文學出版社《紅樓夢》本。
[406] 案：《戚蓼生序本石頭記》同於《紅樓夢校注》。
[407] 見曹雪芹 高鶚原著 馮其庸等校注《紅樓夢校注》，第 26 回，頁 416。
[408] 同前註。
[409] 見第 26 回，頁 671-672。

傷，但不致嚴重影響到個人之生活秩序及職能，故僅是個被動攻擊性格者，並非被動攻擊性格障礙症者，亦非病態。

(二)被動攻擊性格與攻擊性格

達爾文(Charles Darwin)於 1859 年提出《物種起源》 *The Origin of Species*，以為有機體是為延續自己和種族而生存[410]，而佛洛伊德 (Sigmund Freud)的人格理論便奠基達爾文之生物學觀點，提出人類的兩種本能：性的本能(sex instinct)，是為了延續種族，攻擊的本能(aggressive instinct)，則是為了保護自己。佛洛伊德《超越享樂》 *Beyond The Pleasure Principle* 指出人有「生之本能」及「死之本能」，其中「性之本能」屬於「生之本能」，而「攻擊之本能」則屬於「死之本能」。在「性的本能」中之「生存本能」，可以使「死之本能」轉向，由指向自己轉變為指向別人，於是變而為攻擊別人的形式[411]。被動攻擊性格與攻擊性格之間其實有模糊處。晴雯之被動攻擊行為，並非生態學所謂的「多數乃因密度決定因素使然」[412]，而是為了「維護尊嚴」、「擴張生存空間」，「平衡自我」，甚至乃因「與生俱來之習性」所致。在心理學理論中亦以為「操縱者性格、被動攻擊性格、歇斯底里性格、依賴性格等，大都與女性角色的處境有關，而女性角色又受文化結構所界定，不是單純的『天生特質』所決定的。」[413]西方國家基羅拉摩 Girolamo 及多托 Dotto

---

[410] 見達爾文著　葉篤莊、周建仁、方宗熙譯《物種起源》，第 1 章 「家養下的變異」、第 3 章 「生存鬥爭」、第 4 章 「自然選擇；即最適者生存」，頁 23-150。

[411] 可參考 Sigmund Freud's *Beyond the pleasure principle*, translated and edited by James Strachey ; introduction by Gregory Zilboorg.

[412] 見 E. Q.威爾遜《論人之天性》，第 5 章 「攻擊性」中曾提及生態學之理論。另可參考：「生態學研究」網站：http://ocr.tab.net.cn/BIG5/kpzp/w/weierxun/lrdt/005.htm - 2001/03/11

[413] 見王雅各主編《性屬關係》(上)，劉惠琴撰 「女性主義與心理學」，頁 159。

所做的流行病學之研究報告中，有關被動攻擊性格的部分，在七個個案中，卻有 1.7 的盛行率，而在台灣對此種性格抽樣問卷調查的個案卻極少[414]。其中之被動攻擊型性格因不易嚴重到產生障礙(disorder)，且個案又少，故往往為古今社群所忽略，而不引以為異。

　　性格主導命運，似非而是。《紅樓夢》中一個狷忿眞率、符合被動攻擊性格之晴雯，非全是毫無緣故地攻擊他人，而此種性格所轉化之撕扇、甚至毆打其他小丫頭等行為，亦是一種特殊性格之情緒發洩[415]，故較易引致人際關係之不協調。然而晴雯攆走墜兒，王夫人又攆走晴雯，恰伏了《紅樓夢》線性因果報應之謀篇，讓其於生命最脆弱處，物化為一縷冤魂。

二、傳情大使與針線情

　　膽智爲貴，卻難兩全。晴雯在《紅樓夢》中強悍任性、倔強好勝、高傲易怒，雖不算是個慧智者，但卻是個義膽忠誠，又哀怨憤懣者。一個性格特殊者，作者對其情感問題或有脫棄凡俗之筆，筆者將一一論述之。

---

[414]在台灣有關性格研究個案中，從 1997 年 8 月-1998 年 6 月，台灣省高雄區中等學校心理衛生諮詢服務中心〈個案分析表〉及 2002 年 1 月-2002 年 6 月，雲林區中等學校心理衛生諮詢服務中心 [生命教育示範中心]〈轉介個案診斷〉中，有關被動攻擊性格障礙被轉介之個案幾乎是「零」。在許正典醫師的治療病患中，亦提及一例個案而已。不過在西方世界 2000 年根據在基羅拉摩 Girolamo 及多托 Dotto 所做的流行病學之研究報告中，有關被動攻擊型性格部分，在 7 個個案中卻有 1.7 的盛行率，甚至比反社會性格 18 個個案中有 1.9 的發生比例要高。然而因我們見不到其他各國之研究報告，故不敢妄斷，但至少在台灣此種性格被發現是不易的，且雖《精神疾病的診斷與統計》、《精神與行為障礙之分類——臨床描述與診斷指引》及《實用精神醫學》書中均有提及「被動攻擊型性格」，但卻非屬於「常見之性格類型」。
[415]案：端木蕻良〈晴雯撕扇〉中提及晴雯撕扇行為是：「物質轉化為情感的時候」(見《歷代名篇賞析集成》，頁 2543-2545)其實端木蕻良已注意到晴雯之撕扇是一種轉化行為，只是他非以精神醫學之角度論斷而已。

(一)傳情大使

　　有關晴雯之兒女私情，由於年輕早夭及職場運途而無緣經歷，僅賈寶玉成為其情感出入奉獻之苑囿，因此義誠亦見乎此。晴雯與寶玉之情意互動，主述於 34 回、51 回、52 回、53 回、77 回、78 回及 116 回等。晴雯從傳遞定情物起，擁被一渥、針線情、海棠花之象徵至傳情大使止，一路述說著點滴情感與義勇服勤之一面。

　　首論晴雯之傳情角色，在第 34 回中，寶玉因金釧兒之事，被打受傷服藥，黛玉來看他時紅了眼，於是寶玉令晴雯送二條絹子給黛玉當定情物；黛玉會意收下，晴雯此時之順命達情，儼然傳情大使。晴雯再次成為傳情大使則是遠在 116 回的夢中諭示。晴雯往生後再次出現於寶玉之「再遊太虛幻境之夢」中，一個可歸納為佛洛伊德《夢的解析》中「經年複現之夢」（perennial dream）[416]的夢類型，或者更準確地說，應是「複現之夢」的夢類型，在筆者的博士論文《紅樓夢中夢、幻、夢幻情緣之主題學發微──兼從精神醫學、

---

[416]根據佛洛伊德《夢的解析》的說法，以為孩提時就做過的夢，在成年時仍一再出現於夢中者，乃源自於受「孩提時期經驗的影響」，可參考佛洛伊德原著A‧A‧Brill, J. Strachey英譯，賴其萬及符傳孝先生所譯之《夢的解析》 *The Interpretation of Dreams* 一書，第5章：「夢的材料與來源」頁117。英譯文為：There is another way in which it can be established with certainty without the assistance of interpretation that a dream contains elements from childhood. This is where the dream is of what has been called the "recurrent type": that is to say, where a dream was first dreamt in childhood and then constantly reappears from time to time during adult sleep. (見 *The standard edition of the complete psychological works of Sigmund Freud.* Translated from the German under the general editorship of James Strachey, 2001; IV: p.190)有關寶玉此夢之研究成果，可參考筆者之《紅樓夢中夢的解析》一書，頁131-133。案：清人陳其泰先生於其《桐花鳳閣評夢輯錄》一書提及寶玉夢遊太虛幻境，是夢遊光景的一種，其文為：「夢遊以警幻為線索，魂遊以和尚為線索。…(卻原來恍恍惚惚，趕到前廳)仍是夢遊時光景。」(頁356) 另宋‧李昉《太平廣記》中對夢之分類分為：夢休徵、夢咎徵、鬼神與夢遊類，故此書乃將夢內容之「夢中出遊」歸於「夢遊類」。

心理學、超心理學、夢學及美學面面觀》中已針對佛洛伊德的理論修正論述過。有關寶玉之年齡，或有考證已是二十歲[417]之成年人者，然而書中本多舛誤，尤其第 16 回之後，歷來研究者多人，故難有定論。當寶玉夢中仍意識清醒地領悟冊詞後，被尤三姐持鴛鴦劍追斬塵緣，慌亂中，晴雯突然出現，讓寶玉頃刻間從獲救紓解至忽見黛玉時心情又頓挫快然：「寶玉道：『我一個人走迷了道兒，遇見仇人，我要逃回，卻不見你們一人跟著我。如今好了，晴雯姐姐，快快的帶我回家去罷。』晴雯道：『侍者不必多疑，我非晴雯，我是奉妃子之命特來請你一會，並不難為你。』寶玉滿腹狐疑，只得問道：『姐姐說是妃子叫我，那妃子究是何人？』晴雯道：『此時不必問，到了那裏自然知道。』寶玉沒法，只得跟著走。細看那人背後舉動恰是晴雯，那面目聲音是不錯的了，怎麼他說不是？我此時心裏模糊。且別管他，到了那邊見了妃子，就有不是，那時再求他，到底女人的心腸是慈悲的，必是恕我冒失。…又有一人捲起珠簾。只見一女子，頭戴花冠，身穿繡服，端坐在內。寶玉略一抬頭，見是黛玉的形容，便不禁的說道：『妹妹在這裏！叫我好想。』」[418]寶玉夢中之心像，一個冷漠不多言之傳情大使——晴雯，再次獨挑重任，引渡賈寶玉與林黛玉相會後，便夢幻煙滅。晴雯前後二次傳情，從塵間凡人至幻境仙女，先是奉寶玉之命，後是應林黛玉之令，但寶黛情緣在塵間陽界與夢中心像中，卻均因賈母的沖喜理論及鳳姐的偷龍轉鳳之策而拆散二人姻緣，及在夢中被侍女所逐而破局。夢境變式為人類性靈與感應運作之超能展場，提供作者渲染晴雯具有芙蓉花神之唯美氣息，並融入絳珠仙草及神瑛侍者之仙境傳奇中，其神秘氣質遠較襲人更能勝任傳情大使之責。

(二)針線情

---

[417]根據作者的暗示及周紹良先生《紅樓夢研究論集》考證為二十歲，頁 68。
[418]見曹雪芹 高鶚原著　馮其庸等校注《紅樓夢校注》，第 116 回，頁 1735-1736。

　　次論擁被一渥及勇補孔雀裘二事，期間作者乃以因果造情一椿報恩故事。之前第8回中，晴雯求好心切，不畏手凍僵冷地貼上絳紅軒門匾時，賈寶玉曾因晴雯手冷而握攜晴雯之手，一起仰首看著門楣，之後第51回中，又因緣於襲人之母病危歸家，寶玉半夜要茶喝，因擔心晴雯從薰籠下來時受涼，而再次握摸晴雯之手臉，並告訴晴雯「你來把我的這邊被掖一掖」[419]、「快進被來渥渥罷」[420]。晴雯病後，寶玉不但讓出自己的繡房爲晴雯延醫治療，更換太醫及藥品[421]，並親自看著僕人煎藥等行動，體貼入微。然寶玉豈僅關心晴雯，亦在乎麝月及襲人[422]，此時寶玉對晴雯之敠情約性，亦極得洽，殆爲日後晴雯爲其勇補孔雀裘作瓊瑤酬謝之因。林黛玉往生後，109回中面對五兒時，寶玉一則緬懷黛玉，一則津津樂道昔日與晴雯擁被一渥之事，但卻反而啓人疑寶，寶玉的受享過去，似較悲感過去爲多。至於晴雯之光明善性，則見諸嘔心瀝血的針線情中。賈府丫環中會針線者，除了紫鵑、雪雁、鴛鴦、襲人外，晴雯更是翹楚[423]。52回晴雯獨自在炕上，病得像個蓬頭鬼一

---

[419] 同前註，第 51 回，頁 792。

[420] 同前註。

[421] 同前註，寶玉察覺新太醫(案：回目稱之為胡庸醫)所開的藥，是自己曾傷寒時，身體所禁不起的虎狼藥，不宜於女生，於是重新延聘熟太醫開新藥醫病，看到新藥中並無枳實及麻黃之烈藥，才放心(案：此處陳存仁醫師以為新醫師所開之藥麻黃可發汗，故並無誤)可參考陳存仁〈晴雯天風流——紅樓夢的病症與醫理〉，刊於《大成》，1981 年 10 月 1 日，第 95 期，頁 13)

[422] 案：73 回中寶玉看見麝月只穿了短襖，解了裙子時，仍擔心地提醒「夜靜了，冷，到底穿一件大衣裳才是。」(見《紅樓夢校注》，第 73 回，頁 1137)另寶玉也不忘讓麝月打點些東西，叫個嬤嬤帶去給襲人，並勸襲人少哭。

[423]《紅樓夢》中能做針線的人不少，見曹雪芹，　高鶚原著　馮其庸等校注《紅樓夢校注》，第 25 回林黛玉同紫鵑雪雁做了一回針線。第 57 回，文中述及紫鵑在迴廊上作針線(見《紅樓夢校注》，頁 396)。第 57 回，紫鵑聽說寶玉得了呆病「忙放下針線」(見《紅樓夢校注》，頁 885)。　晴雯部分見於 51 回。晴雯道:「『這是孔雀金線織的，如今咱們也拿孔雀金線就像界線似的界密了，只怕還可混得過去。』麝月笑道:『孔雀線現成的，但這裏除了你，還有誰會界線?』晴雯道:『說不得，我掙命罷了。』」(見《紅樓夢校注》，頁 815)又第 74 回晴雯告訴王夫人:「我閒著還要做老

般，卻爲了寶玉不防燒了一件俄羅斯國「雀金泥」襟子的一角，而熬夜補裘，以便寶玉第二天仍可順利穿去見賈母，因而緩解了麝月與寶玉之緊張情緒。晴雯此時思純無邪地耗神盡氣、咬牙捱命，眞率情性盎然出之，但求工於界線縫補之精贍，並不倦首縮步於當下之昏暈喘虛，書中如此描述晴雯之身體狀況：「無奈頭暈眼黑，氣喘神虛，補不上三五針，伏在枕上歇一會。…一時只聽自鳴鐘已敲了四下，剛剛補完，又用小牙刷慢慢的剔出絨毛來。」[424]賈寶玉當時則亦能悉人情、該物理，提供滾水、歇息、灰鼠斗篷、枕頭及搥背消疲等，替晴雯助氣補神。二人互體時艱，情義流動。

《紅樓夢》作者再以秋紋感慨寶玉所穿之紅褲子，彰顯晴雯之巧裁出新：「這褲子配著松花色襖兒，石青靴子，越顯出這靛青的頭，雪白的臉來了。」[425]另又從焙茗一日拿了當日之孔雀裘予寶玉穿時，寶玉眼見神癡而感傷[426]。自摺扇、撕扇及勇補孔雀裘後，晴雯與寶玉間更是情出附驥，不過僅有餘韻而無情愛，此可從晴雯病癒後回應平兒親自來請昨日在席的人時，其對寶玉有親暱稱呼，可驗證之：「『今兒他還席，必來請你的，等著罷。』平兒笑道：『他是誰，誰是他？』晴雯聽了，趕著笑打，說道：『偏你這耳朵尖，

太太房裏的針線」(見《紅樓夢校注》，頁 1158)。另 32 回襲人央求湘雲爲寶玉做鞋，乃因襲人身體不好，湘雲云：「『這又奇了。你家放著這些巧人不算，還有什麼針線上的，裁剪上的，怎麼叫我做起來？你的活計叫人做，誰好意思不做呢？』襲人笑道：『你又糊塗了！你難道不知道，我們這屋裏針線，是不要那些針線上的人做的。』(見《紅樓夢校注》，頁 498)。案：「巧人及那些針線上的人」是指晴雯。第 78 回賈母云：「我的意思這些丫頭的模樣爽利言談針黹多不及他，將來只他還可以給寶玉使喚得。」(見《紅樓夢校注》，頁 1229)案：「他」是指晴雯。第 46 回 邢夫人曾讚美鴛鴦之針線：「越發好了」…一面說,一面便接他手內的針線。」(見《紅樓夢校注》，頁 705)又第 24 回有鴛鴦歪在床上看襲人的針線及 81 回有「襲人倒可做些活計，拿著針線要繡個檳榔包兒」，因此晴雯擅長針線是沒問題，且具針織巧手。
[424]同前註，第 52 回，頁 815。
[425]同前註。
[426]同前註，第 89 回，頁 1398。

聽得真。』」[427]另可從第 78 回中晴雯將亡時，燈姑娘(案：程甲本此處作貴兒媳婦)偷聽寶玉與晴雯之對話而恍然大悟，亦可戡驗之，當時燈姑娘告訴寶玉：「我進來了好一回在窗下細聽，屋裏只你二人，若有偷雞狗盜的事，豈有不談及此。這麼看起來，你們兩個人竟還是各不相擾！以後你只管來，我也不羅造你。」[428]但在北京人民文學出版社之《紅樓夢》及影乾隆壬子年木活字本《百廿回紅樓夢》中，晴雯與寶玉間之清白還被貴兒媳婦戲謔爲傻，不過卻更澄清了晴雯病前對寶玉不敢有任何逾越之心態。此二版本中更敘述柳五兒與母親因奉襲人之命送東西給晴雯，其叫喊聲讓正拉扯寶玉之吳貴媳婦不得不知難而退，寶玉亦得以脫逃。晴雯當時雖作垂死掙扎，病榻上只是急膇，並氣得昏暈過去，但其對寶玉之愛護與關懷，可從此時之反應瞥見。此處乾隆壬子年木活字本《百廿回紅樓夢》較庚辰本實具有更擅勝場之戲劇性敘述。

此外，《紅樓夢》中白海棠出現的意境深遠。白海棠突然半邊枯萎，與晴雯之死的氛圍營造，從寶玉角度論之，是「以心攝境」之筆法，從白海棠角度論之，則是「物感人事」之運用，此乃《紅樓夢》中文登上品之構思。前者強調「性靈竅於心」，因此寶玉對白海棠之榮枯特有所感，並堅信天下有情有理之人、物，更是極有靈驗的，譬之孔廟前之檜樹、墳前之蓍草、諸葛祠前之柏樹、岳武墓墳前之松樹、楊太眞沈香亭之木芍藥、端正樓之相思樹、王昭君墳上之長青草等，均應著世治或世亂而有榮枯。《宋書·五行志》中，有晉安帝「躡履步前園，時物感人情」[429]之記載，其實此亦是一種「以心攝境」之筆法，而六朝梁·吳均(469-50)《續齊諧記》中有紫荊樹聞人聲、

---

[427]同前註，第 74 回，頁 986。

[428]同前註，第 78 回，頁 1220。

[429]見《宋書·五行志》曰：「晉安帝隆安中，民忽作《懊惱歌》，其曲 ... 躡履步前園，時物感人情。」(卷 21，志 21，五行 2，頁 14)

知人意之榮枯說[430]，則是以紫荊樹角度論說之「物感人事」的運用。然而不論是因「感物啓人應」、「悲情觸物感」之「以心攝境法」或「物感人事說」等，均可釀塑出神秘氛圍。

又晴雯往生後，託夢寶玉之描摹，更具心境相印，可謂極變窮趣之效：「只見晴雯從外頭走來，仍是往日形景，進來向寶玉道：『你們好生過罷。我從此就別過了！』說畢，翻身就走。寶玉忙叫時，又將襲人叫醒。襲人還只當他慣了口亂叫，卻見寶玉哭了，說道：『晴雯死了。』襲人笑道：『這是那裡的話！你就知道胡鬧。被人聽著什麼意思。』寶玉那裡肯聽，恨不得一時亮了就遣人去問信。」[431]晴雯死亡當晚，直著脖子叫了一夜---喧騰扎掙，與夢中平靜去來對比鮮明。二人之「心電感應」[432]，除了強調與晴雯死亡時間之巧合(次日清晨去世)及寶玉醒後之鑑夢悟情外，更可能是作者正視超感官世界之啓迪與發明。

晴雯一生情感之付出，從傳情大使、小傷寒病程中針織巧手之志量才情、託夢道別之超心理牽掛、至謹守主僕分寸且未逾倫常等情事中，形塑了一個雖性格爆炭，卻也柔情似水的俏丫環。荊山之璞，唯寶玉知其爲寶。晴雯一生流露眞情文采，不但躋身爲傳情大使，更與賈寶玉時有情感經緯交錯之運命，然而二人相狎褻雖達五年八個月之久，但卻無關乎男女情愛。[433]

---

[430] 見吳均撰《續齊諧記》：「京兆田真兄弟三人共議分財，生貲皆平均，惟堂前一株紫荊樹共議欲破三片，明日就截之，其樹即枯死，狀如火燃。真往見之大驚，謂諸弟曰：『樹本同株，聞將分研，所以憔悴，是人不如木也。』因悲不自勝，不復解樹；樹應聲榮茂。兄弟相感，合財寶，遂為孝門。真仕至大中大夫。」(見《叢書集成新編》82 冊，頁 43)

[431] 見曹雪芹 高鶚原著 馮其庸等校注《紅樓夢校注》，第 78 回，頁 1222。

[432] 案：心電感應「是屬於現代稱為『超心理學』（Parapsychology）中的一個領域。所謂『超心理學』意指研究生物體與其環境間不受已知的知覺運動功能（Sensor；motor functions）所支配的相互作用。…心電感應（Telepathy）指對他人思想的超感官知覺…」(見於王溢嘉編輯《夢的世界》，頁 162)

[433] 可參考陳桂聲〈劃破烏雲濃霧的理想之光──論晴雯〉；其針對晴雯向寶玉傾吐心聲時，提及晴雯對待寶玉間之情感「不是一般的情愛…對自己平生最為相契的一個

三、芙蓉花落之因緣

「霽月難逢，彩雲易散」伏讖著一個喜巧妝艷飾之晴雯的因病而卒，其篇幅雖不及襲人、平兒，但有關芙蓉花落之鐫藻，卻深刻動人，其因緣可深究之。

(一)勇晴雯病補孔雀裘

有關晴雯之死，在《紅樓夢》中有二次生病訊息，一次在 52-53 回，勇晴雯病補孔雀裘時，另一次在 74 回-78 回。52 回王府脂評本回前總批，晴雯所得爲「時症」[434]，其實並未詳述究竟是何症？當太醫診脈後說：「竟算是個小傷寒。幸虧是小姐素日飲食有限，風寒也不大，不過是氣血原弱，偶然沾染了些，吃兩劑藥疏散疏散就好。」[435]晴雯之傷風可能與麝月所云：晴雯當日早起時嚷著不受用，且一日內不吃正經飯、不懂保養有關。風邪趁虛而入，乃中國古代醫學中所謂的「六淫」：「風、寒、暑、濕、燥、火」[436]所致，縱使晴雯辯稱自己不是個嬌嫩者，但亦難抵人間大氣自然出入之運程。陳存仁醫師以爲晴雯之病是「肺風痰喘」，即「大葉性肺炎」。在林師昭庚《中西醫病名大辭典》，第 8 章　「呼吸系統疾病」中有關「大葉性肺炎」之病徵

少男的最真摯的情感傾訴」(刊於《紅樓夢學刊》，1995 年，第 4 輯，頁 217)

[434] 王府本脂評稱「...寫晴雯時症是時症。」(見陳慶浩編著《新編石頭記脂硯齋評語輯校》，頁 644)

[435] 見曹雪芹　高鶚原著　馮其庸等校注《紅樓夢校注》，第 51 回，頁 793。

[436] 在《河間六書·咳嗽論》中提及此六氣皆令人咳，並可參考林昭庚《中西醫病名大辭典》，第 3 冊，第 8 章，頁 1055。有關「六淫」，更詳細之資料可參考徐治國、張廷模、文昌凡主編《當代中醫內科學》，第 1 章　「疾病概論」，頁 5。

有：「寒戰、高熱、咳嗽、胸痛、肺部鑼音」[437]；另徐治國、張廷模、文昌凡主編《當代中醫內科學》中所述之病徵「無肺部鑼音，而有喀痰。」[438]然而由於晴雯之症狀是打噴嚏、發燒、頭疼、咳嗽、鼻塞及脈搏虛浮微縮等，與今日中西醫之感冒的徵候相當，而與大葉性肺炎之臨床研究主訴胸痛和呼吸困難有很大差異，且晴雯病重時，太醫再來診視，便覺其外感漸減而改以調養治之，故此時晴雯之病，仍以外感內滯之「傷寒症」視之較妥。由於晴雯「素習飲食輕淡，饑飽無傷」[439]，且賈宅對於一般傷風咳嗽亦有自療方式：「總以淨餓為主，次則服藥調養，故於前一日病時，就餓了兩三天，又謹慎服藥調養」[440]因此，晴雯之病雖重且勞碌，不過加倍調養後亦漸漸康復，且其曾自信盈滿地對寶玉說：「我那裏就害瘟病了，只怕過了人！」[441]、「好太爺！你幹你的去罷，那裏就得癆病了。」[442]其實此乃書中伏線晴雯之後得癆病之反筆。

(二)女兒癆及其他疾病

　　成見令人冷酷，晴雯惹王夫人嫌的不僅是罵人的猖狂惡臉，王善保家的進讒「妖妖趫趫、不成體統」之說，病西施之體態及眾人的妖精謠言[443]更是傷人。在第74回搜檢大觀園後，便因晴雯「一年之間，病不離身…前日又病

---

[437]見頁 1055。
[438]見第 9 章，頁 165。
[439]見曹雪芹　高鶚原著　馮其庸等校注《紅樓夢校注》，第 51 回，頁 793。
[440]同前註。
[441]同前註，頁 793。
[442]同前註，第 53 回，頁 819。
[443]除了 73 回王夫人的主觀認定外，賈家年長女僕亦云：「今日天瞎了眼，把這一個禍害妖精退送了，大家清靜些。」(見曹雪芹　高鶚原著　馮其庸等校注《紅樓夢校注》，第 77 回，頁 1213)

倒了十幾天，叫大夫瞧，說是女兒癆」[444]故王夫人斬釘截鐵地叫人將病重、蓬頭垢面的晴雯架了出去，模樣楚楚可憐：「晴雯四五日水米不曾沾牙，懨懨弱息，如今現從炕上拉了下來，蓬頭垢面，兩個女人才架起來去了。王夫人吩咐，只許把他貼身衣服撂出去，餘者好衣服留下給好丫頭們穿。」[445]四、五日的斷糧絕漿，對晴雯體魄有重大損傷，加之晴雯回到兄嫂家中後，嫂子無心照料，讓其一人在外間房內爬著，並睡在蘆席土炕上，因此晴雯病情更加惡化：「因著了風，又受了他哥嫂的歹話，病上加病，嗽了一日，才朦朧睡了。」[446]在寶玉來探視晴雯，以人情相慰時，晴雯「便嗽個不住」[447]。《紅樓夢》作者以地獄苦火煎熬著一個瀕死的晴雯，一方編排賈寶玉傾聽晴雯迅吐心語，並透過「以點喻面」之筆法，從手部枯瘦，借喻晴雯形體早如枯柴，又強調四個銀鐲對晴雯造成之負擔，及憐惜晴雯長了二寸之兩個指甲，因病受損，作為寶玉之纖細關懷。一方又述說晴雯除了得「女兒癆」外，又感風寒，雖病勢沉重，卻又優柔不迫地對著寶玉預告自己之死訊：「不過挨一刻是一刻，挨一日是一日。我已知橫豎不過三五日的光景，就好回去了。」[448]晴雯在不甘、覺悟、懊悔與無奈中嘆惋，控訴著職場之不公與情感之冤屈，更剪下二管指甲及脫下一件貼身舊紅綾襖，贈予寶玉作為念物兒，最終又虛極生明地安慰寶玉：「我將來在棺材內獨自躺著，也就像還在怡紅院的一樣了。」[449]而後才走入死亡幽谷。

晴雯之死，乃得「女兒癆」致死，書中言之極明，本無庸置疑，但在呂啟祥〈析"晴雯之死"〉一文中指出：「到了王夫人手裡，…一方面還要搪塞賈母，說晴雯淘氣懶惰，又得了癆病，才做主叫她出去。實際上，晴雯的被

---

[444] 同前註，頁 1229。

[445] 同前註，頁 1213-1214。

[446] 同前註，頁 1219。

[447] 同前註。

[448] 同前註，頁 1219-1220。

[449] 同前註，頁 1220。

逐致死；與其說是王夫人的刻薄寡恩，不如說是末世當權者必然會採取的最後的招數。」[450]又最早提出疑問的是李騰嶽〈紅樓夢醫事：殊に其の諸人物の罹患疾病に就ての察〉(紅樓夢醫事：特殊人物所罹患疾病之相關考察)，其以爲晴雯之死因：「應該是呼吸系統疾病，其記錄的症狀僅咳嗽，身體極度衰弱，詳細情況不明。之後，王夫人向賈母報告時，只說醫生判定她女兒的病爲女兒癆（第 78 回）」[451]。事實上「癆病」與「女兒癆」並不能劃上等號，而李騰嶽先生雖延請中醫學家李庵提建議，不過結論中的矛盾，甚至於牽涉到「女兒癆」的婦產科問題，恐怕仍需進一步釐清與研究。

　　林昭庚教授主編《中西醫病名大辭典》，第1章 「傳染病及寄生蟲病」有「癆」字之定義：「癆義同勞，勞者即勞損或虛勞之義。其病因病機，一爲風寒外感，內傷體虛正氣不足；二爲邪病，『癆蟲』經口鼻而入肺部，肺病後又傳遍他臟；病理性質以陰虛爲主。」[452]中醫之「女兒癆」，乃指未婚女性特有的結核病，發生於其臟器者，包括子宮、輸卵管及卵巢的結核等，均屬於嚴重肺外結核中「生殖系統之結核病」[453]，然而研究《紅樓夢》之筠宇與陳存仁醫師二人均曾質疑：《紅樓夢》作者未述及晴雯女兒癆應有的「經閉現象」，故認爲晴雯所得非女兒癆。筠宇於〈晴雯並非死于女兒癆〉中云：「女兒癆是未婚女性在月經初潮后出現的一種經閉現象，同時伴有潮熱、消瘦等現象，按照近代醫學來說，相當于子宮結核，或其他結核病引起的月經閉止。從《紅樓夢》著作時代的醫學水平說，也可以將由于貧血或內分泌失調引起的經閉疾病包括在內；但所有這些疾病的症

---

[450]見馬瑞芳　左振坤主編《名家解讀紅樓夢》，頁 225。

[451]刊於《台灣醫學會》，昭和 17[1942 年]，第 41 卷，第 3 附錄別刷，頁 112。

[452]見頁 62。

[453]可參考我的醫學顧問林昭庚教授之意見及陸坤泰主編《結核病診治指引》，第 2 章 「結核病的分類與定義」中提及：「嚴重之肺外結核包括：結核性腦膜炎、栗粒性結核、心包膜結核、腹膜結核、兩側或大量結核肋膜積液、脊椎結核、腸結核、生殖泌尿系統結核。」(頁 7)

狀，在《紅樓夢》提到的晴雯疾病中均無描述。」[454]陳存仁於〈晴雯夭風流——紅樓夢的病症與醫理〉中則云：「根據紅樓夢原文，晴雯是患女兒癆而被趕出大觀園的，我認爲女兒癆發熱甚低，潮熱也是不高的，唯肺風痰喘(即西醫所謂的大葉性肺炎)始有高熱，而且晴雯起病的時候，是在風雨中受到寒冷而起，肺炎球菌也是從風雨中侵襲而來，所以我認爲晴雯是患大葉性肺炎的可能性較多。還有所謂女兒癆，必定月經停止，俗名所謂乾血癆。這一點在紅樓夢書中卻從未提起過。連晴雯患『女兒癆』一點徵象也沒提起。」[455]。在筆者之研究中，實則得女兒癆者，未必會有閉經現象，僅在結核菌入侵子宮內膜(endometrium)產生病變或卵巢(Ovary)嚴重被侵犯時，才會產生無月經現象[456]，因此作者之敘述並無誤。另一較合理之解釋應是：《紅樓夢》作者雖諳於醫理，但回溯《紅樓夢》成書年代，至少是在古抄本乾隆十九年甲戌本1954年至程偉元、高鶚續補《百廿回紅樓夢》之1791年及1792年以前。當時中國並無結核症之病名，雖然中國古典醫籍中已有一些專治癆病之醫書，如《愼柔五書》、《癆病指南》...等[457]，但與今日內科學對結核病之治療需透過對病人望聞問切、檢體及血液檢查等如此精細嚴密之研究比較，自是不可同日而語，故《紅樓夢》作者未述及閉經現象是理所當然。

---

[454]刊於《紅樓夢學刊》，1981 年，第 1 輯，頁 72。

[455]見《大成》，1981 年 10 月 1 日，第 95 期，頁 13。

[456]綜合參考 Mario C. Ravinglione, Richard J. O'Brien's 'Tuberculosis': in *Harrison's Principles of Internal Medicine,* 2001;169:1028.亦可參見 *Harrison's Principles of Internal Medicine,* 2005;150:953-965 年新版, Jean R. Anderson's 'Genital Tuberculosis' in *Novak's Gynecology* 1988;22:557-562.

[457]在史仲序、國立編譯館主編、中國醫藥學院協編《中國醫學史》中提及有關明朝人治療癆療的專書有胡愼柔《愼柔五書》(1636)及汪綺石《理虛元鑑》)(頁 133)。另甄亞志《中國醫學史》中除了提及胡愼柔《愼柔五書》及汪綺石《理虛元鑑》外，亦提及清朝專論癆瘵病的有沈靈犀編《勞虛要則》(1875)、泰伯未《癆病指南》(1920)、蔡陸仙《虛癆病問答》及沈炎南《肺病臨床實驗錄》。

　　晴雯之死，其實不僅是女兒癆而已，而是同時兼含今日婦科學及內科學之問題。74回後晴雯得病過程雖無發燒敘述，但仍有全身不適、四五天米水不沾牙的食慾不振、咳嗽（前已敘述晴雯有二次嚴重的不停咳嗽）及之後手指瘦如枯柴（體重自然會有驟降之現象）及起坐疲乏無力（在地上爬行）等徵候[458]，最終是因得作者所謂的「女兒癆」，及可能又受風寒而亡，或得女兒癆後，可能又併發肺炎，加重病情死亡，故作者透過王夫人說晴雯因女兒癆而死，恐須稍加修正。依此論之，呂啓祥〈析 "晴雯之死"〉一文中對子宮結核與肺結核症似乎不是很了解，而李騰嶽文中之說法以爲晴雯之死因：「應該是呼吸系統疾病」，看來似乎是合理的，不過《紅樓夢》書中並非如其所言的是「記錄的症狀僅咳嗽，身體極度衰弱，詳細情況不明。」這或許正是李先生文中未有進一步深入研究之因。又雖然宋淇及陳存仁醫師均以爲晴雯之病在補孔雀裘後雖說已漸痊癒，不過「焉知癆菌沒有趁虛而入，在她肺部種下禍根。」[459]但在筆者之研究中，從王夫人將晴雯逐出榮府後，說晴雯「一年內病不離身」，又說晴雯「前日又病倒了十幾天」，而後又在姑表兄家殘喘多時，印證晴雯此次生病之時間確實較長。癆症有潛伏期，受結核菌傳染後，經過一段時間（約一年或一年半）會發病[460]，故宋淇及陳存仁醫師此種說法雖不能說完全無可能性，但卻無法證實，我們亦不當妄斷[461]。

---

[458]案：里仁本之《紅樓夢校注》無晴雯喘息之描述，而程甲本、程乙本及影乾隆壬子年木活字本《百廿回紅樓夢》為底本者均有之。

[459]見宋淇、陳存仁〈晴雯天風流——紅樓夢的病症與醫理〉，刊於《大成》，1981 年10 月 1 日，第 95 期，頁 7。

[460]許鴻源《漢方對疑難症之治療》（第一輯）中提及：「受結核菌感染後，通常一年或一年半會發病。」（頁 257）另菊谷豐彥著、許鴻源譯《中西藥併用之檢討》總論中亦有肺結核病之詳細說明，見頁 10。

[461]案：宋淇乃據周汝昌「紅樓紀歷」紀年，但筆者若亦據此推算時間，從第 51 回為故事之第十三年第十一月中至第 74 回則為第十五年八月初三至中秋之間，約共一年又九個月，因此晴雯是否在前一次重病後痊癒時便已被癆菌（中醫古時稱癆蟲）潛伏？其實仍不可知。因晴雯之不自在僅述於 74 回，庚辰脂評亦云：「音神之至，所謂神早離會（舍）矣，將死之兆也。」（見陳慶浩編著《新編石頭記脂硯齋評語輯校》，

之後王夫人在意立即燒化，於是給了晴雯兄嫂十兩銀子，又命令道：「即刻送到外頭焚化了罷。女兒癆死的斷不可留。」[462]於是晴雯被送往城外焚化廠燒化。之後作者再伏因果，讓惡待晴雯之燈姑娘[463]，自晴雯死後，每日至晚間便不敢出門，後因感冒又吃錯藥而死在炕上，顯然作者此處是在強力地懲處人性之虧心者。

一個在金陵十二金釵又副冊中地位雖不算高，但卻在眾丫環中與襲人一般主領風騷之晴雯，作者對其繪事甚深。從生病補孔雀裘起、抄檢大觀園時，西施捧心之病態至殞命止，晴雯之造型被堆疊成峰頂之彩虹。

四、結語

人生之命運仰仗時間洗鍊，一切善惡成敗，決斷乎性格特質之表現。《紅樓夢》作者設構了一個具特殊性格之晴雯、從其卑微身分著手，借由熱情與悲愴性將虛擬角色昇華得至真至極，且具「去陳腐」之功。

頁 696)因此若從 52 回晴雯病癒後便無有任何病相，57 回、62 回、63 回、64 回、67 回及 73 回中晴雯均為康健之動態，例如 57 回中晴雯奉老太太之命來叫寶玉。62 回寶玉回榮府大觀園時晴雯與麝月二人隨侍在旁，並看著魚玩。63 回怡紅院開夜宴時群芳(包括晴雯)在一處行令。64 回晴雯、麝月、秋紋、碧痕與春燕等人在一起玩抓子兒遊戲；67 回晴雯與襲人之對話依然尖刻。73 回晴雯更淘氣地為寶玉次日必須備考經書解難而欺騙賈政與王夫人，說寶玉被上夜時跳下來的人嚇到，須為其取藥治病等，在在均可看出晴雯是個健康而淘氣之人，故晴雯先後二次生病之病因與病情有可能是大相逕庭的。
[462] 見曹雪芹 高鶚原著　馮其庸等校注《紅樓夢校注》，第 78 回，頁 1244。
[463] 案：《紅樓夢校注》於 20 回中提及晴雯之姑表兄為多渾蟲，多渾蟲娶了多姑娘，而賈璉又與多姑娘相契之事；77 回中補述多渾蟲即晴雯的姑舅哥哥，專能庖宰，不顧身命，不知風月，一味死吃酒，而「多姑娘」角色，亦變更為「燈姑娘」。但在程本和人文通行本 64 回中，多渾蟲因酒癆死了，多姑娘亦改嫁鮑二，且至 77 回中晴雯的姑表兄嫂，卻是變成吳貴夫婦。《紅樓夢》八十回本前後似有矛盾之處，另亦可參考《紅樓夢大辭典》，頁 735-736。

　　人類之行爲刻度有一定之反應向度，精神醫學與心理學以爲此並非單純之反射行爲，其中更潛藏深層心理之複雜性。晴雯一生從第5回之詩詞讖語、勇補孔雀裘、芙蓉花神之捏造，至〈芙蓉女兒誄〉之奠等，記跡了超凡脫俗之「在室氣質」，然而晴雯卻在許多事件中表現出易怒、無耐心、好爭辯、憤世嫉俗、剛愎自用及好強心態…等被動攻擊之性格。此種特殊性格，社會中人卻往往不以爲異，殆因不將其視爲性格問題，而視爲修養或品行問題所致。晴雯雖忠肝義膽、亦肯仗義直言，但旁人仍可感受到此種性格「消極顯形」之特殊性及其某些作風顯得缺乏「善」、「敬」之氣質。此種人在當代社會及文化背景下註定不得善終。性格主導命運，晴雯早夭病亡，似已在預料之中。

　　性與情往往難以區隔，晴雯素日雖表現出爆炭氣質，具明顯之被動攻擊性格，然在情感世界中與寶玉雖有爭辯卻又最親近，更具義勇服勤之精神。晴雯與寶玉之情意互動，從傳遞定情物起，擁被一渥、針線情、海棠花之物感，至傳情大使止，作者不但形塑晴雯傳情大使之地位，更以因果造情鋪述晴雯勇補孔雀裘，以作瓊瑤酬謝之心態。海棠花之物感及寶玉再遊太虛幻境之夢中追憶，更強化人類之預感及心電感應之潛在能力。賈寶玉曾爲僅十六歲而殞命之晴雯抱憾：「花原自怯，豈奈狂飆；柳本多愁，何禁驟雨。偶遭蠱蠆之讒，遂抱膏肓之疢。」[464]、「謠諑謑詬，出自屏幃。」[465]、「高標見嫉，…誰憐夭折？」[466]可謂晴雯之知己。荊山之璞，唯寶玉知其爲寶，晴雯之質性神貌及對寶玉情感付出之不越倫德，實爲貴潔。

　　苦絳珠魂歸離恨天時，黛玉淚盡夭亡，回歸神話之圓型時間，俏丫鬟抱屈夭風流時，晴雯病重抖摟著身軀，譜下淒美詩篇。《紅樓夢》中對於二個

---

[464] 同前註，第78回，頁1244。
[465] 同前註。
[466] 同前註。

在外貌、性格上肖似林黛玉的女子──晴雯與齡官之不幸結局[467]，同塑著紅顏薄命之精緻典則。因受水蛇腰之累及伶牙俐齒之害的晴雯，不但在職場上感受著人生百態而反擊，又曾因風寒硬撐病體勇補孔雀裘而為主服勤，之後更在癆病中承受著一番激痛，而王夫人之威逼攆出，更加速其心情低落及抵抗力之驟降。由於小說中欲掌握人類醫病過程之實況描述不易，故《紅樓夢》作者單純地以「女兒癆」安排晴雯之生死，其實已相當寫實，不過死因卻須稍加修正。筆者以為根據作者所撰寫之資料，以今日更科學、進步之臨床醫學診斷，晴雯最終因得女兒癆後，可能又受風寒而亡，或得女兒癆後，可能又併發肺炎，加重病情而死亡。晴雯無法再活現成，更墮入線性因果報應中，從羅致罪名痛打墜兒，並將之逐出，至自身被誣陷、嫌棄而被趕出榮府，在飽受冤屈與現世報中香消玉殞。

　　在筆者此篇論文之研究中，有關晴雯之性格、情感及醫病間之關係，可分析出晴雯的性格特殊，而具此種特殊性格之晴雯卻一生坎坷，然而書中並未述及有關其與其他男性之情感問題，甚至於晴雯所得之內科與婦科疾病亦與其性格無關。不過，作者卻從中鎔鑄了晴雯特殊之生命意義與價值，賦予其率性真情之演出，一個具針織巧手、忠誠之傳情大使，乃晴雯出入榮府之使命。令人惋惜者，晴雯無法成為人類唯美完型之代言，對寶玉雖真情流露，與他人互動，卻因被動攻擊性格而衝突頻現；病重前之垂死託夢，及芙蓉花神之奇異傳說，搬演著一個無法圓融於天地人三境之年輕美女的陡然花落，

---

[467]《紅樓夢》30 回中述及齡官之長相像黛玉。36 回，齡官吐血，93 回因水月庵掀翻賈芹與小沙彌及女道士鶴仙勾搭之風月案發後，於 94 回被送回家鄉。晴雯之部份則見本論文之章回引用的敘述。另可參考沈旭元〈紅牙檀板奏哀聲〉──論《紅樓夢中的十二女伶》中云：「齡官的長相像林黛玉，有稜角，不苟言笑及多疑、癡情像黛玉，甚至就連她"面薄腰纖"，害著咳血的病症也都大似黛玉。在《紅樓夢》中作者塑造了二個外貌、性格同林黛玉相似的人物形象，一個是晴雯，另一個便是齡官。…二是作者用晴雯、齡官不幸的遭遇和結局，暗喻林黛玉必然的悲劇結局。」（見《紅樓夢學刊》，1983 年，第 4 輯，頁 114）

不過卻也締造了《紅樓夢》中另一敘事高峰。

附記：

*2002 年國科會贊助計劃之一
*2005 年通過審查/刊登於《中興大學中文學報》/第 17 期/頁 605-627

陸 · 尤三姐之靈肉擺盪

San-Jie You's behavior：the conflict between spirituality and physical love

*醫學顧問：魏福全醫師及石富元醫師

　　《紅樓夢》雖具神話傳彩，但卻將賈寶玉、林黛玉、襲人、晴雯、王熙鳳、賈瑞…等人的性格、情感及疾病描述得極為立體鮮明，非為志怪或無稽，乃時或可見於人類日常生活中之多態表現。書中鋪陳自戕者，包括秦可卿死後瑞珠的觸柱而亡、石呆子因被騙走古扇而瘋傻自盡、尤三姐自刎、尤二姐吞生金自逝、張金哥、鴛鴦及鮑二家的自縊、金釧兒投井、守備之子投河、司棋撞壁及潘又安抹刀自刎等。由於瑞珠及石呆子之資料太少，無從論起，其餘或可單論或可合論，本書將嘗試從文學跨入精神醫學研究之，首先單論尤三姐之性格、情感及自殺因緣。

　　中國傳統社會既慕烈女貞潔，亦對男堅女貞之情愛褒讚千古，故漢·劉向《烈女傳》記跡了中國傳統社會中女性角色之地位及所被賦予之價值觀，尤其重在後妃懿德應弭合於忠孝節義，而《紅樓夢》也闡述了尤三姐嫖了男人的餂色淫浪與剛烈行蹟，其中更蘊藉著所因得果。一個被賈璉稱為品貌「古今有一無二」的尤三姐，哄得男人垂涎落魄、迷離顛倒，自有其豪宕怪奇之處，在脂本、新校本與程本、通行本間便有「淫奔女」與「貞烈女」[468]之甄

---

[468] 「淫奔女」指書中描寫尤三姐與賈珍在當庭廣眾之下「百般輕薄起來」(見《紅樓夢校注》，頁 1027)；「貞烈女」指「那三姐兒雖向來也和賈珍偶有戲言，但不似她姐姐那樣隨和兒，所以賈珍雖有垂涎之意，卻也不敢造次了，致討沒趣。」(見《程甲本 紅樓夢》，頁 1754)另可參考劉大杰〈兩個尤三姐〉中提及：尤三姐的藝術形

別。《紅樓夢校注》中尤三姐刻意花了男人許多昧心錢，在其華侈之軀中，寓意著人性之多重情貌，而《詩經·邶風·新臺》：「…漁網之設，鴻則離之，燕婉之求，得此戚施。」[469]更譏諷著未婚女子欲求好逑及暇滿人生之願違。對於尤三姐甘受賈珍父子之辱及賈璉之挑逗，失於虛浮之背後，內心之損惱，值得深究。又被寶釵喻為「前生命定」，卻又符應「天有不測風雲，人有旦夕禍福」的柳尤婚姻悲劇，在尤三姐自擇柳湘蓮失敗後，癡執鴛鴦劍自刎，揉碎了滿地桃花。或許我們應該思索究因天妒紅顏？抑或作者另有寓意？

　　尤三姐之性格特質、情感世界及引劍自刎之因緣，有超詣之趣，本文將分為四段論之：一、嫖了男人之餳色淫浪，二、汙名化後之執意思維，三、自刎之動機與意義，四、結語。

一、嫖了男人之餳色淫浪

　　《紅樓夢》中有張金哥為守備之子壯烈殞身的「繩河之盟」，有司棋為潘又安撞壁而卒之「同心如意」，亦有尤三姐因柳湘蓮毀婚而以鴛鴦劍項下一橫之貞烈，此均關係著事件導引、情意塑境及當事人之性格與行為模式而有殊別，而尤三姐之豪宕奇節，亦是《紅樓夢》作者文筆中最具纖美華勝者。

象是經過高鶚改編而成的。」(見《文匯報》1956 年 10 月 29 日) 楊光漢〈曹雪芹原著中的尤三姐〉中亦云：「《紅樓夢》一百二十回通行本中的尤三姐形象，是經過高鶚竄改的。這是高鶚損害曹雪芹的重要劣跡。」(《紅樓夢學刊》，1980 年，第 2 輯，頁 193)季學原〈兩個三姐皆豪傑——紅樓脂粉英雄談之十四〉中又云：「高鶚把一個淫奔女"改造成封建社會叛徒者的光輝形象。」(《紅樓夢學刊》，1998 年，第 4 輯，頁 46)在 '(No Title)'中有：「脂本、新校本和程本、原人文通行本這兩類本子，文字差別很大：前者是失足改過的『淫奔女』，後者是冰清玉潔的貞烈女。」見網站：http://cls.hs.yzu.edu.tw/HLM/RETRIEVAL/ANALYSIS/people/pphoto/peoplefile/52.htm (1998/12/05)
[469]見屈萬里《詩經詮釋》，頁 78。

筆者將仔細分析之：

(一)刺大箚手的玫瑰

　　賈璉稱尤三姐爲「刺大箚手的玫瑰」，興兒口中引黛玉說其「面龐身段和三姨不差什麼」[470]，作者特寫其眉眼神色：「柳眉籠翠霧，檀口點丹砂。一雙秋水眼，轉盼流光」[471]。如此的美人與尤二姐一般，均有著婚姻前後極大之反差情性。在《紅樓夢》書中，尤三姐有二種性格變貌：一是與賈氏兄弟廝混與淫浪，一是自擇姻緣後之敬謹行事。因寧府二次喪事而來幫忙的尤三姐，先於第 13 回秦可卿往生後，虛筆出場：「正說著，只見秦業、秦鐘並尤氏的幾個眷屬尤氏姊妹也都來了。」[472]直至第 63 回，則又因賈敬之死前來幫忙，書中有實筆描繪，不過當賈蓉對尤二姐說：「二姨娘，你又來了，我的父親正想你呢。」[473]如此親近、曖昧的對白中，卻透露著尤氏雙姝與賈氏父子之不倫，應是早發於第 13 回時，作者乃以「前略後詳」之筆法書之。從第 13 回至 63 回，事隔多年，尤氏雙姝僅來寧府二次，但尤二姐卻不避諱地與賈蓉及賈珍打情罵俏、熱絡非常，此情堪議。同時尤三姐此時亦上來撕嘴地說：「『等姐姐來家，咱們告訴他。』賈蓉忙笑著跪在炕上求饒，他兩個又笑了。」[474]64 回中更有賈蓉見俞祿跟了賈璉去取銀子，自己無事，又「和他兩個姨娘調戲一回」[475]。尤三姐從之前被輕描淡寫的纖微角色，至之後的疏放不檢，甚至最終節烈死亡之性格，轉圜如彈丸，乃超然於畦徑之外的精巧馭篇，堪值細玩。

---

[470]見曹雪芹　高鶚原著　　馮其庸等校注《紅樓夢校注》，第 65 回，頁 1033。

[471]同前註，第 65 回，頁 1027-1028。

[472]同前註，第 13 回，頁 201。

[473]同前註，第 63 回，頁 993。

[474]同前註。

[475]同前註，第 64 回，頁 1015。

　　65回，在賈珍與賈蓉為賈敬熱孝期間，恨苦居喪時，四人卻趁機廝混。寧府中兩性關係之糜爛，在於「聚麀之誚」：一為秦可卿淫喪天香樓的傳說，一為賈氏父子與尤氏姊妹之不倫，而另亦有「養小漢子的養小漢子」及「爬灰的爬灰」的流言。其中賈珍與賈蓉似乎重蹈著唐太宗與高宗聚麀武則天之醜行，亦再演《金瓶梅》中西門慶浪蕩貴族之情態，然而尤氏姊妹不過是賈氏父子及兄弟宣洩苦悶與性發洩之對象而已。尤三姐之餳色淫浪最是稱奇，其與賈珍之不倫，眾目睽睽：「賈珍便和尤三姐挨肩擦臉，百般輕薄起來。小丫頭子們看不過，也都躲了出去，憑他兩個自在取樂，不知作些什麼勾當。[476]」《紅樓夢》作者對於尤二姐與賈珍或賈蓉之性關係，描述得晦澀不明，僅一再地藉由其他角色暗喻尤二姐是賈珍與賈蓉「聚麀之誚」的對象之一，反之對尤三姐與賈珍在公堂中不避諱的性愛撫、自在取樂等，秉筆直書，雖是短語峭潔且未見庖丁之大刀，不過卻可妙得肯綮之音。其中意在言外之筆，充溢著想像之境，大膽激情尚在其後。

(二)肆無忌憚與反撲

　　賈敬過世後，賈珍承繼了寧府之威權大位，在奴僕面前「為所欲為」，而尤三姐也肆無忌憚，無視倫理。圓不可加規，方不能踰矩，對尤三姐而言，不識方圓規矩，無法發情止禮，故更顯其人際之衝突與性格之缺陷。賈珍藕斷絲連，故趁賈璉不在時，來偷看尤二姐，此乃《紅樓夢》中另一回齷齪之作，亦是作者首次精浸繪繡尤三姐情性之處。尤氏姊妹在寧府被視為粉頭與酒娘之悲情，在賈璉突然回來，且賈珍特請尤二姐出來陪酒時爆發。尤三姐激憤地站炕反擊，勢如濤怒電蹴：「『這會子花了幾個臭錢，你們哥兒倆拿著我們姐兒兩個權當粉頭來取樂兒，你們就打錯了算盤了！…喝酒怕什麼，咱們就喝！』說著，自己綽起壺來斟了一杯，自己先喝了半杯，摟過賈璉的脖

---

[476]同前註，第65回，頁1024。

子來就灌，說：『我和你哥哥已經吃過了，咱們來親香親香！』唬得賈璉酒都醒了。賈珍也不承望尤三姐這等無恥老辣。弟兄兩個本是風月場中耍慣的，不想今日反被這閨女一席話說住。尤三姐一疊聲又叫：『將姐姐請來！要樂咱們四個一處同樂。俗語說『便宜不過當家』，他們是弟兄，咱們是姊妹，又不是外人，只管上來。』尤二姐反不好意思起來。賈珍得便就要一溜，尤三姐哪裏肯放。賈珍此時方後悔，不承望她是這種爲人，與賈璉反不好輕薄起來。」[477]尤三姐之前與賈珍在眾人面前自在取樂時，並無被迫情勢，與此時之放蕩濫情，令賈氏兄弟不敢進一步輕薄妄動，別是二樣情態。或許之前有委屈？或許之前果眞餂色淫浪？而此時尤三姐更反串男人情性，沙文式地藐視異性。因此其橫心鐵膽的作風，實有所因，亦有所求，除了較尤二姐護色甚深，反動性更強，且狠準外，更因對賈氏貴族之淫情蓄憤已久而有奇人異舉。尤三姐對賈璉及賈珍設局的不僅是語言挑逗，形貌衣著之丰姿與淫誘等，均是渾成之酬報手段：「這尤三姐鬆鬆挽著頭髮，大紅襖子半掩半開，露著蔥綠抹胸，一痕雪脯。底下綠褲紅鞋，一對金蓮或翹或並，沒半刻斯文。兩個墜子卻似打鞦韆一般，燈光之下，越顯得柳眉籠翠霧，檀口點丹砂。本是一雙秋水眼，再吃了酒，又添了餂澀淫浪，不獨將她二姊壓倒，據珍、璉評去，所見過的上下貴賤若干女子，皆未有此綽約風流者。」[478]尤三姐在寧府看透男人之貪淫本色，興之所至，毫無忌諱地托藉燈光、酒氣等氛圍，而逸態橫生，獨出騷韻。一個風流綽約、千萬人均不及的性感女子，放出手眼試探，「潑辣」[479]、放蕩，並嘲笑取樂賈氏兄弟，招之即來，揮之即去，嫖淫男人，讓賈氏兄弟等二人酥麻如醉，同時又要脅痛罵賈珍、賈璉、賈蓉等三人。寧府中男女關係荒淫不羈，糜爛於醇酒、美人與歡娛之間，一場兩性

---

[477]同前註，頁 1027。

[478]同前註，頁 1027-1028。

[479]在墨人《紅樓夢的寫作技巧》中有尤三姐潑辣說：「尤三姐的大膽、潑辣、暴露、色相，曹雪芹寫得淋漓盡致。」(頁 170)

戰爭如火如荼地展開，而尤三姐卻是必須以一對三地鏤肺雕肝，進行角力。
尤三姐不懼賈家男性威權者，並挑戰之，非在灑掃應對進退上作斯文答辯，
而是抓住人性貪淫弱點彈壓作賤之，並透過物質金錢作代價，及以摔剪與辱
罵發洩性氣，或讓賈氏兄弟得逞，或令賈氏威權者情濤跌盪後，嘎然而止，
挑戰了男性威權者所長期優勢掌控、擺佈女性之性意識與性活動，對賈氏貴
族而言，是一種當頭棒喝。以女權論之，尤三姐之舉，適足以重新構想，並
定義兩性間「性互動的形貌」，然而畢竟此仍是特例。因尤三姐之言行並不
被多數的女性認同，故除了不齒於群芳之外，甚至尤老娘與尤二姐，亦多次
勸誡而未能奏效，其言行實非一般泛泛女子所能爲之。

　　尤三姐在兩性戰爭中，實得利於姻親身分與作客姿態；一個不需擔待寧
府勞動階級所需負擔之家務，只需專神對付偷腥之男人者。在尤三姐與賈氏
貴族之偷情事件中，其亦男亦女之囂張姿態，徹底地消弭了榮寧二府之男權
氣焰，或許一個潑灑邪蕩的惡女形象，幾分刻意、幾分發洩中，發顯出之強
大效益，自然刑剋著賈氏等人之淫佚行止。然而《紅樓夢》作者對尤氏之反
應的描述，卻均闕如，同父異母之尤氏，不曾有支言片語的規勸或震怒，且
全然漠視尤二姐、尤三姐與賈珍、賈璉、賈蓉等三人之亂倫現象，或因其在
寧府地位低下無以置言，較可能是因其性格軟弱且不管事、不多事、不好事
所致，不過作者略筆處，正足以顯示尤氏姊妹性格作風之迥異。賈氏貴族玩
弄二尤，爲的是肉體的歡愉，而尤三姐玩弄賈氏貴族，除了以牙還牙外，更
見復仇意識。一場兩性戰爭除了精神酬報外，物質抵償亦是另一種心靈運
轉，其思想底蘊，見諸其與尤二姐之對話中：「『姐姐糊塗。咱們金玉一般的
人，白叫這兩個現世寶沾汙了去，也算無能。而且他家有一個極利害的女人，
如今瞞著他不知，咱們方安。倘或一日他知道了，豈有幹休之理！勢必有一
場大鬧，不知誰生誰死。趁如今，我不拿他們取樂作踐准折，到那時白落個
臭名，後悔不及。』因此一說，他母女見不聽勸，也只得罷了。那尤三姐天
天挑揀穿吃，打了銀的，又要金的；有了珠子，又要寶石；吃的肥鵝，又宰

肥鴨。或不趁心，連桌一推；衣裳不如意，不論綾緞新整，便用剪刀剪碎，撕一條，罵一句，究竟賈珍等何曾遂意了一日，反花了許多昧心錢。」[480]對於傳統中國所重視之婦德、貞操，尤三姐與尤二姐一般，一概拋諸腦後。社會科學戰線編輯部《紅樓夢研究論叢》中提及：「尤三姐的志氣、眼光和見識是高出於大觀園內一般女孩子(包括女奴)之上的。」[481]就此事件論之，尤三姐並非是個有志氣、眼光和見識均高出於大觀園內一般女孩子(包括女奴)之上者，尤三姐僅在訂婚後才完整地呈現出此三種特質，在訂婚前卻不然。尤三姐面對三位賈氏男性的予取予求，卻無好的志氣及好眼光可言，而其以肉體交換物質之做法，雖然不值，乍看亦識見短淺，未免太廉售貞操了，若較之中國自漢以來所標榜的貞潔烈女，落差甚大，但較之榮寧府中一般溫馴順上或忍氣吞聲之女性，的確更具挑戰貴族與自我調適之意圖，甚至較其他僕人更有膽識反制威權者。以傳統社會價值觀論之，此種揚棄婚前貞操觀之女性，本應是淺澀塵濁之人，但《紅樓夢》作者前濁後清之反筆，更能將尤三姐以新姿出之。因此在寧府時，尤三姐顯較尤二姐性格強硬，故至少能獲得代償，就如同尤三姐自云：「不是白白的被沾汙了」，然而因尤三姐既非博覽有識，又非系出名門，故在其社會化不深、恣意來去的背景下，未能扮演出傳統社會文化所期待的女性溫順之角色，卻反而在寧府風雅道熄之氛圍中，能爛然標舉出「典型人物的絕對化」[482]特質，將此套用在一個性格強烈、色彩絕艷的尤三姐身上，服貼而自然。

　　寧府家中所鋪陳之情色風味，是傳統社會中男性性氾濫的溫床。尤三姐自入寧府以來，性格行為上的無禮無體、餂色淫浪及豪辣率真，成功地效法風月女子隨意調情的韻緻，令男性威權者不堪，其中更明顯地充斥著彼此間的鄙嗇貪吝、廉售貞操、兩性爭戰及報復意識，不過昭彰的惡名卻也如影隨

---

[480] 見曹雪芹　高鶚原著　　馮其庸等校注《紅樓夢校注》，第 65 回，頁 1028。
[481] 見頁 103。
[482] 見葉朗《中國小說美學》，頁 161-167。

形。

二、汙名化後之執意思維

小說中當人類的淫浪性格與情感牽扯時，總有情節詭激之處。尤三姐與柳湘蓮的夢幻情緣，堪稱一絕。一個不但週旋於男人之間，且嫖了男人的尤三姐，其實並非是個全然金玉其外、敗絮其中之人，更多的是教訓意味與恫嚇邪淫的反制思維與做法。本單元將深入探討尤三姐的情感問題。

(一)執意思維

當尤二姐嫁入小花枝巷中被金屋藏嬌時，親上加親中掩映著尤氏雙姝關係之顛頓與波濤。首先尤二姐備酒邀約尤三姐與尤老娘，理由有二：關心尤三姐之出閣問題及減除麻煩之羽翼。尤二姐的婉轉與尤三姐的會意，如翟雉相映，前者既懷好意，亦含私心，後者滴淚明志，彈性多變。尤三姐出閣，關乎賈尤二人婚姻生活之安定與幸福，故在尤二姐的直言中，既利他，又利己，鞭策味濃，而尤三姐的從今改過向善，便始於此，在半受勸、半覺悟中，步入重新調適與認知之途。不過尤三姐在賈璉眼中，是塊燙得慌的肥羊肉，一朵刺大扎手的可愛玫瑰花，但卻也是他與賈珍淫浪情懷之發洩對象，因此賈珍只是捨不得揀個人將尤三姐聘給別人，但在尤二姐的強勢要求下，他二人仍得擔負媒妁新命。而尤三姐也毅然決定在性行上痛改前非，與尤二姐嫁給賈璉後的矢志從一一般，在小說突兀的烘托中，反襯著燦然彪炳的光輝。

被汙名化後的尤三姐，因尤二姐之勸婚而自擇姻緣[483]，並敬謹遵事。實

---

[483] 王崑崙〈為爭自由而死的鴛鴦、司棋、尤三姐〉一文亦云：「她勇敢的反擊了仗勢欺人的統治者，公然提出自主婚姻的要求，選中了一個和自己社會地位比較接近流落江湖的柳湘蓮。」(見《紅樓夢問題討論集》(四集)，1955 年，頁 181)又可參考郭

際上尤三姐之自擇姻緣，是在尤二姐不期望其惹事生非之勸慰下所做的決定。尤三姐與柳湘蓮二人原有不同之擇偶條件、對情感之執著，或對婚姻之期望。尤三姐雖視終身大事非同兒戲，但其情愛標準卻排除了三大優渥男子：「富比石崇，才過子建，貌比潘安」[484]而以主觀印象對賈寶玉作不落陳腐之評論，及以殘存記憶戡定柳湘蓮爲自己之擇偶對象，在紅樓女子中別有定見。賈氏子孫輩中唯一令尤三姐賞識者，僅賈寶玉一人，因此當尤三姐與尤二姐、興兒閒聊時，尤三姐認眞的述析著：「咱們也不是見過一面兩面的？行事、言談、吃喝，原有些女兒氣，那是天天只在裏頭慣了的。若說糊塗，哪些兒糊塗？姐姐記得穿孝時咱們同在一處，那日正是和尚們進來繞棺，咱們都在那裏站著，他只站在頭裏擋著人。人說他不知禮，又沒眼色。過後，他沒悄悄的告訴咱們說：『姐姐不知道，我並不是沒眼色。我想和尚們髒，恐怕氣味熏了姐姐們。』接著他吃茶，姐姐又要茶，那個老婆子就拿了他的碗去倒。他趕忙說：『我吃髒了的，另洗了再拿來。』這兩件上，我冷眼看去，原來他在女孩子們前，不管怎樣都過得去，只不大合外人的式，所以他們不知道。」[485]尤三姐可謂寶玉生命中少有之紅粉知音，然而二人先是被分隔於榮寧府二地，後又以淫行浪情與備受管束作成等差反比，故雖尤二姐與興兒咸以爲尤三姐與賈寶玉二人無論形貌、想法及行事風格均情投意合，且極爲登對，不過卻非作者所設構的天意良緣。至於一個在五年前，因尤老娘做生日有一面之緣的柳湘蓮突然成了婚緣對象，在第 66 回中提及「她家請了一起串客，裏頭有個做小生的叫作柳湘蓮，她看上了，如今要是他才嫁。」[486]或可說此乃尤三姐的「一見鍾情」，一種對殘破影像之幻想。故當尤二姐

豫適《紅樓夢問題評論集》中提及：「…尤三姐就敢于公開表明自己對愛情的見解和對婚姻的願望。」(頁 219)

[484]見曹雪芹　高鶚原著　馮其庸等校注《紅樓夢校注》，第 65 回，頁 1029。

[485]同前註，頁 1036。

[486]同前註，頁 1037。

另備酒席特邀她與她母親上座時，尤三姐極識大體地在酒過三巡後，滴淚提出自尋歸結之正理，其宜室宜家之附帶條件中，浮現出高度自主意識。尤三姐之性格從浪蕩別轉為癡執，其因殆於尤二姐督促於先，自我心念輔助於後，加之有可能是殊勝的佛力再添羽翼，讓其熬過五個年頭，於是《紅樓夢》作者便成功地鎔鑄出一個堅毅節烈之女性角色。書中先是透過尤二姐的外視角敘述說：「這人一年不來，她等一年，十年不來，等十年；若這人死了，再不來了，她情願剃了頭當姑子去，吃長齋念佛，以了今生。」[487]接著又讓尤三姐自我表述：「我們不是那心口兩樣的人，說什麼是什麼。若有了姓柳的來，我便嫁他。從今日起，我吃齋念佛，只伏侍母親，等他來了，嫁了他去，若一百年不來，我自己修行去了。」[488]書中而後又透過作者之視角鋪陳：「每日侍奉母姊之餘，只安分守己，隨分過活。」[489]其中顯現出尤三姐之篤定意志。此外，尤三姐除了口頭約誓以外，日常生活亦中規中舉：非禮不動、非禮不言，更以擊斷玉簪作為憑信，一廂情願地執意著淨口、靜心及投注漫長時間等待。不過尤三姐雖能洞悉寶玉心性，卻不是個歷練萬事百態之人，端視其對柳湘蓮一見鍾情後，便沉溺於男女之幻情可知。柳湘蓮雖年紀又輕，生得又美，但尤三姐實不瞭解江湖羈客之性氣及行為之底裡：「那柳湘蓮原係世家子弟，讀書不成，父母早喪，素性爽俠，不拘細事，酷好耍槍舞劍，賭博吃酒，以致眠花臥柳，吹笛彈箏，無所不為。」[490]如同尤二姐在小花枝巷金屋築巢時，沈溺於渴望自己成為賈家「內治賢良」之夢幻角色一般，尤三姐亦深鎖於自己虛構的鸞鳳合鳴之中，氣魄十足，執意思維亦無可撼動。之前已被汙名化之「淫蕩」，似乎並未對尤三姐造成任何困擾，且尤三姐並不知柳湘蓮為水流花落之性，自己卻一頭熱，對婚姻充滿了理想與憧憬。

---

[487] 同前註，頁 1036。
[488] 同前註，頁 1037。
[489] 同前註。
[490] 同前註、第 47 回，頁 722。

　　尤三姐於姻緣路上兩極化之靈肉擺盪——從肉慾中陡轉至靈性世界之鉅變，必有意料之外的艱難。一個具水流花落之性的柳湘蓮，從某種角度論之，其實仍是個深具人情味者，因此，在平安州大道上，因緣際會巧遇賈璉後，在酒店歇下敘談時，輕易地定了這門親事[491]。柳湘蓮之擇偶條件並不寬鬆，雖非定要品貌雙全，但卻需是個絕色美女；其欲採掇珍異之心，昭然可見。柳湘蓮與尤三姐之新房，是由一個在第4回打死馮淵的呆霸王薛蟠所備，因柳湘蓮在平安州界時，曾救了薛蟠一命而結爲金蘭，之後薛蟠卻能如范張信友般，千里結言[492]地爲柳湘蓮婚事尋了一所宅子備妥所需，只等擇日迎娶。柳湘蓮也算是幸運，能得好兄弟之幫助。此樁婚姻乍看之下，進行順遂。

(二)夢幻情緣

　　對於尤三姐與柳湘蓮之姻緣，在其他人之品評中是「佳偶」，然實際上卻是「怨對」。誇稱尤三姐具有好眼力的，是賈璉，而盛讚尤三姐是個標緻的古今絕色美女者，則是寶玉。按理說來，男女雙方郎才女貌，又意堅豪爽，應是最情投意合了，原應是絕配夫妻，然賈璉根據自己的人生歷練，又提出對柳湘蓮之性格與行蹤地質疑：「『你不知道這柳二郎，那樣一個標緻人，最是冷面冷心的，差不多的人，都無情無義。他最和寶玉合的來。去年因打了薛呆子，他不好意思見我們的，不知那裏去了一向。後來聽見有人說來了，不知是眞是假。一問寶玉的小子們就知道了。倘或不來，他萍蹤浪跡，知道幾年才來，豈不白耽擱了？』尤二姐亦雲：『我們這三丫頭說的出來，幹的

[491] 同前註，第66回，柳湘蓮回答賈璉：「如今既是貴昆仲高誼，顧不得許多了，任憑裁奪，我無不從命。」(頁1038)

[492]《後漢書》卷81中，記載范式(巨卿)與張邵(元伯)間之情誼深篤，范巨卿能千里結言，必不乖違。見「獨行列傳」，頁2676-2678。

出來，他怎樣說，只依他便了。』」[493]賈璉對尤三姐先前的淫浪情態，雖已不敢恭維，之後又從人性底蘊斷定冷面冷心的柳湘蓮，是無情無義，其真知灼見也為這對苦命鴛鴦暗下悲劇伏筆。賈氏兄弟平日風行雖較禽獸不如，不過對於尤三姐之婚事，賈璉倒是肩負月老之責，怕萍蹤浪跡之柳湘蓮淹誤了尤三姐，而要求留下一把傳家寶鴛鴦劍作為定禮；賈珍則亦畏賈璉獨力不加，又給了他三十兩銀子交予尤二姐，預作尤三姐妝奩，或因著姻親關係，或因著昔日舊好而了表心意，二人對尤三姐婚事之交辦也算有情有義了。之前尤三姐與賈氏兄弟之餂色淫浪及柳湘蓮之賭博吃酒與眠花臥柳，均極荒唐放縱，然而在傳統社會與文化風俗之視角中，前者罪大惡極，後者卻彷乎天職。在尤三姐之待嫁心情中，以禁樂止酒與孤衾獨枕作為悔罪與敬慎之始，以吃齋唸佛作為修心之鑰，一種為人所不能為的離俗之禮，癡心持執柳湘蓮之定情物---一把具神話色彩之鴛鴦劍，上面龍吞夔護，珠寶晶熒，裏面卻是兩把合體之鴛鴦劍；然而鴛鴦相諧終老之喻，卻反諷著尤三姐將之掛在繡房床上奉為圭臬之悲劇姻緣。對於一個仿如從軍五年斷絕音耗、東西隔域之柳湘蓮而言，尤三姐就像是被西方騎士小說(Romance)中之浪漫愛情征服了芳心，在平庸無奇的生活中，覆蓋了虛幻情愛之形狀，沈溺於憑信、等待與幻情之中。

有關柳湘蓮退婚一事，是《紅樓夢》一書中「夢幻情緣」之經典雕鏤，尤三姐自刎之駭神盪目，雖不淪流俗，卻激烈慘淡。柳湘蓮與尤三姐間衝突血腥的互動，因緣於寧府前兩頭不乾淨之石獅子所借喻的淫蕩勾當。柳湘蓮對尤三姐的疑慮，從賈寶玉處查證屬實後，便是二人情盡緣絕之始。不甘心當「剩忘八！」的柳湘蓮，果真冷如寒泉之落澗，觸事而發。當其親臨寧府後，藉口姑母已于四月間為其訂了媳婦而退了親，豈料在房中之尤三姐聽見此事，深知柳湘蓮嫌己為淫奔無恥之流，不屑為妻，於是「連忙摘下劍來，將一股雌鋒隱在肘後，出來便說：『你們不必出去再議，還你的定禮。』一

---

[493]見曹雪芹 高鶚原著 馮其庸等校注《紅樓夢校注》，頁1037。

面淚如雨下，左手將劍並鞘送與湘蓮，右手回肘只往項上一橫。可憐：揉碎
桃花紅滿地，玉山傾倒再難扶，芳靈蕙性，渺渺冥冥，不知哪邊去了。」[494]
之後便成為柳湘蓮夢中的一縷冤魂：「只見薛蟠的小廝尋他家去，那湘蓮只
管出神。那小廝帶他到新房之中，十分齊整。忽聽環珮叮當，尤三姐從外而
入，一手捧著鴛鴦劍，一手捧著一卷冊子，向柳湘蓮泣道：『妾癡情待君五
年矣！不期君果冷心冷面，妾以死報此癡情。妾今奉警幻之命，前往太虛幻
境，銷注案中所有一干情鬼。妾不忍一別，故來一會，從此再不能相見矣！』
說著便走。湘蓮不捨，忙欲上來拉住問時，那尤三姐便說：『來自情天，去
由情地。前生誤被情惑，今既恥情而覺，與君兩無干涉。』說畢，一陣香風，
無蹤無影去了。[495]」聳人耳目之退婚議題，往往觸動人性之意念、自尊、聲
譽及功利，因此若有衝突，必有悲劇，一如張金哥與守備之子，因退聘事件
而雙雙殞命，而尤三姐與柳湘蓮，則只是退聘事件中，另一種型態之反影。
尤三姐在等待過程中受煎熬在先，受污辱在後，光陰煎熬所帶來的滿腔苦
怨，一觸即發，然其瞬間自刎，卻又讓尤老母女、柳湘蓮與賈璉慌成一團。
柳湘蓮亦在此時深悟尤三姐之剛烈性格[496]與矢志從一之心而凜然敬佩。尤三
姐家人雖與柳湘蓮有些爭議，但亦循之以理，故未發生事故。柳湘蓮從扶屍
大哭、眼見入殮、至憑棺痛泣後，方告辭而去，在出門無所之，昏昏默默之
際，便跌入了縹緲的夢幻中：尤三姐之冤魂，從述情苦怨，至絕情宣告，不
但人間情緣已斷，更是生死異路，陰陽恩義亦絕。柳湘蓮從之前礙於人情而

---

[494] 同前註，第 66 回，頁 1041。

[495] 同前註，頁 1042。

[496] 樂蘅軍教授主編、康來新教授助編〈論紅樓夢人物形象的創造〉一文提及尤三姐
是個剛烈的女性，在《中國古典文學論文精選叢刊》中頁 489。另可參考「清初至
清中葉文學──30 紅樓夢的藝術成就」：「..尤二姐尤三姐是姊妹，但前者是忍受淩
辱，不敢反抗的女子，後者是敢於反抗、大膽追求愛情的剛烈女性。」見網站：
http://www.twbm.com/window/liter/chlit/ch8/ch8_30.htm　2003/02/10 又在「走出劫難
的世界 ─ 紅樓夢的逍遙觀」中提及「事實上尤三姐是內心善良貞烈的奇女子」，見
網站：http://tlc.org.tw/gospel_psycho/book3/cri108.htm 2003/03/19

接受口頭婚約，至得知尤三姐淫亂眞相後，必然震驚不已，無情的退婚，乃唯一抉擇，二人兩地相隔、心靈相隔，甚至柳湘蓮完全錯待五年後一個認眞造命，嘗試重生之女子的堅毅苦心。懊悔不足以安撫柳湘蓮之悲痛，因此作者必須安排另一個更具强力安頓人心之解脫妙道。當柳湘蓮從昏默之際警覺時，眼前並無新室而是一座破廟，旁邊坐著一個跛腿道士捕虱。柳湘蓮受夢境所感，之後又親聞仙師一語：「連我也不知道此係何方，我係何人，不過暫來歇足而已」[497]而瞬間頓悟，於是掣出那股雄劍，斬斷萬根煩惱絲，削髮出家，跟隨道人飄然而去，正伏了甲戌本《石頭記》凡例末之脂批所言：「浮生著甚忙奔苦，盛席華筵終散場。悲喜千般同幻渺，古今一夢盡荒唐。」[498]

　　中國傳統社會一向重男輕女，漢劉向編著《烈女傳》重視女性道德之揄揚，甚於對女性個體意念價值之敘述。唐傳奇中之《紅線傳》、《女娃傳》、《鶯鶯傳》，甚至《霍小玉傳》中女性角色雖被倚重，不過纖細心理之描述卻闕如。明《金瓶梅》以潘金蓮、李瓶兒及春梅三位女性，亦爲故事要角，然對情節之鋪排卻遠勝於小說人物之雕琢。《紅樓夢》則除了對金陵十二釵詳述本源末節及情性外，對於其他女子不論年齡、地位亦有精細造作之處，而尤三姐便是金陵十二釵以外，令人賭奇見異之奇女子，也凸顯了其性格中極爲剛强的一面，不過中國傳統社會苛求女子之貞德，因此尤三姐之前的悖德淫行，確實扼殺了其與柳湘蓮間之天造良緣。

尤三姐從情感上之暗戀[499]，敬謹地以齋戒、靜心作爲「洗心革面」之保證，又以「時間試練」作爲等待之誓言，甚至對自我的「靈命造就」用心頗深，而流遷人間之柳湘蓮，性格不但如鴛鴦劍「冷颼颼，明亮亮，如兩痕秋水一般」，也果眞如賈璉先前所料的「冷面冷心」。最終尤三姐自刎後，芳靈蕙性

---

[497] 見曹雪芹 高鶚原著　馮其庸等校注《紅樓夢校注》，第 66 回，頁 1042。

[498] 見陳慶浩編著《新編石頭記脂硯齋評語輯校》，頁 5。

[499] 在李君俠《紅樓夢人物介紹》21「尤三姐」中另有「單相思」之說：「但她卻有上一個單相思的意中人，就是柳湘蓮，...」(頁 65)案：「但她卻有上一個...」一句可能有錯字，應是「但她卻愛上一個」。

渺冥無蹤，而柳湘蓮卻反而癡情眷戀，直至被道人數句偈言打破迷關——「了悟空幻」[500]而出家，一椿夢幻情緣亦正式落幕。

三、自刎之動機與意義

寧府門首僅兩頭石獅子「不乾淨」之傳言，正投射著尤三姐永世難濯之「不潔」，而悲劇總不離性格、情感與人事之互動，尤其悖德違常者所付出之代價，豈僅是譽行被交詬而已。

任何一件自殺事件之動機與意義絕非單一因素，而尤三姐自刎之遠因，除了之前餂色淫蕩外，更有近因之雜揉。尤三姐掏心挖肺的付出，如吃齋淨身及消耗了五年青春作為「貞節」之象徵，但終究理想幻滅，故當聞及被退婚時，所造成之急性壓力一時無法紓解而導致作出令人駭神盪目之自刎，其中實反映了動機與心理及性格與行為等問題。

(一)五種潛在之動機與心理意義

1.為了表明其矢志不渝之癡情及滌除淫蕩之惡名——

犧牲精神之本質，乃自殺之動機，或者說是企圖之一，因此以死明志，既激烈，又有天地見證，乃尤三姐對一個久等方至，卻突退定禮者之反擊。另從柳湘蓮跌入夢幻空間時的尤三姐告白，亦可印證其矢志不渝之癡情：「妾癡情待君五年矣！不期君果冷心冷面，妾以死報此癡情。」[501]柳湘蓮夢中之尤三姐，雖身具《紅樓夢》神話中之銷案任務，但明其癡情之志及

---

[500] 另可參考劉競〈超越的幻滅——從"寶玉三友"看曹雪芹的人生思考〉中云：「情緣已盡，柳湘蓮悟到了人生最後歸結是空幻，從此進入空虛之中，不再有痛苦，也不再有歡樂。」(見於《紅樓夢學刊》，2002年，第2輯，頁100-112)

[501] 見曹雪芹　高鶚原著　馮其庸等校注《紅樓夢校注》，第66回，頁1042。

特來相別，卻是作者所欲彰顯之夢幻主題。夢幻中二人一反生前之排拒與羞憤，而是彼此惜情，亦更見二人之別情依依。脂戚本云：「...三姐項下一橫是絕情，乃是正情，柳湘蓮萬根皆削是無情，乃是至情。生為情人，死為情鬼，故結句曰，來自情天，去自情地，豈非一篇情文字。...」[502]中國尚豪俠，司馬遷《史記·列傳》、《戰國策》、唐傳奇《虯髯客傳》、《紅線傳》...等書中有為數不少可歌可泣之俠義故事；尤三姐置死生於度外，雖不似《紅線傳》中之紅線以飛行術夜盜田承嗣金盒之俠義，卻也是個為情而亡之「情種」，最終擇定自刎作為符合「文定」意義，及契合「忠、孝、節、義」之德範，以昭告柳湘蓮，既可宣示自己矢志不渝之癡情，亦可以滌除淫蕩之惡名。

2. 自尊心嚴重受損及無法承擔失敗——

自尊心以個人主觀感覺認定，人類精神之骨架，可在人類成長過程中緩步形構，由於不同之生活經驗、體會而產生之自尊情境與價值觀，便具有差異性。尤三姐於被退婚時，所產生之被遺棄感及失敗感，造成其當下之自尊心嚴重受損，且又因無法面對事實與承擔苦痛所致。

3. 角色衝突——

尤三姐於被柳湘蓮退婚時，如受河傾海倒之衝擊，因對將為人妻之角色的期望與失望落差過大，而造成難以調適之心情。此種角色之衝突，是角色期待有誤所致，亦是自殺的重要因素之一。

4. 羞忿絕望及對自己發洩攻擊情欲——

在《紅樓夢》107 回中，賈珍曾被告勒逼尤三姐致死，但從北靜王轉奏出旨之內容卻可澄清之：「...再尤三姐自刎掩埋，並未報官一款：查尤三姐原係賈珍妻妹，本意為伊擇配，因被逼索定禮，眾人揚言穢亂，以致羞忿自盡，並非賈珍勒逼致死。」[503]尤三姐自殺之因，非為賈珍所逼，亦非眾人

---

[502] 見陳慶浩編著《新編石頭記脂硯齋評語輯校》，頁 674。

[503] 見曹雪芹　高鶚原著　馮其庸等校注《紅樓夢校注》，第 107 回，頁 1619。

揚言穢亂而羞忿自盡，乃因其無法承受柳湘蓮當眾毀婚之辱而引發憾恨、羞忿及對自己不滿、有罪惡感等因素[504]，而導致對自己發洩攻擊情慾。此種潛藏之深層心理尤其在突發事件中，較不易被親人、朋友或旁觀者發現。

5.尤三姐選擇近乎「以暴制暴」之報復手段[505]負氣自刎——

尤三姐，透過傷害自己以報復柳湘蓮之絕情，令其心生憾恨與愧疚，的確策略成功。尤三姐瞭解自己甚深，因此當其玩弄男人於股掌之間，甚至取得精神與物質戰利品時，更是趾高氣昂，但在遭遇情感失落之意外後，情緒激烈反彈之自戕，正是自尊心過強及報復心態之反影。

《自殺病學》中提及有關自殺病因中之心理因素，包括：「想報仇、暴力、控制、暗殺的敵對慾望」，此些均被列入「病態心理」中之「奇妙的慾望」[506]。台灣臺北市議員林奕華於 2003 年 6 月 30 日公佈一項調查對象為北市各國中、國小輔導室自戕個案，結果顯示，前十大理由為：「排行第一的是因想向家人、老師或同儕抗議或報復；本身有憂鬱或躁鬱的精神疾病與情緒困擾發洩並列第二名；第三名是為了想引起他人的情緒勒索現象；而感情不順遂與無聊心煩並列第四；其次是課業問題、同學間流行或互相邀約、慣性的自傷行為、好奇、以及認為是勇氣的表現或其他。」[507]報復理由與精神疾病占青少年族群自殺事件之首要及次要地位，故不容忽視，而在其他年齡階層中，報復理由依然具重要性。

此外，當尤三姐生前由興兒口中得知鳳姐之陰狠，而賈璉又有意將尤三

---

[504]見曾文星、徐靜《現代精神醫學》中提及「(1)解脫痛苦(2)失掉希望(3)向內發洩攻擊情慾(4)與去世者會合(5)求救行為。」(頁 414)另可參考 *Suicide science: expanding the boundaries*/[edited] by Thomas Joiner, M. David Rudd. 2000;17-175.
[505]在周積明主編，子旭著《解讀紅樓夢》中提及：「三姐之奇，就在美麗與粗俗的統一，輕狂與自尊的統一，逢場做戲與洩憤復仇的統一。」(頁 163)
[506]見何兆雄《自殺病學》，第 11 章「自殺病因學」，頁 562。
[507]洪茗馨/臺北報導〈報復　中小學生自戕主因〉，2003 年 6 月 30 日星期一，刊於《中時晚報》，第 5 版。

姐推給賈珍以省去麻煩時，被激怒的尤三姐指著賈璉冷笑，更見其報復心態。尤三姐云：「我也知道你那老婆太難纏，如今把我姐姐拐了來做二房，偷的鑼兒敲不得。我也要會會那鳳奶奶去，看她是幾個腦袋，幾隻手。若大家好取和便罷；倘若有一點叫人過不去，我有本事不先把你兩個的牛黃狗寶掏了出來，再和那潑婦拼了這命，也不算是尤三姑奶奶！」[508]尤三姐先下手為強的想法、手段及不畏強權之心態，不僅在寧府中對治賈氏貴族而已，對於其不曾謀面之鳳姐，亦是態度強硬；其不甘示弱，決心與女性威權者搏命之氣概[509]，為的是護衛尤二姐及尤氏一家人。此種近乎英雄主義之價值取向與報復心態之間，雖非具有必然之因果關係，但根據事件內容及相關人物之情感發生利害關係而定，仍有可能以犧牲姿勢作為實踐英雄主義之手段，而尤三姐對於此種利他性之搏命自殺，更是信誓旦旦，雖然僅止於口舌之辯，不過依尤三姐言出必行之性格、狠準與鐵血手腕論之，其實仍有可期。另從尤二姐在大觀園中受盡各種災難及心靈苦刑時，已亡故的尤三姐亦曾託夢尤二姐先下手為強，以鴛鴦劍殺了鳳姐之策略提示，其中復仇意識亦極為濃厚：「姐姐，你一生為人心癡意軟，終吃了這虧。休信那妒婦花言巧語，外作賢良，內藏奸狡，他發恨定要弄你一死方罷。若妹子在世，斷不肯令你進來，即進來時，亦不容他這樣。此亦係理數應然，你我生前淫奔不才，使人家喪倫敗行，故有此報。你依我將此劍斬了那妒婦，一同歸至警幻案下，聽其發落。不然，你則白白的喪命，且無人憐惜。」[510]夢中尤三姐之建議，原是為尤二姐解困，反守為攻，欲置之死地而後生，即韓信背水一戰之意。從夢學理論可解釋此種「託夢」，是尤二姐之心靈幻象，但從夢內容之編排及二人之對白觀之，則又是尤三姐行事風格之反影。夢中尤三姐積極提示尤二

---

[508]見曹雪芹 高鶚原著 馮其庸等校注《紅樓夢校注》，第 65 回，頁 1027。

[509]在司馬璐《紅樓夢與政治人物》中「自由派的尤三姐」提及尤三姐率先點名向親家的女威權者挑戰之說：「尤三姐更直接點名向王熙鳳挑戰。」（頁 116）

[510]見曹雪芹 高鶚原著 馮其庸等校注《紅樓夢校注》，第 68 回，頁 1080-1081。

姐，勿被鳳姐欺騙，更叮囑以鴛鴦劍作爲刺殺鳳姐之工具，「可見姐妹二人手足情深，即使尤三姐已不在人間，其神靈卻仍無時不在地保護尤二姐；更見尤三姐素日言行之本色：不畏強權，至死忠貞地護衛尤氏一家人。」[511]此種報復理念所潛藏的，非僅是單純之補償觀念而已，更有自我圓釋以紓解壓力之功效。

　　在人類成長過程中，「如果有了某些負面的情緒，會很自然的以攻擊本能的方式，表現出情緒且降低其情緒水位。」[512]「攻擊本能」乃源於佛洛伊德《超越享樂原則》*Beyond The Pleasure Principle* 一書中所提出的理論：人類有「死亡的本能」[513]。此或可能是一種情緒，攻擊的對象是自己，故以自殘作爲解脫負面情緒的出口(exit)。不過「鴛鴦劍」原被擬寫爲具「和諧與穩定」之象徵的定情物，但在尤三姐擁有此物後，從劍鋒所發射出之光芒卻是邪惡的殺伐之氣，不但被尤三姐御用爲自刎之具，亦被尤三姐建議爲刺殺敵人王熙鳳之器。「鴛鴦劍」被作爲「以暴制暴」之殘忍利器，似乎與定情物原先被理想化爲情感信物之間，相去甚遠，不過此亦是作者將人類本性之復仇意識，加諸尤三姐角色鋪陳之成功手法。以上五種因素均可能爲尤三姐選擇自殺之動機與心態。

(二)衝動型性格與行為

---

[511] 見筆者《紅樓夢中夢的解析》，第 9 章 「尤二姐之夢」，頁 211。

[512] 梁培勇〈情緒和情緒表達—關於董氏基金會青少年調查之我見〉一文，見網站：http://www.psychology.org.tw/3tw1.htm　2003/06/01

[513] 可參考 Sigmund Freud's *Beyond The Pleasure Principle*, translated and edited by James Strachey ; introduction by Gregory Zilboorg. 及 Sigmund Freud 原著，楊韶剛等翻譯《超越快樂原則》中云：「我們已經把注意力不是集中在生物體上，而是集中於活躍在裏面的力量上，已被導致區分出了兩類種本能：一類本能的目的是引導生命趨向死亡，而另一類本能，即性本能，終生奮力以求和產生的則是生命的復甦。」（第 6 章，頁 75）

被精神醫學視爲自殺因素之一的「衝動型性格」(impulsive personality)[514]，指：「做一些其實他們也並不想做的事情；但平常，衝動沒來的時候，他們可能還表現得很理智。可能因此，而造成某些人際衝突或甚至法律糾紛；這些人欠缺深思熟慮，對於長期思考或挫折的忍受度低。」[515] 對尤三姐而言，雖然突發的自殺之舉令人措手不及，不過在五年長待未婚夫期間，不但戒絕男色，又從葷食變爲素食者，其實是有更多隱忍與修行的試練，故尤三姐並非具有衝動型性格者，然就單一事件論之，尤三姐在驟聽婚變後之自刎行爲，卻仍是衝動的。《紅樓夢》作者所良工雕琢的尤三姐，此時之冰清玉潔、視死如歸之精神，是撼人心弦的。汪稚清〈良工精琢 美玉無瑕——《紅樓夢》尤三姐形象創造淺談〉中認爲尤三姐是「美玉無瑕」[516]另在王昆侖《紅樓夢人物論・紅樓夢中三烈女》又有對尤三姐之讚美：「是一朵怒放在野瀆寒壙裏的‘出污泥而不染’、‘可遠觀而不可褻玩’的紅荷花！」[517]就百二十回本而言，此種美譽只能適用於訂婚後，吃齋念佛的尤三姐，並不適用於訂婚前，餚淫浪色之尤三姐。另根據精神醫學專家研究，「大

---

[514] Andrew. T.A.Cheng, Tony H.H., Chwen- Chen Chen and Rachel Jenkins's 'Psychosocial and psychiatric risk factors for suicide': "As previously reported (Cheng, 1995; Cheng et al,1997), three major mental disorders with high risk for suicide in case control analysis were an ICD-10 Major depressive episode, dependent use of substances (notably alcohol) and emotionally unstable personality disorder (EUPD). The frequencies of these three disorders among suicide were 87.1, 27.6 and 61.9% respectively." in *British Journal of Psychiatry*. 2000;177:363.另見 2001 年 9 月 4 日《自由電子新聞網・健康醫療》，中研院生醫所鄭泰安醫師於 2001 年男性協會舉辦之「自殺是病症」記者會中提出較詳細之統計數字：「近兩年台灣每十萬人中約有十至十八人自殺成功，八十七％以上的自殺者具有憂鬱症、濫用酒精藥物、衝動性人格，或有家族遺傳等現象，而這些症狀如接受藥物或心理治療可望得到很大改善。」(頁 3)見網站：http/www.libertytimes.com.tw/2001/new/jul/9/today-ml.htm。

[515] 有關衝動型人格之特質，可見李明濱主編《實用精神醫學》，第 3 章 「精神科面談與醫病溝通」，頁 38。

[516] 見《紅樓夢學刊》，1989 年，第 4 輯，頁 121-134。

[517] 見頁 70。

多數選擇自殺的人是早已計畫好的，但爲了防範被發現，會選擇一個人少且不亦被發現的地方」[518]不過尤三姐不但是臨時起意，且又當著柳湘蓮之面上演血腥殺戮，令人驚心動魄，其性情之眞率與負氣難耐，但見於此。

尤三姐之死有諸多因素，除了因外在環境之情迫[519]外，其選擇自殺之手段與事件、情境的關係密切。犧牲性命者，讓對手懊悔的意圖極爲明顯，以血的教訓督促人類反思。在柳湘蓮不屑以淫浪女爲妻之陰影中，尤三姐之自戕，確實維護了自尊，亦實現了柳湘蓮期待尤三姐之貞烈，並符合了中國傳統社會任俠與倚重忠孝節義之需求。

四、結語

「哀則作繭自縛，怨則天地不容」，人類的自生自滅，繫乎一心一念。一個具爭議性的尤三姐，其性格豪辣刁鑽，是悲劇的特質之一。不論尤三姐是否眞有其人？且是否是雪芹姻親石姓女的側寫[520]？《紅樓夢》作者成功地形塑了一個擺盪於靈肉間的「千古一烈女子」[521]。

作者對尤三姐之性格鋪陳，不落塵俗，乃《紅樓夢》中與尤二姐一般，

---

[518]見 Michael Gelder Richard Mayou Philip Cowen's *Shorter Oxford Textbook of Psychiatry,* 'Suicide and deliberate self-harm':"Most completed suicides had been planned. Precautions against discovery are often taken, for example, choosing a lonely place or a time when no one is expected." 2001;17:508.

[519]見朱作霖〈紅樓夢文庫(節錄)·鴛鴦晴雯尤三姐附金釧〉：「要之，三人苟不爲情迫，則皆可以不死。」(輯於一粟編《紅樓夢卷》，1989 年，卷 3，頁 162)

[520]見蔡炳焜《漫說紅樓》13 一、「尤三姐故事卻有其人」中提及「最有趣者，尤三姐與柳湘蓮故事，卻是雪芹姻親石姓女的側寫，據聞石家生二女，次女尤爲姝麗艷絕，眾驚爲天人，年二八，偕長輩觀劇，梨園中有生角者，固世家子出身，平日雅慕柳敬亭，因亦取姓曰柳…柳生最後遁入空門。」(頁 136-137)

[521]毛宗崗評《三國演義》中曾提出典型人物論，故有脂硯齋的「古今之一寶玉」，而在葉朗《中國小說美學》「典型人物的絕對化」中則提及「千古一烈女子」(頁 161-167)

少數著重於性格轉變且是個成功的造型，正如秦鐘從之前與賈寶玉同起同臥、義學奇情中被其他學子詬誶謠啄爲具同性戀傾向，至之後與小尼姑智能之偷情等，乃從「同性戀期之同性戀」順轉至「異性戀之情感」[522]般的傳神。在尤三姐從浪蕩性格至癡執婚緣之過程中，尤二姐實具勸美懲惡之功，而其個人向善念力之執持及有可能因佛力殊勝，更羽翼成就一個堅毅節烈的角色。尤三姐婚前性格之餳色淫浪，打破了傳統中國社會中「男尊女卑」之觀念，突破男性主導之社會價值觀，也推翻了男權意識產物中「永恆不變的女性溫婉氣質」，更可讓人體現到尤三姐之角色運作，與羅馬時期女權之思維及發展處境，有某種程度之雷同性：「抽象的權力不足以限定女人的現實具體處境；這種處境在很大的程度上取決於她的經濟作用；而且抽象的自由和具體的權力往往呈現反比例變化。」[523]尤三姐情性之轉變，從獨出騷味、由邪轉正趨剛，自淫變貞，可謂千古貞烈，豪辣峭潔。尤三姐亦邪亦正[524]之角色扮演，是小說中高度張力之成功因素，演活了一個寒暖血性[525]之女子的「餳淫浪情」，及呈現其似佛語中的「金剛心」之堅勇──一個「寧折不屈」的奇女子。

　　尤三姐與柳湘蓮之姻緣，不在敘述男女情愛之相求，而重在敢愛敢恨。尤三姐在乎「個體生命之精神表現」，對其心中認定具豪俠特質之男子心存

---

[522]可參考筆者〈紅樓夢中之義學奇情與謠誶效應〉，刊於《中國文化月刊》，2002年7月，第268期，頁23-46。

[523]見(法)西蒙娜・德・波娃著，桃鐵柱譯《第二性》，頁106。案：原翻譯之波伏娃，筆者將之改為較通用之「波娃」。

[524]在孫虹〈尤氏三艷形象的寓言性〉中指出尤氏三艷均具「正邪二氣」：「他們又都屬於秉天地正邪二氣，生於薄祚寒門，不願為走卒健僕，遭受庸夫驅制駕馭，而是甘為奇優名倡的一類人，並且同樣的採用了以邪壓邪的方法來反抗侮辱。」(見《紅樓夢學刊》，2000年，第3輯，頁143) 案：其文中並未仔細分析尤三姐亦邪亦正的性格轉變之因。

[525]筆者以為尤三姐之性格具「寒暖血性」之特質，另在王蒙《紅樓夢啟示錄》中則有「寒熱血性」之說：「關於紅樓二尤──一個插曲與變奏」中提及在紅樓二尤之故事中「這裏別有角落、別有甘苦、別有寒熱血性」(頁138)

幻想，因而實質上尤三姐與柳湘蓮間之情愛，無關乎肉體。尤三姐自擇配偶後矢志不渝之執意思維，對僅有一面之緣的柳湘蓮，卻有著似斐鉶〈崑崙奴〉中紅綃女一般的宗教式激情，在自覺的反省與催生心靈相通之造化下，希望被摩勒救出後，自己能有幸「請為僕隸，願侍光容」[526]。其從溺於幻情起始，經歷了五年佛教信仰之心靈深化後，大夢初醒，在癡與負，追求與失落之重大衝擊中，瞬間冰蝕了理想配偶之虛無幻影，以情愛癡執及「生死以之」締造了永恆的愛情神話，使得小說情節更精采絕倫。尤三姐與尤二姐均對過去之淫情浪態深感懊悔，且一心改過，尤其尤三姐於「靈命造就」層面，更是經年累月虔心修行。佛教指導人「放下屠刀，立地成佛」，此雖具正面鼓勵效用，也讓人類躍躍欲試，然而小說中所反映出之社會寬容面顯然過於低落，不過卻也逼真不貳。「誠篤與堅貞」是中國傳統社會對中國婦女刻板且定型化的苛求，尤三姐此種重在情定後透過宗教洗禮，進行更深層超越性之內在化的革心，及被退婚時之至情表達與生死頓悟，讓人如聞其聲，如見其人。

　　尤三姐引鴛鴦劍自刎之動機與心理意義值得解剖。當尤三姐之婚姻失敗與尤二姐欲扮演「內治賢良者」不成後，二人終均選擇自戕了此一生。因著種種致命元素，尤三姐終成一隻撲火的飛蛾，恰似魯迅〈秋夜〉中被敬奠地蒼翠精緻的英雄[527]；其心理層面中的各種反應，包括表明其矢志不渝之癡情、滌除淫蕩之惡名、對角色期望的落空、羞忿絕望、對自己發洩攻擊情緒、維護自尊、對失敗無法承擔，及以暴易暴之「復仇意識」，均是人類平衡機制之運轉。紅樓二尤服行作者所強調的「生前淫奔不才，使人家喪倫敗行，故有此報」，因此，似乎中國古代之社會道德觀與宗教勸善教條仍深炙人心，且實際效益深遠。尤三姐邪正互出之角色扮演，乃小說中高度張力之成功要

---

[526] 見束忱、張宏生注譯、侯迺慧校閱《新譯唐傳奇選·崑崙奴》，頁 420。
[527] 可參考魯迅著　張瀛玉、黃世芬、林芬安編　《魯迅全集·野草集》，第 2 卷，頁 4。

素，演活了一個豪辣率真女子之道德瑕疵及具「勇氣與堅定」之雙面形象。《紅樓夢》寧府雙姝怨之敘事，雖具穢淫之實，然在人生覺悟之鋪陳中，卻又迥出塵俗，尤其尤三姐堅毅的「造命重生」，其實深具價值，縱使其與柳湘蓮之情愛最終被淹沒於《紅樓夢》作者一貫強調的因果觀中，不過對讀者仍具啓迪心靈之效。

在筆者此篇論文之研究中，有關尤三姐之性格、情感及醫病間之關係，因其並無醫病問題，故僅能就性格與情感之影響討論。尤三姐之性格頗惹爭議，而其婚前浪蕩餂淫之性格與行為，便已註定其情感世界的多所挫折與磨難，之後的引劍自刎，更導因於之前難以抹滅的淫行。因此，在尤三姐的一生中，其淫蕩性格主導了婚姻的幸與不幸，癡執性格亦決定了其生命之存亡，然而小說中人物性格前後巨大落差之編排，在紙上擬塑時，易如反掌，但真實人生中恐較難變改。尤三姐此一象徵化人物，從普世之文化理性與社會道德之約束框架中，轉入個人之內在修行與檢討省思，在矛盾與衝突中融合情感、熱情與悲愴性，而高潮疊起。雖終是悲劇姻緣，但小說虛擬世界對人類性格變異之可行性，卻是寄予厚望的，亦具正向之代償作用。

附記：

*2002 年國科會贊助計劃之二
*2005 年通過審查/刊登於《古今藝文》/第 32 卷/第 1 期/頁 4-22

柒·尤二姐之性格、 艷情與憂鬱症

Er-jie You's personality, extravagance and melancholia

*醫學顧問：劉益宏醫師、林彥翰醫師、連義隆醫師 、鄭泰安教授及林昭庚教授

　　因吞金服砂、突然燒脹而歿的賈敬之喪，尤二姐與尤三姐成了 63 回至 69 回之串場要角。寧府中之淫亂繪述，尤氏姊妹總領風騷，其中尤二姐之 角色鮮活，生死情態互出。本文將從文學跨入精神醫學及婦科學探討尤二姐 之性格、情感及吞生金自逝之因緣。

　　紅樓艷情或以美艷綺情、或以餳淫之姿，書於翰墨。作者曾重點式地勾 勒賈寶玉初遊太虛幻境之夢時的雲雨情、與襲人之性愛練習，更及於其與寶 釵「二五之精，妙合而凝」[528]的夫妻性事。另又設構賈瑞於風月寶鑑中難抵 王熙鳳之招手成淫、朱唇粉面之秦鐘與小尼姑智能於水月庵的偷情、賈璉偷 腥事件之浪蕩腐化、妙玉之被賊人輕薄後掇手而去、賈蓉抱著丫頭們親嘴的 餳淫浪色，及尤氏姐妹與賈珍兄弟父子等之亂倫事件，均是《紅樓夢》作者 敘述綺情或淫情，最為筆墨瀾翻之處。傳言中，寧府「聚麀之誚」的主角尤 二姐與賈珍、賈蓉父子間究竟如何恣心狂狎，而累及府前二隻石獅子被穢名 渲染？又當尤二姐不以禮義進階情緣，卻直闖乎王熙鳳婚姻之堂奧時，王熙

---

[528] 見曹雪芹　高鶚原著　馮其庸等校注《紅樓夢校注》，第 109 回，頁 1653。

鳳及秋桐卻似兵革相尋，嚴苛對治，因此在大觀園中，尤二姐便似空桑之瑟，豈敵瓦缶交鳴？尤二姐心態如何轉變？吞生金自逝之因又為何？值得一窺究竟。

《紅樓夢》作者於操筆就紙間，時出奇巧，尤在浸述尤二姐性格之開闊與曲盡坎壈之情時，更是時刻動人。有關尤二姐之傳奇書寫，實有超乎筆墨畦徑之想。本文將分四段論之：一、水性楊花與柔情溫厚，二、小花枝巷與「生殖角色」之囿限，三、憂鬱症與吞生金自逝，四、結語。

一、水性楊花與柔情溫厚

寧府的雙姝怨，堪稱紅樓一絕。在紅樓艷情中，尤氏雙姝尤二姐及尤三姐自入寧府後，便崎嶇於情路，二人雖性氣相仿，但意念卻敻殊，於秦可卿及賈敬之喪時，先後二次登場：第一次為第 13 回：「正說著，見秦邦業、秦鐘，並尤氏的幾個眷屬，尤氏姐妹也都來了。」[529]；第二次為第 63 回：「二姨娘，你又來了？我們父親正想你呢。」[530]串場時短而沉痛時長，最終兩姊妹雙雙伏死。其悲情雖可憫，但其性格與行為特質，卻更值堪驗。

令男人慾令智昏的尤二姐，與尤三姐一般，均虛筆出現於第 13 回賈敬之喪禮中，是一對過來寧府看家幫忙的姊妹。有關尤二姐之形貌，除了鳳姐問過賈母其與尤二姐「誰比較俊」時，賈母回答：「更是個齊全孩子，我看比你俊些。」[531]以外，作者亦曾對尤二姐臉部有重點敘述：「眉彎柳葉，高吊兩梢，目橫丹鳳，神凝三角，俏麗若三春之桃，清潔若九秋之菊。」[532]對照鳳姐之「一雙丹鳳三角眼，兩彎柳葉吊梢眉，身量苗條，體格風騷，粉面

---

[529]同前註，頁 201。

[530]同前註，頁 993。

[531]同前註，頁 1075。

[532]同前註，第 68 回，頁 1061。

含春威不露，丹唇未啓笑先聞。」[533]似乎可看出尤二姐有微肖於王熙鳳眼眉神態之韻致：包括柳葉吊梢眉、丹鳳三角眼及含春之特質；不過二人亦有差異，除了尤二姐或許果眞較鳳姐俊一些外，王熙鳳具粉面朱唇之威嚴，而尤二姐則具俏麗桃花之特質，由此可見賈璉所喜愛的兩個對象，顯然具有極高的同質性。只是鳳姐的部分，身高與體格則有更精細之素描，其喜感、笑聲與內斂，亦悄然流露其中，而尤二姐的部分則僅著重在臉部之特色與氣質上鋪陳，可見主角與配角間仍有陳述份量之差異。不過尤二姐所雜揉的桃花秋菊之二種外貌敘述，是一種既擁有似三春般令人賞心悅目之紅色或粉嫩之桃花臉與氣質(指具異性緣、人緣極佳及更多的感性面)外，又有九月黃菊之淡雅素淨，然而其卻無鳳姐機伶詭害之人格特質，因此，命帶桃花之尤二姐的性格又是如何？筆者將一一分析。

(一)水性楊花與聚麀之誚

尤二姐之性格表出，其實是圍涉於四位男性之情色或婚約中。首先論及與尤二姐指腹爲婚者，乃皇糧莊頭之張華家，因遭官司敗落後，十數年未見音信。尤家欲轉聘尤二姐，曾逼張家人退婚，張家因懼勢怕權，故只得收受二百兩銀子正式退親，即使之後張華正式實筆出場時，因被王熙鳳利誘告官，但張華與尤二姐二人卻仍無緣覿面。同樣是陳述「父母嫌貧愛富」的主題：張金哥曾癡執於與守備之子的指腹爲婚，而願殞身守節；尤二姐卻不重視指腹婚緣，且無動於衷；《紅樓夢》中作者所形塑的此二女子，對比鮮明。然而，尤二姐卻有可能是個「嫌貧愛富」的「暗喻」者，在 64 回中述及「尤二姐又是水性的人，在先已和姐夫不妥，又常怨恨當時錯許張華，致使後來終身失所」[534]顯然尤二姐對婚姻充滿期待，或許因素日全虧賈珍周濟，令其

---

[533]同前註。
[534]同前註，第 64 回，頁 1015。

對衰敗、貧困有潛意識的排斥，同時因為張華又是個不務正業的賭徒，以致於令其不滿，而其人格特質中所呈現出的「水性」，則有其柔情溫厚及可隨處泛流之特質，何嘗不是「形容尤二姐水性楊花」之「明喻」——指：「如水之流動，楊花之飄蕩。比喻輕薄的婦女，用情不專」[535]。此種人格特質是否會影響到尤二姐？值得一探究竟。

其次，傳言中與尤二姐有聚麀之誚者，一是賈珍，一是賈蓉。賈珍亦是十六回甲戌本《石頭記》第 5 回，紅樓夢十四支演曲中提及的「秦可卿淫喪天香樓」所預言的可能男主角之一[536]。當賈蓉看到二次駕臨寧府之尤二姐時，曾明譏其與賈珍之曖昧關係：「二姨娘，你又來了？我們父親正想你呢。」[537]當時尤二姐的反應---無端的臉紅，顯得有些反常。筆者在尤三姐一文中已論證：「此種不倫應是早發於第 13 回時」，書中以虛筆帶過，否則 63 回時賈蓉便不可能一見了尤二姐，便以曖昧語言當作開場白，而尤二姐亦不該有害羞臉紅的表現；又 64 回中，當賈璉藉故煽誘尤二姐時，透過作者之全視角述及：「況知與賈珍賈蓉等素有聚麀之誚，因而乘機百般撩撥，眉目傳情，...賈璉又怕賈珍吃醋，不敢輕動...」[538]等，此二事似乎前後呼應著傳言中若有似無之亂倫情事，也更可看出尤二姐水性楊花的性格特質。之後在 65 回中，述及尤二姐出嫁後，賈珍對尤二姐不忘情之事，更佐翼著「聚麀之誚」的傳

---

[535] 見三民書局大辭典編輯委員會《大辭典》，頁 2510。

[536] 秦可卿之死，向來是研究《紅樓夢》學者的重點分析之一。有關其死亡因與第 5 回之預言式的詩詞讖語及第 10 回生病之徵狀不符，故引發爭議。有以為是秦可卿與其祖父賈敬不倫而上吊自殺的，在洛地〈關于秦可卿之死〉中云：「作者通過 "天香樓一節"具體的揭露了賈敬正是 "造釁開端"、 "家事消亡"、 "箕裘頹墮"的首罪者。族長如此，賈家後世便可想而知了。這就是所謂 "史筆"。」(見《紅樓夢學刊》，1980 年，第 3 輯，頁 264)亦有以為是秦可卿與賈珍逾越本分，最終是上吊自殺的：多數學者以賈珍為秦可卿之死所表現出的不尋常的哭泣行為及奢費辦喪，作為亂倫對象的論斷標準。

[537] 見曹雪芹 高鶚原著 馮其庸等校注《紅樓夢校注》，第 63 回，頁 993。

[538] 同前註，第 64 回，頁 1009。

說。當尤二姐出嫁二個多月後，賈珍於鐵檻寺做完佛事之際，趁賈璉不在而悄然拜訪，但尤二姐卻一改婚前的淫蕩形象，並且在賈璉突然回來後，巧解了二馬同槽，可能發生的互相蹄齧的尷尬場面，因此，並未發生任何事情，同時如此的不湊巧，對賈珍而言，之後果真亦不敢再越雷池一步。又柳湘蓮為了「傳言中的聚麀之誚」問詢過寶玉：「你們東府裏除了那兩個石頭獅子乾淨，只怕連貓兒狗兒都不乾淨。」[539]寶玉雖親口證實了，然而對柳湘蓮而言，卻是響如雷擊，且導致之後的毀婚，可見街坊訛謠深害之大，只不過尤氏雙姝卻均昧於無知。又如王熙鳳曾當面揶揄尤二姐：「妹妹的聲名很不好聽，連老太太、太太們都知道了，說妹妹在家做女孩兒就不乾淨，又和姐夫有些首尾。」[540]尤二姐不但不吭聲，反在死前自承德虧：「此亦係禮數當然，你我生前淫奔不才，使人家喪倫敗行，故有此報。」[541]因此，傳言中的不倫，實已不攻自破。在《紅樓夢》書中，雖未有任何賈珍與尤二姐間較具體之情淫實錄，不過作者透過傳說與旁敘，依然具繪聲構影之效，但當賈蓉刻意撮合賈璉與尤二姐之婚事時，賈珍卻一口答應而未顯絲毫不捨，作者之謀篇顯有不合邏輯之處。

　　至於曾與尤二姐朝夕嬉笑怒罵者，為賈蓉。因賈敬之喪，尤氏於奔忙之際，請尤氏姊妹來寧府看家，從賈蓉之戲謔始，至入閣金屋止，尤二姐對男女不倫之譏，實應避諱且矜持貞潔，但卻反在寧府中時顯失序，更顯水性楊花。當尤二姐順手拿著一個熨斗摟頭就打時，賈蓉順勢滾到尤二姐懷裏告饒，二人離倫違矩，而「搶砂仁吃」更是孟浪曖昧：「尤二姐嚼了一嘴渣子，吐了他一臉。賈蓉用舌頭都舔著吃了。眾丫頭看不過，都笑說：『熱孝在身上，老娘才睡了覺，她兩個雖小，到底是姨娘家，你太眼裏沒有奶奶了。回來告訴爺，你吃不了兜著走！』賈蓉撇下他姨娘，便抱著丫頭們親嘴，說：

---

[539] 同前註，第 66 回，頁 1040。
[540] 同前註，第 69 回，頁 1078。
[541] 同前註，頁 1080-1081。

『我的心肝！你說得是，咱們饒他兩個。』丫頭們忙推他，恨得罵：『短命鬼兒，你一般有老婆、丫頭，只和我們鬧，知道的說是玩，不知道的人，再遇見那髒心爛肺的、愛多管閑事嚼舌頭的人，吵嚷得那府裏誰不知道，誰不背地裏嚼舌說咱們這邊混帳。』賈蓉笑道：『各門另戶，誰管誰的事？都夠使的了。從古至今，連漢朝和唐朝，人還說『髒唐臭漢』，何況咱們這宗人家！誰家沒風流事？別討我說出來：連那邊大老爺這麼利害，璉叔還和那小姨娘不乾淨呢。鳳姑娘那樣剛強，瑞叔還想她的帳。哪一件瞞了我！」[542]賈蓉挑情在先，二姐罵俏在後，二人枉顧熱孝及漠視尊卑主客之理，此時又仿若李後主〈一斛珠〉中之大周后的嫵媚與恣肆情意：「鏽床斜憑嬌無那，爛嚼紅茸，笑向檀郎唾」[543]。雖則其所吐者，非紅色絲線或紅色檳榔渣[544]，而是薑科荳蔻植物，但二人離轡脫韁之「吐渣」、「舔渣」動作及敗德喪性之情事，實效演著「髒唐臭漢」之淫行亂紀。賈蓉是個紈袴子弟，仰仗富貴權勢，作為風流藉口，更合理化其個人之淫蕩本色，而尤二姐則既失風雅，又損德譽，故謗議騰沸；然其聞識卑淺、不諳風俗節義，此亦是其被寧府奴婢所詬病者。只是第 13 回後，因秦可卿亡故，賈蓉再娶許氏為妻，書中雖有五處述及許氏之動態形貌，不過卻有爭議：(1) 29 回中有賈蓉的妻子、婆媳兩人。(2) 53 回有「寧府中尤氏正起來同賈蓉之妻打點送賈母這邊針線禮物，正值丫頭捧了一茶盤…一時賈珍進來吃飯，賈蓉之妻迴避了。…」。(3) 54 回有「只除賈蓉之妻是命丫頭們的；復出至廊下，又與賈珍等斟 …」。(4) 58 回回首，老太妃薨，"賈母邢王尤許媳婦祖孫等皆每日入朝隨祭"。(5) 59 回賈母帶著

---

[542] 同前註，頁 993。

[543] 見張夢機、張子良《唐宋詞選注》，頁 46。

[544] 有關「紅茸」二字，張夢機、張子良老師譯為「紅絨線」(見張夢機、張子良《唐宋詞選注》，頁 46)。《大辭典》中「茸」亦譯成「絨線」，但「民族植物隨筆－檳榔(上)、(中)、(下)」轉載自【塔山自然實驗室】則將「紅茸」譯成「紅色的檳榔渣」。(轉在自網站：http://www.tnl.org.tw/，全文詳見：網站：http://e-info.org.tw/sunday/culture/2002/cu02010601.htm)

蓉妻坐一乘馱轎。有關賈蓉之妻早有學者研究過，庚辰本原寫為許氏、程甲
本已無許氏一句，程乙本則為胡氏。根據張愛玲《紅樓夢魘‧紅樓夢未完(之
二)》提及甲本"邢王尤許"四字已刪。換言之，甲本中賈蓉妻並非許氏，故張
愛玲說「如果不是甲本刪的，那就還是續書人刪的。」[545]至於有學者質疑是
否許氏為後人所添？因無證據，故筆者不敢妄加揣測，但因甲本無此四字，
庚辰本為許氏，程本中亦為許氏，而本文因以《紅樓夢校注》為主，前八十
回即是庚辰本，因此採「許氏」之說。然而何以第 63 至 64 回中述及賈蓉、
賈珍與尤氏姊妹有聚麀之誚，卻不見許氏蹤影，或出面干涉？此殆《紅樓夢》
之原作者或是續補者之疏漏，或者說是作者刻意將許氏角色複製成另一個
「默然無聲的尤氏」，而此均是「妻位卑微」之象徵，想來許氏之出身可能
與尤氏一般，均非豪門富貴之家，而是個「無聲筒」，故無法在寧府擁掌大
權，以致於尤二姐成了作者筆下成功突顯的寧府中重要的浪蕩者，同時與尤
三姐均成了這些淫亂事件中幸運的暫時悻存者。

(二)暗渡陳倉與柔情溫厚

　　賈璉之偷腥非一，從多姑娘、鮑二媳婦至尤二姐等，雖均是暗渡陳倉，
但卻都是熊吃豹膽的一意孤行，而賈蓉偏對他心知肚明，因此尤二姐其實是
二人設計哄拐而得。賈蓉獻計如下：「叔叔回家，一點聲色也別露。等我回
明瞭我父親，向我老娘說妥，然後在咱府後方近左右，買上一所房子及應用
傢夥什物，再撥兩窩子家下人過去服侍。擇了日子，人不知，鬼不覺，娶了
過去，囑咐家人不許走漏風聲。嫂子在裏面住著，深宅大院，哪裏就得知道
了。叔叔兩下裏住著，過個一年半載，即或鬧出來，不過挨上老爺一頓罵。
叔叔只說嬸子總不生育，原是為子嗣起見，所以私自在外面作成此事。就是

---

[545] 見頁 42。

孀子，見生米做成熟飯，也只得罷了。再求一求老太太，沒有不完的事。」[546]賈蓉金屋藏嬌之建議是成功的，其步驟有：一面「封口」以杜攸攸之議；一面採「延宕政策」，將生米煮成熟飯，霸王硬上弓；一面藉口「子嗣問題」將之歸罪於王熙鳳傳宗不利，並因深悟「婦人之仁」而獻計求情等。然賈蓉此種乍看是利他之計，其實亦是利己之淫，因其早已鋪設了可恣意勾搭尤二姐之路，但卻未能得逞。罪魁禍首的賈蓉，讓涉世不深的尤二姐輕易入甕，一個平日與尤二姐嘻笑怒罵的親暱夥伴，也算是個《紅樓夢》書中點綴的甘草人物。最末，與尤二姐從暗通款曲至金屋藏嬌者，爲賈璉。

　　《紅樓夢》中之「金屋藏嬌」，實本乎宋傳奇·樂史《綠珠傳》（《說郛》卷 38 亦載有此文）之故事，敘述官拜交趾採訪使之富豪石崇，以三斛珍珠購得雙角山下之梁綠珠爲妾，藏嬌於河南金穀澗別墅中；建閣植花，四時與綠珠於金穀園中歌舞作樂，終因石崇得罪趙王倫而被棄東市，而綠珠亦跳樓殉情[547]。作者彷彿重塑了似「綠珠墜樓之典型的悲悽妾命」——一種難以擺脫宿命之悲情，但卻又吸攬前修，獨造意匠，讓尤二姐非以墜樓殉情而是失意沮喪、吞生金自逝。

　　在僕人眼裡，尤二姐是個沒品之人，但在賈璉眼中，卻是個長得標緻且性格柔情溫厚之人。在賈蓉獻計之激勵下，賈璉便對尤二姐展開攻心之策，藉吃檳榔拉近二人心距，遞送定情物以搏取尤二姐的好感，並撤除其心防，書中如此鐫刻：「此時，伺候的丫鬟因倒茶去，無人在跟前，賈璉便睋視二姐一笑。二姐亦低了頭，只含笑不理。賈璉又不敢造次動手動腳，因見二姐手中拿著一條拴著荷包的手巾擺弄，便搭訕著往腰內摸了摸，說道：『檳榔荷包也忘記帶了來，妹妹有檳榔，賞我一口吃。』二姐道：『檳榔倒有，只是我的檳榔從來不給人吃。』」[548]又有「賈璉便笑著，欲近身來拿。二姐怕

---

[546] 見曹雪芹 高鶚原著 馮其庸等校注《紅樓夢校注》，第 64 回，頁 1011-1012。
[547] 見周勛初《宋代傳奇選譯》，頁 28，或葉師慶炳編《唐宋傳奇小說》，頁 434。
[548] 見曹雪芹 高鶚原著 馮其庸等校注《紅樓夢校注》，第 64 回，頁 1013。

人看見不雅，便連忙一笑，摺了過來。賈璉接在手中，都倒了出來，揀了半塊吃剩下的，摺在口中吃了，又將剩下的都揣了起來。剛要把荷包親身送過去，只見兩個丫鬟倒了茶來。賈璉一面接了茶吃茶，一面暗將自己帶的一個漢玉九龍珮解了下來，拴在手絹上，趁丫鬟回頭時，仍摺了過去。二姐亦不去拿，只裝看不見，仍坐著吃茶。只聽後面一陣簾子響，卻是尤老娘、三姐帶著兩個小丫頭自後面走來。賈璉送目與二姐，令其拾取，這尤二姐亦只是不理。賈璉不知二姐何意，甚是著急，只得迎上來與尤老娘、三姐相見。一面又回頭看二姐時，只見二姐笑著，沒事人似的，再又看一看手巾，已不知哪裏去了，賈璉方放了心。」[549]《紅樓夢》中出現「檳榔」一物，總令人好奇。其實傳統中國社會中之嚼檳榔與今日在台灣被視為不雅、甚至有害身體健康之檳榔嚼食文化，實有歷史背景之差異。檳榔本是一種常綠喬木，高三丈許，根據古書記載：「…東印度原產，馬來半島之土人將果實細切，包於胡椒類葉中，時時食之，此物能消食，我國人亦有常食者。」[550]另《民族植物隨筆》中有檳榔在古代中國之習俗敘述：「檳榔 *Arecae catechu* L.檳榔的屬名 Arecae 由馬來西亞土名拉丁化而來，其種名 Catechu 則是馬來語的『一種從植物中提煉出來的液汁』之意，可見檳榔可以用來做為天然染料。除了中國南部之外，印度、錫蘭、越南、馬來西亞、菲律賓等地，嚼食檳榔的風俗，至少沿續兩千多年，是平民與貴族共有的嗜好。…由於檳榔產於南方，北方富貴人家的子女，以能吃到檳榔為榮。清康熙年間，陳夢雷編集《古今圖書集成》，其中之《草本典》第 285 則為〈檳榔彙考〉，蒐集了魏晉南北朝以來有關檳榔的詩、文、圖繪及藥方。」[551]《紅樓夢》書中有關吃檳榔之描

---

[549]同前註。

[550]見《中文大辭典》，第 18 冊、頁 7467。

[551]見「民族植物隨筆—檳榔（上）、（中）、（下）」轉載自「塔山自然實驗室」網站：http://www.tnl.org.tw/，全文詳見：網站：
http:// www.e-info.org.tw/sunday/culture/2002/cu02010601.htm

述僅此一處，尤氏姊妹並非貴族，但至少連賈璉亦吃檳榔，此種平民與貴族共同之嗜好，被借用為傳情聖品，既正向，又可交心。之後賈璉以攫人掏心之策，特撿尤二姐吃賸的半個檳榔入口，以示好，又以定情物「漢玉九龍珮」成功獵豔尤二姐入淫奔之約。然而驀然順境，往往寓藏坎壈之路。尤二姐此時溫厚之性格、若有似無之矜持，讓流連惑溺且穿梭於眾人之前的賈璉忐忑不安。賈璉於放鉤收鉤之間，與尤二姐之互動似琴瑟翕合。賈珍之妻尤氏雖深覺不妥，但因其性格溫順、不違夫意，故亦無法阻此悲劇。當賈珍、賈璉及賈蓉三人商議後，便先明修棧道：「使人看房子，打首飾，給二姐置買妝奩及新房中應用床帳等物。不過幾日，早將諸事辦妥。已於寧榮街後二里遠近小花枝巷內買定一所房子，共二十餘間，又買了兩個小丫鬟。賈珍又給了一房家人，名叫鮑二，夫妻兩口，以備二姐過來時伏侍。」[552]舉凡一切婚前事務準備就序後，自迎娶尤二姐的一刻起，夫妻二人便顛鸞倒鳳、燕燕恩愛、纏綿依約，徜徉於小花枝巷內的消遙閒暇之境。

　　一個非出身仕宦名門，不但性格並不「虛偽」，亦未曾沾染豪奢虛華與驚倨忤物之態的尤二姐，週旋於四個男人之間，無緣的是指腹為婚之貧困張華。吞吐砂仁之濫情與吃檳榔之成功調情，在賈蓉、賈珍與賈璉之間輕倩流轉，曲盡淫情浪態。《紅樓夢》作者橫跨多回，秉筆直書尤二姐婚前之行為，其偭規越矩處，實可戒可惕，不過亦可見其水性楊花與柔情溫厚之性格趣味。

二、小花枝巷與「生殖角色」之規圍

　　人類之氣運有所升降，尤二姐亦在出寧入榮之間，從神專變為心苦，從出入紫衣象板之家、福享金馬玉堂之富，一心想浸潤於安逸與恬淡之幻想中[553]，不過卻猶如墮入佛教所謂的畜生道[554]一般，食人廚餘，其婚前婚後之性

---

[552]見曹雪芹　高鶚原著　馮其庸等校注《紅樓夢校注》，第 64 回，頁 1015。
[553]見筆者《紅樓夢中夢的解析》：「尤二姐婚前雖也潑灑些，然而婚後卻一反常態的

格與生涯有天壤之別的苦樂二貌。尤二姐之性格與行爲是否影響其婚後之情感生活與人際？筆者將一一論述。

(一)小花枝巷内之溫存

　　被賈璉視爲外貌標緻、言行猶勝鳳姐五分的尤二姐，婚後似乎頓時痛改前非，向善修正。在《紅樓夢》中，尤二姐的出現，並非如趙岡《漫談紅樓夢・紅樓二尤的故事》所言，僅有七回半之多[555]，而是從 13 回至寧府幫忙後，63 回再出現時，便密集書寫至 70 回尤二姐出殯止，共有九回之多。雖然出現時有詳略之別，但因故事具戲劇性與特殊性，故在紅樓人物中佔有一席之地。

　　尤二姐與賈璉之情感生活一再變轉曲折。當其對賈璉之挑逗循情入港時，足見其水性楊花，來者不拒之態，不過亦見溫馴與不安分之情愫。而小花枝巷内金屋藏嬌，應是個隱覓的地點，在蔡炳焜《漫說紅樓》中云：「臺北市聞名的『細姨仔街』地址在延平北路仙樂舞廳邊巷的伊寧街，過去臺北市聞名「細姨仔街」，一些富豪外室的住宅區，紅樓夢的小花枝巷當時可能也是這種社區，一些做人家小星的婦女，她們有高級生活享受，物質上也不虞匱乏，只是精神上有些空虛，而且有嚴重的自卑感。」[556]因此尤二姐被安

對賈璉忠心專情，潔身自愛，居家時的不慍不暴，不疾不徐正反映出婚後尤二姐安逸於恬淡生活之中。」(見第 10 章，頁 209) 可參考應必誠〈平兒的悲劇〉一文中提及尤二姐生活在對「富貴生活的幻想」(收入《紅樓夢研究集刊》，1980 年，第 3 輯，頁 111)另可參考嚴曼麗〈紅樓二尤的悲劇情味〉中提及尤二姐性格轉變是源於她對「富足與安樂的追求」(見《幼獅學刊》，1971 年 9 月，第 34 卷，第 3 期，頁 17 及胡文彬、周雷主編《台灣紅學論文選》，1981，頁 219-325)

[554]案：在佛教中畜生道，乃六道輪迴之一，與餓鬼、地獄、阿修羅、人間、天上等為六道。

[555]可參考其書，頁 61。

[556]見書中　5　一、「兄弟聚麀尤二吞金」，頁 57。

頓在小花枝巷之金屋中，避人眼目，而此處是否如同今日臺北市延平北路仙樂舞廳邊巷之伊寧街——昔日為臺北市聞名之「細姨仔街」一般，乃富豪外室之住宅區，則不得而知。不過溺於金屋繾綣、期待春宵之尤二姐，委身婚約，恪遵三從四德，以夫為綱，並壓抑自己的情緒及調伏自我，以符人妻之責，又折旋婉媚、凡事必商必議，不敢恃才自專。此外，其更是寵光優渥地收受賈璉多年之體己物及一個月十五兩銀子之供養。二人枕邊述情，豐足過日，但尤二姐更懂得對賈璉述心語、敘人情，以鞏固婚緣，她如此深情地說著：「我如今和你做了兩個月夫妻，日子雖淺，我也知你不是愚人。我生是你的人，死是你的鬼，如今既作了夫妻，我終身靠你，豈敢瞞藏一字。」[557]小說中尤二姐從水性楊花至堅貞不移的情性轉變，其實是過於戲劇化的，故常金蓮稱此種角色是「從 "妓女" 到 "母親" 的道德完善」[558]。固然「如逢花開，如瞻歲新」之甜蜜婚姻生活是誘因，而賈璉的不計前嫌，尤二姐的自律養德，更能鎔鑄二人「如膠投漆，似水如魚，一心一計，誓同生死」[559]的相契形色。尤二姐婚後營播了改過遷善之種子，並從其大紅小襖、散挽烏雲中散發出春色喜悅；朝暮與賈璉溫存，愈顯其性格中之柔情溫厚之特質。傅繼馥〈歷史性的突破——論《紅樓夢》中性格化典型的成就〉：「曾經墮落於淫邪，偷嫁賈璉以後，頓即悔改，專情于丈夫，賢良和順，恍若換了一人。」[560]另在嚴曼麗〈紅樓二尤的悲劇情味〉亦提及：「曹雪芹有意讓她來指出賈府，這富貴宅第裡骯髒的亂倫事實：父子，兄弟，叔姪之間，一筆算不清楚的亂帳，對一向標榜儒家教化的賈府，這無疑是一大諷刺。這時的尤二姐是一般所謂正人君子所不屑一顧的蕩婦，然而在做了賈璉的秘密二房奶後，她

---

[557] 見曹雪芹 高鶚原著 馮其庸等校注《紅樓夢校注》，第65回，頁1026。
[558] 可參考常金蓮〈從 "'妓女" 到 "母親"的道德完善——論李瓶兒與尤二姐〉一文，見於《紅樓夢學刊》，2002年，第2輯，頁325-336。
[559] 見曹雪芹 高鶚原著 馮其庸等校注《紅樓夢校注》，第65回，頁1029。
[560] 刊於《紅樓夢研究集刊》，1981年10月，第7輯，頁75。

卻大變了，變的那樣專情和賢良。」[561]又劉天振〈是妙筆，還是敗筆---尤二姐形象塑造得失談〉中，同時讚賞作者對尤二姐之性格核心，維持了形象之統一，是成功的，但卻又以爲過分的藝術操作，反而造成這一人物性格前後的分裂。[562]綜合以上三說，或許我們可以如是觀：作者嘗試將「放下屠刀，立地成佛」之理論體用於尤二姐身上，但此恐與眞實人生情性變改之樣本落差過大；或因其對理想婚姻之癡執及動情激素之發散所使然，故有可能尤二姐與尤三姐一般，果眞是千萬人中首選的「眞正的洗心革面者」；但也有可能此僅是小說理想化的創作而已。同時由於尤二姐瞞著元配夫人鳳姐而有的「違緣」，畢竟是敗喪倫常。

從中國古代的象術或數術之學，總將人類情感世界中第三者「妾命卑賤」的角色，歸於「命中定數」，而《紅樓夢》作者書中也鋪排著宿命論，且尤氏雙姝在寧府賈家也多半被紅學專家視爲是屈服於威權者之人，不過對於姐夫賈珍介紹的賈璉，尤二姐卻是動了眞情，在一個不以「花枝巷」爲稱，卻以「小花枝巷」明喻「小妾」之小小住宅中受享纏綿情愛，因此，尤二姐的姻緣一點也沒有被逼被迫之情勢。香港臨床身心行爲學家李寶能卻曾研究過第三者的心態而提出「此爲潛意識行爲特質，但不算心理不平衡。他說一般女性均希望覓得好歸宿，但有女性潛意識愛挑戰，喜歡與人比較，有競爭心理，以此證明自己較出色，等同參加一場比賽，但贏了之後則覺得事情已完結，得到後未必會珍惜或持久。他又指女方會不知不覺重復相同行爲，可能她本身也感到無奈，想停止又停不了，只是滿足自己好勝心理。但男人知道女性存有這種心態後，同樣不會對感情認眞，純粹玩，所以到頭來女方在感

---

[561]可參考岑佳卓編著《紅樓夢綜合研究》(下編)中嚴曼麗〈紅樓二尤的悲劇情味〉，頁 661。
[562]可參考劉天振〈是妙筆，還是敗筆──尤二姐形象塑造得失談〉中同時讚賞作者對尤二姐性格核心維持了形象之統一，是成功的，卻又以爲過分的藝術操作，反而造成這一人物性格前後的分裂，見《紅樓夢學刊》，2001 年，第 1 輯，頁 318-326。

情方面會較難成功。」[563]在《紅樓夢》書中其實並無有關尤二姐先前與賈璉檳榔傳情時潛藏著「喜歡與人比較，有競爭心理」之心態闡述，因清朝時翻譯作品方興未艾，對西方心理學之發展狀況的瞭解更是微乎其微，不過近代心理學家對於人類身心理論的研究，或可作為另一未被發現的詮釋角度——尤二姐「愛有婦之夫」之因，一是姻緣宿命，另一則可能是為了「滿足其潛意識中的好勝心」，所謂潛意識是一種人類清醒時意識層所無法得知的心理狀態，尤其當賈蓉告訴她說鳳姐之病是不能好了，除了她可有扶正的機會外，出身尋常百姓家的她，至少在身體健康上已經勝過鳳姐，又當賈璉搬來體己物給她時，她自己恐亦知悉其在賈璉心中之地位勝過鳳姐，故縱知賈璉有悍妻，卻也無懼，只是她不知鳳姐之厲害罷了。雖然她與賈璉之間亦非玩票心態，但最終結局卻亦巧合於李寶能理論中之悲劇，此則與其之後囿限於「生殖角色」而步入大觀園有關。

(二)「生殖角色」之規囿

　　小花枝巷內的恩愛生活，短如春夢，紙豈能包住火？接著尤二姐便陷入苦海深淵。

　　當鳳姐從平兒口中知道一個小丫頭子聽見二個小廝比較新舊二位奶奶之容貌與脾氣時，鳳姐問明興兒事件原委後，便開始使計勾心地遊說尤二姐：「皆因奴家婦人之見，一味勸夫慎重，不可在外眠花臥柳，恐惹父母擔憂。此皆是你我之癡心，怎奈二爺錯會奴意。眠花宿柳之事瞞奴或可，今娶姐姐二房之大事亦人家大禮，亦不曾對奴說。奴亦曾勸二爺早行此禮，以備生育。」[564]尤二姐之被賺進大觀園時，如進沖漠之虛，如入泱漭之野，且對

---

[563] 見責任編輯：林林〈36 歲李嘉欣桃花正旺　愛有婦之夫滿足好勝心——娛樂——人民網〉，來源：《中國新聞網》網站：ent.people.com.cn/GB/4516038.html - 57k -2006/8/15
[564] 見曹雪芹　高鶚原著　馮其庸等校注《紅樓夢校注》，第 68 回，頁 1062。

鳳姐先擒後縱及哀兵之策卻全然不知，於是被此種「生殖角色」鉗制著，但二人表面上相互尊重、相安無事[565]，且並無崢冰擲戟之態。在傳統中國妻妾制度中，尤二姐原可能是個具有高度生產力且備受呵護之氣焰囂張者，但卻難以抵拒鳳姐排山倒海之行，而難逃妻妾權角之噩運中[566]。

　　知人誠難，難於上青天，而人心之險，更險於山川。《紅樓夢》之情節，似乎教習著一場場機關加害的戲碼。鳳姐首先假借同理心，從硬體設備之正室依樣裝飾新房予尤二姐，以便騙取信任；同時鳳姐又假意示好，說尤二姐是她的大恩人，自己願作妹子，「每日伏侍姐姐梳頭洗面。只求姐姐在二爺跟前替我好言方便方便，容我一席之地安身，奴死也願意。」[567]；其次鳳姐更收拾東廂房三間，派了一個丫環善姐借住賈璉院落，表面關照，背地卻虐待與剝奪尤二姐之精神與物質條件，對尤二姐極盡侮辱，且看作者的描述：「那善姐漸漸連飯也怕端來與他吃，或早一頓，或晚一頓，所拿來之物，皆是剩的。尤二姐說過兩次，他反先亂叫起來。尤二姐又怕人笑他不安分，少不得忍著。隔上五日八日見王熙鳳一面，那王熙鳳卻是和容悅色，滿嘴裏姐姐不離口。又說：『倘有下人不到之處，你降不住他們，只管告訴我，我打他們。』又罵丫頭媳婦說：『我深知你們，軟的欺，硬的怕，背開我的眼，還怕誰。倘或二奶奶告訴我一個不字，我要你們的命。』尤氏見他這般的好心，思想『既有他，何必我又多事。下人不知好歹，也是常情。我若告了，他們受了委屈，反叫人說我不賢良。』因此反替他們遮掩。」[568]書中又有鳳

---

[565] 鳳姐告訴尤二姐她二人應「同居同處，同分同例，同侍公婆，同諫丈夫。喜則同喜，悲則同悲；情似親妹，和比骨肉。」(見曹雪芹　高鶚原著　馮其庸等校注《紅樓夢校注》，第 68 回，頁 1062)

[566] 可參考郭樹文〈王熙鳳尤二姐是非新議〉中提及：「在一夫多妻傳統特別悠久的我國，王熙鳳，尤二姐式的矛盾和悲劇多得難以計數。」(刊於《紅樓夢研究》，1986 年 3 月，頁 68)

[567] 見曹雪芹　高鶚原著　馮其庸等校注《紅樓夢校注》，第 68 回，頁 1062。

[568] 同前註，頁 1065。

姐的詭計：「王熙鳳既裝病，便不和尤二姐吃飯了。每日只命人端了菜飯到他房中去吃，那茶飯都係不堪之物。」[569]尤二姐從被安排早一頓、晚一頓至食人廚餘時，凡事忍氣吞聲，而善姐的譏刺更是極盡糟蹋，但為顧及賢良，尤二姐只得委曲求全。然而尤二姐不過受了一個月的暗氣，便得了一病漸次黃瘦下去，一人沿捱苦毒，處境悽涼，而去平洲辦事的賈璉，在境遇新變後，更與尤二姐聚少離多，此恐是尤二姐意料之外的事。

　　此外，鳳姐曾賄賂被尤二姐家退婚的未婚夫，一個賭徒、不務正業的張華去告官，提告賈璉身處國孝家孝之中，但卻「背旨瞞親，仗財依勢，強逼退親，停妻再娶」[570]，藉此羅罪給尤二姐，但經尤氏與尤二姐向賈母辯白後，鳳姐並未得逞。期間鳳姐卻仍營造出和尤二姐「和美非常」，「更比親姊親妹還勝十倍」[571]之假相。當時薛寶釵與林黛玉雖然均看穿鳳姐心機，但亦未插手幫助尤二姐，或許無力幫忙，不知如何幫忙，甚至是不願多事，才是重點。接著鳳姐全力阻斷尤二姐在榮府之人情脈絡，更借刀殺人，刻意語激秋桐進讒賈母，以孤立尤二姐，讓其備受蔑視，被視為似路柳牆花。尤二姐此時不但失去夫援外，又被鳳姐及其貼身丫環惡意彈壓，其實算是一種「背叛」，一種忠誠信實之叛離。府中人際之困頓，更是新婦難以立足之憾，對尤二姐而言，必然頓失頭寸與依據。李昭鴻〈論杜十娘與尤二姐之人生悲劇〉中曾將杜十娘與尤二姐對比，又將李甲與賈璉比較，因而云：「反觀李甲、賈璉對十娘和二姐，都曾經愛到心坎，愛得全心全意，卻又不能持恆、不夠執著，一遇到挫折，便立即退縮，一見到誘惑，便失了準則。」[572]事實上，賈璉娶進尤二姐後，確實被秋桐迷惑，但卻非退縮之人，因為書中並未有賈璉因尤二姐之事退縮的事證。李昭鴻〈論杜十娘與尤二姐之人生悲劇〉一文中，未

---

[569]同前註，第 69 回，頁 1079。

[570]同前註，第 68 回，頁 1062。

[571]同前註，第 69 回，頁 1078。

[572]見《東方人文學誌》2007 年 3 月，第 6 卷，第 1 期，頁 11。

曾引證說明，且賈璉亦不似李甲般的性格軟弱，否則也不會有因與鮑二家的姦情暴露後，曾持劍假意追殺鳳姐之故意恫嚇鳳姐的舉動。此時賈璉與尤二姐間之互動較少，其因只是因爲賈璉必須「公出辦事」，故因長時不在家而未能細心留意尤二姐之起居瑣事，以致於令尤二姐陷入單打獨鬥之困境中。仔細分析，尤二姐對於王熙鳳之報復行爲，不但毫無招架之力，更是求助無門。尤二姐初來榮府時，雖有欲護木成舟之高耐受性，但卻難抵性情遭際於虎狼之林的困厄而罹病，不過其對鳳姐及秋桐不出脣齒，不造口業的對治方式，卻是一種懿德美行。

　　第 69 回的一場夢境，呈現出尤二姐經歷種種磨難後之省思，不過此種省思並非是積極地進行反擊，或扭轉被欺壓之頹勢，而是更認命、更自我悔罪的心態呈現。在尤二姐夢中，尤三姐此時之託夢或導源於對近親關懷之情緒幻象[573]；超心理學以爲託夢與心電感應的關係密切[574]，而依佛洛伊德之理論觀之，則此或是尤二姐潛意識中不斷儲存之幻象，受外在環境觸發[575]，所自然成形之預感夢境。夢中二人有一段摯情對話：「『姐姐，你一生爲人心癡意軟，終吃了這虧。休信那妒婦花言巧語，外作賢良，內藏奸狡，他發恨定要弄你一死方罷。若妹子在世，斷不肯令你進來，即進來時，亦不容他這樣。此亦係理數應然，你我生前淫奔不才，使人家喪倫敗行，故有此報。你依我

---

[573] 可參考馬丁·愛明(Martin Ebon)撰〈心靈戰爭〉Psychic Warfare 第 7 章 「心電感應的密碼」(Code by Telepathy)由名可·知青翻譯，文中提及人類情緒的幻象是心電感應活動最大的因素，黃大受編《超心理學研究》，第 52、53 期，見頁 11-13。

[574] 可參考王溢嘉編譯《夢的世界》中提及「心電感應」一詞屬於「超心理學」範疇之一：「意指研究生物體與其環境間不受已知之知覺運動功能(Sensors; Motor Functions)所支配的相互作用。心電感應指對他人思想的超感官知覺。」(頁 162)

[575] 可參考佛洛伊德《夢的解析》The Interpretation of Dreams 中之夢學理論，筆者運用並詮釋之。另傅繼馥〈紅樓夢中預示的藝術〉一文亦云：「在生活中，如果對某事的未來思慮得格外深切，在潛意識中不斷儲存著模糊的片段的幻境；一旦在外界條件觸發下，就會突然形成一種預感，意外地神秘地襲上心頭。」(刊於《紅樓夢研究集刊》，1982 年 5 月，第 8 輯，頁 131)

將此劍斬了那妒婦，一同歸至警幻案下，聽其發落。不然，你則白白的喪命，且無人憐惜。』尤二姐泣道：『妹妹，我一生品行既虧，今日之報既係當然，何必又生殺戮之冤。隨我去忍耐。若天見憐，使我好了，豈不兩全。』小妹笑道：『姐姐，你終是個癡人。自古[天網恢恢，疏而不漏]，天道好還。你雖悔過自新，然已將人父子兄弟致於麀聚之亂，天怎容你安生。』尤二姐泣道：『既不得安生，亦是理之當然，奴亦無怨。』小妹聽了，長嘆而去。尤二姐驚醒，卻是一夢。等賈璉來看時，因無人在側，便泣說：『我這病便不能好了。我來了半年，腹中也有身孕，但不能預知男女。倘天見憐，生了下來還可，若不然，我這命就不保，何況於他。』」[576]夢中之尤二姐反成了一個體悟慈悲與惜捨之人，不僅對鳳姐慈悲，也珍惜未出生之小生命及預感自己之死亡，然尤三姐託夢要尤二姐「先下手為強」之攻略，並無法撼動她。當尤二姐拒絕尤三姐託夢之復仇暗示時，對於其昔日與賈珍、賈蓉及賈璉之關係，卻反顯悔罪，最終尤二姐因不幸誤食墮胎藥以致流產，而更心灰意冷，在孤獨無援下吞生金自逝，也結束了一場妻妾爭鬥。然而實質上，鳳姐與尤二姐之間並不存在出招與拆招之爭執，而是一場強權重擊弱者之遊戲，尤二姐是輸家。

尤二姐在小花枝巷內被金屋藏嬌之華池寵愛，仿如華胥之夢。因規囿於生殖角色，尤二姐被賺進大觀園後，雖投射出賢良好性與從善如流之特質與行為，但卻因性格軟弱[577]，故幾乎似在天荊地棘中受盡淩轢酷虐。尤二姐本

---

[576] 見曹雪芹 高鶚原著 馮其庸等校注《紅樓夢校注》，69 回，頁 1080-1081。
[577] 可參考太愚《紅樓夢人物論》，七·「紅樓夢中三烈女——鴛鴦、司棋、尤三姐」云：「如李紈、迎春、尤二姐雖各人的地位和遭遇不同。其為根性軟弱，接受苦刑，卻無兩樣。」(輯於《紅樓夢藝術論》中，頁 66)另在郭幗英〈最無辜堪恨意堪憐——我看尤二姐悲劇〉中提及：「尤二姐之愚，愚得堪恨；尤二姐之弱，弱得堪憐。」(刊於《紅樓夢學刊》，2001 年，第 3 輯，頁 115)又云：「…清除這些病症是必要的，要指出尤二姐的愚弱性格是必須批判的、拋棄的。」(刊於《紅樓夢學刊》，2001 年，第 3 輯，頁 120)

欲與賈璉同舟共濟，但鳳姐與秋桐之爭寵穢行卻陷溺其志，因此其處境儼然另是一個受夏金桂及寶蟾欺凌的香菱，不過香菱幸運離劫，而尤二姐卻深陷苦境。

三、憂鬱症與吞生金自逝

有關尤二姐吞生金自逝之傳奇，作者非僅摛文似綺而已，又融民俗傳說入筆。尤二姐自被賺入大觀園後，有似沙鷗霧雨之悲情，不知津渡所在的迷惘，及失志自殺之憤懣，此皆是作者粉雕玉琢之重點。興兒口中之尤二姐，是個聖德憐下、斯文良善之人，然而對於「要生不得，要死不能」的尤二姐而言，已是慘淡踵至。性格特質及情感人際受挫後之尤二姐，其自殺之因緣實有跡可尋，筆者嘗試論之。

(一)中醫之「鬱症」與西醫之「憂鬱症」

尤二姐之病非一，讀者往往略忘其前疾而僅矚目其「吞生金自逝」的一刻，然前疾後病實有因果關聯。周積明主編　子旭著《解讀紅樓夢》曰：尤二姐因妻妾制度而亡，而有「多妻制下的淒美冤魂——香菱、平兒、尤二姐」之論斷[578]。又郭幗英〈最無辜堪恨亦堪憐——我看尤二姐悲劇〉中提及：「但是，我認為真正殺死尤二姐的兇手乃是封建制度本身…未曾『出場』」的封建制度是殘害尤二姐的罪魁禍首，封建制度支持著浪子妒婦們肆意摧殘普通

---

[578] 在周積明主編　子旭著《解讀紅樓夢》「多妻制下的淒美冤魂——香菱、平兒、尤二姐」中云：「溫柔美麗的紅樓女性香菱、平兒、尤二姐在強迫與欺騙中走進了無休止的痛苦深淵，直到悲慘地離開人間。吞噬她們的是一夫多妻制或曰妻妾制。」（頁167）」

百姓，這就是尤二姐悲劇給我的啟示。」[579]傳統中國之妻妾共治，矛盾爭鬥紛然，但在《紅樓夢》書中，香菱死於產難，非因多妻制，而平兒亦未因多妻制而死。至於尤二姐之死，妻妾制度或可說是間接殺手，然其醫病問題實別有病徵可究，故亦斷非能以「封建制度」四字籠統涵蓋尤二姐之死因。

張曼誠醫師〈《紅樓夢》的醫藥描寫〉一文中首先提及有關「尤二姐之死」的原因，曰：尤二姐因妊娠病而亡[580]。另張曼誠醫師〈《紅樓夢》的醫藥描寫〉一文又說：「妊娠病...只要針對病因，治病與安胎並舉，注意妊娠藥禁，不用峻下，滑利，行血，破血，耗氣，散氣及一切有毒藥品即可。」[581]張醫師顯然將尤二姐之病視為是一般下錯藥的徵象，因此論辯尤二姐是因妊娠病而亡，不過其結論之語意不明。究竟尤二姐是因失血而亡？還是純粹妊娠病而亡？其論文中並未有進一步探索。其實《紅樓夢》作者於書中自有解答。作者曾於 69 回中云：一個花為腸肚、雪作肌膚的尤二姐，初進榮府時，曾短暫地風情雅度於榮府的豪貴氛圍中，接著便得了一種不明的疾病，其病徵是：「不過受了一個月的暗氣，便懨懨得了一病，四肢懶動，茶飯不進，漸次黃瘦下去。」[582]《紅樓夢》作者此處僅述及尤二姐之貌瘁神傷，未言及病名，之後尤二姐對夢中的尤三姐說：「我這病便不能好了。我來了半年，腹中也有身孕，但不能預知男女…」[583]尤二姐此時對自己的病情顯得悲觀。李騰嶽〈紅樓夢醫事：殊に其の諸人物の罹患疾病に就ての察〉（紅樓夢醫事：特殊人物所罹患疾病之相關考察）云：尤二姐是「懷孕與過度煩心造成神經衰弱。」[584]有關「神經衰弱」之中醫古早的說法，筆者已於「壹　緒論」中說明，此處不再贅述，至於其疾病在古今中西醫之說法仍有值得關注

---

[579]刊於《紅樓夢學刊》，2001 年，第 3 輯，頁 120。
[580]刊於《紅樓夢研究集刊》，1982 年 5 月，第 8 輯，頁 433。
[581]同前註。
[582]見曹雪芹　高鶚原著　馮其庸等校注《紅樓夢校注》，第 69 回，頁 1080。
[583]同前註，頁 1081。
[584]刊於《台灣醫學會》，昭和 17[1942 年]，第 41 卷，第 3 附錄別刷，頁 113。

者，筆者將嘗試分析之。在尤二姐流產延醫救治時，新太醫便說尤二姐「本
來氣血生成虧弱，受胎以來，想是著了些氣惱，鬱結於中。」[585]中醫關乎人
類精神心理的診斷有「鬱」或「鬱證」。在《丹溪心法・六鬱》中云：「氣血
沖和，萬病不生，一有怫鬱，諸病生焉，故人生諸病，多生於鬱。」[586]又《景
岳全書・鬱證》中亦云：「至若情志之鬱，則總由乎心，此因鬱而病也。」[587]
或《臨證指南醫案・鬱》：「七情之鬱居多，如傷思脾，怒傷肝之類是也。其
原總由乎心，因情志不遂，則鬱而成病矣，其證心脾肝膽為多。」[588]中醫強
調氣血、心情、器官與鬱病之關係，其中更認為心中鬱結是此症之因。尤二
姐因處陌生之地，於嚴重急性壓力之境，志鬱不伸，便已符合中醫對「鬱病」
之定義。我們相信深諳醫理的作者是有遠見的，因其已認為此種現象是一種
疾病，只是不知病名。但若從今日精神醫學觀點論證，則尤二姐此時所得之
「鬱症」，與《精神疾病的診斷手冊與統計》*Diagnostic and Statistical Manual
Disorders DSM-VI-TR* 中之「憂鬱症」有多處相似(案：九項中須具備五項或
五項以上之特質為認定標準，且持續在二週以上)，如：「對很多事情失去興
趣和快樂感；情緒低落；活力減退與有疲倦感；食欲或性欲降低與體重會明
顯降低；煩躁不安與動作遲緩；有睡眠障礙；有罪惡感、無望感及無價值感；
無法集中注意力及有自殺的想法或企圖。」[589]除了睡眠障礙、煩躁不安與動

---

[585] 見曹雪芹　高鶚原著　馮其庸等校注《紅樓夢校注》，第 69 回，頁 1082。
[586] 見我的醫學顧問林昭庚教授主編《中西醫病對照大辭典》，第 2 冊，第 5 章　「精神疾患」，頁 627。
[587] 同前註。
[588] 同前註，頁 607。
[589] 案：1966 年國際衛生組織（WHO）《國際疾病之分類標準》*The ICD-8 Classification
of Mental and Behavioral Disorders: diagnostic criteria for research* 把情緒疾患都歸類
為「情感障礙」（affective disorders），且分為輕、中、重度憂鬱症三級，之後又改成
依病情的經過及病態性質而採描述性的分類法。1994 美國精神醫學協會《精神疾病
的診斷手冊與統計》*Diagnostic and Statistical Manual Disorders DSM-VI-TR*　則改稱
為「情緒障礙」(mood disorder)並描述重度憂鬱症之病徵，並指出需有五項或五項以

作遲緩及無法集中注意力等，書中不曾提及外，其餘病徵均陸續出現於尤二姐之日常生活中。首先試看書中云：尤二姐「懨懨得了一病，四肢懶動，茶飯不進，漸次黃瘦下去」顯然其於心情萎靡、飲食體重及行為舉止上均有強烈變化，實已可涵蓋前四項之認定標準，而尤二姐之吞生金自逝，則不僅有自殺之想法或企圖而已，更實踐了自殺行動。若以今日精神醫學論之，只要有自殺之想法或企圖，便已屬於「重度憂鬱症者」之明顯病徵。至於有罪惡感、無望感及無價值感，則見於尤二姐病後，第 69 回中之一場夢。尤二姐不但于夢中悔罪，同時更在答問尤三姐之語氣中，伴隨著無奈與無助，但未必有無價值感，故實已符合《精神疾病的診斷手冊與統計》中超過五項特質以上之判準，且尤二姐之病徵又持續在二週以上，因此尤二姐可說是個古代中醫所謂之「鬱症者」，但在今日精神醫學則稱之「憂鬱症患者」。

上，一定要具有對很多事情失去興趣和快樂感或情緒低落之病徵者之一，且持續在二週以上，才算是憂鬱症，嚴重者甚至會產生的僵直、靜呆等症狀。以上為筆者綜合《國際疾病之分類標準》ICD-10 再版中之輕度憂鬱症及《疾病診斷手冊與統計——教材修正版》DSM-VI-TR 之病徵敘述及其他研究資料整理出有關一般憂鬱症之病徵。亦可參考孔繁鐘編譯《精神疾病的診斷手冊與統計》DSM-IV 中之「情緒疾病診斷」：「重鬱發作的基本特質是在至少兩週期間內，幾乎所有活動都有憂鬱心情或是失去興趣或喜樂。在兒童與青少年，心情可為易怒而非憂傷。此人也須經驗到表列附屬症狀至少四項，這些症狀包含：食慾或體重、睡眠、及精神運動性活動等變化，活力降低，無價值感或罪惡感，思考、專注能力、或決斷力都有困難，反覆想到死亡或有自殺念頭、計畫或嘗試。」(見「情感性疾患」，頁 315)網站：http://www.enpo.org.tw/enpo37/dsm4.htm （2003/02/05） ¨Psych Central: Mental Disorders Index"網站：http://psychcentral.com/disorders/ (2003/01/18) 另可參考 The ICD-10 Classification of Mental and Behavioral Disorders: diagnostic criteria for research 1997; F32:pp.81-84。Diagnostic and Statistical Manual Disorders DSM-VI-TR 2000; Mood Disorder:p.356.又可參考李明濱主編《實用精神醫學》中提及以上二書中之重度憂鬱症的病徵：「興趣和快樂感失去，平時有興趣的事變得沒興趣了，缺乏情緒反應，內在驅力降低(包括活力減退之疲倦感；食欲、性欲降低；睡眠障礙)；有時體重會明顯降低，但少數病人反而會過度禁食而明顯增胖。...」(見第 14 章，「情感疾病」，頁 144)另可參考李秋月、林界男醫師〈憂鬱症的簡介〉憂鬱症最常見的症狀，網站：http://www.tmh.org.tw/synopsis/health41.htm 2003/01/06

(二)流產、憂鬱症與吞生金自逝之關係

　　病後之尤二姐抉擇了佛教「因果報應」之德受，消極而宿命。雖然之後賈璉欲延醫治療，誰知王太醫因謀幹了軍前效力，小廝們只得請昔日曾爲晴雯看過病的胡君榮太醫來爲尤二姐治病。但因胡太醫誤判爲經水不調，且漠視賈璉提及尤二姐已是三月庚信不行，恐是胎氣之說法，而誤診爲「迂血凝結」，於是開下虎狼之藥，以致於尤二姐之病情惡化：「半夜，尤二姐腹痛不止，便將一個已成形的男胎打了下來。於是血行不止，二姐就昏迷過去。[590]」中醫有關婦科疾病，在《婦科百問·下卷》有：「問：妊娠墮胎，或血出不止，或血不出者，何也？曰：血寒則凝，溫則散。墮胎損經，血出不止有二：一則因熱而流散，二則血氣虛而不斂，瀉血多者，必煩悶而死。或因風冷墮胎者，血冷相搏，氣虛逆上，則血結不出，搶上攻心，則煩悶亦多致死，當溫經逐寒，其血自行也。」[591]無論「血行不止」或「血結不出」，在中醫均是一件危險之事，而《紅樓夢》中的描述，尤二姐是個血行不止者。至於今日西醫婦科學中，則有更詳細而科學之研究。一般婦女懷孕生產過程中，流血量在 500ml 以內爲正常，但流血過多至休克或昏迷則極危險，醫師須於第一時間內救回失血過多之婦女。古代中國亦極重視婦女生產前後《血盆經》之唸誦，藉以趨吉避凶，如《紅樓夢》第 15 回中曾提及：胡老爺家產了公子，特送十兩銀子，請幾位師父唸三日《血盆經》，而鴛鴦之姊便以血崩卒[592]，英蓮亦於第 120 回產難完劫，在在均是迸跡婦女生產安危之典證。尤二姐的血行不止，以今日西醫婦科論證，可能是「不完全流產嚴重的併發

---

[590]見曹雪芹　高鶚原著　馮其庸等校注《紅樓夢校注》，第 69 回，頁 1081-1082。

[591]見頁 154。

[592]可參考曹雪芹　高鶚原著　馮其庸等校注《紅樓夢校注》，第 72 回，頁 1123。

症」[593]，或是與凝血機制不良等所造成[594]。尤二姐除了因在新境中的不順、困頓外，心靈受挫、新生命的死亡及夢兆不祥等，更是釀成其情緒低落之因。

此外，鳳姐更借民俗沖剋之說挑撥二妾，故意找人算命卜卦，說秋桐屬兔陰沖了尤二姐而導致尤二姐胎兒不保，以激怒秋桐鬧事。另秋桐亦巧是一缸醋，因見賈璉為尤二姐請醫治病、打人罵狗、十分盡心，於是至邢夫人處哭訴，且更越性走到尤二姐窗戶底下大哭大鬧。在如此興風作浪、諸事紛擾下，尤二姐實難遵照醫囑，旁無塵雜地靜心養病，反更增添煩惱與不安。尤二姐自殺前夕，對著平兒的悲觀預言，似可作為災祲：「姐姐，我從到了這裏，多虧姐姐照應。為我，姐姐也不知受了多少閑氣。我若逃的出命來，我必答報姐姐的恩德，只怕我逃不出命來，也只好等來生罷。」[595]精神醫學研究顯示，「通常自殺者的警示已告訴了超過一個以上的人。」[596]平兒是被

---

[593]F. Gary Cunningham, MD.等著，蘇純闓編譯《產科學》(上)第 26 章中提及「流產嚴重的併發症」：包括嚴重出血、敗血症、細菌性休克、急性腎衰竭、子宮炎、心內膜炎、腹膜炎等，見頁 601。有關生產資訊尚有：「目前在台灣的醫學界所做的研究報告，婦女生產過程中陰道出血過多者，所佔的比例約為 5%-8%」(可參考「產前及產後出血 (Antepartum and Postpartum Hemorrhage, APH & PPH)」 網站：http://ntuh.mc.ntu.edu.tw/obgy/CD/obs/Obs_011.html 2003/07/08 及「健康天地電子報第三十一期」尤慧燕撰，網站：http://web.cathlife.com.tw/13_health/data/031-8.htm (2003/07/10) 所謂「婦女生產過程中陰道出血過多者」，即是不完全流產嚴重的併發症。

[594]見黃思誠、柯滄銘、楊友士等著《婦產科自我診斷》，第 6 篇「好好愛自己·危險的訊號——談異常生殖道出血」中提及異常生殖道出血有二種診斷方向：一是「器官性生殖道出血」，一是「機能性生殖道出血」。另見 Joe Glickman 原著，王文憲編譯《婦產科手冊》，第 1 章 「懷孕的合併症」中云：「a. 敗血症。b.血管內密集溶血。c.胎兒殘留物質停留時間過久。d.前列腺素造成的副作用。」(頁 17)。此外，書中更指出另有二原因是「利用高張性鹽水墮胎」及「使用器械終止懷孕」，由於此與尤二姐之流產事件絲毫無涉，故筆者正文中並未列為尤二姐流產之因。

[595]見曹雪芹 高鶚原著　馮其庸等校注《紅樓夢校注》，頁 1081-1082。

[596]見 Michael Gelder Richard Mayou Philip Cowen's *Shorter Oxford Textbook of Psychiatry*, 'Suicide and deliberate self-harm' : "Most completed suicides....Often the warning had been given to more than one." 2001;17:508.

傾心告知者，不過當時並未察覺悲劇徵兆，更遑論去阻止這場悲劇。

　　在榮府賈家，平兒與賈璉雖提供了消極護衛及微量支援，但對志弱緒低之尤二姐而言，卻莫能瀕危獲濟。尤二姐曾心下自思：「『病已成勢，日無所養，反有所傷，料定必不能好。況胎已打下，無可懸心，何必受這些零氣，不如一死，倒還乾淨。常聽見人說，生金子可以墜死，豈不比上吊自刎又乾淨。』想畢，扎掙起來，打開箱子，找出一塊生金，也不知多重，恨命含淚便吞入口中，幾次狠命直脖，方咽了下去。於是趕忙將衣服首飾穿戴齊整，上炕躺下了。當下人不知，鬼不覺。到第二日早晨，丫鬟媳婦們見他不叫人，樂得且自己去梳洗。王熙鳳便和秋桐都上去了。平兒看不過，說丫頭們：『你們就只配沒人心的打著罵著使也罷了，一個病人，也不知可憐可憐。他雖好性兒，你們也該拿出個樣兒來，別太過逾了，墙倒眾人推。』丫鬟聽了，急推房門進來看時，卻穿戴的齊齊整整，死在炕上。」[597]尤二姐之所以選擇吞生金自逝，以今日精神醫學言之，恐與其憂鬱症有關。中研院生醫所鄭泰安醫師於 2000 年在《英國精神醫學雜誌》發表〈自殺的精神心理與精神醫學之危險因素〉 'Psychosocial and psychiatric risk factors for suicide'，並於 2001 年記者會中提出 87%以上之自殺者具有憂鬱症之病徵的論文[598]。近三、四年

---

[597] 見曹雪芹 高鶚原著　馮其庸等校注《紅樓夢校注》，頁 1083-1084。

[598] 見 Andrew. A. Cheng, Tony H.H., Chwen- Chen Chen and Rachel Jenkins's 'Psychosocial and psychiatric risk factors for suicide' :"As previously reported (Cheng, 1995; Cheng et al,1997), three major mental disorders with high risk for suicide in case control analysis were an ICD-10 Major depressive episode, dependent use of substances (notably alcohol) and emotionally unstable personality disorder (EUPD). The frequencies of these three disorders among suicide were 87.1, 27.6 and 61.9% respectively." in *British Journal of Psychiatry.* 2000:177;363. 又可參考 Andrew. T.A.Cheng,Tony H.H., Chwen- Chen Chen and Rachel Jenkins's 'Psychosocial and psychiatric risk factors for suicide'。另在 2001 年男性協會舉辦之「自殺是病症」記者會中，鄭泰安醫師更提出較詳細之統計數字：「近兩年台灣每十萬人中約有十至十八人自殺成功，八十七%以上的自殺者具有憂鬱症、濫用酒精藥物、衝動性人格，或有家族遺傳等現象，而

來此理論倍受國內外重視，且「根據世界衛生組織所公佈，『憂鬱症』會帶給人類嚴重失能(disability)，影響健康之程度遠超過大家所熟悉之慢性病，如高血壓、糖尿病及關節炎。而研究亦發現 87%自殺死亡個案生前有憂鬱症，有 95%憂鬱症患者死於自殺。」[599]因此，探求尤二姐所得的「鬱症」或「憂鬱症」之病因，以今日生物學之理論證之：應和大腦中腦神經細胞間傳遞訊息所須的神經傳導物質(如血清素；腎上腺素及多巴胺等)之濃度降低有關，而導致腦部部分功能缺失，或亦可能是此些因素交互作用的結果[600]，然而從小說人物之描述，我們並無法探知遺傳因素之問題，故可從文化、社會、環境等論之。尤二姐可能因對挫折之低忍受度、自信心差，加之難以生存的惡劣環境、孤立無援之人際關係等致病；最終器物之垂手可得、就地取材之便利性，成了自殺之條件，不過其吞生金自逝的抉擇，憂鬱症卻是其中之重要因素，其他因素次之。

有關尤二姐之吞生金自逝而死，書中的描述與事實之間恐仍有爭議。李騰嶽〈紅樓夢醫事：殊に其の諸人物の罹患疾病に就ての察〉（紅樓夢醫事：特殊人物所罹患疾病之相關考察）中首度提出質疑：「就生吞金子自殺一事，必須稍加思量。自古常見的吞金自殺是將薄金箔吞入口中後，因金箔緊緊黏著氣管、咽喉，最後窒息而死。今天，尤二姐自殺是「生吞一塊金子」。金子當中的可溶性鹽分具有麻痺哺乳動物毛細管的作用，其結果造成血壓降低、內臟神經分佈區域毛細管麻痺引發下痢、出血、肺肝腎充血及出血等症

這些症狀如接受藥物或心理治療可望得到很大改善。」另亦可見於 2001.9.4.《自由電子新聞網‧健康醫療》，頁 3。網站：
http/www.libertytimes.com.tw/2001/new/jul/9/today-ml.htm。
[599]見《自由電子新聞網‧健康醫療》，頁 3。網站：
http/www.libertytimes.com.tw/2001/new/jul/9/today-ml.htm。
[600]見李秋月、林界男醫師〈憂鬱症的簡介〉中提及之神經傳導物質：「如血清素 serotonin,化學式為 5-HT；腎上腺素 norepinephrine；多巴胺 Dopamine」。網站：
http://www.tmh.org.tw/synopsis/health41.htm (2003/01/06)

狀，但金塊無法掉到肺臟。這顯然是受到本草綱目、神農本草經中『黃金有毒』的誤解，不過，如果因為體積過大無法整個吞下卡在喉嚨造成窒息的話，那又另當別論了。尤二姐吞下金子後，還有時間穿戴手飾、衣物，可說全無上述情形。若她自殺眞的是金箔的話，恐怕是作者誤信古說後的構想吧！」[601]李先生提出的「金箔說」，在醫理上是說得通的，但李先生又說：「恐怕是作者誤信古說後的構想吧！」是指「作者誤信黃金有毒之說」。由於之後陳存仁醫師與汪佩琴醫師又提出另一種說法，因此，筆者將先羅列二人之說法，而後綜合三人之說分析之。

　　陳存仁醫師〈紅樓二尤(紅樓夢的病症與醫理)〉一文中曾對尤二姐吞生金自逝起疑：「生金與熟金是一樣的，黃金本身是沒有毒的，祇因金器的旁邊，必有金角圓角，入口吞咽，能就把食管擦破，如果到了胃中，胃是蠕動性好像扭動一般，以便磨化食物，逢到了有角的黃金，那麼使胃囊會得擦破，弄成胃出血，那時痛楚萬分，要是到了胃中安然無事，那麼到了十二指腸中，腸道狹窄，很可能把腸道擦破，這叫做腸穿孔，令人痛得不得了，哪裡能自己將衣裳首飾穿戴整齊，上炕躺下等死？黃金在食道已易於擦傷，入胃囊及十二指腸，更易擦傷出血，我又看過我國的法醫學書籍，叫做洗冤錄，也說吞金自殺必定痛極流血而死，難以安然入睡。…這一點我也以為曹雪芹寫得有點外行。」[602]此外，陳醫師更認為：「黃金是各種金屬中最重的，吞入胃中一路擦傷，再擦傷腸子，可能腸穿孔，更可能引起腹膜炎。所以吞金自殺，不能夠算是中毒而死。」[603]又以為「中國醫學上常用極輕極輕的金箔，裹在藥丸之外，有安定心神及解除抽痙驚厥之效，使用這種金箔是無害的。」[604]

---

[601] 刊於《台灣醫學會》，昭和 17[1942 年]，第 41 卷，第 3 附錄別刷，頁 113-114。

[602] 見宋淇、陳存仁〈紅樓二尤(紅樓夢的病症與醫理)〉，刊於《大成》，1981 年 11 月 1 日，第 96 期，頁 9。

[603] 同前註。

[604] 同前註。

另汪佩琴醫師〈《紅樓夢》中的三件醫學上的疑案〉，「一、尤二姐吞生金焉能亡？」中云：「筆者推斷，賈府裡的金塊不會太碎，故而菱角也不尖。尤二姐雖說吞至腹中，按照醫學上來分析，未必會致死，若是尤二姐吞下的金塊是有尖角的話，即會腸胃穿孔，引起劇烈的絞痛。...這種安祥的死態，只有服食大量的安眠藥時才有。...可是，尤二姐的死因，從醫學角度來講卻是個懸案。」[605]汪佩琴醫師有關生金說法與陳存仁醫師雷同，故不知其是否有參考陳醫師之理論？事實上在《中文大辭典》中「生金」有二種意義：(1)「謂金礦之未經鍛鍊者。」（2）指「嶺南所產有毒之金即地金。《唐書地理志》忠州南賓群，土貢生金。《本草·金》集解、藏器曰生金生嶺南夷獠峒穴中、如赤黑碎石金鐵屎之類、南人云、毒蛇齒落石中。又云蛇屎著石上、及鴆鳥屎著石上、皆碎取毒處爲生金、有大毒殺人。本草黃金有毒、誤矣。生金與黃金全別。」[606]根據《本草》之說生金有毒，且《中文大辭典》以爲「生金」與「黃金」全別，因此李騰嶽先生顯然已將「生金與黃金」混淆，陳醫師之「生金與熟金是一樣」的說法亦需修正。另雖然在內科學中吞金器的確會造成胃擦傷、腸穿孔及引起腹膜炎且極度疼痛，但卻因尤二姐並無極度痛苦情狀而是安然死亡，故此種論斷並不符合小說創作之邏輯性。本文之研究希望能儘量契合作者之原意，而作合理之判斷，因此，筆者以爲「生金」因未經提煉可能含有雜質，故可能有劇毒。在徐世榮《毒物雜事典·重金屬毒》、宋之岡《有毒、有害物質明解事典·金屬毒》及原著 Chris Kent，賴俊雄總校閱《基礎毒理學·金屬與兩性金屬》中，有關毒物學部份提及重金屬毒或金屬毒等，以水銀、鎘、有機水銀、鉛、砷、鉻、石棉、錫、錳、磷、鍺等爲主[607]。在此三部毒物學或毒理學的書中，黃金並未列於其中，因此，

---

[605] 見朱亮采《二百年來論紅樓夢·貳玖 紅樓夢中醫案》，頁 507-508。

[606] 見《中文大辭典》，第 22 冊，頁 9445。

[607] 可參見徐世榮《毒物雜事典》「重金屬毒」，頁 94-105；宋之岡《有毒、有害物質明解事典》「金屬毒」，頁 158-164； Chris Kent 原著，賴俊雄總校閱《基礎毒理學》，第 7 章「金屬與兩性金屬」。

黃金確實無毒。一般中毒者，其狀極慘，試看明·蘭陵笑笑生《新鐫繡像批評　金瓶梅》中西門慶遞了一包砒霜予王婆，令其教潘金蓮如何調混在心疼藥中，並強灌武大郎。作者敘述武大郎藥性發作後，胃腸迸裂之痛苦慘狀：「哎…大嫂，吃下這藥去，肚子倒疼起來。苦呀，苦呀！倒當不得了。」[608]及：「油煎肺腑，火燎肝腸，心窩裡如霜刀相侵，滿腹中似鋼刀相攪。渾身冰冷，七竅血流。牙關咬緊，三魂赴枉死城中，喉管枯乾，七魄投望鄉臺上。地獄新添食毒鬼，陽間沒了捉姦人。」[609]而在毒物學或毒理學中對於砒霜[即砷之化合物砷酸(arsenous acid)]中毒後之臨床病徵有如此敘述：「大量攝取時，在嘔吐、下痢等劇烈的消化器官疾病症狀之後會引發循環性器官障礙、痙攣、昏睡等現象而導致死亡。」[610]另「鎘」中毒後之臨床病徵：「全身劇痛，備受折磨，衰弱而終。」[611]《新鐫繡像批評　金瓶梅》中砒霜中毒之描述，顯然與之較為一致，但卻與尤二姐之死迥異。筆者以為《紅樓夢》中所提及之「生金」，極可能是《中文大辭典》中所謂的一種嶺南特產的劇毒生金(又稱地金)，此種劇毒可能會造成人類中樞神經中毒[612]、意識喪失而死亡，不會有任何痛苦掙扎，故與砒霜及鎘之中毒徵狀不同。透過毒物學、毒理學及內科醫學之詮釋，似乎可較符合《紅樓夢》作者編排尤二姐寧靜地吞生金墜死之謎。

　　尤二姐精心安排了自己生命的出口，不是「蓄意自傷」[613]而是「蓄意自

---

[608]見蘭陵笑笑生著　齊煙、汝梅校點《新鐫繡像批評　金瓶梅》，第5章，頁72。
[609]同前註。
[610]見宋之岡《有毒、有害物質明解事典》「金屬毒」，頁162。
[611]同前註，頁96。
[612]見謝博生、陽泮池、林肇堂、李明濱等主編《一般醫學　IV/V　疾病概論》上冊，第23章「中樞神經系統疾病」提及中樞神經系統疾病中的病變表示方式，在「上運動神精細胞劇變」中，或其他性質的中毒，見頁1048-1097。
[613]根據 Michael Gelder, Richard Mayou, John Geddes 原著，吳光顯等總校閱、陳俊欽等編譯《精神醫學》，第12章　「自殺與蓄意自我傷害」(Suicide and deliberate self-harm)中云：「蓄意自傷」(deliberate self-harm)：「常見有服藥過量，自我毀損，

殺」。在經歷貴族家庭的不認同，心性情緒難以調伏時，尤二姐可能已得了「鬱症」，或說是「憂鬱症」，在姊妹的虛情、絕情中受苦，又因體悟夢思及自己所預設的生殖角色幻滅後，成了一個必須前往警幻處銷號的悲慘侍妾。作者鋪陳尤二姐心靈靜默之死程，實為逸思雕華，亦是《紅樓夢》中將人物自殺四部曲：從其挫折、自責、敏感至自殺完全成功等，描述得最為窮妙極玄者。

四、結語

　　人類生命活躍之象限，因性格、環境、運命而有截然不同之機遇與結局。紅樓二尤中之尤二姐的水性楊花與桃色艷情，正主導著一場人命關天的戲碼。

　　一個原是聲名狼藉的尤二姐，雖與賈珍、賈蓉之不倫，吐砂仁之浪情及與賈璉檳榔傳情等，記跡著水性楊花與柔情溫厚之性格特質，不過其卻又性真、無心眼，與三刀兩面之王熙鳳及歹惡醋性之秋桐較之，恰成強烈對比。《紅樓夢》作者編排了尤二姐婚姻前後之反差性格與責任意識，更具戲劇效果，或許作者嘗試將「放下屠刀，立地成佛」之理論體用於尤二姐身上，但卻與人類情性變化之真實性落差過大，或因受其個人對理想婚姻之癡執及動情激素之變化影響所致。又有可能尤二姐與尤三姐果真均是千萬人中首選的「真正的洗心革面者」，但也有可能此僅是小說理想化的創作手法而已。不過我們寧可如是觀──作者渴望人類有痛改前非之可能性，而適時置入佛教立地成佛之理念，以激勵人性，其正面之價值與積極之意義，應是值得肯定的。

　　尤二姐成為鳳姐與賈璉婚姻中之第三者，先前與賈璉以檳榔傳情時，其

撕裂傷和危險性更高的方式如跳樓、射擊、跳水等。」（頁 307）並云：「自傷行為常是一種不可抗拒的衝動，並非以結束生命為目的」（頁 307）

「愛有婦之夫」之因，或爲姻緣宿命論，或是爲了「滿足其潛意識中的好勝心」，且婚後便沉溺在小花枝巷的金屋中，虛擬幸福幻象，並矢志從一地化解了二馬同槽的婚姻危機。其原望稱職的扮演一個「內治賢良」的角色，卻不幸地被圍限於傳統社會對生殖角色之期待，而墮入傳宗接代之妻妾惡鬥中。當被賺進大觀園後，由於賈璉因商務的奔忙及與秋桐之間似乾材烈火，因此尤二姐的性慾便萎縮於此死胡同中了。最終尤二姐謙卑悔罪：「雖然如今改過，但已經失了腳，有了一個『淫』字，憑有甚好處，也不算了。」[614]但作者並未給予尤二姐自新之機會，讓尤二姐不但在愛情路途上走險峰，亦在愛情終點上走向死穴。有關尤二姐與賈璉情愛之表現，屬於婉約蘊藉，除了書中有男女相求之外，更有婚後之生離死別。尤二姐在一場情愛中經歷了關懷與摯誠、等待與歡愉、悲悽與不捨、缺憾與困擾，但一步棋錯，便全盤皆輸。

　　尤二姐之人生悲劇，源自婚前之淫蕩行爲、性格中之懦弱、鳳姐和秋桐之妒意欺凌，及錯認賈璉是「好歸宿」之致命組合。在進入大觀園後，因心性難以調伏而得到中醫所謂的「鬱症」，以今日精神醫學論之，則是「憂鬱症」，在種種不順與困境之衝擊下，選擇了吞生金自逝以解脫之，因此，其實環境與人際互動對自殺者影響極深，而台大精神科教授胡海國的理論適可爲尤二姐得「鬱症」之因做說明：「精神疾病的發生，要考慮三個層次的病因：1.潛藏在腦內的體質因素，2.影響長期心理調適的個性特質，與 3.現實生活的心理壓力。」[615]此外，尤二姐之危機意識與抗壓性均極低微，死亡時雖留給賈璉一張「面色如生，比活著還美貌」[616]的臉孔，不過生前卻被自許情同姊妹之鳳姐構陷而無法自救，榮府似乎將《三國演義》中曹操妒殺好友

---

[614] 見曹雪芹　高鶚原著　馮其庸等校注《紅樓夢校注》，第 65 回，頁 1029。

[615] 見胡海國〈憂鬱症的心理健康〉，在《健康世界》，1990 年 6 月號，新版第 174 期，頁 50。

[616] 見曹雪芹　高鶚原著　馮其庸等校注《紅樓夢校注》，第 69 回，頁 1084。

楊修[617]之戲再次搬上檯面，不過此次卻是妒殺小妾。對於小說中尤二姐此類型之疾病，有如古代屈原在《九章・哀郢》中提及「心不怡之長久兮，憂與憂其相接」[618]的多重憂愁，亦似唐傳奇〈霍小玉傳〉中之霍小玉因夫君負心，最終懷憂抱恨、抑鬱而卒[619]等，均是因無法解紛去憂而殞命者。今日精神醫學將之歸類於「情緒型疾病」(Mood disorders)[620]，他們心中的苦楚，多半難以與他人道出，因此，我們不得不對此種重度憂傷者多給予注意及關懷。對尤二姐而言，一個受人擺佈，受命運捉弄的人偶，在其命運終結時，理想早已消失，取而代之的卻是困頓疲憊的心，及參透人間命運循環之理，最終捨棄了與劣境及乖運搏鬥的勇氣。值得注意的是：「自殺的遺族，可能會閃過自殺的念頭，這樣的念頭是在哀傷時自然產生的。」[621]所謂「自殺遺族」，是指：「自殺者還存活在人世間的家族。」筆者以為尤二姐有可能或多或少受到尤三姐自殺事件之影響，故當尤二姐在選擇吞生金自逝之舉後，可能因劇毒造成中樞神經麻痺而無痛身亡，而其精神心理中是否存有因尤三姐先前自殺之傳染力所致？仍待長思。

---

[617]可參考羅貫中撰、毛宗崗手批、饒彬校定《三國演義》中有：「原來楊修為人恃才放曠，數犯曹操之忌。…操雖稱美，心甚忌之。…操因疑修譖害曹丕，愈惡之。…修又嘗為曹植作答教十餘條，…操每以軍國之事問植，植問答如流，操心中甚疑。…此時已有殺修之心。今乃藉惑亂軍心之罪殺之。修死年三十四歲。」（第72回，頁456）

[618]見洪興祖《楚辭補註》，頁225。

[619]可參考蔣防撰　柬忱、張宏生注譯　侯迺慧校閱《新譯唐傳奇選》，頁265-288。

[620]可參考 Diagnostic and Statistical Manual Disorders, 2000, 14th ed DSM-IV-TR，頁345-348。另見曾文星、徐靜《現代精神醫學》稱之為「情緒疾患」(Mood disorders) 的疾病，指：「是以情緒障礙為主要病症的精神疾患，這一類疾患的患者，情緒發生變化，或者過為高昂(燥)，或者過於低落(鬱)。雖然患者也可能同時有思考、行為等變化，但這些變化都是隨情緒障礙而發生。」（第17章　「情緒疾患」，頁259）

[621]可參考蕊塔・羅賓森(Rita Robinson)著，胡洲賢譯《找回生命的答案　自殺者親友的重建書》「衝擊、震驚、悲傷和罪惡感——自殺的念頭」所提及之理論，頁45。

　　在筆者此篇論文之研究中，有關尤二姐之性格、情感及醫病間之關係，實有某種程度之牽涉。尤二姐之性格與尤三姐一般，均惹爭議。當作者強調尤二姐的水性楊花時，似乎已判定了傳統社會刻板印象中「不良女子」的死刑，故尤二姐在情感生活上是個遭虐的妾，而其得「鬱症」之因，與其受虐後一再隱忍之性格有關，無法宣洩的結果，便是其積鬱愈深，甚至是殞命，不過其所得之婦科疾病，卻與性格無關。重擔之苦，難抵一悟。尤二姐濫情在先，摯情在後，因受男尊女卑觀念之影響，而依附順從於貴族威權之下；其本想安逸於家庭生活之中，但「後來之果，先前之種」，終成了《紅樓夢》作者對倫德敗喪者成功懲戒的範本。

附記：

*2002 年國科會贊助計劃之三

捌・金釧兒、鮑二家的及鴛鴦之衝動型行為與生命情態

Jin-Chuan-Er, the wife of Bao, Er, and Yuan-Yangs' impulsive behavior and life spirit

＊醫學顧問：鄭泰安教授、魏福全醫師及石富元醫師

　　與《新鐫繡像批評金瓶梅》中韓金釧兒名字相似的《紅樓夢》之白金釧兒，既因胭脂事件惹禍，又因觸犯賈家天條而投井；鮑二家的與有婦之夫賈璉偷情過程之驚懼慘澹，從恣意淫蕩、肉體衝突至垂繩上吊等，時間短似凍水流雲，令人措手不及；「鴛鴦」水鳥所反諷之無婚生命，凝塑出一個宿昔卑亢中節，但對情感認知、老少姻緣有著肝衡取捨，本文將以「三人合論」，從文學跨入精神醫學，探討三位侍女金釧兒、鮑二家的、鴛鴦之性格、情感及其生命情態。

　　桎梏人之俗諺「金簪子掉在井裡頭，有你的只是有你的」預言了金釧兒之自殺悲劇；鮑二家的與賈璉之情色糾紛，牽連著主僕間女性角力之誣陷、暴力與自殘。在鳳姐眼中，似家生女兒的鴛鴦，除了克盡職守外，與襲人一般均因死忠而受賈母重用，卻又因死義而情緒潰然。此三人雖有因緣際會之異，卻皆因自戕同奔黃泉，在榮府賈家時之愁苦悲情，反映出她們某種共通之心路、無奈與生命情態，值得一探究竟。

　　本文將根據三人之出生背景、生活環境、人際互動及自戕因由探討之，全文分為四段論証：一、金釧兒之胭脂惹禍，二、鮑二家的上吊，三、鴛鴦之縊死忠節，四、結語。

一、金釧兒之胭脂惹禍

　　《紅樓夢》中王夫人之丫環白金釧兒，曾被紅學索隱派影射為乾隆年間之孝賢皇后[622]，於第 7 回和一個纔留了頭的香菱，站在台階上玩耍、曬太陽，與周瑞家的曾為香菱身世之謎嘆息感傷。第 25 回中又有王夫人要求環哥兒讀經，環哥兒卻嫌金釧兒「擋了燈影」[623]。有關金釧兒之形貌，作者一直未刻鏤，二次過場亦僅有其孩提間之天真抽象、同悲同泣之憐憫心及默然無言之陪襯形象，故欲精雕微小角色，實為不易，若非在臉龐上作文章，必在行為上作奇變，而金釧兒則被歸類於後者。筆者將嘗試探討之：

(一)胭脂傳奇

　　「吃胭脂」不是典故，而是寶玉之癖性。一個並非寶玉之近身丫環者主動挑逗吃胭脂，顯得突兀。更被紅學中反清復明派之潘師重規解為「作者的靈心，憑空捏造出今古無雙的愛紅之癖來」[624]及「原來寶玉愛吃胭脂，是從玉璽要印上朱泥想出來的。」[625]究竟是否如此？其實仍惹人爭議。或許此處僅是一種單純的「胭脂奇癖」的創作而已，不過金釧兒之角色卻從此備受重視。當元妃為了不使「佳人落魄，花柳無顏」[626]，於是決定開放大觀園給能詩會賦的姊妹們及寶玉當作居所，並為讀書去處，於是大觀園便成了眾人起詩社、吟詩作對、雅製春燈謎、元宵夜宴、群芳宴樂等抒情聚所。一次因賈政叫寶玉，王夫人房外金釧兒、彩雲、彩霞、繡鸞、繡鳳等眾丫鬟均在廊簷

---

[622]見周夢莊《紅樓夢的寓意考》中「金釧兒投井」，頁 59。
[623]見曹雪芹、高鶚原著　馮其庸等校注《紅樓夢校注》，第 25 回，頁 390。
[624]見潘師重規《紅樓夢新解・紅樓夢答問》，頁 160。
[625]同前註，頁 161。
[626]見曹雪芹、高鶚原著　馮其庸等校注《紅樓夢校注》，第 23 回，頁 361。

底下站著，排場不小，見到寶玉來也都抿著嘴笑，其中金釧兒與彩雲便情態兩樣：「金釧一把拉住寶玉，悄悄的笑道：『我這嘴上是才擦的香浸胭脂，你這會子可吃不吃了？』彩雲一把推開金釧，笑道：『人家正心裏不自在，你還奚落他。趁這會子喜歡，快進去罷。』」[627]「胭脂之情」從主僕傳情至二位侍女之鬥嘴中，埋線人類特有的奇行異言與人情世故。拉扯與煽情之縮距效果，對金釧兒而言，或為玩笑、揶揄，或欲以術取資、眩巧鬥憮以爭驅於眾丫環之先，但卻成了激化寶玉日後還以輕佻之誘因。而當時彩雲識禮地為寶玉解圍，事後寶玉或因此對其有好感，或亦僅是喜歡親近女兒之舉而拉扯彩雲時，卻被潑醋之弟賈環故意撞臘燈燙傷。寶玉喜吃胭脂之癖性，所惹出之風波有如此者。在賈家中，襲人是第一位告誡寶玉者：「還有要緊的一件事，再不許弄花兒弄粉兒，偷著吃人嘴上擦的胭脂和那個愛紅的毛病兒了。」[628]另有一次，寶玉站在鏡台兩邊，順手玩妝奩之物，拈了一盒子胭脂欲往嘴送時，史湘雲亦曾訓斥之：「便伸手來『拍』的一下，將胭脂從他手中打落，說道：『不長進的毛病兒，多早晚才改呢？』」[629]因此，寶玉「愛胭脂的毛病」在榮府上下已非新聞。具女性象徵之「胭脂」與寶玉心理發展中有著愛不釋手之「依附關係」（bonds of relationship）[630]，不過並未影響其成人後之心性，然而「愛紅之癖」，實不容於重視禮樂刑政、風俗教化之榮府賈家，因此「胭脂惹禍之因果」，便逐漸發酵。

(二)胭脂惹禍

在第 30 回-34 回中，王夫人奮力一摑與金釧兒投井導致寶玉大承笞撻之

---

[627]同前註。

[628]同前註。第 19 回，頁 306。

[629]同前註，第 21 回，頁 326。

[630]可參考目前在台灣出版的任何一本《發展心理學》之書，其中有關嬰幼兒「依附關係」的心理發展的部分。

苦，事故因緣於一個閒散的午後。寶玉走至王夫人處，看見金釧兒替王夫人
搥腿而調情，因而引發悲劇，書中如此鋪陳：寶玉輕輕的走到跟前，把她耳
上戴的墜子一摘，金釧兒睜開眼見是寶玉。寶玉悄悄的笑道：「就困得這麼
著？」金釧兒抿嘴一笑，擺手令他出去，仍合上眼。寶玉見了她，就有些戀
戀不捨的，悄悄的探頭瞧瞧王夫人合著眼，便自己向身邊荷包裏帶的香雪潤
津丹掏了出來，便向金釧兒口裏一送。金釧兒並不睜眼，只管嗑了。寶玉上
來便拉著手，悄悄的笑道：「我明日和太太討你，咱們在一處罷。」金釧兒
不答。寶玉又道：「不然，等太太醒了我就討。」金釧兒睜開眼，將寶玉一
推，笑道：「你忙什麼！『金簪子掉在井裏頭，有你的只是有你的』，連這句
話語難道也不明白？我倒告訴你個巧宗兒，你往東小院子裏拿環哥兒同彩雲
去。」寶玉笑道：「憑他怎麼去罷，我只守著你。」[631]金釧兒與寶玉之言行
在紅樓人物中並非絕頂駭俗或奇詭，然而致命的錯誤卻是——「年輕靚女與
瀟灑俊少之輕佻話語」觸怒了假寐中之威權長者王夫人。中國古代之威權者
為維護自家尊嚴，動輒撕凌奴僕，此早已是舊染成俗，故金釧兒十來年之服
侍情義被扼殺了。讓賈寶玉視如妻妾疼愛之女僕，在《紅樓夢》中僅有襲人，
尤其在與襲人踐履警幻仙姑所祕受之雲雨情後，寶玉待襲人更與別個不同。
另讓寶玉開口欲娶為妾者，亦僅有金釧兒一人；寶玉之言行顯得曖昧。《紅
樓夢》作者刻意略去金釧兒之形貌，僅留給寶玉一個「戀戀不捨」之動心意
象，金釧兒本人想必俏麗可人。寶玉對金釧兒之舉動雖親暱，或為真情，或
為玩笑，但卻不及 52 回中與晴雯執手擁被一渥及 24 回中以手搓撫鴛鴦雪白
頸項之令人遐思。一個一邊幫女主人搥腿，一邊乜眼亂晃、形色不定之金釧
兒，在教唆寶玉前往抓環哥之姦情後，卻莫明地吃了王夫人一個「巴掌教
訓」；皮肉之痛是小事，丟失工作才是大災。「打情罵俏」與「不良教唆」
應是王夫人盛怒之主因，縱然金釧兒顧不得半邊臉的火熱，一如司棋被逐時
急忙跪下求饒，語氣哀悽：「我再不敢了。太太要打要罵，只管發落，別叫

---

[631] 同前註，第 30 回，頁 475-476。

我出去就是天恩了。我跟了太太十來年，這會子攆出去，我還見人不見人呢！[632]」但金釧兒之哭訴卻難以回天，便被母親白老兒的媳婦來領了下去，也鑄下了悲劇。

　　金釧兒之死與賈寶玉之受懲罰，在《紅樓夢》中被雕琢爲戲劇性的高潮，關鍵在於一個老婆子告訴王夫人有關金釧兒被攆出榮府後自殺之事。金釧兒投井前後心靈必有磨難，浮屍現場定然驚悚，老婆子如此述說：「前兒不知爲什麼攆他出去，在家裏哭天哭地的，也都不理會他，誰知找他不見了。剛才打水的人在那東南角上井裏打水，見一個屍首，趕著叫人打撈起來，誰知是他。他們家裏還只管亂著要救活，那裏中用了！」[633]金釧兒生前雖處於無助的哭泣與家人的冷眼旁觀之情境中，但我們卻無法確知金釧兒是否與尤二姐一般可能具有憂鬱傾向[634]？因精神醫學中認定憂鬱症患者之病程至少應超過二週以上，像尤二姐之沮喪期一般，然而書中並未鐫刻金釧兒之病名、病程及病期，不過由於金釧兒符合憂鬱症患者易有哭天搶地及鬱滯之重要病徵，故不排除金釧兒生前已得憂鬱症之可能性。金釧兒情緒激化之負氣投井和尤三姐負氣引劍自刎極爲相仿，但自殺之悲傷理由卻大不同，「儘管經過研究顯示，悲傷已被視爲是一種普遍的現象。」[635]筆者將進一步論述之。依精神醫學研究報告指出，一般自殺者可能具有「衝動型性格」(impulsive personality)，指：「做一些其實他們也並不想做的事情；但平常，衝動沒來的時候，他們可能還表現得很理智。可能因此，而造成某些人際衝突或甚至法律糾紛；這些人欠缺深思熟慮，對於長期思考或挫折的忍受度低。」[636]金

---

[632]同前註，頁 476。

[633]同前註，第 32 回，頁 504。

[634]可參考尤二姐一文。

[635]可參考蕊塔‧羅賓森(Rita　Robinson)著，胡洲賢譯《找回生命的答案　自殺者親友的重建書》「衝擊、震驚、悲傷和罪惡感——自殺的悲傷大不同」，頁 25。

[636]見李明濱主編《實用精神醫學》，第 3 章 「精神科面談與醫病溝通」，頁 38。另可參考 Andrew. T.A.Cheng,Tony H.H., Chwen- Chen Chen and Rachel Jenkins's

釧兒過度沮喪之情緒應是迷走低落的，但有關其被攆後之敘述卻極少，而難以判定其是否具有此性格？因性格是一種常態行為。由於金釧兒胭脂惹禍及投井自殺過於突然，故看來活潑的金釧兒結束生命必定非其所願。此時金釧兒之欠缺深思熟慮，對於長期思考或挫折的忍受度低亦均是事實，故就單一事件而言，其行為確實衝動，但親友因不明究理而喪失了搶救先機。被攆出榮府之侍女包括金釧兒、晴雯、司棋、入畫…等有著不同之因緣與結果。金釧兒從最初之無邪情真、大膽煽情至忍辱自殺等，成了一個性格強烈之死金釧。探究金釧兒自殺之因，似乎和尤三姐一般潛藏著復仇思維[637]，意味著：

'Psychosocial and psychiatric risk factors for suicide' : "As previously reported (Cheng, 1995; Cheng et al,1997), three major mental disorders with high risk for suicide in case control analysis were an ICD-10 Major depressive episode, dependent use of substances (notably alcohol) and emotionally unstable personality disorder (EUPD). The frequencies of these three disorders among suicide were 87.1, 27.6 and 61.9% respectively." in *British Journal of Psychiatry.* 2000:177;363. 中研院生醫所鄭泰安醫師並於 2001 年男性協會舉辦之「自殺是病症」記者會中提出較詳細之統計數字：「近兩年台灣每十萬人中約有十至十八人自殺成功，八十七%以上的自殺者具有憂鬱症、濫用酒精藥物、衝動性人格，或有家族遺傳等現象，而這些症狀如接受藥物或心理治療可望得到很大改善。」(見 2001 年 9 月 4 日《自由電子新聞網·健康醫療》，頁 3)網站：http/www.libertytimes.com.tw/2001/new/jul/9/today-ml.htm)。另在付麗〈《紅樓夢》女兒崇尚的價值解讀〉中將金釧兒視為異質之人。其文中提及：「金釧、晴雯、芳官之獲罪，都帶有黑色幽默的色彩。這說明正統權力對異質人格的恐懼之深，更證實了異質是一種不見容於主流文化價值的存在。」(刊於《紅樓夢學刊》，2002 年，第 1 輯，頁 287) 案：其中所謂之「異質人格」，即是今日精神醫學中之「特殊性格」，但特殊性格以今日精神醫學而論，分類有一、二十種。

[637] 見何兆雄《自殺病學》，第 11 章「自殺病因學」中提及自殺病因中之心理因素包括：「想報仇、暴力、控制、暗殺的敵對慾望」，列入「病態心理」中之「奇妙的慾望」，頁 562。又根據台灣台北市議員林奕華公佈一項調查自殺對象為北市各國中、國小輔導室的自強個案，結果顯示，自戕理由的前十大理由為：「排行第一的是因想向家人、老師或同儕抗議或報復；本身有憂鬱或躁鬱的精神疾病與情緒困擾發洩並列第二名；第三名是為了想引起他人的情緒勒索現象；而感情不順遂與無聊心煩並列第四；其次是課業問題、同學間流行或互相邀約、慣性的自傷行為、好奇、以及認為是勇氣的表現或其他。」(見洪茗馨/台北報導「報復 中小學生自戕主因」，

欲讓生者懊悔以慰己心之不甘，故金釧兒除了衝動行為外，就其煽情教唆與求情心跡論之，可能因被打、被攆之羞恥感、自尊心受損、受氣卻無法發洩、求情之重大挫敗及為了顧及名節[638]而投井身亡，其中顯然顧及名節之事大。

　　賈家面對府內此次涉及情意之悲劇，三分於重要角色之應對，除了賈政夫婦外，當事人寶玉更因此而大承笞撻。首先，論及王夫人。王夫人從卸責至賠償間有著心靈起伏。由於其先入為主地拋情棄義，無意間卻戕害了一條年輕生命，在古典小說中舊社會之威權者，落入兩極化之善惡面相是俗套，然而威儀棣棣如王夫人者，對整件事故卻捏造實情，反以金釧兒弄壞東西及氣性大[639]等理由，謊騙不知底裏的寶釵，卻是令人訝異的。對於被寶釵欣賞為慈善者的王夫人而言，此種行為雖屬人性，但何嘗不是「善中有瑕」？寶釵因溫厚且「善勸人」[640]，故極力寬慰王夫人：金釧兒乃因憨玩失腳掉下去的，若真發大氣性自殺「也不過是個糊塗人，也不為可惜」[641]，並建議王夫人盡主僕情誼「多賞他幾兩銀子發送他」[642]。寶釵之心態實與王夫人雷同一響，就某些層面而言，雖具德惠，但潛意識中卻又均具「尊己抑奴」之思維；此種性格特質或是日後寶釵嫁入賈家後，婆媳二人相處既能同氣且溫煦的因素之一。32 回中王夫人對於金釧兒曾有所感而言：「雖然是個丫頭，素

刊於《中時晚報》2003 年 6 月 30 日，星期一，第 5 版)案：國中國小自殺案例之報復心態，實與成年自殺者一樣在自殺動機上佔有重要地位。

[638] 阮沅〈紅樓小人物〉一文中亦提及金釧兒「祇想到這是關係著一個人的終身名節大事，以後如何出去見人的問題既是名節不存，活著就沒有意義。」(刊於《中華文化復興月刊》，第 11 卷，第 7 期，頁 85)

[639] 見曹雪芹 高鶚原著　馮其庸等校注《紅樓夢校注》，第 32 回中有：「原是前兒她把我一件東西弄壞了，我一時生氣，打了她一下，攆了她下去。我只說氣她兩天，還叫她上來，誰知她這麼氣性大，就投井死了。豈不是我的罪過！」(頁 504-505)

[640] 王府夾批云：「善勸人，大見解。惜乎不知其情，雖精(金)美玉之言，不中奈何？」(見陳慶浩編著《新編石頭記脂硯齋評語輯校》，頁 555)

[641] 見曹雪芹 高鶚原著　馮其庸等校注《紅樓夢校注》，第 32 回，頁 505。

[642] 同前註。

日在我跟前比我的女兒也差不多」[643]不過此或因金釧兒往生後，王夫人才恍然大悟金釧兒於其日常生活中所扮演之角色的重要性，否則將難以解釋王夫人攆人時之絕決鐵腕與憤責心態。因此，王夫人是否在金釧兒生前真將金釧兒視為骨肉[644]？答案恐怕是否定的。仔細分析金釧兒自殺之舉，果真是氣性大，且確實未與他人做好良善溝通，而王夫人最終亦得以金錢與情面打發了事：賜賚了五十兩銀子、兩套寶釵所提供的衣服、幾件簪環等給金釧兒家及吩咐請幾個僧人念經超渡。此外，在金釧兒投井自殺之後，白玉釧兒被提拔，王夫人破例給付月錢二兩予玉釧兒，此乃「補償心理」[645]，就算是贖罪。

其次，論及賈政。賈寶玉在惹禍後，不負責任地逃跑，被賈環惡言中傷為「對金釧兒強奸不遂」[646]，接著又禍不單行地被忠順親王府誤認藏匿了蔣玉菡[647]，於是賈寶玉被一個腳跨門檻內外之權勢父親賈政鞭笞，似賈代儒對待徹夜未歸之賈瑞一般的狠打。寶玉不但被小廝打了十幾板，又被賈政親自打了三、四十大板後動彈不得，面白氣弱，底下穿的一條綠紗小衣皆是血漬，腿上半段青紫並有四指寬的僵痕。前者無奈地接受懲罰，後者卻扮演嚴

---

[643] 同前註。

[644] 在馬珏〈非玉非石的悲劇人生——論鴛鴦、平兒、金釧兒、襲人〉中以為王夫人真將金釧兒比為自己的女兒，故於其死後厚待之。刊於《紅樓夢學刊》，1997 年，第 2 輯，頁 288。案：此說之爭議極大。

[645] 見於曾文星、徐靜《現代精神醫學》(compensation) 第 5 章「心理自衛機轉」中提及「補償作用」：「當一個人在生理上或心理上感到不適時，企圖用種種方法來彌補這些缺陷，以減輕其不適的感覺為補償作用。這種引起心理不適感覺的缺陷，可能是事實，也可能僅是想像的。」(頁 82)

[646] 見曹雪芹　高鶚原著　馮其庸等校注《紅樓夢校注》，第 33 回：「寶玉哥哥前日在太太屋裏，拉著太太的丫頭金釧兒強奸不遂，打了一頓。那金釧兒便賭氣投井死了。」（頁 510）案：字典中「奸」字同「姦」字。同時《紅樓夢》中除了賈環造謠事件外，甚至有《紅樓夢》學者將寶玉之舉視為淫者，可參考梁歸智〈萬惡淫為首　百善孝為先——論寶玉挨打的思想文化內涵和寫作邏輯〉，刊於《紅樓夢學刊》，2003 年，第 3 輯，頁 157-163。

[647] 案：在庚辰本、《紅樓夢校注》中之「蔣玉菡」，在程本中則作「蔣玉函」。

父訓示。在寶釵以李逵《負荊請罪》戲謔賈寶玉時，賈寶玉並未主動伏罪，但在金釧兒事件中，賈寶玉卻被父親架著「受荊杖贖罪」；《紅樓夢》作者此處以「指事為譬」謀篇，從之前的典故暗諷驟轉而出之血腥荊罰，筆法刻鏤無形。雖然《荀子·君道》云：「父道寬惠而有禮」[648]，不過顯然鞭笞哲學早已根深蒂固於傳統中國社會之中，賈政此時之形象顯得冷酷無情。對於金釧兒事件，賈政之反應重在以嚴教觀笞撻教化自家子孫，而王夫人則重在對苦主善後作經濟賠償。

再次，論及賈寶玉。寶玉在大承笞撻後，陷入省思。有關金釧兒出現的回數並不多，第 32 回時金釧兒已死亡，第 34 回再出場時，已是個另類空間前來訴冤之幻象。寶玉或因先前聽到金釧兒死亡訊息而感傷，恨不得亦殞命而亡，於是便在「受近日生活經驗影響[649]」下，構築金釧兒之幻影，在昏昏沉沉之際，「只見蔣玉菡走進來了，訴說忠順府拿他之事；一時又見金釧兒進來，哭說為他投井之情。寶玉半夢半醒，剛要訴說前情，忽又覺有人推他，恍恍惚惚，聽得悲切之聲。寶玉從夢中驚醒，睜眼一看，不是別人，卻是黛玉。…」[650]寶玉此時既非幻想，又非幻覺，而是在作夢。在睡夢中感應著蔣玉菡的親臨及金釧兒的哭情，其中老婆子所傳揚的金釧兒往生前之心境與精神狀態，影響著寶玉的潛意識，故夢中金釧兒之幻象雖瞬間消逝，不過受難形象卻依稀可見，沒有憤怒與怨恨，只是訴冤。或許賈寶玉心像中金釧兒之哭情投井，日後便成了多情公子決定於鳳姐生日時悄然出城，寫下在水仙庵井臺上含淚焚香、遙祭達情[651]與憶及金釧兒生日終日不悅[652]之懺悔日誌。補償作用具有為自己「除罪化」之功能，因此賈寶玉亦似王夫人之移情作用──厚待玉釧兒，但卻無關兒女私情。

---

[648]見王先謙《荀子集解》，頁 422。
[649]見筆者《紅樓夢中夢的解析》，頁 92。
[650]見曹雪芹 高鶚原著 馮其庸等校注《紅樓夢校注》，第 34 回，頁 519。
[651]同前註，可參考 43 回。
[652]同前註，可參考 44 回。

金釧兒之性格活潑,曾因自身利益挑情寶玉,卻又因胭脂惹禍後哭訴求饒,而結局剛烈之自殺行為,並無法為其洗雪冤屈。金釧兒之價值觀與生命情態,從以上所述之種種,似乎是屈居於賈府威權之下——生平無大志,但求留榮府。金釧兒可說是被王夫人間接殺害之侍女,最終反成了賈寶玉「意淫」下唯一之受害者,亦是傳統威權下之犧牲者。

二、鮑二家的上吊

《紅樓夢》之「情淫者」賈璉,雖坐擁妻妾鳳姐、平兒,但卻偷腥尤二姐、秋桐及鮑二的前後二任妻子(元配與續絃)等,其桃花情緣深厚。其中鮑二元配與尤二姐均因淫情而自戕,摹寫著中國傳統貴族家庭男性威權者之淫蕩及妻妾爭寵過程中,彼此鬥狠與性氣發送無度之內幕。筆者將一一細述:

(一)悲苦屈從與受享淫情

鮑二的元配(本文中簡稱鮑二家的)過世後,程本中鮑二又娶了續絃多姑娘[653] (本文中簡稱鮑二媳婦)。當尤二姐被藏在小花枝巷的時候,賈珍給了一房家人鮑二夫妻以服侍尤二姐,但庚辰本則無此情節,故本單元將以研究鮑二的元配鮑二家的為主。《紅樓夢》書中鮑二家的與金釧兒均被作者刻意忽略了臉部與形態之特寫,此或意寓人微言輕之貶。

鮑二原是賈璉夫婦之僕人,《紅樓夢》中琢磨僕媵夫婦之情事者少,在44回中所爆發出的鮑二家的姦情,僅是古代貴族豪門中主人與僕人之妻餂淫浪態之抽樣而已。大觀園大花廳上演明朝柯丹丘或朱權之作品《荊釵記》,一戲雙關,戲裏戲外均有悲情。戲裏才子王生與佳人錢玉蓮以荊釵聘定為夫

---

[653] 同前註,第 64 回,頁 1015。另在《紅樓夢校注》,第 77 回中「補出多渾蟲夫婦即晴雯的姑舅兄嫂,只不過多姑娘此處改稱燈姑娘。」(見《紅樓夢大辭典》,頁 737)

婦。一場春闈催試，拆散了鸞鳳。王生因參相不從招贅，被改調潮陽；錢玉蓮則被孫汝權所害，爲母逼婚改嫁而投江自殺，但幸爲神道所救，夫婦終於吉安相會[654]。戲外鮑二家的與賈璉之姦情被揭而上吊自殺。二女之自殘均爲一情字，不過一個是節婦，一個是淫婦，前者獲救而後者卻殞命。《紅樓夢》作者同時鋪排著喜樂與哭鬧之對比場面，爲了社日之慶祝及抓拿一樁主僕姦情。當尤氏遵照賈母之意於中秋辦起百戲與說書等活動後，更於九月初二社日邀請賈家人於新蓋好之大花廳上聽《荊釵記》。鳳姐自覺酒沉了，當要百戲上來時，交代尤氏預備賞錢，而自己瞅人不防地出了席，往房門後簷下走來，無意中從一個小丫頭口中探知親夫偷情之事：「二爺也是纔來的，來了就開箱子，拿了兩塊銀子，兩支簪子，兩匹緞子，叫我悄悄的送與鮑二的老婆去，叫他進來。他收了東西就往儯們屋裏來了。二爺叫我瞧著奶奶。底下的事我就不知道了。」[655]在傳統社會中鮑二家的可能不得不委從於賈家權勢，而金銀珠寶則是賈璉用作性交換之經濟商品，或爲搏取歡心，或爲未來性交際之後續效益。「淫人妻妾」之惡行，傳衍於古今社會文化中，從士民以至朝廷君臣均有之。在晉小說干寶《搜神記·相思樹》中亦記載著戰國末年宋君剔成的弟弟宋康王，因垂涎其門下客韓憑之美嬌娘何氏而伺機奪取，此爲古籍中人君豪奪姦淫臣妻者之一例[656]。更有唐小說《白猿傳》中述及梁代武將歐陽紇攜妻征戰，然其妻卻爲白猿精所奪；歐陽紇於是深入險境救出其妻[657]。此雖爲志怪，卻亦象徵人性之貪淫。明朝《新刻鏽像批評金瓶梅》中亦有西門慶姦淫武大郎之妻潘金蓮及好友花子虛之妻李瓶兒後，又將之娶爲妾[658]，此均是官欺民婦之典型。賈璉之舉何嘗不是西門慶之流，其淫濫無

---

[654]案：此段文字由筆者整理之，原文可參考毛晉《六十種曲》，從第一齣家門至第48齣團圓，頁1-136。

[655]見曹雪芹　高鶚原著　馮其庸等校注《紅樓夢校注》，第44回、頁677。

[656]見干寶著、黃滌明譯注《搜神記》，頁399-402。

[657]可參考束忱、張宏生注釋、侯迺慧《新譯唐傳奇選》，頁29-40。

[658]可參考蘭陵笑笑生著　齊煙、汝梅點校《新刻鏽像批評金瓶梅》。

度中無外乎為色、情、性、愛等因素,而性交換之商品似乎已成姦淫者處事之金科玉律,成為一種婚外情之附加價值。從賈璉在寧府設計勾搭女僕至小花枝巷中隱瞞鳳姐娶尤二姐時,以所張羅之治產、置僕等取信於尤二姐,甚至婚後將體己通搬予尤二姐,其實亦是另一種性交換之附加價值,只是尤二姐與賈璉間均已有真情真愛。以上被姦淫之女子包括鮑二家的所扮演之角色均為弱者。雖韓憑之妻以自殺抗議,不過卻已被姦淫在先,而鮑二家的卻是另個典型,一個或可能是寧願悲苦屈從於色心狂盛之賈璉,或可能是渴望受享淫情與經濟商品之女侍者,其價值觀與生命情態究竟為何?其實仍值一探。

(二)姦情披露與抉擇自殺

當鳳姐得知親夫姦情之後,氣得渾身發軟,要不潑醋都難,於是一逕回家打得一個丫頭趔趄,又躡腳兒至窗前聽見裏頭詛咒並批評自己之談話內容:「那婦人笑道:『多早晚你那閻王老婆死了就好了。』賈璉道:『他死了,再娶一個也是這樣,又怎麼樣呢?』那婦人道:『他死了,你倒是把平兒扶了正,只怕還好些。』賈璉道:『如今連平兒他也不叫我沾一沾了。平兒也是一肚子委曲不敢說。我命裏怎麼就該犯了『夜叉星』。」[659]紙包不住火,幾乎是姦情必露的真理,其中更內蘊著夫妻性生活失調或互動隔閡。作者略去了「淫人之妻及人妻出牆」中,最淫穢的「性愛書寫」,鳳姐亦未親見賈璉與鮑二家的淫行相好之狀,卻因在自己生日當天聽到侍女及親夫所指的「閻王老婆」及「夜叉星」之惡評而震然大怒。無論鮑二家的究竟是因屈從失貞或有其他緣故?但此時其心境顯然是在受享性愛,不但不是委瑣、哀愁,反是詛咒及試探,然而其在賈璉心中,鮑二家的不過是個偷腥的對象而已。但無故牽扯出平兒,一個鮑二家的心中假想敵,卻也暴露出賈璉欲求不

---

[659] 見曹雪芹 高鶚原著 馮其庸等校注《紅樓夢校注》,第 44 回,頁 678。

滿之心聲，同時賈璉並刻意推諉偷腥之責，及批評鳳姐因酸烈性格而遏止了
其與平兒燕好之機會，其實此仍是賈璉為自己除罪並合理化之托辭。賈璉與
鮑二家的一段對話，吹皺一池春水，挑動鳳姐與平兒之氣憤、醋勁、妒意與
嫌隙。鳳姐一面懷疑平兒素日背地裏對其有怨氣，故先打了平兒兩下，又踢
開門撕打鮑二家的，而平兒因受氣也打起鮑二家的；二女如此痛打一婢，鮑
二家的心靈、肉體想必很受傷。最終賈璉卻因看不過去而持劍追殺鳳姐，於
是掀起了一場家庭風暴。雖然賈璉僅是藉此嚇唬鳳姐，不過暴力之舉確實令
鳳姐驚恐。邪淫之危惡，見乎此，不但害人倫、門風、名節、陰騭，更易傷
及心術、風俗及生命等。鮑二家的因對女主人失言不敬，而被突如其來的暴
力撕打，定然錯愕，不過有關其性格及臨場反應，在《紅樓夢》書中卻都闕
如。反是鳳姐向賈母等哭訴，並捏造賈璉和鮑二家的拿毒藥欲治死她，一如
王夫人以說謊遮掩攆出金釧兒之因一般，鳳姐亦以哀兵之姿欲搏取同情而誣
陷鮑二家的。在此場紛爭中，賈母主動扮演了公道主，終究安撫了鳳姐，也
嚇阻了賈璉，於是賈璉夫婦終於作揖和好。

　　奴僕之動向，通常不是小說之重點，也非威權者所關切，因此有關一個
媳婦驟傳鮑二家的上吊死亡之消息，且涉及告官之事，對鳳姐而言，實是微
不足道，故當鳳姐聽到噩耗時，所表現出來的卻反是咒罵：「死了罷了，有
什麼大驚小怪的！」[660]、「這倒好了，我正想要打官司呢！」[661]、「我沒一個
錢！有錢也不給，只管叫他告去。也不許勸他，也不用震嚇他，只管讓他告
去。告不成倒問他個『以屍訛詐』！」[662]鮑二家的雖姦情不倫，無論其母及
親戚是否有訛詐意圖？人死徒悲！鳳姐雖得理，但卻情意澆薄，視奴僕如敝
屣，反由賈璉和林之孝出面情商圓場，亦以財勢補償與深諳人性遮口[663]。可

---

[660] 同前註，頁 678。
[661] 同前註，頁 684。
[662] 同前註。
[663] 同前註，賈璉請人去作好作歹許了二百兩發送，又命人請王子騰派幾名番役件作
等幫著辦喪事，此外，更兼顧人性地安慰鮑二說：「另日再挑個好媳婦給你。」（頁

怪的是，鮑二對妻子之死，不但毫無責難批評、抱怨哀悽，反因得了一些賠償後，更奉承行事，或因鮑二夫妻情感本已淡薄？或因鮑二奴顏諂媚？另值得注意者，乃鮑二家的與賈璉行淫時，言談中既不見被辱之傷情，亦毫無罪惡感，但在事發後卻「擇死了之」，其自殺因素不明？或許就傳統婦德觀論之，有走投無路、含羞之因，而在程本第 64 回中便有提及鮑二女人「含羞吊死」之事：「只是府裡家人不敢擅動，外頭買人又怕不知心腹，走漏了風聲，忽然想起家人鮑二來。當初因和他女人偷情，被鳳姐打鬧了一陣，含羞吊死了，賈璉給了二百銀子，叫他另娶一個。」[664] 另或亦可能因怕被利害女主人清算而畏罪自殺，這就是一種選擇「解脫痛苦」的抉擇[665]，或亦可能因壓抑不住羞憤之情緒及報復心理等因素，而抉擇自殺。因鳳姐捏造的「藥死說」並未被拆穿，在鳳姐之盛怒下，恐罪無可赦，故其生前必有被毆之憤怒、心情低潮，甚至和金釧兒一樣，可能升起報復念頭，讓活著的人因她之死而愧疚與產生心靈責難，故最終以上吊方式結束了紅塵情愛與靈肉折磨。在《自殺病學》之研究中提及：「自殺的選擇性有很大的種族差異性，但種族差異性不能脫離社會、經濟、文化的共同性。…中國大陸的自殺中，服毒與自縊占 80%-90%。」[666]引繩自縊之選擇，對自殺者而言，「簡便易行，工具選擇或製造，體位的選擇，高度的限制等十分靈活，而且自殺時迅速昏迷，痛苦的時間短，是普遍採用又難於防範的一種自殺手段。」[667]事實上，「上吊」會因頸部二條動脈被繩子卡住，嚴重缺氧窒息而死，將無法自救，故鮑二家的吊死，自然復生無望，且「一般說來，自縊、槍擊和爆炸、高墜、臥

---

685)

[664] 程甲本，冊 3，頁 1749。

[665] 見亞里士多德原著　苗力田譯註《倫理學》，在《尼各馬科倫 理學》，第 3 卷，第 7 章，頁 86。

[666] 見何兆雄《自殺病學》，第 10 章「自殺社會學」，頁 562。

[667] 同前註，頁 521。

軌等可列為暴烈手段，切刺、服毒、煤氣可列為溫和手段。」[668]對於鮑二家的上吊，無預警之自殺，若依單一事件論之，可推斷其行為激烈，與金釧兒一樣衝動，均是趁人不備、死意堅決之自殺，而非故意在人前引發同情注目之「作勢自殺」又稱為「假性自殺」(Parasuicide)[669]。由於書中有關鮑二家的敘述過少，因此與金釧兒事件一般，就單一事件仍無法確知其是否有衝動型性格。此外，在湯瑪斯‧薩斯著，吳書榆譯《自殺的權力》，第 3 章「原諒自殺」中提及中世紀晚期在英格蘭戲劇化之自殺頻率研究，以為自殺者選擇自殺之因，實具有隨之而來的「社會利用」(non compos mentis)之價值，以便「作為逃避法律的理由」[670]。鮑二家的自殺事件確實可能具有逃避懲罰或法律制裁的理由，不過作者卻成功地以「極近人之筆」，寫盡「極駭人之事」[671]。

　　愛情本無罪，但有夫之婦鮑二家的與有婦之夫有姦情，卻是違禮悖情。反思傳統中國社會中，位賤者對於男性威權者之予取予求而能抵死抗爭且保貞者，實少。鮑二家的生命情態，乃從淫亂角色寫起，不僅是傳統貴族體制與婚姻制度下之卑屈模樣，亦是侍女無法自主情欲之代表。鮑二家的不但成了男性威權者性欲之發洩器，亦是一個無能力挑戰女性威權者之霸氣與暴力之奴僕典型；其生命情態之可悲有如此者。

三、鴛鴦之縊死忠節

　　馮諼為孟嘗君市義，是史傳稱頌門下客忠君愛主之義舉。《紅樓夢》中

---

[668]同前註，頁 517。

[669]可參考 Michael Gelder/Richard Mayou/John Geddes 原著　吳光顯等總校閱　陳俊欽等編譯《精神醫學》，第 12 章「自殺與蓄意自我傷害」，頁 307。

[670]見頁 65。

[671]金聖嘆《第五才子書水滸傳評》中提及作者對英雄人物所用之筆法為：以「極近人之筆」寫「極駭人之事」(在第 22 回總批，頁 362)。

有關為主鞠躬盡瘁者，如第 13 回，寶珠於秦可卿死後，願為義女，代為守喪服孝；第 52 回，晴雯為賈寶玉病補孔雀裘時，鼓勇服勞；第 111 回榮府被盜竊時，包勇力拼擊退群賊；第 118 回紫鵑在黛玉過世後，誠心轉侍惜春出家等。有關為主死忠、死義者，如第 13 回，瑞珠於秦可卿死後，殉主觸柱而犧牲；第 111 回賈母死後，鴛鴦為其上吊自縊；第 116 回，麝月一句失言，讓寶玉復又死去，自己便打定主意一死自盡；第 117 回，襲人為了寶玉欲還玉給和尚時，抵死不願；第 120 回襲人因寶玉走失而欲自殺不嫁等。以上所論之奴僕中，無論是為了忠主、報恩、死義及廉貞之舉等，凡根深於古代中國傳統社會之「忠孝節義」而犧牲者，必有奇人奇事。「完人說」總被美化或神格化，在胡文彬〈參透情天証佛天——鴛鴦之 "忠"〉[672]一文中之敘述亦然，因此，鴛鴦所被賦予之「超道德情義」的角色，實值一提。筆者希望此文之撰寫，能較之前其他學者所發表的「鴛鴦小文」更大而厚實。本文將分成三部分論述：

(一)溫婉敦厚與爽快剛烈

一個「蜂腰削肩背，鴨蛋臉面，烏油頭髮，高高的鼻子，兩邊腮上微微有幾點雀斑」[673]之鴛鴦，形象角色均較金釧兒及鮑二家的清晰且厚重，是賈母身邊之紅人；其乃金彩之女、金文翔之妹，於第 20 回出現時，則是個被晴雯、綺霞、秋雯及碧痕等人，尋出去戲耍的女孩。第 39 回中李紈稱鴛鴦之心公道，常替人說好話兒，也不依勢欺人，同時曾善體人意地挑了二件隨常衣服給劉姥姥換上。之後邢夫人更讚美鴛鴦是個「模樣兒，行事作人，溫

---

[672] 見《冷眼看紅樓》，卷 1 「人物情態」，頁 31。又見於其書《紅樓夢人物談》，頁 128-133。
[673] 見曹雪芹　高鶚原著　馮其庸等校注《紅樓夢校注》，第 46 回，頁 705。

柔可靠，一概是齊全的。」[674]鴛鴦令人疼惜者，乃因對賈母之知心服侍；令人不捨者，則是爲賈母之死忠死義。一個善於察言觀色之女孩，通常心細圓通，言自和暢。九月初二社日之慶典，尤氏至榮府鳳姐處來拿銀子後，曾愼重地與鴛鴦商議，最終仍依鴛鴦之意以討賈母之歡心，故可知鴛鴦在賈家之地位，以致於賈母褒獎鴛鴦爲心細可靠、善解人意及與主子投緣的人[675]，其實並非過譽。當賈赦強行討鴛鴦爲妾時，賈母曾憤怒地嚇阻道：「我通共剩了這麼一個可靠的人，他們還要來算計！」[676]鴛鴦之善解人意及可靠處，尙有爲賈母玩牌、行令、擲骰代勞[677]之事。又第 47 回中亦可見鴛鴦與鳳姐爲討賈母歡心，二人故意輸牌且一搭一唱之智慧。當時鴛鴦雖默然無聲，然其使暗號時，顯然與鳳姐默契十足，且對於洞察年長者希望藉由贏局以顯示自己寶刀未老，及透過玩牌而歡然內懌之掌握，可謂合節中度。鴛鴦與鳳姐一直扮演著似老萊子般的貼心、順從與逗趣之要角，賈母其實是福分雙全。另

---

[674] 同前註，頁 706。

[675] 同前註，賈母眼中之鴛鴦：「他們兩個就有一些不到的去處，有鴛鴦，那孩子還心細些，我的事情他還想著一點子，該要去的，他就要去了，該添什麼，他就度空兒告訴他們添了。鴛鴦再不這樣，他娘兒兩個，裏頭外頭，大的小的，那裏不忽略一件半件，我如今反倒自己操心去不成？還是天天盤算和你們要東西去？我這屋裏有的沒的，剩了他一個，年紀也大些，我凡百的脾氣性格兒他還知道些。二則他還投主子們的緣法，也並不指著我和這位太太要衣裳去，又和那位奶奶要銀子去。所以這幾年一應事情，他說什麼，從你小嬸和你媳婦起，以至家下大大小小，沒有不信的。所以不單我得靠，連你小嬸媳婦也都省心。我有了這麼個人，便是媳婦和孫子媳婦有想不到的，我也不得缺了，也沒氣可生了。」（第 47 回，頁 717-718）

[676] 同前註，頁 713。

[677] 同前註，第 47 回賈母與鳳姐玩牌，鴛鴦除了依慣例代賈母洗牌外，並「見賈母的牌已十嚴，只等一張二餅，便遞了暗號與鳳姐。鳳姐正該發牌，便故意躊躇了半晌，笑道：『我這一張牌定在姨媽手裏扣著呢。我若不發這一張，再頂不下來的。』」（頁 719）鴛鴦與鳳姐刻意安排賈母的贏局，僅爲搏取賈母歡心，可見二人知心服勞之誠，其善解人意處處可見。在 108 回爲寶釵過生日時，寶玉提議行令，賈母只能找鴛鴦代勞。之前鴛鴦雖奉賈母之意喝酒喝得正痛快，卻亦不敢違拗賈母命令而回來幫忙擲骰子。

於中秋夜，鴛鴦曾擔心賈母會因「露水下來，風吹了頭」[678]，於是特備了軟金兜與大斗篷讓賈母披戴，實是體貼入微。即使在賈母過世後，鴛鴦一點也不藏私，反將賈母生前預留給她的積蓄全拿出來，希望為賈母作個風光體面之喪禮而盡心盡力。此外，鴛鴦行事風格之溫婉達意、知權宜及仁心敦厚亦值一提。當邢夫人為賈赦之事三催四勸時，鴛鴦除了無動於衷、奪手不行外，始終未有支言片語，故拒而不犯上，乃鴛鴦在職場上溫婉達意之穎慧。

鴛鴦性格行事中，尚有知權宜及仁心寬厚，有關「知權宜」部分，見第72回中。書中述說賈母重要之金飾均由鴛鴦保管，當賈璉向鴛鴦借當時，鴛鴦在未經賈母同意下，權宜挪借，由此可知其行事風格中有著不拘泥、明白有膽及助人解紛之善意。雖此事傳至邢夫人處後，賈璉被叫去問話，而鳳姐亦擬不出是誰去透露口風，故猜測「當緊那邊正和鴛鴦結下仇了」[679]，然而事後並無任何鳳姐所謂的與鴛鴦結仇之小人出現，但見鴛鴦與眾奴僕之互動還算良善，畢竟鴛鴦仍是賈母跟前之紅人。「寬厚處」，見於第72回中。當司棋與潘又安偷情時，不意被鴛鴦撞見，鴛鴦卻放了司棋，對話中可見鴛鴦之寬厚：「正是這話。我又不是管事的人，何苦我壞你的聲名，我白去獻勤。況且這事我自己也不便開口向人說。你只放心。從此養好了，可要安分守己，再不許胡行亂作了。」[680]鴛鴦對於司棋之求情，不僅因與司棋有耳鬢廝磨之私交而已，並對浮萍相逢與前仇後報感觸深刻、心酸流淚。不壞人名節更是鴛鴦性格之善體人意、仁心敦厚之彈性。不過其情性中卻別有爽快剛烈與愛潔的一面，從邢夫人勸說鴛鴦嫁給賈赦不成時曾云：「你這麼個響快人，怎麼又這樣積粘起來？」[681]可證之，另亦可從其情感世界驗證，筆者將論析於下。

---

[678] 同前註，第76回，頁1191。
[679] 同前註，第74回，頁1153。
[680] 同前註，第72回，頁1122。
[681] 同前註，第46回，頁706。

(二)愛潔自制與誓死頡頏

　　鴛鴦對於男女情事既顯得羞澀與自制，更見其誓死頡頏之初衷：在司棋偷情事件中，鴛鴦「自己反羞得面紅耳赤」，可見其情，又在賈家三位威權者寶玉、賈璉及賈赦之因緣糾纏中，亦可見其意。

　　在《紅樓夢》女僕中，讓寶玉開口要娶為妾的，是金釧兒，但讓寶玉親自「討賞胭脂吃的」，則是鴛鴦，二人真似一時亮瑜，不過鴛鴦的角色編派卻遠較金釧兒多。第 24 回因襲人找寶玉回房時，寶玉巧見正在看襲人針線之鴛鴦而動心：「鴛鴦穿著水紅綾子襖兒，青緞子背心，束著白縐綢汗巾兒，臉向那邊低著頭看針線，脖子上戴著花領子。寶玉便把臉湊在他脖項上，聞那香油氣，不住用手摩挲，其白膩不在襲人之下，便猴上身去涎皮笑道：『好姐姐，把你嘴上的胭脂賞我吃了罷。』」[682]一面說著，寶玉便一面扭股糖似的黏在身上。賈寶玉彷入無人之境，無視於襲人存在，因禁不起鴛鴦身上的香氣與白膩胴體之誘惑，而以鼻嗅聞、以手撫其項背，更貼身欲一親芳澤。鴛鴦逢此奇遇之適變，非當面以言語頂撞寶玉，反是大聲吆喝襲人，討救兵；其嚴守男女分際與惜肉如金，此中暫見。至於其奇性奇情，則見於與襲人對話及其他行為中。鴛鴦之抱怨，果具嚇阻作用，寶玉不敢再越雷池一步，而後僅因襲人一句玩笑：「我就和老太太說，叫老太太把你已經許了寶玉了」[683]便令鴛鴦伺機選定在賈母及眾人跟前發誓，以示其心性高潔：「我是橫了心的，當著眾人在這裏，我這一輩子莫說是『寶玉』，便是『寶金』『寶銀』『寶天王』『寶皇帝』，橫豎不嫁人就完了。」[684]形器易徵而人性難明，不過鴛鴦卻爽直易見。鴛鴦以誠肅淡泊之心，摒棄財貨權勢，以「守身

---

[682]同前註，第 27 回，頁 373-374。
[683]同前註，第 46 回，頁 708。
[684]同前註，第 46 回，頁 713。

如玉」作為精貫鐵誓，而其行動踐履之方則是：「自那日鴛鴦發誓決絕之後，他總不和寶玉講話。寶玉正自日夜不安，此時見他又要迴避，寶玉便上來笑道：『好姐姐，你瞧瞧，我穿著這個好不好。』鴛鴦一摔手，便進賈母房中來了。寶玉只得到了王夫人房中，…」[685]鴛鴦以冷漠之情對應萬端之變，在撇清關係與促勉寶玉自愛中奏效，而不明究理之寶玉，既有傻勁，亦顯無辜。女為悅己者容，是天理；鴛鴦先棄財勢，後又不盛妝濃飾，「眾人見他志堅，也不好相強。」[686]只是無孔不入之玩笑或流言，讓賈寶玉無意間成了賈赦嫉妒之對象罷了。鴛鴦在「情感上的愛潔」，不與男子有肌膚之親，不但突顯其「熱鬧中別具一副腸胃」[687]外，更將鳳姐口中「正經女兒」[688]之形象襯托鮮熙，而脂評云：「不向寶玉說話，又叫襲人，鴛鴦亦是幻情洞天也。」[689]其實鴛鴦的「別有洞天」，不在脂評之男女幻情，而在情感之潔癖守身。鴛鴦一生中之知己，應是賈寶玉而非襲人，因此死後寶玉曾為之惋惜：「實在天地間的靈氣，獨鍾在這些女子身上了！他算得了死所。我們究竟是一件濁物，還是老太太的兒孫，誰能趕得上他？」[690]鴛鴦之佳譽，因寶玉觸感一言，似扣萬鈞洪鍾，一響而遠揚。

至於鴛鴦與賈璉之關係，乃空穴來風。第 38 回中因史湘雲邀請賈母等進大觀園賞桂花，大家入榭進亭、品茶吟詩、賞花吃蟹時，鳳姐與鴛鴦的對

---

[685] 同前註，第 52 回，頁 811。

[686] 同前註，第 70 回，頁 1089。

[687] 王府本《石頭記》云：「鴛鴦女從熱鬧中別具一副腸胃」(見陳慶浩編著《新編石頭記脂硯齋評語輯校》，頁 628。另可參考振振公子(木瓜)「紅樓文萃」中提及十二脂本之概況。 見網站： http://bj.qq.com.cn:81/usr/hqq/digest/ZiLiao/ZhiBen.htm 2003/08/03

[688] 見曹雪芹 高鶚原著 馮其庸等校注《紅樓夢校注》，第 74 回，王熙鳳提及賈璉向鴛鴦借當時，因走漏風聲而擔心地對平兒說：「在你璉二爺還無妨，只是鴛鴦正經女兒，帶累了他受屈，豈不是咱們的過失。」(頁 1153)

[689] 同前註，第 52 回，頁 810-811。

[690] 同前註，第 111 回，頁 1676。

話，有玄機。鳳姐笑道：「『你和我少作怪。你知道你璉二爺愛上了你，要和老太太討了你作小老婆呢。』鴛鴦道：『啐，這也是作奶奶說出來的話！我不拿腥手抹你一臉算不得。』」[691]鳳姐可能是玩笑，亦可能已洞見賈璉對女色之貪婪，此或是先聲奪人，笑面威嚇鴛鴦，不過書中此處並未述及，倒是46回述及賈赦欲強娶鴛鴦為妾時，鳳姐心中曾暗想：「鴛鴦宿昔是個可惡的，雖如此說，保不嚴他就願意。」可見其與鴛鴦僅是表面友好而已，私下卻另有居心。事後賈璉並未有任何舉動，謠言不攻自破。但當鴛鴦被賈赦逼婚時，平兒建議鴛鴦告訴賈母說，自己「已經給了璉二爺了」[692]作為拒婚之由，但事後鴛鴦並未依其建言而行，反是以更激烈之手段表達心意。《紅樓夢》作者此處以「層遞筆法」書寫，同時亦彰顯出鴛鴦終究未謀此策以誆騙賈母去嚇阻賈赦，更見其性格之直爽、不狡詐、不彎曲的一面。

有關鴛鴦與賈赦之關係，作者精雕於一個被襲人稱為「太好色了」的賈赦，欲強娶鴛鴦為妾的事件上。第46回，賈赦讓極為承順的邢夫人出面遊說，於是邢夫人請了鳳姐商議，但鳳姐以為不妥，並以四理勸誡：

1.賈母捨不得，是拿草棍兒戳老虎鼻眼的做法。

2.賈母閑說老爺如今上了年紀，若娶小老婆放在屋裏會耽誤人家。

3.賈母閑說賈赦若身子不保養，官兒也作不好。

4.行事不妥，應予勸阻。

由於鳳姐拗不過邢夫人之執意，又揣摩鴛鴦可能有「人去不中留」[693]及「誰不想出頭」[694]之念頭，為了不攬禍上身而提議由邢夫人先行主動與鴛鴦談。於是邢夫人當起說客時，難免褒德頌容，除了頌讚鴛鴦乾淨無病、模樣行儀

---

[691]同前註，第38回，頁581。

[692]同前註，第46回，頁708。

[693]同前註，見46回，頁704。

[694]同前註，第46回，鳳姐曾分析鴛鴦的人性：「那一個不想巴高望上，不想出頭的？這半個主子不做，倒願意做個丫頭」（頁704）

佳及性格溫柔外，更曉以功利及「過一年半載，生下一男半女」[695]可與之比肩之顯貴。而一個小小侍女之無動於衷，正是小說鋪寫奇葩之巧筆。因此作者掌握人各異秉之特質，從鴛鴦之定志、咒誓至死亡間，覆蓋著波瀾般之情節，並讓鴛鴦之定志與賈赦之要脅，有「性氣情心」與「位階高下」之對比。有關鴛鴦部分，作者如此雕琢：「縱到了至急為難，我剪了頭髮作姑子去，不然，還有一死。一輩子不嫁男人，又怎麼樣？樂得乾淨呢！」[696]、「『牛不吃水強按頭？』我不願意，難道殺我的老子娘不成？」[697]及「你們不信，慢慢的看著就是了。」[698]而賈赦知鴛鴦之心意後，回應如下：「我這話告訴你，叫你女人向他說去，就說我的話：『自古嫦娥愛少年』，他必定嫌我老了，大約他戀著少爺們，多半是看上了寶玉，只怕也有賈璉。果有此心，叫他早早歇了心，我要他不來，此後誰還敢收？此是一件。第二件，想著老太太疼他，將來自然往外聘作正頭夫妻去。叫他細想，憑他嫁到誰家去，也難出我的手心。除非他死了，或是終身不嫁男人，我就伏了他！若不然時，叫他趁早回心轉意，有多少好處。」[699]鴛鴦與賈赦二人怨怒之情不一，前者為了抗婚，曾向襲人及平兒宣誓自己操凜冰霜，心堅金石，但僅能消極地以傷害自己之髮膚及指時為證，其性格實為爽烈；後者為了逼婚，透過鴛鴦兄嫂金文翔夫婦勸說無效後，便摺下狠話，非徒張虛論而是威逼就範，期間不但暴露出賈赦之自卑及對寶玉與賈璉之嫉妒，更有貴族之飽淫醜態。無論古今，「婚姻和較長久關係的維持，除了愛的感覺以外，還要有一份允諾，愛和允諾共同構成親密關係。」[700]賈赦雖能提供衣食貴顯，但對情感問題有主見之鴛鴦而言，並不符所望。或許鴛鴦嫌賈赦老態及重視自身「愛的感受」，才是鴛鴦

---

[695]同前註。

[696]同前註，頁 708。

[697]同前註，頁 709。

[698]同前註。

[699]同前註，頁 712-713。

[700]見吳就君《婚姻與家庭》，第 2 章，頁 2-7。

渴求理想婚姻之真諦，然而對情感有潔癖，不喜男人隨意碰觸與玷汙，可能更是鴛鴦情性中之另一重要特質。

鴛鴦之言行與「過潔世同嫌」之妙玉有若干相似，筆者將詳論之。在41 回中，寶玉曾建議叫幾個小么兒河裏打幾桶水來洗地，妙玉卻拒小么兒於門外，僅讓「擱於山門頭牆根下」[701]。二人均對於男人有某種程度之排距，以致於之後鴛鴦對賈赦又再次語同誓典，短辭以諷：「別說大老爺要我做小老婆，就是太太這會子死了，他三媒六證的娶我去做大老婆，我也不能去。」[702]就西方瑞斯(Reiss)之「愛情車輪理論」(Wheel theory of love)四階段論之，或許鴛鴦果真嫌棄賈赦及擔心二人因年齡差距無法切情，則第一階段「婚姻的建立首在和諧」，指：「墜入愛河的第一階段是對另一個人感覺舒坦穩靠，致使彼此心靈放鬆、身心舒暢；他們似乎彼此瞭解且易於溝通。」[703]便嚴重挫敗，那麼更何況第二、三、四階段中強調「自我披露」、「互相依賴」及「親密──滿足需求」等[704]進階互配之困難了。擒寇先擒王[705]，借賈母之威權壓制賈赦，實乃不得已，鴛鴦終下狠棋在賈母及眾目睽睽之下以死要脅，並斷髮明志：「就是老太太逼著我，我一刀抹死了，也不能從命！若有造化，我死在老太太之先，若沒造化，該討吃的命，伏侍老太太歸了西，我也不跟著我老子娘哥哥去，我或是尋死，或是剪了頭髮當尼姑去！若說我不是真心，暫且拿話來支吾，日後再圖別的，天地鬼神，日頭月亮照著嗓子，從嗓子裏

---

[701] 見曹雪芹 高鶚原著　馮其庸等校注《紅樓夢校注》，第 41 回，頁 637。

[702] 同前註，第 46 回，頁 707。

[703] 見諾曼‧古德曼(Goodman Norman)著　陽琪、陽琬譯《婚姻與家庭》*Marriage and the Family* 中提及瑞斯之「愛情車輪理論」的四階段，第一階段「和諧」之內容，頁 53。

[704] 同前註，頁 53-54。

[705] 見杜甫〈前出塞〉詩之六中云：「射人先射馬，擒寇先擒王」(杜集三，頁 10) 在曹雪芹 高鶚原著　馮其庸等校注《紅樓夢校注》，第 55 回中王熙鳳提及「如今俗語『擒賊必先擒王』」(頁 864)。另可參考門冀華編著《三十六計與紅樓》中「第三套」第十八計「擒賊擒王」，頁 103-111。

頭長疔爛了出來，爛化成醬在這裏！」[706]鴛鴦是個不隨俗浮沉以干尊位之人，決心以「印象整飾」(impression management)[707]昭示他人，擇定了「不嫁人」、「出家」及「以刀自刎」作爲退路，更總納天地鬼神爲證，堅以「長疔爛化成醬」昭告日月。鴛鴦於情感上的不落塵，性格上的執持，有誓絕鴛鴦偶及忠主效死之氣魄，亦似椎骨自刺、勤學至堅之蘇秦[708]般的以「傷害肉身作爲個人之堅志表現」，也爲一個在《紅樓夢》中較接近完美性格之女子的一生，劃下休止符。

(三)殉主苦情與靈異對話

鴛鴦殉主的苦情，淒美詭譎，作者以「魔幻寫實」書之，是《紅樓夢》中重要主戲之一，借由喪禮與殉主事件，鋪寫出主僕間似祖孫般之深情。書中如此描述：「當賈母死後，鴛鴦哭成淚人兒一般。賈政因抄家後家道中落而指示喪儀祭奠應約儉：『悲切纔是眞孝，不必糜費圖好看。』」[709]儉葬反奢，乃大勢所趨，亦是賈家敗落之頹跡，然而鴛鴦對於家中仿若九五之尊的威權長者之喪，仍深有期許，除了給鳳姐磕頭外，更供出賈母生前留給她的錢財，堅持轉作賈母的體面之喪，爲賈母傾心盡力。悲悽中，鴛鴦曾語帶玄機：「我生是老太太的人，老太太死了，我也是跟老太太的，若是瞧不見老太太的事

---

[706]見曹雪芹　高鶚原著　馮其庸等校注《紅樓夢校注》，第 46 回，頁 713。

[707]在胡先縉〈中國人的面子觀〉中提及「從社會心理學角度來看，所謂「面子」是指：個人在社會上有所成就而獲得社會地位(social position)或聲望(prestige)；所謂面子功夫，其實就是一種「印象整飾」(impression management)的行爲，是個人爲了讓別人對自己產生某些特定印象，而故意做給別人看的行爲。」(見《中國人的權利遊戲》，頁 57)

[708]可參考高誘注《戰國策》，卷 3〈秦策一〉中記載蘇秦「讀書欲睡，引錐自刺其股，血流至踵。」(《叢書集成新編》，頁 697)

[709]見曹雪芹　高鶚原著　馮其庸等校注《紅樓夢校注》，第 110 回，頁 1662。

怎麼辦，將來怎麼見老太太呢？」[710]鴛鴦護主心切，愛之欲其善，不過「下世念頭」已然浮升，鳳姐雖覺古怪，卻未進一步追問。又因榮飯短缺及銀兩的問題，鴛鴦又誤會鳳姐治喪不力，於是在賈母靈前嘮叨且哭個不停，尤其在僧經道懺、弔祭供飯時，因銀錢吝嗇而草草了事，讓鴛鴦最是看不過去。其對賈母之忠心與效勞，甚至最後自縊，實不亞於唐傳奇柳埕〈上清傳〉中所描寫的，唐名臣陸摯陷害宰相竇參時之婢女——上清姬妾曾為主人雪恥平冤之志節[711]，雖然彼此忠心之事各異。除了鳳姐察覺鴛鴦有異外，當李紈特來解釋誤會，說銀兩都不在王熙鳳手裏且巧婦亦難為無米之炊時，也發現鴛鴦氣質不對：「…只是鴛鴦的樣子竟不像從前了，這也奇怪，那時有老太太疼她，倒沒有做過什麼威福；如今老太太死了，沒有仗腰子的了，我看他倒有些氣質不大好了。我先前替她愁，這會子性喜大老爺不在家才躲過去了，不然他有什麼法兒？」[712]李紈所見者，應是鴛鴦言語之嘮叨及不滿之情緒，此正是鴛鴦對事情要求完美性格之表露，只是李紈與鳳姐雖洞悉鴛鴦行為之異，卻無法洞見鴛鴦心緒之悲苦，故亦未深究之。

在賈母之喪時，預備辭靈之哀悽情境下，鴛鴦哭泣最盛，甚至昏暈[713]，此處亦可參考襲人一文中筆者對襲人產生昏暈現象之分析。在大家槌鬧一陣後，甦醒的鴛鴦便說：「老太太疼了一場，要跟了去的話」[714]在鴛鴦的話語

---

[710]同前註，頁 1663。

[711]可參考蔣防撰　束忱、張宏生注譯　侯迺慧校閱《新譯唐傳奇選》，頁 369。

[712]見曹雪芹　高鶚原著　馮其庸等校注《紅樓夢校注》，第 110 回，頁 1668。

[713]昏暈是一種「間歇性的意識障礙」，特點是：「全身無力、不能站立、意識障礙突然發生而能於數分鐘恢復過來，主要的機轉是腦部的血液供給不足，病人平躺後，腦部的血流不再受到重力影響，意識就恢復過來。」(見謝博生等主編《臨床內科學》，第 2 版，13 章「神經系統病徵」，頁 259) 又可參考 Robert B. Daroff, Mark D. Carlson's, 'Faintness, Syncope, Dizziness, and vertigo,' in Harrison's 15th edition *Principles of Internal Medicine,* 2001;21:111.

[714]見曹雪芹　高鶚原著　馮其庸等校注《紅樓夢校注》，第 111 回，頁 1673。

中，除了主述恩榮外，萌生「與去世者會合」[715]之殉意深刻，但此種一再求救之語言，卻仍被眾人忽視。鴛鴦同時又因過度傷心沮喪且頓失屁護與頭寸，於是爲了忠節而將「原我與自我」(Id and ego)[716]中之潛意識與自尊心投置於良心之儲藏所「超我」(super-ego)[717]之中，最終在高道德的審判下，上吊身亡。青杉〈鴛鴦之死〉亦以爲鴛鴦的死因是：「殆爲賈母故後屏障已失，賈赦將成爲她直接的主子，鴛鴦既不甘爲魚肉，而又無法再相機應變，于是，她只好自戕了。」[718]對於一個過度傷心沮喪者而言，情緒性的低落早已凌駕人類常態時「可相機應變」的智慧。其實鴛鴦之死忠死義與顧全名節，早在46 回賈赦逼婚時烙下伏筆，而在賈母治喪過程中，則因猝失後盾而誘發出嚴重之焦慮情緒，直至 111 回時作者才讓其節義兩全，但絕非是殉節，因在大某山民評本《紅樓夢》中以爲鴛鴦是「殉節」，其書云：「半殉主，半殉節，

---

[715] 曾文星、徐靜《現代精神醫學》中提到：「自殺的心理意義」，有(1)解脫痛苦(2)失掉希望(3)向內發洩攻擊情欲(4)與去世者會合(5)求救行為。（頁 414）另見 *Suicide science: expanding the boundaries*/[edited] by Thomas Joiner, M. David Rudd. 2000;17-175.

[716] Sigmund Freud, *Ego and the Id*："We shall now look upon an individual as a psychical id, unknown and unconscious,…" 1962; 1:14. Joseph Rousner (約瑟夫・洛斯奈)*All About Psychoanalysis,* 鄭泰安譯《精神分析入門》中提及佛洛伊德「原我」的定義：「佛洛伊德用它來代表每個人的潛意識裏一股特別強大的力量。」（頁 57）另《精神分析入門》中提及佛洛伊德「自我」之定義為：「當我們在普通的閒談裏談到某一個人的『自我』時，我們所指的是他的自尊或自尊心而言；而當心理分析家論及『自我』時，他的意思是另一個全然不同的東西。『自我』是部份屬於潛意識而部分是屬於意識的。意識上它盡力讓我們變成一個有道德的人。…在潛意識上，『自我』壓抑了它認為不道德的某些性格。」（頁 58-59）

[717] 見 Sigmund Freud, *Ego and the Id* 1962; 1:14. 另可參考 Joseph Rousner (約瑟夫・洛斯奈)*All About Psychoanalysis,* 鄭泰安譯《精神分析入門》中提及佛洛伊德「超我」的定義：「大致與所謂的『良心』是相同的東西。在心理生活裏，它代表我們一生中所有的『可以』與『不可以』的聯合力量。這些力量使我們透過雙親、教師、宗教影響和其他道德威權形式的接觸而形成我們心理上的一部分。」（頁 61）

[718] 見《紅樓夢研究稀見資料彙編》(下)，頁 1397。

殉節之義，于襲人赦老口中見之，又于吃口脂時知之，非唐突也。」然而實不宜以殉節書之，因易與妻爲夫殉混淆，也不可說是爲賈母殉節，只可說是完美的顧全個人名節與展現殉主之忠義，另或可能就是「爲了逃避邪惡」，因爲在亞里斯多德（Aristotle, 384-322 B. C.）的《倫理學》中曾經提及：「爲了逃避貧困、愛情和痛苦而去死，並不是勇敢，而更多是怯懦。因在困難中逃避更容易些。這些人之所以忍受死亡，並不是要堅持善良，而是逃避邪惡。」[719]或者我們亦可說：鴛鴦是爲了逃避未來不可知的世界所可能對其身心造成的磨難。因此，與鮑二家的一般，這或許便是一種「因恐懼而逃避」的行爲。不過鮑二家的心態，便很可能「並不是要堅持善良，而是爲了逃避磨難」，但鴛鴦卻可能「爲了逃避邪惡」而自殺。仔細審視鴛鴦的一生，冰清玉潔，實如昆崗之璇璧，在《紅樓夢》眾女婢中，懷穎獨秀。

　　此外，作者更於鴛鴦遇可卿魂時，將劇情帶入縹緲空幻之美。鴛鴦在神志斷傷下一面想著一面走回老太太之套間屋內，接著《紅樓夢》作者紆曲地安排警幻宮中之鍾情首坐，警幻之妹可卿，引領鴛鴦歸入癡情司。先是鴛鴦遇可卿魂，接著是一段靈異對話：「剛跨進門，只見燈光慘淡，隱隱有個女人拿著汗巾子好似要上吊的樣子。鴛鴦也不驚怕，心裏想道：『這一個是誰？和我的心事一樣，倒比我走在頭裏了。』便問道：『你是誰？咱們兩個人是一樣的心，要死一塊兒死。』那個人也不答言。鴛鴦走到跟前一看，並不是這屋子的丫頭，仔細一看，覺得冷氣侵人時就不見了。鴛鴦呆了一呆，退出在炕沿上坐下，細細一想道：『哦，是了，這是東府裏的小蓉大奶奶啊！他早死了的了，怎麼到這裏來？必是來叫我來了。他怎麼又上吊呢？』想了一想道：『是了，必是教給我死的法兒。』鴛鴦這麼一想，邪侵入骨，便站起來，一面哭，一面開了妝匣，取出那年絞的一綹頭髮，揣在懷裏，就在身上解下一條汗巾，按著秦氏方才比的地方拴上。自己又哭了一回，聽見外頭人

---

[719] 見亞里士多德原著　苗力田譯註《倫理學·尼各馬科倫理學》，第 3 卷，[7]，頁86。

客散去，恐有人進來，急忙關上屋門，然後端了一個腳凳自己站上，把汗巾拴上扣兒套在咽喉，便把腳凳蹬開。可憐咽喉氣絕，香魂出竅，正無投奔，只見秦氏隱隱在前，鴛鴦的魂魄疾忙趕上說道：『蓉大奶奶，你等等我。』那個人道：『我並不是什麼蓉大奶奶，乃警幻之妹可卿是也。』鴛鴦道：『你明明是蓉大奶奶，怎麼說不是呢？』那人道：『這也有個緣故，待我告訴你，你自然明白了。我在警幻宮中原是個鍾情的首坐，管的是風情月債，降臨塵世，自當為第一情人，引這些痴情怨女早早歸入情司，所以該當懸梁自盡的。因我看破凡情，超出情海，歸入情天，所以太虛幻境痴情一司竟自無人掌管。今警幻仙子已經將你補入，替我掌管此司，所以命我來引你前去的。』鴛鴦的魂道：『我是個最無情的，怎麼算我是個有情的人呢？』那人道：『你還不知道呢。世人都把那淫欲之事當作[情]字，所以作出傷風敗化的事來，還自謂風月多情，無關緊要。不知[情]之一字，喜怒哀樂未發之時便是個性，喜怒哀樂已發便是情了。至於你我這個情，正是未發之情，就 如那花的含苞一樣，欲待發泄出來，這情就不為真情了。』鴛鴦的魂聽了點頭會意，便跟了秦氏可卿而去。」[720]鴛鴦之死，從鴛鴦乍見秦可卿無言而行、上吊、引起「同病相憐」之仿作，至隨行於秦可卿之後止，雖見作者雕削之痕，但宛然曲寫鴛鴦之心緒毫末，最是佳筆。「幻影」之詮釋有多種視角：

1. 從文學技巧言之：作者雜揉了鴛鴦落入紅塵、「離奇見鬼」之傳說及處於生死幽幽的神話敘事之中，並揭露了自殺者在自殺當下之迷思，也印證了民間所謂「鬼迷心竅」之諺語。接著在一場二魂之靈異對話中，除了秦氏可卿及警幻仙姑之妹可卿二重形象混淆了鴛鴦之視聽外，更鋪陳著世人情性之別，最終二魂前後相隨而行，歸至第 5 回賈寶玉初遊太虛幻境之夢中，專掌人間命運之迷宮--癡情司。

2. 從哲學層面觀之：「離奇見鬼」與「神話敘事」是作者對鬼魂世界「有」、「無」之蠡測與試探。信者恆信之，不過形而上之的質疑，仍可營造出小

---

[720] 見曹雪芹 高鶚原著　馮其庸等校注《紅樓夢校注》，第 111 回，頁 1674-1675。

說世界超現實之浪漫情味。

3. 從精神醫學論之：嚴格說來，鴛鴦之死，從其尋常行為穩重、行事中庸，可判斷出並非「衝動型性格者」，然而就此單一自殺事件論之，與金釧兒及鮑二家的一般，均未能安然渡過情緒困頓期，故行為仍顯衝動了些。至於「鴛鴦遇可卿魂」之事，乃是一種「視幻覺」：「幻覺的內容可能看見小動物，死去的親人或鬼魂。」[721]因此，從醫學上較合理之解釋是：鴛鴦或許正是在此哀痛(grief)逾恆時，又在燈光慘淡氛圍的烘托下，陷入隱約見到一個女人拿著汗巾子好似要引誘她上吊之幻覺。最終鴛鴦可能因心情憂鬱、對賈母往生的不捨及對自己未來頓失依靠深感恐懼、無助、焦慮、甚至有自殺念頭等[722]，在重度憂鬱下產生了視幻覺。此種徵狀在《DSM-IV精神疾病的診斷與統計》中屬於「短暫反應性之精神病」(brief reactive psychosis)，而李明濱主編《實用精神醫學》中定義為：「雖然幻覺一般被認為是精神障礙的相關特徵，但是健康的人偶爾也會經驗到，特別在入睡前(入眠前的幻覺 hypnagogic hallucination)，或是正要醒來時(將醒時的幻覺 hypnopompic hallucination)。這些正常的幻覺，通常是短暫的，且通常性質簡單，像是聽到鈴聲或是叫名子。」[723]更深入地說是一種「對精神緊張事件的反應」[724]。今日精神醫學研究指出「一般印象是年輕的人較多，低社經，有人格障礙，及剛經歷過災難或遷徙者較易發生。」[725]同時在憂

---

[721] 見第 5 章 「精神科症狀學」，頁 55。

[722] 可參考李明濱主編《實用精神醫學》，第 15 章 「精神官能症及壓力相關之精神疾患」：「通常患者會盡量避免足以引發創傷記憶的蛛絲馬跡，自律神經過於激敏，會有過度警覺現象、失眠、焦慮、和憂鬱症狀很常見，酒精與藥物濫用，甚至自殺亦不罕見。」(頁 164)

[723] 可參考 Michael Gelder/Richard Mayou/John Geddes 原著，吳光顯等總校閱 陳俊欽等編譯《精神醫學》Psychiatry，第 1 章 「徵候與症狀」中亦提及反應性精神症狀乃屬於暫時性且為正常之例子 (頁 9-10)

[724] 見姜佐寧主編《現代精神醫學》，第 9 章「精神障礙的分類與診斷標準」，頁 218。

[725] 見李明濱主編《實用精神醫學》，第 13 章 「妄想症及其他精神病」，頁 141。

鬱症患者中，亦約有 5-15%會呈現妄想或幻覺等精神症狀[726]。因此，二知道人〈紅樓夢說夢〉云：「赦雖不殺鴛鴦，鴛鴦由赦而死，冥冥中負其母婢」[727]此種說法只可作為造成鴛鴦選擇自殺的因素之一而已，不可作為鴛鴦死因之唯一原因。因醫學重視科學實證，不解玄虛，故如此看待「鴛鴦遇可卿魂」一事，應是合情合理，至於有關鴛鴦死後二魂相隨而行之鋪陳，則筆者以為必須落於前面所闡述之神話場域中理解之。

鴛鴦死義後，嘆賞奇至：邢夫人稱之「有志氣」，賈政亦命賈璉出去吩咐僕人買棺材盛斂，隔日與賈母一起送殯出去，並為鴛鴦上了三柱香，不以丫頭論之。鴛鴦之嫂則僅在意賞銀百兩，看著鴛鴦入殮時之假意哭泣，更述盡姻親關係之淡薄。漢·劉向編撰《烈女傳》中無論母儀、賢明、仁智、貞順、節義、辯通及孽嬖等，多半以后妃及臣妾之德操為重點敘事，而鴛鴦乃屬「節義」之流，且類於劉向編撰《烈女傳》中〈周主忠妾〉所述周大夫妻之媵婢捨生忠主之節義，不過二人卻有著不同的忠主事蹟，前者為賈母及自己縊死忠節，後者因周妻被周主笞殺而欲自殺[728]，但卻僥倖逃過一劫。此外，鴛鴦更似寧府的瑞珠，具有願為秦可卿之死而觸柱之節義，二人立下了賈家侍女中「雙姝殉主」之典範。在賈家人或說是當代人之價值觀中，「護主自殺」及「潔身自愛」被頌讚為有志氣及好行為，但在今日社會則將被評成愚

---

[726] 見 Sadock BJ, Sadock VA: Major Depression and Bipolar Disorder. In *Synopsis of Psychiatry*, 9th edition 2003; p.534-571.另見楊添圍〈憂鬱症與精神症狀〉，刊於《台北市立療養院九十一年年報　專題：憂鬱症 Special Section: Depressive Disorder》，頁56。

[727] 見一票編《古典文學研究資料彙編·紅樓夢卷》，頁 96-97。

[728] 劉向編撰，顧凱之圖畫《烈女傳》，卷 5 中提及：「周主忠妾者，周大夫妻之媵妾也。大夫號主父，自衛仕於周，二年且歸。其妻淫於鄰人，恐主父見。其淫者憂之，妻曰：『無憂也，吾為毒酒封以待之矣。』…使媵婢取酒而進之。媵婢心知其毒酒也，計念進之則殺主父，不義，言之又殺主母，不忠。猶與，因陽僵覆酒，主大怒而笞之。…殺主以自生又有辱主之名。…媵婢辭曰：『主辱而死而妾獨生是無禮也…。』欲自殺…。」(見《叢書集成新編》，101 冊 史地類，頁 690-691) 案：文中之「猶與」應為「猶豫」之誤。

忠愚義，但未必是愚節。

古代侍女欲親手締造甜蜜之婚緣，往往可遇不可求，不是腥風血雨，便是劫難叢生。鴛鴦之性格剛柔並濟，爽直剛毅與善解人意，但並未能爲其人生佈滿福田，反落入上吊自殺之險境。鴛鴦的一生有著與他人溫煦互動之人際，對女性威權長者之敬尊與不違。「殉主登太虛」，其實是反抗男性威權之強娶的最消極方式，然其死卻保全了「含苞待放之眞情」，是潔身自愛之眞情，是作者所強調的一種「喜怒哀樂未發之性」。鴛鴦之生命情態，盡在忠義與玉潔之形象上。

四、結語

人類雖爲寰宇中之過客，但必須承載宇宙間人際情感關係之負擔，當從宇宙視點觀望自我時，期間心念之糾葛，最難自處，且在遇險境或特殊狀況時多以打鬥、哭泣或自殘等方式，發洩及解脫。在兩性共治之榮寧二府中，每一個悲劇之後，都有一個令人驚駭之故事。人類之成敗生死，非取決於身家環境，而是個人之性格使然，因此，人類因所處之情境不同，亦淬煉出不同之性格。

一個被甲戌夾批稱「金釧寶釵互相映射，妙」[729]之金釧兒，有著與寶釵一樣令賈寶玉心動之形色，出場雖不多，但卻是個悲喜交加之人。金釧金簪落井之對，伏筆金釧兒投井之悲劇。金釧兒一生之生命情態從挑情寶玉、哭訴求饒至自殺止，表現出一個從天眞孩童至主動奉獻胭脂紅唇之輕佻，則又記載著一個侍女之年輕情懷。金釧兒之輕佻風騷有類於寶釵之美臂，曾讓賈寶玉動心，但卻在幾句無心話語中吃下一個巴掌之恥及承受被撵出榮府之冤屈，在怨力難散、眼界狹隘之極度沮喪與悲悽中，選擇了自殘殉身，但卻創造了動人的「胭脂惹禍」故事。金釧兒之命促運枯，終成了賈寶玉「意淫」

---

[729] 「甲戌夾批」，見陳慶浩編著《新編石頭記脂硯齋評語輯校》，頁 158。

下唯一之受害者，亦可說成了傳統威權者漠視奴僕權益之犧牲者。鮑二家的，一個榮府男僕之妻，附庸於古代父系貴族架構之勞動階級者，成了高官貴族予取予求之「性慾發洩物」，不但在情色上須犧牲，在肉體上又受到鳳姐及平兒辱打之苦楚，最終以永無可悔之手段上吊身亡，是個「甘受貴族姦淫」之古代侍女普相，其生命情態之可悲有如此者。至於鴛鴦性格之剛柔相濟、善解人意、可靠仁厚及在「情感上之愛潔」顯得突出。婚姻具有情感因素，具嚴肅之承諾意義，亦是脫離單身後之另一種生活方式。在天意巧合下，鴛鴦被賈赦相中，雖能仗著賈母脫難，卻在賈母往生後為賈母死忠死義，又因怕被玷污而選擇逃避苦難，或說是必須實踐昔日所發的毒誓而上吊。死亡前夕，鴛鴦或可能因遭遇似喪親之痛的重大變故，在哀痛逾恆時，因重度憂鬱而造成幻視，一種屬於「焦慮型疾病」的適應障礙症，最終心定神閒地成了一個縊死忠節之幽魂，並在小說之神話驅動下被引領至太虛幻境之癡情司報到。「鴛鴦」水鳥所反諷之鴛鴦無婚的生命，深刻動人，一個比「家生女兒」更貼心之侍女，是另一個類於「完美性格」[730]之妙玉重像——一個行事謹嚴、規律、凡事要求完美且對於男女情感問題有潔癖之忠義女子。

　　古代達官貴人之淫亂不羈、為所欲為與侍女的卑微低賤、任人擺佈的刻板印象在《紅樓夢》中清晰地紀錄著。金釧兒與鮑二家的在受到屈辱、踐踏後，雙雙選擇自殺；鴛鴦亦為賈母縊死忠節，但就單一事件而言，其實三人此時之行為確實衝動了些，只是金釧兒與鮑二家的因書中資料太少，故無法探知其是否具衝動型性格，而鴛鴦因平日行事穩重，故可確定並不具有衝動型性格，但卻是個必須回歸誓言之實踐者。此三人或因負氣、受羞辱、顧全

---

[730]可參看筆者及石富元醫師(我的醫學顧問)〈隱匿在強迫型性格異常下的妙玉〉一文。其中提及「強迫型性格」(又稱完美性格)，指具有行事嚴謹、中規中矩、要求完美及愛潔等，刊於《國家圖書館館刊》，1999 年 12 月 31 日，第 2 期，頁 205-225。(在 *Diagnostic and Statistical Manual Disorders*, 2000,14th ed *DSM-IV-TR* 有詳細定義)案：鴛鴦與妙玉均具完美性格，但鴛鴦有不錯的人際關係，而妙玉卻是個「過潔世同嫌」之人。

名節、思行極端、失落感、死忠死義、缺乏樂觀心態，及可能因過度憂傷沮喪，引發了憂鬱現象而自殺。尤其是鴛鴦所產生之幻覺，也可懷疑是「重鬱症者」過度悲哀後之「視幻影象」。另佛洛伊德理論中所提及人有「死亡之本能」(instinct of death)的可能性[731]，應是所有自殺悲劇事件中均須列入慎重考量之心理因素之一，因對於自殺者自以為無法承擔之苦，死亡或許正是一種追求涅盤的方式。古代婦女所處之時代多半必須壓抑、調整自我性格，故成了傳統社會中他人成見的布偶及自我要求的負荷，因此學習讓自我與自我妥協，似乎較人際關係中有時為顧全大局必須犧牲小我之權宜時，更為艱難。

在筆者此篇論文之研究中，有關三位自殺女性角色之性格、情感與醫病間之關係，可解釋為：金釧兒雖有活潑的一面，亦有輕佻的舉止，而鮑二家的性格則不可知，至於鴛鴦則具有較明顯之溫婉仁厚、爽快剛烈之性格書寫。因此，從性格上論斷，金釧兒與鴛鴦二人，不僅是性格影響其對異性情感表達的思考模式與行為舉動，更直接影響到個體之存亡問題，其中鴛鴦之情感上更有潔癖與執著之特質。然而就鮑二家的部分論之，則無法進一步論斷其性格與情感間之關係，只是自殺仍是事實，或許「不合倫常的舉止」，正是作者選擇以悲劇筆伐的依據。金釧兒、鮑二家的及鴛鴦之自戕，以宗教的「末法時期」為譬，並無法發揮拯救「活體自我」之功能，終至橫躺在小說虛擬世界之生死簿中。

附記：

*2002 年國科會贊助計劃之四
*2005 年通過審查/刊登於《龍華科技大學學報》/頁 135-156

---

[731] 案：在佛洛伊德的理論中，有「生之本能」及「死亡之本能」。可參考 *Suicide science: expanding the boundaries*/[edited] by Thomas Joiner, M. David Rudd. 2000;17-175.

玖·張金哥的「繩河之盟」
與司棋的「同心如意」

Ji-ge Zhang's "pledge of them" and Si-Qi's "concentric pleasant"

*醫學顧問：鄭泰安教授、魏福全醫師及石富元醫師

　　千古愛情圖騰，烙印於古往今來芸芸眾生之心識中，被高度崇拜，而陷溺、受享、淌血、歡愉、拼死等各種情緒與行為，或為過程，或為手段，均是為了履行此種抽象的標幟(logo)。《紅樓夢》中張金哥和守備之子、司棋與潘又安等癡情男女，亦在古代傳統社會的姻緣路途顛簸著。本文將以「多人合論」，從文學跨入精神醫學，探討四人之情感問題及悲劇鑄成之因。

　　漢樂府《孔雀東南飛》述及漢末建安盧江府小吏焦仲卿妻劉蘭芝，被仲卿母所棄，自誓不嫁，最後為兄所逼而沒水死；仲卿聞之亦自縊于庭樹。此乃中國古典文學中夫妻雙雙殉情，最膾炙人口之古典敘事長篇[732]。另中國民間傳奇故事之一《梁山伯與祝英台》，從六朝時上虞某富豪之獨生女祝英台女扮男裝往杭城求學述起，與梁山伯同窗三載後許婚山伯，卻因祝父已將其許嫁馬太守之子馬文才，致已帶病在身之山伯歸家後悲痛病故。最終英台在馬家迎娶日，適巧風雷大作，因墓裂而奔入山伯墳內，瞬間與山伯化蝶雙飛[733]，而寫下膾炙人口的「南山之會」。中國有如此名篇，西方世界亦不遑多

---

[732] 見徐陵《玉臺新詠》卷 1，頁 7-9。
[733] 張恨水〈關於梁祝文字的來源〉中提及「唐朝梁載言所撰《十道四蕃志》，為宋張津所作的《四明圖經》所引。他說：義婦塚，即梁山伯祝英台同葬之地也。在縣　西十裏'接待院'之後，有廟存焉。舊記謂二人少嘗同學，比及三年，而梁山伯初不知英台為女也。其樸質如此。按《十道四蕃志》雲'義婦祝英台與梁山伯同塚'。即其事

也"。」又云：「降及晚唐，有張讀撰的《宣室志》，對梁祝故事，略為渲染，我們算是對梁祝故事，知道了一個輪廓。那志上說：英台，上虞祝氏女，偽為男裝遊學，與會稽梁山伯者同肄業。山伯，字處仁。祝先歸。二年，山伯訪之，方知其為女子，悵然如有所失。告其父母求聘，而祝已字馬氏子矣。山伯後為鄞令，病死，葬鄮邑城西。祝適馬氏，舟過墓所，風濤不能進。問知山伯墓，祝登號慟，地忽自裂陷，祝氏遂並埋焉。晉丞相謝安奏表其墓曰'義婦塚'。...這是清代翟灝編的《通俗編》時有《梁山伯訪友條》，引了張氏這段文章。」（見「梁祝 - 大埔文苑 - 大埔網 - 大埔縣- www.514200」網站：http//:ww.514200.cn/viewthread_25645.html - 17ĸ - 2007/05/30 - 另〈梁山伯與祝英臺〉——中國民間故事網——提及晚唐‧張讀《宣室志》中有：「英台、上虞祝氏女，偽為男裝遊學，與會稽梁山伯者，同肄業。山伯，字處仁。祝先歸。二年，山伯訪之，方知其為女子，悵然如有所失。告其父母為聘，而祝已字馬氏子矣！山伯後為鄞令，病死，葬鄮城西。祝適馬氏，舟過墓所，風濤不能進。問知有山伯墓，祝登號慟，地忽自裂陷，祝氏遂並埋焉。晉丞相謝安奏表其墓曰：『義婦塚』」。又明朝有徐樹丕《識小錄》、馮夢龍《情天寶鑒》、李茂誠《義忠王廟記》、明萬曆三十四年（1606 年）刻本《新修上虞縣志》等，均述及梁祝故事；清朝光緒 17 年（1891 年）又有刻本《上虞縣志》、梁章巨《浪叢談 續談 三談》及邵金彪《祝英台小傳》等，亦有述及梁祝故事。至五十年代華東軍政委員會、文化部派員專程赴上虞考察，我國第一部彩色故事片《梁山伯與祝英台》在上虞外景拍攝。當時中央人民政府文化部、藝術事業管理局局長是田漢。」（以上由筆者重新整理之）可參考網站為：http//:www.catsun.social.ntu.edu.tw/2006love/mountain.pdf - 400k -。此外〈梁山伯與祝英臺〉中又云：「細數梁州之戲緣梧桐新語梁山伯與祝英臺的故事在民間流傳已久，事見《梁山伯寶卷》、《華山畿》樂府及《訪友記》、《同窗記》傳奇，又名《雙蝴蝶》，諸多的戲曲劇種都搬演過這一經典的愛情名劇，其中以越劇的《梁祝》和川劇的《柳蔭記》最為知名，京劇也有不同的版本在不同的時期推出：如建國初期沈陽京劇院秦友梅等主演的《梁山伯與祝英台》、京劇大師程硯秋整理的《英台抗婚》、葉少蘭和杜近芳據川劇移植的《柳蔭記》以及近年來遲小秋和朱強創排的新版《梁祝》等。」見網站：http//:www.catsun.social.ntu.edu.tw/2006love/mountain.pdf - 400k 又有曾永義〈化玉蝶雙飛向九宵 我編寫首部崑劇《梁山伯與祝英台》及其他(上)〉，刊於《中央日報》，亦提及張讀《宣室志》之梁祝故事，見網站：http//:www.cdn.com.tw/daily/2004/12/08/text/931208e1.htm - 15k -。案：經筆者進一步查證總此以上之大陸與台灣學者所說張讀《宣室志》之梁祝故事，其實是闕如的，因《叢書集成新編》冊 82:39 中之張讀《宣室志》(10 卷，頁 2-211)，但並無此文，因此翟灝《通俗編》最初之研究有可能是張冠李戴，或亦有可能是偽託(見《叢書集成新編》冊 39:16，卷 37，頁 383)，故宋‧張津所作的《乾道四明圖經》中所提已

讓。名著《羅密歐與茱麗葉》(Romeo and Juliet, 1596)在莎士比亞(William Shakespeare, 1564-1616)之雋筆中，亦成爲英國十六世紀之煌熠名劇。中西情愛詩篇因各種因素而形塑著「因果決定論」，因此痴女怨男之悲劇代代傳衍，亦淋漓揮灑出令人間共泣之情緣。《紅樓夢》中張金哥與守備之子、司棋與潘又安等之間的愛恨情仇縱橫糾葛，有著令人唏噓與慨歎之悲情，不過卻也高潮跌宕。人性經不起考驗之脆弱本質，雖是悲劇降落的元素之一，然而是否還有其他因素促成？值得一探。

　　華人世界之殉情記，不僅數千年來不斷再現於人類生活中，亦流連於各式文學作品裏，張金哥與司棋二雙感情事件僅是抽樣。本文將就家庭背景、生活環境及四人之人際互動等各方面探討之。全文凡分四段論證之：一、張金哥的繩河之盟，二、司棋的同心如意，三、文化制約與仿同作用，四、結語。

一、張金哥的繩河之盟

　　《紅樓夢》之三大主題：「夢」、「幻」及「夢幻情緣」中，情愛及婚姻議題總牽動人性微隱之善惡面、現實勢利及理想之企求。中國古代重視差第門閥之制，因此膏粱華腴與繩床瓦灶正反映出士庶生態之別。在「士庶之際，實自天隔」[734]之社會文化規範中，或有因此種「門戶觀念」釀悲劇者，或有因其他因素而勞燕分飛者，但在《紅樓夢》中，張金哥與司棋的婚姻悲劇又爲何？筆者將一探究竟。

(一)悲劇因素

亡軼的梁載言所撰《十道四蕃志》，若真有此書，則此可能是梁祝故事之最早版本，否則仍可能是宋·張津所僞託。
[734]見《宋書》列傳2，卷42〈王弘傳〉，頁9。

　　《紅樓夢》中因情愛或淫行而致病殞命者，有之，如秦鐘、黛玉、尤二姐、賈瑞、張金哥和守備之子、司棋和潘又安，及尤三姐等，其中或血淚交加，或思苦淫佚，而整部《紅樓夢》中第一場殉情記，則首見於第 15 回。從善才庵老尼口中鋪述一段庵中奇遇記，故事源起於李衙內看中張金哥之違緣，於是牽動出一段殉情記事。書中如此書寫著：「那時有個施主姓張，是大財主。他有個女兒小名金哥，那年都往我廟裏來進香，不想遇見了長安府府太爺的小舅子李衙內。那李衙內一心看上，要娶金哥，打發人來求親，不想金哥已受了原任長安守備的公子的聘定。張家若退親，又怕守備不依，因此說已有了人家。誰知李公子執意不依，定要娶他女兒，張家正無計策，兩處為難。不想守備家聽了此信，也不管青紅皂白，便來作踐辱罵，說一個女兒許幾家，偏不許退定禮，就打官司告狀起來。」[735]一椿悲劇姻緣所具之悲劇特質，可能不一而足，而張金哥與守備之子的悲劇，從情感對象第三者李衙內之執意介入，為悲劇肇因之一，而其對張金哥之一見鍾情後，表現出之強勢迎娶，卻是此椿媒妁姻緣之扼殺主力。李衙內之角色正象徵傳統中國社會中，高官貴族對貧民百姓之巧取豪奪，而長安守備未釐清事情原委，便先來辱罵張家，又逕行告官，因此，引爆衝突後，雙方便交下大惡。長安守備之氣盛凌人與不諳事理，已壞事於先，張家無妥協空間及反賭氣於「退定禮」之上，則破局在後，因此二家態勢冰火不容，一時難解。從此椿悲劇姻緣之過程延展中，可見雙方彼此的不信任，關係變得緊張與僵硬，甚至因為資訊不正確所產生之誤會、情緒上的意氣用事，乃至進京求援所加入的外力阻擾等，均有不利之前因，想當然爾，其後果亦堪虞。而所謂「外力的阻擾」，是指由老尼出面商請鳳姐藉力使力，令長安節度使雲老爺以長官之身分，發信迫使守備妥協，然鳳姐雖行事爽利獨斷，卻趁便索賄。突如其來之事，往往考驗人類之應變機制或調節功能。一個在《紅樓夢》書中，不曾開口說話

---

[735] 見曹雪芹、高鶚原著　馮其庸等校注《紅樓夢校注》，第 15 回，頁 230。

之年輕女子張金哥，在得知父母因貪富嫌貧而「退了前夫，另許李門」之後，「便一條麻繩悄悄的自縊了。」[736]就張金哥束手無策之自殺行爲論之，表現雖激烈，卻不積極，但亦成功地扮演著中國傳統文化社群中，對女子之貞節高度期待的角色，且是個爲婚約全然犧牲之維護者，似另一個不嫌棄夫家貧困之劉翠翠[737]。從明清社會極爲重視表彰寡婦之貞節牌坊觀之，更可互見小說世界中對婦女心理與行爲之摩寫尺度。我們雖看不到張金哥之內心是否激情盪漾？或哀怨苦楚？然而激烈的自殘行爲背後，其實應該潛藏著更多人格特質的面相，只可惜作者一筆帶過，於是張金哥僅留予讀者驚鴻一瞥之印象——是一種行爲上的驚悚，而非在形貌之麗妍。至於其未婚夫守備之子效尤張金哥自殺之舉，更是古今中外之少數，而書上卻僅以短語敘述：「聞得金哥自縊，他也是個極多情的，遂也投河而死，不負妻義。」[738]一縊死，一投河：金哥守身守節，守備之子則委身魚腹，均頗堪傷。瞬間斷送二條人命，對雙方家族而言，婚姻論財，實爲夷虜之道，故悲劇之遽釀，除「人財兩空」外，更只能爲二人樹立誅碑，以寫實追虛了。

(二)悲劇性格

在張金哥及守備之子難以面對命運之悲劇性格中，其實均潛藏著致命的性格或行爲因素。長安守備之子棄野馬功名，爲情投河，則較爲少見。在中國古籍中，夫妻在淒苦境遇下，一心一意爲彼此效忠效死者，有南朝·徐陵《玉臺新詠》原題樂府古詩焦仲卿妻作之《孔雀東南飛》，此詩與張金哥事

---

[736]同前註，第 16 回，頁 237。

[737]可參考凌濛初《初刻拍案驚奇》中「翠翠傳」，一個不嫌夫婿劉金定貧困的劉翠翠，聘定後因劉士誠起兵戰亂而離散，劉金定千里尋妻，相見卻不能相認，最終二人相繼過世。此故事亦見於黃敏譯註 章培恆審閱《明代文言短篇小說》，頁 42-69。

[738]見曹雪芹、高鶚原著 馮其庸等校注《紅樓夢校注》，第 16 回，頁 237。

件一般，悲劇均導因於父兄之威逼。另晉・干寶《搜神記・相思樹》(卷11)
中亦有妻爲夫殉之故事，時間座落於戰國末年時，宋君剔成之弟宋康王，因
貪淫垂涎其門下客韓憑之愛妻何氏，而伺機奪取，並定韓憑「城旦」之罪，
但在韓憑閱讀其妻所寄欲殉情之信後，便自殺身亡。之後宋君之臣蘇賀雖解
悟何氏信中之殉情意涵，卻仍阻止不了何氏之縱身墜樓。當時何氏「乃陰腐
其衣。王與之登臺，妻遂自投臺下，左右攬之，衣不中手而死。遺書於帶曰：
『王利其生，妾利其死。願以屍骨，賜憑合葬。』」[739]夫妻至死不逾之情愛，
在文學作品中一再被謳歌。悲劇之撼動人心者，或因人類對惡劣環境之勒逼
卻步，或因人性荏弱，或拘於禮法，或爲堅守摯情等，終究均因無法承擔厄
運而選擇忠貞殞命？尤其張金哥與守備之子僅有聘約，並未正式備禮成婚，
但雙方卻先後互許生死，究其因，非因雙方沉浸於情愛，而是爲了誓守聘約。
古代媒妁姻緣中，家族中權威長者之命令，往往成爲子女擇偶之篩選公器，
而《紅樓夢》作者於張金哥事件中，將「愛勢貪財」連扣著世俗父母難以擺
脫之功利思想，其出發點雖或未必皆非不善，然傳統社會價值觀中忽略子女
擇偶意願，輒又速成悲劇之醞釀。精神醫學中對於自殺研究報告中提及的危
險因子(risk factors) 包括：「(1)單身、喪妻或離婚之25歲以上男性，45歲以
上之單身女性，或任何年齡層的寡婦；(2)有精神疾病史，特別是憂鬱症及酒
癮患者；(3)有企圖自殺史，且方法欲激烈，死之決心愈高者，愈可再度嘗試；
(4)有家族精神病史；(5)無職業等等。」[740]另《現代精神醫學》中亦提及發
生自殺行爲的危險因素有八：「(1)長年患抑鬱症(2)過去曾經企圖自殺(3)遭遇
喪失親人的挫折(4)患嚴重心身疾患(5)遭遇重大的失敗(6)老年孤單、殘廢(7)
患慢性酒精癮或藥癮(8)受他人嚴重的氣而無法向外發洩。」[741]由於《紅樓夢》

---

[739]見干寶著、黃滌明譯注《搜神記》，頁399-402。

[740]可參考 Hawton K: Assessment of suicide risk, Br J Psychiatry 1987;150:145-153.中譯
文見於林憲《自殺個案研究》——臨床精神醫學病案討論第五集，頁10。

[741]見曾文星、徐靜《現代精神醫學》，頁413-414。

書中有關張金哥及守備之子的資料極少，年齡亦不可知，唯一從研究資料可印證者，乃雙方均因婚姻受挫，心靈遭困，因此，從行為上或可判定：張金哥之悄悄自縊，乃影寫其消極反抗之心態。其他有關張金哥心理反應之步驟與過程卻是闕如的，自縊行動成了唯一的代言。精神醫學以為自殺者多半具有「衝動型性格」(impulsive personality)，可參考筆者此書中尤三姐及尤二姐之內容論述，而張金哥面對挫折時，選擇自殺，卻不曾深思熟慮以求對策，可見其對挫折之忍受度低，但因此為單一事件，故雖屬衝動行為，卻亦不能斷定其是否具有衝動型性格。在蓋爾德、梅佑、科文《精神醫學的小牛津教科書》(Michael Gelder, Richard Mayou, Philip Cowen's *Shorter Oxford Textbook of Psychiatry*)中提及，WHO(世界衛生組織)對於世界自殺之「人口比例」(Ranking numbers of rates)的調查結果：在中國大陸是每十萬人口中占 16.1，俄羅斯(41.5)、斯里蘭卡(31.0)、烏克蘭(22.6)、法國(20.7)、日本(16.8)。[742]因此，自殺成為情緒發洩的出口，或說是一種衝動行為的表現，似乎可作為解剖人類性格行為的另一面鏡子。在傳統中國社會中，子女對於無法認同的婚約，除敬謹遵循外，私奔與自戕者或在少數，此可從歷史文化軌跡之記載，或我們當代風土民情之事件反應中得知；但令人扼腕者，乃當事人選擇「自殺」作為對「忠於婚約」之非常手段，實隱含著對長輩之「無言抗議」。

張金哥之反抗傳統父權意識，乃因情感逆境所致，而以自殘之激烈手段掙脫父權體系之擺佈，不過以今日教育觀點論之，「消極殞命」卻並不可取。生命之悲情，來自人類「認知觀念」之初識，而張金哥之「我執」，更強烈地主導著整齣悲劇之發生。張金哥脫去傳統女子「順從」之外衣，走向抉擇死亡之自由路，雖然可摒除父系社會之威權對婦女之評準，但卻仍擺脫不了屈服於中國傳統倫理道德之束縛。

---

[742]見 2000; 17:508. 案：台灣由於未加入該組織，故不被列入該報告調查研究。

二、司棋的同心如意

父母之命、媒妁之言，乃古代婚姻之常軌，而私奔、幽會、偷情，則被視為不合倫德。《紅樓夢》中對於王熙鳳邀約賈瑞二次幽會、秦鐘之與小尼姑智能之偷期祕會、賈璉之與鮑二媳婦及多姑娘之偷腥等事件，均有深刻素描，而司棋與表弟潘又安(案：其他有些版本為表哥[743])之幽會結局，亦屬悲淒慘澹之等流，不過其中一段同心如意之情懷，仍值探究。

(一)兩小無猜與情境所迫

迎春之女僕秦司棋[744]，在第 7 回出場時，是個掀簾捧茶之丫頭，角色平庸。第 27 回再出現時，不過是個與文官、香菱、臻兒、侍書走上亭子的小女孩；之後又一個人從山洞走出來，站著繫裙子，呈現出一副清純的模樣。第 38 回雖亦參與了藕香榭之宴會，但亦僅是個可以觀賞他人吃喝、吟詩之陪坐者。第 61 回，司棋顯然長大許多，書中開始描寫其因差遣一小丫頭蓮花兒至柳家廚房要燉碗嫩雞蛋，不成，反被譏為「二層主子」。蓮花兒回去後便添油加醋的多舌，以致於司棋氣不過，便大鬧廚房，可見大丫頭司棋在榮府中已漸成具吆喝權之僕人。《紅樓夢》72 回前鋪演司棋在榮府內執事風格之點滴，並以回數之增益作為轉眼之流光敘述，至 72 回、73 回、74 回、77 回及 92 回間，則有司棋較完整之情意雕鏤。

---

[743] 有關潘又安究是表兄或表弟？列藏本、影乾隆壬子年木活字本(又稱胡天獵叟本)及戚蓼生序本石頭記均是表弟，饒彬校定之《紅樓夢》則為表兄。本論文使用之版本為里仁書局《紅樓夢校注》，亦為表弟，見頁 1166。

[744] 《紅樓夢》，第 61 回中提及司棋之叔叔是秦顯。在《悟石軒石頭記集評》中提及：「司棋之叔名秦顯者，言司棋之情太顯。」(光緒十三年紅藕花盦刊本，卷上)，故司棋姓秦。另在霍國玲、霍紀平、霍力君《紅樓解夢》中提及，「司棋姓秦」(見頁314)。

《紅樓夢》書中特意闡述幾個丫頭之殊別命運：王夫人之貼身丫環金釧兒，因胭脂惹禍而投井自殺；林黛玉之貼身丫頭紫鵑，在林黛玉過世後，為報恩而轉侍出家之惜春；賈寶玉貼身之大丫頭襲人，為寶玉走失而欲忠義自逝；賈母之侍女鴛鴦，為賈母殉主登太虛；王熙鳳之丫環平兒，在鳳姐過世後，極力拯救巧姐免於地獄苦火等，均有奇節敍事；司棋偷情，而後又為潘又安而殞命。在《紅樓夢》一書中可歌可泣者，豈止於男女主角賈寶玉與林黛玉之故事而已。

有關司棋與潘又安之情意，除兩小無猜外，並曾戲言將來不娶不嫁，似《詩經·氓》中一對因抱布貿絲相識之小情人，彼此間「總角之宴，言笑晏晏，信誓旦旦」[745]之情境。長大後二人更有因緣際會：「彼此又出落的品貌風流，常時司棋回家時，二人眉來眼去，舊情不忘，只不能入手。又彼此生怕父母不從，二人便設法彼此裏外買囑園內老婆子們留門看道，今日趁亂方初次入港。雖未成雙，卻也海誓山盟，私傳表記，已有無限風情了。」[746]不合禮制之幽期祕會，乃傳統中國社會之禁忌，當此事被鴛鴦發現而敗露後，悲劇始起。此時穿著紅裙子、梳鬅頭、高大豐壯、身軀亭亭玉立之司棋，先後有五次情緒化之求情，為《紅樓夢》丫環中形象最卑屈者。司棋第一次求情，訴諸人情，對象是鴛鴦，作者從其心靈變化述說起：「誰知他賊人膽虛，只當鴛鴦已看見他的首尾了，生恐叫喊起來使眾人知覺更不好，且素日鴛鴦又和自己親厚不比別人，便從樹後跑出來，一把拉住鴛鴦，便雙膝跪下，只說：『好姐姐，千萬別嚷！』鴛鴦反不知因何，忙拉他起來，笑問道：『這是怎麼說？』司棋滿臉紅脹，又流下淚來。鴛鴦再一回想，那一個人影恍惚像個小廝，心下便猜疑了八九，自己反羞的面紅耳赤，又怕起來。因定了一會，忙悄問：『那個是誰？』司棋復跪下道：『是我姑舅兄弟。』鴛鴦啐了一口，道：『要死，要死。』司棋又回頭悄道：『你不用藏著，姐姐已看見了，快出

---

[745] 見屈萬里《詩經詮釋》，頁 107。
[746] 見曹雪芹、高鶚原著 馮其庸等校注《紅樓夢校注》，第 72 回，頁 1121。

來磕頭。』那小廝聽了，只得也從樹後爬出來，磕頭如搗蒜。鴛鴦忙要回身，司棋拉住苦求，哭道：『我們的性命，都在姐姐身上，只求姐姐超生要緊！』鴛鴦道：『你放心，我橫豎不告訴一個人就是了。』」[747]幽會本不應在榮府賈家，司棋雖曾去過潘又安家，或因怕被父母識破戀情而須另覓新地點，或迫於相思之苦而取地利之便，但違反府規之閃躲心虛及善後付出之代價卻是不菲的。從央告、流淚、下跪、苦求，甚至連潘又安亦磕頭不迭之人情攻勢中，既見驚恐、苦肉計、私交攀情、又有道德訴求等，終於得以解厄。然而幽會之嚴重性，是否真如司棋所言，危及身家性命？依 77 回周瑞家之說法，是會被痛打一頓撞了出去，因此顏面盡失及失去職場工作，故對司棋而言，確實是深具威脅的。鴛鴦雖能以識檢亂，但並未作威作福，絕人之路，且又信誓旦旦、守口如瓶，對司棋而言，總是功德一件。是否真能超生，則不可得知。二人之行事風格均極低調且富彈性，不過戲劇化之轉折，卻出現於潘又安穿花渡柳地從角門逃走、不告而別之後。司棋曾因此氣得倒仰，以為潘又安是個沒情意的，「因此又添了一層氣。次日便覺心內不快，百般支持不住，一頭睡倒，懨懨的成了大病。」[748]潘又安之舉，似寶玉調情金釧兒時，因王夫人盛怒之際，臨陣脫逃而釀成悲劇。《紅樓夢》作者試圖以司棋顛覆舊傳統禮教，及借其貞操觀以述說古代女子企求自由婚姻之心歷路程，作為有別於張金哥與守備之子的媒妁之言，甚至有別於賈寶玉娶薛寶釵及賈迎春嫁予孫紹祖的謹遵父母之命，然而，此卻是一種先甘後苦的反傳統情愛。司棋能秉受鴛鴦之助在先，卻難以承擔事故之波折在後，而誤會潘又安是個無情無義之人，更是悲劇之關鍵。有關司棋之病情，除無可排除的相思之苦外，在短短一日之內竟因氣成病，且已是懨懨的重病之人；此種述說其實並不合邏輯，而作者始終亦並未告訴讀者究竟是什麼病？故此篇文章，頗有闡究之價值。

---

[747]同前註，第 71 回，頁 1161。
[748]同前註，第 72 回，頁 1122。

　　司棋第二次求情，對象仍是鴛鴦。書中提及當鴛鴦知道司棋病重，而前來望候時，二人之對話格外感傷，且有情有義：「司棋一把拉住，哭道：『我的姐姐，咱們從小兒耳鬢廝磨，你不曾拿我當外人待，我也不敢待慢了你。如今我雖一著走錯，你若果然不告訴一個人，你就是我的親娘一樣。再俗語說，[千裏搭長棚，沒有不散的筵席。]再過三二年，咱們都是要離這裏的。俗語又說，[浮萍尚有相逢日，人豈全無見面時。]倘或日後咱遇見了，那時我又怎麼報你的德行。』一面說，一面哭。這一席話反把鴛鴦說的心酸，也哭起來了。因點頭道：『正是這話。我又不是管事的人，何苦我壞你的聲名，我白去獻勤。況且這事我自己也不便開口向人說。你只放心。從此養好了，可要安分守己，再不許胡行亂作了。』司棋在枕上點首不絕。」[749]司棋迅吐心語，鴛鴦果是知音，但一句「別白糟踏了小命兒」之勸慰，卻又伏筆司棋之死。此時鴛鴦之善心與司棋求情之機智，均值稱頌。司棋因怕事件被傳渲，故此次求情仍動之以情的說道：「從此後我活一日是你給我一日，我的病好之後，把你立個長生牌位，我天天焚香禮拜，保佑你一生福壽雙全。我若死了時，變驢變狗報答你。」[750]司棋籠絡了道教之立牌祭拜及佛教之六道輪迴[751]的報恩因果思想為說帖，以示誠心，之後更以浮萍相逢為譬，既有離鄉之心酸、又有散席之無奈。此外，其實司棋恐怕亦非好惹之人，因其最終更以「歹話要脅」鴛鴦，強調「前仇後報」之因果，話雖說得語重心長，但卻剛柔並濟。其積極企盼病情好轉及被放饒之心意，鴛鴦焉得不知？而鴛鴦豈僅只是個書中此處所言：一個不壞人名聲之人？更是個第 46 回及第 110 回中誓死潔身自愛，不受賈赦侵凌逼婚，最終成為殉主登上太虛之人。其後 73回為了迎春奶母偷金纍絲鳳聚賭一事，繡桔提及其曾問過司棋，而書中便有

---

[749]同前註。

[750]同前註，第 72 回，頁 1122。

[751]案：畜生道乃佛教所謂之「六道輪迴」之理論，指天道、人道、阿修羅道、畜生道、餓鬼道及地獄道。此六道均屬迷幻世界，眾生因無法脫離生死而輪迴於六道中。

司棋當時的病況描述：「司棋雖病著，心裏卻明白。我去問他，他說沒有收起來，還在書架上匣內暫放著，預備八月十五日恐怕要戴呢。」[752]當時重病之司棋，因聽不過奶母之媳王住媳婦與迎春等主僕之對話，「只得勉強過來，幫著繡桔問著那媳婦」[753]。此時司棋之意識顯然仍屬清醒，且具語言能力及行動力，因此，還不致於因此而病故，真正危及生命者，則是在之後的自殺事件上。

(二)鑄成雙雙自殺之因

鑄成司棋與表弟潘又安雙雙自殺之導火線，源於第 74 回之繡香囊事件。故事敘述一個新挑上來予賈母專作粗活、年方十四歲之清純女孩傻大姊，至花園玩耍，在山石後掏促織時，發現了一個五彩繡香囊：一面繡的是兩個人赤條條地盤踞相抱；一面則是幾個字。傻大姊因不解春意兒而輾轉交給邢夫人及王夫人，故在大觀園起了飆風大浪。王夫人接受鳳姐建議藉查賭為由暗中調查。當鳳姐與王善保家的來至迎春處搜檢司棋箱中時，卻搜到男用物品，「⋯便伸手掣出一雙男子的錦帶襪並一雙緞鞋來。又有一個小包袱，打開看時，裏面有一個同心如意並一個字帖兒。一總遞與鳳姐。鳳姐因當家理事，每每看開帖並賬目，也頗識得幾個字了。便看那帖子是大紅雙喜箋帖，上面寫道：『上月你來家後，父母已覺察你我之意。但姑娘未出閣，尚不能完你我之心願。若園內可以相見，你可托張媽給一信息。若得在園內一見，倒比來家得說話。千萬，千萬。再所賜香袋二個，今已查收外，特寄香珠一串，略表我心。千萬收好。表弟潘又安拜具。』」[754]司棋雖躲過鴛鴦那一劫，但卻逃不過搜檢大觀園後被逐之命運。二件男性鞋襪及一封大紅雙喜情書傳

---

[752]見曹雪芹、高鶚原著 馮其庸等校注《紅樓夢校注》，第 73 回，頁 1141。
[753]同前註，頁 1143。
[754]同前註，第 74 回，頁 1164。

達司棋與潘又安二人之情意；一塊同心如意則預示著未來二心相許之悲劇機緣。司棋曾至潘又安家見其父母，後又贈香袋二個予潘又安，而潘又安則回贈香珠一串，然在《紅樓夢校注》、六本脂批與夢覺主人序本《紅樓夢》、程本之敘述不同[755]：前者為：「千萬，千萬！再所賜香袋二個，今已查收。外特寄香珠一串，略表我心。」後者為：「...再所賜香珠二串，今已查收。外特寄香袋一個，略表我心。」[756]「香袋」與「香囊」為異名同義之詞，是盛香料之布囊，「用來薰衣兼避穢惡氣，手工精細者可當婦女的裝飾品」[757]或「可佩於身，垂於帳，是一種美麗的飾物。」[758]依《紅樓夢校注》、庚辰本、列藏本、蒙戚本之敘述，則香袋乃司棋贈予潘又安，故實際上司棋並未擁有繡香囊，但卻因擁有男性之物而被逐出榮府。若依乾隆四十九年夢覺主人序本、楊藏本、程甲本、程乙本及程丙本之敘述，則當詮釋為潘又安贈予司棋之繡香囊，不知何故丟失了，而被傻大姐兒撿到，此二種版本實各異其趣。雖最終知道繡香囊原為賈璉所有，而贈予潘又安，而繡香囊究竟如何掉落大觀園之後山石邊？書中無解，這確實是個懸案，不過司棋卻已被攆出榮府。在第 74 回中，關於司棋與潘又安事件實屬緩和發展，書中述及鳳姐處理事情的態度：「鳳姐見司棋低頭不語，也並無畏懼慚愧之意，倒覺可異。料此時夜深，且不必盤問，只怕他夜間自愧去尋拙志，遂喚兩個婆子監守起他來。

---

[755] 六脂批本為：《國初鈔本原本紅樓夢》、《南京圖書館藏抄本石頭記》、《靖應鵾藏抄本石頭記》、吳曉玲藏抄本《石頭記》、鄭西諦藏殘抄本《紅樓夢》及列寧格勒分院藏抄本《石頭記》，以上可參考朱淡文《紅樓夢研究》(四十五)。

[756] 見程甲本《紅樓夢》，第 74 回，頁 2018。另可參考朱淡文《紅樓夢研究》(四十五)「司棋沒有繡香囊」：「但是，在乾隆四十九年夢覺主人序本裡，上引潘又安的書信作了改動，改動最大的是有關兩人互贈信物的一段，成為『...再所賜香珠二串，今已查收。外特寄香袋一串，略表我心。』與其他六個脂本比較，兩人的信物正相顛倒。程甲乙本皆同夢覺本，楊藏本原鈔同庚辰本、列、蒙戚三本，後被人用程乙本塗改，改文同程甲本、程乙本，其塗改痕跡在影印本上仍宛然可見。」(頁 163)

[757] 見《中文大辭典》，頁 5376。

[758] 同前註，頁 5377。

帶了人拿了贓証回來，且自安歇，等待明日料理。」[759]然而鳳姐原想隔日儘速處置司棋，誰知夜裡卻下面淋血不止，次日請醫診視，遂暫擱司棋之事。

司棋第三次求情，對象是迎春。司棋將被攆出時哀求著：「好歹打聽我要受罪，替我說個情兒，就是主僕一場。」[760]在整件事中，司棋不僅肉體遭受病痛折騰、更有悔罪，甚至對潘又安不諒解，不過被興兒稱爲「二木頭」之迎春並非知己，故迎春雖亦含淚似有不捨，卻因事關風化，又耳軟心活做不得主，只得由著周瑞家的將司棋領著出去。雖然之後迎春曾透過繡橘贈她絹包，當作念心兒，但對司棋而言，卻是淡薄而無情的[761]。

司棋第四次求情是在第 77 回中，爲了與好姊妹辭別，卻被周瑞家的一干人阻擋而被直帶出後角門，甚至巧遇寶玉時，亦不令其多言地被強拉出去。司棋之重情與職場之無義，對比強烈；世態炎涼、人性澆薄，在突發事故中總能見眞章。

潘又安再次出現，是《紅樓夢》書中的一段雋文懿采，正是司棋的第五次求情，其可歌可泣處，其實並不亞於張金哥與守備之子的殉情，亦不亞於賈寶玉與林黛玉間被偷龍轉鳳之悲劇情緣。第 92 回書寫的重點，落筆於鳳姐口中此對傻丫頭與傻小子「同心如意」之殉情記。可怪者，重病之司棋被攆出後，書中僅述及其終日啼哭之事，有關其病情卻一概闕如，故此極可能是作者刻意擬塑司棋「極度哀傷」之總貌。司棋既重病如此，終日啼哭易造成重度憂傷，病情恐難好轉，因醫病在心，而潘又安之再現，令波瀾再起。當司棋母親見了潘又安，一把拉住要打，司棋第五次求情時，竟是血淚交加，與母親間有極爲尖銳之對話：「『我是爲他出來的，我也恨他沒良心。如今他來了，媽要打他，不如勒死了我。』他母親罵他：『不害臊的東西，你心裏

---

[759]見曹雪芹、高鶚原著　馮其庸等校注《紅樓夢校注》，第 74 回，頁 1165。
[760]同前註，第 77 回，頁 1212。
[761]梅苑《紅樓夢的重要女性》，二、「悲劇的塑像——林黛玉」，提及迎春此時之表現「是那麼淡薄與不關心」(頁 72)。原刊於 1966 年 6 月於《現代學苑》，第 3 期。

要怎麼樣？』司棋說道：『一個女人配一個男人。我一時失腳上了他的當，我就是他的人了，決不肯再失身給別人的。我恨他爲什麼這樣膽小，一身作事一身當，爲什麼要逃。就是他一輩子不來了，我也一輩子不嫁人的。媽要給我配人，我原拚著一死的。今兒他來了，媽問他怎麼樣。若是他不改心，我在媽跟前磕了頭，只當是我死了，他到那裏，我跟到那裏，就是討飯吃也是願意的。』他媽氣得了不得，便哭著罵著說：『你是我的女兒，我偏不給他，你敢怎麼著。』那知道那司棋這東西糊塗，便一頭撞在牆上，把腦袋撞破，鮮血直流，竟死了。」[762]親情、愛情之試練，牽涉著懊悔與生死。母女親情與紅塵情愛或有矛盾，但在人類歷史洪流中，總是彼此傾軋。司棋心堅情愛，似乎顯勝於親情之互動，刻骨悲悽更凌駕生存動力，故一個曾打破婚前貞操觀之束縛，卻又癡執於失身後之節義的司棋，與尤三姐對文定後之堅貞，雖異曲卻同調，均是從一而終之撼人主題。司棋重視小兒時之戲言，不娶不嫁之然諾，經歷情愛試練，當眾自殺以明志，手段激殘，既酷待自我，亦酷待生母及此次欲展真心之潘又安。司棋之母雖悲疼不已，且本欲要潘又安償命，但卻因潘又安的一句話才了解實情。潘又安說道：「『你們不用著急。我在外頭原發了財，因想著他才回來的，心也算是真了。你們若不信，只管瞧。』說著，打懷裏掏出一匣子金珠首飾來。」[763]潘又安原爲娶司棋而來，不料司棋卻撞牆自殺，腦破血流，對他而言，實似萬鈞之擊。不過此時潘又安卻反行事沉潛、憂不見于色，說明真心來意在先，安頓金珠首飾給司棋之母在後，便在購得兩口棺材後，趁他人眼錯不見之際，亦抹刀自刎，符應了那塊傳情玉石的「同心如意」之預示。女兒與外甥頓時雙雙伏死，母親雖懊喪不已，卻已無濟於事。德國哲學家海德格（M.Heidegger）曾說：「死亡在最廣的意義上是一種生命現象。生命必須被領會爲包含有一種在世的存在方

---

[762]見曹雪芹、高鶚原著 馮其庸等校注《紅樓夢校注》，第 92 回，頁 1437-1438。
[763]同前註。

式。」[764]又云：「死亡是隨時都是可能的。何時死亡的不確定性與死亡的確定性可知是同行的。」[765]然而「不利的情境誘因」，對自殺者而言，在自殺前所挑動的自殺情緒，恐是所有突發的自殺案例中最重要的外在或說是外來因素之一，因此，我們可以看到無論是尤氏姐妹、金釧兒、鮑二家的或鴛鴦等此些死意堅決者所遭受者如此，連曾經有自殺念頭或行為之襲人或黛玉亦然，故「情迫」或「境逼」之因素，均不可忽略。又潘又安當時聳動人心之言，仍有值得深思之處：「大凡女人都是水性楊花，我若說有錢，他便是貪圖銀錢了。如今他只為人，就是難得的。」[766]人性對久別後因時空不同所增添的揣測，及古代男性對女性有根深蒂固地某些錯誤的刻板印象，實是二人情感悲劇的最關鍵因素，其次才是司棋的重病。

仔細分析作者筆下云司棋「懨懨的得了一病」之病徵，似乎與尤二姐一般是「鬱結之症」，實類於今日精神醫學《精神疾病的診斷手冊與統計》*Diagnostic and Statistical Manual Disorders DSM- VI-TR* 中之「憂鬱症」(案：九項中超過五項或五項以上即可)，指：「對很多事情失去興趣和快樂感；情緒低落；活力減退與有疲倦感；食欲或性欲降低與體重會明顯降低；煩躁不安與動作遲緩；有睡眠障礙；有罪惡感、無望感及無價值感；無法集中注意力及有自殺的想法或企圖。」[767]書中所描述司棋，除煩躁不安、動作遲緩及睡眠障礙不曾提及外，其餘有關司棋對婚前失足之悔罪及重病後所可能造成重度憂鬱症者之其他病徵及自殺行為等，均有之。精神醫學專家分析人類因應壓力之消極出口，或以精神崩潰、歇斯底里，或以自殺等行為為之，而司棋便選擇撞牆自殺為之。探求司棋自殺之因，可能因重病時，長期過度憂傷與重視失足後之守貞是首因，其餘或為了解脫被攆出大觀園後之痛苦與壓

---

[764]見馬丁·海德格《存在與時間》，頁 333。
[765]同前註，頁 346。
[766]見曹雪芹、高鶚原著　馮其庸等校注《紅樓夢校注》，第 92 回，頁 1437-1438。
[767]可參看尤二姐一文中討論鬱症之註。

力，或對潘又安之誤解、憤恨，或對生命失望及尋求救贖等因素而自殺。

違拗媒妁之言、父母之命的自由情愛，在古代中國並不多見，司棋與潘又安是個特例；二人在「乍看似情欲禁地」[768]之榮府，偷食禁果，然抄檢大觀園後，卻又勞燕分飛至慷慨赴死，其中突顯出二人牢不可破的「同心如意」。二人雖是小角色，卻有奇節[769]，事件仍動人心魄，其實每個小說環節，亦均刻鏤著人間之情理法。

三、文化制約與仿同作用

中國傳統社會除了政治體為單一中心之塔式權力結構之君主國[770]外，階級觀念及貧富不均實主導著文化與社會價值之走向。中國人重視文化傳統與五倫全備，此皆牽繫著傳統婚姻之紐帶因素。不諱言，精神醫學對自殺心理之剖析具觀察行為者的人格指標，然而異地時空之社會文化風習，何嘗不是影響人性思維之要因？筆者將分二階段詳論之：

---

[768]案：筆者使用「乍看似情欲禁地」應較羅書華以「情感禁地」書寫較貼切，可參考羅書華〈詩與真：大觀園裏的女兒們〉中云：「丫頭侍妾群中的女兒們的大多數也像優伶女兒一般保留著個性與自由的天性。司棋在賈府這樣一塊情感禁地裏居然敢任情所使，和情人秘密約會，且又互贈表記，私通書信，而在被搜出贓物之後，亦並無畏懼纏愧之意。」(見《紅樓夢學刊》，1999 年，第 2 輯，頁 65)因榮府對於威權者之淫蕩不羈不懲戒，但對於奴僕卻嚴格執行，司棋便是受害者之一，因此，榮府乍看之下似情欲禁地，其實不然。

[769]涂瀛〈紅樓夢論贊 · 司棋贊〉「從古以過而創為奇節者，君子悲其志，未嘗不諒其人。」(見一粟編《古典文學研究資料彙編 · 紅樓夢卷》中，卷 3，頁 138)

[770]提出君主國是「單中心塔式權力結構」者，為李約瑟和王亞南(案：筆者將「單中心」改為「單一中心」)見於孫越生《歷史的躊躇 · 李約瑟和王亞南的《中國官僚政治研究》，頁 91。在吳庚《韋伯的政治理論及其哲學基礎》中以為：「事實上官僚結構，也確是一個角色層次—由不同階級的角色層次組成，最後形成一種金字塔式的構造(Pyramid Wforniger Aufban)。」(頁 93)

(一)中國傳統社會的文化制約

　　在傳統中國，婚姻之紐帶關係不外攀援皇室、政治聯姻和經濟捷徑[771]。婚姻作為親密的心理組合功能被忽略，因此有人稱之為政治利益體或經濟共同體。仔細分析在張金哥的繩河之盟中，李衙內代表社會高階以權位威逼之惡勢，而張金哥父母嫌貧愛富，則是典型之「經濟捷徑」的運用。「經濟捷徑」之廣佈深遠，透過收受聘禮之婚姻制，乃中國古代傳統婚制儀禮之一，亦是貧者翻耕現況或結褵於鍾鼎之家的終南捷徑之一，對於提升位階有一定之功效。捨經濟而不顧者，並非整部《紅樓夢》主流價值之敘事，換言之，「經濟捷徑」在《紅樓夢》中是一種常態，如薛蟠之娶夏金桂，乃因是同在戶部掛牌行商之富貴桂花夏家；又如賈赦收受了聘禮五千兩銀子，將迎春嫁予富豪孫紹祖；其他如史湘雲、探春、元春之出嫁，則除了經濟捷徑外，又牽涉著「攀援皇室」及「政治聯姻」等。張金哥之父母固有被李衙內威逼之實，不過由於當代風習中忽略與子女作雙向溝通之模式，且子女一直被視為是父母的私人財產，而非主權獨立之個體，因此，在刻板印象的「父命難違」下，悲劇動輒於焉而生。後續中作者又強調張金哥父母嫌貧愛富之心態，其實又何嘗不道盡天下父母存心改善劣境之意圖。但若就張金哥與守備之子的「繩河之盟」論之，顯見雙方均對婚約執著難捨，不過，在古代媒妁之言中，男女雙方並無任何機會培養情感，因此，雙方如何有此勇氣自殺？值得探討，或許透過當代之社會文化、道德觀及個人之主觀信念，可尋出端倪。

　　清朝沿承周朝以來之禮制，重視婦女「三從四德」之嚴規。《禮記・郊特牲》中對「三從」規範為：「幼從父兄，嫁從夫，夫死從子。」[772]《儀禮・喪服子夏傳》中亦云：「婦人有三從之義，無專用之道。故未嫁從父，既嫁

---

[771] 譚立剛《紅樓夢社經面面觀》，第 6 章 「對傳統婚姻制的叛逆」，提及傳統婚姻制之三種紐帶作用：「依靠皇室、政治聯姻盟和經濟攀援」頁 245。
[772] 見十三經注疏本《禮記》，頁 506。

從夫，夫死從子，故父者，子之天也，夫者，婦之天也。」[773]可見古代禮制將女子一生定制附庸於男性生活體之實。之後孟子、荀子亦提及女誡之重要性，如《孟子・藤文公》中有：「…女子之嫁也，母命之，往送之門，戒之曰：『往之汝家，必敬必戒，無違夫子』，以順爲正者，妾婦之道也。」[774]《荀子・君道》中有：「夫有禮則柔從聽侍；夫無禮則恐懼而自悚也。」[775]古代的母系社會，於英雄崇拜觀崛起後，建立父系社會，中國婦女便落陷於「男尊女卑」之文化框架中。東漢班昭之《女誡》便提及女子卑弱下人之地位，並規範婦女事夫之行爲與道德[776]。「男剛女順」[777]之社會制約，一直主宰著傳統中國的兩性文化，難怪朱熹《近思錄・程氏遺書》中云：「餓死事極小，失節事極大。」[778]顯然女性之生命價值遠遜於社會道德規範中之貞操觀。「爲了確保血統之純潔，男性採取對女性的人身佔有，並要求妻子對丈夫之忠誠與依附；此亦是女子貞操意識之開始」[779]古代中國或許便在此種長期以來形成之傳統制約下，對於婦女遵循「三從四德」烙下金科玉律，致《紅樓夢》中之張金哥謹守婚約之理念，作爲個人抉擇之標的，因此其個人生命之意義與價值，嚴格論之，早已淹沒在傳統中國之道德禮教中，故即使並未眞正下嫁守備之子，但卻仍以夫爲綱常，而以死明志之態勢，似乎亦極爲分明。古代婚姻儀俗中之「三媒六證」，固有其嚴謹性與不可侵犯性，不過在整個社會父權價值觀中，弱勢婦女卻受制於「父、夫、子」之威權，如張金哥之自

---

[773] 見十三經注疏本《儀禮》，頁 359。

[774] 見十三經注疏本《孟子》，頁 108。

[775] 見王先謙《荀子集解》，卷 8，頁 423。

[776] 見《女誡・卑弱第一》及《女誡・夫婦第二》。

[777] 程頤於《周易・歸妹》不但主張「男尊女卑」，亦主張「男剛女順」之理念，在「無攸利桑乘剛」下有：「男女有尊卑之序、夫婦有唱隨之禮，此常理也，如恆是也。苟不由常正之道，徇情肆欲，惟說肆動，則夫婦瀆亂，男牽欲而失其剛，婦狃說而忘其順，如歸妹之乘剛是也，所以凶，無所往而利也。」(卷 6，無頁碼)

[778] 朱熹《近思錄》，卷 6，無頁碼。

[779] 見高怡芬《中國傳統儒學女性觀之探析》，頁 89。

縊及守備之子的默然投河，二人均不曾嘗試擔負或解決情感危機之種種。在此種取代「無言抗議」之行動示威中，從《紅樓夢》作者所提供之資料顯示，張金哥並未經歷過任何「去自我」之矛盾過程，因傳統中國君主政治對婦女之教育，不僅強調應忠誠於夫，更附庸於家族團體之下，因此，張金哥乃中國傳統三從四德之婦女典型，其情感表達之類型，絕非屬於社會學家李約翰之理論：情慾之愛(eros)、遊戲之愛(ludas)、煮開水之愛(storge)、狂熱之愛(mania)、實用之愛(prama)或鐘樓駝俠之愛(agape)」等[780]，而是個「歸屬」的問題，是個中國特有的傳統文化薰陶下之人格塑成，只是在毫無鼎鼐調和之下，二人之自縊行為顯得衝動。

(二)佛洛伊德的仿同作用

中國傳統社會中，對於父母之命，子女除敬謹遵循外，私奔與自戕者或在少數，而張金哥與守備之子在婚姻遭挫後，均以自殺作為生死之盟。從精神醫學中「自殺之心理意義」論之，或可如此解釋：無論是為了解脫壓力或苦痛、失望、向內對自己發洩攻擊情欲等，均是二人之當機立斷，而守備之子「與去世者會合」之心理因素，則更具殉情之意義[781]。守備之子殉情之「癡執」，一反中國傳統男性重功名之本色，似秦鐘一般，亦是個情種。當守備之子得知張金哥自縊後，亦投河自殺，此種人類心理「自衛機轉」(defense mechanism)之「仿同作用」（Identification ）：「並非單純的模仿，而是一種基於同病相憐的同化作用（assimilation）再加上某些滯留於潛意識的相同

---

[780] 見吳就君《婚姻與家庭》中第 2 章，頁 2-5。
[781] 可參考曾文星、徐靜《現代精神醫學》中提及「自殺之心理意義」有「(1)解脫痛苦(2)失掉希望(3)向內發洩攻擊情欲(4)與去世者會合(5)求救行為。」(見曾文星、徐靜《現代精神醫學》，頁 414)另在 *Suicide science: expanding the boundaries*/[edited] by Thomas Joiner, M. David Rudd. 2000;17-175.

狀況發生時所產生的結果」[782]，或許可以說，當婚約被取消後，一方以自戕方式激起另一方潛意識激發出之同病相憐的自殺情緒及模仿行為。張金哥與守備之子均是以激烈、「不可逆」之殘酷方式為之，以繩河之盟作為信守生前婚約之決心。

　　若論及司棋與潘又安之交往案例，則非傳統婚姻所重視之紐帶關係的類型，無關乎攀援皇室、政治聯姻或經濟捷徑，而是個近親自由相戀之實例，不過卻有著與張金哥一樣令人扼腕之結局。《紅樓夢》作者拋出「傳統禮制」及「人性試煉」之議題驗之於二人。在榮府中，墜兒因偷了蝦鬚鐲被攆出，司棋偷情亦觸犯中國傳統社會之禁令，自不例外。司棋在自由戀情受挫後，長期飽受肉體病痛與精神磨難，在男主角潘又安出現後，卻又傾爆而出；其情緒亢奮、血脈流行，撞牆前之悲泣苦情、自承失足，均是宣鬱道情的一種表現，但之後卻又以「傳統守貞觀」引矩圍之，可見其心中之矛盾，且意在言表。而潘又安畏罪潛逃外鄉接受磨難期間，或有所體悟而成長，衣錦返鄉本是榮歸與喜訊，但接踵而至的「人性試煉」，卻又令其懷疑司棋是否「水性楊花」及「貪圖銀錢」？此與薛平貴試探苦守寒窯十八年之王寶釧及秋胡戲妻之心態，又有何差別？結果卻是鑄下情感變數與生死轉折。司棋此時情

---

[782] 最早提出「仿同作用」的是Sigmund Freud, *The Interpretation of Dreams*, "Thus identification is not mere imitation, but an assimilation based upon the same etiological claim, it expresses a "just like," and refers to some common condition which has remained in the unconscious" p. 58. 中譯本見賴其萬，符傳孝譯之《夢的解析》*The Interpretation of Dreams* 第4章 「夢的改裝」(頁81)亦可參考近年較新之詮釋，見 Michael Gelder, Richard Mayou, Philip Cowen 's *Psychiatry*, "This is the unconscious adoption of the characteristics of another person, often to reduce pain of the separation or loss. For example, a widow undertake the same voluntary work that her husband used to do." 2000;8:190. 中譯本見Michael Gelder, Richard Mayou, John Geddes原著，陳俊欽等編譯《精神醫學》：「是在潛意識中，採納另一個人的特質或他做的活動，通常這是為了減低分離或是失去所帶來的痛苦。舉個例子說，寡婦可能會擔負起她丈夫生前所從事的義工工作。」(第6章 「面對壓力經驗的反應」，頁122)

摯句真，撞牆誓死在先，潘又安則內心愧疚、自責在後。然而細論潘又安此時自殺之因，雖然其舉措間一直表現出斂情約性之安靜，但卻與守備之子一般，殉情意味濃烈。當司棋以死昭心時，潘又安或因感而契之，且在突發事件中，又難以調伏自己「急性心理適應因素」[783]，於是或因情苦心傷與自願犧牲之仿同心理而以刀自刎，終能與司棋心境相印。過程中，雖見安潘又安行事穩健的應答及對後事妥貼的張羅，然在此心靜氣定之外表下，看不見的恐是其內心的澎湃盪漾與悲慟不安的情緒。司棋被逐出職場和潘又安私逃外鄉掙財之間，必有心煎熬困之時，但彼此從情動心會、交叉背離、彼此相隔[784]，至雙陷坎站後，卻又因心中質疑而釀出憾事。潘又安之死，乃以「同心如意」自然神合於司棋的激烈犧牲之舉，從而弭合二人陰陽相隔之憾。司棋從面臨社會文化極大壓力下，先是病倒，被逐出賈家之後，又為了名節精神崩潰、歇斯底里，終致撞牆而死。傳統中國社會中，烈女不事二夫，不違背禮教，丈夫卻可納妾與續絃，因此女子殉夫可理解，男子殉情則較少見。原本小說在述及司棋見到返鄉之潘又安時，因被母親刺激而衝動、後悔失身、不願改嫁及顧及名節等，即可收尾，但情節峰迴路轉，並非以破啼為笑、喜劇收場，反是因著司棋長期以來過度憂傷而選擇自戕後，激化了另一個生命的殞落。不過就劇情而言，此種鋪排似乎更具小說張力，而男性反傳統之重情感、棄功名之價值觀，亦是小說因質成勢的另一高潮營造。在張之續書《紅樓夢新補》中將司棋與潘又安寫成「只是一起夜逃被抓了，然後又找關係從

---

[783]見李明濱《實用精神醫學》，第 6 章 「精神疾病的病因學」中提及人類情境中外來的壓力可分為二大類：「一是急性心理適應因素(Ea)，另一是急性生理壓力，例如職業場所之化學物品中毒、喝酒中毒、服類固醇、腦傷害、睡眠不足等。」(頁 66)
[784]季新〈紅樓夢新評〉中提及：「尤三姐之於柳湘蓮，司棋之於潘又安，一則以男女隔絕之故，而愛情不能相感，一則以男女隔絕之故，而以愛情相感者，至為專制者所不容，此又皆專制結婚所自然而生之結果者。」(見一粟編《紅樓夢卷》，卷 3，頁 316)

監牢逃出去」[785]的人，其實反而削弱原著所可彰顯之悲情張力及對「情」字之超道德意義的鎔鑄意圖。張金哥與守備之子的繩河之盟，司棋與潘又安之同心如意均具犧牲凝力。司棋與張金哥謹遵傳統貞德，潘又安之反應亦如守備之子，或有悲慟由心，但並未屈就古繩，而是信守約誓，重然諾；四人雄毅之氣雖可掇拾，但雙雙擇死之悲劇藍調，又牽涉癡執。佛教將生命視為神聖的，自殺是罪惡的，因此，若人類選擇自殺，其靈魂將會不斷地重演自殺情境，而儒家依然，故在《孝經》中便有「身體髮膚，受之父母，不可毀傷」，對於父母賜予的身體，需盡愛惜之責，因此此二家均認定人類對自己生命的權利，應是積極地只有使用權而無主宰權。然而自殺者會選擇自殺，除了原本就沒花時間解決問題外，或者根本就是沒有能力解決問題，自然問題便沒被解決，但就自殺者之視角觀之，當他一廂情願地以生命投注期間，一廂情願地為自己解決煩惱，或許又一廂情願地以為「一了百了」，所以問題也就解決了，只是留給親人的卻是更多的不捨與遺憾。在本章中四位自殺主角的行為，在積極的社會價值觀下，可能會被冠上「是弱者的行為」，「是沒有勇氣面對困難的人」，但在當下人心正迷惘時，恐怕不是「道義」與「勇氣」二詞可令其起死回生的。

　　人類依恃政治、經濟與情感而生，但政治、經濟條件與情感互動卻仍有其侷限性，對於張金哥與司棋而言，不論是媒妁之言或自由戀情中，女性角色最終卻須謹守傳統禮法與文化制約。男性角色守備之子與潘又安在風雨驟至之時刻，先後一反傳統地取情感、棄功名，置死生於度外，均是作者文不程古之作，或許在當下尋回一個清靜更為重要，只是以「一走了之」作為達至「涅槃」之境，實令人扼腕。

四、結語

---

[785]可參看張之《紅樓夢新補》原書之內容，或參考〈走出劫難的世界——紅樓夢的逍遙觀（下）〉網站：http://tlc.org.tw/gospel_psycho/book3/cri108.htm (2003/03/19)

　　中國古典悲劇小說中，有著人生議題之嚴肅性，「性格」、「情感」與「傳統禮法及文化之制約」往往成爲陳述主題；「情感事件」或「婚姻契約」則又是千古以來之悲劇試金石。而《紅樓夢》中之張金哥與守備之子，司棋與潘又安，從情感事件中一路走來，有著更多的悲悽敘事。

　　人類之生命系統無限敞開，隨時可接受外界任何觸發因子之進駐，因此，角色之調適實可將衝擊昇華爲生命驅力，而非累積爲壓力。抽象之「堅貞婚姻觀」或「摯情定勢」，雖因時地而移易，但卻仍束縛著中國古代之女性。《紅樓夢》作者面對舊社會媒妁之言及自由戀情，速寫「一樁婚姻契約」的繩河之盟及「一雙情感事件」的同心如意；四人在傳統婚姻與文化制約中，體現著從一而終之貞潔觀，及捨軒冕財賄之階而進於生死一如之境。其實當外在環境急劇動變時，調和自我實是擺脫困厄之轉機，不過四人性格中之「癡執」，卻是此二件悲劇之主因。

　　就情色論之，張金哥與守備之子彼此心相升起時，非在情慾，而是自我設限於婚姻契約中，而司棋與潘又安則或曾落陷於世俗之「色聲味觸」，亦癡迷於彼此之心靈福裸中。嚴格論之，張金哥之自殺行為最符合人類文化學中所探究的，受社會意識塑造與深化後之犧牲者；司棋則是較傾向自我意識與負氣雜揉的自殞者，且儼然是「尤三姐之疊影復現」；至於守備之子與潘又安，則皆因被激起了心理自衛機轉中之「仿同作用」，而產生了亢奮的自殺情緒。此外，就司棋過去之行事風格，或從其重病至被攆後一向沉穩行事之風格論之，實非衝動型性格者，然而最後的撞牆自殺，卻顯得激烈。由於「性格」的定義是：「一組持久而獨特的個人特質之集合」[786]，而書中對張金哥、守備之子及潘又安的敘述內容又極少，故我們並無法從各個層面去證實此三人是否具有衝動型性格。不過就單一事件言之，由於四人面對突發

---

[786]可參考 Duane Schultz & Sydney Ellen Schultz 著，丁興祥校閱，陳正文等譯 《人格理論》，第 1 章「人格的探索：衡鑑、研究與理論」，頁 11。

事件並無法作好危機處理,且未經過較長時間的冷靜思考,故嚴格論之,僅能說此四人之行爲均顯衝動了些,而此是否亦是一種自殺情緒的感染事件,就如同尤三姐自殺後,尤二姐在被賺進大觀園後,遭遇的種種不如意而萌生自殺念頭,且最後自殺成功一般,仍是值得注意的,其中之「情迫」或「境逼」之因素,均不可忽略。另或許我們亦應關注潛藏於當事人心底之情緒,故佛洛伊德所謂人類有企求「死亡之本能」(instinct of death)的可能性,亦可被列爲思考方向。人類所企求之幸福歸宿,除了建立於與配偶之共組理想家庭外,在幸福破滅背後,張金哥與守備之子、司棋與潘又安選擇了類於三毛〈不死鳥〉中提及荷西死後多年之「心情論述」:「結束生命這條路,那將是一個更幸福的歸宿」[787],以走完他們生命之全程——一個抽象、可解脫苦痛之死亡——一種生命之救贖。

在筆者此篇論文之研究中,有關四位自殺角色之性格、情感與醫病間之關係,可解釋爲:由於此四人均具衝動行爲,且先後殞命,不過如此堅持與抉擇之悲劇後面,雖然成全了淒美情愛,但我們仍不禁嘆惋,人類無法絕處逢生之脆弱心性,似乎印證著「性格決定命運說」,或說「行爲決定生死說」的金科玉律!眞愛之無私本質,在此二樁悲劇之主角毅然決然犧牲的氣魄中,命意高遠,且動人深情。此二則浪漫故事近乎個人理想主義,雖在困厄中雙方無法調和鼎鼐,且終淪爲悲劇,不過張金哥與司棋等四人,在曹雪芹等筆下不被「物化處理」,實爲可喜之事。

附記:

*2002 年國科會贊助計劃之五
*2005 年通過審查/刊登於《龍華科技大學學報》/頁 135-158

---

[787] 見於三毛〈不死鳥〉,在《夢裏花落知多少》,頁 18。

拾 · 秦鐘左強性格下
之情挑及離魂記

Qin, Zhong's stubborn personality, emotional world and hallucinosis

*醫學顧問：石富元醫師、文榮光教授

《紅樓夢》中之俊才奇情三分章回刻琢於怯羞靦腆之秦鐘、夸邁流俗之寶玉及乖僻頑劣之甄寶玉間。三人原皆無克紹箕裘，光耀門楣之志，但在家變後，獨賈寶玉躍出方外，修清靜之教；甄寶玉改志，力求功名；秦鐘則溺於女色，而疏於學，其中必有心路轉變之烙痕。一個曾被鳳姐當眾稱讚形貌猶勝寶玉之秦鐘，其外貌、氣質可與賈寶玉評比，但因又有女兒之態，故成為欲言又止之玄機角色。本文將從文學跨入內科與精神醫學探析秦鐘之性格、情感及疾病問題。

青少年舉目動靜、詬諢謠諑間，總牽動著人類成長階段之情思。秦鐘與寶玉、香憐、玉愛間，所引發的同性好奇或欣慕，在學堂間成了學子詬謠之話題。此外，一個清宦之子與水月庵小女尼間之偷情——秦鐘與智能之情色慾念，觸動凡塵衝突。之後秦鐘為情傷風，更陷入離魂記夢的生死幽幽之間，最終於萬彙屈伸之變中，戲劇化殞命，其中因緣值得究研。

本文將從秦鐘之形貌、生長期、精神心理及醫病原理等層面探討之，全文凡分四段論證之：一、左強性格與義學奇情，二、偷情與暗夜情挑，三、從傷風至譫妄幻象，四、結語。

一、左強性格與義學奇情

　　人類情緣在異性與同性間之情感達變，有著嚴肅、深峻、曖昧等面相。秦鐘與賈寶玉初識時之相會盛事與義學生涯，刻劃著較多同性間之癖性、眉目勾流及心靈遙照，故秦鐘之性格，必值分剖。

(一)左強性格

　　秦鐘與賈寶玉之初識，有一段相會盛事與義學生涯。由於賈珍之妻尤氏之邀，寶玉得以隨鳳姐宴寧府而初會秦鐘。秦鐘之出場在秦氏及尤氏之虛筆介紹下優染書香、斯文有緻；賈蓉形容秦鐘：「他生的靦腆，沒見過大陣仗兒，嬸子見了，沒的生氣。」[788]果真應鳳姐之求，賈蓉帶出秦鐘時，秦鐘被層遞敘述得更爲傳神「較寶玉略瘦些，眉清目秀，粉面朱唇，身材俊俏，舉止風流，似在寶玉之上，只是怯怯羞羞，有女兒之態，靦腆含糊，慢向鳳姐作揖問好。」[789]女性化之外型似乎混淆著秦鐘之性別定位，然秦氏對秦鐘之淡描中既牽涉人際又干乎性格：「寶叔，你侄兒倘或言語不防頭，你千萬看著我，不要理他。他雖靦腆，卻性子左強，不大隨和此是有的。」[790]秦氏雖僅是個從養生堂抱來之養女，但巧藉說明秦鐘性子左強(即倔強)，以護佑其免於人際攻伐或生疏不適。秦鐘因形容標緻、舉止溫柔受賈母喜愛，而奠定日後與寶玉有三天五日同臥共行之基。第 7 回中秦鐘曾提及父親秦業(或秦邦業)[791]爲其奔忙之事：「業師於去年病故，家父又年紀老邁，殘疾在身，公務繁冗，因此尚未議及再延師一事，目下不過在家溫習舊課而已。再讀書

---

[788]見曹雪芹　高鶚原著　馮其庸等注《紅樓夢校注》，第 7 回，頁 130。

[789]同前註。

[790]同前註，頁 131。

[791]同前註，《紅樓夢校注》中「秦業」之名，在影乾隆壬子年木活字本《百廿回紅樓夢》、第 2 冊、第 8 回中作「秦邦業」。

一事，必須有一二知己爲伴，時常大家討論，才能進益。」[792]老邁殘疾之父對秦鐘之殷望，令賈寶玉興發家塾、學業、生病之聯想及尊長期望之思，同病相憐之下，因「可磨墨洗硯」、「可常相聚談」、「可寬慰父母」及「可共享朋樂」[793]等而能同聲相應，同氣相求，於是從入義學前之相約至入義學後彼此之依戀，成了有跡可循之情感動向。

(二)義學奇情

第 9 回學堂之同性奇愫、第 28 回賈寶玉與蔣玉菡廊檐下述情及第 47 回柳湘蓮與薛蟠於北門橋頭外之約，爲《紅樓夢》書中有關同性戀描述之燦然藻章者。有關秦鐘之義學奇情可分爲二單元論述之：

1. 秦寶之同臥共學

秦鐘與賈寶玉之同性奇愫，從第 8 回逶迤至第 9 回，作者創艾感發，緣情敘事，前後連貫，其中實有契乎人性與天理者，我們可以仔細端詳之。當小蓉大爺帶了秦相公來後，秦鐘與賈寶玉、賈母間之情性流動，自然而和煦，賈母更現垂慈風範：「你家住的遠，或有一時寒熱飢飽不便，只管住在這裏，不必限定了。只和你寶叔在一處，別跟著那些不長進的東西們學。」[794]另賈母「也時常的留下秦鐘，住上三天五日，和自己的重孫一般疼愛。因見秦鐘不甚寬裕，更又助他些衣履等物。不上一月之工，秦鐘在榮府裏便熟了。」[795]因此秦鐘與寶玉如得風利水駛之便，有著似《漢書·董賢傳》中漢哀帝與

---

[792]同前註，第 7 回，頁 131。
[793]同前註，頁 132。
[794]同前註，第 8 回，頁 149。
[795]同前註。

董賢間同來同往、同起同臥之機緣[796]。由於秦鐘與寶玉於食衣住行、生活步調一致，故有習染，並有親密曖昧之傳言。《紅樓夢》作者運鈞了二段懸疑懺藻：其一為「寶玉終是不安本分之人，竟一味的隨心所欲，因此又發了癖性，又特向秦鐘悄說道：『咱們倆個人一樣的年紀，況又是同窗，以後不必論叔侄，只論弟兄朋友就是了。』先是秦鐘不肯，當不得寶玉不依，只叫他『兄弟』，或叫他的表字『鯨卿』秦鐘也只得混著亂叫起來。」[797]賈寶玉之不安分，及捨叔侄之稱以泯除「輩分鴻溝」，實為癖性所發，而秦鐘不敢違逆、懵懂亂叫，顯見其左強性格下仍有溫潤雅馴、投其所好之處。其二為「自寶、秦二人來了，都生的花朵兒一般的模樣，又見秦鐘靦腆溫柔，未語面先紅，怯怯羞羞，有女兒之風；寶玉又是天生成慣能作小服低，賠身下氣，情性體貼，話語綿纏，因此二人更加親厚。」[798]秦鐘之形容模樣與寶玉服低相待間，營播出二人之諧補，而同窗疑心二人有曖昧行為與背地之詬誶謠諑，卻令秦鐘憤而狀告賈瑞，以求公道，於是義學中山雨欲來，正醞釀一場學堂鬥毆。義學中因其他學子丟硯而激怒賈蘭與賈菌加入戰局，寶玉之僕人茗煙、鋤藥、掃紅、墨雨等，與其他學子憤熱氣鬧，直至李貴調停而暫熄，不過秦鐘卻倔強地說：「有金榮，我是不在這裏念書的。」[799]甚至當賈瑞怕事而委屈求全地親自至寶玉及秦鐘面前央告，但秦鐘與寶玉卻均不依，定要金榮磕頭方罷，此亦是其性格倔強之表現。之後秦鐘又與小尼姑陷入情網(下

---

[796]《漢書·佞幸傳第三十六·董賢》：「董賢，字聖卿，雲揚人也。父恭為御史，任賢為太子舍人。哀帝立賢，隨太子官為郎。二歲餘賢傳漏在殿下，為人美麗自喜。哀帝望見說其儀貌，識而問之曰：『是舍人董賢邪？』因引上與語，拜為黃門郎，繇是始幸問。及其父為雲中侯，即日徵為霸陵令，遷光祿大夫。賢寵愛日甚，為駙馬都尉侍中，出則參乘入御，左右旬月間，賞賜象鉅萬，貴震朝廷。常與上臥起，嘗偏藉上袖，上欲起，賢未覺，迺斷袖而起，其恩愛至此。...」《二十五史　漢書補注》，頁 1591。

[797]見曹雪芹　高鶚原著　馮其庸等校注《紅樓夢校注》，第 9 回，頁 155。

[798]同前註，頁 156。

[799]同前註，頁 160。

一單元將詳論），明知違反當代風俗，但卻多情而無可自拔，此部分固然也可能是緣分降臨所致，但當寶玉因金釧兒及蔣玉菡之事大承笞罰時，脂評王府夾批：「多情的嘗（常）有這樣『牛心左性』之癖」[800]。脂評王府夾批所謂的「多情表現」，是否與左強性格有關？恐怕需要更多的觀察與例證。

秦鐘與賈寶玉二人之同臥共學中，不僅展現二人性格之異同，更有相知相惜之情感，然而在寶玉家中及義學被繪聲繪影之曖昧行為，究竟屬於何種心理？值得探究。對於同性之愛戀行為，傳統中國古代社會或稱為「喜好男色」、「斷袖之癖」等，在古代史書的〈佞幸傳〉中便有之，而《紅樓夢》中則稱馮淵為「酷愛男風」、稱薛蟠為「偶動龍陽之興」、稱賈寶玉為「又發了癖性」、今日則更有「同性戀」、「男男」、「女女」等稱呼。不過東西方之不同稱呼，恐仍有某種程度上之差異，筆者將嘗試釐清之。

十九世紀西方的精神分析專家佛洛伊德（Sigmund Freud, 1856-1939）曾經極為重視人類性心理之發展過程，其中包括對自古以來人類好奇之同性戀行為有突破性之研究，其提出五階段論為：「口腔期（oral stage），肛門期（anal stage），性蕾期（phallic stage），潛伏期（latent stage）或同性戀期（homosexual stage），然後是生殖期（genital stage）或異性戀期（heterosexual stage）。所以每個都經過所謂的同性期，在少年、青年前表面上不喜歡與異性來往，特別與同性朋友親近，常常與同性朋友結伴遊玩，親密如手足，雖沒有性的行為，卻象徵性的稱之為同性戀期。」[801]佛洛伊德於 1905 年之《性學三論》至 1916

---

[800] 見陳慶浩編著《新編石頭記脂硯齋評語輯校》，頁 555。

[801] 心性發展的幾個階段原見於 Sigmund Freud, *The Complete Introductory Lectures on Psychoanalysis*: "The first of this 'pregenital' phases is known to us as the oral one because, inconformity with the way in which an infant in arms is nourished, the erotegenic zone of the mouth dominates what may be called the sexual activity of that period of life. At the second level the sadistic and anal impulses come to the fore, undoubtedly in connection with the appearance of the teeth, the strengthening of the muscular apparatus and the control of the sphincter functions we have learnt a number of interesting details about this remarkable stage of the development in particulars Thirdly

年《精神分析引論》中有系統之闡述，其中潛伏期(latent stage)或稱同性戀期(homosexual stage)之同性戀行為的年齡，被界定在七、八歲至十二、十三歲之間。佛洛伊德研究發現此階段為人類必經之過程，且為人類性心理轉變之過渡時期，是一種正常現象。自二十世紀初以來，其理論深受醫學界之重視，至今不墜。《紅樓夢》成書於十八世紀，而人類心性發展並無中西之別。在《紅樓夢校注》中云秦業年近七十，秦鐘乃其於五旬以上與繼室所生[802]。依此論之，秦鐘之年齡可能從十一歲至十九歲之間，不過程本中卻明言此時秦鐘已十二歲，由於《紅樓夢校注》第 25 回云賈寶玉十三歲，故與寶玉同年之秦鐘，此時之年齡約十一、十二歲之間較合理[803]。而二人之言行頗符合「潛伏期之同性戀」(latent homosexuality)或稱「同性戀期之同性戀」(homosexuality of homosexual stage)之理論。然今日精神醫學自 1869 年匈牙利醫師 K'aroli M'aria Kertbeny 首先定名「同性戀」[804]以來，其定義為：「乃

---

comes the phallic phase in which in both sexes the male organ (and what correspond to it in girls) attains an importance which can no longer be overlooked. We have reserved the named of genital phase for the definitive sexual organization which is established after puberty and in which the female genital organ for the first time meets with the male one acquired long before."1971；ⅩⅩⅩⅡ:562.另中文譯文見曾文星、.徐靜《現代精神醫學》，第 22 章，頁 348。案：曾文星、徐靜《現代精神醫學》中「青春」之「春」字有可能是錯字，因此筆者將其改為「青年」。

[802]案：在程甲本、程乙本及影乾隆壬子年《百廿回紅樓夢》木活字本中亦均明言，秦鐘乃其父秦邦業五十三歲時與其繼室所生。

[803]案：有關秦鐘之年齡，周紹良《紅樓夢研究論集》中有關紅樓夢回數之紀年考證為紅八年，亦即是秦鐘為八歲，周汝昌《紅樓紀歷》考證為紅九年，亦即秦鐘此時為九歲，顯然均與《紅樓夢校注》及程甲本、程乙本及影乾隆壬子年《百廿回紅樓夢》木活字本均明言秦鐘十二歲不同。

[804]Kaplan and Sadock's *Comprehensive Textbook of Psychiatry* 7ed. "Homosexual was first coined by the Hungarian physician K'aroli M'aria Kertbany in 1869" 2000;19.1b:1610.另李明濱醫師主編《精神醫學新知》，第 11 章 〈同性戀的生物觀〉中有：「同性戀一詞是 1869 年匈牙利醫師 BankKert 所造，代表選擇同性對象的性愛關係。」(頁 165)其中之 BankKert 與 Kertbany 之拼字顯然不同。

指個人對同樣性別之對象產生性慾望，並可能與此同性對象發生性行為。」
[805]此定義自十九世紀以來至今全世界通用，依此論之，或可對學堂中之同性
戀行為有更深之了解。

　　有關賈寶玉之不安分及秦鐘之迎合所好，一直是《紅樓夢》學者所關切，
究竟二人之間是否「有不可告人之關係」？其實仍值深探。賈寶玉對秦鐘之
欣賞、喜愛是一種癖性，但欣賞與喜愛卻不等同於「性慾望」。中國史書中
雖記載漢魏以來之皇帝或有以類於龍陽之美男為伴者，如高祖有籍孺，惠帝
有閎孺，文帝有鄧通...，哀帝有董賢等，然而當代所謂之喜好男色，與佛洛
伊德所言之「同性戀期之同性戀行為」，及今日之「同性戀」定義，可能未
必全然符合定義中之內涵，因此恐需要更多實情說明以佐證之。而明清以來
之小說又如《金瓶梅》、《情史·情外篇》、《拍案驚奇》第26卷、《龍陽逸
史》、《宜春香質》、《弁而釵》、《肉蒲團》、《品花寶鑑》...等[806]，白描同性間
之性愛過程者多，其中以《金瓶梅》中「金道士變淫少弟」一回為例，書中
述及同性間之性愛過程極為詳細：「他這徒弟金宗明，也不是個守本分的。
年約三十餘歲...。手下也有兩個清潔年小徒弟，同舖歇臥，日久絮繁，因見
敬濟生的齒白唇紅，面如傅粉，清靜乖覺，眼裡說話，就纏他同房居住。...
那陳敬濟推睡不著，不理他。他把那話弄得硬硬的，直豎一條棍，抹了一些
唾津在頭上，往他糞門裡只一頂。原來敬濟在冷舖中被花子飛天侯林兒弄過

---

[805]可參考 *Comprehensive Textbook of Psychiatry*： "Homosexuality was first used as a
term in the second half of nineteenth century to refer to erotic desire for persons of the
same sex."2000;19:1609.及 Edited by Alfred M. Freedman, M.D. and Harold I. Kaplan,
M.D. *Comprehensive Textbook of Psychiatry,* 'Homosexuality is defined here as an
adaptation characterized by sexual behavior between members of the same sex.'
1967;963.又在曾文星、徐靜《現代精神醫學》中第22章「心性疾患」，亦有提及，
頁 348。另見於曾美智〈性疾患和性別認同障礙〉：「同性戀是指對與自己同一性別
的對象產生情慾的想法、感覺和行為」(頁 172)
[806]可參考矛鋒《人類情感的一面鏡子——同性戀文學》，頁 27-98。另可參考陳益源〈明
末流行風——小官當道〉，見《聯合文學》，1997 年 6 月，卷 13，第 4 期，頁 41-44。

的，眼子大了，那話不覺就進去了，…當夜兩個顛來到去，狂整了一夜…這
陳敬濟自幼風月中撞，什麼事不知道？當下被底山盟，枕邊海誓，淫聲豔語，
搊吮舔品，把這金宗明哄得歡喜無盡。」[807]《金瓶梅》除了回目明白勾勒「金
宗明道士愛孌童」外，更與陳敬濟發生肛交及品蕭之性行為。筆者所舉例之
金宗明道士，既有性幻想又有性行為，故算是個符合於今日精神醫學所謂之
同性戀者；然而秦鐘與賈寶玉雖然初見時二人便因惺惺相惜而越覺親密，但
《紅樓夢》書中始終並未有確切情節述及彼此間有性慾望或任何性行為，故
不應隨意揣測，因醫學與科學均重證據。雖然第 15 回中「秦鯨卿得趣饅頭
庵」中提及「鳳姐在裏間，秦鐘寶玉在外間，滿地下皆是家下婆子，打鋪坐
更。…寶玉不知與秦鐘算何帳目，未見眞切，未曾記得，此係疑案，不敢纂
創。」[808]筆者以爲外間與滿地下皆是家下婆子，地源上是否相通？且如此眾
多人口，還有人坐更，秦鐘與賈寶玉又敢如何？作者既不敢纂創闕疑者，讀
者亦應如是。即使在秦鐘過世後，第 17 回「寶玉痛哭不已，李貴等好容易
勸解半日方住，歸時猶是淒惻哀痛。…寶玉日日思慕感悼，然亦無可如何了。」
[809]對於配偶、愛戀者或好友之死，寶玉日日思慕感悼，均屬常理。第 47 回
中寶玉亦曾問及柳湘蓮：「這幾日可到秦鐘的墳上去了。」[810]寶玉再次與老
友相遇，一個可能曾是賈家義學中之學子香憐[811]，因回憶過往深厚情誼去上

---

[807]見蘭陵笑笑生著　齊煙　汝梅校點《新鐫繡像批評　金瓶梅》，第 93 回，頁
1324-1325。
[808]見曹雪芹　高鶚原著　馮其庸等校注《紅樓夢校注》，第 15 回，頁 232。
[809]同前註，第 17 回，頁 253。
[810]同前註，第 47 回，頁 723。
[811]同前註，案：秦鐘於 16 回死亡，故柳湘蓮與秦鐘相識以在義學中較具可能性，又
其願為秦鐘整墳且就其於 47 回後作者所述及與秦鐘、寶玉之熟悉度論之，顯然彼
此間是舊識且為好友，而最貼近之人選是「香憐」。因在第 9 回中提及義學中「更
又有兩個多情的小學生，亦不知是那一房的親　眷，亦未考真名姓，只因生得嫵媚
風流，滿學中都送了他兩個外號，一號『香憐』，一號『玉愛』。」(第 9 回，頁 156)
故「香憐」僅是外號而已。然而第 47 回述及薛蟠「上次已與柳湘蓮會過一面」，因

墳，仍是契乎天理。又第 81 回中當寶玉再次入賈家學堂時，已人事更迭，又見幾個小學生粗俗異常，「忽然想起秦鐘來」[812]，於是感時傷心、見景傷情，此亦翕合人性。仔細分析，在秦鐘與賈寶玉之間，有不安分之心者為賈寶玉而非秦鐘，且在秦鐘病危前之離魂記中，秦鐘告訴鬼判欲留言予好友寶玉，故綜合論之，二人共起共臥之行為，在當時可能會被視為「有曖昧之舉」，不過不宜以「喜好男色」論斷秦鐘，至於寶玉部分，由於我們無法從寶玉之神態、行為或對話中取得任何實證，作者寫得晦澀，故我們亦不應胡猜，祇可從作者陳述的寶玉「又發了僻性」一詞，肯定二人之互動現出更多的「同性愛」而已。以今日精神醫學論斷，二人之行為則僅符合十九世紀以來佛洛伊德提出的「同性戀期之同性戀」行為，但卻不符合精神醫學所謂的「真正的同性戀」之定義。

2.秦鐘與香憐之曖昧關係

　　義學中，秦鐘角色有著更曖昧與戲劇性之發展，起因於香憐、玉愛之加入新局，忽而秦鐘與香憐頓成學堂同性戀情事雕肝琢腎之焦點。薛蟠偶動龍陽之興提供其他子弟及秦鐘窺慕動念之樣板。學堂中秦鐘、寶玉、香憐及玉愛以眉目勾流，心靈遙照傳情。人生之情緣有定，義學中亦為情感流轉之地，四人雖含蓄設言詠桑，以精神參會，但卻因此而被其他眼尖窗友鎖定。青少年對曖昧性語言與行為之好奇，觀察揣摩，在學堂中盡其所能。四人雖有情，但僅秦鐘趁義學老師賈代儒請假，趁薛蟠亦三天打魚、兩日曬網之逃學時機，得以伺機接近香憐。中國所謂的「男色」，在《大辭典》中定義為：「以

香憐是個曾被薛蟠引誘上手的小學生之一，二人豈僅只會過一面而已，作者對前後文之連貫性似有語弊。

[812]同前註，第 81 回，頁 1293。

美色見寵的男子」[813]，因此在古代史書《戰國策‧魏策四》、〈佞幸傳〉、《韓非子‧說難》、《劉向‧說苑》…等，便有此些受寵男子的官宦生涯，其中龍陽君與彌子瑕是著名的二例[814]，而在《紅樓夢》第9回中提及的香憐、玉愛，便是二個「以美色見寵的男子」，與其他被薛蟠哄上手的小學生一樣，有銀錢與物質享受作爲性關係的交換條件。不過秦鐘此時性格實已異於第7回初見賈寶玉時之懵懂及被動，書中如此雕鐫。「秦鐘趁此和香憐擠眉弄眼，遞暗號兒，二人假裝出小恭，走至後院說梯己話。秦鐘先問他：『家裏的大人可管你交朋友不管？』一語未了，只聽背後咳嗽了一聲。二人唬的忙回頭看時，原來是窗友名金榮者。」[815]秦鐘與香憐形態詭異，而面對「刻意捉弄」之金榮時，雖憤然觍腆，卻又顯然無愧。雙方言語激辯，一邊撇清，一邊則恣意鬧場。金榮更語脅戲謔、栽贓污衊：「方才明明的撞見他兩個在後院子裏親嘴摸屁股，一對一肏，撅草根兒抽長短，誰長誰先幹。」[816]作者成功地蠡測了人類好窺伺之心與學堂混混信口雌黃之用心，情節此時便瀓起卓湧，

---

[813] 見頁 3118。

[814] 所謂「龍陽之興」，見魏王與龍陽君之事見於《戰國策‧魏策四》：「魏王與龍陽君共船而釣，龍陽君得十餘魚而涕下。王曰：『有所不安乎？如是何不相告也？』對曰：『臣無敢不安也。』王曰：『然則何為涕出？』曰：『臣為王之所得魚也。』王曰：『何謂也？』對曰：『臣之始得魚也，臣甚喜，後得又益大。今臣直欲棄臣前之所得魚矣。今以臣凶惡，而得為王拂枕席。今臣爵至人君走人於庭，辟人於途，四海之內美人亦甚多矣。聞臣之得幸於王也，必褰裳而趨王。臣亦猶曩臣所得之魚也，臣亦將棄矣，臣安能無涕出乎？』魏王曰：『有是心也，何不相告也？』於是布令於四境之內。曰：『有敢言美人者族。』」(頁 263)《韓非子‧說難》：「彌子瑕愛於衛君。衛國之法，竊駕君車罪刖。彌子瑕之母疾，人聞，夜往告之，彌子瑕擅駕君車而出。君聞之曰：『孝哉，為母之故，犯刖罪哉』君遊果園，彌子瑕食桃兩件，不盡而奉君，若曰：『愛我而忘其口味。』及彌子瑕色衰而愛弛，得罪於君，若曰：『是故嘗矯駕吾車，「駕」字原脫，從劉氏斠補。又嘗食我以餘桃。』故子瑕之行，未必變初也，前見賢後獲罪者，愛憎之生變也。」(見陳啟天《韓非子校釋》，卷 3，頁 483)《劉向‧說苑》亦有之(見於趙善詒《說苑疏證‧雜言》，卷 17，頁 483)

[815] 見曹雪芹 高鶚原著　馮其庸等校注《紅樓夢校注》，第 9 回，頁 156-157。

[816] 同前註，頁 158。

起伏欹縱間，彼此之神氣流轉，實仍不脫稚氣與天眞思維。有關秦鐘與香憐之有意有心，乃繼義學中薛蟠偶動龍陽之興後，措心屬筆之另一樁「同性戀期之同性戀」行爲的婉順敘事。探究此時秦鐘與香憐具「同性戀期之同性戀傾向」之因，或受薛蟠偶動龍陽之興後，不少學子被其得手之所染，而與其他學子一般遞相放習，對香憐、玉愛亦繾綣羨愛，但因薛蟠之故，未敢輕舉妄動。學堂中清一色是男性，因之秦鐘與香憐之同性愛慕、機會接觸及環境囿限等，實有密不可分之或然性，甚至是必然性。依精神醫學論之，此乃典型之「情境型同性戀」(situational homosexuality)，指：有些人在平時屬于異性戀者，但如到監獄、船上、軍隊、學校、教堂等特別環境，因無異性對象，退而選擇同性對象者，可稱之爲情境型同性戀[817]。然而此種同性戀型態又多半是屬於「假同性戀」，因精神醫學認定「同性性行爲並不等同於同性戀」[818]，必須有產生對同性之性慾望，才算是同性戀者。《紅樓夢校注》中有關秦鐘與香憐之間並無任何有關二人性慾望與性行爲之描述，且之後第 15 回中，秦鐘因與小尼姑智能發生性關係時，秦鐘亦能從同性戀期順利過渡至異性戀期，故秦鐘與香憐間似秦鐘與賈寶玉間之情愫一般，僅是個具同性戀期之同性戀傾向者，故亦非今日精神醫學所謂之眞正之同性戀者。明·天然癡叟《石點頭》第十四卷〈潘文子契合鴛鴦塚〉中亦有義學奇情之敘事，不知是否爲《紅樓夢》之所本？文中描述晉陵潘文子十七歲時已是童生，爲了在湖南龍丘先生之淨室中讀書求取功名而與王仲文共居一室，像秦鐘與賈寶玉一般同起同臥。書中另有一情節：「其中亦有掛名讀書專意拐小夥子不三不四的」[819]，此角色實似薛蟠掛名讀書，卻因偶動龍陽之興而哄騙其他小學生上手。然而秦鐘及賈寶玉之間與潘文子及王仲先間之同性戀情形有別，因書中述及

---

[817]綜合參考曾文星、徐靜主編《現代精神醫學》，頁 349-350 及鮑家驄《變態心理學》，第 2 章 「心理疾病的種類」，頁 372。

[818]見於文榮光、柯乃熒、徐淑婷〈同性戀診療現況與個案分析〉，在 1996 年 3 月性教育協會《性治療工作坊》手冊，頁 45。

[819]天然癡叟《石點頭》，卷 14，頁 364。

王仲先對潘文子起性動念，更有潘文子被王仲先使計心軟而發生性行爲之情事：「被仲先緊緊抱住，肌肉相湊，透入重圍。文子初破天荒，攢眉忍楚，不勝嬌怯；仲先逞著狂興，恣肆送迎」[820]之後作者更游刃於二人受享肛交之戀：「爲著後庭花的恩愛，棄了父母，退了妻子，卻到空山中，作著收成結果的勾當。」[821]故王仲先與潘文子間之情感實可歸於今日精神醫學中所謂眞正的同性戀者。二部小說雖皆有「義學奇情」，但畢竟兩樣情，而《石點頭》的成書年代更早於《紅樓夢》，不過卻是個同性戀案例的典範。

　　由此觀之，秦鐘在義學中雖有倔強性格，但並不特別剛悍偏激，且經歷與賈寶玉及香憐間之學習與互動中，隱顯著一種「同性戀期之同性戀」及「情境型之同性戀」情懷，此種情愫雖挑戰著生物學中「同性相斥，異性相吸」之眞理，但均非今日精神醫學中所謂的眞正之同性戀，不過在賈家義學中，卻被繪聲繪影，更可見人性之好奇、嫉妒及偷窺心理。

二、識緣機緣與暗夜情挑

　　秦鐘、賈寶玉及香憐之關係，充溢著心靈蠢動與欽羨，此種同性戀期之同性戀行爲，是一種較他人更親暱之同性愛表現。秦鐘從肖似女兒之姿態與羞怯、與寶玉共臥共學、與香憐說體己話，至之後與小尼姑得趣饅頭庵等，乃《紅樓夢》中鋪述性向三級跳轉之重要人物。由於父親之殷盼、秦氏之寄靈鐵檻寺等環境因素，促成秦鐘與水月庵之小尼姑智能一段暗夜激情。筆者將詳述之：

(一)識緣與機緣

---

[820] 同前註，頁 373。
[821] 同前註，頁 376。

　　秦鐘與小尼姑智能之識緣，乃在智能跟隨師父虛淨至賈府時。當時智能曾與迎春在一起玩耍，周瑞家的問智能有關她師父之事，智能回答：「我們一早就來了。我師父見了太太，就往于老爺府裡去了，叫我在這裏等他呢。」周瑞家的又道：『十五的月例香供銀子可曾得了沒有？』智能兒搖頭說道：『我不知道。』」[822]智能於第 7 回出現時為天真無邪之孩提，僅聽命行事，對於外界事務懵懂無知，雖在賈府露面，但卻不見賈寶玉及秦鐘與其有任何接觸，至第 15 回時，《紅樓夢》作者才填補了二人從第 7 回至 14 回間之空缺：「那智能兒自幼在榮府走動，無人不識，因常與寶玉、秦鐘玩笑。」[823]智能、寶玉及秦鐘三人年幼無猜之情景可以想見，而後第 15 回因秦氏之喪，王熙鳳特遣人請饅頭庵之淨虛騰出二個房間歇腳，秦業因年邁多病而令秦鐘在此等待安靈，因而秦鐘便隨著王熙鳳來至水月庵而有進一步與智能獨處之契機。在唐伯虎選輯《僧尼孽海》中撰錄不少尼姑之紅塵情愛，有：尼僧之戀(麻姑庵尼)、尼商之戀(杭州尼)、尼士之戀(京師尼、乾明寺尼)、陰陽女尼之戀（江西尼）、女僧嫁人及女尼撮和姻緣(張漆匠遇尼)或當淫媒（尼慧澄、西湖庵尼、棲雲庵尼）[824]等。秦鐘及智能間算得上是「尼士之戀」，但與〈京師尼〉中之美少尼私通有婦之夫的情節不同，亦與〈乾明寺尼〉中之張生因元宵至乾明寺觀燈，拾獲一紅綃帕(帕上有一首詩)及一香囊，而後依詩所言一年後與手帕之主人相會而成婚者，情節亦各異。與之相較，秦鐘與智能之戀，少志怪而多符現實。

(二)暗夜情挑

　　秦鐘與智能之事首先被寶玉揭發，地點是在老太太房裡，先是說秦鐘摟

---

[822]見曹雪芹、高鶚原著，馮其庸等校注《紅樓夢校注》，第 7 回，頁 126。
[823]同前註，第 15 回，頁 229。
[824]見南陵唐伯虎選輯《僧尼孽海》，頁 153-193。

住智能一事，當秦鐘否認時，寶玉卻以一語帶過：「有沒有也不管你」[825]，話雖模稜兩可，但二人之獨處應有可徵，因作者云：二人雖未上手，卻因彼此之風流與妍媚而情意投合，並爲後設之偷情幽會譜了曲。智能之短語：「一碗茶也爭，我難道手上有蜜」[826]雖不易表現性格，但當其默默倒茶予賈寶玉及秦鐘時，卻具女性溫婉順從之貌，而後秦鐘與智能之幽期密約，更是奇異因緣：「誰想秦鐘趁黑無人，來尋智能。剛至後面房中，只見智能獨在房中洗茶碗，秦鐘跑來便摟著親嘴。智能急的跺腳說：『這算什麼！再這麼我就叫喚。』秦鐘求道：『好人，我已急死了。你今兒再不依，我就死在這裏。』智能道：『你想怎樣？除非等我出了這牢坑，離了這些人，才依你。』秦鐘道：『這也容易，只是遠水救不得近渴。』說著，一口吹了燈，滿屋漆黑，將智能抱到炕上，就雲雨起來。那智能百般的掙挫不起，又不好叫的，少不得依他了。」[827]當二人正在受享之際，不料卻被寶玉刻意戲弄而中斷，但秦鐘僅意識到初嚐禁果之受阻與不順，卻無法預知更殘酷之考驗即將降臨。《紅樓夢》中精理男女性愛事件者，並不多見，除了賈瑞被邀約至密室中欲肏假扮王熙鳳之賈蓉，及之後穿越風月寶鑑與王熙鳳雲雨四次，被視爲是全書中最情色盈滿且迷幻濃郁者外，賈寶玉與兼美，賈寶玉與襲人雲雨一番時之欲言又止及秦鐘與智能性行爲之素描，均似蜻蜓點水。反之在《金瓶梅》中有多回描述性愛鏡頭、花式之淫蕩技巧、性器充血、或其他反應等，更見赤裸辛辣[828]。同是明清被禁燬小說之一，在書檢制度下，故宮典藏之萬曆三十八

---

[825]見曹雪芹、高鶚原著，　馮其庸等校注《紅樓夢校注》，第 15 回，頁 229。

[826]同前註。

[827]同前註，頁 231。

[828]可參考明·蘭陵笑笑生著　　齊煙、汝梅點校《新刻繡像批評金瓶梅》中的 10 回、51 回、68 回、69 回、79 回…等，各回中有關於性愛之露骨描述。以 51 回為例，曾述及西門慶與潘金蓮之性事：「……西門慶垂首窺見婦人香肌掩映于紗帳之內，纖手捧定毛都魯那話，往口裡吞放，燈下一往一來。…西門慶于是向汗巾上小銀盒兒裹，用挑牙挑些粉膏子藥兒，抹在馬口內，仰臥于上，教婦人騎在身上。婦人道：

年版本《金瓶梅》，仍留下情色風貌，而《紅樓夢》則一再增刪，處理情色
男女，時顯含蓄而無淫穢之弊，或因避書檢之制，或以重精神、鄙肉欲之故。
正當秦鐘摟抱智能時令其掙扎不起，既有偷情之唯美，又有被捉弄之驚悸。
世俗人與尼姑、和尚相戀，礙於輿論與民情，只能偷摸進行，刺激感十足。
之後，因秦鐘愛戀智能，調唆寶玉請求王熙鳳再住一天，其目的無非欲與智
能多些相處機緣。待喪事辦完後，二人依依不捨，「秦鐘與智能兩個百般不
忍分離，背地裡幽期密會，俱不用細述，只得含恨而別。」[829]之前秦鐘從與
賈寶玉間之曖昧言行至與香憐間之擠眉弄眼，頗令人爭議，之後 15 回中之
情挑與性行為雖未能盡興，但選擇小尼姑為對象卻是動俗駭世。秦鐘與智能
發生性關係，對秦業而言，似當頭棒喝，然而小尼姑多年戒定慧之清修，卻
也因熬不過挑逗而破戒，可見《紅樓夢》作者反諷靜廬中之渾濁人性的深意。
第 16 回在精批補圖大某山民評本《紅樓夢》中眉批寶玉為十四歲，黛玉為
十三歲[830]，但《紅樓夢校注》25 回中敘述寶玉僅十三歲，故此時與寶玉同年
齡之秦鐘，應在十一至十三歲之間。當智能私逃入城找秦鐘，父親秦業知覺
後，秦鐘被鞭笞後重病，智能被逐出後失蹤，二人之情緣終於劃下夢幻休止
符。從智能之私逃行為觀之，智能確實已墜入情網。《紅樓夢》中另一位小
尼姑妙玉因久病不癒，父母終擇令其帶髮修行以救命；智能為何出家？或非
因參透人生而削髮出家，或因環境逼迫或有其他因素，作者並未說明，不過
就一個受戒之出家人而言，逾越當代禮教而隨心所欲，則更見韃伐。《紅樓

『等我撏著，你往裡放。』龜頭昂大，濡研半晌，僅沒龜棱。婦人在上，將身左右
捱擦，似有不勝隱忍之態。因叫道：『親達達，裏邊緊澀住了，好不難捱。』一面
用手摸之，窺見麈柄已被牝戶吞進半截，撐的兩邊皆滿。婦人用唾津塗抹牝戶兩邊，
已而稍寬滑落，頗作往來，一舉一坐，漸沒至根。…兩個足纏了一箇更次，西門慶
精還不過。…」(頁 664-666)。案：書中之「婦人情極」有可能是「婦人情急」之筆
誤。
[829] 見曹雪芹 高鶚原著 馮其庸等校注《紅樓夢校注》，第 15 回，頁 232。
[830] 同前註，頁 399。

夢》作者預設了一個棒打鴛鴦之家族威權者秦業，不但拆散姻緣，亦陪上一條老命，並間接摧折秦鐘「年輕殞命」。一個心象擺盪於「脫俗與還俗」間之智能，在選擇私奔時便已陷落「還俗縱情」之心，但在被逐出秦家不知去向之際，是否會再回歸「禁慾解脫」之淨地，則不可得知？仔細論斷，秦鐘之情事一波三折，其與小尼姑智能之戀驚世駭俗，違拗了當代之價值觀與思維基模，與小女尼間無法自拔之肉慾沉浸中，但見作者對秦鐘性格倔強之象徵運用，此亦是悲劇之因，或許對當事人而言並不公允，且所付出之代價不菲，不過人性之慾望與勇氣卻捍衛不住秦鐘與智能所渴望之圓滿結局，此或繫乎「生死有命」之定理，亦回應著《紅樓夢》第 1 回主題：人類歡喜冤家間「夢幻情緣」之情愛本質。《紅樓夢》中有「木石因緣」及「金玉良緣」之因果觀及社會期盼，門當戶對之經驗累積及價值判斷之可靠性，錘鍊出秦鐘與智能不得不接受之悲劇，其中二人似乎沒有懷疑性(skeptic)，甚至亦無憤世嫉俗(cynic)之反映。「清代沿襲傳統社會各朝舊制，婚姻以父母為命，媒妁之言為前提，任何人沒有選擇與自願的權力。」[831]從《清史稿》中對婚姻之敘述亦可見一斑：「凡品官論婚，先使媒妁通書，乃諏吉納采。」[832]秦鐘與智能自由戀愛之叛逆受挫，或許芸芸眾生往往難逃或無力抵擋社會主流價值之威逼。

秦鐘與智能除了因緣際會於榮府外，二人略識風月後，更因彼此之風流與妍媚而相互吸引，饅頭庵更是二人情感纏綿之處，然而因緣聚散，豈是肉身所能決定？暗夜激情、幽期密會及智能私奔，挑起了秦鐘的家庭糾紛，不過也顛覆了傳統中國社會對功名及門當戶對之期待。

三、從傷風至譫妄幻象

---

[831] 見於譚立剛《紅樓夢社經面面觀》，第六章 「對傳統婚姻制度的叛逆，頁 278。
[832] 見楊家駱主編《清史稿》卷 10，頁 2643。

　　為情傷風、感冒，甚至最終殞命者，在《紅樓夢》一書中，無獨有偶，除了家境清寒之賈瑞外，另一位便是俊俏、風流之「情種」[833]秦鐘了，尤其在離魂記夢中，更可算是《紅樓夢》的傑作。

　　賈瑞被王熙鳳騙陷，一在西邊穿堂兒，被凍得侵肌裂骨；一在小過道兒之空屋，暴露下體及潑得一身屎尿，而秦鐘與賈瑞之結局均是死亡，但卻有著不同過程與情愛故事。筆者將仔細分析：

(一)咳嗽傷風

　　正當秦鐘與智能幽期密會後，便生病了，第 16 回中《紅樓夢》作者首先述及秦鐘之病因：「話說寶玉見收拾了外書房，約定與秦鐘讀夜書。偏那秦鐘秉賦最弱，因在郊外受了些風霜，又與智能兒偷期綣繾，未免失於調養，回來時便咳嗽傷風，懶進飲食，大有不勝之態，遂不敢出門，只在家中養息。寶玉便掃了興頭，只得付於無可奈何，且自靜候大愈時再約。」[834]從內科學觀之，秦鐘只是初期之感冒徵狀而已，並非大病，之後又因智能從水月庵私逃進城，偷會秦鐘之事讓父親秦業知道後，不但將智能逐出，將秦鐘打了一頓，自己亦氣得老病復發而卒。父親秦業之舉動與犧牲影寫著天下父母之殷望，不過秦鐘因受了笞杖後，加之父親身亡之打擊，卻是病上加病。接著情節便直撲秦鐘之病「日重一日」，茗煙與賈寶玉之對話中透露秦鐘病危之消

---

[833]除了脂硯齋稱「秦鐘」為「秦種」以外，另見涂瀛〈紅樓夢論贊·秦鐘贊〉中云：「秦鐘者，情種也。為鍾情於人之種耶？為鐘情於人之種，斯為風流種；為人鍾情之種則為下流種。然為鍾情於人，固不得不為人鍾情之人，則合為風流、下流而為種，斯為真情真種。其於智能也，莫為之前，雖美勿彰；其於寶玉也，莫為之後，雖盛莫傳。然顧前不顧後，其象為天，故不永厥壽云。」（輯於一粟編《紅樓夢卷》，第 3 卷、頁 141）

[834]見曹雪芹　高鶚原著　馮其庸等校注《紅樓夢校注》，第 16 回，頁 237。

息：「秦相公不中用了！」[835]。秦鐘從咳嗽傷風、發昏至面如白蠟時，已奄奄一息，最後一次發昏後便意識模糊而恍然進入夢幻高潮。所謂「意識模糊」是指：「通常指病人處於一種對於本身及周圍環境的認識不清楚而且對於外來刺激的反應不正常的狀態，這種狀態反映的是：正常的『警覺性』(alertness)受到病態的抑制，臨床上病人常以『意識混亂』(confusion)、昏睡(stupor)、半昏迷(semicoma)、或昏迷(coma)等嚴重程度不一的表徵呈現出來。」[836]在《紅樓夢》書中此處卻有四種版本之說法：劉世德〈秦鐘之死——《紅樓夢》版本探微之一〉中分為甲種類型(以甲戌本為代表)、乙種類型(以楊本為代表)、丙種類型(以舒本為代表)及丁種類型(以夢本為代表，又有程甲本、程乙本)[837]，不過筆者將以《紅樓夢校注》為主。

(二)譫妄幻象

《紅樓夢校注》中，鬼判來捉提秦鐘，乃秦鐘於病榻上之主線結構，從生理變故至存亡掙扎間強勢地主導了整個夢幻之預言性。秦鐘之離魂記，今日醫學界不排除是重病者進入「夢境」之所見，內科學稱之為「譫妄症」(delirium)：「是一種急性發作，其特徵為意識清醒程度下降，會產生錯誤的認知、幻想、幻覺、精神運動或增或減、以及睡眠紊亂。」[838]此乃人類病重

---

[835] 同前註，頁 247。

[836] 見於李源德、謝博生、楊泮池主編《一般內科學》，頁 898。案：原書中所翻譯的「木殭 (stupor)」，筆者將之改為「昏睡(stupor)」。

[837] 可參考《紅樓夢學刊》，1995 年，第 1 輯，頁 143-163。

[838] 《精神疾患診斷與統計手冊》 *Diagnostic and Statistical Manual Disorders (DSM-IV-TR)*及《國際標準疾病分類》*ICD-10* 中所分類的四類器質性精神疾病為：譫妄症(delirium)、癡呆症(dementia)、失憶症(amnesic disorder)及其他器質性精神疾病(the other organic mental disorders)。而有關譫妄症之資料綜合參考 *Diagnostic and Statistical Manual Disorders (DSM-IV-TR)*: "A delirium is characterized by a disturbance of consciousness and a change in cognition that develop over a short period of

或死亡前之幻象，介乎意識清醒與非清醒間之模糊地帶。秦鐘之病上加病，乃因多重因子造成感染症[839]，而「嚴重甚或致命之感染症，有時並不引起發

---

time....The disturbance in consciousness is manifested by a reduced clarity of awareness of the environment.... Perceptual disturbances may include misinterpretation, illusion, or hallucination....Delirium is often associated with a disturbance in a sleep-week cycle....The individual may exhibit emotional disturbances..."2000;135-137。中文資料可參考孔繁鐘編譯《DSM-IV精神疾病的診斷與統計》，第10章「譫妄、痴呆與認知障礙症」中有關譫妄部分之臨床表徵：「意識混亂是最重要的症狀...行為可能過度活躍...睡眠通常紊亂。思考變慢、混亂，通常很複雜。情緒方面，...通常變動性高。知覺通常是扭曲的，充滿錯誤解釋的錯覺(misinterpretation)...有時也會有視覺幻覺(hallucination)、觸覺(tactile)與聽覺(auditory)幻覺...。病識感通常受損。」(頁 242-243)李明濱主編《實用精神醫學》：「是一種急性發作、呈現瞬間與波動性病程的器質性精神症候群；其特徵為意識清醒程度下降，包括知識異常、思想流程與內容障礙等之全面性認知功能障礙、情緒波動、精神運動活動度或增或減、以及睡眠清醒週期混亂。」(頁 108)

[839] 可參看 *Diagnostic and Statistical Manual Disorders, DSM-IV-R;* "A. Disturbance of consciousness (i.e.., reduced clarity of awareness of environment) with reduced ability to focus, sustain, or shift attention. B. A change in cognition (…) C. The disturbance develops over a short period of time...D. There is evidence from the history, physical examination, or laboratory findings that the disturbance is caused by the direct physiological consequences of a general medical condition." 1994;129. *ICD-10 Classification of Mental and Behavioral Disorders: Diagnosis Criteria for Research,* ' Not induced by alcohol and other psychoactive substances': "A. There is clouding of consciousness, i.e. reduced clarity of awareness of the environment, with reduced ability to focus, sustain, or shift attention. B. Disturbance of cognition … C. …D. There is disturbance of sleep or of sleep-week cycle, …E. Symptoms have rapid onset and show fluctuations over the course of the day." p.38-39.另亦可參考：「高齡、認知功能退化、身體功能不佳與嚴重之身體疾病、酒精濫用、使用多種精神科藥物、脫水與電解質不平衡、感染以及血漿蛋白質過低等是常見的危險因子。發生譫妄的病人，大部分的病人是多重因子，...其中以(1)體液與電解質之失衡、(2)感染、(3)藥物毒性、(4)代謝失調、與(5)知覺及環境之破壞等五項為最易致病之因素。但是譫妄症常常發生在原本身體就有多重疾病，而再併發不只一項疾病的病人身上，致使病理生理學之研究更複雜。」(見李明濱主編《實用精神醫學》，頁 109)

燒或上述種種徵候」[840]。李騰嶽〈紅樓夢醫事：殊に其の諸人物の罹患疾病に就ての察〉以爲：「秦鐘的病應該是呼吸系統的結核病，但之後到死之前都沒有相關描述，因此其併發過程及死因全然不知」[841]李騰嶽先生所說的，部分有其合理處。但當《紅樓夢》作者述說秦鐘的病徵既然不多，而李騰嶽先生亦云其對於秦鐘疾病之併發過程及死因又全然不知時，將之斷定爲「呼吸系統的結核病」並不妥，此可從筆者此書中探討賈瑞「疑似得肺結核併發腦膜炎」之推論的縝密性作比較便可知，因此，與其缺乏足夠的病徵就推斷爲秦鐘應該是得了「呼吸系統的結核病」，不如說秦鐘「可能是得了感染症」會更謹愼、妥切，因爲感染症可能產生的併發症很多，就非僅是單一的「呼吸系統的結核病」了。秦鐘此時實已徘徊於陰陽稜界上，而賈寶玉前一日探視秦鐘時，秦鐘仍「明明白白」，至之後秦鐘倏忽死亡間，除了鐫鑿人類「迴光返照」之「假癒情境」外，亦鋪陳了「生死瞬間」之凌厲迅勢。

　　中國古典小說中，有關離魂題材最早之記載，乃唐·陳玄佑〈倩女離魂〉，故事既超現實且具傳奇性，不過卻與秦鐘之離魂記有別[842]。倩女病重離魂時，靈魂追隨王宙至四川謀職、成家，五年後因倩娘要求回鄉，王宙才發現跟隨自己多年之倩娘竟是靈魂，之後倩娘之魂與病榻上之魄二者合一，但秦鐘離魂時，不但已無法主事，更在鬼判前來提人時，有「央求鬼判」之無奈。且在秦鐘之離魂記中觸及六事：家中無人看管、父親之遺產問題、關

---

[840]見於李源德、謝博生、楊泮池主編《一般內科學》，第44章「感染症」中云：「其臨床特點，如發病突然、發冷、發熱、肌痛、畏光、咽喉炎、急性淋巴腺炎或脾腫、腸胃炎、白血球增加或減少等等。要注意的是，具有這些徵狀，並不一定就能證明病人的疾病是源於微生物；而嚴重甚或致命之感染症，有時並不引起發燒或上述種種徵候。」(頁898)亦可參考吳德朗等校定《哈里遜內科學》，第12版，上冊，第5篇　「感染性疾病」，頁540。另見 Lawrence C. Madoff, Dennis L. Kasper's 'Basic consideration in infectious Disease' in Braunwald Fauci Kasper Hauser Longo Jameson's *Harrison's 15th edition Principles of Internal Medicine,* 2001;Ⅶ:766.

[841]刊於《台灣醫學會》昭和17[1942]，第41卷，第3附錄別刷，頁93。

[842]可參考束忱、張宏生注釋，侯迺慧校閱《新譯唐傳奇選》，頁49-54。

心智能失蹤、向寶玉交代後事、鬼判拘提及榮耀顯達等。秦鐘之父親秦業望子成龍，亦曾因宦囊羞澀而東拼西湊，誰知秦鐘卻為兒女私情違反常俗、自毀前程。「老父稚子」之結構型態在中國傳統家庭中極為常見，父系威權對秦鐘心靈之桎梏深遠，從賈寶玉對父親賈政之極度畏懼，可窺出秦鐘家族乃另一傳統中國嚴父型態之翻版。秦業之付出與秦鐘之反省，均以要言短語寄託於離魂記之中，更由於其姐秦可卿亦已亡故，因此原本必須由一己承挑祖業之重任，卻因落得無人看管而憂心。此外，秦鐘對智能之牽掛與不捨，將情種角色發揮得淋漓盡致。此種應驗於佛洛伊德《夢的解析》*The Interpretation of Dreams* 之理論——受近日之生活經驗影響之夢境，在賈寶玉呼喊秦鐘「鯨哥！寶玉來了」所產生之「聲光音效」中已然入夢，滲入一個意識不清醒且瀕臨危機之肉體，讓秦鐘在「忽聽見『寶玉來了』四字後，便忙又向鬼判央求道：『列位神差，略發慈悲，讓我回去，和這一個好朋友說一句話就來的。』」[843]然而「閻王叫你三更死，誰敢留人到五更」的嚴律鐵證，卻主導了秦鐘的生死關。從秦鐘病重時在夢境或稱「譫妄幻象」中，目睹自我生命之掙扎及與死神搏鬥之情景，是那麼的真切，可見人類對死神懼怕之潛在心理。若從夢學角度論之，根據康乃狄克大學精神醫師米契爾·史東博士（Pr. Michael Stone）提出：「在夢中夢見被支解、殘缺不全的身體，大部分是自己的身體四肢被砍斷、頭顱裂開來、五臟六腑被撕扯出來、骷髏、遺骸等，甚至夢見自己的死亡（被處死），它有一個名稱叫做『毛骨悚然之夢』（gruesome dream）。」[844]換言之，秦鐘此時所做的「近乎毛骨悚然之夢」，是個預言自己死亡之夢，是個即將被抓去處死之夢，不過作者卻在秦鐘夢終時，強調功名榮顯，並以秦鐘之死作為警惕世人之殷鑑。在中國傳統社會重視功名利祿下，秦鐘因沉溺兒女私情而殞命，是最被士子唾棄且引以

---

[843]見曹雪芹　高鶚原著　馮其庸等校注《紅樓夢校注》，第 16 回，頁 248。
[844]見王溢嘉編譯之《夢的世界》，頁 156-157。另可參考筆者《紅樓夢中夢的解析》對夢學理論之研究。

為戒者，故其臨終前曾悔錯樺道：「『以前你我見識自為高過世人，我今日才知自誤了。以後還該立志功名，以榮耀顯達為是。』」[845]此種感嘆已微妙地傳達出第 5 回中所強調的：傳統中國士子汲汲於功名、志道於孔孟之神貌。

　　秦鐘與智能幽期密會，卻因天生體弱而傷風、感冒，更在併發感染症中與父親發生衝突，最終在離魂記中牽掛著賈寶玉及心中難以釋懷之六事，並於病重時魂消識散。

四、結語

　　被紅學家繪聲繪影的描述具同性戀傾向的秦鐘，鋪陳著接二連三的情感生態與生命掙扎之跡象，從生至死之間，高潮跌盪，既具戲劇性，更具小說張力。

　　《紅樓夢》對於一個約在十一至十三歲即殞命之俊少的敘事，從其粉面朱唇、女性化之形貌描述起，羞怯靦腆，性格左強、與智能偷情至氣死老父後，悔罪不已，或許此正是人類不同年齡、時空等，所展現之性格樣態。秦鐘雖有倔強性格，但並不特別剛悍或偏激。《紅樓夢》作者對於秦鐘與寶玉，從初識至共行共學的兩小無猜，鋪陳得極為自然，與賈家義學中秦鐘與香憐被繪聲繪影的曖昧行止，皆鐫刻著「若有似無」的同性戀期之同性戀情懷，而秦寶之範本，似乎亦能輔助後學閱讀郭沫若《少年時代·我的童年》中述及其與吳尚之及汪姓少年間的同性戀故事[846]。今日精神醫學界對「同性戀」之認定，已不是疾病，但仍可依個案之性質，將之置於「適應障礙症或憂鬱症之診斷」[847]的考量中。美國夏威夷州是全世界第一個立法讓同性戀者可合法結婚之州，至少是同性戀歷史演變過程中之突破。實則《紅樓夢》第 9 回

---

[845]見曹雪芹　高鶚原著　馮其庸等校注《紅樓夢校注》，第 16 回，頁 248。

[846]可參考見於郭沫若《少年時代》，第 2 篇〈我的童年〉，頁 105-106。

[847]見曾美智〈性疾患和性別認同障礙症〉，在《實用精神醫學》中，頁 196。

中除了秦鐘、賈寶玉及香憐之間牽涉著同性戀之問題外，甚至其他人如賈
薔、賈蓉及賈珍之間是否有同性戀之行為，亦被繪聲繪影[848]，不過卻非本文
之研究目標，故此處不論列。

　　秦鐘與智能的「凡尼之戀」，營造出欲顛覆傳統中國之「門當戶對」觀，
實有困難度。從父親秦業憤怒而死、秦鐘病死及智能被逐後下落不明等事件
中，暴露出傳統中國士子之「保守、順從、忍耐的性格與重視功名的特殊價
值取向相關」[849]，而秦鐘在迴光返照時，價值觀之突然趨向功名，乃因重病
離魂使然，或亦可能是在氣死老父之創痛下悔悟。情感與功名取捨之兩難，
試練著人性之向度，秦鐘與智能之情愛故事，是社會角落中另一種「夢幻情
緣」之表現方式。事實上，秦鐘並非作者所謂的「調笑無厭，雲雨無時，恨
不能盡天下之美女供我片時之趣興」[850]的「皮膚淫濫者」，而是一個「情之

---

[848] 賈薔在義學中之亂搞同性戀之關係，從《紅樓夢》作者第 9 回之敘述中可得知：「這
賈薔外相既美，內性又聰敏，雖然應名來上學，亦不過虛掩眼目而已，仍是鬥雞走
狗賞花玩柳。」（見《紅樓夢校注》，頁 158）另有關其與賈蓉及賈珍之關係則第 9
回中述及賈薔之背景時云：「亦係寧府中之正派玄孫，父母早亡，從小兒跟著賈珍
過活，如今長了十六歲，比賈蓉生的還風流俊俏。他弟兄二人最相親厚，常共起居，
寧府人多口雜，那些不得志的奴僕們，專能造言誹謗主人，因此不知又有什麼小人
詬誶謠諑之詞。賈珍想亦風聞得些口聲不好，自己也要避些嫌疑，如今竟分與房舍，
另賈薔搬出寧府，自去立門戶過活去了。」（見《紅樓夢校注》，頁 158）另在「雜
務閒聊區 - [分享]寶玉的情欲世界外一章 ——淺談紅樓夢的公子們」中有：「紅樓夢
中不乏此類關係，例如賈薔與賈蓉等人，就是同性戀關係被抖出來，才分居它處。」
見 網 站 ： http://www.double2.com.tw/cgi/cgi-bin/topic.cgi?forum=4&topic=785
(2003/03/20)

[849] 文崇一〈從價值取向談中國國民性〉，見於李亦園、楊國樞主編《中國人的性格》，
頁 74。在李敏龍、楊國樞〈中國人的忍：概念分析與實徵研究〉提及：「文崇一(1988)
在〈從價值取向談中國國民性〉一文中認為中國人有三種價值取向：傳統與權威取
向導致了中國人幾種主要的性格，其中保守、順從、忍耐的性格與重功名的特殊價
值取向有關。」（頁 4-5）

[850] 見曹雪芹 高鶚原著 馮其庸等校注《紅樓夢校注》中云：「如世之好淫者，不過悅
容貌，喜歌舞，調笑無厭，雲雨無時，恨不能盡天下之美女供我片時之趣興，此皆
皮膚淫濫之蠢物耳。」（頁 93-94）另在劉競〈超越的幻滅——從 "寶玉三友" 看曹雪芹

所鍾者」，一個在《世說新語・傷逝》中被界定爲：「聖人忘情，最下不及情；情之所鍾，正在我輩。」[851]的「情種」，一個有七情六慾的凡人。

　　《紅樓夢》作者以秦鐘之傷風、得感染症及離魂記等敘事，將小說推入高潮，透過一個重症者之視聽幻象的超現實描述，讓讀者陷入三度空間之謎思。秦鐘之魂魄離身，今日醫學界無法排除此乃重症者「做夢之幻象」，是一種內科學中所謂的大腦產生腦神經病變之「譫妄幻象」，不過秦鐘之死，乃源於感染症而非譫妄幻象。原始人類曾將魂魄離身視爲是做夢之成因，而秦鐘離魂似乎亦在印證著古代傳說。此種以三度空間爲冥想題材，由一位都判帶領眾鬼判前來提人，述說閻王的嚴峻及鐵面無私，一如寶玉於第 98 回夢入陰司尋訪黛玉一般，有著受俗諺影響而對地獄作主觀詮釋之意圖。至於《紅樓夢校注》及乾隆五十六年（辛亥年 [1791]）程偉元、高鶚等木活字排印本）中多出一段鬼判放了秦鐘回陽間而追悔功名之感嘆，是書中少有之內視角運用，此正突顯出秦鐘在經過家庭生死變故及情感失落後，心靈想法的峰迴路轉，並再次緊密勾扣孔孟主題。由於《紅樓夢》作者運用了頗多佛學觀點作爲全書之編撰主軸，以致於處處可得禪機。

　　在筆者此篇論文之研究中，有關秦鐘之性格、情感及醫病間之關係，實難以釐出左強性格與戀愛對象的選擇之間究竟是否有任何牽連？此乃因人生各有其識緣與機緣之故。不過仍可肯定者，之後秦鐘卻又執意與小女尼沉浸於肉慾中，此或是作者對秦鐘性格倔強的象徵運用，而此亦正是二人情感悲劇之重要因素之一，但這卻是書中作者所未論述者，至於其最終得病而亡之事，則與其性格並無關聯。不過《紅樓夢》作者鋪陳秦鐘粉面朱唇下之情

的人生思考〉中提及：「但遺憾的是，在秦鐘與智能之間，看不到清晰如寶黛間那種相互了解、心靈溝通的純真，更多的是一種肉慾的放縱，帶有色情成分，介乎小說所謂的意淫與濫淫之間，而更偏於濫淫。」（見《紅樓夢學刊》，2002 年，第 2 輯，頁 103）案：此種界定與作者對「皮膚濫淫者」之界定是有出入的。

[851] 見劉義慶編撰，柳士鎮、劉開驊譯注《世說新語》。另見「情之所鍾」網站：http://yunxuan.in2000.com/ching.htm 2003/08/07

挑、情色男女，多元而特出，又細膩地從其生病始末鋪陳離魂之美。生死之奧秘，似乎存在於人類綿惙之際的幻象中。對於諳於醫理之《紅樓夢》作者而言，其紀錄了秦鐘在榮府受愛戴之流金歲月，詳錄了秦鐘從迴光返照、離魂記夢至臥榻死亡止之情態，其中更傳釋出作者「重視人類生命過程」之終極關懷。因此，結合現象界之科技或醫學作為研究小說之虛擬建構，深入尋繹生命之價值，其實意義非凡。

附記：

*2002 年/7 月〈紅樓夢中之奇情與謠諑效應〉通過審查/刊登於《中國文化月刊》/第 268 期/頁 23-46

拾壹·癡情司首坐——
秦可卿之情性與生死之謎

The head of the blind love section——Ke-qing Qin's personality,

emotion and the riddle of her life and death

*醫學顧問：連義隆醫師、魏福全醫師及林昭庚教授

　　敘人倫、述風俗，乃小說之內在底蘊，賈寶玉與甄寶玉雙包之創艾，象徵著人生眞假形色之難辨，而秦氏可卿與警幻仙姑之妹可卿，亦命意著天人雙姝之殊異。脂評中殘留淫喪天香樓之輪廓的女子秦可卿，其情感紛綸處，最是炫燁，而其生死之謎，亦撲朔迷離，本文將從文學跨入婦科學及精神醫學，探究隱微。

　　「情天情海幻情身」，原爲作者設構不於空冥處言性，而於發見處言情之重要主題，並以《紅樓夢》中最隱曲之女子秦可卿爲鍾情首坐，鋪陳了一干幻身與幻情。然而由於《紅樓夢》經曹雪芹五次增刪，秦可卿之角色似殘編落簡，致使第5回有關詩詞讖語之預言性頓時崩解，形成前後文脈難以符應之勢，故從空幻迷茫之鳳毛鱗爪中，欲重構原貌、大振絕響，顯較難於上青天之蜀道，更爲難行。《紅樓夢》雕文錦褥處繁多，鍾情首坐秦可卿亦是個才藻獨構之女性要角，然而爬梳並一統此人物之特質，從仙境中緣情綺靡之傳彩角色、落俗於寧府經濟要角之意蘊，至其在《紅樓夢》一書之地位，能領新悟異，理出眞韻，形顯重要。

　　典掌經要之秦可卿，並不似王熙鳳以機譎爲尙，而是個穿越輕浮華僞至

圓融性強之二種不同版本的情味敘述。筆者將從出生背景、生活風貌及處世態度等，探研秦可卿之性格、情感及生死之謎，全文凡分四段論之：一、集錦形貌與高強過慮，二、癡情司首坐之情緣，三、生死之謎與喪禮問題，四、結語。

一、集錦形貌與高強過慮

　　榮寧二府之治家雙嬌，一為王熙鳳，一為秦可卿。秦可卿正式出場於第5回中，《紅樓夢》作者虛實參擬：實筆乃形容嬝娜之寧府蓉大奶奶，掌管經要且備受稱譽，但在情節延展中卻表現貧乏[852]，且並不特別熠耀動人；虛筆則是個縹緲於蒙紗仙界中，兼具釵黛之美的仙女，是個奇詭的鍾情首坐及金陵十二釵正冊末座之情淫者。秦可卿之死，雖遲速有分，但有關其形貌、性格之關鍵仍需分理。

(一)集錦之形貌

　　秦可卿之出生背景與形貌，在《紅樓夢》一書中一直是個謎。雖然「劉心武在中央電視臺播講了十八集《揭秘紅樓夢》，大談秦可卿的身世，『考證』出秦可卿是康熙朝兩立兩廢的太子胤礽的女兒，賈家作為一種政治資本，冒險收留了她。這一說法引起了讀者的興趣，從而激起了新的『紅樓』

---

[852] 有關秦可卿的角色表現貧乏，在王崑崙《紅樓夢人物論》中曾云：「照這樣的廣得人心，賈府中的太太奶奶們實在是找不出第二個人來，然而可怪的是我們在書中卻看不見他什麼具體的行動，足以證實她的那些良好的反映。」（頁31）另見陳美玲《紅樓夢中的寧國府》中提及：「誠然，正如一些紅學家所說的，秦可卿在《紅樓夢》中，出場得早，結束得快，沒有很多具體事件的刻劃，其形像上並不十分活潑生動，光彩奪人。」（見第6章　「寧國府的女性主子」，頁114）

熱。」[853]劉先生之索隱，雖似笑談，但卻也在大陸引起狂熱，我們寧可姑且觀之。事實上，從第 5 回至第 13 回止，繪鏤著秦可卿之生死歷程，而 101 回與 110 回再出現時，已是幽魂，至於 116 回則成了寶玉夢中之幻象，不過卻均另有別任，且能前後戲藻相映。作者直至第 7 回才述及秦可卿是秦業從養生堂抱來之養女，雖在劉心武〈秦可卿出身未必寒微〉中提及為何一個被棄養的女子在榮府賈家及寧府會如此的受敬重？其論斷為：「…謎底只有一個，即秦可卿自己知道自己的真實身分，她的血統其實是高貴的，甚或比賈府還要高貴，也許根本就是皇族的血統。」[854]劉心武的說法，恐聯想太過，但到底秦可卿仍是來歷不明，而秦業則是個守舊持中、宦囊羞澀之清官。一個不知名姓的孤女，有幸宦養於清白之家，機緣嫁入京城豪門，頓成榮寧二府之治家雙嬌，然由於命促運枯，以致大量病痛篇幅取代了輝煥斌蔚之朱門生涯。

秦可卿之形貌敘述貧漏，除了第 5 回云「生的裊娜纖巧」及第 8 回云「形容裊娜，性格風流」外，第 10 回從尤氏之外視角中亦僅描述了朦朧的好模樣、好性情[855]，即使在之後秦氏臨死時託夢王熙鳳，作者依然略去秦可卿之形貌，不過秦可卿卻頓成一個言論高絕與神思俊穎之人。審觀秦可卿之形貌，實隱筆於兼美及鳳姐二體之中：在賈寶玉「初遊太虛幻境之夢」中，《紅樓夢》作者首以「兼美」之近戲形象作為秦可卿相貌之互文：「其鮮艷嫵媚，

---

[853]〈《紅樓夢》熱〉一文，原見於《知識通訊評論半月刊》，2005 年 10 月 16 日出版，又見，網站：

big5.chinabroadcast.cn/gate/big5/.../3601/2005/06/22/109@593062_1.htm - 25k - 2006/08/26 -

[854]見《紅樓夢學刊》，1992 年，第 2 輯，頁 155。另可見「人民網—劉心武:秦可卿可能是皇族遺孤」網站：culture.people.com.cn/BIG5/40473/40474/3375845.html - 2005/05/10

[855]曹雪芹 高鶚原著　馮其庸等校注《紅樓夢校注》中有「…你再要娶這麼一個媳婦，這麼個模樣兒，這麼個性情的人兒，打著燈籠也沒地方找去。」（第 10 回，頁 167）

有似乎寶釵，風流裊娜，則又如黛玉。」[856]兼美之鮮艷嫵媚及風流裊娜，乃第 8 回中秦氏「形容裊娜，性格風流」之複筆寫法。有關秦氏可卿與兼美之問題，從之後 110 回鴛鴦上吊時二魂之對話，更可典證作者將秦可卿與兼美鎔鑄為一之實：「鴛鴦的魂魄急忙趕上說道：『蓉大奶奶，你等等我。』那個人道：『我並不是什麼蓉大奶奶，乃警幻之妹可卿是也。』鴛鴦道：『你明明是蓉大奶奶，怎麼說不是呢？』『這也有個緣故，待我告訴你，你自然明白了。我在警幻宮中原是個鍾情的首坐，管的是風情月債，降臨塵世，自當為第一情人，引這些痴情怨女早早歸入情司，所以該當懸梁自盡的。因我看破凡情，超出情海，歸入情天，所以太虛幻境痴情一司竟自無人掌管。今警幻仙子已經將你補入，替我掌管此司，所以命我來引你前去的。』[857]因此，兼美兼具釵黛之美，只是「近看秦可卿之氣韻而已」。此種雜揉二人特質於一人身上者，佛洛伊德 Sigmund Freud《夢的解析》*The Interpretation of Dreams* 中稱之為「集錦人物」(Composite person) [858]。「兼美」此種融合體，自然亦算是另一種新出之人物造型，是個乍看無聲且柔美之角色，在寶玉夢中雖僅是蜻蜓點水之素描，卻有別於榮府現實生活中之寶釵擅述理與黛玉刁小性之特質者。至於遠觀秦可卿之形容亦有極肖似鳳姐之處，見之第 116 回，在賈寶玉「再遊太虛幻境之夢」中：「正在為難，見王熙鳳站在一所房檐下招手。寶玉看見喜歡道：『可好了，原來回到自己家裏了。我怎麼一時迷亂如此。』急奔前來說：『姐姐在這裏麼，我被這些人捉弄到這個分兒。林妹妹又不肯見我，不知何原故。』說著，走到王熙鳳站的地方，細看起來並不是王熙鳳，原來卻是賈蓉的前妻秦氏。寶玉只得立住腳要問『王熙鳳姐在那裏』，那秦

---

[856] 同前註，第 5 回，頁 93。

[857] 同前註，第 110 回，頁 1675。

[858] 見於 Sigmund Freud, *The Interpretation of Dreams,* 'The dream-work', p.186. 有關「集錦人物」之理論見佛洛依德《夢的解析》一書〈夢的運作〉：「是將兩個以上的真實人物的特點集中於一人身上所做之凝縮作用。」(頁 215)

氏也不答言，竟自往屋裏去了。」[859]賈寶玉誤認秦氏爲鳳姐，或因夢本身具有虛幻特質，故當寶玉靠近秦氏時，秦氏卻瞬息幻化爲王熙鳳，而在佛洛伊德 Sigmund Freud《夢的解析》 *The Interpretation of Dreams* 中，則將之解釋爲是夢運作之「置換作用」(displacement)[860]，不過亦極有可能是寶玉「遠距氛圍中之誤識」。若果如此，則即使依循夢之邏輯論斷，無論幻化或置換作用，均有其象徵意蘊，而此種象徵與「誤識」亦可合理推論爲某種程度上秦氏與鳳姐之相貌氣息應極相仿。一個近覷既具釵黛之美，遠觀又極肖似鳳姐之秦氏可卿，作者對其角色之鎔鑄，實是妙拔卓絕，因在此三態之形貌中(亦即是秦可卿具有集錦之形貌)，蘊集了沉穩、美艷、裊娜與機伶於一身。

(二)好性圍情與高强過慮

秦氏既是賈母重孫媳中之第一人，又因秦氏之人緣而惠及初至榮府之秦鐘，但見其圓融處。《紅樓夢》第 5 回因緣於秦氏導遊賈母、邢夫人、王夫人...等賞花於會芳園，賈寶玉因一時倦怠欲睡中覺，但對上房之燃藜圖與對聯反感，而有幸被轉至具精緻擺設及多種與歷史文物有關之器物佈置的秦氏閨房。當一個嬤嬤質疑那裏有個叔叔往侄兒房裏睡覺之理時，秦氏之應答語氣顯得極爲世故：「嗳喲喲，不怕他惱。他能多大呢，就忌諱這些個！上月你沒看見我那個兄弟來了，雖然與寶叔同年，兩個人若站在一處，只怕那個還高些呢。」[861]由於秦可卿之貼心引導與服務，終究成了寶玉夢中之要角，然而這個引夢角色，之後卻完全被另一個在仙霧縹緲中出現的警幻之妹「可卿」所取代。秦氏雖爲賈寶玉引夢、出夢，但表現得極爲世故圓融，甚至當

---

[859]見曹雪芹　高鶚原著　馮其庸等校注《紅樓夢校注》，第 116 回，頁 1736-1737。
[860]見 Sigmund Freud, *The Interpretation of Dreams*, 'The dream-work', p.199. 另見佛洛依德《夢的解析》一書中「夢的運作」部分，頁 227-228。
[861]見曹雪芹　高鶚原著　馮其庸等校注《紅樓夢校注》，第 5 回，頁 82。

寶玉在夢中被夜叉海鬼強拖入深淵後，寶玉大呼自己小名時，秦氏聽見雖覺奇怪，但也未追問，可見其深知規繩矩範。

　　秦氏之知音除了鳳姐外，尤氏更是伯樂了。尤氏口中之秦氏，除了具有好模樣、好性情外，更是個「會行事兒，他可心細，心又重，不拘聽見個什麼話兒，都要度量個三日五夜才罷」[862]之人。當秦氏生病時，尤氏除了要賈蓉在日常作息遷就秦氏之身體狀況與情緒外，在飲食上更叮囑只管來拿取，甚至提供榮府鳳姐處亦能應急。此外，因賈珍夫婦夙懷憫愛，故一再爲秦氏延請三、四位太醫療治，此種姻親佳緣亦遊心內運於秦氏好性情之營播中。尤氏另說出秦氏備受其他親戚與長輩疼惜之因，乃在其爲人行事之好，故尤氏雖爲秦氏之病心焦，不過之後亦有幸得馮紫英推薦深通醫術之張友士前來爲秦氏醫病。張太醫以診脈論斷秦氏之性格與天賦：「是個心性高強聰明不過的人」[863]此乃《紅樓夢》書中將脈相與命理融合敘述之特例。事後秦氏更言爲胸臆、慨嘆病至沉痾之苦境：「把我那要強的心一分也沒了」[864]，可見病損心智的浸潤之害。不過嚴以論之，秦氏之「心性高強」，在寧府中並無更多具體實例可資參證，除了因秦鐘學堂鬧事，造成秦氏慮深志勝而生病，亦可典證外，《紅樓夢》因經曹雪芹增刪五次後，寧府中之秦氏角色難爲麟角已成事實，我們也僅能約莫在第 13 回中秦可卿剛過世時家人對她的感懷舉動中略窺其孝和恩慈：「那長一輩的想他素日孝順，平一輩的想他素日和睦親密，下一輩的想他素日慈愛，以及家中僕從老小想他素日憐貧惜賤、慈老愛幼之恩，莫不悲嚎痛哭者。」[865]或許在早本中有關秦可卿淫喪天香樓之文中有更豐裕之秦氏心性的論述？可足惜也。

---

[862]同前註，第 10 回，頁 167。
[863]同前註，頁 171。
[864]同前註，第 11 回，頁 180。
[865]同前註，第 13 回，頁 200。

在《紅樓夢校注》中秦可卿雖與鳳姐均屬心性高強之人，但卻又有別種特質：前者爲好性圓情，無涉華綺，後者爲機譎圓融、功利爲尙。前者才德兼備，後者才術兼備，二人雖似驂驥同卓，但卻秉性殊異，行事風格亦有差別。當秦可卿過世後，由鳳姐兼管寧府；其整頓寧府現況之風俗五弊：竊盜、事無專執、需用過費、工作苦樂不均及家人豪縱等。由於鳳姐堅定革故鼎新之志與威重令行之勢，故在寧府確可收振興起弊之效，但比之思慮太過之秦氏臨終託夢的作訓垂範，鳳姐顯然遜於秦氏之謀略，在第13回中可見眞章。在鳳姐之夢中，秦氏先從「物極必反」及「樂極悲生」之理切入以導引其注意：「常言『月滿則虧，水滿則溢』，又道是『登高必跌重』。如今我們家赫赫揚揚，已將百載，一日倘或樂極悲生，若應了那句『樹倒猢猻散』的俗語，豈不虛稱了一世的詩書舊族了！」[866]而後便提出「永保無虞」之方及「臨別贈言」警醒之：「『目今祖塋雖四時祭祀，只是無一定的錢糧；第二，家塾雖立，無一定的供給。依我想來，如今盛時固不缺祭祀供給，但將來敗落之時，此二項有何出處？莫若依我定見，趁今日富貴，將祖塋附近多置田莊房舍地畝，以備祭祀供給之費皆出自此處，將家塾亦設於此。合同族中長幼，大家定了則例，日後按房掌管這一年的地畝，錢糧，祭祀，供給之事。如此周流，又無爭競，亦不有典賣諸弊。便是有了罪，凡物可入官，這祭祀產業連官也不入的。便敗落下來，子孫回家讀書務農，也有個退步，祭祀又可永繼。若目今以爲榮華不絕，不思後日，終非長策。眼見不日又有一件非常喜事，眞是烈火烹油、鮮花著錦之盛。要知道，也不過是瞬間的繁華，一時的歡樂，萬不可忘了那[盛筵必散]的俗語。此時若不早爲後慮，臨期只恐後悔無益了。』王熙鳳忙問：『有何喜事？』秦氏道：『天機不可洩漏。只是我與嬸子好了一場，臨別贈你兩句話，須要記著。』因念道：『三春去後諸芳盡，各自須尋各自門。』王熙鳳還欲問時，只聽二門上傳事雲板連叩四下，將王熙鳳驚醒。」

---

[866] 同前註，第 13 回，頁 199。

[867]秦氏臨終託夢鳳姐與心電感應或有密切關係[868]，二人既是姻親，又是好友。一種肖似尤三姐託夢近親尤二姐之情緒幻象[869]，由鳳姐潛意識中不斷儲存日間來往探視秦氏之病的經驗累積，在睡眠中發形而成。秦氏託夢關係著榮寧二府之盛衰榮枯，提醒鳳姐應珍惜家園、居安思危，更建議多置田產以累千祀、濟供給、設家塾，擬共識等，以橫制頹波，並諭示鳳姐須有對治瞬息繁華的退步抽身之道。秦氏之言，實可成典則，以為龜鑑，然而鳳姐卻僅視為一場夢而已，未能攝其機要，以防咎災。

　　《紅樓夢》作者對秦氏角色其實極為摛藻雕章、佈局鋪排，從寧府經濟要角、臨終託夢，至死亡後仍時或出現，或以夢中幻象瞥然一見，或呈現於鳳姐之錯覺與幻覺中，或以鬼魅默然而行，情態各殊。秦氏於寧府經濟要角中，性格表現得思慮太過，與臨終託夢時，似神明攸繫之全知全能，顯有凡聖之異；其往生後，除了完成牽引鴛鴦至癡情司銷案之重任外，並另以鬼魂之姿出沒於鳳姐意識清醒之日常生活中。在第101回「大觀園月夜驚幽魂　散花寺神籤驚異兆」有鳳姐驚見秦氏可卿魂一事。當鳳姐經過大觀園廢墟時，與已往生之秦可卿又有另一段對話：「方轉過山，只見迎面有一個影兒一晃。王熙鳳心中疑惑，還想著必是一房的丫頭，便問：『是誰？』問了兩聲並沒有人出來，早已嚇得神魂飄蕩了。恍恍惚惚的似乎背後有人說道：『嬸娘！連我也不認得了？』王熙鳳忙回頭一看，只見那人形容俊俏，衣履風流，十分眼熟，只是想不起是哪房哪屋裡的媳婦來。只聽見那人說道：『嬸娘只管

---

[867]同前註，頁 200。

[868]可參考王溢嘉編譯《夢的世界》中提及「心電感應」一詞屬於「超心理學」範疇之一：「意指研究生物體與其環境間不受已知之知覺運動功能(Sensors; Motor Functions)所支配的相互作用。心電感應指對他人思想的超感官知覺。」(頁 162)

[869]可參考馬丁‧愛明(Martin Ebon)撰　名可‧知青譯〈心靈戰爭〉'Psychic Warfare'，第 7 章「心電感應的密碼」(Code by Telepathy)文中提及：人類情緒的幻象是心電感應活動最大的因素。(見黃大受編《超心理學研究》，1988 年，第 52、53 期，頁 11-13)

想榮華富貴的心盛，把我那年說的[立萬年永遠之基]都付予東洋大海了！』
王熙鳳聽說，低頭尋思，總想不起。那人冷笑道：『嬸娘那時怎麼疼我來？
如今就忘在九霄雲外了？』王熙鳳聽了，此時方想起來是賈蓉的先妻秦氏，
便說道：『噯呀！你是死了的人拿哪，怎麼跑道這裡來了呢？』啐了一口，
方轉回身要走時，不防一塊石頭絆了一交，猶如夢醒一般，渾身汗如雨下。
雖然毛髮悚然，心裡卻也明白。」[870]新屋不易見怪；破敗處最易「疑心生暗
鬼」。從文學角度論之，秦氏可卿魂仍以生前「形容俊俏，衣履風流」之形
象出現，與此時狐疑不安之鳳姐極為對比：一個扮演沉穩面命之角色，另一
則顯得神色張惶。秦氏嚴厲地撻伐鳳姐忘卻立萬永年之事，卻坐享榮貴之心
態，一吐其先前慮動難圓之託夢美意，然而相知好友之情誼，仍是陰陽兩界
之溝通與喚憶之媒介。由於秦氏臨終託夢對其潛意識之影響應是極大的，故
過去之記憶或許於瞬間便傾流而出，接著更以幻覺形式呈現，而幻象中之鬼
魅秦可卿，卻是個身銜諭命之人，不但語調冷然有憤責之聲，又再次告誡鳳
姐應立永業之績，語氣堅毅，不過驚恐絆交之陰森氛圍，似乎仍掩蓋了秦氏
欲挽既倒之狂瀾的興家主題，故鳳姐始終濛沌而未悟。小說中此處因撮和了
賈家蕭條境域與鬼魅出沒之情節，故卻反成了奇筆。秦可卿臨終託夢鳳姐及
鳳姐大觀園見鬼事件中，但見秦可卿之聰穎睿智、思緒清明、性格行事穩健
等，此均可作為在寧府眾人眼中，性格行事溫柔和平、有條不紊之秦可卿的
「互文敘事」。

　　位望顯盛之寧府秦可卿，具好性圓情與高強過慮之特質，正符合影寫似
鳳姐般之經濟人物的樣貌；其形容裊娜，性格風流，在出現二位可卿的雙包
案中，實具出奇制勝之筆，其餘則多為敘述平淡。雖說秦可卿心性高強，但
因思慮太過而生命促短，終隱沒於病榻中，以致於在寧府中，名義上雖迭獲
好評、行儀又矩度森整，然在整個寧府之治道與功蹟上，卻無太大建樹，不

---

[870] 見曹雪芹 高鶚原著　馮其庸等校注《紅樓夢校注》，第 101 回，頁 1550。

過其性行圓融風流與託夢鳳姐之聰慧睿哲，確實有過人之處。

二、癡情司首坐之情緣

秦可卿之角色，若仍停留於早本淫喪天香樓之情淫者形象，其情感生涯必然豐碩多姿，然增刪多次後，竟成了一位性格具好性圓情與高強過慮者，且似鳳姐般在榮寧府中占經要之地位，故於此嚴肅形象所牽動之男女感情生活，恐較難以浪漫風流。不過秦可卿之情欲世界中，仍有三個男人值得爬梳：一個是指涉中之賈寶玉，一個可能是俞平伯所研究出之淫喪天香樓的男主角賈珍[871]，一個則是盡心盡力的夫婿賈蓉。筆者將一一論述：

(一)指涉中之賈寶玉

《紅樓夢》中的兩個「可卿」：一個精細世故，一個貌美無瑕。二人同時出現於《紅樓夢》第 5 回中，鋪演兩個身分地位及性情形貌迥異之女子的部分生命情態，並關係著一樁被指涉與秦可卿之情欲世界有關的賈寶玉之情緣。當賈寶玉隨著秦氏至一朱欄玉砌，清溪綠樹，人跡飛塵罕至之處後，秦氏便消失無蹤。賈寶玉僅能自行摸索，見了薄命司，看了金陵十二釵之正冊、副冊其中一冊、又副冊其中一冊、亦聽了紅樓夢仙曲十二支及副歌等，其中鋪陳了一個逃離父權之威嚇而登上太虛幻境之華富空間的頑童奇遇記。此時寶玉實已瞬間遁入佛洛伊德所謂人類童年之普遍幻夢(mass-phantasm)[872]之中，一種渴望自由自在、無拘無束，且充滿新鮮與新奇之境者。於是作者次

---

[871]可參考俞平伯《紅樓夢研究》，頁 179-190，另在張慶善〈關於秦可卿 "天香樓" 之死的問題〉中亦採此說，見《紅樓夢學刊》，1991 年，第 1 輯，頁 175。
[872]佛洛姆《夢的精神分析》「佛洛依德與楊格」中有：「尚不知羞恥為何物的童年時代，似乎是天堂。然而後來回顧它時，明白天堂本身不過是個人同年的普遍夢幻(mass-phantasm)而已。」(頁 75)

第安排賈寶玉從夢幻田園、彩姿、翩躚舞步、至夢幻閣樓止，駭見了一位兼具釵黛之鮮豔嫵媚及嬝娜風流的夢幻紅顏、之後經警幻仙姑詳說榮寧二公「剖腹深囑」之意，並主導了一場與此位優質仙姬「兼美」之迅雷婚禮：「『今既遇令祖寧榮二公剖腹深囑，吾不忍君獨為我閨閣增光，見棄於世道，是以特引前來，醉以靈酒，沁以仙茗，警以妙曲，再將吾妹一人，乳名兼美字可卿者，許配於汝。今夕良時，即可成姻。而今後萬萬解釋，改悟前情，留意於孔孟之間，委身於經濟之道。』說畢便秘授以雲雨之事，推寶玉入房，將門掩上自去。那寶玉恍恍惚惚，依警幻所囑之言，未免有兒女之事，難以盡述。至次日，便柔情繾綣，軟語溫存，與可卿難解難分。」[873]月老警幻仙姑在太虛幻境設下宴席，以美酒、仙茗、妙曲及良時等，締造姻緣，將自己現成之妹「兼美」嫁予賈寶玉，在天地人三合齊備後，寶玉便依警幻仙姑所教雲雨事與兼美兩情繾綣、難分難捨。雖然最終寶玉被夜叉海鬼強拖入迷津而結束了此段情緣，但畢竟夢中仙女兼美可卿乃輔助寶玉受享男女性福者，因此，一個同名的寧府秦可卿，一個兼具釵黛之美者，極可能是賈寶玉潛意識中理想且浪漫之心靈伴侶(soul mate)[874]，她導引寶玉至令其興味濃厚之閨房者，亦是個引渡寶玉接受警幻仙姑調教而揭開性愛面紗的第一人。過去除了1933年的庚辰本42回回前脂批有"釵黛合一論"外，俞平伯則將之解為是「雙絕」，然其理論卻引起其他學者如李希凡、藍翎寫商榷文〈關於《紅樓夢簡論》及其文章〉，之後便一直不斷有其他學者討論之[875]。2006年辛欣〈「釵黛合一」評譯〉一文不但對此理論作探源，亦做了一個結論：「"釵黛合一"論中，最能體現它字面意義的是：『二人的優長相結合便是作者心目中的理

---

[873] 見曹雪芹　高鶚原著　馮其庸等校注《紅樓夢校注》，第5回，頁94。

[874] W.L.G.等編　徐進夫譯《文學欣賞及批評》 *A Handbook of Critical Approaches to Literature* 　第4章　「神話與原型的批評」中提及「心靈伴侶」之定義：「是其心中之白雪公主或其所認定之美女，是其靈感與精神滿足之具体化。」(頁136)。

[875] 見辛欣〈「釵黛合一」評譯〉，在《紅樓夢學刊》，2006年，第3輯，頁321-345。
案：《紅樓夢問題討論集》(1至4冊)中，有多篇文章論及兼美之問題，可參考之。

想女性』」[876]故釵黛合一論，應該不是無的放矢。然而秦氏病重，賈寶玉隨著賈蓉等去探望之，當寶玉聽到秦氏與王熙鳳對話中提及自己未必熬得過年去時，寶玉瞅著當時所見之《海棠春睡圖》，並那秦太虛所寫的對聯，而憶及曾在此閨房睡晌而流淚，可見其悲天憫人之心。更有巧逢可卿之死，賈府敲完喪鐘之後，賈寶玉從夢中醒來，哇的吐了一口血，一而再地印證賈寶玉為秦可卿之事的付出，此或可解釋為作者刻意藉著抽象敘事，呈現寶玉為夢中情人之死所作的「哀傷與瀝血」之象徵儀式。

(二)淫喪天香樓之男主角賈珍

　　與秦可卿之情欲世界有關的第二個男人，是個可能是早本淫喪天香樓之男主角賈珍。秦可卿被視為淫亂之罪魁禍首，源於第 5 回「金陵十二釵又副冊」中之預示判詞：「情天情海幻情身，情既相逢必主淫。漫言不肖皆榮出，造釁開端實在寧」[877]及畫冊之圖像「後面又畫著高樓大廈，有一美人懸梁自縊」[878]，但由於在脂硯齋所言「命芹卿刪去」過程中，秦可卿在寧府之表現前後敘述矛盾，以致其情欲世界成了二百多年來之謎與難題。賈珍為賈敬之子，世襲三品威烈將軍，一個重嫖賭勝於射數之人。賈珍於第 2 回一出場，便是古董店老闆冷子興口中的一個襲了父爵、不學無術、只會高樂，無人可管束的寧府紈袴子弟。在庚辰本中，秦可卿與賈珍是公姥與子媳之關係。賈珍對於生病期間之秦可卿珍愛非常，用心延醫，但並無任何二人亂倫之情節描述，亦無鳳姐與賈蓉之不倫書寫，同時因尤氏姊妹與賈氏兄弟及父子的淫亂尚在第 13 回之後，因此，第 7 回焦大口中醉罵寧府荒淫之事：「爬灰的爬

[876]同前註，頁 343。
[877]見曹雪芹 高鶚原著　馮其庸等校注《紅樓夢校注》，第 5 回，頁 88。
[878]同前註。

灰，養小叔的養小叔」[879]，似乎成了無頭公案，此或爲原作者，或是曹雪芹
增刪時之疏漏。第 13 回秦氏之死，賈珍備極哀容及過於悲痛，且因先前已
有些病症在身，故拄了拐杖踱來求鳳姐擔任治喪主事，一面說，一面滾下淚
來。賈珍之傷痛程度令人起疑，書中云：「哭得像淚人兒一般」[880]、「過於悲
痛了」[881]「恨不能代之而死」，此種表現最不可思議，確實反常。因庚辰本
13 回之前，賈珍與秦可卿之間確實無任何邪淫不倫，故僅能詮釋爲秦氏與
賈珍有翁媳之善緣，或是詮釋爲賈珍極爲傷感，因不捨才華洋溢的秦氏之
死，我們可參看第 13 回中作者敘述賈珍對秦氏之想法：「合家大小，遠近親
友，誰不知我媳婦比兒子還強十倍。如今伸腿去了，可見這長房內滅絕無人
了。」[882]。同時爲了喪禮靡費風光，賈珍更替兒子賈蓉捐了個龍禁衛之官，
讓秦氏往生後封官體面，但因其傷情遠過而令人有逾節之議。之後 63-65 回
中，賈珍與尤氏姊妹間之亂倫淫情，及柳湘蓮從賈寶玉口中證實了寧府中除
了兩頭石獅子乾淨以外，其他都不潔之傳言，更令秦可卿難從傳言中脫身，
因此詩詞與畫冊之內涵，平添了後人無數的揣測與質疑。

(三)盡心盡力的夫婿賈蓉

　　秦可卿之情欲世界中的第三個男人，乃其夫婿賈蓉。《紅樓夢》作者一
反常態地將二人之感情與性福情事略去，反而細描賈蓉與尤二姐、丫環們等
鬼混之事。邪淫者如賈蓉之屬，於第 2 回出現時，已是個十六歲之青年；第
6 回在劉姥姥視角中則爲十七、十八歲之青年；第 10 回秦氏已病倒，故賈
蓉與尤氏商量打算請張友士來診視秦可卿。就夫婿角色論之，賈蓉尚且中規

---

[879]同前註，第 7 回，頁 133。
[880]同前註，第 13 回，頁 201。
[881]同前註，頁 205。
[882]同前註。

中矩，並對尤氏交辦之事亦能言聽計從；對賈珍要他以人參補給秦氏，賈蓉亦立即叫人打藥去煎給秦氏吃，一切均依循父志，故對秦氏而言，亦算盡心盡力。第 11 回，因尤氏希望鳳姐藉著友好關係開導秦氏，而賈蓉亦親至榮府邀鳳姐與寶玉前來探望秦氏，其對妻子秦氏之關心，尚可言善。但至第 12 回時，秦氏尚在綿愒之際，賈蓉卻有心為鳳姐效犬馬之勞，去整飭、修理賈瑞，此種做法顯得出人意表，不過亦可見其與鳳姐之情誼匪淺，但卻無法進一步論證二人之關係。第 13 回秦氏死亡後，賈蓉順從父意，協力治喪，可見其在居家時，侍親待妻頗為孝敬遵謹與相敬如賓。由於秦可卿亡故，第 29 回賈蓉再娶許氏為妻，但第 63 至 64 回賈蓉卻與賈珍和尤氏姊妹有聚麀之誚，隨意摟抱親吻丫環，秦氏所嫁之夫婿賈蓉，在其亡逝後成了一個淫亂不羈之人，似迷途棄驥，愈速愈遠，且於二次婚姻前後之行為表現，亦判若二人。

雙包案中之「可卿」，在五次增刪中投懷送抱於三個男人之間，與賈寶玉之迅雷婚姻中，搬演著一個靜默無言地接受警幻仙姑安排婚禮之夢幻仙女---兼美可卿；與早本淫喪天香樓事件中被指涉之淫情者賈珍，有著翁媳不倫之傳說，是個敗德喪倫之秦氏可卿；與寧府賈蓉有夫妻之實而相敬如賓者，是寧府第一得寵，端莊、識體之重孫媳秦氏可卿。「可卿」在情感上之三種面向，各具特質且均被賦予重命，或為寶玉潛意識中之理想情人，或象徵富貴家族中之亂倫孫媳，或為內治賢良之懿德典範，但被刪去之亂倫角色秦可卿，其實並不亞於虛幻世界中兼美之炫人眼目，亦較寧府中心性高強之秦氏可卿更聳人聽聞。

三、生死之謎與喪禮問題

書中透過脈相與命理融合敘述，秦氏是特例，而秦氏心性高強、聰明不過之性格，又與其疾病是否有因緣？或者說有關秦可卿生死之謎，在曹雪芹

增刪五次以後，無心種下之修改謎團中，是否環環相扣？此外，在中國傳統小說中，因畫冊中之圖像、詩詞讖語及喪禮之排場、封號而引起爭議者，也唯有《紅樓夢》中之秦可卿了。此些問題均具研究價值，筆者將分成二部分作論：

(一)生死之謎

　　有關秦可卿之死，有今本的「死於 13 回」及戴不凡提及的舊本中應「死於 76 回中秋之後」[883]，但不論舊稿是否存在？由於筆者以今本為主，故將以探討秦氏究竟因何種疾病死於 13 回為論。

　　《紅樓夢》第 13、14 回從秦氏之死的喪鐘響起始，便進入有關治喪人選之挑任、喪禮鋪排之靡費風光、秦可卿死封龍禁衛等，應照第 5 回之種種矛盾，因此，秦可卿之死，是研究《紅樓夢》的重點之一。主張秦可卿是上吊自殺者多，筆者原以為 2005 年出版的方瑞《紅樓實夢 秦可卿之死釋祕》中可能有詳論秦可卿之死因，但書中卻僅以「畫樑春盡落香塵 宿孽總因情」作為秦可卿死因的結論，是指秦可卿是自縊死的[884]，令人深感遺憾。昔日臞蟫於《晶報》發表的〈紅樓佚話〉和其他學者包括俞平伯、顧頡剛…等主張：秦可卿乃因與賈珍私通，被奴婢撞見而上吊自殺[885]。又有林語堂〈論秦可卿

---

[883] 見《紅學評議·外篇》中的「秦可卿晚死考」，頁 257-268。又見王志良、方延曦〈談秦可卿之死〉，引戴不凡的《秦可卿晚死考》中「死於 76 回中秋之後」的說法，刊於《紅樓夢研究集刊》，1981 年，11 月，第 6 輯，頁 129。

[884] 見該書「《論秦可卿之死》辯——之二——談俞平伯先生錯擬瑞珠、寶珠之歸宿」，頁 65 及「秦可卿病情及時間考」，頁 102。

[885] 見上海《晶報》：「又有人謂秦可卿之死，實以與賈珍私通，為二婢窺破，故羞憤自縊。書中言秦可卿死後，一婢殉之，一婢披麻做孝女，即此二婢也。」(1921 年 5 月 18 日，第 3 版，又見於周汝昌《紅樓夢新證》，頁 929)另亦見於丁廣惠〈秦可卿是什麼人？〉，刊於《紅樓夢研究集刊》中，1981 年 11 月，第 6 輯，頁 117) 亦可見俞平伯《紅樓夢研究》引顧頡剛來信提及《晶報》上之《紅樓佚話》之言的說法：

之死〉及胡文彬〈風情月貌敗家根─秦可卿“強壽考”〉有秦可卿非病死，而是自縊死之說法[886]，而洛地〈關于秦可卿之死〉則以爲秦可卿與其祖父賈敬不倫而上吊自殺[887]等各種說法，內容或有不一，但結論卻均以「自縊」定論。其他說法尚有：舒憲波《撲溯迷離的賈寶玉·秦可卿之死》，以爲「秦可卿死於癆疾」[888]；姚燮《讀紅樓夢綱領》謂：「秦氏以阻精不通水虧火旺犯色欲死」[889]；在宋淇、陳存仁〈紅樓夢人物醫事考─紅樓夢的病症與醫理〉中，陳存仁醫師謂：「死因可疑」[890]；嚴安政〈“兼美”審美理想的失敗〉謂：「早死於作者之筆」，是“兼美”審美理想的失敗[891]；賴振寅〈刀斧之筆與

「說有人見書中的焙茗，據他說，秦可卿是與賈珍私通，被婢撞見，羞憤自縊死的。」(頁 180)而俞平伯與顧頡剛二人亦均相信秦可卿是死於自縊。在俞平伯《讀紅樓夢隨筆》「十八　賈瑞之病與秦可卿之病」中亦懷疑秦可卿不是病死的(在《俞平伯論紅樓夢》一書中，頁 684)。在李厚基〈象外之旨，意外之趣─秦可卿藝術形象塑造質疑〉一文亦贊成此種說法，見《紅樓夢研究集刊》，1982 年 5 月，第 8 輯，頁 55-56。又見胡適〈秦可卿之死〉在《紅樓漫拾》，頁 65-70 及艾浩德著　胡晴譯〈秦可卿之死〉，刊於《紅樓夢研究集刊》，1980 年 9 月，第 4 輯，頁 260；此二人亦均採此說。
[886] 前者見《平心論高鶚》，頁 276-282；後者見《讀遍紅樓》，頁 115-121，又見《紅樓夢人物談·畫樑春盡落香塵─秦可卿之病》，頁 77-83。
[887] 其文云：「作者通過“天香樓一節”具體的揭露了賈敬正是“造釁開端”、“家事消亡”、“箕裘頹墮”的首罪者。族長如此，賈家後事便可想而知了。這就是所謂“史筆”。」(見《紅樓夢學刊》，1980 年，第 3 輯，頁 264)
[888] 舒文云：「她的死，是死於癆疾，也就是所謂的癆瘵。」(頁 47)
[889] 見一粟編《紅樓夢卷》，卷 3，頁 125-146。
[890] 陳醫師提出：「『秦可卿之死，事屬可疑』，秦可卿之死：『決無突然身亡，而不講一句起病如何？』」(見《大成》，1980 年 7 月 1 日，第 92 期，頁 9)案：陳醫師所使用之「決」字，應是「絕」字之訛字。此外，可參考陳存仁醫師與宋淇二人於 2006 年在中國大陸是由廣西師範大學出版社出版之《紅樓夢人物醫事考》第 3 章「秦可卿的病與死」，頁 23-41，在台灣則於 2007 年，由台北縣新店市之世茂出版了《紅樓夢人物醫事考》一書。
[891] 其文云：「曹雪芹不愧為偉大的作家，在現實與自己審美理想與情感願望(前已論及，悲挽、痛惜封建大家族毀滅，甚至冀其復興，是曹雪芹改塑秦可卿這一形像的重要思想動因)發生矛盾，亦即恩格斯所謂世界觀與創作方法發生矛盾的時候，曹雪芹作出了生活本來面目的選擇：于是忍痛匆匆忙忙讓秦可卿早死。所以秦可卿的過

菩薩之心—秦可卿之死與曹雪芹的美學思想〉以爲：秦氏是死於作者的「刀斧之筆與菩薩之心」[892]；紀永貴〈論紅樓夢秦氏的病源及死因〉謂：秦氏「喜極而病、病極而死」[893]；楊樹彬〈夢與秦可卿〉以爲鳳姐與賈蓉之間有曖昧之情，秦可卿經常作惡夢、受驚受擾、積擾成病[894]；王志良、方延曦〈論秦可卿之死〉中云：「一、從今本結構來看，秦可卿早死是作者開始構思時就已確定的」[895]；在李騰嶽〈紅樓夢醫事 ： 殊に其の諸人物の罹患疾病に就ての察〉中提及：「秦可卿以月經不順、失眠、胸痛、暈眩、盜汗、食慾不振及四肢倦怠爲主要徵狀，張太醫論病詳細，可以略爲探究月經延遲乃至閉經的原因。經吾人觀察，不是重度神經衰弱、初期肺浸潤，要不然就是到肺尖加答兒的程度。大高氏認爲，因爲她生活淫亂才導致重度子宮內膜炎，子宮內膜炎其徵狀之一爲月經過多，而張太醫的處方如下：『益氣養榮和肝湯人參二錢　白朮二錢...去心紅棗兩顆』其中人參、白朮、白芍、川芎、黃耆、熟地、當歸及灸甘草，依醫宗金鑑及六科準繩等中醫理論，調配十全大補湯、人參養榮湯、補中益氣湯或補肝湯等，作爲強身補血等用。就這點，俞平伯以『論秦可卿之死』爲題，說明她的死不足爲奇，連秦氏本身都說『好不好，春天就知道了。』（第 11 回第 5 頁），但又引證她死於年末，若罹患癆症的話，死得過於突然，加上金玉緣本中以『無不納悶，都有些疑心』（胡氏所有的脂硯齋本爲無不納罕，都有些疑心）描述聽到她死亡消息時的全家表情

早死去既說明曹雪芹"兼美"審美理想的失敗，又說明曹雪芹的清醒：封建社會的天不可能回，亦不可能補。」（見《紅樓夢學刊》，1995 年，第 4 輯，頁 190）

[892] 刊於《紅樓夢學刊》，1999 年，第 1 輯，頁 116-131。另賴振寅〈釵黛合一的美學闡釋（之三）〉亦云：「作者欲速可卿之死，才是秦可卿的真正死因。」（見《紅樓夢學刊》，2007 年，第 2 輯，頁 89）

[893] 見《中國文化月刊》，2001 年 4 月，第 253 期，頁 64-66。

[894] 刊於《紅樓夢學刊》，1988 年，第 2 輯，頁 120。

[895] 刊於《紅樓夢研究集刊》，1981 年 11 月，第 6 輯，頁 129。

等，推論證明她確為縊死，因此，吾人無須就此進行論證。」[896]等種種說法；甚至於朱淡文《紅樓夢研究》更考證秦可卿死於八月二十五日者[897]，筆者將深入論述之。

　　有關前面筆者文中提及的賈敬一說的部分，由於賈敬是個潛心修煉者，書中實看不出有關賈敬人物的素描有任何修改痕跡，而較常被學者所論述者，乃秦可卿之死以懸樑自縊卒，此乃指甲戌本脂硯齋批語卷 13 回末云：「秦可卿淫喪天香樓，作者用史筆也，老朽因有魂托王熙鳳賈家後事二件，嫡是安富尊榮坐享人能想得到者，其事雖未漏，其言其意則令人悲切感服，姑赦之，因命芹溪刪去。」[898]靖本批語亦有「因命芹溪刪去『遺簪』『更衣』諸文」；另庚辰本回末則特言：因慈悲心之故[899]等，秦可卿部分被刪節處，在脂批本中之三處遺文仍清晰可見。秦可卿若果真是個被影射之清朝某人，則庚辰本回末云慈悲為懷之心可信；若果其僅是小說中之虛擬人物，一再修改後角色轉為平淡無奇，則儒家載道觀凌駕於文藝創作之上，誠為可惜。至於其他與醫病無關之說法，如秦可卿「死於上吊說」、「死於作者之筆」及「早死是作者開始構思時就已確定的」等，因與《紅樓夢校注》之情節有誤差，故筆者亦不論之。另雖有與醫病沾上關係者，如「喜極而病、病極而死」，及以為鳳姐與賈蓉之間有曖昧之情，令秦可卿經常作惡夢、受驚受擾、積擾成病之說，因亦與書中之情節有所逕庭，故亦無須論之。又陳存仁醫師「死因可疑」之說，既未論及病因病名，又僅從 12 回論至 13 回，結論為「秦氏之死因可疑」，不但未能進一步申論，又因秦氏之病的重點敘述不在 12 回至 13 回，而是在第 10 及第 11 回中，以致於陳醫師的結論會產生錯誤。至於

---

[896]見第 41 卷，第 3 附錄別刷，頁 89-90。

[897]見頁 130。

[898]見陳慶浩編著《新編石頭記脂硯齋評語輯校》，頁 253。

[899]案：「秦可卿淫喪天香樓」一回被刪的真正原因，見庚辰本硃批：「通回將可卿如何死故隱去，是大發慈悲心也，嘆嘆。壬午春。」（參靖藏眉批，頁 243）（見陳慶浩編著《新編石頭記脂硯齋評語輯校》，頁 253）

李騰嶽雖提及大高巖之「重度子宮內膜炎」及俞平伯之「縊死說」，不過卻又提出三種說法：重度神經衰弱、初期肺浸潤，要不然就是到肺尖加答兒的程度；並將之歸於神經問題與肺部問題。其中大高巖與李騰嶽均未掌握到其所用的《國初抄本原本紅樓夢》第 10 回，第 2 頁中所云的「月信過期」之說法，同時直至秦氏死亡前約有一年多的時間秦氏的重要疾病包括閉經徵狀與思慮過盛，而非經血過多，此重要徵候被忽視了，因此，大高巖之說法已不具可信度，而李騰嶽的神經衰弱及肺部疾病(肺浸潤及肺尖加答兒[案：加答兒 catarrhal 是發炎之義])之說法，其中或有關係神經問題，但卻無關乎肺部疾病，且神經衰弱者亦不會產生常態性的停經及半夜盜汗等重要症狀。在〈現代人的困擾－如何緩解壓力〉一文中指出：「神經衰弱的各種症狀，例如煩躁不安、精神倦怠、失眠多夢等神經症狀，以及心悸、胸悶、筋骨酸痛、四肢乏力、腰酸腿痛和性功能障礙等其他症狀，甚至可能引發高血壓、冠狀心臟疾病、癌症等疾病。」[900]而「不寐」，在《中醫內科學》中之定義為：「亦稱失眠或 "不得眠"、"不得臥"、"目不瞑" …不眠一證，既可單獨出現，也可與頭痛、暈眩、心悸、健忘等證同時出現」[901]。仔細從醫學分析，此二種疾病之病徵與《紅樓夢》書中秦氏之重要病徵是有所差異的，故秦氏雖有睡眠障礙，但並不是一個「神經衰弱症」者。另有關秦可卿「死於瘵疾」及「秦氏以阻精不通水虧火旺犯色欲死」之說，則因與醫病問題亦有關係，故均值得進一步推敲。

　　本文因以今本《紅樓夢校注》為主，前八十回之主軸為庚辰本，因此將以書中提及秦可卿之死，乃「因病而卒」為論，然而秦氏究竟因何而死？值得一探究竟。在庚辰本中，或說是《紅樓夢校注》中，披露秦氏之經期有兩

---

[900] 見「現代人的困擾-如何緩解壓力 - 秀傳醫療體系」 Show.org.tw ，網站：http://www.show.org.tw/health_detail.asp?x_no=0000002052&page=216 - 23k - 2006/12/31。

[901] 第 14 章,「不寐」,頁 158。

個多月沒來者，是尤氏。尤氏如此述說：「他這些日子不知怎麼著，經期有兩個多月沒來。叫大夫瞧了，又說並不是喜。那兩日，到了下半天就懶待動，話也懶待說，眼神也發眩」[902]。之後並述說了秦氏之病因：「你是知道那媳婦的：雖則見了人有說有笑，會行事兒，他可心細，心又重，不拘聽見個什麼話兒，都要度量個三日五夜才罷。這病就是打這個秉性上頭思慮出來的。今兒聽見有人欺負了他兄弟，又是惱，又是氣。惱的是那群混帳狐朋狗友的扯是搬非，調三惑四的那些人，氣的是他兄弟不學好，不上心念書，以致如此學裏吵鬧。他聽了這事，今日索性連早飯也沒吃。我聽見了，我方到他那邊安慰了他一會子，又勸解了他兄弟一會子。我叫他兄弟到那邊府裏找寶玉去了，我才看著他吃了半盞燕窩湯，我才過來了。嬸子，你說我心焦不心焦？況且如今又沒個好大夫，我想到他這病上，我心裏倒像針扎似的。你們知道有什麼好大夫沒有？」[903]尤氏從秦可卿之心性及近日所發生之事故論說，認為秦可卿之病有三：一是秉性思慮過細，二是受外務干擾而嚴重影響秦可卿之情緒(指秦鐘告訴秦氏其在義學中之紛擾)，三是醫師之醫術不佳等，因此向金氏打探有否好大夫。《紅樓夢》第 10 回-12 回間重力鋪陳秦氏之病情，而馮紫英所介紹之張友士診斷出秦氏之病因與病徵為：「聰明忒過，則不如意事常有；不如意事常有，則思慮太過。…心氣虛而生火；左關沉伏者，乃肝家氣滯血虧。右寸細而無力者，乃肺經氣分太虛；右關需而無神者，乃脾土被肝木克制。心氣虛而生火者，應現經期不調，夜間不寐。肝家血虧氣滯者，必然肋下疼脹，月信過期，心中發熱。肺經氣分太虛者，頭目不時眩暈，寅卯間必然自汗，如坐舟中。脾土被肝木克制者，必然不思飲食，精神倦怠，四肢酸軟。」[904]張大夫指出秦氏之月信過期，夜間不寐，肋下疼脹，心中發熱，寅卯間必然自汗，如坐舟中等現象，已被延誤成大病，因此研判僅有三

---

[902]見曹雪芹 高鶚原著　馮其庸等校注《紅樓夢校注》，第 10 回，頁 166。
[903]同前註，頁 167。
[904]同前註，頁 171。

分可治之希望，並強調醫緣之重要，云此種病，乃因「憂慮傷脾，肝木必旺，經血所以不能按時而至」[905]，是一種「水虧木旺的症候」[906]。其實在張大夫之診斷中，突顯了心性高強者易有思慮過盛之特質，而此種特質便導致秦氏生病。雖最終張大夫開藥醫病且成了寧府希冀之華陀，不過第一次初試藥劑時，秦氏僅覺頭眩好些，其餘卻無改善，然而秦氏無法撐過隔年春分之實，仍伏了張太醫論斷秦氏可捱過當年冬季之預言。此乃張太醫醫病經驗之累積，同時亦牽涉醫術問題。

　　秦氏之病實有所因，病程可稽，脂評曾云：「欲速可卿之死，故先有惡奴之凶頑，而後及以秦鐘來告，層層剝入，點露其用心過當，種種文章逼之。雖貧女得居富室，諸凡遂心，終有不得不夭亡之道。」[907]脂評點出秦氏內憂外患之重點，不過秦氏病徵最明顯者，乃思慮太過、閉經、排斥飲食、出現女性更年期之徵候及不下幾日身上的肉全瘦乾了等。以醫學角度論之，病因病名可能是憂鬱症或因思慮過盛所造成之「下丘腦閉經症」，而非「死於癆疾」。所謂「癆疾」，即是「肺結核」。有關「肺結核」之病徵，尤其是重要病徵咳嗽與咳血，秦可卿均無，可參考筆者賈瑞之文，故雖舒憲波《撲溯迷離的賈寶玉》中「可卿的病案」又云：「鳳姐幾天不見秦氏，秦氏就瘦得很厲害，這便是癆疾的徵狀」[908]此種以單純的「消瘦」病徵作為認定的標準，並不符合古今醫學對疾病之判準方式。同時秦可卿亦非「以阻精不通水虧火旺犯色慾死」，因腎屬水，水虧是指秦氏腎虧；又《紅樓夢校注》中亦無秦氏「犯色慾」之敘述，因此，此說亦不符合《紅樓夢校注》之情節鋪陳。以下筆者將逐一詳論我的研究與分析：

1.憂鬱症可能造成停經及體重降低之現象。秦氏在寧府 備受尊寵，與尤二

---

[905]同前註，頁 171-172。

[906]同前註，頁 172。

[907]見陳慶浩編著《新編石頭記脂硯齋評語輯校》，頁 219。

[908]頁 51。

姐被賺進大觀園後受盡物質虐待與　精神折磨比較，實有天壤之別。我們觀察，在秦氏強笑答言鳳姐時之心態，不但不消極，且心中充滿感恩之情：「這都是我沒福。這樣人家，公公婆婆當自己的女孩兒似的待。嬸娘的侄兒雖說年輕，卻也是他敬我，我敬他，從來沒有紅過臉兒就是一家子的長輩同輩之中，除了嬸子倒不用說了，別人也從無不疼我的，也無不和我好的。這如今得了這個病，把我那要強的心一分也沒了。公婆跟前未得孝順一天；就是嬸娘這樣疼我，我就有十分孝順的心，如今也不能夠了。」[909] 秦氏除了表述在家族、夫妻及姻親關係之寵光優渥外，更了悟病痛折騰性格與志氣之甚，但此時其心態上其實並不那麼悲觀。秦氏雖曾面對鳳姐道出自覺不祥之兆：「我自想著，未必熬的過年去呢。」[910] 及「任憑神仙也罷，治得病治不得命。嬸子，我知道我這病不過是挨日子。」[911] 不過當鳳姐為秦氏眼圈一再泛紅時，尤氏告訴鳳姐，秦氏曾強扎掙了半天，為的是不捨二人之情深，因此友誼與親情實是展延秦可卿生命驅力之重要因素。當秦氏表白渴望鳳姐多來探望她時，可見其心中仍存生機一線，故書中未見秦氏有過度悲傷或憂鬱氣質。中醫有所謂「鬱症」，在《丹溪心法‧六鬱》中有：「氣血沖和，萬病不生，一有怫鬱，諸病生焉，故人生諸病，多生於鬱。」[912] 又《景岳全書‧鬱證》中亦云：「至若情志之鬱，則總由乎心，此因鬱而病也。」[913] 或《臨證指南醫案‧鬱》：「七情之鬱居多，如傷思脾，怒傷肝之類是也。其原總由乎心，因情志不遂，則鬱而成病矣，其證心脾肝膽為多。」[914] 然由於中醫對「鬱症」之研究僅及於表述情志、

---

[909] 見曹雪芹　高鶚原著　馮其庸等校注《紅樓夢校注》，頁 180 。
[910] 同前註。
[911] 同前註，頁 181。
[912] 見筆者的醫學顧問林昭庚教授主編《中西醫病對照大辭典》，第 2 冊，第 5 章「精神疾患」，頁 627。
[913] 同前註。
[914] 同前註，頁 607。

氣血之鬱悶及「心」爲鬱之源而已，比較抽象，並未有如今日西方對「憂鬱症」研究之細膩，不但從人類之心緒情志作論，更從其生活動能進一步論證，以致於自西醫進入中國社會後，西醫中之憂鬱症之診斷標準目前已爲全世界採用。今日醫學有關精神問題，無論中西醫均以《精神疾病的診斷手冊與統計》 *Diagnostic and Statistical Manual Disorders DSM-IV-TR* 或國際衛生組織（WHO）《國際疾病之分類標準》中之「憂鬱症」爲認定標準(需具五項或五項以上之特質)：「對很多事情失去興趣和快樂感；情緒低落；活力減退與有疲倦感；食欲或性欲降低與體重會明顯降低；煩躁不安與動作遲緩；有睡眠障礙；有罪惡感、無望感及無價值感；無法集中注意力及有自殺的想法或企圖。」[915]故就病程稽核，雖然秦氏其他病徵與「鬱症發作」時，可能伴隨著內在驅力降低、明顯喪失食慾或性欲、自尊和自信心減少等徵狀相似，不過秦氏並不符合「憂鬱症患者」須具五項或五項以上之憂鬱症特質，同時其亦未有臨床上所表現的極爲明顯的憂鬱氣質。雖然要強的秦氏終究還是向命運、病魔俯首稱臣，不過「知命之諭」更是秦氏病後之大覺，由此可知，秦氏並非因憂鬱症而造成停經現象。

2. 秦氏可能因思慮過甚，自我要求過高、壓力過大而造成無月經之現象。

古代中醫有關閉經理論，早在春秋戰國時期《內經》中已認識到此病與血液之多寡有關，並認爲乃心脾之病所造成[916]。中醫相關之病名，如「經閉」、

---

[915] 案：1966 年國際衛生組織（WHO）《國際疾病之分類標準》*The ICD-8 Classification of Mental and Behavioral Disorders: diagnostic criteria for research* 把情緒疾患都歸類爲「情感障礙」（affective disorders），且分爲輕、中、重度憂鬱症三級，之後又改成就病情的經過及病態性質採描述性的分類法。1994 美國精神醫學協會《精神疾病的診斷手冊與統計》*Diagnostic and Statistical Manual Disorders DSM-IV-TR* 則改稱爲「情緒障礙」(mood disorder)並描述重度憂鬱症之病徵，（情感性疾患，頁 315)另見李明濱主編《實用精神醫學》，第 14 章 「情感疾病」，頁 146。

[916] 見筆者的醫學顧問林昭庚教授主編《中西醫病對照大辭典》，第 3 冊，第 10 章 「泌尿生殖系統疾病」，頁 1499。

「閉經」、「女子不利」及「月經不利」等，其因可能有性染色體異常、先天性結構異常、下視丘激素內分泌缺陷、卵巢功能失調、體重過胖或其他原因等[917]。又「中醫認爲，外感以寒、熱、濕爲主；內傷則以憂、思、怒、多產及房事不節居多，…西醫認爲，月經病多種多樣，就其病因，有功能性的，如內分泌功能失調，以 及身體內外任何因素影響了丘腦下部——垂體——卵巢軸任何部位的調節功能；亦可能因器質性病變或其他疾病 的影響，甚至因藥物反應所致。」[918]因此，秦氏之病症乃中醫論病之「內傷憂思」所致之「閉經現象」，與《紅樓夢》書中太醫張友士診斷秦氏閉經症較符合者爲「脾虛型及血虛性之閉經症」：「一、脾虛型：脾虛性閉經，可見閉經、面色淡黃、精神疲倦、四肢不溫、甚則浮腫、心悸氣短、食少便溏、腹脹、口淡無味、舌質淡苔白膩、脈緩弱等症。二…三、血虛型：血虛性閉經，可見閉經、面色少華、疲倦、頭暈目眩、間有頭痛心悸怔忡、大便乾燥、舌淡無苔、脈細緩等症；如爲陰虧血枯，則兼見兩顴潮紅、手足心熱、潮熱盜汗、心煩不寐、皮膚乾燥或有咳嗽吐血、咳痰不爽、氣短、甚至動則喘促、唇舌具紅、口乾、苔薄黃而燥或光滑無苔、脈象虛細而數等症。…」[919]但若以西醫爲論，則秦氏所得之病，可能是所有停經病因中唯一會因精神、神經因素而產生停經現象之「下丘腦性閉經症」：指因精神緊張、恐懼、憂慮…等，引起神經內分泌障礙而導致閉經，或者因消耗性疾病或因精神因素引起的不思飲食、營養不良等，而影響到垂體促性腺

---

[917] 同前註。

[918] 見馬國強編著《婦女疾病 飲食調養》中「常見的月經病有哪些」，頁34。

[919] 案：中醫中辨證停經類型有五，除了筆者所述二種與秦氏之病微較能謀合外，另有三種類型可參考：「…二、腎虛型：腎虛性閉經，可見初潮較晚，稍後量少，逐漸閉經。…四、氣滯血淤型：氣滯血淤性閉經，可見閉經、精神鬱悶不樂、煩躁易怒、口乾、胸脘脹悶或兩脅脹痛、小腹作帳、脈弦等，如兼淤血內阻甚者，小腹脹硬而疼痛拒按、脈弦澀、舌紫。五、寒濕凝滯型：寒濕凝滯閉經，閉經數月、小腹冷痛、得溫則舒、胸悶惡心、大便不實、白帶量多、舌苔白、脈濡數或沉緊。」（見林政道審定、陳會中等編著《月經異常Q&A》，頁151）

激素的合成和分泌(指荷爾蒙)，導致下視丘機能不全而閉經[920]。又《月經異常 Q&A》中有：「下丘腦性閉經及病因是什麼？」提及：引起閉經之精神神經因素為：「突然或長期的精神壓力，如精神緊張、恐懼、憂慮以及環境變改、地區遷移、寒冷刺激等，都可能引起神經內分泌障礙而導致閉經。」[921]同時人類因壓力或情緒困擾、荷爾蒙失調、飲食失調、節食或過度的運動訓練、或體重減輕等，均可能引發停經。至於「體重減輕」所產生之無月經現象則以「低於身高應有的正常體重的 10%至 15%就可能會沒有月經」[922]為準的。又 Errol Norwitz・John Schorge 原著、蔡明哲編譯《婦產科學精義》中提及：「下視丘機能不全」(35%)(Hypothalamic dysfunction)之原因為：「壓力、體重減輕、運動或藥物。一個或多個原因造成 GnRH 脈衝性分泌頻率和大小的持續降低，引起無月經。」[923]由於生物學上荷爾蒙失調之重要因素，在小說中無從論斷，因此書中敘述秦氏因秦鐘之事而氣得連早飯亦沒吃之情緒反應及思慮過盛等表現，已有可徵，何況張太醫

---

[920] 見 Jean R. Anderson's 'Other hypothalamic and pituitary Dysfunctions': "Functional gonadotropin deficiency results from malnutrition, malabsorption, weight loss or anorexia nervosa, stress, excessive exercise, chronic disease, neoplasias, and marijuana use(26-30). " in *Novak's Gynecology,* 2002;24:849.

[921] 見頁 147。

[922] 見「月經異常」網站：
http://www.geocities.com/HotSprings/Villa/4938/menstrual-disorders.htm　(2003/10/07)
另可參考 William H. Parker, M.D. With Rachel L. Parker contribution by Ingrid A. Rodi, M.D. And Amy E. Rosenman, M.D.張家倩譯，吳香達醫師審閱《婦科診療室》中更舉例「約有 20%的女性大學新生，面臨第一年的課業與社交壓力，會有月經不正常的現象，可見大腦對壓力的敏感程度。」(頁 75)另可參考林正權《婦產科醫師的叮嚀》中有「壓力太大，月經罷工。」(頁 81-82)

[923] 見「16. 無月經症」，頁 48。另見黃思誠、柯滄銘、楊友士等著《婦產科自我診斷》，第 2 篇「每個月的好朋友」中「我沒有『好朋友』──談閉經」提及：「次發性閉經」可能原因有：(1)早發性的卵巢衰竭(2)下視丘及腦下腺的病灶(3)神經性厭食症(4)過度運動或壓力(5)肥胖。(楊政憲醫師撰，頁 46)

亦曰：此病之病徵「必然不思飲食」，而書中更有二處已浮現秦氏之「飲食失調」與伴隨而至之「體重減輕」等現象：

(1) 當王熙鳳來探病時，拉住秦氏之手說道：「我的奶奶！怎麼幾日不見，就瘦的這麼著了！」[924]

(2) 更有甚者，「到了初二日，...那秦氏臉上身上的肉全瘦乾了。」[925]

雖然賈蓉曾向鳳姐及寶玉提及對治此病之方式：「他這病也不用別的，只是吃得些飲食就不怕了」[926]且寧府賈珍亦交代太醫藥劑中之人蔘，賈府有實材，可配給秦氏之所需，不過畢竟「不思飲食」對身體運作生機所造成之傷害，不但巨大，且難以彌補。值得注意的是，書中提及張太醫之藥除了可以改善秦可卿一點頭暈目眩，其他均無效，包括秦可卿的停經現象，且張太醫亦預言了秦氏的死期。現代一般婦女的營養好，故更年期的平均年齡約在四十五歲-五十五歲之間，不過亦有女性因體質及一些特殊疾病而導致閉經，會令更年期提早至二、三十歲時來臨，更何況是十八世紀的營養、衛生及醫療環境之不佳，人類壽命之平均年齡可能應該再降至十歲至二十歲以下，就如同今人的平均壽命一般，每隔十年便有很大的增益，因此古代婦女之閉經期應是更早的。由於秦氏之主要症狀，如夜間不寐、月信過期、心中發熱、頭目不時眩暈、「寅卯間必然自汗，如坐舟中」(即今日婦科學中所謂的更年期婦女的夜間盜汗)、精神倦怠及四肢酸軟的現象，此正是圍經絕期(或稱更年期)可能會產生之症狀表現[927]，亦稱之為「停經症候群」[928]，更何況秦氏

---

[924] 見曹雪芹 高鶚原著 馮其庸等校注《紅樓夢校注》，頁 180。

[925] 同前註，頁 185。

[926] 同前註，頁 181。

[927] 可參考俞瑾《中西醫會診系列——月經失調》「月經失調的自我檢視」中指出停經之徵狀：「如潮熱、出汗、情緒改變、關節疼痛、尿路症狀。」(頁 53-54)

[928] 見張明揚等編著《不孕症及生殖內分泌學》，第 43 章 「停經婦女是否應接受荷爾蒙治療」中有「停經婦女面臨的主要問題」，484。

如此乾瘦閉經，直至死亡止，時間長達一年以上。因之，秦氏之死，極可能是因精神壓力過大、思慮過盛、不思飲食而引發嚴重營養不良，導致「下丘腦性閉經症」，並「造成其他各種功能失序」而亡。

(二)喪禮奢費與路祭問題

　　此外，「秦氏之喪」與「元妃省親」，在《紅樓夢》中乃兩極化之悲喜盛事。秦可卿除了死因令人起疑外，喪禮更具懸疑性，既有小說刪改之矛盾，又有脂批後留玄機，因而值得探討處不少，喪禮與路祭問題，亦不例外。

　　秦可卿死封龍禁衛之事，在賈府門外有兩面朱紅銷金大字牌對豎，並書為：「防護內廷紫禁道御前侍衛龍禁衛」、靈前供用執事等物，俱按五品職例，及靈牌亦寫著：「天朝誥授賈門秦氏恭人之靈位」，此乃賈珍重視賈門之排場風光而糜費鋪張之舉。賈珍為賈蓉向大明宮掌宮內相戴權求捐得五品龍禁衛之官，目的一則為賈蓉未來之經世鋪路，二則讓秦氏封官榮顯，具頌讚之效。實則清朝並無龍禁衛之官制，因清初之官制有從正一品光祿大夫至從五品之奉直大夫，正六品之承德郎至從九品之登仕佐郎等，皆為文官階。正一品建威將軍至從二品之武功將軍，正三品之武翼都尉至從四品之宣武都尉，正五品之武德騎尉至從七品之武信佐騎尉，正八品之奮武校尉至從九品之修武佐校尉等，皆為武官階。即使在乾隆五十一年上諭更定官階後，亦以清初之大夫、郎、將軍、都尉、騎尉、校尉等為主，亦無龍禁尉之官名[929]。或以為向例不能捐[930]，故終歸虛擬。另就中國古代之諡法論之，起源於傳說為周公所訂之諡法，最早之諡號封法極嚴格，在《儀禮，士冠禮》中云：「死而諡，今也。古者，生無爵，死無諡。」[931]因此，行之於王侯將相與達官貴人之諡

---

[929]可參考蕭一山《中國通史》(一)，第4篇　「清初中國社會之組織」，頁580-581。
[930]見俞平伯《讀紅樓夢隨筆》，頁697。
[931]見《十三經注疏　4儀禮》，頁34。

號，並不隨意下放給平民，且夫死妻才得以冠夫諡，若夫未死，妻先死則不得賜諡，其後才又有變更。另根據《容齋續筆》中「諡法」云：「由主祭者將名號贈給死者，以表彰他一生的功業。諡法始於‘周代’，至‘秦’廢，‘漢代’又恢復，以後各朝沿用，直至‘民國’才廢除。」[932]而沿革至明朝之諡法更為嚴謹，明朝雖二品官以上，亦不必得賜諡號。在《明史·志第三十六·禮十四》中云，世宗時則定例為：「三品得諡，詞臣諡『文』，然亦有得諡不止三品，諡『文』不專詞臣者，或以勳勞，或以節義，或以望實，破格崇褒，用示激勸。其冒濫者，亦間有之。」[933]但至萬曆十二年時，賜諡卻因禮臣之上奏而從嚴，法令規定為：「大臣諡號，必公論允服，毫無瑕疵者，具請上裁。如行業平，即官品雖崇，不得概予。」[934]至清朝時，雖沿明制，但在乾隆時別有令法：「遵旨議定貝勒至輔國公兼一品職者予諡，仍請旨。其兼二品以下既不兼職者罷予諡。定制，一品官以上與否請上裁，二品官以下不獲請。其得諡者，率出自特旨，或以勤勞，或以節義，或以文學，或以武功。破格崇褒，用示激勵。嘉、道以前，諡典從嚴，往往有階至一品例可得而未可得者。」[935]在《紅樓夢》書中，賈蓉所捐為五品官，依清朝或說依乾隆諡法之規定，秦可卿之死絕不可能獲贈諡號，故此處小說之撰寫，顯與事實不符。《紅樓夢》之敘事，在不同角色中有真有假，真真假假，假假真真，因此，研究過程中必須謹慎釐清。

其次，「秦氏之喪」被視為不合理處，尚有路祭部分：以為賈敬因是功臣之後，故皇上有殊遇：「朝中自王公以下，准其祭弔。」[936]而秦氏之死的

---

[932]可參考《筆記小說大觀》，第 29 編，有較詳細之說明。

[933]見清·張廷玉等撰《明史》，第 5 冊、卷 60，頁 1488。

[934]同前註，頁 1489。另亦可參考孟娟「中國古代諡法與諡」網站：http://dns.tajh.tyc.edu.tw/~chinese/5/5-1.htm (2003/10/29)

[935]見清史稿校註編輯小組編輯《清史稿校註》，卷 100，志 75，禮 12，頁 2867。

[936]見曹雪芹 高鶚原著 馮其庸等校注《紅樓夢校注》，第 63 回，頁 992。

四王、八公設棚路祭不應等同爲之[937]。賈家之受皇恩隆寵，可見權勢之重而秦氏雖有東平王、南安郡王、西寧郡王及北靜郡王四王及八公等四座路祭棚，場面盛大，但卻並未遠過朝中自王公以下者均可祭弔賈敬之隆盛，因此，此或因賈珍奢靡過費之心態，或爲當代民間可默許之喪葬儀節，或許仍是作者虛擬，因小說世界總是虛實參半。至於在劉鑠《紅樓夢眞相》第六章：「《紅樓夢》中的幾個重要情節的意義」中提及「對於這件事脂批透露了消息，我們觀看八個國公名字之批『牛，丑也。清屬水，子也。柳折卯字，彪折虎字，寅字寓焉。陳即辰，翼火爲蛇，巳字寓焉。馬，午也。魁魁折鬼字，金羊，未字寓焉。侯猴同音，申也。曉鳴，雞也，酉字寓焉。石即豕，亥字寓焉。其祖曰守業，即守鎮也，犬字寓焉。所謂十二支寓焉。』由這條脂批可使我們看出：所謂的 “八公”其實並不是人，而是些與人類生活有密切關係的動物，我們再結合數字 “八”事情就清楚了，原來所謂的八公，是指周穆王巡行下所駕馭的八駿！」[938]脂批是透過文字學、拆字，意解，或猜字等過程將八公名字解爲十二地支，而此十二地支只是一種象徵而已，正可護衛天子，然劉鑠之說，卻可將象徵的十二生肖又牽扯上八匹駿馬，那何以他不直接以十二生肖爲論？如果脂批此處之批語是正確無誤的話？地護天，加之八國公是官位，正好是天地人三才，不是更可以說得通。因此，索隱派的研究者在推論過程中，過於跳脫，總顯瑕疵。筆者仔細分析：賈珍既然能在秦氏之喪時，大舉揮霍及聲勢浩蕩，可見當時寧府賈家經濟狀況之富厚及與權貴間往來互動之盛，此與榮府賈家被抄後經濟蕭條之賈母喪事相較，位高權重之賈母喪事反顯得寒愴不已，二者之間實不可同日而語。至於寧府之地位究竟與

---

[937]可參考杜春耕〈榮寧兩府兩本書〉三「秦可卿之死」有提出異說：「她的公爺爺賈敬死時，皇上因念其是功臣之後，才破例下旨：『朝中自王公以下，准其祭弔。欽此』。而可卿僅是賈敬孫子的妻子，不說其隆重及場面之大，僅四王、八公設棚路祭就不大合禮數了，何況北靜王還出場去路祭。如果要合禮數，則寧府的地位應高于北靜王，至少得不相上下才可。」(在《紅樓夢學刊》，1998 年，第 3 輯，頁 196)
[938]見頁 117-118。

其他八公之地位何者殊勝？秦氏該不該被路祭？恐難相較。畢竟此處是小說之虛擬官位，同時若以寧府是元妃外戚之因緣關係論斷，恐不比朝廷大臣勢弱，以當時寧府之盛，對重孫媳秦可卿之喪禮不因其出身貧寒而大舉治喪，可見對秦可卿之恩厚。

　　另有關秦氏喪禮所用之棺木，尤氏曾在意非常地對鳳姐說：「我也叫人暗暗的預備了。就是那件東西不得好木頭，暫且慢慢的辦罷。」[939]之後因薛蟠提供了一種出於潢海鐵網山上之副板，「幫底皆厚八寸，紋若檳榔，味若檀麝，以手扣之，玎璫如金玉。」[940]萬年不壞之棺材，是親王、千歲級之人物的喪葬物[941]，比一般上等杉木更珍貴之棺木，此乃秦可卿之喪的「偶然榮獲」[942]。賈政雖以為一般人非可享用此棺木，但賈珍並未納受其見，可見賈珍治喪時豪奢之情狀。至於秦氏是否死於八月二十五日？由於筆者以《紅樓夢校注》為主，從第 10 回時云：秦氏已病了二個月以上，11 回提及「這年正是十一月三十日冬至」及「正月初」，至 12 回回末又有「這年冬底」止，秦氏之病至少拖過一年以上，而第 13 回回首秦氏便已死，故秦可卿則可能死於冬末或春初。

　　死亡後之秦可卿最終又回歸於太虛幻境。《紅樓夢》開篇神話中之頑石至人間歷幻，及太虛幻境中之秦可卿、絳珠仙草、神瑛侍者等，均是作者刻

---

[939] 見曹雪芹 高鶚原著　馮其庸等校注《紅樓夢校注》，第 11 回，頁 185。

[940] 同前註，第 13 回，頁 202。

[941] 同前註，書中提及「可巧薛蟠來弔問，因見賈珍尋好板，便說道：『我們木店裏有一副板，叫作什麼檔木，出在潢海鐵網山上，作了棺材，萬年不壞。這還是當年先父帶來，原係義忠親王老千歲要的，因他壞了事，就不曾拿去。現在還封在店內，也沒有人出價敢買。你若要，就抬來使罷。』賈珍聽說，喜之不盡，即命人抬來。大家看時，只見幫底皆厚八寸，紋若檳榔，味若檀麝，以手扣之，玎璫如金玉。大家都奇異稱讚。」（頁 109）

[942] 案：筆者秦可卿此文之「偶然說」，已於 2005 年 3 月通過審查，發表於《思與言》，而周思源《正解金陵十二釵》2006 年出版，書中便有「用那棺木純屬偶然」一文，與筆者意見一致，在頁 23-35，可參考之。

意借佛教「三世之說」以鋪陳輪迴之思想，其中尤以秦可卿之角色，最具三世形象之完整敍述。「輪迴觀」，乃與「靈魂觀」相倚互賴[943]。在現象界中，我們看不見三世之時間流轉，但《紅樓夢》作者透過神話中之遠古時間，及甄士隱之太虛幻境中一僧一道提及歡喜冤家至人間歷幻之對話，作爲前世之時間基礎，今生之時間便以在榮寧府及林如海家爲重點，來生之時間則透過可卿與鴛鴦之魂魄的遊走作爲抽象意涵。若以秦可卿爲論，秦可卿從前世在仙境掌管癡情司始，至今生降臨人間權當寧府新生代掌管經要的人物後，歷經人情世故與思慮病痛而亡，再回到仙境於來生未始可知之世界中，搬演一個幻遊情天的逍遙者。作者對秦可卿角色中「三世之說」的空間觀，鋪設得極爲明晰。秦可卿之「自我」在不同生命體中「流轉」，此種流轉既被視爲是一種動能之「輪迴」，又近乎「靈魂」。秦可卿「最高自由」之「眞我」，能眞正突破主體之限制，以達致神靈不滅之境地，此正是作者對「靈魂輪迴理論」之紆曲闡發。

　　秦可卿上吊或病死之懸疑，在增刪間雖撲朔迷離，但好強與思慮過盛之性格在百廿回本中，確實導致秦氏因相關之疾病而亡。至於諡號、棺木不符當代之政制，一方可謂乃作者脫離現實之創作筆法，一方亦可解爲純因賈珍之虛求名聞，炫燿寧府之富貴、地位及追求尊榮使然，不過死後之秦可卿卻一如生前備受隆寵，實爲幸甚。鼎玉遷變，天意使然；秦可卿之死，亦遲速定分，難以延宕。

四、結語

　　從時空之游離至虛實筆法之相參，籠絡人間仙界之秦可卿與兼美，被烘托出眞如絕境之複雜性，實具小說煙霞霧雨之美。

---

[943]可參考勞思光《中國哲學史》，第 2 冊，第 3 章，頁 187。

《紅樓夢》之前半部，寫甄寶玉處，即影寫賈寶玉；寫王熙鳳處，何嘗不是影寫秦可卿？孤女秦可卿從被收養時的寒儒薄宦之家，躍升為寧府經濟主事，被置入一個圓融之經要角色，其行事風格「發乎情，止乎禮」，因而受寵於榮寧府之間。秦氏心性高強處，披顯於事事心細及為秦鐘之事而慮深志勝。事實上，秦可卿在寧府並無明顯治績，故欲頡頏聖哲實難，不過其聰睿智明仍見於託夢王熙鳳，有關賈家榮枯之預言中。

有關秦可卿之情感序列，庚辰本中敘述與秦可卿有夫妻之實者，僅賈蓉一人，但有關夫妻情事，書中卻始終曠白，至於賈寶玉、賈珍與秦可卿之間，雖有令人質疑處，但卻毫無情色關聯。將寧府秦氏融入甄士隱與賈寶玉共夢之太虛幻境中，所衍生出之神格特質的兼美，又羼入秦氏可卿魂之幻影及鬼魅形象，使得整部小說既詭異奇譎，又具超時空之夢幻特質。秦可卿之情感世界從與賈蓉間平淡無奇之生活的略筆，雜揉與賈寶玉同領警幻所訓雲雨事之兩情繾綣，再進程於淫喪天香樓之疑雲中，複雜而超現實之兩性關係，除了在良家婦女與淫蕩亂倫角色中凸顯戲劇性與衝擊性之矛盾外，小說中難解之謎，反使「可卿」此角色更膾炙人口。

有關秦可卿之疾病，作者從其病因及病情主訴停經後之種種不適論之，與中醫對「鬱病」之定義不符，因之秦氏實非得了「鬱症」(或今日精神醫學中所謂的「憂鬱症」)，反之極可能是因思慮過度、長期不思飲食而造成嚴重營養不良，最終導致「下丘腦性閉經症」，影響生機而亡。另秦可卿喪禮之隆重，或因賈珍之虛榮心、誇耀示後及奢靡過費之陋習所致，但寄靈鐵檻寺後，秦可卿之魂魄早已分離：魄留鐵檻寺，至120回方與賈母、王熙鳳、鴛鴦等歸葬金陵，落於塵土；魂則歸於太虛幻境與兼美二體合一，之後繼續接受錘鍊及超悟體驗，看破凡塵從情海脫困至情天雲遊，並引領雀屏中選之鴛鴦接掌仙境之痴情司，此乃小說中另一謎團高潮。

在筆者此篇論文之研究中，有關秦可卿之性格、情感及醫病間之關係，筆者發現是《紅樓夢》書中將性格特質與疾病類型，鉤扣得最息息相關之一

例，且由張太醫親口說明因秦可卿思慮過盛而造成此症。因此，在秦可卿之一生中，雖其性格特質並未影響到情感生活，但卻直接撼動個體之存亡。一個原是榮寧府治家雙嬌之一者，兼管仙境癡情司之鍾情首座的秦可卿，為賈家立下了優良的典範，最終牽引著鴛鴦之交接儀式，也為秦氏開啓一個書中隱晦未述之超凡序幕，另一個嶄新且永恆之神話生命。佛教「三世理論」是否存在？人類死後可否於另一度空間繼續延展生命？秦可卿是《紅樓夢》書中作者所拋予讀者對於「仙境傳說」深入思維之重要代表人物之一。

附記：

*2004-2005 年龍華科技大學贊助計劃之一

*此篇論文 2005 年通過審查/刊登於《思與言》/第 43 卷/第 1 期/頁 195-232

拾貳、王熙鳳之性氣、
情感關礙及醫病歷幻

Xi-feng Wang's personality, the obstruction of love affairs,

and her diseases and hallucination

*醫學顧問：魏福全醫師及李光倫醫師

　　在中國古代史書中之后妃紀、劉向《烈女傳》至清朝汪憲之《列女傳》止，開始重視對女性之摩寫外，古代小說中，同一個朝代由許多不同作家，大量撰寫女性殊跡或堅韌性情之作品者，始於唐傳奇，其中之陳玄祐〈離魂記〉、元稹〈鶯鶯傳〉、白行簡〈李娃傳〉、柳埕〈上清傳〉、蔣坊〈霍小玉傳〉、袁郊〈紅線〉、陳鴻〈長恨歌傳〉、沈既濟〈任氏傳〉、許堯佐〈柳氏傳〉、盧肇〈太陰夫人〉、薛調〈無雙傳〉、李公佐〈謝小娥傳〉及〈盧江馮媼傳〉…等，啓開了中國文學中重視女性敘事之序幕，不過或因體制小、或因文體演變之因素使然，對於女子心性之描述卻未入精緻。至清朝時，《紅樓夢》中對金陵十二金釵之著墨，則可謂甚深，並強調展演閨閣風光之用心，王熙鳳便是其中一位重要女性之威權代表，一支撐起豪門大屋之嶄新鋼骨，不過卻也因著賈家運籌帷幄者無一，及自己放賑兒之小聰明，而隳敗聲譽。本文將透過內科學及精神醫學探討其性格、情感與醫病問題。

　　《紅樓夢》中被李紈稱之爲「水晶心肝玻璃人」[944]的王熙鳳與秦氏可卿，均爲榮寧二府之治家雙嬌，光彩比肩，但二人卻有著兩極化之性格風行及情

---

[944] 同前註，見第 45 回眾人在大觀園作對吟詩時，李紈之言，見頁 687。

感糾葛。一個主動因顰兒喪母而感傷，爲秦氏之病而眼圈兒紅了半天的鳳姐，在興兒口中卻又是個氣韻高艷、機譎險詭之人，作者對其性格、角色之模擬，善惡分明。從富家千金至歷幻返金陵中，書寫鳳姐進入賈家一、二十餘載之風華光鮮與蒼茫歲月；其一生之作爲與功過，在《紅樓夢》中從第 2 回出場至第 114 回之下場中，雖一表無遺，但卻值得分理。

　　有關王熙鳳生平，作者時有文震奇想之筆，又辭趣翩翩。本文將分爲四段論證之：一、溫柔美意與女強性氣，二、姻緣情路之關礙，三、從被作法至見鬼歷幻，四、結語。

一、溫柔美意與女強性氣

　　一個擁有饜飫膏腴之榮貴「鳳哥」，在《紅樓夢》之敘事情緣中別有洞天，不但鎔塑於姓名、形貌、背景，亦鋪陳於心性、情感糾葛及大觀園之見鬼歷幻中，筆者將嘗試分析。

　　自幼被假充男兒教養[945]，小名「鳳哥」之王熙鳳，被設辭與「殘唐五代《鳳求鸞》中之王熙鳳」及「漢朝求官之王熙鳳」同名同姓[946]，以借托其渾然天成之雌雄模稜氣質。但與行動如弱柳扶風、多病孤傲及因幼弟早夭，亦被充當養子之林黛玉相較，二人雖同是傳統中國重男觀念下之代償物，然形貌、性格及行事風格卻是迥別。金陵十二釵中之鳳姐，乃賈璉之妻、賈寶玉之堂嫂。索隱派之蔡元培以爲王熙鳳是影寫「余國柱」，因其曾爲戶部尚書及江寧巡護，故王熙鳳協理巡國府[947]。其實歷來所有影射均可觀之，但須有更進一步資料論證，才合理可信。

---

[945]見曹雪芹　高鶚原著　馮其庸等校注《紅樓夢校注》，第 3 回，頁 47。
[946]同前註，見 54 回，頁 841，及 101 回，頁 1559。
[947]見蔡元培《石頭記索隱　紅樓夢考證》，頁 20。

　　鳳姐一出場時，作者便有金玉洋緞之論述[948]，從一身精緻珠飾、中西絲緞及華服配件等造型，烘托出鳳姐「彩繡輝煌，恍若神妃仙子」之顯赫貴氣。書中對其美艷臉龐中所顯現出之溫柔氣質與特有性格，有點睛效果：「一雙丹鳳三角眼，兩彎柳葉吊梢眉，身量苗條，體格風騷，粉面含春威不露，丹唇未啓笑先聞。」[949]然美中不足者：鳳姐既是朝臣之女，何以不識字[950]？何以不似金陵四大家中賈氏姊妹、史湘雲、皇商之女薛寶釵，甚至林黛玉一般飽讀詩書？雖然薛家因憐愛薛寶釵而特施儒教，然《紅樓夢》作者所塑造之「文盲貴族」，應不在簪纓外交之家與皇商富賈之別？其中確實有可議處。一個兼具柳葉眉之順從溫婉，及三角眼之伶俐精細的文盲美女，在其面相中實露性格天機。

　　賈、史、薛、王爲金陵四大家，彼此原爲世代姻親，互相支持，後均家道漸衰，唯獨王熙鳳之叔叔王子騰仍升官，並統軍權(從九省統制至九省都檢點[951])，因此小沙彌「護身符」理論中有關王家之權貴：「東海缺少白玉床，龍王來請金陵王」[952]實赫赫有名。鳳姐於第 2 回出場時，便讓賈璉「倒退了一舍之地」，尤其鳳姐曾恃財而驕地述說家產富饒之事：「我們看著你家的什麼石崇、鄧通，把我家的地縫掃一掃，就夠你們一輩子過的了。」[953]故從氣勢觀之，其已然可承擔總掌榮府經濟大權之機要。又鳳姐應是出身於外務部家族，書中云：「那時我爺爺單管各國進貢朝賀的事，凡有的外國人來，都是我們家養活。粵、閩、滇、浙所有的洋船貨物都是我們家的。」

---

[948] 見曹雪芹 高鶚原著　馮其庸等校注《紅樓夢校注》，第 3 回中有：「頭上戴著金絲八寶攢珠髻，綰著朝陽五鳳掛珠釵，項上戴著赤金盤螭瓔珞圈；裙邊繫著豆綠宮絛，雙衡比目玫瑰佩，身上穿著縷金百蝶穿花大紅洋緞窄褙襖，外罩五彩刻絲石青銀鼠褂；下著翡翠撒花洋縐裙。」(頁 47)
[949] 同前註。
[950] 同前註，在 42 回中寶釵云：「幸而鳳丫頭不認得字」(頁 651)
[951] 同前註，可參見第 4 回，頁 72 及第 53 回，頁 820。
[952] 同前註，第 4 回，頁 67。
[953] 同前註，第 72 回，頁 1126。

[954]從其工作性質考察《清史稿》:「外務部,外務大臣,副大臣各一人,...大臣掌主交涉,昭布德信,保護僑人傭客,以愼邦交。副大臣貳之。」[955]因此,鳳姐之祖父極可能爲「外務大臣」或「副大臣」,故當其嫁至賈家後,曾使用科學機器掛鐘,實宜其背景,亦堪稱新潮,而此種背景正可協輔其性格之落落大方及助長其在賈家之焰高勢旺,同時亦更顯露其性格中亦柔亦剛的二種面相,筆者將細述如下:

(一)溫柔美意

　　鳳姐的惡名昭彰,在紅學領域傳揚。然惡名者,又或有其可愛之處。鳳姐的可愛處,乃心思純正時的溫柔美意。從以下幾件事可窺知:(1)第3回,鳳姐曾爲林黛玉喪母而垂淚,多年後,83回中述及其額外列編月錢予林黛玉,作滋補之用[956],既有眞情,亦有體貼;(2)第49回,鳳姐曾憐惜邢岫煙「家貧命苦」[957],故比別的姊妹多疼她些,但見其悲天憫人之胸懷;(3)第51回,鳳姐見襲人衣薄寒涼,主動贈送大毛兒服裝及一件雪褂子供其禦寒[958],具雪中送炭之心;(4)第72回,鳳姐主動提醒賈璉,關於尤二姐過世週年應上墳燒香[959],此事令賈璉對鳳姐欣讚不已。鳳姐對已往生之尤二姐,內心是否仍是虛情浮僞,則不可得知?(5)第77回,搜檢大觀園後,鳳姐恐司棋因偷情事件尋短,而暫擱不論,並留意司棋的情心變化,以靜待動;(6)第112回,在狗彘奴何三欺天招夥盜竊賈家財時,鳳姐「恐惜春短見,又打

---

[954]同前註,第16回,頁244。
[955]見清史稿校註小組編輯《清史稿校註》,卷126,志101,職官六,頁3415。
[956]見曹雪芹　高鶚原著　馮其庸等校注《紅樓夢校注》,頁1317。
[957]同前註,頁748。
[958]同前註,頁788-789。
[959]同前註,頁1126。

發了豐兒過去安慰。」[960]鳳姐心細、人際圓融，或許真能避免一場悲劇；其諒人之善，時或隱現，從一出場，至 114 回夢幻返金陵之前，不論是對姻親，或對奴僕，種種溫柔美意，實有可取。李紈曾一語道破——鳳姐是個「水晶心肝玻璃人」——指鳳姐識破探春提及起詩社時，要鳳姐當個監社御史，即是個擔任進錢的錢商。鳳姐在不同時空中，果真能洞曉黛玉、邢岫煙、司棋、惜春、襲人及賈璉等之心思人情，然而其最受稱頌者，乃承上服勤，即使之後被鴛鴦誤會，未盡心辦妥賈母喪事，卻仍未見疾病纏身之鳳姐有任何怠惰之態。

有關鳳姐之承上服勤，首見於 35 回中，鳳姐曾以「啖食人肉」[961]之幽默，討賈母歡心；其次在 43 回「閑取樂偶攢金慶壽」中，鳳姐送野雞崽子湯予賈母，又代賈母替李紈出十二兩慶壽金，亦建議將賈母原欲多付寶玉及黛玉的二份壽金，改由二位太太派付，細心地幫賈母儉省開支；接著第 54回「效戲彩斑衣」，鳳姐說賈珍等不能來「戲彩」，於是自己卻仿若老萊子般地逗笑老祖宗，但見孝心；又第 98 回，當賈母與王夫人獲知黛玉之死而傷心哭泣時，鳳姐不但勸慰之，更以善意謊言轉移賈母之傷情，可見體貼，此回中，鳳姐如此說道：「『寶玉那裏找老太太呢。』賈母聽是想老太太的意思。賈母連忙扶了珍珠兒，王熙鳳也跟著過來。」[962]當時薛姨媽、李嬸、尤氏等亦均悅讚鳳姐：「真個少有。別人不過是禮上面子情兒，實在他是真疼小叔子小姑子。就是老太太跟前，也是真孝順。」[963]鳳姐對賈母踐履著「隱默之知」(tacit knowing)[964]的孝道，發心純然，不見矯情。另其日常生習氣焰雖高

---

[960]同前註，頁 1690。

[961]同前註，第 35 回中鳳姐兒笑道：「『姑媽倒別這樣說。我們老祖宗只是嫌人肉酸，若不嫌人肉酸，早已把我還吃了呢。』一句話沒說了，引的賈母眾人都哈哈的笑起來。」（頁 536）

[962]同前註，第 98 回，頁 1523。

[963]同前註，第 52 回，頁 803。

[964]可參考葉光輝〈孝道概念的心理學探討：雙層次孝道認知特徵的發展歷程〉中將

張，但對王夫人表面上卻仍禮敬三分，至於對遠親劉姥姥之造訪，亦禮數齊備、服侍周全。總乎以上，鳳姐之溫婉服勤，理符道德，並洽乎人情。

(二)女強性氣

在鳳姐的性格中，亦見剛悍果敢的一面，歷來研究《紅樓夢》之學者多能同意此種看法，在王富鵬〈論王熙鳳的陽性特質及其成因〉中便提及：「王熙鳳性格中的男性特徵也即其陽性特質是比較突出的。這種特質主要表現在她有明顯的侵犯性與控制欲。她雄心勃勃，樂于冒險，具有較強的競爭意識。她自我信賴，獨立果斷，具有傑出的領導能力，甚至有個人主義的傾向。」[965]筆者將嘗試從書中他人之視角漸次論入鳳姐之行事風格中，以便仔細分析其性格中之女強性氣。

在興兒之視角中，鳳姐除了擅抓尖兒外，並是個縮頭撥火之人[966]；在賈璉眼中，鳳姐性格酸烈；在賈環心中，鳳姐是個語澆言苛，並踐踏他們母子之人。「毒設相思局」及「毒害尤二姐」，便是鳳姐「最毒婦人心」之寫照，不過鳳姐卻自有一套治家本領[967]，可鑑之於其周旋籌劃於榮寧二府的內理外治之中，包括兼管寧府、開源節流、教唆訴訟、替人執事、轉借工作及應付宮中之人等，但因鳳姐素喜攬事，又志凌榮寧二府，故褒貶不一。

首論鳳姐受託兼管寧府時，雖慷慨勝任，卻又賣弄才幹地說：「有什麼

中國人所謂之孝道稱之為「隱默之知」(見於楊國樞主編《親子關係與孝道》，頁 57)
[965] 見《紅樓夢學刊》2005 年，第 6 輯，頁 83。
[966] 可參考曹雪芹 高鶚原著　馮其庸等校注《紅樓夢校注》第 65 回中有「估著有好事，他就不等別人去說，他先抓尖兒；或有了不好事或他自己錯了，他便一縮頭，推到別人身上來，他還在旁邊撥火兒。」(頁 1031)
[967] 可參考郭玉雯《紅樓夢人物研究》，近幾年並有一些關於王熙鳳之單篇論文發表，如林宜青〈王熙鳳管理榮國府的探討〉(見於《中臺學報:人文社會卷》)，2003 年 5 月，頁 229-254；蕭慈〈試論王熙鳳人事治理之措施〉，見《語文教育通訊》2002 年 6 月，頁 9-13。

不能的。外面的大事已經大哥哥料理清了，不過是裏頭照管照管，便是我有不知道的，問問太太就是了。」[968]鳳姐雖權欲旺盛，不過卻仍謙虛上問，尤其整頓寧府風俗五事：包括失竊案件、事無專執、需用過費、工作苦樂不均及家人豪縱等，因能深入風紀與分配問題，而嚇阻了寧府中人的踰矩之行，故能驟收實效。至於鳳姐之治理榮府與秦氏之託夢獻策間，實有高下相傾之較。從趙姨娘向女兒探春申請其兄弟趙國基病逝之補償金觀之，榮府亦有定則定制，其中鳳姐更備有「開源節流」之方略，做法如下：

1. 「削減月錢」：鳳姐因顧及人性、尊嚴而採漸進模式，即使對平兒言吐心聲時，仍面面俱到地說：「『你知道，我這幾年生了多少省儉的法子，一家子大約也沒個不背地裏恨我的。我如今也是騎上老虎了。雖然看破些，無奈一時也難寬放；二則家裏出去的多，進來的少。凡百大小事仍是照著老祖宗手裏的規矩，卻一年進的產業又不及先時。多省儉了，外人又笑話，老太太、太太也受委屈，家下人也抱怨刻薄；若不趁早兒料理省儉之計，再幾年就都賠盡了。』…王熙鳳笑道：『我也慮到這裏，倒也夠了：寶玉和林妹妹他兩個一娶一嫁，可以使不著官中的錢，老太太自有梯己拿出來。二姑娘是大老爺那邊的，也不算。剩了三四個，滿破著每人花上一萬銀子。環哥娶親有限，花上三千兩銀子，不拘那裏省一抿子也就夠了。老太太事出來，一應都是全了的，不過零星雜項，便費也滿破三五千兩。如今再儉省些，陸續也就夠了。只怕如今平空又生出一兩件事來，可就了不得了。——咱們且別慮後事，你且吃了飯，快聽他商議什麼。這正碰了我的機會，我正愁沒個膀臂。』」[969]舉凡大宗月錢發放之調降、姑娘小爺和老太太一干人之婚喪喜慶之費用，及各種塵物委瑣之省儉法子等，王熙鳳均錙銖必較，刪革過程中亦多被抱怨及缺乏助手幫辦，不過仍可見其思慮

---

[968] 見曹雪芹 高鶚原著 馮其庸等校注《紅樓夢校注》，第 13 回，頁 206。
[969] 同前註，第 55 回，頁 863。案：「老太太事出來」中之「事」字，可能是「釋」字之誤，以與「老太太自有梯己拿出來」相對。

周圓。

2.「高利盤剝」：在乾隆時期，此種「高利盤剝」實與典當業一般活絡。在
《清史》中記載著：「乾隆九年(一七四四)，北京城內外，『官民大小當舖
共七百座』。河南地方『每有山西等處民人及本省富戶，專以放債為事。
春間以八折借給，逐月滾算，每至秋收之時，准折糧食，利竟至加倍有奇。
貧民生計日促』。…江南地狹人稠，謀生艱難，高利貸盤剝更為猖獗。」[970]
因此，「放賬」確實是當代人的生發之具。榮府中賈政雖為官清廉，但賈
赦、賈璉父子卻不勤於政事，反以好色娶妾為務；年輕輩賈珠之早亡，賈
寶玉卻又尚幼，因此，榮府賈家經濟狀況誠如鳳姐所言，實已漸入窘境：
「如今外面的架子雖未甚倒，內囊卻也盡上來了。」[971]另亦如冷子興所言：
賈家「敗象已露」，故女流王熙鳳之輩者，必定深居簡出，且因攢錢不易，
或許放賬在當代是唯一可快速掙利之道，但卻因此而悖理枉法。鳳姐曾要
旺兒媳婦將外頭賬目一概趕當年年底都收進，並牢騷滿腹地訴說：「我真
個還等錢做什麼？不過為的是日用，出的多，進的少。…若不是我千湊萬
挪，早不知過到什麼破窯裡去了！如今倒落了一個放賬的名兒。」[972]接著
先看平兒與鳳姐之對話：「奶奶的那利錢銀子，遲不送來，早不送來，這
會子二爺在家，他且送這個來了。幸虧我在堂屋裏撞見，不然時走了來回
奶奶，二爺倘或問奶奶是什麼利錢，奶奶自然不肯瞞二爺的，少不得照實
告訴二爺。我們二爺那脾氣，油鍋裏的錢還要找出來花呢，聽見奶奶有了
這個梯己，他還不放心的花了呢。所以我趕著接了過來，叫我說了他兩句，
誰知奶奶偏聽見了問，我就撒謊說香菱來了。」[973]又再看平兒與襲人之對
話：「『這個月的月錢，我們奶奶早已支了，放給人使呢。等別處的利錢收

---

[970]見鄭天挺等著《清史》，第 11 章，頁 463。

[971]見曹雪芹　高鶚原著　馮其庸等校注《紅樓夢校注》，第 2 回，頁 29。

[972]同前註，第 72 回，頁 1128。

[973]同前註，第 16 回，頁 241。

了來，湊齊了才放呢。因爲是你，我才告訴你，你可不許告訴一個人去。』襲人道：「難道他還短錢使，還沒個足厭？何苦還操這心。」平兒笑道：『何曾不是呢。這幾年拿著這一項銀子，翻出有幾百來了。他的公費月例又使不著，十兩八兩零碎攢了放出去，只他這梯己利錢，一年不到，上千的銀子呢。』襲人笑道：『拿著我們的錢，你們主子奴才賺利錢，哄的我們呆呆的等著。』平兒道：『你又說沒良心的話。你難道還少錢使？』」[974]鳳姐將公賬與私房錢混用，同時又有利錢送來不對時及月錢發不出之危機，此可從平兒悄然告訴鳳姐二爺在家的那次不湊巧，及襲人質疑老太太與太太月錢恐怕還未發。宋程頤云：「不是天理，便是私欲。」[975]鳳姐從公款中攢得利金，納爲己有，僅平兒、襲人得知，賈璉卻被瞞騙在外，不過平兒與襲人因不在其位，難掌其情，且亦不明賈家已非昔日鳶飛魚躍之象，故只見利滾利之一端，卻未見賈家人力窘缺、財力漸頹之勢。鳳姐之欺瞞，一如賈璉在小花枝巷中娶得尤二姐後將個人梯己通搬予尤二姐保管一般的欺騙；二人各懷鬼胎，但見私欲之大現。另因賈府被抄所鬧出高利貸之案，更可見鳳姐乃好利戀財之短視小民，然重利盤剝以開源掙利，卻仍不免觸法而違反當代之金融體制，終至被羅罪，故庚辰脂評云：「可兒，知放賬乃生發，所謂此家兒乃恥惡之事也。」[976]鳳姐類此之貪財心態，更見之15、16、69及71等(回)中。

3. 「精簡人事」：鳳姐建議王夫人抄檢大觀園時，明乃查賭爲名，暗則搜檢鏽春囊爲要，均是爲免惹事生非及精簡人事開支，此實仍不失爲治家之必要鐵腕。鳳姐開源節流之策雖三管齊下，但最終仍焦頭爛額，賈家實已漸入枯寒。此種僅解決現成困境之短視與秦可卿託夢王熙鳳立萬永年之策，適成對比，正分高下。

---

[974] 同前註，39回，頁601。
[975] 見程顥、程頤《二程遺書》卷15，無頁碼標示。
[976] 見陳慶浩編著《新編石頭記脂硯齋評語輯校》，頁686。

另鳳姐性格行為中，尚有教唆張華告官以內治小妾尤二姐，但終究無法得逞。鳳姐涉及教唆與貪財情事，只為私利，不為賈府營生，以第 15 回張金哥與守備之子的互告官司為例，鳳姐弄權鐵檻寺，曾信誓旦旦：「我既應了你，自然快快的了結。」[977]美其名替人排難，其實為斂財。長安縣善才庵之老尼請王熙鳳幫忙時，鳳姐卻透過長安節度使雲老爺去和長安守備論議，而自己坐享三千兩銀子，故其雖洽事遊刃有餘，但漠視陰司報應，圖利昭然。鳳姐更瞞著王夫人而奸宄妄為，包括金釧兒死後之遺缺，收足了幾家僕人之贈禮，但卻在王夫人執意不補缺後，亦未給幾家僕人作合理交代，故其理歸霸德，卻毫無愧色，且動輒犯順履險而不自知。

就至於在轉借工作方面，鳳姐卻樂意舉手服勞，大方而不酸腐，我們可以舉幾個例子觀之：第 16 回中，賈薔受大老爺賈赦之命，接下去姑蘇聘請教習、採買女孩子及置辦樂器行頭等事，而賈璉之乳母趙嬤嬤為其二個兒子趙天樑、趙天棟之工作，曾商請賈璉幫忙，當時鳳姐卻一口承允，偕同賈薔採辦；第 24 回中，賈芸亦從鳳姐處輕易得職，鳳姐並說：「早告訴我一聲兒，什麼不成了？多大點兒事，就耽誤到這會子？那園裡還要種樹種花，只想不出個人來。早說不早完了。」[978]；另第 32 回中，亦提及賈氏家族中之賈芹曾請其母親懇求鳳姐幫忙，而得了一個鐵檻寺之工作。鳳姐一本爽利作風，有說一不二、無人敢擋[979]之嚴威。其中或大有藏掖(指營私舞弊)之事，不過卻像趙嬤嬤所言，不過是拿皇帝銀子往皇帝身上使，順便湊合皇族揮霍之虛熱鬧，然而鳳姐借力使力，實亦有助人生計之功德。

就應付宮中之人而言，在《紅樓夢》中，鳳姐與旺兒媳婦閒話家常時，

---

[977]見曹雪芹 高鶚原著　馮其庸等校注《紅樓夢校注》，第 15 回，頁 231。
[978]同前註，第 24 回，頁 382。
[979]同前註，第 65 回中有「只一味哄著老太太、太太兩個人喜歡。他說一是一，說二是二，沒人敢攔他。又恨不得把銀子錢省下來堆成山，好叫老太太、太太說他會過日子，殊不知苦了下人，他討好兒。」(頁 1031)

曾向旺兒媳婦訴說了一個前晚的夜夢：「夢見一個人，雖面善，卻又不知名姓，找我說：娘娘打發他來，要一百疋錦。我問他是那一位娘娘，他說的又不是偺們的娘娘。我就不肯給他，他就來奪，正奪著，就醒了。」[980]旺兒媳婦聽後直言：「這是奶奶日間操心，惦記應侯宮裡的事。」[981]旺兒媳婦之說法，正符合古代夢學理論——「思夢類」即「日有所思，夜有所夢」之夢類型[982]，而鳳姐之夢境更顯示了宮中予取予求之現實面，及其個人潛意識中之生活難題。當夏太監打發小廝來借銀兩時，賈璉卻躲起來，反由鳳姐代夫斡旋打發，更顯其英雌氣概，故鳳姐曾被禮讚連連：「鳳姑娘年紀雖小，行事卻比世人都大呢。」[983]及「再要賭口齒，十個會說說話的男人也說他不過」[984]。甚至連秦可卿都誇她：「是個脂粉隊裡的英雄，連那些束帶頂冠的男子也不能。」[985]鳳姐之氣魄見於此，故雖然鳳姐表面是「粉面含威威不露」，但其威嚴卻顯現於此種氣膽之中，是一種「與生俱來」[986]之稟賦，而在此種英雌氣概之背後，實有似壁立萬仞之倔強堅毅性格所支撐，從鳳姐在年事忙過便小月了，卻仍倔強自恃，亦運籌帷幄於閨閣之中，而導致下體流血不止，才願吃藥調養，可窺其堅志之貌，但只可惜其一生多半錯用聰明才智。

　　一個具外交家庭背景，曾有多方見識之王熙鳳，膽識過人、毅力可貴，但對付仰慕者及情敵，則又顯得城府深潛且計謀太過。鳳姐表面渲染柔情、背地卻強悍設陷一位違乎倫德之賈瑞，並凌虐被賺進大觀園之尤二姐；其對待姻親中之趙姨娘及環哥又極為不敬、不屑、不慈，且話中帶諷，顯得無情

---

[980]同前註，第 72 回，頁 1128。

[981]同前註。

[982]見筆者《紅樓夢中夢幻情緣之主題學發微》中提及思夢類，頁 84。

[983]見曹雪芹 高鶚原著　馮其庸等校注《紅樓夢校注》，第 6 回，頁 114。

[984]同前註，第 13 回，頁 199。

[985]同前註，第 72 回，頁 1128。

[986]在胡文彬《冷眼看紅樓》中提及王熙鳳的「威」來自兩個方面：「一是與生俱來，一是她手中有權。」（頁 3）

無義。《紅樓夢》書中大篇幅地敘述著鳳姐的一世聰明，但卻又鋪陳其於帶病過程中，於 73 回被探春笑說身子不好，以致園內人變得漸次放誕、開設賭局及發生爭鬥相打等亂象；接著第 110 回，又被鴛鴦誤解並質疑處理賈母之喪有缺失：「何等爽利周到之人，如今怎麼掣肘的這個樣子？我看這兩三天怎麼連一點頭腦都沒有」[987]。鳳姐實亦難免被命運嘲弄，斷續帶病在身，一如秦可卿最終不得不屈從於病體折磨而顯得力不從心，並在病重後交出掌管經濟之符印，故榮府被抄家後新生代之掌理經要者，非是曾暫管家務又遠嫁海疆之探春，而是被賈寶玉棄離之薛寶釵。

　　文盲美女王熙鳳除了有洞澈人心之精明，在榮寧二府審人事，角權勢中，既展現出體貼人之溫柔美意，又具有女強性氣之剛悍果敢。張澤芳〈王熙鳳性格結構論〉中提及王熙鳳性格中除了「靈與肉、善與惡、美與醜的二重結構要素外，王熙鳳的其他各種性格、情感要素也都具有二重性質。」[988]此即是指兩極化之性格，鮮明對立，以男性形容詞論之，既是英雄，又是梟雄。鳳姐掌權時，詮人事之得失而能洞入纖微，又能堅聽視明，革故鼎新；遇事時，則又研謀飾說，露其奸宄及縮頭撥火之行徑，故其經要治績，實有舉動驚世之讚與師心自任之弊。

二、姻緣情路之關礙

　　性格上如此強悍之王熙鳳，其情感問題又如何？其實是令人好奇的。在王熙鳳一生之姻緣情路中，與其有關礙者，一是與賈蓉、賈瑞之牽涉，一是丈夫之納妾與偷腥；前者，指賈瑞事件令其費心，後者則指平兒、鮑二家的、尤二姐及多姑娘等妻妾糾葛之情事。王熙鳳於情感表達中，暴露了更多心性陰微難見之形貌，筆者將分析如下：

---

[987] 見曹雪芹 高鶚原著　馮其庸等校注《紅樓夢校注》，第 110 回，頁 1665。
[988] 見《紅樓夢學刊》1996 年，第 1 輯，頁 106。

(一)與賈蓉、賈瑞之牽涉

除了賈璉外，與鳳姐有情感糾葛的男性，向有二說：一是賈蓉，一是賈瑞。在胡邦煒〈賈瑞與王熙鳳〉一文中，論證焦大口中罵的賈家「養小叔的養小叔，爬灰地爬灰。」是指王熙鳳與賈蓉之不倫關係[989]及方瑞《紅樓實夢·秦可卿之死釋祕》中「焦大醉罵聲中的王熙鳳與賈蓉」，借第 7 回程乙本中較其他版本多出來的字「賈蓉忙回來，滿臉笑容的瞅著鳳姐」及「鳳姐忽然把臉一紅」二語，直指王熙鳳與賈蓉之間有曖昧關係[990]。然而雖然賈蓉肯幫著鳳姐去修理賈瑞，鳳姐亦肯應著賈蓉之邀去安慰病重之秦可卿，按理說此種姻親關係之情感匪淺，不過因在庚辰本中並無此種敘述，程甲本亦無，因此，實在無從論起，我們又如何定要以程乙本為據呢？雖然亦有其他學者以為是指「寶玉與秦可卿」，或「賈薔與秦可卿」，但書中亦均未有彼此間任何親暱行為之敘述，故不應妄言，因此焦大口中「養小叔的養小叔，爬灰地爬灰」一語，便成了懸案，有可能是原作者早先有此構想寫王熙鳳與賈蓉之不倫，但卻未寫，因此，至程乙本中補敘時，僅以語言文字帶出二人之曖昧關係，以符應書中之重要暗語。

而真正與鳳姐有情感糾葛之關係者，其實僅有賈瑞一人，請見本書中賈瑞之篇章，有詳細論證，此處不再贅言。只是鳳姐早先洞悉了賈瑞的非分之心，卻佈下陷阱，戲謔不知底裏的賈瑞。就整件事件而言，其實鳳姐是個從屬於「以夫為綱」，具有強烈倫理道德觀念，並合乎傳統家庭文化與社會規範之女性，因此，對於賈瑞之不倫，嗤之以鼻，更思替天行道，一手掌握人性，一手私自懲戒，玩弄賈瑞於其股掌之間，然其誘人犯罪之舉，伴有掘發人類最隱微之「性惡面」，故並不可取。

---

[989] 見《紅樓夢研究集刊》1982 年，第 9 輯，頁 279-290。
[990] 見頁 79。

(二)丈夫之納妾與偷腥

　　《紅樓夢》中貪淫戀色之典型，如：賈赦、賈蓉、賈璉、薛蟠、孫紹祖等，其中孫紹祖更是餲淫之最，幾乎淫遍府中女侍，然因作者一筆帶過，且直至迎春過世前，書中仍未述及其有納妾之事，故反是賈璉的女人最被雕章綷彩。被興兒稱爲「醋缸醋甕」的鳳姐，一語道破其必須面對與他人分享性伴侶之實。鳳姐與賈璉之婚姻，因妻妾共住，而有居家糾紛及心陰境險之營造。小說家之寫實或膠著於悲喜情感之對待與激發，而類似「嚴官府出夥賊」之劇碼，在鳳姐婚姻之素描中，實是精妍奇出。

　　有關鳳姐與賈璉的情感問題，融洽吵鬧均有之，與一般正常夫妻無異。融洽處，在書中僅有一則，但仍值一窺。第 21 回有短評：送走娘娘後，「賈璉仍復搬進臥室。見了王熙鳳，正是俗語云：『新婚不如遠別』，更有無限恩愛。」[991]據此而論，鳳姐之婚姻生活實有一段甜蜜期，故並非如王玉萍之研究，以爲「無愛情可言」[992]。除此外，書中更多的是鳳姐之醋勁與妻妾間之妒害，然而環境因革及家庭變故，實可刺探人性、驗証忠貞，譬之 105 回便訴盡鳳姐與賈璉之婚姻瓶頸。當錦衣府堂官趙老爺與西平郡王爺奉旨查抄賈家時，因鳳姐放高賬之事而觸犯違禁重利之法，故家產一概入官。又賈璉被革職，免罪釋放後，其餘雖未盡入官，但早被查抄人搶去，因此，當鳳姐奄奄一息時，平兒要求賈璉快請個大夫來調治，賈璉卻恩斷義絕地說：「我的性命還不保，我還管他麼！」[993]夫妻間之前的甜蜜恩愛，此時卻變調。接著113 回又述及「賈璉近日並不似先前的恩愛，...賈璉回來也沒有一句貼心的

---

[991] 見曹雪芹　高鶚原著　馮其庸等校注《紅樓夢校注》，頁 332。

[992] 見王玉萍〈在王熙鳳 "強者" 形象的背後〉中云：「和許多同時代的婦女一樣，王熙鳳的婚姻是無愛情可言的。」(見《紅樓夢學刊》，1992 年，第 2 輯，頁 334)

[993] 見曹雪芹　高鶚原著　馮其庸等校注《紅樓夢校注》，第 106 回，頁 1612。

話。王熙鳳此時只求速死。」[994]鳳姐之前的剛毅，在意隨事轉後，脆弱之心志已然呈現，可見世間夫妻遭困時，往往有難圓處境，期間「共侍一夫」之糾葛，更可見具女強性氣之鳳姐的對治情敵之手段。

1. 鳳姐一生中必須對治的對象，以被寶玉讚為「極聰明、極清俊的上等女孩兒」[995]及被賈母稱為「美人胚子」[996]與「不像那狐媚魘道」[997]之平兒，列名為首。——平兒的外貌，非狐媚艷麗者，而可以「清秀佳人」統括論之；其在《紅樓夢》中雖是鳳姐之陪嫁丫環，且是心腹，但卻成了賈璉縱於情色的對象之一，同時亦是賈璉與鳳姐之出氣筒。有關賈璉與平兒之情事，《紅樓夢》作者總是點到為止。第 21 回當鳳姐往上屋去後，平兒收拾賈璉之衣服鋪蓋時，從枕套中抖出一絡青絲，卻拿著與賈璉鬥鬧，並助其隱瞞偷腥情事，藉以擄獲賈璉之心，而賈璉果真心動而摟抱平兒「心肝腸肉」地亂叫求歡。之後又因平兒在窗外隔窗與賈璉打情罵俏，被鳳姐察覺後，三人對話中已見對治之強弱態勢，書中如此鋪陳：「鳳姐走進院來，…見平兒在窗外，就問道：『要說話兩個人不在屋裏說，怎麼跑出一個來，隔著窗子，是什麼意思？』賈璉在窗內接道：『你可問他，倒像屋裏有老虎吃他呢。』平兒道：『屋裏一個人沒有，我在他跟前作什麼？』鳳姐兒笑道：『正是沒人才好呢。』平兒聽說，便說道：『這話是說我呢？』鳳姐笑道：『不說你說誰？』平兒道：『別叫我說出好話來了。』說著，也不打簾子讓鳳姐，自己先摔簾子進來，往那邊去了。鳳姐自掀簾子進來，說道：『平兒瘋魔了。這蹄子認真要降伏我，仔細你的皮要緊！』賈璉聽了，已絕倒在炕上，拍手笑道：『我竟不知平兒這麼利害，從此倒伏他了。』鳳姐道：『都是你慣的他，我只和你說！』賈璉聽說忙道：『你兩個不卯，又

---

[994] 同前註，頁 1698。
[995] 同前註，第 44 回，頁 682。
[996] 同前註，賈母又道：「那鳳丫頭和平兒還不是個美人胎子？你還不足！成日家偷雞摸狗，髒的臭的，都拉了你屋裏去。」（見頁 683）
[997] 同前註，頁 680。

拿我來作人。我躲開你們。』」[998]鳳姐之貴族身分與元配大位畢竟磐石難撼，平兒曾翼翼小心地勸導賈璉有關夫婦禮待之方，而賈璉背地謾罵鳳姐，重點均在家常瑣事及男女情感之協調困境上，然而此時鳳姐卻凝注於平兒與賈璉之隔窗罵情、抱怨平兒之摔簾行為及告誡賈璉「不可嬌慣平兒」等。此種賈璉所謂的「妻妾不卯」，其實是指鳳姐心中所隱藏的狐疑與潑醋情緒。抱怨含酸、默不作聲或轉身走避，乃賈家妻妾共侍一夫，不可避免之互動情態，在 25 回中，王夫人因寶玉左臉被燙出一溜燎泡時，不罵賈環，卻反怨責趙姨娘，當時趙姨娘一如平兒，不與元配正面衝突，默然無聲，便是一例。

鳳姐與平兒之和睦佳緣，或因平兒是個三分知音者[999]，或因平兒有「常背著奶奶常做些個好事」[1000]之好性子。雖然平兒曾因鮑二家的姦情而惹禍受累，無辜白受鳳姐踢打而曾欲持刀尋死，不過幸被李紈、寶釵及琥珀等勸阻。《紅樓夢》作者擬塑平兒，從附庸於鳳姐身邊之任人吆喝者，至成為與鳳姐同氣而相夫教子的高度忍辱負重之角色，頗具潤采，不過期間所穿插讓鳳姐妒火中燒之情節，應是作者書寫平兒之姿色與情性的隱筆。鳳姐過世後，因賈璉不在家，賈環欲擺佈巧姐出氣，而遊說舅舅王仁外嫁巧姐時，平兒曾跪求王夫人幫忙，並得劉姥姥之助而曾救巧姐脫險，故也算是個義氣盈人之小妾，難怪之後賈璉欲扶其為正室。

2. 鳳姐第二位情敵，為多渾蟲之妻──賈璉與多渾蟲之妻於二鼓人定之暗夜姦情，乃趁多渾蟲已醉昏於炕上後，密會。一個「一經男子挨身，便覺遍身筋骨癱軟，使男子如臥綿上，更兼淫態浪言，壓倒娼妓」[1001]之女子，日後遂與賈璉相契，但因鳳姐一直被蒙在鼓裡，故其婚姻生活實際上並未

---

[998] 同前註，第 21 回，頁 333。

[999] 同前註，第 51 回，頁 789。

[1000] 同前註，第 65 回，頁 1030。

[1001] 同前註，第 44 回，頁 678。

受到威脅與干擾。

3. 鳳姐第三位情敵，乃鮑二家的——《紅樓夢》第 44 回中敘述尤氏遵照賈母之意於大觀園中辦活動，當天有百戲與說書等，熱鬧非凡。九月初二社日，賈家人及尤氏於新蓋好之大花廳上聽《荊釵記》，鳳姐自覺酒沉了，未看百戲便出了席，無意中從一個小丫頭子口中探得姦情，於是親自屏息潛聽賈璉與鮑二媳婦之對話，「那婦人笑道：『多早晚你那閻王老婆死了就好了。』賈璉道：『他死了，再娶一個也是這樣，又怎麼樣呢？』那婦人道：『他死了，你倒是把平兒扶了正，只怕還好些。』賈璉道：『如今連平兒他也不叫我沾一沾了。平兒也是一肚子委曲不敢說。我命裏怎麼就該犯了『夜叉星』。」[1002]女僕與夫婿提及的「閻王老婆」及「夜叉星」之訕謗，並咒鳳姐死，實流佈著人性的醜拙，而賈璉更詭辯「放淫乃因欲求不滿」，故致令鳳姐雜揉氣憤及醋妒而痛打平兒及鮑二家的，甚至最後釀成賈璉持劍欲假意追殺王熙鳳等之家庭暴力，不過二人終在賈母的善意協調及鮑二家的上吊自殺後，了結此場可能傷及人命或動用私刑嚴懲之事故。鳳姐之女強性氣在觸物接事中，多半揮灑自如，但在夫妻生活中，因被激刺而時有熬掀鯨吼之狀，然卻又時觸礁岩。尤其當賈母調停二人時，賈璉所見到的鳳姐，已是個形容悲戚者，書中如此敘述：「也不盛妝，哭的眼睛腫著，也不施脂粉，黃黃臉兒，比往常更覺可憐可愛。」[1003]鳳姐一生中最凋悴處，除了久病過程及瀕死之孱弱外，也唯有情感挫寞了。

4. 在鳳姐生命中第四位出現之情敵，乃賈璉在小花枝巷偷娶之尤二姐——在本書尤二姐篇章中，已有詳論，此處不再贅述。當鳳姐妒憤地將尤二姐賺進大觀園後，一再煎迫凌虐之，藉以消融尤二姐嫁入豪門之喜悅及可能逐漸升高之跋扈行為，讓其知所進退，並「下馬威」。雖然鳳姐權鬥之策有所成敗，不過尤二姐最終仍經不起如此荊刺霜凍之苦，於是在流產後選擇了

[1002] 同前註，頁 678。
[1003] 同前註，頁 683。

吞生金自逝，也消弭了鳳姐心中恐被陵替之懼。贏家鳳姐聞知噩耗後，並未改其虛偽本色，仍是一副貓哭耗子假慈悲的嘴臉。鳳姐與尤二姐之妻妾爭鬥，猶似傳奇〈梅妃〉一文中，所述之唐明皇的愛妃楊貴妃與江梅妃二妾的爭寵情事[1004]。鳳姐的角色便似楊貴妃使計害梅妃，令其被打入冷宮(上陽東宮)，而後自己獨占鰲頭。對於一個在婚姻路途上，關礙頗深的小妾之死，鳳姐的心態從之前似刃如新發於硎般地磨刀霍霍，至之後地一應不管，而聽由賈璉請僧道做佛事及治喪，其心狠性殘見乎此。《紅樓夢》作者對於鳳姐對治賈璉之小妾尤二姐及其他偷腥事件，不但未撝舊襲統，更刻意雕纂妻妾與偷腥對象之間的種種衝突，然而對賈母調停時，偏袒地護衛賈璉之情節，雖仍無法跳脫傳統中國文化風習之窠臼，但此卻是作者反映時代價值觀之重要敘事。賈母曾如此勸告鳳姐：「什麼要緊的事，小孩子們年輕，饞嘴貓兒似的，那裏保得住不這麼著。從小兒世人都打這麼過的。」[1005]「屈從時尚，即是認命」，故對於其他情敵的踐踏或狠毒的作風，或許正是身在榮府，表面以和為貴，內裏仍以孝順為尊之鳳姐，潛意識中「一種反抗命運」的情緒發洩。

　　總論鳳姐的婚姻問題，在內造的桃花事件中，因懲戒賈瑞而導致之後賈瑞病重滑精而亡，不過其固守傳統之倫常綱德，卻令人印象深刻。在與夫婿賈璉之婚姻生活中，確實有過甜蜜階段，但在賈璉之流亂風情、外地納妾及偷腥事件中，面對四個不同對象，強悍如鳳姐者，卻有著潑醋行為與真情假意之糾葛。其中多渾蟲之妻與鮑二家的，雖係賈璉逢場作戲，不過卻象徵鳳姐無法填滿賈璉的情慾出口，而平兒與尤二姐事件，方見鳳姐手段。雖然鳳姐元配之地位依然穩固，同時亦未因賈家之禮法而屈居卑位，不過可悲者，

[1004] 見鄭惠文編著《一代奇女子》，頁 63-72。《說郛》卷 38 及明·顧元慶所編《文房小說》，亦收錄其中。
[1005] 見曹雪芹 高鶚原著　馮其庸等校注《紅樓夢校注》，第 44 回，頁 680。

鳳姐在賈璉眼中竟是個連拾鞋婢女都不如的人[1006]，此對貴族名門出身之鳳姐而言，是極大之反諷與貶抑。

三、從被作法至見鬼歷幻

《紅樓夢》中治家雙嬌之一的王熙鳳，在第 25 回之前，行事風格剛柔相參，但卻特善工心計，因此得罪的人為數不少。秦可卿過世後，鳳姐一生之疾病，從第 25 回被道術作法所害起，經歷小月淋血不止、見鬼驚魂，至歷幻返金陵止，被病痛侵逼，其中經歷著「常」與「變」。

《紅樓夢》中有關鳳姐之醫病敘述，從 25 回至 114 回錯綜縱橫，深刻動人，筆者將析分為四詳論之：

(一)魘魔法

第 25 回趙姨娘或可能因懷疑鳳姐將偷挪家私、對其不敬及爭奪榮府資產而加害鳳姐與賈寶玉二人。「咒詛」一詞，在劉勰《文心雕龍》中云：「及秦昭盟夷，設黃龍之詛」[1007]，最早不過是借代償物「黃龍玉」，作為懲罰不守信用者的手段而已，但在道教理論中卻被視為是「奇門遁甲」，向來被賦予玄秘詭異之想像。《紅樓夢》中馬道婆受託於趙姨娘，對王熙鳳與賈寶玉作法：「掏出十個紙鉸的青面白髮的鬼來，並兩個紙人，遞與趙姨娘，又悄悄的教他道：『把他兩個的年庚八字寫在這兩個紙人身上，一併五個鬼都掖在他們各人的床上就完了。我只在家裏作法，自有效驗。』」[1008]小說中赤裸

[1006] 同前註，第 65 回中云：「人人都說我們那夜叉婆齊整，如今我看來，給你拾鞋也不要。」（頁 1026）
[1007] 見劉勰著 范文瀾註《文心雕龍注》，頁 177-178。
[1008] 見曹雪芹 高鶚原著 馮其庸等校注《紅樓夢校注》，第 25 回，頁 395。

地呈現原始人類之魔力崇拜，是一種被認定透過咒語隔空釋放支配人類行為
之能量，具有生殺予奪之力。「從功能上看，道教與佛教的許多經文都可視
為咒語。因為持唸這些經文，也能通神而得到神的護佑，避邪得福。」[1009]道
教重煉丹與法術雙修，而法術之被誤用為「咒術」，在全世界之古代傳統民
族中，均有其存在之歷史。馬道婆將「咒術」中之三大要素：「咒語」及「儀
式」留在家中施行，而將「法物」中之人鬼相參，作為製造生人之環境或身
心變異之情狀，以呈現出魘魔法之巫術功能，從之後賈寶玉及鳳姐之失常行
為觀之，可突顯道術玄詭之神魔力量。馬道婆靠著念力隔空施法後，除了寶
玉喊頭疼、亂叫亂跳、拿刀弄杖、尋死覓活，鬧得天翻地覆外，鳳姐亦「手
持一把明晃晃鋼刀砍進園來，見雞殺雞，見狗殺狗，見人就要殺人。」[1010]之
後由周瑞媳婦帶著幾個有力膽壯的婆娘，抱住王熙鳳，奪下刀、抬回房去，
才停止了此種在傳統中國社會中被稱之為是「中邪」的怪異舉動。雖然之後
賈家亦不免俗地百般醫治祈禱，問卜求神，也有送符水的，也有薦僧道的，
但均無效。鳳姐與賈寶玉之意識與病情更為嚴重：「他叔嫂二人愈發糊塗，
不省人事，睡在床上，渾身火炭一般，口內無般不說。」[1011]書中又云：「看
看三日光陰，那王熙鳳和寶玉躺在床上，亦發連氣都將沒了。合家人口無不
驚慌，都說沒了指望，忙著將他二人的後事的衣履都治備下了，三天之內，
二人連氣息都沒了。合家人口無不驚慌，都說沒指望了，忙著將他二人的後
世的衣履都治備下了」[1012]且在第81回中，賈母曾問賈寶玉及鳳姐有關前年
害了邪病之事，賈母與鳳姐二人之對話如下：「鳳姐笑道：『我也不很記得了。
但覺自己身子不由自主，倒像有些鬼怪拉拉扯扯要我殺人才好，有什麼，拿
什麼，見什麼，殺什麼。自己原覺很乏，只是不能住手。』賈母道：『好的

[1009] 見姚周輝《神秘的符咒》，緒論，頁4。
[1010] 見曹雪芹　高鶚原著　馮其庸等校注《紅樓夢校注》，第25回，頁398。
[1011] 同前註，頁398。
[1012] 同前註，頁398-399。

時候還記得麼？』王熙鳳道：『好的時候好像空中有人說了幾句話似的，卻不記得說什麼來著。』」[1013]以文學角度論之，此乃神話創作，結合民俗傳說與突發暴病之神奇性，以醸造懸疑效果，但若以今日精神醫學角度論之，因醫學重視科學邏輯，無涉玄虛，故並無所謂施法致病之事。

　　1982 年張曼誠醫師〈《紅樓夢》的醫藥描寫〉中，早已先指出賈寶玉與鳳姐此時之病名與病因：「都是神志失常，精神興奮，狂燥的表現。而這些表現與雪芹對鳳姐和寶玉的思想、性格與描寫是吻合的。從症狀分析，與中醫所謂癲狂症相類。按中醫理論，癲與狂都是屬於神志失常的疾病，根本與"鬼"無關。癲病表現為沉默痴呆，語無論次，靜而多苦；狂病表現為喧擾不寧，燥妄打罵，動而多怒。由此可知，寶玉、鳳姐並非"逢鬼"，而是患了病。至於病因，文中雖曾明言馬道婆弄鬼，但細讀前文，或因寶玉、鳳姐乃是因吃了"暹羅國進貢"的茶葉，食物中毒所致。考茶葉本是一種興奮劑，對中樞神經有興奮作用，服食過量就有副作用。雪芹在書中已點明，這種茶葉除了"一日藥吊子不離火""竟是藥培著"的黛玉"吃了却好"以外，聽說黛玉願意吃這種茶葉，就準備送給黛玉。這就看出寶玉和鳳姐吃過這種茶後是不舒服的。喝茶後已有所反應。因此根據書中描述的寶玉、鳳姐的癲狂病所表現的神經中毒症狀，說寶玉、鳳姐的"逢鬼"係食物中毒有可通之處。故作此解釋，以備一說。」[1014]在張醫師之論證中，已提及「癲狂之病」，其實即是今日精神醫學所謂的「精神病」；此說確有根據，不過實情卻仍須更縝密之研判與分析。在張醫師理論中有四處疏誤：其一，食物中毒不會三人喝後，僅二人中毒，且嚴重至致死之地步，而黛玉身體本自怯弱，何以獨能倖免於難？其二，寶玉與鳳姐對喝過此茶之反應，僅是一種個人品茗嗜好之表達而已，並非是吃過這種茶後已有身體不適之反應，故張醫師此處解讀《紅樓夢》文本，顯然有誤；其三，茶葉確實具有興奮作用，然書中並未言

[1013]同前註，第 81 回，頁 1288。
[1014]刊於《紅樓夢研究集刊》，1982 年，第 8 輯，頁 434。

及寶玉與鳳姐二人過量飲用，且二人因覺口感不好已未再食用，故若因此論斷二人過量飲用而產生副作用是不妥的；其四，此茶既是暹羅國進貢的，必是一時之選，豈有小國無端進貢劇毒之物給大國之理？因書中並無有關任何暹羅國陰謀害命之敘述，故此種疑慮自可排除。筆者對於此處作者之鋪排，嘗試同時以內科學及精神醫學角度論證之。書中對王熙鳳與寶玉之病情，乃以互文描摹，二人雖有些像「精神分裂症」(Dissociation Mental Disorder)中之「知覺障礙」(perception disorder)，指：「最常見的知覺障礙是幻覺(hallucination)，而且以聽幻覺為最常見。精神分裂症的聽幻覺，其特點來自頭腦外面，熟悉的談話聲音。常是針對病人所談，或甚至是對病人批評、命令、或指使、嘲笑病人的企圖與行為，或指使病人做些事情，如傷害自己或他人，構成危險行為。」[1015]但因二人整個急性病程僅三天，未超過一個月以上，且從前驅期、急性發病期及殘餘期等整個療程共三十三天後，二人便神蹟般地復甦，亦未超過「精神分裂症」之病程須六個月以上之認定標準[1016]，故從王熙鳳與賈寶玉頭疼、神智不清、不省人事，渾身火炭，口內無般不說等病徵論之，符合今日內科學之疾病者，較合理之解釋應為：二人可

[1015] 見曾文星、陳靜《現代精神醫學》16 章 「精神分裂症」，頁 250。

[1016] 有關「精神分裂症」的幾個重要判準：「標準 A：五項症狀中至少要有兩項，包括妄想，幻聽，解組混亂的言語及行為，緊張症狀及負性症狀。其中若幻想是怪異的，或幻聽是持續的論斷性幻聽或交談性幻聽時，只要一項症狀即可。標準 B：要有社會職業功能的缺損。標準 C：符合標準 A，有活性症狀的時間必須持續一個月以上，且有症狀的時間，包括前驅期、急性發病期，及殘餘期之總時間必須超過六個月。」(見於李明濱主編《實用精神醫學》，第 12 章 「精神分裂症」，頁 134，及孔繁鐘編譯《DSM-IV精神疾病的診斷與統計》「精神分裂疾病及其他精神性疾患」，頁 275-276)另可參考 Diagnostic and Statistical Manual Disorders, 2000,14[th ed] DSM-IV-TR 'Schizophrenia and Other Psychotic Disorders', p.312. 案：在《DSM-IV精神疾病的診斷與統計》中急性發病期需一個月以上，且全部病程需要六個月以上，但 World Health Organization 世界衛生組織出版的 The ICD-10 Classification of Mental and Behavioral Disorders: diagnostic criteria for research 書中敘述則僅要求急性發病期需一個月以上即可。

能得到「具傳染性之內科疾病」，一種「感染症」，急性期之反應是 1.代謝機能的變化，2.發燒：發生感染症的病人常以發燒爲主要的臨床表現，伴隨而來的嗜睡及肌肉疼痛也是常見的狀況，3.骨髓反應及血液細胞的變化，4.其他反應：血清鐵及鋅的濃度下降、貧血…等[1017]，因有可能是身體的某一個部位受感染、或全身性的受感染，因此感染症引起的臨床徵候，比其他原因所引起者更爲複雜，診斷也較困難，有「發病突然、發冷、發燒、肌痛、急性淋巴腺腫、脾腫、腹瀉、白血球增加或減少等等，都表示感染症可能存在」[1018]，同時感染症之病患根據其受感染部位，又被分類爲「肺炎」與「腦膜炎」，或許因爲二人因相互傳染而突然同時發病，且此種疾病可能是「病毒性感染」[1019]，且與「急性腦炎所產生之腦部感染」有關，於是因急性意識模糊造成思想與行爲之混亂，故有脫序現象發生；有關病徵的部分，可參考賈瑞一文。因純粹之精神疾病不會發燒，故寶玉與鳳姐並非突然得了精神病，且又因鳳姐與寶玉二人均在三天後又曾一度甦醒過來，故比較像是「病毒性感染」。此種病患有些甚至幾天後會自然痊癒，因若是「細菌性感染」[1020]通常病期很長，且會留下嚴重後遺症，如認知功能受損、記憶性障礙，甚至連自我照護均會出問題，如腦膜炎最常見徵狀是「發熱、嘔吐、頭痛和精神錯亂或嗜睡，約 1/4 的病人起病急驟，病情迅速加重。…然而當腦膜炎併發淤斑或紫癜時，應推斷爲腦膜炎球菌性疾病，因爲該臨床表現在其他感染時

[1017] 見謝博生、陽泮池、林肇堂、李明濱等編《一般醫學 IV/V 疾病概論》上冊，第 1 篇，第 1 章「宿主防衛與感染症」，頁 1。

[1018] 同前註，第 1 篇，第 2 章「感染症」，頁 33。或見 *Harrison's Principle's Internal Medicine* 吳德朗等主編《哈里遜內科學》，第 5 篇「感染性疾病」，第 1 章「感染性疾病的基本概念」，頁 540。

[1019] 同前註，第 1 篇，第 2 章「感染症」，頁 34。

[1020] 同前註，書中云：「人體所憑藉以對抗細菌感染的武器中最重要的是：(1)局部防衛機構、(2)補體促進作用、(3)白血球的吞噬作用、以及(4)特定性抗體或細胞免疫性的作用，這些免疫性的機轉可針對不同的細菌來發揮不同的防衛作用。」(頁 16)

極爲少見。」[1021]因爲鳳姐與寶玉二人病癒後亦都無恙，無任何後遺症，故可推論「較可能是二人均遭受病毒性感染而得病」。有關檢體的部分，因小說人物是虛構而無法取得，但根據書中陳述的主要病徵，依然可藉今日內科學之診斷原則作「疑似病例」的處理。

　　然而就當代人之醫療常識與環境而言，被誤解爲二人均得了精神病之可能性應是極高的，故連譖於醫學之《紅樓夢》作者，亦透過賈母之口吻稱此病爲「邪病」。今日醫學對於因急性意識模糊造成思想與行爲混亂的病人，一般會先做核磁掃描，再做腦脊髓液之檢查，以確定病源而後對症下藥。

　　接著，《紅樓夢》作者敘述正當家人驚慌，甚至連棺材亦買好後，幸得一個癩頭和尙與一個跛足道人前來，才得以治好二人之病，藉著僧道角色之雙重神祕色彩，以和尙摩弄賈寶玉身上所帶之「通靈寶玉」──一種「實物符」之典型──指「如道教及漢族、民間常用的桃木棍、桃木製具。」[1022]作爲施法重點。接著，僧道續作的法術尙有：「懸於臥室上檻，將他二人安在一室之內，除親身妻母外，不可使陰人沖犯。三十三日之後，包管身安病退，復舊如初。」[1023]鳳姐與賈寶玉便在王夫人臥室之內，在通靈寶玉的福佑下，神蹟般地復甦，又加之細心調養，精神漸長，於是邪祟漸退，過了三十三天之後，一如僧道所言，二人均恢復了健康。小說中僧道之神秘角色，具主宰人類命運之生死，施展了道教用以「驅鬼、祭禱和治病」之符籙效果，一種有別於邪術(或說是黑巫術)慣用的刀、劍、頭髮、獸骨、針、紙人等之道具。在一場以符籙大戰咒術、正邪鬥法中，僧道企圖添加靈性予通靈寶玉，並達到消災渡厄、起死回生之目的，而咒術終於邪不勝正地臣服於符籙之避邪除妖、防鬼驅魔之效用下。道教本身具有正邪及善惡雙向矛盾效用之符咒，在

[1021] 見 *Harrison's Principle's Internal Medicine* 吳德朗等主編《哈里遜內科學》，第 5 篇「感染性疾病」，第 5 章「格蘭陰性細菌引起的疾病」，頁 707。
[1022] 見姚周輝《神秘的符咒》，緒論，頁 9。
[1023] 見曹雪芹 高鶚原著　馮其庸等校注《紅樓夢校注》，第 25 回，頁 401。

《紅樓夢》中進行內鬥，不過不應是由和尚來施符法，佛教的和尚雖能透過「阿彌陀佛」等法語，達成殊勝無比之功效，但豈能施行道教法術？且書中跛足道人之角色雖在，但行為卻顯得空乏。佛道本非一家，然在《紅樓夢》中二人卻常並行。作者將佛道合一，由和尚代替跛足道人施行法術，在此純粹運用道教之符籙與咒語之對峙中，佛教之真意已被隱沒在道教之法術中。一只「通靈寶玉」之治病神效，在《紅樓夢》中大顯神通，一玉救二命，正可印證「玉可避邪」之民間傳說。不過從醫學角度論之，作法不可救人，玉亦無療效，而鳳姐與賈寶玉之康復，則可能是與靜心調養期間之生活環境與調養品之滋療有關。就小說立場論之，此種透過作法以達到控制對方心神及除咒解厄之神話傳說，不僅在世俗被繪聲繪影，在虛擬世界中更是炙手可熱。

(二)小月與淋血

　　鳳姐一生中第二次的重要疾病，卻是與婦科有關。鳳姐先前之病雖好了，幾年後卻在元宵節過後又生病了，從此以往，便常疾病纏身。第 55 回，作者首先提及「王熙鳳稟賦氣血不足，兼年幼不知保養，平生爭強鬥智，心力更虧，故雖係小月，竟著實虧虛下來，一月之後，復添了下紅之症。」[1024]事實上鳳姐應是在早產後的下一次月經之後落紅，但接著便持續了長達八、九個月才停止下血。此種非經期時間的持續出血者，通常是因卵巢功能未恢復正常所致，故會有一段時間經血不正常。五穀本可療飢，藥石亦可伐病，但因鳳姐心性高強未卸放權責，直至開始服藥調養至八、九月間才漸漸起復，不再下紅，然而其病情其實並未完全痊癒，從其對平兒的對話可知：「看我病的這樣，還來惱我。」[1025]這段期間便由探春代掌賈家經濟大權。接著賈蓉替賈璉設計金屋藏嬌時，曾添油加醋地詛咒鳳姐：「目今王熙鳳身子有

[1024]同前註，第 55 回，頁 853。
[1025]同前註，頁 864。

病，已是不能好的了」[1026]或許這僅是賈蓉的「無心之言」，但竟也一語成讖，與惜春曾對送花來之周瑞家的說出一句玩笑話一般的靈驗；惜春曾說：「我這裏正和智能兒說，我明兒也剃了頭同他作姑子去呢」[1027]，之後惜春果眞出家。此種類於讖緯之學的鋪陳，在小說中時有所見。

　　另從 72 回鳳姐被鴛鴦視爲聲色怠惰至 114 回歷幻返金陵止，又記跡王熙鳳一連串的反覆病情。在 72 回中敘述王熙鳳已有一個月的光景因生活忙亂、受了些閑氣，又重新勾起舊病，且「這兩日又比先前添了些病」[1028]。之後第 73 回中從探春口中再次提及鳳姐之身體又不好，且園中更有三、四個人聚賭的，鳳姐知道後，便說：「偏生我又病了。」[1029]第 74 回抄檢大觀園後病情較重些「夜裏下面淋血不止，次日便覺身體十分軟弱起來，遂掌不住，請醫診視。開方立案，說要保重而去。」[1030]而平兒更告訴鴛鴦有關鳳姐之病情：「只從上月行了經之後，這一個月竟瀝瀝淅淅的沒有止住。」[1031]鳳姐病況最嚴重時，則是在抄檢大觀園後，「夜裏又連起來幾次，下面淋血不止」[1032]。

　　內科疾病與婦科疾病其實是截然不同的二種科別的疾病。最早對鳳姐下血病情做研究者是李騰嶽先生，其於〈紅樓夢醫事：殊に其の諸人物の罹患疾病に就ての察〉中分析：「鳳姐之病因懷孕六、七個月小產之故，似乎可看出感染梅毒，特別是書中表明他的丈夫賈璉與多名女子往來，恐怕合併淋菌性子宮內膜炎。其次，其病始終難以治癒的描述如下。她天生好強、長

[1026]同前註，第 64 回，頁 1015。
[1027]同前註，第 7 回，頁 126。
[1028]同前註，第 72 回，頁 1123。
[1029]同前註，頁 1138。
[1030]同前註，頁 1165。
[1031]同前註，第 74 回，頁 1165。
[1032]同前註，頁 1138。

於權謀、操勞過度、不重養生，因此，容易患病也不足爲奇。」[1033]其後陳存仁醫師〈王熙鳳的不治之症──紅樓夢的病症與醫理〉、郭玉雯《紅樓夢人物研究‧治家強人王熙鳳》及張師曉風〈古典小說中所安排的疾病和它的象徵〉中均有論說，筆者將一一分析。

我們先辨正李騰嶽先生之說法。三民書局編纂委員會《大辭典》中所謂的「梅毒」是：「(syphilis)醫學名詞。慢性疾病的一種。其病原體爲螺璇菌(Treponoma pollidum)之一，通常由生殖器接觸傳染而生，原爲西印度群島的地方病，相傳爲哥倫布氏一行人帶入 ‘美洲’而傳播開來。感染後性器官發硬結，並漸次變爲潰瘍，最後皮膚橡皮腫，潰瘍，崩壞，可蔓延至手足、鼻頭，而使身體便畸形，終成廢疾以致死亡。」[1034]西醫將之歸爲「典型的性病」，詳細病徵爲：「...第一期病變，稱爲下疳(chancre)，通常是皮膚或粘膜之單一潰爛，可自行痊癒。出現下疳後約 6 星期就發生全身皮膚之發疹後，亦即第二期梅毒之臨床徵狀，常只侷限於皮膚及粘膜，但亦可發生體質症狀以及廣泛之螺旋體播散，常有疲倦，虛弱，頭痛，發燒及肌痛，亦可有淋巴腺腫，及局部性之髮禿，頭皮常爲蟲蛀狀。」[1035]又所謂「子宮內膜炎」是：「子宮炎症通常稱爲子宮內膜炎，是屬於盆腔炎之一種，但炎症反應侷限於子宮內膜炎者稱之，其臨床上的表現以小腹悶痛併有不正常分泌物爲主，但也可能毫無症狀，其病程上可分爲急性與慢性子宮炎症」[1036]，而「淋菌性子宮內膜炎」，則是屬於「急性子宮內膜炎」：「常因淋病球菌感染，子宮內膜之異物(如避孕器)，或者因醫療行爲所致，如子宮內膜切片或是子宮內膜刮除術。大致上急性子宮內膜炎會造成暫時性的不孕困擾，隨著下一次月經時內膜的

[1033]刊於《台灣醫學會》，昭和 17[1942 年]，第 41 卷，第 3 附錄別刷，頁 102。
[1034]見頁 2290。
[1035]見謝博生、陽泮池、林肇堂、李明濱等主編《一般醫學　Ⅳ/Ⅴ　疾病概論》上冊，第 2 章「感染症」，頁 96。
[1036]可參考林昭庚教授主編《中西醫病名對照大辭典》，第 3 冊，第 10 章　「泌尿生殖系統疾病」，頁 1453。

剝離，發炎的情況可能會改善。」[1037]由於李先生之結論是：「似乎可看出感染梅毒，恐怕合併淋菌性子宮內膜炎」，然其並未做任何的醫學資料舉證，且鳳姐小月後的主要徵狀是「下血」，因此與染梅毒又合併淋菌性子宮內膜炎之病徵極為不同，故鳳姐並非得了染梅毒又合併淋菌性子宮內膜炎。同時李先生的分析中卻排除了鳳姐姙娠後流產之事實，在資料與論證不是很充足之下，此種分析便偏於一隅。

又陳存仁醫師以為鳳姐得的「不是子宮癌就是子宮頸癌，不是子宮頸癌就是子宮內膜癌」[1038]，而郭文引 73 回鴛鴦之言云：「『依你這話，這不成血山崩了。…』不論早晚本，鳳姐皆因此病而卒。」[1039]張師曉風之〈古典小說中所安排的疾病和它的象徵〉一文，則引《金瓶梅》中之李瓶兒的疾病而論及王熙鳳之疾云：「如此看來，臨死意識清楚，比較像癌症，有可能是婦科癌症。…這種血崩而死的病，乍看是一種難言的隱疾，是不潔的，暗昧的。後來，《紅樓夢》中得此病的則是王熙鳳，此病不但令人死，也令人不易懷孕。」[1040]在此三位學者的論證中，有二種疾病：一是「婦科癌症」——子宮癌、子宮頸癌、或子宮內膜癌；一是「血崩」。其中就「子宮頸癌」論之：「主要臨床症狀是陰道流血、陰道分泌物增多和疼痛等，防治不及時，到晚期則可出現感染、大出血、尿毒症、惡液質等危重情況而死亡。」[1041]鳳姐雖有陰道流血之徵狀，但並無陰道分泌物增多、疼痛等敘述，同時鳳姐早產之事，

[1037] 見 Czernobilsky B. Eddometritis and infertility. Fertil Steril 30: 119, 1978., 另張明揚等編著《不孕症及生殖內分泌學》，第 16 章 「不孕性的子宮因素」，頁 171 中亦引用之。

[1038] 見陳存仁〈王熙鳳的不治之症——紅樓夢的病症與醫理〉，刊於《大成》1981 年 9 月 1 日，第 94 期，頁 9。另見宋淇《紅樓夢識要》，十、「王熙鳳的不治之症」，頁 239。此文原載於香港《明報月刊》，1985 年 12 月號。

[1039] 見其書，頁 214。

[1040] 見《中外文學》，2003 年，第 31 卷，第 12 期，頁 40-41。

[1041] 可參考林昭庚教授主編《中西醫病名對照大辭典》，第 1 冊，第 2 章 「腫瘤」，頁 427。

卻一樣地被三位學者所忽略。另郭教授之書論及王熙鳳時，僅至 80 回之前，而王熙鳳之死尚在 80 回之後，故不知郭教授究以何為據而說王熙鳳死於「血山崩」？所謂「血崩」，在醫學領域多指與生產有關之疾病，例如中醫《嚴氏濟生方·卷七·產後血崩》中云：「產婦下血過多，血氣暴虛，未得平復，或因勞役，或因驚怒，致血暴崩。又也榮衛兩傷，亦變崩中。若小腹滿痛，此為肝經已壞，為難治。」[1042]亦有指因「凝血功能異常」或「羊水栓塞」所造成的「瀰漫性血管內凝血」，即是林師昭庚主編《中西醫病名對照大辭典》中提及的「血液病」：「…及某些全身性疾病(如血液病、尿毒症、應激性潰瘍)引起的出血。」[1043]然而由於《紅樓夢》書中並無述及鳳姐產後大量出血不止或暴崩之情事，且「暴崩」在古今中外的婦科疾病中，均極危險，書中亦不見任何救治鳳姐之敘述，可參看本書中筆者論述尤二姐流產後流血不止之文，便可知之，故鳳姐不是因血崩而死的。另就「子宮內膜癌」論之，雖然「在惡性腫瘤方面，生殖道的各種癌症都會造成異常出血。特別是子宮頸癌及子宮內膜癌是任何型態的異常出血時都應考慮到的。」[1044]然而在筆者的研究中，鳳姐因之前偶爾不時的出血，代表其血液凝固機轉可能已有問題，其子宮收縮能力不好或較無法收縮，是一個身體已變得虛弱且較易出血之人，且以上四位學者均忽略了書中其他重要的敘事：

1. 第 77 回中，王夫人為了幫鳳姐調養，而向邢夫人要了二兩上等人蔘，於是鳳姐之病體「雖未大愈，然亦可以出入行走了，仍命大夫每日診脈服藥，

[1042]同前註，第 4 冊，第 11 章 「妊娠、生產及產褥期併發症」，頁 1704。

[1043]同前註。又見 Loren laine, 'Gastronintestinal Bleeding' : "Table 37-1Sources of bleeding in Patients Hospitalized for acute UGIB　Ulcers Varices Mallory-weiss tears　Gastroduodenal erosions　Erosive esophagitis Maliganancy　No sources identified" in *Harrison's Principles of Internal Medicine, 16th edition.* 2005;37:234.

[1044]見張明揚等編著《不孕症及生殖內分泌學》，第 2 版，第 12 章 「異常子宮出血」，頁 126。

又開了丸藥方來配調經養榮丸。」[1045]不過此時太醫僅開立藥方，調配經養榮丸，卻未說明王熙鳳之病名。

2. 第 78 回鳳姐來賈母處省晨，王夫人曾問鳳姐有關丸藥是否配來了，鳳姐回答：「『還不曾呢，如今還是吃湯藥。太太只管放心，我已大好了。』王夫人見他精神復初，也就信了。」[1046]78 回中除了王熙鳳之病已大好了以外，81 回中賈母問鳳姐當年得邪病的狀況(指 25 回)時，在整大段的病情詢問中，鳳姐是笑著回答的，書中有：「…，鳳姐笑道…鳳姐趕忙笑道：…」[1047]之後又有連「王夫人也笑了」[1048]。此時的鳳姐已是談笑自如、無病一身輕之狀況。或許此時「笑臉迎人的鳳姐」，正是作者的一種隱筆敘事手法吧！

3. 之後從 78-114 回之間均未再有任何有關鳳姐下血之敘述，可見鳳姐的下血症應已痊癒。直至第 88 回，鳳姐才有較明顯的新病情出現：「將近三更，鳳姐似睡不睡，覺得身上寒毛一乍，自己驚醒了，越躺著越發起滲來，因叫平兒秋桐過來作伴。…秋桐卻要獻殷勤兒，因說道：『奶奶睡不著，倒是我們兩個輪流坐坐也使得。』鳳姐一面說，一面睡著了。…二人方都穿著衣服略躺了一躺，就天亮了，連忙起來伏侍鳳姐梳洗。鳳姐因夜中之事，心神恍惚不寧，只是一味要強，仍然扎掙起來。…」[1049]而 93 回之後，鳳姐之病情才由之前一再反覆不定、至完全痊癒的婦科疾病，轉成吐血之疾，且書中更點出鳳姐此次生病的發病時間點：「鳳姐因那一夜不好，懨懨的總沒精神」[1050]所謂的「那一夜不好」，即是「88 回中將近三更的那個晚上」。仔細分析 93 回，甚至在鳳姐過世前的所有情節，作者均未再提及

[1045]見曹雪芹　高鶚原著　馮其庸等校注《紅樓夢校注》，第 77 回，頁 1209。

[1046]同前註，第 78 回，頁 1230。

[1047]同前註，第 81 回，頁 1288-1290。

[1048]同前註，頁 1290。

[1049]同前註，第 77 回，頁 1394-1395。

[1050]同前註，頁 1456。

鳳姐「之前下血」之事，亦未有任何「血崩」或「子宮頸癌及子宮內膜癌」之病徵的敘述，而是一再強調昏暈與吐血之事，這是筆者所研究的——在一百二十回版本(不論程甲本或程乙本)中早已存在的，最強有利的證據。因此，鳳姐此次經血拖個不停，是一種與流產有關之出血，可能是因「功能性子宮出血」(又稱機能性生殖道出血)[1051]所致，是指：「排卵功能的缺陷、所導致的異於常態的子宮出血。」[1052]因「器官性生殖道出血」，多指與腫瘤有關之出血。

在《紅樓夢》書中詳細地述及兩個女人流產後的狀況：前者尤二姐流產的當時，曾子宮大量出血；後者鳳姐流產後，隔了一段時間，在一次月經來潮後才有下血或滴血之狀況，但之後尤二姐吞生金自逝，鳳姐則完全痊癒了。不過鳳姐從 88 回的那個晚上開始得到的新疾病，至 93 回中開始敘述的吐血症，這才是令人好奇的。

(三)吐血症與昏暈

在《紅樓夢》中描述吐血較嚴重者有二人，一是林黛玉，一是王熙鳳。93 回中，作者云鳳姐心中一方惦記鐵檻寺之事，一方又因聽說外頭貼了匿

[1051] 見 Errol Norwitz、John Schorge 原著、蔡明哲編譯《婦產科學精義》，3.「陰道異常出血」，其中提及異常出血的原因：「構造性(器質性因素)育齡婦女陰道異常出血最常見的原因是一些和懷孕相關的狀況先兆性流產、不完全流產、過期性流產；子宮外孕；滋養層細胞疾病。子宮病灶(Uterine lesions)則因子宮內膜表面增加或內膜血管組織扭曲而經常造成過多的出血。子宮頸病灶(Cervical lesions)則造成不規則出血，特別是性交後，(postcoital)，因為糜爛或直接創傷。」(頁 8) 另見黃思誠、柯滄銘、楊友士等著《婦產科自我診斷》第 6 篇「好好愛自己·危險的訊號——談異常生殖道出血」中提及異常生殖道出血有二種診斷方向：一是「器官性生殖道出血」，一是「機能性生殖道出血」。(見黃思誠醫師撰，頁 163-166。) 又可參考張明揚等編著《不孕症及生殖內分泌學》，第 12 章 「子宮異常出血」，頁 121~133。
[1052] 見張明揚等編著《不孕症及生殖內分泌學》，第 12 章 「子宮異常出血」，頁 123。

名揭帖而心生畏懼，故追問平兒，才得知是有關饅頭庵之事，但此時卻「因心虛而急火上攻，眼前發暈，咳嗽了一陣，哇的一聲，吐出一口血來。」[1053]之後鳳姐知是平兒錯將水月庵說成饅頭庵後，才寬心。先古中醫以徵候從「氣虛」及「火熱」論證吐血之因，而《紅樓夢》以「心虛而急火上攻」論述，可見古今醫理沿襲之一脈性；西醫則以內視鏡著重於解剖位置之出血點，以找出病因，但因我們無法檢視小說人物之出血點，故僅能就作者所述病徵討論。就內科學論之，鳳姐之「心虛而急火上攻」，與 13 回中賈寶玉曾因「急火上攻」亦吐出一口血來一般，極可能是因情緒緊張產生肌肉痙攣時，所造成之裂傷，此種於短時間內咳出之血，較有可能是鼻咽、食道或胃部以上之身體黏膜受損之出血[1054]，一種類似流鼻血之小毛病。因在林師昭庚主編《中西醫病名對照大辭典》中提及吐血有多種狀況：「吐血主要見於上消化道出血，其中以十二指腸球部潰爛出血及肝硬化所致的食道、胃部靜脈曲張破裂最多見。其次見於食道炎、急慢性胃炎、胃黏膜脫垂症等以及某些全身性疾病(如血液病、尿毒症、應激性潰瘍)引起的出血。」[1055]吐血情況有輕重之別，鳳姐此時當屬輕者，因為在內科學中一般嚴重疾病所造成的「吐血」，病人會一直不斷地吐，且生命危急，但筆者檢視從 93 回至 111 回之間，書中並未再有任何述及鳳姐吐血之情節，直至 112 回才又有嚴重的吐血事件發生，故筆者如此推斷應是合理的。

　　93 回之後鳳姐亦一反常態地，不願再過問其編派芹兒所託管的水月庵究竟出了何事，而其生病之事實，更可能是鳳姐當時倦勤之主因，亦是鳳姐

[1053] 見曹雪芹　高鶚原著　馮其庸等校注《紅樓夢校注》，頁 1456-1457。
[1054] 見林昭庚教授主編《中西醫病名對照大辭典》，第 9 章「消化系統疾病」，頁 1265。
[1055] 同前註。又見 Loren laine, 'Gastronintestinal Bleeding' : "Table 37-1Sources of bleeding in Patients Hospitalized for acute UGIB Ulcers Varices Mallory-weiss tears Gastroduodenal erosions Erosive esophagitis Maliganancy No sources identified" in *Harrison's Principles of Internal Medicine, 16th edition.* 2005;37:234.

生命型態逐漸變改之因。然而鳳姐雖病著，卻仍在賈府中走動，除了聽見寶玉失玉，知道王夫人過來，料躲不住，便扶了豐兒來到園裏與王夫人討論尋玉之事以外，亦曾到邢夫人那邊商議踩緝[1056]。鳳姐病情時好時壞，期間《紅樓夢》作者又前後穿插鋪陳鳳姐見鬼夢幻之事，不過 101 回卻又突然對平兒述說自己之死期將近：「我也不久了，雖然活了二十五歲」[1057]，此是預言，亦似靈讖。

　　鳳姐較嚴重之生理疾病是在聽到榮寧府被抄家時的反應：「先前眼睜兩眼聽著，後來一仰身，栽到地下死了。」[1058]雖然鳳姐病篤之情狀，同時被賈璉與邢夫人二人誤認「已死亡」，而哭泣傷心，不過被平兒叫醒的鳳姐，於第 107 回時卻又因賈母及王夫人之厚愛贈金而重掌內事，且不推辭地在賈母面前扶病承歡，竭力張羅賈母託辦的寶釵生日之事，或許因託賈母之福(指：將自己的體己積蓄三千兩銀子留給鳳姐用)，而讓一個奄奄一息、正在氣厥的王熙鳳，竟然還能在枕頭上向賈母嗑頭，且於 108 回時，王夫人更將內事再交給王熙鳳管理，讓其從一個病危者，成了一位重掌內事者，可見鳳姐的病情卻曾稍微好轉過。其實鳳姐之所以被誤為死亡，乃因內科學中神經系統之疾病：「血管迷走性(血管抑制性)暈厥」所致──這種暈厥通常可發生於正常人常見之昏倒現象；常為復發性，並易於發生在情緒緊張時(特別是在較熱、擁擠的房間中)、傷害性的震驚事件中、酒精事件、過度疲勞、飢餓、站立過久以及嚴重疼痛等狀況[1059]。由於病人會全身肌肉無力，伴隨著

[1056] 見曹雪芹 高鶚原著　馮其庸等校注《紅樓夢校注》，第 94 回，頁 1471。

[1057] 同前註，第 101 回，頁 1552。案：賈寶玉、賈元妃之年齡，在書中均有疑誤之處，之後巧姐亦大到能出嫁，故此時王熙鳳才二十五歲之年齡恐亦有誤。

[1058] 同前註，第 106 回，頁 1600。

[1059] 筆者綜合參考長庚醫院院長吳德朗等校定《哈里遜內科學》，第 2 篇，第 3 章「神經系統功能障礙」，頁 160。又可參考 Robert B. Daroff/ Mark D. Carlson's, 'Faintness, Syncope, Dizziness, and Vertigo,'"Vasovagal (vasodepressor, neurocardiogenic) syncope": This form of syncope is the form of syncope is the common faint that may be experienced by normal persons and accounts for approximately half of all episodes of

姿勢性的肌張力喪失、無法站立，嚴重者會意識喪失[1060]，皮膚看來沒有血色，可能亦會有「脈搏微弱或摸不到；血壓可以低到不能測出；呼吸細微到難以察覺。」[1061]而鳳姐極可能因此時情緒緊張而暈厥，以致於被誤為死亡。之後鳳姐之病況如平兒所述：「幸得歇息一回蘇過來，哭了幾聲，如今痰息氣定，略安一安神。」[1062]期間作者用心良苦地雕章，突顯鳳姐之「病而不病」、「倔強到底」、「透徹堅強」等特質，直至 109 回至 110 回時，鳳姐之病情才又有重大起伏。

事實上在《紅樓夢》書中，鳳姐前後至少有三次以上之昏暈現象，均因情緒緊張或波動而產生迷走神經過度活躍而釀成心博過慢、腦部缺血或腦部血液循環不良而造成的「昏暈」。其中第一次，乃因聽到被抄家而栽倒之現

---

syncope. It is frequently recurrent and commonly precipitated by a hot or a crowded environment, alcohol, extreme fatigue, severe pain, hunger, prolonged standing, and emotional or stressful situation." in Kasper, Braunwald, Faucil, Hauser, longo, Jameson, *Harrison's Principles of Internal Medicine, 15ᵗʰ edition.* 2001;21:111.亦可見 *Harrison's Principles of Internal Medicine, 16ᵗʰ edition.* 2005;20:126.

[1060] 同前註，《哈里遜內科學》，頁 160。另可參考 Robert B. Daroff/ Mark D. Carlson's, 'Faintness, Syncope, Dizziness, and Vertigo,'"Vasovagal ,' "Syncope is defined as transient loss of consciousness due to reduced cerebral /blood flow. Syncope is associated with postural collapse and spontaneous recovery. It may be occur suddenly, without warning, or may or lightheadedness, "dizziness" without true vertigo, a feeling of warmth, diaphoresis, nausea, and visual blurring occasionally proceeding to blindness." in Kasper, Braunwald, Faucil, Hauser, longo, Jameson, *Harrison's Principles of Internal Medicine, 15ᵗʰ edition.* 2001;21:111. 亦可見 *Harrison's Principles of Internal Medicine, 16ᵗʰ edition.* 2005;20:126.

[1061] 同前註，《哈里遜內科學》，頁 164。另可參考 Robert B. Daroff, Mark D. Carlson's, 'Faintness, Syncope, Dizziness, and Vertigo,'"Vasovagal ,' "The pulse is feeble or apparently absent, the blood pressure may be low or undetectable, and breathing may be almost imperceptible spontaneous recovery."in Kasper, Braunwald, Faucil, Hauser, longo, Jameson, *Harrison's Principles of Internal Medicine, 15ᵗʰ edition.* 2001;21:111. 亦可見 *Harrison's Principles of Internal Medicine, 16ᵗʰ edition.* 2005;20:126.

[1062] 見曹雪芹 高鶚原著　馮其庸等校注《紅樓夢校注》，第 105 回，頁 1603。

象。第二次，作者從鳳姐近來又病著著筆，之後便「像失魂落魄的樣兒了」[1063]，接著又因一陣刺激，使病情突然加劇而「昏暈過去」，書中鋪陳著：「王熙鳳這日竟支撐不住，…人客更多了，事情也更繁了，瞻前不能顧後。正在著急，只見一個小丫頭跑來說：『二奶奶在這裏呢，怪不得大太太說，裏頭人多照應不過來，二奶奶是躲著受用去了。』王熙鳳聽了這話，一口氣撞上來，往下一咽，眼淚直流，只覺得眼前一黑，嗓子裏一甜，便噴出鮮紅的血來，身子站不住，就蹲倒在地。幸虧平兒急忙過來扶住。只見王熙鳳的血吐個不住。」[1064]接著又有：「…話說王熙鳳聽了小丫頭的話，又氣又急又傷心，不覺吐了一口血，便昏暈過去，坐在地下。平兒急來靠著，忙叫了人來攙扶著，慢慢的送到自己房中，將鳳姐輕輕的安放在炕上，立刻叫小紅斟上一杯開水送到王熙鳳唇邊。王熙鳳呷了一口，昏迷仍睡。」[1065]鳳姐昏暈(或稱昏厥)、吐血後，仍可喝水，之後書中又寫鳳姐「昏迷仍睡」。至於又有連續幾次的昏暈，則見於112回，書中有鳳姐命捆起上夜眾女人送營審問，又提及之後某日鳳姐「那日又發暈了幾次」[1066]，甚至「竟不能出接」。綜合以上觀之，鳳姐既有吐血，又有昏暈，其病有三種可能：

1.可能是心臟病：心臟病患者因心律不整，亦會造成血壓失常，而有暫時性昏暈之現象。

2.可能是腸胃黏膜潰瘍出血後，傷口仍未癒，而有持續性出血。

3.可能是因肝硬化產生併發症而吐血。

筆者分析：就內科學為論，第1點之前提，須是過去有心臟病之病史者，不過書中卻未提及，故不宜妄言，就如同我們審視惜春與元春之疾病一般，對於二人過去是否有病史，須是特別注意的，才不致於作出錯誤之結論。然而

[1063] 同前註，第 110 回，頁 1669。
[1064] 同前註，第 112 回，頁 1673。
[1065] 同前註。
[1066] 同前註，頁 1694。

或許鳳姐栽倒的那次，可以解釋爲初次，但此種機率是較低的，且因鳳姐此時的病徵不僅是昏暈而已，還有吐血，故與心臟病患者因心臟幫浦功能減退或心律不整所造成之昏暈不同，且心臟病患者並不會吐血[1067]。另就第 2 點而論，對鳳姐而言，一個心性高強者，被慵懶閒話所激，關乎情面與聲譽；扶病執事，不得同情，反被譏誚，其酸苦可知，於是王熙鳳噴出鮮血，且一再地吐血不止、昏暈、甚至昏迷仍睡，其實已病入膏肓。內科學中《千金方·吐血》提及三種可能性：「有內衄、有肺疽、有腸胃內衄。」[1068]西醫則以爲「急性出血，通常爲腸胃道出血，是暈厥的一種偶見原因。」[1069]或許我們可以如是觀：雖然之前鳳姐曾因心虛而急火上攻，咳嗽了一陣，吐出一口血來，然此次之吐血，有可能是因爲急性咳嗽造成黏膜受損而咳出血來，在中西醫之診斷中，此種現象並非是有實質的疾病。而鳳姐於第一次昏暈後，書中雖有一次「痰息氣定」之敘述，但由於從 93 回至 114 回之間，並未曾提及鳳姐有任何撞擊而造成內傷，或似林黛玉、賈瑞及襲人等有常態性的咳嗽病徵，且至 112 回後，鳳姐才又有一再吐血及昏暈之病徵出現，故作者所書之「吐血」，應非「咳血」，故應屬「上消化道出血」，可參考賈瑞之肺結核疾病及襲人之「看似肺結核」的論斷。其因在於「腸胃內衄」大量出血時，胃酸不及作用，故吐出之血爲鮮紅色，否則若量少則是咖啡色。又就第 3 點

[1067]見長庚醫院院長吳德朗等校定《哈里遜內科學》，中冊，第 6 篇，第 1 章 「心臟異常」：「心臟病的徵狀大多是由心肌缺血、心肌舒張或收縮功能障礙或心律失常等狀況所造成的。心肌缺血大多現爲胸部不適；心臟幫浦功能減退則常導致虛弱和疲乏感，嚴重者將引起紫紺、低血壓、暈厥，或因心室功能衰竭而出血管內壓力升高。心室功能衰竭所出現致水滯留還將引起氣急、喘坐呼吸及水腫。心律失常往往突然發生，其所致心悸、呼吸困難、心絞痛、低血壓及暈厥等徵狀和表徵，通常既可突然出現，亦可突然消失。」（頁 998）
[1068]見林昭庚教授主編《中西醫病名對照大辭典》，第 3 冊，第 9 章 「消化性疾病」，頁 1260。
[1069]見長庚醫院院長吳德朗等校定《哈里遜內科學》，上冊，第 3 章 「神經系統功能障礙」，頁 161。

而言，若肝硬化產生併發症時，亦可能會有吐血徵候，但「肝硬化本身不會造成任何症狀」[1070]，以致於一般人日常生活中較不易察覺，而「吐血則常因食道/胃靜脈曲張出血」[1071]所致，在內科醫療上，若未能立即補充血液，病人隨時會死亡，更何況鳳姐此時又已昏暈。

另有關 112 回鳳姐「昏迷仍睡」之事，作者使用「昏迷仍睡」此語有待進一步論證。「昏迷」(coma)之病徵爲：「昏迷的病人外表像睡著了，但對外來的刺激與內在的需求都無法感受和反應。」[1072]同時「昏迷是極端嚴重的病徵，表示大腦細胞呈示嚴重的功能障礙，病人大多處於生命危險之中，必須立即給予積極的治療處置」[1073]然而賈家卻不再爲鳳姐延醫，卻由平兒僅讓鳳姐呷了一口開水後，便昏迷仍睡。賈家被抄後，即便襲人因寶玉走失而昏厥，寶釵亦爲其延醫，並由其他僕人立即以湯藥服侍，而後逐漸痊癒。但賈璉此時不顧鳳姐之病情，甚至連王夫人亦未再過問，固然或因平兒經驗與

[1070]見內科主治醫師合著，張天鈞主編《內科學》（上），楊培銘〈肝硬化〉，頁 486。
[1071]同前註《內科學》（上）， 楊培銘〈肝硬化〉，頁 486。另可參考長庚醫院院長吳德朗等校定《哈里遜內科學》，第 9 篇 「胃腸系統疾病」，第 2 章 「肝臟和膽道疾病」中有 Daniel k. Podolsky/ Kurt J. Isselbacher「肝硬化」敘述：「1. 發病機制 儘管迅猛的出血可以來源於門體靜脈側枝循環的任何部位，但最常見於食道，胃接合處的靜脈曲張...。2 臨床特徵與診斷 靜脈曲張出血常無明顯誘因，一般無疼痛，呈大量嘔血，伴有(或不伴有)黑便，相關體徵可以從輕度體位性的心動過速至重度休克,這決定於失血量的多少及低血量的濃度。」(頁 1568)又可參看 Ramond T. Chung /Daniel k. Podolsky, 'Cirrhosis and its complications,': "Variceal Bleeding" in Kasper, Braunwald, Faucil, Hauser, longo, Jameson, *Harrison's Principles of Internal Medicine*, 16th edition. 2005; 289:1863-1864.
[1072]見謝博生、陽泮池、林肇堂、李明濱等主編《一般醫學 IV/V 疾病概論》上冊，第 23 章「中樞神經系統疾病」，頁 1074。另可參考 Allan H. Ropper, 'Acute confusional states and coma': "The unnatural situation of reduced alertness and responsiveness represents a continuum that in severest form called coma." in Kasper, Braunwald, Faucil, Hauser, longo, Jameson, *Harrison's Principles of Internal Medicine, 15th edition.* 2001; 24:132. 亦可見 *Harrison's Principles of Internal Medicine, 16th edition.* 2005;257:1625.
[1073]同前註。

知識不足而未作急性處理，不過作者此處對於鳳姐如此險境卻一筆帶過，顯得不合常理。反在何三勾邀一些賊人來賈府偷盜時，讓鳳姐又再次扶病而出，令綑起上夜的女人送營審問，並將其編撰成一個當時說話已是喘呼呼，卻仍需帶病「堅忍持家」之形象。此處鳳姐並未呈現軟弱臥病之態，反是硬撐出古代女強性氣之典範，其實有違醫理。因此，我們不得不懷疑作者恐將「昏迷仍睡」解釋為「昏睡」(stupor)，而非「昏迷」(coma) 之意，因古代中醫並無所謂「昏睡」與「昏迷」之醫學診斷。西醫中則有「昏睡」之說法，是指：「患者處於能被強有利的刺激喚醒，但對語言反應緩慢或喪失且患者可能避開不舒服的刺激。」[1074]故從鳳姐昏迷仍睡後，又繼續當榮府管家，可知鳳姐當時應僅是昏睡而已，並未達真正昏迷狀態。第 112 回中鳳姐之後某日又復發了幾次暈厥，甚至竟不能出接，其行動力已漸孱弱。賈璉亦告訴賈政有關鳳姐的病況：「看來是不中用了」[1075]。鳳姐之病重，實已成勢。

(四)見鬼歷幻

從吐血至死亡前，作者又穿插夢幻見鬼之情節，對王熙鳳之肉體與精神何嘗不是雙重折磨？

有關見鬼歷幻之事，不僅發生在鴛鴦身上、發生在散花寺之姑子大了所提及的王大人府裡、發生在尤氏、賈珍及賈蓉身上，亦發生在鳳姐身上。鴛鴦見秦氏可卿魂後，上吊自殺身亡；王大人府裡之太太，亦見到死去老爺魂魄後[1076]，接受姑子大了之建議，在散花菩薩跟前許願燒香，作七七四十九天之水路道場；尤氏因經過大觀園後，便臥病在床，發生「譫語綿綿」之現

[1074] 見長庚醫院院長吳德朗等校定《哈里遜內科學》，第 2 篇 「疾病的基本表現」，第 3 章「神經系統功能障礙」，頁 232。
[1075] 見曹雪芹 高鶚原著　馮其庸等校注《紅樓夢校注》，第 112 回，頁 1695。
[1076] 同前註，第 101 回中，據藤本、程乙本將「王夫人府裡」校正為「王大人府裡」（頁 1561）。

象，而賈珍及賈蓉亦因經過大觀園而先後得病，故榮府中人以為三人均是撞邪[1077]。至於有關鳳姐之見鬼歷幻，亦是《紅樓夢》中的重點敘事，其中共有四次奇特之夢幻情境。

　　第一次是在第101回「大觀園月夜驚幽魂　散花寺神籤驚異兆」中，由於前章秦可卿之論文中部分內容已討論過，故此處筆者不再贅述。從精神醫學角度論之，鳳姐最初之所見，極可能僅是一種「誤看樹影」的「錯覺」(illusion)，因在曾文星、徐靜《現代精神醫學》，第11章 「精神症狀」中提及：「感覺器官感受到外界之刺激(如聽到聲音或看到影子)，但把此感受傳到大腦後，判斷不正確，產生錯誤的結論者，稱錯覺。夜晚看到窗外搖晃的樹影，誤以為是有人躲在那裡；野外草堆中看到一條繩子，錯認為是一條蛇，均稱為是視錯覺，就是所謂風聲鶴唳，草木皆兵的狀態。這種錯覺發生於孤單、害怕、不安等心情不穩定，或因中毒發炎而引起之器質性腦症，呈現混亂狀態。通常以視錯覺為最多。」[1078]因此，鳳姐此時可能因孤單、害怕、不安等心情不穩定所產生之錯覺，或者如劉向義醫師〈幻覺〉一文所說：「錯覺易于在客觀環境不明如昏暗的燈光或主觀上意識不明、過於疲勞、情緒緊張及期待的心情發生。」[1079]而後秦氏臨終託夢之過去記憶，便瞬間傾洩而出，接著便以「幻覺」(hallucination)形式呈現——一個清晰可辨的秦可卿之身影與聲音，既具「幻視」影象，亦有「幻聽」音效——此乃屬於「反應性之精神狀況」，和鴛鴦上吊前見到可卿魂是一樣的，是一種「短暫且正常之

[1077]同前註，第 102 回，頁 1566-1567。案：其中尤氏之病，榮府中人亦以為是撞邪，其實醫師診斷是感冒，而後尤氏果真當夜出汗而癒，且書中亦云「園中人少，況兼天氣寒冷。」(頁 1564)因此，尤氏被診為感冒，除了具醫理之專業性外，更具有外在條件之因素可供參考，應非撞邪，但賈珍及賈蓉生病之因與病名，則不可得知，因書中全無敘述。
[1078]見頁 153。
[1079]見臺大醫院精神科劉尚義醫師〈幻覺〉一文中，「幻覺與錯覺不同」，刊於《健康世界》，1988 年 2 月 10 日，第 26 期，頁 71。

幻覺」，本書中鴛鴦一文已有論述，此處將不再引證。此種必須因緣於昔日
所發生之重大事件為前提，以頹敗情境激刺「潛意識」重溯過往，再將此種
具情感衝擊及深刻記憶所釀製之視覺印象，及話語聲響拉回腦海時，往事便
歷歷在目。其中密合了錯覺與幻覺，有時甚至會產生幻象，換言之，鳳姐於
大觀園中所見之可卿魂，乃因視覺上之錯覺帶出了人與意象(image)之情境。
不過事後鳳姐並未醒悟，反而因相信散花菩薩能避邪除鬼，並急著去散花寺
求籤祈福，對於一個曾收受三千兩銀子負責拆散張金哥與守備之子的姻緣、
執意不畏陰司的鳳姐而言，或許即是在此時心靈遭受震懾之後，將有所轉變。

　　鳳姐第二次及第三次之見鬼歷幻，先後發生於第113回中。一次是與尤
二姐有關，另一次則與一對陌生人有關。當鳳姐因邢、王二位夫人僅打發人
來問詢病情，並未親自來探視，同時又因病重，賈璉近日並不似先前恩愛，
連一句貼心話也沒有，諸事煩心，心中悲苦，其情感脆弱頹墮，沮喪之極，
故「此時只求速死，心裏一想，邪魔悉至。」[1080]首先作者以陰靈侵逼，讓
尤二姐之魂魄與鳳姐對話，書中如此鋪陳：「只見尤二姐從房後走來，漸近
床前說：『姐姐，許久的不見了。做妹妹的想念的很，要見不能，如今好容
易進來見見姐姐。姐姐的心機也用盡了，咱們的二爺糊塗，也不領姐姐的情，
反倒怨姐姐作事過於苛刻，把他的前程去了，叫他如今見不得人。我替姐姐
氣不平。』王熙鳳恍惚說道：『我如今也後悔我的心忒窄了，妹妹不念舊惡，
還來瞧我。』平兒在旁聽見，說道：『奶奶說什麼？』王熙鳳一時蘇醒，想
起尤二姐已死，必是他來索命。被平兒叫醒，心裏害怕，又不肯說出，只得
勉強說道：『我神魂不定，想是說夢話。給我捶捶。』」[1081]由於鳳姐是被平
兒叫起而甦醒，然「幻」為意識清醒下之產物，故可斷定鳳姐此時之夢幻情
境---「是夢而非幻」，並非幻視見鬼。「鬼魂作祟」一事，不論在夢中或是日
常生活之幻覺出現，民間常將之視為「怨念不散」，但在鳳姐夢中所見，卻

[1080] 見曹雪芹　高鶚原著　馮其庸等校注《紅樓夢校注》，第 113 回，頁 1698。
[1081] 同前註。

仍覆現尤二姐昔日之溫潤性格，既不似〈碾玉觀音〉中之秀秀養娘因夫君崔寧在郡王府之大火中見死不救，故以陰魂之姿追隨崔寧至健康府後生讎死報，以雙手揪住崔寧摧命[1082]，亦不似凌濛初《二刻拍案驚奇》第11卷「滿少卿飢附飽颺　焦文姬生讎死報」中之焦文姬與其婢女青霜丫頭化為厲鬼，從冥府訴准前來索取滿少卿之命[1083]。夢中尤二姐不但不念舊惡，更為鳳姐打抱不平，並與其沆瀣一氣，令王熙鳳自形殘穢而自表悔意，而甦醒後之鳳姐更一反常態地首次畏懼陰司索命。鳳姐夢中之情境，其實是急欲為自己「除罪化」，具補償作用以減輕潛意識中「本我」之苛責，故可說是「良心發現」的一種表述。

接著，鳳姐剛要合眼，又見到另一個幻象。幻象中有一個男人與一個女人走向炕前，就像要上炕似的，於是鳳姐開口叫平兒說：「『那裏來了一個男人跑到這裏來了！』連叫兩聲，只見豐兒小紅趕來說：『奶奶要什麼？』王熙鳳睜眼一瞧，不見有人，心裏明白，不肯說出來」[1084]由於此種敘述類於尤二姐入夢之境，鳳姐是閉眼所見之幻象，睜眼已無人，因此，符合《DSM-IV精神疾病的診斷與統計》及宮城音彌《精神醫學入門》中所提出「入睡前之幻覺」[1085]的理論，介乎清醒與睡眠之間的另一種可能存在的幻覺現象，一種暫時之幻象，並非精神疾病。劉尚義醫師〈幻覺〉一文中提及「入眠期及

[1082] 見〈碾玉觀音〉，在《京本通俗小說》中，亦選入何滿子選注《古代白話短篇小說選集》，頁 1-22。

[1083] 可參考凌濛初原著　徐文助校定　繆天華校閱《二刻拍案驚奇》卷 11，頁 201-219。

[1084] 見曹雪芹 高鶚原著　馮其庸等校注《紅樓夢校注》，第 113 回，頁 1698-1699。

[1085] 可參考孔繁鐘編譯《DSM-IV精神疾病的診斷與統計》第 1 章 「徵候與症狀」中提及：「雖然幻覺一般被認為是精神障礙的相關特徵，但是健康的人偶爾也會經驗到，特別在入睡前(入眠前的幻覺 hypnagogic hallucination)，或是正要醒來時(將醒時的幻覺 hypnopompic hallucination)。這些正常的幻覺，通常是短暫的，且通常性質簡單，像是聽到鈴聲或是叫名子。通常這樣的人會突然醒來，並很快的了解到這經驗的本質。這兩種幻覺並不是精神障礙。」(頁 9-10)另亦可見之宮城音彌《精神醫學入門》中的「幻覺與夢行為」，頁 160。

覺醒期幻覺」:「這種幻覺發生在將睡未睡或將醒未醒意識朦朧的狀態下,表現多為視幻覺及聽幻覺。視幻覺所看到的可以是幾何圖形、人的臉孔、身形或風景景色,聽幻覺則以人家在叫他的名號為多。這些幻覺有人稱之為生理性幻覺,因在正常人身上可以看到這種現象,且其內容頗受當時的情緒狀態影響,如兒子懷念過世的母親,則母親常栩栩如生的出現在眼前。」[1086]因此,透過今日精神醫學的「入睡前之幻覺」便可以圓釋鳳姐的見鬼事件。之後作者更透過劉姥姥之視角,看出鳳姐已骨瘦如柴,神情恍惚。情節中是由小紅來告知賈璉有關鳳姐病情惡化之事,除了見到鳳姐用手空抓外,作者更說鳳姐生前因被眾鬼魂纏繞而心生害怕,不得不請劉姥姥代為求助廟中之菩薩幫忙。

　　仔細分析,《紅樓夢》作者所鋪陳的鳳姐所發生的三次見鬼現象,依今日精神醫學論之,鳳姐之見可卿魂,是一種錯覺,或因受林黛玉死後大觀園景色逐漸荒蕪之意象所影響,或亦因驚慌中被絆倒的緊張情境有關。第二次及第三次之見鬼,鳳姐卻顯得神態自若地說:「我神魂不定,想是說夢話」;又從作者述說鳳姐此時的心思:「心中卻也明白」及「心裏明白,不肯說出來」,可佐證此時鳳姐已了然微隱之因果關係,或亦可說因纏綿病榻者難以摧邪破惑,因處於迷者乖智之狀況下,所以「自認是見鬼」,其實從醫學角度觀之,卻不然。故從101回跨至113回,作者云鳳姐「為眾鬼纏繞」,其實透過精神醫學作合理的解釋,應指:鳳姐是備受自己之「錯覺」與「入睡前之幻覺」所擾。

　　鳳姐的第四次歷幻是在 114 回中,此時之精神狀況已流靡於神鬼幻境而忘返,最終驟然於歷幻返金陵中過世。鳳姐其實是在見鬼幻覺之精神困擾下,精氣內銷、生命現象微弱時,產生了腦神經之病變「譫妄幻象」(delirium):「是一種急性發作,其特徵為意識清醒程度下降,會產生錯誤的認知、幻想、

[1086]見《健康世界》1988 年 2 月 10 日出版,第 26 期,頁 73。

幻覺、精神運動或增或減、以及睡眠紊亂。」[1087]與秦鐘於重病時所產生之「譫妄幻象」一般，今日精神醫學不排除是在作夢。因而鳳姐恍惚間進入了第四次夢幻世界——「歷幻返金陵」，在夢中囈語著要船要轎，欲至金陵入冊歸簿[1088]，而後氣數終結死亡，不但符應了第 5 回之讖語：「凡鳥皆從末世來，都知愛慕此生才。一從二令三人木，哭向金陵事更哀。」[1089]亦印證著 101 回鳳姐見鬼後，因相信散花菩薩能避邪除鬼，並急著去散花寺求籤祈福時，所抽到的第 33 支籤：「衣錦還鄉」——預言著「大凶日」的來臨。因此，實際上鳳姐並非因婦科之疾而卒，而極可能是在「腸胃潰瘍或疑似肝硬化合併食道靜脈瘤」產生大量出血後，在譫妄症中身亡。

《紅樓夢》作者擒文淡藻於王熙鳳之醫病與死亡，自 25 回被作法痊癒後，又以下血不止、吐血及夢幻見鬼事件等，三方交錯敘事，層遞而進，所營造之小說情趣，彷彿無山不洞、無洞不奇，但最終鳳姐卻仍難逃歷幻返金陵之劫難。

四、結語

一個丹鳳三角眼之美女王熙鳳，雖有溫柔美意、可承上服勤及體貼弱小，但卻又不識字、語澆言苛，行為狠辣；曾縱橫賈家，卻又下場悽涼，對讀者而言，實有「人鏡借鑑」之用。

被李紈稱之為楚霸王之鳳姐，擅長以識檢亂，思能入巧，處事時對於理宜刪革者，則意定辭堅，有時亦能平理若衡，故能宰制榮寧二府經濟與人事之繁；其形於容言之氣魄與形勢，在《紅樓夢》眾女子中，果眞無人能及，風格鮮活。作者於情節鋪排中，兼具了更多變異性與可看性。鳳姐之性格既

[1087] 可參考〈秦鐘〉一文的注釋。
[1088] 見曹雪芹 高鶚原著 馮其庸等校注《紅樓夢校注》，第 114 回，頁 1709。
[1089] 同前註，第 5 回，頁 88。

具溫柔美意，又果斷奸詭，但其剛悍實遠勝於柔情；其主掌了榮府末代經濟，非其才力不足，實有無力回天之因，且因其擅弄權變，又急功好利，故一隻彩繡輝煌之「鳳鳥」，在經濟頹勢中力挽狂瀾挫敗後，與一隻毛萎色褪之「凡鳥」，又有何異？

　　在王熙鳳之情感世界中，賈瑞刻意造訪與眉眼示意，卻無法撼動她，而賈瑞之視幻覺所象徵的人間一切情色虛妄，於風月寶鑑之前亦無所遁形，但鳳姐勾引賈瑞之幻象卻非鳳姐的本情。李紈曾慨言：「牡丹雖好，全仗綠葉扶持」，然從賈璉之懦弱所顯現出鳳姐之機變，著實高升了女性地位。鳳姐雖嫁給「淫樂悅己」之賈璉，但其心卻始終如一，不曾有違婦道，反是將自己劃限於道德框架下，教訓所有情敵。對於婚姻過程中，其與小妾平兒及秋桐相處可算融洽，雖然曾以平兒洩憤，也曾以秋桐借刀殺人，但彼此間之磨擦卻不大，不過對待鮑二家的，卻是既有氣憤，更有誣賴。妻妾間是否不卯，其實可能關乎彼此之間投緣與否？當賈璉欲追殺鳳姐時，鳳姐軟弱地哭告賈母等人，並誣陷賈璉與鮑二家的二人欲謀害自己；其與王夫人(指金釧兒投井自殺之事，王夫人曾對寶釵謊言一句[1090])所代表的傳統中國女性威權者之公平正義的形象，在二人臨事卸責下，恐怕要讓現代女性失望了。此外，鳳姐對尤二姐之口蜜腹劍，不露形跡，讓尤二姐誤以為知己後，卻又妒害之；其因妒起害之亂家形象，鮮活而具體。雖然《大戴禮記》中強調婦德之重要性：「婦有七去：不順父母去，…妒去，…妒，為其亂家也。」[1091]但並不影響鳳姐在賈家之地位，若鳳姐能善用智巧，榮府也不致於一再無端地起風波，但就小說元素而言，「衝突」正是「情節高潮」之動能。鳳姐與夏金桂事件，在《紅樓夢》金陵四大家中，賈薛二家的妻妾鬥爭，實道盡了貴族豪

[1090]同前註，第 32 回中，王夫人曾出人意表地欺騙一個不明究理的寶釵：「原是前兒他把我一件東西弄壞了，我一時生氣，打了他一下，攆了他下去。我只說氣他兩天，還叫他上來，誰知他這麼氣性大，就投井死了。豈不是我的罪過。」(頁 504-505)
[1091]見高明註譯《大戴禮記今註今譯》，本命第八十，頁 510。

門爭寵鬥狠的醜惡面相。總論鳳姐的情感世界所展現的夫妻恩愛，實遠不及其所呈顯的人性之卑劣與殘忍性。

至於有關鳳姐之醫病問題，從被趙姨娘及馬道婆所害時，恰巧得了不明原因之內科疾病(可能是病毒性感染症)，而產生短暫之意識模糊起，經歷了下紅、昏暈、吐血及多次歷幻入夢等情事。除了印證襲人所言：「少年吐血，年月不保」[1092]之當代俗諺外，更在「眾鬼糾纏」與「獨禦魑魅」之折磨下(就精神醫學而言，其實是鳳姐因「錯覺」、「入睡前之幻覺」與「夢中幻象」所擾)，長期病痛著。王熙鳳最終非因婦科之疾、精神之疾而亡，其真正死因，極可能是「疑似腸胃潰瘍或肝硬化合併食道靜脈瘤」產生大量出血後，舊傷未癒而造成腦部功能喪失，在昏迷狀況下產生譫妄現象而歷幻返金陵，「伏因得果」而亡。無論研究《紅樓夢》學者如何詮釋「一從二令三人木」[1093]？王熙鳳畢竟終究步入「三人木」——一命嗚呼(性命休)之境地。或許是「天妒英才」，王熙鳳雖曾一語命中自己之盲穴：「世人都說太伶俐聰明，怕活不長。」[1094]但卻無法為自己延壽；或許亦是作者嘗試從佛道之陰德說，以印證：「積

[1092] 見曹雪芹 高鶚原著　馮其庸等校注《紅樓夢校注》，第 31 回，頁 483。

[1093] 歷來研究此句詩之論文不少，周春〈閱紅樓隨筆〉中云：「蓋"二令"冷也；"人木"休也；"一從"月(自)從也，"三"字借用成句而已」(見周策縱《異國文粹》，1997年，頁 47)太平閒人張新之妙復軒評本，則解「"二令三人木"，冷來也。」(見周策縱《異國文粹》，1997 年，頁 48)另王夢阮、沈瓶庵《紅樓夢索隱》則據「冷來」之說云：「言北方寒苦之族來居中國也，又言由北京來定江南也。」(見周策縱《異國文粹》，1997 年，頁 48)，此外又有俞平伯、吳恩裕及中國藝術研究院紅樓夢研究所校注《紅樓夢》中之研究，大致以俞氏之說為基礎：指三從四德，令是發號施令，人木指王熙鳳被休棄遣歸之末路。其後仍有不少人做研究，(見劉福勤〈王熙鳳判詞裡的悶葫蘆〉，刊於《明清小說研究》2004 年，11 月，第 3 期，頁 81-83)。而劉福勤自己則認為次三句是轉句，指：「即"都愛慕"王熙鳳這一巾幗之"才"的"歡喜"境向"此生才"悲慘結局的轉折，隱著導致轉折的情事或某些原因，而其事其因乃是令人同情的，可"哀"可"悼"的。」(見〈王熙鳳判詞裡的悶葫蘆〉，刊於《明清小說研究》2004 年，11 月，第 3 期，頁 91)

[1094] 見曹雪芹 高鶚原著　馮其庸等校注《紅樓夢校注》，第 52 回，頁 803。

陰騭不及，遲了就短命」[1095]之理，且勸戒世人行善需趁早之益。若以年歲、病程長短及疾病之種類比較之，《紅樓夢》作者創作的有關鳳姐蒙受病痛之摧折，顯然大過秦可卿。鳳姐最終追隨賈母、秦氏、鴛鴦等之靈柩，安葬金陵，然而我們不清楚何以所有《紅樓夢》中寧榮二府貴族人物之死，甚至包括賈家同族之窮人賈瑞之死，均須先寄靈鐵檻寺，而後等到賈母過世才一同歸葬金陵？有關「寄靈於鐵檻寺」一語，已卯本脂評云：「所謂『鐵門限』是也。先安一開路人，以備秦氏仙柩有方也。」[1096]甲辰本脂評亦云：「所謂『鐵門限』是也，為秦氏停柩作引子。」[1097]無論已卯本或甲辰本脂評，其實均無法解疑。筆者曾考察過《清史稿》中有關清代諡號或喪禮，其中並無此種習俗之記載。或許此乃當代民俗之一──等待祖輩重量級人物過世，方可一起歸葬故鄉？而或有可能國家喪禮僅記其大儀者，故不及備載各地風俗細節所致，或亦可能「此部分純然是作者所虛構」，不過至今卻仍「存疑待考」。

　　在筆者此篇論文之研究中，有關鳳姐之性格、情感及醫病問題之關係，可分析出其女強性格令其行事風格剛悍俐落，不過或許因又有溫柔美意，故雖有妒害小妾之事，但並無礙於其與賈璉間之婚姻關係。至於此種性格與其所得之婦科疾病及內科疾病，並無關，只是病重後之鳳姐卻清晰地看到賈璉對其情義的愈顯淡薄，因疾病而影響至夫妻情感者，此是一例。鳳姐之優點或許千萬人無一，但心機過重，終究敵不過冥冥中天機之佈局。《紅樓夢》作者鑴刻著一個驕兵必敗的女子，正應著曲文中：「機關算盡太聰明，反算了卿卿性命」[1098]之預言，且為榮寧二府的一代英雌與梟雄，撂下了另一個

[1095]同前註，第 29 回中說：「我們爺兒們不相干。他怎麼常常的說我應該積陰騭，遲了就短命呢！」（頁 459）案：「他」是指張道士。

[1096]見陳慶浩編著《新編石頭記脂硯齋評語輯校》，頁 238。

[1097]同前註。

[1098]見曹雪芹　高鶚原著　馮其庸等校注《紅樓夢校注》，第 5 回，頁 92。案：吳瑞玲發表一篇〈機關算盡太聰明──王熙鳳〉於《育達學報》1997 年，12 月，可參考

「現世報」[1099]的話題。

附記：

*2004 年龍華科技大學贊助計劃之二

之。

[1099] 同前註，第 117 回聚賭的邢大舅子、王仁、賈薔、賈芸等曾云：「大凡作個人，原要厚道些。看鳳姑娘這樣仗著老太太這樣的利害，如今焦了尾巴梢子了，只剩一個姐兒，只怕也要現世報呢。」(頁 1752)案：書中此些人之觀點以為巧姐兒亦有可能會像王熙鳳一樣得到現世報，雖然之後巧姐兒的一生有貴人相助，並未遭到報應。

拾參·風華一世之賈母及疑似因風寒併發腸胃炎而卒

Jia-mu's grace life and her death could be caused by flu

at the same time with enterorrhea

*醫學顧問：劉益宏醫師、李光倫醫師、林昭庚教授及魏福全醫師

　　榮寧二府二位長老，乃史太君與賈敬：一個雖已交棒三世之經濟要人，卻仍一言九鼎，具一轂統輻之威；一個欲就金丹，參合天機，常留道觀，不問寧府俗事，最終因燒脹而卒。若史太君之書寫爲實，則賈敬之書寫爲虛，女性威權長者以實凌虛地被穠緻雕飾，在古典長篇小說中是特例。本文將從文學跨入內科學，探討賈母之性格、情感與醫病問題。

　　賈母，乃《紅樓夢》作者長篇刻琢橫跨三代之角色；有關其年輕時期治家之叱吒風雲處，雖已無可追溯，但從其對賈家向來吐字有力，不以權威、壓迫主掌賈家未來，而是以掛心家業、子孫之德福，並啓示後代爲榮光。對於如何突出一個歷經驚濤駭浪，在寶釵有遺腹子傳薪之前過世的「老者」角色，且令其成爲核心人物，對小說家而言，著實不易。《紅樓夢》作者著眼於倫德言行及處世能力之優質者，所建構出的一個在京師一生歷經風華炫然，但終返金陵之賈母，實值一窺究竟。

　　本文將從賈母之出生背景、性格行爲、生活環境及人際互動等方面研究之，全文凡分四段論證之：一、通泰與膽小之性格，二、無欲與轉愛，三、

從風寒至添腹瀉而卒，四、結語。

一、通泰與膽小之性格

榮享鐘鼎離彝器之貴，身居翰墨詩禮之族的賈母，乃金陵世勛史侯家的小姐、賈代善之妻、賈寶玉之祖母。小時因曾跌落枕霞閣，以致鬢角殘破了一個指頭大的窩兒之賈母[1100]，於第 2 回虛筆登場，書中乃透過冷子興之外視角，敘述其夫婿早已亡故。第3回實筆正式出場時，賈母已是個鬢髮如銀之老者，然其性格與行事作風並未展現於擁掌經濟大權之中，反是呈現在歷經歲月焠練後的「位高權重」之上，不過仍值一探幽微。

(一)通泰性格

賈家榮寧府之富足，自從僕之盛、院落阜地之大、開宴作樂、中外銘器之雕飾、簪纓珠玉之豐、至秦可卿喪禮之靡費等，鋪陳著禮出大家之洋洋大觀與氣派。賈母在榮府出場時，總夾帶著豪盛威權，從接待林黛玉之排場可知，而其出生背景之豐潤富厚，一個類於藕香榭之亭子的構築，並不足以揚其富，但從金陵四大家之傳謠「阿房宮，五百里，住不下金陵一個史」及「我想起我家向日比這裏還強十倍」[1101]便可窺其豪盛。《紅樓夢》作者刻意擬塑一個不但在人事運用上凌駕於寧府賈敬之女性威權者，更將其盡落於默然為賈家累積資糧，及展現於「祖疼孫媳」之框架中，以與賈敬之常留道觀、不問世事等心態，形成強烈對比。因此，當寶玉出生便奇異地銜下一塊晶瑩美玉時，賈母「便先愛如珍寶」[1102]，而與林黛玉祖孫相見時，亦因獨疼其女

[1100]可參考曹雪芹 高鶚原著 馮其庸等校注《紅樓夢校注》，第38回，頁580。
[1101]同前註，第107回，頁1621。
[1102]同前註，第2回，頁30。

賈敏之亡，而憐惜地摟著黛玉傷心哭泣。賈母不問經濟，反在乎人情，故第2、3回僅是全書之開端敘述而已。

　　有關賈母之性格特質，在《紅樓夢》一書中明寫賈母是伶俐聰明且福壽者，此乃出自鳳姐之視角：「這話老祖宗說差了。世人都說太伶俐聰明，怕活不長。世人都說得，人人都信，獨老祖宗不當說，不當信。老祖宗只有伶俐聰明過我十倍的，怎麼如今這樣福壽雙全的？只怕我明兒還勝老祖宗一倍呢！…」[1103]鳳姐之言固有孫媳討好祖母之嫌，但從賈母歷經繁華至霜雪入鬢之情緻中，雖賈家漸入頹勢，不過從榮府第二代遞嬗至第四代孫媳間，必有成為昔日榮景之基。且先看寶釵與賈母對話中，可看出賈母當年掌家之能力與行事風格：「寶釵說：『我來了這麼幾年，留神看起來，鳳丫頭憑他怎麼巧，再巧不過老太太。』…賈母；「我如今老了，哪裡還巧什麼。當日我像鳳哥兒這麼大年紀，比他還來得呢。他如今雖說不如我們，也就算好了，比你姨媽強遠了。」[1104]寶釵此話，若說是假，那就是一種禮貌上的客套，若說是真，代表寶釵知人；寶釵不但擅長察言觀色，獲悉賈母的潛在能力，同時更深刻地了解寶玉重病時的情思(此部份將待賈寶玉一文中詳述)。賈母的回答，則既有謙虛的一面，亦見其有不吝讚美自己之心態。換言之，賈母也曾將自己與其他子媳孫媳輩的作比較，雖覺自己都略勝她們一疇，不過卻從未竊喜驕傲過，因全書中也僅有此回，賈母順應情境而小小的誇讚了自己一下。其次在第38回、第40回、第53回、第54回及94回等多次宴會的人際互動，又包括牌局、聽戲、賞錢、賞花活動，賈母可說是情性盡出，筆者將深入釐清之：

1. 在第38回中，賈府於大觀園藕香榭中開宴設席，置二張竹案、設杯箸酒具、茶筅茶盅。「上面一桌，賈母、薛姨媽、寶釵、黛玉、寶玉；東邊一桌，史湘雲、王夫人、迎、探、惜；西邊靠門一桌，李紈和鳳姐的，虛

[1103]同前註，第52回，頁803。
[1104]同前註，第35回，頁535。

設坐位，二人皆不敢坐，只在賈母王夫人兩桌上伺候。…又令人在那邊廊上擺了兩桌，讓鴛鴦、琥珀、彩霞、彩雲、平兒去坐。」[1105]大夥吃蟹作樂，賈母一時不吃了，大家才散了，但王夫人能與賈母做精神參會，卻帶引出賈母通達事理的一面。王夫人之體貼細心，從其與賈母對話中，可窺出端倪，書中如此敘述：「王夫人因回賈母說：『這裏風大，才又吃了螃蟹，老太太還是回房去歇歇罷了。若高興，明日再來逛逛。』賈母聽了，笑道：『正是呢。我怕你們高興，我走了又怕掃了你們的興。既這麼說，咱們就都去罷。』回頭又囑咐湘雲：『別讓你寶哥哥林姐姐多吃了。』湘雲答應著。」[1106]賈母素日雖斂情約性，但卻襟宇向廣，不但以眾人之興致爲要，亦特心繫寶玉、黛玉飲食之節制問題，其所關心者，乃寶黛二人之健康。王夫人亦是個周圓之人，因與賈母默契天然，故能不煩繩削而自與賈母合，而賈母亦能如願以償地回房休息。從 38 回中可見出，即使是利他性之小犧牲，但見賈母之圓融及識見之精魗。

2. 在第 40 回中，賈母更是兩宴大園觀，除了在秋爽齋之曉翠堂上調開桌案，宴請劉姥姥吃飯，並至探春處閒聊外，又至藕香榭擺設酒食，請眾人吃酒行令。當賈母巡迴式地帶劉姥姥遊大觀園時，曾因見到衡蕪院中寶釵閨房過於素淨，於是有感而發地贈送四件器物替寶釵裝點案飾及床帳：「『雖然他省事，倘或來一個親戚，看著不像；二則年輕的姑娘們，房裏這樣素淨，也忌諱。我們這老婆子，越發該住馬圈去了。你們聽那些書上戲上說的小姐們的繡房，精緻的還了得呢。他們姊妹們雖不敢比那些小姐們，也不要很離了格兒。有現成的東西，爲什麼不擺？若很愛素淨，少幾樣倒使得。我最會收拾屋子的，如今老了，沒有這些閑心了。他們姊妹們也還學著收拾的好，只怕俗氣，有好東西也擺壞了。我看他們還不俗。如今讓我替你收拾，包管又大方又素淨。我的梯己兩件，收

[1105]同前註，可參考第 38 回，頁 581。
[1106]同前註，頁 582。

到如今，沒給寶玉看見過，若經了他的眼，也沒了。』說著叫過鴛鴦來，親吩咐道：『你把那石頭盆景兒和那架紗桌屏，還有個墨煙凍石鼎，這三樣擺在這案上就夠了。再把那水墨字畫白綾帳子拿來，把這帳子也換了。』」[1107]賈母既顧及面子，考慮當代禁忌，又有「物盡其用」之意，故不但可善盡地主之誼，亦可見其權威自主、不辭費、不拖泥帶水，可算是個文理允備之威權長者。仔細觀察，賈母贈送寶釵兩件連寶玉均未見過之梯己物，其實是伏筆：石頭盆景兒、那架紗桌屏、一個墨煙凍石鼎及水墨字畫白綾帳子等的贈予，黛玉卻無緣擁有；寶釵此時彷如榮府傳家寶之繼承人，必須學習在精緻、俗氣與素淨間拿捏得宜，並且須在賈母與賈家之人際間取得調和。此外，之前賈母曾特留秦鐘住上三、五天，「因見秦鐘不甚寬裕，更又助他些衣履等物。」[1108]賈母之垂慈風範，不僅見於善待秦鐘，之後亦見於建議大家湊錢爲鳳姐慶壽，但卻又忙著替李紈解圍道：「你寡婦失業的，那裏還拉你出這個錢，我替你出了罷。」[1109]又賈母特別關照賈寶玉、鳳姐、黛玉及鴛鴦，有關賈母與此些人之互動，將於下一單元詳論。

3. 此外，賈母更及於體恤憐憫梨香院之戲子，包括文官等十二個人，此部分的資料則見於第 54 回中。作者書寫著當夜上湯後，又接獻元宵來時，賈母便命將戲暫歇，說道：「『小孩子們可憐見的，也給他們些滾湯滾菜的吃了再唱。』又命將各色果子元宵等物拿些與他們吃去。」[1110]滾湯滾菜在賓主間溫情流動，賈母發詞遣句間，但見惻隱之心，所踐履之慈幼恤貧之行，實是小處著眼，卻見大用心。

4. 又在第 94 回中，回目題爲：「宴海棠賈母賞花妖」，賈母對於晴雯病卒時，

[1107] 同前註，第 40 回，頁 621。
[1108] 同前註。
[1109] 同前註，頁 662。
[1110] 同前註，第 54 回，頁 841。

有關海棠花枯之事，記憶深刻，但卻將之解釋爲：「這花兒應在三月裏開的，如今雖是十一月，因節氣遲，還算十月，應著小陽春的天氣，這花開因爲和暖是有的。」[1111]而後賈政、王夫人均不以爲異，邢夫人雖覺事出必有因，但卻未有特殊感受，唯獨李紈以爲是「寶玉有喜事」，而探春與賈赦均以爲是「妖孽」或「花妖作怪」。在眾說紛紜中，賈母似乎只聽得進李紈的話，換言之，只要是與寶玉有關的好事，賈母一概是欣喜的，故便對著大家說：「誰在這裏混說！人家有喜事好處，什麼怪不怪的。若有好事，你們享去；若是不好，我一個人當去。你們不許混說。」[1112]接著又高興地叫人傳話到廚房裏，快快預備酒席，大家賞花，並要求子孫輩的寶玉、環兒及蘭兒，各做詩誌喜。在擺上酒菜時，大家一面喝酒，一面又爲了要討老太太歡喜而說了一些興頭話，眾人唯賈母之言視聽，賈母可謂人尊言崇。

此外，又有看戲、猜謎語、玩骰子，或其他牌戲，賈母亦是樂在其中，原因在於子孫輩們總能洞悉賈母之心而殷勤服侍。在第 22 回中，賈母看戲，地點很特殊，是就賈母內院中搭了家常小巧戲臺，定了一班新出小戲，崑弋兩腔皆有，而後亦在賈母上房排了幾席家宴酒席，并無一個外客，只有薛姨媽、史湘雲、寶釵是客，餘者皆是自己人。由寶釵及賈母先後點看了《西遊記》、《劉二當衣》及《魯智深醉鬧五臺山》，眾人至晚方散。然而賈母因深愛那十一歲作小旦的與一個九歲作小丑的，因此命人帶進來，細看時，益發可憐見，於是「令人另拿些肉果與他兩個，又另外賞錢兩串。」[1113]賈母雖施小惠，但見仁心。在 29 回中，由鳳姐所邀約的一場去清虛觀看戲，排場極爲盛大，書中如此刻劃：「正是初一日乃月之首日，況是端陽節間，因此凡動用的什物，一色都是齊全的，不同往日。少時，賈母等出來。賈母坐一乘八

[1111]同前註，第 94 回，頁 1465。

[1112]同前註。

[1113]同前註，第 22 回，頁 342。

人大轎，李氏、鳳姐兒、薛姨媽每人一乘四人轎，寶釵、黛玉二人共坐一輛翠蓋珠纓八寶車，迎春、探春、惜春三人共坐一輛朱輪華蓋車。然後賈母的丫頭鴛鴦、鸚鵡、琥珀、珍珠，林黛玉的丫頭紫鵑、雪雁、春纖，寶釵的丫頭鶯兒、文杏，迎春的丫頭司棋、繡桔，探春的丫頭待書、翠墨，惜春的丫頭入畫、彩屏，薛姨媽的丫頭同喜、同貴，外帶著香菱、香菱的丫頭臻兒、李氏的丫頭素雲、碧月、鳳姐兒的丫頭平兒、豐兒、小紅，并王夫人兩個丫頭也要跟了鳳姐兒去的是金釧、彩雲，奶子抱著大姐兒帶著巧姐兒另在一車，還有兩個丫頭，一共又連上各房的老嬤嬤奶娘並跟出門的家人媳婦子，烏壓壓的占了一街的車。賈母等已經坐轎去了多遠，這門前尚未坐完。」[1114]到了清虛觀後，賈母曾帶著眾人，一層一層的瞻拜觀玩，可見其興致之高，然而如此浩浩蕩蕩的所費必然不貲，但賈家卻在輕鬆消耗。

　　在此次看戲過程中，賈母卻遭遇一個十二、三歲的小道士兒，拿著剪筒，照管剪各處蠟花，正欲得便且藏出去時，被鳳姐拿住，照臉打了一個巴掌，而賈母之作風卻與鳳姐截然不同，反以為怪可憐見的，而命賈珍「給他些錢買果子吃，別叫人難為了他。」[1115]賈母以恩惠替代懲罰，實見賈母之慈悲憐憫心，其所作者，正是佛家所謂的「隨喜善事」，亦即是張道士所謂的，其當日之責，是必須在此伺候，等著賈母「決定隨喜哪裡」。之後賈家便在神前拈了戲，共有三齣：《白蛇記》、《滿床笏》及《南柯夢》，賈母詢問過後，由賈珍作了申表，焚錢糧，之後便開戲了。然而貴族權勢所帶動的賀禮與人潮卻於此時一起擁進，如馮將軍、趙侍郎，都聽見賈府打醮，女眷都在廟裏，故來送禮，且凡一應遠親近友、世家相與都來送禮。從此事件觀之，可見賈家之氣派，亦見賈家人脈之豐厚，而賈母正亦可說是書中此回回目所云的：「享福人福深還禱福」，其中表露了賈母富泰的悠閒生活與生命情態，故第13 回中，寧府賈家對於秦可卿之喪禮與排場的隆重盛大，就不足為奇了。

[1114]同前註，第 29 回，頁 454。
[1115]同前註，頁 455。

而在第 2 回中，冷子興所謂的至賈寶玉這世，已進入末代賈家了，但此時卻還能有此種氣勢，則可推知賈家在極盛時期之輝煌了。在 53 回-54 回中，尚有一場賈母聽看一場《西樓》之戲。當時于叔夜因賭氣去了，一個九歲的孩子文豹便發科諢道：「你賭氣去了，恰好今日正月十五，榮國府中老祖宗家宴，待我騎了這馬，趕進去討些果子吃是要緊的。」[1116]說畢，引的賈母等都笑了。賈母便說了一個「賞」字，於是賈家便勞師動眾地，為了遵行賈母之令，「早有三個媳婦已經手下預備下簸籮，聽見一個『賞』字，走上去向桌上的散錢堆內，每人便撮了一簸籮，走出來向戲臺說：『老祖宗、姨太太、親家太太賞文豹買果子吃的！』說著，向臺上便一撒，只聽豁啷啷滿臺的錢響。賈珍賈璉已命小廝們抬了大簸籮的錢來，暗暗的預備在那裏。…聽見賈母說「賞」，他們也忙命小廝們快撒錢。只聽滿臺錢響，賈母大悅。二人遂起身，小廝們忙將一把新暖銀壺捧在賈璉手內，隨了賈珍趨至裏面。…賈珍等至賈母榻前，因榻矮，二人便屈膝跪了。賈珍在先捧杯，賈璉在後捧壺。」[1117]賈母的散家財，在《紅樓夢》中是有名的，除了曾拯救過頹墮之賈家外，更有以添香油錢或做佛事為家人祈福者，此處則是重在「娛樂中以施小惠」，同時賈家子孫之恭敬與孝順心，更是不落人後的。賈母此時之闊綽，可見一斑。

另賈母喜歡的休閒娛樂---牌局中，賈家上下人等，又常讓賈母「樂在贏中」，例如 47 回，鳳姐便聯合鴛鴦，二人一起假裝輸給賈母，讓賈母樂得不可支。又 108 回，賈母託鳳姐為寶釵做生日之事張羅，於是賈家擺下果酒。當時除了薛姨媽在場外，賈母又將李嬸娘及邢王二夫人叫來喝酒，之後賈母接受了鴛鴦的建議，「如今姨太太有了年紀，不肯費心，倒不如拿出令盆骰子來，大家擲個曲牌名兒賭輸贏酒罷。」[1118]賈母同意，且也讓鴛鴦擲骰子

[1116] 同前註，第 54 回，頁 831。

[1117] 同前註。

[1118] 同前註，第 108 回，頁 1636。

湊樂，故賈母此時的生活，仍是一如往昔的閒散，雖然賈家於 105 回已被查抄。

　　總之，在此些宴客、看戲及牌局中，酒食肉飲與嬉戲歡娛，僅是襯托賈家之富豪而已，品茶吟詩、賞花吃蟹、猜燈謎作對、擲骰玩牌等，則是賈家大型餐會中不可或缺者，如在元妃省親時亦然，其中所展現者，乃詩禮簪纓之族的溫馨雅興與日常生活中之精緻品味。同時因為元妃生病，像賈母一般，得以入宮晉見后妃，非等閒之類者，畢竟仍是少數，故從賈母之家庭背景、經歷與仁慈寬厚之心胸，甚至悠閒自得之生命型態與行為表現觀之，更顯出其性格中通泰的一面及仍具呼風喚雨之威嚴。

(二)膽小性格

　　人類的性格其實是多樣的，有時更是具有矛盾性或者是兩極化之性格，而賈母除了通泰性格之外，亦有膽小的一面，書中前後二次鋪排，緩急有度。

　　第一次是在第 39 回：「忽聽外面人吵嚷起來，又說：『不相干的，別唬著老太太。』賈母等聽了，忙問怎麼了，丫鬟回說『南院馬棚裏走了火，不相干，已經救下去了。』賈母最膽小的，聽了這個話，忙起身扶了人出至廊上來瞧，只見東南上火光猶亮。賈母唬的口內念佛，忙命人去火神跟前燒香。」[1119]作者云賈母最膽小，此時賈母雖主動出面略表關懷，還不致於退怯躲藏，但仍可見其無意究極原委，之後也只是以佛道二教之念佛、燒香等作為化解賈家災難之護身符，故在賈母穩重溫雅、徐而不煩之風行中，亦有心細密顧之意。

　　第二次則見於第 105 回，賈家被抄時。賈母那邊女眷正擺家宴，王夫人、邢夫人、鳳姐、賈母…等均在場，卻被一陣嚷叫聲所震嚇，眾女眷之思緒反

[1119]同前註，第 39 回，頁 605。

應各異，其中賈母與鳳姐受驚最巨，書中有一番對話與表現：「邢夫人那邊的人一直聲的嚷進來說：『老太太，太太，不……不好了！多多少少的穿靴帶帽的強……強盜來了，翻箱倒籠的來拿東西。』賈母等聽著發呆。又見平兒披頭散髮拉著巧姐哭啼啼的來說：『不好了，我正與姐兒吃飯』，只見來旺被人拴著進來說：『姑娘快快傳進去，請太太們迴避，外面王爺就進來查抄家產。』我聽了著忙，正要進房拿要緊東西，被一夥人渾推渾趕出來的。咱們這裏該穿該帶的快快收拾。」王邢二夫人等聽得，俱魂飛天外，不知怎樣才好。獨見鳳姐先前圓睜兩眼聽著，後來便一仰身栽到地下死了。賈母沒有聽完，便嚇得涕淚交流，連話也說不出來。那時一屋子人拉那個，扯那個，正鬧得翻天覆地，又聽見一疊聲嚷說：『叫裏面女眷們迴避，王爺進來了！』可憐寶釵寶玉等正在沒法，只見地下這些丫頭婆子亂抬亂扯的時候，賈璉喘吁吁的跑進來說：『好了，好了，幸虧王爺救了我們了！』眾人正要問他，賈璉見鳳姐死在地下，哭著亂叫，又怕老太太嚇壞了，急得死去活來。還虧平兒將鳳姐叫醒，令人扶著，老太太也回過氣來，哭得氣短神昏，躺在炕上。李紈再三寬慰。然後賈璉定神將兩王恩典說明，惟恐賈母邢夫人知道賈赦被拿，又要唬死，暫且不敢明說，只得出來照料自己屋內。」[1120]事發突然，王夫人與邢夫人均魂飛魄散。鳳姐因震懾於重利盤剝已觸法，故仰身栽到地下。寶釵與寶玉無計可施。賈母則沒聽完便嚇得涕淚交流，連話也說不出來，之後又哭得氣短神昏，躺在炕上。查抄之有法無情，古今皆一。賈家被執法者入侵搶抄時之混亂翻覆與府中人心之驚駭異動，主述著大家族對無預警之事故的失措狀況。不過值得慶幸者，荒淫之賈璉恐自己之反應嚇壞老太太，又怕賈赦被拿之事唬死了老太太及邢夫人，而於衡斟嘉量後閉口不談，此或許是賈璉體恤賈母膽小且易受驚嚇之性格的細心作法吧！賈母既通泰，卻又有膽小之性格，或許此應被視為是人類性格中或許多多少少會具有某些矛盾的特質吧！

[1120] 同前註，第 105 回，頁 1600-1601。

　　此外，賈母掌經要、理財賦之手腕，在媳婦熬成婆中已歷練過。小說中故事開張時已由孫輩之鳳姐獨挑大樑，王夫人輔佐，賈母僅處觀望角色，但賈母精湛之治家本領除了在大觀園聚賭事件中整飭放誕者外，另又在賈家被抄後之淒涼絕境中巧露一手，因此，張文珍〈賈母對賈府覆亡的應負的領導責任探析──對《紅樓夢》中賈母形象的政治解讀〉中云：「但整部《紅樓夢》並沒有表現出她的高明之處…在賈母眼裡沒有比吃喝玩樂再重要的事情，這真是有點麻木不仁且自欺欺人。…正因為賈母的不作為，她沒有將賈府的長治久安放在心上，考慮問題的出發點更多地在自己。」[1121]此種說法對賈母而言，是非常不公平的，筆者將嘗試論證。首先於73回，書中云：「賈母便命將骰子牌一並燒毀，所有的錢入官分散與眾人，將為首者每人四十大板，攆出，總不許再入；從者每人二十大板，革去三月月錢，撥入圊廁行內。又將林之孝家的申飭了一番。」[1122]其對危機事件之處理，不但當機立斷且果決剛毅，因擔恐「門戶被任意開鎖」及「趨便藏賊引奸引盜」[1123]，於是拿一個作法以「殺一儆百」，更是賈母多歷年所後之精思，果真亦奏效。接著在賈家被抄後，107回中賈母被賈政讚譽為「真真是理家的人」[1124]，其當家立計之策與府中治家強人王熙鳳[1125]之間實有優劣：一個散家財扶傾，一個放重利掙財。賈母曾過問查抄後賈家資產中西府銀庫與東省地土之剩餘，其心中實早有勘詳定見。當賈政理出府庫內外真正虧空之實況時，也只能據實以對：「舊庫的銀子早已虛空，不但用盡，外頭還有虧空。現今大哥這件事若不花銀托人，雖說主上寬恩，只怕他們爺兒兩個也不大好。就是這項銀子

[1121]刊於《紅樓夢學刊》，2006 年，第 5 輯，頁 320-322。
[1122]可參考曹雪芹　高鶚原著　馮其庸等校注《紅樓夢校注》，第 73 回，頁 1138-1139。
[1123]同前註，頁 1138。
[1124]同前註，第 107 回，頁 1623。
[1125]可參考郭玉雯《紅樓夢人物研究》。另可參考林宜青〈王熙鳳管理榮國府的探討〉，刊於《中臺學報：人文社會卷》，2003 年，5 月，頁 229-254 及蕭慈〈試論王熙鳳人事處理之措施〉，刊於《語文教育通訊》，2002 年，6 月，頁 9-13。

尚無打算。東省的地畝早已寅年吃了卯年的租兒了，一時也算不轉來，只好盡所有的蒙聖恩沒有動的衣服首飾折變了給大哥珍兒作盤費罷了。過日的事只可再打算。」[1126]在賈政的陳述中，賈家不但已是空殼，且在苦撐之假象中危機四伏，比第2回冷子興與賈雨村對話時，口中所引喻借論的賈家已是「百足之蟲死而不僵」的「凋而不蔽之象」，更顯頹敗至極。此外，賈家更外援無著、無照應，又內有生口眾多之慮，因此對賈政而言，更是煎迫交織，只能像賈母訴說心中的無奈：「想起親戚來，用過我們的如今都窮了，沒有用過我們的又不肯照應了。昨日兒子也沒有細查，只看家下的人丁冊子，別說上頭的錢一無所出，那底下的人也養不起許多。」[1127]賈家似已窮途末路，賈政無計可施，而賈母雖至情流淚，卻毅然決然地將攢累之資糧，散作力挽狂瀾之家財；其非但不是個沈涵於聲色、浸沃於享樂悠閒之威權長者，反是個能存菽實之人。賈母所扮演之角色意義重大，在不同事件中，均堪玩味。雖然賈母不掌經濟，但賈家之重要大事或每日之重要休閒活動，仍有賴賈母吩咐，故在胡文彬〈享福人福深還禱福——賈母之福〉一文中明寫：「賈母在"清虛觀打醮"、"蘆雪庵賞雪"...既是倡導者、參與者、又是表演者，體現了她年老心不老，總是有一種"精神"在支持著、鼓勵著，尋找到了自己的福的"源泉"。」[1128]因此，儘管賈母曾有多次「時不我與之歎」，包括曾謙稱自己是「老廢物」[1129]，而其潛意識中或亦有「些微自卑心態的表達」，我們試看其與薛姨媽間之試探及幽默對話：「賈母先笑道：『咱們先吃兩杯，今日也行一令才有意思』薛姨媽等笑道：『老太太自然有好酒令，我們如何會呢，安心要我們醉了。我們都多吃兩杯就有了。』賈母笑道：『姨太太今兒也過謙起來，想是厭我老了。』薛姨媽笑道：『不是謙，只怕行不上來倒是笑話

[1126] 見曹雪芹 高鶚原著 馮其庸等校注《紅樓夢校注》，第 107 回，頁 1621。

[1127] 同前註，頁 1621-1622。

[1128] 見《冷眼看紅樓》，卷 1「人物情態」，頁 46。

[1129] 見曹雪芹 高鶚原著 馮其庸等校注《紅樓夢校注》，39 回，頁 604。

了。』」[1130]另賈母曾云：「我這幾年老的不成人了，總沒有問過家事。」[1131]此亦可能是賈母潛意識中老態龍鍾之心態，不過筆者相信，對一個日漸衰颯的老人而言，呈現兩極化之矛盾心態是一種常態，而賈母此角色被作者所鎔鑄的，卻非只是個等待枯死入墓者，反是個賈家重起爐灶時之重要鋼樑與支柱。人類之生死事大，老邁與死亡近在咫尺，透過賈母之老朽所呈現之精神，既具頡頏「老而無用論」，更具調教賈政扛起「世代交替」之傳承大義。

　　人類從流金歲月之消逝至轉眼兒孫滿堂之福壽中，實難以抗拒肉體衰頹、智慧與形貌之變異，而性格雖難移易，行爲卻可能有某些修正空間。賈母通泰性格中，亦有膽小的一面，這是在人類性格中可能產生的兩極面相，就如王熙鳳既有溫柔美意，又剛悍奸詭一般，而賈母垂慈護弱之心意與文理允備之處世態度，更令其能豐足順逐地走完屬於自己的第二個世代與人生，其中必有其處事圓備及令人嘆賞之德性。

二、無欲與轉愛

　　古代中西方對老年人之心性發展並不重視，從今日之心理發展學對於老年人理論仍在加強建構中，可窺見一貌，而文學中所反映之現實人生，何嘗不是依循此路而行？同時因傳統貞德觀之盛行，古今中外，婦女之某些言行往往被苛求與禁錮。對於一個年長角色，作者如何將其性格與情感操觚得宜，實非易事。筆者將分成二部分論述：

(一)喪偶無欲的情感世界

　　有關賈母之情感問題，一出場時已喪偶。昔日賈母之婚姻生活，作者除

[1130]同前註，40 回，頁 622。
[1131]同前註，第 107 回，頁 1621。

了交代其夫爲賈代善以外，其他支字未提，僅由林黛玉因母喪投親之視角，將賈母過去的一切情色以銀髮蒼蒼之老邁掩蓋。賈赦有邢夫人與迎春之母；賈寶玉尚有一妻一妾：寶釵及襲人；賈政有一妻二妾：王夫人、趙姨娘及周姨娘；賈珍亦有一妻二妾：尤氏、佩鳳及偕鴛，甚至林如海，除了元配賈敏外，更有幾房姬妾；何獨賈母之婚姻無妻妾共生系存在？或許單純之主線結構更能突顯「唯我獨尊」之女性威嚴。《紅樓夢》作者影寫了當代人對待威權長者之尊崇敬重，亦將賈母之掌家處世凝塑成符合《易經·家人卦》：「女正位乎內，男正位乎外」[1132]之形象，應具特殊意義。喪偶後不言情欲的設計，乃作者形塑賈母高貴威嚴之精神圖騰，雖不符合人性，但卻合乎常情，尤其是在重視貞潔觀的古代。相對於武則天於五十二歲時仍與其二十八歲之御醫明崇儼淫亂宮闈，《紅樓夢》中有關賈母處在喪偶後的不言情欲，是否代表賈母已禁欲，不可得知？但可確定者，謹守貞操觀者，其心靈所受的禁欲之苦，實是較深的。聶鑫森《紅樓夢性愛揭密》一書中，有與筆者相似之看法，在其「賈母的老年性心理探微」中提及：「此時的賈母已守寡多年，身體又十分的好，卻無夫婿的相伴， "性"與 "愛"已與她無緣，但並不能說老年人就不需要這些，只是再不可獲得，這不能不是一件痛苦的事。因此，他害怕寂寞，喜歡熱鬧，以排解心頭積壓的那一份情緒，那一份衝動。」[1133]因而，賈母的互動對象，便是比她更爲年輕的世代，故作者所呈現的賈母情感的世界，除了家族興亡之關懷外，轉愛新生代遂成了賈母之生活重心：一是子孫輩，一是奴僕輩，其中尤以對承擔傳薪大任之孫輩，更是寄以厚望。

(二)轉愛子孫與僕人

[1132]見《十三經注疏　周易·家人卦》，頁 89。可參考段江麗〈女正位乎內：論賈母、鳳姐在賈府中的地位〉，刊於《紅樓夢學刊》，2002 年，第 2 輯，頁 201-218。
[1133]見頁 72。

　　自始祖以來，第二代之賈母性格雖內斂，然仍有喜慍分情之處，見於賈母之轉愛對象與情事中。子孫輩中，賈母轉愛的對象有子輩的賈敏、賈政及第四代孫輩之寶玉、鳳姐，而其對待黛玉及寶釵又如何？奴僕輩則以轉愛鴛鴦為主，均值一探究竟。

1.轉愛子輩賈敏、賈政

　　在子輩中，第 3 回及 75 回有二處說法，筆者將分析之。賈母於黛玉依親時，曾提及獨疼黛玉之母賈敏：「我這些兒女，所疼者獨有你母，今日一旦先舍我而去，連面也不能一見，今見了你，我怎不傷心！」[1134]第 75 回在擊鼓傳花行令之遊戲中，賈母接受賈政提議讓不願說笑話的寶玉作詩，卻因寶玉做得好詩而令賈母頓感喜悅，或許無形中賈母表露出偏愛賈政勝於賈赦或偏愛寶玉[1135]之情態，而其卻不自知。故當桂花傳至賈赦手內時，賈赦依

[1134] 見曹雪芹 高鶚原著　馮其庸等校注《紅樓夢校注》，第 3 回，頁 46。

[1135] 同前註。完整內文為：寶玉因賈政在坐，自是踧踖不安，花偏又在他手內，因想：「說笑話倘或不發笑，又說沒口才，連一笑話不能說，何況是別的，這有不是。若說好了，又說正經的不會，只慣油嘴貧舌，更有不是。不如不說的好。」乃起身辭道：「我不能說笑話，求再限別的罷了。」賈政道：「既這樣，限一個『秋』字，就即景作一首詩。若好，便賞你；若不好，明日仔細。」賈母忙道：「好好的行令，如何又要作詩？」賈政道：「他能的。」賈母聽說，「既這樣就作。」命人取了紙筆來，賈政道：「只不許用那些冰玉晶銀彩光明素等樣堆砌字眼，要另出己見，試試你這幾年的情思。」寶玉聽了，碰在心坎上，遂立想了四句，向紙上寫了，呈與賈政看，道是……賈政看了，點頭不語。賈母見這般，知無甚大不好，便問：「怎麼樣？」賈政因欲賈母喜悅，便說：「難為他。只是不肯念書，到底詞句不雅。」賈母道：「這就罷了。他能多大，定要他做才子不成！這就該獎勵他，以後越發上心了。」賈政道：「正是。」因回頭命個老嬤嬤出去吩咐書房內的小廝，「把我海南帶來的扇子取兩把給他。」寶玉忙拜謝，仍復歸座行令。當下賈蘭見獎勵寶玉，他便出席也做一首遞與賈政看時，寫道是……賈政看了喜不自勝，遂並講與賈母聽時，賈母也十分歡喜，也忙令賈政賞他」（頁 1183-1184）

例說了一則「父母偏心的故事」[1136]，賈母卻笑道：「我也得這個婆子針一針就好了。」[1137]當賈赦自知出言冒撞了賈母，令賈母起疑，故之後刻意岔開話題，而賈母亦不好再提。賈赦之「偏心說」，雖有梅苑《紅樓夢的重要女性·從賈府的盛衰論賈母與王熙鳳》及康來新《紅樓長短夢·金針刺在肋骨上——偏心的賈母》中均謂賈母偏心[1138]，但二人卻未就偏心之事詳加解說。筆者以為賈赦之「偏心說」，故事內容指的是父母親對子女的偏心態度，因此，當時賈母接受賈政的建議，便是一種偏心的做法，但可能此處不僅是指賈母偏愛賈政，亦可能是指偏愛寶玉之心。賈母有子女三人，唯獨賈赦因一心欲娶妾(鴛鴦)，故曾被賈母借邢夫人傳話訓誡之。賈赦此刻可能並非故意冒瀆賈母，然對於此時眼見賈政、賈母與寶玉三人間相處融洽之氣氛，或許亦可能是其心中醋意之展現，否則對於此時作者還需要強調賈赦怕賈母起疑的高敏感度及賈赦與賈母之間的心照不宣，便難以作更合理的詮釋了。

2.偏愛孫輩寶玉、鳳姐

在孫輩中，賈母實偏愛寶玉及鳳姐。此種好因緣，雖如段江麗〈女正位乎內：論賈母、王熙鳳在賈府中的地位〉中所云：「賈母溺愛寶玉，主要因其"異"，溺愛鳳姐則主要因其"才"。」[1139]或許因失去長孫賈珠，更是令賈母疼惜寶玉之因。至於賈母偏愛鳳姐，其因非一，除了才氣以外，更有其他

[1136]同前註，案；此故事內容為「一家子一個兒子最孝順。偏生母親病了，各處求醫不得，便請了一個針灸的婆子來。婆子原不知道脈理，只說是心火，如今用針灸之法，針灸針灸就好了。這兒子慌了，便問：『心見鐵即死，如何針得？』婆子道：『不用針心，只針肋條就是了。』兒子道，『肋條離心甚遠，怎麼就好？』婆子道：『不妨事。你不知天下父母心偏的多呢。』」(見第 75 回，頁 1184)

[1137]同前註，頁 1184。

[1138]可參考梅苑《紅樓夢的重要女性》，頁 7-17。康來新《紅樓長短夢》，頁 118-129。

[1139]見《紅樓夢學刊》，2002 年，第 2 輯，頁 211。

因素值得探討。賈母對寶玉之溺愛常形之於言、箸之於行：積極關護寶玉、為寶玉娶妻及寄望寶玉成龍等。賈母臨終時不諱言「就是寶玉呢，我疼了他一場。」[1140]因此，其照護寶玉處，見諸寶玉被燙傷、被馬道婆作法之事、胭脂惹禍及失玉後之呆病等。之前賈母曾因寶玉左臉被燙出一溜燎泡而「把跟從的人罵一頓」[1141]，又為寶玉作了因果善事消災。之後寶玉被馬道婆作法後突然得暴病，卻因趙姨娘說話不得體且假意勸慰，反被賈母照臉啐了一口唾沫罵道：「爛了舌頭的混帳老婆，誰叫你來多嘴多舌的！你怎麼知道他在那世裏受罪不安生？怎麼見得不中用了？你願他死了，有什麼好處？你別做夢！他死了，我只和你們要命。素日都不是你們調唆著逼他寫字念書，把膽子唬破了，見了他老子不像個避貓鼠兒？都不是你們這起淫婦調唆的！這會子逼死了，你們遂了心，我饒那一個！」[1142]在氣惱中，賈母一面罵，一面哭，不僅以唾沫羞辱趙姨娘，更誤以為寶玉生命垂危之因，乃是被逼讀書發瘋所致，因此不暇擇口地遷怒移過於賈政之妾周姨娘及趙姨娘，除了展示「誅殺威權」外，更以「淫婦調唆」怒罵之。在《紅樓夢》中，賈母盛怒處不多，素日言行溫潤儒雅，但涉及愛孫之生死，則難得一時激憤。

胭脂惹禍事件中，金釧兒投井自殺後，又因忠順親王府棋官之事，令寶玉大承鞭笞之苦。賈母聞風而至之後，便與賈政間展開了一場隔代教育之爭：「賈母聽…厲聲說道：『你原來是和我說話！我倒有話吩咐，只是可憐我一生沒養個好兒子，卻教我和誰說去！』賈政聽這話不像，忙跪下含淚說道：『為兒的教訓兒子，也為的是光宗耀祖。母親這話，我做兒的如何禁得起？』賈母聽說，便啐了一口，說道：『我說一句話，你就禁不起，你那樣下死手的板子，難道寶玉就禁得起了？你說教訓兒子是光宗耀祖，當初你父親怎麼教訓你來！』說著，不覺就滾下淚來。賈政又陪笑道：『母親也不必傷感，

[1140] 見曹雪芹　高鶚原著　馮其庸等校注《紅樓夢校注》，第 110 回，頁 1661。
[1141] 同前註，第 25 回，頁 392。
[1142] 同前註，頁 399。

皆是作兒的一時性起，從此以後再不打他了。』…賈政苦苦叩求認罪。賈母
一面說話，一面又記掛寶玉，忙進來看時，只見今日這頓打不比往日，又是
心疼，又是生氣，也抱著哭個不了。」[1143]賈政以鞭笞哲學作為訓子光宗耀
祖之方，而賈母護衛寶玉之法，除斥責賈政不才外，更藉其夫賈代善之教子
有方，反證賈政之訓子無道。賈母短語中有惜夫之情、厲色訾子及護衛疼孫
之意。面對三個男人，已逝者最值追悔，年幼者佔盡驕利，成年之職事者多
半成箭靶。賈政嚴苛地將寶玉打到皮開肉綻，賈母心驚後，越院干涉，又以
備車轎回金陵要脅，故賈政僅能含淚跪地、苦求認罪，其中已彰顯出中國傳
統文化教育中的五倫尊卑之制。另有關賈母為寶玉娶妻之事，原提議者是賈
政：「寶玉說親卻也是年紀了，並且老太太也常說起。」[1144]又因鳳姐提醒「天
配良緣」：「一個『寶玉』，一個『金鎖』」[1145]，因此在寶玉病重時，為了沖
喜，賈母成了二寶姻緣之主事者，鳳姐提議並執行之，但也因此種「祖字輩」
轉愛之大力，在威權者的逼壓下，有時便成為年輕男女婚姻悲劇之導因。另
在寶玉第二次失玉生病時，賈家人對其百照有至。黛玉往生後，寶玉精神恍
惚，於是賈母全天候地請人醫療或看守。當寶玉病體微癒後，曾無意中走到
大觀園時，賈母依然擔心地問寶玉：「你到園裏可曾唬著麼？這回不用說了，
以後要逛，到底多帶幾個人才好。不然大家早散了。回去好好的睡一夜，明
日一早過來，我還要找補，叫你們再樂一天呢。不要為他又鬧出什麼原故來。」
[1146]賈母之關護可謂極至。

　　孫輩中，賈母另一偏愛對象是鳳姐。書中有賈母有感於昔日歷經千驚萬
浪之敘述：「我進了這門子作重孫子媳婦起，到如今我也有了重孫子媳婦了，
連頭帶尾五十四年，憑著大驚大險千奇百怪的事，也經了些」[1147]或許此乃

[1143] 同前註，第 33 回，頁 512-513。
[1144] 同前註，第 84 回，頁 1335。
[1145] 同前註，頁 1336。
[1146] 同前註，第 108，頁 1641。
[1147] 同前註，第 47 回，頁 721。

賈母對重孫媳中掌經要之鳳姐，特別憐惜之因，又因鳳姐能承上服勤、敬謹孝行而偏愛之，故曾建議大家爲鳳姐生日攢金慶壽[1148]。第 106 回中作者又提及賈母「素來最疼鳳姐」[1149]，便叫鴛鴦將自己的體己物拿給鳳丫頭，並贈金三千元予已奄奄一息之鳳姐，令其得以病後小瘥一時。賈母所體恤的不僅是賈家中被入官的賈赦與賈璉之政經困境，更對鳳姐之身心照護有至，同時顧及賈家未來產業之分配與人事權責之派任問題。第 108 回又述及賈政奉賈母之命儉省人事，因賈母偏愛鳳姐，因此，內事仍由鳳姐處理，可見即使是在鳳姐最慘澹的時期，賈母依舊疼她如昔。

3.轉愛黛玉及寶釵

　　賈母對待黛玉及寶釵又如何？書中向亦有特愛黛玉之說。首先見於賈蓉設吊各處進貢之煙火，夾著各色花炮施放時，因林黛玉「不禁畢駁之聲，賈母便摟他在懷中」[1150]賈母的反射動作，是慈母的光輝，此亦正是黛玉所渴求的。其次，在紫鵑的視角中，林黛玉在榮府中是個重要人物，備受長輩疼愛：「姑娘身上不大好，依我說，還得自己開解著些。身子是根本，俗語說的，『留得青山在，依舊有柴燒。』況這裏自老太太、太太起，那個不疼姑娘。」[1151]再次，透過作者視角云：「原來黛玉住在大觀園中，雖靠著賈母疼愛，然在別人身上，凡事終是寸步留心。」[1152]另有一次有關賈母疼惜黛玉之說，則出自林黛玉病重時自己之心靈感觸，書中提及：「原來黛玉因今日聽得寶玉寶釵的事情，這本是他數年的心病，一時急怒，所以迷惑了本性。

[1148]同前註，第 43 回，頁 662。

[1149]同前註，第 106 回，頁 1613。

[1150]同前註，第 54 回，頁 849。

[1151]同前註，第 82 回，頁 1306-1307。

[1152]同前註，第 83 回，頁 1311。

及至回來吐了這一口血，...看見賈母在他旁邊，便喘吁吁的說道：『老太太，你白疼了我了！』賈母一聞此言，十分難受，便道：『好孩子，你養著罷，不怕的。』黛玉微微一笑，把眼又閉上了。」[1153]從以上之論述中，不僅其他人心中認定賈母疼惜黛玉，甚至連林黛玉自己亦篤定賈母之疼愛。尤其當林黛玉死亡後，王夫人亦曾勸慰賈母道：「林姑娘是老太太最疼的，但只壽夭有定。如今已經死了，無可盡心，只是葬禮上要上等的發送。一則可以少盡咱們的心，二則就是姑太太和外甥女兒的陰靈兒，也可以少安了。」[1154]但賈母聽後卻越發痛哭起來，實是眞情至性。不過在賈母心中卻仍有內外孫之別，故林黛玉臨終前，賈母曾有一次憂慮寶黛二人之婚事，但其心思極爲見外地說：「自然先給寶玉娶了親，然後給林丫頭說人家，再沒有先是外人後是自己的。況且林丫頭年紀到底比寶玉小兩歲。依你們這樣說，倒是寶玉定親的話不許叫他知道倒罷了。」[1155]且正當黛玉病重吐血時，賈母亦有出人意表之絕情心象：「孩子們從小兒在一處兒頑，好些是有的。如今大了懂的人事，就該要分別些，才是做女孩兒的本分，我才心裏疼他。若是他心裏有別的想頭，成了什麼人了呢！我可是白疼了他了。你們說了，我倒有些不放心。」[1156]因此，實際上賈母偏愛寶玉，其實是勝過疼愛林黛玉的，此或因受宗法制度內外孫之別所限，亦或受社會男尊女卑的刻板印象所導，故賈母雖亦疼愛黛玉，但心中卻仍見外，而在寶黛悲劇中，賈母更因鳳姐的提醒、黛玉的多病多心，更爲沖喜及傳宗興旺之因的現實考量而棄黛取釵，雖殘忍，卻也是不得不爾之決定。曾陽華〈賈母的煩惱〉以爲：「只要稍加留心，就會發現賈母在寶玉的擇偶問題上，取黛去釵的態度是明確的，...」[1157]其說法與《紅樓夢》許多版本不同，不知其以何爲據？或是筆誤？

[1153] 同前註，第 97 回，頁 1500。
[1154] 同前註，第 98 回，頁 1522。
[1155] 同前註，第 90 回，頁 1413。
[1156] 同前註，第 97 回，頁 1500。
[1157] 見《紅樓夢學刊》，1995 年，第 1 輯，頁 276。

另對於薛寶釵，賈母除了送四件體己物裝點寶釵之閨房外，108 回中湘雲提及要幫寶釵慶壽時，賈母又主動出一百兩銀子幫寶釵過生日，但卻因此而引起邢夫人、尤氏及惜春之不滿。此三人心中想著，家業凋零至此，賈母竟然還偏心寶釵，因此有人藉故不來助慶，或雖有來也是心不甘、情不願的。不過由於賈母此次為寶釵慶壽，是由史湘雲提起，因此賈母自然必須展現雍容大度，雖亦可見賈母疼愛寶釵，不過卻亦不當視其為特別偏愛寶釵。

4.轉愛女僕鴛鴦

至於奴僕中，賈母最偏愛者，乃鴛鴦，一個能言善道、善解人意者。賈赦欲強娶鴛鴦時，賈母氣得渾身打顫說：「我通共剩了這麼一個可靠的人，他們還要來算計！」[1158]之後因邢夫人來王夫人處打聽信息，於是賈母對著邢夫人罵道：「他逼著你殺人，你也殺去？如今你也想想，你兄弟媳婦本來老實，又生得多病多痛，上上下下那不是他操心？你一個媳婦雖然幫著，也是天天丟下笆兒弄掃帚。凡百事情，我如今都自己減了。他們兩個就有一些不到的去處，有鴛鴦，那孩子還心細些，我的事情他還想著一點子，該要去的，他就要來了，該添什麼，他就度空兒告訴他們添了。鴛鴦再不這樣，他娘兒兩個，裏頭外頭，大的小的，那裏不忽略一件半件，我如今反倒自己操心去不成？還是天天盤算和你們要東西去？我這屋裏有的沒的，剩了他一個，年紀也大些，我凡百的脾氣性格兒他還知道些。二則他還投主子們的緣法，也並不指著我和這位太太要衣裳去，又和那位奶奶要銀子去。所以這幾年一應事情，他說什麼，從你小嬸和你媳婦起，以至家下大大小小，沒有不信的。所以不單我得靠，連你小嬸媳婦也都省心。我有了這麼個人，便是媳婦和孫子媳婦有想不到的，我也不得缺了，也沒氣可生了。這會子他去了，

[1158] 見曹雪芹　高鶚原著　　馮其庸等校注《紅樓夢校注》，第 46 回，頁 713-714。

你們弄個什麼人來我使？你們就弄他那麼一個眞珠的人來，不會說話也無用。我正要打發人和你老爺說去，他要什麼人，我這裏有錢，叫他只管一萬八千的買，就只這個丫頭不能。留下他伏侍我幾年，就比他日夜伏侍我盡了孝的一般。你來的也巧，你就去說，更妥當了。」[1159]爲了僕人責備子媳，在現實人生與小說世界均不多見。賈母護衛鴛鴦之因，雖亦有爲一己之私，留住鴛鴦服侍自己，不過鴛鴦之心細、照護周詳、知己、與主人投緣、信實等，卻是傑出同儕的，在本書中鴛鴦一文，筆者已有論述，故賈母借邢夫人傳話賈赦之內容，其實是訓誡盡在；鴛鴦因鉸髮發毒誓而得以全身保節，賈母也算是鴛鴦的貴人。

在日常生活中，賈母知道如何透過轉愛以安享福泰，更從偏疼子孫及僕人間作個人之情意表達，但在第 76 回，夜靜月明，笛聲悲怨中，「不免有觸於心，禁不住墮下淚來。」[1160]《紅樓夢》作者之後又提及賈母因寶釵姊妹二人家去圓月，不在坐內，又李紈、鳳姐二人病著，少了四個人，便覺冷清了好些，於是「猶嘆人少，不似當年熱鬧。」[1161]賈母舉目增思，似有滄海桑田之感，亦有不能共明月、永團圓之憾，故開筵席、喜熱鬧應是老年人孤寂情感中之寄託，或說是藉匯聚相敘以凝構欣榮之象。《紅樓夢》乃一部描寫貴族女性老年生活之種種的小說。美國於 1945 年亦產生了一部諾貝爾獎名著《老人與海》，作者海明威清描一個老年漁夫爲了補到大漁的理想，而與大海奮戰的一生，鐫刻了動人的男性老年風貌[1162]。前者書中之賈母，是個年輕時生活平穩，老邁時卻懂得未雨綢繆者；後者書中之漁夫，則是個年輕時捕魚技術精湛，老年時卻仍須爲理想(捕捉大魚)奔波之人。只是在二部小說中，賈母不過是整部《紅樓夢》書中的一個要角而已，而《老人與海》

[1159]同前註，第 47 回，頁 717-718。
[1160]同前註，第 76 回，頁 1191。
[1161]同前註，頁 1192。
[1162]可參考海明威《老人與海》一書。

中的漁夫卻是整部小說的精靈。賈母與漁夫角色之鎔鑄，分別代表十八及二
十世紀中國貴族女性與西方平民百姓中，老年心性與行爲之精緻風貌。

　　作者對賈母老年婚姻生涯中喪偶之編制，乃刻意突顯賈母之貞潔。賈母
對賈敏、賈政、寶玉不自曉之偏愛，發乎天然；對寶玉之過度溺愛、對鳳姐
偏疼有加、對黛玉及寶釵之疼愛照顧，則又有差等；另爲呵護鴛鴦，借賈赦
之妻正色厲詞，其中雖有疼愛，亦爲己利。賈母之言行，雖不能全然「入乎
大德，出乎大道」，但卻是個慈母角色，或許此與其經歷萬端、圓融中庸及
老而血氣既衰有關。

三、從風寒至添腹瀉而卒

　　賈母一生之大部---閒散安逸，徜徉於開筵席、遊園、吟詩、擲骰、射覆、
看戲等各種生活樂趣之中，故是個福壽雙全之人，然而較之早夭之秦可卿及
鳳姐，其醫病問題又如何？仍值一顧。

(一)四次輕疾

　　賈母一生之疾病有輕有重，先後七次，四次輕疾及三次重病。賈母的四
輕疾中，第一次是在第 11 回中，鳳姐與賈珍提到賈母之身體狀況：「鳳姐兒…
先說道：『老太太昨日還說要來著呢，因爲晚上看著寶兄弟他們吃桃兒，老
人家又嘴饞，吃了有大半個，五更天的時候就一連起來了兩次，今日早晨略
覺身子倦些。因叫我回大爺，今日斷不能來了，說有好吃的要幾樣，還要很
爛的。』賈珍聽了笑道：『我說老祖宗是愛熱鬧的，今日不來，必定有個原
故，若是這麼著就是了。』」[1163]對話中顯示：賈母不舒服後還能有條件的享

[1163]見曹雪芹　高鶚原著　　馮其庸等校注《紅樓夢校注》，頁 177。

受美食，且之後直至 11 回結束再提及賈母時，已是個健康之人，因為書中未再提及賈母有任何病況。在李騰嶽〈紅樓夢醫事：殊に其の諸人物の罹患疾病に就ての察〉一文中，並未做任何申論，但卻將之歸為「下痢」[1164]。從文義上推斷，此種推論確實是「極有可能」，然而書中並未言及賈母五更天連起來了兩次是「腹瀉」，因此賈母夜裡連續起來了兩次也有可能僅是「腹痛」而非「腹瀉」；或者說賈母至五更天時，僅因身體不舒服而連起來了兩次，但既非「腹痛」，亦非「腹瀉」，此種機率亦有可能。

賈母的第二次~第三次之輕疾是風寒，見於第 41－43 回，書中跨了三回敘述之。第 41 回中原僅述及賈母睡醒時，因覺懶懶的，也不吃飯。第 42回便云賈母身體欠安，賈珍、賈璉及賈蓉等三人，為其延醫治病。王太醫說：「太夫人並無別症，偶感一點風涼，究竟不用吃藥，不過略清淡些，暖著一點兒，就好了。如今寫個方子在這裏，若老人家愛吃便按方煎一劑吃，若懶待吃，也就罷了。」[1165] 至第 43 回時，從王夫人視角中可知賈母之病況：「…請醫生吃了兩劑藥也就好了，…」[1166]書中鋪陳賈母的第二次輕疾是風寒，呈現的僅是身體的輕微不適及食慾的問題。至第 64 回時，賈母的第三次輕疾，得的「仍是風寒」，書中云：「果然，年邁的人禁不住風霜傷感，至夜間，便覺頭悶身酸，鼻塞聲重。連忙請了醫生來診脈下藥，足足的忙亂了半夜一日。幸而發散得快，未曾傳經，至三更天，些須發了點汗，脈靜身涼，大家方放了心。至次日仍服藥調理。」[1167]接著又從賈蓉口中得知「老太太已大癒。」[1168] 雖然賈母此次的風寒顯然重於前一次，不過前後二次在服藥後，賈母均安然無恙。

至於賈母第四次輕疾，則是在 98 回中。賈母已是有了年紀之人，因寶

[1164]刊於《臺灣醫學會》，昭和 17[1942]，頁 81。

[1165]見曹雪芹 高鶚原著 馮其庸等校注《紅樓夢校注》，第 46 回，頁 648。

[1166]同前註，頁 661。

[1167]同前註，頁 1008-1009。

[1168]同前註，頁 1014。

玉生病之事而擔憂，於是「日夜不寧，今又大痛一陣，已覺頭暈身熱。雖是不放心惦著寶玉，卻也掙扎不住，回到自己房中睡下。…賈母幸不成病」[1169]期間賈母日間與王夫人、薛姨媽等輪流與寶玉相伴，夜間又派人去服侍寶玉，前後費盡心力，或許過度勞乏是此次賈母生病之因。嚴格論之，賈母此四次輕疾，均以偶感風寒或發燒等為主，且很快便痊癒了，書中並未過費筆墨。

(二)三次重疾

賈母一生中另有三次重疾：先後發生於第 86 回，第 105 回-106 回，及第 109 回中。筆者將分述之：

1.不大受用

在《紅樓夢》第 86 回中，由薛姨媽口中述及賈母病中看見元妃之事，一種恍惚是夢幻之轉述：「薛姨媽道：『上年原病過一次，也就好了。這回又沒聽見元妃有什麼病。只聞那府裏頭幾天老太太不大受用，合上眼便看見元妃娘娘。眾人都不放心，直至打聽起來，又沒有什麼事。到了大前兒晚上，老太太親口說是『怎麼元妃獨自一個人到我這裏？』眾人只道是病中想的話，總不信。老太太又說：『你們不信，元妃還與我說是榮華易盡，須要退步抽身。』眾人都說：『誰不想到？這是有年紀的人思前想後的心事。』所以也不當件事。恰好第二天早起，裏頭吵嚷出來說娘娘病重，宣各誥命進去請安。他們就驚疑的了不得，趕著進去。他們還沒有出來，我們家裏已聽見周貴妃薨逝了。你想外頭的訛言，家裏的疑心，恰碰在一處，可奇不奇！』」

[1169] 同前註，頁 1524-1525。

[1170]事實上當秦鐘病重，茗煙報信予寶玉時，曾云：「秦相公不中用了」[1171]，而當鳳姐病況嚴重時，作者亦云：「看來是不中用了」[1172]，故此處賈母被傳言爲是個「不大受用之人」，可見賈母應該「生病了」，因此，其實賈母所經歷的可能僅是一場單純的夢境，或者說賈母病得不輕，以致於產生了「譫妄幻象」：這是一種急性發作，其特徵爲意識清醒程度下降，會產生錯誤的認知、幻想、幻覺、精神運動或增或減、以及睡眠紊亂的現象。[1173]因此，令賈母誤以爲是親眼見到元妃前來。其實此種幻覺是一種類似秦鐘處於重病時，意識模糊下之病徵，而今日醫學界並不排除是病人在做夢[1174]，是屬於夢中幻象的呈現。同時在精神醫學的研究中，病人經歷一場「譫妄幻象」(或說是夢境)之後，會有兩極現象發生，有人一清醒後便病癒，有人一進入「譫妄幻象」(又稱爲瀕死經驗，或稱 ICU[急診室]症候群[1175])後，接著便與世長辭，前者賈母爲代表，後者秦鐘爲代表(可參考本書中秦鐘一文)。由於作者之後並未交代賈母如何痊癒？故筆者亦不再多作推論或妄言。同是治家要人之秦氏可卿託夢鳳姐時，鳳姐始終不悟，之後仍在放高利貸，仍要心機加害尤二姐，而此時元妃託夢賈母時，是以「榮華易盡，須要退步抽身」爲主題，但賈母夢醒後，書中雖未言其有任何領悟，不過賈母卻一如往昔地在累積資糧，明大義、散餘財。文中既有伏筆，亦是作者藉祖孫間之奇妙應和所營造出之小說的奇炫色彩，此乃類於尤三姐之託夢尤二姐，是屬於超心理學所謂的「近親心電感應」之託夢類型；與眾人認爲是「賈母上了年紀，思前想後所產生的現象」之推論不同──是指「日有所思，夜有所夢」之夢成因，或

[1170]同前註，第 86 回，頁 1359。

[1171]同前註，第 16 回，頁 247。

[1172]同前註，第 112 回，頁 1695。

[1173]可參考〈秦鐘〉之文的註。

[1174]可參考筆者《紅樓夢中夢的解析》，第 5 章 「秦鐘之夢」，頁 165。

[1175]可參考張君威醫師「瀕死經驗」(或 ICU[急診室]症候群)之說明，于美人主持的「美人晚晚點名」年代 MUCH 38 電視台 2006/9/4。

者是指一切只是「賈母之想像」而已。雖然實際薨逝者是周貴妃，但賈母夢中元妃娘娘一人獨自前來，並留言警惕之意象深遠。賈母此時之幻象不僅根源於「日思夜夢」之夢成因[1176]，更與秦可卿託夢鳳姐及晴雯託夢寶玉之「道別象徵」所使用之手法相同[1177]。人類從大自然歸回塵土，萬物從璀璨至凋零，均有一定運程。賈母之圓融通泰，適足以神會「榮寧府興衰」之夢覺大意，不過由於薛姨媽未述及賈母更詳細之病因、病程或其他病徵，故無法詳細探究。

2.暈厥

　　第 96 回，賈母已是八十一歲之人[1178]，其後又發生二次生死交關之病：一在 105-106 回，與榮寧府被查抄之事件有關，一在 109 回，則因風寒所致。105 回中，當錦衣府堂官趙老爺與西平郡王爺奉旨交辦查抄賈家時，賈母的反應極為激烈：「賈母沒有聽完，便嚇得涕淚交流，連話也說不出來」[1179]，又「哭得氣短神昏，躺在炕上」[1180]，之後賈母在其房中已是奄奄一息。賈政恐哭壞老母，故再三安慰之。賈母之「昏厥」情形與鳳姐「當下栽到地下死了」的反應一般，均屬中醫所謂之厥證、厥逆、氣厥、氣脫或氣亂之症，可參看本書中〈王熙鳳〉一文。《靈樞·五亂》云：「氣亂於頭則為厥逆。頭

[1176] 可參考筆者《紅樓夢中夢的解析》，第 5 章　「秦鐘之夢」，頁 165。

[1177] 請參考筆者〈《紅樓夢》中秦可卿之情性與生死之謎〉，見《思與言》2005 年 3 月，卷 43，第 1 期，頁 195-225。並參考筆者〈《紅樓夢》中之傳情大使──晴雯之被動攻擊性格與醫病情緣〉，見《興大中文學報》，2005 年 6 月，第 17 期，頁 605-627。

[1178] 見曹雪芹 高鶚原著　馮其庸等校注《紅樓夢校注》，第 96 回，頁 1489。案：在程本中此回賈母亦是八十一歲。

[1179] 同前註，第 105 回，頁 1600。

[1180] 同前註，頁 1601。

重眩仆。」[1181]此乃從氣與身體變化論之。西醫則將之歸於「神經系統」之疾病:「血管迷走性(血管抑制性)暈厥」所致,這種暈厥通常可發生於正常人常見之昏倒現象;常為復發性,並易於發生在情緒緊張時(特別是在較熱、擁擠的房間中)、傷害性的震驚事件中、酒精事件、過度疲勞、飢餓、站立過久及嚴重疼痛等情況下。[1182]由於病人會全身肌肉無力,伴隨著姿勢性的肌張力喪失、無法站立,嚴重者會意識喪失[1183],故書中描述賈母形貌上顯得奄奄一息,從病徵上確實是可作合理的推論。賈府被查抄一事,對賈家人而言,如震山盪海,晴天霹靂。在李紈及賈政回來再三安慰下,賈母才止住傷悲,然而之後賈政又聞知賈母危急,趕來探望,「見賈母驚嚇氣逆,王夫人鴛鴦等喚醒回來,即用疏氣安神的丸藥服了,漸漸的好些,只是傷心落淚。」[1184]賈母整個生病過程中,因「驚嚇氣逆」造成了氣息奄奄之狀,在之前有賈政勸慰及之後大夫用藥適切後,終於安然渡過一劫,不過其日薄崦茲之

[1181]見筆者之醫學顧問林昭庚教授主編《中西醫病名對照大辭典》,第 2 冊,第 7 章「循環系統疾病」,頁 911。

[1182]見長庚醫院院長吳德朗等校定《哈里遜內科學》,第 3 章「神經系統功能障礙」,頁 160。可參考 Robert B. Daroff, Mark D. Carlson, 'faintness, syncope, dizziness, and vertigo,' : "Vasovagal (vasodepressor, neurocardiogenic) syncope   This form of syncope is the common faint that may be experienced by normal persons and accounts for approximately half of all episodes of syncope. It is frequently recurrent and commonly precipitated by a hot or a crowded environment, alcohol, extreme fatigue, severe pain, hunger, prolonged standing, and emotional or stressful situation." in Harrison's *15th edition Principles of Internal Medicine,* 2001;21:111.

[1183]同前註。另可參考 Robert B. Daroff, Mark D. Carlson, 'faintness, syncope, dizziness, and vertigo,' "Syncope is defined as transient loss of consciousness due to reduced cerebral blood flow. Syncope is associated with postural collapse and spontaneous recovery. It may be occur suddenly, without warning, or may or lightheadedness, "dizziness" without true vertigo, a feeling of warmth, diaphoresis, nausea, and visual blurring occasionally proceeding to blindness." in Harrison's *15th edition Principles of Internal Medicine,* 2001;21:111.

[1184]見曹雪芹 高鶚原著　馮其庸等校注《紅樓夢校注》,第 106 回,頁 1609。

象，此時已隱然浮現。

　　病後之賈母慨感萬千，雖曾一度情緒沮喪，但在知福、惜福之人生觀中，其仍可意執誠心地為賈家祈福，因此，在賈母兩極化的心情敘述中，曾真情流露地說：「我活了八十多歲，自作女孩兒起到你父親手裏，都托著祖宗的福，從沒有聽見過那些事。如今到老了，見你們倘或受罪，叫我心裏過得去麼！倒不如合上眼隨你們去罷了。」[1185]之後賈母又感慨地禱告著：「皇天菩薩在上，我賈門史氏，虔誠禱告，求菩薩慈悲。我賈門數世以來，不敢行兇霸道。我幫夫助子，雖不能為善，亦不敢作惡。必是後輩兒孫驕侈暴佚，暴殄天物，以致合府抄檢。現在兒孫監禁，自然凶多吉少，皆由我一人罪孽，不教兒孫，所以至此。我今即求皇天保佑：在監逢凶化吉，有病的早早安身。總有合家罪孽，情願一人承當，只求饒恕兒孫。若皇天見憐，念我虔誠，早早賜我一死，寬免兒孫之罪。」[1186]從情緒低潮至犧牲自我之心情轉折中，賈母在賈府被查抄時，心靈重挫，有震驚、感恩，亦有罪己、死亡念頭及懺悔。當賈母病情略好後，因見祖宗世職被隔去而掙扎坐起，並叫鴛鴦等各處佛堂上香，自己卻到院中上香下跪，透過自然崇拜及祖先崇拜[1187]作為雙向祝禱，以「修辭立誠，在於無愧」[1188]作為降神務實之工夫。我們仔細觀看，

[1185] 同前註，第 106 回，頁 1609。

[1186] 同前註，頁 1614。

[1187] 一般所謂「自然崇拜」，乃指以神靈化之自然物、自然力和自然現象為崇拜之民間信仰，對象應為天、地、日、月、星辰、雷、雨、水、海洋、火、山及石。在泰勒《原始文化》*Primitive Culture*,第 16 章，提及被視為自然崇拜之對象有：「這是天和地，雨和雷，水和海洋，火、太陽和月亮。」(頁 695)實則星辰、山、石亦均是自然崇拜之物。而劉文三《台灣宗教與藝術》曾界定有關「自然信仰」之問題：「人類在原始時期，完全依賴自然祈求安息，由於對自然無法想像與解釋，繼由心理的恐怖，而產生信仰…」(頁 12)案：「祖先崇拜」乃指因先民已往生之聖王功勳的不可沒、對英雄特殊事蹟之追念及祖先具有靈魂不死之觀念，並具有視察及禍福後裔之神能而興起之祭祀活動。

[1188] 見范文瀾註本《文心雕龍注》，卷 2，頁 177。

賈母正式主祭時，所獻祭之有形祭品，其實並非是傳統祭典中之「醴酪齋盛」，而是「香」——一種精神聖餐，可透過焚燒祭品而煙霧嬝繞時，上達天聽，加之祝禱之口頭約定與神祈產生一種「兄弟共同體」的情誼，以達成「協定」。若就人類學及宗教社會學而言，此種以自己生命交換子孫福祉之祝禱，其實是影射著古老觀念中裂食一頭強壯(或為神聖)的動物，可吸收其力量作為重要的轉化動能[1189]，以便為子孫祈福。此時對極度脆弱之賈母而言，求助於神祈(此處是指天神)，已是窮途末路的唯一生機，而其祝辭中之慈悲，更是令人動容。

3.疑似因風寒併發腸胃炎

至於對賈母真正奪魂之病，乃一般人較易疏忽之風寒所造成的併發症。第 109 回中述及「賈母兩日高興，略吃多了些，這晚有些不受用，第二天便覺著胸口飽悶。鴛鴦等要回賈政。賈母不叫言語，說：『我這兩日嘴饞些吃多了點子，我餓一頓就好了。你們快別吵嚷。』於是鴛鴦等並沒有告訴人。」[1190]由於賈母此時之病徵並非急症，故鴛鴦粗疏了，不過賈政因賈母近況不佳「兩日不進飲食，胸口仍是結悶，覺得頭暈目眩，咳嗽」[1191]而速為其延醫看診。其中有大夫說賈母是「有年紀的人停了些飲食，感冒些風寒，略消導發散些就好了。」[1192]然而賈母進藥三天卻不見療效。又有大夫說賈母是「氣惱所致」[1193]，然賈母卻僅堅信前任大夫「感冒傷食」之斷。醫者從專業、經驗透過望、聞、問、切之診治過程中，實有精粗之別，而當時擅長扶

[1189]可參考韋伯《宗教社會學》中有關於人類在自然崇拜與祖先崇拜之義法、儀式、情境及象徵意義，見頁 33-34。
[1190]見曹雪芹 高鶚原著 馮其庸等校注《紅樓夢校注》，第 109 回，頁 1652。
[1191]同前註，第 109 回，頁 1654。
[1192]同前註。
[1193]同前註。

占請仙之妙玉前來時，亦云賈母僅是風寒而已，請賈母寬心養病，因此，賈母此病應以「感冒傷食」之診斷較爲正確。因爲一般的感冒，均有一定之高原期，過後會自然痊癒，然而賈母此病之後卻變成了重疾，此恐與其病程拉長及新添疾病有關，試看書中如此書寫：「那知賈母這病日重一日，延醫調治不效，以後又添腹瀉。賈政著急，知病難醫，即命人到衙門告假，日夜同王夫人親視湯藥。一日，見賈母略進些飲食，心裏稍寬。」[1194]賈母病情反覆不定，期間賈政一再探視、告假及親侍湯藥，甚至婆媳間之溫煦互動，作者均秉筆特書，依稀紀錄了一個紛忙官人與順和媳婦之孝行。當賈政再次延請太醫診脈後，得知老太太脈氣不好，王夫人似乎已有所感，便要鴛鴦把賈母之裝裹衣服均預備出來。賈母突然睜眼要茶喝，且坐了起來，於是一段「迴光返照」之心情韻事，在掛念中自然流露而出。此種大自然日落時所反射出暫時的煙霞美景，被禪宗比喻成「照顧自己家人的迴向」，在《紅樓夢》作者之執筆操觚中，則被借喻爲「人事沒落前之景象」，讓賈母於紅光滿面之體健假象中交代後事。於是賈母除了述說自己到賈家已六十多年，享盡福氣外，心中更惦記著五位孫子媳婦之未來。首先賈母拉著寶玉道：「我的兒，你要爭氣才好！」[1195]又拉著賈蘭道：「你母親是要孝順的，將來你成了人，也叫你母親風光風光。」[1196]亦對鳳姐道：「我的兒，你是太聰明了，將來修修福罷。我也沒有修什麼，不過心實吃虧，那些吃齋念佛的事我也不大幹，就是舊年叫人寫了些《金剛經》送送人，不知送完了沒有？」[1197]接著賈母又氣惱史丫頭沒來瞧自己。最終「賈母又瞧了一瞧寶釵，嘆了口氣，只見臉上發紅。賈政知是迴光返照，即忙進上參湯。賈母的牙關已經緊了，合了一回眼，又睜著滿屋裏瞧了一瞧。王夫人寶釵上去輕輕扶著，邢夫人鳳姐等便

[1194]同前註。

[1195]同前註，第110回，頁1661。

[1196]同前註。

[1197]同前註。

忙穿衣，地下婆子們已將床安設停當，鋪了被褥，聽見賈母喉間略一響動，臉變笑容，竟是去了，享年八十三歲。眾婆子疾忙停床。」[1198]賈敬暴斃於道觀時，生前無隻言片語以遺訓子孫，故其雖倚重修道，但卻僅是爲了個人成仙而已，並無法福佑子孫，而賈母雖曾謙言自己不曾修道，但素日卻仍願做功德及思行並濟地拯救頹敗之賈家，其生前之榮德實爲光顯。因此，賈母離塵前猶掛心五人一事，其中對孫子寶玉與重孫賈蘭最爲殷盼，臨別訓言仍不脫儒家教孝之宗旨——立身、揚名、顯親，而隱匿其後者，更是人生功名之實踐；對鳳姐則引己爲譬，落於品德之修福勸進，以彌補其甚感「心實吃虧」之憾；對史湘雲抱怨之背後的深層心理，仍是在於關懷與擔憂湘雲之婚後生涯；至於對寶釵之嘆息與無言，或許意涵著對人間世事之無常與無奈，甚或是對寶釵所嫁非人而慨嘆。畢竟賈母閱歷無數，寶玉之言行，在詩禮之家的榮府及儒家淑世派的眼界下，並不上道，不符賈家所望，但若從佛家與道家之眼光論斷，則功名仍似浮雲，而體道、悟道及踐道似乎更形重要。

此時賈母之病症，陳存仁醫師曾以中醫觀點論證賈母所得的是「肺風痰喘，所以她吐的痰是鐵銹色」[1199]。所謂「肺風痰喘」即是中醫之「肺炎喘嗽」，西醫之「大葉性肺炎」。有關「肺炎喘嗽」在《麻科活人全書·氣促發喘鼻煽胸高第五十一》中僅云：「氣促之症，多緣肺熱不清所致，…如肺炎喘嗽，以加味瀉白散去人參甘草主之。」[1200]書中但就五官內在氣血致病之因探討，並未針對究竟有否外在其他因素造成。由於筆者所用之《紅樓夢校注》(案：後四十回是程甲本)及勘察過程乙本中均無賈母吐鐵銹色痰的敘述，亦無發燒及膿痰等大葉性肺炎之症狀產生，而今日西醫內科中肺炎之主要徵狀爲：「咳嗽、發熱、咳痰、胸痛和氣促。…典型的化膿性細菌性肺炎，如

[1198] 同前註。

[1199] 可參考陳存仁醫師〈紅樓夢人物醫事考　結束篇〉，見《大成》1982年2月1日，第99期，頁11。

[1200] 見筆者之醫學顧問林昭庚教授主編《中西醫病名對照大辭典》，第3冊，第8章「呼吸系統疾病」，頁1035。

肺炎雙球菌肺炎，多在病毒上呼吸道感染後，突起寒顫，持續性發熱、咳嗽、咳黏液濃性痰，胸痛或胸膜痛。」[1201]故不知陳醫師所用的百二十回本究竟是何種版本？且陳醫師顯然忽略了老年人感冒未癒後，復得腹瀉症之實。在古代中醫書籍中，所謂「腹瀉」又稱為「泄」或「泄瀉」。「泄」有五種，在《難經·第五十七難》中云：「有胃洩、有脾泄、有大腸泄、有小腸泄、有大瘕泄，名曰後重。」[1202]在《景岳全書》中又有針對病因論述「泄瀉」之理論：「泄瀉之本，無不由於脾胃，泄瀉之因，為水火土三氣為最。」[1203]但以西醫內科學論之，不論是病毒性或細菌性感染之「腹瀉」，對抵抗力較差之幼童及老年人均是危險之症。書中既無賈母嚴重的咳嗽、咳痰，亦無胸痛與氣促之病徵，因此，賈母得「大葉性肺炎」而卒之可能性極低，反之，「腸胃炎」有可能先以感冒方式呈現，之後才以腹瀉繼之，故賈母最終可能因中醫所謂「傳染性腹瀉」(即西醫稱之為「腸胃道感染症」——腸胃炎)而亡，致病因可能包括病毒感染、細菌感染、真菌感染及寄生蟲病等[1204]。由於賈母是小說人物，無檢體可診斷，故依臨床診斷之原則，僅能以「疑似病例」論之。

　　至於第120回中，賈氏家族之扶靈返鄉，雖然聲勢浩大，但已非似寧府秦可卿寄靈鐵檻寺之靡費風光，而是經濟零落、家業破敗之時。賈政扶賈母靈柩，賈蓉送了秦氏、鳳姐、鴛鴦的棺木到了金陵，先安了葬。賈母來自金陵，因有墳地，卻無陰宅，因此，賈家子孫之後能在墳地上蓋起房屋，並購買幾頃祭田以供祭祀，作為子孫綿延不絕之基，其實已算是足以繼業了。

[1201]見 Michael Gelder, Richard Mayou, John Geddes 原著，吳光顯等總校閱、陳俊欽等編譯《哈里遜內科學》，第7章　「呼吸系統疾病」，頁1251。

[1202]見筆者之醫學顧問林昭庚教授主編《中西醫病名對照大辭典》，第2冊、第1章「傳染病及寄生蟲病」，頁57。

[1203]同前註。

[1204]同前註。並可參考謝博生、陽泮池、林肇堂、李明濱　《一般醫學　IV/V 疾病概論》上冊「腸道感染」，第2章「感染症」，頁79。

　　賈母一生安享榮華，靈肉豐潤，雖然有幾次小感冒，但難得大病。賈母生前最後一次感冒卻併發腹瀉而亡，期間作者雖鋪陳賈母有病痛，但卻未讓其似鳳姐一般地身陷醫病的重重苦楚，反是讓其貢獻出銀兩協助日漸頹敗之賈家安渡難關，並於臨終時，慎重交代後事。因此，嚴格論之，賈母在安享平樂餘年後，卻仍可以「臉變笑容」揮別人生，亦可隱喻其一世之豐足。

四、結語

　　在中國傳統小說中被長篇刻琢成一個曾富甲一方，且是位女性之威權長者並不多。在賈家，賈母彷如唐代武則天及清宮之慈禧太后，其言之大，崇秘無犯，雖其並無垂簾聽政之實，但卻仍具持家之威嚴俊姿。

　　賈母與鳳姐均為掌管賈家經濟大權而位尊榮顯者，世代交替之痕跡見諸祖孫之名份中。賈母雖榮享鐘鼎彝器之貴，而在其通泰性格中卻仍見膽小的一面，是人類性格中之兩極面相，由此可見人類有其脆弱面---通泰者不見得均是膽大者，需依事件而論。賈母此層面之膽小，亦正可印證賈寶玉性格中亦有較為明顯的怯弱的一面，此可參考筆者書中的〈寶玉〉一文。另賈母濃郁之垂慈風範，不僅對姻親之李紈、對寶玉之友秦鐘，甚至面對戲子亦見惻隱之心。書中述及賈母曾意識到「時不我與」之老邁，不過卻能於守成中擺脫「老而無用論」或「廢物論」，不但不債留子孫，反攢留積蓄為子孫研創生機；其生生之德，如陽燭萬物，乃賈家人中淬勵弗懈之重要代表。

　　在中國傳統社會中，嫡庶之爭極為明顯，從賈政、賈璉之三妻四妾的共生系觀之，亦不免爭端。一朝春盡紅顏老之賈母，不是《紅樓夢》中愛情小說之主角，而是對寶玉、鳳姐、林黛玉、寶釵及鴛鴦作為轉愛之付出，是個擁有絕對之決策權者，雖有通泰之胸臆，卻仍有偏愛之癡執。賈母之言行雖不能全然「入乎大德，出乎大道」，但卻是個慈母角色，或許此與其經歷萬端、圓融中庸及老而血氣既衰有關。

　　賈母並非金權主義者，一生以垂辭風範、溫岫悠閒之姿遊渡殘年，期間雖偶有小病，卻均不妨其康健，然最終可能因一次感冒併發「傳染性腹瀉」(即西醫稱之為「腸胃道感染症」——腸胃炎)而亡。「含笑九泉」正是賈母暖滿人生之象徵，一個知足常樂且福壽雙全者，一生中幸入有名之地，死亡時悄出無聲之境，此乃善終之大者。賈母之死，對賈家而言，如山聳海震。有關賈母喪禮前後，均有允備周全之儀式，雖已不如秦可卿之喪的靡費風光，不過賈政經歷賈家經濟狀況時有緩急豐約之變化時，從賈母處已學會扛起重建新世代之傳承，對賈母而言，確實已完成其傳薪之大任。

　　在筆者此篇論文之研究中，有關賈母之性格、情感及醫病問題之關係，或許可以如此解讀：賈母之性格，與其喪偶後之無欲和轉愛之情感表達，或有關乎個人運命之因素，但其性格與其最終可能因風寒而得併發症(傳染性腹瀉)而卒之間，並無任何關係。精魄蒼勁之賈母，風華一世，其容德可祇頌之。《紅樓夢》作者對賈母有生動且合乎人情之敘述。賈家雖至衰世，但賈母之德澤猶在。《紅樓夢》中有關作者對賈母生平之精緻敘述，實可作為老年文學之典範。

拾肆 · 薛蟠之酷虐性格
及雙性戀傾向

Xue, Pan's cruelty and bisexuality

＊醫學顧問：石富元醫師、文榮光教授、魏福全醫師

　　應天府的一宗人命官司，勾勒出一個使性尚氣且頗具爭議的人物獸霸王薛蟠，既具貴族富豪由盛而衰之承傳報導，又具紈袴子弟肥甘饜飫之紀實。本文除了文學論述外，更將嘗試從文學跨入精神醫學及內科學，探討其性格、情感世界及醫病問題。

　　一個為了爭奪女人而率其豪奴活活將馮淵打死的「獸霸王」薛蟠，自幼失去父佑，雖具皇商背景，但各省中所有的買賣承局總管夥計人等，因見其不諳世事而趁便拐騙，以致京都生意漸次消耗。從其率豪奴打死情敵的應天府事件中，更顯露出已淪為「次貴族」[1205]之典型，但卻仍掩藏不住目無法紀之氣焰。從其寄住榮府梨香院後，一夫三妻之生活型態，暴露出傳統社會中的若干問題，同時更助長其性格之易怒與衝動而鑄下大錯。有關薛蟠、馮淵與英蓮之三角關係，亦被索隱派學者大作文章，王夢阮、沈瓶庵《紅樓夢索引》、李知其《紅樓夢謎》，至王以安《細說紅樓》均提出英蓮影射陳圓圓之說[1206]。王以安更從《紅樓夢》第一回詩句：「時逢三五便團圓，滿把晴

[1205]「次貴族」一詞，藉引「文化」與「次文化」而來，筆者以為，雖然薛蟠原是寶玉之表姨兄，但父亡後，家道中落，後又寄住榮府，其雖名為貴族，實已是寄人籬下之次貴族。

[1206]見李知其《紅樓夢謎》，第 1 章、第 1 節「甄英蓮」，頁 1。王以安《細說紅樓》，

光護玉欄。天上一輪才捧出，人間萬姓仰頭看。」提出「團圓」即是「圓圓」之象徵，至於「仰頭看」是「引首而觀日闖」之象徵，因此以爲是影射「闖王李自成與吳三桂攘奪陳圓圓的公案」[1207]，此種說法雖可觀，但卻無實証，畢竟此乃僅是一種文字象徵的運用，且是主觀地按圖索驥之做法。當薛蟠寄住榮府梨香院時，喜好宴遊鬥狠、非義而動，婚後甚至仍有乖儀違禮之行及忍作殘害之舉，故在寶釵心中，薛蟠是個素日恣心縱欲，毫無防範之人，然而事實上作者對薛蟠角色之處理，豈止牽涉傳統中國之政制而已，更關乎薛蟠之人格特質與其他問題。

　　《紅樓夢》作者多回著墨於獃霸王之殺人、易怒、衝動、虐妻及其糜爛之生活形態等，必有其深意。本文將從薛蟠之身世背景、性格行爲、生活環境及人際互動中探討之，全文凡分四段論證之：一、獃霸王之酷性，二、偶動龍陽之興與雙性戀，三、虐妻五事，四、結語。

一、獃霸王之酷性

　　歷史主體往往以地方貴族爲書寫，薛家乃金陵四大家中之重要地方士紳，而薛蟠成了薛家新生代之掌門人。不過與賈家一般，薛家既非四世三公之名門，又不見薛蟠具公卿貴族之典雅風範，故書中多有宴遊鬥勝、違法犯忌之敘事，此或與其性格特質有關，筆者將一一分剖。

　　爲了爭奪女人而活活將馮淵打死的「獃霸王」薛蟠，書中除了描述其使性尚氣與揮金如土外，並透過門子白描命案現場：「那薛家公子豈是讓人的，

則在見 99-100。

[1207] 見王以安《細說紅樓》「英蓮與香菱」，頁 99-100。另有王以安〈風月寶鑑〉的索隱派說法，以爲「書中應用，如金簪雪裏埋，豐年好大雪，蘆雪亭割腥啖膻等，或隱"血"，或隱"薛"，都比不上將薛蟠爭奪英蓮乙事隱寫吳三桂與陳圓圓」(見網站：http:// www.balas.idv.tw/walls.htm - 2005/05/25 - 34k)

便喝著手下人一打，將馮公子打了個稀爛，抬回家去三日死了。」[1208] 及「遂打了個落花流水，生拖活拽，把個英蓮拖去，如今也不知死活。」[1209] 薛蟠之性氣酷烈，見於其日常生習及處事應對之中，而買婢事件(英蓮之事)之女色關聯，則又牽動著薛蟠情感世界之暴力及人際互動之偏頗。在《紅樓夢》中有關薛蟠教唆殺人之事，共有二次：一次為第 3-4 回「薄命女偏逢薄命郎」中所提及應天府的一宗人命官司；另一次則是 85 回「薛文起復惹放流刑」，其中演示出薛蟠之特殊性格特質。對於「呆霸王」之定義，作者首先以霸氣橫行、豺狼成性、不諳世事、不明事理鋪陳之，後又以紈袴形象伸展之：「五歲上就性情奢侈，言語傲慢。雖也上過學，不過略識幾字，終日惟有鬥雞走馬，遊山玩水而已。」[1210] 筆者將分成二階段論述之：

(一)率豪奴殺人

首先，《紅樓夢》於第 3 回回末以虛筆介紹金陵城中薛家姨母之子，賈寶玉之表哥薛蟠，寄居賈家之形貌。接著第 4 回述其為了爭買一婢而打死人命，因此薛蟠一出現時，已是一名在應天府案下審理的捉拿人犯，且家人正為其關說於寶玉之舅王子騰。《紅樓夢》作者在此宗人命官司中形塑了三位要角：英蓮、馮淵及薛蟠。找拿買主者，固是馮淵，不過毆死人命者，卻是薛蟠與眾豪奴。在第 4 回原告敘述馮淵是位父母雙亡之人，為爭奪英蓮而鋪演出小市民理直氣壯的悲哀；薛蟠原因欣羨都中繁華之地，思欲遊覽上國風光，且藉送妹待選、探親，及入都銷算舊賬之名義而來，然卻無意間引起了一椿人命官司，既恣意孤行，又枉顧法令，從馮淵家之奴僕對賈雨村之答訊中，披露而出：「無奈薛家原係一霸，倚財仗勢，眾豪奴將我小主人竟打死

[1208] 見曹雪芹 高鶚原著 馮其庸等校注《紅樓夢校注》，第 4 回，頁 68。
[1209] 同前註，頁 69。
[1210] 同前註，頁 71。

了。兇身主僕已皆逃走，無影無蹤，只剩了幾個局外之人。」[1211]由於奴僕敍述簡短，因此，我們無法知道當時雙方的衝突究竟是在何種狀況產生？究竟由哪一方先動用暴力？或許是馮淵「言語不慎」而引起衝突？或許是薛蟠之衝動行為所致？無論如何，薛蟠之行為在整件事中顯得剛強不仁，狠戾自用，視人命如蕭屜，且在教唆殺人後，完全無所謂害怕或恐懼，亦無罪惡感與內疚，反而枉法逃命，以卸責避任。

　　其實薛蟠叫唆殺人之行為與當代政治制度有關。賈雨村夤緣復舊職，於金陵城起復任應天府之職後，原於審問原告後對凶犯逃走之事大怒，而欲發籤差公人立緝凶犯家屬拷問，一反第 2 回中之貪酷奸猾及恃才侮上之性格，而為清明、正直之形象，然因其受門子之慫恿，於是聽從護官符之說：指須迎合金陵四大家：賈家、史家、王家及薛家等權勢富豪行事。同時更因賈雨村此次補陞此任，係賈府王府之力，故須做人情了結此案。雖然其曾有似良心未泯地陷入長思之舉：「…但事關人命，蒙皇上隆恩，起復委用，實是重生再造，正當殫思竭力圖報之時，豈可因私而廢法，是我實不能忍為者。」[1212]但終究心志軟弱者，在人事之磨練中，難逃一般齋教所謂的「魔考」[1213]，難為上蒼雕琢成器，反是錯用「大丈夫相時而動」、「趨吉避凶者為君子」之理，不行正路地選躲於護官符下，因此 120 回時又述及賈雨村因犯了婪索的案件，審明定罪，之後遇大赦褫籍為民，可見因果報應。不過，第 4 回賈雨村之偏邪枉法，卻如同間接鼓勵薛蟠的再度犯行；其審案步驟有三：一是虛張聲勢。透過文書發籤拿人，以塑造「公正清廉」及「公平審判」之假象外，並以捉拿嫌犯不得，及借用族中與地方保呈替薛蟠脫罪。二是扶鸞請仙。在

[1211]同前註，頁 66。案：「兇」字程本為「凶」(見程乙本《紅樓夢》，頁 2)

[1212]同前註，頁 69-70。

[1213]釋聖嚴著《學佛群疑》中，53.「魔考是真的嗎？」中提及：「魔考的觀念，不是出於佛教，而是出於一般被稱為齋教的民間信仰。」(見《法鼓全集》，第 5 輯，第 3 冊，頁 162)然而此種說法之後卻成了佛道之共同用語。由於道不離魔，魔不離道，所有修道者，均需透過魔考而成仙成佛，故藉以隱喻人類均須經由上蒼雕琢而成器。

堂上設乩壇,令軍民人等來看假造的天意。「扶鸞」與「扶乩」其實是指同一件事:「扶鸞又叫扶乩,是中國古老的道術,明清時流行於文人士子中。」[1214]其中之乩童,原由「武乩」(乩童)或「文乩」(一組乩手,天地人三才) 施法,不過「扶乩請仙」或「扶鸞請仙」則由有文采之「天地人三才」執行之,傳達天意、口誦,並於沙盤上書寫為詩句以提示有所求者[1215]。而賈雨村便利用此神道設教而捏造死者馮淵與薛蟠原係宿孽,且云薛蟠已得了無名之病被索命而死,以求快速結案。三是金錢補償。賈雨村接受門子建議:因薛家有錢,斷一千也可、五百也可,與馮家作燒埋之費,有了銀子也就無話可說。其實任何道義或金錢之補償(compensation)[1216],均具某種程度之安撫作用。賈雨村之做法雖非罪大惡極,但因其棄法徇私,不能止惡揚善,故更縱容了薛蟠的惡行,如此敗壞的政風,正是養奸之舵手。

(二)砸碗殺人

[1214]見王見川〈台灣鸞堂的起源及其開展——兼論儒宗神教的形成〉輯於李豐楙、朱榮貴主編《儀式、廟會與社區:道教民間信仰與民間文化》,頁 125。另可參考許地山《扶乩迷信底研究》。至於「扶鸞請仙」則是「鸞堂團體性的儀式活動,以傳達神諭的核心,組成信徒共同參與神聖降壇因緣說法的神秘宗教體驗,...」(見鄭志明《台灣新興宗教現象——扶乩鸞篇》,第 2 章,頁 44)

[1215]有關扶乩請仙,在宋光宇〈從正宗書畫社這個案例談乩是什麼〉中將武乩及文乩之施法差異述之極詳。武乩之工作,乃以刀砍背、過火...等,而文乩:「就是由正乩手用木筆在沙盤上寫字,旁邊有人看沙盤上的字跡,逐字報念,再由另一人抄錄下來。這樣的一組乩手,一貫道稱之為天地人三才。」(輯於李豐楙、朱榮貴主編《儀式、廟會與社區:道教民間信仰與民間文化》,頁 186)

[1216]曾文星、徐靜合著《現代精神醫學》中有:「當一個人因生理上或心理上有缺陷,而感到不適時,企圖用種種方法來補償這些缺陷,以減輕其不適之感覺,稱為補償作用。」(第 4 章,頁 58)

　　另在第 85 回「薛文起復惹放流刑」及第 86 回「受私賄老官翻案牘」中，敘述了薛蟠另一次暴力殺人事件[1217]。薛蟠接一連二地犯罪殺人，且毫無修正機會，除了其性格及社會政治制度確實應負起某些責任外，家庭教育亦不容忽視。此次事件發生於薛姨媽在賈府聽吉慶戲文時，當時薛家人來報薛蟠打死人命之事，於是回家細問原由；小廝回答道：「『大爺說自從家裏鬧的特利害，大爺也沒心腸了，所以要到南邊置貨去。這日想著約一個人同行，這人在咱們這城南二百多地住。大爺找他去了，遇見在先和大爺好的那個蔣玉菡帶著些小戲子進城。大爺同他在個舖子裏吃飯喝酒，因為這當槽兒的盡著拿眼瞟蔣玉菡，大爺就有了氣了。後來蔣玉菡走了。第二天，大爺就請找的那個人喝酒，酒後想起頭一天的事來，叫那當槽兒的換酒，那當槽兒的來遲了，大爺就罵起來了。那個人不依，大爺就拿起酒碗照他打去。誰知那個人也是個潑皮，便把頭伸過來叫大爺打。大爺拿碗就砸他的腦袋一下，他就冒了血了，躺在地下，頭裏還罵，後頭就不言語了。』薛姨媽道：『怎麼也沒人勸勸嗎？』那小廝道：『這個沒聽見大爺說，小的不敢妄言。』」[1218]小廝除了述及薛蟠酒後打死人之訊息外，更披露薛蟠因婚姻不諧而導致心情低落之實，此可能是命案相關之遠因，而其隨性殺人及為了蔣玉菡[1219]，才是近因。探究事故原委，薛蟠或因又犯了舊病(指又動了龍陽之興)而潑醋，或因認為當槽兒無禮於蔣玉菡，是污穢己友而犯殺機？亦或是其逞志作威及凌貧逼窮之心態作祟？另在薛蟠此二次犯罪行為中，均是處於「衝突情境」下所鑄成的大錯，或許薛蟠是個易怒者，甚至是對「爭吵情境」極為敏感的人，因而引發殺人衝動，從前次率豪奴打死馮淵事件亦可印證之。此外，當槽兒「瞟人一眼，惹禍上身」，古今一理，似乎是作者鋪陳陌生人之間的衝突，

[1217]案：馮其庸、李希凡主編《紅樓夢大辭典·紅樓夢人物》中對於有關薛蟠打死人命之事，以為在 85 回(見頁 713)，其實應是橫跨 85 回及 86 回。
[1218]見曹雪芹　高鶚原著　馮其庸等校注《紅樓夢校注》，第 86 回，頁 1355。
[1219]案：在庚辰本及《紅樓夢校注本》作「蔣玉菡」，程本則作「蔣玉函」。

難以避免「致命危機」。由於行爲可反映出人格特質，故仔細分析，其實薛蟠之行爲頗符合美國精神醫學協會《精神疾病統計診斷手冊》（DSM-IV-TR）中所提出的「反社會型性格障礙症」之特質(在七項特質中，需具有三項或三項以上行爲作判準)，包括：無法適應社會標準，遵守法律之行爲；欺騙，爲了私人利益與喜樂而重複說謊、使用別名或騙取他人之財物；衝動或無法事前有所規劃；激動與攻擊行爲，肉體鬥毆及攻擊之舉動；不顧自身或他人的安全；不能持續固定工作之行爲，表現於一再地無法持續性地工作及履行經濟義務；缺乏悔意，表現出冷漠或將傷害合理化、虐待及偷竊他人之物 1220。仔細分析，在當槽兒的命案中，薛蟠雖爲私利翻供，但卻不曾使用別名或騙取他人之財物。另薛蟠在京都原有幾處生意，然第 48 回卻因被柳湘蓮痛打後，傷痕未平，裝病在家，因愧見親友，於是向薛姨媽提議以同夥計張德輝回家爲由，可向其學作買賣，趁便遊山躲羞以調伏心情。薛蟠想的只是玩個一年半載，並無意更換工作，即使之後被夏金桂鬧到逃家時，亦是到南邊置貨罷了，書中實無任何述及其更換工作之事，故與反社會行爲者喜換工作之特質不同。不過其餘有關「反社會型性格障礙症」的特質，卻皆有符節者。首先，從薛蟠之行爲觀之，實具攻擊性及暴力傾向，除了之前曾叫唆豪奴殺人外，又再次鑄下以碗弒人之大錯，人際關係顯然較差。其次，已有前一次犯罪紀錄，但薛蟠因未能認罪伏法，痛改前非，並體現律法之權威與尊嚴性，故縱容之惡果，更是驅動他再次大膽觸法之主因。在其性格中應注意的是衝動易怒之特質、事前無法有所妥善規劃、臨事又不經大腦，完全未顧及衝突過程中自身之安全，或是否會傷及人命等，此均是其一再犯罪之因，而馮淵事件及當槽兒的事件均鬧出人命，已有二例。另亦可從第 48 回薛蟠被柳湘蓮打得面目腫破後，還睡在炕上時之激烈舉動可驗證之：當時薛

1220見 Janet B.W. Williams, D.S. M, Text Editor. *Diagnostic and Statistical Manual of Mental Disorders,DSM-IV-TR*, 'Diagnostic for 301.7 Antisocial Personality disorder' 2000;706.

蟠不但痛罵湘蓮，之後準備「又命小廝去拆他的房子，打死他，和他打官司。」[1221]在此次的衝動行為中，幸被寶釵及薛姨媽阻止，不過仍可見薛蟠殺人枉法及仗勢欺人之做法，已趨於極端，與本書中所研究之賈瑞的「反社會性格」實有輕重之別。薛家前後二次為薛蟠進行關說、私賄官府，其堂弟薛蝌回信薛姨媽時，更顯露出即使犧牲異鄉客之生命，亦在所不惜之私心。「有錢能使鬼推磨」及「花錢贖罪」，乃當代高官貴族之護身符，但愛之不當，適足以害之。更重要者，薛蟠於殺人後，不但毫無悔意，更於知縣掛牌第二次審案時進行翻供狡辯，一口咬定是拿酒潑地時，失手將酒碗誤碰當槽兒張三腦袋所致。此種託辭，雖非薛蟠常為之事，但卻是其自我合理化及卸罪之外射機轉(projection)[1222]。透過社會心理學之研究觀之，薛蟠此種行為則可以美國心理學家溫納(Bernard Weiner)提出之「歸因理論」(attribution theory)解釋之：乃指人在每時每刻都會為自己的行為找一種理由，凡是成功的事情，都容易歸到自己的努力上；反是失敗的事情，往往容易歸到客觀的理由上[1223]。而薛蟠之客觀的理由便是：「拿酒潑地時，失手誤碰」。此種說法編造得極為粗糙，但卻是為自己除罪的唯一藉口。薛蟠此時之心態，用「富貴而驕，苟免無恥」形容之，亦不為過。然從其視打死人命為兒戲，一再重複地作出足以被逮捕之重大刑案觀之，其性格中實具有較明顯地無法適應社會標準，及遵守當代法律之行為等，此或肇因於其心中毫無守法概念所致。另亦可從薛蟠之情感問題討論之。反社會型性格障礙症者會有極為明顯之臨床表徵：「其

[1221]見曹雪芹　高鶚原著　馮其庸等校注《紅樓夢校注》，第47回，頁728。

[1222]曾文星、徐靜合著《現代精神醫學》，第4章〈心理自衛機轉〉有：「一般日常生活中常發生外射作用，即我們會以自己的想法去推測別人的想法，覺得因為我們這樣想，所以認為別人大約也這樣想。...這種把自己的性格、態度、動機或慾望，『投射』到別人身上或外界的現實，叫做『外射作用』。」(頁69)

[1223]Fritz Heider(1958)首次提出歸因理論，對某人為何會表現那樣的行為提出解釋。Weiner則針對個人行為之成功或失敗提出的認知解釋。見 Weiner, B. (1979). A theory of motivation for some classroomexperiences. *Journal of Educational Psychology,* 71(1), pp.3-25.

自我中心、冷酷之特質與建立親密關係的困難並行，表面看來他們相當迷人，可與他人維持表淺的人際關係，但不會投注深入的情感，甚至無情的傷害、利用他人」[1224]因此，包括以暴力娶妾英蓮、依靠賈府娶妻後，曾先後毆打香菱及欲追殺夏金桂，並有逃家之行為等(將在第三單元討論)，從中可見出薛蟠之冷漠，或將傷害合理化之特質，及極為不睦的家庭生活與人際關係。依前述論證，薛蟠至少已具有四項以上之特質，故薛蟠不僅是個反社會性格者而已，且已經影響到其人際關係與社會職能，故更是個反社會性格障礙症者。

　　至於薛蟠產生反社會性格與行為之成因，亦值一探。儘管遺傳學、生物學之因素(如荷爾蒙問題、血小板單胺氧化酶低及神經傳導物質之問題)[1225]，近幾年來備受矚目，不過文化、環境、社會及家庭因素之影響，亦被視為是形成反社會型性格之重要因素，尤其以幼年成長狀況與社會環境，對薛蟠之影響為最鉅，我們可從其家庭背景進行研究。書中第 4 回有薛家「亦係金陵人氏，本是書香繼世之家。只是如今這薛公子幼年喪父，寡母又憐他是個獨根孤種，未免溺愛縱容，遂至老大無成；且家中有百萬之富，現領著內帑錢糧，採辦雜料。這薛公子學名薛蟠，表字文龍，五歲上就性情奢侈，言語傲慢。雖也上過學，不過略識幾字，終日惟有鬥雞走馬，遊山玩水而已。雖是皇商，一應經濟世事，全然不知，不過賴祖父之舊情分，戶部掛虛名，支領錢糧，其餘事體，自有夥計老家人等措辦。寡母王氏乃現任京營節度使王子

[1224]可參考李明濱主編《實用精神醫學》第 20 章，「人格障礙症」，頁 221。書中亦提及臨床表徵中此種性格者人際關係不佳，並舉強迫型性格障礙症者為例，「人格障礙症必須其強迫性格已經影響到其社會職能才可下此診斷。」

[1225]李明濱主編《實用精神醫學》，中提及反社會型性格障礙者之生物因素中，荷爾蒙問題指 testoterone, 17-estradiol, estrone 濃度高攻擊性強。神經傳導物質之問題則以多巴胺(dopamine)與血清素(serotomine)為主。多巴胺有中樞神經興奮作用；而自殺者或攻擊性或衝動性較強的人血清素之代謝物 5-HIAA 之濃度低。(第 20 章，頁 215)

騰之妹，與榮國府賈政的夫人王氏，是一母所生的姊妹，今年方四十上下年紀，只有薛蟠一子。」[1226]薛蟠雖爲皇商背景，領內庫帑銀，負責買辦雜料[1227]，並是一些舖面的少東[1228]，但因無文化積澱，故僅略識幾個字，凡事多由夥計老人家爲之措辦，故少不經事。Heaver（1943）曾提出「錯誤的父母典範影響論」，其中指出：「母親的態度顯然是過度的放縱兒子，而父親在事業上有高度成就，向上追求，吹毛求疵，對他人冷漠無情。」[1229]薛蟠雖有成就高之父親，但由於自幼失怙，故寡母更爲溺愛縱容，不僅令其老大無成，更致其性奢忤傲。又在余昭《紅樓人物的人格解析·逞強示闊，縱性非爲的薛蟠》中亦提及母親縱容薛蟠所造成之影響：「薛蟠不但是紈袴，復在完全欠缺父性親長的管束之下，母親縱容，又無妻小顧念，於是形成驕縱而胡作非爲。打死了人，又得到姨丈賈政關照而無事，由是更加膽大妄爲，無所忌憚了。」[1230]此處余昭應是就第 4 回而言，至於第 86 回、87 回薛蟠已有妻小需顧念，但其依然觸犯殺人之罪，可見犯罪與有無妻小顧念並無直接關係，但與母親溺愛縱容確實有關，我們可在第 47 回、86 回及 120 回中找到答案：
(1)第 47 回，當薛蟠被柳湘蓮打得沒頭沒面時，薛姨媽不但不問原由，卻反

[1226] 見曹雪芹　高鶚原著　馮其庸等校注《紅樓夢校注》，第 4 回，頁 71。案：程本中有「今年方五十上下，只有薛蟠一子。」(見影乾隆壬子年木活字本《百廿回紅樓夢》，第 2 冊、第 4 回，頁 7)

[1227] 在周夢莊《紅樓夢寓意考·皇商》中根據「江寧織造曹家檔案史料」中推斷「紅樓夢書中所云薛家領內帑銀糧採辦雜料，實則即曹寅、張鼎鼐、王綱明承辦銅觔之事。書中影射假扥之於薛家，稱之為皇商。皇商是領內庫帑銀做買賣。內庫即內務府六庫。據總管內務府現行則例記『廣儲司買辦事宜』，其文云：『初廣儲司六庫，各于本庫所屬買賣人中，擇其家道殷實，人去得者一名，由銀庫官員呈明，授為領催。每月各給二兩錢糧，令其買辦六庫所無之物；並察訪時價，及外藩進貢折賞之事。』」(頁 66)

[1228] 薛蟠家有各種舖面，其中之一是當舖，可見曹雪芹　高鶚原著　馮其庸等校注《紅樓夢校注》，第 48 回，頁 731。

[1229] 見韓幼賢《變態心理學與現代生活》，第 11 章，頁 4。

[1230] 見頁 164。

而只是不捨，書中細膩的描摹薛姨媽的溺愛形態：「又是心疼，又是發恨，罵一回薛蟠，又罵一回柳湘蓮，亦欲告訴王夫人，遣人尋拿柳湘蓮。」[1231]好在寶釵知禮勸阻而澆熄薛姨媽之念頭，然而薛姨媽自始至終為救贖薛蟠而不惜鉅資與借貸，卻無一句責備之言。(2)第86回，又當薛蟠打死當槽兒張三之人命時，薛姨媽僅抱怨身旁僕人未能勸善戒惡。(3)第120回，薛姨媽一面讓薛蝌去借貸，為薛蟠贖罪，一面見薛蟠立下惡誓時，又百般不忍地以手封住薛蟠之口，可見薛姨媽之過度呵護。具反社會性格者，不僅牽涉精神醫學，亦或涉及變態心理學研究歸納的11種特質：「1.缺乏了解及接受道德價值的能力，患者在日常生活中努力之目標，在於如何獲得其願望與需求之立即及充份滿足，而無視於道德及倫理價值之存在。2.智力(Intelligence)與良心(Conscience)之發展不能並駕齊驅。3.完全在自我中心之衝動下行事，不負責任，缺乏節制，判斷力弱。4.缺乏從錯誤中及經驗中獲益之能力。5.只顧眼前歡愉而缺乏長遠目標。6.為達到於己有利之目標、對別人常作過份之逢迎或利用。7.人際關係不良。8.對緊張壓力之忍受能力不高。9.拒絕權威及約束。10.說謊成性，以「合理化 Rationalization」做自我辯解，以『投射機轉 Projection』推卸其罪惡感，患者處世及不願在言詞上居下風。11.易於使人激怒失望及痛苦。」[1232]變態心理學與精神醫學所研究歸納之特質有部分是一致的，筆者就不再重複論證。此處仔細分析，除了6與10外，薛蟠均有相當程度的符合，尤其是其衝動性格及無法無天之觀念，故怎還會有服從權威與約束及對緊張之壓力能有所隱忍？ 因此，在受夏金桂威逼、精神無法承擔而情緒低迷，及蔣玉函事件之導火線等，終鑄大錯。事實上，薛蟠應不止是智力(Intelligence)與良心發展不能並駕齊驅而已，更是個低智商之反社會行為者。此外，襲人曾告誡寶玉有關薛蟠犯法，乃肇因於交友不慎之後果：

[1231]見曹雪芹 高鶚原著 馮其庸等校注《紅樓夢校注》，第47回，頁727。
[1232]見繆國光《變態心理學綱要》，第9章 「性格異常」，頁135-137。

「你沒有聽見，薛大爺相與這些混賬人，所以鬧到人命關天。」[1233]其實此種想法亦值得深思。薛蟠自入榮府後，鬥合入訟，妄逐朋黨，而《墨子·所染》云：「染於蒼則蒼，染於黃則黃」[1234]之環境影響論，更足徵驗，因此，薛蟠之性格或許除了生物學上可能有先天之缺陷外，後天環境影響及教育偏差之激化，亦是其違逆社會主流價值之因。

　　有關知縣收賄、並請仵作做假的驗傷單，與薛蟠「監禁候詳」之事，呈現出當代社會「官官相護」及清代政體「律法不彰」之現實，不過薛父去世後，家人卻仍可「賴祖父舊日之情分，戶部掛虛名，支領錢糧」[1235]，可見清制仍有其恤民之處。

　　薛蟠之酷性尚氣及生活形態之「極端得失」，包括家中之豪富溺愛，缺乏父佑友勸而造成二次殺人事件，並由於家族一再地為其關說行賄，而無法適時懲止，於是一再誤蹈法網。在中國傳統社會中貧者卑微，人性尊嚴往往被隱沒於枉法之審判中。賈雨村嘗試透過早期迷信去找尋藏身處[1236]，並作為辦案依據，或為功利，或為緩解審案壓力，不過卻助長薛蟠一錯再錯，亦成了薛蟠生活偏激形態之播化種子。

二、偶動龍陽之興與雙性戀

[1233]見曹雪芹　高鶚原著　馮其庸等校注《紅樓夢校注》，第 86 回，頁 8-9。

[1234]見孫詒讓《墨子閒詁》，卷 1，頁 11。

[1235]見曹雪芹　高鶚原著　馮其庸等校注《紅樓夢校注》，第 4 回，頁 71。

[1236]Bertrand Russell 著　靳建國新譯《我的信仰》*What I Believe*，書中有：「過去人們曾對宗教篤信不移，並曾因信仰強烈而發動聖戰，彼此在火架上焚燒。多次宗教戰爭之後，神學在人們心中的位置逐漸動搖。凡失去者，均為科學取而代之。由於科學的緣故，我們進行工業革命，破壞家庭道德的基礎，征服有色人種，並用毒氣彼此互相殘殺。有些科學家並不完全贊同科學的這種用場。由於恐懼和沮喪，他們不再不屈地追求知識，而是企圖在早期的迷信中找到藏身處。」(頁 117)可見宗教信仰(包括祖先崇拜)對人心影響之鉅。

　　不諳世事、性格暴烈及情感世界朝三暮四之薛蟠——作者虛擬了紈袴風習、忤傲不遜及冷酷性格等，但僅見其釀禍肇事，卻難以光宗耀祖，或在朝廷上執掌重權，不過薛蟠卻有另一種情性。在第 26 回中，薛蟠於其生日(五月三日)前一天，將古董行之程日興送來之鮮藕、西瓜、暹羅國進貢之豬、魚，請寶玉等嚐鮮，當其提及所見之春宮畫上落款爲「庚黃」時，被眾人戲謔了一番。薛蟠將「唐寅」唸成「庚黃」，於是在中國文法修辭上所謂的「飛白」[1237]錯誤，卻反成了生活趣味，更可印證第 4 回中所介紹之薛蟠，果眞只是個略識幾個字、粗鄙無文之人。第 28 回中，當薛蟠、寶玉、蔣玉菡及眾人喝酒行令時，薛蟠吟誦女兒悲、女兒愁、女兒喜，女兒樂等詩，詞雖簡短，但卻以鄙俗的性語言白描女子從婚前至婚後之心情與性交之圖像：「『…女兒喜，洞房花燭朝慵起。』…薛蟠道又道：『女兒樂，一根乱把往裡戳。』」[1238]莽夫薛蟠其實亦是個純任自然、率眞的「血性中人」[1239]。

　　在百二十回《紅樓夢》中，薛蟠既有偷情火熾之事，又具古代達官貴族飽思淫慾之惡習。在《紅樓夢》第 4 回中敘述薛家自投靠榮國府後，薛蟠因怕被管束而有些不願，但不上一個月「賈宅族中凡有的子姪，俱已認熟了一半，凡是那些紈袴氣習者，莫不喜與他來往，今日會酒，明日觀花，甚至聚賭嫖娼，漸漸無所不至，引誘的薛蟠比當日更壞了十倍。」[1240]先前薛蟠與馮淵搶妻時，因見英蓮生得不俗而立意買來作妾，其後不但行爲放浪不羈，

[1237] 在徐芹庭《修辭學發微》云：「飛白者於行文中，雖明知其錯，猶依然不改，而仍舊照用者。或原屬無心，而致誤者，此一面用以敘述原來之動作形態，一面用以描寫當時之形態。此類句法，雖表面上有錯，實則描寫生動，能將當時之情境一一表現於字裡行間也。」(見伍　 「詞語之修辭法」，頁 233)

[1238] 見曹雪芹 高鶚原著 馮其庸等校注《紅樓夢校注》，第 28 回，頁 443。

[1239] 有關純任自然與血性中人之說法，涂瀛[薛蟠贊]中云：「薛蟠粗枝大葉，風流自喜，而實花柳枝門外漢，風月之假斯文，眞勘絕倒也。然天眞爛漫，純任自然，倫類中復時時有可歌可泣之處，血性中人也。…晉其爵曰王，假之威曰霸，美之諡曰獸。」(見《古典文學研究資料彙編·紅樓夢卷》，卷 3，頁 141)

[1240] 見曹雪芹 高鶚原著 馮其庸等校注《紅樓夢校注》，第 4 回，頁 74。

亦無心經營婚姻生活，於是第 9 回伏筆薛蟠有龍陽之興，至第 47 回再次披露薛蟠與柳湘蓮間另類情感之顛峰敘事。筆者將分二部分論證：

(一)義學中撒網捕魚

　　《紅樓夢》中藕官與藥官、藕官與蕊官之間，被描述爲彼此間是具有同性戀之傾向者，但若衡之以今日之同性戀定義，由於書中所提供之資料不多，故難論斷是否具有李安導演的「斷背山之情」[1241]，但有關薛蟠之同性戀行爲的描述，則是指事明確，第 9 回爲浮聲，第 47 回是切響。在第 9 回「嗔頑童茗煙大鬧書房」中，曾敘及薛蟠「偶動龍陽之興」的事件：「原來薛蟠自來王夫人處住後，便知有一家學，學中廣有青年子弟，不免偶動了龍陽之興，因此也假來上學讀書，不過是三日打魚，兩日晒網，白送些束脩禮物與賈代儒，卻不曾有一些兒進益，只圖結交些契弟。誰想這學內就有好幾個小學生，圖了薛蟠的銀錢吃穿，被他哄上手的，也不消多記。更又有兩個多情的小學生，亦不知是那一房的親眷，亦未考眞名姓，只因生得嫵媚風流，滿學中都送了他兩個外號，一號『香憐』，一號『玉愛』。雖都有竊慕之意，將不利于孺子之心，只是都懼薛蟠的威勢，不敢來沾惹。」[1242]《紅樓夢》作者將薛蟠及義學小學生譬喻爲《戰國策‧魏策四》中魏王幸喜龍陽君之事[1243]，除了幾個貪圖銀兩穿吃而被薛蟠騙上手以外，更有香憐、玉愛與其有

[1241] 電影改編自女作家安妮‧普洛克斯(E. Annie Proulx)寫的短篇小說，在《近鄉情怯：懷俄明故事集》中。劇情是描寫 1963 年，兩名年輕農場牛仔恩尼斯（希斯萊傑 Heath Ledger 飾）、傑克（傑克葛倫霍 Jake Gyllenhaal 飾）在懷俄明州斷背山相遇的同性戀故事。在將近 20 年的光陰中，二人從相知相惜，但卻因輿論而分道揚鑣，各自婚娶；劇作者刻鏤精微，最終二人僅維持終生不渝的友誼。

[1242] 見曹雪芹　高鶚原著　馮其庸等校注《紅樓夢校注》，第 9 回，頁 156。

[1243] 有關魏王與龍陽君之事見《戰國策‧魏策四》：「魏王與龍陽君共船而釣，龍陽君得十餘魚而涕下。王曰：『有所不安乎？如是何不相告也？』對曰：『臣無敢不安也。』王曰：『然則何爲涕出？』曰：『臣爲王之所得魚也。』王曰：『何謂也？』對曰：『臣

曖昧關係，而其他人亦因窺慕香憐、玉愛而動念，但卻礙於薛蟠而不敢妄動。薛蟠利用權勢與金錢在義學中撒網捕魚，極為成功，但之後不來應卯後，此種同性戀行為卻又突然終止了。

香憐、玉愛的「男色」角色，在張在舟《曖昧的歷程：中國古代同性戀史》一書中提及中國古代的相關名稱有「外寵」、「佞幸」、「嬖人」、「男寵」、「男寵」、「頑童」、「孌童」、「俊僕」、「契弟」、「契兄」、「小官」及「相公」等[1244]，而《紅樓夢》第 9 回中亦有將此些小學生稱之為「契弟」者。在敬梁後人《性心理研究》一書中提及中國閩廣一代流行的「契弟」及江浙之「十姊妹」，均屬於同性戀之稱呼，其中之「契弟」，「有時近於男妓」[1245]。筆者分析：「外寵」、「佞幸」、「嬖人」、「男寵」、「頑童」、「孌童」、「俊僕」、「契弟」、「契兄」、「小官」及「相公」若是一種職業，如敬梁後人所謂的「契弟有時近於男妓」之說法時，則以今日精神醫學中之同性戀理論論之，此些男妓未必是具有同性戀之傾向者，但與其發生性關係者，才會較有可能是眞正之同性戀者，因西方自十九世紀(1869 年)以來，匈牙利醫師 K'aroli M'aria Kertbeny 首先定名「同性戀」之定義爲：「乃指個人對同樣性別之對象產生性慾望，並可能與此同性對象發生性行爲。」[1246]雖然《紅樓夢》第 9 回中之「契弟」非是職業性的「男寵」或「孌童」，但在《紅樓夢》中卻有類似

之始得魚也，臣甚喜，後得又益大。今臣直欲棄臣前之所得魚矣。今以臣凶惡，而得為王拂枕席。今臣爵至人君，走人於庭，辟人於途，四海之內美人亦甚多矣。聞臣之得幸於王也，必褰裳而趨王。臣亦猶曩臣所得之魚也，臣亦將棄矣，臣安能無涕出乎？』魏王曰：『有是心也，何不相告也？』於是布令於四境之內。曰：『有敢言美人者族。』」(頁 263) 曹雪芹　高鶚著　馮其庸等校注《紅樓夢校注》中「注 9」有：「龍陽之興──即喜好男色。戰國時有個叫龍陽君的人，以男色侍魏王而得寵。見《戰國策・魏策》。後世以『龍陽』代指『男色』」(頁 163)。在艾禮士《性心理學》中之附錄：〈中國文獻中同性戀舉例〉：「無論如何，後人稱同性戀為「龍陽」源於此。」(頁 373)

[1244] 見頁 9-17。
[1245] 見敬梁後人《性心理研究》，頁 57。
[1246] 可參考秦鐘一文的註。

之作用。不過，當周華山之《同志論》提出：「當代的『同性戀』觀念過分強調『性』、過分生物化或醫學化、以性行為來限定性身份以及鞏固『同 vs 異』的二元對立」之說法時[1247]，顯然其已誤解了西方同性戀定義中強調的：「對同樣性別之對象產生性慾望，便可稱之為是同性戀者」之心態描述，同時亦忽略了佛洛伊德的「同性時期之同性戀行為」，及西方理論中之「情境型之同性戀者」有可能是「假同性戀」之心態考量，可參考筆者秦鐘一文之詳細論述。筆者發現周華山之所以有如此誤解，是因為其書中並未引用西方之同性戀理論進行分析，以致於 2006 年台大中文研究所何大衛之碩士論文《中國古代男色文學研究》因亦未深入究查西方之理論，而誤用了周華山之說[1248]，故令其論文產生瑕疵。

　　另第 75 回中賈珍開局擲骰，薛蟠與傻大舅邢德全湊在一起玩時，薛蟠曾因是在興頭上而摟著陪侍的小么兒喝酒，此與其在義學中「偶動龍陽之興」有一共同點：薛蟠喜歡同性之年幼或年輕者，我們可嘗試從年齡分析。由於薛蟠大寶釵七歲、寶釵又大寶玉二歲、寶釵大黛玉三~四歲，因此第 5 回時，寶玉可能是十~十二歲，薛蟠應已是十七或十九歲，至少比義學的小學生大許多。但因之後《紅樓夢》的紀年紊亂，寶玉部分不易辨識，如果 45 回書中云黛玉十五歲可信的話，45 回薛蟠已是二十四歲~二十六歲之人，因此 75 回薛蟠至少是超過二十四歲以上之人，而書中 75 回的牌局敘述著：「其中有兩個十六七歲孌童以備奉酒的，都打扮的粉妝玉琢。… 薛蟠興頭了，便摟著一個孌童吃酒，…至四更時，賈珍方散，往佩鳳房裏去了。」[1249]薛蟠此種舉動令人暇想，因在聶鑫森《紅樓夢性愛揭祕》中說薛蟠與邢德全二人均有「戀童癖」，其文云：「第二，他們是有戀童癖的，非是偶然性的舉動，"天天在一處，誰的恩你們不沾"，道盡此中風情。…第四，那麼，他們和孌童

[1247] 見頁 362。
[1248] 見頁 17。
[1249] 見曹雪芹　高鶚原著　馮其庸等校注《紅樓夢校注》，頁 156。

之間有沒有性的交接呢？有！在邢大舅發了一大通牢騷後，有一個年少的紈袴說了這樣一句話：“…我且問你兩個：舅大爺雖然輸了，輸的不過是銀子錢，并沒有輸丟了雞巴，怎就不理他了”此種對話，雖是一個極鄙俗的玩笑，但可察覺出邢大舅和孌童之間的不尋常關係」[1250]所謂「孌童」，在《大辭典》中有：「『孌童』ㄌㄩㄢˊ ㄊㄨㄥˊ，供人玩弄的男子」[1251]，但在曾文星、徐靜合著《現代精神醫學》中對「戀童症」(Pedophilia)，或說是「戀童癖」，之定義是：「缺少自信心，不敢與成年之異性對象發生關係，轉而尋找年幼之異性孩童，作為性關係之代替性對象者，稱為『戀童症』。因為年幼之孩童無知且體弱，所以缺少自信心之病人，覺得較易與其接近且發生關係，而不受到困難與威脅。有時自己在孩童時期曾失去溫暖，潛意識當中，企圖把自己退化、返童，以補償其未得滿足之溫暖感。假如所選擇的對象是自己的子女，則為近親亂倫(incest)」[1252]不過此定義恐太狹隘了些，因在 *DSM-IV-TR*《精神疾病的診斷與統計》第 4 冊修正版中對「戀童癖」之定義有較明確之意涵：「戀童癖的性倒錯焦點是與未達青春期的兒童(一般而言十三歲歲或更年幼)進行性活動。戀童癖的患者必須已十六歲或更年長，且至少比受害兒童大五歲。對於青春期晚期的戀童癖患者，則無明確年齡差異的定義要求，必須使用臨床診斷；受害兒童的成熟度及年齡差異都應該列入考慮。…有些患者偏好男童，有些患者偏好女童，有些則同時針對男童及女童覺得性興奮。」[1253]因此，「戀童癖」此名詞其實是來自今日之精神醫學，然而今日所

[1250] 見其書中「另一種性變態：戀童癖」，頁 43-44。

[1251] 見頁 1130。

[1252] 見第 22 章「心性疾患」，頁 345-346。

[1253] 見 302.2 'Pedophilia'： "The paraphilia focus of Pedophilia involves sexual activity with a prepubscent child (genearrlly ages 13 years or younger). The individual with Pedophilia must be age 16 years or older and at least 5 years older than the child. For individuals in late adolscence with Pedophilia, no precise age difference is specified, and clinical judgement must be used; both the sexual maturity of the child and the age difference must be taken into account....Some individuals prefer males , others females,

謂之「戀童癖」，或說是「戀童症」，是一種病態，且對象有年齡限制，需十三歲以下，而此二位「孌童」均是十六七歲之人，既然引用西方的名詞，就須符合西方詞句的定義，故無論薛蟠與邢德全此些對話是否爲玩笑？二人可算是均非「戀童癖」或「戀童症」者。「孌童」在古代人的觀念，常被視爲是提供作爲同性間慕戀或性交易的對象，因此，若隨意將具有同性戀傾向者解釋爲「具有戀童癖」或「具有戀童症」，則不當且不妥。雖然當時尤氏曾擔心一群人會酒後亂性，不過在賈珍回房睡後，書中並未再言及其他，或有其他暗示，故僅就薛蟠摟抱一孌童的敘述，並無法進一步證明薛蟠當晚與孌童有任何同性戀的性行爲發生。

(二)北門外之約與雙性戀

　　另在 47 回中，有薛蟠第二次具同性戀傾向之描述。書中明言薛蟠第一次與柳湘蓮見面後，便對柳湘蓮「念念不忘」而千方打探，尤其在第二次見面時，薛蟠竟表現出樂不可支之形貌。筆者探究二人之關係及第一次見面之場合，「湘蓮」極可能是在賈家義學中被薛蟠釣上手之學子「香憐」。因秦鐘於 16 回死亡後，柳湘蓮肯爲秦鐘整墳，又與寶玉熟悉，顯然彼此是舊識且爲好友，故柳湘蓮應是第 9 回義學中外號叫『香憐』者。薛蟠此時便因賈珍仰慕柳湘蓮請他串戲，並在其下場後移席和他一處坐著說長問短而不悅。其後薛蟠因誤認柳湘蓮爲風月子弟，在與寶玉談完有關祭拜秦鐘之事後，因刻意「監視」柳湘蓮而引發反感，更因拉住柳湘蓮蓄意試探、有意勾搭及仰仗財勢以誘惑柳湘蓮之舉等，卻反遭設局苦打。當薛蟠「又犯了舊病」而與柳湘蓮邀約作誓於北門外時，二人心中其實是充溢著虛實曖昧的兩樣情：「湘蓮…笑道：『你眞心和我好，假心和我好呢？』薛蟠聽這話，喜得心養難撓，

---

and some are aroused by both males and females."2000: 571.中譯本孔繁星編譯《精神疾病的診斷與統計》,「性疾患及性別認同疾患」，頁 489。

乜斜著眼忙笑道：『好兄弟！你怎麼問起我這話來？我要是假心，立刻死在眼前！』[1254]接著湘蓮又道：「『如何！人拿眞心待你，你倒不信了！』薛蟠忙笑道：『我又不是呆子，怎麼有個不信的呢！既如此，我又不認得，你先去了，我在那裏找你？』湘蓮道：『我這下處在北門外頭，你可捨得家，城外住一夜去？』薛蟠笑道：『有了你，我還要家作麼！』湘蓮道：『既如此，我們在北門外頭橋上等你。咱們席上且吃酒去。你看我走了之後你再走，他們就不留心了。』」[1255]面對柳湘蓮假意邀約共住一宿，薛蟠毫不設防。柳湘蓮從地點至人事之安排，已預設找尋人煙較少之橋上，及令薛蟠避開小廝，單獨赴約，作爲掩人耳目之法，其中可見同性戀者在義學學堂及北門外頭橋上，有二種截然不同之表達方式，而後者是較具隱密性的。原欲調情之薛蟠反被設計跪地作誓，因此，不但背部被柳湘蓮重槌，且在倒地後又被柳湘蓮使三分力向他臉上拍了幾下，並取了馬鞭從背後至脛打了三四十下，拉起其左腳向泥濘處，讓其滾得滿身泥水，又打了他幾拳。薛蟠此時已是衣衫零亂，面目腫破，似個泥母豬，最後被柳湘蓮逼喝葦塘髒水，直至嘔吐求饒才作罷。過程中二人的對話明目張膽，柳湘蓮又要薛蟠設誓不可變心，薛蟠亦照做之。探求薛蟠愛慕柳湘蓮之心理或許與柳湘蓮之形貌、氣質及行爲有關，書中如此刻劃柳湘蓮：「素性爽俠，不拘細事，…因他年紀又輕，生得又美，不知他身份的人，卻誤認作優伶一類。」[1256]然而薛蟠此種同性戀癖畢竟異乎常態，雖然前次義學奇情得以霸王姿態坐收漁利，然此次之蠢動卻遭逢憂患，刑禍隨之。

　　至於柳湘蓮發狠痛打薛蟠亦有其理：一是爲警醒訓飭，因薛蟠有眼不識泰山，二爲讓薛蟠識相求饒。然而究竟柳湘蓮是否是個同性戀者？當時義學子弟又是否亦是同性戀者？必須同時從情境型同性戀及其離開此情境後之

[1254]見曹雪芹　高鶚原著　馮其庸等校注《紅樓夢校注》，第 47 回，頁 724。
[1255]同前註。
[1256]同前註，頁 722。

狀況論斷之。由於書中並無有關當時其他學子之性心理敘述(包括香憐、玉愛)，故無從認知，而離開義學後其他人之去向不明，香憐(可能即是柳湘蓮)亦然，故不可得知。至於柳湘蓮再出現時，雖串場爲戲子，不過書中卻未述及有關二人之任何續發的同性戀行爲且反修理了薛蟠一頓。又 66 回中，因薛蟠遇見一伙強盜，已將東西劫去，不想柳湘蓮來了，方把賊人趕散，奪回貨物，還救了他們的性命，因此結拜爲金蘭，二人之間亦無任何有關同性戀情事的描述，故根據十九世紀以來之同性戀定義，柳湘蓮若眞是香憐，因書中均無述及香憐對同性有任何性幻想，雖其曾被薛蟠釣上手，但依今日精神醫學定義，由於其是被動而非主動者，且書中並無其當時之心態描述，故難以斷定其是否爲眞正之同性戀者。若柳湘蓮不是香憐，則更無法確知書中所云的二人何以是舊識？又何以柳湘蓮與秦鐘如此親近？因此若欲解惑，則仍以前者之說較可信。

　　仔細探究有關同性戀之源起，中西實皆有所始。西方之同性戀乃源於「早期備受尊敬的同性戀神像崇拜開始，在十字軍東征時因基督教興起而一落千丈，至今又再度成爲周旋於人類道德、人性與法律的熱門話題。」[1257]在中國則從「童變始於皇帝」[1258]、「餘桃之癖」[1259]、「斷袖之癖」之說[1260]，至魏

[1257] 見筆者之博士論文《「紅樓夢」夢、幻、夢幻情緣之主題學發微——兼從精神醫學、心理學、超心理學、夢學及美學面面觀》，第 4 章，頁 180。

[1258] 見艾禮士《性心理學》所附錄 之〈中國文獻中同性戀舉例〉，頁 369-370。而矛鋒《同性戀文學史》，第 1 章 「中國古代同性戀文學」(先秦至魏晉)中亦提及，頁 42-46。

[1259] 《韓非子‧說難》：彌子瑕愛於衛君。衛國之法，竊駕君車罪刖。彌子瑕之母疾，人聞，夜往告之，彌子瑕擅駕君車而出。君聞而賢之曰：「孝哉，為母之故，犯刖罪哉」君遊果園，彌子瑕食桃兩件，不盡而奉君，若曰：「愛我而忘其口味。」及彌子瑕色衰而愛弛，得罪於君，若曰：是故嘗矯駕吾車，「駕」字原脫，從劉氏斠補。又嘗食我以餘桃。」故子瑕之行，未必變初也，前見賢後獲罪者，愛憎之生變也。(卷 3，頁 483) 另《劉向‧說苑》亦有之(見趙善詒《說苑疏證‧雜言》，卷 17，頁 483)，不過文字略有更動。

[1260] 《漢書‧佞幸傳第三十六‧董賢》：「董賢，字聖卿，雲揚人也。父恭為御史，任

晉南北朝時，同性戀大為流行，直至清朝、民國止，同性戀雖與社會體制不合，但卻也是人類性心理之真實需要。第9回中薛蟠之同性戀傾向不僅是一種對同性愛戀之心態而已，更有以金錢或權勢利誘哄騙以滿足其性需求者，至於47回時，其欣慕柳湘蓮之同性戀舉動，一面監視對方，一面製造時機，表面觀之，雖無強迫柳湘蓮之意，但潛意識之慾念卻湧現而出。

有關「同性戀」之成因，「近年來在生物學上的研究，認為遺傳和生物因素與性取向有關。男同性戀者比異性戀者體中的雄性激素較低；遺傳研究發現，同卵雙生的比異卵生的雙胞胎同性戀者的發生率高。」[1261]在小說中無可探究生物學之理論，而薛蟠因偶動龍陽之興而玩弄小學生，及在利誘柳湘蓮之事件中，均扮演著霸王與大哥之角色，故無性別角色障礙之問題。近幾年來精神醫學之研究，多半將其成因指向生物的、心理的及社會的交互影響，尤其是「家庭的與社會的因素」[1262]，因此，筆者對薛蟠先後在第 9 回中及第 47 回中之同性戀行為約可做以下四種推論：

1. 天生遺傳因子使然——第 9 回薛蟠「偶動龍陽之興」的說法及第 47 回薛

賢為太子舍人。哀帝立賢，隨太子官為郎。二歲餘賢傳漏在殿下，為人美麗自喜。哀帝望見說其儀貌，識而問之曰：『是舍人董賢邪？』因引上與語，拜為黃門郎，繇是始幸問。及其父為雲中侯，即日徵為霸陵令，遷光祿大夫。賢寵愛日甚，為駙馬都尉侍中，出則參乘入御，左右旬月間，賞賜纍鉅萬，貴震朝廷。常與上臥起，嘗偶藉上褒，上欲起，賢未覺，迺斷褒而起，其恩愛至此。…」《二十五史　漢書補注》，頁 1591。

[1261] 見李明濱《實用精神醫學》，頁 196。

[1262] 提出造成同性戀的因素有「家庭的與社會的因素」的說法為 Edited by Harold I. Kaplan MD, Benjamin J. Sadock MD. *Comprehensive Textbook of Psychiatry VI*: 'Until recently, most theories of the causes of homosexuality have focus on a pathogenic family environment. In the best known theory, based on studies of male homosexual psychoanalytic patients, the predominant family pattern is that of a close-binding, seductive mother who devalues and dominate a passive, distant, sometimes hostile father. That constellation encourages defensive identification with the mother and undermines both the father's availability as an acceptable object for identification and the boy's masculinity for fear of losing the mother's love.' 1995;21:1324.

蟠爲了蔣玉菡「又犯了舊病」的說法，依作者本義，薛蟠的同性戀行爲，顯然是生物學的因素使然。

2.　當代之社會價值觀即是如此，且「在上流社會的比例較下流人大」[1263]——雖同性戀行爲在當代有可能非爲一種流行，但薛蟠表現出的同性戀傾向，卻可視爲模擬清代社會文化背景之縮影。另此亦可能是一種流行。雖然《中國性心理學》一書中肯定男子同性戀現象興起於明中葉以後，但書中並未進一步作有利之舉證，而《同性戀文學史》中雖從文學中舉出一些同性戀作品爲論[1264]，不過卻未必即是當代社會之實況，因前代並未留存任何調查紀錄，而從文學作品中所舉證之資料又極少，故可徵性待疑。然而小說所反映的社會風貌，卻不應被排除，因此，有關薛蟠同性戀情事的鋪排，自當「有可能是當代社會的一種流行」。在康來新《石頭渡海——紅樓夢散論・活色生香》中亦提及「紅樓夢裡實不乏同性相吸之蛛絲馬跡，…又像薛蟠初晤柳湘蓮，那多半是來自流行於紈袴子弟圈中的男風習氣。」[1265]

3.　環境因素使然——在第9回中，若深究薛蟠「偶動龍陽之興」的偶發行爲，則亦可能與其機會之接觸及環境之影響有著密不可分之或然性，甚至是必然性。因來義學者，均是男子，或許義學中之子弟當時具有團體潛意識之欽慕動念，因此造成學堂中之流行，原因是：「…可能是模仿、學習而來的習慣，由於早年愉快的同性關係，強化了同性的傾向。East(1946)研究79位男同性戀者，發現多有早年的同性戀經驗，而主要是社會環境

[1263] 見敬梁後人《性心理研究・男性同性戀》中指出：「同性戀不只在文明人中流行，未開化人也有這類現象，而且上流社會的比例較下流人大，多數男同性戀的男子都是身體健康，出身高尚，這實是一種費解的現象。」（頁59）

[1264] 可參考矛鋒《同性戀文學史》，第1章「先秦文學作品中之同性戀文學」，書中述及清朝等之同性戀文學。

[1265] 見頁29。

因素所致。」[1266]此種在精神醫學中被歸屬爲「情境型之同性戀」(situational homosexuality)[1267]，除了學堂外，教堂、監獄、修道院及軍中等，更是典型之滋生場所。至於與柳湘蓮之間，則亦可能囿限於看戲及其後相處之情境使然。

除此以外，薛蟠的情感世界，仍有値得討論之處。第 3~4 回薛蟠娶妾英蓮後，才有義學的偶動龍陽之興及對柳湘蓮產生同性戀情感，故依此判斷其行爲，已非單純之「同性戀」而已。事實上，薛蟠既是個喜歡女性的異性戀者 (heterosexual man)，同時又是個喜歡男性的同性戀者(homosexual man)。在精神醫學及性心理學中，此種人被視爲具「雙性戀之性格」(personality of bisexuality)[1268]：「是指可能同時被異性及同性吸引，亦爲可以同時和男性、女性發生性關係，並從而得到滿足的少數人。於是雙性戀者可能同時會愛上同性或異性，並且與人共同生活。」[1269]傳統社會中，具有雙性戀之性格者或許有之，但極少被曝光，至少在《紅樓夢》中薛蟠是一特例。此種雙性戀「也還是逆轉的，不過表面上以取得相當的異性戀的習慣」[1270]爲主。雙性戀者往往會維持現狀，繼續營雙性戀生活，然而文中除了見其哄騙義學之小學生、一再娶妻妾、對柳湘蓮之同性戀情懷，及對蔣玉菡之好感以外，並未

[1266]見沈楚文〈同性戀〉，在《新編精神醫學》，頁 237。

[1267]在曾文星、徐靜合著《現代精神醫學》，第 22 章 「心性疾患」中有：「有些人，在平時屬於異性戀者，但如到監獄、船上、軍隊等特別環境，因無異性對象，退而選擇同性戀對象者，可稱之為環境性同性戀(situational homosexuality)。」(頁 348)此處「環境性同性戀」之譯文，筆者統一譯為「情境型同性戀」。

[1268] Terry S. Stein, M.D. ' Homosexuality and Homosexual Behavior': "bisexuality was used by Sigmund Freud and others to describe an attraction to members of both sexes" *Comprehensive Textbook of Psychiatry*, 2000;19.1b:1609.「雙性戀者」指同時均會被雙性吸引者。

[1269]見鍾思嘉、陳皎眉主編《成人性教育》，第 3 章，頁 43。

[1270]見艾禮士原著《性心理學》，第 5 章 「同性戀」，書中舉出同性戀者有三種現象；「第一種是真正的先天逆轉現象(...)，第二種是雙性兩俱可戀的現象(...)，第三種...可以叫做偽同性戀者，...。」(頁 235)而薛蟠正是屬於第二種現象者。

再有其他同性戀情節之延展。而前面提及的雖然第 75 回中賈珍開局擲骰，薛蟠與傻大舅邢德全湊在一起玩時，薛蟠曾因是在興頭上而摟著陪侍的小么兒喝酒，不過並未發生任何同性戀情事，因此，薛蟠此種同性戀行為應是至此正式畫上句點。

「當局者迷，旁觀者清」，從義學學堂至北門橋頭外，薛蟠一直無法自我反省；其情感之放縱[1271]，固然是同性戀者無可禁制之情愫，但其濫用金錢與權勢誘騙小學生及柳湘蓮之手法，或可視為是「反社會型性格障礙症者」之心理投射。

三、虐妻事件

中國古代之成婚模式，以搶婚、買賣、交換及聘娶等為主[1272]，且一夫多妻，妻妾成群之婚配型態，更是王公貴族之典型[1273]。古來帝王將相多妻妾成群，故宗法制度之法統繼承，本有嫡庶之分，《孟子・離婁章句》（下）中便有「齊人有一妻一妾而處室者」[1274]，從中可略見古代布衣婚姻之一貌。細觀《荀子・性惡》：「今人之性，生而有好利焉，順是，故爭奪生而辭讓亡焉；生而有疾惡焉，順是，故殘賊生而忠信亡焉；生而有耳目之欲，有好聲

[1271]在王鼏〈紅樓夢的生命境界與生命主題〉中有類似筆者「情感之放縱」的說法：「《紅樓夢》中那些專愛做"妖精打架"的人物，例如像賈赦、賈珍、賈璉、賈蓉、薛蟠等，他們的生活邏輯就是盡情地享受，驕奢淫逸的特徵。」（見《紅樓夢學刊》，1999 年，第 3 輯，頁 307）

[1272]顧鑒塘、顧鳴塘《中國歷代婚姻與家庭》中提及「夏商周時代的婚姻與家庭」時，對婚姻的成立提出此四種分類：掠奪婚、買賣婚、交換婚及聘娶婚，見頁 29。

[1273]見蔡獻榮〈中國多妻制度的起源〉，刊於《新社會科學季刊》卷 1，第 2 期；另載於高洪興、徐錦均、張強主編《婦女風俗考》中，頁 185-212。在楊中芳〈「社會/文化/歷史」的框架在哪裡？〉中亦提及蔡獻榮之說法，見《中國人的人際心態》，頁 195。

[1274]見十三經注疏本《孟子》，卷 8，頁 156。

色焉，順是，故淫亂生而禮義亡焉，文理亡焉。」[1275]其中所思辨之利欲論，有著人類共性之文化景觀。婚姻制度所牽動之鈕帶作用，乃「依靠皇室、政治聯盟和經濟攀附，通過婚姻把命運聯成一體，有存亡與共的作用。」[1276]就薛蟠娶英蓮而論，乃挾其「經濟實力買賣而成」，此乃因順應人類社會生產力之蓬勃發展而衍生者，雖其娶夏金桂乃為「合二姓之好」[1277]，但亦是「經濟攀附」所致，其目的無非為了宗廟與繼世。然而由於薛蟠先娶妾英蓮，再娶妻夏金桂，後又娶妾寶蟾，妻妾共治，同住卻不同心，以致家庭生活分崩龜裂，似兵戈擾攘而預埋了禍種紛爭。筆者嘗試論之：

(一)妻妾共治

在《紅樓夢》第4回「薄命女偏逢薄命郎」中，獸霸王薛蟠扮演強奪英蓮者，其後《紅樓夢》作者對二人之婚姻情況，並未多加著墨。當薛蟠娶了夏金桂後，英蓮之生命又再次陷入坎坷。英蓮對薛蟠而言，是「商品」、「貨色」，而獸霸王莽夫之性格依舊，凡事多不假思索，過聽人言，性格粗暴而不馴，故香菱唯有隱忍而已(案：英蓮之名此時被寶釵更名為香菱)。尤其當看到薛蟠被柳湘蓮打得面目腫破的狼狽模樣，香菱哭腫了雙眼，可見薛蟠在其心中之地位。

薛蟠情感世界中之異性戀，在《紅樓夢》一書中高潮迭起，除了英蓮之事惹人爭議外，第25回「魘魔法姊弟逢五鬼」時，賈赦、邢夫人、賈珍、賈政、賈璉、賈蓉、賈芸、賈萍、薛姨媽、薛蟠并周瑞家的一干人，及家中上上下下裏裏外外眾媳婦丫頭等，都來園內看視，忽一眼瞥見了林黛玉風流婉轉便已酥倒，可見林黛玉之氣質神韻必有令其傾心之處。其後與夏金桂之

[1275] 見王先謙《荀子集解》，卷17，「性惡第23」，頁703-704。
[1276] 見譚立剛《紅樓夢社經面面觀》，第6章 「對傳統婚姻制的叛逆」，頁245。
[1277] 見《禮記‧昏義》：「昏禮者，將合二姓之好。」(十三經注疏本《禮記》，頁999)

婚配，則淵源於薛蟠出門時，曾順道拜訪同在戶部掛名商行的老親戚家「桂花夏家」。夏家富貴非常，城裡城外之桂花局及宮中之陳設盆景，俱是他家的。《紅樓夢》作者對於夏金桂之形模、身世背景及心性有細膩的描述：「原來這夏家小姐今年方十七歲，生得亦頗有姿色，亦頗識得幾個字。若論心中的邱壑經緯，頗步熙鳳之後塵。只吃虧了一件，從小時父親去世的早，又無同胞弟兄，寡母獨守此女，嬌養溺愛，不啻珍寶，凡女兒一舉一動，彼母皆百依百隨，因此未免嬌養太過，竟釀成個盜跖的性氣。愛自己尊若菩薩，窺他人穢如糞土；外具花柳之姿，內秉風雷之性。在家中時常就和丫鬟們使性弄氣，輕罵重打的。今日出了閣，自爲要作當家的奶奶，比不得作女兒時靦腆溫柔，須要拿出這威風來，才鈐壓得住人；況且見薛蟠氣質剛硬，舉止驕奢，若不趁熱灶一氣炮制熟爛，將來必不能自豎旗幟矣；又見有香菱這等一個才貌俱全的愛妾在室，越發添了『宋太祖滅南唐』之意，『臥榻之側豈容他人酣睡』之心。」[1278]從「靦腆溫柔」至「氣焰壓人」，刻鏤著夏金桂從少女一夕間成爲少婦後之心靈變貌，同時敘述其在婆媳、妯娌、妻妾中爲樹立並鞏固自己地位的忿爭。薛蟠與賈寶玉之婚姻型態，均是先妾後妻而非先妻後妾，此或因門當戶對之觀念所致，或又因與妾之性事先導，可助於之後與正娶之妻的涇渭合渠；人類學與社會學者過去對此種現象早有研究。娶得一妻二妾後，薛蟠開始面臨妻妾適應及威權宰制之問題，對於一個有色膽、酒膽，卻無飯力者論之，其氣概必然漸次低矮。然而夏金桂之心機甚至及於妯娌寶釵，但寶釵能察其不軌，隨機應變，令其曲意俯就，因此，夏金桂只得另覓香菱作爲整肅對象。在妻妾不和之情況下，薛姨媽與寶釵亦無可奈何。在賈寶玉的觀感中，夏金桂是個「舉止形容也不怪厲，一般是鮮花嫩柳，與眾姊妹不差上下的人，爲得這等樣情性，可爲奇之至極。」[1279]從此，薛蟠進入妻妾共治之紛擾中，更誘激出虐妻行爲。

[1278] 見曹雪芹　高鶚原著　馮其庸等校注《紅樓夢校注》，第 79 回，頁 1264-1265。
[1279] 同前註，第 80 回，頁 1275。

(二)虐妻五事

中國古代婦女最早的被虐文化，在《詩經‧氓》中摹寫著：「氓之蚩蚩，抱布貿絲，匪來貿絲，來即我謀，…言既遂已，至於暴矣」[1280]過程是從甜蜜的追求，至婚後的拳打腳踢。二千多年來物換星移後，夫妻間之虐待與受虐文化，在中國社會中卻未曾斂跡，傳統婚姻中之妻妾共治型態，亦仍依存於古今社群之兩性文化中。

根據美國華盛頓特區婦女虐待預防方案，提供的資料(National Woman Abuse Prevention Project, Washington, D.C.,1991)，對家庭暴力或家庭虐待的定義如下：「家庭暴力(Domestic violence; Family violence)，又言婚姻暴力(Marital violence)、配偶虐待(spouse violence)、太太毆打(wife battering)、婦女虐待(woman abuse)等等，即虐待性與暴力性行為發生在已婚或同居者，其有正在進行或曾有過親密性關係。」[1281]所謂「虐待」，「即是一個人控制另外一個人的行為，包括身體上、精神上或情緒上、語言上等。在此，身體上虐待(physical abuse)可以從輕微的打巴掌到謀殺；情緒上虐待(emotional abuse)，則指情緒性的侮辱，如指責其配偶是一個醜陋的母親，以孩子作為威脅，或有吃醋、嫉妒的反應等。」[1282]《紅樓夢》中有關薛蟠之鐫刻，若不在逞勇鬥狠，便在洞房娥眉之事，書中從第 79 回起，更有虐妻五事：其一，夏金桂自嫁入薛家後，亦不能免俗的吃醋拈酸，故意促成薛蟠與婢女寶蟾二人燕好之機會，而陷香菱於不義。其刻意安排秋菱為其取絹子，令其撞

[1280]見十三經注疏本《詩經》，頁 136。
[1281]見周月清《家庭暴力：理論分析與社會工作處置》，頁 19。同時可參考林芬菲《婚姻暴力受虐婦女的正式機構求助歷程探討》，東吳大學社會工作學系碩士論文，另亦可參考陳婷蕙《婚姻暴力中受虐婦女對脫離受虐關係的因應行為之研究》，東海大學社會工作研究所碩士論文，書中有述及婚姻暴力受虐婦女之說法。
[1282]見周月清《家庭暴力：理論分析與社會工作處置》，頁 19。

見薛蟠與寶蟾的一樁好事，導致薛蟠惱羞成怒對香菱動粗，以便拔除其肉中刺，眼中釘，而香菱亦忍氣吞聲，書中如此描述：「薛蟠再來找寶蟾，已無蹤跡了。於是恨的只罵香菱。至晚飯後，已吃得醺醺然，洗澡時不防水略熱了些，燙了腳，便說香菱有意害他，赤條精光趕著香菱踢打了兩下。香菱雖未受過這氣苦，既到了此時，也說不得了，只好自悲自怨，各自走開。」[1283] 人性中慾求不遂，則易生咒恨，因此薛蟠的說辭只是一種藉口，而重要的是毆妻事件下虐待者與受虐者間之心理反應。薛蟠透過「身體虐待」[1284] 以懲罰受虐者時的理直氣壯，其實是一種洩憤行為；而香菱則表現出一個默默承受、自悲自怨之「怨婦」形象，此或是香菱本有的溫馴服順之性格特質，亦或是香菱深執妾責，引身自退的立命之道。其二，夏金桂為了讓薛蟠疏遠香菱而為薛蟠娶妾寶蟾，刻意以香菱之房作為新房，而要求香菱暫移至其房中睡覺，因香菱不肯而薛蟠又趕來罵香菱，喊著：「不識抬舉，再不去便要打了！」[1285] 薛蟠語出恐嚇，雖僅是暴力念頭，不過卻屬於「精神虐待」中之語言暴力。其三，夏金桂自導魘魔法，有別於馬道婆隔空施法加害寶玉，而是從枕頭內抖出一張寫著金桂年庚八字之紙，並有五根針釘在紙人心窩及肋肢骨縫間，嫁禍香菱，並挑撥離間。薛蟠被激怒後，「順手抓起一根門閂來，一逕搶步找著香菱，不容分說便劈頭劈面打起來，一口只咬定是香菱所施；香菱叫屈，…」[1286] 薛蟠無視情理，讓香菱先後二次受虐，此次更是屈受貪夫棒。門閂乃護衛家族之具，多為厚重之物，因此，打在香菱身上，必然疼痛不已，然因其個人具有軟弱之性格特質，故只能「楚囚相對，無計可施」地承受「身體暴力」。香菱忍辱含垢，以事夫主，其實就是班昭《女誡》中

[1283] 見曹雪芹 高鶚原著 馮其庸等校注《紅樓夢校注》，第 80 回，頁 1271。
[1284] 在周月清《家庭暴力：理論分析與社會工作處置》，第 1 章 「家庭暴力與婦女虐待」之定義中將家庭虐待分類為「身體虐待」、「性虐待」及「情緒和精神虐待」，頁 20-23。
[1285] 見曹雪芹 高鶚原著 馮其庸等校注《紅樓夢校注》，第 80 回，頁 1272。
[1286] 同前註，頁 1273。

「卑弱第一」之服行者。其四，因紙人事件，夏金桂不肯罷休，大肆哭鬧，此時薛蟠卻曾閃過暴力念頭，在 80 回中有：「薛蟠急的說又不好，勸又不好，打又不好，央告又不好，只是出入咳聲嘆氣，抱怨說運氣不好。」[1287]此次薛蟠雖不曾實打，但最後卻鬧到欲賣掉香菱了事，然而幸得寶釵主動提出與香菱同住，才解除一場紛爭。寶釵對薛蟠之行為及婚姻總是個輔協者。香菱因身體原本怯弱，故在薛蟠房中幾年「皆由血分中有病，是以並無胎孕。今復加以氣怒傷感，內外折挫不堪，竟釀成乾血之症，日漸羸瘦作燒，飲食懶進，請醫診視服藥亦不效驗。那時金桂又吵鬧了數次，氣的薛姨媽母女惟暗自垂淚，怨命而已。」[1288]自此香菱與薛蟠之姻緣情路，暫時斷絕。香菱在榮府賈家之表現，可謂夙備成德，然其屈乎卑位，正鐫刻著妾命之淒苦。在香菱忍辱吞聲，或說是忍辱偷生之背後，其實是香菱對薛蟠仍有深厚的情感基礎，然從二人相處之模式中，愈可見出薛蟠之粗暴貪淫及不懂憐香惜玉之情性。其五，紙人事件後，夏金桂又吵鬧了幾次，於是薛蟠所欲施暴的對象反轉向妻子夏金桂：「薛蟠雖曾仗著酒膽挺撞過兩三次，持棍欲打，那金桂便遞與身子叫打；這裡持刀欲殺時，便伸與他脖項。薛蟠也實不能下手，只得亂鬧了一陣罷了。如今習慣成自然，反使金桂越發長了威風，薛蟠越發軟了氣骨。」[1289]根據社會心理學者研究，婚姻中之肉體施暴者，多半因家庭糾紛而起，而薛蟠的踢打香菱及前後二次的持棍欲打夏金桂、持刀欲殺夏金桂之動機，均極為明顯，是個語惡、視惡、行惡之凶人，故已符合曾經閃過暴力念頭或執行「虐待性暴力」(Abusive violence)的舉動，指：「具有高度被打傷之可能性的活動，包括：用拳頭攻擊、踢、咬、使人窒息、毆打、開槍射擊、刺殺或者是意圖開槍或刺殺等行動。」[1290]只是薛蟠雖敢對香菱動粗，

[1287]同前註，頁 1274。

[1288]同前註。

[1289]同前註，第 80 回，頁 1274-1275。

[1290]Richard J. Gellels&Claire Pedrick Cornell 原著　郭靜晃主編　劉秀娟譯《家庭暴力》，第 1 章 導論，頁 19。案：所謂「一般性的暴力」(normal violence)指：「包括

但對元配夏金桂之態度，或因其家世及氣勢之盛，而始終下不了手，然而此種打殺場景，總令人寒慄。從以上種種論證中，可見薛蟠婚姻生活之不諧及虐妻之暴力，然而作者除了強調夫妻間之威權消長外，亦強調妻凌妾之現象，於是夏金桂彈壓、傷害香菱，更怒嗔、作踐寶蟾。薛蟠則只能無奈地觀望，鬧到無法時，便躲至外鄉避難。第 83 回當薛蟠被夏金桂趕出去後，薛蟠已逃家三天，逃至南方置貨，卻發生人命。第 100 回及第 103 回中則是刻意突顯妻妾不和之事，之後妻子夏金桂更心圖不軌地欲以砒霜藥死香菱，卻反而藥死自己，一場家庭惡鬥終於止息。

《紅樓夢》作者循序漸進地描繪一個無法將自己調適周全的已婚男子，闖下大禍之過程。從 85 回的新締姻緣至 86 回的被流放他鄉，薛蟠因妻妾共宿引發家庭糾葛後，一再威逼毆打香菱、欲殺夏金桂及之後又酒後殺人等，印證了「夫人之情，易發而難制者，惟怒爲甚。」[1291]此種家庭結構易生紛擾之必然性，及人性之嫉妒與爭寵所導致的悲劇，從《紅樓夢》中另一妻妾、情婦成群之賈璉婚姻中亦可驗證，因此不容忽視具反社會型性格障礙症者，實是催化再次犯罪或暴力之強烈誘因。薛蟠因對自己情緒、性格之掌控力薄弱，以蠻力作爲征服手段，婚姻與人際必然慘澹，故其年輕生命有一時段是葬送於監獄候審之中的。

四、結語

山溪水易漲退，小人心易反覆，可爲《紅樓夢》中獃霸王薛蟠之「心性不定」，畫龍點睛。

在本文之研究中，《紅樓夢》作者對於情節之安排、人物之身世背景及

尋常可見的掌摑(打耳光)、推、擠和拍打。」(見 Richard J. Gellels&Claire Pedrick Cornell 原著，郭靜晃主編　劉秀娟譯《家庭暴力》，第 1 章　「導論」，頁 18。

[1291] 見周敦頤《周子全書》進呈本太極圖說通書發明一、明道程子《定性書》，頁 202。

性格之敘述等，多以外視角及全視角交替運鏡，內視角較少。作者除了大量地採用全視角對薛蟠之背景、身世、性格，甚至第一次教唆殺人之命案現場做聚焦白描外，更在不同章節鋪排了薛蟠之生活細節、情感世界之視覺形象或心理素描。在薛蟠的生命中，展現出少不經事、霸氣、二次殺人事件、毆妻及特殊性格特質，然其語言之鄙俗、做詩之魯直、在義學中及對柳湘蓮之同性戀情懷糾葛，卻也呈現出薛蟠「性真」的一面。《紅樓夢》作者強調「今生之苦難相連，乃前世冤孽之因果關係」，因而從第 4 回回目「薄命女偏逢薄命郎」導出因果觀及宿命之主題，並封堵了人類自塑命運之奢望，或許此乃古代中國人潛意識中對天命之畏懼[1292]。《紅樓夢》作者首先創造了一對苦命鴛鴦英蓮與馮淵，肇事者薛蟠從爭奪英蓮而率豪奴打死守著薄產度日的馮淵及打死張三等行為，均具暴力傾向，對社會之危害極大，除了生物學之因素外，缺乏良善的父輩模仿對象、母親的過度溺愛及當代政法體制之不健全等，均提供了一張犯罪溫床，因此，性格上之障礙才是殺人動機，而非作者透過馮淵之奴僕所述「倚財仗勢，打死人命」[1293]是主因，因富豪固可以仗勢欺人，但卻不一定會仗勢殺人。

　　至於有關薛蟠之性心理問題，由於整部《紅樓夢》中述及薛蟠之異性婚姻生活遠較同性戀行為的情節為多，因此，嚴格說來，薛蟠雖有同性戀行為，但卻非同性戀之性格障礙症者。由於此種同性戀行為在人類中仍是「異乎常人」之舉，尤其當薛蟠被柳湘蓮誘約時的曖昧語辭及約會之隱密性，更意顯

[1292]可參考周純一《中國人話本小說人物之命運觀——中國話本小說裡的算命先生》中有「保持與覺醒：對命運塑造的奢望」：「中國人似乎一直潛藏著對天命的畏懼，始終相信有一條冥冥的命運之路擺在每個人的面前，雖然有許多人在意識的表現是反對命運的存在，但誰又能證明在潛意識裡沒有命運的陰影。」(刊於淡江大學中文系主編《人物類型與中國市井文化》，頁 134)

[1293]此語原見曹雪芹 高鶚原著 馮其庸等校注《紅樓夢校注》，第 3 回，頁 56。大某山民評本《精批補圖紅樓夢》亦有：「他依著豪富，仗著親戚的威勢，而至於殺人，...」(頁 31)

出傳統社會中不易被發現之雙性戀者的生存軌跡。又今日所謂之「戀童癖」，或說是「戀童症」，是一種病態，對象雖同性異性均可，但卻需是慕戀十三歲以下之孩童，因此，聶鑫森《紅樓夢性愛揭祕》中根據薛蟠與邢德全與「孌童」在一起飲酒作樂之敘述，而說薛蟠與邢德全二人均有「戀童癖」，則並不符合「戀童癖」之定義；畢竟「同性戀」與「戀童癖」二詞，均是來自西方精神醫學家的研究成果。若仔細分析，薛蟠從在義學中偶動之興始，經歷柳湘蓮事件，至摟抱孌童之行止，前二者似乎均描述了薛蟠起心動念於同性戀之行爲，而後者薛蟠雖然摟抱了孌童，但卻仍屬觀望，既不可冒然稱之爲薛蟠又發生了「同性戀之性行爲」，更非「戀童癖」了。

此外，《紅樓夢》作者從薛蟠妻妾生活型態中，暴露出清朝時權貴之貪欲、一夫多妻、婆媳之爭、妻妾爭寵妒害的醜惡面及薛蟠不懂女人心之情盲，而今日之一夫一妻制的實行，正可改善傳統社會中婆媳相爭及妻妾不和之悲劇。在第 9 回薛蟠偶動龍陽之興及第 46 回薛蟠調情柳湘蓮，又暴露出薛蟠對小學生的欺壓及具同性戀之霸性。薛蟠的多次虐妻是事實，仁義道德反爲表相，故嚴格論之，薛蟠實爲好色、衝動，草根性極強之土霸王。第 120 回中薛姨媽得了赦罪信，便命薛蝌到處借貸，湊足銀兩，由刑部准後獲赦，《紅樓夢》作者最終運用了佛學中「放下屠刀，立地成佛」之理念，讓薛蟠「善者修緣，惡者悔禍」[1294]。不過若從精神醫學論之，「精神病態人格(案：此爲反社會型性格障礙症之早期名稱，今日已不再使用此名稱)及精神病人一樣最難治療」[1295]，我們不禁懷疑薛蟠雖立誓悔改：「若是再犯前病，必定犯殺犯剮。」[1296]且接受薛姨媽之意見，將香菱扶正，[1297]但其是否能眞誠致歉，

[1294]見曹雪芹　高鶚原著　馮其庸等校注《紅樓夢校注》，第 80 回，頁 1790。

[1295]見韓幼賢《變態心理學》，頁 76。

[1296]見曹雪芹　高鶚原著　馮其庸等校注《紅樓夢校注》，第 80 回，頁 1797。

[1297]王師關仕《微觀紅樓夢》中舉《紅樓夢》第 5 回中云：「…又去開了副冊廚門，拿起一本冊來，揭開看時，只見畫著一株桂花，下面有一池沿，其中水涸泥乾，蓮枯藕敗。後面書云：『根並荷花一莖香，平生遭遇實堪傷；自從兩地生孤木，致使香

眞實悔改？抑是此乃反社會型性格障礙症者的藉口？在現實生活之考量下，「江山易改，本性難移」，筆者持著保留的態度，畢竟薛蟠二次殺人與多次虐妻均是事實；其肆無忌憚，行止囂張。

在筆者此篇論文之研究中，有關薛蟠之性格、情感及醫病問題之關係，可分析出薛蟠角色對週遭者之暴力行徑，出奇新變，以今日之精神醫學分析，是個成功且典型之反社會型性格障礙症的素描——「只要我喜歡，有什麼不可以」的「隨性所至」。此種性格影響到的是其婚姻生活之暴力與不協調，就精神醫學論之，算是一種常見之心理疾病，似白曉燕案[1298]中之陳進興者，在今日層出不窮之社會案件中屢見不鮮，但當事人卻毫不在意。而由於《紅樓夢》中薛蟠被描述得生靈活現，以致於在吳研人續作改寫《新石頭記》中，內容述及寶玉從「野蠻世界」進入「文明境界」之遊歷，又遇上粗鄙的薛蟠[1299]。其中薛蟠之角色仍然定型於粗鄙的象徵，可見原創的魅力。

魂返故鄉』有關於《紅樓夢》之版本中，有正本第八十回回目：『懦弱迎春腸迴九曲，姣怯香菱病入膏肓。』因此馮其庸等校註本云：『照畫面與後二句判詞，香菱的結局當被夏金桂虐待致死。』，故云：『金桂故意說[菱角花盛於秋]，把香菱的香字除掉，使她無人與之相憐；秋屬金，金逢屬木的菱，暗示香菱的死，是由於夏金桂，且時間當在夏金桂嫁薛蟠不久後。』（頁 87）另在朱淡文《紅樓夢研究》中亦云：「直至夏金桂和薛蟠聯合起來對她摧殘迫害之時，…促使她『對月傷悲，挑燈自嘆』，『釀成乾血之症』，過早地走向死亡。…更未必如此的病入膏肓以致夭逝的吧？」（頁 171）案：由於本論文所使用之版本問題，因此結局雖與第 5 回有些出入，不過筆者將以「扶正」論辯。
[1298]「1997 年 4 月，陳進興等人綁架殺害白曉燕、並續犯下殺死方保芳夫婦及護士鄭文玉等多案。1999 年 10 月 6 日，陳進興被執行槍決。」（見〈白曉燕案始末〉網站：http://udn.com/SPECIAL_ISSUE/FOCUSNEWS/WHITE/index.htm. .2003/10/12。
[1299]在王德威《小說中國》提及：「《新石頭記》共分四十回。…寶玉…他又遇上了粗鄙的薛蟠，後者反倒是如魚得水，十分兜得轉。」（頁 145）又：「寶玉在『野蠻世界』及『文明境界』的遊歷，很使我們想起伏爾德(Voltaire)的《憨弟德》(Candide)。」（頁 147）

附記：

*2002 年龍華科技大學贊助計劃

*2002 年/12 月發表於龍華科技大學第一屆中國文學與文化全國學術
研討會，並出版於專輯中/頁 40-68；之後筆者又增益之。

拾伍·孤潔自戀之林黛玉傳奇

The eccentric and unsociable, mysophobia and
narcissitic personality of Dai-Yu Lin's legend

*醫學顧問：魏福全醫師、李光倫醫師、
林昭庚教授及石富元醫師

　　一個因還淚神話降神而生之黛玉，往返於天庭與凡間，介乎女神[1300]與孤女之敘事，是爲了信報恩諾，故從離恨天、揚州至京都之流徙中展現性格特質、情感付現，最終魂歸離恨天。本文將從文學跨入內科學及精神醫學，探討一個孤涼[1301]女子黛玉之性格、與賈寶玉之情感互動及其一生紛擾不斷之醫病問題。

　　黛玉的生平，索隱派的「眞有其人之說」，直指李香玉[1302]，說得沸沸

[1300]可參考郭玉雯〈紅樓夢與女神神話傳說——林黛玉篇〉，見《清華學報》2001 年 3 月，頁 101-133。另可參考郭玉雯《紅樓夢淵源論：從神話到明清思想》一書。

[1301]在郁丁〈千古之謎說黛玉——黛玉的窮身世〉《歷史月刊》2000 年 3 月，頁 105-109 中以爲黛玉身世窮困。案：筆者以爲黛玉既是官宦之女、賈家之孫，雖父母雙亡，身世僅可稱爲孤涼，還不致淪於窮困。

[1302]根據「黑龍江報導」中有，雙木〈林黛玉真有其人〉一文提及 2005 年 6 月 1 日「據有關資料記載，林黛玉真名叫李香玉，是康熙年間蘇州織造李煦的孫子、兩淮鹽課李鼎的掌上明珠。李煦即曹雪芹嫡親祖母的胞弟。雪芹祖父曹寅逝世後，由其子曹連生繼任父職，不滿三年，連生死於京師，曹雪芹就是他的遺腹子。曹雪芹祖母李氏視雪芹爲寶貝，每年到蘇州探望年近九十的文氏太夫人時，必攜同前往，常寄居於李鼎家拙政園。李鼎之女香玉與曹雪芹青梅竹馬，兩小無猜，自在意中。康熙末年，不幸李鼎夫婦雙亡，膝下僅遺香玉。此女聰明伶俐，穎慧過人，深得雪芹祖母鍾愛，便接她去江寧織造署，由其祖姑母加以撫養。但好景不長，自雍正登基，宮廷競爭，報復異 已。李煦首當其衝，革職查抄，家世蕩然，至此香玉已孑然一身，

湯湯，也都有可觀，但卻難以印證事情眞相，或許尚待更多資料佐證。林黛玉之孤峰絕岸，在《紅樓夢》中並非唯一，惜春自有其孤廉行徑，妙玉則是天生孤僻人間罕，亦顯稜角突兀；三人卻各具天命與運程。黛玉曾憶及《西廂記》：「幽僻處可有人行，點蒼苔白露泠泠」之詩句而借論自己身世之孤寒，更令其嘆惋自己之命薄猶勝崔鶯鶯[1303]。釵黛之溫馨處，曾見寶釵勸慰黛玉勿做司馬牛之嘆[1304]，勿陷「孤星奮戰」之思，或可想見一個父母雙亡者之心境，而其與榮寧府上下階層之互動，更是全書之精采絕倫處。至於寶黛的木石前盟神話，賈寶玉自小的耳鬢廝磨及林黛玉的投靠榮府生涯等歷練，從天上至人間圓述一個少女的成長歷程，不過卻因黛玉有特殊性格及其他因緣際會等因素，而埋下悲劇伏筆。具愁病之身的林黛玉至人間歷幻之種種，必有其生命意義，可探幽究微。

　　本文將從黛玉之出生背景、性格行爲、生活環境及人際互動等方面研究之，凡分四段論證之：一、孤潔自戀與多心多疑，二、雙玉奇緣，三、從先天宿疾、肺結核至憂鬱症，四、結語。

一、孤潔自戀與多心多疑

　　絳株仙草在甄士隱之太虛幻夢中，受雨露浸灌豐潤後，降神而生。從揚

無家可歸，長期靠曹氏庇蔭。更不料雪芹家六親同命，不到五年，即遭抄籍厄運，在江南七十多年的家世被連根鏟除。一七二八年春，曹氏全家遷京，香玉隨之。曹氏尚得親故照料，但香玉寄人籬下，不免鬱鬱寡歡，加之其生來多愁善感，雖有雪芹溫存寬慰，然年歲漸長，終身未嫁，憂思難平，不到幾年，竟香消玉殞。雪芹為此悲痛大哭，故著《紅樓夢》一書，以資紀念。」見網站：http://www.takungpao.com/news/2005-6-1/TK-408896.htm - 2005/08/07

[1303] 曹雪芹　高鶚原著　馮其庸等校注《紅樓夢校注》，第 35 回中提及黛玉想起《西廂記》之文時，曾暗嘆：「古人云『佳人命薄』，然我又非佳人，何命薄勝於雙文哉！」（頁 532）

[1304] 同前註，第 45 回中，頁 695。

州轉徙至京都，在棄舟登岸、坐轎入府之時，一個六歲女孩因母喪及父親任官忙碌，無法照料而依親。然新境卻有危機，黛玉須「步步留心，時時在意，不肯輕易多說一句話，多行一步路，惟恐被人恥笑了他去。」[1305]喪母離父之痛與出入陌生境域的歷練，突長黛玉之早熟，故即使在賈家住了好幾個年頭，83 回中作者仍云：「原來黛玉住在大觀園中，雖靠著賈母疼愛，然在別人身上，凡事終是寸步留心。」[1306]黛玉如此孤涼之相，雖入饜飫之家、受鬢髮如銀之賈母迎摟懷中，但卻因賈母心中早將內外孫定位，故有親疏之別及另類際遇，期間黛玉之性格言行與人際關係亦順時延展，筆者將嘗試從其生活環境及人際關係中擘肌分理。

(一)孤潔性格

林黛玉與眾各別之形貌心性，作者首先層遞敘述於賈寶玉之初識中：「兩彎似蹙罥煙眉，一雙似喜非喜含情目。態生兩靨之愁，嬌襲一身之病。淚光點點，嬌喘微微，閑靜時如姣花照水，行動處似弱柳扶風。心較比干多一竅，病如西子勝三分。」[1307]看清他人之形貌容易，但欲視透人類之心性困難。被命定為愁見於色、淚眼幽幽、動靜似弱柳姣花、含情多心之黛玉，從一個孩提的眼光下，鋪演出不合邏輯的「多心多愁透視」，作者似乎將寶玉的年齡寫大了。有關黛玉之花顏月貌，書中另有多重闡述：鳳姐以為是個

[1305]同前註，第 3 回，頁 44。

[1306]同前註，第 83 回，頁 1311。

[1307]同前註，第 3 回，頁 53。又紀建生〈詩詞為心──林黛玉形象八題〉對此段文字另有分析：「在《紅樓夢》中，除寶黛相見時從寶玉眼中 "細看形容" 用八字讚語話寫了黛玉的眉目、體態、神情外，極少有正面細緻的刻畫其容貌如實釵者，而只是用一種詩畫的或寫意化般的手法點到為止。」(刊於《紅樓夢學刊》，2001 年，第 3 輯，頁 101)

「標緻人物」[1308]；在老婆子咕噥中又有「好模樣兒」[1309]與「天仙似的」[1310]讚美；在興兒口中有「面龐身段和三姨不差什麼」[1311]的評價；在作者視角裡有「原來這林黛玉秉絕代姿容，具希世俊美」[1312]之敘述；而在榮府眾人眼界中，則又有似三秋蒲柳之姿，「舉止言談不俗，身體面龐雖怯弱不勝，卻有一段自然的風流態度」[1313]之論斷。《紅樓夢》作者透過寶玉對黛玉眉目形貌及多心多愁之透視爲主軸，週邊卻綜攝環繞多個黛玉予人之總體意象與氣質的敘述，既多角且寫意。

　　林黛玉以性格、氣質峻勝，從賈寶玉夢中情人「兼美」身上所抽離出之「風流嬝娜」及之後葬花之多愁善感，乃林黛玉最炫人眼目者。按理言之，一個步步爲營者，應是護色多方、不露本情之人，然而林黛玉之性格卻反頗多樣。在賈府中，賈母之疼愛黛玉，可從賈蓉設吊各處進貢之煙火，夾著各色花炮施放時得知，因林黛玉「不禁畢駁之聲，賈母便摟他在懷中」[1314]。另或許所有威權長輩對待黛玉正如紫鵑所云：「況這裏自老太太、太太起，那個不疼姑娘。」[1315]然而黛玉與其他人之人際關係卻不佳。在時輩中，黛玉之好友並不多，故在第 76 回曾自忖：「探春又因近日家事著惱，無暇遊玩。雖有迎春惜春二人，偏又素日不大甚合。」[1316]賈家三姊妹便有二人與黛玉不大甚合，可見黛玉之人際關係其實並不圓融。在奴僕心中，黛玉初至賈家時，「寶釵行爲豁達，隨分從時，不比黛玉孤高自許，目無下塵，故比黛玉

[1308] 同前註，第 3 回，頁 47。

[1309] 同前註，第 82 回，頁 1303。

[1310] 同前註。

[1311] 同前註，第 65 回，頁 1033。

[1312] 同前註，第 26 回，頁 416。

[1313] 同前註，第 3 回，頁 46。

[1314] 同前註，第 54 回，頁 849。

[1315] 同前註，第 82 回，頁 1306-1307。

[1316] 同前註，第 76 回，頁 1193。

大得下人之心。」[1317]作者巧裁了薛寶釵與林黛玉人格特質之強烈對比[1318]。
所謂「孤高」一詞，實有二義：

1. 在《大辭典》中解釋爲「特立高聳」，或比喻爲「志節卓立脫俗」[1319]；「孤高自許」則解釋爲「自命不凡」[1320]。

2. 可解釋爲「孤僻高傲」——筆者將嘗試透過精神醫學解之。

輕蔑、睥睨、鄙視、多心、孤僻及高傲等性格或行爲，乃人際關係之大毒。林黛玉自入賈府後，雖知「凡事寸步留心」，然因性格「孤高」，故與「心比天高，身爲下賤」之晴雯一般，終落遭怨之因果。而其「凡事寸步留心」之舉，或源於精神心理之壓力，或因過於敏感所致，故張愛玲《紅樓夢魘》中亦云：「黛玉太聰明了，過於敏感，自己傷身體。」[1321]在精神醫學曾對孤僻型性格(reclusive personality)做研究，而提出幾種特質(案：醫學上需具 1/2，或超過 1/2 之特質爲認定基準)：「表現出疏離態度，不需要人際關係，喜歡獨自待在房間裡。很敏感、脆弱，他的孤獨疏離常是因爲某些過程、痛苦、經驗所造成的一種保護方式；他在意的是不要受到他人之干擾。」[1322]此性格爲人類常見的十種特殊性格之一，根據筆者前述研究，可知林黛玉已符合其中之很敏感、脆弱之特質，而其父母先後身亡，此種過程、經驗之痛苦所造成之孤獨疏離，何嘗不是一種保護自我的方式？畢竟多一事，不如少一事，一直是林黛玉奉爲圭臬之原則，而作者亦云林黛

[1317]同前註，第 5 回，頁 81。

[1318]可參考陳碧月〈略論紅樓夢的角色對比——以黛玉和寶釵為例〉，刊於《明道文藝》1998 年 3 月，頁 119-128。另有李啟原〈釵黛爭玉——論「紅樓夢」薛寶釵、林黛玉若兩峰對峙;雙水分流;各極其妙;莫能相下〉，刊於《黃埔學報》1995 年 12 月，頁 79-90。

[1319]見《大辭典》，頁 1149。

[1320]同前註，頁 1151。

[1321]頁 385。

[1322]今日精神醫學中孤僻型性格之特質，可參考李明濱主編《實用精神醫學》，第 3 章 「精神科面談與溝通」頁 37，由筆者整理之。

玉天性中之「喜散不喜聚」[1323]及「本性懶與人共，原不肯多語」[1324]，其實此亦輔現出黛玉孤僻高傲性格之疏離態度，及不需要人際關係之心情底蘊。

此外，《紅樓夢》一書另虛擬了四位潔癖人物，除了妙玉具強迫型性格(或稱完美型性格) 外[1325]，鴛鴦、林黛玉及賈寶玉均具潔癖特質[1326]。在寶玉將北靜王所贈鶺鴒香串，珍重地取出來轉贈黛玉時，黛玉云：「『什麼臭男人拿過的！我不要他。』遂擲而不取。寶玉只得收回，暫且無話。」[1327]此時林黛玉所介意者，乃北靜王之手澤沾物，不過寶玉並未與其發生任何衝突，其因或許就在寶玉之憐花惜玉與低調處事。其次當寶玉被賈環故意以油燈燙傷臉頰，林黛玉趕來探望時，寶玉正拿著鏡子照，見她來了，「忙把臉遮著，搖手叫他出去，不肯叫他看。——知道他的癖性喜潔，見不得這些東西。林黛玉自己也知道自己也有這件癖性，知道寶玉的心內怕他嫌髒，因笑道：『我瞧瞧燙了那裏了，有什麼遮著藏著的。』一面說一面就湊上來，強搬著脖子瞧了一瞧，問他疼的怎麼樣。寶玉道：『也不很疼，養一兩日就好了。』林黛玉坐了一回，悶悶的回房去了。」[1328]寶玉有先見，深怕自己臉上之燎泡令黛玉不舒服，及破壞自己宿昔之形象，而此種要求完美之性格，其實是同

[1323]見曹雪芹　高鶚原著　馮其庸等校注《紅樓夢校注》，第 31 回，頁 484。

[1324]同前註，第 22 回，頁 350。

[1325]可參考筆者與石富元醫師(我的醫學顧問)〈隱匿在強迫型性格異常下的妙玉〉(A Lady "Miao Yu" behind the obsessive-compulsive personality　disorder)，刊於《國家圖書館館刊》1999 年 12 月 31 日，第 2 期，頁 205-225。

[1326]賈寶玉以為結過婚之女子，即是不潔，及被老婆子使用過之杯子，亦覺骯髒。另可參考筆者〈紅樓夢中金釧兒、鮑二家的及鴛鴦之衝動型行為與生命情態〉一文，其中對鴛鴦之完美性格與情感潔癖有做說明：包括排斥寶玉之撫其頸項及賈赦之欲強娶等，亦是一位有潔癖者。見《龍華科技大學學報》2005 年 6 月，第 18 期，頁 135-156。

[1327]見曹雪芹　高鶚原著　馮其庸等校注《紅樓夢校注》，第 16 回，頁 239。

[1328]同前註，第 25 回，頁 392。

時體現於寶黛二人身上。李受民〈封建 “淑女”的理想化與世俗化〉中提及「精神潔癖」：「黛玉則是精神近乎有 “潔癖”的女子，和污濁的現實格格不入…。」[1329]黛玉之潔癖其實是性格問題，不僅是呈現於精神層面而已。人類之癖性乃天生，潔癖亦然，黛玉僅嫌陌生男子之手澤玷污自己，卻不嫌寶玉之燎泡髒，甚至之後襲人奉寶玉之意送一鍾茶來時，黛玉卻敢食寶釵之口澤，其心態顯然有可議處。試看書中情節：「襲人說：『那位渴了那位先接了，我再倒去。』寶釵笑道：『我卻不渴，只要一口漱一漱就夠了。』說著先拿起來喝了一口，剩下半杯遞在黛玉手內。襲人笑道：『我再倒去。』黛玉笑道：『你知道我這病，大夫不許我多吃茶，這半鍾盡夠了，難爲你想的到。』說畢，飲乾，將杯放下。」[1330]因此，林黛玉對於「嫌男人骯髒，見女兒心喜」之寶玉心疼不已，且對平日喜素靜之寶釵口水沾過的杯子亦不避諱，其潔癖型態似乎因人而異。又林黛玉與鴛鴦之潔癖不同，包括鴛鴦排斥寶玉撫其頸項及賈赦之欲強娶等，亦與妙玉因「過潔世同嫌」而引人側目之性格，顯然有異。第 41 回中，妙玉欲丟棄劉姥姥喝過的杯子，及拒幫忙打水的小么兒於門外，均顯示其怕被玷污之心態，而黛玉雖有潔癖，但卻未太過。

(二)多心多疑之性格

進入榮府後，林黛玉落入喪母後人生階段的第二場試煉。林黛玉初入賈府時既「孤高自許」又「目無下塵」，是天性，非環境形塑。林黛玉「心較比干多一竅」之天賦性格，除曾被寶玉一眼看穿外，書中以不同事件漫敷繁敍，但多爲負向描述，其中包括情感問題、成熟自省及其他人之擔心等。林黛玉、寶玉與寶釵之三角關係及處於其他情境中，時時可見黛玉之多心，筆者梳理出九點：

[1329]見《紅樓夢學刊》，2001 年，第 3 輯，頁 305。
[1330]見曹雪芹 高鶚原著 馮其庸等校注《紅樓夢校注》，第 62 回，頁 995-996。

1. 在第8回中，一次寶玉至梨香院看寶釵，黛玉亦遙遙走來，巧見寶玉、寶釵後，又被薛姨媽留下喫茶，在眾人的會談中便有多心之言：「『噯喲，我來的不巧了！』…『早知他來，我就不來了。』寶釵道：『我更不解這意。』黛玉笑道：『要來一群都來，要不來一個也不來，今兒他來了，明兒我再來，如此間錯開了來著，豈不天天有人來了？也不致於太冷落，也不致於太熱鬧了。姊姊如何反不解這意思？』」[1331]寶釵實顯迷糊，而此時林黛玉卻是話中有話，自認是第三者之說法，其實僅是藉口，是一種反話，真正的意思是：寶釵是不該來的。

2. 在第8回中，當地下婆娘們說已下了半日雪時，從寶黛的對話中，又顯出黛玉之多心：「寶玉道：『取了我的斗篷來不曾？』黛玉便道：『是不是，我來了他就該去了。』寶玉笑道：『我多早晚兒說要去了？不過拿來預備著。』」[1332]寶黛間總有心照不宣之密誼，因此黛玉此時之多心固是吃醋，但其賦資絕倫之疑語或具「出言制行」之效，以警示寶玉與寶釵，而下雪與斗篷被黛玉鉤串一處，黛玉之多心多疑，使氣氛顯得尷尬。不過寶玉適時地說明，其實正可解除黛玉的多疑，此種低調的說法，亦較不易與黛玉產生衝突。

3. 在第8回中，紫鵑令雪雁送小手爐予黛玉，薛姨媽云：「『你素日身子弱，禁不得冷的，他們記掛著你倒不好？』黛玉笑道：『姨媽不知道。幸虧是姨媽這裏，倘或在別人家，人家豈不惱？好說就看的人家連個手爐也沒有，巴巴的從家裏送個來。不說丫鬟們太小心過餘，還只當我素日是這等輕狂慣了呢。』薛姨媽道：『你這個多心的，有這樣想，我就沒這樣心。』」[1333]小手爐事件激起黛玉不悅，讓薛姨媽直覺黛玉多心，然黛玉有所顧忌，不添他人麻煩之思維，或許此正是其素日讓自己能「志遂情安」之道。

[1331] 同前註，第 8 回，頁 144。
[1332] 同前註。
[1333] 同前註。

4. 在第32回中，因金釧兒自殺之事，王夫人欲送二套新衣作補償，卻因黛玉多心而有所顧忌[1334]，於是王夫人便云：「林姑娘是個有心計的」[1335]。

5. 在第45回中，當寶釵來探望黛玉時，建議先以「平肝健胃」為要，而後再以飲食養人，以燕窩加銀銚子熬粥滋陰補氣以治嗽疾，令黛玉首次感激、感嘆地對寶釵口吐心語，於是便自承有多心的缺點：「你素日待人，固然是極好的，然我最是個多心的人，只當你心裏藏奸。從前日你說看雜書不好，又勸我那些好話，竟大感激你。往日竟是我錯了，實在誤到如今。」[1336]

6. 在45回中，由於薛姨媽與寶釵之勸慰與共住之照護，黛玉對寶釵之敵意漸次改善，但79回對於與寶玉共研如何修改〈芙蓉女兒誄〉時，見寶玉一句詩「茜紗窗下，我本無緣；黃土壟中，卿何薄命。」[1337]於是怳然變色，作者便言簡意賅地描述黛玉此時的內心世界：「心中雖有無限的狐疑亂擬，外面卻不肯露出。」[1338]晴雯已亡故，但黛玉的多心多疑，依稀可見。

7. 在第82回中，黛玉竟成了襲人心中懼怕之對象，書中鋪陳：「忽又想到自己終身本不是寶玉的正配，原是偏房。寶玉的為人，卻還拿得住，只怕娶了一個利害的，自己便是尤二姐香菱的後身。素來看著賈母王夫人光景及鳳姐兒往往露出話來，自然是黛玉無疑了。那黛玉就是個多心人。」[1339]因此襲人的揣摩探意，絕非毫無意義。

[1334]同前註，第32回：「剛才我賞了他娘五十兩銀子，原要還把你妹妹們的新衣服拿兩套給他妝裏。誰知鳳丫頭說可巧都沒什麼新做的衣服，只有你林妹妹作生日的兩套。我想你林妹妹那個孩子素日是個有心的，況且他也三災八難的，既說了給他過生日，這會子又給人妝裏去，豈不忌諱。」（頁505）

[1335]同前註，第90回，頁1412。

[1336]同前註，第45回，頁694。

[1337]同前註，第79回，頁1260。

[1338]同前註。

[1339]同前註，第82回，頁1302。

8. 在82回中，林黛玉又因婆子的一句話產生杯弓蛇影的效應而致病，更在
   聽到寶玉娶妻之傳言後，不明究理，而於98回時在多心質疑寶玉之忠誠
   中，飲恨而卒。

9. 在第83回中，賈母更是個銳眼慧黠者，有多次提及黛玉多心乖僻之事。
   一次因探春提起黛玉之病，賈母聽了心煩說道：「偏是這兩個玉兒多病多
   災的。林丫頭一來二去的大了，他這個身子也要緊。我看那孩子太是個心
   細。」[1340]賈母識廣見多，更因朝夕相處對黛玉心性瞭如指掌。另有一次
   因黛玉「杯弓蛇影」而病重，於是對薛姨媽道出黛玉之病因：「林丫頭那
   孩子倒罷了，只是心重些，所以身子就不大很結實了。要賭靈性兒，也和
   寶丫頭不差什麼，要賭寬厚待人裏頭，卻不濟他寶姐姐有耽待、有盡讓了。」
   [1341]林黛玉往生後，賈母曾直言：「林丫頭的乖僻，雖也是他的好處，我
   的心裏不把林丫頭配他，也是為這點子。」[1342]並有所感地告訴史湘雲道：
   「你林姐姐，他就是最小性兒，又多心，所以到底兒不長命的。」[1343]多
   心者不但成為其他人慮事之關礙，更影響其本身之病情壽命，此乃古今一
   律。當在清虛觀張道士與賈母對話時，賈母更提出寶玉之擇偶條件：「不
   管他根基富貴，只是模樣配得上就好，來告訴我，──便是那家子孫，不
   過給他幾兩銀子罷了。只是模樣、性格而難得好的。」[1344]黛玉與寶釵之
   性格在賈母口中一再被比較，寬厚壓倒多心，最終賈母為寶玉低標高娶之
   對象，是模樣性格兼備之「寶釵」，故黛玉姻緣路途坎坷並非無所因。

   此外，黛玉尚有多愁善感之特質，除了出落於眉目兩靨之間外，更有因
   時感物、因事生悲、或因物愁思者。黛玉曾於梨香院中聽到「牡丹亭」之警

[1340]同前註，第 83 回，頁 1314。

[1341]同前註，第 84 回，頁 1334。

[1342]同前註，第 90 回，頁 1412。

[1343]同前註，第 108 回，頁 1633。

[1344]同前註，第 29 回，頁 458。

句「不覺心痛神痴，眼中落淚。」[1345]又當黛玉聽見寶玉和寶釵之談笑聲時，於是立於牆角花陰下哭泣，曾讓附近柳枝花朵上的宿鳥栖鴉忒楞楞飛起遠避，不忍再聽[1346]。人鳥相感之神話，渲染了黛玉之多愁善感，而黛玉之葬花悲愁，在《紅樓夢》中亦擒藻了三回，文雖不長，意境已至。一在 23 回，書中透過寶玉視角描述：「林黛玉來了，肩上擔著花鋤，鋤上挂著花囊，手內拿著花帚。」[1347]黛玉並對寶玉說：「你看這裏的水乾淨，只一流出去，有人家的地方髒的臭的混倒，仍舊把花遭塌了。那畸角上我有一個塚，如今把他掃了，裝在這絹袋裏，拿土埋上，日久不過隨土化了，豈不乾淨。」[1348]從 27-28 回之葬花情節橫跨二回，林黛玉之專屬花塚，不但有感花惜物之情，多愁善感之性格，更具潔癖特質。雖然之前寶玉以水葬流花，黛玉以土葬掩花，但終究黛玉獨特葬花之理，的確讓寶玉於心有戚戚焉。黛玉葬花所啓動之文學愁思及自稱痴病[1349]之情種，非是將自己虛幻化，而是雜揉了前日曾立於花陰下之哭泣及餞花期之心情，作純眞宣洩，而突顯黛玉「多愁善感」之性格，才是葬花情節之重要意涵。如此方可說明林黛玉多病之因，且與之後林黛玉又有重大疾病，其實是息息相關的。葬花的象徵意義深遠，故與其像付少武〈論黛玉葬花在《紅樓夢》整體結構中的意義〉將之視爲是預言「大觀園有生必有滅，有盛必有衰的悲慘結局，...又深切地表達了人生無常、轉

[1345]同前註，頁 368。

[1346]同前註，第 26 回，頁 416。

[1347]同前註，第 23 回，頁 366。

[1348]同前註。

[1349]同前註，案：黛玉自稱癡病之情節，見於第 28 回中，黛玉云：「人人都笑我有些痴病，難道還有一個痴子不成？」(頁 433)其實「癡病」涵蓋所有癡執，葬花亦是花癡。另在短篇散文文庫:〈兼美〉(下) by sindy 有：「而其中癡病，僅有癡人相憐。在著名的開卷詩『滿紙荒唐言，一把心酸淚！都云作者癡，誰解其中味？』中，就標明了『癡』字眞味。」見於網址：
http://www.creating-online.com.tw/art/publish/printer_719.shtml (2003/04/17)

瞬即逝的虛無感受」[1350]，不如將之解為是借論萬物之虛空無常與生滅盛衰
之理。然此次之葬花巧遇，寶黛各自吟誦詩詞或凝思生命大意，其中充溢著
惜花感時、嘆物憐人之情。當寶玉慟倒山坡時，「試想林黛玉的花顏月貌，
將來亦到無可尋覓之時，寧不心碎腸斷！既黛玉終歸無可尋覓之時，推之於
他人，如寶釵、香菱、襲人等，亦可到無可尋覓之時矣。寶釵等終歸無可尋
覓之時，則自己又安在哉？且自身尚不知何在何往，則斯處、斯園、斯花、
斯柳，又不知當屬誰姓矣！」[1351]黛玉對花落人亡之不祥預感，亦成了自己
之後魂歸離恨天之靈讖。

　　從以上之論證中，可知作者所述黛玉之多心狐疑，從第3回至98回前後
一貫，首尾響應。作者多方敘述，用意深處但見往來呼應著黛玉「心較比干
多一竅」之性格。雖然「多心」即是「多疑」，但林黛玉僅是「思慮太細」
之性格，並非精神醫學中所謂的「多疑型性格」(Suspicious personality)，指：
防禦心強，而且擔心別人會有意無意間傷害他；害怕被利用、被佔便宜或被
批評；也很容易猜測或誤解別人的建議，或行為表現是否對他有利[1352]——一
種接近妄想被他人迫害之性格。嚴格論之，黛玉之多心多疑，乃是針對週遭
人之言行的一種心態表現，是一種小性，即是小心眼之義，而賈府中人對黛
玉之觀感及對治心態，從以上之論述中，可看出或有體諒包容者、或有婉然
不與正面衝突者、或有慨然萬端者。

(三)自戀與自卑性格

[1350] 見《紅樓夢學刊》，2005 年，第 3 輯，頁 167。

[1351] 見曹雪芹 高鶚原著　馮其庸等校注《紅樓夢校注》，第 28 回，頁 433。

[1352] 此乃筆者從李明濱主編《實用精神醫學》，第 3 章「精神科面談與溝通」，頁 37
中整理出之簡文。案：此種性格有些接近「妄想型性格」，有些被他人破害之意想，
故林黛玉雖多心多疑，但卻非「多疑型性格」。

其實林黛玉之性格非一。薛瑞生〈捧心西子玉爲魂——林黛玉論〉中提及黛玉有自尊與自卑性格[1353]，且另有深覺優於他人之心態，其實此種心態是一種今日精神醫學所謂的特殊性格之一的「自戀性格」(superior, narcissistic personality)。在《DSM-IV精神疾病的診斷與統計》 *Diagnostic and Statistical Manual and Mental Disorders, DSM-IV-TR* 中之診斷標準，需在九項中具有五項或五項以上之特質：「1.對自己重要性的感受誇大。2.專注於無限的成功、權力、才華、美貌、或理想的愛情幻想中。3.相信自己特殊而唯一，僅能與其他特殊或高地位人士相關聯或被其了解。4.需要別人投以更多的注意及讚美。5.強調頭銜，自命特權，意即不合理的期待特殊優惠待遇或期待別人自動順從自己的意願。6.人際關係上榨取他人，意即佔別人便宜以達到自己的目的。7.缺乏同理心：不願認識或體會他人的感受與需求。8.時常嫉羨他人，或相信別人正嫉羨著自己。9.自大傲慢的行爲或態度。」[1354]林黛玉的孤傲，作者已於第 5 回透過眾人之視角說出，然而孤傲的背後必然有「自大的身影」支撐，故說林黛玉有自大傲慢的行爲或態度，並不爲過。此外，在《紅樓夢》書中有多處敘述可供參考研究：1. 在第 7 回中，薛姨媽將匣中之花以宮中新鮮樣法拿紗堆的花兒十二支，由周瑞家的送給榮府中之女子。當周瑞家送給黛玉時已是最後兩枝，黛玉冷笑道：「我就知道，別人不挑剩下的也不給我。』」[1355]林黛玉自恃甚深，認爲送禮物應有誠意，不該最後才送給她，強調自己之重要性，而周瑞家的雖很無奈，卻亦無可如之何？林黛玉自己或不認爲不妥，但別人恐會覺得太小性了，若從精神醫學論之，林黛玉也許多少有點感受誇大了些，換言之，她亦需要別人投以更多的注意。2.在第 17-18 回中提及：寶玉因詩好而得了彩頭，於是被賈政的幾個小廝要賞了身上之荷

[1353]見《紅樓夢學刊》，1992 年，第 2 輯，頁 66-68。
[1354]可參考李明濱主編《實用精神醫學》，第 20 章「人格障礙症」頁 225。案：林黛玉並不符合「自戀型性格障礙者」之認定，故僅可說是個具自戀型性格之傾向者。
[1355]見曹雪芹 高鶚原著 馮其庸等校注《紅樓夢校注》，第 7 回，頁 128。

包、扇囊及所佩之物。林黛玉聽說此事後，走來瞧，果一件無存，於是「賭氣回房，將前日寶玉所煩他作的那個香袋兒－－才做了一半－－賭氣拿過來就鉸。」[1356]由於整件事是個誤會，所以寶玉極爲冷靜地處理此事，即刻地將貼身攜帶之香袋從紅襖襟內取下給黛玉看，於是二人得以誤會冰釋。仔細分析林黛玉事後固然能自悔莽撞，不過之前在其情緒化與衝動之行爲中，顯見其渴求在情人心中之特殊唯一，因此，嚴格論之，「香袋」此時已被人格化了。林黛玉此時之眞情至性與寶玉之攫心屈就，適可密合無縫、暢達情思。

3. 當元妃省親時，在大觀園試才題對額，因元妃只命一題一詠，故林黛玉不敢違諭多作，但因覺「未得展其抱負，自是不快。因見寶玉獨作四律，大費神思，何不代他作兩首，也省他些精神不到之處。」[1357]果眞林黛玉代寶玉所作之〈杏帘在望〉，被元妃指爲前三首之冠，而能以詩才自豪，壓勝他人，此亦是林黛玉時露的──相信自己是特殊而唯一的，且需要他人讚美的心態。但在書中我們較無法肯定林黛玉是否需要過多的讚美，只是可以肯定的是，此亦是一種滿足其優越感及自許「自我之重要性」的表現方式。李文瑄醫師〈精神醫學講座──自戀型人格〉中指出：「自戀並非一定是精神病，通常只是一個人格的特質，一個有自戀特質的人會表現得很自信，不時展現個人的好處，或爲只求別人注意的焦點。」[1358]同時李醫師又云：「以精神分析的觀點，每一個人均需經過自戀過程人格才得以成長，佛洛伊德的趨力理論認爲 "力比多" ("libido")，即是性趨力，在出生時即會有一部份灌注在自我身上，他稱爲原本自戀("primary narcissism")，而另一部份性趨力是放置其對象，卻因挫敗而再吸收回到自我身上，他稱之爲續發性自戀("secondry narcissism")，人格需要經過自戀過程才能夠愈來愈堅實，能夠面對現實上的

[1356]同前註，第 17-18 回，頁 266。

[1357]同前註，頁 277。

[1358]見《諮商與輔導》，2005 年 5 月 5 日，第 223 期，頁 46。

種種挫折與困境。」[1359]不過林黛玉雖有自戀性格，卻不是個過度誇大與過度自戀者，因在 1991 年台大精神科林憲教授〈擾人亦自惱的自戀性人格〉一文中提及：「至於過度的自戀性性格會不會在臨床發展上成為一種自戀性人格障礙症之類的診斷型呢？事實上，在晚近的精神醫學診斷作業中，已然出現了對這種診斷類型的描述，…」[1360]及「人際關係普遍欠佳」[1361]之臨床表徵，但因林黛玉還不致於是個「擾人亦自惱」之自戀型人格的典型，故僅可說是個具有自戀性格之傾向者，但卻並非是個「自戀型人格障礙症」者。此外，《紅樓夢》作者以晉朝才女謝道蘊之「咏雪」典故(見《世說新語·言語》)，喻指林黛玉之「咏絮才」[1362]，在人際互動中突顯黛玉之性格，其實是很成功的，或許便是此種才氣令其顯得較其他人更自戀吧！

　　相對於「自戀性格」，黛玉尚有「自憐自卑」之傾向。「葬花」，其實是隱喻黛玉充滿了「自憐情結」，之前黛玉親見官宦大戶賈家排場偌大、雕龍彩鳳後，拘拘窘束、步步為營與謹行慎事等，則是代表一種「教養與自保」。當第 12 回黛玉父親過世後，其性格漸顯悲憐，深感「一年三百六十日，風刀霜劍嚴相逼」[1363]，似乎日日苦難。又 76 回，寶釵勸慰黛玉勿做司馬牛之嘆，但中秋夜黛玉卻在凹晶館對月思親，自去俯欄垂淚[1364]，更顯「自憐自卑」。另有一次林黛玉亦想到：「父親死得久了，與寶玉尚未放定，這是從那

[1359]同前註。另可參考陳莉榛〈自戀特質與治療〉引寇哈特(Kohut,1977)所提出的與自戀性格有關的，自戀性格的背後是「鏡照」(mirroring)與「理想化」(idealization)之內涵，在《諮商與輔導》，2005 年 6 月 5 日，頁 12。

[1360]見《健康世界》，1991 年 7 月號，新版 67 期，頁 7。

[1361]同前註。

[1362]趙德〈林黛玉的詩才〉中提及「判詞中正是用咏絮的典來喻指林黛玉的詩才。」(見《紅樓夢學刊》，1922 年，第 3 輯，頁 169)

[1363]見曹雪芹 高鶚原著　馮其庸等校注《紅樓夢校注》，第 27 回在黛玉葬花詞中，頁 428，內容是感花悲己。

[1364]同前註，第 76 回，頁 1202。

裏說起？」[1365]於是茫然不已，此皆是黛玉之自憐情境。至於黛玉曾多次爲金玉及麒麟而哭泣，並試探寶玉，除了突顯其強烈之嫉妒心外，僅見些微自卑；不願多事煩人則又可見黛玉之自傲、自保與自卑情懷，或乃因其寄人籬下怕被拒絕，顏面難保，故對自尊心強者而言，在其心性脆弱處，適足以呈現自卑感，因此，嚴格論之，林黛玉之自戀與自憐是顯性性格，而自卑則是隱性特質。其實在《紅樓夢》中，賈環乃妾之子，地位低微，永遠比不上寶玉，故其賭錢賴帳、卑劣之害人行爲，在受到賈府上下人等之鄙視與踐踏時，顯得行事委瑣，此乃眞正典型之自卑者。黛玉因是個情眞伶透者[1366]，故僅能善巧藏隱自卑，但卻難以品修平日嘴頭尖率與譏訕取趣[1367]之性格缺憾。

[1365] 同前註，第 82 回，頁 1306。

[1366] 同前註，寶釵曾提及黛玉之特質：「眾人愛你伶俐」（第 42 回，頁 656）又黛玉曾被王熙鳳稱為伶透之人，見第 83 回，頁 1317。寶玉亦曾云：「你的性靈比我竟強遠了」（第 91 回，頁 1428）在辛若水〈從林黛玉、葬花吟的魅力到精神自殺〉中亦云：「林黛玉是率真的人，也是至情至性的人。」（刊於《紅樓夢學刊》，2002 年，第 4 輯，頁 139）

[1367] 同前註，有關黛玉譏訕取趣之性格，筆者做了以下之研究：第 8 回，李嬤嬤聽了，又是急，又是笑，說道：「眞眞這林姐兒，說出一句話來，比刀子還尖。你這算了什麼。」（頁 146）另見第 8 回，寶釵也忍不住笑著，把黛玉腮上一擰，說道：「眞眞這個顰丫頭的一張嘴，叫人恨又不是，喜歡又不是。」（頁 146）第 20 回林黛玉學舌史湘雲說道：「他再不放人一點兒，專挑人的不好．」（頁 323）第 25 回：「林黛玉不覺的紅了臉，啐了一口道：「你們這起人不是好人，不知怎麼死！再不跟著好人學，只跟著鳳姐貧嘴爛舌的學。」（頁 401）第 27 回中，紅玉云：「林姑娘嘴裏又愛刻薄人」（頁 422）第 34 回，當薛蟠與寶釵玉因金鎖之事鬥嘴，寶釵滿心委屈氣忿哭了一夜。次日林黛玉獨立於花陰之下巧遇之，黛玉見他無精打彩，又眼上有哭泣之狀，便譏訕寶釵：「姐姐也自保重些兒。就是哭出兩缸眼淚來，也醫不好棒瘡。」（頁 528）第 36 回，史湘雲亦曾云：「知道黛玉不讓人，怕他言語之中取笑…」（頁 550）第 42 回寶釵冷笑道：「『好個千金小姐！好個不出閨門的女孩兒！滿嘴說的是什麼？你只實說便罷。』黛玉不解，…寶釵笑道：『你還裝憨兒。昨兒行酒令你說的是什麼？我竟不知那裏來的。』黛玉一想，方想起來昨兒失於檢點，那《牡丹亭》《西廂記》說了兩句，不覺紅了臉。」（頁 650）又黛玉又看了一回單子，笑著拉探春悄悄的道：「『你瞧瞧，畫個畫兒又要這些水缸箱子來了。想必他糊塗了，把他的嫁妝單子也寫上了。』

　　之後黛玉便已不似初至賈府時所表現出地極為顯著之孤傲，而是在其感受寶玉、賈家長者、薛姨媽及寶釵之關心的同時，逐漸滌除心防後，亦漸懂得感恩答禮，施捨體下[1368]，然直至 62 回，黛玉仍在取趣寶玉及彩雲，76 回，更與湘雲同感雖忝在富貴之家，卻覺並不稱心。在馬建華〈一個封建禮教的回歸者——林黛玉性格之我見〉一文中，曾對林黛玉之性格作分析，從早熟性格、情人性格，申論至社會人性格[1369]等，有細部論證；又歐麗娟〈林黛玉立體論——「變/正」、「我/群」的性格轉化〉亦有林黛玉成了一個合群者之說法[1370]。事實上，林黛玉於 17-18 回時尚年輕，若他日黛玉成人成家後，性格形塑完整，屆時遇情遭事恐難免衝突，不過由於賈府上下對黛玉均極為包容，故其人際關係在日常應對中自然有所改善，尤其在感受到寶玉及寶釵之知音與關懷後，其對寶釵之嫉妒與敵意漸次消融，孤僻高傲之性格亦漸次被

探春『噯』了一聲，笑個不住，說道 :『寶姐姐，你還不擰他的嘴？你問問他編排你的話。』寶釵…一面說，一面走上來，把黛玉按在炕上，便要擰他的臉。黛玉笑著忙央告:『好姐姐，饒了我罷！顰兒年紀小，只知說，不知道輕重』。」（頁 655）第 62 回黛玉笑道「『他倒存心給你們一瓶子油，又怕掛誤著打竊盜的官司。』眾人不理論，寶玉都明白，忙低了頭。彩雲有心病，不覺得紅了臉。寶釵忙暗暗的瞅了黛玉一眼，黛玉自悔失言。原是趣寶玉的，就忘了趣著彩雲。」（頁 962）

[1368] 同前註，有關黛玉感恩處，可參考 45 回中寶釵對黛玉病情之關心曾讓黛玉感動不已；52 回中黛玉對趙姨娘來探病的順路人情，亦表達感謝之意：「『難得姨娘想著，怪冷的，親身走來。』又忙命倒茶，…」（頁 809）。至於施捨體下，見諸第 26 回佳蕙曾云：「才剛在院子裏洗東西，寶玉叫往林姑娘那裏送茶葉，花大姐姐交給我送去。可巧老太太那裏給林姑娘送錢來，正分給他們的丫頭們呢。見我去了，林姑娘就抓了兩把給我，也不知多少。你替我收著。」（頁 405）及第 45 回有蘅蕪苑的一個婆子，送了一大包上等燕窩來，還有一包子潔粉梅片雪花洋糖來，黛玉說笑道：「『難為你。誤了你發財，冒雨送來。』命人給他幾百錢，打些酒吃，避避雨氣。」（頁 698-699）

[1369] 可參考《紅樓夢學刊》，1999 年，第 1 輯，頁 103-115。

[1370] 有關林黛玉之性格轉化問題，可參考歐麗娟〈林黛玉立體論——「變/正」、「我/群」的性格轉化〉，刊於《漢學研究》2002 年 6 月，頁 221-252，又可參考其書《紅樓夢人物立體論》，頁 49-118。另見網站：

http://ccs.ncl.edu.tw/Chinese_studies_20_1/221-252.pdf-2007/5/23

削弱，和妙玉「不與人群」之孤高，自然又大異其趣，不過卻不代表林黛玉之孤高、多心及自戀特質便因此消失。故林黛玉之性格仍不應歸屬於具合群性的社會化之性格，殆因馬建華對《紅樓夢》原本資料的蒐集仍不夠齊全，而歐教授發表於《漢學研究》的此文，並於 2006 年 3 月出版於《紅樓夢人物立體論》中，其中〈由孤絕的個體到和睦的全體〉一文雖從 22、31、48、49、57、58、59、67、82 至 94 回研究討論[1371]，但仍不夠全面。從筆者之前所舉證的 76 回，作者已鋪陳了黛玉甚至與賈家四姊妹中之二姊妹不大甚合；又第 82 回，黛玉竟成了襲人心中懼怕之對象；另第 90 回在賈母眼中，林黛玉仍是個性格乖僻者；再看 94 回，紫鵑曾為林黛玉之病情及婚配事件擔心，曾左思右想：「就是林姑娘真配了寶玉，他的那性情兒也是難伏侍的」[1372]，一個性格合群者，絕不會讓人難以伏侍，反而應是會與其相處很愉快的，同時從紫鵑之想法中，亦可知道黛玉之性格並未有所變改；甚至於林黛玉死後，108 回賈母仍對黛玉多心之性格頗有微詞等，均可證知。因為一個具有「小性」，且同時是個「性格乖僻」者，在性格上雖有異於常人者，但不見得是病態，不過卻有較不易與他人謀合之處，這也正是襲人擔心有朝一日林黛玉成為寶玉的元配夫人時，對自己不利之因。因此，林黛玉絕不可能之後又變成一個具有合群性格之人，因人類已成形之性格本質，除非在精神醫學上已證實某些僻性有轉變之研究報告可供參考外，否則人類之性格其實是較難移易的。至於歐教授在其「林黛玉立體變化表」中舉證 82 回及 94 回，說林黛玉變得更體貼下人，這與林黛玉一入賈家時之步步為營、儘量不麻煩別人是一樣的特質；不麻煩別人為自己操心，其實即是一種體貼別人之做法。只是黛玉不與人共之特質是很明顯的，此種孤僻、乖僻或多心多疑之性格，正是黛玉至死亡時仍無法將自己性格變改為具社會化之合群者的重要原因。事實上，在人類心性發展理論中，八歲以前之性格決定論，絕非虛言。

[1371] 見其書，頁 67-69。

[1372] 見曹雪芹 高鶚原著 馮其庸等校注《紅樓夢校注》，頁 1464。

因此，嚴格論之，光陰歲月之磨梭，僅能矯正或轉變人類某些癖性、減低或減弱人類性格中某些尖銳性，及與他人之衝突頻率而已，但卻難以更變其本性，換言之，是指人類可能「僅能修正些許的合群性或社會化」，但卻不易全然變改其「不合群」或「不具有社會化」之特質，故漸長後的林黛玉，實際上仍未達「社會人」之性格的標準。

黛玉之性格多樣，作者雕刻頗工。其蘊藉風流處，自然可慕，然由於天生之孤高潔癖與自戀性格，故不大得人心，而多心多疑、自憐自卑之氣質除了隱伏悲劇外，更是個雜有非流俗塵土之思及情真性靈之表出者。然榮府中人雖或有訾議，卻未見有過多之苛責，反之黛玉因年事漸長而行為上稍微合宜，不過江山易改，本性卻仍有難移之處。嚴格論之，在虛擬世界中，黛玉的行止動靜，仍是在在動人。

二、雙玉奇緣

一個悠遊於離恨天之仙女，下凡人間領略事故與情緣，以淚報恩酬謝天庭水債之神話創作中，不僅為賈寶玉流淚，更為其他事故哭泣[1373]，最終淚盡而卒。其與寶玉間之情文滿篋，值得細玩。

黛玉自入榮府後，因性格特質而頓入多方情思，除了人際俯仰問題外，其男女情感世界則曾牽連三人：賈寶玉、甄寶玉及薛蟠。林黛玉與賈寶玉之關係，乃從前世因緣述情，於是鋪演一場新出之還淚神話。與林黛玉無緣之甄寶玉，其再出現時，已是賈母與林黛玉過世後。第 115 回中敘述眾人一見兩個寶玉在這裏，都來瞧看。紫鵑曾一時痴意發作，想起黛玉而心中自思：「可惜林姑娘死了，若不死時，就將那甄寶玉配了他，只怕也是願意的。」

[1373]案：黛玉亦有「因失怙無依而哭」、「見殘花而流淚」、「為金玉而泣」及「為迎春飲泣」等，可參考筆者《紅樓夢中夢的解析》，第 2 章「甄士隱之夢」中之分類，頁 62。

[1374]又在第 25 回，當薛蟠忽瞥見黛玉時，曾爲其「風流婉轉」[1375]酥倒，不過二人並無任何互動。作者透過三位男角左右馮翼著黛玉之形貌，此實翕合於三方男性所呈現出之雅俗賞鑑的不同品味。不過讓林黛玉從維揚轉徙至京師之滴淚報恩，卻是全書之重點，藉著因果造情，將黛玉逐步帶入今世紅塵之情感紛綸中。

(一)從金玉之爭至同病相憐

林黛玉與賈寶玉二人情思之流動，藉由求全之毀、金玉之爭、相知相惜、香袋表心、羅帕傳情、傳閱《會眞記》、同病相憐、惡夢顯意，及含恨歸天等故事，起伏斂縱地鋪述著。

林黛玉與賈寶玉自小耳鬢廝磨，同隨賈母坐臥，故更較他人熟慣親密，因此，求全之毀及不虞之隙，已成寶黛相處間「和中有瑕」之基調。和尚所傳釋出黛玉之「天機」與「宿命」的說法，實涵蓋了「出家」、「不可哭」及「不見外親」之禁忌。除了「出家」以外，黛玉在母喪及親見賈母後之哭泣中，實已犯忌殆盡，故此種以淚還情債之宿命，必有衝突事故發生，或黛玉必須爲犯忌善後，其實均屬預料中之事。林黛玉於第3回及第29回曾有二次爲寶玉摔玉而哭泣，第20回中又有寶玉與寶釵同來賈母處，黛玉知寶玉從寶釵處來而哭泣，此亦是一例。前者黛玉伴有些微自憐，後者實爲黛玉之吃醋表現，因此，黛玉此時之種種表現，似乎已然是個比不上寶釵的弱勢失敗者。第30回寶黛二人爭吵後，寶玉前來道歉時，黛玉竟哭了出來。多次金玉之爭，亦被藉位鋪陳寶黛「宿昔和睦，終有嫌隙」之特質，同時鉤摘隱伏著「多病西施」(指黛玉)與「熱毒雪女」(指寶釵)長久以來便落入人際與情愛之循環爭競中。黛玉在多次金玉之爭的衝突還水債，不過卻也在幾次述心表

[1374]見曹雪芹 高鶚原著 馮其庸等校注《紅樓夢校注》，第 115 回，頁 1724。
[1375]同前註，第 25 回，頁 398。

情中一再流淚，如49回中黛玉曾拭淚對寶玉說：「近來我只覺心酸，眼淚卻像比舊年少了些的。心裏只管酸痛，眼淚卻不多。」[1376]不過康來新教授卻說林黛玉：「…儘管是『滴不盡相思血淚』（二十八回），淚還是越來越少『只覺心酸，眼淚卻向比舊年少了些』（四十九回）」[1377]。歐麗娟教授亦以49回中的敘述，乃「黛玉淚盡夭亡之先兆」：「此一現象不但解釋為『淚盡而逝』的宿命已經趨向終點，也可以解釋為在林黛玉後來的成長階段中，雖然感傷性格依然根植深藏，卻已經不再需要藉眼淚與抱怨去袪除自卑感或爭取優越感的一個表徵。」[1378]是「回應神話生命之故」[1379]。然而在筆者之研究中，49回後有多回一再述及黛玉哭泣之事：(1)第57回寶玉得了獃病，黛玉「不免多哭了幾場」。(2)第58回寶玉病癒後來探視黛玉，黛玉見其比先前瘦，「於是又哭了」。(3)第82回黛玉夢見寶玉剖心而死，「黛玉拼命放生大哭…黛玉一翻身，卻原來是一場惡夢。喉間猶是哽咽，心上還是亂跳，枕頭上已經溼透，肩背身心，但覺冰冷。想了一回，…又哭了一回…」[1380](4)第87回「感秋深撫琴悲往事」，同一回中黛玉便有多次傷心眼圈紅及珠淚連綿；第一次是看寶釵來書而傷感，後又怕惹他人厭煩「眼圈兒又紅了」[1381]；第二次是寶玉病時送來之舊手帕，黛玉看那舊詩，「不覺的簌簌淚下」[1382]，後又

[1376]同前註，第49回，頁751。

[1377]見《中央大學中文系專任教師論著集刊》中之〈閑情幻——紅樓夢的飲食美學〉，2002年9月30日，頁349；此文原發表於1995年「飲食文學國際研討會」；並見筆者主編《2006台灣紅樓夢論壇　演講稿合輯》中之〈紅樓夢的飲食文化〉，頁10。

[1378]見歐麗娟《紅樓夢人物立體論》，頁58。又見筆者主編《2006年台灣紅樓夢論壇演講稿合輯》中，歐麗娟教授發表的〈人性探索——《紅樓夢》人物的多重解析〉，頁32。

[1379]筆者主辦「2006台灣紅樓夢論壇」時，當天歐麗娟教授於發表〈人性探索——《紅樓夢》人物的多重解析〉之後，回應參與的學者相關提問時之答言。

[1380]見曹雪芹　高鶚原著　馮其庸等校注《紅樓夢校注》，頁1306。

[1381]同前註，頁1372。

[1382]同前註，頁1373。

手中自拿著兩條帕子，「在那裏對著淚滴」[1383]；第三次是紫鵑提起黛玉出來與寶玉間之舊事時，黛玉「一發珠淚連綿起來」[1384]。(5)89回當黛玉誤聽寶玉定親之事時，曾對著鏡子呆看，「那淚珠兒斷斷連連，早已濕透了羅帕…遲了好一會，黛玉才隨便梳洗了，那眼中淚漬終是不乾。」[1385]在以上筆者所述的57、58回、82回、87回、89回，我們並未看見黛玉有逐漸淚盡之象，尤其第89回黛玉眼中之「淚漬終是不乾」的敘述，是眼淚斷連不絕，而非逐漸淚盡。可惜歐教授在其《紅樓夢人物立體論》一書之黛玉一章中，雖探百二十回《紅樓夢》論述，但卻未深究49回後黛玉還水債之狀況，因黛玉「真正淚盡夭亡」時，是在97回斷氣的前一刻，李紈來探視黛玉時叫了兩聲：「黛玉卻還微微的開眼，似有知識之狀，但只有眼皮嘴唇微有動意，口內尚有出入之息，却要一句話一點淚也沒有了。」這才是黛玉真正的淚盡夭亡了，因此，49回並非黛玉「淚盡夭亡之先兆」，不過，對於黛玉當時說自己淚水變少之說法，筆者以為應有三種較合理的解說：1.因為當時寶玉的回答是：「這是你哭慣了心裏疑的，豈有眼淚會少的！」[1386]因此，不是黛玉「淚盡夭亡之先兆」，而是黛玉「多心多疑」所致，則康教授之發現及歐教授之說法值得商榷。2.另亦有可能是在那個時段中(指書中說的「近來」)黛玉的淚腺分泌之狀況確實特異，但其他時段黛玉有可能又恢復正常了，因如果加上後四十回的程本述說，便看不出有任何關於林黛玉眼淚變少之事，筆者已証之於前，因此，康教授之發現及歐教授之說法仍有商榷的餘地。3.原作者確實有此意圖將49回作為黛玉淚水逐漸變少之徵兆，但作者忘了埋線於49回之後的各回情節中，則康教授與歐教授便有先見之明。不過「實事求是」，掌握49回以後黛玉之哭情，在筆者第1及第2之推論中，應是較具說服力的。

[1383] 同前註。

[1384] 同前註。

[1385] 同前註，第 89 回，頁 1405。

[1386] 同前註，第 49 回，頁 751。

　　另在林黛玉與寶玉互動中，還是一直在以淚還債，與其以劉再復《紅樓夢悟》中就西方基督教所謂人類生下來就帶著「原罪」而來，將「水債論」說成：「從原罪的引申意義上說，懺悔的過程就是確認債務和還債過程。」[1387]還不如就以佛教的「輪迴觀——還債說」作為解釋會較恰當，畢竟基督教並無輪迴觀，故雖然從形式上乍看二者之間有些雷同，但意義上卻是迥異的，因為「欠債」並不等於「有罪」，黛玉至人間是還情債，而非有任何惡行需要悔改。

　　黛玉一生最大的情敵就是寶釵，而寶釵所擁有的各項優勢，正是黛玉嫉妒之因。第8回中，看見寶玉有玉，寶釵有金鎖，於是鶯兒會意著說：「我聽這兩句話，倒像和姑娘的項圈上的兩句話是一對兒。」[1388]合和之玉文、鎖文，似已預設了臻于天然盛美之金玉良緣。對於既無玉、又無金鎖之黛玉而言，身世背景、性格行為與貼身物品均難敵寶釵時，在高下相傾之現實下，黛玉濃郁之多心多疑的氣質，更激發于有形之金玉問題，及乍見寶玉與寶釵相處之情境中，木石前盟似乎是在奮力頡頏金玉良緣。

　　相對於金玉之爭，寶黛之「知音相惜」，在《紅樓夢》中或雕章于日常互動中，或琢磨于寶玉對黛玉之纖維觀鑑中。第16回黛玉自入榮府後，首次回揚州，再回來時與寶玉彼此悲喜交加，大哭一場，此時寶黛間反而有一層新體認：「寶玉心中品度黛玉，越發出落的超逸了。黛玉又帶了許多書籍來，忙著打掃臥室，安插器具，又將些紙筆等物分送寶釵、迎春、寶玉等人。寶玉又將北靜王所贈鶺鴒香串珍重取出來，轉贈黛玉。」[1389]其中摻雜了彼此之琴瑟音和。第32回對麒麟起戒心之黛玉，便恐寶玉借此生隙，「同史湘雲也做出那些風流佳事來。」[1390]然而在此場即將展開之試探中，黛玉因

[1387] 見「三、還淚的隱喻」，頁245-250。
[1388] 見曹雪芹 高鶚原著　馮其庸等校注《紅樓夢校注》，第8回，頁142。
[1389] 同前註，第16回，頁239。
[1390] 同前註，第32回，頁500。

聽見史湘雲說經濟一事，反釀成寶玉之不悅，因此寶玉鄭重其事地說：「林妹妹不說這樣混帳話，若說這話，我也和他生分了。」[1391]黛玉滌除了麒麟與玉石登對之聯想與疑慮外，反而轉憂為喜，更覺與寶玉二人心性一氣，又自恃眼力不錯，果信是知己，而同回中又有寶玉之肺腑關懷：「你皆因總是不放心的原故，才弄了一身病。但凡寬慰些，這病也不得一日重似一日。」[1392]寶玉思洽識高、鑑照洞明地直指黛玉之病因，乃心性限於一偏——「不放心」所導源，並動之以婉孌之情，句眞懇切，故能感黛玉肺腑。書中描述此時的寶黛二人行為舉止之反應是：「林黛玉聽了這話，如轟雷掣電，細細思之，竟比肺腑中掏出來的還覺肯切，竟有萬句言語，滿心要說，只是半個字也不能吐，卻怔怔的望著他。此時寶玉心中也有萬句言語，不知從那一句上說起，卻也怔怔的望著黛玉。兩個人怔了半天，林黛玉只咳了一聲，兩眼不覺滾下淚來，回身便要走。」[1393]此乃寶黛之間第一次如此相互怔望的「默然交心」。另第34回寶玉因金釧兒之事被賈政鞭打，夢中驚醒時睜眼看見黛玉：「只見兩個眼睛腫的桃兒一般，滿面淚光…寶玉還欲看時，怎奈下半截疼痛難忍，支持不住，便『嗳喲』一聲，仍就倒下，嘆了一聲，說道：『你又做什麼跑來！雖說太陽落下去，那地上的餘熱未散，走兩趟又要受了暑。我雖然捱了打，並不覺疼痛。我這個樣兒，只裝出來哄他們，好在外頭布散與老爺聽，其實是假的。你不可認眞。』」[1394]黛玉本為關心寶玉捱打之事而來，卻反成了寶玉勸哄的對象。又一次黛玉曾問及寶玉有關襲人母喪後多早晚回來一事，寶玉回身問道：「『如今的夜越發長了，你一夜咳嗽幾遍？醒幾次？』黛玉道：『昨兒夜裏好了，只嗽了兩遍，卻只睡了四更一個更次，

[1391]同前註。

[1392]同前註，第32回，頁501-502。

[1393]同前註，頁501-502。

[1394]同前註，第34回，頁519。案：「仍就倒下」之「就」乃訛字，應是「舊」字。

就再不能睡了。』」[1395]寶玉與黛玉之互動多圍繞于身體健康之話題上。賈寶玉對黛玉之知心，或爲延續仙界宿命之灌溉呵護之責，或有紅塵天賦之博觀識性，覘行知心，故寶玉實爲黛玉之知音，而黛玉卻僅在不論仕宦、經濟二事，才是寶玉之紅粉知己而已。《文心雕龍·知音》中有：「音實難知，知實難逢，逢其知音，千載其一乎！」[1396]劉勰之言，果是眞知。

有關黛玉之「香袋表心」已述之于前一單元，一如司棋送給潘又安之二個香袋一般，借以表心、傳情、達意，而「羅帕傳情」見於第 34 回中。寶玉因金釧兒之事被打得受傷服藥，黛玉來看她時紅了眼，於是寶玉令晴雯送二條絹子給黛玉當定情物；黛玉會意而收下，晴雯頓時成了順命達情之傳情大使。至於傳閱《會眞記》，更是寶黛情意流動之佳話。寶黛二人於三月中浣之早飯後，在沁芳橋的桃花林底下傳閱《會眞記》，是《紅樓夢》作者敘述二人情投意合之一章。寶玉先是讀至「落成紅陣」，巧會來葬花之黛玉而傳遞《會眞記》予黛玉。黛玉從頭看起，「不到一頓飯工夫，將十六齣俱已看完，自覺詞藻警人，餘香滿口。…心內還默默記誦。」[1397] 然而寶玉心有所感的一句玩笑話，卻一語成讖：「我就是個『多愁多病身』，你就是那『傾國傾城貌』。」[1398]林黛玉終似具傾國傾城之貌的崔鶯鶯，而落入「紅顏薄命」及悲劇情緣之象限。此種以傳統小說或戲曲借論即將發生之事，或預示未來姻緣者，在 44 回中曾爆出了鮑二家的姦情，即有一例[1399]。一戲雙關，戲裏戲外均有悲情。戲裏才子王生與佳人錢玉蓮以荊釵聘定爲夫婦。一場春闈催試，拆散了鸞鳳，王生因參相不從招贅，被改調潮陽，而錢玉蓮則被孫

[1395]同前註，第 52 回，頁 809。

[1396]見劉勰著　范文瀾註《文心雕龍注》，卷 10，頁 713。

[1397]見曹雪芹　高鶚原著　馮其庸等校注《紅樓夢校注》，第 23 回，頁 366。

[1398]同前註，第 23 回，頁 366。

[1399]同前註，案：第 44 回中提及九月初二社日，賈家人及尤氏於新蓋好之大花廳上聽《荊釵記》，王熙鳳自覺酒沉了，未看耍百戲便出了席，無意中從一個小丫頭子口中得知其夫婿賈璉與鮑二媳婦有姦情而進行捉姦。

汝權所害，爲母逼婚改嫁而投江自殺，幸爲神道所救，夫婦終於吉安相會
[1400]。戲外鮑二家的與賈璉之姦情被揭而上吊自殺。二女之自殘均爲一情字，
不過一個是節女，一個卻是淫婦，前者獲救而後者殞命。《紅樓夢》作者亦
鋪排《會眞記》一書，亦是雙關，書中書外亦均是悲劇。崔鶯鶯與林黛玉雖
均含蓄深情，卻有失身被棄及止乎禮義之別，最終前者的情書被張生公諸好
友嘲戲[1401]，且委身他人，後者則癡情病死而寶玉亦在娶妻後出家。

　　有關寶黛間之「同病相憐」，據賈母口中所言二人天生體弱之高同質性：
「偏是這兩個玉兒多病多災的」[1402]，同時更有惜花葬花之癡病及癡迷相望
等浪漫情懷。值得注意者，乃林黛玉之葬花癡病，即是佛家之「癡執」，實
非疾病。在黛玉「焚稿斷痴情」之前，黛玉由傻大姐兒口中得知寶玉欲娶寶
釵之事，再次咳血、吐血後迷迷痴痴地走來瞧寶玉，一片純情痴心，二人癡
迷相望間之綿綿情意，婉約漫美：「黛玉…看見寶玉在那裏坐著，也不起來
讓坐，只瞅著嘻嘻的傻笑。黛玉自己坐下，卻也瞅著寶玉笑。兩個人也不問
好，也不說話，也無推讓，只管對著臉傻笑起來。襲人看見這番光景，心裏
大不得主意，只是沒法兒。忽然聽著黛玉說道：『寶玉，你爲什麼病了？』
寶玉笑道：『我爲林姑娘病了。』襲人紫鵑兩個嚇得面目改色，連忙用言語
來岔。兩個卻又不答言，仍舊傻笑起來。襲人見了這樣，知道黛玉此時心中
迷惑不減于寶玉，因悄和紫鵑說道：『姑娘才好了，我叫秋紋妹妹同著你攙
回姑娘歇歇去罷。』…那黛玉也就起來，瞅著寶玉只管笑，只管點頭兒。」
[1403]作者於寶黛迷癡處述心寫貌，恍惚中二人自有律動，相顧癡笑中又互傳
情意。這是《紅樓夢》書中第二次對寶黛二人「默然交心」的摩寫，此種「相

[1400] 案：此段文字由筆者整理之，原文可參考毛晉《六十種曲》，從第 1 齣「家門」
至第 48 齣「團圓」，頁 1-136。
[1401] 案：元稹《會眞記》即《鶯鶯傳》，故可參考蔣防撰　束忱、張宏生注譯　侯迺慧
校閱《新譯唐傳奇選》，頁 100-201。
[1402] 見曹雪芹　高鶚原著　馮其庸等校注《紅樓夢校注》，第 83 回，頁 1314。
[1403] 同前註，第 96 回-97 回，頁 1495-1500。

互交心」，一如劉夢溪之引證：「黛玉的經常誓言是，如果得不到愛情，還不如死了。寶玉的誓言是："你死了，我做和尚。"…男女相愛單是情感的交流還不夠，還要有心的交換和呼喚」[1404]。默然中二人的互傳情意，依賴的就是超心理學所謂的「心電感應」。作者此處「默然交心」的摩寫顯較「口述交心」更微隱浪漫且盪人心絃。白日垂照，青眸寫形，寶黛此時之迷癡傳情，其實均是病態，筆者將於下一單元探討醫病問題中論述之。

(二)夢幻與現實中之悲劇情緣

有關夢幻與現實中之悲劇情緣，在於「惡夢顯意」，見諸「病瀟湘癡魂驚惡夢」中：書中摩寫黛玉因年事已長，晚妝將卸，不禁想起日間老婆子的一番混話，千愁萬緒，思及婚姻，心似轆轤，嘆氣掉淚後便跌入夢鄉，其中顯意四段心象，而引物連類，乃黛玉潛意識之顯影。第一段心象，小丫頭走來說到賈雨村有請姑娘及南京還有人來接起始。第二段心象，又見鳳姐同邢夫人、王夫人及寶釵等，都來道喜與送行，說林姑爺升了湖北的糧道，娶了一位繼母，將黛玉許了繼母之親戚爲續弦。第三段心象，黛玉無計可施只得求救于賈母，但礙於賈母恪守傳統觀念：「做了女人，終是要出嫁的…在此地終非了局。」[1405]故僅能委曲求全，不過卻無法撼動賈母之心。在二、三段心象中，其實又表露出黛玉在榮府中人際關係之慘澹。末段心象，寶玉道：「『我說叫你住下。你不信我的話，你就瞧瞧我的心。』說著，就拿著一把小刀子往胸口上一劃，只見鮮血直流。黛玉嚇得魂飛魄散，忙用手握著寶玉的心窩，哭道：『你怎麼做出這個事來，你先來殺了我罷！』寶玉道：『不

[1404] 見劉夢溪〈賈寶玉林黛玉愛情故事的心理過程〉，刊於《紅樓夢學刊》，2005 年，第 5 輯，頁 68。

[1405] 見曹雪芹 高鶚原著 馮其庸等校注《紅樓夢校注》，第 82 回，頁 1304。

怕，我拿我的心給你瞧。』還把手在劃開的地方兒亂抓。」[1406]寶玉剖心明志之血腥與犧牲形象，鎔鑄出黛玉惡夢情緣之高潮，而細究黛玉之惡夢遠因，乃為「迎春之嫁」遇人不淑之悲嘆，近因則是黛玉為日間老婆子一番寶黛相配之混話所動，而鋪演出的一椿夢幻悲劇。夢不僅具生理學之意義，亦有心理學之意義，可能帶來愉悅、欣喜、恐懼、悲傷。康諾先生（Kanner, 1957）云：「『夢魘』就是單純的惡夢。夢魘發生在眼球快速轉動（REM）的睡眠中。它們通常均很短暫。」[1407] 楊格（Jung, Carl Gustav1875-1961）亦認為「夢和神話一樣，都是顯示原型以使意識知曉的工具」[1408]，又云：「夢不是特別的，是很自然的，是一個人最關心的事情、潛意識所瞭解的事情發給意識的訊息、象徵。他認為夢不只是與過去有關，並且和現在、將來都有關。夢裡所見的只是沒有意識到的，在他的精神世界是早已存在的。」[1409]因此，夢中寶玉大喜之反諷與黛玉恍然大悟人性之無情無義，均是一場虛擬之情感試煉，其中既有黛玉傷心悲哭、轉悲作喜，又有黛玉放聲大哭之激情反應。另夢中又有寶玉從問訊留人至剖心死亡止之悲劇互動。在此「惡夢之顯意」中，作者多次運用「凝想形影，便出之形影」之技巧，從夢中所搬演的：黛玉又恍惚父親果在那裏做官的樣子、恍惚又是和賈母在一處似的，至又一想便見寶玉站在面前等夢境，作為人物虛幻出場之先後順序與更替。在此四段心象中，無論哪一段心象均顯露出黛玉之至情句真。黛玉夢中已許寶玉之事，雖非事實，但卻是黛玉之現實心願，然而突然被告知許了陌生人之違緣，則是夢中悲劇之導火線。夢中寶玉之剖心作誓，一如現實生活中之呵護黛玉、願為黛玉出家等心態，雖亦是專情，但卻更慘烈。

[1406]同前註，頁 1305-1306。

[1407]Dennis Coon, *Introduction to Psychology*, "A nightmare is simply a bad dream. Nightmare occurred during REM sleep. They are usually very brief." Chapter 7：Sleep and dreaming. p. 159.並見王溢嘉編譯《夢的世界》，頁15。

[1408]見王溢嘉編譯《夢的世界》，頁 62。

[1409]見沙東〈夢的訊息〉，在《諮商與輔導》，2006 年 4 月 5 日，第 244 期，頁 18。

　　不過之後黛玉之死，卻是寶黛情緣之終結，作者不但從第 2 回橫跨至 98 回等，多回長篇撰刻林黛玉一生之疾病，對於黛玉臨終時內心之苦楚，更是置字有力。多情必深恨，乃從悲劇情緣所汰留下之名言。林黛玉從孤獨與似被隔絕之深處中，領悟過去、死亡及錯解寶玉的心靈摧悲。書中一段簡文除了以「正是寶玉成家之日」的時間巧設出激情與嘆惋外，到了晚間更有悲劇高潮：「黛玉卻又緩過來了，微微睜開眼，似有要水要湯的光景。」[1410] 書中鋪寫黛玉從「迴光返照」中之虛弱求食，至之後垂死掙扎、交代返鄉心願及最後餘氣所乒出地對寶玉之怨尤，縹緲迴盪於陰陽二界。林黛玉之多情，鐵誓於天地之間，但臨終前的往生慘狀，卻令人動容；黛玉是如此直聲地抱怨著：「『寶玉，寶玉，你好……』說到『好』字，便渾身冷汗，不作聲了。紫鵑等急忙扶住，那汗愈出，身子便漸漸的冷了。」[1411] 賈寶玉已無辜地被誤置於絕情之中，黛玉病危中之氣虛體弱，更象徵著「怨之愈深，吐詞愈緩」。作者雖雕刻出透迤綺麗之情采，卻是黛玉被圍限於鳳姐欺瞞策略下，最殘酷的兩情對待。林黛玉之死，實具美刺善惡之彰達：美者，黛玉之死，乃淒美哀怨之黻藻休文，吟而味郁；刺者，雖為姻親，賈家真正關心黛玉者，除了李紈、探春、紫鵑外，又有幾人？善者，類林黛玉之孤潔自戀者，或因前世緣法而能擁有忠僕紫鵑之瞻前顧後，亦算百照有至；惡者，被林黛玉視為關心自己之薛寶釵，卻因私心而搶走賈寶玉。瀟湘館離新房子甚遠，二座院落，一喜一悲，遙空之賈薛婚慶曲調與黛玉臨終之怨悲嘆聲互不交通，對比尖銳，情節撼人處，入人肝脾。

　　林黛玉之情感世界充滿七情六欲之體現，雖有香袋表心、羅帕傳情、傳閱《會真記》、知音相惜、同病相憐等，多為親則相親之互動，然其求全之毀、金玉之爭、惡夢顯意及含恨歸天之心緒與結局則又是紆曲悽婉。寶黛之悲劇情緣，固有賈母主其事、鳳姐偷樑換柱及因黛玉之多心等性格使然，而

[1410] 見曹雪芹 高鶚原著　馮其庸等校注《紅樓夢校注》，第 98 回，頁 1521-1522。
[1411] 同前註。

其體弱多病[1412]，起居飲食之貧乏：「平素十頓飯只好吃五頓」、「又是個心血不足常常失眠的…大約一年之中，通共也只好睡十夜滿足的」[1413]及女工針織方面之遲慢：「舊年好一年的工夫，做了個香袋兒，今年半年，還沒見拿針線呢。」[1414]等因素，何嘗不是不利於古代之「選婦心態」！

三、從先天宿疾、肺結核至憂鬱症

林黛玉一角從體弱多病述起，充滿傳彩，而其魂歸離恨天與賈寶玉癡傻娶妻，作者更以跨二回交錯敘述，創作中「因果宿命」是主題。至於林黛玉之死期，研究《紅樓夢》者亦有多種說法，筆者將嘗試從林黛玉一生中之先天宿疾至淒絕魂歸之意義與價值，作全面之釐清。

(一)不足之症與暑溽之氣

林黛玉嬌襲一身之病非一。從先天宿疾、中暑溽之氣、勞怯之症、嗽疾、杯弓蛇影至最終淒絕魂歸止，期間作者輕飾雕彩黛玉藥罐浸身及多心思慮之苦。在寶玉眼中，「行動如弱柳扶風」之林黛玉，被二門上該班的興兒稱爲「多病西施」[1415]，更是個僕人戲稱僅能遠離，不敢對之出氣之人，其因不在黛玉之威嚴，而「是怕這氣兒大了，吹倒了林姑娘」[1416]，故在林黛玉一進入榮府時，便一眼被眾人看穿：「其舉止言談不俗，身體面龐雖怯弱不勝，卻有一段自然的風流態度，便知他有不足之症。」[1417]從中醫論之，此乃因

[1412]陳慶浩編著《新編石頭記脂硯齋評語輯校》中第35回戚本後有脂硯齋眉批云：「此回是以情說法，警醒世人。黛玉因情凝思默度，忘其有身，忘其有病…愛河之深無底，何可氾濫，一溺其中，非死不止。」(頁569)

[1413]見曹雪芹　高鶚原著　馮其庸等校注《紅樓夢校注》，第76回，頁1202。

[1414]同前註，第32回，頁499。

身體虛弱所引起之病，分為中氣不足及正氣不足二種[1418]。妙玉與林黛玉二人均年幼遭苦且久病不癒，前者父母雖買替身兒卻無助解厄，僅能隨俗出家、帶髮修行；後者父母未採和尚之言，反以人參補氣作為崇替出家之策，故黛玉得以延年。對於天機與宿命及和尚之全知全能，《紅樓夢》作者早已於全書中佈下天羅地網。

有關黛玉不足之症，在 76 回「凹晶館聯詩悲寂寞」中，透過湘雲與黛玉之對話可進一步得知黛玉不足之症的附帶病徵：「黛玉又是個心血不足常常失眠的，大約一年之中通共也只睡十夜滿足的覺。」[1419]不足之症所造成黛玉之失眠，中醫上，林健一醫師曾論證是屬於「精神衰弱症」[1420]，而此症與之後林黛玉又「中了些暑溽之氣」[1421]，其實是相為表裡的。《證治要訣·中暑》云：「中暑為證，面垢悶倒，昏不知人，冷汗自出，手足微冷，或吐或瀉，或喘或滿。」[1422]又《名醫雜著·卷3·暑病證治》：「夏至日後，病為暑。暑者，相火行令也。夏月人感之，自口齒而入，傷心包絡之經。其脈虛，或浮大而散，或絲細芤遲。蓋熱傷氣，氣消則脈虛弱。」[1423]前者針對中暑之徵狀描述，後者則從節氣申論，並述及疾病出入經絡之流程，及熱氣乃危害身體之源。黛玉得暑溽之氣，殆因黛玉體弱之故，故難抵大氣之變。

《紅樓夢》強調林黛玉有先天宿疾的「不足之症」，亦強調薛寶釵因先天熱毒，故以冷香丸剋之，冷熱調和得宜，而林黛玉則以人參養榮丸補氣，但卻

[1415]同前註，第 65 回，頁 1033。

[1416]同前註。

[1417]同前註，第 3 回，頁 46。

[1418]同前註，注釋 13 云：「脾胃虛弱稱為中氣不足，氣血虛弱稱為正氣不足」（頁 58）

[1419]同前註，第 76 回，頁 1202。

[1420]見網站：http://www.education.ntu.edu.tw/school/h(2003 / 05 / 27。

[1421]見曹雪芹 高鶚原著 馮其庸等校注《紅樓夢校注》，可參考第 29 回，頁 465。

[1422]見筆者的醫學顧問林昭庚教授主編《中西醫病對照大辭典》，第 5 冊，第 17 章 「損傷及中毒」，頁 2282。

[1423]同前註，頁 2281。

仍「淚光點點，嬌喘微微」[1424]，故哭泣氣質及可能因缺乏運動所導致的舉動間心盪易促之「體虛之喘」，卻成了黛玉的隨體賦形之態。

(二)勞怯之症與軟疾

第 28 回提及林黛玉藥方時，甲戌本回後脂硯齋批曰：「自 "聞曲" 回以後回回寫藥方，是白描顰兒添病。」[1425]庚辰本畸笏叟亦批云：「寫藥案是暗度顰兒病勢漸加之筆，非泛泛閑文也。」[1426]而林黛玉其他疾病果眞接踵而至。《紅樓夢》第 32 回中，賈寶玉因史湘雲提及經濟一事而欣讚黛玉絕不說此種混帳話，令黛玉驚歎爲知音，但黛玉卻因「近日每覺神思恍惚，病已漸成，醫者更云氣弱血虧，恐致勞怯之症。」[1427]林黛玉悲觀地看待自己，且將之置諸宿命框架中，然流淚卻無法變更生病之實。李騰嶽〈紅樓夢醫事：殊に其の諸人物の罹患疾病に就ての察〉中亦云：「此時醫生早已宣判黛玉得到癆症」[1428]，不過筆者仍覺得需要進一步論證。

黛玉「氣弱血虧」的眞正致病之因，寶玉曾云是因爲黛玉「不放心」所致；其病灶說與醫師之脈理病相說其實並無衝突，因爲作者是在林黛玉近日一再咳嗽中伏筆重大疾病，故第 34 回當林黛玉收到賈寶玉委託晴雯送來二塊舊絹子後，雖神癡心醉、五內沸然、餘意纏綿，但在太醫掌燈研墨、醮筆直書憂心黛玉恐已是得到「勞怯之症」時，便部分印證於黛玉之病情與形貌之上：「覺得渾身火熱，面上作燒，走至鏡台揭起錦袱一照，只見腮上通紅，自羨壓倒桃花，卻不知病由此萌。」[1429]同時在《紅樓夢校注》第 32 回，注

[1424]見曹雪芹　高鶚原著　馮其庸等校注《紅樓夢校注》，第 3 回，頁 53。
[1425]見陳慶浩編著《新編石頭記脂硯齋評語輯校》，頁 548。
[1426]同前註，頁 540。
[1427]見曹雪芹　高鶚原著　馮其庸等校注《紅樓夢校注》，第 32 回，頁 500-501。
[1428]刊於《台灣醫學會》，昭和 17[1942 年]，第 41 卷，第 3 附錄別刷，頁 83。
[1429]見曹雪芹　高鶚原著　馮其庸等校注《紅樓夢校注》，第 34 回，頁 525。

釋4「勞怯之症」中云：「勞：即癆，一種消耗性的疾病。怯，身體怯弱，也指氣血不足。『勞』包括現代結核、嚴重貧血等病」[1430]。事實上，「勞症」或「癆症」，有多種稱呼，在筆者的醫學顧問林昭庚教授主編《中西醫病對照大辭典》中提及又稱「勞證」、「虛勞」、「傳屍」、「骨蒸」、「骨注」、「勞熱」、「肺勞熱」、「勞瘵」、「癆瘵」、「伏連」、「癆嗽」、「疾癆」、「肺萎」等，今日則稱「結核病」[1431]，故從32回，林黛玉可能已得「勞怯之症」，即「癆症」，至34回時，黛玉又再次「癆病發作」。

《紅樓夢》中林黛玉之「嗽疾」一直被強調著，似乎是黛玉之主要疾病。林黛玉，除了因「勞怯之症」具咳嗽現象外，第45回-55回中又一再提及嗽疾。第45回中黛玉說自云十五歲[1432]，作者並云：「每歲至春分秋分之後，必犯嗽疾；今秋又遇賈母高興，多遊玩了兩次，未免過勞了神。近日又復嗽起來，覺得比往常又重，所以總不出門，只在自己房中將養。」[1433]寶釵來探望她時，道：「『這裏走的幾個太醫雖都還好，只是你吃他們的藥總不見效，不如再請一個高明的人來瞧一瞧，治好了豈不好？每年間鬧一春一夏，又不老又不小，成什麼？不是個常法。』黛玉道：『不中用。我知道我這樣病是不能好的了。且別說病，只論好的日子我是怎麼形景，就可知了。』…黛玉嘆道：『[死生有命，富貴在天]，也不是人力可強的。今年比往年反覺又重了些似的。』說話之間，已咳嗽了兩三次。」[1434]在第52回中，仍可見到寶玉關心黛玉嗽疾之事的問答。賈寶玉雖有緣情婉密之關懷，但對多病或長病之黛玉而言，其安心作用遠大於實質效果。另第55回中有：「時屆孟

[1430]同前註，第32回，頁506。
[1431]可參考我的醫學顧問林昭庚教授《中西醫病名對照大辭典》，第1章「傳染病及寄生蟲病」，頁59-63。
[1432]見曹雪芹 高鶚原著 馮其庸等校注《紅樓夢校注》，第45回，頁694。
[1433]同前註，頁693。
[1434]同前註，頁694。

春，黛玉又犯了嗽疾。」[1435]類此之季節性咳嗽其實較像「過敏症」[1436]，是指林黛玉呼吸系統過敏的現象。事實上，在古代中醫中並無所謂「過敏症」，也許在當代就像作者所鋪陳的，人們或許僅知道有一種咳嗽是會在固定季節發生咳嗽的現象而已，而今日西醫對於咳嗽的診斷中，會特別注意到「發作有無季節性」[1437]的問題，因為「咳嗽發生的時間也可以提示某些特殊病因」[1438]。黛玉季節性之咳嗽便是一種過敏症，正如同「過敏性哮喘」一樣：「常具有季節性，多見於兒童和青年」[1439]，亦如同「過敏性鼻炎」一般：「其臨床症狀為季節性或常年性的噴涕...，並且會反覆發作」[1440]。因此季節性的發作，便成了「過敏症」的重要表徵。又在 57 回，寶玉得「痰迷之症」，黛玉因李媽媽說寶玉「不中用了」，於是：「哇的一聲，將腹中之藥一概嗆出，抖腸搜肺、熾胃扇肝的痛聲大嗽了幾陣，一時面紅發亂，目腫筋浮，喘的抬不起頭來。紫鵑忙上來捶背，黛玉伏枕喘息半晌」[1441]，可見黛玉之嗽疾時好時壞，但何以此時不再述及「結核病」，殆或因作者遺漏，或因此時期病情沒有特別變化，因結核病是一種慢性疾病，抵抗力好時，狀況呈佳。其實除了晴雯有女兒癆以外，作者亦云史湘雲之夫及賈赦均曾得肺癆；襲人曾有二次吐血症，其中第二次吐血後又嗽痰帶血，看似肺癆；另一肖似林黛

[1435] 同前註，第 55 回，頁 854。

[1436] 見 *Harrison's Principle's Internal Medicine* 吳德朗等主編《哈里遜內科學》，第 4 篇　「循環和呼吸功能改變」，第 35 節，「咳嗽和咳血」，頁 261-265 及第 7 篇　「呼吸系統疾病」中之「哮喘」，頁 1234。

[1437] 同前註，第 4 篇　「循環和呼吸功能改變」，第 35 節，「咳嗽和咳血」，頁 261。

[1438] 同前註。

[1439] 同前註，第 7 篇　「呼吸系統疾病」中之「哮喘」，頁 1234。

[1440] 見筆者的醫學顧問林昭庚教授主編《中西醫病對照大辭典》，第 3 冊，第 8 章　「呼吸系統疾病」中提及「過敏性鼻炎」，頁 1041。案：文中之「噴涕」，應是「噴嚏」之誤。

[1441] 見曹雪芹　高鶚原著　馮其庸等校注《紅樓夢校注》，第 57 回，頁 887。

玉之戲子齡官亦曾「咳嗽出兩口血來」[1442]，而賈瑞亦可能因肺結核而併發腦膜炎[1443]。因此，此種傳染病應是在賈府中流傳著，而黛玉對自己之病情亦是悲觀看待，且抵抗力差者得病機率自然較高，何況肺結核更會因季節性過敏而加重咳嗽狀況，故當寶玉噓寒問暖時，「黛玉羞得臉飛紅，便伏在桌上嗽個不住。」[1444]庚辰脂硯齋夾批云：「本是閒談，卻暗隱不吉之兆。」[1445]實則不吉之兆早見於「勞怯之症」，及潛藏於林黛玉與薛寶釵對話時之悲觀態度中。

疾病除了醫緣之外，堅毅與信心才是轉病為安之鑰。林黛玉體弱心虛、睡眠困擾等精神衰弱現象，乃健康之大敵，而節氣變化、病情反覆與久病不癒等，可能更令黛玉失志，故在黛玉經歷一場噩夢之後，病情更趨嚴重：「黛玉此時已醒得雙眸炯炯，一回兒咳嗽起來，連紫鵑都咳嗽醒了。…紫鵑…聽見黛玉又嗽，連忙起來，捧著痰盒。…只見滿盒子痰，痰中好些血星，唬了紫鵑一跳，…紫鵑連忙端著痰盒，雪雁捶著脊梁，半日才吐出一口痰來。痰中一縷紫血，簌簌亂跳。紫鵑雪雁臉都唬黃了。兩個旁邊守著，黛玉便昏昏躺下。」[1446]同一回中又有翠縷道：「林姑娘昨日夜裏又犯了病了，咳嗽了

[1442] 同前註，第 36 回，頁 553。案：《紅樓夢》第 30 回中述及齡官之長相像黛玉；第 36 回有齡官吐血；93 回因水月庵掀翻賈芹與小沙彌及女道士鶴仙勾搭之風月案後，齡官於 94 回被送回家鄉。另可參考沈旭元〈紅牙檀板奏哀聲〉——論《紅樓夢中的十二女伶》中云：「齡官的長相像林黛玉，有稜角，不苟言笑及多疑、癡情像黛玉，甚至就連她"面薄腰纖"，害著咳血的病症也都大似黛玉。在《紅樓夢》中作者塑造了二個外貌、性格同林黛玉相似的人物形象，一個是晴雯，另一個便是齡官。…二是作者用晴雯、齡官不幸的遭遇和結局，暗喻林黛玉必然的悲劇結局。」（見《紅樓夢學刊》，1983 年，第 4 輯，頁 114）
[1443] 參閱筆者〈《紅樓夢》中賈瑞之反社會性格、戀母情結及器質性幻覺症〉，刊於《中國文化月刊》，2004 年 1 月，頁 15-17。
[1444] 見曹雪芹 高鶚原著 馮其庸等校注《紅樓夢校注》，第 45 回，頁 697。
[1445] 見陳慶浩編著《新編石頭記脂硯齋評語輯校》，頁 624。
[1446] 見曹雪芹 高鶚原著 馮其庸等校注《紅樓夢校注》，第 82 回，頁 1306-1307。

一夜。我們聽見雪雁說，吐了一盒子痰血。」[1447]心情與病情之交互影響，致令黛玉逐步纏綿病榻。黛玉之「氣有鬱陶」，已非一朝一夕，痰中早有血星，而紫血則是新出之病徵。寶玉與紫鵑之勸諫終不見效，肇因於黛玉性格之多慮及憂鬱使然。不過較殘酷者，乃當探春、湘雲扶了小丫頭都到瀟湘館來探視黛玉時，因湘雲年輕而直率地驚唬於黛玉所吐之物，黛玉方知自己吐血而愕然。探春雖解圍說「這不過是肺火上炎」，在《紅樓夢校注》，第82回，註10提及，此乃是一種「因陰虛而致內火上升，損傷肺中血絡，故易咳血或吐血，常見於肺炎、肺結核等症。」[1448]然而林黛玉得「勞怯之症」似乎眾所皆知，但由於病程長，且不斷咳嗽，故較可能是肺結核，宋淇、陳存仁及林健一醫師之研究亦主張此說[1449]。同時林黛玉亦應是個「慢性肺結

[1447] 同前註，頁 1308。

[1448] 同前註，頁 1316。

[1449] 見宋淇、陳存仁〈林黛玉淚盡天亡——紅樓夢的病症與醫理〉(七)，其中陳存仁醫師以為林黛玉所得者為慢性肺癆，見《大成》，1982 年 1 月 1 日，頁 18 及 1982 年 12 月號。同年張曼誠醫師〈《紅樓夢》的醫藥描寫〉中根據《紅樓夢》書中多處論及林黛玉之病推論為癆瘵，文中云：「古人認為係氣血虛弱，癆蟲傳染所致。病變部位始于肺經，繼之關係脾腎，甚則涉及心肝。」(見《紅樓夢研究集刊》，1982 年，第 8 輯，頁 432)另可參考林健一醫師〈疾病的歷史：歷史上的肺結核與文學〉中云：「美國已故著名的細菌學家兼作家杜博（Dubos），在 1950 年代寫了一本介紹結核病的暢銷書，書名叫白色瘟疫（THe White Plague）。他在書中就提到了黛玉的肺結核。雖然黛玉是小說中的虛構人物，但在曹雪芹的生花妙筆下，好像成了歷史上的寫實人物，...」(見網站：http://www.education.ntu.edu.tw/school/h)又林健一醫師論文中提及：「有一次，寶玉探視黛玉時，看她『星眼微錫，香腮帶赤，不覺神魂早蕩』患結核病的人，因常發低溫燒，在臉顴骨都會出現紅潤，而黛玉有結核病，所以會香腮帶赤，白裡透紅，顯得嫵媚動人，看得寶玉神魂顛倒，而不知是黛玉的病兆。又有一次黛玉跟寶玉鬥嘴後，她立刻『臉紅頭脹，一行啼哭，一行氣噎，一行是淚，一行是汗，不勝怯弱。』害得寶玉不敢再跟她鬧翻，流汗也是結核症狀之一。」網站：http://www.education.ntu.edu.tw/school/h。 2003／05／27 案：林醫師引用《紅樓夢》原文中「星眼微錫」之「錫」應作「餳」。此段文句在第 26 回，頁 411。另可參考段振離〈從林黛玉的肺癆談起——肺結核今昔〉，見《健康世界》，1997 年 2 月，頁 104-108。

核患者」，因肺結核之臨床表現常爲「咳嗽、咳血、體重減輕、虛弱、倦怠、晚上發燒等」[1450]。書中周瑞家的曾描述黛玉病篤之狀：「看他那個病，竟是不好呢。臉上一點血色也沒有，摸了摸身上，只剩得一把骨頭。問問他，也沒有話說，只是淌眼淚。」[1451]亦可印證黛玉體重減輕、虛弱，符合內科疾病中肺結核之臨床表徵。

(三) 鬱陶之疾、心病與憂鬱症

除了嗽疾外，黛玉還有「鬱陶之疾」及「心病」；三種疾病之間是否有關聯？值得一探究竟。

在第 1 回甄士隱夢中太虛幻境的絳珠仙草，曾因「尙未酬報灌溉之德，故其五內便鬱結著一段纏綿不盡之意。」[1452]在因果宿命的安排中，黛玉有「氣之鬱陶」，之後卻又有「心病」。黛玉的「鬱陶之疾」，實乃肇因於黛玉偷聽到紫鵑與雪雁之對話，而誤以爲寶玉定了親，由東府親戚王大爺所作的媒。之後又想到自己沒了爹娘之苦，於是立意自戕，遭塌身子，茶飯無心，

[1450] 參考 Mario C. Ravinglione, Richard J. O'Brien's 'Tuberculosis': "Clinical manifestation are …fever, night sweats, anoxexia, weakness, and weight loss are presenting symptoms in the majority of cases. At times, patients have a cough and other respiratory symptoms due to pulmonary involvement as well as abdominal symptoms." in *Harrison's The Principles of Internal Medicine,*1998;173:1008. 另可參考 Mario C. Raviglione, Richard J. O'Brien's 'Tuberculosis' in *Harrison's The Principles Of Internal Medicine,* 2001;169:1026-1027.另有所謂「典型的肺結核」，其徵狀為「咳嗽、咳血、潮熱、盜汗、身體消瘦」(見於田德祿《中國內科學》 第 3 章，各論：肺癆，頁 90) 至於「非典型的肺結核」之病徵為：「初起微有咳嗽、疲乏無力、身體逐漸消瘦，食慾不振，偶或痰中夾有少量血絲」 (見於田德祿《中國內科學》 第 3 章，各論：肺癆，頁 90) 另可參考陸坤泰主編《結核病診治指引》中之第 2 章「結核病的分類與定義」及第 3 章「結核病的診斷」，頁 7-19。

[1451] 見曹雪芹 高鶚原著 馮其庸等校注《紅樓夢校注》，第 83 回，頁 1316。

[1452] 同前註，第 1 回，頁 6。

「從此一天一天的減，到半月之後，腸胃日薄，一日果然粥都不能吃了。黛玉日間聽見的話，都似寶玉娶妻的話，看見怡紅院中的人，無論上下，也像寶玉娶親的光景。薛姨媽來看，黛玉不見寶釵，越發起疑心，索性不要人來看望，也不肯吃藥，只要速死。睡夢之中，常聽見有人叫寶二奶奶的。一片疑心，竟成蛇影。一日竟是絕粒，粥也不喝，懨懨一息，垂斃殆盡。」[1453]黛玉爲情絕粒，不似尤二姐被賺入大觀園後，遭受精神物質虐待及庸醫誤診流產，而產生了無生意與悔罪心態，終致吞生金自逝；亦不似尤三姐之被退婚後，爲顧全名節、矢志如一與激憤報復等因素，而以鴛鴦劍自刎；但卻與第1回中甄士隱因英蓮被拐、家逢大火吞噬及投靠岳父後不擅營生，而漸露出下世光景之心態相同，此均是對現境窘迫絕望，故以溫和漸進的方式自戕。然而事實上林黛玉脈象鬱結，乃源於83回中，黛玉誤以爲老婆子罵她：「你這不成人的小蹄子！你是個什麼東西，來這園子裏頭混攪！」[1454]因此黛玉「肝腸崩裂，哭暈去了。…半晌，黛玉回過這口氣，還說不出話來」[1455]一面黛玉又咳嗽，經過王太醫之診視後云：「六脈皆弦，因平日鬱結所致。」其時太醫並提及黛玉「鬱結症」之病徵：「這病時常應得頭暈，減飲食，多夢，每到五更，必醒個幾次。即日間聽見不干自己的事，也必要動氣，且多疑多懼。不知者疑爲性情乖誕，其實因肝陰虧損，心氣衰耗，都是這個病在那裏作怪。」[1456]而《紅樓夢》作者於89回又將此症稱之爲「心病」，然而今日所謂之「心病」(指精神疾病)，已有很多藥物或科技方式可以控制或治療此類疾病。在張曼誠醫師〈《紅樓夢》的醫藥描寫〉中亦提及林黛玉除了肺癆外，更有「心病」，不過此心病其解爲「黛玉還有嚴重的精神負擔，即

[1453] 同前註，第 89 回，頁 1404。
[1454] 同前註，第 83 回，頁 1311。
[1455] 同前註，頁 1311。
[1456] 同前註，頁 1315。

雪芹描寫的 "心病"，整日爲自己的終身大事擔憂。」[1457]張曼誠醫師當時已能透過醫理推斷出黛玉有心病，但卻未及於今日精神醫學所謂之「憂鬱症」，不過卻已是難能可貴。同時王太醫在一張梅紅單帖上書明，黛玉此病可能是造成其咳血與吐血之因：「六脈弦遲，素由積鬱。…飲食無味…肺金定受其殃。氣不流精，凝而爲痰；血隨氣湧，自然咳吐。」[1458]林黛玉自第 5 回起，便因寶釵之豁達隨分，小丫頭子們多喜與寶釵頑，因此「心中便有些悒鬱不忿之意」[1459]。之後因性格因素、生活環境、情感問題及父母雙亡之孤寒處境等因素之積鬱，而造成日後有二次自殺的念頭及行爲之主因[1460]。此與作者提及尤二姐所得爲中醫「鬱結之病」一致，類於今日精神醫學《精神疾病的診斷手冊與統計》 *Diagnostic and Statistical Manual Disorders DSM-VI-TR* 中之「憂鬱症」(案：九項中以五項或五項以上爲認定準的)，如：「對很多事情失去興趣和快樂感；情緒低落；活力減退與有疲倦感；食欲或性欲降低與體重會明顯降低；煩躁不安與動作遲緩；有睡眠障礙；有罪惡感、無望感及無價值感；無法集中注意力及有自殺的想法或企圖。」[1461]在林黛玉絕粒自殺之過程中，實已情緒低落且無食慾可言，因此，體重明顯降低是必然現象，之前筆者已提及 83 回中周瑞家的告訴鳳姐黛玉「只剩一把骨頭」之事實。至 89 回，黛玉已是「腸胃日薄，一日果然粥都不能吃」，接著伴隨而來的，想當然爾，便是活力減退及有疲倦感。另除了性欲問題及無注意力集中之問題無法論斷外，本有睡眠障礙的黛玉，當然不可能突然睡眠情況變得

[1457]刊於《紅樓夢研究集刊》，1982 年，第 8 輯，頁 432。

[1458]見曹雪芹 高鶚原著 馮其庸等校注《紅樓夢校注》，第 83 回，頁 1315。

[1459]同前註，第 5 回，頁 81。

[1460]姚燮〈讀紅樓夢綱領(節錄)〉(叢說)引王雪香總評云:「林黛玉以憂鬱急痛絕粒死」(輯於一粟編《紅樓夢卷》，1989 年 10 月，臺 1 版，卷 3，頁 164)案：王雪香並非從醫學觀點論述，而是從心理層面探討。另可參考陳慧玲〈從溝通分析 Transactional Analysis 之腳本(Script)理論看黛玉的性格與人生〉中僅提及林黛玉得憂鬱症，但卻未深入探討論證，刊於《東南學報》2002 年 1 月，頁 177-189。

[1461]可參考尤二姐一文的註。

正常，尤其書中 83 回寫的是：「每到五更，必醒個幾次」，更可佐證。又依書中所述觀之，黛玉其實並無罪惡感，但從 82 回以來，作者卻強力鋪陳其因喪失父母之庇護，所導致的無望感。又可從 89 回黛玉的心態論証，書中云：黛玉「又想到自己沒了爹娘的苦，自今以後，把身子一天一天的糟蹋起來」，此則是一種認定自我無價值感的表現，乃是其憂鬱現象日形嚴重的原因之一。之後黛玉更有西醫精神醫學中「重度憂鬱症患者」會產生的自殺念頭或企圖的表現，因此，其實已符合「憂鬱症患者」五項或至少五項以上特質之診斷。其實中國傳統時代之藥石，實難伐心病，以致黛玉絕粒時，已是「憊憊一息，垂斃殆盡」。但左不過一、二天即將死亡之光景，黛玉最終卻反倒因之前「杯弓蛇影」之心障，在另一次雪雁與侍書對話中明白了事實，但卻又因再次誤解賈母願將自己許配給寶玉「親上作親」，而突然陰極陽生、心神清爽、病漸減退，畢竟「心病終需心藥治，解鈴還需繫鈴人」。不過黛玉此病之來去，卻讓雪雁以為黛玉「病得奇」，紫鵑則以為黛玉「好得怪」。

　　林黛玉之病情雖突然好轉，但 94 回中再次提及「紫鵑因黛玉漸好，園中無事」[1462]，因此並非指林黛玉此時之憂鬱症及肺病已全然痊癒。賈母曾囑言指出林黛玉「這心病也是斷斷有不得的」[1463]，然此「心病」卻與 12 回中賈瑞之「心病」(解為相思病)之詮釋不同[1464]。從作者云：「原來黛玉因今日聽得寶玉寶釵的事情，這本是他數年的心病，一時急怒，所以迷惑了本性。」[1465]故此處林黛玉之「心病」，其實是性格造成的，應更廣泛地解釋是指「多心多疑」及「愛計較」之毛病，之後更導致今日精神醫學中所謂的「憂鬱症」，而當黛玉前來質問寶玉時，二人之迷癡情狀，其實均已呈現出憂鬱症之病徵。

[1462] 見曹雪芹　高鶚原著　馮其庸等校注《紅樓夢校注》，第 94 回，頁 1463。
[1463] 同前註，第 97 回，頁 1500。
[1464] 可參考筆者〈紅樓夢中賈瑞之反社會性格、戀母情結及器質性幻覺症〉，刊於《中國文化月刊》，2004 年 1 月，第 277 期，頁 18。
[1465] 見曹雪芹　高鶚原著　馮其庸等校注《紅樓夢校注》，第 94 回，頁 1499。

　　97 回林黛玉「惟求速死」，再起自殺之念頭，僅為完此風情月債，亦更驗證之前導致絕粒之憂鬱症並未痊癒。此時黛玉之咳血情狀，又似凹晶館連句「冷月葬詩魂」中之杜鵑啼血般地象徵哀悽。林黛玉一再咳嗽吐血，實已病入膏肓(案：黛玉此時之咳嗽吐血應與襲人同，是咳血後才吐出血來，可參閱筆者此書中的襲人一文，筆者曾深論之)。雖然賈家之後請了大夫來，且診斷為：「尚不妨事。這是鬱氣傷肝，肝不藏血，所以神氣不定。如今要用斂陰止血的藥，方可望好。」[1466]但在筆者之研究中，此位大夫作了樂觀之鬱氣診治，實不及 32 回太醫作「勞怯之症」的悲觀診斷正確，因當回中述及賈母看了，亦以為黛玉之病只怕難好，可能需靠沖喜治病，之後林黛玉果真病情惡化，書中橫跨 94 及 97 二回，有深入敘述：「雖然吃藥，這病日重一日。黛玉微笑一笑，也不答言，又咳嗽數聲，吐出好些血來。紫鵑等看去，只有一息奄奄。」[1467]、「只見黛玉肝火上炎，兩顴紅赤。」[1468]、「黛玉氣的兩眼直瞪，又咳嗽起來，又吐了一口血。」[1469]吃藥、吐血與咳嗽早已牽累黛玉病重之軀。

有關林黛玉真正之死因，歷來研究者有多種說法：

1. 賈芸以為林黛玉是害「相思病」病死的——

　　在《紅樓夢》第 117 回中有：「那賈薔還想勾引寶玉，賈芸攔住道：『寶二爺那個人沒運氣的，不用惹他。那一年我給他說了一門子絕好的親，父親在外頭做稅官，家裏開幾個當鋪，姑娘長的比仙女兒還好看。我巴巴兒的細細的寫了一封書子給他，誰知他沒造化，——』說到這裏，瞧了瞧左右無人，又說：『他心裏早和咱們這個二嬸娘好上了。你沒聽見說，還有一個林姑娘呢，弄的害了相思病死的，誰不知道。這也罷了，各自的姻緣

[1466]同前註，頁 1500。
[1467]同前註，頁 1504。
[1468]同前註，頁 1507。
[1469]同前註，第 97 回，頁 1505。

罷咧。』」[1470]然而此說仍有可議之處，筆者之後將詳細論證。

2. 太愚以爲是因戀愛失敗而死，而性格更是導因[1471]——

筆者以爲就中西醫學論之，相思病並不會死人，戀愛失敗亦不會死人，可參考筆者賈瑞之文。然古今之人若未曾深究醫理者，往往會有此種誤解，至於性格問題則有值得探討處，筆者已論之於前，此單元將進入結論處理之。

3. 周汝昌以爲林黛玉是沉水自盡[1472]及端木蕻良以爲林黛玉是赴水而死[1473]——

筆者以爲此應是各種揣測中最爲無稽的一種，因書中並無黛玉赴水而死之情節鋪陳。在任何事件之分析過程中，筆者不希望加入過多的揣測，尤其疾病部分與詩詞散文不同，更不應該隨便摘取文句隱喻之，否則將有失醫學所重視的科學實證了。

4. 辛若水以爲林黛玉是「精神自殺」而死——在其〈從林黛玉、葬花吟的魅力到精神自殺〉一文中云：「關於林黛玉之死，人們都在找眞兇，有的說是賈母，有的標新立異的提出是王夫人。而這有一個共同點，即林黛玉死於他殺。可我以爲她死於自殺。天生瘵病自不必說，葬花吟中透露出的信息，以及後來顰兒的杯弓蛇影，都預示著自殺。」[1474]

[1470] 同前註，頁 1749。

[1471] 見太愚《紅樓夢人物論》（在王國維、林語堂等《紅樓夢藝術論》中），可參看〈黛玉之死〉，頁201-202及〈黛玉的戀愛〉，頁197。案：太愚又稱松菁，即是王昆侖，此書再版多次，1994年，地球出版社亦有出版，在頁201。

[1472] 見《紅樓夢新證》，頁 903。周汝昌《紅樓十二層·黛玉之致死》：「黛玉的所以致死，並不是像高鶚所寫的那樣。致黛玉以死的主兇，是元春，賈政、王夫人、趙姨娘，卻不是鳳姐、賈母。」（頁 183）之後又云：「由此，可見在賈元春面前演出的這場戲，隱含著寶、黛之受枉，黛玉之冤死（由種種線索看，頗疑黛玉之死與沉水自盡有關），而其中間被人詭計陷害之故，當事人尚不自知。」（頁 183）

[1473] 見〈林黛玉之死〉，刊於《紅樓夢學刊》，1993 年，第 4 輯，頁 338-339。

[1474] 有關林黛玉之死有所謂「精神自殺」之說法，可參考《紅樓夢學刊》，2002 年，

若從醫學角度論之，其實並無所謂「精神自殺」，因此，筆者以爲不宜以「精神自殺」作爲論點。另根據書中描述，林黛玉確實前後二次曾有自殺念頭與行動，但都未成功，故此部分實仍有討論的空間。

5. 或謂因得肺結核而死——

此種說法全部來自研究《紅樓夢》之學者，尤其是醫師，如李騰嶽〈紅樓夢醫事：殊に其の諸人物の罹患疾病に就ての察〉一文，便是請教醫師所作之結論：「黛玉家族中，母親在書中第 2 回死亡，唯一一個三歲弟弟在一年前死亡，父親在第 14 回傳出死訊。但因爲沒有描述他們的病名與病情，也無從得知疾病系統，只知道他們一家人都是虛弱體質，黛玉的結核病或許就是從父母家族那裡感染的。此外，高本補作紅樓夢雖有描寫林黛玉之死，但經過這段期間的觀察，她是肺結核患者，誰都知道黛玉遲早將走向早夭的命運。」[1475]又筆者之前的論證：宋淇、陳存仁及林健一醫師之研究均主此說。不過有關李騰嶽以爲林黛玉或許是家族性肺結核病傳染的論點之對否？由於書中完全沒有論及林黛玉父母親所得的疾病之病名與病徵，故筆者以爲不應妄斷，或做過度的推論，雖然只是「或許」，或是「可能性」之字辭的運用，但卻均應仔細謹愼小心。

6 汪道倫以爲是三大因素所造成的——：「一是孤苦無依，寄人籬下，婚姻大事與薛家比，形成孤女與大戶家族的門不當互不對的局面；第二自鑄眞情，但不能自主愛情。加上體弱多病，面對風刀霜面的日日夜夜，又如何生存下去呢？第三，樹倒猢猻散。本來已是無家可歸，偏偏是大樹也倒了。賈家獲罪，寶玉被捕，確實是到了"無立足境，是方乾淨"之秋。這時黛玉不死何待？」[1476]筆者以爲其中除了第二個因素可討論外，第一個因素則

第 4 輯，頁 145。

[1475] 刊於《台灣醫學會》，昭和 17[1942 年]，第 41 卷，第 3 附錄別刷，頁 86。

[1476] 見汪道倫〈以女兒常情譜寫女兒真情——論林黛玉性格內涵〉，刊於《紅樓夢學刊》，2005 年，第 3 輯，頁 156。

有爭議，因林黛玉雖是父母雙亡，但畢竟仍是賈母之孫，仍係出名門，何來不是門當戶對之說？至於第三個因素恐有誤。寶玉實未被捕，被捕的是「賈赦」，故此恐是「賈赦」之訛誤，且只要賈家未敗，林黛玉何嘗無立足之境？林黛玉將來出嫁之財貨，賈母與王熙鳳處均已事先預留，更何況實際結局是，賈家在寶釵已有了遺腹子後，已象徵著另一新世代的來臨，賈家似乎有了新契機。

7. 黛玉抑鬱而亡——周汝昌《紅樓夢新證》中提及《紅樓夢補‧犀脊山樵序》云：「余在京師時，嘗見過紅樓夢元本，止於八十回：…原書金玉聯姻，非出自賈母、王夫人之意，蓋奉元妃之命，寶玉無可如何而救之，黛玉因此抑鬱而亡。」[1477]——由於舊本與筆者所用之百二十回《紅樓夢校注》內容不同，本不須置評，但黛玉有「鬱結之病」倒是真確，只是就醫學理論論證：憂鬱症與一般的精神疾病一般，並不會致人於死，只有當事人選擇其他不可逆的自殺方式，或遭遇其他意外致死的因素時，才有可能死亡，故黛玉「抑鬱而亡」，不可作為黛玉真正死亡之因素。

8. 誤會是逼死黛玉的主因——郭玉雯《紅樓夢人物研究》：「『寶黛仍在賈母處吃飯，直到黛玉病倒，已經十分難堪——為了寶玉定親而病劇…』這種無從解釋、無從辯白的誤會才是逼死黛玉的主要原因。」[1478]

郭玉雯以為林黛玉是因誤會被逼死的，但卻未就疾病處論證之。

以上種種說法，有從主觀臆測、性格面、精神觀及疾病論等各種層面述說，其中最具可靠性者，則是「得肺結核而死」之論點，且雖然台灣早已將之納為健康教育之教材，但筆者覺得仍有值得探討與修正之處，因在林黛玉

[1477] 見《紅樓夢新證》，頁 934。

[1478] 見頁 275。案：郭玉雯此句話中之引文，其實是出自張愛玲《紅樓夢魘》，頁 396，然在郭玉雯書中卻寫其引文見註 22，但筆者查註 22 時，僅提及林語堂及太愚之作品，在前揭書中，而前揭書是指註 21，《紅樓夢藝術論》，見頁 265，因此顯然郭玉雯此處作註是錯誤的。

一生中，與疾病相關之醫理、習性，均是不可排除之因素，故筆者將嘗試論證。從第 97 回之論述中，黛玉病入膏肓時之致命主因，可能是書中所云的：中醫所謂的「肺火上炎之症」(即今日西醫之肺結核)；而其性格之多疑多心、多計較所導致的另一種病，是書中提及的林黛玉有「肝火上炎之症」，或許就是因為此種「肝火上炎」所造成的「憂鬱症」，更加速林黛玉之肺結核病情更形嚴重而卒。

至於林黛玉之死亡時間，書中鋪述林黛玉死於第 98 回，正確時間卻不曾提及，而一般研究者約有四說：

1. 黛玉死於「中秋之說」——在李小龍〈十二金釵歸何處——紅樓十二伶隱寓試詮〉中提及：「但藥官的死期當伏黛玉之祭日在十二伶隱寓體中當為定案。...藥官與晴雯均是黛玉的影子，二人又都死於中秋，那麼，我不能不確信，黛玉確死於中秋。」[1479]

2. 黛玉死於「金玉姻緣——賈府被抄之間」——見於張慶民〈黛玉之死考論〉[1480]

3. 黛玉死於「春末」——在李小龍〈十二金釵歸何處——紅樓十二伶隱寓試詮〉中又有：「至於黛玉死亡的具體時間則有兩種觀點：一是春末、一是中秋。」[1481]另梁歸智 2005《石頭記探佚》中提及「林黛玉死於春末」[1482]。

4. 黛玉死於「晚秋之說」——在吳世昌《紅樓探源》中，從 76 回中秋聯句、79 回寶玉為晴雯作誄論起，並藉脂評「落葉蕭蕭」以論斷黛玉死於晚秋[1483]。

過去贊成黛玉死於中秋之夜者，約有幾項依據：

[1479]可參考《紅樓夢學刊》，2002 年，第 1 輯，頁 300-301。
[1480]同前註，2000 年，第 2 輯，頁 102。
[1481]同前註，2002 年，第 1 輯，頁 300。另可參考周汝昌〈冷月寒塘賦虛妃〉一文(見《河北師範大學學報》1984 年，第 3 期，頁 22-28)
[1482]見頁 101-105。
[1483]見第 15 章，頁 263。

1. 元春省親時所點四齣戲，「伏四事，乃通部之大過節大關鍵」，其中《離魂》出於《牡丹亭》，「伏黛玉死」，而《牡丹亭》中的杜麗娘死於中秋之夕雨。…。

2. 第 45 回《風雨夕悶制風雨詞》，林黛玉擬《春江花月夜》之格作《代別離·秋窗風雨夕》。

3. 芙蓉花象徵黛玉。第 63 回林黛玉所抽芙蓉花名簽曰：「風露清愁」、「莫怨東風當自嗟」。而唐代高蟾詩《下第後上永崇高侍郎》後二句云「芙蓉生在秋江上，不向東風怨未開」。黛玉的影子，晴雯即死於秋天，而且死後成為「芙蓉花神」。

4. 第 70 回「林黛玉重建桃花社」中林黛玉作〈桃花行〉，末兩句云：「一聲杜宇春歸盡，寂寞帘櫳空月痕」，突出「月痕」，是「月景」，當影中秋。

5. 第 76 回《凹晶館聯詩悲寂寞》黛湘中秋聯句，黛玉聯句「冷月葬花魂」即隱伏黛玉死於中秋之夜。

6. 脂批曰寶玉曾「對景悼顰兒」，又有脂批曰後來瀟湘館「落葉蕭蕭，寒烟漠漠」。這兩條脂批加在一起，豈非說黛玉秋天死後寶玉悼之，即「冷月葬花魂」，如第 78 回寶玉悼晴雯作《芙蓉女兒誄》嗎？[1484]

從以上六種觀點中，筆者較贊成中秋之說，理由是：第 94 回時，賈寶玉尚穿皮襖，第 96 回提及「到了正月十七日，王夫人正盼王子騰來京」[1485]，之後又有「一日，黛玉早飯後帶著紫鵑到賈母這邊來。」[1486]從此以往至第 98 回後，又僅有林黛玉死後之模糊時間紀錄：第 98 回有：「一日，賈母特請薛姨媽過去商量」[1487]，其餘前後相近之章回則看不到任何紀年。筆者以為

[1484] 同前註。

[1485] 同前註，第 96 回，頁 1488。

[1486] 同前註，頁 1493。

[1487] 同前註，第 98 回，頁 1525。

黛玉在凹晶館彈琴時，君弦迸裂的「中秋之夜」，妙玉不可說破之機鋒，有可能是黛玉死亡的時間徵兆，因作者於 98 回時云：「卻說寶玉成家的那一日…。到了晚間，黛玉卻又緩過來了，…。紫鵑等急忙扶住，那汗愈出，身子便漸漸的冷了。…當時黛玉氣絕，正是寶玉娶寶釵的這個時辰。」[1488]因此，李小龍中秋之說須更精細地推論至「中秋之夜」；張慶民的「金玉姻緣——賈府被抄之間」則太籠統，且賈家被抄不是 98 回，而是 96 回；至於春末之說恐與伏筆之說不能相接；而吳世昌的「晚秋之說」，引脂評爲據之可信度令人質疑，因爲作脂評者極可能並非是《紅樓夢》一書之原作者(案：否則脂評中就不會有命芹溪刪削某些文字之評語出現)。黛玉死後，探春、李紈提醒紫鵑別只顧哭，要幫林黛玉穿上壽衣，並由林之孝料理喪事。黛玉才從容地被安置妥當，並於第 120 回時，由賈蓉自送黛玉之靈去安葬。

多病西施林黛玉，縱有花顏月貌，卻難敵病魔摧花；其所令後人同悲同泣者，並不在小說虛構之縹緲性與死亡之悲悽感，而是作者透視人性中各持所執與命運無可違逆之微，尤其在黛玉因先天不足之症及其他各種疾病交纏一生時，最終卻因憂鬱症加速肺結核之嚴重性咳血而亡。有情人不能終成眷屬，總是令人遺憾。

四、結語

天機與宿命，乃《紅樓夢》作者行銷置入人物運命與歸向之二大參數，而林黛玉傳奇及其他重要人物更是深具典型。《紅樓夢》作者於全書中佈下天羅地網，頗富深意。

林黛玉性格多端，作者從寶玉之孩提眼光鋪演不合邏輯之「多心多愁透視」，週邊卻又環繞多個黛玉予人之總體意象與氣質的描述，雕刻頗工。從青眸寫形、述心寫貌至蘊藉風流等，密巧爲致地鋪陳一個孤寒女子，如何對

[1488]同前註，頁 1521。

應一群陌生的親人、奴僕，並學習探揣人意之情境。黛玉之性格或有避窘於流俗，免噬於朋黨之虞，而其難掩之孤潔自戀、多心多疑及小性計較之性格等，卻是峭然孤出，故不大得人心。黛玉自戀型之性格，亦隨機任時地表現於不自覺中，優越感濃郁與自恃才高，雖有讓人不知所措之處，但亦有令人讚賞者，雖有多愁善感之氣質，卻能與花鳥共鳴，在其葬花之癡情真性中，仍見憐花之善心，更雜有非流俗塵土之思及情真性靈角色之表出。至於其他小性，如嘴頭尖率、辭專譏訕及伶俐言行等，亦均可豐富黛玉性格之其他優缺特質。林黛玉之孤高潔癖與寶釵之豁達從時，被《紅樓夢》作者設構於「不群」與「群」之主題意識中，更高下相形於眾人之眼中，因此對比色彩鮮明。就心性理論嚴格論之，光陰歲月之磨梭，僅能矯正或轉變人類某些癖性、減低或減弱人類性格中之尖銳性，及與他人之衝突頻率等，並修正些許的「合群性」或「社會化」，但卻無法更變黛玉之孤高自戀、多心多愁多疑之本性。小說中對於心胸恢廓者，可鎔鑄出英雄大角，而性格特殊萬端如黛玉者，則亦可窮以形似，開以振躍出戲劇性之衝突，不但文章繡繢交麗，更可烘襯出性靈純美及煥然心彩。

　　有關黛玉之情感問題，雙玉奇緣是《紅樓夢》一書中之主線結構之一，從第 5 回有求全之毀起，雖有金玉之爭，但二人卻似竹柏雖異心而同貞。或許即是因為寶黛的木石前盟，牽引著宿命中的寶玉成為林黛玉心中的知音照護者。至於書中二人有癡情達意、親則相親之琴瑟音和的情境，卻是與幼年時期二人之間難免有求全之毀形成一種反差之應照。在 82 回黛玉之夢魘中，乃顯意著其欲以寶玉剖心誓死，以滿足潛意識中渴望被愛之心願，不過二人之互動模式，無論何時何地總在「發乎情，止乎禮」之運作中。此外，作者更鋪陳了沁芳橋桃花林底下，賈寶玉與林黛玉傳閱共賞《會真記》之詩情畫意情境，另又複製出一對因沖喜習俗及偷樑換柱導致賈寶玉被黛玉誤解，而成為類於崔鶯鶯與張生「妹有情，郎無意」之悲劇情緣。林黛玉身後雖可逃離大造，但生前卻難躍出情網。林黛玉豈不期望寶玉能於笙簫鐘鼓聲

中迎娶她，然而一路走來，卻是未到銀河斷鵲橋。寶黛之悲劇，亦肇因於林黛玉之孤高多心之性格特質、體弱多病等，故極難與「熱毒雪女」寶釵相競，或者說林黛玉對於其與賈寶玉之情緣，始期合轍，終乃捨筏，非心意不堅，而是病魔與運命捉弄使然。更在釵黛分離之日[1489]，金玉良緣戰勝了木石前盟，寶黛情緣已了，然而歸還太虛幻境銷案的是林黛玉，走入佛教淨土修行的卻是賈寶玉。金玉良緣是否是真正贏家？仍待慧眼裁定。

《紅樓夢》作者從第 2 回至第 98 回，長篇撰刻林黛玉之醫病問題與人際互動，除了先天宿疾以外，不足之症與中暑溽之氣實相表裡，另林黛玉可能於 32 回已得「勞怯之症」，即「結核病」，至 34 回時又再次「癆病發作」。此外，黛玉並於時屆孟春、秋分時有季節性之咳嗽，較像「呼吸系統過敏症」。黛玉此種「怯弱多病」之體質、多愁善感、多心小性之性格及「慢性肺結核」之病徵，實是婚姻悲劇之元兇，亦是賈母選孫媳之芥蒂。鋪陳人類瀕死之文，難得動人，而林黛玉之死，卻撼人心絃。林黛玉從杯弓蛇影後為情絕粒，不似尤二姐之吞生金自逝，亦不似尤三姐以鴛鴦劍自刎之迅然，而是以溫和漸進式地自戕，曾有二次唯求速死。最終林黛玉致命主因，可能是中醫所謂的「肺火上炎之病」(即今日西醫之肺結核)。而其性格之多疑多心、多計較及對寶玉之情感困頓、心緒絕望所導致的另一種因「肝火上炎」所造成的「憂鬱症」，更加速林黛玉之肺結核病情更形嚴重、惡化而卒。此外，林黛玉魂歸離恨天之前，根據作者之編排，不但符應甄士隱太虛幻境之夢中的「只因尚未酬報灌溉之德，故其五內便鬱結著一段纏綿不盡之意。」[1490]更讓其成為榮府中鬱結著一段纏綿不盡之意的憂鬱症患者，同時亦讓黛玉於 98 回魂歸「離恨天」。有關林黛玉魂歸離恨天之結局，在 18 回太監點的第四齣《離

[1489] 可參考嚴紀華〈林黛玉、薛寶釵在「紅樓夢」中的角色塑造——由俞平伯的「釵黛合一論」談起〉，刊於《華岡文科學報》1998 年 3 月，頁 123-150。

[1490] 見曹雪芹 高鶚原著　馮其庸等校注《紅樓夢校注》，第 1 回，頁 6。

魂》時，己卯本脂硯齋夾批有：「伏黛玉死，牡丹亭中」[1491]之說法，其實是象徵手法的運用。另有關林黛玉之死亡時間，更可能是在凹晶館中彈琴時忽然君弦迸裂的「中秋之夜」，伏筆於妙玉不願說破之禪機中。

　　在筆者此篇論文之研究中，有關林黛玉之性格、情感及醫病問題之關係，實際上是緊緊扣連著。林黛玉之性格，固然來自天生宿命，家庭背景亦令其小心翼翼，然而嚴格論之，其性格不但影響到人際關係而顯得孤僻與不群，同時其多病多心多疑之特質，更關乎其婚姻問題及之後憂鬱症的生成。至於其內科疾病，則與天生孱弱之體質有關，以致黛玉年輕而早夭，因此林黛玉之多心小性及體虛怯弱，則又決定了黛玉的疾病，包括鬱陶之疾、勞怯之症、嗽疾等的糾擾一生。《紅樓夢》作者臨摹一個天賦異稟之奇女子林黛玉，行文間洋洋灑灑，不同環節中時見奕葉繼采。寶黛間之情感，本可望能「玉取其堅潤不逾，環取其終始不絕」[1492]，不過人生之情緣有定，終究黛玉仍須面對身世、性格、環境與多病之現實，在沉酣一夢清醒後，魂歸離恨天時，仍需回歸神話源頭，進入人類可聯想的另一度神話空間去延展生命。

附記：

*2004 年國科會贊助計劃之一

[1491] 見陳慶浩編著《新編石頭記脂硯齋評語輯校》，頁 384。
[1492] 見《鶯鶯傳》，在束忱　張宏生注釋　侯迺慧校閱《新譯唐傳奇選》，頁 189。

拾陸 · 賈寶玉之性格、
情意綜與醫病悸動

Bao-Yu's personality, going through the illusional fate and his diseases

*醫學顧問：魏福全醫師、李光倫醫師、
林昭庚教授及劉益宏醫師

　　一塊因古代三皇之一的女媧煉五彩石補天時，棄之青埂峰下無用之頑石，其變身之初，雖有「粗蠢質蠢」與「鮮明瑩潔」二種版本之差異[1493]，不過從大荒之山、甄士隱夢中的太虛幻境，至從娘胎銜玉而生的神話幻情，實連貫一致。金聖嘆眉批《第五才子書施耐庵水滸傳》時，提出：「以物出物」的「楔子」功能[1494]，實可圓釋小說中之石頭神話從「物我合一」延伸至「天人合一」的寓言效果，因此，寶玉的一生精彩可期。本文將從文學跨入內科學及精神醫學，探討頑石賈寶玉之性格、情意綜及其一生之遭疾遇難。

　　世人迷滯，多為好甘而忌苦，好丹而非素，而《紅樓夢》作者似乎亦在

[1493] 按：甲戌本有關石頭部分云：「俄見一僧一道遠遠而來，…席坐長談，見一塊『鮮明瑩潔』的美玉，且又縮成扇墜大小可佩可拿的」(見《脂硯齋甲戌抄閱再評石頭記》，頁 5-6)至於庚辰本有關石頭部分云：「俄見一僧一道遠遠而來，…說說笑笑…將大石登時變成一塊『鮮明瑩潔』的美玉，且又縮成扇墜大小的可佩可拿」(頁 3)另可參考沈治鈞〈石頭‧神瑛侍者‧賈寶玉〉中剖析：「甲戌本中石頭是由 "粗蠢"、"質蠢" 而變得 "鮮明瑩潔"，由龐然大物而 "縮成扇墜大小可佩可拿的"，都是僧人 "念咒書符，大展幻術" 的結果。可是在庚辰本裡，一僧一道得見石頭時，它已經是一塊縮成扇墜大小的美玉了。使人覺得它並非質蠢，且天生了縮身之術。」(刊於《紅樓夢學刊》，2002 年，第 3 輯，頁 116)
[1494] 見回前總批。

演寫此種人情之常態。《紅樓夢》作者從冷子興口裏所透露出「百足之蟲，死而不僵」[1495]之榮寧賈家時，「末代賈府」之困境已然呈現，且其對於一個具有傳彩之新生代的賈寶玉評價極低。雖然識貨之賈雨村略曉天機，但卻無關乎賈寶玉之出家。賈寶玉置衰頹之榮寧府於不顧，此與其性格及人生境遇有關；其一生言行各別另樣，時乖典則，故作者不僅以黼黻之文摹寫賈寶玉之性格、情感問題，週旋於賈府主僕上下及姻親友朋間之男女關係，更於其醫病離魂間，鎔以煙霞之美。在賈寶玉一生之種種風情中，雖有奇炫之姿，更有值得一顧之人情世故。

本文將從賈寶玉之出生背景、歷史神話、性格行為、生活環境、宗教風俗及人際互動等方面研究之，凡分四段論證之：一、痴癖多情與牛心性怯，二、夢幻福分與紅塵情緣，三、神話之石與醫病悖動，四、結語。

一、痴癖多情與牛心性怯

從石頭原型變身為玉，且從娘胎銜玉而生之賈寶玉傳奇中，實隱伏人類對「生之源」的雙軌假設與探索——石生或胎生？同時介乎神話與現實間之靈肉，更挑逗人類對超現實之渴望與浸淫，而賈寶玉擺盪於神話原型及在榮寧府生涯之性格特質，雖極具虛擬世界之夢幻張力，卻也不乏衝突性與矛盾點，因此，深值探頤。

賈寶玉之原石故事乃創發於與《山海經》及古代三皇之一的女媧有關之神話傳說，多年後從甄士隱之太虛幻夢中下凡歷幻，而後進入花柳繁華之地，啓開另一場銜著五彩晶瑩之玉而生之神話，因此賈寶玉之出生成了研究紅學者追蹤之話題。有關賈寶玉之出生日期，除了姚燮之「夏時」說，張笑俠之「四月中」說，周汝昌之「似四月中旬」說外，又有杜景華與王靖之「四

[1495] 見曹雪芹、高鶚原著　馮其庸等校注《紅樓夢校注》，第 2 回，頁 29。

月二十六日」說，及霍國玲「五月初三」說[1496]，然王師關仕又有「炎夏永晝」說[1497]，其乃借甄士隱入夢之關鍵點爲論。筆者以爲，書中第一回原本即無日期可考，因此王師關仕之說法，似乎較不易推論過當。

另有關「石頭意象論」——有曹雪芹的「自命自許、自視視人」說[1498]，又有屬於宗教學中自然崇拜之研究範疇的「石頭之母神崇拜」說[1499]等，而作者更巧設書中前半部與甄寶玉作互文推演，因此，賈寶玉一出場，即有聲東擊西之鋪陳，從第2回中冷子興口中的甄寶玉之性格與讀書習性，可看出正是賈寶玉之互文。至於第3回賈寶玉實筆出場時，則已是個令黛玉深覺似曾相似之人，且書中更深入刻劃寶玉形貌：「面若中秋之月，色如春曉之花，鬢若刀裁，眉如墨畫，面如桃瓣，目若秋波。雖怒時而若笑，即瞋視而有情。項上金螭瓔珞，又有一根五色絲絛，繫著一塊美玉。」[1500]金彩花緞之服飾，正輔襯出權貴公子之衣冠偉然及俊美之圓潤桃面，之後作者又從民俗、生活瑣事、社會文化觀及誕幻思維等方面，沁入寶玉之生命中，尤其性格之描述，最堪稱奇，筆者將一一論述之。

(一)天生痴僻

寶玉之性格多樣，除了書中強調的「性格異常」外，亦有一般性格。筆者將首論「性格異常」的部分。《紅樓夢》書中云，賈母雖對寶玉「先愛如

[1496] 可參考王靖〈賈寶玉生辰考——"五月初三說質疑"〉，見《紅樓夢學刊》，1992年，第4輯，頁267-276。

[1497] 此乃1990年王師親自告示我。

[1498] 見孫福軒、孫敏強〈《紅樓夢》石頭意象論〉，刊於《紅樓夢學刊》，2005年，第3輯，頁188。

[1499] 可參考李哲良〈關於《紅樓夢》中石頭的母神崇拜與神話原型〉，見《紅樓夢學刊》，1992年，第3輯，頁67-92。

[1500] 見曹雪芹、高鶚原著　馮其庸等校注《紅樓夢校注》，第3回，頁52。

珍寶」[1501]，但寶玉卻不喜讀書[1502]，喜與女兒嬉戲、吟詩作對等，其中王夫人曾告誡林黛玉有關寶玉「不夠正經之性氣」：「他嘴裏一時甜言蜜語，一時有天無日，一時又瘋瘋傻傻，只休信他。」[1503]而襲人對寶玉亦瞭如指掌，曾指出「寶玉性情乖僻，每每規諫寶玉，心中著實憂鬱。」[1504]及「自幼見寶玉性格異常，其淘氣憨頑自是出於眾小兒之外，更有幾件千奇百怪口不能言的毛病兒。近來仗著祖母溺愛，父母亦不能十分嚴緊拘管，更覺放蕩弛縱，任性恣情，最不喜務正。」[1505]故襲人僅能時時針砭之。在寶玉千奇百怪之性氣中，以「天生痴僻」最為奇炫。事實上性格乖僻，在精神醫學上的定義不是瘋癲，而是指性格之特殊性，筆者將仔細分析研究。

　　賈寶玉之「天生痴僻」，可分為「痴」、「僻」二類討論之。所謂「痴」，《詞彙》中解釋為「呆傻、不聰明。…瘋癲。…愛戀某種事物而沉迷不返。」[1506]此乃人類特殊之意念或心靈狀態。至於寶玉之「痴性」，在書中有痴情、痴病、痴執、痴狂及痴呆等多重樣態，其中由於寶玉所呈現之「痴呆」牽涉常態行為與病態之徵象，故筆者將於第三單元醫病部分探討之。至於「僻」字，在《詞彙》中解為「奇異不常見」[1507]；在《大辭典》中解釋為「嗜好之病」[1508]。至於「僻性」，在《大辭典》中則解釋為：「指個人特別喜愛的習性，有牴觸習俗而不合理的則為乖僻。」[1509]故綜而論之，此乃指人類的

[1501]同前註，第2回，頁30。另賈母對寶玉之溺愛見於33回與36回。

[1502]同前註，第3回黛玉亦常聽得母親說過，「頑劣異常，極惡讀書，最喜在內幃廝混；外祖母又極溺愛，無人敢管。」(頁50)

[1503]同前註，頁51。

[1504]同前註，第3回，頁55。

[1505]同前註，第19回，頁305。

[1506]見頁568。

[1507]見頁327。

[1508]見頁3171。

[1509]同前註。

一種特殊習性或行為。

　　首論賈寶玉之「痴」。有關「痴情」即是「意淫」之說法，見於第 5 回寶玉夢中警幻仙姑之所言：「如爾則天分中生成一段痴情，吾輩推之為『意淫』。」[1510]雖依書中之原意，似乎已非常明顯，然而歷來研究「意淫」者卻一再對「意淫」作新詮釋，或因寶玉之言行似乎不是單純之「痴情」。實際上在《大辭典》中解釋「痴心」為一種「迷戀難捨之情」[1511]；《詞彙》中則將「痴情」解為「痴迷不捨於戀愛之情」[1512]，其實二者是異詞同義，故筆者以為將「痴情」解為「痴迷難捨之情」較妥。因此，甲戌本云：「案寶玉一生心性，只不過是體貼二字，謂之意淫」[1513]靖藏夾批亦同，而在第 8、14 及 25 回中亦一再出現體貼之脂評，然而「體貼」二字，指藉由體會、貼近、揣摩他人之心意，或細心領會、關懷他人之說法，似乎無法妥善地詮釋「天分中生成的一段痴情」的心靈狀態。之後的研究學者余英時《紅樓夢的兩個世界》以為：「大體說來，他認為情可以，甚至必然包括淫，由情而淫則雖淫亦情。故情又可叫做『意淫』。但另一方面，淫決不能包括情；這種狹義的『淫』他又稱之為『皮膚濫淫』」[1514]。其實賈寶玉並非第 5 回中所謂的「情淫者」──指一個「既戀其色，復戀其情」[1515]之人；書中已有明示，可見余英時誤將「情淫者」解釋為「意淫者」。陳萬益〈說寶玉的「意淫」和「情不情」──脂評探微之一〉及楊樹彬〈夢與秦可卿〉均以為：「意淫」，乃指寶玉能夠體貼異性，關懷和憐愛，愛博而心勞[1516]。郭玉雯亦沿承「體貼」

[1510] 見曹雪芹、高鶚原著　馮其庸等校注《紅樓夢校注》，第 5 回，頁 94。

[1511] 見頁 3172。

[1512] 見頁 568。

[1513] 見陳慶浩編著《新編石頭記脂硯齋評語輯校》增校本，頁 135、199、259。

[1514] 見頁 67，註 62。案：其文中之「決」字，應為「絕」字之誤。

[1515] 見曹雪芹、高鶚原著　馮其庸等校注《紅樓夢校注》，第 5 回，頁 93。

[1516] 陳萬益〈說寶玉的「意淫」和「情不情」──脂評探微之一〉中云：「二、…三、…寶玉的'意淫'和賈璉諸人的'皮膚濫淫'在書中經常對比寫照，他們的差別不在有無肌膚之親，而在與女性相處的心態。寶玉'意淫'的特色，就在於天生癡

說，並提出寶玉的痴情是不分貴賤的，不只是人我不分，更是物我不分[1517]。
又周義〈《紅樓夢》中的意淫解〉以為審美才是意淫的精義，除了界定「情」
是意淫中的一個成分之外，以為還有比它更微妙的東西，更說曹雪芹之「意
淫說」，只有抵達了聞香論的層面，才算得上突破[1518]。李曉雪〈初論賈寶玉
之意淫——好色即淫　知情更淫〉中強調：「意是對情的迷戀，淫是對色的愛
慕與迷醉，而這兩者的完美統一，構成了賈寶玉純潔而豐富的性愛境界。」
[1519]及「寶玉的意淫是對純真女兒們的關切、意的體貼、是對女兒們美好青
春的眷戀，不幸命運的同情。這幸運的根本正是體貼之情，這情是對真與美
的憐惜。」[1520]至於 2006 年，在王三慶教授〈也談賈寶玉的 "意淫" 及《紅樓
夢的情感書寫》〉一文中云：其曾審查台灣《漢學研究》一篇論文，其中提
及元・李鵬飛集《三元延壽書》中早已引用「名醫論曰：思欲無窮，所願不
得，意淫於外，為白淫而下，因是入房太甚，宗筋弛縱。」[1521]而王教授追
源卻發現是在《黃帝內經・素問・痿論篇第四十四》中[1522]：「思想無窮，所

情，能夠體貼異姓，關懷和憐愛，使他深入大觀園諸女子異樣多彩的心靈，但也因
此陷入了女性悲劇的無窮苦難之中。」(見《中外文學》，第 12 卷，第 9 期，頁 12-28)
此文亦收錄於余英時、周策縱等著《曹雪芹與紅樓夢》(一)一書中，頁 205-248。又
可參考楊樹彬〈夢與秦可卿〉文中云：「賈寶玉的意淫，實際是愛護體貼女性，愛博
而心勞的曲折表現。」(《紅樓夢學刊》，1988 年，第 2 輯，頁 116)另亦見於柳田〈 "雙
性同體" 及 "意淫" 等〉一文，其中對陳萬益〈說寶玉的'意淫' 和 '情不情'〉之文
僅作文摘式的呈現，見《紅樓夢學刊》，1991 年，第 1 輯，頁 290。
[1517]見郭玉雯《紅樓夢人物研究》，第 1 章 「賈寶玉的性格與生命歷程」，頁 31-38。
[1518]見《紅樓夢學刊》，2001 年，第 2 輯，頁 73-84。
[1519]同前註，2005 年，第 1 輯，頁 115。
[1520]同前註，頁 126。
[1521]全書共 5 卷。書前有元世祖至元 28 年(1 2 9 1)唐兀解序。可參見王三慶〈也談
賈寶玉的 "意淫" 及《紅樓夢的情感書寫》〉一文中提及其審查台灣《漢學研究》一
篇論文中所引用的資料，見《紅樓夢學刊》，2006 年，第 5 輯，頁 40。
[1522]見《紅樓夢學刊》，2006 年，第 5 輯，頁 40-41。

願不得，意淫於外，入房太甚，宗筋弛縱，發爲筋痿，及爲白淫。故下經曰：
筋痿者生於肝使內也。」[1523]王教授全文最後的結論是：「曹雪芹創作的《紅
樓夢》對於人物情感世界所書寫的基調，毫無疑問得自于中國傳統醫書的啓
發，尤其是《黃帝·內經·素問·痿論篇第四十四》所謂"意淫"的概念，
而其具體表現則集中在寶玉一人的行爲和言談中。他把寶玉設定爲"情動于
中，所願不得，意淫於外"的"天下古今第一淫人"，其情性有異于世俗所
謂"色淫"，也因如此，作者刻意闡發書寫的只能是"心會而不能口傳，可
神通而不可語達"，以及"天分中生成一段癡情"的情感世界。也因如此，
寶玉內心所懷抱的情感不只是專屬於黛玉、寶釵之間錯綜複雜的三角戀愛，
對於眾姐妹、丫頭、以及戲子，甚至秦鐘和琪官等，也都有一段說不出而讓
人難以理解的關愛之情，連一花一草一木的動植物世界，其生命無不引起寶
玉的極度關懷。這種人物的創設和書寫的情感基調的確使《紅樓夢》一書之
中處處展現了寶玉的"人道主義"以及闡揚了他所主張的個人所該擁有的基
本人權。」[1524]

　　以上各種說法或有忽略了「癡情」與「多情」有別，或又未注意到「癡
情」中之「迷戀難捨」的成分，及「體貼」二字無法涵蓋「意淫」之意，因
此，郭玉雯教授的「更是物我不分」及王三慶教授的「寶玉內心所懷抱的情
感不只是專屬於黛玉、寶釵之間錯綜複雜的三角戀愛，對於眾姐妹、丫頭、
以及戲子，甚至秦鐘和琪官等，也都有一段說不出而讓人難以理解的關愛之
情，連一花一草一木的動植物世界」已經是混淆了「癡情」與「多情」之差
異，且亦混淆了「博愛」與「癡情」之別，不過在寶玉的性格之中，確實同
時擁有「癡情」與「多情」二種性情。有關「多情」部份，筆者會在下一單
元「(二)多情惜玉與溫存和氣」中討論。另在王三慶教授的理論中所提及的
《黃帝·內經·素問·痿論篇第四十四》此段文字中，原是表達人類五臟發

[1523] 見明·張隱庵　馬元臺合著《黃帝內經素問合纂》，頁 1。
[1524] 見《紅樓夢學刊》，2006 年，第 5 輯，頁 51。

生萎弱無力之因，書中所強調的應是：「人若是欲望無窮，而又不能滿足於要求的時候，則由於思慮過度而損傷了肝氣(肝主謀慮)；若是意淫於外，則慾火內動；色慾過度則耗損陰精，因而宗筋弛縱，肝氣損傷使筋無所養而發生為筋痿。慾火妄動就發生精液自出的白淫。所以下經上說：筋痿一病，是由肝氣傷和房勞過度的原因而發生的。」[1525]因此，《黃帝‧內經‧素問‧痿論篇第四十四》「意淫」一詞之本意，即是「意念淫蕩」之義，不過賈寶玉卻並不是王教授所謂的「"情動于中，所願不得，意淫於外" 的 "天下古今第一淫人"」。雖然王教授有解釋「其情性有異於世俗所謂"色淫"」，不過賈寶玉產生「意淫」的整個過程，卻非「所願不得，意淫於外」」，換言之，賈寶玉並非是王教授所強調的「尤其是《黃帝‧內經‧素問‧痿論篇第四十四》所謂 "意淫" 的概念，而其具體表現則集中在寶玉一人的行為和言談中」的人。又王教授對於寶玉「意淫」的結論，又牽涉到秦鐘和琪官，此結論仍有可議處。因痴與僻不同，「僻」既是「指個人特別喜愛的習性」，「人類的一種特殊的行為」，原則上本不可將痴情與僻性混為一談，但因《紅樓夢》書中作者明言寶玉面對秦鐘時，「終是不安本分之人，竟一味的隨心所欲，因此又發了癖性，…更加親厚」，加之在義學時，與香憐、玉愛間四人的眉目勾留，又面對琪官時，寶玉「心中十分留戀」，因此，若在此種「僻性」的心靈根基上可探求到「迷戀難捨之情」時，則可將之列為寶玉意淫之對象，因此，寶玉意淫的對象不止是有同性間的秦鐘和琪官而已，更有香憐、玉愛。由於王教授在文章中不曾加以論證，卻在結尾中突然將秦鐘和琪官列為是寶玉"情動于中，所願不得，意淫於外"之對象，尤其是寶玉對秦鐘時，書中寫的是「竟一味的隨心所欲」，因此王教授之邏輯與書中之書寫是矛盾的，其中最大的問題是：王教授並未掌握到中醫《黃帝內經‧素問‧痿論篇第四十四》中：「思想無窮，所願不得，意淫於外，入房太甚，宗筋弛縱，

[1525] 見楊維傑編譯《黃帝內經素問譯解》，頁 340。

發爲筋痿，及爲白淫」此段話之本義——指的是男性因無異性對象可與之行房時，不得不透過意念幻想而射精以發洩慾念，以逞其慾行。而在《紅樓夢》中，所有引發寶玉天份中之癡情者，卻均有一具體之對象，尤其與秦鐘相處，書中更云：是寶玉「一味的隨心所欲」，因此，王教授借他人投稿之文撰寫自己的新論文，確實具有新意，不過其將寶玉之「意淫」框限於「情動于中，所願不得，意淫於外」則不妥，其因在於寶玉的「意淫」，並非仿同《黃帝內經·素問·痿論篇第四十四》中之意淫的過程。同時雖然寶玉有「多情」與「博愛」之性格特質，但寶玉之「意淫」亦不等於「多情」與「博愛」，筆者將於下文中一一論證之。

　　此外，以上此些學者亦均遺漏了書中第 29 回提及寶玉「自幼生成一種下流痴病」[1526]的問題。由於作者除了強調「天生的」以外，並未對「下流痴病」有任何解釋，因此「下流痴病」絕不可能又獨立成爲賈寶玉的另一性格特質，故筆者將嘗試鉤和「天分中生成的一段痴情」、「意淫」及「下流痴病」之意義，分成四點討論：(1)當賈寶玉搭訕寶釵的丫頭鶯兒，寶玉道：「『寶姐姐也算疼你了。明兒寶姐姐出閣，少不得是你跟去了。』鶯兒抿嘴一笑。寶玉笑道：『我常常和襲人說，明兒不知那一個有福的消受你們主子奴才兩個呢。』鶯兒笑道：『你還不知道我們姑娘有幾樣世人都沒有的好處呢，模樣兒還在次。』寶玉見鶯兒嬌憨婉轉，語笑如痴，早不勝其情了，那更提起寶釵來！」[1527]女兒總是寶玉讚美的對象，鶯兒外在的嬌憨笑痴之狀，正是寶玉所痴情迷戀者；二人雖短語交鋒，然或因寶玉出言似舌燦蓮花而鶯兒亦嘴甜心細，故在此和諧中妙化出寶玉難勝其情之境。(2)第 23 回~30 回中金釧兒曾狐媚主子欲獻胭脂香唇，卻激起寶玉反挑逗之，欲討爲小妾。二人看來情意融洽，固然有可能是寶玉一時的玩笑話，但何嘗不是寶玉已被挑起了「下流痴病」，然而金釧兒卻被王夫人摑臉攆出榮府後投井身亡，而成了寶

[1526] 見曹雪芹、高鶚原著　馮其庸等校注《紅樓夢校注》，第 29 回，頁 462。
[1527] 同前註，第 35 回，頁 541。

玉「意淫」下的第一個受害者。金釧兒往生後，寶玉亦曾於鳳姐生日時悄然出城，在水仙庵井臺上含淚焚香遙祭她，更可見一片痴情。(3)第 27 回中，讓寶玉親自「討賞胭脂吃的」是鴛鴦，因襲人找寶玉回房，寶玉巧遇正在看襲人針線的鴛鴦而動心，禁不起鴛鴦身上香氣與白膩胴體的誘惑，「寶玉便猴上身去，涎皮笑道：『好姐姐，把你嘴上的胭脂賞我吃了罷。』一面說著，一面扭股糖似的黏在身上。」[1528]之後寶玉面對鴛鴦之項背，不但以手撫之，更欲一親芳澤。(4)第 35 回，寶玉對才貌俱全且年已二十三歲之傅試之妹傅秋芳，「雖未自親睹，然遐思遙愛之心十分誠敬」[1529]。此雖僅是一種空慕，但卻是寶玉痴情之表現。筆者以為「下流」與「上流」是反義詞，而寶玉之「下流痴病」，應是一種「意念上之痴迷」及「僅止於觸碰與聞香」而已，換言之，寶玉雖然禁不住誘惑而動心動情、動口動手及有鼻嗅之舉，但卻似蜜蜂採蜜一般，親近花但非摘花，親近女兒但非辱淫女兒。因此，依作者本義，「淫雖一理，義則有別」[1530]，故寶玉之「意淫」，既是「天分中生成的一段癡情」，又與「下流痴病」同義疏通，只是作者描述寶玉之「意淫」，恐應落在「一種迷戀不捨之情」及「又止於觸碰與聞香」的解釋。然因寶玉又有些違背男女授受不親之表現，故以今日之性別觀論之，寶玉之行為亦可能被誤為是一種「意念之淫想」，同時此種兼具情色之痴情或說是淫念，又可能被誤解為是「淫行」，即「肉體性愛之想望」。

　　有關寶玉之「痴執」，則又可從其與黛玉二人曾不約而同前後二次(23 回及 27-28 回)前往沁芳橋下之桃花谿葬花，及勸諫晴雯勿隨意撕扇之事件中，見出寶玉之多愁善感與愛物之痴執。另有關寶玉之「痴狂」，則見於第 3 回及 29 回中。因玉的問題及黛玉的金玉相逼，於是寶玉先後有二次摔玉，發

[1528] 同前註，第 24 回，頁 373-374。
[1529] 同前註，第 35 回，頁 539。
[1530] 同前註，第 5 回，頁 93。

起痴狂病來。寶玉曾為自己的與眾不同及怕落入「金玉良緣」之窠臼中而砸玉，過程中與黛玉之互動，仍顯意氣用事；賈家為此而動員，包括賈母、眾人、襲人、紫鵑及雪雁等，相繼哄慰與掛念憂心。眾人之所寶，乃寶玉之所棄，《紅樓夢》作者成功地巧裁了一個競今殊古、色彩鮮明之紈袴子弟的形象。此種感花惜物之痴執與摔玉之痴狂，印證寶玉天性中「無故尋愁覓恨，有時似傻如狂」[1531]之性格表現。

次論寶玉之「僻」。寶玉之「僻性」應可總歸於第 5 回中提及的「天性中有一片愚拙偏僻」[1532]。在《詞彙》中之「僻」，解釋為：不熱鬧、不普通、不正常，如「偏僻」[1533]，而「偏僻」一詞又解釋為：「交通不便而荒僻的地方」[1534]，通常我們會形容地區的偏遠不熱鬧，但作者用在性格上，則應詮釋為「偏頗的僻性」，故「愚拙偏僻」應解釋「愚笨偏僻」，如寶玉曾「視姊妹弟兄皆出一意，並無親疏遠近之別。」[1535]寶玉的男女無別，其實有可能是心智成熟度的問題，但漸長後，於 57 回中述及寶玉卻曾受紫鵑及香菱訾議，而引發了「痰迷之症」，亦嚇到家人，以為寶玉生了大病。除此之外，其最明顯之「偏頗的僻性」有三：

1. 「喜吃胭脂」──

襲人與湘雲均知此事，且競相勸戒，請參看本書中襲人之論文，此處不再贅述。此種癖性輔翼著寶玉幼兒時期「伸手只把些脂粉釵環抓來」[1536]之抓周異事，此亦被徐振揮〈論《紅樓夢》的角色變遷〉一文中論證是一種「女性化」[1537]之表徵，但寶玉卻非政老爺所誤解的「酒色之徒」。或許不

[1531]同前註，第 3 回，頁 53。

[1532]同前註，見頁 57。

[1533]見頁 63。

[1534]見頁 57。

[1535]見曹雪芹、高鶚原著 馮其庸等校注《紅樓夢校注》，頁 81。

[1536]同前註，第 2 回，頁 30。

[1537]其文中云：「寶玉的女性化特質在嬰兒時"抓周"中，便露出端倪。」（見《紅樓

經一事不長一智，寶玉之後並未再犯，不過與其解讀為寶玉女性化，不如解讀為寶玉「喜近女兒」較妥，以便與此單元喜吃胭脂之僻性接軌，更不易與之後筆者將述及的寶玉第四種癖性：「疑似同性戀」，所產生衝突矛盾。

2.「有潔癖」──

此乃書中彪然在列的重要主題之一。除了19回寶玉曾嫌婆子的枕頭髒，25回自己臉上起燎泡，不願讓前來安慰他的黛玉見到以外，作者更從甄寶玉之性氣作為互文，及透過賈寶玉之人生觀突顯寶玉之潔癖特質，如：「女兒是水作的骨肉，男人是泥作的骨肉。我見了女兒，我便清爽；見了男子，便覺濁臭逼人。」[1538]又如：「原來天生人為萬物之靈，凡山川日月之精秀，只鍾於女兒，鬚眉男子不過是些渣滓濁沫而已。因有這個呆念在心，把一切男子都看成混沌濁物，可有可無。」[1539]事實上寶玉之潔癖，除了對外在環境及形貌感受之骯髒濁臭的難以忍受外，其中更隱含著另一種對「處女情結」(Virgin Complex)的潔癖，筆者將嘗試深入論之。當賈雨村所展現之格致與悟道功夫，為寶玉淨除「淫魔色鬼」之污名，便是個間接且隱喻式的有力證據，而呼叫「姊妹之名」成了甄寶玉之治痛療劑，更可披顯賈寶玉之奇思，此殆源於一種自然天成之感受、傾向及癖性；或因自幼在姊妹叢中受眾女兒華服相從、清爽形貌之影響，或源於寶玉耳濡目染於榮寧二府荒淫性事中之自醒。人類對超自然授精或處女懷孕等此種所謂單性生殖，或說是純潔受胎，稱之為「貞潔崇拜」[1540]。在西方「討論

夢學刊》，1992年，第1輯，頁64)

[1538] 見曹雪芹、高鶚原著　馮其庸等校注《紅樓夢校注》，第2回，頁30。

[1539] 同前註，第20回，頁319。另36回中亦有：「好好的一個清淨潔白女兒，也學的釣名沽譽，入了國賊祿鬼之流。這總是前人無故生事，立言豎辭，原為導後世的鬚眉濁物。」(頁545)

[1540] 可參考美・O.V.魏勒著，史頻譯《性崇拜》，第15章「貞潔崇拜」，頁267。

男性貞節的文獻中，女人不是妓女便是聖母。」[1541]因此，《聖經》*The Holy Scripture* 中耶穌基督之母瑪麗亞，被天父 God 播種而授孕，懷了聖子，其中所蘊含之「處女情結」，與《紅樓夢》中甄寶玉與賈寶玉之「處女情結」類似，均是一種「貞潔崇拜」。因此，時或可見賈寶玉嫌結了婚的女人污濁、鄙視老婆子、甚至是對自己的奶娘李嬤嬤不敬，從春燕曾引寶玉之言可證之：「女孩兒出嫁，是顆無價寶珠；出了嫁不知怎麼就變出許多不好的毛病而來，雖是珠子，卻沒有光彩寶色，是顆死珠了；再老了更變得不是珠子，竟是魚眼睛了。分明一個人，怎麼變出三樣來？」[1542]另在司棋事件中，從寶玉與婆子之對話，更見其思想之根深蒂固：「『怎麼這些人只一嫁了漢子，染了男人的氣味，就這樣混賬起來，比男人更可殺了！』守園門的婆子聽了，也不禁好笑起來，因問道：『這樣說，凡女兒個個是好的了，女人個個是壞的了？』寶玉點頭道：『不錯，不錯！』」[1543]婆子顯然不解寶玉性格，而寶玉似乎厭惡結了婚的女人，此又可從第 8 回中一碗被茜雪送給李奶奶嚐的楓露茶，導致寶玉暴怒摔杯印證之[1544]。賈寶玉對未嫁女兒推崇至高，不過此種「處女情結」，實有異於今日男性沙文主義者所要求的「女子婚前須保持處女膜完整」之理論，而是個對「女性貞潔」極端重視，要求女子須在生理、行為及性格上純潔乾淨，換言之，是一種要求女子身心具淨之情懷。雖在《紅樓夢》中僅舉甄、賈寶玉之「處女情結」為例，但卻是清朝以前中國傳統社會「男尊女卑觀念」之反影。若女人和男人均重視「處女情結」，則落入中國傳統社會中男人苛求女子愛情純潔和忠貞之渴望(指男性沙文主義)，因此，賈寶玉雖有尊重女兒之心，潛意識中卻又仍具男尊女卑之觀念。在賈寶玉的觀念中，女兒出嫁後，不

[1541]見 Jeffery C. Alexander Steven Seidman 主編　無潛誠總編校《文化與社會》Culture and Society「維多利亞時期純潔觀裏性的象徵意義」，頁 206。
[1542]見曹雪芹 高鶚原著　馮其庸等校注《紅樓夢校注》，第 59 回，頁 920。
[1543]同前註，第 77 回，頁 1213。
[1544]同前註，第 8 回，頁 148。

只是心神被玷污，肉體被男人佔有後，更應被驅逐出純淨之女兒國；其對女兒完璧無瑕之欣慕與敬重，超乎一般人之想像，且近乎完美，而賈家一群女兒似乎亦爲寶玉締造了一個處女烏托邦之想像。蔣文欽〈女兒世界與女兒崇拜——賈寶玉典型性格試探〉是 1984 年最早提及「女兒崇拜」者[1545]，但其卻未深入強化處女情結及男性沙文主義間之關係。至於 1987 年，[日] 合山究　藤重典子譯〈《紅樓夢》的女性崇拜思想及其源流〉及 2005 年聶鑫森之「賈府的女權至上論者」中有：「賈寶玉是個貨眞價實的女權至上論者，她同情女性、崇拜女性、謳歌女性幾乎不遺餘力，…」[1546]二人則太過於擴大解釋爲「女性」了，畢竟女性並不能等同於處女或女兒。同時筆者之理論亦與曹金鐘的「崇拜女兒」及郭玉雯對「處女情結」之解釋不同。在曹金鐘〈賈寶玉新論〉中云：「“女兒三變論”，實是對人生的一種深刻體悟，是他對女孩青春美(洋溢於少女身上的一種 “看不見” 的美，姑且稱爲青春美)的眷戀，因爲這種青春美是女孩子特有的，過了一定的年齡，這種美也 “不知春歸何處去” 了。…賈寶玉之所以崇拜女兒，正是因爲她們具有青春、具有完善的人性。　」[1547]其說法顯然與蔣文欽一般，而在郭玉雯〈紅樓夢中的情慾與禮教－－紅樓夢與明清思想〉中則云：「早已有評者說紅樓夢具『處女崇拜』（或者說是「少女崇拜」）情結，以情榜中的『情情』林黛玉爲例，作者幾乎將其塑成「唯情」之姿態，絕少沾染欲望（縱使有也隱晦難辨），最後讓她未嫁而亡，保持其潔淨性（質本潔來還潔去），更是反襯地視「欲望」爲「不潔」「污穢」之物，…」[1548]殆

[1545]見《紅樓夢學刊》，1984 年，第 4 輯，頁 107-122。
[1546]同前註，1987 年，第 2 輯，頁 103-126。
[1547]同前註，1996 年，第 4 輯，頁 68。
[1548]見中央研究院，2001 年 12 月 30 日，「情欲明清」國際研討會之論文摘要。然此篇論文由麥田出版社於 2004 年 3 月出版後，此段摘要便被刪除了，其正文中亦不見任何敘述。

此二位學者僅是淺論，對於傳統中國社會中之「處女崇拜」所具的社會風習之意義與人文價值之探討是闕漏的。此外，何以如此重視「處女情結」之寶玉，卻在與襲人發生性關係後，反更待襲人較別個不同？且既不認為自己污濁，亦不將襲人視為穢物，或許因雲雨之事乃夢中仙子所教，故從夢中幻境至真實情境中，如夢似幻之性行為被寶玉視為「並非行淫」，潛意識中寶玉似乎已為自己與襲人除罪化。最終金陵十二釵中之女子，始終保持潔淨而未被男子沾染者，除了黛玉外，夭逝的晴雯及穿上淄衣之惜春等，均成了分屬天上人間之聖潔女子。

3. 具有「對同性戀之僻性」——

寶玉之奇僻對象有三：一為秦鐘，一為繪聲繪影之義學子弟，一為蔣玉菡。由於第 8 回書中明言是寶玉之「天生僻性」，故此處勿須多作證明，但因牽涉情感問題，即寶玉「是否具同性戀傾向」？故筆者將此議題挪至第二單元中討論，而此處書中所強調寶玉的「天生僻性」，其實正可與其痴性相互烘托。

(二)多情惜玉與溫存和氣

寶玉又有多情惜玉之特質，對象包括：第 8 回中，晴雯不畏手凍僵冷地貼上絳紅軒門匾時，賈寶玉曾因晴雯手冷而握攜晴雯之手，且一起仰首看著門楣。第 20 回，寶玉還記得麝月早上說頭癢，於是告訴麝月說：「我替你篦頭罷。」之後便拿了篦子為麝月一一梳篦[1549]。此種呵護之心情又見於第 21 回中，當寶玉披衣靸鞋往黛玉房中時，看見那史湘雲一把青絲拖於枕畔，被只齊胸，一彎雪白的膀子撂於被外，於是嘆道：「『睡覺還是不老實！回來風吹了，又嚷肩窩疼了。』一面說，一面輕輕的替他蓋上。」[1550]寶玉雖不動

[1549] 同前註，第 20 回，頁 318。
[1550] 同前註，第 21 回，頁 325。

聲色，卻體貼自然。第 25 回，當寶玉見了紅玉時，「也就留了心」[1551]，想點名喚她來使用，但因怕襲人等寒心，及不知紅玉之言行，故只能呆坐冥想。第 30 回「齡官劃薔，癡及局外」，寶玉自己也沒得遮雨，卻想著：「『這時下雨。他這身子如何禁得驟雨一激！』因此，禁不住便說道：『不用寫了，你看下大雨，身上都溼了。』」[1552]可見寶玉憐花惜玉之心。

　　第 35 回，金釧兒死後，玉釧兒入榮府，寶玉對待玉釧兒，亦是多情惜玉之襟懷，書中如此描述：「寶玉見他還是這樣哭喪，便知他是爲金釧兒的原故；待要虛心下氣磨轉他，又見人多，不好下氣的，因而變盡方法，將人都支出去，然後又陪笑問長問短。」[1553]寶玉肯對玉釧兒趨奉承歡，一是同理心，以減低玉釧兒喪姐之痛；一是補償心，借轉惠予玉釧兒，可抵過贖罪；一是悲憫心，溫飽事大。寶玉不擇貴賤，悲憫盡出，而玉釧兒初來榮府時，竟能影附寶玉，可見其人際之圓融，且較之金釧兒更知分寸。對於玉釧兒，寶玉另有溫厚關懷：一次，寶玉只顧和婆子說話，不慎將碗碰翻潑了手，玉釧兒不曾燙著，自己燙了手卻只管問玉釧兒：「燙了那裏了？疼不疼？」[1554]又寶玉被「大雨淋的水雞似的，他反告訴別人『下雨了，快避雨去罷。』」[1555]寶玉無視己難，反而跨越主僕藩籬以體現「不忍人之心」的善德，故實際上並非如單世聯〈徘徊在規範之外──賈寶玉的一個新詮釋〉中所云的：寶玉「已顯露出精神病之症狀」[1556]。因寶玉此時之狀況與一個產生無病識感、無法分辨現實及與現實脫節之精神病患者比較，實有明顯不同。寶玉此舉雖被婆子們戲稱爲「呆子」，但「並非無病識感」，卻反是榮府威權者中最具大

[1551]同前註，第 25 回，頁 389。

[1552]同前註，頁 478。

[1553]同前註，第 35 回，頁 538。

[1554]同前註，頁 540。

[1555]同前註。

[1556]見《紅樓夢學刊》，1988 年，第 2 輯，頁 12。

愛之人，而非得了精神病。第 44 回，寶玉因得以在平兒面前稍盡一片心，故怡然自思道：「亦今生意中不想之樂也。…又思平兒並無父母兄弟姊妹，…今兒還遭荼毒，而想來此人薄命，比黛玉尤甚。想到此間，便又傷感起來，不覺洒然淚下」[1557]第 51 回，述及襲人之母病危歸家，寶玉半夜要茶喝，因擔心晴雯從薰籠下來時受涼，而再次握摸晴雯之手臉，並告訴晴雯：「你來把我的這邊被掖一掖」[1558]、「快進被來渥渥罷」[1559]。此時寶玉心中所存者，其實僅是正念而已，然其多情性格中實雜揉著「憐香惜玉」之心態。第 57 回寶玉關心紫鵑的健康，曾對其說：「穿這樣單薄，還在口裡站著…你再病了，越發難了。」[1560]第 62 回，寶玉因有感於英蓮之生平坎坷，心中慨歎：「可惜這麼一個人，沒父母，連自己本姓都忘了，被人拐出來，偏又賣與了這個霸王。」[1561]另第 88 回中寶玉曾因聽見賈母夜裏睡不著，而將賈環送他的幾個蟈蟈兒帶給賈母作伴[1562]，實是孝心可掬，也是一種體貼多情的表現。又寶玉亦兼愛於物，故當晴雯折扇、撕扇時，進而勸諫愛扇之理。以上寶玉之種種言行，何嘗不是張載〈西銘〉中「民吾同胞、物吾與也」之精神體現？亦是寶玉的多情與善良的表現。

此外，寶玉尚有溫存和氣之性格。62 回中，根據婆子所言，寶玉之性格並無剛性，且透過作者之全視角述說「那玉釧兒先雖不悅，只管見寶玉一些性子沒有，憑他怎麼喪謗，他還是溫存和氣，自己到不好意思的了，臉上方有三分喜色。」[1563]寶玉此種溫存性格，最早見於第 5 回賈寶玉夢入太虛幻境時，書中如此鋪陳：「至次日，便柔情繾綣，軟語溫存，與可卿難分難

[1557]見曹雪芹　高鶚原著　馮其庸等校注《紅樓夢校注》，第 44 回，頁 682。
[1558]同前註，第 51 回，頁 792。
[1559]同前註。
[1560]同前註，第 57 回，頁 883。
[1561]同前註，第 62 回，頁 970。
[1562]同前註，第 88 回，頁 1386。
[1563]同前註，頁 538。

解。」[1564]還有從寶玉對墜兒偷蝦鬚鐲之事觀之，僅望藉故將其請出榮府，並無戒惡懲善之意，顯然極為寬容；又當賈環故意燙傷其臉部時，寶玉亦曾云：「明兒老太太問，就說是我自己燙的罷了。」[1565]寶玉為賈環掩過飾非，但見溫存平和之性氣與善心。嚴格論之，寶玉此種多情惜玉與溫存和氣，即是脂評本所謂的體貼的性格。

(三)牛心怯性

至於寶玉之性格，又有牛心怯性，值得推敲，而此種性格實與其出家因緣息息相關，但歷來研究《紅樓夢》者往往忽略之。薛姨媽曾提起薛蟠：「我也說過他幾次，他牛心不聽說」[1566]，賈蘭亦被眾人視為是「天生的牛心古怪」[1567]，而賈寶玉除了具痴癖性格外，作者又以眾人之外視角云：「眾人見寶玉牛心，都怪他呆痴不改。」[1568]巧合者，三人均是薛賈二家之單傳，故個性上或有相似之處。從精神醫學角度論之，其實寶玉同時具有痴癖與牛心，且均出於天賦使然，並非呆痴造成牛心，反是牛心主導寶玉的「生命大覺」。寶玉大覺後出家，實有跡可尋，分三階段漸悟。第一階段是：「失玉迷惘」。作者透過甄士隱道：「寶玉　，即寶玉也。那年榮寧查抄之前，釵黛分離之日，此玉早已離世。一為避禍，二為撮合，從此夙緣一了，形質歸一。」[1569]因此，通靈寶玉離世是早在 106 回榮寧被查抄之前，更在黛玉 97-98 回往生之前，換言之，即是 94 回賈寶玉失玉時。迷糊痴呆是過程、漸悟則是學

[1564]同前註，第 5 回，頁 94。
[1565]同前註，第 25 回，頁 391-392。
[1566]同前註，第 84 回，頁 1332。
[1567]同前註，第 22 回，頁 347。
[1568]同前註，第 17 回，頁 259。
[1569]同前註，第 120 回，頁 1796。

習與方法。寶玉失玉生病、娶薛寶釵至 109 回中，薛寶釵與襲人瞧見寶玉「端
坐在床上，閉目合掌，居然像個和尚一般。」[1570]可見寶玉的某些行為在重
重打擊後，已逐漸變改。因薛寶釵提醒賈政要寶玉承接祖宗遺續，但寶玉聽
來卻深覺「話不投機」，為了不與寶釵起衝突，故僅以靠桌睡去，消極制衡
之，夫妻之互動，果似第 5 回之詩詞讖語：「舉案齊眉」。又當賈寶玉與來京
之甄寶玉見面言談後，竟發現其與家變後委身經濟之甄寶玉已有涇渭清渾之
別。之後，寶玉更視甄寶玉為祿蠹，二人如冰炭不融，此時寶玉之心隨境轉
已更趨剛堅。第二階段：「夢覺生死與和尚點化」，關鍵在於寶玉再次夢入
太虛幻境及和尚之出現。寶玉因賈政、王夫人、寶釵、襲人之命令、催逼、
勸勉而進京趕考，於是寶玉之念頭更發奇僻了，從厭棄功名、看淡兒女情緣，
至不告而別等，均極竦動人心。同時，夢中和尚之再現、還玉，至闈場走失
等，既有伏筆，亦有佈局。前者寶玉領悟冊詞、觸出天機、認同宿命，我們
從紫鵑及五兒對寶玉之抱怨可知悉：「如今我看他待襲人等也是冷冷兒的。
二奶奶是本來不喜歡親熱的，麝月那些人就不抱怨他麼？」[1571]又有「頭裏
聽著寶二爺女孩子跟前是最好的，我母親再三的把我弄進來。豈知我進來
了，盡心竭力的伏侍了幾次病，如今病好了，連一句好話也沒有剩出來，如
今索性連眼兒也都不瞧了。」[1572] 寶玉歷經生死磨難，此時亦已達生死之變
及對情色迷思之改悟。後者和尚出現點化寶玉：「時常到他那裏去去就是了。
諸事只要隨緣，自有一定的道理。」[1573]寶玉生命之真正轉機在此，之後不
但找回了失去的本心[1574]，更於同一回中病情真正痊癒後，預留時空，讓自
己了結塵緣。其實襲人、寶釵之功名論並無法撼動寶玉，出家習佛之意念早

[1570]同前註，第 109 回，頁 1694。

[1571]同前註，第 116 回，頁 1741。

[1572]同前註。

[1573]同前註，頁 1746。

[1574]同前註，第 117 回為了還玉給和尚之事告訴襲人道：「如今不再病了，我已經有
了心了，要那玉何用？」(頁 1744)

已凌駕褒功顯親之價值，從 117 回中寶玉高倡「一子出家，七祖升天」[1575]更
可窺知。已有定見後之寶玉，一方「假作工書」，儼然成了一個曾被自己罵
爲祿蠹之甄寶玉，一方又「一心想著那個和尚引他到那仙境的機關，觸目皆
爲俗人，卻在家難受。」[1576]寶玉對居家生活已顯得扞格難入，此時與入佛
甚深之惜春暢談反覺適己。賈家父子二代承傳，各司其執，但寶玉卻已逐漸
偏離仕宦之途。第三階段：「自導闈場失蹤」。寶玉順應長輩妻妾之意嘻天哈
地、瘋傻出門，與賈蘭一起進京趕考，其內心恐是苦極，更在中選第七名後，
自佈失蹤疑雲。寶玉於船上巧逢父親賈政，似悲似喜，默然跪拜謝恩之狀已
是難捨能捨。在被一僧一道挾住飄然登岸而去之際，父親苦追不到再返舟中
後，二人已是水岸相隔，既粉碎了天下父母心，亦摧毀了傳統中國士子所承
望的「留意孔孟與經濟之前景」。賈母曾預言：「我深知寶玉將來也是個不
聽妻妾勸的。我也解不過來，也從未見過這樣的孩子。」[1577]此正是寶玉牛
心性格之展現。「第七名」縹緲虛無之功名聲譽留給賈家，寶玉終以慧命勝
出，進入學佛涉道之終身志行。佛教雖有慧能之頓悟派與弘忍之漸悟派，然
漸悟畢竟是多數中國人習佛過程之模式，故在《紅樓夢》中和尚扮演著引渡
角色，寶玉便成了一個被渡化者，一個與一般人並無差貳之漸悟者。寶玉之
抉擇符合了人格心理學之父馬斯洛(Maslow) 所提出的「人格需要層次理論」
中，七個需要的最高層次「自我實現之需求」的理論，指：「對實現自己的
潛能、創造力、理想和信念的需要。」[1578]黃鶯〈賈寶玉新論〉一文中則以

[1575] 同前註，頁 1746。

[1576] 同前註，頁 1750。

[1577] 同前註，第 78 回，頁 1230。

[1578] 按：馬斯洛（Maslow，Abraham Harold 1908 - 1970 ）是美國心理學家，人本主
義心理學之代表人。自我實現理論 馬斯洛特將整体論、動力論和對文化因素的強
調，三者結合來，通過他對一些傑出人物的研究，而形成的一種比較全面的人格理
論。而其七個需要須由下而上層層遞進，有：(1)生理的需求(2)安全的需求(3)歸屬和

為賈寶玉是「自我中心主義者」[1579]，而魯德才〈賈寶玉理想人格的探求與超越〉亦提出「理想人格」理論[1580]，在古今中國社會中，此二種說法應是會被接受的，不過以馬斯洛「自我實現之需求」的理論探討之，其強調此階段遇事多以問題為中心，而不以自我為中心，故就寶玉鬧場失蹤前後，對現實和環境之認知能力均已較佳，且能與之安然相處，顯然在此階段中寶玉之心性狀態，與馬斯洛的理論較相符。因此，重視寶玉渴望「自我實現的需求」之精神層面及問題層面，更形重要，而馬斯洛之層遞理論，似乎較適合寶玉之情境。只是不面告父母而失蹤，總令人有微詞，或許寶玉恐因擔心坦承稟告後將難以脫身，而有不得不爾之苦衷吧！同時寶玉之舉亦符應著作者回歸神話原型之主題鋪設：「結束塵緣，歸彼大荒」。寶玉終需回歸青埂峰修行，再幻化成頑石。

另寶玉亦有天生性怯的一面，不敢接近猙獰神鬼之像[1581]的特質，或許此正可解釋在金釧兒事件中，寶玉選擇臨陣脫逃之主因。寶玉此種怯弱的性格，在 77 回中有：「寶玉夜間常醒，又極膽小，每醒必喚人」[1582]。又在 102 回述及晴雯死後，吳貴媳婦因吃錯藥身亡，卻被謠傳為被妖怪吸精而死時，一覽無遺。當時賈母曾派人將寶玉住房圍住，巡邏打更。又有丫頭們傳言有看見紅臉的或俊美女人的妖怪，此事亦「唬得寶玉天天害怕」[1583]，可見寶玉之性怯，亦是其性格的常態之一，但此或可能是得之于賈母膽小性格之真

愛的需求(4)尊重的需要 ——是個人對自尊和來自他人尊重的需要(5)認知的需要(6)審美的需求(7)「自我實現的需求」。(見車文博《人本主義心理學》，第 3 章 「馬斯洛的自我實現心理學」，頁 125)另可參考李安德原著　若水譯《超個人心理學》，頁 172-173。

[1579]其文云：「從以上的論述來看，寶玉無疑是一個男性潛在自我中心主義者。」(見《紅樓夢學刊》，2000 年，第 1 輯，頁 292)。

[1580]見《紅樓夢學刊》，1993 年，第 3 輯，頁 87-100。

[1581]見曹雪芹 高鶚原著　馮其庸等校注《紅樓夢校注》，第 80 回，頁 1276。

[1582]同前註，第 77 回，頁 1221。

[1583]同前註，第 102 回，頁 1567。

傳，因從第 39 回敘述南院馬棚裏走了火之事，作者云：「賈母最膽小的，聽了這個話，忙起身扶了人出至廊上來瞧」[1584] 及 105 回描述賈母還沒聽完賈家被抄之情況，「便嚇得涕淚交流，連話也說不出來」[1585] 可驗證之，筆者於賈母一文中已有論述。

　　寶玉之性格是如此多樣，因此絕不是一種單純的性格可囊括之，而李騰嶽〈紅樓夢醫事：殊に其の諸人物の罹患疾病に就ての察〉中以為寶玉是一種「精神分裂型性格」（Schizoid personality）：「寶玉纖細敏感，屬於 E.Kretschmer 先生所謂精神分裂型（Schizoid），具有選擇性社交、接近頑固般的幻想、沉溺愛情、任性、執拗及偏執等特質，而且，意識不清時越發興奮，此時一定伴隨強烈的情感，可視為某種心因性反應。另一方面，他又具有貴族般的冷靜及含羞草般的女性的優柔寡斷，這點最常在天才型精神分裂患者身上出現，類似孤獨詩人晚年得到精神分裂症的 F.Holderlin。賈寶玉晚年的『情極之毒』或許可視為某種『情緒硬化』，這是否應該被列入精神分裂症中，仍須另行研究。」[1586] 李先生之說法疑點很多，因賈寶玉出走時仍很年輕，並非晚年，因此，李先生對於寶玉之紀年上有疏忽，至於今日精神醫學中有關「精神分裂型性格」（Schizoid personality）之臨床表徵有：「冷漠、疏離與人距離遙遠、獨來獨往，情感的需求淡薄，不慍不火，看不出其情緒，閱讀他們的生活史可發現，對一般人而言過於孤獨、無競爭性、孤獨難耐的工作，他們卻甘之如飴；性生活方面可能僅止於幻想的層次；他們可投注於機械化、缺乏情緒的事物中，如機械、天文學等等。」[1587] 我的醫學顧問魏福全醫師更指出「精神分裂型性格」者臨床表徵分為二種人格表現：其一：

[1584] 同前註，第 39 回，頁 605。

[1585] 同前註，第 105 回，頁 1600-1601。

[1586] 刊於《台灣醫學會》，昭和 17[1942 年]，第 41 卷，第 3 附錄別刷，頁 101。中文由筆者請日台科技翻譯社翻譯之。

[1587] 見李明濱《實用精神醫學》，第 20 章「人格障礙症」，頁 218。

很退縮，孤僻獨居，不與人來往；其二：幻想很多，想法奇怪，平常會講一些宗教、神通、神妙之事。」[1588]由以上所有的資料論觀之，此症之人格特質其實與賈寶玉之性格有 90%之不同，因此，在李先生之理論中，並未掌握「精神分裂型性格」（Schizoid personality）之重要特質，以致於會產生誤判。

　　《紅樓夢》作者精浸繪繡賈寶玉之性氣，從其無剛性，卻有天生之痴癖及牛心性怯論起，既有憐香惜玉、愛紅、情痴、善德於人與兼及愛物之痴執，亦有放逸不縛常律，且夸邁流俗之同戀期之同性戀行為。此外，賈寶玉雖不喜讀書、喜嬉遊，但以其資質若肯激奮向學，必定是一個龍驚學海之人。然多重磨難後，寶玉之心性仍有所成長，不過並非如步朝霞〈追求與失落——寶玉與郝思嘉文學形象比較〉中所云：只見毀滅未見新生[1589]，或許會是如成窮《從紅樓夢看中國文化》中所云的：「對寶玉說來最終則是絕望與出走」[1590]，然其終擇棄儒進佛道之路，乃牛心性格之所導，實是一種適性之舉。

二、夢幻福分與紅塵情緣

　　《紅樓夢》中另一「情種」賈寶玉，性格特殊、被警幻仙姑直指為「天下古今第一淫人」[1591]，在甲戌本第 8 回眉批：「案警幻情榜，寶玉繫情不情。凡世間之無知無識，彼俱有一癡情去體貼。」[1592]，且其一生之情愛被拋設於情意綜之中，且在情淫與意淫間被劃定楚河漢界。在賈寶玉的一生

[1588]筆者於 2007/1/31 與我的醫學顧問討論時，魏醫師所提供的意見。

[1589]其文云：「他只看到了燬滅而沒有看到新生。帶著失望和迷惘他出家了；找不出眷戀的理由，他隱退了。並不是由於宗教信仰，而是不信了這個世界，寶玉出家實是一種大無望。」(刊於《紅樓夢學刊》，2001 年，第 4 輯，頁 215)

[1590]可參考成窮《從紅樓夢看中國文化》中「情愛悲劇」提及：「這退場對黛玉來說便是死，對寶玉說來最終則是絕望與出走。」(頁 220)

[1591]見曹雪芹 高鶚原著　馮其庸等校注《紅樓夢校注》，第 5 回，頁 93。

[1592]見曹雪芹原著　脂硯齋重評　周祐昌、周汝昌、周倫玲校定《石頭記會真》，頁 980。另見鄭紅楓、鄭慶山輯校　2006《紅樓夢脂評輯校》，頁 120。

中，與其發生性關係者有三人：警幻仙姑之妹可卿、襲人及寶釵，既有夢幻福分外，亦有紅塵情緣。有關「夢幻福分」，是指第 5 回寶玉在其初遊太虛幻境之夢與警幻仙姑之妹可卿之姻緣，可參考本書中秦可卿一文，此處不再贅述。

　　至於有關寶玉之紅塵情緣部分，實是紛綸雜沓，對象有女有男，除了第一單元論述的痴情、多情對象——鴛兒、金釧兒、鴛鴦、傅秋芳、紅玉、史湘雲、晴雯及玉釧兒外，亦另有二位女性與其有肌膚之親：一是鳳姐，另一則是吳貴媳婦(燈姑娘)。有關鳳姐的部分，見於第 14 回，書中提及一個媳婦領牌而去，之後登記交牌時，鳳姐告訴寶玉：「難不住我不給對牌是難的」[1593]。當時寶玉「便猴向鳳姐身上立刻要牌」[1594]，但此種像猴子般賴要在鳳姐身上的舉動，應僅是頑皮的行為而已，故於第 117 回中，當賈芸耳聞有關賈寶玉與鳳姐之關係時，曾說：「他心裏早和咱們這個二嬸娘好上了」[1595]，其實一切概屬傳言，而此種行為又與寶玉猴向鴛鴦身上，一種動心、癡迷之態有別。有關吳貴媳婦(燈姑娘)的部分，見於第 77 回。吳貴媳婦挑逗寶玉時，「緊緊的將寶玉摟入懷中」[1596]，不過寶玉卻不動情色。最終吳貴媳婦因獲知寶玉與晴雯之正經形象，而主動離去。以上之事件，雖或有關乎情色，但卻均非寶玉心中之理想對象或宿命配偶，故本文將以寶玉的另三位癡情對象：黛玉、襲人及寶釵等，為重點討論。前二者書中以顯性表出，且有以出家賭誓，作為癡情之創意運用，後者則是隱性書寫，隱藏於作者視角及其他事件之癡情敘事中，我們可一一觀證。

[1593] 見曹雪芹　高鶚原著　馮其庸等校注《紅樓夢校注》，第 14 回，頁 216。
[1594] 同前註。
[1595] 同前註，頁 1749。
[1596] 同前註，第 77 回，頁 1220。

(一)寶黛情緣

「德乃天理，色是人欲」[1597]寶玉早已被設定在情色糾纏之中。除了賈母曾有意物色寶琴爲寶玉之媳婦外，由於賈母深信命理：「這孩子命理不該早娶」，因此對於應晚婚，卻又因病需沖喜而結婚之寶玉而言，寶黛情緣才是其生命中之幻緣大戲。

當紫鵑曾聽見鴛鴦提及寶玉「竟是見一個愛一個的」[1598]，但其卻不信鴛鴦之說，而以爲寶玉獨痴情於黛玉，故紫鵑實是個巨眼英雌。作者精深削刻寶黛情緣，除了自幼二人耳鬢廝磨，從有不虞之隙、求全之毀，至寶玉見閨英闈秀中「皆未有稍及林黛玉者」[1599]及其他生活點滴等，其對黛玉之評價最高，可參見筆者此書中之黛玉一文。然而此處仍有其他問題可探討者，有關寶黛間之溫潤互動：一次，寶玉曾欲與黛玉共臥，「寶玉...出至外間找枕頭回來笑道：『那個我不要，也不知是那個髒婆子的。』黛玉聽了，睜開眼，起身笑道：『眞眞你就是我命中的[天魔星]！請枕這一個。』說著，將自己枕的推與寶玉，又起身將自己的再拿了一個來，自己枕了，二人對面倒下。」[1600]二人不尙虛飾、眞純相對，之後黛玉又以手帕替寶玉揩拭腮上之胭脂膏漬，既愜意又曲盡情思。另於沁芳橋桃花底下葬花及傳閱《會眞記》，詩情畫意，二人共瘞共賞共享，與《會眞記》的小說情節似乎是坐成浮沉。

不過寶黛情緣間亦有衝突，第 3 回，19 回及 29 回中多因金玉、權貴、姻緣或黛玉多心等，而有「寶玉摔玉」之事。「玉」對寶玉而言，雖曾在馬道婆施法時，有救命之功，但在寶黛情感間，有時卻成了二人相處之齟齬與障礙的藉口，更成了之後作者神話彩筆下的「寶玉其他疾病之根源」。寶玉

[1597] 同前註，第 82 回，頁 1301。
[1598] 同前註，第 94 回，寶黛間之癡心相待，見頁 1463- 1464。
[1599] 同前註，第 29 回，頁 462。
[1600] 同前註，第 19 回，頁 308。

精神境界長期沉浸的痴情對象，其實僅有林黛玉一人，因此在黛玉生前，寶玉除了欣賞黛玉之形貌氣質、詩才文彩而彼此假意試探外，曾為黛玉發誓做和尚，與黛玉知音相惜，更將黛玉視為眾花之王。第 82 回黛玉於惡夢中述說心語，寶玉更以血腥作誓忠誠：「…寶玉道：『你要不去，就在這裏住著。你原是許了我的，所以你才到我們這裏來。我待你是怎麼樣的，你也想想。』黛玉恍惚又像果曾許過寶玉的，心內忽又轉悲作喜，問寶玉道：『我是死活打定主意的了。你到底叫我去不去？』寶玉道：『我說叫你住下。你不信我的話，你就瞧瞧我的心。』說著，就拿著一把小刀子往胸口上一劃，只見鮮血直流。黛玉嚇得魂飛魄散，忙用手握著寶玉的心窩，哭道：『你怎麼做出這個事來，你先來殺了我罷！』寶玉道：『不怕，我拿我的心給你瞧。』還把手在劃開的地方兒亂抓。黛玉又顫又哭，又怕人撞破，抱住寶玉痛哭。寶玉道：『不好了，我的心沒有了，活不得了。』說著，眼睛往上一翻，咕咚就倒了。…」[1601]黛玉因日間多心、徬徨失所，而引發一場夢中慘誓，然而夢中寶玉之許配說、篤定留人之承諾；對黛玉而言，本是顆定心丸，可解黛玉之疑惑與不安，但卻因寶玉剚心而死，更顯哀愁與悲劇。此夢雖是林黛玉潛意識中渴望寶玉真心表情，但又何嘗不是寶玉對黛玉以生命作誓之痴執，同時又可印證於第 98 回，寶玉因黛玉而有不安生之念頭[1602]，及願與黛玉同生死之執著。書中有多處述及寶玉對黛玉痴情至極的顯性表出，如寶玉失玉昏憒時，聽見將娶黛玉為妻，心想：「真乃是從古至今，天上人間第一件暢心滿意的事了，那身子頓覺健旺起來——巴不得即見黛玉。」[1603]林黛玉在寶玉心中，很明顯地具有心理療效，而此正可呼應第二回中有甄寶玉被父親

[1601] 同前註，第 82 回，頁 1305。

[1602] 同前註，第 98 回，寶玉因哀傷過度沒了脈搏後竄入陰司冥搜黛玉，卻被告誡當以潛心修養，「如不安生，即以自行夭折之罪囚禁陰司，除父母外，欲圖一見黛玉，終不能矣。」(頁 1519)

[1603] 同前註，第 97 回，頁 1510。

打得吃疼不過時之互文寫照：「他說：『急疼之時，只叫『姊姊』『妹妹』字樣，或可解疼也未可知，因叫了一聲，便果覺不疼了，遂得了秘法：每疼痛之極，便連叫姊妹起來了。』」[1604] 另第 97 回又有寶玉說：「我有一個心，前兒已交給林妹妹了。他要過來，橫豎給我帶來，還放在我肚子裏頭」[1605]此時形貌看似瘋癲之寶玉，仍表現出一本初衷之痴情。又黛玉死後，寶玉思念黛玉，雖有「欲夢無夢」之時，不過書中亦仍有寶玉前後三次夢見黛玉之敘述：一次在第 98 回，寶玉乍聽寶釵述說黛玉已死，而夢入陰司尋訪黛玉；另一次亦在同一回中，寶玉夢見黛玉回南方去，請賈母幫他留住黛玉；第三次則是 116 回，寶玉於再遊太虛幻境之夢中夢見黛玉，終能一償夙願。綜觀寶玉心中，對黛玉仍是不捨難捨，甚至於黛玉過世後，寶玉終是心酸落淚，「雖然病勢一天好似一天，痴心總不能解，必要親去哭他一場。」[1606]同時寶玉更自責自己害了黛玉，但卻一再澄清自己並非負心忘情之徒[1607]，其與黛玉之愛恨情仇，終究是「痴心妄想」[1608]一場，與黛玉之幻緣大戲，更在黛玉淚盡夭亡後，緣盡情未了。

(二)寶襲之情欲世界

襲人，是榮府中與寶玉發生性關係的第一人。有關寶襲之情欲世界，可參考本書中襲人一文，此處不再贅述。不過《紅樓夢》第 5 回，於初遊太虛幻境夢醒後的賈寶玉，迷惑若失，春夢一場，因睡夢中遺精，以致大腿處冰涼黏濕。根據美國金賽博士(Dr. Aflred Kinsey)早期之性夢研究發現：「男子

[1604]同前註，第 2 回，頁 32。

[1605]同前註，頁 1501。

[1606]同前註，第 98 回，頁 1524。

[1607]同前註，第 108 回中有，「你別怨我，只是父母作主，並不是我負心。」頁 1640。另第 113 回有：「常時哭想，並非忘情負義之徒。」(頁 1707)

[1608]同前註。

中 83%有夢遺。由十餘歲至廿餘歲的男子報告平均每月一次。宗教，地理與
職業對此種夢遺及次數均無影響；但教育則似有關係；大學生最多；祇有小
學教育的男人最少。他的結論謂夢遺『與個人的想像力有關』。簡言之，男
子典型的夢遺其內容為：不明的異性或不能認明的某人；兩人正作性的接
觸，或正從事性交或其他性的關係。夢者有時是參與者，有時是旁觀者。此
種夢有時未達色慾亢進之程度，但當夢者醒時常發覺經已遺精。」[1609]賈寶
玉之性夢正符合金賽博士研究的 83%比例的群眾之一，且「夢遺現象」是一
種睡眠過程中性功能之正常輸出[1610]。寶玉夢中與「兼美」之互動，正是個
金賽博士理論中的「不明的異性或不能認明的某人」及「兩人正作性的接觸，
或正從事性交或其他性的關係」，但寶玉與兼美畢竟是一場幻夢。至於襲人
則權衡輕重地配合，以滿足寶玉如魚濡沫之歡娛。有關寶玉夢中遺精之事及
寶玉與襲人間之性事，則又涉及賈寶玉是否具有性行為能力之年齡？以庚辰
本及《紅樓夢校注》為論，第 2 回時，賈寶玉已是七、八歲之人[1611]；第 8
回時，秦業年近七十，五旬以上時與其繼世所生[1612]，則推算秦鐘年齡之範
圍很大，可能介乎十一歲至二十歲之間。另就筆者所做之考證與統計，程本

[1609]見譚維漢〈夢之科學的研究〉，刊於《珠海學報》，第 5 期，1972 年 1 月，頁
24。案：金賽博士因《男性的性行為》(Sexual Behavior of Human Male)及《女性的
性行為》(Sexual Behavior of human female)[1609]二書而享譽盛名，其在性學上之研究
曾領風騷一時。另可參考江萬煊〈建立良好的「性心理」和「性觀念」〉提及：「遺
精就是夢遺；是精門鬆弛，才會出來。一般成年男人，差不多一個月，有時兩個月，
有時一月三、五次，有的是一個月一次。」（在謝瀛華《性心理手冊》中，頁 4）
[1610]在江萬煊〈建立良好的「性心理」和「性觀念」〉中提及「精子」：「太多了，
它會突然間大批輸出去的。我們睡覺的時候它會出去，這是應有的現象。」（在謝
瀛華《性心理手冊》中，頁 4）
[1611]同前註，第 2 回，頁 30。
[1612]同前註，頁 149。

中第 8 回明言此時秦鐘已十二歲[1613]，因此綜合論之，從第 4 回至第 8 回有關賈寶玉之年齡較保守之估計，應為十至十二歲[1614]。就今日醫學論之，男性具有性行為能力約在十至十二歲左右，因此，作者敘述賈寶玉此時與襲人有性關係，依年齡考量並無差貳。

此外，在 31 回晴雯折扇事件中，寶玉曾極力護衛襲人；在 20 回襲人感冒及被寶玉踢中肋骨時，寶玉更親自照料之。從此二事件中，實可視為是寶玉對襲人痴情之隱性書寫。襲人對寶玉，可謂情文滿篋，曾一再針砭寶玉之偏僻行為，且在寶玉娶了薛寶釵後，更與寶釵合力勸說寶玉讀聖賢書，留心功名之事，直至 120 回寶玉圍場走失，襲人才被強迫改嫁。如此結局，其實早已隱伏於 116 回寶玉於再遊太虛幻境之夢後，一次，寶玉曾隱曲地告訴鶯兒，有關襲人未來即將有變，要她跟緊寶釵之預言：「傻丫頭，我告訴你罷。你姑娘既是有造化的，你跟著他自然也是有造化的了。你襲人姐姐是靠不住的。只要往後你盡心伏侍他就是了。日後或有好處，也不枉你跟著他熬了一場。」[1615]襲人實是個繼警幻仙姑之後，叮嚀寶玉留意孔孟之間的第二位女性，亦是所有年輕女僕中最貼身親近寶玉，且生活與共者，但卻無法與寶玉終老一生，「一切原來有命」。

(三)二寶姻緣

[1613] 程甲本、程乙本及影乾隆壬子年《百廿回紅樓夢》木活字本均明言秦鐘十二歲。
[1614] 筆者之研究成果：因第 1 回甄士隱之夢象徵著賈寶玉之出生，故英蓮三歲時，賈寶玉應是一歲。第 3 回中林黛玉初至榮府時六歲，林黛玉自述其表哥賈寶玉大她一歲，故賈寶玉應是七歲，第 4 回云拐子養英蓮至十二至十三歲，此時賈寶玉應是十或十一歲。第 5 回作者較晦澀而未交代賈寶玉之年齡。第 8 回中說秦鐘十二歲，由於第 7 回中云賈寶玉與秦鐘同年，因此，賈寶玉之年齡第 8 回亦為十二歲，故從第 4 回至第 8 回，賈寶玉之年齡較保守之估計為十至十二歲。另可參考伊藤漱平所譯《紅樓夢》，引周汝昌之年代考證製成圖表，謂寶玉為十三歲(頁 1572-1574)。
[1615] 見曹雪芹 高鶚原著 馮其庸等校注《紅樓夢校注》，第 119 回，頁 1771。

寶釵，一個豐腴美女，容貌備受眾人讚美。寶玉曾對襲人、麝月、晴雯等云：「更奇在你們成日家只說寶姐姐是絕色的人物」[1616]；五兒亦曾讚美寶釵、襲人都是天仙一般[1617]。賈寶玉雖曾痴情對待傅秋芳、鴛兒、金釧兒、鴛鴦及林黛玉，但均與性福無關，僅薛寶釵、襲人與其終成短暫眷屬。可奇的是，《紅樓夢》作者述寫賈寶玉與襲人、林黛玉及薛寶釵三人之間的情緣，卻始終若即若離，不僅寶黛間似蜻蜓點水般地寫情，在寶玉與寶釵間之性福情緣亦淡雅書之，不知當代書檢制度對於曹雪芹增刪《紅樓夢》究竟有多少影響？或者說作者果真是重視文章之肌理大義，而無意淫穢？有關寶玉與寶釵間之情感問題，可循序漸進探究之。

1.從聞香至欣羨

被賈母視爲不是多心之人，性格貞靜、溫厚和平[1618]、裝扮雅靜[1619]、不愛花粉[1620]之薛寶釵，曾多次體貼林黛玉處境[1621]，又曾於第 47 回中化解了一場薛蟠尋拿柳湘蓮之爭鬥。薛寶釵素日侍上遵禮、處事施惠，且善全大體，

[1616] 同前註，第 49 回，頁 746。

[1617] 同前註，第 109 回，頁 1652。

[1618] 同前註，可參考 98 回「我看那寶丫頭也不是多心的人，比不得我那外孫女兒的脾氣，所以他不得長壽。」(頁 1525)第 99 回有：「別個丫頭素仰寶釵貞靜和平，各人心服，無不安靜。」(頁 1528)及 84 回賈母云 ：「我看寶丫頭性格兒溫厚和平，雖然年輕，比大人還強幾倍」(頁 1333)

[1619] 同前註，第 40 回提及寶釵「愛素淨」(頁 621)

[1620] 同前註，頁 125。

[1621] 同前註，第 28 回，寶釵見黛玉蹬著門檻子時云：「你又禁不得風吹，怎麼又站在風口裏」(頁 447)。另在第 76 回中秋夜時因著林黛玉思親傷心之事，薛寶釵適時地安慰黛玉而緩解黛玉對寶釵某種程度之心結。其他更有若干回中提及薛寶釵對林黛玉之善意規諫。

即使至第 120 回時，作者始終一貫地描述人人誇讚寶釵，薛姨媽並指出寶釵的性格：「並不是刻薄輕佻的人」[1622]，而王夫人亦云：「若說我無德，不該有這樣好媳婦了。」[1623]可見其性格之圓融。薛寶釵於《紅樓夢》第 4 回出現時，作者僅輕描其形貌：「生得肌骨瑩潤，舉止嫻雅。」[1624]在第 5 回中則以薛寶釵之體格端方，容貌美麗與林黛玉之孤高自許、目無下塵形成強烈對比，又陳述下人多喜親近寶釵，然而薛寶釵之外貌、性格似乎並不吸引賈寶玉，直至第 8 回，賈寶玉因誤聞薛寶釵身上之香氣為燻香，而引發好奇。一個自以為其體香來自「冷香丸」[1625]之寶釵，因具「國色天香」，而初次引起寶玉注意，然而喚起寶玉之呆想者，卻是在 28 回，書中如此鋪陳：「寶釵生的肌膚豐澤，容易褪不下來。寶玉在旁看著雪白一段酥臂，不覺動了羨慕之心，暗暗想道：『這個膀子要長在林妹妹身上，或者還得摸一摸，偏生長在他身上。』正是恨沒福得摸，忽然想起『金玉』一事來，再看看寶釵形容，只見臉若銀盆，眼似水杏，唇不點而紅，眉不畫而翠，比林黛玉另具一種嫵媚風流，不覺就呆了，寶釵褪了串子來遞與他也忘了接。」[1626]寶玉原驚艷於寶釵肉體之美，意念中渴望將林黛玉之臉蛋與薛寶釵之雪白酥臂結合，其後又藉寶釵容貌自然而瑩潤之色澤、整體通透之美，撩撥寶玉之動心痴迷，此乃《紅樓夢》書中作者對「兼美再現」的運用。

2.從愛慕至二五妙合

[1622]同前註，第 120 回，頁 1791。

[1623]同前註，頁 1792。

[1624]同前註，第 4 回，頁 71。

[1625]按：「冷香丸」吞服後，依情理判斷，絕不留氣味，除非是粉末拌水吞服，殘留藥粉於唇間才有可能；此處既稱是冷香丸，不稱「冷香丸粉」，故寶釵整顆吞服之可能性較高，而研磨成粉狀可能性低。

[1626]見曹雪芹 高鶚原著　馮其庸等校注《紅樓夢校注》，第 28 回，頁 447。

第 97 回，乃寶玉一生婚配之重要轉捩點，爲了沖喜。由於薛寶釵符合賈母娶孫媳婦多福多壽之標準，且經鳳姐偷樑換柱，讓薛寶釵出 3 閨成大禮後，直至第 98 回，寶玉才從之前的欣羨，轉成對寶釵有愛慕之意。過了回九後，因薛寶釵窺出寶玉之心病而暗下針砭，而賈寶玉卻在病入膏肓、夢入陰司後，領悟「黛玉已死，寶釵又是第一等人物，方信『金玉良緣』有定」[1627]，又因「見寶釵舉動溫柔，就也漸漸的將愛慕黛玉的心腸略移到寶釵身上。」[1628]賈寶玉與薛寶釵之情感，在鳳姐之視角中與日俱增，書中如此刻劃：「寶兄弟...口口聲聲只叫：『寶姐姐！你爲什麼不說話了？你這麼說一句話我包管全好！』寶妹妹卻扭著頭，只管躲。寶兄弟又作了一個揖，上前又拉寶妹妹的衣裳，寶妹妹急得一扯，寶兄弟自然病後腳是軟的，索性一栽，栽在寶妹妹身上了，寶妹妹急得紅臉，說道：『你越發比先的不尊重了。』」[1629]書中又有：「他兩口兒這般恩愛纏綿」[1630]。然而賈寶玉與薛寶釵眞正之新婚圓房，卻是在寶玉病癒百日之後。由賈母主動邀約薛姨媽擇吉日、重新擺酒唱戲；此處作者僅以款宴情節，虛筆交代了二人始行婚後第一次陰陽交合之大禮。或許其前賈寶玉已深信寶釵，故對其病情具有療效，其後二寶情感增厚，已當了一年新婦之寶釵恐寶玉思鬱成疾，故稍示柔情以便移花接木之計，於是夫妻間在刻意造境下水到渠成、雙享性福：「從過門至今日，方才是雨膩雲香，氤氳調暢。從此『二五之精，妙合而凝。』」[1631]作者藉由周敦頤《太極圖說》之理論，說明二寶夫婦行房時，乃結合 陰陽二氣與五行中「最精微之氣」[1632]，以達到一種精神與肉體奇妙的結合，而完成夫妻「閨

[1627]同前註，第 98 回，頁 1520。

[1628]同前註。

[1629]同前註，第 99 回，頁 1527。

[1630]同前註，第 101 回，頁 1557。

[1631]同前註，第 109 回，頁 1653。

[1632]見頁 9。

房情趣」，或者說是「造人」的過程。110 回寶玉才又因見寶釵渾身掛孝之雅緻，比尋常衣色更感「潔白清香」，於是心裏又想道：「但只這時候若有林妹妹也是這樣打扮，又不知怎樣的豐韻了！」[1633]寶玉此階段對寶釵之痴情，近乎痴迷，而對已往生之黛玉，卻仍一往情深。之前寶玉對寶釵手臂的迷戀、之後的移情作用及此時與寶釵靈肉渠會[1634]之情境，乃寶玉痴情之隱性敘述。

賈寶玉與薛寶釵之前有一段滿長時間似姐弟之情，但為了沖喜及以金鎖避邪[1635]，在王熙鳳建議現成之金玉良緣方案中，賈母欣然接受，而寶釵明知寶黛情緣，卻又有「李代桃僵」之行為，實非其人格上之浮偽，而是私心自用，故終入活寡因果。二寶姻緣來自非自主式的祖母之命，作者對寶玉性事部分一再輕描淡寫，109 回也是書中唯一一處對賈寶玉與薛寶釵二人「以一代全」之性福描述，強力舖陳寶玉乃意淫者而非情淫者。賈寶玉符應了第5 回初遊太虛幻境之夢中警幻仙姑之訓示，在婚配了「具有兼美之半形」的薛寶釵後，需盡求取功名之責，因此寶釵成了一個繼警幻仙姑、襲人之後，第三位苦勸寶玉立意功名顯貴的女性，但在寶玉出家後，寶釵卻順理成章地肩負了延續家族命脈之孕母。

(四)同性戀期之同性戀情懷

至於寶玉的同性戀情懷，則有與秦鐘、香憐、玉愛及蔣玉菡僻性之戀的傳言。有關寶玉與秦鐘、香憐、玉愛的部分，可參見於本書中之秦鐘論文，此處不再贅述。至於與蔣玉菡之間，則作者舖演了一場「簷廊心戀」，在第26 回中。當時馮紫英造訪賈寶玉，喝了兩杯酒後離去，之後以做東為由，

[1633] 見曹雪芹 高鶚原著　馮其庸等校注《紅樓夢校注》，第 110 回，頁 1670。
[1634] 筆者以「靈肉渠會」形容之，另可參考陳有昇〈靈肉合一的性文學——再論「夢紅樓夢」〉中提出「靈肉合一之說」，見《國文天地》1999 年 7 月，頁 25-29。
[1635] 見曹雪芹 高鶚原著　馮其庸等校注《紅樓夢校注》，可參考第 97 回，頁 1502。

派人至榮府邀宴。當天賈寶玉帶了四個小廝前往，薛蟠亦在場，於是眾人聽曲、飲酒、行令，座中並有唱小旦之蔣玉菡及錦香院之妓雲兒陪同。賈寶玉出席解手時，與蔣玉菡有近身言談之機會，書中如此描述寶玉的心態：「賈寶玉見他嫵媚溫柔，心中十分留戀，便緊緊的攥著他的手，叫他：『閒往我們那裡去』」。[1636]寶玉情靈搖盪後，便贈予蔣玉菡一塊「玉玦扇墜」，而蔣玉菡亦坦然回贈茜香羅(紅汗巾子)；二人一見投緣。或許蔣玉菡之外貌「面如敷粉...轉盼多情」[1637]誘發寶玉之奇癖，而薛蟠從簷廊下跳出大叫：「我可拿住了！」[1638]此或是猜疑，或為嘲戲，但卻可烘托出具神秘色彩之「喜好男色」的懸疑性。先前雖已有周紹良《紅樓夢研究論集》及周汝昌《紅樓夢新證》(上)推斷、考證第 28 回時，賈寶玉為十二歲或十三歲之說法[1639]，不過卻不知真確性，若以今日精神醫學論之，因書中僅觸及寶玉對蔣玉菡有好感，並未言及賈寶玉對蔣玉菡有任何性慾望與性行為發生，不似薛蟠偶動龍陽之興，確實有不少學子被釣上手之情事，而在 Hinsch、康正果《重審風月鑑：性與中國古典文學》及王德威著　宋偉杰譯　國立編譯館主譯《晚清小說新論・被壓抑的現代性》中雖均強調寶玉與男性之間有曖昧關係[1640]，但並未進一步說明之，故賈寶玉雖有曖昧之舉，但並非是個真正之同性戀者，論斷標準可參閱筆者此書中之秦鐘論文及薛蟠論文。實際上，賈寶玉仍停留在同性戀期之同性愛的表現中，和秦鐘及香憐一般，均是一時迷惑、彼此欣賞而已。

[1636] 見艾禮士《性心理學》，第 5 章　「同性戀」，頁 308-309。

[1637] 見曹雪芹　高鶚原著　馮其庸等校注《紅樓夢校注》，第 3 回，頁 53。

[1638] 見艾禮士《性心理學》，第 5 章　「同性戀」，頁 308-309。

[1639] 見周紹良《紅樓夢研究論集》推論賈寶玉為十二歲；周汝昌《紅樓夢新證》(上)，推算賈寶玉年齡為十三歲，頁 193。

[1640] 見 Hinsch, p.158；康正果之書在頁 111；王德威著、宋偉杰譯、國立編譯館主譯之書在頁 96。

有關寶玉之情感世界,除了作者鎔鑄寶玉痴僻多情之對象及對男色之欣羨外,賈寶玉與林黛玉之精神相戀,可謂痴情萬種;其與兼美、襲人及寶釵之性福三事中,更刻鏤著與陌生女子交媾之幻情,及與妻妾好奇嚐鮮、水到渠成地興享魚水之歡。夢中情人兼美是個類於黛玉不威逼寶玉仕宦之夢幻仙女;襲人與薛寶釵則是輔夫耀祖之賢妻良妾。書中時見作者膏潤于筆,精彩動人。

三、神話之石與醫病悸動

一塊出自《山海經》中大荒山無稽崖青埂峰下之頑石,經僧道攜入紅塵之前,已變身爲小扇墜,投胎於溫柔富貴之鄉的賈寶玉,與花果山一塊脫胎自仙石的孫悟空[1641],在人與擬人化之敘事間靈動,亦牽涉著賈寶玉某些情性及醫病問題。歷來未有從醫學角度詳論寶玉於書中罹患的所有疾病者,雖廖咸浩〈前布爾喬亞的憂鬱--賈寶玉和他的戀情〉中提及賈寶玉之爲女子之靈性與婚姻擔憂,但卻非指憂鬱情緒,且其僅從生活細節與男女情愛著眼,未談及寶玉其他疾病[1642],即使陳存仁醫師在《大成》發表了一連串近十篇之《紅樓夢》人物醫病探討,包括黛玉、晴雯、元春...等,但卻不及寶玉之醫病探討,因此本單元將究論寶玉之醫病悸動。

[1641] 在趙繼承〈時代漩窩中的兩塊頑石——孫悟空與賈寶玉之比較〉中以為對賈寶玉在開篇持之以貶之態度,對孫悟空則持之以褒之態度,其文中云:「孫悟空和賈寶玉的身世都和石頭有關,不過這卻是兩塊不同的石頭。孫悟空脫胎於花果山一塊仙石,"蓋自開闢以來,每受天真地秀,日月精華,感之既久,遂有靈通之意。內育仙胞,一日迸裂,產一石卵,似圓球樣大,因見風,化作一個石猴。" 寶玉卻是無才補天棄下的一塊石頭,"無才不堪入選"。一個是天地精華,一個是無才補天的廢物。」(刊於《紅樓夢學刊》,2002 年,第 4 輯,頁 193)不過筆者因不以開篇為論,而以賈寶玉之生命歷程與孫悟空比較,因此會與趙先生之意見不同。
[1642] 見《聯合文學》,2001 年 4 月號,頁 65。

在《紅樓夢》中，寶玉不但性格特殊，亦與黛玉一樣，一生中三災八難，既有吐血、心疼，又有癲狂、呆病、痰迷之症…等，均鉤摘隱伏寶玉的幾個心情故事，筆者分析如下：

（一）吐血與心疼

寶玉吐血在先，心疼在後。第 13 回，賈寶玉於睡夢中所噴出的第一口血，與秦可卿之死有關。中醫對吐血之認定，「以『火熱』、『氣虛』等功能失調來論述。」[1643]與書中寶玉自云：乃因「急火攻心」之說法一致。由於之後寶玉果真沒事，亦無其他疾病，故以中西醫之內科學論之，則會被視爲是與「一般流鼻血的因源相同」之症，僅是暫時之現象，於身體確實無礙；此於《類證治裁·衄血》中可得到印證：「血從清道出於鼻爲衄，症多火迫血逆，亦有因陽虛致衄者。火亢則宜清降，陽虛則宜致溫攝，暴衄則宜須涼瀉，久衄則治須滋養。」[1644]「衄」是指「鼻子出血」[1645]，在《類證治裁》中更說明了治療鼻子出血之方，然而寶玉吐血卻與襲人被寶玉踢中肋骨時之「損傷」、「虛勞」導致吐出一口鮮血者不同[1646]，因襲人之吐血，乃因腸胃以上之黏膜出血所致，可參考筆者書中襲人一文的論述。此口血之離奇，或可解爲是「寶玉對可卿之死的哀悼」。另 83 回中襲人提及寶玉之心疼情狀：

[1643]見筆者之醫學顧問林昭庚教授主編《中西醫病名對照大辭典》，第 2 冊，第 9 章「消化系統疾病」，頁 1265。

[1644]同前註，第 5 冊，第 16 章 「徵候、症狀及診斷欠明之各種病態」中之「鼻血」，頁 2027。

[1645]見三民書局編委會編輯《大辭典》，頁 4272。

[1646]可參考見曹雪芹 高鶚原著 馮其庸等校注《紅樓夢校注》，注釋 5，頁 208。在內科學上一般人之「吐血」狀況均極嚴重，不是胃腸疾病，便是肺疾或血管異常、門脈高壓等疾病，可參考林昭庚教授主編《中西醫病名對照大辭典》，第 9 章 「消化系統疾病」，頁 1263-1265。

「…半夜裏一疊連聲的嚷起心疼來，嘴裏胡說白道，只說好像刀子割了去的似的。直鬧到打亮梆子以後才好些了。你說唬人不唬人。今日不能上學，還要請大夫來吃藥呢。」[1647]之後太醫診斷爲「飲食不調，著了點風邪」[1648]。其實寶玉之心疼，實源自王夫人之遺傳，在 96 回有述及王夫人心口疼痛：「王夫人聽了，一陣心酸，便心口疼得坐不住，叫彩雲等扶了上炕，還扎掙著叫賈璉去回了賈政」[1649]。另 98 回又有：「惟是王夫人心痛未痊」[1650]。在內科學中，典型之心絞痛「與體力活動或情緒緊張有關，而休息之後便會改善。」[1651]且醫學上有：「用痛如刀割的形容詞來描述它。」[1652]而臥式之心絞痛，則是「做夢也可以引起此種罕見的心絞痛。」[1653]由於寶玉之心痛並不礙事，故屬於「單純之心痛」，而此種心痛可能是「心包膜炎」或「肋膜炎」，一種暫時性之刺痛，但若因冠狀動脈疾病，血管阻塞引起心肌缺氧所造成之心絞痛，則是嚴重病症[1654]。

(二)魘魔法後的起死回生

在第 25 回中賈寶玉另有一場奪命災難，先被弟弟賈環陷害，再被馬道婆施法。賈環因素恨寶玉，又見他和彩霞鬧，故欲以熱油燙瞎寶玉眼睛，雖

[1647] 同前註，83 回，頁 1313。85 回貫穿敘事寶玉之心疼回憶：「可不是，我那日夜裏忽然心裏疼起來，這幾天剛好些就上學去了，也沒能過去看妹妹。」（頁 1348）

[1648] 同前註，第 83 回，頁 1314。

[1649] 同前註，第 96 回，頁 1488。

[1650] 同前註，第 98 回，頁 1525。

[1651] 見謝博生、楊泮池、林肇堂、李明濱《一般醫學 IV/V 疾病概論》（上冊），第 4 篇，第 10 章「心臟血管疾患」，頁 420。

[1652] 同前註。

[1653] 同前註，頁 421。

[1654] 同前註，見「心包炎」，頁 453。第 8 章「心臟衰竭」云：「冠狀動脈疾病所引起的缺血性心臟病，其主要表徵是心絞痛及心肌梗塞。…嚴重時可導致心臟衰竭或休克。」（頁 358）

未遂願，不過卻也將寶玉左臉燙了一溜燎泡。接著趙姨娘勾結馬道婆以魘魔術構陷賈寶玉及鳳姐，作者跨越了二回主述賈寶玉言行之詭怪狂厄：「『好頭疼！』...『我要死！』...將身一蹤，離地跳有三四尺高，口內亂嚷亂叫，說起胡話來了。...寶玉益發拿刀弄杖，尋死覓活的，鬧得天翻地覆。」[1655]又有「不省人事，睡在床上，渾身火炭一般，口內無般不說。看看三日光陰，那鳳姐和寶玉躺在床上，亦發連氣都將沒了。...三天之內，二人連氣息都沒了」[1656]多年後，賈母曾詢問寶玉當年病況，寶玉回憶著：「好好的站著，倒像背地裏有人把我攔頭一棍，疼的眼睛前頭漆黑，看見滿屋子裏都是些青面獠牙、拿刀舉棒的惡鬼。躺在炕上，覺得腦袋上加了幾個腦箍似的。以後便疼的任什麼不知道了。到好的時候，又記得堂屋裏一片金光直照到我房裏來，那些鬼都跑著躲避，便不見了。我的頭也不疼了，心上也就清楚了。」[1657]若從文學角度論之，作者融合民俗與宗教之神話與傳說進行創作，運辭清雅，強調民間傳說中道教運用奇門遁甲施法之可怖與誕幻；若從古今社群之暴病事件深入醫學探討，或許更能為小說人物之病態現象解謎。在李騰嶽〈紅樓夢醫事：殊に其の諸人物の罹患疾病に就ての察〉中以為：「時至今日，民間仍然相信以妖僧、怪和尚或壞術士的神符詛咒等能使喚鬼神，降禍於人，實際上，這些事只是某種藥物中毒罷了。這裡兩人同時發瘋，到第三天、第四天，病情惡化，發燒又胡言亂語，幾乎陷入瀕死狀態，究竟何種藥物中毒全然不知。」[1658]又張明元醫師是第一位精神科醫師以精神醫學角度於 1980 年首先發表有關〈寶玉瘋病之謎〉的文章，其論文中以為賈寶玉之瘋病的明顯大發作有三：先後發生於 25 回，57 回及 94 回至終篇為止，

[1655]見曹雪芹　高鶚原著　馮其庸等校注《紅樓夢校注》，頁 398-399。

[1656]同前註。

[1657]同前註，第 81 回，頁 1288。

[1658]刊於《台灣醫學會》，昭和 17[1942 年]，第 41 卷，第 3 附錄別刷，頁 98。中文由筆者請日台科技翻譯社翻譯之。

並將此種瘋病解爲「歇斯底里症」，其後又有杜輝撰寫〈賈寶玉的瘋病〉以附議之[1659]。其實此二種論點恐有相當大的爭議，因李騰嶽先生並未作任何論證，且既然「何種藥物中毒全然不知」，就不當斷定爲「中毒」了。而張明元醫師所謂的「歇斯底里症」（今稱爲「癔症」）並不會致人於死，故如此說法便無法解釋 25 回中賈寶玉與鳳姐瀕臨死亡之情狀，且賈寶玉並非一直得瘋病至終篇止，而是在 117 回中已完全痊癒。另張曼誠醫師〈《紅樓夢》的醫藥描寫〉一文中，則以爲賈寶玉與鳳姐或許均因喝了先羅國進貢之茶葉而中毒之論證，此種說法是錯誤的，筆者已於本書王熙鳳一文中討論過，此處就不再贅述。

　　但就此時寶玉頭疼、渾身火炭，口內無般不說、不省人事等病徵細論，亦可參考本書王熙鳳論文中之論證：此種疾病可能是一種「病毒性感染症」，如急性腦炎所產生之腦部感染，因急性意識模糊而造成思想與行爲之混亂而脫序，甚至病況差時，類於賈瑞可看見鳳姐之幻覺一般，病況好時，則又可看見「金光」所展現之驅鬼神力。因賈寶玉曾云：「『…前兒晚上我睡的時候把玉摘下來挂在帳子裏，他竟放起光來了，滿帳子都是紅的。』賈母說道：『又胡說了，帳子的檐子是紅的，火光照著，自然紅是有的。』寶玉道：『不是。那時候燈已滅了，屋裏都漆黑的了，還看得見他呢。』」[1660]中國道教分派有丹鼎派與符籙派，而《紅樓夢》作者之創作中同時保留了此二派理論，除了特書賈敬以服食金丹燒脹而卒外，又塑造出癩頭和尚與跛足道人藉通靈寶玉作爲「實物符」，以摧邪破惑，替寶玉與鳳姐消災渡厄。此種徵召軍隊之信物──「符」[1661]，象徵著權利崇拜及天神所授之奇威，或許即是寶玉幻象中「金光」之所源，此亦可從寶玉之後告訴賈母自己曾看見身上所配之寶

[1659]原發表於《大眾醫學》雜誌，第 4 期，在《紅樓夢研究集刊》中引用並附議之，1981 年，10 月，頁 62。

[1660]見曹雪芹 高鶚原著　馮其庸等校注《紅樓夢校注》，第 85 回，頁 1343。

[1661]可參考劉勰著　范文瀾註《文心雕龍注·書記》中云：「符者，孚也。徵召防僞，事資中孚。」（卷 5，頁 458）

玉放出紅光來，以印證「玉」之光彩與神力。三代玉瑞，漢世金竹，末代書翰，而《紅樓夢》中賈寶玉與鳳姐之病，端賴同於三代玉瑞之「通靈寶玉」，作爲召劫鬼神之憑信，配合飲食調養，在一場符咒大戰三十三天之後，起死回生。

(三)瘋傻與痴呆

書中一再闡述寶玉之瘋傻、痴呆，實有常態與病態之別，田毓英《中西小說上的兩個瘋癲的人物》中雖有寶玉瘋癲說，但卻無法實際說明賈寶玉之瘋傻疾病，筆者嘗試釐清。

1. 常態的瘋傻與痴呆

在 85 回中，婆子曾提及寶玉常自哭自笑；79 回香菱曾當場斥責寶玉：「怪不得人人都說你是個親近不得的人」，因此令寶玉悵然若失，呆呆地流淚。其實寶玉此二處之痴呆，可能僅是一種對日常生活瑣事的神情凝想之態，因其擅於精思事物，且時有新解，但亦有可能如潘凡平〈痴呆與瘋狂──從賈寶玉到 "狂人" 〉所云，是因爲「無法擺脫社會父母的制約和自己的童年情狀而陷入進退兩難的困境」[1662]。此種精神狀態，在書中往往借由作者或他人之口說出，就如同筆者前文所舉第 35 回述及寶玉被視爲是呆子之情形一樣，其實均屬正常。甚至於第 57 回中寶玉曾發了呆病二次，一次是常態的瘋傻與痴呆，一次是「病態的瘋傻與痴呆」。首論 57 回「常態的瘋傻與痴呆」。寶玉關心紫鵑穿著彈墨綾薄綿襖及青緞夾背心太單薄了，便伸手向她身上一摸，云：「還在風口裏坐著，看天風饞，時氣又不好，你再病了，越發難了。」

[1662] 見《紅樓夢學刊》，1990 年，第 2 輯，頁 52。

[1663]紫鵑答言：「從此咱們只可說話，別動手動腳的。一年大二年小的，叫人看著不尊重。」[1664]兩人之互動不但非似藻繢相宣，反因紫鵑重視「男女授受不親」而句句刻厲，有欲勉強寶玉窮巔成人之階的意味，因此，寶玉首次魂魄失守，坐在山石上出神、滴淚，且茶飯不思，若就今日精神醫學而言，此或因寶玉須斂約童真而頓覺情感失落所致，實非生病。

2. 病態的瘋傻與痴呆

寶玉還有另一種喪失病識感之痴呆，更應被注意，筆者將一一舉證：

(1)「痰迷之症」

第 57 回寶玉有「常態的瘋傻與痴呆」之情況後，另一次則是「病態的瘋傻與痴呆」，亦即是「痰迷之症」，之後更有失玉昏憒之特殊精神狀況，在此二百多年來，閱讀《紅樓夢》者對於寶玉此種現象，究指為何？筆者將嘗試解謎。

在 57 回中，紫鵑戲言黛玉將回蘇州及隨口索討當年黛玉之定情物，而讓寶玉「更覺兩個眼珠兒直直的起來，口角邊津液流出，皆不知覺」[1665]，甚至被摸脈門、掐人中都不覺疼。王太醫診斷為：「這症乃是急痛迷心。古人曾云：『痰迷有別。有氣血虧柔，飲食不能熔化痰迷者，有怒惱中痰裏而迷者，有急痛壅塞者。』此亦痰迷之症，係急痛所致，不過一時壅蔽，較諸痰迷似輕。」[1666]中醫所謂「痰迷之症」，乃暫時性之「急痛迷心」，與西醫中「暫時性之精神異常」、「失神」或「有點意識不清」同義[1667]。寶玉此時

[1663]見曹雪芹 高鶚原著　馮其庸等校注《紅樓夢校注》，第 57 回，頁 883。
[1664]同前註。
[1665]同前註，頁 886。
[1666]同前註，頁 889。
[1667]可參考李明濱主編《實用精神醫學》，第 5 章　「精神科症狀學·意識」，頁 50。

或因情感脆弱難受重擊而精神恍惚，在依太醫之見按方服藥後，病情才逐漸好轉。然李騰嶽〈紅樓夢醫事：殊に其の諸人物の罹患疾病に就ての察〉(紅樓夢醫事：特殊人物所罹患疾病之相關考察)中以為：「恐怕是因為情緒過於激動，一時精神錯亂所致」[1668]，但卻又云：「雖然一時之間引起騷動，但在服用醫生處方後，已逐漸復原，意識也變清楚。大概因為賈寶玉受到紫鵑威脅黛玉即將返鄉一事，假裝發瘋。」[1669]李騰嶽先生此二種說法中的「一時精神錯亂所致」及「假裝發瘋」本身就是自相矛盾的，但第一種說法則與筆者此處所論述的古代中醫及今日精神醫學之理論是較一致的。

(2)「似染怔忡之疾」

就書中的陳述，賈寶玉的「痰迷之症」確實曾復原過，然而第 58 回寶玉卻又因辜負了杏花而傷感，又因念及再過幾日杏樹子便會掉落枝空、再過幾年邢岫烟亦將烏髮如銀而流淚，顯得多愁善感；直至 70 回後，又為了柳湘蓮、尤三姐、尤二姐之悲劇嘆息流淚，加之柳五兒生病等事之煩擾，故書中云，寶玉此時「似染怔忡之疾」[1670]。李騰嶽〈紅樓夢醫事：殊に其の諸人物の罹患疾病に就ての察〉(紅樓夢醫事：特殊人物所罹患疾病之相關考察)中以為：「怔忡也可以意指狹心症，這裡與狹心症不同，根據王肯堂證治準繩中的神志門『悸即怔忡也，怔忡者，本無所驚，心動而不寧』，又曰『水衰火旺，其心胸躁動，謂之怔忡』，另外，依傷寒雜病論的悸字註解，『悸心忪也，築築惕惕然動，怔怔忪忪，不能自安也』，屬於官能神經症。然而，

[1668] 刊於《台灣醫學會》，昭和 17[1942 年]，第 41 卷，第 3 附錄別刷，頁 99。中文由筆者請日台科技翻譯社翻譯之。

[1669] 同前註，頁 100。

[1670] 見曹雪芹 高鶚原著　馮其庸等校注《紅樓夢校注》，第 70 回：「如今仲春天氣，雖得了工夫，爭奈寶玉因冷遁了柳湘蓮，劍刎了尤小妹，金逝了尤二姐，氣病了柳五兒，連連接接，閑愁胡恨，一重不了一重添。弄得情色若痴，語言常亂，似染怔忡之疾。」(頁 1089-1090)

這裡的症狀屬於輕微且短時間內就能立刻恢復平靜者。」[1671]寶玉此時之疾病，是否是李先生所說之「官能神經症」？筆者嘗試申論之。明·方隅編著《醫林繩墨》中提及：「怔忡之疾是一種心臟劇跳，鬱塞之病[1672]」，而《雜病源流犀燭·怔忡源流》則從病源與病患之精神狀態論述「怔忡之疾」：「人所主者心，心所主者血，心血消亡，神氣失守，則心中空虛，怏怏動搖，不得安寧，無時不作，名曰怔忡」[1673]。依此二種理論，中醫「怔忡之疾」之病徵，實是一種鬱塞之病，一種會造成心神不寧之病，與尤二姐曾被太醫診斷爲「疑似鬱結之病」，實爲異名同義，而賈寶玉此時之病因，從中醫理論中更可知是因血消氣失所致。寶玉此時確實具有疑似中醫書籍《丹溪心法·六鬱》、《景岳全書·鬱證》、《臨證指南醫案·鬱》中之「鬱病」或「鬱症」之徵狀[1674]。其實今日精神醫學中之「憂鬱症」對病患之病徵研究得極爲細微，如情緒低落、活力減退、有疲倦感、懶進飲食、體重降低、種種不寧造成煩躁不安、睡眠障礙、沒精打彩、無法集中注意力、及生病近一個月後，對很多事情失去興趣和快樂感等，可參考本書中尤二姐一文。

　　賈寶玉因具有類於林黛玉過於多情與多愁善感之性格，故較易誘發憂鬱氣質，然而由於書中之描述雖有病名，但卻僅有多愁善感及流淚之徵狀而已，故只能稱之爲是似乎得了中醫所謂的「鬱症」，若以今日精神醫學論之，則此時僅能說寶玉「似乎具有憂鬱症之傾向」而已，還不算是個眞正的憂鬱症患者。此處寶玉的症狀果眞如李騰嶽先生所言的「屬於輕微且短時間內就能立刻恢復平靜者」，而其論文中的「官能神經症」一詞即是今日的「精神官能症」。今日的「精神官能症」之定義爲：「以病態焦慮爲核心，如恐慌、焦慮、畏懼等納入以強迫思考爲主要障礙的強迫症(obsessive compulsive

---

[1671] 刊於《台灣醫學會》，昭和17[1942年]，第41卷，第3附錄別刷，頁100。

[1672] 見方祖燊等編纂《中文大辭典》，頁1608。

[1673] 見我的醫學顧問林昭庚教授主編《中西醫病對照大辭典》，第2冊，第7章「循環系統疾病」，頁881。

[1674] 同前註，第2冊，第5章「精神疾患」，頁607及627。

disorder)，以及與壓力有關的『急性壓力反應』(acute stress reaction)，和創傷症候群(disorder) 成爲統稱的焦慮障礙(anxiety disorders)的一大類精神疾病。」[1675]故寶玉此時所得的「怔忡之疾」，並非是得了今日精神醫學中之「精神官能症」，不過在李明濱主編《實用精神醫學》中又提及：「早期的 "neurotic disorders"包含範圍較廣，一部分輕型憂鬱症(neurotic despression)，慮病症(hypochondriacal neurosis)被列爲『精神官能症』一種。1980 年美國精神醫學會出版的精神疾病診斷手冊第三版(DSM-Ⅲ)以後，憂鬱症無論輕重都被列入情感性精神疾病的分類，…」[1676]由於李先生之論文發表於 1942 年，因此，或許在 1980 年之前李先生請精神科醫師協助撰寫的論文結論：寶玉得的是「官能神經症」會是說得通的，不過 1980 年後便不適用。

(3) 鬱結之症與憂鬱症

　　寶玉之病情，眞正符合今日所謂之「憂鬱症」的敘述者，則見於 79 回以後，一連串之憂鬱敘述。寶玉既扮演一個可纖微觀透黛玉爲多心多愁者，又可鑑照洞明香菱未來婚姻之悲情者，不過好意與多情卻激化怨尤，反遭香菱絀落，於是又爆發呆病，書中如此鋪陳寶玉的病徵：「便悵然如有所失，呆呆的站了半天，思前想後，不覺滴下淚來，只得沒精打彩，還入怡紅院來。一夜不曾安穩，睡夢之中猶喚晴雯，或魘魔驚怖，種種不寧。次日便懶進飲食，身體熱。此皆因近日抄檢大觀園時，歷經逐司棋、別迎春、悲晴雯等事件，而導致情緒驚恐悲凄，兼以風寒外感，故釀成一疾，臥床不起…一月之後，方才漸漸的痊愈。」[1677]作者所謂的：寶玉「釀成一疾」，此次之主要病症一如尤二姐及司棋，被作者冠上不知名之疾病，其中有多處類於憂鬱症之

[1675]見李明濱主編《實用精神醫學》，第 15 章「精神官能症及壓力相關的精神病」，頁 157。

[1676]同前註。

[1677]見曹雪芹　高鶚原著　馮其庸等校注《紅樓夢校注》，第 79 回，頁 1263。

病徵，如「睡夢魘魔驚怖，種種不寧」(指睡眠障礙及心情的煩躁不安)、沒精打彩、懶進飲食及生病一個月後才痊癒。作者所謂的寶玉得了一病，但卻未說出病名，其中之寶玉先前的睡眠障礙、心情的煩躁不安、沒精打彩及懶進飲食，應是一種寶玉此階段的常態病徵，而沒精打彩其實便是「有疲倦感」及「活力減退」的表徵，而「懶進飲食」更會造成「體重降低」，否則寶玉豈會病上一個月？故雖然此次生病，作者著墨不多，讀者無法更準確的獲知寶玉此段期間是否有情緒低落、無法集中注意力、及對很多事情失去興趣和快樂感等症狀，同時亦無寶玉欲自殺之念頭的敘述，不過卻可合理的推測已符合《精神疾病的診斷手冊與統計》九項特質中五項之認定標準，及二週以上憂鬱症之確認期。不過 80 回病癒後，寶玉雖曾為迎春出嫁後受辱而感傷滴淚[1678]，但並非發瘋，雖然 82 回寶玉曾有微燒，不過卻無礙，甚至第 87 回中敘述寶玉看妙玉與惜春下棋時，其與妙玉機鋒相對間，仍見寶玉之智慧，且意識清醒，不過寶玉於 94 回以後，卻得了更嚴重的憂鬱症。

　　賈寶玉一生曾失金失玉：失金無礙，失玉卻是大事。失金是指一次寶玉洗手時，失蝦鬚鐲後，被墜兒偷走，墜兒卻被晴雯所撐。失玉之事，脂評提及 23 回「鳳姐掃雪拾玉之處」、52 回「良兒偷玉」，今本《紅樓夢》則僅提及 52 回「良兒偷玉」及 94 回失玉[1679]。由於筆者使用《紅樓夢校注》，即前八十回為庚辰本，書中對「良兒偷玉」未交代原委，故不論之，但寶玉一生最大之陷溺或說啟發，乃始於 94 回失玉事件。此處作者落筆尖新奇詭，然一塊放在炕桌上之通靈寶玉丟失後，書中卻無任何圓說，作者僅藉神話口吻讓其回歸於青埂峰下，故「通靈寶玉」究竟是被何人攜回？或自己以幻術飛行？在書中一直是無解的。不過騙錢之「假寶玉」的出現，及劉鐵嘴測出「賞」字，建議當舖尋玉之說，卻頗具附聲測貌之效。作者除了顯示人性之貪婪、

[1678] 同前註，第 80 回，頁 1275 及第 81 回，頁 1283-1284。
[1679] 見陳慶浩編著 《新編石頭記脂硯齋評語輯校》脂評(頁 200)另在郭玉雯《紅樓夢人物研究》引用脂評云：「交代清楚玉之事，可見失玉不僅一次。」(頁 63)

迷惘外，更勾扣當代人信賴五術、民俗之解疑法力，而櫳翠庵妙玉以扶乩請仙，由仙乩疾書之語錄，則道出了「寶玉下落」之先機，更能符應當代人之信仰現況。語錄云：「噫！來無跡，去無蹤，青埂峰下倚古松。欲追尋，山萬重，入我門來一笑逢。」[1680]雖然事後惜春悟得乩語：「需入佛教法門尋玉」，且云：「只怕二哥不能入得去」[1681]，但依作者本義，此玉石此時應已歸回佛門之中，此可由之後和尚送玉救命印證之。不過 95 回後，當寶玉失玉後回到院落，其言行均有異狀：「寶玉也不問有無，只管傻笑。」[1682]、「寶玉也好幾天不上學，只是怔怔的，不言不語，沒心沒緒的。王夫人只知他因失玉而起，也不大著意。」[1683]、「不料他自失了玉後，終日懶怠走動，說話也糊塗了。並賈母等出門回來，有人叫他去請安，便去；沒人叫他，他也不動。…每天茶飯，端到面前便吃，不來也不要。襲人看這光景不像是有氣，竟像是有病的。」[1684]又有「那知探春心裏明明知道海棠開得怪異，『寶玉』失的更奇…寶玉又終是懶懶的，所以也不大常來。」[1685]、「過了幾日…豈知寶玉一日呆似一日，也不發燒，也不疼痛，只是吃不像吃，睡不像睡，甚至說話都無頭緒…鳳姐不時過來，起先道是找不著玉生氣，如今看他失魂落魄的樣子，只有日日請醫調治。煎藥吃了好幾劑，只有添病的，沒有減病的。及至問他那裏不舒服，寶玉也不說出來。」[1686]書中有多處資料述及寶玉之瘋癲有病與失魂落魄，甚至於當賈母親自到園中看視寶玉時，寶玉仍是瘋傻：「襲人等忙叫寶玉接去請安。寶玉雖說是病，每日原起來行動，今日叫

[1680]見曹雪芹　高鶚原著　馮其庸等校注《紅樓夢校注》，第 95 回，頁 1476。

[1681]同前註，第 116 回，頁 1738。

[1682]同前註，第 95 回，頁 1476。

[1683]同前註，頁 1477。

[1684]同前註，頁 1479。

[1685]同前註，頁 1479-1480。

[1686]同前註，頁 1480。

他接賈母去，他依然仍是請安，惟是襲人在旁扶著指教。賈母見了，便道：
『我的兒，我打諒你怎麼病著，故此過來瞧你。...』但寶玉並不回答，只管
嘻嘻的笑。賈母等進屋坐下，問他的話，襲人教一句，他說一句，大不似往
常，直是一個傻子似的。賈母愈看愈疑，便說：『...如今細一瞧，這病果然
不輕，竟是神魂失散的樣子。...』」[1687]接著賈母便叫人道：「『將寶玉動用之
物都搬到我那裏去...』寶玉聽了，終不言語，只是傻笑。」[1688]不論從作者、
襲人、探春、鳳姐或賈母之視角，失玉後寶玉的言行實已變調，包括傻笑、
發呆、飲食障礙、睡眠障礙、情緒低落、活力減退、失魂落魄、哭笑不得時
宜及動作遲緩等均有之，且日後一日獃似一日，而賈母「向外求心求玉」之
策，並未奏效。

　　寶玉失玉之初，雖常傻笑，但仍具某種程度之理智，故還能教導眾人如
何為其失玉圓謊，而後便陷入呆傻之狀，此種現象，從今日精神醫學之角度
論斷，可能肇因於腦部空洞、沉溺於作白日夢之虛幻中。由於寶玉出生時即
帶玉，故失玉如失心，一種潛在莫名之自我否定已然而生，呈現出比先前
70 回的「似染怔忡之疾」及 79 回便得了一病，更為嚴重之「憂鬱症」。賈
母、賈政因眼見賈寶玉神智昏憒，醫藥無效，於是決定以娶妻沖喜救命，不
過 98 回寶玉娶了寶釵後，病情反更沉重，直至請城外破寺之畢姓窮醫，才
診得寶玉之病源：「悲喜激射，冷暖失調，飲食失時，憂忿滯中，正氣壅閉：
此內傷外感之症。」[1689]又 98 回中，當寶玉從襲人處聞知黛玉生病後，更說
出自己的期望：「我要死了！我有一句心裏的話，只求你回明老太太：橫豎
林妹妹也是要死的，我如今也不能保。兩處兩個病人都要死的，死了越發難
張羅。不如騰一處空房子，趁早將我同林妹妹兩個抬在那裏，活著也好一處

[1687] 同前註，頁 1481。
[1688] 同前註，頁 1482。
[1689] 同前註，頁 1518。

醫治伏侍，死了也好一處停放。你依我這話，不枉了幾年的情分。」[1690]寶
玉至此時實際上已出現更多的愛哭情境、對病情悲觀、沒有生存動力、交代
後事等現象。雖然 98 回中同時述及因寶釵告知寶玉有關黛玉已死之事而激
醒寶玉後，賈母、王夫人立即請畢大夫來，但畢大夫診視後，說：「奇怪，
這回脈氣沉靜，神安鬱散，明日進調理的藥，就可望好了。」[1691]之後寶玉
之病情其實仍拖了一段時間，因為同回中另有「寶玉終是心酸落淚」[1692]，
更有「獨是寶玉雖然病勢一天好似一天，他的癡心總不能解…怎奈他鬱悶難
堪，病多反覆。」[1693]又我們可以再舉證寶玉病後符合了更多憂鬱症中屬於
愛哭、鬱悶及病情反覆的臨床表徵：如(1)第 100 回，寶玉聽聞探春即將遠嫁
時，聽到黛玉已成仙，姊妹又將散之刺激而哭倒在炕上。[1694](2)第 104 回，
當賈政問起黛玉之事，寶玉暗裏傷心，一路上又滴了好些眼淚。寶玉之多愁
善感及愛哭氣息直至榮寧府被抄家後依然持續著。(3)第 106 回，寶釵心中悲
苦，想著「寶玉依然瘋傻，毫無志氣」[1695]而「寶玉見寶釵如此大慟，亦有
一番悲戚，眾姊妹風流雲散，一日少似一日，又想到自林妹妹一死鬱悶到今，
見寶釵憂兄思母，心裏更加不忍，竟嚎啕大哭。」[1696] (4)第 107 回，敘述賈
寶玉得知賈家被抄後「竟比傻子尤甚，見人哭，他就哭。」[1697] (5)第 108 回，
從賈母口中得知寶玉病情才剛痊癒，但來至瀟湘館想起林黛玉而自責道：
「『好好兒的是我害了你了！你別怨我，只是父母作主，並不是我負心。』

[1690]同前註。
[1691]同前註，頁 1520。
[1692]同前註。
[1693]同前註，頁 1524。
[1694]同前註，頁 1564。
[1695]同前註，頁 1614。
[1696]同前註。
[1697]同前註，頁 1625。

愈說愈痛，便大哭起來。」[1698] (6) 第 110 回有：「賈寶玉見史湘雲淡妝素服，不敷脂粉，比不出嫁時猶勝幾分。回頭看寶琴等也都淡素妝飾，自有一種天生風韻。寶釵渾身掛孝，更有一番雅致，是『潔白清香』四字不可及的，因此意想『若有林妹妹也是這樣的打扮，更不知怎樣的丰韻了！』不覺心酸，淚珠兒便一直滾下來」[1699]。(7)第 113 回，寶玉得知妙玉被劫，迎春之死比黛玉還離奇，接二連三地追思起來，又「想到《莊子》上的話，虛無縹緲，人生在世，難免風流雲散，不覺得大哭起來。襲人等又倒是他的瘋病發作，百般的溫柔解勸。寶釵初時實不知何故，也用話箴砭，怎奈寶玉抑鬱不解，又覺精神恍惚。」[1700] (8) 第 115 回寶玉親見甄寶玉後批評其為祿蠹，但被寶釵搶白了一場後，「悶悶昏昏，不覺將舊病又勾起來了，並不言語，只是傻笑。…豈知那日便有些發呆，襲人等慪他也不言語。過了一夜，次日起來只是發呆，竟有前番病的樣子。」[1701]綜言之，94 回以後，寶玉開始了一連串嚴重的憂鬱悲愁後，108 回提及病情剛痊癒，但之後 113 回卻又抑鬱不解，至 115 回舊病又勾起，因此，至 115 回前，寶玉之病實際是病情反覆，時壞時好，與今日之憂鬱臨床表徵極為吻合。

另書中亦鋪陳了寶玉有死亡觀念[1702]、死亡慾念及體驗等，其中僅有死亡慾念及體驗與賈寶玉之憂鬱症病情及痊癒過程有關。在黛玉往生後，寶玉

[1698]同前註，頁 1641。

[1699]同前註，頁 1670。

[1700]同前註，頁 1704 。

[1701]同前註，頁 1725。

[1702]寶玉一生曾有三次提及死亡觀念，以化灰、化煙、隨風散之的方式形容之。(1)在 19 回中有：「只求你們同看著我，守著我，等我有一日化成了飛灰，——飛灰還不好，灰還有形有跡，還有知識。一等我化成一股輕煙，風一吹便散了的時候，你們也管不得我，我也顧不得你們了。那時憑我去，我也憑你們愛那裏去就去了。」(同前註，頁 306)(2)在 36 回中有：「比如我此時若果有造化，該死於此時的，趁你們在，我就死了，再能夠你們哭我的眼淚流成大河，把我的屍首漂起來，送到那鴉雀不到的幽僻之處，隨風化了，自此再不要托生為人，就是我死的得時了。」(同前註，頁 552)(3)57 回中有：「我只願這會子立刻我死了，把心迸出來你們瞧見了，然後連皮

於其二次死亡體驗中表達其「死亡慾念」，並死裡逃生：前一次在 98 回中，寶玉聽見黛玉已死，哭倒在床而夢入陰司尋訪黛玉，被陰司之人告誡而粉碎了其潛意識之尋死念頭，復又甦醒。故總此論之，寶玉之種種病徵，已非常符合今日精神醫學中之中度至重度憂鬱症之特質。至於後一次在 116 回中寶玉的死亡體驗，則又關乎寶玉病情之好壞。書中描述，因麝月一句戲言：「真是寶貝，才看見了一會兒就好了。虧的當初沒有砸破。」[1703]導致寶玉魂魄離身，再次夢遊太虛幻境領悟冊辭及人生之情緣定分等，然而透過賈政視角卻又疑雲滿佈，「見寶玉又是先前的樣子，口關緊閉，脈息全無。用手在心窩中一摸，尚是溫熱。賈政只得急忙請醫灌藥救治。」[1704]從內科學角度觀之，或許因脈息微弱，又非經醫師診斷，故賈家人可能誤判寶玉已死，但又因賈政即刻延醫，以致寶玉復得甦醒。當寶玉重病離魂時，醫學上稱之為「譫妄幻象」，今日醫學不排除是在作夢，此與秦鐘離魂及賈母不中用時的元妃託夢一般，作者所欲強調者，應是佛教之「念死無常觀」[1705]，籲世人看破

帶骨一概都化成一股灰，──灰還有形跡，不如再化一股煙，──煙還可凝聚，人還看見，須得一陣大亂風吹的四面八方都登時散了，這才好！」(同前註，頁 890)事實上，此乃寶玉的人生觀，僅是「死亡觀念」，而非饒道慶〈化灰化煙隨風散──論賈寶玉的死亡意識〉中所謂的「死亡意識」：「"化灰化煙隨風散"的想像就直接源于賈寶玉對生命的多情眷顧，對痛苦與煩惱的敏感，那些話中呈現出獨具 "寶玉特色"的死亡意識」(見《紅樓夢學刊》，1995 年，第 1 輯，頁 282)。雖饒道慶之後亦解釋：「普遍的死亡體驗是產生死亡意識之基本原因」，但因對於 19 回中年紀尚小之賈寶玉而言，雖有秦鐘之死可為思考借鏡，然此種說法恐有爭議，恐須更嚴謹的定義，不宜冒然以「死亡意識」為論。且通常「死亡意識」必須有瀕臨死境之領悟，而至 98 回時，寶玉才有真正的臨場經驗，或許此亦有可能是當時寶玉的一時興發，也許就因為寶玉於多情的性格中仍有豁達的一面，故對於之後捨功名、入宗教之抉擇，就顯得不那麼困難。

[1703]同前註，頁 1729。

[1704]同前註，頁 1731。

[1705]可參考宗喀巴大師《菩提道次第廣論》「下士道　念死無常」初中分二：一、思惟此世不能久住，憶念必死，二、思惟後世當生何趣，二趣苦樂。初中分四：一、

生死。寶玉一夢而悟道，之後 117 回中更驚時動眾地宣示：「我已經有了心了，要那玉何用！」[1706]因此，寶玉真正病癒及醒悟的時間應是在 117 回，因為 100 回時作者借用探春遠嫁海疆，即將起身之日對寶玉述說綱常，而寶玉「後來轉悲作喜，似有醒悟之意」[1707]；此種「似有醒悟」不僅對寶玉人生哲理之體認有所助益，亦具某種穩定病情之效，不過真正對寶玉醍醐灌頂的卻是 116 回的「再遊太虛幻境之夢」。雖 119 回中亦有寶玉「嘻天哈地，大有瘋傻之狀」地出門應考，但寶玉此時表面的瘋傻已非真正之瘋傻，這其實是「苦中作樂」，因為此去將是永遠正式遠離家園而不再回頭。

　　在寶玉整個病程中，除了醫藥外，幸有豐厚之支援旁助：其一，襲人是第一個眼尖視出寶玉「是病非氣」者，故既遵禮服侍寶玉，亹亹不厭，又以老爺選媳在於薛林性格有溫厚與古怪之考量等勸慰寶玉。其二，診斷寶玉之病為「氣壅」者，乃畢窮醫，而診斷寶玉之病為「心病」[1708]者，則是另一個不知名之大夫，從寶玉「鬱悶難堪、病多反覆」[1709]之病徵論之，要寶玉開散，並用藥調理。故此實是對症下藥。其三，婚後寶釵乃寶玉之知音，深知寶玉乃因黛玉而病篤，失玉次之，又「恐寶玉思鬱成疾」[1710]，故勸慰針砭之[1711]，不但告知寶玉有關黛玉已死之訊息，令寶玉痛定思痛，更在寶玉

未修念死所有過患，二、修習勝利，三、當發何等念死之心，四、修念死理。」（頁 74）

[1706] 見曹雪芹　高鶚原著　馮其庸等校注《紅樓夢校注》，第 117 回，頁 1744。解盦居士〈石頭臆說〉亦云：「通靈寶玉，即寶玉之心。」（輯於一粟編《紅樓夢卷》，卷 3，頁 186）

[1707] 同前註，頁 1564。

[1708] 同前註，頁 1524。

[1709] 同前註。

[1710] 同前註，第 109 回中有：「寶釵看他這樣，也曉得是個沒意思的光景，因想著：『他是個痴情人，要治他的這病，少不得仍以痴情治之。』想了一回，便問寶玉道：『你今夜還在外間睡去罷咧？』寶玉自覺沒趣，便道：『裏間外間都是一樣的。』」（頁 1652-1653）

[1711] 同前註，第 109 回，寶釵安慰寶玉「養身要緊，你我既為夫婦，豈在一時」（頁

情感空窗期中，舉動溫柔、假以詞色攏絡之，並能與之心靈符契。寶釵用心良苦，故是個輔助寶玉病癒之重要關鍵人物。其四：賈母與王夫人時時細心照顧。賈母曾將祖上之傳家寶漢玉玦轉送給寶玉，以護衛寶玉[1712]；王夫人亦時時顧望寶玉，但寶玉仍是神魂失所：「更糊塗了…人事不醒」[1713]。誠如襲人所言，寶玉之病「原來是常有的，一時好，一時不好。」[1714]此乃憂鬱症反覆不定之特質。其五，和尚還玉救命，並暗示寶玉應多與佛門接觸，於是寶玉病情漸露曙光。以上均是寶玉一生中之重要貴人，皆能貢其悃誠，協輔其成者。

　　寶玉除了「天助人助」外，最後一個重要貴人卻是自己，借「自助人助天助」而能漸具獨立之思。雖然之後仍被玉釧兒誤爲「瘋癲更甚」[1715]，但寶玉一生中之「大覺」，仍應以第 117 回病癒後「有了心」，及自會和尚後「欲斷塵緣」爲分界。故當 118 回惜春獲准修行之事，寶玉一會說「眞眞難得」，一會想起黛玉又一陣心酸，但卻已不再流淚，實已漸具佛教所謂的「金剛心」之堅定特質。宇宙一切惟心造，「心」即是「大腦」，可創艾喜悅，亦可塑成沮鬱。王國維雖將「玉」解作「生活之欲」：「所謂玉者，不過生活之欲之代表而已矣」[1716]，確實有見地，然而若將之釋爲「心」或「自覺」，更能呈顯寶玉漸悟之漫長潛緩的過程，若探究其餘義，亦或有引喻人類悟道之崎嶇而

1645)更與襲人激剌寶玉「人生在世，有意有情，到了死後各自幹各自的去了，並不是生前那樣個人死後還是這樣。活人雖有痴心，死的竟不知道。況且林姑娘既說仙去，他看凡人是個不堪的濁物，那裏還肯混在世上。只是人自己疑心，所以招些邪魔外祟來纏擾了。」（第 109 回，頁 1645）

[1712]同前註，第 108 回，頁 1641。

[1713]同前註，第 115 回，頁 1725-1726。

[1714]同前註，頁 1726。

[1715]同前註，第 117 回中有：「玉釧兒見寶玉瘋癲更甚，早和他娘說了要求著出去。如今寶玉、賈環他哥兒兩個各有一種脾氣，鬧得人人不理。」（頁 1750）

[1716]見王國維、蔡元培《紅樓夢評論　石頭記索隱》，頁 9。

後漸修入軌之過程，因此，在《紅樓夢》書中，「玉」實牽繫著寶玉之命運與精神。

　　賈寶玉因神話降生，期間三災八難，從奇詭地噴出一口血起、經歷被賈環潑燈油、被施魘魔法、痰迷之症及似怔沖之疾等，而導致曾有精神恍惚之情境。接著神秘之石又啓動了寶玉的情妄境絕、傻笑迷痴及諸多脫離現實之異常表現，此實爲憂鬱症發作之病徵，而重病時離魂之悟，又具鋪陳人間「念死無常」之佛理。細論之，徵心所在，推窮溯源，乃寶玉達生死之變，臻於眞如之因。

四、結語

　　「生存感取決於認同感」，從人類演化之歷史軌跡思考，人類之行爲或思想自然天成，但在環境遭斥後，將是性格之依變因素。一個由石頭故事鋪演出一段神瑛侍者與賈寶玉間「天人合一」之鎔鑄角色，從天庭降神時與眾不同地銜玉而生，而其與生俱來之獸性與瘋傻卻又註定了特殊之性格與人生，同時環境因素亦左右其依變動向。

　　賈寶玉一生言行時乖典則，雖「沒有上過正經學堂」[1717]，亦未寒窗苦讀，不過一個被形容爲「無能第一，不肖無雙」者，其實卻是個具精思痴僻之人。在其諸多性氣中，雖無剛性，卻有痴癖多情及牛心性怯：包括意淫、憐香惜玉、愛胭脂、痴情、善德於人與兼愛於物，亦有潔癖、放逸不縛常律之行，且較他人表現出更多符合佛洛伊德所謂的「同性戀期之同性愛」。因此，杜景華〈賈寶玉的情極與怪誕〉中提及：「在寶玉的怪誕中，所反映出來的完全是一個青年知識份子身心被壓抑的狀態。他如此之怪誕的原因完全來自社會現實對他的逼迫和打擊。」[1718]杜氏之說法，顯然與作者所云寶玉

[1717] 見曹雪芹 高鶚原著　馮其庸等校注《紅樓夢校注》，出自興兒口中之言，頁 1035。
[1718] 刊於《紅樓夢學刊》，2003 年，第 1 輯，頁 235。

具有「天生痴僻」之說法不符。其中值得界定者，乃寶玉一生之性格雖可以脂評之「體貼」論之，不過卻不能詮釋「意淫」之真義。在筆者的研究中，依作者本義，「天分中生成的一段痴情」、「意淫」及「下流痴病」之間，應可同義疏通，是指「不論是對同性或異性的一種迷戀不捨之情」及「僅是近花而非摘花或摧花之性行表現上」，然而由於傳統中國社會謹守儒家「非禮勿視」之儀，故寶玉之舉以今人角度思維，恐將被誤解為是一種「淫念」，或是「淫行」，雖寶玉僅止於喜吃胭脂，碰觸女性而非淫亂女性。另書中所謂「寶玉性格異常」，乃指寶玉性格中之偏僻特質而言。此外，甄寶玉於家變後，性格大變，趨功進利，而賈寶玉於家變後，仍無宦情，卻有箕潁之心，其痴僻性格，如「同性戀期之同性戀行為」及「喜吃胭脂」在多年後實有修正，甚至已不再復發。又其天生性怯，乃其性格最脆弱處，此或許亦可圓說在金釧兒事件中，寶玉為何逃之夭夭之心理因素。作者將賈寶玉從一個「寄言紈袴與膏粱者」[1719]，扭轉成一個「棄儒近佛得道之大覺者」，乃透過「佩玉得心，去玉得慧」之艱困過程，以「玉」滋長「慧命」，並印證第 5 回賈寶玉夢中警幻仙姑之神諭——寶玉必須娶妻後步入孔孟之道、經濟之途，刻板地遵循中國士人之仕進理想。不過一個處於鐘鼎之家的賈寶玉，原應是個表現出類於皇親貴族之文化者，但在經歷一番磨難後，卻不願受享官宦生涯，其離經叛道之言行，雖溫馴平和，但卻亦令人訝然，故庚辰本脂評為：「古今未有之寶玉」[1720]。因此，薛寶釵於寶玉出走後，終究領悟出「賈寶玉原是種奇異的人，宿世前因，自有一定」[1721]，之後也只能認命了。

　　賈寶玉之情感世界，因痴僻天性及宿命論而展衍，其曾因視覺誘導之意淫而對女性傾炫心魂、情靈搖盪外，又具同性戀期之同性戀情懷。與林黛

[1719] 見曹雪芹　高鶚原著　馮其庸等校注《紅樓夢校注》，第 3 回，頁 15。
[1720] 見《庚辰鈔本石頭記》，第 19 回，頁 385。
[1721] 見曹雪芹　高鶚原著　馮其庸等校注《紅樓夢校注》，第 120 回，頁 1792。

玉之情緣，有超乎肉體之另番痴情，既知音相惜，又如詩似畫，具精神戀人之內蘊，然其與黛玉之幻緣大戲，在黛玉淚盡夭亡後，緣雖盡，情卻未了，至於出家後之寶玉是否真能斬斷此份情痴，則未可知？又寶玉一生中有性福三事：初遊太虛幻境之「春夢」，由警幻仙姑主導了仙境奇緣，其中「兼美」實為薛林合一之「集錦人物」，又具秦可卿之形貌暗示。寶玉於夢中，與兼美共遊之繾綣；在現實生活中，與襲人踐履性愛歡愉。在賈母為寶玉娶妻沖喜中，與一個擁有「兼美之半形」的寶釵，亦能隨順情境、水到渠成於「性福與幸福」之中。然而，兼美不過是寶玉的夢中幻象；襲人則與寶玉有幾年情緣，但卻是「有緣無分」；寶釵與寶玉間，則是寶玉從聞香至欣羨，從愛慕至二五妙合，最終發現二人意趣不合而緣斷情絕。至於性事對寶玉而言，顯得微不足道，終淪為婚姻、家庭，甚至是家族之附庸。寶玉一反賈珍、賈璉及賈蓉等之荒淫府中，而是將性事隱沒於日常生活及假裝工書之中。《紅樓夢》作者刻意愚戲了與寶玉「興享性福」之襲人及薛寶釵，讓襲人終嫁蔣玉菡[1722]，亦讓薛寶釵還原為一支飲恨的雪裏金簪，因此，襲人之針砭對寶玉某些癖性、習染或有些效果，但與寶釵協功同寅，督促寶玉之功名論，卻是失敗的。賈寶玉因性格特殊，而多情、痴情、泛情，但尚不致於濫情，不過其與襲人、林黛玉及薛寶釵間之情緣，卻始終若即若離；其最終選擇出家之「取執動念」，在透過金玉良緣之性福情境中，達成了「香火傳遞」之重任，了卻紅塵福分後，便服行著「追求自我之完型」。寶玉終能逃大造、出塵網，從儒家薰陶轉換入佛道人生，敬謹地遵守凡塵中對林黛玉之鐵誓：「你死了，我做和尚去。」[1723]，以圓環型時間回歸到「青埂峰下之頑石」的神話原型[1724]，完成了一次可貴的凡塵之旅，一切情緣終歸夢幻。

[1722]案：庚辰本、《紅樓夢校注本》及其他版本「蔣玉菡」之名，在程本中均做「蔣玉函」。

[1723]案賈寶玉對林黛玉此言說過二次，一次在 30 回(見曹雪芹 高鶚原著 馮其庸等校注《紅樓夢校注》，頁 487。另一次在 31 回，林黛玉對賈寶玉說：「你死了，別人不知怎麼樣，我就先哭死了。」(見曹雪芹 高鶚原著 馮其庸等校注《紅樓夢校

　　有關賈寶玉之醫病問題繁多，從奇詭地噴出一口血起，歷經被賈環潑燈油、被馬道婆施魘魔法而第一次死裡逃生。其次又因男女分際所引發之「痰迷之症」及「似染怔沖之疾」而導致精神恍惚，其時實已播下寶玉之憂鬱種子。接著神秘之石又啟動寶玉之情妄境絕，傻笑迷痴及諸多脫離現實之異常表現，此實爲鬱症或稱憂鬱症發作之象。寶玉病情時好時壞，纏綿不絕，而重病時離魂之悟，作者更鋪陳了佛教的「念死無常」之理。《紅樓夢》中賈寶玉先後多次體驗了夢幻情緣與人間幸福與性福後，卻因性格上本無雄心壯志，故較接近老莊、佛道之哲理。之後在家變、大觀園成廢墟、錯婚及逐漸認清其與甄寶玉及家人，包括妻子寶釵、襲人思維型態之差異後，最終選擇了「以程度性的妥協償還個人自由」，而掙脫媒妁之羈絆，不過其所付出之代價，卻是不菲的——必須「上以祭宗廟，下以繼後世。」[1725]意指：必須認真求取功名——而後拋妻、棄子、違父母。寶玉一生中真正之大覺應以 117回病癒後有了心，及自會和尚後「欲斷塵緣」爲分界。其後半生雖是個隱士人物之縮影[1726]，但更重要的是成爲自己的主人，而不是被玉石擺佈之醫病纏身者，因此，宗教儼然成了寶玉生命中最大的救贖力量。

　　在筆者此篇論文之研究中，有關寶玉之性格、情感及醫病之關係，實際上具深刻影響。寶玉多愁善感之性格，誘發了之後的「痰迷之症」、「似染怔沖之疾」及「憂鬱症」等，而其痴僻牛心，實左右其出家之心念，自然影響

注》，頁 487)

[1724]王孝廉曾引用挨利亞代《永遠回歸的神話》(The Myth of the Eternal Return)中的論點，以為宇宙最初創造的混沌狀態，是人類的無意識願望之一，又說《紅樓夢》中之人物必須以死亡或出家來結束「俗的時間」，而回歸至原始的神話生命中，見於黎活仁《現代中國文學的時間觀與空間觀》，頁 113。

[1725]見《十三經注疏本·禮記·昏義》，頁 999。案：此指傳宗接代。

[1726]可參考王向東〈隱逸文化與賈寶玉隱士形象的塑造〉(見於《紅樓夢學刊》，1993年，第 4 輯，頁 124-134)

到婚姻的結局，以致於就榮府賈家而言，這是個悲劇，雖然寶玉自己已尋得解脫。《紅樓夢》作者所形塑之賈寶玉，原是一個可登崑丘而覩天禾肉芝之權貴者，在養尊處優之生態中幾經歷練，為其稟天地所賦之異常性格完經翼傳，為其癡情、多情寫下浪漫煥采，更於其醫病離魂間鎔以煙霞奇炫之姿。寶玉終擇一葦航之，棄凡塵而入佛道，故此角色實為成功的佛教三毒中之「痴執」典型，更是個屬於弘忍「漸悟教派」的虛擬範例。

附記：

*2004 年國科會贊助計劃之二
*2005 年〈賈寶玉之醫病悸動〉通過審查/刊登於《古今藝文》
　/第 31/第 3 期/頁 54-64

拾柒·趙姨娘之性格、情仇及暴病疑雲

Zhao maternal aunt's personality, Zhao maternal aunt's personality, rival in love, and acute illness disputed case

*醫學顧問：李光倫醫師、魏福全醫師
、林昭庚教授及鄭泰安教授

　　相對於榮府賈母、王夫人與鳳姐等女性威權者，小星趙姨娘與周姨娘相續卑屈于賈政妻妾共生之境，必因命運使然。趙姨娘被麝月描繪成黑心歹意的庶出之妾，在榮府中既有聳人耳目之害人心機，亦有歷盡哀怨悽切之生活背景。本文將嘗試從文學跨入內科學與精神醫學，探討趙姨娘之性格、情感及醫病問題。

　　《紅樓夢》仿塑一位似驪姬角色之趙姨娘，使計殘害元配之子，其乃探春與賈環之母。在不同章回中，作者編排趙姨娘、鳳姐及夏金桂等，同為妒婦主謀，寫盡人類爭寵之醜類。過程中，此三人雖智有千慮，必有一失，終均因故身亡。其中趙姨娘不解窮通有命之理而跌落貪婪與自私之深壑中，然可惡之人，必有可憐之處；一個行為乖張之小妾趙姨娘，其性格特質為何？有關其於饜飫豪門之婚姻生活中，不論與賈政或其他有姻親關係者之對應態度又為何？辭靈賈母時，趙姨娘神情怪異，而後又為何在鐵檻寺突然暴斃？其死因不僅可疑而已，更有關乎人情事故之底蘊，不過均值一探。

　　《紅樓夢》作者形塑一個爲性傾邪之趙姨娘、被多數人譴惡，而其瞬間暴斃，謀篇中是否具春秋筆伐？本文將嘗試從其出生背景、性格行爲、生活環境、妻妾關係及人際互動等方面研究之，全文凡分四段論證之：一、貪妒仇報與其他性格，二、小星情仇，三、暴病疑雲，四、結語。

一、貪妒仇報與其他性格

　　中國古代皇帝的納妾制度，有「三宮、六院、七十二妃」之說，傳說中：「周文王就有後妃 24 人。秦始皇滅六國後，曾將原六國宮中與各地挑選出來的佳麗上千人，全部收入阿房宮中。到了漢朝，漢元帝寵倖 3000，東漢桓帝蓄美 5000。…到了晉炎帝時，後宮美女竟然超過了 1 萬。」納妾制度產生的原因，豈僅只是爲了傳宗接代及男性炫耀權勢[1727]而已？更有炫示性能力及隱現貪欲之問題。古代中國之大夫，多擁有一妻二妾，賈政即是一例，林如海有一妻多妾，寶玉有一妻一妾，賈璉有一妻二妾，賈赦亦曾欲納鴛鴦爲妾，即使未謀得一官半職的薛蟠，亦擁有一妻二妾，故納妾制度之普行，可以想見。不過傳統中國社會中偏房之下場，例多悲悽，不僅《詩經·召南·小星》中早已道出妾命不猶之情境[1728]，在《紅樓夢》賈府中尤二姐之冤死，亦是一例。襲人亦曾擔心寶玉娶妻後不利於己，而藉故淺探黛玉之心意[1729]，即便是嫁予寄人籬下之薛家的英蓮，何嘗不是浸潤於「賤妾生涯」之風霜煎熬中，最後因產難而完劫。因此，趙姨娘在賈家除了深具危機意識外，面臨被欺壓、嫉妒及嘗試報復等，反覆迴環之心理動變過程，頗值探幽究微。

[1727] 「婚姻觀念　中國傳統婚嫁禮儀及儀式　香港婚嫁儀式　圖像專輯」　，見網址：http://file.pokok.edu.hk/~cyberfair/cf2006/chi/chapter1.htm - 17k -2006/chi/chapter1.htm - 17k -

[1728] 見屈萬里《詩經詮釋》，頁 34。

[1729] 見曹雪芹　高鶚原著　馮其庸等注《紅樓夢校注》，第 82 回，頁 1302。

(一)貪妒仇報

　　在《紅樓夢》中妾身扶正後身價榮升者，前八十回嬌杏爲代表，後四十回香菱爲代表。第 2 回中，甄士隱之妾嬌杏，因在甄府與賈雨村回眸一笑後，便平步青雲，又在元配夫人過世後，被扶正位；第 103 回中，香菱則在夏金桂設計砒霜毒害中，死裏逃生，而後反被薛姨媽提議扶正。趙姨娘與英蓮一般，均是命乖運蹇之妾，然而英蓮被扶正了，而趙姨娘不但未特受賈家人憐愛，反受他人鄙夷，實值堪憐。

　　一個出身似榮府之家生女兒的趙姨娘，既可被賈政納爲妾，必然有其光彩耀眼之時；在嚴望〈試論趙姨娘〉中云：「我們還可以想像到她在年輕時，也一定具備榮府中頭等丫頭襲人、鴛鴦、平兒等溫柔、敦厚和美麗的特點，至少不會遜色，否則不能被選爲賈政的姨太太了。」[1730]又在陳大康〈寶珠·死珠·魚眼珠---論趙姨娘兼談賈府婢女的歸宿〉中曾提及趙姨娘應曾是顆「寶珠」，[1731]事實上，書中雖未述及，但仍可以常理推論。因在傳統中國社會的納妾，或有「無子、相悅、代妻和縱欲」[1732]等因素使然，但對賈政而言，「無子、代妻和縱欲」，均不是賈政納妾之理由，唯有兩情相悅，才可能是賈政擁有一妻二妾之因，故若無姿色而欲入豪門，則非易事。不過趙姨娘卻不似周姨娘、寶蟾、秋桐等人，因善於觀色同氣而能與元配間俯仰得宜，反之於一開場的重頭戲，卻是一個仿塑晉獻公時妒害申生之嬖妾驪姬[1733]，在爭權奪利中，喪盡天良，狠耍毒計，而作者鋪陳賈環處，多半牽連著趙姨

[1730]可參考《紅樓夢研究集刊》，1981 年，第 7 輯，頁 124。

[1731]刊於《紅樓夢學刊》，1992 年，第 2 輯，頁 121-136。

[1732]見岳純之《論唐代納妾制度》中，原刊於《歷史教學》2005 年第 10 期，網站：「歷史教學」：http://www.historyteaching.net/lsjx/show.asp?id=892 - 34k - Cached – 2006/8/30。

[1733]可參考春秋左丘明撰　韋昭注《四部備要·國語·晉語一》，頁 1-12。

娘。

「報恩」與「報仇」在《紅樓夢》作者操觚中，不但指事立意，更被刻意雕藻。鴛鴦之為賈母縊死忠節，其中實隱顯著報恩思維，而賈環與趙姨娘之報仇，雖非思慮周延，但舉動之大，動輒傷及人命或羞辱對手，在書中反被搦翰成炫目情節。「施惠與報恩」之良性互動或「冤屈與報仇」之惡性循環，在人性中交雜遞代；趙姨娘首度登場於第 20 回，正為惡性循環之報仇起造，其中更潛藏著人類之貪妒心性與祈求平衡生存之意義。第 20 回敘述因一件糾紛而引發一場驚心動魄的害人事件，時間發生在正月，賈環巧遇寶釵、香菱、鶯兒等三人趕圍棋作耍而參與之，在輸了錢後卻不肯認帳。寶玉獲知此事後，原不願以嫡欺庶，故僅提出取捨勿執、念書真義及哭無用論等理念，警示賈環：「大正月裏哭什麼？這裏不好，你別處頑去。你天天念書，倒念糊塗了。比如這件東西不好，橫豎那一件好，就棄了這件取那個。難道你守著這個東西哭一會子就好了不成？你原是來取樂頑的，既不能取樂，就往別處去尋樂頑去。哭一會子，難道算取樂頑了不成？倒招自己煩惱，不如快去為是。」[1734]當時賈環果真默不作聲離開，但影響所及者，非僅是心情沮喪而已，更有被撞之恥。寶玉雖有善心，卻因語調凝重而反現出負向效果，又因口氣中仍顯忿意，而引發日後兄弟之勃谿及趙姨娘妒害之火。身為母親的趙姨娘，關心之餘，更以責備方式提醒賈環應認清嫡庶間所存在著「高臺盤與下流」之差異，此實為傳統中國社會中，妻妾二系高下相傾之現實對比。趙姨娘似乎是將賈環之經歷，吸化成個人之經驗與想像，讓自己從自卑情緒發酵成低階悲鳴，但卻似親身受辱一般。之後於同一回中，趙姨娘卻又無意間被剛巧路過之鳳姐隔窗啐罵：「大正月又怎麼了？環兒弟小孩子家，一半點兒錯了，你只教導他，說這些淡話作什麼！憑他怎麼去，還有太太老爺管他呢，就大口啐他！他現是主子，不好了，橫豎有教導他的人，與你什

[1734] 見曹雪芹　高鶚原著　馮其庸等注《紅樓夢校注》，第 20 回，頁 320。

麼相干！環兄弟，出來，跟我頑去。」[1735]事件接一連二而來，趙姨娘母子二人均是深感受辱者，心情自是不甘。前者賈環以「只得回來」不對衝到寶玉，後者趙姨娘則以「不敢則聲」，避免與鳳姐發生齟齬；其實二人均是以聲銷音沉對治之，雖能迎合貴族人際、順應嫡庶盈虛之運，但所蓄之激憤卻與日俱增。鳳姐不僅語言上對姨娘輩不敬，啐人之不屑嘴臉，更露鄙夷之氣，不過令豐兒取一吊錢來送賈環與姑娘們頑，及誡訓賈環當家主子應有之胸襟與儀態，則又顯現其性格、作風上披導自如之姿。鳳姐當場侵凌彈壓[1736]趙姨娘，因此，趙姨娘不滿之心境，只得忍氣吞聲。甚至在第 94 回，寶玉再次失玉，賈環被懷疑是偷竊者時，即使趙姨娘哭喊著來訴冤，亦於事無補，因賈環被懷疑已是事實。妾位卑微，是傳統中國社會中妻妾制度之常態宿命。《紅樓夢》中固然從賈母，邢夫人、王夫人至鳳姐等，對待趙姨娘或有憤責、或也踐踏，其中均是塗轍可尋，不過並非所有的妾全都被邊緣化[1737]，例如平兒、襲人便是例外，且被鑄形塑模為忠義之人，而顯然趙姨娘則是個另類的反派角色。因此，冤屈受辱，乃趙姨娘行為乖張之心理動源，因不能明報，故只能暗計，首由賈環發難，趙姨娘則結夥妒害續之。

賈環雖首先發難加害寶玉，但卻又牽動趙姨娘的不滿。第 25 回，賈環原恨寶玉，更因寶玉強拉彩雲之手而吃醋，故欲以熱油燙瞎寶玉眼睛，雖未得逞，但寶玉左臉仍被燙出一溜燎泡，頓時趙姨娘與賈環便深受鳳姐及王夫人之苛責，鳳姐曾譏笑著說：「老三還是這麼慌腳雞似的，我說你上不得高

[1735]同前註，頁 320-321。

[1736]陳慶浩編著《新編石頭記脂硯齋評語輯校》於 20 回回末總評：「[己卯 419]此回文字重作輕抹。...借環哥彈壓趙姨娘。」(頁 404)

[1737]可參考宋玟玟〈論「紅樓夢」的妾〉，刊於《百齡高中學報》中，2001 年 11 月，頁 19-34。又黎音、姜葆夫〈曹雪芹筆下的趙姨娘〉中提及「 "偏房"的身分，決定了趙姨娘處處遭白眼，受歧視，被凌辱的厄運。」(刊於《紅樓夢學刊》，1983 年，第 4 輯，頁 204)

臺盤。趙姨娘時常也該教導教導他。」[1738]王夫人則亦不罵賈環，反而責備趙姨娘：「養出這樣黑心不知道理下流種子來，也不管管！幾番幾次我都不理論，你們得了意了，越發上來了！」[1739]當第 20 回趙姨娘訓子時，卻曾被鳳姐斥責「橫豎有教導他的人，與你什麼相干！」[1740]但此回中賈環闖禍，鳳姐卻說：「趙姨娘時常也該教導教導他」。顯然鳳姐二次說辭前後矛盾，前後二套標準，態度褊薄，探其因：羅罪挑剔是手段，鄙夷輕蔑為動機。王夫人本是「喜怒出於心臆」[1741]之人，故也因此前後數落了趙姨娘二次，但趙姨娘卻也不動聲色，只是被挨罵的份，不過真正欲報一箭之仇時，卻顯露出「秉性傾邪」之樣態。

　　《紅樓夢》中所鋪陳之神秘道術，增添了不少小說之浪漫情味，除了賈敬因沉迷道術煉丹而長留道觀外，全書尚有述及以巫術害人者。事實上，在我國古代遺傳下來的神秘巫術中，以中國南方鄉村的放蠱(指苗疆及閩南地區)與道術中奇門遁甲的魘魔法，最是駭人聽聞。所謂「蠱」，是指「(1)腹中中了蠱食之毒。…(2)用盂盆之屬所培養的蠱毒。…(3)用符呪之術毒害人。…」[1742]而「蠱之種類有十一種：蛇蠱、金蠶蠱、蔑片蠱、石頭蠱、泥鰍蠱、中害神、疳蠱、腫蠱、癲蠱、陰蛇蠱、生蛇蠱。過去，有些人專以制蠱來謀財害命。」[1743]在《紅樓夢》中以魘魔法危害人命者，亦有二處：一是在第 25 回中，述及趙姨娘「素日常懷嫉妒之心，不忿鳳姐寶玉兩個」[1744]，又提及趙姨娘因懷疑鳳姐偷挪家私而想法加害鳳姐與寶玉二人；一是在第 80 回

[1738]見曹雪芹　高鶚原著　馮其庸等注《紅樓夢校注》，第 25 回，頁 391。
[1739]同前註。
[1740]同前註，第 20 回，頁 320。
[1741]同前註，第 74 回，頁 1157。
[1742]見三民書局大辭典編委會編輯《大辭典》，頁 4263。
[1743]見剩人「湘西三邪：趕屍、放蠱、落花洞女(二)」，在「湘西三邪」網址：http://www.zjjok.com/other/sssx.asp - 15k - 2006/07/05。
[1744]見曹雪芹　高鶚原著　馮其庸等注《紅樓夢校注》，第 25 回，頁 391。

中，夏金桂爲了爭寵而以札針特製五個自己形象之紙人，嫁禍於香菱；筆者於此書的薛蟠論文中曾詳細論証，此處將不再贅述。有關趙姨娘以魘魔法害人的動機，在彭參、劉鈞瀚〈亂彈紅樓女兒觀〉中提及趙姨娘加害王熙鳳與賈寶玉之因，云：「更在於爲自己的兒子賈環取代賈寶玉成爲榮國府賈政這一支的繼承人…所以要害寶玉，必須同時除掉王熙鳳才行，要奪取榮國府的錢財大權也必須除掉王熙鳳才行，否則奸計極易被其察覺，大事不成不說，反而會遭到她致命的反擊。」[1745] 筆者以爲彭劉二人述及趙姨娘爲了讓賈環可以爭奪榮府資產而加害寶玉及鳳姐是有可能的，但加害鳳姐部分，似乎又忽略了「趙姨娘因懷疑鳳姐偷挪家私」及另有一可能的因素是「認爲鳳姐對其不敬」，令其在賈家受盡精神煎熬。

　　另外，有關法術的部分，事實上在魏晉北朝小說中，葛洪《西京雜記》的〈籙術制蛇御虎〉一文，早有提及法術之傳說：「有東海人黃公，少時爲術，能制蛇御虎。佩赤金刀，以絳繒束髮，立興雲霧，坐成山河。及衰老氣力羸憊，飲酒過度，不能復行其術。」[1746]其實若干民俗之所以亙古流傳，殆爲古人相信超神魔力之乘願功能，從今日之精神醫學論之，除非施法作假，讓信徒看到假的神能，否則作法害人之心理效用遠大於實際作用。《紅樓夢》中之妾包括婢女嬌杏、英蓮、尤二姐等人之言行，均在婚後表現得矩矱不失，然在眾妾中斗敢反撲者，卻僅有趙姨娘一人而已，唯其對象卻非元配王夫人，而是元配之子賈寶玉及鳳姐。趙姨娘惡之欲其死，以快素日之志。賈寶玉可算是黛玉之知己，而馬道婆亦是趙姨娘之對眼人，因此，爲了一掃宿昔憤懣，爲了掙奪家產，趙姨娘貢獻出幾兩梯己、幾件衣服簪子及一張五百兩欠契，勾結馬道婆爲其施魘魔術以討回公道，於是馬道婆以作法輸誠：「掏出十個紙鉸的青面白髮的鬼來，並兩個紙人，遞與趙姨娘，又悄悄的教

[1745] 見《紅樓夢學刊》，2003 年，第 3 輯，頁 108。
[1746] 見葛洪著　成林、程章燦譯注《西經雜記》，卷 3，頁 97。

他道：『把他兩個的年庚八字寫在這兩個紙人身上，一併五個鬼都掖在他們各人的床上就完了。我只在家裏作法，自有效驗。』」[1747]類此之作法敘述，在中國古代歷史中亦可作徵驗，以清·雍正皇朝為例，三子弘時曾因嫉妒雍正寵愛四子弘曆，為奪皇位，亦以法術魘鎮雍正，並派人暗殺弘曆。當雍正發現後，深恐重演康熙晚年之九王奪嫡事件，於是命弘時自盡[1748]。此種以獲得被作法者之圖像及木偶，書其年庚、姓名於上，而唸咒加害他人之黑巫術，是一種相對於為人驅邪、祈福之白巫術，其功能是借魘禱「以知制命」[1749]。魘禱之功能，有些類於中國古堯時代，蠟祭中尹耆氏之祝辭：「土反其宅，水歸其壑。昆蟲毋作，草木歸其澤。」[1750]此種祝辭，具有「告慰神明，令展神力以靡平各種自然災害」之義。《紅樓夢》作者亦穿插了在中國古代社會中大量存在之道教咒術，藉著此種具強烈神秘感而恐怖刺激之咒術，令加殃咎於之前曾加害於自己之人，而此法在小說中果真神效無比，讓賈寶玉與鳳姐夢寢不寧、病息奄奄。由於馬道婆乃寶玉之寄名乾娘，故施術加害乾兒子之作法，並不合乎倫理道德，而趙姨娘則於洩憤解憂中包蘊著功利與貪念。實則大清律法規定：「分析家財田產，不問妻妾婢生，止以子數均分。」[1751]故對趙姨娘而言，賈寶玉與賈環未來將各執其一，無分軒輊，然趙姨娘又何以如此焦躁不安與主導害行？在周汝昌《紅樓小講》，第18講中有：「然而，要說雪芹真是從居心不正、存心不良、專門以謀害寶玉、鳳姐為其"事業"的壞女人，則只有趙姨娘，只她一人而已。」[1752]其實周汝昌所言的趙姨

[1747]見曹雪芹 高鶚原著 馮其庸等注《紅樓夢校注》，第25回，頁395。
[1748]可參考二月河《雍正皇帝——恨水東逝》一書。
[1749]劉仲宇《道教的內祕世界》一、「祝詛之術的集大成」中提及：「將這關於『名』的神秘觀念，用到鬼神、精怪的世界，於是有知則能制其命的觀念。」(頁28)案：此段文字即是筆者此處所言的「以知制命」。
[1750]見劉勰著 范文瀾註《文心雕龍注》，卷2，頁176。
[1751]見《清代通史》，第4篇 「清初中國之社會組織」，頁613。
[1752]見周汝昌《紅樓小講》，頁102。

娘母子以謀害寶玉、鳳姐爲其 “事業”之惡行，並非無所因，但其書中並未進一步論證。

另外，在第61回中傳出王夫人房裡掉了東西，最後知道是彩雲偷的，彩雲的回答令人詫異：「傷體面，偷東西，原是趙姨娘央及我再三，我拿些給環兒是情眞。」[1753]偷盜與行搶均源於貪念，爲的還是自家人，但調唆彩雲行作惡事則並不妥。又57回雪雁敘述趙姨娘其兄弟趙國基過世後，一次其和玉釧兒姐姐坐在下房裏說話兒，誰知趙姨奶奶招手兒叫她，才知道原來趙姨娘和太太告了假，出去給她兄弟伴宿坐夜，因跟她的小丫頭子小吉祥兒沒衣裳，而向雪雁借月白緞子襖兒。雪雁也不是個省油的燈，告訴紫鵑她心中的想法：「我想他們一般也有兩件子的，往髒地方兒去恐怕弄髒了，自己的捨不得穿，故此借別人的。借我的弄髒了也是小事，只是我想，他素日有些什麼好處到咱們跟前，所以我說了：『我的衣裳簪環都是姑娘叫紫鵑姐姐收著呢。如今先得去告訴他，還得回姑娘呢 。姑娘身上又病著，更費了大事，誤了你老出門，不如再轉借罷。』」[1754]在雪雁的想法中，反映出趙姨娘心中的貪念，眞如雷忍德所謂的：「趙姨娘是貪小便宜」[1755]，然而如果這僅是雪雁個人的想法而已，而趙姨娘所說的，她的小丫頭子小吉祥兒沒衣裳可穿是眞的，那麼雪雁的拒絕，更顯趙姨娘的人緣差。事實上，人性中較難消融之「妒恨」與「貪利」，或有源於天性之因，或許我們可以進一步說明，人性中有某些性格或情慾，因循某些困境的出現，會被一一激發出來，因此，我們行事不得不謹愼小心。

趙姨娘第二次報仇之舉，源於戲子芳官之騙局，但卻又披露其另一種性格。當芳官將蕊官贈的擦春癬之薔薇硝遞予寶玉看時，賈環聞得清香後，希

[1753] 見曹雪芹 高鶚原著 馮其庸等注《紅樓夢校注》，頁 948。
[1754] 同前註，頁 884。
[1755] 見《南港高工學報》中，1991 年，5 月，頁 218。

望寶玉能分贈些給他，但芳官堅持回房從妝奩盒另取之，在遍尋不著下接受麝月之建議：「『這會子且忙著問這個，不過是這屋裏人一時短了。你不管拿些什麼給他們，他們那裏看得出來？快打發他們去了，咱們好吃飯。』」[1756]之後，芳官果真接受建議而以茉莉粉取代薔薇硝，但她拿來時並不直接交給賈環，卻忙向炕上一擲，態度既偏頗又不敬。因此，當彩雲揭露了騙局時，趙姨娘從震怒至報仇之間，情緒早已被激起，期間其曾與彩雲及賈環反覆論難，對話三方均各執立場。當時趙姨娘氣急敗壞地，當場以茉莉粉對著芳官照臉摔去，及欲藉此將事鬧大，作為報仇籌碼；趙姨娘的表現是得理不饒人的，同時更以話語激將兒子應討回公道。彩雲則於言談行事間，穩重溫潤，以不生事勸說趙姨娘，不過卻無效，但其並未影從響附趙姨娘之報仇說，反而以躲避方式尋求自保。至於賈環性格雖無剛性，卻有膽小怯懦；此種性格倒與寶玉有點相似，不過其仍有些性氣。賈環從之前故意欲燙瞎寶玉眼睛，至此時被母親斥責後，卻反將母親一軍，設言說自己恐因生事而挺告被打，藉此戳激趙姨娘，可是趙姨娘卻仍忿不過而飛奔至怡紅院興師問罪，然而整件事情其實之前卻有個搧風者。因藕官之乾娘夏婆子曾調唆趙姨娘應去戲子面前抖威風、爭義禮，且又說自己可為趙姨娘之幫襯者，不過事實上當天夏婆子並未出現，故而趙姨娘卻一面盛氣地罵芳官是「娼婦粉頭之流」[1757]，一面又打了她兩個耳刮子，不給芳官情面。芳官雖曾辯說：「沒了硝我才把這個給他的。」[1758]事實上，沒了硝，芳官也不可以拿別的東西來混充騙人，故芳官已錯誤在先。不過，趙姨娘之舉，也並未能融通情理，實有失榮府長者之德範，故之後芳官之死黨藕官、蕊官、葵官及豆官等四人義憤齊發[1759]的

[1756] 見曹雪芹　高鶚原著　馮其庸等注《紅樓夢校注》，第 60 回，頁 928。

[1757] 同前註，頁 931。

[1758] 同前註。

[1759] 羅書華〈詩與真：大觀園裏的女兒們〉中提及「情分上義憤」之說云：「在優伶群中，這種目無禮法，隨幸而動的絕非齡官一個，而是一群。藕官、蕊官、葵官、豆官聞知芳官被人欺負，"只顧她們情分上義憤，便不顧別的"，一起跑入怡紅院中，

與趙姨娘扭推成一團，鬧得沸騰不已，最終端賴探春搬出「忍氣之理」及「待太太處理之」爲由而得以化解。戲子如此地輕蔑趙姨娘，或許與她非出自名門官宦之家有關，但在貴族豪門中，連婢女襲人都能指揮若定，而趙姨娘卻如此不堪，歸根究底，其性格與行爲才是其人緣差、不受敬重的主因。

(二) 沒有計算之性格

趙姨娘的仇報言行，被探春視爲是老而不能令人敬伏[1760]、「自己呆白給人作粗活」[1761]及被捉弄的呆人[1762]等，話語中雖有不諒解，但心中亦有不捨母親因此種作爲遭受指責，或擔恐留人笑柄之慮，不過從探春之說法中，確實能展現其個人之才華及深具精明透事之功。然而在此事件中，探春披露了母親趙姨娘的性格，尚有「不留體統」、「耳朵又軟」及「心裏又沒有計算」[1763]等特質。其中前二者指行事風格、心腸的問題，是對趙姨娘的負面評價；後者則指心機、性格的問題，可做正負二種性格解釋。所謂「沒有計算」，乃指不夠聰明、不夠精細、糊塗衝動及城府不深等意義，是趙姨娘具妒恨、貪利及報復等性格之外，另一種性格表現，但絕非如在陳大康〈寶珠，死珠，魚眼珠──論趙姨娘兼談賈府的婢女的歸宿〉中所云的：趙姨娘「推理的思路很明晰，探春之精明能幹是秉承母風。」[1764]然而探春之精明能幹是事實，

大鬧趙姨娘，是多麼生動的一幕。」（見《紅樓夢學刊》，1999年，第2輯，頁64）
[1760] 見曹雪芹　高鶚原著　馮其庸等注《紅樓夢校注》，第 60 回中有：「這麼大年紀，行出來的事總不叫人敬伏。」（頁 932）
[1761] 同前註，頁 932。
[1762] 同前註，60 回云：「這又是那起沒臉面的奴才們的調停，作弄出個呆人替他們出氣」（頁 933）
[1763] 同前註。
[1764] 見《紅樓夢學刊》，1992年，第2輯，頁124。另可參考斯邁〈趙姨娘曾是寶珠嗎？〉中亦不贊成趙姨娘精明能幹說，不過卻亦未指出趙姨娘之確切性格或特質。（見《紅

但絕非秉承母風，因如果趙姨娘推理的思路夠明晰，也不致於會遭惹許多是非。我們可從第55回趙姨娘爲了其兄趙國基死後之「賞銀」，曾向探春哭鬧抱怨之事件中，觀察到趙姨娘所展現出的仍是「沒有計算」之性格可知。另第55回中，鳳姐亦曾對探春說：「太太疼三姑娘，雖然臉上淡淡的，皆因趙姨娘那老東西鬧的」[1765]或許鳳姐果眞最了解王夫人及趙姨娘，所以能看出王夫人與趙姨娘之間造成摩擦的因素，其中趙姨娘性格上的不夠精進，或說糊塗無理，正是造成她們妻妾間嫌隙的主因，然而若從另一角度觀之，鳳姐何嘗不是藉故在挑撥趙姨娘與探春之間的感情。又同回中平兒悄悄地對眾媳婦說，不要小看探春，欺負探春，於是眾媳婦與平兒之間便有一段對話：「眾人都忙道：『我們何嘗敢大膽了，都是趙姨奶奶鬧的』…平兒也悄悄的說『…牆倒眾人推』，那趙姨奶奶原有些倒三不著兩。」[1766]平兒向來冷靜穩重，少言人是非，因此，作者透過平兒視角，一方面述說平兒善於觀人，一方面何嘗不是說明趙姨娘行事的糊塗無理。另書中又敘述因吳新登的媳婦查出許多賞銀的舊例是任由鳳姐揀擇施行的，於是去找探春打頭探，卻因其藐視李紈老實及探春年青，令探春決定依循舊例僅支付二十兩。吳新登的媳婦回報此事讓趙姨娘知道後，趙姨娘對著探春又憤然發難道：「我這屋裏熬油似的熬了這麼大年紀，又有你和你兄弟，這會子連襲人都不如了，我還有什麼臉？連你也沒臉面，別說我了！」[1767]趙姨娘訴求「主僕間之賞銀應有不同」，其實並不爲過，尤其當賞銀不及女僕襲人時，恐更難堪與自尊掃地，但探春似乎完全不了解母親心意，亦未能乘其所願。雖然平兒特來說明賈家制度有特例，舊例中確實有彈性，且鳳姐本身亦使用過此種特例，然探春是新手上任，對於賞銀精細，除了她自己強調的「不敢添減、混出主意」[1768]外，或爲不

樓夢學刊》，1993年，第3輯，頁116-120)
[1765]見曹雪芹 高鶚原著 馮其庸等注《紅樓夢校注》，第 55 回，頁 864。
[1766]同前註，頁 861。
[1767]同前註，頁 856。
[1768]同前註，頁 858。

落徇私之口實，其公允不偏之行誼，印證著寶釵、李紈口中所言的——探春精明的行事風格：「真怨不得鳳丫頭偏疼他！」[1769]不過在整件事情的過程中，卻反顯出探春與母親趙姨娘間之衝突[1770]，母女二人的想法與作風有諸多差異，而疏離與寡情正是二人互動的表現。考之書中第55回回目「辱親女愚妾爭閒氣」，作者似乎是在筆伐趙姨娘的庸俗無知，反之探春則被營塑成新生代優秀持家的人選。為了金錢，母女反目，其實仍是人情悲劇。另探春心中似乎僅認王子藤為舅，而鄙視母舅趙國基，且並不重視親娘之懇求，因此趙姨娘之後對探春以惡言相向，諸如罵探春「尖酸刻薄」、「忘本」及「揀高枝兒飛」等話語，其實這並非是趙姨娘的行為詭僻迂怪，反是針對探春之言行的嚴厲批評，其中所顯現者，仍是趙姨娘心中沒有計算之本色，否則趙姨娘大可想盡辦法迂迴行事，或者討好女兒探春以遂其心願。

(三) 愛抱怨、小氣、與黑心說

趙姨娘尚有小氣的一面，在第61回中述及，有一回探春想吃油鹽炒豆芽兒，令人送五百錢給柳家的，柳家的說不需要這麼多錢，於是探春便當賞錢給柳家的打酒吃。事後柳家的對迎春的丫頭蓮花兒說：「這就是明白體下的姑娘，我們心裏只替他念佛。沒的趙姨奶奶聽了，又氣又怨，反說便宜了我。也隔不了十天，也打發個小丫頭子來尋這樣，來尋那樣，我倒好笑起來。你們竟成了例，不是這個，就是那個，我那裏有這些賠的。」[1771]柳家的以探春與趙姨娘之行事風格作比較，顯見趙姨娘知道此事後的反應，竟予人有強

[1769]同前註。

[1770]可參考陳佳君〈論探春的性格和母女衝突〉，刊於《傳習》1995 年 4 月第 18 期，頁 99-106。

[1771]見曹雪芹　高鶚原著　馮其庸等注《紅樓夢校注》，頁 944。

行分一杯羹之譏，且既小氣又摑門。

　　此外，趙姨娘的性格中又有愛抱怨之特質，爲了兄弟趙國基過世後的喪葬賞錢，趙姨娘曾向探春抱怨過。事實上早在25回趙姨娘拜託馬道婆幫其討回公道時，爲的便是「不忿鳳姐寶玉兩個」(指其中一個原因)，而此正是一種埋在心中深處的抱怨。另在第27回中，作者透過寶玉及探春的對話，述說趙姨娘又爲了兒子賈環而發洩抱怨情緒：「寶玉笑道：『你提起鞋來，我想起個故事：那一回我穿著，可巧遇見了老爺，老爺就不受用，問是誰作的。我那裏敢提[三妹妹]三個字，我就回說是前兒我生日，是舅母給的。老爺聽了是舅母給的，才不好說什麼，半日還說：『何苦來！虛耗人力，作踐綾羅，作這樣的東西。』我回來告訴了襲人，襲人說這還罷了，趙姨娘氣的抱怨的了不得：『正經兄弟，鞋搭拉襪搭拉的沒人看的見，且作這些東西！』探春聽說，登時沉下臉來，道：『這話糊塗到什麼田地！怎麼我是該作鞋的人麼？環兒難道沒有分例的，　沒有人的？一般的衣裳是衣裳，鞋襪是鞋襪，丫頭老婆一屋子，怎麼抱怨這些話！給誰聽呢！我不過是閑著沒事兒，作一雙半雙，愛給那個哥哥兄弟，隨我的心。誰敢管我不成！這也是白氣。』寶玉聽了，點頭笑道：「你不知道，他心裏自然又有個想頭了。…探春…說道：『…他那想頭自然是有的，不過是那陰微鄙賤的見識。』」[1772]趙姨娘維護賈環是天經地義的，且有可能賈環果眞是「鞋搭拉襪搭拉的」，也有可能賈環的狀況果眞是「沒人看得見」，因只有母親趙姨娘是最關心入微的。探春雖具備有掌管賈家經濟大權之才，但對母親心中此種怨苦，似乎難以體會，且答言中顯得無情無義；甚少有身爲人子者，明知母親抱怨，卻還批評母親的見識是「陰微鄙賤」的，因此，顯然趙姨娘亦不但不了解女兒探春的心，也無法約束探春的行爲。

　　此外，雷忍德〈紅樓夢裡的邊緣人物——趙姨娘〉一文，曾評論趙姨娘小心眼、壞心腸，「…更有鳳姐的冷潮熱罵，賈母王夫人的斥責、嫌惡，探

[1772] 同前註，頁 566。

春、賈環對他的批評、埋怨…在在可看出趙姨娘人格有口臭，精神得痲瘋似
的，是榮府中人人憎嫌並可公然踐踏的人物了。她愚昧、狹隘、愛抱怨、愛
佔小便宜、調唆是非、手腳不乾淨…」[1773]趙姨娘確實有「小心眼、壞心腸」
之性格缺陷，但我們又如何去評論「趙姨娘人格有口臭，精神得痲瘋似的」。
「口臭」是指：嘴巴發出來的臭味，若非因齒間之腐食所發出之味道，則是
口腔、肺與胃之疾病所發出之味道。至於「痲瘋病」(Leprosy/Hansen's
Disease)，一名癩、癩風、癲、癲風，是「一種由痲瘋桿菌感染所引起的接
觸性慢性傳染病，主要侵犯皮膚及周圍神經，有的病例到晚期可累及深部組
織和內臟器官。」[1774]在《外科正宗·大痲風》中亦有：「其患初起，麻木不
仁，次發紅斑，久則破爛，浮腫無膿，其症最惡，故曰：皮死麻木不仁、肉
死刀割不痛、血死破爛流水、筋死指節脫落、骨死鼻樑塌陷。」[1775]前者是
針對發病之病因及病菌侵犯人類身體之部位作說明，後者則針對此病之病徵
及對人類身體所造成的傷害作詳細說明，而皮膚麻木潰爛卻是重點特徵。在
西醫中則記載「…其潛伏期被視為數年。以症狀多樣為其特點，只有檢菌陽
性者才具有傳染性」[1776]。因此，若用人的缺陷或疾病來象徵一個人的人格
及疾病是否妥當？是值得深思的，就如同詩本身因具有多義性，故可做隱喻
(motaphor)研究，但疾病卻不適合，雖然蘇姍.桑塔格(Susan Sontag)著，程巍
譯《疾病的隱喻》，提供了另一研究方法，但筆者卻不以為然，因為隱喻或
比附之過程中，作者易產生不自覺地主觀性認定的錯誤，反倒更易抹殺醫學
的科學研判之優點。

[1773]見《南港高工學報》中，1991 年，5 月，頁 218。
[1774]見筆者的醫學顧問林昭庚教授主編《中西醫病對照大辭典》，第 1 冊，第 1 章 「傳
染病及寄生蟲病」，頁 129。
[1775]同前註，頁 130。
[1776]見台大皮膚科編著《實用皮膚醫學》，第 21 章 「皮膚細菌性疾病」，作者　張
富程、廖怡華，頁 323。

另趙姨娘素日作風似乎惡名昭彰，《紅樓夢》中有幾回重點書寫趙姨娘的「黑心」或「背地長舌」，25回的魘魔法事件算是經典，其他章回，亦值得一觀。在第37回中，麝月對眾人云：「老太太屋裡還罷了，太太屋裡人多手雜。別人還可以，趙姨奶奶一夥的人見是這屋裡的東西，又該使黑心弄壞了才罷。」[1777]《紅樓夢》中之麝月，是個服侍賈寶玉的老實人，對趙姨娘的一夥人(應是指包括賈環)之評價極差，直指趙姨娘等除了壞心眼以外，還有偷竊行為。45回中黛玉亦曾提及趙姨娘母子的「不安好心」及「背地長舌」：「你看這裏這些人，因見老太太多疼了寶玉及鳳姐姐兩個，他們尚虎視眈眈，背地裡言三語四的，何況於我？」[1778]又在第49回中，史湘雲曾告誡薛寶琴，來到榮府後應注意之事項：「你除了在老太太跟前，就在園裏來，這兩處只管頑笑吃喝。到了太太屋裏，若太太在屋裏，只管和太太說笑，多坐一回無妨；若太太不在屋裏，你別進去，那屋裏人多心壞，都是要害咱們的。」[1779]在史湘雲之影射中，趙姨娘母子似乎是最被指實者。從之前趙姨娘與賈環地刻意傷害賈寶玉、鳳姐，及此時麝月與史湘雲口中所云的黑心人，趙姨娘母子不但肩負害人之名，更被指為有壞物之舉，因而在榮府所盛傳的趙姨娘「母子黑心」說時，其實二人已成為他人懼怕且提防之對象，更危及榮府上下人等。在73回中，便有趙姨娘房內的小丫環小鵲來向寶玉告密的說法，可印證趙姨娘母子素日之風評：「『我來告訴你一個信兒，方才我們奶奶，咕咕唧唧，不知在老爺面前說了你什麼，我只聽見『寶玉』二字。我來告訴你，仔細明兒老爺和你話說吧。』一面說著，回身就走。襲人命人留他吃茶，因怕關門，遂一直去了。寶玉聽了這話，知道趙姨娘心術不端，合自己仇人是的，又不知他說些什麼，便如孫大聖聽了『緊箍兒咒』一般，登時四肢五內，

[1777] 見曹雪芹　高鶚原著　馮其庸等注《紅樓夢校注》，頁695。
[1778] 同前註，頁566。
[1779] 同前註，第49回，頁750。

一齊皆不自在起來。」[1780]別人的奴僕，胳膊多半向內彎，如鳳姐之有平兒、賈母之有鴛鴦、林黛玉之有紫鵑與雪雁、賈寶玉之有襲人與晴雯、薛寶釵之有鶯兒等，但同為妾身之尤二姐，其婢女善姐卻是王熙鳳特別派來臥底的，表面上是個關照尤二姐日常生活起居者，背地卻配合鳳姐施行虐待尤二姐之計畫。此回中亦可見趙姨娘之丫環小鵲不維護趙姨娘，反而只因偶爾聽見趙姨娘提及「寶玉」之名，而過來長舌，其結果既易造成雙方誤會，又易招惹是非，實為不善且不智之舉。或許是小鵲真的關心寶玉，或藉故討好寶玉，但無論如何，就職場倫理論之，實不宜作此種傳話。此時，寶玉便有些像著了心魔似的，究其因，極可能是因心理懼怕而影響到身體機能的不良運作，不過實際上此回中趙姨娘並無誣陷寶玉之舉，足見心魔所產生的錯誤心象，影響人之深。

　　另55回中有關趙姨娘之敘述，是值得注意的。書中透過平兒的外視角云：「罷了，好奶奶們。『牆倒眾人推』，那趙姨奶奶原有些倒三不著兩，有了事都就賴他。你們素日那眼裏沒人，心術厲害，我這幾年難道還不知道？二奶奶若是略差一點兒的，早被你們這些奶奶治倒了。饒這麼著，得一點空兒，還要難他一難，好幾次沒落了你們的口聲。眾人都道他厲害，你們都怕他，惟我知道他心裏也就不算不怕你們呢。」[1781]趙姨娘雖會害人，但比起其他奶奶，卻是個瘟角色。因此，嚴格論之，趙姨娘何嘗不似林黛玉一般，需步步為營？真正心術厲害者，既是榮府的眾奶奶們，那麼趙姨娘的黑心腸就不足為奇了，或許就是因為趙姨娘的黑心腸中夾帶的不是精細的性格，而是沒有計算所致。

　　人雖有千壞，但總有一好，或許我們也應該持平地去看待趙姨娘的優點是什麼？筆者將在下一小單元「順路人情與低調行事」中闡發之。

[1780]同前註，第73回，頁1135。
[1781]同前註，頁861。

(四)順路人情與低調行事

趙姨娘除了貪妒仇報、沒有計算、黑心行事外，卻有另一種好心，至少她曾去探訪病中之林黛玉[1782]，是一種「順路人情」，可算是其性格中的一種人際融通，雖然之後在 67 回中，作者述說了趙姨娘心中的委屈：「…趙姨娘因見寶釵送了賈環些東西，心中甚是喜歡，想到：『怨不得別人都說那寶丫頭好，會做人，很大方，如今看起來果然不錯。他哥哥能帶了多少東西來，他挨門兒送到，並不遺漏一處，也不露出誰薄誰厚，連我們這樣沒時運的，他都想到了。若是那林丫頭，他把我們娘兒們正眼也不瞧，那裏還肯送我們東西？』」[1783]趙姨娘覺得林黛玉對待她們母子並不友善，此種感覺恐是長久以來日積月累的感覺。

趙姨娘在賈家，時陷窘境。一次，正當薛姨媽與寶釵進園探視賈寶玉之疾時，王夫人因擔心賈母乏了或腿酸了，於是令丫頭忙先去鋪設坐位，此時，賈政之妾「趙姨娘推病，只有周姨娘與眾婆娘丫頭們忙著打簾子，立靠背，鋪褥子。」[1784]趙姨娘此時的行事低調，不敢面對，恐是擔心害人之事東窗事發，我們可從第 81 回鳳姐對賈母及王夫人說其懷疑當年趙姨娘便是害己之人，可以印證之；當天鳳姐如此說道：「咱們的病，準是他。我記得咱們病後，那老妖精向趙姨娘處來過幾次，要向趙姨娘討銀子，見了我，便臉上變貌變色，兩眼鸞雞似的。我當初還猜疑了幾遍，總不知什麼原故。如今說起來，卻原來都是有因的。但只我在這裏當家，自然惹人恨怨，怪不得人治我。寶玉可和人有什麼仇呢，忍得下這樣毒手。」[1785]受害者通常會去細數

[1782] 同前註，第 52 回，頁 809。
[1783] 同前註，頁 1051。
[1784] 同前註，第 35 回，頁 536-537。
[1785] 同前註，第 81 回，頁 1289。

仇敵，記恨憶仇，有時更會進一步去釐清事情真相，或透過直覺洞悉事理。
從第 25 回跨越至第 81 回，已是多歷年所，故作者此回如此安排鳳姐之憬悟，
還算合理。只是魘魔法雖是道教之一種施法行為，但其功效不過是停留在一
種傳說，或是神話中，然而即便是今日，卻仍有人信之不疑，甚至嘗試透過
施行魘魔法以遂其所願，而《紅樓夢》中之趙姨娘及鳳姐，便是此種相信道
教隔空施法是具有某種神效的代表人物。之後趙姨娘便更顯畏瑣，以致於有
暴病及暴斃事件相繼發生。又一次，鳳姐生日，賈母立意為其慶生，當各房
均需以月錢贊助時，鳳姐執意列出趙姨娘名單，以便收趙姨娘的錢，但尤氏
卻說了一句公道話：「我把你這沒足厭的小蹄子！這麼些婆婆嬸子來湊銀子
給你過生日，你還不足，又拉上兩個苦瓠子作什麼？」[1786]顯見賈家中仍有
人顧及趙姨娘月錢少，又必須分擔慶生的不盡合理處，不過鳳姐卻悄笑道：
「他們兩個為什麼苦呢？有了錢也是白填送別人，不如拘來咱們樂。」[1787]鳳
姐不但宿昔就有蹴踏侵凌趙姨娘之舉，而今更有金錢壓榨之實。另在第 62
回 中有趙姨娘「曾因彩雲私贈了許多東西，被玉釧兒吵出，生恐查詰出來，
每日捏一把汗，打聽信兒，忽見彩雲來告訴說：『都是寶玉應了，從此無事。』
趙姨娘方把心放下來。」[1788]因而嚴格論之，趙姨娘之處境，在榮府中是屬
於較易陷入精神緊張者。又在第 43 回中，甚至連邢夫人面對迎春時，亦趾
高氣昂地將迎春之母與趙姨娘比較之：「只有你娘比如今趙姨娘強十倍的，
你該比探丫頭強才是。」[1789]趙姨娘之位低氣弱亦見乎此。就人性而言，身
處此種逆境，情緒能不強烈反彈者，幾稀矣。

　　趙姨娘性格中之貪利妒害與沒有計算，在全書中雕刻頗多。有因冤屈受

[1786] 同前註，第 43 回，頁 664。

[1787] 同前註。

[1788] 同前註，第 62 回，頁 954。

[1789] 同前註，第 73 回，頁 1141。

辱，而令趙姨娘行為乖張者，見諸貪利妒害寶玉與鳳姐之事件中；有因毫無算計之特質而大發性氣者，見諸打罵芳官等戲子之激憤事件中。賈府上下人等因嫡庶論高低，面對嫡系，趙姨娘動見訾謗，故思苦神淒，位低氣弱，且時時窘迫于荊棘中，不過其自覺中的「以退為完」，確實是自保之道。

二、小星情仇

宗法制度之嫡庶分派，在傳統社會中有高下洪纖之別，故趙姨娘除了必須面對夫妻生活之分享安排外，更須面臨嫡系之婆媳關係及妻妾侄媳之應制。被作者稱為「蝎蝎螫螫」[1790]的趙姨娘，其實早被打入「秉性傾邪」的一群，或許被興兒借喻是「老鴰窩裏出鳳凰」[1791]的趙姨娘，其生命中仍有幸運的一面，因此，進入富豪之家後，趙姨娘的情感世界是令人好奇的。趙姨娘所需對應者，除了賈政外，更需與親戚輩之賈母、王夫人、周姨娘及鳳姐周旋。失寵小星在鐘鼎之家總顯人微言輕，通常多數亦敬謹地扮演著男性家族期待之角色，又是個時常被欺負的腳色，如此不堪的境遇，趙姨娘該如何自處？此將是本單元之重點研究。

(一)對賈母的「順而不犯」

對應長輩賈母，原應是傳統社會中公姥與子媳之棘手問題，然全書中有關趙姨娘與賈母之對應處，卻僅有一回。當賈寶玉與鳳姐被趙姨娘勾結馬道婆施法欲治死時，賈母看見奄奄一息之孫子與孫媳，頓顯傷慟，當時趙姨娘亦在場，並曾嘗試寬慰賈母，然卻因得意失言而招怨，書中如此書寫著：「趙姨娘在旁勸道：『老太太也不必過於悲痛。哥兒已是不中用了，不如把哥兒

[1790] 同前註，第 67 回，頁 1051。
[1791] 同前註，第 65 回，頁 1033。

的衣服穿好，讓他早些回去，也免些苦；只管捨不得他，這口氣不斷，他在那世裏也受罪不安生。』這些話沒說完，被賈母照臉啐了一口唾沫，罵道：『爛了舌頭的混帳老婆，誰叫你來多嘴多舌的！你怎麼知道他在那世裏受罪不安生？怎麼見得不中用了？你願他死了，有什麼好處？你別做夢！他死了，我只和你們要命。素日都不是你們調唆著逼他寫字念書，把膽子唬破了，見了他老子不像個避貓鼠兒？都不是你們這起淫婦調唆的！這會子逼死了，你們遂了心，我饒那一個！』[1792]其實兩代間之無言冷戰或衝突熱鬥，勢所難免，在利翠珊〈夫妻互動歷程之探討：以台北地區年輕夫妻爲例的一項初探性研究〉中，針對「家庭角色衝突與適應」之議題，提及「反求諸己」是家族關係處裡的模式之一，其文爲：「另一種『反求諸己』的方式，則是在行爲上仍然迎合上一代的期望，或至少不去正面挑戰上一代的期望。」[1793]「反求諸己」果眞是理性迎合而非正面挑戰上一代之期望的良方，故身在庶位之趙姨娘，面對嫡派眾多人馬，表面之低調行事與柔弱表象，仍足以息事寧人。在賈寶玉事件中，趙姨娘訴說讓病痛者早離苦海，其實本是正理，但人性中無法割捨之親情、愛情或友情，則又非理智所能宰控。趙姨娘此時以爲人欲天從，故說話時便一出性情，不暇擇口，更得意忘形地詛咒著：「今生復活無望，來生受罪困頓」。接著趙姨娘又引事連類地述說：親人的不捨將重損寶玉來世之福報，然而此種負面的推論，其實是更令疼孫如命之賈母，屬言憤責。賈母與趙姨娘之互動雖不佳，但卻非惡質。事後趙姨娘面對賈母時，僅有迴避而無怨懟，對長輩之禮儀與心態，可謂「順而不犯」。

(二)與賈政的琴瑟音和

[1792] 同前註，第 25 回，頁 399。
[1793] 可參考楊國樞主編《組織心理與行為》，頁 288。

　　有關趙姨娘與賈政之情感互動敘述極少。賈政除了元配王夫人以外，亦有二個小妾，一為周姨娘、一為趙姨娘；其中王夫人具元配之威，而二妾則分扮正反二角。在此妻妾共生系中，趙姨娘雖具危機意識，但行為不當者卻極多矣。當趙姨娘因寶玉被施法後，歷經「死去活來」及交代後事後，趙姨娘卻因一句話犯舌而被賈母怒責，趙姨娘說：「只管捨不得他，這口氣不斷，他在那世裏也受罪不安生。」[1794]趙姨娘被賈母痛斥一頓後，賈政亦越發難過，「便喝退趙姨娘，自己上來委婉解勸。」[1795]賈政侍母至孝，以母為重，行於所當行，不過僅是喝退趙姨娘而已，並沒有毆打趙姨娘，而被喝退之趙姨娘，書中亦未書寫之後趙姨娘的反應。此種「不書寫」的筆法，或許就是「無所聲息，不見忿怨」之隱筆吧！至少不主動起衝夫家親友，仍是趙姨娘的自處之道。

　　趙姨娘與賈政間較溫煦之場景不多，僅見於第72-73回中。當彩霞擔心旺兒每每來求親，生恐旺兒仗鳳姐之勢，一時作成，遂悄命妹子小霞找趙姨娘問詳細、找對策。在賈家貴族豪門裡，趙姨娘本欲如望幸離宮者一般，過著安逸豪富之生活，但實際卻多所波折，且「趙姨娘素日與彩霞契合，巴不得與了賈環，方有個膀臂」[1796]。從趙姨娘渴望多一個倚靠者之心態觀之，可見其精神層面之孤寒，或許多一個與之比肩奮戰者，也是一種安慰與支持吧！然而賈政卻自有打算：「等他們再念一二年書再放人不遲。我已經看中了兩個丫頭，一個與寶玉，一個給環兒。只是年紀還小，又怕他們誤了書，所以再等一二年。」[1797]趙姨娘對待賈政，並無諤諤之辭，而是陰柔為用，且欣然承命，接受賈政以賈寶玉與賈環的課業為重之見，並敬謹地服侍賈政，故嚴格論之，趙姨娘凡事循禮徵問賈政之意，「以夫為綱」之心態與角

[1794]見曹雪芹　高鶚原著　馮其庸等注《紅樓夢校注》，第 25 回，頁 399。
[1795]同前註。
[1796]同前註，第 72 回，頁 1131。
[1797]同前註，頁 1132。

色扮演，可說仍是個嚴守婦道者，行為實不離矩矱。賈政夫妻間之相處，此時實仍飄雜琴瑟音和，故並非如嚴望〈試論趙姨娘〉所言：賈政「對她總是申斥，從不給好臉色看」[1798]。但當賈家於辭靈賈母時，趙姨娘還爬在地下不起，之後胡言亂語被婆子們解讀為「中邪」，賈政卻說「沒有的事，我們先走了。」[1799]一方故可解釋為賈政不信邪，一方亦可解釋為賈政對趙姨娘之怪異行為不以為意、不知事態嚴重，或甚至不承認趙姨娘已生病之事實——此或礙於情面所使然。若果如墨人《樓夢的寫作技巧》，七十九云：「趙姨娘慘死　賈主事無情」[1800]，則與書中敘述賈政對趙姨娘之情感仍算琴瑟音和相較，說賈主無情，恐會太過。墨人又云：「賈政對趙姨娘的態度，卻使讀者無法諒解。」[1801]其實我們可以進一步仔細分析，當賈政親睹賈家頹運衰颯之象時，包括被抄家、寶玉失魂落魄、鳳姐生病、賈母病故至趙姨娘得暴病等，一連串事故絡繹不絕，必然心煩氣躁，而趙姨娘得暴病又近在咫尺，非是夐在象外之幻覺，故應是會更令其紛然痛心。不過畢竟夫妻一場，次日賈政似有風雨驟至之嘆，對趙姨娘生病之事終有對治之方，並示意賈璉：「傳出話去，叫人帶了大夫瞧去。」[1802]賈政一反之前對趙姨娘生病之事的冷淡，或許因其已能認清事實，並接受之，故其言行亦算中乎繩尺，而夫妻間仍算合和。故墨人所看不透的賈政心性問題，實有人性最隱微處的矛盾，更有環境大變革的因素所使然。

(三)與其他親人的應制

[1798] 見《紅樓夢研究集刊》，1981 年 10 月，第 7 輯，頁 125。案：《紅樓夢研究集刊》的第 6 輯出版於 1981 年 11 月，但第 7 輯卻出版於 10 月，顯然出版時間有誤。
[1799] 見曹雪芹　高鶚原著　馮其庸等注《紅樓夢校注》，第 112 回，頁 1694。
[1800] 見墨人《樓夢的寫作技巧》，頁 259。
[1801] 同前註，頁 260。
[1802] 見曹雪芹　高鶚原著　馮其庸等注《紅樓夢校注》，第 112 回，頁 1694。

在與妻妾、其他親人之應制中，趙姨娘還須面對王夫人、周姨娘、鳳姐、探春及賈環等人，然其生活情態卻多為沉鬱頓挫。趙姨娘與王夫人之關係雖有糾紛，但妻妾對峙態勢少，雖有口頭怒罵，卻均是王夫人之訓斥；趙姨娘僅能忍氣吞聲、低調行事，而在趙國基之助喪費用中，卻一反常態地讚美王夫人之德厚：「如今你舅舅死了，你多給了二三十兩銀子，難道太太就不依你？分明太太是好太太，都是你們尖酸刻薄，可惜太太有恩無處使。」[1803]或許這僅是趙姨娘對探春的激將法而已，目的只是為了賞銀，至於她心中對王夫人是否能真有崇高的敬意？恐怕未必，我們可以再仔細觀看王夫人是如何對待趙姨娘的。

第25回中，在賈環故意燙傷賈寶玉時，因鳳姐亦抱怨趙姨娘母子，故王夫人對趙姨娘甚是苛責，雖然之後趙姨娘勾結馬道婆作法的對象並非王夫人，而是其子賈寶玉，但欲借子得利與進階而入于邪陋之舉，則又是其報仇心態之潛發。趙姨娘與王夫人間之不卯，除了前一單元筆者所論者外，在67回中亦有述及。有一次，薛蟠從江南帶來了兩大箱東西，送給母親薛姨媽和妹妹薛寶釵。寶釵回到房中後，除了取了自己欲留用者外，便將其他禮物分贈給賈府的姊妹們，包括賈環處。趙姨娘心裏很喜歡，便去王夫人房中賣好炫耀，這或許是一次趙姨娘自認為可佔盡上風的誇示，於是站在王夫人旁邊陪笑說道：「這是寶姑娘才送給環哥的，難為寶姑娘這麼年輕的人，想得這麼周到，真是大戶人家的姑娘呢，多大方，怎麼不叫人敬奉呢？怪不得老太太和太太成天誇她、疼她。我也不敢自主就收起來，特地拿來給太太瞧瞧，太太也喜歡喜歡。」[1804]但王夫人卻早知趙姨娘之來意，只淡淡地說：「你只管收了去拿給環哥玩罷。」[1805]趙姨娘來時很高興，恐亦欲藉此拉攏寶釵，

[1803] 同前註，第 55 回，頁 857。
[1804] 同前註，第 67 回，頁 1051。
[1805] 同前註。

以擺脫素日自己不被重視之形象，然而其最終無法得逞之因，乃在於王夫人的冷處理。雖然表面上趙姨娘確實碰了一鼻子灰，且訕訕地離開，不過從寶釵餽贈的事件中，正可看出王夫人與趙姨娘的不卯，及王夫人面對情敵趙姨娘時的氣度狹隘。

又94回中，寶玉再次失玉時，探春認為：會使促狹者，只有賈環；於是讓平兒將賈環帶來問話。賈環來後，也早已察覺大家的猜疑，而氣憤地回答道：「人家丟了東西，你怎麼又叫我來查問，疑我。我是犯過案的賊麼！」[1806]又云：「他的玉在他身上，看見不看見該問他，怎麼問我。捧著他的人多著咧！得了什麼不來問我，丟了東西就來問我！」[1807]由於賈環當日曾滿屋裏亂跑，於是大家都疑到他身上，甚至連親姐姐探春亦不例外，但當賈環賭氣跑走後，趙姨娘便哭喊著走來訴冤，語氣中充滿憤懣與無奈：「『你們丟了東西自己不找，怎麼叫人背地裏拷問環兒。我把環兒帶了來，索性交給你們這一起洑上水的，該殺該剮，隨你們罷。』說著，將環兒一推說：『你是個賊，快快的招罷！』」[1808]不過事件未獲平反前，正值王夫人到來，於是二人之對話間又掀起一場妻妾對壘：「姨娘忙接過口道：『外頭丟了東西，也賴環兒！』話未說完，被王夫人喝道：『這裏說這個，你且說那些沒要緊的話！』趙姨娘便不敢言語了。」[1809]在王夫人的本位主義中，只有寶玉是事件的核心，趙姨娘兒子之事，豈會入心。又王夫人亦曾叫環兒過來訓話：「你二哥哥的玉丟了，白問了你一句，怎麼你就亂嚷。若是嚷破了，人家把那個毀壞了，我看你活得活不得！」[1810]元配王夫人此次威管趙姨娘與賈環時，話語中對趙姨娘雖無敵意，卻有牢騷，對賈環則顯得嚴峻而無情，不但有事理分剖之

[1806]同前註，第94回，頁1469。
[1807]同前註，頁1470。
[1808]同前註。
[1809]同前註，頁1471。
[1810]同前註，頁1472。

訓，亦有恐嚇之意，以致於賈環被嚇得哭了。之後當趙姨娘過世後，王夫人對趙姨娘卻仍成見在胸，試觀賈環、賈赦及王仁等，趁賈璉不在之機，欲賣嫁巧姐，王夫人不恥賈環行為，卻連同口誅已過世之趙姨娘云：「趙姨娘這樣混賬的東西，留的種子也是這混賬的！」[1811]王夫人罵人的力道，似戰場之旌旗火鼓，人身攻擊遠大於就事論事。賈政與西門慶同是妻妾成群，其中王夫人若與《金瓶梅》中西門慶之元配月娘相較，王夫人的表現，已落入妻妾相傾的人性框架中，而月娘則是個向佛甚深、看淡情色，心胸寬大地善待西門府中的其他四個妾。在賈政之妻妾共生系中，東風壓倒西風、強凌弱是常軌，趙姨娘與王夫人之間的情感問題，實是貌合神離。

另外，有關趙姨娘與周姨娘之關係，雖然書中之篇幅極少，不過卻也能畫龍點睛。由於周姨娘亦為賈政之妾，常與趙姨娘一起出現於侍俸賈母之場合，可能因接觸之機會較多而有較深厚之感情。書中僅可從探春之外視角看出周姨娘是個性格溫和且不挑釁者，因探春曾如此說道：「不見人欺他，他也不尋人去。」[1812]之後趙姨娘得了暴病時，寶釵建議由周姨娘及賈環留下照顧她，因此，周姨娘深刻體會做偏房側室之悽涼下場，此乃同病相憐之情緒引動，不過卻無法更變失寵妾命被踐踏之實。

至於趙姨娘與姻親鳳姐之關係：從一個是受屈的苦主及另一個則是猖狂無倫之角色對比中，高下相傾，已然定位。按理姻親中之晚輩不當欺上，然因古代嫡庶尊卑之制而呈顯出倒錯現象，故趙姨娘面對大家族嫡系人馬之忿怨詬譽，更標顯賤妾悲情。第84回中，賈環為了看牛黃不小心弄倒鳳姐為巧姐兒煎的藥吊子而逃走後，鳳姐要平兒傳話給趙姨娘之語氣，充滿抱怨：「你去告訴趙姨娘，說他操心也太苦了。巧姐兒死定了，不用他惦著了！」[1813]而趙姨娘母子一段對話更是鬱積憤懑：「趙姨娘便罵道：『你這個下作種子！你

[1811]同前註，第 119 回，頁 1778。

[1812]同前註，第 60 回，頁 932。

[1813]同前註，第 84 回，頁 1338。

爲什麼弄洒了人家的藥，招的人家咒罵。我原叫你去問一聲，不用進去，你偏進去，又不就走，還要虎頭上捉虱子。你看我回了老爺，打你不打！』…賈環在外間屋裏發話道：『我不過弄倒了藥吊，洒了一點子藥，那丫頭子又沒就死了，值的他也罵我，你也罵我，賴我心壞，把我往死裏遭塌。等著我明兒還要那小丫頭子的命呢，看你們怎麼著！只叫他們提防著就是了。』那趙姨娘趕忙從裏間出來，握住他的嘴說道：『你還只管信口胡唚，還叫人家先要了我的命呢！』」[1814]就此件事而言，趙姨娘因與鳳姐不卯，而未來安慰鳳姐，其實從人情上仍說不過去，因此「兩邊結怨比從前更加一層了」[1815]。固然賈環行爲魯莽、慮事不周及心腸歹壞是惹禍上身之主因，而趙姨娘於自卑自哎中卻以自保替代訓戒賈環，故反長奸惡。不過鳳姐亦火星直爆地罵著賈環，雙方實已巧構無形心結，彷如世仇，以下可說是鳳姐的感嘆：「眞眞那一世的對頭冤家！你何苦來還來使促狹！從前你媽要想害我，如今又來害妞兒。我和你幾輩子的仇呢！」[1816]因著種種事故，終究釀成日後賈環與其他人設計賣掉巧姐兒，作爲報一箭之仇的主因。「冤冤相報，何時了？」──它似乎正是人類劣根性，或說是補償心理的惡性循環。

　　至於與子女賈環、探春二人之情感互動中，但見其百般呵護賈環，卻與探春處處不合。探春代掌賈家經濟時，鳳姐及賈家人對其公正不貳之精神極爲讚賞，確實是個管家兒，但對於趙國基之喪葬費的處理，顯然不近人情。既然襲人之母喪已有先例，可多領補貼，鳳姐托平兒告知探春可破例爲之，但探春對母親趙姨娘之要求，卻斷然拒絕，母女間隔閡顯然極深。殆趙姨娘所渴求者，祇不是多些喪葬費而已，其口中強調不能少於襲人所獲得之喪葬費的說法，其實更關乎主僕之情面問題。趙姨娘雖是庶輩，但未過明路兒之

[1814] 同前註。
[1815] 同前註。
[1816] 同前註。

襲人，按理實應比名正言順之趙姨娘更低一等，只是賈家人多半疼愛襲人，也當襲人是寶玉之妾，以致於在趙姨娘眼中，襲人似乎成了趙姨娘競爭比較的對手，其實此種情形即是所謂同位相傾之理。另書中雖云探春初次接手，謹慎為事，不過卻仍顯出其不削以母為榮之心，畢竟庶出之女得以暫代賈家經濟大權，著實不易。又書中於 58 回云：「迎春處有岫煙，探春因家務冗雜，且不時有趙姨娘與賈環來嘈聒，甚不方便。」[1817]趙姨娘的行為對探春而言，似乎是絆腳石，同時亦帶來不少困擾。人各有私心，只是母女如此不同心、不同調，以致於趙姨娘在鐵檻寺的生病過程中，書中未再言及探春之反應，或許這亦是作者述說「探春不聞不問」之隱筆，母女之間也算緣薄。然而對趙姨娘而言，就因探春是己出之女，才敢在其面前大放厥詞，反是在賈家的姻親妯娌之前，趙姨娘僅能想盡法子維持彼此之和平共處而已，因此趙姨娘表面上必須長期持續付出「忍耐克己」與「消極服從」之精神與心態，此或乃其生存之重要法則。

聲氣翕和，乃妻妾共治之理想極境。趙姨娘與賈母之互動，雖曾因失言被責，但卻未見衝突；與賈政之情感，或有音和，其餘卻都平藻淡味；與王夫人之關係，明處未動大干戈，暗處卻互相猜忌；與周姨娘間或相處得宜，故無事故發生；與鳳姐之關係，則備受欺凌，復仇失敗後，只能默不吭聲。趙姨娘在大環境生活中，精神層面需處處引頸承戈，事事披襟受矢，不過亦潛藏著畏威、慕權之心理。

三、暴病疑雲

妙玉走火入魔、賈寶玉與鳳姐被施法術、鳳姐與鴛鴦之見鬼及趙姨娘暴病疑雲等，均是《紅樓夢》一書中深沾民俗色彩或神話傳說之創作，其間更牽涉某些醫理，筆者將嘗試論證有關趙姨娘之醫病問題。

[1817]同前註，58 回，頁 903。

(一)鐵檻寺的附身事件

　　趙姨娘在鐵檻寺時，無意間牽扯出當年謀害賈寶玉與鳳姐之事來，事情終能真相大白；其在賈府之負面形象---貪財、妒害等被深刻雕章著，更詭異者，乃其暴病而卒之事。在傳統中國社會中，靈異傳奇往往發生於出殯過程或怪屋暗夜之中，不僅鴛鴦之死與賈母之喪勾扣，趙姨娘之暴病及暴斃亦與二人之喪葬事件環抱一起。有關趙姨娘之暴病，曾惹人議論紛紛，初次發病時，已是神色大異，頗涉狂怪，並聳動當時，書中如此鋪陳著：「…趙姨娘滿嘴白沫，眼睛直豎，把舌頭吐出，反把家人唬了一大跳。賈環過來亂嚷。趙姨娘醒來說道：『我是不回去的，跟著老太太回南去。』眾人道：『老太太那用你來！』趙姨娘道：『我跟了一輩子老太太，大老爺還不依，弄神弄鬼的來算計我。——我想仗著馬道婆要出出我的氣，銀子白花了好些，也沒有弄死了一個。如今我回去了，又不知誰來算計我。』眾人聽見，早知是鴛鴦附在他身上，邢王二夫人都不言語瞅著。只有彩雲等代他央告道：『鴛鴦姐姐，你死是自己願意的，與趙姨娘什麼相干，放了他罷。』見邢夫人在這裏，也不敢說別的。趙姨娘道：『我不是鴛鴦，他早到仙界去了。我是閻王差人拿我去的，要問我為什麼和馬婆子用魘魔法的案件。』說著便叫『好璉二奶奶，你在這裏老爺面前少頂一句兒罷，我有一千日的不好還有一天的好呢。好二奶奶，親二奶奶，並不是我要害你，我一時糊塗，聽了那個老娼婦的話。』正鬧著，賈政打發人進來叫環兒。婆子們去回說：『趙姨娘中了邪了，三爺看著呢。』…這裏趙姨娘還是混說，一時救不過來」[1818]《紅樓夢》作者透過婆子們云：「趙姨娘中邪」之事，其實有其討論之必要。《紅樓夢》學者單長江〈封建末世媵妾制的畸形兒〉亦曾提出「趙姨娘中邪」之說：「她

[1818]同前註，第 112 回，頁 1693-1694。

的死也是很慘的，是中邪而死」[1819]，但卻未進一步論證之。實則「中邪」一詞，最早乃源於文化人類學與民俗學之探索，而此種疾病並不會危及生命。對於突發且不可解之精神狀況、暴病或暴斃，古今中國人多以「中邪」概括之，而《紅樓夢》作者此處之書寫，筆者將從三方論析：

1. 從文學角度論之——

　　趙姨娘突然得了暴病，除了一副中邪時之嚇人神態外，肉身裡似乎潛藏了二種靈體，一死一生，先後出現：一是附身之鴛鴦，一是受閻王差使之本尊趙姨娘。趙姨娘先模仿鴛鴦生前口氣對大老爺賈赦不滿，後又回復本尊而全盤托出當年利用馬道婆陷害鳳姐及賈寶玉之事。在整個發病過程中，趙姨娘產生了人格變化及胡言亂語，從模仿鴛鴦口吻、與眾人及彩雲對答、否認自己是鴛鴦，至直言是閻王差人來捉拿自己進行審判等，諸多不合常理的行為。鬼魂與閻王觀念相對，在傳統中國民俗傳說與宗教圖籍中，有鬼魂便有閻王，更與因果報應息息攸關。因此，依小說內容論之，自屬「怪力亂神」，是神怪創作，然而趙姨娘被鴛鴦附身後行為怪異，一本私心地將當初欲致人於死之行為，全然誣責塞任給馬道婆，在作者之本義或餘義中，或有抉發人性掩過飾非之惡念。

2. 文化人類學與民俗學之定義，以為靈魂附身與原始人民對鬼神、精靈(指狐狸、蛇、猴子等非人之生物體)之崇拜及信仰有關，而此種信仰普遍存在於不同種族、社群及國家中——

在李從培、孫玉國、方明昭〈神靈附體狀態的相關問題〉中指出，由於此種現象在具有這種信仰的亞文化群體中非常多見，故又稱為亞文化性神靈附體狀態[1820]。另華德(Ward, C. A.)〈靈魂附身與心理健康〉'Spirit possession and mental health : A psychoanthropological perspective' 一文中，將其分類為二：一是儀式型附身，一是社會邊緣型附身。儀式型附身，是指在儀式過程中被

[1819] 見《紅樓夢學刊》，1992 年，第 2 輯，頁 147。

[1820] 可參考《中國心理衛生雜誌》，卷 6，第 4 期，頁 167-170。

附身之狀況，「能擔任神的代言人」[1821]，而「社會邊緣型附身」之特質，似乎與趙姨娘之表現情狀較爲雷同。我們嘗試從定義深入觀察之，所謂「社會邊緣型附身」乃指：「是個人遭遇壓力缺乏管道紓解時，企圖藉由附身之自我防衛手段，達到自我自療的目的；它通常不被社會文化所讚許，反被視爲生理及精神上之病態行爲，被附身時間較長，此爲被附身者脫困之道，非典型、非正統之因應機制(coping mechanism)。」[1822]而 Lewis, I. M.〈狂熱讀宗教〉一文中更針對「社會邊緣型附身」爲論，指出「索馬尼亞最常見附身者是受虐待的女性，這是一種常見的親密關係失調或不幸的反應心理，她們使用非體制內的方式解決內在的衝突，且可引起配偶注意。」[1823]文化人類學與民俗學中對於附身現象發生之心理狀態、處事方式及生活環境之互動關係等，有深入發現。巧合者，趙姨娘正是個在榮府中精神受虐待之女性，有不協調之姻親關係及諸多不幸之刺激與心理反應者，是一個有些類於「社會邊緣型附身」之個案者。因此，文化人類學與民俗學之說法與分類，可聊備一格。

3. 以醫學角度論之——

　　1980 年以後，「靈魂附身」才被較明確地列入醫學分類學中[1824]。醫學

[1821]曾世杰博士/副教授・國立台東師範學院特殊教育學系〈個案分析案例（二十一）——「儀式型與邊緣型附身」〉，見網站：「變態心理學・遠距教學網路」http://socialwork.com.hk/psychtheory/theory_psy/abnormal/case/client21.htm - 3k -2006/11/7。

[1822]全文可參見 *Human Relations* 1992; 33:146-163.另見文榮光、林淑玲、陳宇平〈靈魂附身、精神疾病與心理社會文化因素〉，在楊國樞主編《文化、心病及療法》中，頁 5。

[1823]可參考 Lewis, I. M.'s *Ecstatic Religion* ，在文榮光、林淑玲、陳宇平〈靈魂附身、精神疾病與心理社會文化因素〉，由楊國樞主編《文化、心病及療法》中，頁 5。

[1824]案：不僅 1987 年在美國精神醫學會協會之《精神疾病之分類與診斷手冊》*Diagnostic and Statistical Manual and Mental Disorders, DSM-Ⅲ*中被分類，1992 年世

界更嚴謹地從人類之心理、生物學、病理、人際和環境關係之研究中揭發「靈魂附身」之內幕。在汪佩琴醫師〈《紅樓夢》中的三件醫學上的疑案〉，「二、趙姨娘抱病鬼附身」中亦首先以醫學角度分析趙姨娘之病情：「…從醫學角度上來分析。是由於她心中懷了鬼胎，在這陰森森、悲淒淒賈母停靈的鐵檻寺內，聯想起自己曾作過害人之事，恐懼之心頓生，一時痰迷心竅發生了狂症…這些發狂的一系列精神錯亂症，雖則可怕，但卻不足以致死」[1825]。其所謂的「痰迷心竅」，其實是指「痰迷之症」，與賈寶玉一般，在中醫中是屬於一種「精神恍惚之狀」，但並非精神病。此部分可參看筆者賈寶玉論文中「醫病悸動」之書寫，此處不再贅述。不過筆者對於此種說法是存疑的，故在此篇論文中，嘗試同時透過內科學與精神醫學深入解釋之，答案當與汪佩琴醫師的不同。有關趙姨娘此時得暴病之情狀為：「滿嘴白沫，眼睛直豎，把舌頭吐出」，雖似內科「癲癇症」(Epilepsy)之病徵，但因癲癇症乃慢性而長期之疾病，有肢體不自主、痙攣、抽慉或僵直等狀況，會失去意識或胡言亂語，之後自會醒過來[1826]，然而趙姨娘並無此種肢體不自主、痙攣、抽慉或僵直等狀況，故二者不同。實則趙姨娘之精神層面，有二次變化：先是毫無知覺的被鴛鴦附身 (possession)[1827]，而後被彩雲

界衛生組織 World Health Organization 之《國際疾病分類標準》 *The ICD-10 Classification of Mental and Behavioral Disorders: diagnostic criteria for research* 中亦有規範。

[1825] 見朱亮采《二百年來論紅樓夢・貳玖　紅樓夢中醫案》，頁 509。

[1826] 可參考長庚醫院院長吳德朗等校定《哈里遜內科學》，第 13 篇「神經系統疾病」，第 1 章「中樞神經系統」中提及「癲癇症」經系統之疾病：「癲癇是一種以腦部電活動異常，引起慢性、復發性、陣發的神經系統功能改變為特徵的疾病。」(頁 2303) 又有：「如果發病明顯從局部開始，(如異常嗅覺、頭部轉動、擬視等表現)則符合癲癇發作。此外抽搐性肌肉收縮、舌咬破或大小便失禁常與癲癇發作相伴，…」(頁 2309)。案：文中「電活動」之「電」字，可能是個衍字。另亦可參考 Daniel H. Lowenstein's 'Seizures and Epilepsy' in Harrison's *15th edition Principles of Internal Medicine*, 2001: 15;2356-2357.

[1827] 見曾文星、徐靜《現代精神醫學》，第 21 章，「其言語、行為及人格變化，猶如

醫師以爲「趙姨娘的這種死狀，有點像用暴力擊斃，...。她既沒有撞牆，又沒有持刀自殺，單是意識中有人打她，以醫學上來看，是不會出現這種『擊斃』死態的。趙姨娘到底是因爲驚嚇誘發心肌梗塞而死？還是內臟絞痛而死？這確是件醫學懸案。」[1837]汪佩琴醫師對於其最後的結論，並非由相關疾病論證而得，故僅是猜測而已。在書中，趙姨娘於暴病中口出狂言、行爲怪異，並有病態表情、疼痛感覺及流血事件，病程中其實是瞬間瑰詭萬變的，而其死亡實亦有所因，筆者將一一論述之。

藥石本可伐病，之前賈政亦有爲趙姨娘延醫，但卻不知究竟？因爲書中並未述及。趙姨娘再次生病，病情顯然不同於前一次。趙姨娘之靈魂被一個莫須有的加暴者——紅胡子老爺所凌辱，在百般苦痛中熬受。中國男性鬍子之色澤因著年歲而遞次更變爲黑、棕、灰、白等，鮮有紅色者，僅有胡人及圖冊中之妖魔神鬼能擁有各種彩繪色澤，因此「紅胡子的老爺」，乃是個趙姨娘幻覺中的「邪魔」，一個憑空捏造出來的人物。趙姨娘所得之病，除了之前透過眾人視角中的鴛鴦附身以外，此時其「眼睛突出，嘴裏鮮血直流」之情形，或可能是因牙關咬緊時咬到舌頭或牙齦，而造成的出血現象，或可能因肺部出血或血小板低，引起的局部口鼻出血現象。此外，趙姨娘尚有意識不清之病徵：「也不言語，只裝鬼臉，自己拿手撕開衣服，露出胸膛，好像有人剝他的樣子。」[1838]恍惚間似乎仍有個加害者在撕裂趙姨娘肉體，不知是否仍是紅胡子的老爺？然而一個存在於趙姨娘精神世界之外來無形物，所帶來之殺傷力卻是極大的，不但造成趙姨娘瞬間、短暫的精神解離現象外，更有來自肉體之其他疾病，以致於趙姨娘於二日內便暴斃了。綜合其病徵而論，其實趙姨娘並非如劉相雨〈被污辱與被損害的女性——論趙姨娘及中國古典長篇小說中的妾婦形象〉一文中所言的，死於「賈府上下長期以

[1837] 見朱亮采《二百年來論紅樓夢·貳玖　紅樓夢中醫案》，頁 509。
[1838] 見曹雪芹　高鶚原著　馮其庸等注《紅樓夢校注》，第 113 回，頁 1697。

來對她精神上的凌虐」[1839]，因這僅是肇因而已，趙姨娘最終極可能是因牙關咬緊時咬到舌頭或牙齦而造成的出血，及某種重大內科疾病且產生急性精神症狀而亡，或某種重大內科疾病出血(可能因肺部出血或血小板低，引起的局部口鼻出血現象) 且產生急性精神症狀而亡。而在重大內科疾病中既有出血現象，又能導致幻覺，甚至急性暴斃者，可以是「全身性紅斑狼瘡症」(Systematic Lupus Erythematosus) (又稱之為「系統性紅斑狼瘡症」)的表徵之一，殆因趙姨娘之疾病集中於神經系統及心肺之問題。屬於神經系統之病徵者，包括器質性腦病綜合徵、神經病或出血、癲癇、其他中樞神經系統徵狀及周圍神經疾病。屬於心肺之病徵者，包括 ARDS(指呼吸窘迫症)/出血，胸膜炎、心包炎、心肌炎、心內膜炎(Libman Sachs)、胸腔積液、狼瘡性肺炎、間質化纖維化、肺動脈高壓等[1840]。此症有緩有急，病徵多樣，或有少數患者毫無病徵，或僅出現幾種病徵，故不排除趙姨娘是因此病而造成腦血管病變、肺部栓塞或心臟病而暴斃。

人類所謳謠不輟者，多為浪漫情愛或動感親情，但痛徹人類心扉之暴病，卻與人類歷史相為終始，由於不明究理而令人驚悚寒慄。趙姨娘從突然發生附身現象，至之後又在鐵檻寺內發生重大變故而亡，固然佛家「因果報應之理」[1841]幾乎遍在全書之中，此即是一例，但更重要者，乃讀者應潛心

[1839]刊於《紅樓夢學刊》，2001 年，第 3 輯，頁 279。

[1840]見長庚醫院院長吳德朗等校定《哈里遜內科學》，第 10 篇 「免疫系統、結締組織與關節障礙」提及「系統性紅斑狼瘡症」之多種病徵，頁 1668。另見 *Harrison's Principles of Internal Medicine, 12th edition* 'Systematic Lupus Erythematosus': "Neurologic organic brain syndromes Psychosis Seisures Other CNS Peripheral neurophathy Cardiopulmonary Pleurisy Pericarditis Myocarditis Endocarditis Pleural effusions Lupus pneumonitis Interstitial fibrosis Pulmonary hypertension ARDS/hemorrhage."1992; 269:1434. 另亦可參考 *Principles of Internal Medicine,* 2005;300:1960-1967.

[1841]可見墨人《紅樓夢的寫作技巧》，七十九 「趙姨娘慘死 賈主事無情」中提及：「曹雪芹處置趙姨娘是受佛家因果報應思想的影響」(頁260)

注目于作者所重力摹寫的---被視爲陰微卑賤之趙姨娘所遭受的靈肉苦痛。

四、結語

　　大自然氤氳之數，養感萬物，人類俯仰期間順應禮法，故可應事，然因心性各異，塵事紛擾，能處化變而如意隨行者，自是高竿。趙姨娘雖非完全自顧俯仰者，但亦有自處之道，惜仍未能與世合，以其身處精神困厄與怨恨叢生之生活環境，故醞釀以報仇手段抒恨，但卻展開了更坎坷之卑妾生涯。

　　麝月口中黑心歹意之趙姨娘，因被侵凌彈壓而勾結馬道婆殘害賈寶玉與鳳姐，其中魘魔法之施行，一如風俗中之傳言，在《紅樓夢》中夸神通、越正法，繪聲繪影，意顯趙姨娘頡頏行爲中之深恨。不過其借力使力以解決家族糾紛，或爲貪利，或爲妒害，或爲仇報等，手法歹毒，其中卻潛藏著人性祈求平衡生存之意義。趙姨娘對戲子芳官之報復行爲，則又披露出其性格中具糊塗衝動、城府不深之特質，黑心腸中夾帶的不是精細的性格，而是毫無算計之性情。另趙姨娘亦會作順路人情與自我調伏之道。悲怨或妒情來自地位之被藐視、自尊之被踐踏，因此聲銷音沉、察言觀色、以退爲進及忍辱低調等，仍是趙姨娘之自衛法則。事實上，人性中無法消融之「妒恨」與無法摒除之「貪利」，乃趙姨娘與賈環深覺受欺慮苦之因，或許人性中有某些性格或情慾，因著某些困境會被一一激發出來，趙姨娘與賈環何嘗不如此？

　　在中國傳統社會中嫡庶之爭，遞代不休，從賈政、賈璉之三妻四妾觀之，亦不免爭端。多數的妾與卑微及畏懼畫上等號，能特蒙寵恩者，如歷史人物楊玉環、綠珠、武則天者，並不多。趙姨娘與賈政之夫妻情緣，雖古淡但仍有味。趙姨娘並非全然順天知命者，其與賈母間雖不可稱善，但猶尚爲可。在其備受賈府上下人等包括王夫人、甚至戲子訕謗侵凌之婚姻生涯中，被莫名詆訾、被視爲陰微下賤，處境堪憐，不過亦可見趙姨娘畏威、慕權之心理，

此在與賈政、王夫人、賈母、周姨娘、鳳姐及賈寶玉間之應對中，已自然流瀉而出。「忍」乃面對災難苦怨之消極應制，趙姨娘仍是《紅樓夢》妾身中雖悲怨卻唯一敢反擊者，而香菱與尤二姐則只能悲怨忍氣。相較之下趙姨娘並未因頡頏而得利，反是香菱悲怨忍氣後終可扶正，而尤二姐則因鬱結於心，終擇吞生金自逝。另有賈璉之妾秋桐與薛蟠之妾寶蟾，二人因均是趨炎附勢之流，與元配心性一氣，故能物以類聚，相得益彰。

有關趙姨娘之醫病問題雜揉著人性、中國傳統民俗文化與宗教信仰。作者先是編排其走入被附身之途，誘因於多重因素，包括賈府之凌虐，及其陷害賈寶玉與鳳姐後，擔心受怕之強大壓力下而產生暫時性之附身現象。從文學角度論之，趙姨娘之被鴛鴦附身，可詮釋為其個人一本私心地諉過給馬道婆，作用在於掩過飾非。從文化人類學與民俗學之角度論之，趙姨娘正是個在榮府中精神受虐待之女性，有不協調之姻親關係及諸多不幸之刺激及心理反應者，是個有些符合「社會邊緣型附身」之個案者。因此，文化人類學與民俗學之說法與分類，可聊備一格。從醫學角度論之，趙姨娘被鴛鴦附身，其實是深具護己之功能，一種暫時性的解離，而非精神疾病，而其功能約有三：(1)有可能是為了剪除罪惡感或心理壓力所造成的痛苦。(2)趙姨娘模仿鴛鴦口吻說話，有可能是欲藉鬼魂模樣嚇人，以阻隔賈家人之再度欺凌，或博得同情，此乃潛意識之作用，意識層中的自我並不知曉。(3)潛意識中，趙姨娘可能欲借鴛鴦之公信力及忠義形象填事委實，企圖為自己豎立好形象，然而其終於在彩雲似驅離鴛鴦魂魄之命令與暗示中，回歸自我，而細述害人之誠實告白時，亦可視為是一種「自我苛責」與「悔罪」，我們寧可相信「人性中之善」。接著，其在鐵檻寺之暴病：從發病至快速暴斃，趙姨娘最終極可能是因牙關咬緊時咬到舌頭或牙齦而造成出血，及某種重大內科疾病且產生急性精神症狀而亡，或因某種重大內科疾病出血(可能因肺部出血或血小板低，引起的局部口鼻出血現象) 且產生急性精神症狀而亡。而在重大內科疾病中，可以是「全身性紅斑狼瘡症」的表徵之一，不排除因此而造成腦血

　　本文將從賈家三千金之出生背景、性格行為、生活環境、婚姻問題及醫病過程等方面進行研究，全文凡分四段論證之：一、惜春之性格與入佛因緣，二、迎春之婚姻與病卒之因，三、元妃之多情與痰氣壅塞，四、結語。

一、惜春之性格與入佛因緣

　　《紅樓夢》中「甄士隱」及「賈雨村」之名，均有雙關或諧讔。「惜春」一詞在中國文壇中早成了文人墨客的傷春之作，如宋朝賀鑄詞〈浣溪紗〉：「惜春行樂莫辭頻」[1843]，辛棄疾〈摸魚兒〉亦有「更能消幾番風雨，匆匆春又歸去。惜春長恨花開早，何況落紅無數。」[1844]另蘇軾〈寒食雨〉有：「自我來黃州，已過三寒食，年年欲惜春，春去不容惜。」[1845]馮延巳〈蝶戀花〉：「幾日行雲何處去？忘卻歸來，不道春將暮。」[1846]而其他不少學者詩中亦有隱含惜春或傷春之作，但在石崇〈金谷詩序〉中便述及元康六年，石崇聚眾賢於金谷澗遊宴賦詩之事，是一次西晉文人的傷春詩會。節氣與人事對應，在作家之視覺或觸感中，春末仿若新象之將凋，因此，吟詩誦詞便成為騷人墨客「愛惜與不捨」、「傷感與悲情」之發洩出路，而《紅樓夢》中黛玉〈葬花詞〉：「閨中女兒惜春暮，愁緒滿懷無著處」之「惜春」與寶玉之妹「惜春」之命名，亦必有深意。王以安《紅樓夢引》論惜春乃「為情傷痛出家的順治皇帝」，索隱派理論至今雖曾漸入頹聲，而今又現高潮，仍提供了另一視角。

[1843] 見汪中《新譯宋詞三百首》，頁 179。
[1844] 見楊忠譯注，劉烈茂審閱《辛棄疾詞》，頁 90。
[1845] 徐續選注《蘇軾詩選》，頁 133。
[1846] 陳弘治《唐宋詞名作析評》，頁 66。

　　榮寧府賈家中挺然不群而步佛入道者，除了賈敬、賈寶玉外，另一則是惜春，三人各有其因緣與情理。賈家赫赫揚揚，至寶惜這輩已將百載，漸入頹勢，從四春之一生或可窺其頹貌。本文將首論惜春之性格與行為。

　　惜春虛筆出場於第 2 回，但僅是輩分與排行之簡介：乃賈敬之女，賈珍胞妹，年紀最小。有關惜春之生辰，《紅樓夢》第 27 回中有如此描述：「尚古風俗：凡交芒種節的這日，都要設擺各色禮物，祭餞花神，言芒種一過，便是夏日了，眾花皆卸，花神退位，須要餞行。」[1847]因此，重連〈賈府四個小姐的名字〉中所謂的「芒種之節」，藉「芒種餞春，惜春之去」以符應作者於第 2 回及第 62 回中所明言的，元春出生於大年初一之節氣命名說[1848]，此說應是可信。另有關惜春之形象問題，在第 3 回，黛玉棄岸登舟進入榮府時，只有迎面而來，「第三個身量未足」[1849]的惜春形體出現。又有劉姥姥認為惜春有好模樣、能幹，更讚美或是「神仙托生的」[1850]。再有 112 回中妙尼遭大劫前夕，一夥賊的外視角：「在窗外看見裏面燈光底下兩個美人，一個姑娘，一個姑子。」[1851]其中那位姑娘便是惜春，不過「美人」僅是遠觀惜春的第一印象，故書中實無惜春正面臉孔之精細削刻，但卻有透過其他人物觀看惜春性格優劣之外視角評論。另作者又借惜春臥房「暖香塢」之名，一涉溫馨，一作反諷，以別於另一具孤僻性格之黛玉多情惜物的特質書寫。惜春性格中亦具多種面貌，筆者將一一論述。

(一)孤廉性格

[1847] 見曹雪芹 高鶚原著　馮其庸等校注《紅樓夢校注》，頁 419。案：文本中之「尚」字，恐是「上」字之誤。

[1848] 刊於《紅樓夢研究輯刊》，1980 年，第 3 輯，頁 212。

[1849] 見陳慶浩編著《新編石頭記脂硯齋評語輯校》「附錄：甲戌本後人批跋」，頁 733。

[1850] 見曹雪芹 高鶚原著　馮其庸等校注《紅樓夢校注》，第 40 回，頁 613。

[1851] 同前註，112 回，頁 1686。

　　第 5 回惜春再出現時，仍以《金陵十二釵》正冊中「獨臥青燈古佛旁」之虛筆人物出場，即使在第 7 回正式出場時，亦是個與水月庵之小姑子智能兒一處頑耍的小女孩形象而已。不過當惜春對著送花來之周瑞家的說出一句玩笑話時，卻一語成讖：「我這裏正和智能兒說，我明兒也剃了頭同他作姑子去呢，可巧又送了花兒來；若剃了頭，可把這花兒戴在那裏呢？」[1852]此言似乎奠定了惜春之宿命，而其性格之天眞溫潤亦見乎此。當寶玉被施法生病調養後，始能吃米湯、省人事時，黛玉曾唸了一聲「阿彌陀佛」，薛寶釵的反應是，聯想到黛玉姻緣而嗤笑，而惜春卻不解地問著：「寶姐姐，好好的笑什麼？」[1853]惜春一再表現出之「思無邪」與不及男女情色，其中「年幼」似乎是主因。然而在 87 回，惜春已漸長，與妙玉下棋凝思之際，因寶玉方從黛玉處轉訪，對於妙玉癡問：「你從何處來？」卻紅了臉不知如何回答時，卻反被惜春取笑道：「二哥哥，這什麼難答的，你沒的聽見人家常說的『從來處來』麼。這也值得把臉紅了，見了生人的似的。」[1854]惜春此時雖和妙玉下棋，但並未細心慧察妙玉之癡情癡語，更不及寶玉此時內心之顧忌與情感之衝擊，此均是作者對惜春不解男女風情之伏筆。其實惜春是個比帶髮修行之妙玉，更具有澄心之天資者。在賈府中出現之女尼，除了老尼外，惜春與二位女尼智能兒及妙玉接觸頻繁，此回作者似乎是設構惜春與妙玉對「情」之敏感度的測試及人際互動，而此亦正可與 16 回以前之智能兒作一對照。妙玉、智能兒均有心儀對象：寶玉及秦鐘，獨惜春不動情色，而無情色觸媒正是關鍵，因此作者對惜春之男女情感問題空白不書。惜春之天眞、體貼亦見諸薛蟠殺人事件後，薛姨媽曾擬暫住榮府賈家，卻不放心薛寶釵之事。當時惜春與薛姨媽有溫馨的互動，「惜春道：『姨媽要惦著，為什麼不把寶姐姐也請過來？』薛姨媽笑著說道：『使不得。』惜春道：『怎麼使不得？

[1852]同前註，第 7 回，頁 126。
[1853]同前註，第 25 回，頁 401。
[1854]同前註，第 87 回，頁 1376。

他先怎麼住著來呢？』李紈道：『你不懂的，人家家裏如今有事，怎麼來呢。』惜春也信以爲實，不便再問。」[1855]惜春此時不但體貼溫和，亦投射著對人性樂觀信任之情態。此外，惜春素日除了曾與寶釵、迎春、探春、李紈、鳳姐、巧姐、大姐、香菱及眾丫鬟們等在園內玩耍外，更有多次默然隨從賈母且聽命而行之鋪陳[1856]，映襯出其委順從時之性向，故其入佛心願，便在等待時機中遭蹉跎延宕了。

　　曾因劉姥姥渴望能有一張大觀園畫兒帶回家鄉炫燿展示，賈母便得意地指著惜春笑道：「你瞧我這個小孫女兒，他就會畫。等明兒叫他畫一張如何？」[1857]42 回賈母又云：「你瞧我這個小孫女兒，他就會畫海棠社」[1858]然而在寶釵眼中：惜春「雖會畫，不過是幾筆寫意。」[1859]因此，惜春雖有才具，善畫園景，卻不工細樓臺及描摹人物，故非是個胸中有幾幅丘壑之人，因此在賈母之命畫「大觀園行樂圖」時，惜春云賈母期望她「單畫了園子成個房樣子了，叫連人都畫上，就像『行樂』似的才好。」[1860]然而惜春卻意興闌珊，不過當場亦不敢違命而應允。

　　有關惜春「大觀園行樂圖」究竟有無完成？在《紅樓夢》書中一直是個謎。48 回中有李紈等建議拉香菱去看惜春之畫時，惜春畫繪了十停，才方有了三停。香菱見畫上有幾個美人，因指著笑道：「『這一個是我們姑娘，那一個是林姑娘。』探春笑道：『凡會作詩的都畫在上頭，快學罷。』說著，頑笑了一回。」[1861]惜春之大觀園行樂圖中園子、人物已均有之。48 回又云寶玉去幫忙惜春有關繪畫之事，但不知指何事？50 回時，由於惜春進度緩

[1855] 同前註，第 86 回，頁 1631。
[1856] 同前註，可參考第 29 回、第 35 回、41 回及 108 回。
[1857] 同前註，第 40 回，頁 613。
[1858] 同前註，第 42 回，頁 126。
[1859] 同前註。
[1860] 同前註，頁 652。
[1861] 同前註，可參考第 48 回，頁 740-741。

慢，故賈母追著她兌現：「只問惜春：『畫在那裏？』惜春因笑回：『天氣寒冷了，膠性皆凝澀不潤，畫了恐不好看，故此收起來。』賈母笑道：『我年下就要的。你別拖懶兒，快拿出來給我快畫。…』」[1862] 同回中又有賈母親囑惜春：「『不管冷暖，你只畫去，趕到年下，十分不能便罷了。第一要緊把昨日琴兒和丫頭梅花，照模照樣，一筆別錯，快快添上。』惜春聽了雖是爲難，只得應了。一時眾人都來看他如何畫，惜春只是出神。」[1863]惜春的無奈只能表現在神情上，或許此正是惜春「委順從時」之性格表現。至 52 回時，寶玉雖曾「往惜春房中去看畫」[1864]，但卻沒看成，反至黛玉房中時戲稱看了一幅多閨集豔圖，至於有關惜春之畫，卻無下文。之前寶玉究竟有無幫忙？是幫忙繪畫或題詩，或仍有其他事情？則不可知，故郭玉雯《紅樓夢人物研究》以爲「大觀園行樂圖」是「由寶玉與惜春共同完成此畫」[1865]之說法是有爭議的。由於郭教授是以八十回本爲立論基礎，僅論至 52 回止，因此對於百廿回本《紅樓夢》中，八十回之後的相關敘述不予論列，不過因筆者探百廿回本《紅樓夢》做研究，故相同的問題，卻有不一樣的結果。

　　八十回以後，與惜春「大觀園行樂圖」有關者，共有二回：一在 82 回，一在 109 回。82 回書中如此敘述：「且說探春湘雲正在惜春那邊論評惜春所畫大觀園圖，說這個多一點，那個少一點，這個太疏，那個太密。大家又議著題詩，著人去請黛玉商議。」[1866]由於畫家多於畫繪完筆時方題字，因此惜春較完整之畫繪出現大約在此前後。此時，面對惜春之「大觀園行樂圖」，眾人卻有許多意見，連探春之玩笑話亦有可能成爲行樂圖眞正完稿時增補意見之所本。題詩部分原主意由黛玉代爲修正，不過此時黛玉已見病勢，且至

[1862]同前註，頁 772。

[1863]同前註，頁 774。

[1864]同前註，頁 806。

[1865]見其書第 6 章　「原應歎息說四春」中以為是「由寶玉與惜春共同完成此畫」(頁 325)。

[1866]見曹雪芹　高鶚原著　馮其庸等校注《紅樓夢校注》，頁 1308。

黛玉死亡前，書中均未曾述及黛玉輔修題詩之事。黛玉究竟是否有題詩？亦不可得知。至於 109 回，仍有部份關於惜春「大觀園行樂圖」之鋪陳。我們可以仔細觀看：在賈妃薨逝後，102 回惜春等姊妹搬出大觀園，而大觀園之美景亦被鬼影幢幢之敘述所取代，雖然之後 109 回妙玉因關懷惜春，再次提起繪畫之事：「『四姑娘為什麼這樣瘦？不要只管愛畫勞了心。』惜春道：『我久不畫了。如今住的房屋不比園裏的顯亮，所以沒興畫。』」[1867]惜春之藉口，實牽涉陽宅或環境影響論之學理，但更可見寶釵先前之真知卓見，畢竟修行者與專業畫家之間，雙重身分取得不易。不過惜春之興趣卻顯現於 87 回與妙玉下棋時，88 回又竟然揣摩起棋譜來。賈家被劫被盜之前，妙玉又前來與惜春下棋，故 102 回離開大觀園後，惜春可能就已經不再繼續畫繪了，而109 回正是「明證」。惜春之完畫定稿，始終未在眾人面前展現過，此或是續補者之筆漏，或因其畫並非舉足輕重，故在時光飛逝中被埋沒了。

(二)冷酷絕情與天生性怯

起詩社時，寶釵雖為惜春取了個詩情畫意之「耦榭」別號，但其才藝卻不及探春，更不比薛林；雖喜習佛、寫經書及揣摩棋譜，然因性氣特殊而不群於他人，因此惜春實另有冷酷絕情與天生性怯之一面，此可從其出家因緣論起。

惜春之入佛機緣似與寶玉一般，均循漸進一路，並與其出生背景、生活環境及過於廉介孤僻之性格息息相關。惜春之喜佛最早或誘發於與智能兒嬉戲之生活習染，而高同質性更足以發揮微風動水之效，故之前一句玩笑話，雖仍難蠡測惜春之性向，但卻可看出徵兆。《紅樓夢》書中提及做燈謎之事有二次：一次在 22 回中，一次在 50 回中。22 回中提及賈母原欲去暖香閣看惜春之畫，次日眾姊妹亦都來看惜春如何畫，但畫沒看成，卻在暖香塢中

[1867]同前註，第 109 回，頁 1655。

雅製春燈謎。惜春所作之謎語，實暗藏玄機：「前身色相總無成，不聽菱歌
聽佛經，莫道此生沉黑海，性中自有大光明」[1868]或許賈政當場因感詩如響
而看出是惜春「一發清靜孤獨」[1869]之意，而猜中是「佛前海燈」，然而賈政
所預感到的卻是不祥之徵兆，此或乃惜春念隨心轉之初跡。雖然 17-18 回大
觀園題詠中有惜春「文章造化」之詩句「景奪文章造化功」，強調巧奪天工
之美景勝於文筆雕琢，然而此實不可作為與惜春脫離紅塵、削髮為尼有關之
初證，否則恐有牽強附會之虞。《紅樓夢》作者於書中提及與「造化」一詞
有關者尚見於寶玉、鴛鴦、賈芸等情節中(見於第 19 回、24 回、26 回、34
回、39 回、46 回、74 回、96 回、102 回、第 111 回、118 回及 119 回中)，
其中雖有與賈寶玉及惜春入佛有關之「造化」感嘆，不過與「景奪文章造化
功」卻不相涉。至於惜春春燈謎中：「性中自有大光明」一辭，究指何意？
庚辰脂評：「此惜春為尼之讖也。」[1870]筆者以為此語實指佛教中之「明心見
性」[1871]。由於萬法不離自性，因此由明覺中了悟本性，實是佛教修身之終
極目標，而惜春是個對自己心性淬勵弗懈之人，故「明心見性」或可作為惜
春未來命運之讖語，因欲「明心見性」就須先明其妄心，見其「魔性」[1872]，
而後方能明其真如心，見其佛性。有關惜春性格中最明顯者，乃作者所鎔鑄
之廉介孤僻之特質；其一生雖時見高情遠韻，但亦見冷酷絕情與性怯獨立，

[1868]同前註，第 22 回，頁 349。

[1869]同前註，頁 350。

[1870]見陳慶浩編著　《新編石頭記脂硯齋評語輯校》，頁 448。

[1871]禪宗六祖惠能出山佈道，生平第一次於廣州法性寺公開說法時，依《大乘大般涅
槃經》獨標心體，論說「見性」，其獨樹「明心見性」之學，見《六祖壇經箋註》云：
「無上菩提須得言下識自本心，見自本性，不生不滅，於一切時中，念念自見。」(頁
10)。可參考《大乘大般涅槃經》及黃勝常「明心見性」《香港佛教》476 期，見網
站：*www.hkbuddhist.org/magazine/476/476_04.html - 10k-2005/08/9*。

[1872]案：因「心」能迷惑眾生，故可起顛倒、虛妄、欺誤、傷毀、苦痛之作用；指人
類受十二因緣法(從無明、行、識、名色、六入、觸、受、愛、取、有、生至老死等
憂苦悲惱所牽絆，稱之為「魔性」。

從搜檢大觀園時之入畫事件及入佛之事可見典證。

在入畫事件中，被查到一堆碎銀子時，入畫一如司棋及金釧兒，僅能下跪求饒，卑微自責，然作者臨摹惜春之不盡人情，卻文殊不典，從其與多人之對話及作者的旁白中，可看出惜春之性格、應變機智及人生哲學：「惜春道：『你們管教不嚴，反罵丫頭。這些姊妹，獨我的丫頭這樣沒臉，我如何去見人。昨兒我立逼著鳳姐姐帶了他去，他只不肯。我想，他原是那邊的人，鳳姐姐不帶他去，也原有理。我今日正要送過去，嫂子來的恰好，快帶了他去。或打，或殺，或賣，我一概不管。』」[1873]書中又云：「誰知惜春雖然年幼，卻天生成一種百折不回的廉介孤獨僻性，任人怎說，他只以為丟了他的體面，咬定牙斷乎不肯。更又說的好：『不但不要入畫，如今我也大了，連我也不便往你們那邊去了。況且近日我每每風聞得有人背地裏議論什麼多少不堪的閒話，我若再去，連我也編派上了。』」[1874]中國自古獎掖忠孝節義，孝順與廉節被合科為人才拔擢之「孝廉」。西漢郡國時，始有每年薦舉孝廉二人之制，《金史》中更標舉「凡人之行莫大於孝廉」[1875]而古典文學或小說之虛擬亦多仿創，如古樂府〈木蘭詩〉便述及木蘭之父「舉孝廉」。又陳玄佑〈離魂記〉中王宙與倩娘之二子「舉孝廉」，可見傳統中國社會對孝順與廉節之重視。《紅樓夢》作者除了刻意鋪述寶釵是個「廉靜寡欲」[1876]者，讓其於寶玉出家後成了名符其實之賈家節婦外，另又強調惜春具「廉介孤僻」之異質。惜春因自幼母亡，父親又常留道觀，故欲作孝女難成，唯有獨鑄其廉介孤僻，然而廉節被視為超道德之理型，若用於大公無私，不妄取財利，則必眾口頌讚，但若用之人情事故，止於避禍利己，則必遭微言。《紅樓夢》作者所雕鑄之惜春，似乎屬於後者。一次當惜春與尤氏爭辯時，曾語出驚人，

[1873] 見曹雪芹 高鶚原著　馮其庸等校注《紅樓夢校注》，第 74 回，頁 1165-1166。
[1874] 同前註。
[1875] 見卷 51，選舉一，頁 3。
[1876] 見曹雪芹 高鶚原著　馮其庸等校注《紅樓夢校注》，可參考 120 回，頁 1791。

有「人懷獨善」之意:「我一個姑娘家,只有躲是非的,我反去尋是非,成個什麼人了!還有一句話:我不怕你惱,好歹自有公論,又何必去問人。古人說得好,『善惡生死,父子不能有所勖助』,何況你我二人之間。我只知道保得住我就夠了,不管你們。從此以後,你們有事別累我。」[1877]惜春在賈府中,常時一派天真,此時方見其似入拘拘窘境,與黛玉初至賈府時步步為營相仿,同時更可見其自掃門前雪之心態、廉介思維及「捨得的想法」:「我清清白白的一個人,為什麼教你們帶累壞了我!」[1878]「『我不了悟,我也捨不得入畫了。』...『不作狠心人,難得自了漢。』」[1879]佛教之渡己渡人均發心善良、圓融行事,而惜春之廉介性格卻顯得冷酷絕情,或因廉介中雜揉著較林黛玉之孤高更有過之的孤僻性格,難怪連尤氏聽了惜春之言都深覺令人寒心,更斷言惜春是個「心冷口冷心狠意狠的人」[1880]可見惜春性格之偏僻及不拐彎抹角之率真特質,已從其畫地為界中鎖入「自我牢籠」。或許惜春將外在事物看在眼裡,了然於胸,然由於其出生背景及在賈府之生活條件,卻迫其自掃門前雪以適性。另從第 76 回中黛玉之人際關係參証,亦可作為互文:「雖有迎春惜春二人,偏又素日不大甚合。」[1881]惜春與黛玉的關係不佳,甚至之後 82 回中作者更於黛玉嗽痰帶血後,大家提及去探望黛玉,惜春卻說:希望探春等先去看黛玉,自己隨後就來,但之後卻未見惜春來探視林黛玉,或許此乃作者之漏寫,或許此時乃作者使用隱筆,代表惜春果真之後有來探視黛玉,故以「不書」替代之,但亦或許惜春此話即是藉口,之後其實並未來探視黛玉,因為三種推論均具可能性,故筆者亦不妄斷之。無論如何,《紅樓夢》書中雖然前後敘述妙玉、黛玉及惜春等三位孤僻女子,但

[1877]同前註,第 74 回,頁 1166。
[1878]同前註。
[1879]同前註。
[1880]同前註。
[1881]同前註,第 76 回,頁 1193。

值得注意的是：妙玉是孤僻過潔，惜春是孤僻廉介，至於黛玉則是孤高自許。奇怪的是，惜春雖可與妙玉同氣且下棋閑談，但卻不能與黛玉之孤高同心，可見其與黛玉間之緣淺。另又可從惜春針對賈府被劫被盜之事論之，在鳳姐面前埋怨尤氏，細剖自己之深層底蘊，其中實可看出惜春之性格：「這都是我大嫂子害了我的，他攛掇著太太派我看家的。如今我的臉擱在那裏呢！」[1882]其實商議當日由王熙鳳及惜春留在榮府看家者，乃邢王二夫人，並非尤氏，然惜春心中似乎一直以尤氏為假想敵，並自認被嫂子尤氏嫌棄[1883]，因其以此種心態與嫂子共處，磨擦、嫌隙自然因應而生。115 回書中更云：「尤氏本與惜春不合」[1884]。惜春一直有不少抱怨，尤氏竟成了惜春心口中之惡嫂，究竟作者之本意為何？惜春性格孤廉，自有其不易與他人相處之處，而尤氏恐亦非如喻天舒〈惜春論〉中所謂的，是個全然「卑瑣虛偽」、「自負糊塗」、「心懷鬼胎」及「外強中乾」之人[1885]。或許尤氏之卑瑣、糊塗有之，從其對寧府中所有淫蕩事件的視而不見，或可知之，但尤氏斷非「外表堅強」之人，因無論從何種角度觀察尤氏之所作所為，其實並無蓄意欺凌之意，然而惜春的感受卻又那麼真切，且反應亦極為激烈。審視惜春之成長過程，此時似乎較先前天真溫潤之氣質中增添了更多的敏感特質，甚至包括之後不斷出現的疏離感，不需要人際關係，喜歡獨自待在房間裡等行儀。惜春內心之脆弱，已逐漸顯現，而其孤獨疏離或說是因出生背景、生活過程、痛苦經驗所造成之一種保護方式，導致她表現出不願受到他人干擾等舉止[1886]。由於

[1882] 同前註，第 112 回，頁 1685。

[1883] 同前註，書中有：「惜春惦著：『父母早死，嫂子嫌我』…。」（頁 1692）

[1884] 同前註，第 115 回，頁 1726。

[1885] 可參考《紅樓夢學刊》，1988 年，第 2 輯，頁 112。

[1886] 今日精神醫學中孤僻型性格之特質，可參考李明濱主編《實用精神醫學》，第 3 章「精神科面談與溝通」包括表現出疏離態度，不需要人際關係，喜歡獨自待在房間裡。很脆弱，他的孤獨疏離常是因為某些過程、痛苦、經驗所造成的一種保護方式；他在意的是不要受到他人之干擾等，頁 37。案：以上由筆者整理之。

惜春對待薛寶釵一家人尚稱和善，對待寶玉、探春及賈家長輩仍屬溫潤順從，因此，並非性格障礙症者，且今日美國精神醫學會所編《精神醫學診斷與統計》第 4 冊(DSM-Ⅳ)此套系統並未將孤僻性格列入性格障礙症之範例中，故僅能將之視爲是個具特殊性格者，一個典型之孤僻性格者，且是個廉介孤高者，不僅是個胡文彬所謂的「倔強孤僻」[1887]之人而已。

(三)入佛因緣

搜檢大觀園之後，惜春受四事之影響峻刻：其一，與妙玉同氣下棋、閒談時，必有薰染。其二，妙玉走火入魔之事，惜春曾感事寓意：「妙玉雖然潔淨，畢竟塵緣未斷。可惜我生在這種人家不便出家。我若出了家時，那有邪魔纏擾，一念不生，萬緣俱寂。」[1888]惜春雖評斷妙玉迷不知變，但對於自己謹守佛教「戒」、「定」、「慧」之戒律卻深具信心，且自傲更勝妙玉一籌，此時實見其向佛甚深。其三，賈府被盜及妙玉之情劫，讓惜春心存炯誡。第111 回當眾人在鐵檻寺爲賈母之喪守靈時，僅鳳姐及惜春看家，誰知周瑞家的乾兒子何三勾結夥賊，盜取賈家財物，惜春不但顯得性怯無助，心膽俱裂[1889]，並對包勇疑心是因姑子妙玉引賊入室一事，「更加心裏過不的」[1890]，「愈想愈怕，站起來要走。」[1891]鳳姐因知惜春膽怯，「怕惜春害怕又弄出事來，只得叫他先別走。」[1892]以安撫其心，後又怕惜春尋短，更打發豐兒去安慰之。惜春遭此大擊，不但發愁自責，更自嘆伶仃孤苦，深信宿命，於是絞斷

[1887] 見《紅樓夢人物談‧堪破三春景不長——惜春之"僻"》云：「惜春幼而孤僻，俗話說 "不合群"。雖年已及笄，其倔強孤僻的性格未有稍變。」(頁 73)
[1888] 見曹雪芹 高鶚原著　馮其庸等校注《紅樓夢校注》，第 87 回，頁 1379。
[1889] 同前註，第 111 回，頁 1681。
[1890] 同前註，第 112 回，頁 1686。
[1891] 同前註。
[1892] 同前註。

一半頭髮，謝罪明志，一如 46 回中，鴛鴦斷髮明志、誓死不嫁之堅決。突發之事令惜春煩心氣惱，而妙玉之被劫更是個觸機，因揉混從前及現在之種種苦處，最終意定出家。惜春因性格特質之故，對於無法順心之願，顯得與迎春一樣怯懦和無計可施，雖不逐俗隨時，卻只能等待時機。其四，一位姑子對惜春之啟示。第 115 回兩個地藏庵的姑子至榮府請太太奶奶的安，其中一位姑子與惜春談及有關妙玉之傳言時，口氣有些浮薄嘲謔：「那姑子…便問惜春道：『前兒聽見說櫳翠庵的妙師父怎麼跟了人去了？』惜春道：『那裏的話！說這個話的人隄防著割舌頭。人家遭了強盜搶去，怎麼還說這樣的壞話。』那姑子道：『妙師父的為人怪僻，只怕是假惺惺罷。在姑娘面前我們也不好說的。那裏像我們這些粗夯人，只知道諷經念佛，給人家懺悔，也為著自己修個善果。』惜春道：『怎麼樣就是善果呢？』那姑子道：『除了咱們家這樣善德人家兒不怕，若是別人家，那些誥命夫人小姐也保不住一輩子的榮華。到了苦難來了，可就救不得了。只有個觀世音菩薩大慈大悲，遇見人家有苦難的就慈心發動，設法兒救濟。為什麼如今都說大慈大悲救苦救難的觀世音菩薩呢。我們修了行的人，雖說比夫人小姐們苦多著呢，只是沒有險難的了。雖不能成佛作祖，修修來世或者轉個男身，自己也就好了。不像如今脫生了個女人胎子，什麼委屈煩難都說不出來。姑娘你還不知道呢，要是人家姑娘們出了門子，這一輩子跟著人是更沒法兒的。若說修行，也只要修得真。那妙師父自為才情比我們強，他就嫌我們這些人俗，豈知俗的才能得善緣呢。他如今到底是遭了大劫了。』」[1893]惜春畢竟仍具善心，不但不道他人之短，且反以割舌說為妙玉闢謠，出言合理，然而姑子之怪僻論雖酸刻妙玉，卻因與惜春合機而成了惜春探求善果之韶光艷陽。另姑子反映了當代男強女弱之命運差異，直言脫生女人實是包袱與無奈，因此轉換角色成了眾生之期待，不過對惜春而言，男性威權角色並非其所欣慕，姑子之言反諷著「真誠」與「假惺惺」、「修行者無險難」與「誥命夫人小姐遇難難救」、「俗者得

[1893] 同前註，第 115 回，頁 1720-1721。

善緣」與「有才情者遭大劫」之對比，於是順成二人之合機。惜春的思緒時常盤旋著尤氏虧待她之事，又自責看家不力及道出「早有這樣的心，只是想不出個道兒」[1894]的出家心念，所以常有無奈之嘆。

　　姑娌不睦一如婆媳不和，自古有之。在《紅樓夢》中婆媳間雖頗能相安，但「妻妾不和」與「姑嫂不諧」卻被列為重要子題。前者有 79-103 回夏金桂與寶蟾妒害秋菱(案：此時香菱之名已被夏金桂改為秋菱)、67-69 回王熙鳳與秋桐欺凌尤二姐，及 119 回王夫人口頭尖刻趙姨娘等慘烈敘事；後者則有 79 回夏金桂欲彈壓寶釵、111 回鴛鴦與其嫂子間情誼冷淡及尤氏與惜春不和等淡筆書之。其實惜春與尤氏二人並無明顯衝突，更何況惜春是生活在榮府而非寧府，故在入畫事件中，其雖對尤氏甚至他人起疑，且與尤氏拌嘴，但惜春之後的虧待說，及深刻感受「尤氏安心和我過不去」[1895]卻又真實不假。此種「姑嫂不諧」之違緣，不但別人好言相勸無效，惜春更自覺困頓心苦，於是開始言行從變：「一天一天的不吃飯，只想絞頭髮」[1896]，之後又作勢要脅，顯現出其性格中最剛烈之一面：「做了女孩兒終不能在家一輩子的，若像二姐姐一樣，老爺太太們倒要煩心，況且死了。如今譬如我死了似的，放我出了家，乾乾淨淨的一輩子，就是疼我了。況且我又不出門，就是櫳翠庵，原是咱們家的基趾，我就在那裏修行。我有什麼，你們也照應得著。現在妙玉的當家的在那裏。你們依我呢，我就算得了命了；若不依我呢，我也沒法，只有死就完了。我如若遂了自己的心願，那時哥哥回來我和他說，並不是你們逼著我的。若說我死了，未免哥哥回來倒說你們不容我。」[1897]惜春出言見志，櫳翠庵之近，便成了其與家人作人情妥協的籌碼，死亡之口頭

[1894] 同前註，頁 1721。
[1895] 同前註，尤氏從彩屏處獲知惜春執意出家時對彩屏說：惜春「安心和我過不去，也只好由他罷了！」(第 115 回，頁 1721)
[1896] 同前註。
[1897] 同前註，第 115 回，頁 1726。

威脅,更勝於「以刃斷指」之血腥行為,不但驚動王夫人,更讓尤氏束手無策,因此惜春性格中,實亦有膽小心怯及剛烈之一面。

至於惜春心態行為之轉變,其實轍跡可尋。惜春究竟何時習佛念佛?書中並無交代,但從其自云「早有這樣的心」論之,或可能早發於與智能兒在一起玩耍時之濡染,然丫頭入畫出事後,惜春之獨善及惡穢性格卻更明顯,同時亦符合與宗教神靈有關的希冀「聖潔觀」牽扯著,因此與之相對的褻瀆、污穢及不潔(觀)等,便成了惜春之禁忌。一般宗教信仰之普遍觀念,乃落實於修行,從供奉神祇之「恭敬心」逐漸形成,因此惜春所祈求之聖潔境界及棄絕凡塵瑣事,在其人際互動中,則因其孤廉性格而時顯瑕疵,與妙玉之過潔性格---偏重於厭惡實物之骯髒作比較,顯然更具抽象意義,故對惜春而言,誠如李亦園《信仰與文化》中所言:「不合乎秩序的即是違反神聖的原則,因此也就是可憎的、不潔淨的,必須禁忌的。」[1898]入畫事件不就是個典型。惜春畢竟年輕,雖知妙玉塵緣未斷,卻仍心羨妙玉「如閑雲野鶴,無拘無束。」[1899]只是惜春不知此時妙玉已為情困。賈府被盜及妙玉被劫,或許對惜春具醍醐灌頂之效,以致惜春開始頡頏家族,並嘗試透過某些情緒表達及激烈手段求得涅槃,最終果能抱道而居,胸次釋然。

惜春雖有畫才,卻無奇筆,或因其尚缺綺漫幻情與熱誠衝勁,而其性格中則有廉潔孤僻、天真體貼、委順從時及冷酷心怯等特質。惜春年輕卻自願出家,此乃與其性格有關,因此取代了妙玉之緣病帶髮修行,而成為櫳翠庵之新主人。《莊子·大宗師》:「今一以天地為大爐,以造化為大冶。」[1900]從火爐冶練至造化大功,實可象徵惜春多歷年所之漸悟情境,不過惜春遁入宗教,不僅是為滌除塵累,撫慰挫折與焦慮情緒外,更可護維自尊。

[1898]可參考頁 25。
[1899]見曹雪芹 高鶚原著 馮其庸等校注《紅樓夢校注》,第 112 回,頁 1692。
[1900]見黃師錦鋐註譯《莊子讀本》,頁 107。

二、迎春之性格、婚姻與病卒之因

「可憐繡戶侯門女」，乃嘆惋著侯門艷質之迎春，一個在榮府賈家榮享富貴、生活安逸，卻於婚後被虐而死的貴族千金。除了甄士隱之女英蓮外，作者如何著墨另一個貴族女兒受虐的一生？值得深研。

冷子興口中，迎春是赦老爺之妾所出[1901]，實筆出場時雖貴為千金，卻是個稚齡女孩；透過林黛玉視角時，則是個「肌膚微豐，合中身材，腮凝新荔，鼻膩鵝脂，溫柔沉默，觀之可親」[1902]之人，故實難想像之後迎春處理司棋事件竟然顯得冷漠無情。當第4回黛玉一來，賈母萬般憐愛，迎春、探春、惜春三個親孫女倒且靠後，可見迎春等三姊妹之長輩緣不及林黛玉，而迎春之才情與性格，筆者嘗試釐清之。

(一)老實仁懦與其他性氣

在吟詩、作對、元妃令猜燈謎之群眾聚會中，黛玉、寶釵、寶玉總優於其他人，卻僅迎春與賈環未猜著；賈環自覺無趣，迎春卻以為「頑笑小事，並不介意」[1903]。另秋爽齋起海棠詩社時，迎春又自云：「我又不大會作詩」

[1901] 見曹雪芹 高鶚原著　馮其庸等校注《紅樓夢校注》，第2回，頁33。《紅樓夢校注本》此說法亦見於戚序二本，然而己卯本、楊本及乾隆抄本百廿回《紅樓夢稿》中則云：「二小姐乃赦老爺之女，政老爺養為己女，名迎春。」甲戌本、蒙府及舒本云：「二小姐乃赦老爺前妻所出」，夢覺主人、程甲本、程乙本又云：「二小姐乃赦老爺姨娘所出」，至於列藏本亦有：「二小姐乃赦老爺之妻所生」(可參考劉世德〈迎春是誰的女兒？〉，見《紅樓夢學刊》，1991年，第4輯，頁289-305及朱淡文《紅樓夢研究》，頁114-115)

[1902] 同前註，第3回，頁46。另可見甲戌本後人批跋夾批：「迎春」之體態云：「第一個肌膚微豐」(見陳慶浩編著《新編石頭記脂硯齋評語輯校》[增訂本])

[1903] 同前註，第22回，頁347。

¹⁹⁰⁴，故其名號「菱洲」與惜春一般均由寶釵所取。然其作詩時及與眾人對話間還算隨和，由此可知迎春性格開朗的一面，既委順從時又並無小性，才情亦屬平庸，不過或許當時迎春尚小，稍長後迎春之性格其實是三姊妹中較難捉摸者，從軟弱、老實仁德、好性兒、冷酷無情及「有氣」等均有之，且穿插於不同事件中而有前後迥異之作風。第 7 回，周瑞家的奉薛姨媽之命，送花給姑娘們戴，「只見迎春探春二人正在窗下圍棋」¹⁹⁰⁵二人何其悠哉！只是當時迎春選擇與探春下棋，但卻不與惜春及智能兒一處玩耍，或許年齡是個問題而物以類聚更為所因。之後第 16 回有邢夫人、王夫人、尤氏、李紈、鳳姐、迎春姊妹以及薛姨媽等皆在一處，而元妃省親時，迎春雖亦與眾人思擬題詠，但並無別裁出新，期間顯現出三姊妹間並無特殊互動。第 27 回又有迎春、探春、惜春、李紈、鳳姐等並巧姐、大姐、香菱與眾丫鬟們在園內玩耍，及 29 回迎春亦曾與探春、惜春三人等共坐一輛朱輪華蓋車，但姊妹三人間依然無個別私密交集，前五十回中均然。迎春一直是一派天真與自然，直至被探春揭發大觀園中之聚賭、爭鬥打鬧之事時，才又再次從探春口中得知其與迎春是一對好姊妹¹⁹⁰⁶，故除了物以類聚外，同病相憐，及同為妾生之女或亦有箇中滋味之共感因素。

有關迎春「老實仁德」之性格，乃出自探春及媳婦們的口中：探春心想：「迎春老實」¹⁹⁰⁷，媳婦們說「我們的姑娘老實仁德」¹⁹⁰⁸，又有關迎春之「好性兒」，則又可從平兒及探春之視角得知¹⁹⁰⁹，然而書中從寶釵眼中，迎

---

¹⁹⁰⁴同前註，第 37 回，頁 560。
¹⁹⁰⁵同前註，頁 126。
¹⁹⁰⁶同前註，見第 73 回，探春笑道：「我和姐姐一樣，姐姐的事和我的也是一般，他說姐姐就是說我。我那邊的人有怨我的，姐姐聽見也即同怨姐姐是一理。咱們是主子，自然不理論那些錢財小事，只知想起什麼要什麼，也是有的事。但不知金鳳絲鳳因何又夾在裏頭？」（頁 1146）
¹⁹⁰⁷同前註，見 46 回，頁 714。
¹⁹⁰⁸同前註，見 73 回，頁 1141。
¹⁹⁰⁹同前註，平兒道：「都是你們的不是。姑娘好性兒，你們就該打出去，然後再回

春雖無小性(指無小心眼，不發小脾氣)外，卻是個「有氣的人」(案：庚辰本作「有氣的人」，在《紅樓夢校注》中則依甲辰本改爲「有氣的死人」，評點則又改爲「老實人」[1910]。筆者以爲應以原庚辰本之「有氣的人」爲是，可譯爲「有性氣之人」，因此本文將依此作論。)同時迎春亦是個連她自己都未能照管齊全，更如何去照管邢岫煙的人。迎春之性格實際上已因年事漸長而益發突顯，故對於之前王夫人曾令人請姑娘們來共飯時，只有探春、惜春兩個來了，迎春卻因爲「身上不耐煩，不吃飯」[1911]。雖然此反應或乃人情之常，但或亦可視爲是迎春早已有性氣表出之例，只是其方式溫婉不傷人罷了，故據此論之，對於 74 回抄檢大觀園事件中，迎春何以變得冷酷無情？似乎可順理成章的圓解，因此，當胡文彬於〈懦弱是她的性格〉一文中提及：「迎春性格上的懦弱在此暴露無遺。正是她性格上的懦弱導致了她人格上的不能挺立，進而在人的感情上冷酷。」[1912]性格與人格在今日實已通用無別了。性格懦弱不能挺立，從邏輯上確實可說得通，但若說它造成「人的感情上冷酷」則說不通，因爲性格強悍者亦有冷酷無情的一面。

　　至於有關迎春的懦弱心怯，可從 73 回論起。同爲妾所出之女探春精明能幹，神彩秀發，且從 73 回之聚賭抓賭至 74 回抄檢大觀園事件中，不但再現迎春與探春間同喜同怨之情誼外，更同時顯現出迎春與惜春素日不易被察覺之性格特質。在 73 回之聚賭抓賭事件中，查出一群人時，其中三個大頭

太太去才是。」(頁 1145)又探春接著道：「我且告訴你，若是別人得罪了我，倒還罷了。如今那住兒媳婦和他婆婆仗著是媽媽，又瞅著二姐姐好性兒，如此這般私自拿了首飾去賭錢，而且還捏造假賬妙算，威逼著還要去討情，和這兩個丫頭在臥房裏大嚷大叫，二姐姐竟不能轄治，所以我看不過，才請你來問一聲：還是他原是天外的人，不知道理？還是誰主使他如此，先把二姐姐制伏，然後就要治我和四姑娘了？」(頁 1145)

[1910] 在《紅樓夢校注》57 回中，依甲辰本改為「有氣的死人」，見頁 900。
[1911] 同前註，第 35 回，頁 537。
[1912] 見《紅樓夢人物談》，頁 57。

家之一者，乃迎春之乳母。迎春自覺沒意思，黛玉、寶釵、探春等則以為會「物傷其類」，於是向賈母討饒，但賈母仍堅持拿一個作法以「殺一警百」。當迎春之母邢夫人來時總難免責問之，二人之對答中更顯出迎春之心活面軟：「迎春低著頭弄衣帶，半晌答道：『我說他兩次，他不聽也無法。況且他是媽媽，只有他說我的，沒有我說他的。』邢夫人道：『胡說！你不好了他原該說，如今他犯了法，你就該拿出小姐的身分來。他敢不從，你就回我去才是。如今直等外人共知，是什麼意思。再者，只他去放頭兒，還恐怕他巧言花語的和你借貸些簪環衣履作本錢，你這心活面軟，未必不周接他些。若被他騙去，我是一個錢沒有的，看你明日怎麼過節。』迎春不語，只低頭弄衣帶。...『只有你娘比如今趙姨娘強十倍的，你該比探丫頭強才是。怎麼反不及他一半！誰知竟不然，這可不是異事。倒是我一生無兒無女的，一生乾淨，也不能惹人笑話議論為高。』」[1913]邢夫人雖非迎春之生母，亦不曾養過迎春，然其心中實或仍有某種程度關心迎春，從之後邢夫人聽到迎春死了，也哭了一場，可見真情。不過邢夫人此時或因掛不住面子而前來叨說，或亦祈警示迎春應以主人身分轄治僕人及警惕迎春有可能被騙之虞，或藉此聲明自己不作支援及擔護，此可從迎春婚後回娘家哭訴小住時，邢夫人之表現為憑證：「邢夫人本不在意，也不問其夫妻和睦，家務煩難，只面情塞責而已。」[1914]同時邢夫人更以迎春與探春之精明作比較，既具激將意圖，又欲借子孫之懦弱直指出與迎春母親之間，實有嫡庶高下之分。

嫡庶爭鬥在《紅樓夢》中曾以多種形式表出，賈家、薛家均有之。儘管陰陽相隔，王夫人與趙姨娘之不卯，竟延續至趙姨娘過世後。一次賈環、賈赦及王仁等趁賈璉不在之機，欲賣嫁巧姐，王夫人獲悉此事後，竟因不恥賈環之所為而口誅已過世之趙姨娘：「趙姨娘這樣混賬的東西，留的種子也是

[1913] 見曹雪芹 高鶚原著　馮其庸等校注《紅樓夢校注》，第 73 回，頁 1140-1141。
[1914] 同前註，第 80 回，頁 1278-1279。

這混賬的！」[1915]而此處邢夫人警告迎春之口氣，亦似王夫人一般地連帶嘲謔早已過世的迎春之母，或許是在為自己無子之憾找台階下，只是迎春的低調行事，一再低頭弄衣帶之扭捏行為中確實不見貴族千金之威嚴、魄力與氣象，但或許亦因此反令二人之間產生強弱翕和之效應而不曾尖兵對壘。一個被寶釵勘透無法照管好自己的迎春，既無法管理他人，更何況是束約自己之奶母了，因此其他媳婦口中述及之迎春性格，雖不比三姑娘伶牙利齒，但卻是個「老實仁德」之人。一個被女僕人繡桔稱為「臉軟怕人腦」[1916]的迎春，在賈家子女中，對長輩禮敬謙誠之程度顯與元春同，不但崇敬奶母，亦不違逆邢夫人，不似寶玉確曾因茜雪將其所泡之茶送給奶娘喝，而背地盛怒。

　　另從其與繡桔對話，並處理奶娘偷走攢珠纍絲金鳳去聚賭之事中，更可看出迎春性格之微隱處：「迎春道：『何用問，自然是他拿去暫時借一肩兒。我只說他悄悄的拿了出去，不過一時半晌，仍舊悄悄的送來就完了，誰知他就忘了。今日偏又鬧出來，問他想也無益。』繡桔道：『何曾是忘記！他是試準了姑娘的性格，所以才這樣。如今我有個主意：我竟走到二奶奶房裏將此事回了他，或他著人去要，或他省事拿幾吊錢來替他賠補。如何？』迎春忙道：『罷，罷，罷，省些事罷。寧可沒有了，又何必生事。』繡桔道：『姑娘怎麼這樣軟弱。都要省起事來，將來連姑娘還騙了去呢，我竟去的是。』說著便走。迎春便不言語，只好由他。」[1917]其實迎春並非是個全然不識人情者，但卻多以不惹事、不多事，甚至省事為前提，反由僕人反客為主地執意追討丟失之物，此或乃迎春遣理存情之道。在平兒及探春口中具有好性兒的迎春，其背後實仍有自卑陰影，與黛玉在賈家步步為營之某些心態相仿，更似趙姨娘與賈環一般，為了迎合貴族人際、順應嫡庶盈虛之運而消極對治，不過卻無趙姨娘之畏威與慕權之心理。雖在賈家表面上不見親戚僕人之

[1915] 同前註，第 119 回，頁 1778。
[1916] 同前註，第 73 回，頁 1141。
[1917] 同前註，頁 1141-1142。

敵意，且仍是個被眾人敬重之二小姐，然而迎春心中似乎仍覺處於孤島之中，因此不與之計較、能安逸過日，成了生活中之座右銘，故明知奶母偷攢珠纍絲金鳳，及奶母子媳王住媳婦賴說二姑娘使了他們的錢之事等，最終均作罷了事。只是迎春勸止不住情勢之發展，於是只得自拿了一本《太上感應篇》來看，表現若無其事之態，並當黛玉、寶琴、探春相約來安慰她時，更是倚床看書，若有不聞之狀，又對於探春之詢問爭論之事時，竟笑向奴僕們說：「小題大作」，且云：「…我也沒什麼法子。他們的不是，自作自受，我也不能討情，我也不去苛責就是了。至於私自拿去的東西，送來我收下，不送來我也不要了。太太們要問，我可以隱瞞遮飾過去，是他的造化，若瞞不住，我也沒法，沒有個為他們反欺枉太太們的理，少不得直說。你們若說我好性兒，沒個決斷，竟有好主意可以八面周全，不使太太們生氣，任憑你們處治，我總不知道。」[1918]迎春處理奶母之事與惜春處理入畫之事一般，均充滿「人懷獨善」之思，其中惜春更與閱讀道家太上老君(老子)之作品有關。中國民間流行因果論，表現於歷代之善書、治家格言或諺語中。《太上感應篇》原收於《道藏》中，宋真宗時命人刊刻，明清時續有刊印，被視為是道家之重要經典。全篇乃從聖賢發心，落於人際之中，極重視因果報應及勸善懲惡，更以之為「轉禍為福」之鑰。在《太上感應篇》中之名言為：「禍福無門，惟人自召；善惡之報，如影隨形。」[1919]實與《周易》：「積善之家，必有餘慶；積不善之家，必有餘殃。」[1920]、《廣弘明集》中之：「積善之家被餘慶於後世。積不善之家流殃咎乎來世耳」[1921]及《大般若涅槃經後分》：「善惡之報，如影隨形；三世因果，循環不失。」[1922]等，具有相同之宗旨。故迎春婚前較惜春稍溫和些，是個希冀適性消遙及對富貴名利淡泊者，不過

[1918] 同前註，頁 1145-1146。

[1919] 見蘭陵學了氏校編《太上感應篇訓註證》，頁 32-33。

[1920] 見《十三經注疏本　周易》，頁 20。

[1921] 見(唐)釋道宣撰　陸費逵總勘《廣弘明集》，卷 18，No. 2103，T52, p0223c。

[1922] 見《大藏經》，冊 12，No.377，頁 901。

婚後卻走不出情關，難逃情債，筆者將於下文中一一敘述。

(二)受虐心理與情關難過

　　在 74 回抄檢大觀園之司棋事件中，迎春丫環司棋被鳳姐與王善保家搜到男用物品：一雙男子的錦帶襪並一雙緞鞋，及一個同心如意並一個字帖兒，不但傳達司棋與潘又安之情意，亦預示著「未來二心相許」之悲劇情緣。當迎春被告知王夫人已賞了司棋之娘將司棋配人，於是司棋打點走路，當時迎春之反應有：「含淚似有不捨之意」[1923]、「因事關風化，亦無可如何了」[1924]，甚至當司棋求情於迎春，指望能「死保赦下」時，迎春卻「語言遲慢，耳軟心活，是不能作主的。」[1925] 又當聚賭事件被探春揭發時，迎春的奶母犯了家規，賈母定要拿一個人作法，任誰亦無法阻擋，聚賭者均受罰，迎春並不願為其奶母說情。抄檢大觀園時，惜春之女僕入畫私藏一堆碎銀子，惜春亦堅持定要拿一人作法，自然入畫必須伏下家法，而迎春之女僕司棋私藏男人之物，迎春亦含淚表明立場：「我知道你幹了什麼大不是，我還十分說情留下，豈不連我也完了。你瞧入畫也是幾年的人，怎麼說去就去了。自然不止你兩個，想這園裏凡大的都要去呢。依我說，將來終有一散，不如你各人去罷。」[1926] 迎春一如惜春和黛玉一般，在賈家中危機意識深濃，因此自保才是機要。僕人與之雖有情緣，但卻非親人，故對司棋請求替她說情一事，迎春雖含淚答應「放心」，並請繡桔遞予司棋一個絹包，不過此舉對司棋而言，卻僅是安慰補償心理而已，或說迎春雖真心，但亦客套。因司棋已被攆出榮府，迎春還能做什麼？迎春在絕情的表現中，實仍可看出是個有性氣之人，

[1923] 見曹雪芹　高鶚原著　馮其庸等校注《紅樓夢校注》，第 77 回，頁 1211。
[1924] 同前註。
[1925] 同前註。
[1926] 同前註，第 73 回，頁 1145。

且對自己護色有方。

迎春之婚姻是一樁不被看好的姻緣，在其清白靜淡的一生中，因父命嫁予了孫紹祖。孫紹祖乃大同府人氏，「祖上係軍官出身，乃當日寧榮府中之門生，算來亦係世交。如今孫家只有一人在京，現襲指揮之職，此人名喚孫紹祖，生得相貌魁梧，體格健壯，弓馬嫻熟，應酬權變，年紀未滿三十，且又家資饒富，現在兵部候缺題陞。」[1927]按理孫紹祖相貌堂堂又善射御，與賈家均是鐘飲豪門，或可匹敵，故賈赦以世交且人品相當之故而擇爲東床快婿，然而賈母則並不十分稱意，賈政亦憎惡孫家，以孫家非詩禮名族之裔，亦反對之，不過勸諫賈赦無效後，於是一樁不受大多數人看好之婚姻，必陷坎壈之運。另《紅樓夢》中僅英蓮與薛蟠、賈寶玉與薛寶釵、賈璉與尤二姐，及襲人與賈寶玉、蔣玉菡間之婚嫁過程或婚後生活情態(或指發生性關係之後的生活情態)，被精細描述，其餘作者均一筆帶過。賈家四姊妹中，除了惜春出家外，探春遠嫁海疆被輕描淡寫，迎春與元春之婚緣，則反成了作者雕繡之要點，不過較之前四者，卻仍顯得單薄疏略。

迎春婚後，從當初爲首聚賭的奶娘說出其遭到不幸及日日受煎迫之苦：「孫紹祖甚屬不端，姑娘惟有背地裏淌眼抹淚的，只要接了來家散誕兩日。」[1928]入畫、司棋均因過被攆，惟迎春之奶娘被寬恕，之後更追隨迎春陪嫁至孫家以爲「媵婢」，故對迎春之情事瞭如指掌。當迎春回娘家散誕後，奶娘揭發了新婦無法適應新婚生活之苦，而迎春亦只好向王夫人哭訴有關孫紹祖之惡性及夫妻二人之情爭，說孫紹祖「一味好色，好賭酗酒，家中所有的媳婦丫頭將及淫遍。略勸過兩三次，便罵我是『醋汁子老婆撐出來的』。又說老爺曾收著他五千銀子，不該使了他的。如今他來要了兩三次不得，他便指著我的臉說道：『你別和我充夫人娘子，你老子使了我五千銀子，把你準折賣給我的。好不好，打一頓撐在下房裏睡去。當日有你爺爺在時，希圖上我

[1927] 同前註，第 79 回，頁 1260。
[1928] 同前註，第 80 回，頁 1275。

們的富貴，趕著相與的。論理我和你父親是一輩，如今強壓我的頭，賣了一輩。又不該作了這門親，倒沒的叫人看著趨勢利似的。』」[1929]王夫人聽完卻只能解勸：「『…我的兒，這也是你的命。』迎春哭道：『我不信我的命就這麼不好！從小兒沒了娘，幸而過嬸子這邊過了幾年心淨日子，如今偏又是這麼個結果！』」[1930]聘禮聘金乃古代婚嫁之重要備禮，以其重在誠敬慎心，不過在迎春口中所傳述的夫君孫紹祖卻不但集酒色淫賭於一身，更將此椿婚姻視爲是「買婚」，故當聘金與賣身契畫上等號時，必毀夫妻大義，其心中對迎春之鄙視溢於言表，同時孫紹祖首次出現欲打人之「語言恫嚇」，婚姻悲劇勢將一觸即發。

　　孫紹祖之祖上係軍官出身，乃當日寧榮府中之門生，按理對賈家更應知恩酬報才是，然而孫紹祖卻仗著財勢荒淫逼人。迎春所誤嫁之中山狼，似一匹在明·馬中錫《中山狼傳》中被東郭先生拯救後，卻欲啖食東郭先生的忘恩負義之狼[1931]。迎春從單身至爲人新婦後，陡然落入一個結合經濟、政治與世交之契約宿命中，除了早已喪失以心制情之自由擇偶權外，更須適應新婦情境(situation)，然夫妻情緣無端被淫佚行爲及一群婢女所取代、侵犯後，貴族千金所遭受之心境挫折，已然成形，不過其肯主動勸諫夫婿二、三回，卻又有別於在賈家時之扭捏，故嚴格論之，迎春仍是個有性氣之人。孫紹祖則是個人格特質有極端缺陷者，諸如道德淪喪、自制力低落及不成熟等，或許淫蕩乃其天賦秉性，或是一種當代富豪之普遍習染，或亦可能是一種攻擊行爲，藉著一再重演之淫婢事件作爲污辱與挑釁迎春之手段，以達其宣洩意念中不滿賈家「貪圖富貴」之反撲，而迎春卻必須承受當代文化規範之歧視、社會制度之不平等及女性經濟弱勢，或說是賈家經濟弱勢之實。一個淨白女子匹配一位淫穢軍官，正邪白黑之間，終究無法調和。雖然雙方家族對

[1929] 同前註，頁 1278。
[1930] 同前註。
[1931] 見陳萬益等編《歷代短篇小說選》，頁 190-195。

此椿婚姻均有微言，然衡斠較之，實仍符合古代傳統中國重視家世背景及社會地位相仿之門當戶對論，不過卻不太符合今日米契爾及赫特 Mitchel and Heit 所提出之「同質理論」(compatibility)：家世背景相當、社會地位及經濟能力之類似，兼具彼此生理的吸引力、溝通人格特質及對婚姻有高度承諾與期許…等[1932]，以致於一個早先已對此項婚緣不滿與憤恨者，其婚後之淫蕩行為，不僅是洩憤而已，更在於逞其男性威權及宰制女性之慾望。孫紹祖文過飾非的背後，不但將自己放縱之情慾合理化，更將之屈置於兩性尊卑之傳統價值定位中。迎春在夫家無法縱橫取勢，故只能以哭勸為之，但卻無濟於事；此種依境而生之「情緒反應」，亦可能是迎春婚後對其夫婿之「愛戀」及「自憐」的表達方式。

　　至於迎春回娘家訴苦與小住，實以「遨遊排解」為之，在園裏舊房子紫菱洲一連住了三日，眾姊妹等更加親熱異常，又在邢夫人處住了兩日，終算可暫時散誕，不過隨之而來的卻是夫家緊密盯人，派人急欲召回，類此者發生不下二次。在不敢違拗及忍情作辭賈家中，方見迎春深懼孫紹祖之嚴威及唯命是從之軟弱性格，或說是迎春遵服三從四德所致。迎春雖有些性氣，不過其懦弱之性格，從婚前婚後所發生之不悅事件中，仍有顯著的表現，故在夫家僅能欣然承命、沿捱度日。在第 81 回中，從賈寶玉之視角可以看出：「況且二姐姐是個最懦弱的人，向來不會和人拌嘴，偏偏兒的遇見這樣沒人心的東西」[1933]作者似乎仍在傳揚命運理論。固然回娘家小住，可一償對親人眼思夢想之願，不過惜春之求助與悲觀心念顯然更勝之，《紅樓夢》書中如是書寫惜春之心情：「還記掛著我的屋子，還得在，死也甘心了。不知下次還可能得住不得住了呢！」[1934]賈家中王夫人雖待迎春似親生一般，且比邢夫人更關心之，然迎春歸去後，王夫人亦僅能心傷嘆息、並籲迎春認命，不過

[1932]可參考彭懷真《婚姻與家庭》，第 2 章 「擇偶」，頁 30-31。
[1933]見曹雪芹　高鶚原著　馮其庸等校注《紅樓夢校注》，（頁 1283）
[1934]同前註，第 80 回，頁 1278。

此種希望卻與絕望一般，對迎春而言，均屬虛妄。在賈家被抄後，孫家勢利地規囿迎春不得回娘家沾染晦氣，看來迎春婚姻的不幸及無自由，與元妃雖思親，但卻因蒙受皇恩大典而帶給賈家的資財比較，實有天壤之別。即便之後賈政襲了職，孫家終允迎春探親，然而迎春再次悲訴時，卻因當時賈母一心欲為寶釵慶生而制止。賈家女性威權長者無法為迎春做主，男性威權長者不曾過問此事，且與孫家間並無任何調解管道，此或因賈家執持新婦須逆來順受及恪守「三從四德」之道德觀，或有陷入「禮之用，和為貴」[1935]之理想中，或亦有因賈家弱難敵強，果真無能為力，於是迎春正式被鎖固於婚姻火牢之中，而致萬劫不復。孫紹祖不但以淫亂折磨迎春之心神，更以跋扈的父權心態宰制(patriarchal control)迎春之行為，更有甚者，從王夫人口中又知其虐待迎春：「譬如迎姑娘倒配得近呢，偏是時常聽見他被女婿打鬧，甚至不給飯吃。就是我們送了東西去，他也摸不著。近來聽見益發不好了，也不放他回來。兩口子拌起來就說咱們使了他家的銀錢。可憐這孩子總不得個出頭的日子。前兒我惦記他，打發人去瞧他，迎丫頭藏在耳房裏不肯出來。老婆子們必要進去，看見我們姑娘這樣冷天還穿著幾件舊衣裳。他一包眼淚的告訴婆子們說：『回去別說我這麼苦，這也是命裏所招，也不用送什麼衣服東西來，不但摸不著，反要添一頓打。說是我告訴的。』老太太想想，這倒是近處眼見的，若不好更難受。倒虧了大太太也不理會他，大老爺也不出個頭！如今迎姑娘實在比我們三等使喚的丫頭還不如。」[1936]迎春的被虐，實較本書薛蟠篇章中所探討的香菱被薛蟠踢打事件，有過之而無不及。據美國華盛頓特區婦女虐待預防方案提供的資料(National Woman Abuse Prevention Project, Washington, D.C.,1991)，有關「家庭虐待」之定義：「即是一個人控制另外一個人的行為，包括身體上、精神上或情緒上、語言上等。在此，身體上虐待(physical abuse)可以從輕微的打巴掌到謀殺；情緒上虐待(emotional

---

[1935] 見十三經注疏本《論語・學而》，頁 8。
[1936] 見曹雪芹　高鶚原著　馮其庸等校注《紅樓夢校注》，第 100 回，頁 1544。

abuse)，則指情緒性的侮辱，如指責其配偶是一個醜陋的母親，以孩子作為威脅，或有吃醋、嫉妒的反應等。」[1937]故據《紅樓夢》之書寫分析，迎春確實遭受到「家庭虐待」中之行為被控制、精神虐待、語言虐待及身體上虐待等情事。由於書中未詳細描述迎春被毆後之情形或傷勢，故僅可推斷，此既可能是屬於「一般性的暴力」(normal violence)：「包括尋常可見的掌摑(打耳光)、推、擠和拍打。」[1938]或者甚至是「虐待性暴力」(Abusive violence)：「具有高度被打傷之可能性的活動，包括：用拳頭攻擊、踢、咬、使人窒息、毆打、開槍射擊、刺殺或者是意圖開槍或刺殺等行動。」[1939]迎春從出嫁至死亡間，必須面對一個共居、共財、共爨之孫紹祖時，以主動勸導作為宣洩不滿之情緒，算是一種溫和的理爭，但卻與其婚前在賈家時之行事極度低調略有不同。之後但見迎春軟弱的沿捱、妥協，卻不見其以機智研擬對策，甚至在應答賈母的關懷中，更一語成讖地預告自己之死訊：「老太太始終疼我，如今也疼不來了。可憐我只是沒有再來的時候了。」[1940]因此嚴格論之，迎春仍是個有性氣的人。之後迎春果真病死，無緣再次返回賈家小敘。夫妻共營百年身、同續百年情之憧憬，對迎春而言，僅是夢幻與空盼。

(三)小病及疑似細菌性肺炎

有關迎春之疾病問題，全書中僅提及二次：一次在 14 回中，作者以全視角敘述：「又有迎春染病，每日請醫服藥，看醫生啓帖、症源、藥案等事，亦難盡述。」[1941]迎春在賈家未出嫁時，作者未云其究染何病？筆者亦不敢

[1937] 同前註。

[1938] 見 Richard J. Gellels&Claire Pedrick Cornell 原著　郭靜晃主編　劉秀娟譯《家庭暴力》，第 1 章 「導論」，頁 18。

[1939] 同前註，頁 19。

[1940] 見曹雪芹 高鶚原著　馮其庸等校注《紅樓夢校注》，第 109 回，頁 1646。

[1941] 同前註，第 14 回，頁 217。

妄揣，之後迎春再出現時，已是個康健之人，並接受黛玉從父喪之葬歸來後所分送之紙筆。可見迎春僅是小病，無礙。迎春第二次生病，在第 109 回，遠在婚後，且事發突然，由門外一個探頭的婆子來報死訊。婆子道：「『姑娘不好了。前兒鬧了一場，姑娘哭了一夜，昨日痰堵住了。他們又不請大夫，今日更利害了。』彩雲道：『老太太病著呢，別大驚小怪的。』王夫人在內已聽見了，恐老太太聽見不受用，忙叫彩雲帶他外頭說去。豈知賈母病中心靜，偏偏聽見，便道：『迎丫頭要死了麼？』王夫人便道：『沒有。婆子們不知輕重，說是這兩日有些病，恐不能就好，到這裏問大夫。』賈母道：『瞧我的大夫就好，快請了去。』」[1942]畢竟祖孫同系，賈母病中心靜或能觀聽俗事，或亦因其與迎春心電感應而能預料不祥。迎春因婚姻生活困頓必致貌悴神傷，加之書中所云老婆子看見迎春：「這樣冷天還穿著幾件舊衣裳」[1943]，因此迎春可能因突發之悲傷情緒導致心情低落及有內科疾病未能妥善處理，而被痰哽住、病情惡化，最終或因急性肺炎而卒。因肺炎之痰量最多，可以是「細菌性感染」或「病毒性感染」。因細菌性感染之肺炎在古代中醫相關之病名為「肺癰」，在《諸病源候論·肺癰候》中有：「肺癰者，由風寒傷於肺，其氣結聚而成也。」[1944]病毒性感染之肺炎，在古代中醫相關之病名則有「肺炎喘嗽」[1945]。今日西醫內科中肺炎之主要徵狀為：「咳嗽、發熱、咳痰、胸痛和氣促。…典型的化膿性細菌性肺炎，如肺炎雙球菌肺炎，多在病毒上呼吸道感染後，突起寒顫，持續性發熱、咳嗽、咳黏液濃性痰，胸痛或胸膜痛。」[1946]且肺炎是「實質的炎徵，可遠及氣道遠端、呼吸性細支氣

[1942] 同前註，第 109 回，頁 1656。

[1943] 同前註，第 100 回，頁 1544。

[1944] 見筆者的醫學顧問林昭庚教授主編《中西醫病對照大辭典》，第 3 冊，第 8 章 「呼吸系統疾病」，頁 1076。

[1945] 同前註，頁 1060。

[1946] 見 Michael Gelder, Richard Mayou, John Geddes 原著，吳光顯等總校閱、陳俊欽等編譯《哈里遜內科學》，第 7 章 「呼吸系統疾病」，頁 1251。

管和肺泡單位。」[1947]由於一般病毒會造成黏膜破損、抵抗力降低，而較易併發「細菌性感染」，病程迅速，故迎春因「細菌性肺炎感染」，遠較「病毒性肺炎感染」而亡之機率更大。因此當外頭的人再傳話來時，已是：「二姑奶奶死了。」[1948]惡訊有如風雷迅至，對賈家而言，顯得極為突兀。迎春當時在孫家既鬧又哭，與在賈家時之不管事、仙風道骨之模樣大異其趣，似有婚後性氣大發之態，但之後便只能被虐被打、忍辱過活，可見其確實是個有性氣之人，不過卻是個性氣小的人。

淫乃萬惡之首，不僅擾亂社群和諧，更易殲毀夫妻情緣。可惜「多情自古空餘恨」，故作者云：「可憐一位如花似月之女，結褵年餘，不料被孫家揉搓以致身亡。」[1949]事實上迎春之死，夫家虐待是導因，而嚴重之內科疾病及孫紹祖未善盡夫責為妻延醫，致其身亡，才是主因。然而虐待與性虐待不同，性虐待是指涉及性器官方面的虐待，因此，聶鑫森《紅樓夢性愛揭祕》說「賈迎春死於性虐待」[1950]則不當；接著其又從中醫為論，說賈迎春死於「氣厥」：「患者由於氣素弱，又遇悲恐，從而氣逆，清窮閉塞導致昏厥。」[1951]筆者之前探討迎春的死亡原因時，透過病徵論述已論證極詳，而聶鑫森書中之說法僅是猜測而已，同時也忽略了對迎春其他病徵的說明，尤其是何以迎春會被大量的痰堵住氣道？脂評在 22 回迎春燈謎之下有：「迎春一生遭際，惜不得其夫何。」[1952]此正伏筆 109 回「還孽債迎女返真元」之宿命。

迎春雖是老實仁德、好性兒，又具委順從時之性格及溫婉氣質，但卻又有些性氣，婚前婚後之性格行為顯有異同，尤其嫁為人婦之後，在被虐的生涯中，從以哭鬧與孫紹祖抗衡後，又調適為忍辱負重之姿，在被痰堵住之後

[1947] 同前註，頁 1249。
[1948] 見曹雪芹 高鶚原著　馮其庸等校注《紅樓夢校注》，第 109 回，頁 1657。
[1949] 同前註，頁 1657。
[1950] 見頁 148-152。
[1951] 見頁 152。
[1952] 見陳慶浩編著《新編石頭記脂硯齋評語輯校》（增訂本），頁 448。

死亡，最終仍是情關難過。賈母與眾人所不解者：「二姑娘這樣一個人，為什麼命裏遭著這樣的人，一輩子不能出頭。」[1953]迎春無法渡過「否終復泰」之人生情境，或許此正是「好人歹命」的一個範本。

三、元妃之運命與痰氣壅塞

有關元妃的影射說，應可說是金陵十二釵之冠。周汝昌提出乾隆皇帝有一嬪妃為曹佳氏[1954]，牟潤孫則以為元妃影射康熙的敏妃[1955]，劉廣定《化外談紅》，「談元妃省親與清室皇妃的關係」中則針對牟教授之說反駁云：「元妃乃一虛構之皇妃」[1956]另在《高陽說曹雪芹》一書中有〈紅樓夢中『元妃』係影射平王福彭考〉[1957]，連王師關仕亦以為元妃是「曹寅長女的隱形」[1958]，劉心武亦以元妃打平安醮為說，認為是「打平安醮，打醮就是祈福，...那賈元春為什麼要在五月初一至出三安排去清虛觀打醮？...我發現，只有一個人生在陰曆五月，只有一個人生在陰曆五月初三，這個人不是別人，正是廢太子，就是胤礽。」[1959]但彭利芝卻以〈元春打平安醮逗漏什麼？──兼與劉心武先生商榷〉駁斥劉心武先生之說法，以為逗漏的只是「《紅樓夢》的悲劇主題以及我國民間打醮、端午節氣的民俗特徵。」[1960]究竟是否如此？相信此仍是未來紅學索隱派或考據派的研究重點之一。近年來索隱派的復活，劉

[1953] 見曹雪芹　高鶚原著　馮其庸等校注《紅樓夢校注》，第 109 回，頁 1646。

[1954] 見《紅樓夢新證》，頁 468。

[1955] 原見《明報月刊》，177 期。又見劉廣定《化外談紅》，「談元妃省親與清室皇妃的關係」，頁 457。

[1956] 見劉廣定《化外談紅》，「談元妃省親與清室皇妃的關係」，頁 460-461。

[1957] 原見周策縱編《首屆國際紅樓夢研討會論文集》，頁 141。又見《高陽說曹雪芹》，頁 111-136。

[1958] 見王師關仕《紅樓夢指迷》，頁 69。

[1959] 見《劉心武揭密紅樓夢》，頁 230。

[1960] 見《紅樓夢學刊》2006 年，第 1 輯，頁 151。

心武被認為是此波潮流之功臣。2005 年劉夢溪《紅樓夢與百年中國》便對索隱派有一系列之探討，或許我們也可以觀之，不過筆者此篇文章將從清朝典章制度論及元妃之官位，而後述及其個人之性格、情感及醫病問題。

康熙以後，清朝之典制大備，故皇室搜求秀女、選妃入宮多由皇親中之千金及三品以上官員之閨女中挑選而出，因此賈赦襲其父代善之爵、賈政被賜為主事、及領有公糧之皇商薛家，恐均備有三品以上之階。賈元春既為皇帝所欽選，除了美貌外，必有才德。元妃乃賈政嫡出之女且為宮中之高貴妃子，與寶釵二人均先後有幸受詔待選，可能均從選「秀女」[1961]起始，然而儘管《紅樓夢》書中人物一再讚嘆寶釵之姿容德惠，但寶釵卻仍是個落選者，連秀女均未及之，因此可見元春必有絕色之姿。作者以石榴花明喻元妃，必有專章雕藻，然其一生雖風光卻早夭，而其塑像為何？其性格又如何？實值分理。

作者首從第 5 回詩詞畫冊中之靈讖開場，借「榴花開處照宮闈 三春怎及初春景」鋪陳元春，故元春應非只是歐麗娟〈《紅樓夢》中的「石榴花」---賈元春新論〉中所云：「諭示元妃入宮，耀眼非凡之至尊地位」[1962]而已。《博物志》上記載，漢代張騫出使西域後「得涂林安石國榴種以歸」[1963]，

[1961] 見趙爾巽等撰；國史館清史稿校註編纂小組校註《清史稿校註》，第 10 冊，卷 221，列傳一中有關從康熙朝代以來之后妃制度，即有選秀女之事，頁 7663。另張愛玲《紅樓夢魘·紅樓夢未完》亦提及「寶釵是上京待選秀女的」（頁 22）。又在李希凡〈勘破三春景不長──《紅樓夢》藝境探微之七〉中則提及元春及寶釵進宮待選之職：「既然準備"待選""充為才人贊善之職"的薛寶釵，都是那樣才貌出眾，那麼，這位生在大年初一'這就奇了'"的賈元春，很早就"因賢孝才德"選入宮中作女官。」（見《紅樓夢學刊》，1993 年，第 1 輯，頁 183） 案：清康熙以後女官有皇貴妃一，貴妃二，妃四，嬪六，貴人、常在、答應無定數，並無「才人」之女官，因此李希凡此論中提及寶釵處恐有誤。

[1962] 見〈《紅樓夢》中的「石榴花」──賈元春新論〉之摘要，刊於《臺大文史哲學報》，第 60 期，2004 年 5 月及「野村」〈賈元春〉中云：「石榴花開在宮廷裏，喻元春的榮耀」（見網址：my.6to23.com/clyin/yyys/s26.htm 2004/4/17）

[1963] 見明·李時珍著《本草綱目》，果部第 30 卷，頁 1782。

即將原產於地中海沿岸波斯等地的石榴帶回中原種植，而今中國大陸棗莊嶧城之石榴園更處處可見紅英耀日，場景美不勝收。因而，此詩更可能是明諭賈元春之容貌豔照動人及未來之運途，故脂評云：「顯極」[1964]。而 16 回則是應讖之所指，另展元妃之才德。第 16 回中述及賈政生辰齊集慶賀之際，忽有太監宣賈政進宮，並由賴大轉述夏太監之言說賈元春才選鳳藻宮尚書，加封賢德妃之事。清·康熙時便有選秀女之規制，因此元妃當由秀女晉升。然而有關賢德妃之官名確實有疑問。在清朝之后妃制度中，皇帝的正嫡曰皇后，居中宮，以下有「皇貴妃一，貴妃二，妃四，嬪六，貴人、常在、答應無定額，分居東西十二宮。」[1965]因此，元春被封爲「賢德妃」，一如秦可卿死封龍禁尉之官名一樣，均是虛構。有關中國女官制發軔於周，形成於秦朝，自漢、唐、宋、元、明、清以降，歷代多有增損，但大體仍不離周制。秦孝公(西元前 4 世紀)以後對於立后和立太子已制度化；秦始皇統一中國後，定出了皇帝的正妻爲皇后、母親爲皇太后的制度，但秦始皇始終沒立皇后。《隋書》卷 36，列傳第一，后妃制度記載「煬帝時，后妃嬪御，無釐婦職，唯端容麗飾，陪從醮遊而已。帝又參詳典故，自製嘉名，著之於令。貴妃、淑妃、德妃，是爲三夫人，品正第一。」[1966]又《唐書》卷 76，列傳第一「后妃上」云：「唐制：皇后而下，有貴妃、淑妃、德妃、賢妃，是四夫人。」[1967]因此，此種虛構殆源於隋煬帝以來「三夫人」中之「德妃」，一品夫人之官銜，或可能是結合唐制中之賢妃與德妃而創出元春爲「賢德妃」之官名。另若果有如索隱派所言情節中人，具影射作用，則《紅樓夢》作者之虛構官名，適足以避開當代之書檢制度，以防政治迫害。

[1964]陳慶浩編著　《新編石頭記脂硯齋評語輯校》(增訂本)，頁 124。
[1965]見趙爾巽等撰；國史館清史稿校註編纂小組校註《清史稿校註》，第 10 冊，卷 221，列傳一，頁 7663。
[1966]見魏徵撰《隋書》，頁 2。
[1967]見宋祁撰《唐書》，頁 1139。

(一)多情重義、溫厚至孝

作者借官銜述說元春之榮耀後，假省親盛會拉進其與家人之長距，又從元妃之習性、喜好及多情，將其定位爲重恩義、慕懿德之人。離久親疏，人之常情，然作者藉由 76 回黛玉與湘雲對話得知，元春省親前曾授權由賈家題字，由賈政裁決之[1968]，以拉進彼此距離，但元妃或爲一時興起，題大觀園正殿匾爲「顧恩思義」、於更衣處匾額題字「體仁沐德」，而此些詞句均足以象徵其才德。「省親盛會」與「猜謎作詩」，乃作者重點素描元妃之心性與才情的專篇。其中「省親盛會」，乃借皇上體貼萬人之心，恩准賈妃盡孝慶元宵，以展現當代政治之懷柔面，更具倫理教孝之功，以符皇天后妃之德徵。部分學者視元妃爲「母神崇拜」之重要代表人物[1969]，此種在自然崇拜中類於地母之尊高地位，正足以烘托出賈家可因隆恩覓得榮寧府三里半大之地建省親別院，由一個老明公號山子野者籌畫建造之榮耀心態。當元妃回鄉省親進賈家後，於轎內觀景，見大觀園玻璃世界、珠寶乾坤等之裝飾構築，但因覺得賈家奢華過費而頗有微言，回鑾前仍不忘叮嚀節約，故知其應是個不尚虛飾且棄絕華綺之人。初次省親，元妃終解思親與鄉愁，不但情不自禁地滿

[1968] 曹雪芹 高鶚原著 馮其庸等校注《紅樓夢校注》，第 76 回中黛玉云：「實和你說罷，這兩個字還是我擬的呢。因那年試寶玉，因他擬了幾處，也有存的，也有刪改的，也有尚未擬的。這是後來我們大家把這沒有名色的也都擬出來了，注了出處，寫了這房屋的坐落，一併帶進去與大姐姐瞧了。他又帶出來，命給舅子舅瞧過。誰知舅舅倒喜歡起來，又說：『早知這樣，那日該就叫他姊妹一併擬了，豈不有趣。』所以凡我擬的，一字不改都用了。」(頁 1193-1194)

[1969] 見於歐麗娟〈《紅樓夢》中的「石榴花」——賈元春新論(在《臺大文史哲學報》，第 60 期，2004 年 5 月，四、「元春的母神地位」，頁 136-143)此文歐麗娟教授已輯於 2006 年由里仁書局出版的《紅樓夢人物立體論》中。又見劉繼保〈大觀園神話與母親原型〉，見「紅樓文粹」網站：

htttp://www.lezai.com/book/book/novel/jpsz/ShenHua.htm -17k-2005/04/14。

目垂淚，與家人嗚咽對泣，亦親搦湘管，擇最喜處賜名，如「有鳳來儀」賜名曰「瀟湘館」；「紅香綠玉」改作「怡紅快綠」，即名曰「怡紅院」；又賜名「蘅蕪苑」、「大觀樓」、「綴錦閣」、「蓼風軒」、「藕香榭」、「荻蘆夜雪」…等，並提一絕以展其詩才。同時元妃亦親閱題詠，評選優良。期間太監點了「豪宴」、「乞巧」、「仙緣」、「離魂」等四齣戲，元妃又令齡官作了「相約」及「相罵」二齣戲，此時其已浸沃於先後之題名構思、詩詞揮毫、琴音歌諧、天魔妙舞之賞鑑及與家人共享天倫之喜悅中。值得一提者，元妃當天贈金贈銀、賜禮送書等，散財給娘家及戲子，如致贈「賈母的是金、玉如意各一柄，沉香拐拄一根，伽楠念珠一串，…。邢夫人、王夫人二分，只減了如意、拐、珠四樣。賈敬、賈赦、賈政等，每分御製新書二部，寶墨二匣，金、銀爵各二只，表禮按前。…外有清錢五百串，是賜廚役、優伶、百戲、雜行人丁的。」[1970]元妃之仁德或可稱為小惠，家中無論大小、貴賤、主僕皆可均霑。元妃回宮後，因龍顏大悅亦再次贈予，甚至連之後賈母八旬之慶又贈送「金壽星一尊、沉香拐一隻，伽南珠一串，福壽香一盒，金錠一對，銀錠四對，彩緞十二匹，玉杯四隻」[1971]。以上元妃種種贈予之舉，或因孝心回饋，或為彌補天倫，不過均極體貼人心，又外間卻有諸多傳說，其中周瑞家聽到一件與元妃有關之謠言，適足以烘托元妃孝順謙敬之形象：「姑娘做了王妃，自然皇上家的東西分的了一半子給娘家。前兒貴妃娘娘省親回來，我們還親見他帶了幾車金銀回來，所以家裏收拾擺設的水晶宮似的。那日在廟裏還願，花了幾萬銀子，只算得牛身上拔了一根毛罷咧。」[1972]作者以街談巷語的方式，呈現出人性好偷窺與揣測之心理。傳言中的「親見他帶了幾車金銀回來」，確實仍有「部分寫實」，亦隱喻元妃之溫厚至孝，不過元妃從豪門貴族躍為王妃，入宮後角色漸趨神秘，而偷窺者之遠距觀想，卻又雜揉幻夢與誇大，

[1970]見曹雪芹　高鶚原著　馮其庸等校注《紅樓夢校注》，第 17-18，頁 280。
[1971]同前註，第 71 回，頁 1103。
[1972]同前註，第 83 回，頁 1316-1317。

其勢足以勾龍成龍，畫虎成虎，但總歸閒聊。

　　另作者於元妃實筆出場時，便特寫其與寶玉有如母子之特殊親情，且是個不違皇家懿範、喜作詩詞燈謎之雅人。或許「賞好生於情，剛柔本於性？」元妃回宮後，又命人送出一個燈謎讓娘家親人猜，而其於親幸大觀園回宮後，便命探春抄錄那日所有題詠，並親自編次。熱衷補撰《大觀園記》及《省親頌》，亦突顯出元妃是個「人在宮中，心在賈家」之人，故甲戌本 16 回四首總評云：「借省親寫南巡，出脫胸中多少憶惜(昔)感今」[1973]。元妃甚至擔恐大觀園被封鎖後，寥落蕭索，而令寶玉及幾個能詩會賦的姊妹進住之，雖具物盡其用之義，其實更是元妃之多情性格、疼惜家人及不願暴殄天物之心態表現。

(二)恩寵優渥與暇滿婚緣

　　有關元妃之婚姻問題，作者云皇帝體貼萬人之心，恩准賈妃省親盡孝，又云：「聖眷隆重」[1974]，故可知其備受恩寵。又賈妃能贈金送銀，乃展現其宮廷勢力與婚姻暇滿之成果。雖然嚴明於《紅樓夢與清代女性文化》中云：「朝廷既以婚姻結功臣，功臣亦以婚姻固權位。」而將之歸於「政治婚姻」[1975]，然而事實上書中並無任何述及賈母或是賈政夫婦有此政治聯姻意圖的文字，不過「人同此心，心同此理」，或許我們可以如此解釋：透過某些管道榮升高階，豈僅是升斗小民潛意識的渴望，更是貴族豪門的朝思暮想。在儒家孝親三步論中，元春乃賈家子孫中實踐立身、揚名、顯親最為榮耀者，此正是作者展演閨閣風光以與出家之賈寶玉及中試第一百三十七名之賈蘭

[1973] 見陳慶浩編著《新編石頭記脂硯齋評語輯校》，頁 278。

[1974] 見曹雪芹 高鶚原著 馮其庸等校注《紅樓夢校注》，第 95 回，頁 1478。

[1975] 見頁 86-87。

作一高下對比。石榴花又名「端陽花」[1976]，乃五月季節花中最耀眼者，故韓愈稱之爲「五月榴花照眼明」[1977]，正可明喻元春除了豔照動人、貌凌三春外，更是個權重宮妃，因此王師關仕《微觀紅樓夢》以爲元妃此時被封爲賢德妃時，是二十歲且爲五月天[1978]。筆者以爲五月天應是可信的，但二十歲則不知正確與否？《本草綱目·安石榴》記載石榴可染黑髮，即所謂「捻鬚令黑」及「榴花鐵丹」之黑髮內服方[1979]也；又仲夏有「榴花紅勝火」之俗稱，同時古人亦用「天中五瑞」：菖蒲、艾草、石榴花、蒜頭和山丹來去除各種毒害[1980]，故石榴不但具醫藥功能、觀景實用，亦具民俗療效。中醫所謂石榴花具「拔白染黑」之「回春功效」，正象徵著元妃在末代賈家曾有振衰起弊之機，不過元妃的早逝，又令其隆寵的輝光，曇花一現。

(三)疑似「支氣管擴張」，合併其他併發症而卒

[1976] 見〈什麼是「石榴裙」？〉網站：
http：//tw.knowledge.tp.yahoo.com/question?qid=1004122401396 - 2005/03/19 及〈文學植物篇〉中有「端陽花」，即有石榴花之設問題目，其中指出「因五月疾病易流行，故將鬼王鍾馗封爲五月花神，畫像中、他耳邊插著一朵石榴花。」網站：www.dcsh.tp.edu.tw/Plant/li.htm - 9k -2005/04/20 端午節當天，家家戶戶在門楣兩側懸插艾草和菖蒲，有的還加上榕樹葉、榴花、蒜頭、山丹，稱爲「天中五端」。在〈端午節〉一文中又有： [山東省]…。臨清縣端午，七歲以下的男孩帶符（參 稽做的項鏈），女孩帶石榴花，還要穿上母親親手做的黃鞋，鞋面上用毛筆畫上五種毒蟲。見網站：*regatta.ilc.edu.tw/Regatta1999/ilan/festival/b234.htm - 38k –2005/4/17*
[1977] 見邱燮友、劉正浩注譯《新譯千家詩》，頁 313。案：一說《千家詩》云〈題榴花〉是朱熹所作，而邱燮友、劉正浩注譯《新譯千家詩》考證是《千家詩》誤植爲朱熹所作，見頁 313。
[1978] 可參考王師關仕《微觀紅樓夢》，頁 28 及《紅樓夢指迷》一五、「元春判詞再探」，頁 68。
[1979] 見明·李時珍著《本草綱目》，頁 1784。另有關黑髮內服方，在《本草綱目》中有「榴花，[主治]陰干爲末，和鐵丹服，一年變白髮如漆。」(頁 1785)
[1980] 《夢粱錄》中有：「五日重午節，…四圍以五色染菖蒲懸圍左右，又雕刻生百蟲鋪於上卻以葵榴艾葉花朵簇擁。」(頁 21)又可參考田哲益《細說端陽》，頁 93-94。

有關元妃之疾病，第一種說法，乃「以齡官隱寓元妃」，進而推論「齡官一定在 "伏元妃之死" 的乞巧中飾演了象徵元春的楊玉環」之失寵說[1981]，因有違文本，故無須辯駁。脂評僅云：「"長生殿" 中伏元妃之死」[1982]而後丁淦〈元妃之死——"紅樓探佚"之一〉於 1989 年提出元妃經歷了失寵——監禁——薨逝三個階段[1983]，並以為元妃因憂憤急難、灰心絕望而死[1984]。此乃丁淦之臆測，且與高鶚《紅樓夢》的續補本不同，因書中云元妃死於四十三歲，殆因其從《長生殿》之情節擴義衍申論斷所致；另事實上若無任何疾病也不可能死亡，故此種推論顯得有些荒謬。元妃雖茂德懿才，卻紅顏薄命，在周積明主編，子旭著《解讀紅樓夢》中提及「暗示她的命運的圖畫為『弓上香橼』，弓為兵器，象徵兵禍。」[1985]由於其理論僅遷就讖語而與書中之情節脫節，因而此種推論並不妥。至於張愛玲《紅樓夢魘》「 紅樓夢未完(之二)」中提及：「冊立后"聖眷隆重，身体發福"，中風而死，是續書一貫的"殺風景"，卻是任何續《紅樓夢》的人再也編造不出來的，確是像知道曹家這位福晉的歲數。他是否太熟悉曹家的事，寫到這里就像沖口而出，照實寫下四十三歲？」[1986]張愛玲的「元妃中風說」，亦完全無醫理之根據，故亦不可信。又陳存仁醫師〈紅樓夢人物醫事考　結束篇〉，以為元妃死於膿胸症，近似中醫所謂肺癰(即西醫之肺炎)[1987]，由於陳存仁本身即是醫師，如何檢視其過去所作之研究的正確與否，是本論文之研究重點。

　　筆者仔細釐清，《紅樓夢》書中有三次關於元妃之醫病敘述：其一是元

[1981] 見李小龍〈十二金釵歸何處？〉，刊於《紅樓夢學刊》，2002 年，第 1 輯，頁 294。
[1982] 見陳慶浩編著《新編石頭記脂硯齋評語輯校》，頁 347。
[1983] 見《紅樓夢學刊》，1989 年，第 2 輯，頁 181-197。
[1984] 同前註，頁 211。
[1985] 見頁 88。
[1986] 見頁 39。
[1987] 見《大成》1982 年 2 月 1 日，第 99 期，頁 11。

妃入宮後第一次生病，於是賈母、賈赦夫婦、賈政夫婦、鳳姐等更奉旨親丁四人進宮探視元妃病情，彼此間之互動雖短暫，卻仍表露出濃厚之親情與關懷，書中如此鐫寫：「『近日身上可好？』賈母扶著小丫頭，顫顫巍巍站起來，答應道：『托娘娘洪福，起居尚健。』元妃又向邢夫人王夫人問了好，邢王二夫人站著回了話。元妃又問鳳姐家中過的日子若何，鳳姐站起來回奏道：『尚可支持。』元妃道：『這幾年來難為你操心。』鳳姐正要站起來回奏，只見一個宮女傳進許多職名，請娘娘龍目。元妃看時，就是賈赦賈政等若干人。那元妃看了職名，眼圈兒一紅，止不住流下淚來。宮女兒遞過絹子，元妃一面拭淚，一面傳諭道：『今日稍安，令他們外面暫歇。』賈母等站起來，又謝了恩。元妃含淚道：『父女弟兄，反不如小家子得以常常親近。』賈母等都忍著淚道：『娘娘不用悲傷，家中已托著娘娘的福多了。』元妃又問：『寶玉近來若何？』賈母道：『近來頗肯念書。因他父親逼得嚴緊，如今文字也都做上來了。』元妃道：『這樣才好。』遂命外宮賜宴，…。」[1988]宮中宣進之機會不多，或以急事，或因病急召。按理應是賈家人問訊元妃玉體，但作者雕鐫之重點，卻全落在元妃關心賈家，如詢問賈母之安康、借寬慰鳳姐以關心賈家經濟，及對情同母子之弟寶玉曲為護懷，不但未訴及自己之病情，且談話中似乎亦無病態，反是一派關心。雙方在宮中短言對話與潛心諦聽，雖似官方文章，但仍可見元妃對原生家庭(family of Origin)[1989]的情深義重。元妃疾癒後，有幾個老公來賈家，帶著東西銀兩宣貴妃娘娘之命，因家中省問勤勞俱有賞賜，此仍是元妃之表德見情。其二在 86 回，作者藉薛蝌路間聽得賈妃薨逝之誤傳，伏賈妃之死。在《紅樓夢》書中尚有第 13 回秦氏託夢王熙鳳，第 69 回尤三姐託夢尤二姐，77 回晴雯臨終前託夢寶玉，及第 98 回黛玉淚盡夭亡後託夢寶玉自己欲回南邊去之心願等，共五回託夢類型之情節，均可以超心理學解之，不過賈母此夢所感應到之元妃卻與事實不符，然

[1988] 見曹雪芹　高鶚原著　馮其庸等校注《紅樓夢校注》，第 83 回，頁 1320。
[1989] 案：「原生家庭」乃指己身所從出之家庭，至少包括自己、父母和祖父母三代。

而夢中元妃之言卻烙下日後預言。另亦可從薛姨媽口中得知賈母此夢之原委：「只聞那府裡頭幾天老太太不大受用，合上眼便看見元妃娘娘。眾人都不放心，直至打聽起來，又沒有什麼事。到了大前兒晚上，老太太親口說是『怎麼元妃獨自一個人到我這裏？』眾人只道是病中想的話，總不信。老太太又說：『你們不信，元妃還與我說是榮華易盡，須要退步抽身。』眾人都說：『誰不想到？這是有年紀的人思前想後的心事。』所以也不當件事。恰好第二天早起，裏頭吵嚷出來說娘娘病重，宣各誥命進去請安。他們就驚疑的了不得，趕著進去。他們還沒有出來，我們家裏已聽見周貴妃薨逝了。你想外頭的訛言，家裏的疑心，恰碰在一處，可奇不奇！」[1990]元妃一而再地重複出現對賈家直言峻切、盡忠孝及播仁惠之形象，從之前省親時之簡樸告誠，至賈母夢中似秦氏臨終前託夢鳳姐持家續業之未雨綢繆的幻象，均極清晰。雖當時真正薨逝者乃周貴妃，不過卻因此種誤傳雜揉了賈母病中之擔憂及「日有所思，夜有所夢」之心緒，而形成了元妃臨終前對賈母之「託夢」幻象──一種超心理學所謂的借心電感應所產生之夢，亦是佛洛伊德夢學理論中之「潛意識的運作」，既具夢之虛幻特質，又借擬想而成之夢。事實上賈母夢中元妃之言，原是要符應第 5 回之讖語預言：「故向爹娘夢裏相尋告：兒命已入黃泉，天倫呵，須要退步抽身早！」[1991]然而由於元妃相告之對象舛誤---應是父母親而非祖母，且元妃實際並未死亡，因而或許此乃肇因於後四十回之續補者未能針對第 5 回之預言設構首尾相應之情節所致。另寶釵提及前幾年正月，外省薦了一個算命的說：元妃為飛天祿馬格，貴受椒房之寵，並云：「這位姑娘若是時辰準了，定是一位主子娘娘。…可惜榮華不久，只怕遇著寅年卯月，這就是比而又比，劫而又劫，譬如好木，太要做玲瓏剔透，本質就不堅了。他們把這些話都忘記了，只管瞎忙。我才想起來告訴我們大

[1990] 見曹雪芹 高鶚原著　馮其庸等校注《紅樓夢校注》，第 86 回，頁 1359。
[1991] 同前註，第 5 回，頁 91。

奶奶，今年那裏是寅年卯月呢。…」[1992]寶釵口中的象術之學，不但具神秘性，更具預言效果，因元妃之氣數早已浮現其中。其三是在 95 回述及元春之病卒。誤傳事件後，賈家再被宣進時，元妃已是個忽因痰塞而病重之人。作者更敘述元妃之病因、病徵及薨逝過程：「元春自選了鳳藻宮後，聖眷隆重，身體發福，未免舉動費力。每日起居勞乏，時發痰疾。因前日侍宴回宮，偶沾寒氣，勾起舊病。不料此回甚屬利害，竟至痰氣壅塞，四肢厥冷。一面奏明，即召太醫調治。豈知湯藥不進，連用通關之劑，並不見效。內官憂慮，奏請預辦後事。所以傳旨命賈氏椒房進見。賈母王夫人遵旨進宮，見元妃痰塞口涎，不能言語，見了賈母，只有悲泣之狀，卻少眼淚。賈母進前請安，奏些寬慰的話。少時賈政等職名遞進，宮嬪傳奏，元妃目不能顧，漸漸臉色改變。…稍刻，小太監傳諭出來說：『賈娘娘薨逝。』是年甲寅年十二月十八日立春，元妃薨日是十二月十九日，已交卯年寅月，存年四十三歲。」[1993]從元春之病徵觀之，與迎春極為雷同，不過元妃有病史而迎春則無。從元妃之前「時發痰疾」論之，其恐已有「支氣管性炎症」或「慢性支氣管炎症」之病史。在 Michael Gelder, Richard Mayou, John Geddes 原著、吳光顯等總校閱、陳俊欽等編譯《哈里遜內科學》，第 7 章「呼吸系統疾病」中云：「慢性支氣管炎是一種由於氣管和支氣管黏液產生過多，引起咳嗽、咳痰，每年至少持續 3 個月並連續二年以上發作的疾病。…單純性慢性支氣管炎是指以咳嗽、咳黏液狀痰為特徵者」[1994] 其中臨床上所出現之咳嗽、咳痰和氣急等症狀是值得注意的。古代中醫中與此病相關之病名為「傷寒咳嗽症」，在《症因脈治》中有：「傷寒咳嗽之因，時令寒邪，外襲皮毛，內入於肺，不得外伸，鬱而發熱，則肺內生痰，惡寒無汗，頭痛喘咳，而為傷寒咳嗽症矣。」

[1992] 同前註，第 86 回，頁 1359。
[1993] 同前註，第 95 回，頁 1478。
[1994] 見頁 1261。

[1995]因此元妃肺部之防衛機轉，從「時發痰疾」時，實已漸減弱，故一受風寒便引發宿疾而變成嚴重之痰氣壅塞，四肢厥冷而致薨逝。在今日內科疾病之診斷中，一般醫師會先做胸部 x 光檢查及痰液檢驗，由於元妃之痰多且病情迅速惡化，故有可能是因「支氣管性氣喘」(Bronchial asthma)急性發作，或「肺癰」（西醫稱之爲「支氣管擴張症」[Bronchiectasis]，或細菌性感染之肺炎）所致，筆者將深入討論之。

有關「喘症」，中醫《靈樞·五閱五使篇》云：「肺病者，喘息鼻張。」[1996]又《諸病源候論》亦云：「邪成於肺，則肺脹，脹則肺氣不利，肺氣不利則氣道澀，故氣上喘逆，喘息不通。」[1997]中醫典籍中已明顯點出風邪造成肺部疾病及氣喘之因緣關係。現代醫學中則有更進一步之說明，在Michael Gelder, Richard Mayou, John Geddes原著，吳光顯等總校閱、陳俊欽等編譯《哈里遜內科學》中有「哮喘」(Asthma)之定義：「哮喘，是一種以氣管-支氣管樹對多種刺激反應增高爲特徵的氣道疾病。哮喘在生理上表現爲廣泛氣道狹窄，可自然或經治療後緩解；臨床上表現爲陣發性呼吸困難、咳嗽與哮喘。它是一種急性發作與無徵狀間歇相間的發作性疾患。」[1998]至於「支氣管性氣喘」急性發作，是指：「典型發作時間較短，持續數分鐘至數小時。發作後患者臨床上似乎完全恢復，然而病人在發作後一段時間內可能有氣道阻塞感，此階段臨床徵狀可較輕，伴或不伴再次發作；亦可表現較重，伴嚴重氣管阻塞達數天或數週以上，即所謂哮喘持續狀態。」[1999]另有關中醫中的「肺

[1995]見筆者的醫學顧問林昭庚教授主編《中西醫病對照大辭典》，第 3 冊，第 8 章 「呼吸系統疾病」，頁 1063。

[1996]同前註，第 1 冊，第 2 章 「腫瘤」，頁 394。

[1997]同前註，第 3 冊，第 8 章 「呼吸系統疾病」，頁 1068。

[1998]見第 7 篇 「呼吸系統疾病」，E.R.Mcfadden, Jr., 「哮喘」'Asthma,'，頁 1233。又見 Edited by Kasper, Braunwald, Fauci, Haucer, Longo, Jameson, *Harrison's Principles of Internal Medicine, 16th* edition. E.R.Mcfadden, Jr., 'Asthma.'2005:236;1508.

[1999]同前註，第 7 章「呼吸系統疾病」，頁 1235。又可參考紫錫慶、杜永成《內科學》，

癰」之疾，在《諸病源候論·肺癰候》中有：「肺癰者，由風寒傷於肺，其氣結聚而成也。」[2000]其中之風邪，仍是造成肺部疾病(或指今日西醫之支氣管擴張症)之因。至於今日西醫之論點，在Michael Gelder, Richard Mayou, John Geddes原著，吳光顯等總校閱、陳俊欽等編譯《哈里遜內科學》中有「支氣管擴張症」之定義：「支氣管擴張是指一個或多個支氣管發生永久性異常擴張。任何氣道管腔及相應管壁的持續炎徵病變致纖毛上皮和黏膜下層破壞、彈力及肌肉組織變性，結果含軟骨環的氣管——支氣管均可發生擴張。如患者出現慢性咳嗽及排大量黏痰，或膿性痰黏液，或反覆發生瀰漫性或侷限性支氣管肺感染，尤其伴復發性鼻竇炎和中耳炎，應考慮支擴可能。」[2001]從表徵上看，「支氣管擴張症」之痰較黏稠且量多，相對的「支氣管性氣喘」之痰較少。由於元妃生前並無氣喘舊疾，病重時不僅「痰氣壅塞」，甚至於「痰塞口涎，不能言語」，故元妃因「支氣管性氣喘」急性發作之可能性低，反而較可能是因「支氣管擴張」合併其他併發症，造成呼吸困難、衰竭而卒[2002]。事實上在元妃病情發作厲害時，臨床病徵必然會併發呼吸急促或困難，而小說中作者此處可能與處理迎春臨終前之病徵一般，僅做重點敘述，而略

第 4 節「支氣管哮喘」，頁 20。

[2000] 筆者的醫學顧問林昭庚教授主編《中西醫病對照大辭典》，第 3 冊，第 8 章　「呼吸系統疾病」，頁 1076。

[2001] 見第 7 篇「呼吸系統疾病」，HeberT Y. Reynolds/Richard k. Root, 'Bronchiectasis'，頁 1255-1256。另在筆者的醫學顧問林昭庚教授主編《中西醫病對照大辭典》，第 3 冊，第 8 章「呼吸系統疾病」亦有「支氣管擴張症」之病徵：「支氣管及其周圍組織的慢性炎症損害管壁，以致支氣管發生擴張和變形，多見於兒童和青年，通常伴隨有感染的發生。主要症狀有慢性咳嗽、咳濃痰和反覆咳血。」(頁 1076) 又見 Edited by Kasper, Braunwald, Fauci, Haucer, Longo, Jameson, *Harrison's Principles of Internal Medicine, 16th*, Stven E. Weinberger, 'Bronchiectasis'2005:240;1541. 又可參考紫錫慶、杜永成《內科學》，第 4 節「支氣管哮喘」，頁 44。

[2002] 可綜合參考謝博生、楊泮池、林肇堂、李明濱 《一般醫學　IV/V 疾病概論》上冊，第 2 章　「感染症」，頁 68-78。及 Michael Gelder, Richard Mayou, John Geddes 原著，吳光顯等總校閱、陳俊欽等編譯《哈里遜內科學》，頁 1255-1256。

去其他枝節。另元妃之前的痰症，亦有可能是慢性肺癆，然而由於元妃體態豐腴，在內科肺癆症典型病徵中，應會有發燒與消瘦等情形，但元妃均無，故元妃得到肺癆的可能性亦較低。總此論之，陳存仁醫師之研究成果：元妃因「肺癱」而卒（西醫稱之為「支氣管擴張症」[Bronchiectasis]，或細菌性感染之肺炎）是可參考的，但其未能將元妃「時發痰疾」之病史列入思考，實是可惜的——指元妃恐於先前已得了「支氣管性炎症」或「慢性支氣管炎症」。張乃良在〈紅樓夢中的死亡氣息與死亡內蘊〉一文中指出，在《紅樓夢》全書中貫穿、籠罩了整部小說的是濃烈的令人窒息的死亡氣息。[2003]但筆者以為雖然部分的紅樓要角相繼過世，不過由於《百廿回本紅樓夢》之篇幅長，全書又多線穿插，因此，所謂「濃烈的令人窒息的死亡氣息」，其實是被掩蓋在富豪的威權，及從奢華至落敗的描述下產生的。

至於元妃究竟死亡於何時？一般學者以為元妃之死，「肯定在賈府抄沒事敗之前」，此應無誤。由於第5回中元春之詩詞讖語為「三春爭及初春景？虎兕相逢大夢歸。」[2004]其中「虎兕」在甲戌、蒙府、戚序及舒序本原作「虎兔」，因甲戌本最早，故應以虎兔為確，以便前後一致伏脈元妃之薨日「寅年卯月」。然而元春之封妃及死亡之年歲一直備受質疑，苕溪漁隱〈癡人說夢(節錄)〉中以為元妃死亡時為三十二歲[2005]；另有多位學者以為元妃二十三歲封妃及死亡時之年歲，應是三十一歲[2006]之說。其實至今仍是無解。由於

[2003]刊於《寶雞文理學院學報》(社會科學版)，2002年，第22卷，第4期，頁52-56。
[2004]見曹雪芹 高鶚原著 馮其庸等校注《紅樓夢校注》，第5回，頁87。雖張永鑫〈紅樓夢元春判詞臆解〉從曆制與文字學上分析「虎兔」得元春為虎，秦可卿為兔。(見於《明清小說研究》，2004年，11月，第3期，頁99)，但畢竟不符文本之情節安排。
[2005]見《古典文學研究資料彙編 紅樓夢卷》，卷3，頁108。
[2006]張愛玲《紅樓夢魘》「紅樓夢未完(之二)」中提及：「元妃亡年四十三歲，我記得最初讀到的時候非常感到突兀。…元春寶玉姊弟相差的年齡，第二回與第十八回矛盾。光看第十八回，元春進宮時寶玉三四歲。康熙雍正選秀女都是十三歲以上，假定十三歲入宮，比寶玉大九歲。省親那年他十三歲，她二十二歲，冊立為妃正差

紅樓人物之紀年多半紛雜難辨,故筆者秉持能辨則辨的原則,不易辨析者,本文將不研討論述。

　　元妃高貴雍容、孝順謙敬及多情慷慨之形象,在省親盛會、猜謎作詩及賈母之壽慶中,可算是《紅樓夢》書中彩麗競繁之敘述。元妃性格溫淳敦厚、理性自治,出嫁後,雖養尊處優,卻仍能執持儉樸,婚姻暇滿。不過作者從元妃入宮後之生態論起,卻令其於聖眷中鬆懈,在安逸中薨逝,不但符應寶釵口中算命先生之預言,亦符合第 5 回中有關元妃之壽命告示,或許「人無雙美,必有一缺。」

四、結語

　　賈府之人物動靜,渾成了繽紛與凋零之小社會,其中作者所展演之閨閣風光,各具奇情。從絢爛至平淡、從在家至出家、從少女至貴婦之變化中,惜春、迎春與元春三人寫下有血有肉、有情有淚之悲喜人生。

　　《紅樓夢》作者將入佛求涅槃之惜春與賈寶玉,懸設為具有特殊之性格者。惜春除了孤僻廉潔外,另獨秉神慧、剛柔迭用,不過卻是個喜慍分情之人;其雖對窮通有命及姻緣前定等,信之不疑。然人性實難逃食色之惑,因此甚至連襲人、鴛鴦均曾為將來婚緣設想,晴雯亦曾於往生前深悔徒擔虛名,唯獨惜春不動情色。惜春渴望躍出方外,修清靜之教,然卻常慮動難圓,不過其「寧撞金鐘,不打破鼓」之人懷獨善的特質,卻始終不移。探求惜春

不多。」(頁 39)故張愛玲以為元妃薨之年歲為三十一歲。化蝶〈賈元春的生死〉中亦有三十一歲之說:「據八十六回所說:生在甲申年的正月,順推四十三歲,應當是丙寅年,今說甲寅年。若按甲寅推進,四十三歲當是壬申年,大錯了!據我的理想:應當存三十一歲,生在甲申年,死在甲寅年全對。就是她選入鳳藻宮時的歲數,也很相當。如照四十三歲死的往回推算,她選入鳳藻宮時是三十九歲,我看三十九歲的人已成了半老徐娘,又被選入鳳藻宮,我看不妥。照三十一歲來推算,入鳳藻宮時是二十七歲,似乎差不多了。」(見《紅樓夢研究希見資料彙編》(上),頁 334)

之入佛因緣，除了環境中無觸因、雜染外，或為滌除塵累、撫慰挫折與緩解焦慮，或為護維自尊，或因其他女尼之開示而憬悟。昔日惜春蘊釀習佛之寸陰已炅，在近乎瑰詭萬端之家變中，包括賈家之被抄、元春與賈母之過世、探春之出嫁，寶玉之失蹤等，因緣匯聚，可說是洽時合宜；對惜春而言，因已無榛荊之塞，無虎蛇之惑，故能超然躍舉而成為櫳翠庵之新主人。宗教信仰之終境是虛而能融，惜春從被壓抑之生命情境至掙脫入佛過程中，以身許道，以身試道之勇氣，應是不容置疑，且已漸進於內聖之路。

探春精明能幹，神彩秀發；同為妾所出之女迎春，在賈家卻是老實仁德、好性兒、委順從時，雖亦有些性氣，不過其懦弱心怯卻更為顯著，而其軟弱處並無以造就良緣，反是迫其行事低調於賈家及慘遭毆虐於孫府。迎春依境生情之哭勸，亦可能是對夫婿「愛戀」及「自憐」之表達方式。值得省思者，西方人之表現自我和獨自燦然與華人之依附家族和重視群體截然不同，故迎春雖仍有些性氣，但卻在賈家及孫府忍辱多時，以致於在賈家無法適時伸援及在孫家之棄置不顧下，導致最終極可能是因急性肺炎而卒。賈母曾悲傷感慨：「我三個孫女兒，一個享盡了福死了，三丫頭遠嫁不得見面，迎丫頭雖苦，或者熬出來，不打量他年輕輕兒的就要死了。留著我這麼大年紀的人活著做什麼！」[2007]迎春生於立春說，乃《堅瓠集》及《清嘉錄》的理論[2008]，不論此種推斷正確與否？姑不論証，但就「迎春」之字義而言，似乎應是迎向欣欣向榮之運，不過人各有命及世事難料，不正就書寫著迎春從在賈家之輝光至孫家受難致死之悲劇。

元春乃四姊妹中最具才貌與多情者，因此描述元春性格之溫潤和平，並非作者之重點；多情謙敬、孝順惜福，才是作者所欲烘托元春角色之目的。元妃性格溫淳敦厚、理性自治，於省親、猜謎作詩時，表現出盡忠孝、播仁

[2007]見曹雪芹 高鶚原著 馮其庸等校注《紅樓夢校注》，第 109 回，頁 1656。
[2008]可參考重逢〈賈府四個小姐的名字〉中提及「立春日迎春」（《堅瓠集》及《清嘉錄》），見《紅樓夢研究輯刊》，1980 年，第 3 輯，頁 212)

惠之形象；又其雖高貴尊寵，卻仍執持儉樸，並極重視原生家庭之情誼，是個「人在皇宮，心在家中」之人。對照於皇宮之苦悶與省親之愉悅，在思親與渴望天倫之夢碎後，元妃表面之成就輝煌，反顯虛空。作者從元妃身處賈家落敗時入宮之生態論起，因曾有一段時間時發痰疾，故恐已有「支氣管性炎症」或「慢性支氣管炎症」之病史，最終可能因「肺癰」，即西醫所謂之「支氣管擴張」合併其他併發症，造成呼吸困難、衰竭而卒。

　　在筆者此篇論文之研究中，有關賈家三春之性格、情感及醫病問題之關係，可說是息息相關。惜春之天眞與絕情、迎春之好性與無情，及元春之儉樸與多情，雖同一家族卻稟性迥異。不過由於惜春之孤廉性格，終於可以待時離塵、脫略世機、不爲浮累所縛，正式進入婚緣情滅之境，可說是個握瑜懷玉之人，從世俗眼光論之，「惜春」名字之象徵或譬喻處，或恐是在惜其年輕而出家，然而書中不言惜春有病，故筆者亦不論之。在迎春好性與無情之行事風格中，其實更顯其怯懦特質，以致於在婚姻中被虐，亦因此病篤而卒，此乃侯門千金之悲悽。至於元春則多情體貼且蒙聖恩寵，享盡榮華富貴，然其與迎春二人終究難逃「生關死劫」，不過元春之性格卻與其內科疾病無關。《紅樓夢》中豈僅是「勘破三春景不長」(惜春、迎春及探春)？初春亦然。在本文之研究中，其實惜春、迎春與元春生命中之輝光與褪色，盡在其生命之洽然處，此亦正是《紅樓夢》作者呈顯出貴族世家與人物之「繽紛與凋零」的主題。

附記：
*2004 年國科會贊助計劃之四
*2005 年通過審查/刊登於《龍華科技大學學報》/第 18 期/頁 197-234

拾玖 · 結　論

(Conclution)

*醫學顧問：魏福全醫師

　　一部在清朝被列為禁燬小說之《紅樓夢》，其作者及成書時間，至今雖仍有異說，不過卻依舊備受學術界重視，顯見其本質上必有可論性及複變性。本書乃筆者一系列的跨醫學領域之研究，突破一般學者對中國傳統古典小說之研究方法，期盼能釐清作者書中對人物特殊性格之描述、特殊情感之分剖及疾病問題之探索，以便建立筆者下一個專題研究有關紅樓人物醫病敘事之初圖。因此，對於本書中有關性格、情感及醫病問題之研究將綜論如下：

一、性格、宿命與遺傳因素

　　古希臘悲劇《伊底帕斯王》(Rex Eodipus)之主角伊底帕斯，以堅毅性格勇於對抗黛爾菲神殿(Delphi)中阿波羅神之「神諭」：「他將來會殺父娶母」，然在其極力擺脫宿命失敗後，卻須依自己所頒佈之法令，挖掉自己雙眼，將自己驅逐至立陶宛，以悲劇收場。《紅樓夢》中賈寶玉結局之出家亦展現此特質，遵守對黛玉之誓言：「你死了，我當和尚」。116 回「再遊太虛幻境之夢」中，寶玉恍然大悟於詩詞讖語之提示「十二金釵未來命運」，其實這便是一種「神諭」，其中既有性格素描，又有命運諭示，不過卻無關乎寶玉個人之未來。飛鳥各投林或許能總論賈家人被抄家後各有所終或所棲之遠景，但卻預料不到寶玉之出家。寶玉及其他人物之性格或有特殊處，而其天生性

怯似乎可從賈母之膽小處見出端倪，遺傳因素對人類性格之影響不僅見諸一般性格，亦見諸特殊性格中，此種關乎生物學之研究，仍是今日醫學界之重點研究之一。

性格與宿命問題早在古希臘悲劇中被掘發，在本書所選十七篇有關紅樓夢人物性格之研究中，具十大常見之特殊性格者有：賈瑞之反社會型性格、薛蟠之反社會型性格障礙、妙玉之孤僻與強迫型性格、惜春之孤廉型性格、林黛玉之孤潔自戀型性格、晴雯之被動攻擊型性格，及賈寶玉性格行爲乖僻，又具潔癖特質，同時又有同性戀期之同性戀行爲等。在社群中，人類必須學習守法、遵守道德律、勤奮努力、處理良好的人際關係及成爲有品德之人等，其目的是爲了達成文明人之目的，其中便涵蓋著個人之性格、認知、道德感與自律性，然而《紅樓夢》人物所呈現之特殊性格，除了具天生氣質外，更有異乎一般性格之行爲模式。以賈瑞之反社會型性格及薛蟠之反社會型性格障礙論之，二人有其肖似之處，除了行爲上無法符合社會標準、無法事前豫定、忘卻自身安危、無罪惡感外，尤其是薛蟠在與親人及其他人之人際關係間，顯較賈瑞更爲冷酷無情，故是較符合反社會型性格障礙症之臨床診斷者。《紅樓夢》中人物之性格自高崖岸者，有妙玉、惜春及林黛玉。在妙玉之孤僻與強迫型性格、惜春之孤廉型性格及林黛玉之孤潔自戀型性格中，皆顯現出不與人共之孤僻特質，且三人均具潔癖特性，恰可形成孤僻三類型。另值得注意的是在男女情感世界有潔癖者，乃鴛鴦，其不讓寶玉碰觸、不讓賈赦染指之保貞行儀，與妙玉、惜春及黛玉在性格上對實體物之潔癖，或怕被污穢事件牽累之潔癖，是不同的。至於晴雯之被動攻擊型性格，具易怒與嫉惡如仇之特質，在榮府賈家有著眩人眼目之表現。隨順運命或與命運奮戰，是人生兩極之維生態度，然而「賞好生於情，剛柔本於性」，因性情難以移易，故晴雯是個較難恃境而生之人，以致於其死因，實雜揉著性格與疾病之因素。

另在本書有關一般性格或行爲之研究中，筆者發現作者鋪排情節中人或

以獨處自省，或於人際互動中有人性深層心理之渴望、應對、彈壓、報復及委曲求全等方式表現，然而無論特殊性格或一般性格，追根究底，人類天生之稟賦，才是關鍵。科學家發現：「動物間爭鬥勝負的經驗可能可以改變牠的神經組織，進而影響其社會行為的確立」[2009]，而在人的社會中何其不然？人類在權勢角力中，為方便管理而劃分社會階級，在荀子〈君道篇〉中早有發明，而在衝突事件發生時，或有同性相斥妒害之情事，其中性格柔弱者，總被吞噬。尤二姐、鮑二家的成了王熙鳳展開妻妾鬥爭，或家庭外遇事件之犧牲品；香菱與夏金桂、寶蟾之間又何嘗不然，而趙姨娘雖有沒有算計與貪婪妒害之性格，卻因階級與環境情態之差異，而悄然與王夫人及王熙鳳間亦形成嫡庶傾軋之惡性循環。大自然塑造了許多殘癘者，其實是十分無情的，但在人類社會中，或有過之而無不及，否則《老子》書中就不會深刻體會到：「天之道，損有餘而補不足；人之道，則不然，損不足以奉有餘。」[2010]，故在妻妾共治中之妾或奴僕，多半是仿若物競天擇下之殘癘者。

此外，人性中亦同時存在著仇敵與友好關係，在《紅樓夢》人物之互動中顯現明晰。尤二姐之水性楊花與尤三姐之率性浪情，均因婚前失貞而以悲劇收場，二人雖有婚後之摯情，但卻難以扭轉「寧府除了門前兩頭獅子是乾淨的」的印象，其實在人際之對待中，以誠待人，處事為公，或謙虛為懷，乃最具中庸、理想之行事風格，而賢襲人之表現，正是此種貴德慎行之典型。又秦鐘之左強性格，從其姐秦可卿之口中得以認知，亦可從其於義學中執意

[2009] 周成功〈權力的滋味〉中云：「到了 1994.年，喬治亞州立大學的 Edwards 教授和他的研究生想起這個現象，決定用實驗來印證一下 Fricke 的假說是否成立。他們把兩隻小龍蝦養在一個箱中，讓牠們打架而決定出勝負，然後分別把勝負的龍蝦分開、解剖，取出牠們控制尾巴翻轉那條神經，擺在培養皿中培養。接下來加入 serotonin，看看它對這些神經反射的影響如何？結果發現 serotonin 可以增強優勝者的神經反射，但是對劣敗者的神經反射反而有抑制的作用。」見網站：http://lib.cnsh.mlc.edu.tw/science/content/1996/00040316/0004.htm (2002/09/12)
[2010] 見《帛書老子・今本老子》，第 77 章，頁 153。

要金榮道歉之倔強特質中窺知。從養生堂抱來之姐秦可卿及王熙鳳之性格，均極爲好強，不過較其他女性確實更具經濟頭腦。至於在賈母通泰的性氣中，仍有膽小性怯之處，故寶玉及迎春之怯懦，便可能是源於此種遺傳因子。又寶玉之癡情乖僻，惜春之天眞與絕情、迎春之好性與無情，及元春之儉樸與多情，雖均屬同一家族，卻稟性迥異，此即是人類性格之殊別相的展現。

　　佛洛伊德之人格理論(又稱冰山理論)，提出「我」的三種面相，實具眞知卓見。紅樓人物不論在性格表現或人際應對中，似乎應在本我、自我及超我之間取得平衡，才得融洽，不致觸法或違德。然而「超我」總是人生法則之高標，可企求，卻不易實踐，其主因或恐在於天生性格及個人之自制力的難以調節。因此，在本書之研究中，仍可見出人類性格之各種樣態。《紅樓夢》作者能將人物性格精準描述，有如照片一般之影像紀錄，將人物之互動狀態生龍活現，而非僅是個人主觀意識之闡述。雖然小說中之人物具有虛構之成分，但一部如此震撼人心、膾炙人口之作品，其之所以能鼓動天下者，乃在於人物刻劃之眞與誠，將世間「人性」做一合理反映、仿製，甚至達到理想化的創作。

二、處女情結及各種情感、婚姻問題

　　情感、婚姻問題時與社會文化價值勾扣，亦與道德倫理有所牽連。《紅樓夢》作者不僅重視女性角色在社群中之運作，更以意識形態主訴賈寶玉與甄寶玉重視未婚女兒性靈之純眞與肉體之潔白的「處女情結」，之後便述及其他各種情感及婚姻問題。在詹丹〈論紅樓夢的女性立場和兒童本位〉中亦云：「《紅樓夢》所具的強烈女性意識已是一個不爭的事實，但是，只有把它放在古典小說的背景中，這一意識的獨特性才更爲顯然。」[2011]小說的出版，確實具有強化社會議題之關鍵性。本書中有關特殊情感問題，以研究同性戀

[2011] 刊於《紅樓夢學刊》，2002 年，第 2 輯，頁 82。

情懷、自殺情潮與家暴虐妻事件為主，另及於一般情感問題，筆者亦將綜合論結。

就特殊情感問題論之，第 58 回中，作者雖提及藕官因扮小生而與扮小旦之藥官間，起坐恩愛，然此種因錯性扮裝的例子(The Instance of Cross Dressing)，是屬於反串所造成的混淆，或錯穿衣飾所誤導之混淆所致[2012]，不過由於書中之資料太少，故在本書中僅提及而不列入研究範疇。至於在本書所選之其他人物之研究中，可歸納為二種類型：一是佛洛伊德性心理發展理論中之「同性戀期之同性戀行為」，如在賈寶玉發了癡性與秦鐘間之同起同臥，及義學中之賈寶玉、秦鐘、香憐及玉愛等之眉目勾留，並說梯己話等屬之，或許在當代如此行為會被詬病，且被視為是同性戀行為，但以今日精神醫學論之，此雖亦類於「情境型之同性戀」，但並非今日精神醫學所謂之真正同性戀者，而在賈寶玉與蔣玉菡之間所發生之事亦然。二是薛蟠偶動龍陽之興，使得不少義學子弟被其鉤釣上手，然而由於薛蟠主動，其他學子被動，故薛蟠是個同性戀者自不待說，且是個具雙性戀傾向者，不過其他子弟則未必然。雖然依照書中之說法，被釣上鉤者是指有性行為者，但因無確切實據可證明他們均渴望與薛蟠發生性關係，故不可將之列為具同性戀之傾向者。其中唯一被懷疑即是當年義學中之「香憐」的柳湘蓮，由於再出現時，雖是個串場戲子，但書中卻無任何續發之同性戀行為敘述，同時從其與薛蟠相逢後對待薛蟠之態度論之，柳湘蓮亦非真正的同性戀者，雖然「香憐」可能曾是個具有同性戀期之同性戀傾向者。

另《紅樓夢》中，在筆者所選擇作為自殺個案之研究對象中，實均為一「情」字。林黛玉之絕粒，或可算是搏命之表現。書中或有為浪漫情愛犧牲的高尚情操，亦有受限於傳統婚姻束縛而殉命的苦命鴛鴦，但卻看不到重要

[2012] 女性主義強調的性別問題，近年來一再的被探討。本文部份思想參考杜立莫撰、陳界華譯〈文化唯物論女性主義與馬克斯人文主義〉，見於《中外文學》1983 年，第 21 卷、第 1 卷，第 8 期，頁 41。

的女性角色有像法國作家古斯塔夫・福樓拜(Gustave Flaubert, 1821-1880)《包法利夫人》一書中，描寫一個小資產階級的女性愛瑪因不滿夫妻平淡無奇的生活而通姦，最後身敗名裂，服毒自殺的悲劇[2013]，畢竟中西文化風習仍有其差異性。人類戀愛因素之一為「神經傳導素」(Serotonin)[2014]，當對象符合其愛情地圖時，痴醉死絕之情愛便一再上演。然而自殺之悲傷大不同，「儘管經過研究顯示，悲傷已被視為是一種普遍的現象，不過當死亡是肇因於自殺時，悲傷卻會以不同的形式出現。」[2015]人類除了企求生存本能外，情慾、尊嚴、理想及死亡之本能等更是環顧一生。尤二姐如此卑微、低聲下氣的行事風格，證明其早已知曉自己屈居劣勢之無奈。在尤二姐結婚後，多少總會有多一層顧慮，可能是多了另一個角色，同時也多了一份責任(指身為人妻之身分)，時間和空間彷彿是和其他人共用而不再專有。在其身處困境，自覺沮喪、無後路可退時，絕境中無法逢生而完全喪失了與命運對抗之鬥志，且不僅被鳳姐兒、秋桐所擺佈，更被自我心中的命定論所左右，在憤怨之下自殺身亡。至於尤三姐雖玩弄賈氏兄弟，其實何嘗不也成了貴族淫亂的對象，且尤三姐之自殺事件，是否感染尤二姐吞生金自逝？值得思考，不過二人最終均體悟到佛教「隨業受報」之理。至於張金哥、司棋、金釧兒、鮑二家的及鴛鴦則別有自殺因由，此五人均在極度悲傷、無人開導下出奇不意地自殺，其自殺之意念與動機或導因於負氣、受羞辱、顧全名節、思行極端、失落感、死忠死義、缺乏樂觀心態及可能因過度憂傷沮喪所引發鬱結之

[2013] 可參考古斯塔夫・福樓拜《包法利夫人》*Madame Bovary* 一書。

[2014] 見〈權力的滋味〉，周成功指出：「科學家發現的一種神經傳導物 Serotonin，透露出了關於『權力』的秘密。在小龍蝦（Crayfish）之研究中。當我們把兩隻小龍蝦放在一起，它們馬上就會舞起大螯，爭鬥起來，目的在比個高下以確定個人掌握的『領土』。一旦勝負已定，優勝者立刻高視闊步，檢視疆土；另一方面，失敗者則只會潛行在旁，避免再惹火了優勝者。」見網站：
http://lib.cnsh.mlc.edu.tw/science/content/1996/00040316/0004.htm -2002/09/12

[2015] 可參考蕊塔・羅賓森(Rita Robinson)著，胡洲賢譯《找回生命的答案——自殺者親友的重建書》「衝擊、震驚、悲傷何罪惡感——自殺的悲傷大不同」，頁 25。

症(即今日之憂鬱症)等所造成。書中除了鋪陳張金哥與守備之子對媒妁之言的極度重視外，司棋與潘又安之自由戀愛，亦潛行於榮府中，而鴛鴦對於男女情事顯得羞澀與自制，面對賈家三位威權者寶玉、賈璉及賈赦之因緣糾纏，顯見潔癖自制及軟硬兼施的頡頏之舉。作者最終對於為情殞命者之謳歌與對重視女性貞節一般，其實並無差貳。仔細分析張金哥、司棋、金釧兒、鮑二家的及鴛鴦等，其實均具衝動型行為，亦均屬當代社會傳統文化之紀實及反影，而守備之子及潘又安之「仿同自殺」，則又是一種感染情緒的表現。此外，此些自殺者顯然對於精神層面之痛苦遠大於生理之折磨，其中除了守備之子及潘又安為男性之外，其餘均為女性，若將此放大鏡置諸偌大之社會中，將是一為數可觀之自殺群體，且均以較暴力、不可逆且成功率高之方式殞身。就精神醫學之研究中，「對中國人來說，跳水或上吊是過去常被使用的古方法」[2016]，而在本書之研究中，大多數確實符合此項研究。《紅樓夢》中對於自殺者之心境敘述，通常不夠詳盡，且並無任何角色把自殺幻想當作是習慣與癮頭的[2017]。我們不清楚古代之自殺比例為何？但美國 2003 年官方統計，「男性自殺比例是女生的四倍。」[2018]不過自殺式的抗議，通常無法達到伸冤效果，反是在追尋報復過程中真正的了脫是什麼？才真是值得深思的。

其次論及有關家庭暴力的部分，在《紅樓夢》中有三處，均關乎妻妾制度、夫妻之和諧性及性生活之淫亂等。有關薛蟠之家庭暴力，其曾先後二次踢打香菱、以言語恫嚇香菱，而妻子夏金桂鬧事時，又曾於意念中想打不敢打金桂，之後又持棍欲打，持刀欲殺金桂，但卻都未下手。類此之情節，在

[2016] 見曾文星、陳靜《現代精神醫學》，頁 412。

[2017] 可參考蘇珊·羅絲·菩勞諾(Susan Rose Blauner)著，楊淑智譯《向自殺 Say No》中第 32 頁，提及有關自殺的幻想將有可能成為一種習慣和癮頭，而作者便以自己為例做說明。

[2018] 「自殺個案統計」：「三立新聞」，2003 年 6 月，三立新聞台，晚間 10:00-11:00 新聞。

王熙鳳撞破賈璉偷腥之事件中，亦再次發生；當時鳳姐為了鮑二家的事情哭鬧，賈璉亦曾持劍假意追殺王熙鳳，其實即使僅是恫嚇或假意追殺，在當場定然是驚心慟魄，驚險萬分。另有孫紹祖亦以言語恫嚇迎春及有毆打迎春之實，不過作者卻是一筆帶過，並未多費筆墨詳述，故嚴格論之，書中對於家庭暴力之著墨，其實並不多。

又就一般情感問題論之，甄賈二寶玉之「處女情結」，乃象徵當代傳統社會對待婦女之價值觀。賈寶玉情感世界中有最重要的三個女人：十二金釵中之知音黛玉、體貼入微之妾襲人及於寶玉得痴病時百照有至之寶釵，另又有意淫中之金釧兒、鴛兒、傅秋芳及同性戀期之同性戀傾向[對象包括秦鐘、香憐、玉愛及蔣玉菡]等，此或可視為寶玉未成親前之心性試練。在寶玉與黛玉間，作者保留了令人心羨的「純精神式之戀愛」，不但寶玉曾宣示若黛玉死了，自己將出家當和尚，而其果真未食言，而林黛玉更是一本癡情地，不但平日曾妒恨寶釵，即使瀕死時，亦在誤會下，純情地怨忿寶玉；二人均展現出矢志如一之情懷。至於寶玉與寶釵之關係，極可能是今日《民法》中親屬法部分的「姨表兄妹」被禁婚之對象[2019]，不過清代社會重視「親上加親」，甚至於民俗之「沖喜」，才是木石姻緣慘敗於金玉良緣之下的最大因素；而林黛玉之多心、體弱多病，起居飲食之貧乏等因素，其實更不利於古代之「選婦心態」，此均是賈母所長思者。「道德律」積極地在營造極善世界之藍圖，因此，有關妙玉之情感問題，作者巧設妙玉思春形象，從其出禪關後，面對寶玉時情竇初開之羞澀臉紅、打坐時之心跳不安、夢入搶婚之幻境，甚至最終落入被賊人掇弄而去之悲劇，作者雖曾跨越多回描述，卻仍能保持首尾一貫之主題敘事，著實不易。值得注意的是，妙玉雖入禪寂、慕禪寂，但卻無法真正了悟色空。另一人物賈瑞，具有「戀母情結傾向」，在《紅樓夢》

[2019]參考《最新六法全書》中「民法」，第 2 章 「婚姻」，第 983 條，頁 110。另可參考陳其南《陳其南得獎作品輯——文化的軌跡》(下冊)《婚姻、家族與社會》中「紅樓夢 VS.民法親屬篇」，頁 50。

一書中，是既唯一且獨特者。第 12 回中賈瑞對鳳姐「愛的凝視」與「微笑」，正是戀愛象徵，不過其缺乏倫德之行止，在傳統中國社會中，不但慘遭唾棄，更被他人口誅體罰。至於秦鐘與智能——「凡尼之戀」的暗夜情挑，乃《紅樓夢》一書中繼賈瑞之情愛素描後，另一較具情色之書寫，與賈瑞事件同為悲劇，其因乃是二人均違反當代之社會價值觀與風俗民情。另有關秦可卿之情感世界與賈蓉之婚姻生活，尚稱溫潤，至少為了秦氏之病，賈蓉依從父母之命對秦氏盡心盡力，故秦可卿雖有與賈珍淫喪天香樓之傳說，亦有難解的與寶玉之關係，不過前者在刪削過程中已然消失，而後者卻仍是個謎。但透過秦氏病重事件論之，寶玉隨同鳳姐過去探望秦氏的偶然，或許只是為象徵手法穿針引線，至於秦氏死亡時，寶玉從夢中噴出的一口血，或亦可以視為是對「理想對象之憑弔」的象徵。有關王熙鳳之情感世界，除了需面對一個心羨於她的賈瑞，作出了不動如山的情態外，並教訓了賈瑞一頓。至於對其夫婿賈璉之小妾平兒、偷腥對象鮑二家的及尤二姐之處事與反擊，既有小心翼翼地觀察應對，更有抓姦時驚掀鯨吼地大怒，而其與尤二姐妻妾共治時，更呈現了人性之奸詭妒害面貌。又賈母被形塑成一個轉愛且無欲之恩慈長者，在其轉愛過程中，有對子、孫輩之偏愛，亦有對已過世之賈敏心中的不捨，更因替重病之寶玉沖喜而顯現出其心中有內外孫之別，故其所表現出之偏愛寶玉、王熙鳳等，實勝於疼愛黛玉及寶釵。另在趙姨娘之小星情仇中，其情感世界之應對者，除了一個與其還算恩愛之夫君賈政外，與賈母間之婆媳關係，曾在寶玉瀕死前說錯話而被賈母痛罵一頓，但卻無其他婆媳不和之事。至於在妻妾對治與姻親對待中，則趙姨娘幾乎是生活在淒苦的承受與報復中，是一個與香菱一般，曾經歷練過妾身命舛者。另在賈家三姊妹中，惜春無任何姻緣可言，故最終須得伴於青燈古佛旁；迎春遇人不淑，故最終以出家為結局；元春則備受隆寵，但所有的輝光卻在病亡後褪色無蹤。

　　作者於紅樓人物之情感問題、婚姻對待及家族互動間，表達傳統婚姻與自由戀愛之差異，呈現出大家庭妻妾共治之困難度；同時「情緣有定」、「世

事無常」及「夢幻情緣」等主題，時或可見，不但見諸日常生活中，亦有透過「夢覺」手法見禪機者。

三、醫病綜論與生死之謎

疾病與苦難，往往是古今經典名著的重要主題，「契柯夫、毛姆、威廉斯、柯南道爾等人都以其醫學訓練爲背景，寫下無數深刻的好小說。」[2020]而《紅樓夢》作者因諳於醫學，故書中鋪陳了不少當代醫病之樣貌。《紅樓夢》中一些重要人物，在不同情節之延展中有命運順遂與乖舛之差異，除了前二單元綜論性格及情感問題外，本單元則偏重在綜論醫病過程與紅樓人物的生死之謎。從筆者以上十七篇人物探討之論文的歸納，約可分屬精神醫學、內科及婦產科之疾病，筆者將一一綜述之。

首論屬於精神醫學之疾病。紅樓人物具有特殊性格者，多半並非罹病，僅是一種異乎一般性格者之性格型態而已，其中唯有具「反社會型性格障礙症」之薛蟠，才被視爲是一種病態。早期精神醫學界對性格障礙之定義較嚴，在歐美國家除了需在醫院戒護治療慢性精神病患外，甚至包括反社會型性格障礙症者，均得在醫院接受治療，然「1960 年代去機構化運動(deinstitutionalization)之後，歐美各國開始走向社區醫療之路程」[2021]，不過在國內卻少有單純因病患具反社會型性格障礙症而入院治療者，大多因合併藥癮、酒癮問題至精神科治療時，才會被診斷出具反社會性格障礙症。由於在中國古今社群中，對於具特殊性格障礙症者，並不認定是一種疾病，故此些人仍有相當大之自由生存空間，即使在十八世紀《紅樓夢》成書之內容中，亦可見一斑。而在情感問題中牽涉精神醫學者，僅自殺事件部分，筆者已述

[2020] 見俞智敏編譯〈醫師多文藝　增進醫病關係〉，刊於《自由時報·國際新聞》2003年 5 月 25 日，星期日，頁 12。

[2021] 見李明濱主編《實用精神醫學》，第 32 章　「社區精神醫學」，頁 353。

之於前，不過真正屬於病態者，除了書中作者透過太醫云：尤二姐、林黛玉及賈寶玉得了「鬱結之病」、或書中云的「鬱陶之疾」外，亦僅有金釧兒及鴛鴦二人，不排除是因憂傷過度得憂鬱症而自殺，其餘均非屬於「情緒型疾病」。煩鬱之毒，侵入人心之易，在《紅樓夢》中其實仍可發現不少抽樣，除了尤二姐外，賈寶玉曾得痰迷之症、怔忡之疾及之後嚴重的痴傻，而林黛玉亦曾因得肺結核及憂鬱症而心情鬱悶，二人可能均曾因重度憂鬱症而有自殺念頭。

此外，幻覺、錯覺與見鬼之間，其實仍存在著思維空間。鳳姐的見鬼、賈瑞的幻覺、鴛鴦的見鬼及趙姨娘的見鬼事件，甚至本書中未作深入探討的賈珍與賈蓉的見鬼等，對未學過醫理的一般群眾而言，恐因對「幻覺」與「錯覺」不了解，而會以「見鬼」詮釋謠傳之。不過在本書之研究中，透過精神醫學之角度似乎均可將玄而又玄之奇境合理化地分類：如「錯覺」、「睡前幻覺」、「被混淆的夢境」及「暫時性之解離狀況」等，然而須注意者，各種鬼魅、幻象產生之背後，可能會背負著人性的愛憎、叛逆與恐懼心理，或者說是具有某種程度之精神或情緒的不安。

另有關《紅樓夢》中林黛玉之死、賈瑞、襲人及晴雯之病症等，根據書中之敘事，卻有令人驚駭或歷歷在目之咳痰嗽血之狀況。其實在《紅樓夢》書中得癆症者，除了林黛玉 32 回恐已得勞怯之症，而於 34 回又再次發作、晴雯亦得女兒癆外，可能尚有賈瑞、襲人、第 64 回多渾蟲因酒癆死了、80 回香菱得乾血之症(女兒癆)、110 回史湘雲之夫因肺癆而命在旦夕，及 117 回賈赦亦得癆症。然而在筆者此書之研究中，林黛玉之死，可能是因憂鬱症加重其肺結核之嚴重性而死亡；賈瑞則可能因肺結核病併發腦膜炎，產生器質性幻覺症而亡。至於襲人之咳嗽及晴雯之女兒癆，亦是作者刻意著筆之處。襲人「常因風寒而嗽中帶血」，此雖是一般風寒，但作者卻又說襲人又犯了吐血舊症，故綜合以上論之，「吐血症」或說「咳血症」，必是當代社會醫療網中之大病，以致于賈瑞、王熙鳳與黛玉均先後死亡，但襲人卻是《紅

樓夢》中因吐血或咳血(症)隕身而亡者的例外。然而在筆者從事此研究過程中，發現襲人應是咳血而非吐血，此可能是作者對此二詞之混淆。至於晴雯最終得了「女兒癆」後，可能又受風寒而亡，或得女兒癆後，可能又併發肺炎，加重病情死亡。又筆者發現癆症(肺結核或子宮結核)之傳染性高，當晴雯生病時，卻不見其兄嫂及賈寶玉與她保持一段距離，賈寶玉還扶著晴雯抖摟的身軀，近身接觸到晴雯，但卻未受傳染，連接觸林黛玉及賈瑞之紫鵑、雪燕、李紈及其他人等，亦未受感染，若依據今日內科學之理論，則可解釋為：此些人均有極強的抵抗力，或者說亦有可能是當代人無知於此種病的高度傳染性，故只能編撰此種情節。人類癆病之歷史是「遠在新石器時代的化石人和埃及的木乃伊就發現類似肺癆之病灶，直至亞理士多德時代才被視為具有傳染性」[2022]而公共衛生之受重視卻是在二十世紀的事(1920 年)[2023]。世界衛生組織(WHO)已明定三月二十四日定為全世界之結核日，可見結核病對人類生命之威脅仍不稍減，而《紅樓夢》小說所反映者，正是抗生素未發明前在中國大陸之癆症盛行之狀況。今日世界衛生組織(WHO)更嚴格規定：因法定傳染病往生者，須在二十四小時內被火化。王夫人火化晴雯之決定或為斷絕此病所帶來之不祥，或亦關乎當代可能將癆症死亡者視為具有恐怖且具有嚴重傷害之物，必須立即處理(晴雯曾笑稱自己豈會得了瘟病，而「瘟病」即是當世紀之「黑死病」)，否則在古代中國落葉歸根、重死返鄉之觀念下，土葬一直是傳統社會之風習，其中包括秦可卿往生後，先寄靈鐵檻寺再出殯，賈母與鴛鴦之亡亦然，即使包括家道貧寒的賈瑞，死後亦均以土葬為之。因此，晴雯之遺體送焚化場便是個例外，但晴雯與賈寶玉當時卻不具防病常識，故互換棉襖穿時，二人均毫無顧忌。

　　另亦有因其他內科疾病而卒者，包括秦鐘、賈母、王熙鳳及趙姨娘之醫

[2022]馬建中、何東燦、邱永年《中醫內科學·各論 I，呼吸系統疾病》，頁 114-115。
[2023]可參考李宇宙〈風蕭蕭的易北河──記德勒斯登德國的衛生博物館〉，在《醫師的意外旅程》中，並可參見筆者的《現代文學選析》，頁241-252。

病歷幻。秦鐘可能因感染症而進入離魂狀態，與賈寶玉、賈母及鳳姐等均曾因病重而陷入譫妄幻象，或稱之為夢境之中有所不同者，因秦鐘與鳳姐過程中均與世長辭，而賈母與賈寶玉卻病癒。鳳姐則可能因「腸胃潰瘍或疑似肝硬化合併食道靜脈瘤」產生大量出血後，歷幻返金陵，而賈母病癒一段時間後，卻又因疑似腸胃炎之病症而卒。在趙姨娘之暴病疑雲中，亦是《紅樓夢》中最具懸疑性的疾病之一。從精神醫學論之，趙姨娘被鴛鴦附身時，其實深具卸罪護己之功能，是一種「潛意識的渴望」——指人類清醒時，意識層所渾然不覺者——一種暫時的解離，而非精神疾病，但最終趙姨娘極可能因某種重大內科疾病之出血，且產生急性精神症狀而亡。而在重大內科疾病中，可以是「全身性紅斑狼瘡症」的表徵之一，不排除是因此而造成腦血管病變、肺部栓塞或心臟病而暴斃。至於迎春與元春姊妹則有近似之病徵，前者可能是---因急性肺炎而卒，後者則已有一段時間時發痰疾，故恐已有「支氣管性炎症」或「慢性支氣管炎症」之病史，最終可能因「肺癰」，即西醫所謂之「支氣管擴張」合併其他併發症，造成呼吸困難、心肺衰竭而卒。《紅樓夢》作者對於人物病情之分析，有詳有略。

另紅樓人物有婦科疾病者，除了鳳姐曾經小產、出血外，尤二姐亦因誤食郎中墮胎藥而大量出血昏厥，而因婦科疾病而亡者，則有晴雯與秦可卿。晴雯因女兒癆又受風寒而亡，或得女兒癆(子宮結核)後又併發肺炎加重病情死亡。對於秦可卿之婦科疾病，作者從其停經之徵兆述起，至其長期慢性病徵之敘述止，此皆可從今日婦產科中生殖內分泌的疾病可探究出的是「下丘腦閉經症」，最終導致生機受損而亡。

此外，筆者發現作者無論在前八十回或後四十回中，對情節中人之病徵描述與醫藥部分均有其貢獻處。前八十回中可能或確實得結核病之描述部分，包括賈瑞、林黛玉與襲人等，作者均以不同寫法呈現之；晴雯的部分更是婦產科中的「子宮結核」之另一種表現。以賈瑞病情為例，作者從急性病徵至長期慢性疾病之敘述極為詳實。仔細回溯《紅樓夢》成書之年代，至少

是在古抄本甲戌本《脂硯齋重評石頭記》乾隆 19 年(西曆 1754 年)，至程偉
元、高鶚續補《百廿回紅樓夢》之 1791 年及 1792 年以前，當時中醫雖無結
核症之病名，不過中國明、清時已有一些專治癆病之醫書，如《慎柔五書》、
《癆病指南》...等[2024]，且在清人陳其元《庸閒齋筆記》中亦提及賈人女以
酷嗜《紅樓夢》致成癆疾之傳聞[2025]。當時所言之「癆疾」，即是「癆病」，
亦即今日所謂之「結核病」。另在中國五四時期之重要作家的同學、親人及
配偶等，亦有得此病者，如魯迅本人，即因結核病而亡；郭沫若在《少年時
代》一書中提及 1906 年小學正式開學時，其同性戀對象吳尚之，便有肺結
核[2026]；又朱自清之未婚妻，因癆病於 1909 年過世；而胡適之父胡鐵花所娶
的第二任妻子曹夫人，亦以癆病過世[2027]。若仔細去探究明清時人得肺結核
者，恐將有不少個案可予以佐證。從以上之資料顯示癆病(結核病)在明清時
是一種常見疾病，一種令人談虎色變之傳染病。劉振聲〈也談賈瑞之死〉一
文，提及賈瑞所得爲「肺結核併發新感染而死亡」[2028]；其雖未深入探究賈
瑞之病徵，不過卻是正確的。此外，由於結核病之發現(1882 年)，尚在《百

[2024] 在史仲序、國立編譯館主編、中國醫藥學院協編《中國醫學史》中提及有關明朝
人治療癆瘵的專書有胡慎柔《慎柔五書》(1636)及汪綺石《理虛元鑑》)(頁 133)。另
甄亞志《中國醫學史》除了提及胡慎柔《慎柔五書》及汪綺石《理虛元鑑》外，亦
提及清朝專論癆瘵病的有沈靈犀編《勞虛要則》(1875)泰伯未《癆病指南》(1920)、
蔡陸仙《虛癆病問答》及沈炎南《肺病臨床實驗錄》。

[2025] 見陳其元《庸閒齋筆記》中有：「余弱冠時讀書杭州，聞有賈人女，明艷工詩，
以酷嗜《紅樓夢》致成癆疾。」(同治 13 年刊本，卷 8，頁 31)；又見於一粟編《古
典文學研究資料彙編·紅樓夢卷》卷 4，頁 382。

[2026] 郭沫若《少年時代》中有：「在那一回他吐了一口血，這使我非常驚駭。我們那
時候當然是一點醫學常識也沒有，滿以為他是過勞把血累出來了。我覺得非常的對
不住他，但是尚之說：『他時常有這樣的毛病，不要緊。——照這樣看來，他當然在
年幼的時候，就是得著肺結核的驗證了。』」(見第 2 篇〈我的童年〉，頁 71)

[2027] 曹夫人，死於癆病之說見於《中國現代作家評傳》上冊中有：「次娶的曹夫人，
死於癆病」(頁 15)

[2028] 見 1993 年《紅樓夢學刊》，第 4 輯，頁 103-104。

廿回紅樓夢》一書鐫版之後，因此可斷定明清以前只知有「癆病」，且當代人可能將「癆病」廣解爲「肺病」，但並不知是「肺結核」。又有關賈瑞所使用之中藥如肉桂、附子、玉竹、麥冬、鱉甲，甚至於獨蔘湯，或爲止咳化痰、溫陽益氣、補血袪虛、抗疲勞等，仍是今日中醫醫治肺結核之重要藥方(如玉竹、麥冬)，而附子則是用以治療久咳久喘所引起之喀血[2029]。另人蔘則除了補氣鎮咳、抗疲勞之外，尚可治療因陰虛而引起滑洩帶濁、淋遺、遺精[2030]等現象，亦是古今治療肺癆之重要藥材之一，故在筆者的研究中發現：作者在小說虛擬世界的醫藥問題之鋪陳中，依然有相當寫實的一面。

以上所述之紅樓人物所展現之勇氣、忠誠、愛與苦痛等，是多樣、可愛、可惡及值得憐憫的。不論愚智，若均可在受到極大痛楚後，獲得極大的希望與救贖，其實仍屬可貴，期間最佳治療劑除了時間外，對生命之深層體悟更

[2029]此些均為中藥之藥材或方劑名，胡熙明主編《中國中醫秘方大全》(內科分卷)(上冊)中有麥冬黑大豆湯、附子增率方及化痰袪痰方。大塚敬節、矢數道明、清水藤太郎合著　何志鋒譯《漢方診療醫典》中有麥門冬湯治咳嗽之醫方說明，頁202、276、359)。《中醫方藥學》中有關人蔘為補氣藥之說明，並將麥門冬、玉竹及鱉甲為補陰清熱之藥(頁633、634、638-638)。北京中醫學院藥方劑教研組編《藥性歌括四百味白話解》中提及肉桂、鱉甲、玉竹、可治虛勞咳嗽，頁37、64、159。楊思澍編《中醫百症用藥配伍指南》指人蔘可大補元氣，頁749。《中國藥材學》中第10章中所提及之補益藥包括人蔘、麥冬、玉竹及鱉甲，其中之玉竹可用於治療肺結核，頁541-542、頁630、頁638、頁651)。另第14章中提及化痰止咳藥中之附子可治久咳久喘所引起之喀血。《常用中藥之藥理》(VI)中提及人蔘及麥門冬之作用與功效，其中之麥門冬湯可治肺結核，頁82、34。

[2030]《中藥藥理學》中對人蔘之功用，另述及可治理「遺精」之效果(頁113)。《中藥成分最近的研究》中提及人蔘與麥門冬之療效，人蔘可除邪氣、抗疲勞，而麥門冬則可治心煩喉乾口渴及吐血、喀血(頁71,73,95)。許鴻源《常用中藥之研究》中提及麥門冬可治虛勞、喀血，玉竹主治熱病陰傷(頁324、189)。另筆者親自就教於研究中醫多年之陳宗論老師(龍華技術學院電機系老師)而得知現今肺結核之中醫特效藥及重要療法則多以「清肺湯」，「百合固金丸」及「針灸」為主。至於補腎虛之特效藥則有「金鎖固精丸」及「天王補心丹」，補腎之療法則可以民俗療法中之1)推拿、按摩，2)能量醫學--氣功療法[禪坐配合腹式呼吸法及各種氣功]，3)運動醫學──太極拳、仰臥起坐…等。

是重要。回到靈魂深處探討生命之意義，其價值雖因人而異，但卻應是我們對人性尊重之高標，畢竟我們渴望生命的傳承，不應該是悲劇的延伸。

四、結語

「有取有執」，是人性常態。本書正文共十九篇，透過精神醫學、內科學、婦科學及皮膚科做研究，僅是提供一個觀點，一扇窗，去看《紅樓夢》中的文學故事，期望不落窠臼，也希望挖掘出一些問題，並嘗試自圓其說。

紅樓人物，有秀氣成采者，亦有鄙俗粗戾之人，其中尊卑主僕兼而有之。在榮寧二府與宮廷等之互動中，或有浸以成俗之朝野陋規，更有透過性格行為表現出之人性情誼、倫理道德、忠孝義勇與男情女愛，然在不同情節中，作者不僅設構了具人類自律之高道德遵循，肩負起維護社會秩序之理念深化，更以人物不朽之真情至性作為後代謳謠不輟之傳衍動力。1992 年後醫學界開始重視生物學之研究，因此筆者相信此區塊值得探討，因無論是特殊性格(本書中研究出之強迫型性格、反社會型性格、被動攻擊型性格、孤僻性格、自戀性格)、特殊情感或其他醫病問題等，亦可能均有遺傳因子或基因之根源，至少在本書之研究中賈母之膽小性格與賈寶玉、迎春之天生性怯，無疑地可能是遺傳因素使然。「賞好生於情，剛柔本於性」，或許調情養性有助於扭轉人類性格中之某些劣質及僻性，至於人類之本性恐難移易，不過卻有修正空間，至少可以避免某些不必要之衝突，只是薛蟠之具反社會型性格障礙傾向者，在未來時空是否能悔改，令人質疑？因為精神醫學研究者是持較悲觀的態度。《莊子》書中有：「『孔子行年六十而六十化。始時所是，卒而非之，未知今之所謂是之非五十九非也。』」[2031]此話中之「化」字，可解釋為：某些性格與價值觀的修正。在本書之研究中，隨著歲時之推移，情

[2031] 此乃《莊子‧寓言》中莊子對惠子所說的話，見黃師錦鋐《新譯莊子讀本》，頁318。

節中人之道德觀、思維、與行事風格等，確實有修正空間，然而從作者敘述榮寧治家雙嬌王熙鳳與秦可卿一生好強堅毅、襲人一本賢德、黛玉死後賈母依然以爲黛玉爲多心所害，可見作者所欲表達者，仍是人類「本性難移之特質」。不過對於作者所謂賈寶玉具天生僻性之同性戀情懷，依佛洛伊德理論，應被歸於人類一生中必經之潛伏期階段(或稱同性戀期階段)，此僅是一種短暫之癖好特質，一種同性愛的表現，故三十回之後，賈寶玉不再出現對其他人有同性戀情懷，此種心性或說行爲之改變，在賈寶玉及秦鐘身上均可驗證，實際上仍與佛洛伊德理論不謀而合。因此，人類天性中某些僻性或許會因著年齡而變化，其中有關寶玉之愛紅，因金釧兒與鴛鴦事件及自己的成長而消失無蹤，故眞正較不易修正或改變者，乃寶玉之癡情、牛心與性怯、黛玉之多心多愁及人類的潔癖習性。至於妙玉孤傲、才情佳，令人高不可攀，而惜春雖不出類拔萃，卻反能更心無旁鶩的修成正果，其實亦提供了人類另一種「反思的教材」。

另傳統中國婦女對貞潔觀之重視，實來自政治制度、男性威權與社教文化之孕育與作祟，在《周禮·天官·九嬪》中更以「貞順」詮釋婦德，或許因此更樹立了不可動搖的「男尊女卑觀」。榮寧府雖是紅樓人物之情感表達或慾望發洩之場域，且其中之情感問題牽涉單偶制與雙偶制之類型、有同性與異性戀之人類情緣範本、亦有精神戀愛與肉體餳淫之敘述，但卻難脫「婦德貞順」之意識型態的表出，且作者更透過「絳珠草還淚之說」，鋪演「世事無常」、「夢幻情緣」及「人生緣分都有一定，在那未到頭時，大家都是痴心妄想」[2032]之主題，然而癡心妄想卻是人類意志延伸之動力，故縱有悲喜，總是歷經一場眞情之奮戰。紅樓人物所遭受之人生試練，均是一種魔考，有成敗與生死，除了作者所強調之宿命論外，情節中人堅持個人意志、不顧生死、降低期望、委順從時，或突遭惡運而一朝殞命等，其實均隱伏著某種程度的性格、情感與命運間的因果關係。紅樓人物之情感悲劇，其實何嘗不是

[2032] 見頁 1707。

在鋪演一場「人生似鳥同林宿，大限來時各自飛」的箴言？人生中有愛與被愛、傷害與受傷害、報恩與復仇等人際互動，性格上因某些缺失，恐會造成情感不順或婚姻問題，例如尤二姐、尤三姐均因水性楊花或餂淫浪態而導致婚姻悲劇，而秦可卿則因生性高強、思慮過盛而導致生病死亡，故「性」、「情」二字，某種程度上，實亦主導著人類存亡之關鍵。

　　《紅樓夢》不僅是一部王國維所謂：「哲學的也，宇宙的也，文學的也」[2033]的小說而已，更是仿同人類生老病死的醫病聞見錄。《紅樓夢》作者鉅細靡遺之敘述，能讓後學抽離出古今政經社會中醫病情狀之異同，深感其具跨時代之價值與意義的重要性。其中除了賈瑞、晴雯之病情及用藥描述詳實外，對於秦可卿之婦科疾病，由停經之徵兆至長期慢性病徵之敘述，亦均可從今日婦產科中之生殖內分泌之疾病中尋出端倪。而至後四十回，作者以痴傻、痴呆形容賈寶玉與林黛玉之疾病時，將此種今日精神醫學中所謂之憂鬱症，描述得唯妙唯肖，即使八十回後黛玉之肺結核病情、趙姨娘之暴病、賈母病卒及鳳姐之昏暈或發暈多次等，均描述得符合於今日內科學之病徵敘述。因此對於前八十回及後四十回中之主架構的作者蠡測，應是同一人撰寫之可能性其實是較高的，因為前八十回與後四十回之作者均黯於醫學之可能性不高。換言之，程偉元《百廿回本紅樓夢》之「序」的說法，是其邀請高鶚一起續補從古擔買回來的後四十回《紅樓夢》部分文稿，應是較具有可信度的。小說人物之建構，某種程度上仍反映著真實人生，作者對小說中病徵之描述、中醫術語如「乾血之症」、女兒癆、讝語綿綿等，其實亦均屬寫實且精緻之作。

　　在筆者本書之研究中，有關紅樓人物之性格、情感及醫病問題之關係，究竟為何？筆者發現，性格確實主導命運，凡是具特殊性格或行為不符社會規範者，往往命運坎坷、難符長輩所望，或有違法犯忌之行，而影響及於個

[2033] 見《紅樓夢藝術論》，其原文為：「紅樓夢哲學的也，宇宙的也，文學的也；」(第3章　「紅樓夢之美學上之價值」，頁13)

人之人際關係、婚姻生活或醫病者，卻又因人而異，其中妙玉、賈瑞、晴雯、薛蟠、林黛玉、惜春及賈寶玉等人之性格，影響及於其人際關係最鉅。妙玉的「走火入魔」，從今日精神醫學的認知，其實是進入情色夢境，而其之後的坐禪被劫，事實上均與其孤僻、強迫型性格(或亦可稱之爲完美主義)無關。賈瑞與晴雯所得之內科或婦科疾病，亦與其反社會型性格或被動攻擊性格無關。具反社會型性格障礙之薛蟠，又是個雙性戀者，故有違法犯忌，亦有虐妻行爲；其性格本身即是一種疾病，與其他紅樓重要人物不同。林黛玉具孤潔自戀、多心小性之性格，則又是在述說先天體質似乎已決定了黛玉的疾病，包括鬱陶之疾、勞怯之症、嗽疾等，最終可能因重度憂鬱症而使其肺結核之病情加重而亡。惜春具孤僻廉潔之性格，喜佛悅道，終臥青燈古佛旁。賈寶玉性格行爲乖僻，具處女情結與潔癖，同時又有同性戀期之同性戀行爲，但此癖好及喜吃胭脂之癖性，卻在時光飛馳中逐漸消逝，其憂鬱症亦在了悟人生大義後悄然而癒。此雖符合佛洛伊德對人類「性心理」之研究，不過有可能亦是小說創作之巧合。另具一般性格者，雖生命型態較平穩，卻也人各有命，而志節過人者，則又多有悲壯之舉。前者，如襲人，雖有一些內科疾病，但其柔中帶剛之性格，令其避過了三次曾經起念自殺之難關，而惜春之入佛因緣則與其性格及生活環境有關。秦可卿之性格高強過慮與不思飲食，造成其可能因婦科疾病「下丘腦閉經症」導致生理機能嚴重受損而亡。至於王熙鳳、賈母、秦鐘、趙姨娘、迎春、元春等，其疾病均與性格及情感問題無關。後者，如尤二姐、尤三姐，皆因婚前之行爲不檢而導致悲劇因緣，又張金哥、司棋、金釧兒、鮑二家的及鴛鴦等之自殺；守備之子及潘又安之「仿同自殺」，以上均屬悲壯而悽涼者，執著於情感的從一而終，或羞愧喪志，或復仇心態，或發洩自我攻擊之情緒，或具衝動型行爲…等，均是導引自殺行爲之因素，而「不利的情迫誘因」更是催化劑。

此外，筆者另有發現：風習文化及宗教信仰其實又與人類之性格情感及醫病問題息息攸關。傳統中國社會雖重視「學而優則仕」之價值觀，然儒釋道卻

在綿亙於長江黃河之邊地上，長期傾軋對決。儒家顯學之仕宦功名，原凌駕於釋道之追求「涅槃與成佛」與祈求「復本與消遙」之上，然《紅樓夢》中佛道二教卻合擊儒家，最終挾持一個在春闈中中第之寶玉飄然而去。中國傳統社會總將佛道混而爲一，文學中更有《水漫金山寺》中之法海施法引西湖水淹金山寺，而《西遊記》中之如來佛，亦以一個巴掌將孫行者壓在五行山下，展示佛教之無邊法力。《紅樓夢》中佛道從神話中來，已是先知，透過念咒書符，大展幻術，將一塊大石變成鮮潔美玉，且又縮成扇墜大小的可佩可拿；又在甄士隱夢中，從一僧一道處，巧聞因果與天機之緣；接著佛道又成了救世者，曾欲拯救賈瑞而贈予風月寶鑑；之後又一起拯救被馬道婆施法後奄奄一息之寶玉及鳳姐；最終佛道仍完成了渡化寶玉之責。佛道二教之法力在《紅樓夢》中被宣揚成超越醫藥之療效，甚至各種佛道法會在司棋求情於鴛鴦時，均被述說成具超生祈福之功。出世觀戰勝入世價值，醫藥治病不敵宗教民俗療法，恐是作者反諷的手法之一，不過卻也是中國社會長久以來所存在的最具思維的問題之一。勸忠孝，誘仁惠，急公直，守節分等，乃亙古以來小說難以擺脫之主題設構。《紅樓夢》作者雖不能免俗，但卻於十足生活化之題材中，褒德序賢，競騁文華，文章讀來不但令人有逢山開路，遇水搭橋之驚喜與自然，其所蘊藉之文學魅力，更似義勇之火，具有千年不熄之威。

貳拾・參 考 書 目

(Reference Books)

一・中文參考書目

程頤　　　明正統 12 年　《周易》10，司禮監刊本，善本書

明馮夢龍編　　　明末刊本《開元天寶遺事》，輯於《五朝小說》卷 474，善本書

宋朱熹、呂祖謙等撰　　清初呂留良刊本　《近思錄》　善本書

夢覺主人序本　　　清乾隆 49 年甲辰《紅樓夢》　善本書

吳曉玲藏抄本 (又稱乙酉本)　　清乾隆 54 年乙酉《石頭記》　善本書

舊題曹霑撰　高鶚續並校定　　清乾隆 56 年《繡像紅樓夢一百二十回》(東觀閣刊本)，另 1977 年廣文書局亦出版東觀閣本《新鐫全部繡像紅樓夢》

蘇聯亞洲民族研究院列寧格勒分院藏抄本　　1832《石頭記》善本書

鄭西諦藏殘抄本　《紅樓夢》善本書

紅耦花盦刊本《悟石軒石頭記集評》卷上　清光緒 13 年善本書

漢・班昭　　日本明治 31 年排印本《女誡》　線裝書

天然癡叟　1935《石頭記》(上海市：上海雜誌)

張廷玉等撰　1936《明史》第 5 冊　　(臺北市：中華書局)

高誘編　1954《戰國策》(臺北市：台灣國防圖書社)

班固撰、嚴師古注、王先謙補注　1955《二十五史　漢書補注》(臺北市：藝文印書館)

作家出版社編輯部編　1955《紅樓夢問題討論集》(一、二、三、四)(北京市：

作家出版社)

陳啓天　　1958《韓非子校釋》(臺北市：台灣書局)

曹雪芹著　脂硯齋評　1958《脂硯齋甲戌抄閱再評石頭記》(上海市：商務印書館)

曹雪芹　1959《紅樓夢》(北京市：人民文學出版社)

靖應鵾藏抄本（又稱靖藏本、脂寧本）　1959《石頭記》善本書

曹雪芹著　胡適考證　1961《程乙本紅樓夢》(臺北市：啓明書局)

曹雪芹等撰　1962《影萃文書屋乾隆壬子年木活五十字排印本百二十回紅樓夢》(臺北縣：青石山莊)

徐陵　1962《玉臺新詠》(臺北市：世界書局)

中文大辭典編纂委員會　1963《中文大辭典》(臺北市：中國文化研究所)

周汝昌　1964《紅樓夢新證》(香港：北斗書屋)

劉大杰　1965《紅樓夢的思想與人物》(上海市：上海古典文學出版社)

林語堂 1966《平心論高鶚》(台北市：文星書店)

許地山　1966《扶乩迷信底研究》(臺北市：台灣商務印書館)

松菁(即王太愚、王昆侖)　1966《紅樓夢人物論》(臺北市：新興書局) 而臺北市地球社於 1994 亦出版了王昆侖《紅樓夢人物論》

墨人　1967《紅樓夢的寫作技巧》（臺北市：台灣商務印書館）

許鴻源　1968《中藥成分最近的研究》(臺北縣：中國醫藥研究)

繆國光　1968 初版《變態心理學》　(臺北市：台灣商務印書館)

鮑家驄　1968《病態心理學》(臺北市：各大書局)

李君俠　1969《紅樓夢人物介紹》(臺北市：商務印書館)

鮑家驄　1969《夢的研究》(臺北市：撰者印行)

華生·詹姆士撰(James D, Watson)　1970《雙螺旋鍊》生命的絞鍊 The Double Helix(香港：今日世界社)

徐進夫譯　1970《文學欣賞與批評》(臺北市：幼獅出版社)

毛晉　1970《六十種曲》(臺北市：開明書局)

顏焜熒　1970《當代精神醫療》（臺北市：國立中國醫藥研究所）

唐・魏徵　1971《隋書》(臺北市：臺灣中華)

田毓英　1971《中西小說上的兩個瘋癲的人物》(臺北縣永和：文壇社)

潘重規　1971 影印本《紅樓夢新解》(臺北市：文史哲出版社）

明倫出版社編輯　1971 初版，輯於《古典文學資料彙編》（紅樓夢卷）（臺北市：明倫出版社）

梁・沈約　1971《宋書》(臺北市：台灣中華書局)

謝博生等譯　1972《赫里遜內科學》(臺北市：杏文出版社)

許鴻源　1972《常用中藥之研究》(臺北市：行政院衛生署中藥委員會)

北京中醫學院藥方劑教研組編　1972《藥性歌括四百味白話解》（北京市：人民衛生出版社）

廣東中醫學院編　1973《中醫方藥學》（廣東：廣東人出版社）

曹雪芹著　王希濂評　大某山民加評　1973《精批補圖、大某山民評本　紅樓夢》(臺北市：廣文書局)

韓幼賢譯　1973《變態心理學》(臺北市：教育部訓育委員會編印)

佛洛伊德　1974《佛洛伊德傳》（臺北市：志文出版社）

春秋左丘明撰　韋昭注 1975《四部備要・國語》(臺北市：台灣中華書局)

孫詒讓　1975《墨子閒詁》(臺北市：河洛書局)

韓幼賢　1975《變態心理學與現代生活》(臺北市：中央圖書出版社)

老子　1975《帛書老子》(臺北市：河洛書局)

艾禮士(Henry Harelock Ellis)　1976《性心理學》(臺北市：大仁書店)

劉文三　1976《台灣宗教與藝術》(臺北市：雄獅圖書)

周汝昌　1976《紅樓夢新證》(北京市：人民文學出版社)

(唐)釋道宣撰　陸費逵總勘　1976《廣弘明集》(臺北市：新文豐出版社)

杜世傑　1977《紅樓夢考釋》(臺北市：作者發行)

王先謙　1977《荀子集解》(臺北市：藝文印書館)

洪興祖　1977《楚辭補註》(臺北市：藝文印書館)

曹雪芹　1977 影印《乾隆抄本百廿回紅樓夢稿》(臺北市：漢聲出版社) 另
　　聯經出版事業公司於民國 1977.3.亦有影本

曹雪芹　1977《程乙本新鐫全部繡像紅樓夢》(臺北市：廣文書局)影印本

曹雪芹　1977《庚辰鈔本石頭記》脂硯齋四閱評本石頭記殘鈔本(臺北市：
　　廣文書局)

汪中　　1977《新譯宋詞三百首》(臺北市：三民書局)

黃錦鋐註譯　1977 再版《莊子讀本》(臺北市：三民書局)

清·唐容川　1977 新版《血證論》(上海市：人民出版社)

杜世傑　　1977《紅樓夢考釋》(台中市：撰者)

唐·李冰著　宋·高保衡校　1977《黃帝內經素問》(臺北市：文光圖書)

李亦園　1978《信仰與文化》(臺北市：巨流出版社)

佛洛姆　　1978《夢的精神分析》，即《被遺忘的語言》*The Forgotten Language*.
　　葉頌壽譯(臺北市：志文出版社)

張夢機、張子良　1978《唐宋詞選注》(臺北市：華正書局)

袁維冠　1978《紅樓夢探討》(臺北市：煜洲打字排版印刷有限公司)

范曄著　洪北江主編　1978《後漢書》(臺北市：洪氏出版社)

東漢·許慎著　清·段玉裁　1978《說文解字》(臺北市：南嶽出版社)

郭沫若　1979 初版《少年時代》(北京市：人民文學)

張載撰　朱熹注　1979《張子全書》(臺北市：台灣商務印書館)

宋·李昉等撰　1979《太平廣記》在《筆記小說大觀》第 27 編中，第 1-5
　　冊(臺北市：新興書局)

伊藤漱平譯　1979《紅樓夢》(東京：平凡社)

蕭統、徐陵編　李善等注 1979《增補六臣注文選》(臺北市：漢京文化)

胡文彬　1980《紅樓夢敘錄》(吉林：人民社出版，新華發行)

宋・吳自牧　　1980《夢梁錄》(浙江：浙江人民出版社)

徐靜　1980《精神醫學》(臺北市：水牛出版社)

李立明　　1980《中國現代作家評傳》上冊(香港：波文書局)

王溢嘉　1980《精神分析與文學》(臺北縣：野鶴出版社)

佛洛依德原著　A・A・Brill, J. Strachey 英譯　賴其萬及符傳孝譯　1980《夢的解析》*The Complete Psychology works of Sigmund Freud,* Volume IV. (臺北市：志文出版社)

佛斯特(Edward Morgan Forster, 1879-1970)著 ; 李文彬譯　1980《小說面面觀》*Aspects of the novel*(臺北市：志文牛出版社)

陸師成主編　　1980《辭彙》(臺北市：文化圖書公司)

胡文彬、周雷主編　1981《台灣紅學論文選》 (百花文藝出版社)

克雷奇等著 1981《心理學綱要》下冊　周先庚等譯(北京市：文化教育出版社)

勞思光　1981《中國哲學史》(台北市 ：三民書局)

陳其泰評、劉操南輯　1981《桐花鳳閣評紅樓夢輯錄》(天津：天津人民籍出版社)

黃炳寅　1981《紅樓夢創作探秘》（臺北市：采風出版社）

楊家駱主編　1981《清史稿》 (臺北市：鼎文書局)

明・張隱庵　馬元臺合著　1981《黃帝內經素問合纂》(臺北市：老古文化公司)

郭豫適　1981《紅樓夢問題評論集》(上海市：上海古籍出版社)

趙岡　1981《漫談紅樓夢》(臺北市：經世書局)

宋祁　1982《唐書》(臺北市：藝文印書館)

曹雪芹　1982 庚辰本《紅樓夢》(北京市：人民出版社)

林憲著、國立編譯館主編　1982 初版《臨床精神醫學》 (臺北市：茂昌圖

(臺北縣新店市：桂冠出版社)

陳榮福　1990《中藥藥理學》(新店市：中國醫藥研究所)

蘭陵笑笑生著　齊煙、汝梅校點　1990《新鐫鏽像批評　金瓶梅》(香港：
　　三聯書店　山東：齊魯書社)

孫越生　1990《歷史的躊躇》(香港：創建出版公司)

唐·法海撰　丁釋福保箋註　1990《六祖壇經箋註》(臺北市：文津出版社)

唐·釋道宣撰　陸費逵總勘　1900《廣弘明集》　(臺北市：臺灣中華書局
　　重校訂)

林憲　1991　初版《自殺個案研究》——臨床精神醫學病案討論第五集(臺北
　　市：橘井文化)

基辛（R. Keesing）著　陳其南校定　張恭啓、於嘉雲合譯　1991《人類學緒
　　論》（臺北市：巨流圖書公司）

鄭西諦藏殘抄本　1991《紅樓夢》善本書(北京市：書目文獻出版社)

戴不凡　1991《紅學評議》(北京市：文化藝術出版社)

朱淡文　1991《紅樓夢研究》(臺北市：貫雅文化)

譚立剛　1991《紅樓夢社經面面觀》(臺北市：新文豐文化事業股份有限公
　　司)

劉勰著　范文瀾註　1991《文心雕龍注》(臺北市：學海出版社)

孫遜、孫菊園編　1991《中國古典小說美學資料匯萃》(臺北市：大安出版
　　社)

原著曹雪芹　高鶚續著　1991《紅樓夢》(臺北市：聯經出版社)

楊忠譯注　劉烈茂審閱　1992《辛棄疾詞》(臺北市：錦繡出版事業)

蘭陵學了氏校編　1992《太上感應篇訓註證》(臺北市：佛陀教育基金會出
　　版部)

周敦頤　1992《太極圖說》(上海：上海古籍出版社)

愛德華　泰勒著　連樹聲譯　1992《原始文化 》　(上海市：上海文藝)

佛洛伊德著　林克明譯　1992《性學三論》(臺北市：志文出版社)

Harrison's Principle's Internal Medicine 吳德朗等主編　1992《哈里遜內科學》
　　(臺北市：麥格羅希爾出版社)

胡熙明　1992《中國中醫秘方大全》（內科分卷）（上冊）（臺北市：渡假出
　　版社）

謝博生等著　1992《臨床內科學》（台北市：金名圖書）

朱彤　1992《紅樓夢散論》（江蘇：南京大學出版社）

實用內科學編輯委員會編　1992《實用內科學》（上冊）（北京市：人民衛生
　　出版社）

黃敏譯註　章培恆審閱　1992《明代文言短篇小說》(成都：巴蜀)

李安德原著　若水譯　1992《超個人心理學》(臺北市：桂冠)

朱亮采　1992《兩百年來論紅樓夢》(臺北市：新文豐文化事業)

程顥、程頤合著　1992《二程遺書》(上海市：古籍出版社)

王蒙　1993《紅樓夢啓示錄》(台北市：風雲時代發行[台北縣新店市
　　學欣經銷)

淩濛初原著　徐文助校定　繆天華校閱　1993 再版《二刻拍案驚奇》(臺北
　　市：三民書局)

劉鑠　1993《紅樓夢真相》(北京市：華藝出版社)

王德威　1993《小說中國》(臺北市：麥田)

釋聖嚴　1993《正信的佛教》第二冊(臺北市：東初)

龍協濤　1993《文學解讀與美的再創造》(臺北市：時報文化)

黎活仁　1993《現代中國文學的時間觀與空間觀》(臺北市：業強出版社)

吳庚　1993《韋伯的政治理論及其哲學基礎》(臺北市：聯經出版社)

葉慶炳編　1993《唐宋傳奇小說》(臺北市：國家出版社)

屈萬里　1993《詩經詮釋》(臺北市：聯經出版社)

周勛初　1993《宋代傳奇選譯》(臺北市：錦繡出版社)

長庚醫院院長吳德朗等校定　1993《哈里遜內科學》第 12 版(紐約：麥格羅希爾出版社) 台灣合記出版社總代理

佛洛伊德著　葉頌壽譯 1993《精神分析引論　精神分析新論》合訂本（臺北市：志文出版社）

陳維昭　1993《輪迴與歸眞》(汕頭市：汕頭大學出版社)

韋伯著　康樂、簡惠美譯　1993《宗教社會學》(臺北市：遠流出版事業)

大藏經刊行會編　1993《大藏經》冊 12，No.377(臺北市：新文豐文化事業)

釋聖嚴著　1993《學佛群疑》，在《法鼓全集》，第 5 輯，第 3 冊，頁 162-165(臺北市：東初出版社)

田哲益　1994《細說端陽》(臺北市：百觀出版社)

葉朗　1994《中國小說美學》(臺北市：里仁書局)

施耐庵撰　羅貫中纂修、金聖嘆批、繆天華校定　1994《水滸傳》(臺北市：三民書局)

佛洛伊德著　賴其萬、符傳孝譯　1994《夢的解析》(臺北市：志文出版社)

南陵唐伯虎選輯　1994《僧尼孽海》(中和市：雙笛國際出版)

敬梁後人　1994《性心理研究》(臺北市：水牛圖書)

王昆侖　1994《紅樓夢人物論》 (臺北市：地球出版社)

王克儉　1994《小說創作隱性邏輯》（北京市：北京大學出版社）

楊思澍編　1994《中醫百症用藥配伍指南》（臺北市：博寧出版社）

成窮　1994《從紅樓夢看中國文化》(上海市：上海三聯出版 新華發行)

夏志清　1994《中國古典小說選論》(安徽省：安徽出版社)

周夢莊　1994《紅樓夢寓意考》(臺北市：黎明文化)

台灣中華書局辭海編輯委員會　1994《辭海》(臺北市：台灣中華書局)

周華山　1995《同志論》(香港 ：香港同志研究社)

陳仲庚　張雨新著　1995《人格心理學》(臺北市：五南圖書)

孫琴安　1995《中國性文學史》(上)、(下)(臺北市：桂冠圖書)

周月清　1995《家庭暴力：理論分析與社會工作處置》(臺北市：巨流出版社)

蓋兒‧戴蘭妮(Geyle Delaney)　1995《桃色夢境》Sexual Dreams (臺北市：張老師文化股份有限公司)

康正果　1995《重審風月鑑：性與中國古典文學》(臺北市：麥田出版：城邦文化)

胡海國　1995《當代精神醫療》（臺北市：正中書局）

霍國玲、霍紀平、霍力君合著　1995《紅樓解夢》(北京市：中國文學出版社)

諾曼‧古德曼(Goodman Norman)著　陽琪、陽琬譯　1995《婚姻與家庭》Marriage and the Family(臺北：桂冠圖書公司)

羅貫中撰　毛宗崗手批　饒彬校定　1995《三國演義》(臺北市：三民書局)

梅新林　1995《紅樓夢哲學精神》(上海市：學林出版社)

黑格爾著　朱光潛譯　1995《美學》(北京市：商務印書館)

國立台灣大學醫學院初版委員會編審　1995《生物精神醫學》（臺北市：健康文化事業股份有限公司）

張讀《宣室志》　1995《叢書集成新編》冊82(臺北市：新文豐)

陳詔　1995《紅樓夢的飲食文化》(臺北市：台灣商務印書館出版)

Richard J. Gellels&Claire Pedrick Cornell 原著　郭靜晃主編　劉秀娟譯　1996《家庭暴力》(臺北市：揚智)

高振農釋譯　1996《大般涅槃經》 (高雄縣大樹鄉：佛光)

姚周輝　1996《神秘的符咒》(臺北市：書泉出版社)

顧鑒塘、顧鳴塘　1996《中國歷代婚姻與家庭》(北京：商務)

李明濱主編　1996《精神醫學新知》(臺北市：台灣醫學會出版)

王盈方　1996《紅樓夢十二釵命運觀之研究》(臺北市：國立台灣師範大學碩士論文)

皮述民　　1996《蘇州李家與紅樓夢》(台北市：新文豐出版社)

南北朝　釋　鳩摩羅什　　1996《金剛般若波羅密經》(臺中市：青蓮)

徐靜、曾文星　1996《性的心理、問題與衛生》(臺北市：水牛圖書)

劉義慶編撰　柳士鎮、劉開驊譯注　1996《世說新語》(貴州市：貴州人民出
　　版社)

世界衛生組織原著　胡海國、林信男編譯　　1996《ICD-10 精神與行爲障礙
　　之分類──臨床描述與診斷指引》（臺北市：中華民國精神醫學會）

康來新　　1996《紅樓長短夢》(板橋市：駱駝出版社)

林方宜　1996《紅樓夢符號解讀》(內蒙古：內蒙古大學出版社)

彭懷眞　　1996《婚姻與家庭》(臺北市：巨流出版社)

張家榮　1997《「中國古典悲劇」論定與構成之擬議──以十大古典悲劇爲例》
　　(臺北市：國立台灣師範大學碩士論文)

張知本　1997《最新六法全書》(台北市：大中國圖書公司)

陳萬益等編　1997《歷代短篇小說選》(臺北市：大安出版社)

陳婷蕙　1997《婚姻暴力中受虐婦女對脫離受虐關係的因應行爲之研究》(臺
　　北市：東海大學社會工作研究所碩士論文)

許玫芳　1997《紅樓夢》夢、幻、夢幻情緣之主題學發微──兼從精神醫學、
　　心理學、超心理學、夢學及美學面面觀　(臺北市：國立台灣師範大學
　　博士論文)

王關仕　1997《微觀紅樓夢》(臺北市：東大圖書)

劉仲宇　1997　《道教的內祕世界》(臺北市：昭明出版社)

葛洪著　　成林、程章燦譯注　1997《西京雜記》(臺北市：台灣古籍出版社)

李源德、謝博生、楊泮池主編《一般內科學》1997 (臺北市：金名出版社)

徐國治等編著　1997《當代中醫內科學》(臺北：頂淵文化事業有限公司)

何兆雄　1997《自殺病學》(臺北市：中國中醫藥出版社)

徐世榮　1997《毒物雜事典》(臺北市：牛頓出版社)

宋之岡　　1997《有毒、有害物質明解事典》(臺北市：浩園文化)

Jeffery C. Alexander Steven Seidman　主編　無潛誠總編校　　1997《文化與社會》Culture and Society (臺北縣新店市：立緒文化)

Joseph　Rousner 約瑟夫・洛斯奈著　鄭泰安譯　1998《精神分析入門》（臺北市：志文出版社）

干寶著　黃滌明譯注　1998《搜神記》(臺北市：臺灣古籍出版公司)

(法)西蒙娜・德・波娃著　桃鐵柱譯　1998　《第二性》(北京市：中國書籍出版社)

王宗拭　　1998《拙政園》　(蘇州：吳軒出版社)

郭玉雯　1998《紅樓夢人物研究》(臺北市：里仁書局)

宗喀巴大師　　1998《菩提道次第廣論》(臺北市：福智之聲)

束忱、張宏生注釋　侯迺慧校閱　1998《新譯唐傳奇選》(臺北市：三民書局)

石玉琨原著　張虹校注　1998《三俠五義》(臺北市：三民書局)

達爾文著　葉篤莊、周建仁、方宗熙譯　1998《物種起源》(臺北市：台灣商務)

高怡芬　1998《中國傳統儒學女性觀之探析》國立高雄師範大學國文系碩士論文

梅苑　　1998《紅樓夢的重要女性》(臺北市：台灣商務印書館)，原刊於《現代學苑》1966 年 6 月，第 3 期

羅德湛　1998《紅樓夢的文學價值》（臺北市：東大圖書）

林芬菲　1998《婚姻暴力受虐婦女的正式機構求助歷程探討》東吳大學社會工作學系碩士論文

鄭志明　1998《台灣新興宗教現象——扶乩鸞篇》(嘉義：南華管理學院)

薩孟武　1998《紅樓夢與中國舊家庭》(臺北市：東大圖書)

李君俠　1998《紅樓夢人物介紹》(臺北市：台灣商務印書館)

邱燮友、劉正浩注譯　1998《新譯千家詩》（臺北市：三民書局）

鄭天挺等著　1998《清史》(臺北市：雲龍出版社)

張家榮　1998《「中國古典悲劇」論定與構成之擬議──以十大古典悲劇為例》
　　國立台灣師範大學國文研究所碩士論文

林建民編著　1999《女性醫學 100 問》(臺北市：唵阿吽出版社)

塗秀蕊　1999《家庭暴力法律救援》(臺北市：永然文化)

Joe Glickman 原著　王文憲編譯　1999《婦產科手冊》(臺北市：法鼓文化)

釋聖嚴著《正信的佛教》第 2 冊　1999 在《法鼓全集 》，第 5 輯(臺北市：
　　合記圖書)

陳美玲　1999《紅樓夢中的寧國府》(臺北市：文津出版社)

伊索著 李思譯　1999《伊索寓言》Aesop's Fables (臺北市：寂天文化)

雅各主編　1999《性屬關係》(上)　(臺北市：心理出版社)

楊維傑編譯　1999《黃帝內經素問譯解》(台北市：志遠書局)

黃麗貞　1999《實用修辭學》(臺北市：國家出版社)

舒憲波　1999《撲溯迷離的賈寶玉》(臺北市：麥書出版社)

俞平伯　1999《紅樓夢研究》(臺北市：里仁書局)

俞瑾　1999《中西醫會診系列──月經失調》(臺北市：書泉出版社)

William H. Parker, M.D. With Rachel L. Parker contribution by Ingrid A. Rodi,
　　M.D. And Amy E. Rosenman, M.D.張家倩譯，吳香達醫師審閱　1999《婦
　　科診療室》(臺北市：天下遠見)

林政道審定、陳會中等編著　1999《月經異常 Q&A》(臺北市：書泉出版社)

胡文彬　2000《魂牽夢索紅樓情》(北京市：中國書店)

司馬璐　2000　《紅樓夢與政治人物》(台北市：臺灣商務)

許玫芳著　石富元醫師顧問　2000《紅樓夢中夢的解析》(臺北市：文史哲
　　出版社)

徐續選注　2000《蘇軾詩選》(臺北市：遠流出版)

姚秦三藏法師鳩摩羅什共僧叡譯　2000《摩訶般若波羅蜜》(臺北市：福智

之聲)

矛鋒　　2000《人類情感的一面鏡子——同性戀文學》(臺北市：笙易)

周積明主編　子旭著　2000《解讀紅樓夢》(臺北市：雲龍出版社)

Sigmund Freud 原著　楊韶剛等翻譯　　2000《超越快樂原則》(臺北市：知
書房)

F. Gary Cunningham, MD 等著　　蘇純闓編譯　2000《產科學》(上) (臺北市：
合記圖書)

吳世昌　2000《紅樓探源》(北京市：北京出版社)

曹雪芹、脂硯齋、鄧遂夫　2000《脂硯齋重評石頭記甲戌本》(北京市：北
京人民文學出版社)

王蒙　2000《紅樓夢啓示錄》(台北市：風雲時代)

宋淇　2000《紅樓夢識要》(北京市：中國書店)案：此文原載於香港《明報
月刊》，1985 年 12 月號

李明濱主編　2001《實用精神醫學》（臺北市：國立台灣大學醫學院）

Michael Gelder/Richard Mayou/John Geddes 原著 吳光顯等總校閱 陳俊欽等
編譯　2001《精神醫學》Psychiatry(臺北市：藝軒出版社)

亞里士多德原著　苗力田譯註　2001《倫理學》（台北縣：知書房出版社）

李伯元撰　　張素真校定　繆天華校閱　2001《官場現形記》(臺北市：微
風草堂文化)

車文博　2001《人本主義心理學》(臺北市：台灣東華書局)

Chris Kent 原著　　賴俊雄總校閱　2001《基礎毒理學》(臺北縣：高立出版
社)

曹雪芹、高鶚　2001 程甲本《紅樓夢》(北京市：北京圖書館出版社)

胡文彬　2001《冷眼看紅樓》(北京市：中國書店)

陳美玲　2001《紅樓夢裡的小姐與丫環》(臺北市：文津出版社)

林昭庚　2001《中西醫病名對照大辭典》(臺北市：國立中國醫藥研究所)

逯耀東　2001《肚大能容——中國飲食文化散記》(臺北市：東大圖書)

墨人　2001《紅樓夢的寫作技巧》(臺北市：昭明出版社)

馬建中、何東燦、邱永年著　2001《中醫內科學》(臺北市：正中書局)

馬國強編著　2001《婦女疾病　飲食調養》(臺北縣：浩園文化)

湯瑪斯・薩斯著　吳書榆譯　2001《自殺的權力》(臺北市：商周出版)

張在舟　2001《曖昧的歷程：中國古代同性戀史》(鄭州市：中州古籍出版社)

陳玲玉　2001《台灣女性小說家作品中「婚變」主題研究》　靜宜大學中文系碩士論文

曹雪芹、高鶚等著　2001 程甲本《紅樓夢》(北京市：北京圖書館出版社)

曾文星、徐靜　2001《現代精神醫學》(臺北市：水牛出版社)

林昭庚　2002《中西醫病名對照大辭典》(北京市：人民衛生出版社)

張伯臾主編　董建華、周仲瑛副主編　2002《中醫內科學》(臺北市：知音出版社)

吳就君　2002《婚姻與家庭》(臺北：華騰文化)

許玫芳　2002《紅樓夢中夢、幻、夢幻情緣之主題學發微》(臺北縣：作者，三民書局經銷)

皮述民　2002《李鼎與石頭記》(臺北市：文津出版社)

門冀華編著　2002《三十六計與紅樓》(臺北市：水牛出版社)

謝博生、楊泮池、林肇堂、李明濱　2002《一般醫學　Ⅳ/Ⅴ　疾病概論》上冊(臺北市：台大醫學院出版)

林正權　2002《婦產科醫師的叮嚀》(臺北市：聯經出版社)

周汝昌　2002《紅樓小講》(北京市：北京出版社)

王以安　2002《細說紅樓》(臺北市：新文豐)

馬丁・海德格原著　王慶節、陳映嘉譯　2002《存在與時間》(台北縣：桂冠圖書公司)

田德祿主編　2002《中醫內科學》(北京市：人民衛生出版社)

蘇珊‧羅絲‧菩勞諾(Susan Rose Blauner)著　楊淑智譯　2002《向自殺 Say No》（臺北市：張老師文化事業股份有限公司）

蕊塔‧羅賓森(Rita　Robinson)著　胡洲賢譯　2003《找回生命的答案　自殺者親友的重建書》（臺北市：麥田出版）

黃思誠、柯滄銘、楊友士等著　2003《婦產科自我診斷》(臺北市：華成圖書)

陳擇銘　2003《婦產科》(臺北市：台灣商務書局)

王關仕　2003《紅樓夢指迷》(臺北市：里仁書局)

紫錫慶、杜永成　2003《內科學》(北京市：北京大學醫學出版社)

吳世昌　2003《紅樓夢探源》(石家莊市:河北教育)

孔繁鐘編譯　2003《DSM-IV精神疾病的診斷與統計》(臺北市：河記圖書)

曾文星、徐靜合編　2003《新編精神醫學》(臺北市：水牛出版社)

王德威著　宋偉傑譯　國立編譯館主譯　2003《晚清小說新論　被壓抑的現代性》　(臺北市：麥田出版：城邦文化發行)

Errol Norwitz‧John Schorge 原著　蔡明哲編譯　2003《婦產科學精義》(臺北縣：藝軒圖書出版社)

許玫芳　2003《現代文學選析》(臺北縣：作者，三民書局經銷)

張明揚等編著 2003《不孕症及生殖內分泌學》(臺北市：合記圖書出版社)

嚴明　2003《紅樓夢與清代女性文化》(臺北市：洪葉文化事業)

林杰樑　2003《生活中的毒》(臺北市：宏欣文化)

張健主編　2003《小說理論與作品評析》(臺北市：文津出版社)

聶叢叢主編　2004《新解紅樓夢》「百家講壇」(北京：中國民大學出版社)

陸坤泰主編　2004《結核病診治指引》(臺北市：行政院衛生署疾病管制局)

秦一民　2004《紅樓夢飲食譜》(濟南市：山東畫報)

曹雪芹原著　脂硯齋重評　周祐昌、周汝昌、周倫玲校定　2004《石頭記會

真》(鄭州市：海燕出版社)

郭玉雯　2004《紅樓夢學——從脂硯齋到張愛玲》(臺北市：里仁書局)

姜佐寧主編　2004《現代精神醫學》(北京市：科學出版社)

二月河　2004《雍正皇帝——恨水東逝》 (臺北市：台經院文化)

Duane Schultz & Sydney Ellen Schultz 著，丁興祥校閱，陳正文
　　　等譯　2004《人格理論》(臺北市：揚智文化)

任明華　2004《紅樓園林》(臺北市：時報文化)

內科主治醫師合著　張天鈞主編　2005《內科學》(臺北市：橘井文化)

李軍均　2004《紅樓服飾》(濟南：山東畫報出版社)

孫軼旻　2004《紅樓收藏》(濟南：山東畫報出版社)

林語堂　2004《平心論高鶚》(西安：陝西師範大學出版社)

蔡衍麗　2004《紅樓美食》(臺北市：時報文化)

周松男教授主編　2004《婦產科學精要》——(第 3 冊《生殖內分泌學》)
　　　Synopsis of Obstetrics & Gynecology (台北市：台大醫學院)

曹澤毅主編　2004《中華婦產科學》(北京市：人民衛生出版社)

古斯塔夫・福樓拜　2005《包法利夫人》Madame Bovary(臺北市：商周出版
　　　社)

周汝昌著；周倫玲編 2005《紅樓十二層》(太原市：書海出版社)

聶鑫森　2005《紅樓夢性愛揭祕》(廣西：灕江出版社)

方瑞　2005《紅樓實夢　秦可卿之死釋祕》(北京市：中國廣播電視出版社)

高陽　2005《高陽說曹雪芹》(臺北市：聯經出版)

姜美煌　2005《歐美紅學》(鄭州：愛樂出版社)

劉心武　2005《劉心武揭密紅樓夢》(北京：東方出版社)，又見台灣台中市：
　　　好讀出版有限公司，亦於 2006 年出版此書

劉夢溪　2005《紅樓夢與百年中國》(北京：中央編譯出版社)

隋邦森、隋海鷹　2005《石頭記密碼　清宮隱史》(北京：中央編譯出版社)

陳毅平　2005《紅樓夢稱呼語研究》(武漢：武漢大學出版社)

胡文彬　2005《紅樓夢人物談》(文化藝術出版社)

高陽　2005《紅樓一家言》(台北市：聯經出版社)

梁歸智　2005《石頭記探佚——紅樓夢探佚學初藉》(山西：山西古藉出版社)

王國維、蔡元培　2005《紅樓夢評論　石頭記索隱》(上海市：上海古籍出版社)

劉再復　2006《紅樓夢悟》(香港：三聯書店)

周思源　2006《正解金陵十二釵》(北京市：中華書局)

歐麗娟　2006《紅樓夢人物立體論》(臺北市：里仁書局)

劉廣定　2006《化外談紅》(臺北市：大安出版社)

許玫芳主編　2006《2006年台灣紅樓夢論壇　演講稿合輯》(桃園縣：龍華科技大學通識教育中心)

鄭鐵生　2006《劉心武『紅學』之疑》(北京市：新華出版社)

胡文彬　2006《讀遍紅樓》(太原市：山西人民出版社)

周紹良　2006《紅樓論集》(北京市：新華書局)

鄭紅楓　鄭慶山輯校　2006《紅樓夢脂評輯校》《北京：北京圖書館出版社》

台大皮膚科編著　2006《實用皮膚醫學》(台北市：台大醫學院)

何大衛　2006《中國古代男色文學研究》(台北市：國立台灣大學中國文學研究所碩士論文)

陳存仁　宋淇合著　2006《紅樓夢人物醫事考》(廣西省：廣西師範大學出版社)

郭玉雯　2006《紅樓夢淵源論：從神話到明清思想》(台北市：台大出版社)

陳存仁　宋淇合著　2007《紅樓夢人物醫事考》(台北縣新店市：世茂)

周慶華　2007《紅樓搖夢》(台北市：里仁書局)

清‧吳謙編纂　未著錄出版年代《醫宗金鑑》(台南市：世一書局)

舊題左丘明撰　未著錄出版年代　十三經注疏本《左傳》(臺北市：藝文印

書館)

未著錄出版年代　十三經注疏本《孟子》(臺北市：藝文印書館)

未著錄出版年代　十三經注疏本《儀禮》(臺北市：藝文印書館)

未著錄出版年代　十三經注疏本《詩經》臺北市：藝文印書館）

未著錄出版年代　十三經注疏本《禮記》(臺北市：藝文印書館）

未著錄出版年代　十三經注疏本《周易》(臺北市：藝文印書館)

未著錄出版年代　十三經注疏本《論語》(臺北市：藝文印書館)

馮炳基釋注　未著錄出版年代《般若波羅蜜多經》(臺北縣：大眾印務)

二、中文期刊與書籍中之單篇論文

矑蝯〈紅樓佚話〉，原刊於《晶報》，1921 年 5 月 18 日，第 3 版，又見於周
　　汝昌《紅樓夢新證》，頁 929

李騰嶽 〈紅樓夢醫事： 殊に其の諸人物の罹患疾病に就ての察〉，刊於《台
　　灣醫學會》，昭和 17[1942 年]，第 41 卷，第 3 附錄別刷，頁 81-118

王崑崙 〈為爭自由而死的鴛鴦、司棋、尤三姐〉，刊於《紅樓夢問題討論集》
　　(四集)，1955 年，頁 175-181，亦輯於《紅樓夢人物論》中

聶紺弩 〈論釵黛合一論的思想根源〉，輯於《紅樓夢問題討論集》，1955 年，
　　頁 136-148

劉大杰 〈晴雯的性格〉，輯於《紅樓夢問題討論集》，1955 年，第 3 集，頁
　　355-359

念棠 〈紅樓夢人物瑣談〉(二)，刊於《反攻》，1962 年 1 月 1 日，第 238 期，
　　頁 25-27

梅苑〈紅樓夢的重要女性〉，刊於《現代學苑》中，1966 年 2 月，第 3 卷，
　　第 3 期，頁 19-28

嚴曼麗〈紅樓二尤的悲劇情味〉，刊於《幼獅學刊》，1971 年 9 月，第 34 卷，

第 3 期，頁 16-19 ，又見岑佳卓編著《紅樓夢綜合研究下編》中，頁 660-664

康來新 〈疏影暗香許玫芳主編──香菱氣韻的品評〉，刊於《幼獅月刊》，1971 年 9 月號，卷 34，第 3 期，頁 7-11

譚維漢〈夢之科學的研究〉，刊於《珠海學報》，1972 年 1 月，第 5 期，頁 1-36

余青 〈讀紅樓夢女性人物的描寫〉，刊於《藝文誌》，1978 年 3 月號，第 150 期，頁 57-58

張錦池〈妙玉論〉，原刊於《社會科學戰線》，1979 年，第 4 期，又見於《紅樓十二論》中，1982 年 6 月，頁 291-308

阮沅〈紅樓夢小人物〉(22)，刊於《中華文化復興月刊》，1979 年 12 月，第 12 卷、第 12 期，頁 12-18

阮沅 〈紅樓小人物（23）色迷心竅狂賈瑞〉，刊於《中華文化復興月刊》1980 年，第 13 卷，第 1 期，頁 76-79

應必誠 〈平兒的悲劇〉， 刊於《紅樓夢研究集刊》，1980 年，第 3 輯，頁 109-120

陽光漢 〈曹雪芹原著中的尤三姐〉，刊於《紅樓夢學刊》，1980 年，第 2 輯，頁 193-220

重連〈賈府四個小姐的名字〉，刊於《紅樓夢研究集刊》，1980 年 6 月，第 3 輯，頁 212-223

洛地〈關于秦可卿之死〉，刊於《紅樓夢學刊》，1980 年 6 月，第 3 輯，頁 251-266

吳世昌〈紅樓夢原稿後半部若干情節的推測──試論書中人物命名的意義和故事的關係(中)〉，輯於《紅樓夢研究集刊》，1980 年 9 月，第 4 輯，頁 245-254

程鵬〈世難容──妙玉性格散論〉，刊於《紅樓夢研究集刊》，1980 年 9 月，

第 4 輯，頁 47-64

解之漢〈妙玉出身新說〉，刊於《紅樓夢研究集刊》，1980 年 9 月，第 4 輯，頁 319-310

筠宇〈晴雯並非死於女兒癆〉，刊於《紅樓夢學刊》，1981 年，第 1 輯，頁 72-73

陳榮基校閱、蔡景仁譯〈昏迷及其有關的意識障礙〉，在余政經、李仁智《赫里遜內科學》，1981 年，頁 231-238

張春樹〈由晴雯談到典型的個性描寫〉，刊於《紅樓夢學刊》， 1981 年，第 2 輯，頁 171-178

宋淇 〈紅樓夢醫事考——紅樓夢的病症與醫理〉，刊於《大成》，1981 年 7 月 1 日，第 92 期，頁 3-13

陳存仁、宋淇 〈紅樓夢人物醫事考——紅樓夢的病症與醫理〉，刊於《大成》，1981 年 8 月 1 日，頁 2-10

陳存仁〈紅樓夢人物醫事考——紅樓夢的病症與醫理〉，刊於《大成》，1981 年 8 月 1 日，第 93 期，頁 2-10

陳存仁〈王熙鳳的不治之症——紅樓夢的病症與醫理〉，刊於《大成》，1981 年 9 月 1 日，第 94 期，頁 2-9

杜輝〈賈寶玉的瘋病〉，刊於《紅樓夢研究集刊》，1981 年 10 月，第 7 輯，頁 62-85

嚴望〈試論趙姨娘〉，刊於《紅樓夢研究集刊》，1981 年 10 月，第 7 輯，頁 123-142

陳存仁、宋淇 〈晴雯夭風流——紅樓夢的病症與醫理〉，刊於《大成》，1981 年 10 月，第 95 期，頁 7-13

傅繼馥〈歷史性的突破——論《紅樓夢》中性格化典型的成就〉，刊於《紅樓夢研究集刊》，1981 年 10 月，第 7 輯，頁 63-86

丁廣惠 〈秦可卿是什麼人？〉，刊於《紅樓夢研究集刊》，1981 年 11 月，第

6 輯，頁 107-128

王志良、方延曦〈談秦可卿之死〉，刊於《紅樓夢研究集刊》，1981 年 11 月，
　　第 6 輯，頁 129-141

宋淇、陳存仁〈紅樓二尤 (紅樓夢的病症與醫理) 〉，刊於《大成》，1981 年
　　11 月 1 日，第 96 期，頁 4-9

陳存仁、宋淇〈林黛玉淚盡夭亡〉(紅樓夢的病症與醫理)，刊於《大成》，1981
　　年 12 月 1 日，第 97 期，頁 7-16

劉操南〈在石奇神鬼搏 木怪虎狼蹲〉，刊於《紅樓夢學刊》，1981 年，第 4
　　輯，頁 57-70

君玉〈從妙玉的入魔走火談起〉，刊於《紅樓夢學刊》，1981 年，第 4 輯，
　　頁 327-328

宋淇、陳存仁〈林黛玉淚盡夭亡──紅樓夢的病症與醫理〉(七)，刊於《大成》，
　　1982 年 1 月 1 日，第 98 期，頁 12-18

陳存仁〈紅樓夢人物醫事考 結束篇〉，刊於《大成》，1982 年 2 月 1 日，
　　第 99 期，頁 11-13

趙德〈林黛玉的詩才〉，刊於《紅樓夢學刊》，1982 年，第 3 輯，頁 169-170

傅繼馥〈紅樓夢中預示的藝術〉，刊於《紅樓夢研究集刊》，1982 年 5 月，
　　第 8 輯，頁 131

張曼誠〈《紅樓夢》的醫藥描寫〉，刊於《紅樓夢研究集刊》，1982 年 5 月，
　　第 8 輯，頁 431-434

李厚基 〈象外之旨，意外之趣──秦可卿藝術形象塑造之質疑〉，刊於中國
　　社會科研究院編《紅樓夢研究集刊》，1982 年 5 月，第 8 輯，頁 53-69

胡邦煒〈賈瑞與王熙鳳〉，刊於《紅樓夢研究集刊》，1982 年 11 月，第 9 輯，
　　頁 279-290

石亞明〈傳神寫意，百態千姿──試比較紅樓夢中幾個丫環的形象〉，輯於貴
　　州省紅樓夢學會編之《紅樓探藝》，1983 年，頁 160-170

杜立莫撰、陳界華譯〈文化唯物論女性主義與馬克斯人文主義〉，見於《中外文學》1983 年，第 21 卷、第 1 卷，第 8 期，頁 41

潘忠榮〈云空未必空──妙玉形象意義淺論〉，刊於《紅樓夢學刊》，1983 年，第 4 輯，頁 173-188

黃建宏〈論賈瑞形象的意義〉，刊於《紅樓夢學刊》，1983 年，第 4 輯，頁 215-229

馮子禮〈妙玉的環境與妙玉的性格〉，刊於《紅樓夢學刊》，1983 年，第 4 輯，頁 189-199

沈旭元　〈紅牙檀板奏哀聲〉，刊於《紅樓夢學刊》，1983 年，第 4 輯，頁 114-120

黎音、薑葆夫〈曹雪芹筆下的趙姨娘〉，刊於《紅樓夢學刊》，1983 年，第 4 輯，頁 203-214

陳萬益〈說寶玉的「意淫」和「情不情」──古脂評探微之一〉，刊於《中外文學》，1983 年，第 12 卷，第 9 期，頁 12-28

周汝昌〈冷月寒塘賦虙妃〉一文(見《河北師範大學學報》1984 年，第 3 期，頁 22-28

蔣文欽〈女兒世界與女兒崇拜──賈寶玉典型性格試探〉，刊於《紅樓夢學刊》，1984 年，第 4 輯，頁 107-122

郭樹文〈鳳姐尤二姐是非新議〉，刊於《紅樓夢研究》，1986 年 3 月，頁 62-68

汪劍隱〈紅樓夢之暗示作用〉，刊於《反攻》月刊，1987 年，4 月，第 44 期，頁 16-18

[日]合山究　藤重典子譯〈《紅樓夢》的女性崇拜思想及其源流〉，刊於《紅樓夢學刊》，1987 年，第 2 輯，頁 103-126

吳南濱〈關於"吃茶"、"喜娘"種種──對《紅樓夢》中的婚俗〉一文的補充〉，刊於《紅樓夢學刊》1987 年，第 4 輯，頁 231

李賢平〈統計分析紅樓夢成書探疑另一說〉，刊於《聯合報》，1987 年 9 月

10 日，星期四，第 3 版

江萬煊〈建立良好的「性心理」和「性觀念」〉，在謝瀛華《性心理手冊》，
　　1988 年，頁 1-4

端木蕻良　〈晴雯撕扇〉，輯於《歷代名篇賞析集成》，1988 年(北京市：中國
　　文籍出版公司)，頁 2543-2545

劉尚義　〈幻覺〉，刊於《健康世界》1988 年 2 月 10 日出版，第 26 期，頁
　　70-76

楊樹彬　〈夢與秦可卿〉，刊於《紅樓夢學刊》，1988 年，第 2 輯，頁 113-125

單世聯〈徘徊在規範之外——賈寶玉的一個新詮釋〉，刊於《紅樓夢學刊》，
　　1988 年，第 2 輯，頁 1-28

馬丁·愛明(Martin Ebon)〈心靈戰爭〉Psychic Warfare，刊於黃大受編《超
　　心理學研究》，1988 年，第 52、53 期，頁 11-13

胡先縉〈中國人的面子觀〉，輯於黃光國編《中國人的權利遊戲》，1988 年，
　　頁 57-78

喻天舒〈惜春論〉，刊於《紅樓夢學刊》，1988 年，第 2 輯，頁 91-112

丁淦〈元妃之死——"紅樓探佚"之一〉，刊於《紅樓夢學刊》，1989 年，第 2
　　輯，頁 181-213

涂瀛〈薛蟠贊〉，輯於一粟編《古典文學研究資料彙編·紅樓夢卷》，1989
　　年 10 月臺 1 版，卷 3，頁 125-146

姚燮〈讀紅樓夢綱領(節錄)〉(叢說)，輯於一粟編《古典文學研究資料彙編·
　　紅樓夢卷》，1989 年 10 月，臺 1 版，卷 3，頁 164-174

季新《紅樓夢新評》，輯於一粟編《古典文學研究資料彙編·紅樓夢卷》，1989
　　年 10 月臺 1 版，卷 3，頁 302-318

涂瀛〈紅樓夢論贊·司棋贊〉，輯於一粟編《古典文學研究資料彙編·紅樓
　　夢卷》，1989 年 10 月臺 1 版，卷 3，頁 125-146

王希廉《紅樓夢總評》，輯於一粟編《古典文學研究資料彙編·紅樓夢卷》，

1989 年 10 月臺 1 版，卷 3，頁 146-153

涂瀛 〈紅樓夢問答〉，輯於一粟編《古典文學研究資料彙編・紅樓夢卷》，
　　1989 年 10 月臺 1 版，卷 3，頁 125-146

二知道人〈紅樓夢說夢〉，輯於一粟編《古典文學研究資料彙編・紅樓夢卷》，
　　1989 年 10 月臺 1 版，卷 3，頁 83-103

冥飛等《古今小說評林》，輯於一粟編《古典文學研究資料彙編・紅樓夢卷》，
　　1989 年 10 月臺 1 版，卷 6，頁 633-652

茗溪漁隱〈癡人說夢(節錄)〉，輯於一粟編《古典文學研究資料彙編・紅樓夢
　　卷》，1989 年 10 月臺 1 版，卷 3，頁 103-111

汪稚清 〈良工精琢　美玉無瑕──《紅樓夢》尤三姐形象創造淺談〉，刊於
　　《紅樓夢學刊》，1989 年，第 4 輯，頁 121-134

馮家昔 〈紅樓夢小品〉，輯於一粟編《古典文學研究資料彙編・紅樓夢卷》
　　1989 年，10 月，台 1 版，卷 3，頁 232-235

梁啓超 《論小說與群治之關係》(節錄)，輯於一粟編《古典文學研究資料
　　彙編・紅樓夢卷》，1989 年，10 月，台 1 版，卷 6，頁 562-563

朱作霖〈紅樓夢文庫(節錄)・鴛鴦晴雯尤三姐附金釧〉，輯於一粟編《古典文
　　學研究資料彙編・紅樓夢卷》，1989 年 10 月臺 1 版，卷 3，頁 159-163

潘凡平〈癡呆與瘋狂──從賈寶玉到 "狂人"〉，刊於《紅樓夢學刊》，1990 年，
　　第 2 輯，頁 35-57

胡海國〈憂鬱症的心理健康〉，在《健康世界》，1990 年 6 月號，新版第 174
　　期，頁 50-54

古月 〈《〈紅樓夢〉飲食譜》（秦一民著）〉，刊於《紅樓夢學刊》，1990
　　年，第 3 輯，頁 230-246

龔保華、陳純忠〈淺談賈瑞之死〉，刊於《紅樓夢學刊》，1990 年，第 4 輯，
　　頁 84-86

柳田〈 "雙性同體" 及 "意淫" 等〉，刊於《紅樓夢學刊》，1991 年，第 1 輯，

頁 286-290

張慶善〈關於秦可卿 "天香樓" 之死的問題〉中亦採此說，見《紅樓夢學刊》，
　　1991 年，第 1 輯，頁 174-176

雷忍德〈紅樓夢裡的邊緣人物——趙姨娘〉，刊於《南港高工學報》1991 年 5
　　月 20 日，頁 215-224

劉世德〈迎春是誰的女兒？〉，刊於《紅樓夢學刊》，1991 年，第 4 輯，頁
　　289-305

林憲　〈擾人亦自惱的自戀性人格〉，刊於《健康世界》，1991 年 7 月號，
　　新版 67 期，頁 6-9

戴不凡的　〈秦可卿晚死考〉，在《紅學評議：外篇》(北京市；文化藝術社
　　出版：新華經銷)，1991 年，頁 257-268

杜立莫撰、陳界華譯〈文化唯物論女性主義與馬克斯人文主義〉，見於《中
　　外文學》1993 年，第 21 卷，第 8 期，頁 23-58

凌濛初《初刻拍案驚奇》，輯於黃敏譯註　章培恆審閱　1992《明代文言短
　　篇小說》，(台北市：錦繡出版社)頁 42-69

汪佩琴〈紅樓夢中三件醫學疑案〉，輯於朱亮采《二百年來論紅樓夢》，1992
　　年，頁 507-508

汪佩琴〈紅樓夢中的三件醫學上的疑案〉，輯於朱亮采《二百年來論紅樓夢》，
　　1992 年，頁 508-509

汪佩琴〈賈寶玉夢中盜汗——《紅樓夢醫案》〉之三，輯於朱亮采《二百年來
　　論紅樓夢》1992 年，頁 510-512

徐子餘〈花襲人新論〉，刊於《紅樓夢學刊》，1992 年，第 1 輯，頁 79-98

徐振揮〈論《紅樓夢》的角色變遷〉，刊於《紅樓夢學刊》，1992 年，第 1
　　輯，頁 61-78

陳大康〈寶珠，死珠，魚眼珠——論趙姨娘兼談賈府的婢女的歸宿〉，刊於《紅
　　樓夢學刊》，1992 年，第 2 輯，頁 121-135

鄧昭芳　〈安非他命之濫用與中毒〉，刊於《內科學誌》，1992 年 6 月，第 3
　　　卷、第 2 期，頁 125-132

顏至慶、趙凱聲、徐國雄、連榮達　〈嚴重安非他命中毒——橫文肌溶解及休
　　　克四病例報告〉，刊於《內科學誌》，1992 年，6 月，第 3 卷，第 2 期，
　　　頁 100-101

劉心武〈秦可卿出身未必寒微〉，刊於《紅樓夢學刊》，1992 年，第 2 輯，
　　　頁 149-170

草木子〈紅注集錦·蝦須簾、蝦須鐲〉，刊於《紅樓夢學刊》，1992 年，第 3
　　　輯，頁 264

杜景華〈黛釵性格與道德評估〉，刊於《紅樓夢學刊》，1992 年，第 4 輯，
　　　頁 153-180

王玉萍〈在王熙鳳 "強者" 形象的背後〉，刊於《紅樓夢學刊》，1992 年，第 2
　　　輯，頁 333-334

李從培、孫玉國、方明昭〈神靈附體狀態的相關問題〉，刊於《中國心理衛
　　　生雜誌》，1992 年，卷 6，第 4 期，頁 167-170

李哲良〈關於《紅樓夢》中石頭的母神崇拜與神話原型〉，刊於《紅樓夢學
　　　刊》，1992 年，第 3 輯，頁 67-92

王靖〈賈寶玉生辰考——"五月初三說質疑"〉，刊於《紅樓夢學刊》，1992 年，
　　　第 4 輯，頁 267-276

李希凡〈勘破三春景不長——《紅樓夢》藝境探微之七〉，刊於《紅樓夢學刊》，
　　　1993 年，第 1 輯，頁 175-196

魯德才〈賈寶玉理想人格的探求與超越〉，刊於《紅樓夢學刊》，1993 年，
　　　第 3 輯，頁 87-100

斯邁〈趙姨娘曾是寶珠嗎？〉，刊於《紅樓夢學刊》，1993 年，第 3 輯，頁
　　　116-120

王向東〈隱逸文化與賈寶玉隱士形象的塑造〉，刊於《紅樓夢學刊》，1993

年，第 4 輯，頁 124-134

端木蕻良〈林黛玉之死〉，刊於《紅樓夢學刊》，1993 年，第 4 輯，頁 338-339

劉振聲〈也談賈瑞之死〉，刊於《紅樓夢學刊》，1993 年，第 4 輯，頁 103-104

周純一〈中國人話本小說人物之命運觀——中國話本小說理的算命先生〉，刊
　　於淡江大學中文系主編《人物類型與中國市井文化》，1995 年，頁 117-147

曾陽華〈賈母的煩惱〉，刊於《紅樓夢學刊》，1995 年，第 1 輯，頁 275-279

劉世德〈秦鐘之死——《紅樓夢》版本探微之一〉，刊於《紅樓夢學刊》，1995
　　年，第 1 輯，頁 143-163

饒道慶〈化灰化煙隨風散——論賈寶玉的死亡意識〉，刊於《紅樓夢學刊》，
　　1995 年，第 1 輯，頁 280-291

林文瑛、王震武〈中國父母的教養觀：嚴教觀或打罵觀？〉，輯於楊國樞主
　　編《親子關係與教化》，本土心理學研究，1995 年 2 月，第 3 期，頁 2-92

周純一　1995《中國人話本小說人物之命運觀——中國話本小說裡的算命
　　先生》，輯於淡江大學中文系主編《人物類型與中國市井文化》(台北市：
　　臺灣學生)

劉君祖總編輯〈進入肉眼看不見的世界——可視化技術拓展出新視野〉，刊於
　　《牛頓雜誌》*Newton Graphic Science Magazine*　，1995 年 3 月 15 日，
　　Vol.12, No.11, p.30.

陳佳君　〈論探春的性格和母女衝突〉，刊於《傳習》，1995 年 4 月，第 18
　　期，頁 99-106

陳益源　〈紅樓夢裡的同性戀〉，刊於《國文天地》，1995 年 4 月，第 10 卷，
　　11 期，頁 10-25，後收於《古典小說與情色文學》，2001 (臺北市：里仁
　　書局)

嚴安政　〈「兼美」審美理想的失敗〉，刊於《紅樓夢學刊》，1995 年，第 4
　　輯，頁 179-194

陳桂聲　〈劃破烏雲濃霧的理想之光——論晴雯〉，刊於《紅樓夢學刊》，1995

年，第 4 輯， 頁 203-218

李啓原 〈釵黛爭玉——論「紅樓夢」薛寶釵、林黛玉若兩峰對峙;雙水分流; 各極其妙;莫能相下〉,刊於《黃埔學報》,1995 年 12 月,頁 79-90

張澤芳 〈王熙鳳性格結構論〉,刊於《紅樓夢研究集刊》,1996 年,第 1 輯, 頁 102-119

高洪興、徐錦均、張強主編,輯於《婦女風俗考》,1996 年,頁 185-212

文榮光、柯乃熒、徐淑婷〈同性戀診療現況與個案分析〉,在 1996 年 3 月性 教育協會《性治療工作坊》手冊中

潘銘燊 〈關於妙玉結局的思考〉,1996 年 1 月 31 日發表於哈爾濱師範大 學主辦海峽兩岸《紅樓夢》學術研討會論文

段振離 〈妙玉的性心理與性幻覺〉,刊於見《健康世界》,1996 年 12 月號, 新版 132 期,頁 116-117

蔡尚穎、陳喬琪及葉英堃〈安非他命濫用與安非他命精神病之心理因素〉(見 《中華精神醫學》,1996 年 12 月,第 10 卷,第 2 期,頁 138-145

楊中芳 〈「社會/文化/歷史」的框架在哪裡?〉,輯於《中國人的人際心態》, 1996 年,頁 191-200

曹金鐘〈賈寶玉新論〉,刊於《紅樓夢學刊》,1996 年,第 4 輯,頁 56-73

文榮光、林淑玲、陳宇平〈靈魂附身、精神疾病與心理社會文化因素〉,在 楊國樞主編《文化、心病及療法》中,1997 年,頁 2-35

文榮光 〈論靈異現象〉,刊於《宗教、靈異、科學與社會》學術研討會論文, 1997 年,頁 18-28

薛瑞生〈惱人最是戒珠圓——妙玉論〉,刊於《紅樓夢學刊》,1997 年,第 1 輯,頁 52-71

馬玨 〈非玉非石的悲劇人生——論鴛鴦、平兒、金釧兒、襲人〉,刊於《紅 樓夢學刊》,1997 年,第 2 輯,頁 287-301

陳永宏〈晴雯悲劇作為性格悲劇思考時的心理文化機制——晴雯悲劇成因組

論之二〉，刊於《紅樓夢學刊》，1997 年，第 2 輯，頁 166-175

段振離〈從林黛玉的肺癆談起——肺結核今昔〉，刊於《健康世界》1997 年 2
　　月，頁 104-108

段振離〈試析香菱的乾血之症〉，刊於《健康世界》1997 年 4 月號，第 136
　　期，頁 31-36

陳益源〈明末流行風——小官當道〉，刊於《聯合文學》，1997 年 6 月，第 13
　　卷，第 4 期，頁 41-44

葉光輝〈孝道概念的心理學探討：雙層次孝道認知特徵的發展歷程〉，在楊
　　國樞主編《親子關係與孝道》中，1998 年，頁 53-117

文崇一〈從價值取向談中國國民性〉，見於李亦園、楊國樞主編《中國人的
　　性格》，1998 年，頁 49-90

李敏龍、楊國樞〈中國人的忍：概念分析與實徵研究〉，在楊國樞主編《忍
　　與受苦經驗》(本土心理學研究 10)，1998 年，頁 3-69

陳碧月〈略論紅樓夢的角色對比——以黛玉和寶釵為例〉，刊於《明道文藝》，
　　1998 年 3 月，頁 79-90

嚴紀華〈林黛玉、薛寶釵在「紅樓夢」中的角色塑造——由俞平伯的「釵黛
　　合一論」談起〉，刊於《華岡文科學報》，1998 年 3 月，頁 123-150

宋淇〈紅樓夢怡紅院的四大丫環〉，刊於《紅樓夢學刊》，1998 年，第 3 輯，
　　頁 1-38

李美枝　〈中國人親子關係的內涵與功能：以大學生為例〉，在楊國樞主編
　　《親子關係與孝道》中，1998 年 6 月，頁 3-52

杜春耕　〈榮寧兩府兩本書〉，刊於《紅樓夢學刊》，1998 年，第 3 輯，頁
　　193-205

季學原　〈兩個三姐皆豪傑——紅樓脂粉英雄談之十四〉，刊於《紅樓夢學
　　刊》，1998 年，第 4 輯，頁 46-64

賴振寅〈刀斧之筆與菩薩之心——秦可卿之死與曹雪芹的美學思想〉，刊於《紅

樓夢學刊》，1999 年，第 1 輯，頁 116-131

馬建華〈一個封建禮教的回歸者——林黛玉性格之我見〉中，見《紅樓夢學
　　刊》，1999 年，第 1 輯，頁 103-115

胡適　〈秦可卿之死〉，輯於《經典叢話‧紅樓漫拾》，1999 年，頁 65-70

賈穗　〈《紅樓夢》中有多少人物？〉，在陳桂聲《經典叢話‧紅樓漫拾》中，
　　1999 年，頁 238-242

王志中　〈情緒與疾病〉，刊於《仁愛醫訊》，1999 年 4 月刊，第 15 卷，第
　　2 期，頁 4-6

羅書華〈詩與真：大觀園裏的女兒們〉，刊於《紅樓夢學刊》，1999 年，第 2
　　輯，頁 58-74

王鼐〈《紅樓夢》的生命境界與生命主題〉，刊於《紅樓夢學刊》，1999 年，
　　第 3 輯，頁 300-313

許玫芳　石富元〈隱匿在強迫型性格異常下的妙玉〉，刊於《國家圖書館館
　　刊》，1999 年 12 月 31 日，第 2 期，頁 205-225

郁丁〈千古之謎說黛玉——黛玉的窮身世〉，刊於《歷史月刊》，2000 年 3 月，
　　頁 105-109

黃鶯〈賈寶玉新論〉，刊於《紅樓夢學刊》，2000 年，第 1 輯，頁 287-294

張慶民〈黛玉之死考論〉，刊於《紅樓夢學刊》，2000 年，第 2 輯，頁 93-103

醫學教育學會發行〈全院學術研討會〉，刊於《醫教簡訊》，2000 年 4 月 7 日，
　　NO. 267，頁 1-2

孫虹〈尤氏三艷形象的寓言性〉，刊於《紅樓夢學刊》，2000 年，第 3 輯，
　　頁 136-145

嚴明、陸巧娟〈男權社會的無奈祭品——論鳳姐和寶釵婚姻悲劇中的個性因
　　素〉，刊於《紅樓夢學刊》，2000 年，第 3 輯，頁 125-135

陳心浩、季學原　〈妙玉：妙在有玉——紅樓脂粉英雄談之十六〉，刊於《紅
　　樓夢學刊》，2000 年，第 4 輯，頁 119-131

吳佳璿、李信謙、李明濱〈器質性精神疾病〉，輯於李明濱主編《實用精神
　　醫學》，2001 年，頁 107-116

青杉〈鴛鴦之死〉，輯於《紅樓夢研究稀見資料彙編》（下），2001 年，頁
　　1397-1398

曾美智〈性疾患和性別認同障礙症〉， 輯於李明濱主編《實用精神醫學》，
　　2001 年，頁 195-200

劉天振〈是妙筆，還是敗筆——尤二姐形象塑造得失談〉，刊於《紅樓夢學刊》，
　　2001 年，第 1 輯，頁 318-326

郭玉雯〈紅樓夢與女神神話傳說——林黛玉篇〉，刊於《清華學報》，2001 年，
　　3 月，頁 101-133

廖咸浩〈前布爾喬亞的憂鬱——賈寶玉和他的戀情〉，刊於《聯合文學》，2001
　　年 4 月號，頁 63-66

紀永貴　〈論《紅樓夢》秦氏的病源及死因〉，刊於《中國文化月刊》，2001
　　年 4 月，第 253 期，頁 48-66

郭幗英　〈最無辜堪恨亦堪憐——我看尤二姐悲劇〉，刊於《紅樓夢學刊》，
　　2001 年，第 2 輯，頁 113-121

周義〈《紅樓夢》中的意淫解〉，刊於《紅樓夢學刊》，2001 年，第 2 輯，頁
　　73-84

李慶信〈襲人的雙重人格角色與道德標準〉，刊於《紅樓夢學刊》，2001 年，
　　第 2 輯，頁 171－184

化蝶〈賈元春的生死〉，輯於《紅樓夢研究稀見資料彙編》（上），2001 年，8
　　月，頁 332-335

郭幗英〈最無辜堪恨意堪憐——我看尤二姐悲劇〉，刊於《紅樓夢學刊》，2001
　　年，第 3 輯，頁 111-121

李受民〈封建 "淑女" 的理想化與世俗化〉，刊於《紅樓夢學刊》，2001 年，
　　第 3 輯，頁 299-309

紀建生〈詩詞爲心──林黛玉形象八題〉，刊於《紅樓夢學刊》，2001 年，第 3 輯，頁 98-112

劉相雨〈被污辱與被損害的女性──論趙姨娘及中國古典長篇小說中的妾婦形象〉，刊於《紅樓夢學刊》，2001 年，第 3 輯，頁 268-281

宋玟玟〈論「紅樓夢」的妾〉，刊於《百齡高中學報》，2001 年 11 月，頁 19-34

步朝霞〈追求與失落──寶玉與郝思嘉文學形象比較〉，刊於《紅樓夢學刊》，2001 年，第 4 輯，頁 210-216

郭玉雯〈紅樓夢中的情慾與禮教－－紅樓夢與明清思想〉　在中央研究院主辦 「情慾明清　國際學術研討會」2001 年 12 月 30 日之論文中

李小龍〈十二金釵歸何處──紅樓十二伶隱寓試詮〉，刊於《紅樓夢學刊》，2002 年，第 1 輯，頁 292-306

陳慧玲〈從溝通分析 Transactional Analysis 之腳本(Script)理論看黛玉的性格與人生〉，刊於《東南學報》，2002 年 1 月，頁 177-189

付麗〈《紅樓夢》女兒崇尚的價值解讀〉，刊於《紅樓夢學刊》，2002 年，第 1 輯，頁 275-291

段江麗〈女正位乎內：論賈母、鳳姐在賈府中的地位〉，刊於《紅樓夢學刊》，2002 年，第 2 輯，頁 201-218

歐麗娟〈林黛玉立體論──「變/正」、「我/群」的性格轉化〉，刊於《漢學研究》，2002 年 6 月，頁 221-252，另見網站：
http://ccs.ncl.edu.tw/Chinese_studies_20_1/221-252.pdf-2007/5/23

蕭慈〈試論王熙鳳人事治理之措施〉，刊於《語文教育通訊》，2002 年 6 月，頁 9-13

常金蓮〈從 “妓女”到 “母親”的道德完善──論李瓶兒與尤二姐〉，刊於《紅樓夢學刊》，2002 年，第 2 輯，頁 325-336

劉競〈超越的幻滅──從 “寶玉三友”看曹雪芹的人生思考〉，刊於《紅樓夢學刊》，2002 年，第 2 輯，頁 100-112

詹丹〈論紅樓夢的女性立場和兒童本位〉，刊於《紅樓夢學刊》，2002 年，
　　第 2 輯，頁 82-99

許正典〈妙婷個案〉，刊於《張老師月刊》4 月號，2002 年，第 292 期，頁
　　97-101

許玫芳　〈紅樓夢中之義學奇情與謠諑效應〉，刊於《中國文化月刊》，2002
　　年 7 月，第 268 期，頁 23-46

蔡佩如〈女童乩的神靈世界〉，刊於《兩性平等教育季刊》，2002 年 5 月 1
　　日，第 18 期，頁 37-50

邱麗文〈「被動攻擊性人格疾患」消極顯形〉，刊於《張老師月刊》，2002 年
　　4 月號，292 期，頁 97-102

王開桃〈論《紅樓夢》中有關女奴被改名的描寫〉，刊於《紅樓夢學刊》，2002
　　年，第 3 輯，頁 256-266

沈治鈞〈石頭·神瑛侍者·賈寶玉〉，刊於《紅樓夢學刊》，2002 年，第 3
　　輯，頁 114-132

康來新〈閑情幻——紅樓夢的飲食美學〉，刊於《中央大學中文系專任教師論
　　著集刊》，2002 年 9 月 30 日，頁 343-384，原發表於 1995 年「飲食文
　　學國際研討會」

趙繼承〈時代漩窩中的兩塊頑石——孫悟空與賈寶玉之比較〉，刊於《紅樓夢
　　學刊》，2002 年，第 4 輯，頁 193-199

辛若水〈從林黛玉、葬花吟的魅力到精神自殺〉，刊於《紅樓夢學刊》，2002
　　年，第 4 輯，頁 134-146

韓國·蔡禹錫〈王熙鳳的社會倫理意識〉，刊於《紅樓夢學刊》，2002 年，
　　第 4 輯，頁 118-132

張乃良〈紅樓夢中的死亡氣息與死亡內蘊〉，刊於《寶雞文理學院學報》(社
　　會科學版)，2002年，第22卷，第4期，頁52-56

林宜青〈王熙鳳管理榮國府的探討〉，刊於《中臺學報:人文社會卷》，2003

年 5 月，頁 229-254

杜景華〈賈寶玉的情極與怪誕〉，刊於《紅樓夢學刊》，2003 年，第 1 輯，頁 212-236

鄧正樑〈醫講紅樓夢〉，刊於《台灣日報》，2003 年 3 月 2 日，星期五，「醫療、養生保健」11 版

邱俊吉　臺北報導〈花蓮縣衛生局長情緒需輔導〉，刊於《中時晚報》2003 年 6 月 30 日，星期一，第 6 版

白盾〈花襲人辨〉，刊於《紅樓夢學刊》，2003 年，第 2 輯，頁 61-78

俞智敏編譯〈醫師多文藝　增進醫病關係〉，刊於《自由時報》，2003 年 5 月 25 日，星期日，頁 12

洪茗馨/臺北報導〈報復　中小學生自戕主因〉，刊於《中時晚報》，2003 年 6 月 30 日，星期一，第 5 版

楊添團〈憂鬱症與精神症狀〉，刊於《臺北市立療養院九十一年年報　專題：憂鬱症　Special Section: Depressive Disorder》，2003 年，6 月，頁 56-59

彭參、劉鈞瀚〈亂彈紅樓女兒觀〉，刊於《紅樓夢學刊》，2003 年，第 3 輯，頁 102-114

梁歸智〈萬惡淫爲首　百善孝爲先——論寶玉挨打的思想文化內涵和寫作邏輯〉，刊於《紅樓夢學刊》，2003 年，第 3 輯，頁 157-163

艾浩德著　胡晴譯〈秦可卿之死〉，刊於《紅樓夢研究集刊》，2003 年，第 4 輯，頁 238-264

張曉風〈古典小說中所安排的疾病和它的象徵〉，刊於《中外文學》，2003 年，第 31 卷，第 12 期，頁 26-48

許玫芳〈紅樓夢中賈瑞之反社會性格、戀母情結及器質性幻覺症〉，刊於《中國文化月刊》，2004 年 1 月，頁 1-60

郭玉雯〈情慾與禮教——紅樓夢與明清思想〉，在熊秉眞、余安邦合編《情欲明清》中，2004 年，頁 143-190

歐麗娟〈《紅樓夢》中的「石榴花」——賈元春新論〉，刊於《臺大文史哲學報》，2004 年 5 月，第 60 期，頁 113-156

張永鑫〈紅樓夢元春判詞臆解〉，刊於《明清小說研究》，2004 年 11 月，第 3 期，頁 95-101

劉福勤〈王熙鳳判詞裡的悶葫蘆〉，刊於《明清小說研究》，2004 年 11 月，第 3 期，頁 80-94

呂啟祥〈析 "晴雯之死"〉 2004 在馬瑞芳　左振坤主編《名家解讀紅樓夢》(長春：吉林出版社)，頁 222-225

胡文彬〈風情月貌敗家根—秦可卿 "強壽考"〉，見《紅樓夢人物談·畫樑春盡落香塵—秦可卿之病》，2005 年，頁 77-83

李曉雪〈初論賈寶玉之意淫——好色即淫知情更淫〉，刊於《紅樓夢學刊》，2005 年，第 1 輯，頁 115-128

李文瑄〈精神醫學講座——自戀型人格〉見《諮商與輔導》，2005 年 5 月 5 日，第 223 期，頁 46-48

許玫芳〈《紅樓夢》中之傳情大使——晴雯之被動攻擊性格與醫病情緣〉，刊於《興大中文學報》，2005 年 6 月，第 17 期，頁 605-627

許玫芳〈紅樓夢中金釧兒、鮑二家的及鴛鴦之衝動型行為與生命情態〉，刊於《龍華科技大學學報》，2005 年 6 月，第 17 期，頁 135-156

陳莉榛〈自戀特質與治療〉，刊於《諮商與輔導》，2005 年 6 月 5 日，頁 10-16

汪道倫〈以女兒常情譜寫女兒真情——論林黛玉性格內涵〉，刊於《紅樓夢學刊》，2005 年，第 3 輯，頁 142-157

付少武〈論黛玉葬花在《紅樓夢》整體結構中的意義〉，刊於《紅樓夢學刊》，2005 年，第 3 輯，頁 166-177

孫福軒、孫敏強　〈《紅樓夢》石頭意象論〉，刊於《紅樓夢學刊》，2005 年，第 3 輯，頁 178-190

劉夢溪〈賈寶玉林黛玉愛情故事的心理過程〉，刊於《紅樓夢學刊》，2005

年，第 5 輯，頁 26-70

王富鵬〈論王熙鳳的陽性特質及其成因〉，刊於《紅樓夢學刊》，2005 年，第 6 輯，頁 83-97

彭利芝　〈元春打平安醮逗漏什麼？——兼與劉心武先生商榷〉，刊於《紅樓夢學刊》，2006 年，第 1 輯，頁 140-152

李丹、李兵〈奴才的發家史——試談襲人形象以及賴嬤嬤一家〉，刊於《紅樓夢學刊》，2006 年，第 1 輯，頁 317-327

沙東　〈夢的訊息〉，刊於《諮商與輔導》，2006 年 4 月 5 日，第 244 期，頁 18

郭適豫　〈從紅學索隱派說到 "秦學"研究其他——《論紅學索隱派的研究方法》後記〉，刊於《紅樓夢學刊》，2006 年，第 3 輯，頁 47-55

王三慶　〈也談賈寶玉的 "意淫"及《紅樓夢的情感書寫》〉，刊於《紅樓夢學刊》，2006 年，第 5 輯，頁 39-51

張文珍　〈賈母對賈府覆亡的應負的領導責任探析——對《紅樓夢》中賈母形象的政治解讀〉，刊於《紅樓夢學刊》，2006 年，第 5 輯，頁 319-332

李昭鴻　〈論杜十娘與尤二姐之人生悲劇〉，刊於《東方人文學誌》2007 年 3 月，第 6 卷，第 1 期，頁 99-112

陳盈君　〈飲食、男女、文字欲：試論朱天文對《紅樓夢》的接受〉，發表於，中央大學「第一屆《紅樓夢》與明清文學：研究生論文發表會」，2007 年 6 月 8 日，頁 1-20

賴振寅〈釵黛合一的美學闡釋(之三)〉刊於《紅樓夢學刊》，2007 年，第 2 輯，頁 47-69

三‧西文參考書目

Sigmund Freud, *Ego and the Id.*　1962　Translated by Joan Riviere. Rev. ed./rev.

and newly edited by James Strachey（New York: W.W. Norton）

Sigmund Freud, *An Autobiographic Study* 1963 (New York: Norton Library)

Edited by Alfred M. Freedman, M.D. and Harold I. Kaplan. 1967 *Comprehensive Textbook of Psychiatry* (Williams & Wilkins Company)

Alfred M. Freedman, M.D., Harold I, Kaplan, M.D., Benjamin J. Sadock M.D. 1972 *Modern Synopsis of Comprehensive Textbook of Psychiatry* (Baltimore: The Williams & Wilkin Company)

Sigmund Freud, *Introductory Lectures on Psychoanalysis.* Translated by James Strachey; edited by James Strachey and Angela Richard 1973 （Great Britain: Harmonsworth: Penguin）

Merrill T. Eaton, Jr., M.D., Margaret H. Peterson, M.D., James A. Davis, M.D. 1976 *Psychiatry* (Singapore: Toppan Company Pte. Ltd.)

A. H. Chapman 1976 2nd ed *Textbook of Clinical Psychiatry : an interpersonal approach*

B. George W. Thorn etc., 'Meninges,' in Harrison's the principles of internal medicine, (New York: Mcgraw-Hill, Health Professions Division) 1977

Sigmund Freud, *The Interpretation of Dreams.* 1985 (New York：Buccaneer Books, Inc.)

Harold I. Kaplan, Benjamin J. Sadock's, *Modern Synopsis of Comprehensive Textbook of Psychiatry/IV*, 1985(Baltimore: The Williams & Wilkin Company)

Edited by Peter Hill, Robin Murray and Anthony Thorley 1986 *Essentials of Postgraduate Psychiatry*(Orlando, Florida：Grune & Stratton, Inc.)

Diagnostic and Statistical Manual Disorders, DSM-Ⅲ-R 1987 (Washington, DC: American Psychiatry Association)

Edited by Edmund R. Novak, 1988 *Novak's Textbook of Gynecology,* ed. / Howard W. Jones III, Anne Colston Wentz, Lonnie S. Burnett. (U.S.A.：Williams &

Wilkins）

Edited by John A. Talbott, Robert E. Hales, Stuart C. Yudofsky

1988　*Textbook of Psychiatry*(Washington, D. C.：American Psychiatry Association)

Edited by John A. Talbott, Robert E. Hales, M.D. Stuart C. Yudofsky 1988　*The American Psychiatry Press Textbook of Psychiatry* (U.S.A.: Pergamon Press)

Sigmund Freud's *Beyond the Pleasure Principle*.　Translated and edited by James Strachey ; introduction by Gregory Zilboorg ; with a biographical introduction by Peter Gay. 1989 (New York : Norton)

Allen J. Waldinger　1990 2nd ed *Psychiatry for Medical Students* (Washington, D.C.：American Psychiatric Press)

Hinsch, Bret, *Passions of the Cut Sleeve: The Male Homosexual tradition in China.* 1990 (Berkeley: University of Califonia Press)

Edited by Michael Hersen, Cynthia G. Last　1990 *Handbook of Child and Adult Psychopathology: a longitudinal perspective*(New York：Pergamon Press, Inc.)

Edited by Kasper, Braunwald, Fauci, Haucer, Longo, Jameson, *Harrison's Principles of Internal Medicine*, 1991, 12th (New York: Mcgraw-Hill, Health Professions Division)

World Health Organization, *The ICD-10 Classification of Mental and Behavioral Disorders: diagnostic criteria for research.* 1993（Geneva: World Health Organization）

Diagnostic and Statistical Manual Disorders, DSM-IV　1994 (Washington, DC: American Psychiatry Association)

Edited by Harold I. Kaplan MD, Benjamin J. Sadock MD　1995.sixth edition. *Comprehensive Textbook of Psychiatry* (Baltimore: Williams & Wilkins Company)

David B. Guralnik，1997 *Webster's New World Dictionaries.* (New York：
　　Simon & Schuster, Inc.)

Edited by Allan Tasman, Jerald Kay, Jeffrey A. Lieberman 1997 *Psychiatry*
　　(Philadelphia: Saunders)

Kaplan and Sadock's Comprehensive Textbook of Psychiatry 7ed. 2000
　　(Philadelphia: Lippincott: Williams & Wilkins)

American Psychiatry Association, *Diagnostic and Statistical Manual Disorders,* 2000,
　　4[th ed] *DSM-IV-TR* （Washington, DC: Book Promotion & Service Ltd.）

Edited by Thomas Joiner, M. David Rudd. 2000 *Suicide science: expanding the*
　　Boundaries(kluwer Academic Publishers)

Michael Gelder Richard Mayou Philip Cowen's *Shorter Oxford Textbook of*
　　Psychiatry (New York: Oxford University Press Inc.) 2001

Michael Gelder, Richard Mayou, Philip Cowen's *Shorter Oxford Textbook of*
　　Psychiatry, 2001 (New York: Oxford University Press Inc.)

Translated from the German under the general editorship of James Strachey, *The*
　　standard edition of the complete psychological works of Sigmund Freud. 2001
　　(London : Hogarth Press and the Institute of Psycho-Analysis)

Edited by Eugene Braunwald ... [et al.], *Harrison's Principles of Internal Medicine,*
　　2001, *15th* (New York: Mcgraw-Hill, Health Professions Division)

Edited by Jonathan S. Berek, Novak's Gynecology, 2002, 13th ed(Philadelphia:
　　Lippincott Williams &Wilkins)

Edited by Kasper, Braunwald, Fauci, Haucer, Longo, Jameson, Harrison's Principles
　　of Internal Medicine, 2005, 16th (New York: Mcgraw-Hill, Health Professions
　　Division)

四、西文的單篇論文

'Sophocles's Oedipus Rex,' in Laurence Perrine's *Dimensions of Drama* 1970(U.S A.:Harcourt Brace Jovanovich)pp.184-227.

George W. Thorn etc., ' Meninges,' in Harrison's the principles of internal medicine, (New York: Mcgraw-Hill, Health Professions Division) 1977: p.906.

Czernobilsky B. Eddometritis and infertility. Fertil Steril 30: 119, 1978.

Weiner, B. (1979). A theory of motivation for some classroom experiences. *Journal of Educational Psychology,* 71(1), pp.3-25.

Hawton K: Assessment of suicide risk, Br J Psychiatry 1987;150:145-153.

Ward, C. A's 'Spirit possession and mental health: A psychoanthropological perspective' in *Human Relations* 1992; 33:146-163.

C. Robert Cloninger, Dragan M. Svrakic, Carmen Bayon, and Thomas R. Rrazybek's 'Genetics and family history' in *Adult Psychiatry.* 1997; 18:311.

D. Raphael Dolin, 'Common Viral Respiratory infections' in *Harrison's Principles of Internal Medicine*, 14th ed./editors. Anthony S. Faunci[et al] (New York: Mcgraw-Hill, Health Professions Division) 1998; 191.

Lawrence C.Madoff.Dennis L. Kasper's 'Introduction to infection to infectious disease: host-parasite interaction,' in Harrison's Principles of internal Medicine 1998; 120:749-754

Mario C. Daviglione, Richard J. O'Brien's 'Tuberculosis' in *Harrison's Principles of Internal Medicine, fourteenth edition.* (New York: Mcgraw-Hill, Health Professions Division)1998; 171:

Claus O. Solberg's 'Meningococcal Infection ' in *Harrison's Principles of Internal Medicine, 14th ed./editors. Anthony S. Faunci*[et al] (New York: Mcgraw-Hill, Health Professions Division) 1998; 149:910~915.

Jeffrey A. Gelfand, Charles A. Dinavello, 'Fever of unknown origin' in *Harrison's Principles of Internal Medicine*, 14th ed./editors. Anthony S. Faunci[et al] (New York: Mcgraw-Hill, Health Professions Division) 1998;125:780~785.

Suicide science: expanding the boundaries/[edited] by Thomas Joiner, M. David Rudd. 2000;171-175.

Andrew. T.A.Cheng,Tony H.H., Chwen- Chen Chen and Rachel Jenkins's 'Psychosocial and psychiatric risk factors for suicide' in British Journal of Psychiatry. 2000:177

Michael Gelder, Richard Mayou, Philip Cowen　2001 Shorter Oxford Textbook of Psychiatry fourth ed(New York: Oxford University Press Inc.)

Robert B. Daroff, Mark D. Carlson's, 'Faintness, Syncope, Dizziness, and Vertigo,' in Harrison's Principles of Internal Medicine, 15th edition, 2001(New York: Mcgraw-Hill, Health Professions Division)

Mario C. Raviglione, Richard J. O'Brien's 'Tuberculosis' In Harrison's the principles of internal medicine, 15th ed./editors. Anthony S. Faunci[et al] (New York: Mcgraw-Hill, Health Professions Division) 2001;169:1024-1035.

Raphael Dolin, 'Common Viral Respiratory infections' in Harrison's Principles of Internal Medicine: (New York: Mcgraw-Hill, Health Professions Division) 2001;189:1120-1121.

Lawrence C. Madoff, Dennis L. Kasper's 'Basic consideration in infectious Disease' in Braunwald Fauci Kasper Hauser Longo Jameson's Harrison's 15th edition Principles of Internal Medicine, 2001;Ⅶ: 763~767.

Allan H. Ropper's, 'Acute confusional states and coma,' in Harrison's 15th edition Principles of Internal Medicine, 2001; 24:132.

Sadock BJ, Sadock VA: Major Depression and Bipolar Disorder., in *Synopsis of Psychiatry*, 9th edition 2003; p.534-571. (Lippincott Williams & Wilkins: Philadelphia)

五、網路資訊與電視媒體

〈寓言裡的心理學〉網址：

http://www.geocities.com/SoHo/Coffeehouse/2686/4149.html

　　　志峰智慧提供-1999/1/4

〈個案分析表〉網址：

　　　http://www.fsvs.ks.edu.tw/fsvs/fe/heart/%AD%D3%AE%D7%A4%C0%AAR%AA%ED.htm- 1999/10/01

鄭泰安〈自殺是病症〉在「自由電子新聞網‧健康醫療」中，頁 1-3 網站：

　　　http/www.libertytimes.com.tw/2001/new/jul/9/today-ml.htm-2001/7/9

永康榮民醫院、高雄榮民總醫院皮膚科醫師　許乃仁〈臉上犯「桃花」應避免日曬〉，在「健康醫療」網站：

　　　http//:www.libertytimes.com.tw/2001/new/may/1/today-m1.htm - 17k

耕莘醫院精神科江漢光主任〈精神疾病青少年心態之認識〉

　　　網址：

　　　http://www.mcvs.tp.edu.tw/eu/cod/%B1M%BAt2.htm-2002/05/28

〈基因造成反社會人格〉見「年代新聞」新聞台 22:00 新聞播報倫敦科學家發現-2002/8/2

〈民族植物隨筆－檳榔 (上)、(中)、(下)〉轉載自【塔山自然實驗室】

　　　http://tnl.org.tw/ 網站：

　　　http://e-info.org.tw/sunday/culture/2002/cu02010601.htm-2002/12/2

李秋月、林界男醫師〈憂鬱症的簡介〉網站：

http://www.tmh.org.tw/synopsis/health41.htm-2003/01/06

〈DSM-IV 情緒疾病診斷〉

網站：http://www.enpo.org.tw/enpo37/dsm4.htm-2003/02/05

〈寶玉的情欲世界外一章 ——淺談紅樓夢的公子們〉

網站：http://www.double2.com.tw/cgi/cgi-bin/topic.cgi?forum=4&topic=785ˉ

2003/03/20

〈清初至清中葉文學——30 紅樓夢的藝術成就〉網站：

http://www.twbm.com/window/liter/chlit/ch8/ch8_30.htm 2003/02/10

〈走出劫難的世界 — 紅樓夢的逍遙觀（下）〉網站：

http://tlc.org.tw/gospel_psycho/book3/cri108.htm-2003/03/19

〈短篇散文文庫：「兼美」（下）〉by sindy 網站：

http://www.creating-online.com.tw/art/publish/printer_719.shtml-

2003/04/17

林健一〈疾病的歷史：歷史上的肺結核與文學〉網站：

http://www.education.ntu.edu.tw/school/h-2003 / 05 / 27

「自殺個案統計」——三立新聞台，晚間 10:00-11:00 新聞，2003/6/21

〈產前及產後出血 (Antepartum and Postpartum Hemorrhage, APH &

PPH)〉網站：

http://ntuh.mc.ntu.edu.tw/obgy/CD/obs/Obs011.html- 2003/07/08

〈轉介個案診斷〉

雲林區中等學校心理衛生諮詢服務中心 [生命教育示範中心]提供

網站：http://s5-1.tlhc.ylc.edu.tw/~dragon/27a.htm- 2003/08/01

振振公子(木瓜)〈紅樓文萃〉 網站：

http://bj.qq.com.cn:81/usr/hqq/digest/ZiLiao/ZhiBen.htmˉ2003/08/03

〈情之所鍾〉

網站：http://yunxuan.in2000.com/ching.htm- 2003/08/07

〈月經異常〉

　　網站：http://www.geocities.com/HotSprings/Villa/4938/menstrual-d

　　is orders.htm- 2003/10/07

〈白曉燕案始末〉網站：

　　http://udn.com/SPECIAL_ISSUE/FOCUSNEWS/WHITE/index.htm.2003/10/12

孟娟〈中國古代的讞法與讞〉

　　網站：http://dns.tajh.tyc.edu.tw/~chinese/5/5-1.htm-2003/10/29

〈梁山伯與祝英臺〉——在「中國民間故事網」

　　網站：http://www.6mj.com/2003-11/20031123175632.htm - 9k

楊惠君／報導「起乩」見《民生報》 2004/09/10

　　網站：http://udn.com/-2004/09/10

曾永義 〈化玉蝶雙飛向九宵 我編寫首部崑劇《梁山伯與祝英台》及其他

　　(上)〉，原刊於《中央日報》

　　網站：http://www.cdn.com.tw/daily/2004/12/08/text/931208e1.htm - 15k

邱麗文〈「被動攻擊性人格疾患」消極顯形〉」網站：

　　http://www.lppc.com.tw/%A4%EB%A5Z%a4%BA%A4%E5/magzine

　　292-97.ht-2005/2/2

「生態學研究」網站：

　　http://ocr.tab.net.cn/BIG5/kpzp/w/weierxun/lrdt/005.htm

　　-2005/2/2

〈花蓮醫院網路掛號系統——性福門診〉 網站：

　　http://www.hwln.doh.gov.tw/new-web/content.asp?menu1=0302 -2005/04/0

　　3

振興醫院中醫科 鄧正樑〈醫講紅樓夢：薛姨媽嘔氣升肝火 鉤藤來澆熄〉，

　　2003/3/2 發表於《台灣日報》，在「KingNet 國家網路醫院」

　　網站：

http://www.webhospital.org.tw/essay/essay.html?pid=7118&catego20
05/04/07

〈人民網——劉心武：秦可卿可能是皇族遺孤〉

　　網站：http://culture.people.com.cn/BIG5/40473/40474/3375845.html-
2005/05/10

〈風月寶鑑〉　王以安　撰

　　網站：http://www.balas.idv.tw/walls.htm - 2005/05/25 - 34k -

雙木〈林黛玉真有其人〉，刊於「黑龍江報導」2005/6/1

　　網站：http://www.takungpao.com/news/2005-6-1/TK-408896.htm -
2005/08/07

韓吉辰〈大觀園的原型是查氏水西莊〉及〈大觀園軒館名稱溯源〉2003/12/20
　　撰寫，網站：

　　*http://*hforum.pchome.com.tw/viewtopic.php?uid=redstorey&pid=0009754 -
-2005/07/29-27k-

〈江南園林甲天下　蘇州園林甲江南〉，在「夏潮基金會」網站：

　　http://www.chinatide.org.tw/new/9-1.htm - 48k -2005/07/29

〈大觀園軒館名稱溯源〉，見「今晚報-濱海新聞」網站：

　　*http://*www.jwb.com.cn/big5/content/2004-06/25/content_245629.htm - 11k
-2005/07/29

黃勝常〈明心見性〉，刊於《香港佛教》，第 476 期

　　網站：www.hkbuddhist.org/magazine/476/476_04.html - 10k-2005/08/9

〈拙政園美景〉在「大紀元 8 月 19 日訊」

　　網站：http://www.epochtimes.com/b5/1/8/19/c3480.htm - 2005/08/09 - *23k* -

林健一〈疾病的歷史：歷史上的肺結核與文學〉，網站：

　　http://www.education.ntu.edu.tw/school/h-2005/09

周成功　〈權力的滋味〉

網站：http://lib.cnsh.mlc.edu.tw/science/content/1996/00040316/0004.htm
(2002/09/12)

〈《紅樓夢》熱〉在《知識通訊評論》半月刊 22

網站：http://k-review.com.tw/2005/10/16/253/ - 17k

蔣勳 〈寶玉的第一個同性戀伴侶——秦鐘〉，刊於《聯合報》-2005/02/23

網站：

http://www.lppc.com.tw/%A4%EB%A5Z%a4%BA%A4%E5/magzine

292-97.ht-2005/12/2

張恨水〈關於梁祝文字的來源〉，見「梁州」

網站：http://www.liangzhu.org/html/yj06.asp - 23k -2006/2/15

薛宗明〈紅樓知樂人——妙玉〉

網站：http:// www.erdsi.net/hlzlr.html - 33k -2006/3/5

黃禎憲〈青春期過後的痘痘〉， 2006/04/14 15:48:59 發表於「黃禎憲醫
藥美容集團」，網站：

http//:www.netcity.net.cn/medicine/weisheng/796.htm-59k-2007/3/27

黃禎憲〈抗藥性的擔心〉 2006/04/25 14:49:11 發表於「黃禎憲醫藥美容集
團」，網站：

http//:www.netcity.net.cn/medicine/weisheng/796.htm-59k-2007/3/27

盧賢生〈建築與文學〉，在「中國教育曙光網-曙光藝苑」

網站：http://www.chinaschool.org/sgyy/EEEE/EEEE11.htm - 41k
-2006/6/15

責任編輯：林林〈36 歲李嘉欣桃花正旺 愛有婦之夫滿足好勝心——娛樂——
人民網〉，來源：「中國新聞網」

網站：ent.people.com.cn/GB/4516038.html - 57k -2006/8/15

劉敏君〈國際紅學研討:學術研究是科學不是娛樂〉──國際紅樓夢學術研討
　　會摘要，見「國際紅學研討:學術研究是科學 不是娛樂──文化──人民
　　網」網站：
　　http://*www.* culture.people.com.cn/BIG5/22219/4746897.html - 25k -
　　2006/08/28
剩人〈湘西三邪：趕屍、放蠱、落花洞女(二)〉，在「湘西三邪」
　　網站：www.zjjok.com/other/sssx.asp - 15k - 2006/07/05
嶽純之《論唐代納妾制度》，原刊於《歷史教學》，2005 年，第 10 期
　　網站：「歷史教學」http://www.historyteaching.net/lsjx/show.asp?id=892 -
　　34k - Cached – 2006/8/3
〈圖文剖析"紅樓"熱〉
　　網 站 ：「 華 夏 文 化 - 圖 文 剖 析 " 紅 樓 " 熱 」
　　http://chinabroadcast.cn/gate/big5/.../3601/2005/06/22/109@593062_1.htm
　　- 25k - 2006/08/26。
張君威　　「瀕死經驗」(或稱 ICU[急診室]症候群)，于美人主持的「美人晚
　　點名」年代 MUCH 38 電視台　2006/9/4
〈紅樓裏養性奴?日本色情遊戲惡搞紅樓夢[圖]〉網站：
　　http://big5.xinhuanet.com/gate/big5/.../2006-09/25/content_5134609.htm -
　　57k - 2006/09/25。又見「星島網訊」，網站：
　　http://big5.chinabroadcast.cn/gate/big5/.../8606/2006/04/12/1865@996743.
　　htm - 78k - 2006/10/02
〈紅樓夢被改編色情電影 主人公成淫婦淫夫(圖)-國際線上-新聞中心〉網
　　站：
　　http://big5.chinabroadcast.cn/gate/big5/.../8606/2006/04/12/1865@996743.h
　　tm - 78k - 2006/10/02　亦見於《星島網訊》
〈《紅樓夢》與蓮花餐〉

網站：http://www.tyccc.gov.tw/news/news_content.asp?NKey=1281 - 22k - 2006/10/06

〈紅樓夢 23 道經典菜製作方法〉網站：

　　http://www. lady.qq.com/a/2006/10/11/000067.htm - 51k

〈紅樓夢中人〉鄭州選秀活動　網站：

　　http://www.hnby.com.cn/hnxw/yw/t2006/11/01_713629.htm

曾世傑博士/副教授·國立台東師範學院特殊教育學系〈個案分析案例（二十一）〉──「儀式型與邊緣型附身」網站：「變態心理學·遠距教學網路」

　　http://socialwork.com.hk/psychtheory/theory_psy/abnormal/case/client21.htm - 3k -2006/11/7

《紅樓夢》2007 年將重拍成立學員班挑選演員 2005 年 06 月 13 日　　網站：http://ent.people.com.cn/Big5/42075/463798.html -2006/11/18

〈遼東紅樓宴〉──見「中國吃網」網站：

　　http://www.6eat.com/temp_easteat/topic_show.aspx?id=15368-35k2006/11/18

〈茶之文化〉網站：

　　http://www.qsgjzx.com.cn/images/jianshe.files/chazhiwenhua.htm
　　2006/11/18

〈中國吃網〉網站：

　　http://www.6eat.com/temp_easteat/topic_show.aspx?id=15368 - 35k。
　　2006/11/20

〈《紅樓夢》漢英習語詞典面世　　作者是87歲老人〉網站：

　　http://www.people.com.cn/BIG5/wenhua/22219/2154177.html - 20k。
　　2006/12/2

〈現代人的困擾－如何緩解壓力〉，見「現代人的困擾-如何緩解壓力 - 秀傳醫療體系」 Show.org.tw ，網站：
　　http://www.show.org.tw/health_detail.asp?x_no=0000002052&page=216
　　- 23k - 2006/12/31。

〈紅樓夢研究資料庫〉，網站：
　　http://.cdnet.lib.ncku.edu.tw/93cdnet/try/hunglou.htm -2007/1/5

〈台州市五洲生殖醫院〉，網站：
　　http://www.8679999.com/Get/65/154425152.htm - 38k -2007/1/20

邱吉芬〈癬不可亂用藥〉，在「人民網——桃花癬不可亂用藥」，網站：
　　http//:www.people.com.cn/BIG5/14739/14742/21483/1719137.html
　　-21k-2007/6/4

福建省衛生廳主辦《福建衛生報》，第 796 期，在網站
　　http//:www.netcity.net.cn/medicine/weisheng/796.htm - 59k 2007/3/27

黃禎憲　〈壓力過大〉發表於 2007-03-29 11:41:14，在網站「黃禎憲醫藥美容集團」
　　http//:www.netcity.net.cn/medicine/weisheng/796.htm-59k-2007/3/29

六、電玩

「紅樓續夢」2003(高雄市：智冠科技股份有限公司)

貳拾壹·附錄─醫 學 顧 問 群

(Appendix—Medicine consultant group)

石富元醫師(台大預防醫學博士、台大急診室主治醫師;專長:內科、急診
　　醫學、災難醫學)曾因成績優異推甄台大預醫所碩士及直升博士班;獲
　　台大醫院送美國雷根急診機構進修;獲「第十屆醫療奉獻獎—團體獎
　　[921 救災醫療團隊]」

文榮光醫師(台大醫學士;曾任台大精神科主治醫師、講師;高雄醫學系精
　　神科教授、醫學社會學系主任;高雄長庚醫院精神科主任。現職高雄仁
　　愛之家附設慈惠醫院院長、長庚大學醫學院兼任教授;專長:精神醫學、
　　性醫學與性治療、心理治療、醫學人類學;曾獲國科會遴選前往美國哈
　　佛大學進修醫學人類學一年、獲中華民國精神醫學會蔡錫錦醫師論文獎
　　及教育部八十二學年度大學暨獨立學院教學特優教師)

林彥翰醫師(台大醫學士、台大新生代的優秀醫師;專長:全科;曾因成績
　　優異獲選俄亥俄州立大學暨公衛學院交換學生)

劉益宏醫師(台大職業醫學博士、耕莘分院仁慈醫院社區醫學部主任;專長:
　　家醫科、職業醫學、內科)

連義隆醫師(台大醫學士、台大醫學院講師、台大婦產科主治醫師;專長:
　　婦產科、生殖內分泌)

鄭泰安醫師(英國倫敦大學精神醫學研究所博士、中研院生醫所特聘研究
　　員、台大醫學院公共衛生研究所教授;專長:精神疾病之流行病學、精
　　神醫學;國際精神流行病學會會長)

魏福全醫師(高雄醫學院醫學士、高雄醫學院附設醫院住院醫師、新店宏濟
　　神經精神科醫院院長、臺北縣警察局及龍華科技大學兼任醫師；專長：
　　精神醫學)

李光倫醫師(台大醫學士、台大內科主治醫師、台大醫學院兼任講師，專長：
　　內科、過敏免疫、風濕)

林昭庚醫師(中國醫藥學院中醫研究所博士、中國醫藥大學中醫研究所教
　　授；專長：針灸、中醫內科)曾獲沙烏地阿拉伯王國致贈金袍獎；榮登
　　中國名人傳記中心「中華民國現代名人錄」、英國劍橋國際傳記中心「國
　　際學人名人錄」及美國歷史保留協會世界名人錄；獲洛杉磯 1985 年最
　　傑出針灸醫師；膺選中華民國第一屆十大傑出醫師獎；獲「中醫楷模」；
　　榮獲國際自然療法傑出人物獎；獲當代世界傳統醫學傑出人物；獲陳水
　　扁總統頒發「功著杏林」匾額一方…等。

黃禎憲醫師(台北醫學院醫學士、長庚醫院主治醫師、黃禎憲皮膚科診所院
　　長；專長：皮膚科、泌尿科)

國家圖書館出版品預行編目資料

紅樓夢人物之性格情感與醫病關係—跨中西醫學（精神醫學、內科、婦產科、皮膚科）之研究
許玫芳著. – 初版. – 臺北市：臺灣學生，
2007[民 96]
面；公分
參考書目：面

ISBN 978-957-15-1353-9(精裝)
ISBN 978-957-15-1352-2(平裝)

1. 紅樓夢 – 研究與考訂
2. 醫學 – 通俗作品

857.49   96006628

紅樓夢人物之性格情感與醫病關係
—跨中西醫學（精神醫學、內科、婦產科、皮膚科）之研究

著　作　者：許　　　玫　　　芳
出　版　者：臺 灣 學 生 書 局 有 限 公 司
發　行　人：盧　　　保　　　宏
發　行　所：臺 灣 學 生 書 局 有 限 公 司
　　　　　　臺 北 市 和 平 東 路 一 段 一 九 八 號
　　　　　　郵 政 劃 撥 帳 號：0 0 0 2 4 6 6 8
　　　　　　電　話：(0 2) 2 3 6 3 4 1 5 6
　　　　　　傳　眞：(0 2) 2 3 6 3 6 3 3 4
　　　　　　E-mail：student.book@msa.hinet.net
　　　　　　http：//www.studentbooks.com.tw
本書局登
記證字號：行政院新聞局局版北市業字第玖捌壹號
印　刷　所：長 欣 印 刷 企 業 社
　　　　　　中 和 市 永 和 路 三 六 三 巷 四 二 號
　　　　　　電　話：(0 2) 2 2 2 6 8 8 5 3

定價：精裝新臺幣一○○○元
　　　平裝新臺幣九○○元

西 元 二 ○ ○ 七 年 七 月 初 版